四川省“十二五”普通高等教育本科规划教材

新编21世纪中国语言文学系列教材

中国现当代文学史

（1898—2015）（上）

第三版

History of Modern Chinese Literature

(1898—2015)

曹万生　主编

中国人民大学出版社

·北京·

综观整部教材，它以现代汉语为探索文学史写作的维度，以开放的姿态、新的资源，呈现出文学作品、文学史、编写者的一种新的向度。并且，这样的文学史书写模式，沟通了20世纪文学和21世纪文学界限、弥合了大陆文学和港台海外华语文学的隔膜，以一种全新的文学史意识与我们照面。

——李怡、王学东：《文学史的语言维度及其向度》，载《西南民族大学学报》（人文社科版），2008（4）

该书在史料翔实、论述到位、取舍适当的基础之上，又秉承了“与时俱进，开拓创新”的时代精神。综观全书，应该说是一部守正、创新、稳妥、实用的文学史。

该书首次使用了“现代汉语文学史”的概念，回归到文学的载体本身，认为“中国只有古代汉语文学与现代汉语文学两种文学”，这在中国现代、当代文学史的书写上具有开创性意义。

——王卫平、徐立平：《评曹万生主编的〈中国现代汉语文学史〉》，载《中国现代文学研究丛刊》，2008（3）

本书第一次从现代汉语的角度来写作中国现代文学史，这在中国现代文学史教材编写中还是一次新的尝试。这种尝试是非常有意义的，它将大大加强中国现代文学史的研究，丰富中国现代文学史的书写方式，从而打开现代文学史的另一片天地。

——高玉、陈莉琳：《现代文学是现代汉语的文学》，载《文艺报》，2008-01-22

主编简介

曹万生　男，汉族，湖北黄冈人，博士，二级教授、博士生导师，文学史家、诗学家、茅盾专家，四川省现当代文学专业学术带头人，四川省重点学科中国现当代文学学科负责人、四川师范大学诗学研究所所长、中国作家协会会员、四川省省级精品课程中国现代汉语文学史负责人。在《文学评论》等刊物发表学术论文100余篇，在人民出版社、中国社会科学出版社出版《中国现代诗学流变史》、《中国当代诗学流变史》、《茅盾艺术美学》、《中国当代文艺价值观流变史》等学术专著15部。主持国家社会科学基金课题1项，省部级课题3项。成果获四川省哲学社会科学奖二等奖1项、三等奖4项，四川省文学奖2项，领衔四川省教学成果二等奖1项。

内容简介

本书是一部用全新的现代汉语文学史观念撰写的中国现代、当代文学通史，含现行的中国现代文学史、中国当代文学史两门课程，各章节论述了时代背景、重要文学流派、重要作家作品等。具体来说，全书有如下特点：

●《中国现代文学研究丛刊》评论本书“在史料翔实，论述到位、取舍适当的基础之上，又秉承‘与时俱进，开拓创新’的时代精神”，“是一部守正、创新、稳妥、实用的文学史”。

● 现代汉语文学史的概念，解决了中国现代、当代文学史命名的合法性问题。

● 用人文性、审美性、现代汉语文学性三者统一的文学史新标准，把1898年到2015年的中国文学分为先导期、成形期、成熟期、转型期、繁荣期、多元期。

● 内容上引入了最新研究成果。对一些大家保留一种质疑的眼光。将各家之言、论争以“重要命题”方式收录列出，便于读者作出自己的判断。重估、强调了一些本应但尚未给予足够重视的作家作品。

● 三版时间下限延至2015年，内容更贴近时代，广度也有拓宽。比如纳入网络文学、影视文学、歌词文学、手机文学（少量），以及台港澳、旅外华人现代汉语文学等。

● 体例上体现了教材特色，便于实际教学使用。章后附有阅读书目、本章涉及的重要命题之研究现状与历史分期论点、本章内容所涉的有重要价值的研究文献、本章所涉内容之思考题等，便于教师扩展相关资料与学生加深阅读。

● 本书各章课件，全部置于中国人民大学出版社人文分社网站（www. crup. com. cn/rw），供使用者免费下载使用。

目　录

上　册

第三编　中国现代汉语文学成熟期（1928—1949）

导　论

一

《中国现代汉语文学史》本版更名为《中国现当代文学史（1898—2015）》，仅因应现行学科用名。现行高校所授中国现当代文学史，实乃中国现代汉语文学史，因此，本书仍以《中国现代汉语文学史》为本。

中国现代汉语文学与中国古代汉语文学划段而设，是全球汉学共识。

中国现代汉语文学，在不同时代被称为白话文学、中国新文学、中国现代文学、中国当代文学。

中国现代汉语文学不是中国现代汉族文学。中国现代汉语文学指用现代汉语创作、翻译为现代汉语的中国作家的文学，含中国各民族的文学，这与通行的中国现代文学史和中国当代文学史的研究对象是同一的。

中国现当代文学史经历了由白话文本体、社会—白话文本体、政治本体、社会—历史本体，“文学革命”本体、诸现代性本体到现代汉语本体的变化过程。

20世纪20年代以来，中国新文学，中国现代文学，中国近代、现代、当代文学的分期，随着时代不同、价值观念不同，分法不断演变，主要脉络如下：

第一，以“白话”为界限，以语言载体为据的白话文本体论。此论通行于“文学革命”时期至20世纪30年代前。“新”、“旧”文学主要以“白话文学”分界，是“白话文学”就是“新文学”，否则，就是旧文学。①

第二，以1917年1月开始的“文学革命”为界，把以后的文学称为“新文学”，把以前的文学视为“旧文学”。此为价值论与白话论之合一论，为社会—白话文本体论。20世纪30年代至40年代流行此论。②

---

① 陈子展的《最近三十年中国文学史》（太平洋书店，1929）把戊戌变法以来的文学改良均纳入这一范畴。胡适走得更远，他为白话诗革命找历史依据，写了《白话文学史》（新月书店，1926），把“白话”追溯到唐以前。胡适的《五十年来中国之文学》（写于1922年，申报馆，1924）、周作人的《中国新文学的源流》（北平人文书店，1932）、王哲甫的《中国新文学运动史》（杰成印书局，1933），均作此论。

② 赵家璧主编的《中国新文学大系》（上海良友图书印刷公司，1935—1936）、李何林的《近二十年中国文艺思潮论》（生活书店，1939）、朱自清的《中国新文学研究纲要》讲稿（讲稿整理发表于《文艺论丛》第14辑，1981），均以此论为据。

第三，以1919年五四运动为界，以毛泽东《新民主主义论》① 里关于新民主主义文化（含文学）都是从五四运动开始的，都属于无产阶级领导的新民主主义革命的理论为据，把自五四运动开始的文学称为中国新文学或中国现代文学，为政治本体论。此论流行于中华人民共和国成立以后到20世纪80年代以前。② 与此同时，随着高校学科建设的规范化，自20世纪50年代后期始，学界把1840年到1919年文学称为“近代文学”，把1919年五四运动到1949年的文学称为“现代文学”，把1949年中华人民共和国成立以后的文学称为“当代文学”。③

第四，不再以毛泽东《新民主主义论》规定的五四运动为界，力图根据文学史家所理解的文学自身发展规律进行分期，这种观点产生于20世纪80年代中期。由于对文学自身特点的理解不同，又产生了多种不同的分期方法。有民族灵魂改造的社会—历史本体论，有“文学革命”本体论、诸现代性近现代打通论。包括：

（1）20世纪80年代中期开始，强调20世纪文学是一个有机的整体，首先强调20世纪中国文学的母题是“改造国民性”。④

（2）以“文学革命”为标准，把起点上溯到1917年《文学改良论》发表，强调中国现代文学发生发展的自身特点：这种文学史观受“20世纪文学史”影响，试图把“文学革命”作为现代文学最本质的特征，以区别现代文学与近代文学，把现代文学的起点定在1917年的“文学革命”，下限定在1949年第一次中华全国文学艺术工作者代表大会（简称文代会）的召开或中华人民共和国成立，倘含中国当代文学，则下延之。⑤

（3）强调现代文学与近代文学的对接。这种观点强调现代文学发生的起点问题，强调对文

---

① 参见《毛泽东选集》，2版，第2卷，北京，人民出版社，1991。

② 王瑶的《中国新文学史稿》（上册1951年开明书店出版，下册1953年新文艺出版社出版）将现代文学分为四期：1919—1927、1927—1937、1937—1942、1942—1949。从王瑶开始，中国现代文学学科得以在高校建立，同时也奠定了以《新民主主义论》为价值观的中国现代文学的政治史分期的基础。王本为此论开端，此后，刘绶松的《中国新文学史初稿》（作家出版社，1956）将现代文学分为五期：1917—1921、1921—1927、1927—1937、1937—1945、1945—1949。刘本例外地上溯到1917年。以上著作，均称中国新文学。与此同时，也有称中国现代文学的，如蔡仪的《中国新文学史讲话》（新文艺出版社，1952）、丁易的《中国现代文学史略》（作家出版社，1955）。

③ 这一观点在理论上的集大成者，为唐弢主编的《中国现代文学史》（人民文学出版社，1979），将现代文学分为四期：1919—1927、1927—1937、1937—1942、1942—1949。唐弢本把毛泽东《新民主主义论》关于新民主主义文化的理论定为中国现代文学的“性质”。

④ 1985年，黄子平、钱理群、陈平原的《论“20世纪中国文学”》，首次提出“要把20世纪中国文学作为一个不可分割的有机整体来把握”[《文学评论》，1985（5）]，提出国民性改造是20世纪文学的基本主题。此后，出现了多部以“20世纪”命名的文学史著作：陈平原的《20世纪中国小说史》（第一卷）（北京大学出版社，1989），黄修己的《20世纪中国文学史》（中山大学出版社，1998），苏光文、胡国强的《20世纪中国文学发展史》（西南师范大学出版社，1996），周思源主编的《20世纪中国文学史纲》（北京语言大学出版社，2003）等。以“20世纪中国文学”命名的各种研究著作和作品选本达数十种。

⑤ 这类著作，最早是黄修己的《中国现代文学发展史》（中国青年出版社，1988），其后有郭志刚等主编的《中国现代文学史》（高等教育出版社，1993），钱理群等主编的《中国现代文学三十年》（修订本）（北京大学出版社，1998），朱栋霖等主编的《中国现代文学史（1917—1997）》（高等教育出版社，1999），程光炜等主编的《中国现代文学史》（中国人民大学出版社，2000）。这些文学史对现代文学的分期起讫点有着较为一致的意见，但是对各阶段的细分又不尽相同，例如郭志刚本与钱理群本都将现代文学分为三期（1917—1927、1927—1937.6、1937.7—1949.9），黄修己本把三分法中的第一个时期分解为两个时期，其余不变，将1917—1920作为发生期，把后三个阶段分别称为发展一、二、三期，程光炜本把现代文学分为两期（1917—1937.6、1937.7—1949），朱栋霖本对现代文学部分不作细分，而以20世纪20年代、30年代、40年代称之。

学史发生过程的描述。①

第五，以“现代汉语”为界，认为中国只有古代汉语文学与现代汉语文学两种文学，此论与以上文学史观区别在于它回到了文学载体本身。本论以现代汉语文学的人文性、审美性、现代汉语文学性三者的统一为价值标准进行历史分期，把凡用“现代汉语”写作的中国文学都纳入研究范围。②

二

以中国现代汉语文学的人文性、审美性、现代汉语文学性三者统一为标准，根据其综合演化，中国现代汉语文学史可分为以下六个历史时期。

第一个时期，中国现代汉语文学先导期（1898—1916）。这一时期，现代汉语文学的人文性、审美性开始产生，现代汉语的文学性还很生涩。这一时期，晚清白话文运动，现代汉语的民、官共识规范，诸如裘廷梁1898年提出的废文言兴白话主张，1913年民国政府教育部召集全国各省的语音专家代表开“读音统一会”等，促成了现代汉语文学的载体定形。现代汉语文学已经在小说、散文中出现，现代汉语诗歌、话剧暂付阙如。经学启蒙、梁启超的“新民”说、王国维对叔本华和康德哲学的引入等，对先导期文学具有现代性产生的意义。这一时期已有清晰的现代汉语文学史线索、文言向白话转型线索、近代现代性向“五四”现代性转型的线索，已经出现现代汉语文学走向的初始图形。

第二个时期，中国现代汉语文学成形期（1917—1927）。这一时期，中国现代汉语文学完全成形。这一时期，现代汉语文学的人文性空前增强，审美性在鲁迅的小说，鲁迅、周作人、朱自清等人的散文，徐志摩、闻一多等人的诗歌中空前增强，现代汉语的文学性与熟练性开始增强。文学观念的白话“文学革命”，文学思潮的人道主义，现代汉语诗歌与话剧之成形，现代汉语短篇小说、散文之成熟，以及文学流派、文学社团、文学报刊的产生与发展等，是这一时期的主要贡献。“文学革命”运动第一篇论文胡适《文学改良刍议》的“八事”，解决的是现代汉语诗的地位、写法，解决了先导期晚清白话文运动“诗界革命”没有解决的问题。以此为突破口，成形期全面引进了西方人道主义理论、文学观念与诸种创作方法，促成了现代汉语文

① 文学史著作有王晓初的《中国现代文学发展演变史（1898—1989）》（西南师范大学出版社，2002），更多的著作是对近代文学现代文学打通中的现代性的思考，如陈方竞的《多重对话：中国新文学的发生》（人民文学出版社，2003），刘纳的《嬗变——辛亥革命时期至五四时期的中国文学》（中国社会科学出版社，1998），杨联芬的《晚清至五四：中国文学现代性的发生》（北京大学出版社，2003），王一川的《中国现代性体验的发生——清末民初文化转型与文学》（北京师范大学出版社，2001），王德威的《被压抑的现代性——晚清小说新论》（北京大学出版社，2005）等。这些著作大多认为中国文学与近代文学并非如以往文学史所描述的那样是断裂的，而是有着相关性和复杂的嬗变过程的。在这些著作中，王德威作出“没有晚清，何来五四”的判断，把中国文学的现代性起点上溯到19世纪80年代以至更早。

② 从文学史概念进行研究的论文有曹万生的《中国现代文学史教材体例之反思及策略》（《教苑撷英》第一辑，中国文史出版社，2006），曹万生的《中国现代汉语文学史编写思路及内容阐述》（《教苑撷英》第二辑，中央文献出版社，2006）、《体系·观念·语言——中国现代汉语文学史导论》［载《四川师范大学学报》，2008（2）］。本书是使用这种理论的第一本教材。在文学现状与文学史研究中提出“现代汉语文学”这个概念的还有饶芃子的《本土以外——论边缘的现代汉语文学》（中国社会科学出版社，1998），高玉的《现代汉语与中国现代文学》（中国社会科学出版社，2003）。在创作中使用这一概念的有各类诗刊上的“汉诗”，以及近年来海外华人文学界的现代汉语写作讨论等。

学观念和方法的系统化、成形化、成熟化，促成了现代汉语文学的文学运动、文学社团、文学报刊、文学流派的全面成形，产生了文学研究会、创造社等大批纯文学社团，产生了大批纯文学报刊，产生了现实主义、浪漫主义、现代主义诸文学流派。

第三个时期，中国现代汉语文学成熟期（1928—1949）。这一时期，中国现代汉语文学人文性日益深化，现代汉语文学的审美性、现代汉语的文学性与形式性日趋完善。茅盾、巴金、老舍、沈从文、李劼人的小说，曹禺的剧作，何其芳的散文，京派与海派小说，戴望舒、卞之琳的诗歌，钱钟书、张爱玲的小说，40 年代西南联大诗人群的诗歌，都空前高扬了现代汉语文学的人文性、审美性；老舍等把现代汉语的文学性提高到炉火纯青的地步。这一时期，文学产生了两种价值分野，在政治与文学的交织中前行。30 年代无产阶级革命文学最后汇入 40 年代解放区文学，开启了中国现代汉语文学政治文学的先河，成为中国新民主主义革命的工具，成为下一时期文学的主导。30 年代的独立作家作品和 40 年代的国统区文学，成为相对远离政治的人性文学。

第四个时期，中国现代汉语文学转型期（1949—1976）。这一时期，中国现代汉语文学在人文性、审美性、现代汉语的文学性上呈转型状态。这一时期的价值观为“政治第一，艺术第二”。政治文学成为这一时期文学的主体。作家的才华在红色历史文学创作上得以展开，“三红”① 成为标本。现实题材写作转型为现实政治（策）叙事，《创业史》成为典范。“文化大革命”前的政治文学，演变为“文化大革命”中的“造神文学”，“三突出”把现代汉语文学的审美性转型为理性制约的古典主义。丰富、多样的现代汉语文学性转型为规范性、统一性的形式外衣，大话套话化、公式化、概念化的形式外衣。这一时期的支流是 1957 年前后文学的早春气候的繁荣，这一时期的暗流是“文化大革命”时期的地下文学创作。

第五个时期，中国现代汉语文学繁荣期（1976—1989）。这是中国现代汉语文学非常繁荣的时期。这个时期以 1985 年为界，分作两段：1985 年前的伤痕文学、反思文学、改革文学、朦胧诗，主流系政治批判与现代汉语文学的重建，文学的认识教育审美功能得以发展，文学实现了由对“神”的膜拜到对“人”的讴歌的转变，人道主义重新确立了神圣地位，文学的人文性开始复苏，大写的“人”成为时代的标志。1985 年后的寻根文学、现代派文学、先锋文学、后朦胧诗等，展示了当代中国人性的各种变化，舶来的存在主义压倒了古老的人道主义，大写的“人”向小写的“人”转变；这一时期的文学体现了现代汉语文学的不同审美倾向，文学的感觉空前解放，现代汉语文学在叙事定义上发生革命，在诗学现代性上展示了多样性。文学空前繁荣，文学进入自为的时期。

第六个时期，中国现代汉语文学多元期（1989—2015）。本期从逻辑上分作两个时段：20 世纪 90 年代消费主义时代的多元化文学，21 世纪消费主义时代的面向现实的文学。1992 年中国确立市场经济方向，奠定了文学变异的经济基础，文学进入多元价值体系共存的时期。20 世纪 90 年代文学至 21 世纪文学，是新写实文学、新生代文学、女性文学、后现代文学、理想主义文学交相并替的文学，现代汉语文学的人文性从存在主义向消费主义败退。时兴的消费主义、后现代主义压倒了存在主义，物化的人成为逐渐兴起的时髦，人道主义、存在主义、消费主义、后现代主义并存，文学的人文性鱼龙混杂，参差不齐。媒体受资本、权力左右，导致文学人文性下滑，文学的多元成为事实。严肃文学关注底层，体现了文学在消费主义下的人文性

---

① 即长篇小说《红日》、《红岩》、《红旗谱》。

复苏。后现代文化的电子复制性、现代汉语的口语化与网络化侵略了现代汉语的纯洁性。现代汉语文学的美文开始蜕化，影视文学商品化生产，网络文学开始流行。

在官方主旋律文学坚持的同时，严肃的人道主义文学、存在主义文学，还颇具韧性地在前行。

三

中国现代汉语文学史在文体、流派诸方面，有其自身的发展规律。

中国现代汉语文学诸种文体，都有其自身发展的脉络。

现代汉语小说经历了价值与叙事的发展历程：晚清民初“小说界革命”对西方现代小说理论的引入与草试，“五四”时期以鲁迅为代表的短篇小说创作的成熟，20世纪三四十年代中长篇小说的体式成熟与创作繁荣，50年代到60年代红色历史小说热潮与英雄叙事的模式，1985年前伤痕小说、反思小说等文学政治批判热潮，1985年后寻根小说、现代派小说、先锋小说的价值变异与叙事革命，90年代以后小说后现代的深度削平，21世纪前后的底层叙事与新批判现实主义。

现代汉语诗歌也经历了价值与诗学的发展历程：晚清“诗界革命”的内容革命与形式改良，1917年“文学革命”对古代汉语诗体的解构与现代汉语诗歌的草创，20年代新月派诗形建设与象征派的价值变异，30年代现代派集新诗艺术之大成的发展，40年代西南联大诗人群的独特贡献，50年代到80年代的颂歌、大话套话诗，70年代的地下诗歌到80年代的朦胧诗人道主义呐喊与现代汉语诗学回归，1985年后现代派诗的价值变异与90年代诗歌的分野，21世纪新写实诗歌的萌芽与多种诗歌的并存。

现代汉语散文也经历了价值与文变的历程：晚清“文界革命”的启蒙理论与政论热潮，20年代的散文成熟与大家林立，30年代散文的美文精品与杂文热潮，40年代散文的多种战争叙事，80年代以前散文的模式化创作，80年代以后散文与报告文学的批判热潮，90年代的文化散文与性灵散文。

现代汉语戏剧也经历了试验与成熟的历程：晚清民初文明剧的兴起及其堕落与爱美剧的拯救，“文学革命”新话剧的草创与20年代话剧的试验，30年代话剧的成熟与40年代话剧品种的多样繁荣，80年代以前话剧的教诲与“三突出”神化，80年代话剧的政治批判，1985年以后话剧的现代性变异、话剧艺术的变异与试验。

中国现代汉语文学流派，有思潮流派与社团流派之别。

中国现代汉语文学思潮流派，在1949年前后有着两种不同的风貌。1949年以前的非体制文学时期，文学思潮流派分明，发展脉络清晰；1949年后文学体制化，文学思潮流派时隐时现。

1949年前的文学思潮流派呈现为三种形态。一是晚清民初直到1920年的无流派，以社团、刊物分群。二是1921年开始的以创造社的浪漫主义即“为艺术”派与文学研究会的现实主义即“为人生”派的形成，以及象征派开始的现代主义流派的雏形。三是这三个思潮流派的延伸变异。

现实主义思潮流派在30年代表现为左翼文学的革命现实主义与中立作家的批判现实主义，

40年代以后分别为解放区的政治现实主义与国统区的人性深化与现实批判，50年代以后现实主义逐步变异为理念先行的先验现实主义，忠于现实的现实主义在60年代初期昙花一现，“文化大革命”时期现实主义萎缩，1976年以后批判现实主义重新活跃，经历了1985年以前的政治批判与1985年以后的理念萎缩，90年代以后变形为各呈客观倾向与主观倾向的写实主义，21世纪又呈现批判色彩。

浪漫主义思潮流派在1937年全面抗战初期有过中兴，40年代进入解放区，体现为理想主义文学，50年代以后从理想主义向唯意志主义转化，1958年以后变异为“两结合”，“文化大革命”时期变异为“三结合”的神化叙事，1976年以后演化为坚守理想的作家追求。

现代主义在30年代演化为现代派诗与新感觉派小说，到40年代演化为西南联大诗人群创作与部分长篇小说，50年代以后几乎绝迹，80年代以后开始复苏，产生了以存在主义为核心的现代派诗、现代派小说、现代派戏剧，90年代以后，有后现代主义演化倾向。

中国现代汉语文学的社团流派，以1949年为界，呈现出不同的风貌。1949年以前，社团林立，流派分明；1949年以后，演化为以文学期刊、地域为标志的非社团流派，面貌不甚清晰。

晚清民初，有影响的文学社团流派是南社，通俗文学社团流派有礼拜六派。1921年以后，文学研究会与创造社的成立，促使20年代诸多文学社团流派蜂起。30年代，社团流派开始组织化，中国左翼作家联盟和其他非左翼作家以刊物、社团为纽带的流派与以《前锋》为核心的官方文艺流派对立，以《文学季刊》为核心的京派与以《现代》为核心的海派并立，新月派、“自由人”、“第三种人”、论语派形形色色。1937年以后，七月派纵贯战争时期，中华全国文艺界抗敌协会在流派的发展中成为纽带。解放区、国统区、沦陷区、“孤岛”各自体现出不同的地域价值与艺术差异。1949年以后，各级文学刊物形成级别不同的作者群与各自分别的文体群，地域形成的流派时隐时现。1985年后刊物形成的流派出现雏形，但不清晰。

四

中国现代汉语文学与西方文学、中国古代汉语文学具有承传关系与源流关系。

西方文学是中国现代汉语文学现代性的价值源泉，也是中国现代汉语文学现代形式的直接源泉。中国古代汉语文学则是中国现代汉语文学的民族文化、民族母题、民族形式、民族审美倾向的直接渊源。

西方文学与中国古代汉语文学对中国现代汉语文学的影响传承，呈现出随不同历史发展时期价值观变化而相应变化的曲线。

晚清民初，欧风美雨的西方文明初袭，1917年“文学革命”以西方文学人道主义为主要价值源泉，以西方现代文学为形式模范，1921年后西方影响中的马克思主义加强，30年代后西方马克思主义、资产阶级人道主义多元影响了中国现代汉语文学，同时中国现代汉语文学开始思考中国文学民族、民间形式的承传。中国文学民族、民间形式的影响在40年代加强，在解放区文学中成为压倒性主流，但在国统区则是支流。

1949年以后中国文学民族、民间传统占据主流。1976年后到1985年以前，西方人道主义成为主潮。1985年以后，西方存在主义价值影响成为主潮，西方现代主义文学成为榜样，中国文学的民族、民间文化得到重视，成为部分作家的价值与形式源泉。90 年代以后，西方后现代主义、随时代变化产生加舶来的消费主义，直接影响着中国现代汉语文学的价值与形式变异，中国文学的民族、民间传统同时并存，呈现以中国民族为本、多种文化文学交融影响的态势。

五

现代汉语是中国现代文学存在的语言载体。这是中国现代文学区别于中国古代文学的根本标志。

中国现代汉语文学史回到语言艺术本体，这对现代汉语文学本身的研究，对中国现代文学史、中国当代文学史命名，对时代歧见引起的分期争议等问题的解决，对兴起的全球现代汉语热中体现出现代汉语文学的世界价值，均有意义。

现行中国现代、当代文学史，均没有书写中国少数民族的母语文学，均没有书写 1917 年以来中国作家用古代汉语及其文学形式（含近体诗形式、词牌形式、古体诗形式等）创作的文学作品，存在命名的合法性问题。中国现代汉语文学史解决了这一问题，即少数民族作家用现代汉语书写的文学均予入史，1898 年以后中国作家用古代汉语及其文学形式（含近体诗形式、词牌形式、古体诗形式等）创作的文学作品均不入史。这也是现行文学史编写的惯例。

中国现代文学史上有关价值论的现代性、启蒙论、后现代性的性质判定，在不断变化的当下越来越失去稳定性。中国现代汉语文学史回到本体，包容了上述各类时论，体现了稳定的意义。中国现代、当代文学史时间论上的现代、当代的争论，既是价值论的争论，也是延时性的争论，随着时间的延续，时论愈益难存。中国现代汉语文学史这个概念解决、包容了诸论。中国现代、当代文学都是中国作家用现代汉语书写的文学，于此，中国现代、当代文学史融为一体。中国现代汉语文学史包容启蒙论、革命论、再启蒙论、现代性论、后现代性论、消费性与传媒性论诸论所主张的内容，力图客观、公正、科学，力图实现文学史经典构造。

中国现代汉语文学史不是政治史、战争史、运动史。中国现代汉语文学史分为先导期、成形期、成熟期、转型期、繁荣期、多元期凡六个时期，以期揭示中国现代汉语文学史的发展规律。

全球兴起的汉语热，实质是现代汉语热。现代汉语是通过现代汉语文本进行传播的，现代汉语文学作品是其中最主要的组成部分。中国现代汉语文学史的建构，对现代汉语的传播，具有强烈的全球化意义。

回到语言艺术本体的中国现代汉语文学史，可以科学、真实地把握中国现代汉语文学史的演变规律。

中国现代汉语文学先导期，生涩成为现代汉语文学的语言文学性特征（“废文言兴白话”的主张恰与戊戌变法同步），现代汉语散文与小说诞生，是现代汉语开始取代古代汉语成为文学语言形式的先导，但整体尚不成形。

中国现代汉语文学成形期，现代汉语短篇小说与现代汉语散文成熟，同时，现代汉语诗歌与话剧诞生，现代汉语文学诸文体全面成形，现代汉语在散文文学中成就卓越，文学语言性全面成形。

中国现代汉语文学成熟期，现代汉语诗歌艺术集大成地得到发展，出现“纯诗”，现代汉语散文出现大量美文精品，现代汉语音乐性、绘画性、意象性、象征性得到自由而个性鲜明的体现，现代汉语成为优秀话剧中复杂人性表现与性格塑造的精美形式，长篇小说叙事能力、现代汉语表现社会复杂生活与历史进程的功能全面成熟，现代汉语文学性之成熟得到确证。

中国现代汉语文学转型期，现代汉语逐渐趋向共性，好人好事、英雄叙事、神化美化致文学语言性规范化、统一化、模式化、公式化、概念化，成为“八股”文学语言。

中国现代汉语文学繁荣期，现代汉语文学性在多方面得到发展，语言的功能得到全面解放与提升。现代汉语文学传统叙事抒情功能炉火纯青，先锋文学解放了文学叙事的全方位功能，试验话剧建构了戏剧叙事的“三面墙”，现代派诗歌对语言元功能进行实验，它们均对现代汉语文学的功能作了空前的解放。现代汉语的文学性达到空前繁荣。

中国现代汉语文学多元期，现代汉语文学性在多方面并存发展。现实主义的传统叙事、现代主义的心灵叙事、后现代主义的机械复制与数码叙事同时并存，现代汉语文学的纯化与泛化并存。

回到语言艺术的文学史研究，还可以深入文学史研究中若干难点和盲点，诸如现代散文的演变问题、现代诗歌的演变问题、现代小说的内形式的演变问题、现代话剧的演变问题、现代汉语与现代汉语文学的关系问题等。

本书首次把21世纪文学写进文学史，首次把网络文学写入文学史，同时收纳影视文学、歌词文学；首次研究了旅外华人现代汉语文学，同时收纳台港澳文学。本版截稿于2015年，21世纪头15年的文学已经写入本史。

本书在体例上力图体现教材特色，附有阅读书目，所涉重要命题（含重要论点、重要作家研究、重要人物形象）、相关文献与复习思考题。

第一编

中国现代汉语文学先导期（1898—1916）

1898年戊戌变法前后的文学运动，就是文学改良运动。文学改良是政治改良的产物。中国现代汉语文学在1898年戊戌变法前后进入先导期。先导期的意义在于文学新的价值观念的引入、文学语言形式的革命与新的文学体裁合法性的确立。文学新价值观念的引入在传教士、留学生、翻译三方面得到体现；文学语言形式的革命在晚清大量的白话报刊中得以进行；小说、话剧作为中国文学体裁的合法性得以确立，中国现代汉语文学的小说、散文诸文体发生。中国现代汉语文学的先导期与成形期有着延续性，但又有明显区别。1917年开始的文学革命，完成了先导期时期留下的现代汉语诗歌、现代汉语话剧发生的问题，在文学观念上作了系统的现代性引进，从而完成了中国现代汉语文学的成形。

本编主要评述先导期的文学运动即文学改良、晚清白话文运动，“诗界革命”、“小说界革命”、“文界革命”等文学思潮与创作概貌，以及王国维理论革命与近代话剧概貌诸题。

第一章 文学改良

文学改良运动的发生是一个渐进的过程。传教士、留学生和翻译带来的西方文化，使中国传统文化受到了前所未有的冲击，也使中国人的思维方式慢慢发生变化。这为中国的政治改良、思想改良和文学改良提出了要求，也做好了前期准备。康有为的政治启蒙、梁启超的思想启蒙和后来的文学启蒙都是在西方文化的冲击之下所走的一条救国之路。晚清的白话文运动和文学改良正是在这个时代大潮的影响和推动之下发生的。

本章主要评述以下内容：传教士、留学生、翻译与中国现代汉语文学的思想渊源之间的关系，经学启蒙如何演变为文学启蒙，晚清白话文运动的发展历程及原因。

第一节 传教士、留学生、翻译与中国现代汉语文学之思想渊源

中国与西方的文化交流源远流长，明代开始已有西方传教士到中国传教。第二次鸦片战争之后，中国门户大开，传教士在中国的自由传教使西学更广泛地在中国得到传播。对中国产生了重要影响的学问包括“性理之学”（神学与古典哲学）、“格致之学”（科学理论和科学方法论）、“富国养民策”（西方经济理论）、“教民之学”（教育理论）、“安民新学”（社会政治理论）等，造成了早期“西学东渐”的蓄势，也加快了中国走向现代化的步伐。19 世纪中叶，魏源在《海国图志》中提出“师夷长技以制夷”的主张。冯桂芬在《校邠庐抗议》一书中提出“改科举议”、“改会试议”、“广取士议”、“采西学议”等一系列主张，要求把科举名额分一半给研习西方工业、科学技术的人才。后来，洋务派的士大夫也多次提出在八股进士以外“特设一科”以选拔精于西学人才的主张。在这些主张的推动之下，洋务派建立了一系列官方翻译机构①，创办近代企业，发展新式教育和洋务运动。19 世纪 70 年代，清政府明显感到传教士带

① 19 世纪 60 年代至 20 世纪初，较为有名的翻译出版机构有：由教会办的广学会、美华书馆、益智书会、博济医局、上海土山湾印书馆、宁波华花圣经书房、上海墨海书馆等；由中国政府和知识分子创办管理的江南制造局翻译馆、京师同文馆、京师大学堂编译局等；由民间商办的商务印书馆、文明书局、广智书局等。

来的西方文明远远不能满足经济发展的需要，于 1872 年派出了第一批“留美幼童”。到 1875 年，共派出 4 批 120 名官费留学生，到西方学习自然科学知识，开启了官派国人到外国留学的先例。至此，中国文化正式直面西方文化，传统思维方式开始被打破。

但是，这个时期中国知识分子往往片面地把西学作为自然科学的代名词，洋务派提出了“中学为体，西学为用”的主张。甚至到了戊戌变法时期，知识分子对西学仍抱一种较为审慎的态度，康有为也不例外。① 文学变革起步就更晚，例如首先提倡新小说的人就不是中国人，而是外国传教士傅兰雅，他早在梁启超倡导新小说之前 7 年就已经举办过一次小说竞赛，提倡新小说创作，“傅兰雅的竞赛的确在某种程度上影响了晚清小说的总体方向”②。传教士大量翻译的西方书籍和留学生的活动对中国现代汉语文学影响最大的应该是在对中国人思维方式的改变之上。翻译文献使中国人长期以来形成的抱残守缺的思维习惯受到了冲击，使他们更具变革精神。留学生在国外受到更剧烈的刺激，在比较中，他们开始正视中国文化的弱点，反思传统文化、习惯、风俗、文学、思想诸问题，西学成了他们的方向和榜样。回国留学生在中国文学现代化过程中起了重要的作用。

19 世纪的翻译工作主要是由传教士来完成的，内容主要集中在自然科学和医学等方面。1898 年至 1909 年，严复（1854—1921，福建闽侯人）先后翻译了《天演论》、《原富》、《群学肄言》、《群己权界论》、《社会通诠》、《法意》、《穆勒名学》、《名学浅说》等 8 种西方社会科学名著，造成了中国思想界的“地震”。特别是《天演论》（1898）对达尔文进化论的介绍和对赫胥黎“物竞天择，适者生存”的社会进化思想的宣传，使中国人“天不变，道亦不变”的价值体系遭到毁灭性打击，一些人开始认识到社会是进化的，因而文学也应该是进化的，我们应该有一种完全不同于传统文学的新的文学样式与文学语言，这直接奠定了近代以降梁启超、胡适、鲁迅等现代语言文学奠基者们的价值观。③

在严复的带动之下，西方近现代思想混杂在各种翻译著作中，在清末民初大量进入中国，对中国传统文化观念造成巨大冲击。这些未经中国化的思想顷刻之间使中国思想界觉得无所适从，但是也正是这些冲击才使中国固守了两千余年的儒家文化传统遭到了颠覆，使新文化运动毫不妥协的破旧立新精神得以酝酿并最终成为现代思想的生长点和导火线。

几乎与严复同时，另一位著名的翻译家林纾（1852—1924，字琴南，号畏庐，又自署冷红生，福建福州人）的小说翻译对汉语文学的现代化转型产生了更为直接的影响。1899 年，林纾与人合作翻译出版了小仲马的《巴黎茶花女遗事》（现译《茶花女》），小说的哀感顽艳加上林纾优美流畅的桐城派古文文笔使这部小说很快征服了中国读者，严复有“可怜一卷《茶花

---

① 例如他在《德国游记》中就明确地提出过对症下药的重要性，认为西方思想不一定适合中国。参见康有为：《德国游记》（二），见上海市文物保管委员会：《列国游记——康有为遗稿》，145 页，上海，上海人民出版社，1995。

② ［美］韩南：《中国近代小说的兴起》，168 页，上海，上海教育出版社，2004。

③ 例如梁启超受到严复、康有为等人所宣扬的社会达尔文主义的影响，提出了“变”的思想，具体到文学上，首先就是转变文学观念，然后从诗界、小说界、文界、戏剧界进行系统的革命，并积极探寻新的文学模式。参见谢飘云：《进化论与梁启超文学变革设计的新思路》，载《华南师范大学学报》（社会科学版），2001（2）。胡适的“文学革命”的重要思想基础也是进化论思想，他在《文学改良刍议》中所提出的“一时代有一时代之文学”思想的本质就是进化论。鲁迅也深受进化论思想的影响。当他还在南京读书的时候，进化论思想就已经深深地影响了这位现代文学史上的巨人。参见［美］詹姆斯·里夫·普塞：《鲁迅与进化论》，奥尔巴尼，纽约州立大学出版社，1998。另可参见易竹贤：《鲁迅思想研究》，52 页，武汉，武汉大学出版社，1984；钱理群：《走进当代的鲁迅》，405 页，北京，北京大学出版社，1999。

女》，断尽支那荡子肠”之叹。自此以后，林纾一发而不可收，到1924年，这位不懂外语的翻译家借助他人口述共翻译小说160多部，例如《黑奴吁天录》、《迦茵小传》、《鲁滨孙漂流记》、《吟边燕语》、《撒克逊劫后英雄略》、《块肉余生述》等小说都对中国小说产生了重大的影响。林纾的翻译并不准确，往往兴之所至，任意发挥，且夹以古典诗词，但其译述却酣畅淋漓，读来别有一番滋味。从晚清到“五四”，在多数人尚不懂外语的情况下，林译小说为中国人打开了外国小说的大门，让更多的中国人目睹了不同于中国传统的小说叙述方式和价值观念，其功绩不可埋没。

林译小说对中国小说的发展产生了巨大影响，但翻译小说并不是从林纾开始的。早在1873年，《昕夕闲谈》就开始在《瀛寰琐记》上连载。其后翻译小说屡见于报端，到五四运动之前大约经历了50年时间，据樽本照雄统计有4 000多种。[①] 题材、内容也是五花八门，有包括历史小说、政治小说、教育小说等在内的十余种，影响深远。从销量上看，翻译小说比创作小说销量要好得多。从晚清到“五四”的很大一部分作家都从翻译小说中获得营养。这个时期出现的重要文学翻译家还有梁启超、包天笑、周桂笙、吴梼等。翻译小说在中国文学的现代化转型过程中无疑起到了非常大的作用。第一，它使中国小说的地位得到了提高。因为有了外国文学的参照，诗文为文学正宗的传统观念受到冲击，小说成为正宗的文学体裁。第二，它使中国小说由“教诲劝诫”向描绘社会人生转变，成为近代小说革命和五四“文学革命”的先声。第三，它使中国小说从思想内容到艺术形式都变得多姿多彩，叙述方式也发生了根本性的变化。例如在晚清就开始出现第一人称叙述（《禽海石》、《二十年目睹之怪现状》等），出现了侦探小说、科幻小说等从未在汉语文学史上出现过的小说类型。第四，翻译小说与其他翻译著作一样在中国现代汉语的形成过程中有着不可忽视的作用。因为语言和文化的差异，翻译小说的语言总是要受到西方语言的影响，这就使汉语从词汇到语法都不得不因为翻译而自我调整[②]，从而为中国现代汉语文学之形成奠定了基础。

第二节
从经学启蒙到文学启蒙

“启蒙”是从晚清到“五四”甚至是整个20世纪思想界与文学界的一个关键词，英语为“enlightenment”，原意为照亮，即使人的思想从黑暗和混沌转向明朗和开化，“就是人类脱离

---

① 有人根据樽本照雄的统计，认为1902年到1918年间，翻译小说共有4 362种。参见王宏志：《翻译与创作：中国近代翻译小说论》，2页，北京，北京大学出版社，2000。另可参见［日］樽本照雄：《新编增补清末民初小说目录》，济南，齐鲁书社，2002。据阿英的统计从1885年到1911年近30年间，翻译小说为600余种，参见阿英：《晚清小说史》，北京，东方出版社，1996。

② 在词汇方面，大量外来词语进入中国，很多现在仍然通用的外来词语都在那个时候被规范固定下来，如麦克风、沙发、障碍、扑克、坦克、冰激凌等；在语法方面，汉语吸收了西方语言重视语序和句子成分的特点，使现代汉语一度出现了“欧化”的现象。可参见郭鸿杰：《英语对现代汉语的影响——语言认知法研究》，上海，上海交通大学出版社，2005。

自己所加之于自己的不成熟状态”①。中国人的“蒙昧状态”在晚清就已经被知识分子关注，他们试图通过各种途径使人民走向开化，摆脱愚昧。洋务派认为中国的问题在于“器”的落后，在于没有坚船利炮。维新派进一步认为其根本问题在于人才的缺乏，而要获得人才的唯一方法乃在变法维新。“吾今一言以蔽之曰：变法之本，在育人才；人才之兴，在开学校；学校之立，在变科举；而一切要其大成，在变官制。”② 所以，戊戌变法从本质上说是挽救中国人才的行为。维新派诸君很早就意识到了人才在改变中国命运进程中的重要性，因此认为对民众的启蒙是救国的根本。康有为认为在“独尊儒术”的大一统思想之下，要想对朝廷政治进行改革，仅仅凭着从西方借过来的几条枪，是打不破封建顽固势力的堡垒的，还必须从传统的封建学说中去寻找武器，用传统来反传统。中国的启蒙是从经学启蒙开始的。

对儒家经典的研究被称为“经学”，道光、咸丰之前，流行的主要是“古文经学”。随着中国的内忧外患的加剧，人们对古文经学专事名物训诂深感不满，于是很多学者便转向了今文经学。康有为认为今文经学中有许多“非常异义可怪之论”，虽然自魏晋以来无人敢道，但正可以为他的“托古改制”提供理论上的依据。在万木草堂办学期间，他写成了两部大书——《新学伪经考》（成书于1891年）和《孔子改制考》（成书于1892年）。《新学伪经考》认为，孔子的道统为东汉的经学家刘歆所篡改，两千年来人们天天诵读的、奉为金科玉律的其实都是伪经，是刘歆用来帮助王莽篡权，为新朝建立寻找理论依据的。《新学伪经考》引起朝野上下的极大震动，也使康有为身处险境。《新学伪经考》案以朝廷责令康有为自行销毁其书结束。《孔子改制考》认为六经皆是假托古人的言论而制定出来的，因为六经中的尧、舜、禹等人都因无古书记载而不可知，其盛德大业都是孔子理想中的事情，孔子身居乱世，却向往太平盛世，为了改制救世，他不得不托古编制。这样，在康有为那里，孔子倒成了一位勇于创新的大学问家，又俨然是一位维新运动的开山祖师了。康有为对经学的重新认识和对孔子的重新认识归根结底是为了在古人那里为维新变法找到理论根据。可见，康有为的经学启蒙本就是政治启蒙。他的政治启蒙是为维新变法找根据，但这个根据不是西学的，而是中学的。

戊戌变法失败，梁启超逃亡日本，在亲眼目睹日本明治维新带来的社会变化后，他对变法前启发民智等问题进行了更深入的思考，写出《新民说》、《十种德性相反相成义》等论著。梁启超从公民与国家的关系上提倡公民应该有公德，要合群、爱国；新国民应该富有进取冒险精神，有正确的权利思想，敢于认定自己的权利，争取自己的权利。不懂权利的国民，只能当奴隶；权利不公正的国家，永远受人欺压。人们还应有自由思想：一不要为古人之奴隶；二不要为世俗之奴隶；三不要为境遇之奴隶；四不要为情欲之奴隶。新国民必须知法、依法，有自治思想，有自治能力。新国民还必须有义务思想、尚武精神和自尊。只有自尊自爱的国民，才能养成国家的自尊。梁启超还提出要提高私德，要“正本”、“慎独”、“谨小”。梁启超“新民说”的提出使他成为资产阶级思想启蒙宣传中的“舆论之骄子”，也给中国近代社会和文学界带来了不可估量的影响，开启了中国现代汉语文学的“国民性”命题。

梁启超认为“新民”最好的良方就是用小说来改良群治，来潜移默化地影响民众。于是，梁启超开始了小说翻译与创作，并大力论证了小说与“新民”、“群治”的关系，在谈到小说的

① ［德］康德：《回答这个问题：“什么是启蒙运动?”》，见《历史理性批判文集》，22页，北京，商务印书馆，1990。

② 《梁启超全集》，第1卷，15页，北京，北京出版社，1999。

作用时，梁启超的关注重心基本上都在“民德”上。所以，用小说去改变人民的道德观念、影响人民的政治观点、激发人民的爱国热情和“为国忘身”的精神就成为他创作小说的初衷。在这种观念的影响下，他写出了被称为中国第一篇未来小说的《新中国未来记》。《新中国未来记》记载的其实是梁启超的政治理想，他“确信此类之书，于中国前途，大有裨助”；“《新小说》之出，其发愿专为此编也”（《新中国未来记》绪言）。在他看来，“一国所以成立，皆由民德、民智、民气三者具备”（《新中国未来记》第二回）。经学启蒙不能完成“新民”的使命，这个大任只能落在文学的身上，这正是梁启超将小说看得重于一切的根本原因。“小说载道”的思想是中国传统“文以载道”思想的变相体现，“文学工具论”使文学走向了歧路，却是20世纪“启蒙主义”思想主潮的需要，是时代和民族的需要。

梁启超的“文学工具论”导致的直接结果便是对文学进行改良，因为要使文学更为有效地影响民众，就得使文学跟上时代的需要，就得在文学中注入新的元素和使用更为大众化的形式。在诗歌方面，进行了“诗界革命”，引入新名词，创造新的诗歌形式，尽量使诗歌显得通俗易懂。在散文方面，进行了“文界革命”，追求一种平易畅达的文风。在小说方面，大量翻译外国小说，创作面貌迥异于传统小说的政治小说、科幻小说、未来小说、社会小说等各种新型小说，以灌输政治观念，实现维新或革命的目的。这种尝试无疑具有现代化的气息，因为传统小说的叙述模式在新小说那里被解构了。另一方面，新小说的新民意识具有强烈的启蒙精神，它不同于古代小说的道德说教，因而这类小说已开始出现了现代性的萌芽，开始与西方文学接轨。

第三节
晚清白话文运动

中国第一家白话报刊是创办于1876年3月的《民报》。《民报》也可以看作是中国报刊由文言过渡到白话的最初尝试，但是，该报没过多久就停刊了。[①] 由中国人自办的白话报刊是在戊戌变法时期孕育发展起来的。这个时期的报纸主要有五种：《演义白话报》、《平湖白话报》、《无锡白话报》、《通俗报》和《女学报》。最早的是《演义白话报》，影响最大的是《无锡白话报》。《无锡白话报》的创办者是裘廷梁（裘可桴）与其侄女裘毓芳，其创刊于1898年，第五期后改名为《中国官音白话报》。从1901到1911年，白话报刊多达一百余种，从地域上覆盖了大半个中国。其中著名的有《中国白话报》（林白水创办）、《苏州白话报》（包天笑创办）和《安徽俗话报》（陈独秀创办）等，除此之外，《大公报》等报刊也兼登白话作品。这些白话报多半是支持革命的，阿英说，“这些‘白话报’的主要内容，不外是‘觉民’和‘革命’”，宗旨是“将文字交给大众”[②]。

---

① 该报创刊于1876年3月30日，每周二、四、六出版，具体停刊日期不详。参见叶再生：《中国近代现代出版通史》，第1卷，214页，北京，华文出版社，2002。

② 阿英：《白话报——辛亥革命文谈三》，载《人民日报》，1961-10-06。

白话报刊兴起的主要原因是对言文合一的迫切要求和维新、“新民”的需要。资产阶级改良派为了制造舆论，宣传自己的主张，深感文言文不能适应政治、经济变革的需要。一些改良派人士首先起来抨击文言文，要求推广白话文。1897年，裘廷梁在《苏报》上发表了《论白话为维新之本》，提出“崇白话而废文言”的主张。紧接着，他就创办了《无锡白话报》，在序文中，他认为推广白话文、废除文言文是变法的首要条件，要变法就得“开通民智”，要“民智大启”就必须废除文言文，要推广白话文就需要从办白话报开始。对白话文的提倡，比政治改良更进了一步，梁启超在戊戌变法失败之后提出的“新民说”正与白话文倡导者的初衷相吻合。

白话报刊以白话为语言工具，强调与中国社会剧变的密切联系，强调对民众的启蒙。改良派、革命派运用白话积极鼓吹“天赋人权”、人类平等的学说，用资产阶级民主理论宣传反帝爱国思想，谴责清政府的卖国政策，宣传革命。白话报刊的泛滥酿成了清末一场轰轰烈烈的白话文运动，许多革命者都开始以白话文为工具来宣传革命真理。例如被誉为革命党大文豪的陈天华，在短短的一生中用白话文写了众多的作品，1903年写成了《猛回头》、《警世钟》，指出中国已经到了亡国灭种的紧要关头，中国人民只有起来革命，才会有光明的前途。秋瑾也写了大量的白话文章，要求妇女们关心政治，投身革命。众多的革命志士都投身到了白话文的创作中来。晚清白话文运动的政治意义远远大于文学改良的意义，但是它仍然为文学改良作出了贡献，为后来的“文学革命”做好了必要的铺垫。

晚清白话报刊的泛滥和白话文运动有着深远的影响。首先，白话报刊深受大众喜爱，造成了广泛的社会影响。它不但成为普及科学知识和宣传革命思想的平台，也成为下层民众的精神食粮。从编辑体例来说，大都以《中国白话报》为宗，栏目有论说、学说、史地、科学、教育、传记、时事、小说、戏剧、歌谣、谈丛等。属于地方的报纸，大都强调乡土特色，贴近民众生活。其次，晚清白话文运动为五四“文学革命”打下了基础。晚清白话文运动并不成功，但是它对白话文合法性的肯定和大量的创作实践，为现代汉语文学的形成奠定了群众基础，为后来的“文学革命”大力倡导白话文造成一种蓄势和先声。再次，它为中国现代汉语文学的形成积累了宝贵的经验。晚清白话文并不是纯正的现代汉语，语法、词汇中都包含着较多的文言成分，但是这些白话文大量使用翻译词汇和时新词汇，语法结构尽量避免文言句法，探索精神和破旧立新的指导思想等都为现代汉语的形成作出了贡献。

在晚清白话文运动成为一个时代潮流的同时，由报刊的特点所决定的新文体也随之而产生。报刊文体注重时效性和通俗性，当时统领文坛的桐城派古文已远远不能满足需要，梁启超等人就提出了建立“新文体”的主张。

【本章学习参考】

一、阅读书目

梁启超：《新民说》

梁启超：《新中国未来记》

二、相关文献

1. 熊月之．西学东渐与晚清社会．上海：上海人民出版社，1994.

2. 王宏志．翻译与创作：中国近代翻译小说论．北京：北京大学出版社，2000.

3. 马睿．从经学到美学：中国近代文论知识话语的嬗变．成都：四川民族出版社，2002.

4. 谭彼岸．晚清的白话文运动．武汉：湖北人民出版社，1956.

三、复习思考

1. 名词解释：

林译小说　经学启蒙　文学改良　晚清白话文运动

2. 传教士、留学生和翻译在现代汉语文学之发端中起了何种作用？

3. 经学启蒙与文学启蒙之间有何关系？

4. 晚清白话报刊和白话文运动对现代汉语文学的形成有何意义？

5. 严复与林译小说对现代汉语文学有什么影响？

6. 简论梁启超的新民说。

第二章

中国现代汉语文学诸文体之发端

19 世纪末期起，中国现代汉语文学已经发端。发端源于非正宗语体文学即宋以来的话本至晚清的白话说部，19 世纪末期戊戌变法前后梁启超等人的白话报刊把白话文学推向正宗。"诗界革命"、"小说界革命"、"文界革命"的理论倡导与创作实践，让现代汉语文学诸文体发端，现代汉语小说、现代汉语散文已经发生。由于诗是中国古代汉语文学正宗，加以诗歌形式及语言革命的犯禁，现代汉语诗歌至 1918 年"文学革命"时方发生。文体发端与文体成形有不同含义，发端即发生，成形即形式整体成立。中国现代汉语文学诸文体的整体成形在 1921 年前后。

本章主要评述"诗界革命"、"小说界革命"、"文界革命"与现代汉语文学发生的态势，以及王国维理论革命、近代话剧的起伏诸问题。

第一节 "诗界革命"及近代诗歌之语言困境

中国古代诗歌发展到晚清时期，已经走到了山穷水尽的地步，诗歌的题材和意境已经被挖掘殆尽。正如梁启超在《夏威夷游记》中所说的那样，中国古典诗歌发展到 19 世纪，"诗运殆将绝"，诗的境界已被"千余年来鹦鹉名士"占尽，诗歌要想发展，必须另辟新路，犹欧洲之"地力已尽"，须由哥伦布之再发现新大陆一样。[①]

① 参见梁启超：《饮冰室文集点校》，第 6 辑，1826～1827 页，昆明，云南教育出版社，2001。

一、新学诗、新派诗、"诗界革命"与新体诗

"诗界革命"起源于何时，现在学界仍有争论①，本书倾向于起源于"新学诗"的观点。1895年秋冬之际，梁启超、夏曾佑、谭嗣同等人常在北京讨论诗歌革新问题，梁启超到《时务报》工作，中断了对诗歌的探索，但以夏曾佑、谭嗣同为代表的"新学诗"产生了。新学诗的特点，用梁启超的话来概括就是"盖当时所谓'新诗'者，颇喜挦扯新名词以自表异"。新名词指的是佛、孔、耶三教经典中的词语或外语音译词，因为多用音译、象征，所以这些新名词很难懂。例如：谭嗣同的《金陵听说法诗》中一句——"纲伦惨以喀私德，法会盛于巴力门"，"喀私德"、"巴力门"都是英语音译词，"caste"是种姓制度，指社会等级制度，"parliament"是议会，指民主，概念新颖，语言生涩。

1868年，黄遵宪（1848—1905，广东梅州人）在《杂诗》中提出了"我手写我口，古岂能拘牵"的口号，这可以视为对格律诗的最早反叛，但是，它并没有成为"诗界革命"的开始。人们习惯于认为黄遵宪写于1890年的《今别离》是"新派诗"的代表作，但是，"新派诗"概念是他在1897年所写的《酬曾重伯编修》中提出来的："废君一月官书力，读我连篇新派诗。""新派诗"的作者除黄遵宪外，还有康有为、蒋智由、丘逢甲等人，创作时间主要在甲午中日战争之后。"新派诗"的主要特点是没有了"新学诗"生僻的词语，通俗易懂。例如黄遵宪的《今别离》中的几句："古亦有山川，古亦有车舟。车舟载离别，行止犹自由。"这有点类似古风。"新派诗"仍然保留了传统诗歌的韵味形式美，在诗体革新上没有能够有所突破。

1899年12月，梁启超（1873—1929，广东新会人）在《夏威夷游记》中正式提出了"诗界革命"的问题。他指出诗界必须革新，而要革新，应该向西方学习，"欧洲之意境、语句，甚繁富而玮异，得之可以陵轹千古，涵盖一切"②。他同时提出了"诗界革命"的三个标准："第一要新意境，第二要新语句，而又须以古人之风格入之，然后成其为诗。"③根据这三条标准，梁启超否定了"新学诗"，肯定了"新派诗"。在对黄遵宪的诗歌进行肯定的同时，梁启超也看到了在新意境与古风格之间存在着一种矛盾，但是，他最终还是看中了"古风格"，而这正是"诗界革命"各家的共同局限。另一方面，梁启超也看到诗体变革的滞后，他一直在寻求一种与"新意境"相和谐的新形式。于是在《清议报》和《新民丛报》上开辟了"诗文辞随录"和"诗界潮音集"专栏，所登的诗歌在"新派诗"的基础上又向前进了一步，常用社会上较为通用的新词语。例如"冷月凄凉平等阁，阴风惨淡自由旗"，"何期百六间，女中见卢梭"，"通义千秋《民约》在，中原何日主权伸"等诗句，其中的平等、自由、卢梭、《民约》、主权

---

① 现在学术界看法仍不一致。有人认为开始于"新学诗"，最早持此看法的是朱自清［参见朱自清：《中国诗的出路》，载《中国文学月刊》，1933（1）］；有人认为开始于"新派诗"，最早持此看法的是胡适［参见胡适：《五十年来中国之文学》，见《胡适文存二集》，136页，上海，上海亚东图书馆，1924］；还有人认为开始于梁启超正式提出"诗界革命"的主张［参见陈建华：《晚清"诗界革命"发生时间及其提倡者考辨》，见《中国古典文学丛考》，第1辑，335页，上海，复旦大学出版社，1985］。参见郭延礼：《"诗界革命"的起点、发展及其评价》，载《文史哲》，2000（2）。

② 梁启超：《饮冰室文集点校》，第3辑，1827页，昆明，云南教育出版社，2001。

③ 同上书，1826页。

等名词，都是当时的流行名词。形式上也具有较多的革新精神，出现了许多带有散文化倾向的杂言长诗。例如梁启超的《二十世纪太平洋歌》、《志未酬》等，蒋智由的《终南谣》、《闻蟋蟀有感》等。同时，在诗歌的通俗化和向民歌学习方面，这些诗歌也勇敢地走出了第一步，给黄遵宪"新体诗"和资产阶级革命派诗人的"歌行体"的产生以启示。

黄遵宪意识到"旧风格"与"新意境"之间的矛盾，继续提出自己的诗歌革新主张。他提出一种介于弹词和粤讴之间的"杂歌谣"体裁，也被称为"新体诗"。其特点为篇幅长短不一，句式、字数多少不等，艺术风格多种多样。内容上要求"弃史籍而就近事"，反映现实生活，批判重点指向清王朝的上层社会。黄遵宪写了《军歌》24 章、《幼稚园上学歌》10 章、《小学校学生相和歌》19 章。《军歌》中的《出军歌》被谱曲，广为传唱："四千余岁古国古，是我完全土。二十世纪谁为主，是我神明胄。君看黄龙万旗舞，鼓鼓鼓！……"梁启超在评价《出军歌》时说："其精神之雄壮活泼、沉浑深远不必论，即文藻亦二千年所未有也。诗界革命之能事，至斯而极矣。""新体诗"是"诗界革命"在诗体改革方面的最高成就。

"诗界革命"的语言困境，在于没有全采白话从而古今杂陈，这给后来胡适的白话诗革命留下可贵的机会。

二、"诗界革命"的特征和意义

"诗界革命"是一次资产阶级知识分子领导的有纲领、有队伍、有阵地、有理论、有创作实践的自觉的诗歌革新运动。在内容方面，"诗界革命"从宣传新学，描写新事物，表现新思想、新理念开始，以描绘时代风云、反对封建专制、弘扬爱国主义、倡导尚武精神、礼赞民主革命为基本主题，表现了新时代的新思想、新精神、新气象。在形式方面，从挦扯新名词开始，逐渐过渡到"以旧风格含新意境"，再到借鉴民歌形式。"诗界革命"力求冲破旧格律、旧体制的束缚，虽然最终并没有达到对旧体诗的全面突破，却为诗歌的变革做出了可贵的尝试，表现出了亘古未有的革新精神和反叛精神。在价值取向上，他们自始至终都自觉地吸取西方文化，为"诗界"输入新血液，注入新生命，表现出了一种勇于吸纳新思想的开放的精神。

"诗界革命"对更新近代诗歌创作题材、丰富近代诗歌的思想意蕴都有促进意义。诗歌中新名词的运用更新了诗歌的语言系统，对于打破旧体诗格律的束缚和诗体的解放都有直接的影响。以口语入诗的思路开启了近代诗语言的通俗化走向，为诗歌的自由化、散文化培植了基因。它的成就与不足从正反两方面为而后的诗体改革提供了参照，为"五四"新诗的出现奠定了理论基础和创作基础，成为"五四"诗歌革命的先声。

"诗界革命"所涉及的诗人大多数是资产阶级维新派的人物，如黄遵宪、梁启超、谭嗣同、夏曾佑、康有为、蒋智由、丘逢甲等人[①]，"'诗界革命'作为近代诗坛上的一次革新思潮，实在是吸引了许多进步诗人参加的一次群众性的诗歌革新运动"[②]。这些人的诗歌主张和诗歌创作都在向"诗界革命"的要求靠拢。虽然这些人的诗歌创作最终没有打倒郑孝胥、陈三立的同

① 但郭延礼等学者认为应包括原先具有维新思想而后来成为革命派的南社诗人，如柳亚子、高旭、马君武、于右任、黄人等人，还应包括革命诗人秋瑾等人。

② 郭延礼：《"诗界革命"的起点，发展及其评价》，载《文史哲》，2000（2）。

光体诗歌，但却是现代汉语诗歌真正的起源，有着深远的影响，它的出现基本上宣告了格律诗的终结。

“诗界革命”最终被证明是一次不成功的诗体改革，原因是多方面的。最重要的原因在于它不能突破阻碍诗歌彻底变革的最后一道障碍——语言。在晚清知识分子看来，用白话写诗是不可想象的，这是晚清诗人们的局限，也是历史的局限。“诗界革命”的失败证明了没有语言的变革不可能有真正意义上的文学变革，这也是现代汉语文学与古代汉语文学最为根本的区别。白话的缺席是“诗界革命”失败的根本原因，诗歌革命的任务只有到“五四”白话诗运动时才能最终得以完成。

第二节 “小说界革命”与现代汉语小说之滥觞

一、“小说界革命”及其意义

自林纾翻译的《巴黎茶花女遗事》引起轰动以来，中国人就开始意识到小说的重要性和影响力，梁启超等人更是将其看作解决政治改良困境的良药。在《论小说与群治之关系》一文中，他说道：

> 欲新一国之民，不可不先新一国之小说。故欲新道德，必新小说；欲新宗教，必新小说；欲新政治，必新小说；欲新风俗，必新小说；欲新学艺，必新小说；乃至欲新人心，欲新人格，必新小说。何以故？小说有不可思议之力支配人道故。①

在大力提倡小说的同时，梁启超身体力行，创办小说刊物，创作新小说。1902 年 11 月，梁启超创办的《新小说》在日本横滨问世，第二期改在上海出版，到 1906 年停刊，共出了 24 期，为新小说开辟了阵地。与此同时，梁启超还开创了小说理论研究的新领域和新模式，在《新小说》中开辟“论说”专栏，刊载运用西方文学理论新观点阐述小说的专论，纠正传统观念对小说社会作用的误解，提高小说的影响力。在创作方面，他也努力开拓小说创作的新方法和新视野，在《新小说》上刊载了包括他自己著、译在内的以政治题材为主的小说，在内容和形式两方面都对传统古典小说有了新的突破。

在梁启超的倡导下，晚清出现了众多专门刊载小说的杂志，从 1902 年到 1909 年，以“小说”命名的杂志就达 20 种左右。其中最有名的是《绣像小说》（李宝嘉主编，1903 年 5 月创刊，共出 72 期，停刊时间约为 1907 年 1 月②）、《月月小说》（吴沃尧、周桂笙等主编，1906 年

---

① 梁启超：《论小说与群治之关系》，见郭绍虞主编：《中国历代文论选》，第 4 卷，207 页，上海，上海古籍出版社，1980。

② 关于《绣像小说》的停刊时间，学界尚没有准确说法。许多资料显示停刊时间为 1906 年 4 月。本书参考文迎霞：《关于〈绣像小说〉的刊行、停刊和编者》，载《华东师范大学学报》（哲学社会科学版），2006（3）。

11月创刊，1909年1月停刊，共出24期）和《小说林》［黄人（1866—1913，江苏常熟人）、徐念慈（1875—1908，江苏常熟人）主编，1907年2月创刊，1908年10月停刊，共出12期］，与《新小说》一起，被称为晚清四大小说杂志。晚清的许多重要小说都曾在这些刊物上连载，例如吴沃尧（字趼人，1866—1910，广东南海人）《二十年目睹之怪现状》、《痛史》、《九命奇冤》，梁启超《新中国未来记》（《新小说》），李宝嘉（字伯元，1867—1906，江苏武进人）《文明小史》、《活地狱》，刘鹗（1857—1909，江苏丹徒人）《老残游记》（《绣像小说》），吴沃尧《恨海》、《劫余灰》（《月月小说》），曾朴（1872—1935，江苏常熟人）《孽海花》（《小说林》）等等。这些杂志出现并由中介走向中心，与梁启超的"小说界革命"有着不可分割的联系。在"小说界革命"口号提出之后，晚清小说出现了空前繁荣的景象，"十四年间（1898—1911）出版的小说比前此二百五十年出版的小说种数还要多"[①]，而这个创作高峰的真正开始，还是在1903年[②]，即在"小说界革命"的提倡之后。

"小说界革命"是为了新民，它是梁启超"新民说"的实践，使小说在启蒙的进程中起到了举足轻重的作用。同时，"小说界革命"在小说的现代化进程中，也有着不可忽视的作用。首先，它为小说取得文学的正宗地位奠定了基础。小说曾经是小道，"小说家者流，盖出于稗官。街谈巷语，道听途说者之所造也"（《汉书·艺文志》）。在"小说界革命"之后，它方有机会成为正宗的文学体裁。由于这个原因，它也解决了一批士大夫在科举制度废除（1905）后的去向问题，为独立知识阶层的形成奠定了基础。其次，小说作用被夸大，就导致了一大批小说家对小说进行改革和实验。许多小说家开始借鉴西方小说的表现手法和叙述方式，使小说在叙事模式上发生转变[③]，对小说进行了新的实验和尝试。再次，晚清小说基本上都是用白话创作的，它是现代汉语小说的开端与重要组成部分，成为陈衡哲、鲁迅白话小说创作的先河。晚清白话小说的语言在向现代汉语转型的过程中大都还带有文言的成分，并不是成熟的现代汉语。最早在语言上表现得较干净利落的小说首推《老残游记》。《老残游记》的语言基本上没有文言虚词，除了仍保持了古代小说说书人的叙述语态之外，语言已非常接近成熟的现代汉语。到符霖的《禽海石》，语言更加口语化，与"五四"小说的语言很接近，已经是较为成熟的现代汉语小说了。

晚清小说繁荣的原因在于：梁启超"小说界革命"对小说的大力提倡，西方小说的大量译介，近代报业和出版业的发达为小说的出版和发行提供了便利的条件，科举制度的废除造成了有闲士大夫阶层的出现进而为小说提供作者资源和读者资源，现代稿酬制度的建立，等等。

二、晚清白话小说的主要类别

第一是谴责小说。谴责小说是晚清的重要小说类别，由鲁迅在《中国小说史略》中首次命

---

① 陈平原：《20世纪中国小说史》，第1卷，75页，北京，北京大学出版社，1989。

② 参见欧阳健：《晚清小说史》，4页，杭州，浙江古籍出版社，1997。

③ 参见陈平原：《中国小说叙事模式的转变》，北京，北京大学出版社，2003。

名。[①] 谴责小说大致可分为四类：一为抨击晚清吏制的作品，如李宝嘉《官场现形记》和《活地狱》对清朝吏制的批判、张春帆《宦海》对广东官场的揭露、刘鹗《老残游记》对所谓“清官”的揭露等。二为揭露世风堕落的作品，如吴沃尧的《二十年目睹之怪现状》从不同的层面广泛而又深刻地揭示了晚清社会道德风尚的腐败和堕落，蘧园的《负曝闲谈》通过对下层社会世风人情的描写，谴责了晚清社会的黑暗和道德的沦丧。三为描写政治维新和输入西方文明的作品，例如李宝嘉的《文明小史》。四为反映社会其他问题的作品，例如反映民族工业发展艰辛的《市声》（姬文著），反映鸦片输入对中国造成危害的《黑籍冤魂》（彭养鸥著）等。刘鹗的《老残游记》、李宝嘉的《官场现形记》、吴沃尧的《二十年目睹之怪现状》、曾朴的《孽海花》[②]被称为“清末四大谴责小说”。

《老残游记》以一个摇串铃走江湖的医生“老残”的活动为线索，记述了其在各地游历时的见闻，通过辐射式的结构，广泛地展示了晚清社会黑暗腐败的内幕。在揭露官场流弊方面，与一般小说专写贪官不同，它的重点是揭露“清官”。“赃官可恨，人人知之。清官尤可恨，人多不知。”[③]《老残游记》这种独特的叙述视角使作品具有强烈的感染力。《老残游记》的另一个重要特色是语言精练，明白晓畅，富有表现力，是较为典范的白话语言；对人物的心理描写，也有独到之处。鲁迅在《中国小说史略》中称这书“叙景状物，时有可观”。特别是第二回的“明湖居说书”、第十二回的“黄河上打冰”，写得尤为精彩，从20世纪20年代起，就被作为范文选入中学语文课本。

《官场现形记》连载于1903年4月至1905年6月的《世界繁华报》，通过第三人称的叙述视角，描绘了一幅幅腐败不堪的官场群丑图。上至军机大臣，下至州县杂佐，无不昏聩颟顸，贪赃枉法，媚外欺内，腐败透顶。该书极尽讽刺夸张之能事，对官场丑态进行了淋漓尽致的揭露。《官场现形记》由一些相对独立的故事连缀而成，没有一以贯之的故事情节，与《儒林外史》结构类似。鲁迅说：“况所搜罗，又仅‘话柄’，连缀此等，以成类书；官场伎俩，本小异大同，汇为长编，即千篇一律。”[④] 这正是《官场现形记》最致命的弱点。

《二十年目睹之怪现状》借“九死一生”之口，用第一人称的视角叙述了他二十年中所见所闻的怪异之事，在120回中共写189个怪现状。不过本书所记“怪现状”不仅限于官场，按“九死一生”的说法：“只因我出来应世的二十年中，回头想来，所遇见的只有三种东西：第一种是蛇虫鼠蚁；第二种是豺狼虎豹；第三种是魑魅魍魉。”[⑤] 因此，本书所讽刺批判的面比《官场现形记》要广，它不但批判官场，而且主要“从社会公德和宗法伦理道德沦丧的角度抨击世风堕落”[⑥]，是作者“道德救国论”的实践。小说采用短篇故事连缀的方式与《官场现形记》颇为类似，但是却设置了一个一以贯之的人物，使全书的故事显得连贯，第一人称的叙述

① 鲁迅在《中国小说史略》中说：“光绪庚子（1900）后，谴责小说之出特盛。……群乃知政府不足与图治，顿有掊击之意矣。其在小说，则揭发伏藏，显其弊恶，而于时政，严加纠弹，或更扩充，并及风俗。”（鲁迅：《中国小说史略》，205页，上海，上海古籍出版社，1998）

② 曾朴本计划将《孽海花》写成“政治小说”的。1905年，小说林社印行的二十回本将其称为“历史小说”。因此，杨义认为，《孽海花》是由政治小说蜕变为历史小说，而在蜕变的过程中又染上了谴责小说的特点，它是同时具有三种成分的小说。参见杨义：《中国现代小说史》，第1卷，26页，北京，人民文学出版社，1986。

③ 刘鹗：《〈老残游记〉自评》，见《刘鹗及〈老残游记〉资料》，78页，成都，四川人民出版社，1985。

④ 鲁迅：《中国小说史略》，206页。

⑤ 吴趼人：《二十年目睹之怪现状》（上），5页，北京，人民文学出版社，1959。

⑥ 武润婷：《中国近代小说演变史》，350页，济南，山东人民出版社，2000。

视角使小说有一种亲切感和真实感。小说语言平易生动，明快风趣，文言成分很少，具有较强的可读性。

《孽海花》与另三部小说稍有不同，它不是严格意义上的谴责小说，而是同时具备政治小说、历史小说、谴责小说和世情小说的特点。小说以科场状元金雯青和花场状元傅彩云的爱情纠葛结构全书，展示近代社会风云突变的局势，目的在使许多不相关的情节连成一气，同时也使本书所描述的政治文化变迁情况更有“浪漫”色彩。这种“长线穿珠”式的结构使本书故事具有连贯性，所穿之“珠”（轶闻趣事）使本书具有通俗的倾向。书中人物，多有影射，很多都是写真人真事，这也增加了本书的可读性。再加上本书“结构工巧，文采斐然”①，成为晚清最为有名的畅销小说。

谴责小说是晚清现代汉语小说中最为成功的小说，影响最大，成就最高，语言精练，结构工巧。这些小说的共同缺陷恰如鲁迅所说“辞气浮露，笔无藏锋”②，是现代汉语小说发端期稚气的表现。

第二是狭邪小说。狭邪小说是指清朝咸丰以来专以优伶妓女为题材的长篇小说。士人生活的放诞不羁、城市妓院之林立、上海性别比例的严重失调、理学盛行对人欲的压制以及《红楼梦》和《金瓶梅》的影响等，与狭邪小说的产生均有很大的关系。狭邪小说的主要代表作品有韩邦庆的《海上花列传》、张春帆的《九尾龟》、孙家振的《海上繁华梦》等。

第三是侠义公案小说。侠义公案小说是以侠客在清官的率领下保国安民为主要内容的小说，它是古代小说的两个流派——侠义小说和公案小说的合流。侠义公案小说在民初又发生裂变：侠义部分演变为武侠小说，公案部分演变为侦探小说。侠义公案小说代表作品有石玉昆的《三侠五义》、贪梦道人的《彭公案》以及《狄公案》（作者不详）等。吴沃尧的《九命奇冤》和冷佛的《春阿氏》是向侦探小说过渡的作品，桃花馆主人唐芸洲写的《七剑十三侠》和海上剑痴写的《仙侠五花剑》等是向武侠小说过渡的作品。

第四是政治小说。政治小说是“小说界革命”后最早产生的一个小说门类，以强烈的政治宣传性为其特点。梁启超提出“小说界革命”后创作的第一篇小说《新中国未来记》就是一部政治小说。黄小配宣传资产阶级民主革命的历史题材小说《洪秀全演义》也可归入这个类别。除此之外还有春飒的《来来世界》、陈天华宣传资产阶级革命的《狮子吼》、颐琐宣传妇女解放运动的《黄绣球》等。

第五是科幻小说。这是在翻译的外国科幻小说的影响下发展起来的小说新门类，它被王德威作为晚清小说具有现代性因素的一个典型例证。③ 代表作品有荒江钓叟的《月球殖民地》和碧荷馆主人的《新纪元》等。

第六是言情小说。代表作品有吴沃尧的《恨海》和《劫余灰》、符霖的《禽海石》等，其悲情叙事模式为民初哀情小说的产生奠定了基础。

---

① 鲁迅：《中国小说史略》，213 页。

② 同上书，203 页。

③ 参见王德威：《被压抑的现代性——晚清小说新论》，台北，麦田出版股份有限公司，2003。

三、民初小说创作概况

民初小说在总体面貌上发生了很大变化。第一是骈四俪六的文体风行一时。晚清小说主要是用白话创作的，但是到了民初，文言小说却掀起了一次热潮。“鸳鸯蝴蝶派”的许多代表作品都是用文言写成的，例如徐枕亚（1889—1937，江苏常熟人）、吴双热（1884—1934，江苏常熟人）、何诹（1882—1927，广西兴业人）、李定夷（1889—1963，江苏常州人）、苏曼殊（1884—1918，广东香山人，生于日本）等人都用文言创作小说，而且引起了很大的反响。第二是悲情充满了整个文坛。文坛一片“淫啼浪哭”之声，各种写情小说成为主流。单从命名来看，就有苦情小说、奇情小说、哀情小说、艳情小说、侠情小说等等名目不下20种，而哀情小说影响最大，也最受欢迎。代表作品很多都是文言小说，如徐枕亚的《玉梨魂》和《雪鸿泪史》、包天笑（1876—1973，江苏苏州人）的《一缕麻》、何诹的《碎琴楼》、吴双热的《孽冤镜》、李定夷的《賈玉怨》、苏曼殊的《断鸿零雁记》等。第三是各种小说试验蜂拥而起。就言情小说而言，种类本已非常繁多，但还有许多新的叙述模式产生，例如“言情加社会”模式、“言情加侦探”模式、“言情加武侠”模式，等等。侦探小说、武侠小说、游戏小说、小说接龙等各种新文体大量涌现。第四是小说杂志大量涌现。小说创作的真正商品化和繁荣应在1910年之后。单就文艺期刊来看，1902年到1909年为20种，而从1910年到1917年则为39种，为前期的近两倍。而且此期的各大主要文学期刊和小说期刊存在期都较长，表现出了较为顽强的生命力。《小说月报》、《礼拜六》都出到100期以上，《小说时报》、《中华小说界》、《小说丛报》、《小说海》、《小说新报》也都具有长久的生命力和广泛的销路。第五是民初小说以短篇小说为主。由于小说杂志的大量涌现，小说的创作方式也发生了改变，小说的篇幅越来越短。民初五年（1912—1917），短篇小说大约在10 000篇以上，而单行本长篇小说只有191部，但是晚清长篇小说却有490多部，包括翻译小说在内，应该有1 100多种（据阿英《晚清小说史》统计）。

民初小说家习惯上被称为“鸳鸯蝴蝶派”，也有人将其称为“礼拜六派”、“民国旧派”或“鸳鸯蝴蝶——《礼拜六》派”。① “鸳鸯蝴蝶派”这个名字是后人给加的，而鸳鸯蝴蝶派的作家大都不承认他们属于此派。此命名源于“卅六鸳鸯同命鸟，一双蝴蝶可怜虫”这一反复在他们作品中出现的诗句。“鸳鸯蝴蝶派”指的是开始于民国初年，以《礼拜六》、《小说月报》等通俗文学刊物为阵地，致力于通俗小说创作和创新的一个小说流派。代表作家有言情小说家徐枕亚、吴双热、李定夷等人，也包括侦探小说家程小青（1893—1976，上海人）、孙了红（约1897—1958，祖籍浙江宁波，后迁居上海），武侠小说家平江不肖生，社会小说家李涵秋（1874—1923，江苏扬州人）和后来的张恨水（1895—1967，祖籍安徽潜山，生于江西广信），历史小说家蔡东藩等人。代表作品包括被称为“三鼎足”的徐枕亚的《玉梨魂》、吴双热的《孽冤镜》、李定夷的《賈玉怨》，此外还有苏曼殊的《断鸿零雁记》、李涵秋的《广陵潮》（白话小说）、海上说梦人（本名朱瘦菊，生卒年不详，上海人）的《歇浦潮》（白话小说）、网蛛生（本名平襟亚，1884—1980，江苏常熟人）的《人海潮》（白话小说）、平江不肖生的《江湖

---

① 参见范伯群：《中国近现代通俗文学史・绪论》，上册，13～18页，南京，江苏教育出版社，2000。

奇侠传》（白话小说）、程小青的《霍桑探案》（白话小说）系列等。徐枕亚、李涵秋、包天笑、周瘦鹃和张恨水被称为“鸳鸯蝴蝶派五虎将”。

鸳鸯蝴蝶派虽然没有纲领性文件和固定的成员与组织，但是他们的小说的确表现出一些较为共同的倾向性。其一是“游戏的消遣的金钱主义的文学观念”①。其二是语言通俗、浅显易懂的倾向。虽然民初小说有用文言创作小说的潮流，但是更多的小说家却是用白话创作的，例如《广陵潮》、《人海潮》、《歇浦潮》等小说的语言与“五四”小说的语言已经没有多大的区别了。民初小说语言表现出一种两极分化的现象，文言小说极尽雕琢铺张之能事，然而白话小说的语言却比晚清白话小说的语言更加通俗，更加浅显自然，实际上已经是较为成熟的现代汉语了。其三是模式化的叙事特征。其四是具有类型化的人物形象。其五是主题表达的多元性、审美趣味的多样性、与读者审美期待心理和接受能力所保持的广泛的一致性。民初小说之所以具有这些特点，主要是因为文学商业化倾向的加强，它必须尊重市场的规律，争得更多的读者，以维持刊物的生存和作家自己的生存。所以，从某种角度说，民初文学是20世纪上半叶市场化程度最高的文学。

民初的白话小说在语言和体式方面都较晚清小说有所突破。在语言方面，这些小说已经使用较为成熟的现代汉语。在小说体式方面，这些小说不断积极探寻新的小说创作模式，借鉴新的表现手法（这一点在民初的短篇小说中体现得尤为明显），在小说中积极融入现代性因素，实际上已为鲁迅等人的白话小说创作铺平了道路。比起晚清小说过强的政治道德说教，民初小说在对人性和人情的关注方面也有很大的进步。但是，由于在求新的过程中对传统小说叙事模式的依恋和附着在它们身上的“游戏的消遣的金钱主义的文学观念”的作用，民初小说没有被社会广泛地认可为一种严肃的文学样式，长期以来被扣上“鸳鸯蝴蝶派”的帽子而不能被写进严肃的文学史教材。假若我们撇开这些因素，单从现代汉语小说发展的角度来看，民初白话小说是现代汉语小说成熟前最为重要的过渡。

第三节
梁启超的“文界革命”与现代汉语散文创作之勃兴

清朝末年，以经术作政论的风气形成后，文章发展成一种“经世之文”与“时务之文”，这种文体使散文从桐城派的“义法”论及古文辞的路径中获得了解放。另一方面，近代报纸的产生与兴盛，产生了一种“报章文体”。这种文体需要具有时效性和通俗性，要求语言简洁易懂，这就为梁启超“文界革命”的提出做好了准备。由于晚清改良派对民众启蒙的需要造成了对“言文合一”的要求，与西方文化的交流和冲突则使得文人的视野日趋开阔，思想日趋开放，这些都对“文界革命”起到了促进作用。

① 沈雁冰（茅盾）：《自然主义与中国现代小说》，载《小说月报》，第13卷第7号，1922。

梁启超在《清代学术概论》中说："启超夙不喜桐城派古文，幼年为文，学晚汉魏晋，颇尚矜炼，至是自解放，务为平易畅达，时杂以俚语韵语及外国语法，纵笔所至不检束，学者竞效之，号新文体……其文条理明晰，笔锋常带情感，对于读者，另有一种魔力焉。"① 变法失败后，梁启超力倡"文界革命"。他认为著书为文"以流畅锐达之笔行之"方能"播文明思想予国民"。其散文创作为"新文体"树立了良好范例。他倡导的这种"新文体"主要有以下几个特点：第一，平易畅达。新文体的语言，文白相杂，间用俚语与外来新词语，成为一种浅近的文言文体，接近口语，人人能懂，又能骈散结合，打破骈体与散体的严格界限，增强了文字表现力。第二，打破各种文体界限，将议论与叙述、抒情相结合。第三，条理明晰，逻辑连贯，往往一气呵成，气势磅礴。第四，笔锋带情，具有很强的感染力。代表性作品《少年中国说》集中体现了他的"新文体"的特征。例如最后一段：

> 故今日之责任，不在他人，而全在我少年。少年智则国智，少年富则国富，少年强则国强，少年独立则国独立，少年自由则国自由，少年进步则国进步，少年胜于欧洲则国胜于欧洲，少年雄于地球则国雄于地球。红日初升，其道大光；河出伏流，一泻汪洋；潜龙腾渊，鳞爪飞扬；乳虎啸谷，百兽震惶；鹰隼试翼，风尘吸张；奇花初胎，矞矞皇皇；干将发硎，有作其芒；天戴其苍，地履其黄；纵有千古，横有八荒；前途似海，来日方长。美哉我少年中国，与天不老！壮哉我中国少年，与国无疆！②

"文界革命"反映了向西方寻求真理的开放时代的要求，触及文学为改造社会服务的问题，强调了文学为社会为人生的现实主义创作道路。它注意到了文学创作的通俗化问题，不仅促进了近代文学的发展，也对五四新文学运动的产生起了积极的促进作用，加速了古代文学向现代文学过渡的进程。

梁启超所倡导的"新文体"对传统古文来说是一种突变，但是它依然是文言文系列，只是较为浅近而已。另一方面，黄遵宪在1877年的《日本国志》中就提出了"言文合一"的要求，后来在大量涌现出的白话报刊和白话文运动中，更多的学者开始大力倡导白话文，并且开始白话文创作，例如陈独秀、陈天华、秋瑾等人。秋瑾的《敬告姊妹们》，言辞恳切，情感真挚，部分文字已经是较为流畅娴熟的白话文了：

> 我的最亲爱的诸位姊姊妹妹呀，我虽是个没有大学问的人，却是个最热心去爱国、爱同胞的人。如今中国不是说有四万万同胞吗？……唉！二万万的男子，是入了文明新世界；我的二万万女同胞，还依然黑暗沉沦在十八层地狱，一层也不想爬上来……③

但是，晚清的白话散文最终没有成为散文的主体，一是因为当时大多数文人还是习惯用文言文创作；二是当时的白话文受众还主要是下层平民，而文人基本上还对其持抵制态度；三是白话文本身也不成熟，在这些白话散文中还时常夹杂有文言词句，还没有成为成熟的现代汉语。散文的白话化进度比小说相对滞后一些，与《老残游记》、《禽海石》等小说的语言相比，白话散文的文言成分往往更重一些。但是，晚清的"文界革命"和白话散文的创作却为现代汉语的形成奠定了基础，做好了铺垫。现代汉语散文取代文言散文，也成为不可阻挡的趋势。

---

① 梁启超：《清代学术概论》，72页，上海，上海古籍出版社，2005。

② 梁启超：《饮冰室文集点校》，第2辑，700页，昆明，云南教育出版社，2001。

③ 郭延礼选注：《秋瑾诗文选》，10页，北京，人民文学出版社，1982。

第四节 王国维的“理论革命”与近代话剧之起伏

王国维（1877—1927），浙江海宁人。王国维对现代汉语文学的主要贡献在于，他第一次借鉴和运用西方美学话语，建立了现代文学批评体系。[①] 王国维建立现代文学批评体系，主要从两个方面入手：第一是建立了较为完整的文学本体论、文学创作论和文学批评论；第二是尝试了文学批评和研究的新方法。写于1904年的《〈红楼梦〉评论》是他第一篇具有思维方法启蒙意图的论作，这也标志着现代汉语文学在文学理论与批评方面已经奠基。

《〈红楼梦〉评论》首先对文学的本质进行了重新思考，借用叔本华的观点来说明美术（艺术）的本质在于使人“忘物我之关系”，使人从“生活之欲”的痛苦之中得到解脱。“而美术中以诗歌、戏曲、小说为其顶点，以其目的在描写人生故。”[②] 接下来，王国维依据这个本质论对《红楼梦》的精神进行了讨论，认为此书主人公通过“拒绝一切生活之欲”[③] 进而获得解脱的过程正是《红楼梦》的总体象征。由此，王国维批判了中国传统文学中的“乐天之精神”[④]，认为《红楼梦》的价值正在于反传统的悲剧精神。进而，王国维认为“美学上最终之目的，与伦理学上最终之目的合”[⑤]，还用大量的事实论证了《红楼梦》在伦理学上的价值也在于“以解脱为理想”[⑥]，其审美价值等同于伦理价值。最后，王国维批判了传统的对《红楼梦》考据式的研究，以“美术之所写者，非个人之性质，而人类全体之性质也”[⑦] 为理论依据，认为《红楼梦》一书之价值不在其内容之确指何人何事，而在其所表现出来的美学与伦理学上的价值。

《〈红楼梦〉评论》第一次彻底抛弃了由儒家意识形态和经学话语建立起来的文学本体论，第一次将文学作为一种独立的美学话语，公开宣称文学与社会、政治、“兴味”不相容而独具价值[⑧]，表现出了与“言志”、“缘情”、“载道”思想截然不同的文艺批评观，因此具有独特的现代性意义。王国维对《红楼梦》的评论被认为是一种带目的性的“误读”，而这种“误读”后面有着对现代批评新思维的渴求。[⑨]

---

① 王国维的“文学活动，在中国文论史上却具有划时代的意义：文论中的经学话语成为直接、主要的批判对象，王国维是第一人；对西方美学话语的借鉴不是用于对传统的补充、改善和重新解释，而是以此全面挑战以经学话语为根基的传统文论模式，王国维也是第一人；进而建立以美学话语为理论依据的较为完整的现代文论体系，王国维更是第一人”。见马睿：《从经学到美学——中国近代文论知识话语的嬗变》，348～349页，成都，四川民族出版社，2002。

② 姚淦铭、王燕主编：《王国维文集》，第1卷，5页，北京，中国文史出版社，1997。

③ 同上书，8页。

④ 同上书，10页。

⑤ 同上书，14页。

⑥ 同上书，19页。

⑦ 同上。

⑧ 这一点是王国维文学批评的立论基础，他在《古雅之在美学上之位置》一文中写道：“美之性质，一言以蔽之，曰：可爱玩而不可利用者是已。”见周锡山编校：《王国维文学美学论著集》，37页，太原，北岳文艺出版社，1987。

⑨ 参见温儒敏：《中国现代文学批评史》，7页，北京，北京大学出版社，1993。

在创作论上，王国维提出美术是天才之产物的观点，强调艺术是“天才游戏之事业”①，以反对文学的功利性，看重创作主体超功利的游戏的写作态度。在批评论方面，他一方面力避传统批评那种“微言大义”、“寄托讽喻”、“兴观群怨”的模式②，另一方面也力避启蒙主义文论那种以文学阅读为政治教育、改良社会之工具的观点，并对其进行了反驳。③

另一方面，王国维又在文学批评、文学研究的方法上尝试了从传统向现代的转换。首先，他的文学研究主要以非正统文学为研究对象，对小说、戏剧、词等非正统文学给予了较多的关注；其次，他从理论上建立了新的文学批评标准，以美学理论取代传统文论中的经学意识和政教功利主义；第三，他以客观的、理论的批评，改造以至取代了主观的、印象的批评④；第四，他自觉借鉴并运用了西方文论和西方哲学的话语体系，对传统文学批评进行了解构和挑战，从而使中国文学批评在某种程度上实现了与西方文学批评的接轨与对话，实现了传统批评的现代性转化。

在戏剧美学史上，王国维也标志着戏剧美学由古典形态向近现代形态的转折，他的《宋元戏曲考》(1912) 成为这个转折的界标。然而，对戏剧本身的改良早在《宋元戏曲考》问世之前十年就已经在进行了。1902 年，梁启超在《新民丛报》创刊号上发表了《劫灰梦传奇》，揭开了“戏剧改良”的序幕。接着，他又写了《新罗马传奇》和《侠情记传奇》，在体制、格律上对传统戏曲均有突破。1904 年，陈去病（1874—1933，江苏吴江人）、柳亚子（1887—1958，江苏吴江人）创刊了《二十世纪大舞台》，正式提出了“戏剧革命”的口号，公开号召组织“梨园革命军”。柳亚子撰《〈二十世纪大舞台〉发刊词》，强调借戏剧以实现政治革命的目的。三爱（陈独秀）撰《论戏曲》，阐述戏剧的教育功能。在理论家的倡导下，近代戏剧改良运动出现了新高潮，创作了大量戏剧作品，如《革命军传奇》(浴血生著，1903)、《苍鹰击》(伤时子著，1907) 等用戏剧为武器配合当时民主革命运动的作品；出现了许多以历史上的民族英雄为题材，用以宣传民族思想、弘扬爱国精神的作品，如《爱国魂》（川南筱波山人著，1908）等；还出现了许多以西方资产阶级革命的历史为题材的作品，借以宣传资产阶级民主革命和民主、自由、平等思想，例如《唤国魂》(雪著)、《血海花》(玉瑟斋主人著，1903) 等。在艺术形式方面，戏剧改良后的戏剧文本与传统戏曲也有了诸多不同，例如传奇和杂剧逐渐融合在一起，传奇杂剧的体制也发生了一定的变化；曲白比重发生改变，曲逐渐减少而白逐渐增多；曲律得到解放，不必再按曲牌要求谱曲；程式化的动作亦为日常生活动作所取代等。与“小说界革命”的缺陷一样，“戏剧革命”由于注入了过多的政治说教因素，忽视了戏剧的艺术规律，而使艺术性大打折扣。与之相应，各剧种也闻风而动，实行改良，例如汪笑侬（1858—1918，北京人）对京剧的改良，“戏曲改良公会”⑤ 对川剧的改良，“易俗社”⑥ 对秦腔的改良，“警世

---

① 姚淦铭、王燕主编：《王国维文集》，第 1 卷，24～30 页，北京，中国文史出版社，1997。

② 这一点在《人间词话》中体现得尤为明显。参见王国维：《人间词话》，上海，上海古籍出版社，1998。

③ 参见王国维：《论近年之学术界》、《论哲学家与美术家之天职》等文章。见姚淦铭、王燕主编：《王国维文集》，第 3 卷，北京，中国文史出版社，1997。

④ 以上三点参见马睿：《从经学到美学——中国近代文论知识话语的嬗变》，364～368 页。

⑤ 1905 年在成都成立，其中成绩最突出的有黄吉安（1836—1924，原籍安徽，四川成都人）、赵熙（1867—1948，四川荣县人）。

⑥ 成立于 1912 年 7 月，发起人有李桐轩（1860—1932，陕西蒲城县人）、孙仁玉（1872 或 1873—1934，陕西临潼人）。

戏社”[①] 对评剧的改良，“志士班”[②] 对粤剧的改良等。这些努力使传统戏剧被不断地改变，却并没有能够产生新的剧种，因而它们仍然是传统戏剧的继续。

与近代戏剧改良相对应的另一条线索是由引入西方话剧而导致的中国现代话剧的诞生。早在 1866 年，上海就有了第一个由上海西人业余剧团建立的正规剧院——上海兰心剧院，后又建立“东京席”的小剧场，供日本新派剧剧团来华演出。中国人演话剧始于 1899 年，由上海教会学校学生业余演出。教会学校最初演出欧洲戏剧，后又上演了《官场丑史》（1899 年，上海圣约翰书院）、《六君子》和《义和拳》（1900 年，上海南洋公学）等。这些学生演剧活动在当时影响并不大，但是却反映了中国青年一代开始寻找戏剧的另一种形式的努力。

成立于 1906 年底的春柳社标志着中国早期话剧活动的正式开始。春柳社成立于日本东京，是由留日学生组织的一个综合性文艺团体，全称“春柳社文艺研究会”。创始人为李叔同（1880—1942，祖籍浙江平湖，生于天津）、曾孝谷（1873—1937，四川成都人），主要成员有欧阳予倩（1889—1962，湖南浏阳人）、吴我尊、马绛士、陆镜若（1885—1915，江苏武进人）、黄喃喃等人。1907 年，春柳社在东京演出了《茶花女》第三幕，在留学生中引起了强烈的反响。同年 6 月，春柳社又在东京公演了《黑奴吁天录》，获得了更大的成功。春柳社提出了“以研究新派为主”[③] 的口号，主张建立一种以言语、动作为主要表现手段的新的戏剧形式，注重演出的布景、道具、服饰、化妆、表演的“写实性”，这种新的剧种在当时被称为“新戏”或“文明戏”。之后，春柳社又成功地演出了《生相怜》（1907 年底）、《热泪》（1909 年）等戏剧。这期间春柳社的主要活动都在日本进行，被称为前期春柳，后由于政府禁令而终止活动。1912 年，陆镜若、马绛士在上海成立“新剧同志会”，后来欧阳予倩等人也加入进来。1914 年，他们在外滩谋得利小剧院开设了春柳剧场，上演以“幕表剧”[④] 为主要形式的话剧，代表作为陆镜若编导的社会悲剧《家庭恩怨记》。此会活动在 1915 年因陆镜若的逝世而消歇。新剧同志会又被称为后期春柳。

当时活跃着的戏剧团体还有春阳社和进化团。春阳社的主要成员有王钟声和任天知，演出剧目《迦因小传》、《张文祥刺马》、《新茶花》、《秋瑾》等。1910 年冬天成立于上海的进化团是中国话剧史上第一个职业剧团，其发起人和领导人是新剧活动家任天知，主要成员有汪仲贤、欧阳予倩、陈大悲等人。他们打出了“天知派新剧”的旗帜，演出了《血蓑衣》、《新茶花》等剧目，大获成功，到长江中游各大城市巡回演出半年，声名大振。

1914 年 11 月，南开新剧团成立，主要代表人物为张寿春和张彭春兄弟。该剧团以“练习演说，改良社会”为宗旨，从 1908 年到 1922 年上演剧目近五十个。[⑤] 该团“从欧美直接移植到以天津为中心的流行于北方的话剧，与春柳社从日本移植的主要以上海为中心的流行于南方

---

① 1909 年在唐山成立，1912 年改名为“警世戏社”，代表人物成兆才（1874—1929，河北滦县人）。

② 成立于辛亥革命前夕，由一些进步知识分子发起。

③ 春柳社在《演艺部专章》里宣称：“演艺之在别有二：曰新派演艺（以言语动作感人为主，即今欧美流行者）；曰旧派演艺（如吾国之昆曲、二黄、秦腔、杂调皆是）。本社以研究新派为主。”参见钱理群：《中国现代文学三十年》（修订本），163 页，北京，北京大学出版社，1998。

④ 幕表剧就是只有一个故事大纲，依据故事大纲排定一个演员表和分幕分场表，有的附上重要的对话，大部分靠演员临场发挥。有时在换景时加演幕外戏。参见郭富民：《中国现代话剧教程》，19 页，北京，中国戏剧出版社，2004。

⑤ 南开新剧团成立于 1914 年，然而其活动在辛亥革命前就开始了。

的话剧共同构成了我国早期话剧的整体”①。

随着辛亥革命的失败，与之联系紧密的早期话剧也日渐衰落，后日渐庸俗并商业化，谓之“文明戏”的堕落。

【本章学习参考】

一、阅读书目

梁启超：《二十世纪太平洋歌》

黄遵宪：《军歌》

刘鹗：《老残游记》

曾朴：《孽海花》

徐枕亚：《玉梨魂》

梁启超：《少年中国说》

二、相关文献

1. 张永芳．诗界革命与文学转型．北京：中国社会科学出版社，2004.

2. 梁启超．梁启超文集．北京：北京燕山出版社，1997.

3. 阿英．晚清小说史．北京：东方出版社，1996.

4. 陈平原．中国现代小说的起点：清末民初小说研究．北京：北京大学出版社，2005.

5. 叶嘉莹．王国维及其文学批评．广州：广东人民出版社，1982.

6. 田根胜．近代戏剧的传承与开拓．上海：上海三联书店，2005.

三、复习思考

1. 名词解释：

“诗界革命”　“小说界革命”　“文界革命”　“四大谴责小说”　鸳鸯蝴蝶派　文明戏

“戏剧改良”　春柳社　“天知派新剧”　“甲寅中兴”

2. 什么叫做“诗界革命”的语言困境？

3. “诗界革命”取得了哪些进展与突破？有何不足？

4. “小说界革命”对现代汉语文学的形成有何作用？

5. 为什么说现代汉语小说在晚清已经产生？

6. 简述清末民初小说创作概况。

7. 试比较晚清白话小说与民初白话小说之不同。

8. “文界革命”有何意义？

9. 王国维文学批评的现代性体现在哪些方面？

10. 简述“五四”前话剧的兴起与衰落。

① 郭富民：《中国现代话剧教程》，24 页，北京，中国戏剧出版社，2004。

第 二 编

中国现代汉语文学成形期
(1917—1927)

中国现代汉语文学从晚清发端以后，在1917年开始的文学革命中成形。这是因为，本时期系统介绍了西方文艺思潮，完成了文学观念之现代性塑型；本时期现代汉语诗歌、现代汉语话剧剧本诸文体得以发生，作为纯文学社团的文学研究会、创造社等相继诞生，文学大家鲁迅、郭沫若相继鼎立，纯文学期刊风起云涌，文学流派相继形成。总之，中国现代汉语文学的价值观念、文体形式、文学运动、文学大家、文学社团、文学期刊在这十年全面定形。

本编主要评述本时期的文学运动与思潮、鲁迅、郭沫若、本时期的文学社团、小说、诗歌、散文、戏剧等。

第三章

“文学革命”与现代汉语文学成形

从“文学革命”到“革命文学”，是本时期文学运动与思潮的发展与走向。其中，“文学革命”为主，并成为本时期的总体面貌；随着时代的发展，“文学革命”运动又逐渐掺入“革命文学”倡导的新因素，革命文学虽然为辅，但开始标出以后的方向。

本章主要评述五四新文化运动与文学思潮、“文学革命”基本理论及文学论争、“五四”时期对西方文艺思潮和苏俄文艺思潮的输入，以及本时期末期开始向革命文学思潮的转向等问题。

第一节 五四新文化运动与人道主义诸思潮

一、五四新文化运动

晚清的经学启蒙到文学启蒙，开启了中国文化现代性先河。由于中国君主立宪运动失败，1911 年辛亥革命发生及其后的袁世凯、张勋两次复辟帝制，一方面，旧的文化力量继续活跃，如康有为就上书提倡尊“孔教”为“国教”，促使新文化运动力量聚集；另一方面，由于第一次世界大战爆发，革命成为新的世界主潮，加之新的资产阶级思想大量输入，中国的文学启蒙就变异为新的资产阶级文化运动即五四新文化运动。这个运动兴起于 1915 年 9 月 15 日《青年杂志》的创刊，得名于 1919 年 5 月 4 日的五四运动，分裂于 1919 年 7 月“问题与主义”论争之后，终结于 1921 年 7 月中国共产党的成立。

1915 年 9 月 15 日，陈独秀主编的《青年杂志》第二卷起改称《新青年》，(以下称《新青年》)①

---

① 1915 年 9 月 15 日创刊，至 1916 年 2 月出至 1 卷 6 号，休刊半年，1916 年 9 月 1 日复刊，为 2 卷 1 期，改名《新青年》。1916 年底，陈独秀到北京大学任教，杂志社 1917 年起迁到北京，至同年 8 月 3 卷 6 期，休刊 4 个月。1918 年 1 月复刊，出 4 卷 1 期，实行编辑集议制，陈独秀、胡适、钱玄同、沈尹默、李大钊、鲁迅、吴虞等参与编辑会议。1919 年 1 月，改为轮流主编制，从第 6 卷起，由陈独秀、钱玄同、高一涵、胡适、李大钊、沈尹默轮流编辑。1920 年夏，陈独秀到上海筹建共产主义组织，杂志社也随之迁到上海，随后成为中国共产党中央委员会主办的理论刊物，1926 年 7 月 25 日终刊，共出 63 期。

在上海创刊。与晚清创办的报刊不同的是，这是一份前期以资产阶级人道主义为主要价值观、后期以马列主义的社会革命论为社会发展观的崭新刊物。《新青年》的创刊，标志着启蒙运动进入了一个新的时期，也标志着五四新文化运动的开端。五四新文化运动的内容是：提倡新道德，反对旧道德，提倡新文学，反对旧文学。五四新文化运动的两面大旗是“民主”与“科学”。

二、新思潮的传播与批判

《新青年》打出了新文化运动“民主”与“科学”两面大旗，倡导西方民主、科学、人权、平等、自由等资产阶级文化思想。创刊号上刊发了陈独秀撰写的发刊词《敬告青年》，鲜明地提出了“人权”（民主）与“科学”两个口号，认为“近代欧洲之所以优越他族者，科学之兴，其功不在人权说下，若舟车之有两轮焉”，提出“国人而欲脱蒙昧时代，羞为浅化之民也，则急起直追，当以科学与人权并重”。发刊词还明确地提倡“人权平等”、“自由权利”。这是典型的资产阶级文化观念。文章分“自主的而非奴隶的”、“进步的而非保守的”、“进取的而非退隐的”、“世界的而非锁国的”、“实利的而非虚文的”、“科学的而非想象的”六部分，主旨在唤醒中国青年个性独立、开放进步、科学现实的精神，也奠定了《新青年》作为五四新文化运动的主要阵地的地位。随后，《新青年》还发表了《本志罪案之答辩书》，提出“拥护德谟克拉西先生（Democracy）和赛恩斯先生（Science）”①，“民主”与“科学”成为新文化运动的两面大旗。

《新青年》随后开展了以反对旧道德提倡新道德、反对旧文学提倡新文学为主要内容的新文化运动。反对旧道德提倡新道德，始终是在批判传统文化特别是封建礼教与传播西方人道主义新思想中同步进行的。

《新青年》对传统中国文化进行猛烈的批判与否定，主要批判中国传统旧道德，曾被称为“打倒孔家店”浪潮。《敬告青年》认为中国青年“老年其身体者十之五”，“老年其脑神经者十之九”。《新青年》还发表了一系列旗帜鲜明地批判孔教与儒学的文章。易白沙的《孔子评议》，认为历代独尊孔子为政治家“独夫专制”② 之需要；陈独秀发表了《驳康有为致总统总理书》③、《宪法与孔教》④、《孔子之道与现代生活》⑤，批判定孔教为国教违反思想自由宗教自由的原则，认为孔教是专制的基础，三纲五常违反人性；被誉为“只手打倒孔家店”的吴虞发表了《家族制度为专制主义之根据论》⑥、《儒家主张阶级制度之害》⑦，批判了“孝为百行之先”的礼教；李大钊也发表了《孔子与宪法》、《自然的伦理观与孔子》等文章，反对尊孔并批判封建道德；鲁迅在《随想录》上的杂感及《狂人日记》等小说抨击了封建礼教特别是三纲五常对人性的戕害。

---

① 陈独秀：《本志罪案之答辩书》，载《新青年》，第6卷第1期，1919-01-15。
② 载《新青年》，第1卷第6期、第2卷第1期，1916年2月、9月。
③ 载《新青年》，第2卷第2期，1916年10月。
④ 载《新青年》，第2卷第3期，1916年11月。
⑤ 载《新青年》，第2卷第4期，1916年12月。
⑥ 载《新青年》，第2卷第6期，1917年2月。
⑦ 载《新青年》，第3卷第4期，1917年6月。

《新青年》传播了大量西方的新思想，诸如尼采的“超人”哲学、易卜生的个性主义、卢梭的民约论、弥尔顿的自由论、叔本华的自我意志说、柏格森的创作进化论、达尔文的进化论、圣西门的空想社会主义、基尔特社会主义、克鲁泡特金的安那其主义（无政府主义）、马列主义，等等，集中旨归为提倡以个性主义为核心的人道主义新道德。在引入中，《新青年》强调“重新估定一切价值”，个人独立、女性独立的观念引起极大的共鸣，讨论了诸如道德、社会、宗教、教育、妇女、家庭、贞操、婚姻、劳工诸问题。这些问题，涉及新道德诸方面，怎样生活、怎样做人、怎样结婚、怎样对待婚约、怎样教育后代，等等，成为“五四”一代人在新旧文化冲突中的激烈辩题，也成为当时诸多白话报刊的基本话题。

在《新青年》的带动下，各种提倡民主、科学，反对旧道德提倡新道德的刊物风起云涌。主要有李大钊、陈独秀主办的《每周评论》，蔡元培、李大钊支持的北京大学学生办的《国民》、《新潮》，李大钊、王光祈创办的少年中国学会的《少年中国》及成都分会的《星期日》等，上海国民党指导的《星期评论》、《民国日报·觉悟》，湖南毛泽东创办的《湘江评论》及天津周恩来创办的“觉悟社”，武昌恽代英创办的“利群书社”，张东荪、梁实秋主编的《解放与改造》，李石岑主编的《民铎》，等等。据统计，“五四”及其次年，全国新办的白话报刊不下400种。这些刊物大多与《新青年》同调，在宣传新思想的同时，还鼓吹思想革命甚而社会革命。

三、五四新文化运动的分化

1919年5月4日，因巴黎和会拒绝中国收回山东主权，北京爆发了爱国学生运动，6月3日以后，上海举行了大罢工，运动风潮蔓及全国。民国政府未在和约上签字，并释放了被捕的爱国学生，撤除了三位外交官员的职务，五四运动成为一次群众自发举行并取得胜利的爱国政治运动。五四运动以后，五四新文化统一阵线开始分化。这体现为1919年7月起的“问题与主义”之争：《每周评论》以发表胡适的《多研究些问题，少谈些“主义”》[①] 为开始，陆续发表了知非的《问题与主义》（附胡适按语）[②]、李大钊的《再论问题与主义》[③]、胡适的《三论问题与主义》[④] 和《四论问题与主义》[⑤] 等文章。争论的焦点在于中国改革的方向问题，胡适主张具体问题的改良，李大钊主张马克思主义的社会革命。左翼文学思潮的传播，在“五四”时期已经开始。1918年7月，李大钊发表了《法俄革命之比较观》[⑥]，同年11月，他在《新青年》上发表了《庶民的胜利》与《Bolshevism的胜利》，蔡元培发表了《劳工神圣》[⑦]。1919年5月《新青年》6卷5期编成“马克思主义研究专号”，顾兆熊发表了《马克思学说》，李大钊

① 载《每周评论》，第31号，1919-07-20。
② 载《每周评论》，第33号，1919-08-03。
③ 载《每周评论》，第35号，1919-08-17。
④ 载《每周评论》，第36号，1919-08-24。
⑤ 载《每周评论》，第37号，1919-08-31。
⑥ 载《言治》季刊，第3册，1918-07-01。
⑦ 载《新青年》，第5卷第5期，1918年11月。

发表了《我的马克思主义观》[①] 等文，宣传了马克思主义的唯物史观。1920 年夏，陈独秀到上海筹建中国共产党，杂志社也随之迁到上海，五四新文化运动统一阵线就此解体。1921 年 7 月 1 日，中国共产党成立，五四新文化运动就此终结。

四、五四新文化运动的意义

如果说 1898 年戊戌变法是一次资产阶级政治理想的实习的话，那么，五四新文化运动就是资产阶级人道主义思想的大普及运动。它是中国历史上第一次大规模地彻底批判封建礼教封建文化、宣传西方人道主义思想的思想启蒙运动，是中国现代化进程中最重要的运动之一。正如鲁迅在日本留学时期所思考的那样，黄金黑铁的洋务也好，君主立宪的维新也好，都解决不了中国人的人的观念问题："首在立人，人立而后凡事举；若其道术，乃必尊个性而张精神。"[②] 五四新文化运动的价值观念是以个性主义为核心的人道主义，从"五四"起，中国人的观念发生了根本的改变。五四新文化运动以前，人为君为父而活才是对的；五四新文化运动以后，人为自己而活也逐渐成为对的了。"五四"的最大发现，就是个人的发现，自我的发现，以人为本的发现。这无异于哥伦布发现了新大陆，促成了中国社会的现代化进程，也促成了中国现代汉语文学基本价值观念的确立。

五四新文化运动传播了马列主义，传播了苏俄革命，为后来中国共产党的成立作了思想上、干部上的准备。

随着五四新文化运动的终结，中国社会进入到一个政治革命时期，政治革命的价值取向与思想革命的人道主义价值观念不断发生冲突，形成不同的变化，形成了中国现代汉语文学中这两种价值观此起彼伏的局面。

第二节
"文学革命"与中国现代汉语文学成形

一、"文学革命"及其主要理论

五四新文化运动的第二个内容，就是反对旧文学，提倡新文学。"文学革命"成为五四新文化运动的重要组成部分。

"文学革命"开始于 1917 年。"文学革命"的主要内容是提倡白话文，反对文言文；提倡新文学，反对旧文学。1917 年 1 月，《新青年》发表了胡适的《文学改良刍议》，2 月，《新青

① 载《新青年》，第 6 卷第 5、6 期，1919 年 5 月、11 月。

② 《鲁迅全集》，第 1 卷，57 页，北京，人民文学出版社，1981。

年》发表了陈独秀的《文学革命论》，拉开“文学革命”运动的序幕，标志着“文学革命”的开始。

胡适（1891—1962），安徽绩溪人，原名洪骍，字适之。在美国期间，曾与同学梅光迪、任叔永等讨论提倡白话诗及“文学革命”事宜。[①] 胡适在哲学上是杜威实验主义的忠实信徒，他提出了“多研究些问题，少谈些主义”及“大胆的假设，小心的求证”诸论。胡适在《文学改良刍议》提出了著名的“八事”：“一曰，须言之有物。二曰，不摹仿古人。三曰，须讲求文法。四曰，不作无病之呻吟。五曰，务去滥调套语。六曰，不用典。七曰，不讲对仗。八曰，不避俗字俗语。”[②] 胡适在继承晚清“文界革命”与“诗界革命”的前提下，借鉴了英美意象派关于诗的语言自由、题材自由、写法自由的思想，对中国现代汉语“文学革命”提出了新的看法。结合他次年《建设的文学革命论》里的“八不主义”，胡适理论的中心在于，反对古代汉语文学的骈体、格律、用典等形式规定，淡化文学形式，强调现代汉语通俗白话写作，强调现代汉语文学内容“言之有物”。胡适的“八事”与“八不主义”，提出了反对文言文提倡白话文的主张，这是“文学革命”的主要内容之一，并对晚清“诗界革命”、“文界革命”诗歌、戏剧两种形式的现代汉语化，起到了理论总结的作用。胡适还在1918年发表的《易卜生主义》等文中，提倡个性主义精神，以“少年血性汤”给中国现代文学以养料。

陈独秀（1880—1942），字仲甫，安徽怀宁人。他的《文学革命论》，提出了打倒与建设并重的“三大主义”：“曰推倒雕琢的阿谀的贵族文学，建设平易的抒情的国民文学。曰推倒陈腐的铺张的古典文学，建设新鲜的立诚的写实文学。曰推倒迂晦的艰涩的山林文学，建设明了的通俗的社会文学。”《文学革命论》的中心内容是推倒旧文学建设新文学，旧文学指整个封建传统文学，既包括整体上的贵族文学，也包括在朝的廊庙文学与在野的山林文学；新文学则指新的国民的文学，既包括形式上的写实文学，也包括内容上的社会文学，艺术手法容抒情、写实、通俗诸体。新文学的新，就新在这内容与形式上。《文学革命论》的意义在于，旗帜鲜明地提出了“文学革命”的另一个内容，即反对旧文学，提倡新文学，旗帜鲜明地使用了“文学革命”这一革命概念。

中国现代汉语文学在发展中，另一个根本异于中国古代文学的，是思想价值观念的更新，即西方人道主义的正面提倡。周作人（1885—1967），浙江绍兴人，前期常用笔名启明，后期常用笔名遐寿。1918年他的《人的文学》[③] 正面提出了中国现代汉语文学的价值观：“我们现在应该提倡的新文学，简单的说一句：是‘人的文学’。应该排斥的，便是反对的非人的文学。”即以人为本位的文学观。他还鲜明地提出了人道主义概念：“我所说的人道主义，并非世间所谓‘悲天悯人’或‘博施济众’的慈善主义，乃是一种个人主义的人间本位主义。”这里的个人主义，即个性主义。换言之，即以个性主义为核心的人道主义，以个性独立、个性尊严为基点的人类共同大爱。这是中国现代汉语文学在“五四”时期的基本价值观，也是促成中国现代汉语文学成形的灵魂，这是晚清所没有的。那么，什么是“人”呢？周作人认为：“我们所说的人”，

---

① 参见胡适：《逼上梁山》，见《胡适文集》，第1卷，北京，北京大学出版社，1998。

② 胡适：《文学改良刍议》，载《新青年》，第2卷第5期，1917-01-01。1918年4月15日他又在《建设的文学革命论》（载《新青年》，第4卷第4期）中将某些条序、条文稍作调整、修改后称为“八不主义”：“一，不做‘言之无物’的文字。二，不做‘无病呻吟’的文字。三，不用典。四，不用套语滥调。五，不重对偶：——文须废骈，诗须废律。六，不做不合文法的文字。七，不摹仿古人。八，不避俗话俗字。”

③ 周作人：《人的文学》，载《新青年》，第5卷第6期，1918-12-15。

是"'从动物进化的人类'。其中有两个要点，（一）'从动物'进化的，（二）从动物'进化'的"。"从动物"看到了人的动物性，即肉；"进化"强调的是人的社会性，即灵。二者之统一，即"灵肉一致的人"。这是对旧文学肉的或灵的偏向的纠正。如他所说："我们所信的人类正当生活，便是这灵肉一致的生活。"进而，如何写这人的文学呢？周作人表达了极其前卫的观点："人的文学，当以人的道德为本"，"（一）是男女两本位的平等，（二）是恋爱的结婚"，"其次如亲子的爱"。周作人奠定了中国现代汉语文学迄今为止不移的价值观之一。但周作人后来对带有一定社会意义的文学价值观表示了困惑与怀疑，他提出了通过重在抒写性灵的"言志"与重在教训伦理意义的"载道"两种文学的区别，提倡"即兴言志"，钻进了"自己的园地"。[①] 这种主张，也成了后来许多自由主义作家共同的艺术追求。

鲁迅在留日时期写作了《文化偏至论》[②]，提出"掊物质而张灵明，任个人而排众数"的口号，提倡精神启蒙，提倡个性主义，提出"首在立人，人立而后凡事举；若其道术，乃必尊个性而张精神"的命题。

李大钊的《什么是新文学》[③] 强调仅用白话的文学"算不得新文学"，他要求的新文学是"为社会写实的文学"、"以博爱心为基础的文学"、"为文学而创作的文学"，反对"科举的、商贾的旧毒新毒，不知不觉的造出一种广告的文学"的"刻薄、狂傲、狭隘、夸躁"的风气。李大钊表达了由主张白话文转向警惕"商贾"新毒的思想转化，这为后来的革命文学的提倡埋下了伏笔。

二、"文学革命"的反响与论争

"文学革命"刚刚发生，就得到钱玄同、刘半农等人的拥护。钱玄同认为"梁任公实为创造新文学之一人"，并高度评价其"输入日本新体文学，以新名词及俗语入文，视戏曲小说与论记之文平等"，"论现代文学之革新，必数梁君"。在这个背景下，钱玄同高度评价胡适"不用典"之论及言文统一之主张，认为好的白话文章，其价值远在所谓"桐城派古文"、"江西派之诗"之上。[④] 刘半农发表了《我之文学改良观》，表示同意胡适、陈独秀、钱玄同之废典等观点，又提出废旧韵创新曲，"文言白话可暂处于对峙的地位"等看法，探讨趋于语言文字方向。[⑤]

由于文言与白话之争在晚清就已开展，胡适、陈独秀的主张一时还没有引起很大的反响。因而，《新青年》演了一出"覆王敬轩双簧戏"。

对于现代汉语文学的兴盛与高涨，各种社会力量表现出不同的态度，先后展开了四次"文学革命"的论争。这也是"文学革命"的内容之一。

---

① 参见周作人：《新文学的要求》、《自己的园地》、《中国新文学的源流》等文。见《自己的园地》，北平，北京晨报社，1923；《中国新文学的源流》，北平，北平人文书店，1932。

② 载《河南》，第7期，1908年8月，署名迅行。引文见《鲁迅全集》，第1卷，46、57页，北京，人民文学出版社，1981。

③ 李大钊：《什么是新文学》，载《星期日》社会问题号，1919-12-08。

④ 参见钱玄同：《致陈独秀》，载《新青年》，第3卷第1期，1917-03-01。

⑤ 参见刘半农：《我之文学改良观》，载《新青年》，第3卷第3期，1917-05-01。

一是“覆王敬轩双簧戏”。“文学革命”一年后，《新青年》同人“颇以不能听见反抗的言论为憾”，遂由钱玄同化名王敬轩，以留日归来者口气，以“非反对新文学者”自居，反对《新青年》“提倡新学”、“目桐城为谬种，选学为妖孽”[①]，汇集复古派文论，同时，刘半农以记者名义发表《覆王敬轩书》[②]，逐一驳斥。两文同时发表于《新青年》4卷3期，总题名曰《文学革命之反响》。

二是与林纾的论争。1919年，林纾（琴南）[③] 认为，言、文不可同一，坚决反对白话代替文言，先后发表《论古文白话之消长》、《致蔡鹤卿太史书》。他认为，“文学革命”“覆孔孟，反伦常”，白话文乃“引车卖浆者所操之语”，“据此则凡京津之稗贩，均可为教授矣”[④]。为此，蔡鹤卿（元培）《答林君琴南函》逐一驳斥，主张“循‘思想自由’原则，取兼容并包主义”[⑤]。林纾还发表小说《荆生》[⑥]、《妖梦》[⑦]，以“田其美”影射陈独秀、以“狄莫”影射胡适、以“金心异”影射钱玄同，以“伟丈夫”为假想的有权的反对者，以拳打三人至狼狈为结局，表达其反对新文学的鲜明态度。新文学阵营相继有李大钊、鲁迅等人进行了反驳。李大钊的《新旧思想之激战》，斥之为“顽旧鬼祟”，并要求对方应“光明磊落”地论辩，“真正觉醒的青年，断不怕你们那伟丈夫的摧残”[⑧]。鲁迅写了《随感录五十七》，称复古派是“现在的屠杀者”：“杀了‘现在’，也便杀了‘将来’。”[⑨]

三是与《学衡》的论争。《学衡》杂志1922年1月在南京创刊，主要成员有梅光迪、胡先骕、吴宓等人。学衡派成员多系胡适的留美同学，时任东南大学教师。刊物以“昌明国粹，融化新知”为宗旨，自榜“学贯中西”，主张文化保守主义。对外，反对马克思主义输入，主张人道主义；对内，反对“文学革命”，反对白话文学、白话诗，反对文言合一。代表论文有梅光迪《评提倡新文化者》、胡先骕《中国文学改良论》、吴宓《论新文化运动》，胡先骕还认为，白话诗是“仅为白话而非诗”[⑩]。邓中夏《思想界的联合阵线问题》[⑪]、鲁迅的《估〈学衡〉》予以反驳。鲁迅抓住《学衡》把不能分拆的音译单纯词“乌托邦”称“乌托之邦”的例子，嘲笑道：“查‘英吉之利’的摩耳，并未做Pia of Uto……又何必当中加楦呢”，“‘衡’了一顿，仅仅‘衡’出了自己的铢两来，于新文化无伤，于国粹也差得远。”[⑫]

四是与《甲寅周刊》的论争。《甲寅周刊》[⑬] 1925年在北京复刊，章士钊主编。《甲寅周刊》在政治上为政府张目，在文学上反对新文化运动。《甲寅周刊》重刊了章士钊（笔名孤桐）

---

① 刘半农：《覆王敬轩书》，载《新青年》，第4卷第3期，1918-03-15。

② 载《新青年》，第4卷第3期，1918-03-15。

③ 林纾的文言翻译小说在传播西方文明及人道主义思潮方面为扩大中国现代汉语文学的思想资源作出了贡献，但《新青年》第4卷第3期刘半农《覆王敬轩书》非议过他译的小说。

④ 林纾：《致蔡鹤卿太史书》，载《公言报》，1919-03-18。

⑤ 蔡元培：《答林君琴南函》，载《北京大学日刊》，1919-03-21。

⑥ 载《新申报》，1919年2月17、18日，《蠡叟丛谈》（13～14）。

⑦ 载《新申报》，1919年3月18-22日，《蠡叟丛谈》（44～46）。

⑧ 李大钊：《新旧思想之激战》，载《每周评论》，第12期，1919-03-09。

⑨ 鲁迅：《随感录五十七》，载《新青年》，第6卷第5期，1919年5月。

⑩ 胡先骕：《评尝试集》，载《学衡》，第1卷第1期，1922年1月。

⑪ 载《中国青年》，第6卷第2期，1919年2月。

⑫ 鲁迅：《估〈学衡〉》，见《鲁迅全集》，第1卷，378、379页。

⑬ 《甲寅周刊》初为月刊，1914年创刊于东京，1925年复刊于北京，为周刊，第37期起改到天津出版。

1923年的旧文《评新文化运动》①，分新旧、文化、运动三个层面全面批判了新文化运动。章士钊还认为“吾之国性群德，悉存文言，国苟不亡，理之不弃”，“盖作白话而欲其美，其事之难，难如登天”②，反对“文学革命”与白话文学。鲁迅的《评心雕龙》、《十四年的“读经”》、《古书与白话》、《再来一次》、《答KS君》，郁达夫《咒〈甲寅〉十四号〈评新文化运动〉》、成仿吾《读章氏〈评新文化运动〉》、健攻《打倒国语运动的拦路“虎”》、荻舟《驳瞿宣颖的〈文体说〉》、唐钺《文言文的优胜》、沈雁冰《驳反对白话诗者》等文，都义正词严地驳斥了章士钊的理论，理直气壮地主张白话文学，声势浩大。特别是鲁迅挑剌章士钊“二桃杀三士”中“士”古义之错解，嘲笑了文言文提倡者的国学功力。与《甲寅周刊》的论争，是文言白话之争的终结。至此，白话文学不再有成建制的反对派了。

中国现代汉语文学的语言形式之争，到此已经形成定论。

三、中国现代汉语文学成形

中国现代汉语文学之白话形式，自产生到20世纪20年代已经有了半个世纪的历史。1876年3月的《民报》，是我国报刊由文言到白话的转折。③ 1898年，裘廷梁创办了影响巨大的《无锡白话报》（第五期后改名为《中国官音白话报》）。1901到1911年，白话报刊多达一百余种，从地域上覆盖了大半个中国。伴随白话报刊的风行，至清末，言文合一的主张在教育界呼声日起。1914—1915年，熊崇煦、陈润霖、李步青、黎锦熙等人，多次在报刊上主张把“国文”改为“国语”。1916年，北京各界人士发起成立了“中华民国国语研究会”，致力于改“国文”为“国语”。同年暑假，全国高等师范校长会议议决开办国语讲习所，培养国语教师。随着《新青年》上白话诗的推行及“文学革命”之倡导，白话运动与教育界互动加强。1917年10月，第五次全国教育联合会会议议决《推行国语以期言文一致案》，并要求教育部尽快制定国语标准。1919年，在中华民国国语研究会基础上成立的“国语统一筹备会”第一次会议上，刘半农、周作人、胡适、朱希祖、钱玄同、马裕藻等提出《国语统一进行方法》议案并呈教育部，要求改编全国小学课本，把“国文读本”改为“国语读本”，让小学成为传播“国语”之“大本营”。④ 1918年5月，提倡“文学革命”的《新青年》全改用白话。1920年1月，教育部训令全国国民学校，自该年秋季起，“改国文为语体文，以期收言文一致之效”⑤。白话终于成为官方规定的教材用语。这为现代汉语文学起了官方推广的作用，从根本上结束了白话文言的论争，从此，中国现代汉语文学，取得了合法的主流地位。

中国现代汉语文学之定型，是由近代以来报刊的传播方式最终完成的，这与古代汉语文学有异。它经历了从先导期1876年《民报》文言向白话的转换，到1920年民国政府教育部对教

---

① 载《甲寅周刊》，第1卷第9期，1925年9月，初刊于上海《新闻报》，1923年8月21、22日。

② 章士钊：《答适之》，载《甲寅周刊》，第1卷第8期，1925年9月。

③ 该报创刊于1876年3月30日，每周二、四、六出版，具体停刊日期不详。参见叶再生：《中国近代现代出版通史》，第1卷，214页，北京，华文出版社，2002。

④ 参见顾黄初主编：《中国现代语文教育百年事典》，58～93页，上海，上海教育出版社，2001。

⑤ 同上书，95页。

科书的官方规定得以最后完成的过程。这个过程中，现代汉语经历了一个规范、定型、发展的过程。1898年，马建忠出版了《马氏文通》，开创了用西方语法构建汉语语法的先河。1892年，卢戆章出版了厦门方言拼音课本《一目了然初阶》，开了现代汉语拼音之先河。1909年，陆费逵提倡整理俗字，开了简体字研究先河。1918年，陈望道发表《标点之革新》，开了现代汉语标点改革之先河。1921年，陈望道发表《作文法讲义》，开了现代汉语写作研究之先河。1932年，陈望道出版《修辞学发凡》，开了现代汉语修辞研究之先河。中国现代汉语文学超越了宋以来说部白话的市俚性与先导期报刊白话的文体性，进入了文体语体合一的成熟的现代汉语文学白话的新时期。

中国现代汉语文学体裁的发展，是一个渐变的过程。从晚清先导期开始，现代汉语小说、散文，在宋以来白话小说的基础上现代化了，这形成了先导期小说、散文的第一个创作时期。现代汉语小说和散文正式进入以现代文学观念书写的文学史。由于诗在中国文学传统中的正宗与贵族地位，它在“文学革命”时期成为最后一个被革命的对象，此即胡适白话诗理论及其初期白话诗的创作实践。

胡适的“八事”、“八不主义”，提倡诗的废律、废典及采用白话、不避俗字俗语。这是对古体诗、近体诗的革命，体现为“文学革命”成果的白话新诗诞生。他的白话新诗创作理论，一是废格律：“把从前一切束缚诗神的自由的枷锁镣铐，笼统推翻”，“不拘格律，不拘平仄，不拘长短”，“完全打破词调曲谱的限制”①；二是用白话：“有什么话，说什么话，话怎么说，就怎么说”②，“用白话作诗”，“用说话的调子”，“有韵固然好，没有韵也无妨”③。这种无拘无束的白话新诗，亘古未有，从西方自由诗中舶来，成为“文学革命”的独创。1917年2月《新青年》开始发表胡适的白话诗，1918年白话诗成为北京媒体的热点，胡适、刘半农、沈尹默、周作人、俞平伯、康白情、刘大白、鲁迅等都有创作。20世纪30年代，刘半农曾编有《初期白话诗稿》，收了8人26首诗。“文学革命”文体上的主要成果，就是中国现代汉语诗歌的诞生与成形。

与此同时，中国现代汉语文学诸体裁都出现了富有成效的创作，这也是“文学革命”的内容之一。

胡适对戏剧作了尝试，他创作了幼稚的独幕话剧《终身大事》，用西方话剧形式，用现代汉语入剧，为现代汉语话剧奠基。小说方面，由于鲁迅的卓越创作，现代汉语短篇小说承继晚清白话小说的潮流，一出手就达到了成熟。散文方面，周作人1921年6月发表了《美文》，提倡散文的文学性与艺术性。在《新青年》杂感风行的同时，他的提倡，推动了日后现代汉语抒情写意谈玄表灵美文的创作。在鲁迅、周作人、朱自清、冰心、郁达夫、郭沫若等人的努力下，承接古代散文写作传统，晚清以来白话散文创作，一开始就达到成熟的境界。

至此，中国现代汉语文学诸体裁，已经全部成形。

---

① 胡适：《谈新诗》，载《星期评论》，双十节纪念号，1919年10月。

② 胡适：《读沈尹默的旧诗词》，见《胡适文集》，第1卷，119页。

③ 同上书，117页。

第三节
西方文艺思想传播与初期革命文学倡导

自 1917 年“文学革命”到 1927 年提倡革命文学，其间主要思想资源是西方文艺思想，后期也有苏俄文艺理论。

一、西方文艺思想的传播

“五四”时期是一个思想开放的时期。除了第一节所叙的人道主义的思潮，还有诸多文艺思想的传播。这也是“文学革命”的内容之一。

对西方文学史的传播成为首先的启蒙。陈独秀《现代欧洲文艺史谭》①，胡适《历史的文学观念论》②，沈雁冰《小说新潮栏宣言》③、《文学上的古典主义、浪漫主义和写实主义》④、《〈欧美文学最近之趋势〉书后》⑤，介绍了西方文艺由古典主义到浪漫主义到现实主义（自然主义）到新浪漫主义（含 19 世纪末期的唯美主义、颓废主义、象征主义、意象主义、表现主义等）的历史，认为文学处于进化的过程中，而中国现代文学正处于浪漫主义到写实主义的过程中，特别强调写实主义。这对现代汉语文学史以前的断代文学史、流派社团史、诗词曲说部史、二言四言五言七言诗的写法，是一个革命。西式的文艺方法论、文学思潮论首次在中国面世，特别是创作方法概念的引入，开拓了中国现代汉语文学创作方法概念的先河，对中国现代汉语文学创作方法与创作流派的形成，起了理论奠基的作用，促成了“五四”时期现实主义、浪漫主义、现代主义三大流派思潮与创作方法的诞生。

现实主义是对后来创作影响最大的思潮。继晚清梁启超、林纾对西方批判现实主义小说的介绍，《新青年》、《小说月报》等刊介绍了欧洲 19 世纪现实主义、批判现实主义、自然主义的理论与作家。周作人《俄国文学与中国》讲演，首刊 1920 年 11 月 15 日至 16 日《晨报·副刊》，《新青年》1918 年 6 月第 4 卷第 6 期专门推出了“易卜生专号”，《小说月报》1921 年 9 月第 12 卷号外推出了《俄国文学研究》，《小说月报》1921 年 10 月 12 卷 10 期推出了“被损害民族的文学号”。《小说月报》还在沈雁冰主持下，介绍了一系列现实主义作家作品，他的《托尔斯泰与今日之俄罗斯》⑥、《“曹拉主义”的危险性》⑦、《自然主义与中国现代小说》⑧ 等，介绍并推崇法国福楼拜等的写实主义与左拉的自然主义。鲁迅与周作人还译有《域外小说集》，翻

---

① 载《青年杂志》，第 1 卷第 3、4 期，1915 年 11 月。
② 载《新青年》，第 3 卷第 3 期，1917 年 5 月。
③ 载《小说月报》，第 11 卷第 1 期，1920 年 1 月。
④ 载《学生杂志》，第 7 卷第 9 期，1920 年 9 月。
⑤ 载《东方杂志》，第 17 卷第 18 期，1920-09-25。
⑥ 载《学生杂志》，第 6 卷第 4、5、6 期，1919 年 4、5、6 月。
⑦ 载《时事新报·文学旬刊》，第 50 期，1922-09-21。
⑧ 载《小说月报》，第 13 卷第 7 期，1922 年 7 月。

译了西方以现实主义为主的各类作家的小说创作。现实主义理论的传播，促成文学研究会大批作家的归一，现实主义成为中国现代汉语文学的主要创作方法与文艺流派。

浪漫主义的传播成为一个热点。晚清梁启超、苏曼殊、林纾等对西方浪漫主义作品的介绍以后，“五四”以来，浪漫主义的介绍成为留日学生、留英美学生的热点。鲁迅《文化偏至论》①、《摩罗诗力说》② 介绍了卢梭、席勒、歌德、拜伦、济慈、普希金、莱蒙托夫，《创造季刊》1923 年 2 月“雪莱纪念号”刊登了敬隐渔译介的罗曼·罗兰的《约翰·克利斯托夫》，《小说月报》发布了泰戈尔、拜伦、俄国文学、法国文学等专号：浪漫主义传播非常广泛。郭沫若在《少年时代》专门谈到过林译司各特《撒喀逊劫后英雄略》（今通译《艾凡赫》）“对于我后来的文学倾向上有决定的影响”③。1923 年，创造社、文学研究会的文学论争中，郭沫若写了《论国内评坛及我对于创作上的态度》④，介绍了西方浪漫主义影响下自己的主情性、主体性的创作主张，典型地体现了当时西方浪漫主义、生命主义文学观的巨大影响。

对西方现代哲学、美学、文学各类思潮的兼收并蓄和现代主义思潮的传播，也成为“五四”时期的一个热点。鲁迅的《文化偏至论》，介绍了尼采的《察罗图斯德罗》⑤ 的超人哲学、叔本华的唯意志论、斯蒂纳的唯我论、克尔凯郭尔的存在主义思想。《青年》杂志从 1 卷 2 期就开始发表王尔德的作品。周无、李思纳、李璜、黄仲苏、刘延陵、李金发、王独清等在《少年中国》等刊、书中先后介绍了以波德莱尔为首的法国后象征派诗歌及其诗学理论。

上述引入的西方文艺思潮，根本区别了中国现代汉语文学与中国古代汉语文学，也是中国现代汉语文学的主要思想来源之一，它与中国古代汉语文学的思想源流一起，构成中国现代汉语文学共同的思想来源。“五四”时期引进的西方文学概念，成为迄今中国现代汉语文学的基本概念。

二、苏俄文艺理论的传播与初期革命文学的倡导

左翼文艺思潮的传播，在“五四”落潮后逐渐成为热点。从“文学革命”到“革命文学”之论，最早见于 1921 年 7 月郑振铎署名西谛的《文学与革命》⑥。1923 年后，邓中夏的《贡献于新诗人之前》⑦、恽代英的《文学与革命》⑧、瞿秋白的《赤俄新文艺时代的第一燕》⑨、蒋光赤的《现代中国社会与革命文学》⑩ 等文章先后提出过建立革命文学的主张，并对文学与革命、作家情感、革命文学内容等发表了激进的意见。1925 年以后，沈雁冰编译了《论无产阶

① 载《河南》月刊，第 7 期，1908 年 8 月。
② 载《河南》月刊，第 2、3 期，1908 年 2、3 月。
③ 郭沫若：《少年时代》，见《沫若文集》，第 6 卷，北京，人民文学出版社，1958。
④ 载《时事新报·学灯》，1922（4）。
⑤ 通译《查拉图斯特拉如是说》。
⑥ 载《评论之评论》，第 1 卷第 4 期，1921 年 7 月。
⑦ 载《中国青年》，第 10 期，1923 年 12 月。
⑧ 载《中国青年》，第 31 期，1924 年 5 月。
⑨ 载《创造月刊》，第 1 卷第 3 期，1926 年 5 月。
⑩ 载《民国日报》，1925-01-01。

级艺术》①，依据苏俄资料全面论述了无产阶级文艺的题材、主题、艺术形式等重要问题。1926年，郭沫若写了《革命与文学》②，提出了“表同情于无产阶级的社会主义的写实主义的文学”的口号。1926年12月，《中国青年》发表了刘一声翻译的列宁的《论党的出版物与文学》③，马克思主义经典作家关于上层建筑与经济基础、意识形态与文学、文学倾向性、现实主义等言论也陆陆续续地翻译过来。与此同时，群众性革命文学创作开始产生，如反映“二七”罢工的《颈上血》、反映上海工人武装起义的《天不怕、地不怕》。蒋光赤的诗集《哀中国》、1925年出版的中篇小说《少年飘泊者》、1927年出版的描写第四次上海工人武装起义的中篇小说《短裤党》等，成为初期革命文学的代表。

中国现代汉语文学的现代性追求，是中国现代汉语文学与中国古代汉语文学的价值区别。中国现代汉语文学的现代汉语形式，是中国现代汉语文学与中国古代汉语文学的形式区别。中国现代汉语文学以现代性与现代汉语，构成1898年以来至今中国文学的根本标志。

中国现代汉语文学的现代性，先导于1898年的戊戌变法。变法促成了现代文明观念的革故鼎新，这是中国现代汉语文学与中国古代汉语文学的价值区别所在。但这个现代性有一个发展、成熟、变异的过程。本期是现代性成形、变异的时期。在保存“文学革命”的基本观念的同时，“革命文学”引进了苏俄的左翼理论，左翼理论成为20世纪30年代左翼文学、40年代解放区文学、50年代到70年代文学的基本理论和主流话语。这些时期，中国现代汉语文学的现代性有不同程度的削弱。这些时期，左翼理论也与“文学革命”理论共存，成为这些时期文学发展的不同价值风貌。20世纪80年代以后，人道主义理论重新成为主流话语，存在主义理论兴起，现代性成为时代热点。20世纪90年代开始，后现代性与消费主义思潮风涌，新左翼思潮开始暗涌，现代性进入一个新的发展阶段。

中国现代汉语文学的语言形式，也有一个先导过程。这个先导，源于中华民族的语体。言文分置，以文取仕，导致文言成为正宗文学的形式，语体成为非正宗文学说部形式。语体文是中国现代汉语文学的语言先河。语体文升为正宗文学形式的观念革命，始于19世纪末期“文界革命”、“小说界革命”、“诗界革命”。由于说部数百年成功演习，“小说界革命”率先成功，“文界革命”也有成果，“诗界革命”没有实现诗体与语体形式的突破，此赖胡适1918年的新诗革命得以成形。但诗的革命导致全盘否定古代汉语诗学成果，导致现代汉语诗性丧失，导致新诗成熟延后。文的革命，在成形期周作人“美文”的倡导下，得以成熟，现代汉语文学审美语言的发展臻于成熟。

【本章学习参考】

一、阅读书目

胡适：《文学改良刍议》

陈独秀：《文学革命论》

周作人：《人的文学》

鲁迅：《文化偏至论》

---

① 载《文学周报》，172、173、175、196期。

② 载《小说月报》，第15卷第6期，1924年6月。

③ 今译《党的组织与党的出版物》。

二、重要命题

关于五四新文化运动的指导思想

历来有两种主要的观点：资产阶级文化思想与无产阶级文化思想。

许志英《五四文学革命指导思想的再探讨》[载《中国现代文学研究丛刊》，1983 (1)] 最先认为，五四新文化运动的指导思想是“小资产阶级革命民主主义思想和资产阶级民主主义思想”。

林志浩《关于“五四”文学革命指导思想问题的商榷》[《文艺研究》1984，(1)]、李玉昆《现代文学研究中的一个关键问题》[《河北师范大学学报》，1984 (2)] 反驳了许文的观点，提出了相反的观点。

魏洪丘《也谈五四文学革命的指导思想》[《文艺研究》，1984 (4)] 对许文与林文均作了商榷，认为指导思想有一个发展变化的过程，1917 到 1918 年是资产阶级文化思想指导，1918 年以后是无产阶级文化思想指导。

三、相关文献

1.《新青年》(1915—1919).

2.《小说月报》(1919—1921).

3. 胡适. 胡适文集 (1 卷). 北京：北京大学出版社，1998.

4. 叶再生. 中国近代现代出版通史 (第 1 卷). 北京：华文出版社，2002.

5. 顾黄初，主编. 中国现代语文教育百年事典. 上海：上海教育出版社，2001.

6. 陈方竞. 多重对话：中国新文学的发生. 北京：人民文学出版社，2003.

四、复习思考

1. 名词解释：

五四新文化运动 “文学革命” “覆王敬轩双簧戏” 《新青年》 《文学改良刍议》 《文学革命论》 《人的文学》 《文化偏至论》

2. 评述“文学革命”论争。

3. 评述“五四”时期对西方文艺思想的引入。

4. 简述初期革命文学的倡导。

5. 试述中国现代汉语文学与中国古代汉语文学的区别。

第四章
现代汉语文学文体的成形

在进行理论批判与建设时，"文学革命"的先行者们也从创作上对现代汉语文学的文体形式进行了积极的探索和实验。继晚清即已发生的现代汉语小说、散文之后，1917 年至 1920 年间，诗歌、话剧等现代汉语文学文体也相继发生。现代汉语小说由于鲁迅的努力，达到了成熟。至此，中国现代汉语文学诸文体成形。这也是"文学革命"的"实绩"。

本章主要评述这四年的现代散文、诗歌、小说、话剧的创作。

第一节 杂感的"热风"

"文学革命"时期最热的散文是杂文。它是在"文学革命"反对仿古拟古的骈体散文、痛击桐城古文的过程中产生的，显示了白话文艺术特质。1915 年《青年杂志》创刊后，杂感就不断涌现，陈独秀的《文学革命论》、胡适的《文学改良刍议》等都可视为早期有重要影响的杂感。杂感因其形式灵活，表现力强，能迅速对各种社会文化现象进行及时评价与批判，故颇受新文学运动倡导者的偏爱，一时形成创作"热风"。1918 年 4 月，《新青年》第 4 卷第 4 期始设"随感录"专栏，专刊杂感；随后《每周评论》、《觉悟》、《新生活》、《新社会》等报刊，都开设了"随感录"专栏；一些报刊也设置了"杂感"、"评坛"等栏目，集结了一群优秀的杂感作家，尤以《新青年》"随感录"专栏作家群创作成就最为突出。主要有李大钊、陈独秀、鲁迅、周作人、刘半农、钱玄同等，其中鲁迅的杂感最具代表性。

李大钊的杂感针砭时弊，战斗性很强。《新的！旧的！》① 以热烈的口号呼唤新青年"进！进！进！"。《新纪元》② 呼唤"新纪元来"！《太上政府》、《宰猪场式的政治》③ 借助巧妙联想揭

---

① 载《新青年》，第 4 卷第 5 期，1918-03-05。
② 载《每周评论》，第 3 期，1919-01-05。
③ 载《每周评论》，第 23 期，1919-05-26。

露了军阀政治的本质。陈独秀作为新文化运动的开创者，杂感影响更大。《偶像破坏论》[①]、《下品的无政府党》、《反抗舆论的勇气》[②] 等更为慷慨激昂，气势逼人，鲁迅曾赞之曰“独秀随感究竟爽快”[③]。

鲁迅是《新青年》主将，本时期杂感多收在他杂文集《热风》里。篇幅较长的论文则收入《坟》，如《我之节烈观》、《我们现在怎样做父亲》等。这些杂感旨在猛烈抨击封建伦理观念、愚昧迷信思想以及各种阻碍进步的心理，大力倡导民主、科学，鼓吹进步、革新。他的《随感录》三十五、三十六、三十七、三十九、四十一、五十七等都体现了这一主旨。《随感录二十五》从父辈教育子女的角度提倡“立人”：“我们中国所多的是孩子之父；所以以后是只要‘人’之父!”[④]《随感录三十八》提倡“个人的自大”，抨击“合群的爱国的自大”的庸众心态[⑤]。《随感录四十》倡导人道主义有爱的婚姻：不相识的少年寄来的诗是“血的蒸气，醒过来的人的真声音”，“我们能够大叫，是黄莺便黄莺般叫；是鸱鸮便鸱鸮般叫……我们还要叫出没有爱的悲哀，叫出无所可爱的悲哀。……我们要叫到旧账勾销的时候。旧账如何勾销？我说，‘完全解放了我们的孩子！’”[⑥] 鲁迅的杂感思想深刻成熟、语言精辟犀利，常有形象的比喻、巧妙的反讽，使杂感成为一种富于艺术性的现代新文体。

刘半农和钱玄同的杂感，主要批判封建伦常、旧文学，倡明新思想新文学。刘半农的《“作揖主义”》[⑦] 批判旧派人物、孔教圣徒、传统文化等，钱玄同的《随感录四十四》、《随感录四十五》[⑧] 借反“通信教授”，反传统“典故”和旧文学，充满了战斗精神。

作为现代散文的开端，杂感以鲜明的反封建姿态充当了“文学革命”和思想革命的先锋。虽然多数杂感不见得如何缜密漂亮，有些语言还没有完全褪尽古文的铅华，却充分体现了“五四”的青春精神。

这一时期也有记叙兼抒情的游记散文出现，如李大钊的《五峰游记》[⑨]、胡适的《旅京杂记》[⑩] 等。瞿秋白的通讯报告性质的散文集《饿乡纪程》和《赤都心史》也在这一时期问世。不过，所谓“美文”，即“记述的”、“艺术的”叙事抒情散文还未真正产生。现代汉语散文的成熟尚需理论的引导，这要到1921年周作人倡导“美文”以后。

---

① 载《新青年》，第5卷第2期，1918年8月。
② 载《新青年》，第9卷第2期，1921年6月。
③ 鲁迅1921年8月25日致周作人信，见《鲁迅全集》，第11卷，391页，北京，人民文学出版社，1981。
④ 鲁迅：《热风·随感录二十五》，见《鲁迅全集》，第1卷，296页。
⑤ 鲁迅：《热风·随感录三十八》，见《鲁迅全集》，第1卷，313页。
⑥ 鲁迅：《热风·随感录四十》，见《鲁迅全集》，第1卷，322、323页。
⑦ 载《新青年》，第5卷第4期，1918年10月。
⑧ 载《新青年》，第6卷第1期，1919年1月。
⑨ 载《新生活》，第2、3期，1919-08-03。
⑩ 载《新青年》，第2卷第3期，1918年3月。

第二节 “尝试”的新诗

一、初期白话新诗概况

现代汉语诗歌创作的最早尝试者是胡适。1917 年 2 月，他在《新青年》上率先发表《白话诗八首》。1920 年 3 月，他的新诗集《尝试集》[①] 出版，这是现代汉语文学史上第一部新诗集，影响重大。此后，用白话创作诗歌的阵容逐步扩大。那时常在《新青年》、《新潮》、《少年中国》、《星期评论》等刊物上发表新诗的，除胡适外还有刘半农、沈尹默、周作人、俞平伯、康白情、刘大白、鲁迅等。1919 年起，郭沫若开始在上海《时事新报》副刊《学灯》上发表新诗，他的《凤凰涅槃》、《匪徒颂》等充分反映了“五四”时期狂飙突进的时代精神。1920 年 1 月，由新诗社编辑的《新诗集（第一编）》出版，这是中国现代汉语文学史上第一部白话新诗合集，内收胡适、刘半农、周作人、康白情、郭沫若等 15 人的 102 首新诗。1922 年出版的俞平伯的《冬夜》集和康白情的《草儿》[②] 集，所收也多是新诗尝试期的诗稿。经过早期白话诗人的不断“尝试”，现代汉语新诗初步成形。1920 年 8 月，许德邻编《分类白话诗选》，收诗 233 首，由上海崇文书局出版，是这一时期收诗最全的诗集。20 世纪 30 年代初，刘半农编《初期白话诗稿》，收现代汉语文学诞生期 8 位作者的 26 首诗，算是精选本，大致可以反映出这一时期新诗的创作风貌及特征。

二、初期白话诗的基本思想是个性主义和人道主义

初期新诗中个性主义的表现十分醒目。胡适 1916 年 8 月创作的《朋友》（后改题《蝴蝶》），通过蝴蝶的孤单的意象写出了个人的独立；《鸽子》通过鸽子在天空中的自得写出了个人理想追求的价值；《乌鸦》借乌鸦的狂傲表现觉醒的个人主义与传统的对立。沈尹默（1883—1971，陕西兴安人）的《鸽子》也表现了不依附于人，不愿任人玩弄的个性主义追求；《月夜》则通过在寒冷的月夜中“我和一棵顶高的树并排立着，/却没有靠着”的形象，表现出个人对人格尊严的追求。这种个性主义的追求在康白情（1896—1958，四川安岳人）的诗里，主要体现为个人对事物感受的追求。他在《律己九诗》里说：“我要做就是对的，凡经我做过的都是对的”，明确表露了这种思想。鲁迅的《爱之神》则表达了对个人恋爱的深刻思考。

初期白话诗体现出对下层民众的人道主义同情和对贫富分化的世道的抗议。胡适的《人力车夫》通过乘车的客人与少年车夫的对话，从年龄对比的角度表现诗人对只有 16 岁的拉车少

---

① 1920 年 3 月由上海亚东图书馆出版，1922 年 10 月刊行经作者增删的增订四版。

② 两本诗集均于 1922 年 3 月由上海亚东图书馆出版。

年的同情。沈尹默的《人力车夫》则通过穿棉衣的乘客的冷与穿单衣的车夫的热来表现贫富差距和对车夫的同情。刘半农的《相隔一层纸》在屋里火炉的热和屋外寒风中叫花子的冷的对比中，揭示出“相隔只有一层薄纸”的两类人群生存条件的差异，表达了人道主义的同情和抗议。刘大白（1880—1932，浙江绍兴人，原名金庆棪，字伯贞，后改名刘靖裔，字大白）的《田主来》、《卖布谣》也从农民的角度表现出对贫富不均的社会的愤怒抗议。

初期白话诗表现出一种介于西化资产阶级革命思潮和中式文化保守主义之间的两重态度。这突出表现在周作人长诗《小河》① 中。长诗以诗明理，整体构思采用了象征的方法。小河的水流，是“五四”人道主义思潮的象征，它要求自由的“稳稳地向前流动”；农夫筑的堰象征了传统势力的阻碍：“土堰坍了”，又筑起石堰，水总是冲不出去。长诗还写到“堰外田里的稻”、“田边的桑树”，“田里的草和虾蟆”的忧愁，这种忧愁典型地体现了情感的两重性。诗的最后写道：“水只在堰前乱转；/坚固的石堰，还是一毫不摇动。”这就是周作人式的悲叹。从这首诗，可以看到人道主义倡导者的矛盾心态。周作人后来隐士和叛徒的两种性格，是《小河》态度的发展。

一部分白话诗表现了对“五四”新思潮的歌颂和对封建势力的反抗，郭沫若的《凤凰涅槃》等诗体现得十分突出，刘大白、胡适等人的诗也有鲜明体现。

三、初期白话新诗的艺术形式

第一，散文化自由体。特征是不讲节的均整，不讲句的整齐，不讲韵的一律；采用白话散文的句式和语法写诗，句式长短随情感起伏而变换，并大量运用虚词。周作人的《小河》、胡适的《人力车夫》、刘半农的《学徒苦》、康白情的《鸭绿江以东》、朱自清的《光明》等都表现出这一倾向。郭沫若一些诗也很突出。散文化成为初期现代汉语新诗的主流，是后来新月社格律体诗首先纠正的问题。

第二，胡适等人的白话诗，带有文言和旧形式的色彩，他自称为“放大了的裹脚”，俞平伯、沈尹默等也有类似倾向。这是初期白话新诗的一个缺点。

第三，也进行了一些有益的诗歌形式探讨。

对民歌体形式的借鉴。刘半农《扬鞭集》中的《相隔一层纸》、《学徒苦》，刘大白《旧梦》集中的《卖布谣》、《收成好》、《田主来》都是典型的民歌体新诗。民歌体新诗与“五四”文学的平民化思潮相吻合，20 世纪 30 年代的红色歌谣、中国诗歌会的歌谣化创作、20 世纪 40 年代解放区民歌体新诗的高潮以及转型期中的“大跃进民歌”等都滥觞于此。

进行新的格律化尝试。追求新诗的音韵美。比如沈尹默的《三弦》“旁边有一段低低土墙，/挡住了个弹三弦的人，/却不能隔断那三弦鼓荡的声浪”，交错地使用双声叠韵和平仄声，造成了一种抑扬声调，有如弹拨三弦之声。追求诗歌的节奏整齐，讲求押韵，在回环中产生柔媚的美，比如刘半农《教我如何不想她》。这是下一个时期新月派新诗歌格律体的滥觞。

① 载《新青年》，第 6 卷第 2 期，1919 年 2 月。

另外，这一时期还引人注目地出现了散文诗品种。

最早写散文诗的是刘半农。1918 年 7 月他在《新青年》上发表了《窗纸》、《晓》等作品。《晓》描绘晨曦中的自然景色，把诗情画意融合起来，取得了较好的艺术效果。鲁迅也以“神飞”为名于 1919 年 8 月至 9 月在《国民公报》“新文艺”栏连续发表过七首散文诗，总题名曰《自言自语》，被称为“独语体”的《野草》即由此发展而来。

刘大白的《旧梦》集中，已收了不少三五行的小诗，诗句凝聚力很强，构思也注意集中和简练，这将在下一个时期成为一种倾向。

第三节
小说的“呐喊”

由于晚清以来的大规模创作及西方现代性因素的输入，现代汉语小说在晚清即已成形，但小说的现代性价值观尚不完整。直到 1918 年 5 月鲁迅在《新青年》上发表《狂人日记》[①]，具有严格现代性意义的白话小说才真正出现。继《狂人日记》之后，鲁迅又连续在《新青年》上发表了《孔乙己》、《药》等小说。这些小说“显示了‘文学革命’的实绩”[②]，宣布了现代白话小说的成熟。

一、成形期小说概貌

除《新青年》，另一脉白话小说产生于《新潮》月刊[③]。这一刊物发表小说的有汪敬熙、罗家伦、杨振声、俞平伯和叶绍钧等，他们都以小说反映和讨论社会现实问题，史称《新潮》作家群。此外，《新中国》和《学灯》分别发表了郭沫若的《牧羊哀话》[④]、《鼠灾》[⑤]，为中国现代浪漫主义小说创作开了先声；《晨报》和《晨报》副刊分别发表了冰心的《谁之罪》（即《两个家庭》）、《斯人独憔悴》[⑥] 等小说，拉开了问题小说的序幕。为现代白话小说提供成长空间的报刊还有北京的《每周评论》、《新生活》，上海的《民国日报》副刊《觉悟》、《劳动界》、《新妇女》，湖南的《端风》，福建的《自治》，少年中国学会的总会刊《少年中国》及成都分会

---

① 载《新青年》，第 4 卷第 5 期，1918 年 5 月。

② 《鲁迅全集》，第 6 卷，238 页，北京，人民文学出版社，1981。

③ 1919 年 1 月 1 日创刊，由北京大学学生社团新潮社创办，主编为罗家伦、傅斯年，发行至 1920 年底第 3 卷第 2 期，同年底《新潮》主要作家先后到欧美留学，刊物中止。

④ 载《新中国》，第 1 卷第 7 期，1919-11-15。

⑤ 载《时事新报·学灯》，1920-01-26。

⑥ 分别载《晨报》，1919-09-18—1919-09-22；《晨报》副刊，1919-10-07—1919-10-11。

的会刊《星期日》、南京分会的会刊《少年世界》等。这些传媒的参与，使得现代白话小说的创作和阅读风气日盛，渐成“呐喊”之势。

二、鲁迅的《狂人日记》

较之其他文体，本期小说创作是成熟的，一方面由于西洋小说的引入对中国小说由古典形态向现代形态的转型起到了明显的推动作用，另一方面则由于鲁迅的出现。现代汉语文学史上现代白话小说成熟于鲁迅，其标志就是《狂人日记》的发表。小说发表以后引起巨大的反响，如何理解狂人形象，一直众说纷纭，诸如狂人说、战士说、象征说，等等。从创作动机看，鲁迅显然不是写一个普通狂人，而是另有深意。1918 年 8 月 20 日致许寿裳的信中，鲁迅说：“偶阅《通鉴》，乃悟中国人尚是食人民族，因成此篇。此种发见，关系亦甚大，而知者尚寥寥也。”① 后来鲁迅又说过他做小说是为了“揭出病苦，引起疗救的注意”②。1935 年他在《〈中国新文学大系〉小说二集序》中明确指出：“《狂人日记》意在暴露家族制度和礼教的弊害。”③可见，作者旨在借狂人之口传达自己的思想。

从作品实际描写看，首先用现实主义的手法真切、准确地描摹了狂人不稳定的精神状态和无逻辑的心理状态，塑造了一个貌似狂人的形象。他紧张、敏感、多疑，“晚上总是睡不着”；路人向他看一眼，他便怕得“从头直冷到脚跟”；陈老五送饭进来，他看见鱼就在想“不知是鱼是人”，“兜肚连肠的吐出”；老头子看脉是“揣一揣肥瘠……也分一片肉吃”，“静静的养！养肥了，他们是自然可以多吃”。他善于进行紊乱无逻辑的联想和夸张、歪曲的推理，由“吃死肉”想到“海乙那”，从“海乙那”想到狼，再由狼想到赵家的狗和医生，由医生想到要吃他的大哥，张冠李戴，捕风捉影，完全是一种迫害狂的病态心理。但无论狂人的心理怎样病态，他始终忘不掉那让他恐惧的两个字：吃人。他觉得他的周围人人都在吃人，他时时有被吃的危险。可以推见，如果狂人是真狂人，也是因周边环境的迫害而致狂。

作者由实写狼子村等“现吃”过渡到历史的“吃人”，在写实与寓意之间借“吃人”概念的置换实现象征：“我翻开历史一查，这历史没有年代，歪歪斜斜的每叶上都写着‘仁义道德’几个字。我横竖睡不着，仔细看了半夜，才从字缝里看出字来，满本都写着两个字是‘吃人’!”④ 由实际吃人到抽象吃人，小说主题陡然提升。象征手法的采用，对庞大的数千年历史产生了整体否定；同时，作家从“从来如此，便对么”的劝说到对食人者发出警告：“要晓得将来是容不得吃人的人”，再到最后“救救孩子”的呼声，写出了觉醒的反封建战士的思想发展过程，塑造了一位貌似狂人实是战士的反封建的象征形象。

狂人形象的塑造明显受到果戈理和尼采的影响，却比果戈理的忧愤深广，也不似尼采的超人渺茫。果戈理的《狂人日记》写一个九等文官妄想娶司长的女儿以致发疯的故事，表达的是

---

① 鲁迅：《致许寿裳》，见《鲁迅全集》，第 11 卷，353 页。

② 鲁迅：《我怎么做起小说来》，见《鲁迅全集》，第 4 卷，512 页。

③ 鲁迅：《〈中国新文学大系〉小说二集序》，见《鲁迅全集》，第 6 卷，239 页。

④ 鲁迅：《狂人日记》，见《鲁迅全集》，第 1 卷，425 页。

反对等级制度的思想。鲁迅《狂人日记》形式上借鉴了它，思想深度却远超过它。鲁迅还借鉴了尼采的《查拉图斯特拉如是说》，借狂人之口说："大哥，大约当初野蛮的人，都吃过一点人。后来因为心思不同，有的不吃人了，一味要好，便变了人，变了真的人。有的却还吃，——也同虫子一样，有的变了鱼鸟猴子，一直变到人。有的不要好，至今还是虫子，这吃人的人比不吃人的人，何等惭愧。怕比虫子的惭愧猴子，还差得很远很远。"[①] 鲁迅的超越体现在狂人形象本身的历史客体性，他揭露了中国传统历史的本质，而不是尼采抽象的说教。

《狂人日记》之所以成为中国现代汉语小说成熟之作，体现为鲁迅自己所说的"表现的深切和格式的特别"[②]，即内容与形式的开创性。所谓"格式的特别"，包括体式、线索、叙述、结构、创作方法以及诸如象征等具体的表现手法，更主要的是语言。《狂人日记》的"开篇性"首先是现代白话意义上的开篇性。"所谓现代汉语，就是尽最大的力量，来表达现代人的思维方式，表达现代人所能感受到的某一种思想情感。"[③] 因为语言是思想的外壳，思想就是语言本身，概念、术语、范畴、话语方式就是思想本身。白话文学古已有之，晚清小说中也多有白话小说，就语言形式看，《狂人日记》与它们并没有根本区别。区别在于思想层面：鲁迅的白话是现代白话，既有工具性，又有思想性，在思想层面上，它属于现代汉语。[④] 从《狂人日记》话语方式和言说方式，可以看出其语言体系的现代性，进而看出艺术精神和思想上的现代性。小说中欧化语言的表现方式、西方的语法结构在当时是全新的话语形式，这种语言本身显示了与传统之间的巨大裂缝，表现出一种对语言传统坚决颠覆、与传统社会彻底决裂的精神。

《狂人日记》内容上的开创性体现为"表现的深切"，在思想上具有开创性，在对中国封建礼教的批判和"人"的主题的发掘上表现出深刻性。它确定了现代"人"概念并对"人"进行了新的言说，从而确立了中国现代文学"人的文学"这一主题。鲁迅在"真的人"即"现代人"的概念基础上，对中国封建社会"人"的非人、"人"的异化进行猛烈的批判，并对"人"重新界定。这种"真的人"就是人的本真，是既顺应人的自然属性，又顺应人的社会属性，既不"吃人"也不"被人吃"，"没有吃过人"也没有"被人吃过"的人，也即周作人在《人的文学》中所说的"动物的人"、"进化的人"、"自由的人"、"道德的人"、"利己而又利他，利他即是利己"[⑤] 的人。《狂人日记》从传统向现代的转变实际上可归结为从传统概念向现代概念的转变，《狂人日记》内容与形式是统一的，现代白话与现代思想具有一体性。它确立了中国现代小说的"现代白话"与"现代思想"这两大原则，因此它宣告了现代白话小说的成熟。

---

① 鲁迅：《狂人日记》，见《鲁迅全集》，第1卷，429页。

② 鲁迅：《〈中国新文学大系〉小说二集序》，见《鲁迅全集》，第6卷，238页。

③ 陈思和：《现代知识分子觉醒期的呐喊》，见《中国现当代文学名篇十五讲》，67页，北京，北京大学出版社，2003。

④ 参见高玉：《现代汉语与中国现代文学》，292页，北京，中国社会科学出版社，2003。

⑤ 周作人：《人的文学》，见胡适编选：《〈中国新文学大系〉建设理论集》，194页，上海，上海良友图书印刷公司，1935。

三、《新潮》作家群的小说

《新潮》作家群也较早进行白话小说创作。他们同鲁迅一样，也用小说关注和思考社会问题，显露了"问题小说"的端倪。叶绍钧（1894—1988，江苏苏州人，字秉臣，辛亥革命后改字圣陶）的《这也是一个人?》① 叙述了主人公"她"的悲惨遭遇。"她"由于不堪忍受丈夫的虐待，逃出做工，最后却仍不免被迫回家，表现了反对夫权和族权的人道主义思想。俞平伯（1900—1990，原名俞铭衡，浙江德清人）的《花匠》② 写一个花匠为了好看而用铁丝将花扭得弯弯曲曲，在批判中显示作者对个性自由发展的呼唤。表现现实生活的还有杨振声（1890—1956，字今甫，山东蓬莱人）的《渔家》③，写一渔家受到官吏压迫及苛捐杂税的剥削，结果家破人亡的故事，同样表现的是人道主义的同情。汪敬熙（1893—1968，江苏吴县人）的《砍柴的女儿》④ 叙述一个砍柴姑娘因不愿将灵魂交给一个老妇而屡遭其迫害，最后被烧死的故事，小说用象征手法表现了反对封建礼教和对人道主义的呼唤。罗家伦（1897—1969，浙江绍兴人）的短篇小说《是爱情还是痛苦》⑤ 写主人公程叔平和心爱的女子有情人终未成眷属，酿成了悲剧；而和不爱的妻子生活在一起，同样又是一个悲剧。小说表现小资产阶级知识分子婚姻不自由的痛苦，包含了个性解放的思想。与罗家伦的小说同时发表的还有欧阳予倩（1889—1962，原名立袁，号南杰，湖南浏阳人）的《断手》，主要鞭笞了军阀祸国殃民的罪行。如鲁迅所言，《新潮》作家群的小说"技术是幼稚的，往往留存着旧小说上的写法和语调；而且平铺直叙，一泻无余；或者过于巧合，在一刹时中，在一个人上，会聚集了一切难堪的不幸"⑥。但鲁迅仍然肯定他们的作品都是"有所为"而发的。

四、陈衡哲的小说

初期白话小说中值得提及的还有女作家陈衡哲（1890—1976，湖南衡东人，笔名莎菲）。她创作不多，只有一个小说集《小雨点》（1928 年新月书店出版），两卷《衡哲散文集》（1938 年开明书店出版）以及一些未收集的新诗、散文。引人注意的是她在"文学革命"时期最早发表了白话小说《一日》⑦。小说采用对话体分九个片段表现美国女子大学一群新生一天的生活，从起床、吃饭、谈笑、上课、交游，直至互道晚安。小说没有完整的人物形象和故事情节，也无明确主题，但由于用白话文创作，发表时间又早于《狂人日记》，故被夏志清看作中国最早

① 载《新潮》，第 1 卷第 3 号，1919-03-01。
② 载《新潮》，第 1 卷第 4 号，1919-04-01。
③ 载《新潮》，第 1 卷第 3 号，1919-03-01。
④ 载《新潮》，第 2 卷第 1 号，1919-10-01。
⑤ 载《新潮》，第 1 卷第 3 号，1919-03-01。
⑥ 鲁迅：《〈中国新文学大系〉小说二集序》，见《鲁迅全集》，第 6 卷，239 页，北京，人民文学出版社，1981。
⑦ 最初载《申报·留美学生季报》，新 4 卷，夏季第 2 号，1917 年 6 月。

的现代白话小说。① 小说在思想与艺术上都不能与《狂人日记》比肩，当时也无影响。

第四节 “难产”的话剧

相对于同期其他文体的成形或成熟，话剧是“难产”的：不仅诞生得最晚，形式上也最孱弱。“难产”的原因是多方面的。从审美主体看，由中国观众审美心理的保守性、封闭性所致。话剧与小说、诗歌、散文不同，它需要观众。但是，单一的小生产方式制约了民族审美心理，使之在感觉知觉方面的能力强，但联想、理解能力偏弱。这种心理积淀，映射在戏剧接受上，就表现为偏重于程式化、脸谱化、“一目了然”的、多诉诸低级审美感受心理机制的形式；而话剧主要靠语言（台词）塑造形象，因此需要观众具备现代美感心理结构才能够接受。从形式看，戏剧由于制作的复杂性，表现的综合性，它的成形并不能仅靠剧作家的努力，还需要表演、导演等各方面因素互相促进才能实现。所以话剧剧本产生最迟，形式也最孱弱。直到曹禺《雷雨》的出现，中国现代话剧才走向成熟。

一、对旧剧理论的批判

戏剧在这一时期的成绩，主要体现在对传统的否定，而不在新作的建树。

“五四”前夕，适应新文化思潮的要求，现代话剧运动再度兴起。由于文明戏的堕落，旧剧持其传统之力，仍牢牢占据戏剧舞台，因此这次兴起是以对传统戏曲的批判为先导。1917年至1918年间，钱玄同、刘半农、傅斯年、胡适、周作人等纷纷在《新青年》上撰文，对传统戏曲特别是京剧展开猛烈批判，锋芒直指旧剧包含的封建性内容及其非写实的表现形式、非现实主义的创作倾向；在批判的同时他们提出各自的戏剧改良主张，要求把戏剧作为传播思想、改善人生和社会的工具，提倡现实主义的戏剧，并对西洋戏剧著作及理论进行译介。② 事实上，早在1916年，中国早期戏剧理论家与剧作家宋春舫（1892—1938，浙江湖州人）就已在北京大学开设“欧洲戏剧”课程。到了1918年6月，《新青年》第4卷第6期又推出“易卜生专号”，发表了由罗家伦、胡适合译的易卜生的《玩偶之家》、《国民公敌》等名作，集中介绍了易卜生及其现实主义戏剧观，由此形成了一个介绍外国戏剧理论、翻译和改编外国剧作的

---

① 参见夏志清：《小论陈衡哲》，见《新文学的传统》，88页，北京，新星出版社，2005。

② 1917年3月《新青年》第3卷第1期发表钱玄同的《寄陈独秀》；5月，第3卷第3号发表刘半农的《我之文学改良观》；1918年6月，第4卷第6号发表胡适的论文《易卜生主义》；10月，第5卷第4号出“戏剧改良专号”，刊登了胡适的《文学进化观念与戏剧改良》、傅斯年的《戏剧改良各面观》、欧阳予倩的《予之戏剧改良观》等文章；11月，第5卷第5号发表周作人的《论中国旧戏之应废》。

热潮，有力地推动了中国现代戏剧的发展。

时至1921年，现代话剧运动进入建设阶段。这一年的4月20日至8月4日，针对文明戏因商业化而堕落的情况，著名剧作家陈大悲在《晨报》上发表长篇论文《爱美的戏剧》，提出开展“爱美剧”运动的主张。“爱美”系英文“Amateur”的音译，意为业余的，非职业的。“爱美剧”即业余的戏剧，它不以营利为目的，旨在提高戏剧的艺术质量，增强戏剧的社会作用，重新拯救堕落的话剧运动。这一主张在新剧界引起较大反响，一批业余话剧团体和戏剧研究刊物随之出现。

1915年新文化运动开始后，特别是1917年的“文学革命”开始后，新文学作家和理论家们一面更加猛烈地批判传统旧戏，一面竭力提倡西洋新戏。1920年秋，著名文明戏演员汪仲贤（1888—1937，本名效曾，字仲贤，原籍安徽，生于上海）在上海主持演出的萧伯纳的名剧《华伦夫人之职业》意外失败，这引起其深刻反思，并促其于当年发起成立了中国现代戏剧史上第一个话剧团体“民众戏剧社”，同时出版了中国现代戏剧史上第一个专门的戏剧刊物《戏剧》月刊。为避免重蹈文明新戏职业化与商业化的覆辙，他们大力提倡非营利性质的“爱美剧”。正是在这样的背景下，以天津南开学校、北京清华学校为代表的学生业余演剧活动形成了一个高潮。

二、新剧的创作

辛亥革命前，话剧虽多，但没有剧本，只有一张简单的幕表，对演员的动作、重要片段对话等作简单提示，演员上台表演完全是即兴发挥，因而称为“幕表剧”。后来成为话剧运动中坚骨干的剧作家洪深（1894—1955，江苏武进人）在清华念书时，1915年写了《卖梨人》，1916年写了《贫民惨剧》，但只是在小范围内演出，没有重大影响。

中国现代话剧史上第一个发表的剧本是胡适的独幕剧《终身大事》[①]。剧中主人公田亚梅女士，在留学日本时与青年陈先生自由恋爱，但父母竟以几百年前田、陈一家的荒谬理由，干涉他们的婚姻。于是她以“孩儿的终身大事，孩儿该自己决断”为信念，毅然与陈先生一起出走。该剧的故事情节明显可见易卜生剧作《玩偶之家》的痕迹，因而田亚梅又被人们称为中国式的娜拉。剧本虽然在技术上还比较幼稚，但思想内容的进步性显而易见：肯定资产阶级民主婚姻观念，否定中国社会的封建迷信思想和封建宗法制度，表现青年反抗封建束缚，追求人格独立的个性主义思想。胡适将当时人们关注的社会问题用话剧的形式展示出来，启发读者思考，无疑是一次有重要意义的大胆尝试。

【本章学习参考】

一、阅读书目

胡适：《蝴蝶》、《鸽子》

---

① 载《新青年》，第6卷第3期，1919年3月。

周作人：《小河》

沈尹默：《三弦》、《月夜》

刘大白：《卖布谣》

刘半农：《教我如何不想她》

李大钊：《新纪元》

陈独秀：《偶像破坏论》

鲁迅：《我之节烈观》

刘半农：《作揖主义》

鲁迅：《狂人日记》

陈衡哲：《一日》

胡适：《终身大事》

二、重要命题

关于狂人形象的理解

第一种观点，狂人是一个清醒的反封建战士，“狂”是封建统治者强加的。这种观点见于徐中玉：《鲁迅生平思想及其代表作研究》，上海，自由出版社，1954。

第二种观点，从艺术感受，从人物的言行，特别是从心理上分析，认为狂人是一个战士或旧时代的英雄，被折磨成了狂人。这种观点见于林非：《论〈狂人日记〉》，载《文学评论》1962（1）；翟大炳：《对狂人形象的一个看法》，载《重庆师范学院学报》，1981年（1）；高捷：《一部现实主义的杰作》，载《山西大学学报》，1981（4）。

第三种观点，从作品实际出发，认为是真狂人，发狂以前是一个不断觉醒的封建家庭叛逆者，但够不上战士。这种观点见于冯雪峰：《狂人日记》，载《中国青年》，1954（9）；严家炎：《〈狂人日记〉的思想和艺术》，载《昆明师院学报》，1978（3）；唐弢：《论鲁迅小说的现实主义》，载《文学评论》，1982（1）。

第四种观点，认为狂人是真狂人，且是普普通通的狂人。这种观点见于张恩和：《对狂人形象的一点认识》，载《文学评论》，1963（5）。

第五种观点，对战士说、狂人说都持反对态度，认为狂人是精神病患者与反封建战士这两种形象的统一，狂人只是披了狂人的外衣，本质上是清醒无畏的战士。这种观点见于李希凡：《“五四”文学革命的战斗檄文》，载《江淮论坛》，1979（2）；周葱秀：《〈狂人日记〉的蠡测》，载《河北师大学报》，1979（11）；孙中田：《论〈狂人日记〉》，见《鲁迅研究集刊（一）》，上海，上海文艺出版社，1979；公兰谷：《论〈狂人日记〉》，载《文学评论》，1980（3）。

第六种观点，认为狂人是个象征形象，是鲁迅所假定的抗击旧时代的力量的象征，并不是把他作为一个现实主义的正面人物或英雄人物来创造的，否则，就无法解释这个狂人何以会有病理学上的狂人的特点。此论在当时独树一帜，引起了广泛的关注。这种观点见于陈涌：《鲁迅与五四文学运动的现实主义问题》，载《文学评论》，1979（3）。

第七种观点，认为“狂人”之“狂”并不单指丧失了理智，病态的疯狂之狂，还有“狂大”、“狂猖”、“狂妄”、“狂放”、“狂怒”、“狂热”、“狂言”、“狂想”之“狂”，纵情任性或放荡骄态之态。这样狂人表面是丧失理性的精神病患者，骨子里却承传着中国传统士人的精神。

这种观点见于李今：《文本、历史与主题——〈狂人日记〉再细读》，载《文学评论》，2008 (3)。

三、相关文献

1. 朱德发．中国五四文学史．济南：山东文艺出版社，1986.

2. 高玉．现代汉语与中国现代汉语文学．北京：中国社会科学出版社，2003.

四、复习思考

1. 名词解释：

杂感　白话诗　《新潮》作家群　爱美剧

2. 初期白话新诗在形式上呈现出哪些倾向？

3. 为什么说《狂人日记》是现代白话小说的第一篇成熟之作？

4. 如何理解狂人的形象？

第五章

纯文学社团的蜂起和文学流派的产生

1921年以后，纯文学社团如雨后春笋，蓬勃孳生。文学研究会和创造社是两大支柱，此外还有新月社、现代评论派、新潮社等150多个文学社团。尽管这些文学社团组织或严密，或松散，但都拥有独立的刊物，各具特色。这些社团为中国现代汉语文学形成文学流派、孕育风格各异的作家群，作出了贡献，并体现出中国现代汉语文学的现实主义、浪漫主义、现代主义等发展方向。

本章主要评述文学研究会、创造社、新月社、现代评论派、新潮社、弥洒社、浅草社、沉钟社、语丝社、莽原社、狂飙社、学衡社等。

第一节 文学研究会

一、文学研究会概况

文学研究会于1921年1月4日正式成立于北京中央公园（今中山公园）。发起人有周作人、朱希祖、耿济之、郑振铎、瞿世英、王统照、沈雁冰、蒋百里、叶绍钧、郭绍虞、孙伏园、许地山等12人。刚成立时有会员21人，后发展为170多人。活动的中心在上海，同时在北京、广州等地设有分会。文学研究会事实上的机关刊物是改革后的《小说月报》[①]，此外还

① 《小说月报》1910年8月29日创刊于上海，商务印书馆投资出版发行。"文学革命"后，商务印书馆为适应形势并争取读者，1920年起进行半改良，沈雁冰时任《小说月报》编辑。沈雁冰与北京的周作人等通信并约稿，周作人发起文学研究会时，沈雁冰加入。1921年，《小说月报》正式改革，文学研究会遂把沈雁冰时任编辑的《小说月报》作为文学研究会成员发表作品的主要阵地。《小说月报》形成以文学研究会会员为主体的作者群，成为文学研究会事实上的机关刊物。

有《文学旬刊》[①] 和《诗》月刊[②]。另外编印出版“文学研究会丛书”近百种。1931 年上海发生“一·二八”事变，《小说月报》被迫停刊，文学研究会自行解散。

二、文学研究会的理论主张

“为人生”是文学研究会的主要文学主张。“为人生”文学观从价值论上回答了文学与人生的关系。周作人起草的《文学研究会宣言》针对“鸳鸯蝴蝶派”的“文学游戏说”，特别强调文学是一种于人生很切要的工作，有指导人生、唤醒民众的意义：“将文学当作高兴时的游戏或失意时的消遣的时候，现在已经过去了。我们相信文学是一种工作，而且又是于人生很切要的一种工作。”[③] 郑振铎在《新文学观的建设》[④] 中说，文学是人生的自然的呼声，文学应反映社会、表现人生。他们认为，只有这样的文学才是真文学，才是与人类有关的文学。然而，文学研究会对“人生”的解释存在分歧。周作人从资产阶级人道主义的角度看待“人生”，沈雁冰从被侮辱与被损害者的角度看取“人生”。沈雁冰在《社会背景与创作》、《文学与人生》、《大转变时期何时来》等文章中，热情呼唤被侮辱与被损害者的文学，要求文学表现“第四阶级”人生、“无产阶级”人生。

文学研究会在创作方法上提倡现实主义。沈雁冰在《什么是文学》[⑤] 中倡导现实主义，并对现实主义作了阐释，强调现实主义于材料上最注重精密严肃，描写一定要忠实。《文学与人生》[⑥] 提出，作者应没有一毫私心，不存在主观的态度。叶绍钧是这一主张的积极实践者，他的小说创作典型地体现了这一观念。文学研究会中部分作家，如冰心、庐隐、王统照，在初期的创作中，表现“人生理想”、“爱”与“美”，具有浪漫主义因素，创作方法上存在二重性，但后来全部转向现实主义。

1922 年开始，文学研究会与创造社就文学为人生还是为艺术，艺术的目的论、功利性，现实主义与浪漫主义等一系列问题展开了一次大讨论。1927 年前后，文学研究会的成员发生分化，部分作家把“为人生的艺术”具体化为“为无产阶级的艺术”。

三、文学研究会的流派意义

文学研究会是 20 世纪 20 年代我国规模最大、影响最久的文学社团，也是 20 世纪中国文

① 创刊于 1921 年 5 月，为《时事新报》副刊之一，由郑振铎主编。1923 年改称《文学》，1925 年 5 月第 172 期起更名《文学周报》，并独立发行。1929 年 6 月出至 9 卷 22 期停刊。

② 中国现代汉语文学史上第一个专刊新诗歌的刊物。1922 年 1 月创刊于北京，最初由中国新诗社主办，从第 4 期开始变成文学研究会的刊物，1923 年 5 月 5 日 2 卷 2 期出版后停刊。

③ 载《小说月报》，第 12 卷第 1 号。

④ 载《时事新报》，1922-05-11。

⑤ 松江暑期演讲会《学术演讲录》第二期，1924 年出版。

⑥ 松江暑期演讲会《学术演讲录》第一期，1923 年出版。

学史上第一个也是最重要的现实主义文学流派。理论上主张文学要反映人生的血和泪，创作上主张现实主义，此外，翻译的作品也全是现实主义。由于他们的努力，现实主义成为中国现代汉语文学主流文学思潮。他们的创作，尤其是后来的乡土文学，与《新青年》、鲁迅开创的现实主义遥相呼应，不仅推动农民和农村题材大量进入现代小说领域，而且以其严谨的风格，深化了现实主义的创作原则，推动了我国现实主义向前发展。他们以显著的文学实绩证明了新文学存在的可能，并以卓有成效的文学评论培养、扶持、奖掖了新文学的第一代作家。他们梳理和研究中国传统文学，翻译与介绍外国文学，尤其是被压迫民族和弱小国家的文学，显示出开阔的胸怀。

第二节 创造社

一、创造社概况

创造社于1921年7月成立于日本东京。郭沫若是创造社的灵魂；成仿吾是创造社的理论权威，素有“黑旋风”之称；郁达夫是创作的高手，他的创作典型地体现了创造社的文学倾向和审美特征，尤其是大胆剖露自身的小说为创造社赢得了读者。此外，创造社还有当时留日学生张资平、田汉、郑伯奇等。1922年5月，创造社出版《创造》季刊①，1923年出版《创造周报》②、《创造日》③，1924年出版《洪水》④，1926年出版《创造月刊》⑤，总计十余种刊物。

《文化批判》⑥ 的创刊，标志着后期创造社的开始。后期创造社主要由“元老派”和“少壮派”组成。“元老派”包括郭沫若、成仿吾、郁达夫、王独清、郑伯奇、张资平等人；“少壮派”包括1927年由日本归国的李初梨、冯乃超、朱镜我、彭康等。除“元老派”和“少壮派”外，后期创造社还有“小伙计”周全平、叶灵凤、潘汉年等。1923年以后，创造社逐渐抛弃以前的文艺观点，开始倾向为人生而艺术和现实主义。1928年起，创造社态度鲜明地反对“为艺术而艺术”和浪漫主义，提倡“表同情于无产阶级的社会主义写实主义”⑦ 文学。

后期创造社与太阳社一起，由倡导无产阶级革命文学而掀起了革命文学运动。

---

① 1922年5月至1924年2月，共6期。

② 1923年5月至1924年5月，共52期。

③ 《中华新报》附发，1923年7月至11月，共100期。

④ 1924年至1927年两次出刊，包括增刊共38期。

⑤ 1926年至1929年，共18期。

⑥ 1928年1月创刊，共出5期。

⑦ 郭沫若：《革命与文学》，载《创造月刊》，第1卷第3期，1926年5月。

1929 年，国民党查封创造社，创造社宣告解散。

二、前期创造社的理论主张

与文学研究会相比，前期创造社更多倾向于浪漫主义文学思潮。在文学的价值论上，创造社强调文学的本质在于表现主观，文艺来源于主观，是作家内心的自然流露，反对现实主义的模仿说，强调浪漫主义的表现说。郭沫若在《创造》季刊创刊号上发表《补白之二》，认为诗只是“我们心中的诗意诗境底纯真的表现”，是“生底颤动”，“灵底喊叫”，所以诗不是“做”出来的，只是“写”出来的。《创造》季刊第 2 期的《编辑余谈》指出，创造社本着他们内心的要求，从事文艺活动。否认文学再现生活，强调文学的自我表现。从文学的主观性出发，创造社同人尊崇“自我”，尊崇“天才”和“直觉”、“灵感”。郭沫若在《文艺上的节产》中说，文艺家“在未从事创作之前等待的是灵感”，“诗人底心境譬如一湾清澄的海水，没有风的时候，便静止着如像一张明镜，宇宙万汇底印象都涵映着在里面；一有风的时候，便要翻波涌浪起来，宇宙万汇底印象都活动着在里面。这风便是所谓直觉，灵感（Inspiration），这起了的波浪便是高涨着的情调。这活动着的印象便是组织着的想象”①。

创造社在本体论上表现出“无目的”，鉴赏论上表现出“有功利”。成仿吾说“艺术的目的是在表现出人类最高或最深的情绪”，因此要“除去一切功利的打算，专求文学的全 Perfection 与美 Beauty 有值得我们终生从事的价值之可能性”②，郭沫若宣称“艺术的精神就是这没功利性”③。郭沫若在《论国内评坛及我对于创作上的态度》中说，一切艺术形似无用，然而在“无用之用”有“大用存焉”④；在《儿童文学之管见》中态度鲜明地指出，创作方法当推唯美主义，鉴赏方面当推功利主义。成仿吾在《新文学之使命》等文章中也表现出类似的二元倾向。

三、创造社与文学研究会的文学论争

1922 年 5 月，创造社主动发起与文学研究会的论争。早在 1921 年 9 月，郁达夫在《时事新报》就刊发文章⑤，指责文学研究会垄断文坛。1922 年 5 月 1 日的《创造》季刊创刊号，同时刊发郁达夫的《艺文私见》、郭沫若的《海外归鸣》，两篇文章极具攻击性，矛头直指文学研究会的沈雁冰、郑振铎。沈雁冰立即给予回应，郭沫若还发表了《论国内评坛及我对于

---

① 郭沫若：《文艺上的节产》，载《创造周报》，第 19 号，1923-09-16。
② 成仿吾：《新文学之使命》，载《创造周报》，第 2 号，1923-05-20。
③ 郭沫若：《生活的艺术化》，载《时事新报》，第 98 期，1925-04-12。
④ 郭沫若：《论国内评坛及我对于创作上的态度》，载《时事新报・学灯》，1922-08-04。
⑤ 郁达夫：《纯文学季刊〈创造〉出版预告》，载《时事新报》，1921-09-29、1921-09-30。

创作上的态度》[1]，一场旷日持久的论争拉开了序幕。论争主要围绕文艺是“为人生”还是“为艺术”。文学研究会坚持文艺要反映人生、探讨人生并指导人生，认为文学具有社会功利性和目的性。“我们相信文学不仅是供给烦闷的人们去解闷，逃避现实的人们去陶醉，文学是有激动人心的积极性的。尤其在我们这时代，我们希望能够担当唤醒民众而给他们力量的重大责任。”[2] 沈雁冰的这段话代表了文学研究会同人的共同意见。而创造社则主张文艺要本着作者内心的要求作情绪的自然流露，主张创作无目的，反对文艺的功利性，并依此全面否定“五四”以来的新文学。两个社团尽管针锋相对，反唇相讥，其实是一条道上的人，都是旧时代彻底的叛逆者，他们从现实主义和浪漫主义两个方面奠定了新文学的基础。正如沈雁冰后来所说：“文学研究会与创造社论战的原因，主要是对文学与社会的关系有不同的看法。换言之，我们所争的是：作品是作家主观思想意识的表现呢，还是社会生活的反映？创作是无目的无功利的，还是要为人生为社会服务？”[3] 此外，这场论争还涉及如何评价外国文学、翻译等问题。

四、创造社的流派意义

前期创造社以鲜明的浪漫主义精神为依托，以个性解放为旨归，凭借新的批判精神和创造精神，开拓新文学的疆域。郭沫若的诗歌、郁达夫的小说，还有其他成员的散文和戏剧，引发并促进了中国现代汉语文学浪漫主义的创作热潮，成为中国现代汉语文学重要的浪漫主义流派，对浅草社、沉钟社等有所影响。

第三节 新月社与现代评论派

一、新月社

新月社1923年在北京成立，终于1933年6月《新月》[4] 的停刊。以1927年为界，分为前期（北京时期）和后期（上海时期）。流派的命名受印度诗人泰戈尔的诗集《新月集》影响。

---

① 载《时事新报·学灯》，1922-08-04。

② 沈雁冰：《“大转变时期”何时来呢?》，载《文学周报》，第103期，1923-12-31。

③ 沈雁冰：《复杂而紧张的生活、学习与斗争（下）——回忆录（五）》，载《新文学史料》，1979（5）。

④ 新月社主办的以文艺为主的综合性月刊。1928年3月创刊于上海，主要撰稿人有徐志摩、胡适、梁实秋、邵洵美等人，1933年6月停刊。

新月社是一个资产阶级文化社团，不单纯是一个文学流派。

新月社中最能体现其文学观乃至整个基本精神的是他们的诗歌创作，文学史上将新月社中有相近诗风的青年诗人称为"新月诗派"，"新月诗派"又被称为新格律诗派。前期有闻一多、徐志摩、朱湘、刘梦苇、饶孟侃、林徽因、孙大雨等，后期增加了陈梦家、方玮德、卞之琳、邵洵美等一批年轻诗人。新月诗派的成员主要是回国的英美留学生，基本刊物是《晨报》副刊的《诗镌》[①]。1931年陈梦家将前后期"新月诗派"18位诗人的部分作品编成《新月诗选》，较完整地展现了"新月诗派"的风貌。

新月诗派重视诗歌形式上的制作性，看重"选择"和"创造"，并由此提出新诗格律化的主张。新诗格律化主张是针对郭沫若的自由体诗理论而提出的。郭沫若主张诗是写出来的，不是做出来的，而闻一多他们认为"自然的不都是美的；美不是现成的"[②]。新月诗派提出的格律化不同于旧的格律诗，核心是视觉上的"匀称"和"均齐"，听觉上的音乐性。具体体现在闻一多提出的"三美"主张，即"建筑美"、"音乐美"和"绘画美"。"建筑美"讲究节的匀称和句的均齐，每节的诗行相同，每行的字数相等。"绘画美"讲究词汇的色彩感。"音乐美"讲究诗的韵律、音顿所形成的美感。

新月诗派强调个性自由，崇尚自主意识。但他们反对直抒胸臆的抒情方式，提倡诗人的情绪、感受包含和隐藏在形象之中，提出新诗要讲究抒情技巧，将情绪"用想象来装成那模糊影像的轮廓"[③]，把主观情绪化为具体物象。他们采用意象、比喻等手法将情感转换为可视的物象。

梁实秋（1902—1987）是新月派文学理论与批评的干将。其思想受新人文主义影响，文学理论的中心点和基本内容是："伟大的文学亦不在表现自我，而在表现一个普遍的人性。"[④]"人性"是他坚定不移的信念，他的一生都在对这个信念不断追求，不断完善。梁实秋认为，人性是不以任何事物为转移的人的本质属性，人人皆有人性，"人性是永久的，普遍的，固定的，没有时间的限制与区别"[⑤]，文学正是建立在人性之上，"普遍的人性是一切伟大的作品之基础"[⑥]，因而，文学的目的是"借宇宙自然人生之种种现象来表示出普遍固定之人性"[⑦]。为了保证文学表现永久不变的人性，梁实秋提出"理性"，"以理性驾驭情感，以理性节制想象"[⑧]。在理性的原则下，他提出"中庸"等一系列命题。

新月派的诗人们以独特的诗歌主张在当时诗坛产生广泛影响，对中国新诗形式的多元化作出了极大贡献，有力地推动中国新诗走向成熟。新月派既改变了新诗的内容，使诗与人生、个体情感接近，从"载道"回到"写人"，又对诗歌形式非常重视，提出诗的格律化，其意义就

---

① 自1926年4月1日创刊，同年6月10日终刊，共出版11期。
② 梁实秋：《新诗的格调及其他》，载《诗刊》，1931-01-30。
③ 闻一多1928年给左明的信，见《闻一多全集》，第12卷，246页，武汉，湖北人民出版社，1994。
④ 梁实秋：《浪漫的与古典的》，21页，北京，人民文学出版社，1988。
⑤ 梁实秋：《文学的纪律》，194页，北京，人民文学出版社，1988。
⑥ 梁实秋：《浪漫的与古典的》，103。
⑦ 梁实秋：《文学的纪律》，116页。
⑧ 同上书，120页。

在于引起人们对现代白话诗诗美的重视，他们的新诗试验试图纠正现实中粗制滥造“新诗”的倾向，规范早期新诗创作的混乱局面，巩固了新诗的地位。

二、现代评论派

现代评论派以1924年12月创刊的《现代评论》周刊[①]而得名。主要成员有陈西滢、凌叔华、胡适等，多是欧美留学归国的自由主义知识分子。现代评论派是一个思想复杂的文化流派。主要提倡资产阶级政治、文化、文学思想及其人道主义。

现代评论派强调文学的社会使命和历史使命。无论陈西滢的“善的境界说”，还是杨振声的“向新的路上走”，都看重文学的使命感。陈西滢认为，文学可以通过两个途径引领人的情感走向“善”的境界。一个途径是通过“启发，训练，节制”，使情感达到一种平衡、稳健和符合社会普遍的道德规范的境界。另一个途径是引导人的本能以高尚的方式宣泄出来。[②] 杨振声认为，“礼教是拉人向后退”的，艺术“是永远向新的路上走”，艺术的内容就是“人性与礼教之冲突”[③]。他们的理论还涉及现代商业社会中文学价值与经济价值的关系。尽管这方面的论述不够成熟，也不够系统，但个别看法对当今如何处理艺术与商业的关系依然具有指导意义。

陈西滢（1896—1970），原名陈源，字伯通，笔名西滢，《现代评论》杂志的发起人及主要负责人，《现代评论》上“闲话”专栏的主要作者。出版有《西滢闲话》和《西滢后话》两部散文集。

杨振声（1890—1956），字今甫，亦作金甫，笔名希声，山东蓬莱人。代表作是《玉君》。《玉君》于1925年2月出版，是中国现代汉语文学史上较早的长篇小说。作品塑造了一个反抗包办婚姻追求新生活的知识女性——周玉君，借周玉君反映“五四”时期知识青年的个性解放。小说较早地刻画了知识女性形象，对后来表现知识女性有一定的借鉴意义。

凌叔华（1900—1990），原名凌瑞棠，祖籍广东番禺县，笔名叔华、素心。20世纪20年代中期到30年代，是凌叔华小说创作的黄金时代，这时期的作品分别收入《花之寺》（1928年，新月书店出版）、《女人》（1930年，商务印书馆出版）和《小哥儿俩》（1935年，上海良友图书印刷公司）3个短篇小说集。凌叔华擅长以细腻的笔触、平静的叙述，描写新旧过渡时代旧式家庭中不同身份女性的心理和生活状况。

---

① 1924年12月13日创刊于北京，1927年移至上海出版，1928年12月停刊。

② 参见陈西滢：《东西文化及其冲突》，见《西滢闲话》，77页，上海，上海书店，1982。

③ 杨振声：《礼教与艺术》，载《现代评论》，第1卷第8期。

第四节
其他文学社团及刊物

一、新潮社

新潮社于1918年11月19日正式成立。发起人主要是北京大学的学生，成员有傅斯年、罗家伦、徐彦之、顾颉刚和俞平伯等人，刊物《新潮》。《新潮》创刊于1919年元旦，1920年3月悄然停刊，刊物虽然存活时间不长，但影响较大。新潮社继承新文化运动先驱者们的启蒙主义思想，将小说当作启蒙民众、改良人生的工具，并依照批评人生的原则进行踏实的创作。正如鲁迅所肯定的那样，他们的创作都是有所为而发，但艺术幼稚。

二、浅草社、沉钟社

浅草社1922年春成立于上海，主要成员有林如稷、陈炜谟、陈翔鹤、冯至等。1925年2月，随着《浅草》季刊的终刊，浅草社停止活动。沉钟社，1925年秋在北京成立，成员有原浅草社的主要成员林如稷、陈炜谟、陈翔鹤、冯至和杨晦、蔡仪等。鲁迅赞誉该社团“确是中国的最坚韧，最诚实，挣扎得最久的团体……死也得在水底里用自己的脚敲出洪大的钟声”①。沉钟社以冯至的诗歌，杨晦的戏剧，林如稷、陈炜谟和陈翔鹤的小说为代表，随意的文体、委婉的抒情和谨严的结构是沉钟社的文学创作特点。

浅草—沉钟社同人中，林如稷的小说创作颇丰。他的小说大多从各个侧面表现青年知识分子的迷惘、苦闷和颓废，反映他们在贫困中挣扎、在困境中追求的人生。代表作《将过去》写一个男青年往返于上海和北京两地，理性上他不断地想振作，想有所作为，但由于缺乏自制力和明确的价值目标，情感上无法控制自己，依然在颓废中得过且过。小说的主人公不满压抑的环境，但又未寻找到出路；不甘堕落，但又无力自拔的精神与行为特点，代表了当时一部分青年知识分子的矛盾心态。小说的艺术特色在于作者将主人公欲自拔又无力自救而产生的自责、悔恨、恐惧、痛苦的复杂心理表现得淋漓尽致。林如稷还有部分作品揭露社会黑暗。就风格来看，“浅草”时期的林如稷浪漫轻灵，“沉钟”时期的林如稷稳健平实。

陈翔鹤和陈炜谟是浅草—沉钟社中创作小说的另外两名高手。陈翔鹤的小说着意展现青年知识分子物质的穷困和精神的困顿。《断筝》中的主人公“我”苦于自己的贫穷，深感既无法还父亲的钱债，又无法还母亲的爱债，只能企图靠赌博使自己瞬间拥有钱财，在幻想中精神恍惚，行为失常。《幸运》通过一个年轻的精神病患者的“札记”，宣泄了青年知识分子内心的惶惑、痛苦。陈翔鹤的后期创作，自我成分增多，多带自传色彩，写实性增强。

陈炜谟的创作多取材于普通人的悲剧。代表作《狼筅将军》揭露内战频发、民不聊生的

---

① 鲁迅：《〈中国新文学大系〉小说二集序》，6页，上海，上海良友图书印刷公司，1935。

黑暗现实。《小阿农的升天》写一个农村妇女饱受丧夫失子之痛，反映了妇女的不幸命运。《寨堡》写农村战乱后的荒芜情景。其笔触细腻、真切。善于挖掘与表现人物的内心世界，这是林如稷、陈翔鹤和陈炜谟创作的共同之处，正如鲁迅所说："向外，在摄取异域的营养，向内，在挖掘自己的魂灵"，"唱着饱经忧患的不欲明言的断肠之曲"①。

三、弥洒社

弥洒社 1923 年 3 月在上海宣布成立，发起人有胡山源、赵祖康和钱江春。弥洒社宣称"我们乃是艺术之神"②，因而以希腊神话中的文艺女神———缪斯（弥洒）加以命名。《弥洒》月刊第 2 期的扉页上宣称"无目的、无艺术观、不讨论、不批评而只发表顺灵感所创造的文艺作品"，主张"为艺术而艺术"。文艺成就不大。

四、语丝社

语丝社于 1924 年 11 月成立，1930 年春解散。该社是一个以提倡散文创作和注重社会批评、文明批评为主要特色的文学流派，以《语丝》周刊而得名。主要成员有鲁迅、周作人、林语堂、钱玄同、刘半农等。"任意而谈，无所顾忌，要催促新的产生，对于有害于新的旧物，则竭力加以排击"③，这是语丝社最明显的特征。

五、莽原社、未名社

莽原社成立于 1925 年 4 月，以《莽原》创刊为标志。未名社成立于 1925 年 8 月。两个社团皆由鲁迅直接扶持。"率性而言，凭心立论，忠于现世，望彼将来"④，是其共同宗旨。为《莽原》和《未名》撰稿的人有鲁迅、韦素园、曹靖华、李霁野、台静农、韦丛芜等。两个社团都针砭时弊，关心社会问题。未名社在翻译介绍国外文学，尤其是俄国文学和东欧文学方面功不可没。

六、狂飙社

狂飙社 1924 年 11 月成立于北京，主要成员有高长虹，出版《狂飙》周刊，出版并编印

---

① 鲁迅：《〈中国新文学大系〉小说二集序》，5 页，上海，上海良友图书印刷公司，1935。

② 胡山源：《弥洒临凡曲》，载《弥洒》，1923（3）。

③ 鲁迅：《我和〈语丝〉的始终》，见《鲁迅全集》，第 4 卷，167 页。

④ 鲁迅：《〈莽原〉周刊出版预告》，载《京报》，1925-04-21。

“狂飙丛书”。他们的口号是：“为科学艺术而作战”①，曾得到鲁迅支持，后转为攻击鲁迅，一度活跃而有影响。

七、学衡社

学衡社是新文学运动初期，在中西文化大碰撞背景下，最有影响的保守主义文学流派之一。1922 年 1 月成立，办有《学衡》刊物，主要成员有吴宓、梅光迪、胡先骕。学衡社反对“文学革命”与现代汉语文学，认为“文学进化至难”②。他们的复古主张具有“中西合璧”色彩，以中国古代文化传统为复古的依据，“昌明国粹”，又以西方的学术思想为参照，“融化新知”。他们的创作多为古代汉语文学，且无新意，影响不大。从文学语言学上讲，学衡派逆历史潮流而动，反对文学的现代汉语化，被历史证明是错误的；但从中国文化上讲，学衡派在西化文化的热潮中坚守中西并蓄的文化保守主义，对文化的中西融合又有建设意义。

【本章学习参考】

一、阅读书目

茅盾：《关于“文学研究会”》

周作人：《文学研究会宣言》

郭沫若：《论国内评坛及我对于创作上的态度》

郁达夫：《〈创造社〉宣言》

鲁迅：《我和〈语丝〉的始终》

陈翔鹤：《关于“沉钟社”的过去、现在及将来》

二、重要命题

1. 关于文学研究会成员发生分化的问题，学界有人认为是 1925 年，见施建伟：《中国现代文学流派论》，117 页，西安，陕西人民出版社，1986。

2. 关于创造社的前后分期，《中国现代文学社团流派史》（陈安湖主编，童秉国、周晓明、沈振煜副主编，79～82 页，武汉，华中师范大学出版社，1997）认为分为 3 个时期：1922 年 5 月至 1924 年 5 月，这是创造社的全盛时期；1924 年 5 月至 1926 年 6 月，这是创造社发生转变的过渡期；1927 年 8 月至 1929 年 2 月，这是创造社的转变时期。

3. 关于浅草社、沉钟社，鲁迅、茅盾及唐弢主编的《中国现代文学史》认为浅草社、沉钟社是前后相续的一个社团，陈翔鹤、冯至、张晓萃认为二者是各自独立的文学社团。

三、相关文献

1. 陈安湖．中国现代文学社团流派史．武汉：华中师范大学出版社，1997.

2. 黄曼君．现代文学流派．武汉：长江文艺出版社，1996.

3. 贾植芳．文学研究会资料（上、中、下）．郑州：河南人民出版社，1985.

---

① 高长虹：《〈狂飙〉周刊的开始》，载《狂飙》，1926（1）。

② 梅光迪：《评提倡新文化者》，见《〈中国新文学大系〉文学论争集》，127 页，上海，上海良友图书印刷公司，1935。

4. 饶鸿竞，等．创造社资料（上、下）．福州：福建人民出版社，1985.

四、复习思考

1. 名词解释：

文学研究会　创造社　新月派　现代评论派　新潮社　沉钟社　语丝社　学衡社

2. 综合评述文学研究会的主张及其历史地位。

3. 阐述创造社的主张及历史地位。

4. 分析新月诗派的文学主张。

5. 简述现代评论派的文学主张。

6. 简要评述 1923 年文学研究会和创造社的文学论战。

第六章 鲁迅（上）

鲁迅（1881—1936），浙江绍兴人。原名周樟寿，字豫山，后改字豫才，学名树人。“鲁迅”是他1918年在《新青年》上发表《狂人日记》时始用的笔名。鲁迅是中国现代汉语文学暨现实主义流派的奠基者，在中国文学史和文化史上占有极为重要的地位。

鲁迅著有短篇小说集《呐喊》（1923）、《彷徨》（1926）、《故事新编》（1936），散文诗集《野草》（1927），散文集《朝花夕拾》（1928），杂文集《热风》（1925）、《华盖集》（1926）、《坟》（1927）、《华盖集续编》（1927）、《而已集》（1928）、《三闲集》（1932）、《二心集》（1932）、《伪自由书》（1933）、《南腔北调集》（1934）、《准风月谈》（1934）、《集外集》（1935）、《花边文学》（1936）、《且介亭杂文》（1937）、《且介亭杂文二集》（1937）、《且介亭杂文末编》（1937）、《集外集拾遗》（1938）等。另有书信集《两地书》① 及《中国小说史略》②、《汉文学史纲要》③ 等学术著作，还有《域外小说集》（与周作人合译）等大量译著。

本章主要评述鲁迅的生平、思想与文学道路，鲁迅的短篇小说集《呐喊》与《彷徨》，《阿Q正传》，前期杂文与散文。

第一节 生平、思想和文学道路

鲁迅的一生，按照其思想和创作道路的演变，可分为三个时期。

一、早期（1881—1917）

1881年9月25日，鲁迅诞生于浙江会稽县（今绍兴县）东昌坊口新台门一个封建士大夫

① 本书为作者与景宋（许广平）通信集，共分三集，1933年4月由上海青光书局首次出版。

② 本书由北京大学新潮社于1923年和1924年分上下两册出版，1925年由北京北新书局合印一册出版。

③ 本书在作者生前未正式出版，1938年上海复社出版《鲁迅全集》时收入。

家庭，祖父周介孚曾在京师为官，鲁迅的少年时代是在小康家境中度过的。1893 年，祖父因牵涉科场弊案入狱，加之父亲重病，周家从小康坠入困顿。家庭的变故使鲁迅在少年时代便领受了世态的炎凉。1898 年，鲁迅考入由洋务派在南京创办的江南水师学堂。翌年，转入由陆师学堂在南京附设的矿路学堂。由此，鲁迅走上了与传统知识分子不同的新学道路，开始接触西方现代自然科学和社会科学。出于对科学救国、实业救国思想的认同和借科学发展民智的愿望，鲁迅此时的精力多放在自然科学方面，由严复译介的赫胥黎的《天演论》及进化论学说对他产生了极大影响，激发了他变革图强的爱国思想。

1902 年，鲁迅因成绩优异被官费保送日本留学，先到东京弘文学院学习日语。东京是当时中国资产阶级改良派和革命党人在海外活动的中心，各种进步书刊盛极一时。鲁迅大量阅读这些刊物，并积极参加革命派活动，还毅然剪掉辫子，立下“我以我血荐轩辕”的誓言。受梁启超“新民说”影响，他经常和友人讨论下列问题：“一、怎样才是最理想的人性？二、中国国民性中最缺乏的是什么？三、它的病根何在？”① 鲁迅后来的“启人智”、“张灵明”等“立人”主张正是在梁启超的“新民说”的基础上发展而来的。

1904 年，从弘文学院毕业后，鲁迅选择到仙台医学专门学校学医，希望科学救国，促进国人对维新的信仰。② 1906 年，在一个幻灯片中，鲁迅看到中国人被日军当成间谍杀害而一群同胞麻木围观的情景，深受刺激，感到“医学并非一件紧要事，凡是愚弱的国民，即使体格如何健全，如何茁壮，也只能做毫无意义的示众的材料和看客”，“所以我们的第一要著，是在改变他们的精神，而善于改变精神的是，我那时以为当然要推文艺，于是想提倡文艺运动了”③。由此，鲁迅弃医从文，决心把文艺作为改造国民精神的利器。从科学救国到文艺启蒙，意味着鲁迅“立人”思想的自觉。

1906 年 4 月，鲁迅返回东京，开始文艺活动。他一面进行文艺创作，一面对外国文学进行译介。同年秋，鲁迅与许寿裳、苏曼殊等人筹划创办《新生》杂志，终因人力物力所限没有办成。原拟给《新生》的稿件一部分转到了留日学生办的《河南》杂志上发表，其中包括《人之历史》、《科学史教篇》、《文化偏至论》、《摩罗诗力说》、《破恶声论》（未完稿）等重要论文；另一部分与周作人合译的文学作品则被编成两册《域外小说集》出版，以求借异邦之“新声”除国民之愚黯，但销量甚微。这些活动是鲁迅的第一次启蒙尝试，它的失败让鲁迅发出“今索诸中国，为精神界之战士者安在”④ 的慨叹。

在日留学时期，鲁迅开始了其“立人”思想的建构，成果标志是《摩罗诗力说》和《文化偏至论》等文章的发表。在鲁迅看来，欧美之强，根底在人，中国之衰，根底也在人。只要国民性不变，一切兴国的努力都是枉然。振兴国家和民族的关键，不在坚船利炮，也不在变法维新或者暴力革命，而在启蒙立人：“是故将生存两间，角逐列国是务，其首在立人，人立而后凡事举；若其道术，乃必尊个性而张精神。”⑤ 立人是为了立国，人立则“人国”方能立。立国先立人的思路显示了鲁迅对梁启超思想的继承，但人的问题在梁启超那里只是国家和民族命运问题的一个子课题，“新民”的目的是“国”而不是“民”，为了国家的稳定可以牺牲个人的权利和自由。而鲁迅在对中国文化深刻的生命体验和理性认识的基础上，看到了中国人精神上

---

① 许寿裳：《亡友鲁迅印象记》，19 页，峨眉出版社，1947。

②③ 参见鲁迅：《呐喊·自序》，见《鲁迅全集》，第 1 卷，416 页，北京，人民文学出版社，1981。

④ 鲁迅：《坟·摩罗诗力说》，见《鲁迅全集》，第 1 卷，100 页。

⑤ 鲁迅：《坟·文化偏至论》，见《鲁迅全集》，第 1 卷，57 页。

缺乏个性发展的合法性，现实中缺乏个体存在的合法性，导致个性被伦理吞没的悲剧现实，因此他更看重个人自由的意义和价值，把“掊物质而张灵明，任个人而排众数”[①] 作为当务之急，提出了以个性和个体为本位的人的价值观和人格结构观。鲁迅的这种主张明显受到章太炎的个性自由说和尼采的超人哲学的影响，但他是站在思想启蒙的立场上主张个性解放、反对专制主义对个性的压制和毒害的，而不是为弘扬国粹或不顾“众数”、牺牲“众数”来崇奉个人。尊重人的价值和个体生命的自由，是一切现代思考的基本特征，一切现代性努力都是以此为出发点的，鲁迅的“立人”思想正是落后的中国在追求现代化的过程中深刻感受到并提出的一个本质性的“现代性”问题。

1909 年，鲁迅回国，先后在杭州的浙江两级师范学堂和绍兴府中学堂任教。辛亥革命爆发时，鲁迅曾在绍兴积极组织和参加声援活动，并以这次革命为背景创作了文言短篇小说《怀旧》[②]。小说描写在风传革命军即将到来时一个小镇上的塾师秃先生、财主金耀宗等人的反应，第一次以塑造典型人物的方式，运用第一人称叙事，通过场景和人物对话来反映中国社会思想的整体面貌。小说的思想内容和结构形式已完全具备现代短篇小说的特点。

1912 年，鲁迅应蔡元培之邀到南京临时政府教育部任职。不久，随部迁到北京。辛亥革命失败，让他感到愤懑、痛苦，为逐除内心苦闷，鲁迅抄录古碑、研读佛经，还辑录整理了《小说旧钞》、《唐宋传奇集》、《嵇康集》等古籍。

1917 年初发生的“文学革命”，终于使鲁迅从长期的沉默和思索中走出来，从此他进入了思想和创作的丰收期。

二、前期（1918—1926）

1918 年起，鲁迅应邀与陈独秀、李大钊等共同参与《新青年》的编辑活动。5 月，他在《新青年》上发表了中国现代汉语文学史上第一篇具有全新的现代性意义的白话小说《狂人日记》。此后，便“一发而不可收”，先后创作了《孔乙己》、《药》等 20 多篇小说，结成了《呐喊》、《彷徨》两个集子，打破了“文学革命”初期理论繁富而创作贫乏的格局，显示了“文学革命”的实绩，为中国现代小说的发展奠定了基础。同时，他还在《新青年》的“随感录”栏目中发表了许多社会和时事短评，有力地推动了思想革命和新文化运动的发展。

1920 年起，鲁迅先后在北京大学、北京高等师范学校等校兼任教职。任教期间，他编写了《中国小说史略》讲义，翻译了厨川白村、鹤见佑辅等人的多部理论著作和安特莱夫、夏目漱石等人的小说，先后支持和组织了新潮社、语丝社、莽原社、未名社等社团，编辑出版了《语丝》、《莽原》、《未名》等刊物，主编《国民新报·文艺副刊》，编辑《未名丛刊》、《乌合丛书》等。

经过五四新文化运动，鲁迅完成其“立人”思想的建构。他不再以“角逐列国是务”为目标指向，而是从根本上调整了立人与强国的主从关系，确立了以人为出发点和最终价值尺度的思想基点，从而与梁启超的“新民说”划清了界限，其“立人”思想亦由此获得了现代性的本质意义。在鲁迅这里，“人”的内涵不是抽象的或理念存在的，而是具体的活生生的生命个体。

---

① 鲁迅：《坟·文化偏至论》，见《鲁迅全集》，第 1 卷，46 页。

② 载《小说月报》，第 4 卷第 1 号，1913。

人是精神的，也是物质的，因而他提出："一要生存，二要温饱，三要发展。苟有阻碍这前途者，无论是古是今，是人是鬼，是《三坟》《五典》，百宋千元，天球河图，金人玉佛，祖传丸散，秘制膏丹，全都踏倒他。"① 这是鲁迅对人的合理存在状态的基本认识，他的整体反传统和批判国民性思想都可以在这里找到一个总的解释。进化论思想是他的"立人"思想的方法论基础，也是他前期重要的社会思想。中国人非人的生存状态是鲁迅"立人"思想的逻辑起点。他发现"中国人向来就没有争到过'人'的价格，至多不过是奴隶"②，他看出中国只有两个时代："一，想做奴隶而不得的时代；二，暂时做稳了奴隶的时代。"③ 以此为基础，鲁迅形成其"立人"构想的两大层面：一是指向精神的，它意味着观念层面上自由的获得和精神的提升运动，要解决的是价值观念、心理结构和文化性格的问题；二是指向生存环境的，它意味着社会生活层面上自由的获得和生存环境的改良，要解决的是社会组织结构和行为规范体系的问题。为实现前者，必须通过价值重估和批判国民性，揭示国民的灵魂以引起警醒，从而祛除国民身上的奴隶性和各种因袭的精神枷锁，产生人的觉悟和做人的追求；为实现后者，必须反抗一切压迫和奴役，反抗一切非人的社会规范，使人获得独立存在的合法性。因此，鲁迅一直把对国民性的批判和对专制制度、封建伦理与行为规范的批判紧密地结合在一起，由此形成了他以"立人"为指向的启蒙主义话语。④ 具体到创作中，既凝聚为忧愤深广的小说，也凝聚为犀利明快的杂文，两种文体都内在地围绕着"改造国民性"和"立人"思想而展开对中国历史文化的理性批判。

但鲁迅的启蒙之路十分艰难。日本时期《新生》的流产，新文化运动之初"铁屋子"呐喊的质疑，"五四"落潮后"成了游勇，布不成阵"⑤，都令他对启蒙的有效性产生深刻质疑。加之与周作人失和等事件的影响，以致 1923 年整整一年，鲁迅几乎停止创作。但他始终没有放弃对启蒙立场的坚守和以此为基础的现代知识分子话语的言说，看透绝望却坚持反抗，表现出孤立韧战并反抗绝望的决绝姿态。1924 年创作的小说集《彷徨》和此后的散文诗集《野草》，就是他这一时期与绝望抗争的心路历程记录。

在"反抗绝望"的不懈努力中，鲁迅完成了对自身人格的塑造，也逐步完成了自我哲学体系的建立，这就是"中间物"概念的提出。鲁迅在 1926 年曾说过："一切事物，在转变中，是总有多少中间物的。动植之间，无脊椎和脊椎动物之间，都有中间物；或者简直可以说，在进化的链子上，一切都是中间物。"⑥ 同样，自己也是历史"进化"链子上的中间物。"中间物"是处于社会大转型时期的鲁迅在感觉到精神上的分裂感边缘感之后，对历史个体"在"而"不属于"两个社会的历史地位的一种确认。⑦ 但这一概念所标示的不仅仅是一种历史位置，还是一种深刻的自我意识，是人对世界尤其是对人自身有限性的把握。鲁迅认识到人的存在意义就在于对"有限"、"中间物"和"当下"的究诘、怀疑与超越，在于用"不满"作前进的动力，去不停地反抗绝望。正是在这个意义上，他才提出"绝望之为虚妄，正与希望相同"⑧。

---

① 鲁迅：《华盖集·忽然想到》，见《鲁迅全集》，第 3 卷，45 页，北京，人民文学出版社，1981。

② 鲁迅：《坟·灯下漫笔》，见《鲁迅全集》，第 1 卷，212 页。

③ 同上书，213 页。

④ 参见李新宇：《鲁迅人学思想论纲（一）》，载《鲁迅研究月刊》，1999（3）。

⑤ 鲁迅：《南腔北调集·〈自选集〉自序》，见《鲁迅全集》，第 4 卷，456 页。

⑥ 鲁迅：《坟·写在〈坟〉的后面》，见《鲁迅全集》，第 1 卷，285～286 页。

⑦ 参见汪晖：《反抗绝望——鲁迅及其文学世界》，32 页，石家庄，河北教育出版社，2000。

⑧ 鲁迅：《野草·希望》，见《鲁迅全集》，第 2 卷，178 页，北京，人民文学出版社，1981。

1925 年，北京女子师范大学掀起反对校方与教育当局的学潮，鲁迅坚定地站在学生一边，直接和北洋政府对垒。在“五卅”运动和 1926 年的“三一八”惨案中，鲁迅以实际行动参加斗争。他写了大量杂文，揭露北洋政府屠杀学生的残暴行径，并对“现代评论派”的“执中之说，公允之言”进行严厉批判。“三一八”以后，鲁迅遭到段祺瑞政府的通缉，于 1926 年 8 月离开北京前往厦门大学任教。在厦大任教期间，他编定《汉文学史纲要》前十卷，完成在北京即已动笔的《朝花夕拾》。

三、后期（1927—1936）

1927 年 1 月，鲁迅离开厦大到达广州，任中山大学文科主任兼教务主任。“四一二”反革命政变后，广州也发生“四一五”大屠杀，鲁迅要求学校当局营救被捕学生，遭无理拒绝，愤而辞职。8 月，鲁迅和许广平一起离开广州；10 月，定居上海。此后，鲁迅致力于文艺活动和著译工作：1927 年 12 月接编《语丝》半月刊；1928 年 6 月至 1929 年末，与郁达夫共同创办并编辑《奔流》月刊；1928 年底，与柔石等人组织朝花社，出版《朝花周刊》、《朝花旬刊》等刊物，并印行《艺苑朝花》，编辑《近代世界短篇小说集》。1928 年，还与创造社、太阳社就“革命文学”问题进行论争。1930 年 3 月 2 日，中国左翼作家联盟在上海成立，鲁迅名列发起人。此间，鲁迅还负责编辑《现代文艺丛书》，主编或参编《萌芽》月刊、《文艺研究》季刊、《巴尔底山》、《前哨》、《十字街头》和《译文》、《文学》、《太白》等公开或秘密刊物，并出版奴隶丛书，领导新兴木刻运动，积极培养和扶持左翼青年作家。

这一时期，是鲁迅杂文创作的高峰期。他以杂文为武器，进行文明批判和社会批判。同时，还完成短篇小说集《故事新编》，出版书信集《两地书》，另有大量译作问世。

1936 年 10 月 19 日，鲁迅积劳成疾，病逝于上海。

鲁迅一生的创作，始终坚持以“立人”为中心的现代性思考，并以个体精神的极度高扬和个人责任的无畏担当不断深入这种思考，由此形成了现代汉语文学的灵魂。鲁迅的思想，是现代中国经验的重要组成部分，是人类最可宝贵的精神文化遗产的组成部分。只有深刻理解鲁迅的思想，才能真正理解和把握鲁迅的文学创作。

第二节 《呐喊》与《彷徨》

《呐喊》[①] 是鲁迅第一部短篇小说集，收 1918 年到 1922 年创作的 15 篇小说，1923 年由北京新潮社出版。取名《呐喊》，意为“有时候仍不免呐喊几声，聊以慰藉那在寂寞里奔驰的猛

---

① 1930 年 1 月第 13 次印刷时抽出《不周山》一篇，后编入《故事新编》，即《补天》。

士，使他不惮于前驱”[①]。《彷徨》是鲁迅第二部短篇小说集，收 1924 年到 1925 年创作的 11 篇小说，1926 年由北新书局出版。《题〈彷徨〉》说：“寂寞新文苑，平安旧战场。两间余一卒，荷戟独彷徨。”[②] 言其“五四”落潮后的苦闷。《呐喊》、《彷徨》是中国现代汉语小说的经典，既生动反映了五四启蒙运动和思想革命的时代主题，又形象体现了鲁迅独特的个人经验和立人思考。

一、《呐喊》、《彷徨》的思想内容

《呐喊》和《彷徨》首先对封建宗法社会的价值体系与话语方式进行了整体否定。这是指向人的生存环境的立人举措，要立人就必须用新的人道主义观念解构非人的道德规范和价值标准。《狂人日记》是这种解构策略的典范。小说向读者表明：“几千年的历史上满本都写着两个字是‘吃人’。”小说对长期压抑和禁锢中国人个性精神的封建伦理道德及文化进行了猛烈的批判和全盘否定。之所以如此，是因为中国封建礼教思想的载体缺乏明确的阶级划分，吃者与被吃者的主体含混使得中国现代启蒙者不像 18 世纪欧洲启蒙主义那样有一个市民阶级作为坚定的社会力量依托；礼教思想以血缘为基础，以仁义道德为名义，使得中国启蒙者在言说真理的同时要面对社会的压迫与家庭的羁绊。只有选择整体否定的策略才能振聋发聩，使先觉之声穿透国人麻木的灵魂，达到启蒙应有的效果。《狂人日记》中以象征方式展现的“吃人”主题在鲁迅以后的小说中以真实而具体的方式得以深入展开，比如：被封建科举制度吃掉的读书人孔乙己和陈士成、被封建礼教吃掉的下层妇女祥林嫂、在苦难生活中被吃掉“童心”并被折磨成木偶一般的农民闰土、因为要吹熄封建宗法社会的“长明灯”而被族人监禁的“疯子”等等。“吃人”意象的构建无疑是对封建宗法制度与礼教思想进行整体否定的最有力度的聚焦。

国民性批判是鲁迅小说的又一主题，这是指向人的精神层面的立人举措。吃人的封建旧文化数千年能够一直“吃”下来，原因在于国民不觉悟。要扫除旧文化，必须对国民劣根性进行批判，对不觉悟的国民进行启蒙，以“揭出病苦，引起疗救的注意”[③]。

鲁迅小说一方面集中批判了国民性中根深蒂固的奴性心态，另一方面突出批判了国民普遍存在的看客心态。奴性心态多体现在个体形象身上。比如闰土见到儿时伙伴竟毕恭毕敬地叫起“老爷”；阿 Q 面对赵太爷、假洋鬼子的欺凌却卑躬屈膝，被抓进衙门，“膝关节立刻自然而然的宽松，便跪了下去”；《离婚》中看似勇敢泼辣的庄爱姑，一看到七大人的官场“威势”，便不由自主作了妥协。奴性是专制的特产，鲁迅的深刻在于：第一，揭示了这种心态不仅是无意识的遵从，还是自觉的认同。如阿 Q 对“不孝有三，无后为大”、“男女授受不亲”等礼教观念的自觉维护。第二，指出这种奴性的普遍性。封建宗法社会中，意识的全民化消解了意识的个体性维度，而没有个体性维度的社会意识虽然一统天下，却只能是混沌一片。[④] “看客”心态多体现在群体形象身上。这种群体形象，在《狂人日记》中被鲁迅命名为“他们”，在《孤独

---

① 鲁迅：《呐喊·自序》，见《鲁迅全集》，第 1 卷，419 页。

② 鲁迅：《题〈彷徨〉》，见《鲁迅全集》，第 7 卷，150 页。

③ 鲁迅：《南腔北调集·我怎么做起小说来》，见《鲁迅全集》，第 4 卷，512 页。

④ 参见谭桂林：《鲁迅小说启蒙主题新论》，载《鲁迅研究月刊》，1999（1）。

者》中则被称为“大家”。在鲁迅看来，“群众，——尤其是中国的，——永远是戏剧的看客”①，不仅无聊、麻木、冷漠，而且数量庞大。《示众》就对这种心态作了典型表现。小说勾勒了一组无名无姓的看客争看犯人的剪影，他们既不知犯人是谁，也不知其所犯何罪，纯粹为了在无聊中寻找刺激而拥挤围观，甚至为争看热闹而产生摩擦。其他如《狂人日记》和《长明灯》中看热闹的人群、阿Q被拉去枪毙时沿途围观的人群、《药》中颈项如鸭围看杀头的人群、把不幸的孔乙己当成取乐对象的人群、把苦难的祥林嫂当作谈资的人群……鉴赏别人的痛苦，是缺乏人类同情心的表现；充当无聊的看客，则是对人类自我尊严感的亵渎与放弃，其病根是正常人性的缺失或扭曲。这些没有具体姓名的看客，像在夜光中游动的鬼魂，影影绰绰，出现在鲁迅小说的各个篇章片段中，以其共同的特质形成一个人性缺失或扭曲的荒原。在这个死静的荒原面前，不仅那些下层劳动者如阿Q、祥林嫂、爱姑等求告无门，即使自视坚强的启蒙者、改革者，一旦陷入这个人性的荒原，不是被逼疯（如《长明灯》中的疯子），就是被吞噬（如《在酒楼上》的吕纬甫），或者落荒而走（如《孤独者》中的魏连殳）。

国民性批判赋予鲁迅小说以鲜明的启蒙色彩。它不仅揭示了中国社会和人生的思想病症和病因，还使小说呈现一种内向性，逼迫读者正视人心、人性的卑污和愚劣，咀嚼、拷问、鞭打和召唤国人的灵魂，并最终完成对社会、对人自身的改造。

但鲁迅并没有同代启蒙者的那种盲目乐观，他始终对启蒙的意义、力量、结果与成效心存疑虑，对包括自己在内的启蒙主体——知识分子则投以审视与反思的目光。因此，对启蒙和启蒙主体的拷问就构成《呐喊》和《彷徨》第三方面的主题。

首先是对启蒙本身的质疑。《狂人日记》开头的文言“识”，除了强调小说的追述性质，更重要的信息是，文中的狂人已经病愈，且“赴某地候补矣”。这样，“文言”（传统文化的表达工具与思想载体）、“病愈”（恢复“子不语怪力乱神”的传统文人传承文化的准则）、“候补”（传统知识分子的庙堂意识与个人价值实现的路径）这些符号的组合便传达了这样一层信息：狂人回归了正常的生活轨道，传统社会秩序得以重建，知识分子的道统得以传延。这些象征意味的传达与启蒙的主观愿景形成了尖锐的冲突，自然就相对消解了后者的批判力度与反思意义。《头发的故事》中，鲁迅借N先生之口对当时新文化的核心理念之一——“个人反抗”的现实可行性，以及启蒙理念为这一行为所预设的想象性景观提出质疑：“我要借了阿尔志跋绥夫的话问你们：你们将黄金时代的出现预约给这些人们的子孙了，但有什么给这些人们自己呢?”②《伤逝》中，子君由傲然宣布“我是我自己的，他们谁也没有干涉我的权利”的自信到终于走了“回来”这条路，并死于“无爱的人间”，对子君命运的如此设计分明流露出鲁迅对启蒙之后又怎样的深刻不安。

其次是对启蒙主体的审视。《祝福》中，鲁迅有意设计了启蒙者与启蒙对象之间的一场对话。“我”是识字的出门人，见识得多，这正是启蒙者的典型特征：具有一种话语的力量。但祥林嫂不问生只问死（因为她已经失去了生的条件与兴趣），启蒙者的话语力量立刻就显露出了尴尬与困窘。这不由让人深思：如果自以为掌握了话语力量的启蒙主体连启蒙对象一个属于话语范畴的问题也回答不了，又怎么能够担负起改变启蒙对象生存现实的重任呢?《在酒楼上》

---

① 鲁迅：《坟·娜拉走后怎样》，见《鲁迅全集》，第1卷，163页。

② 鲁迅：《呐喊·头发的故事》，见《鲁迅全集》，第1卷，465页。

中的吕纬甫，曾经是个有志向有激情的青年，但在经历了挫折之后，最终放弃了先前的信仰，“像个蜂子蝇子一样在空中兜了个圈子又飞回了原处”，由教“ABCD”到教“子曰诗云”。《孤独者》中的魏连殳，早年是个敢于向世俗偏见挑战的“孤独者”，曾被周围的人视为“异类”，但终于没有真正取得“独战多数”的胜利，最终躬行起他“先前所憎恶所反对的一切”，拒斥起他“先前所崇仰，所主张的一切”，当起了师长顾问。这表明，即使有过觉醒的人，有过“任个人而排众数”的、以个人主义为生命价值核心的“独异者”，在现代中国的抗争最终也只会是悲剧。

对启蒙和启蒙主体的拷问显示了鲁迅清醒的“中间物”意识。从异质文化环境中重回母体文化环境的历史中间物们，越是要努力发出启蒙的先觉之声，文化荒原的死寂与空漠感就越加浓重。[①]

鲁迅的消解、质疑很大程度上集中于启蒙的终极意义和许诺于未来等层面。同时，他把启蒙者从自我崇高的神坛上拉下，将启蒙者自身亦纳入启蒙对象这一范畴进行审视，在现实层面强调启蒙者思想、行为重构的必要性，进而将启蒙进程的起点建立在启蒙者的自我拯救上。

二、《呐喊》、《彷徨》的艺术成就

《呐喊》和《彷徨》多方面吸纳西方现代小说的精华，突破了晚清以来小说的局限，实现了小说艺术的现代转型，是中国现代汉语小说成熟的标志。

第一，题材的变革。在晚清白话小说由传统的追求情节、讲求传奇、极少凡人的写法转向描写普通平凡人的过程中，《呐喊》、《彷徨》把这一转向深刻化、经典化，深入展示现实社会的常事常人。《药》表现启蒙不被人们理解的悲剧，讲的仅是一个“人血馒头”的故事；《风波》写辛亥革命在农村的影响，只截取了一段乡场上的“辫子的风波”；《阿Q正传》写中国人的灵魂，讲的也只是一个乡村流浪汉的生与死。题材平凡，但发掘很深，因此能让读者重新打量自己所熟悉的，甚至是因为司空见惯而已经有些麻木的生活，并感悟到人性、人生等带哲理性、超越性的命题。借“狂人”之眼，他发现几千年来国人一直骄傲着的历史，竟然到处写满了“吃人”；通过孔乙己这个穷困潦倒的旧式书生及其周围的“看客”，他写尽了世态炎凉，人心隔膜。由于发现太透彻，又带着悲悯与同情，他的作品总弥漫着现实的可能又是永久的悲哀。

第二，注重写灵魂。《呐喊》和《彷徨》在对凡人凡事的再现中，深刻揭示了灵魂的深，创造了现代心理小说。如《伤逝》，几乎全篇都是人物心理变迁过程的描写。为揭示灵魂的深，鲁迅喜欢运用精细而又老练的白描手法，不作面面俱到的铺叙，只选取最传神的细节加以刻画，人物的心理特征便呼之欲出。比如，《祝福》中对祥林嫂眼睛的几次描写，寥寥数笔，便勾画出祥林嫂悲愤到极处的绝望与麻木。他对传统的尖锐批判，以及对病态国民性入骨的分析都得力于对人物灵魂的揭示。《肥皂》写道学家四铭对一个乞丐女孩的非分之想，在深度的精神分析中，封建道学家的虚伪面目被揭露无遗；《离婚》中的爱姑，似乎具有勇敢地反封建的

---

① 参见谭桂林：《鲁迅小说启蒙主题新论》，载《鲁迅研究月刊》，1999（1）。

叛逆性格，但透过其反抗的表层，鲁迅却写出其灵魂深处的软弱以及骨子里的奴性。这种注重揭示深层心理的写法，是小说向现代转型的显著特征。

第三，开放的现实主义创作方法。传统文学创作中常有“大团圆”、“十景病”等自觉不自觉粉饰人生的做法，晚清白话小说开始揭示黑幕与残忍，“五四”作家即使是“为人生”的冰心、王统照等也缺少真正的写实精神。独有鲁迅真正遵循生活的逻辑，毫不掩饰地直面人生，揭示病苦，刻画灵魂，无情地“透视”了中国现代社会现实的“病症”，因此是一种清醒的严酷的现实主义。在表现手法上，则注重细节刻画、环境描写与典型形象的提炼。同时，鲁迅小说又容纳了象征主义、浪漫主义等多种表现手法。他广泛吸取外国现代小说的经验，大胆融汇试验和创新，以意役法，变幻无穷。如《狂人日记》、《药》、《明天》、《长明灯》、《鸭的喜剧》分明体现了鲁迅在评论安德烈耶夫作品时所说的具象与抽象浑如一体的艺术境界；《孤独者》、《在酒楼上》、《伤逝》、《头发的故事》依稀留有尼采、阿尔志跋绥夫影响的痕迹：既是“主我”的，又是“写实”的——客观呈示与主观表现并存并立；而《肥皂》、《高老夫子》等篇则宛然可辨弗洛伊德精神分析学说的影响。这种开放型的现实主义为后来的现代汉语小说开创了多种艺术试验的源头。

第四，叙事模式的创新。从叙事结构看，传统小说通常采用有头有尾、环环相扣的线性叙述模式。晚清小说虽有创新尝试，但收效甚微。直到鲁迅的出现，现代小说叙事模式才真正有所突破和创新。他的短篇在叙事上有顺叙、倒叙、预叙和插叙，省略、浓缩和延宕，叙事结构呈现出挣脱时间之链后的自由丰富。如《狂人日记》的结构安排遵循的是狂人的心理流程；《孔乙己》的结构采用了比照反讽；《药》则使用了双线结构。他还以“缺失”、“疗救”作为小说的两大基本叙事功能，在二者的对立中确立了“缺失—疗救”的基本结构模式。物质的匮乏和精神的阙如，使叙事对象承受了双重的缺失与病苦；而弥补缺失、唤醒疗救的行动和希望，也在文本的情节进程中自然呼应着。整个叙事结构的完整就建立在这种二元对立的基础之上。《故乡》、《在酒楼上》、《孤独者》、《伤逝》都是这一结构的典型文本。从叙事话语看，《呐喊》和《彷徨》采用了全套现代叙事话语。比如叙述声音，传统小说多以全知叙述者展开故事叙述，通常刻意回避叙事主体的存在。而鲁迅小说则大量采用第一人称的叙事方式，在文本中直接出现“我”的形象和声音。这些“我”，既是叙述者又是小说中的人物，他们或在隐含作者和叙述者间设置距离，形成叙述的反讽；或在读者、隐含作者和人物之间取消间隔，把主体情绪融入叙述，从而更接近叙述对象灵魂的真和深，也更能显示叙述者对所叙之事的个人观点。

此外，《呐喊》和《彷徨》的语言也有创造性和实验性。鲁迅对语言有“洁癖”，追求语言的节俭、含蓄、凝练、警拔，善于巧妙使用动词和副词。当然，在表达情感的繁复与痛苦时，他也不吝啬使用语言的冗长与重复。含蓄、凝练是鲁迅小说语言的主流，复沓、冗长的笔墨也时有所见，二者交替、混合，各有所长。

《呐喊》和《彷徨》以“表现的深切”和“格式的特别”，从多方面实现了对传统小说艺术的突破和对西方小说艺术的融合，集大成地创造了丰富多彩的现代小说新样式，并成为中国现代各体小说发展的重要源头。中国现代文学史上有成就的小说家，很少不受《呐喊》、《彷徨》的教益与影响。

第三节
《阿Q正传》

《阿Q正传》是中国现代汉语小说的一部杰作，也是最早被介绍到国外的现代汉语小说。小说最初分章连载于1921年12月4日至1922年2月12日的《晨报副刊》，署名“巴人”①，1923年8月收入作者的第一部小说集《呐喊》。

一、阿Q形象与精神胜利法

《阿Q正传》包含了深广的社会和历史内容，但自小说发表之日起，人们对阿Q这一形象的理解和评价就不曾统一过，以至有了“说不尽的阿Q”之说。从作品看，阿Q是个充满喜剧色彩的悲剧人物，其悲剧意味是多重的。他生活在社会最底层，只能靠打短工维持生计，经济上受剥削，政治上受压迫，生命的欲望得不到满足，人格得不到尊重，没有人把他当人看，以致最后不明不白地死在“咸与维新”的把总老爷的屠刀之下。作品通过阿Q的命运呈示了一个非人的生存环境，并以其在革命中的最终毁灭揭露了中国社会大变革的人生真相。阿Q的命运固然值得同情，但鲁迅塑造这一形象的意义并不仅仅在于唤起人们对他的同情，更是“要画出这样沉默的国民的魂灵来”②。阿Q出身的卑微性和身份的不明确性，正是为了凸显这一形象所体现的文化心理的普适性。阿Q的思想存在许多矛盾：一方面头脑里充塞着各种封建观念，如讲“男女之大防”，认为造反就应该杀头；另一方面，又带着某些以歪曲的形式表现出来的叛逆性，如对赵太爷、钱太爷之流“在精神上独不表格外的崇奉”，到后来还由“神往”革命进而想投革命党。不过，阿Q革命的目的只是要杀掉王胡、小D和未庄的“鸟男女”，把秀才娘子的宁式床搬进土谷祠，占有未庄的子女玉帛。从本质上看，也就是想改变一下人肉筵宴的座次，不过是另一个赵太爷。这种革命当然不能改变吃人的历史，更不可能使人获得做人的价值。③

阿Q的性格，是由一系列矛盾因素构成的，如妄自尊大而又自轻自贱，敏感忌讳而又麻木健忘，质朴愚昧而又圆滑无赖，率真任性而又正统卫道，争强好胜而又忍辱屈从，向往革命而又排斥异端，憎恶权势而又趋炎附势，蛮横霸道而又懦弱卑怯，不满现状而又安于现状。④这些矛盾对立的元素构成了本色的和扭曲的两个分裂的性格系统，其特点是两重人格、退回内心、泯灭意志。这一性格系统实际上形成了一种具有高度抽象性的精神符号，即精神胜利法

---

① 《阿Q正传》第一章发表于1921年12月4日《晨报副刊》的“开心话”栏，开头讽刺考证家的那些近似滑稽的写法，就是为了切合这一栏的题旨。但鲁迅“实不以滑稽或哀怜为目的”，所以越写越认真起来，第二章起便移载“新文艺”栏。

② 鲁迅：《俄译本〈阿Q正传〉序及著者自序传略》，见彭小苓、韩蔼丽编选《阿Q七十年》，39页，北京，北京十月文艺出版社，1993。

③ 参见李新宇：《鲁迅人学思想论纲（一）》，载《鲁迅研究月刊》，1999（3）。

④ 参见林兴宅：《论阿Q的性格系统》，载《鲁迅研究》，1984（1）。

（或曰阿 Q 主义），以虚幻的精神上的胜利来掩盖现实中的失败。突出表现为：以虚无的历史荣誉掩盖现实困境，甚至预支未来来减缓现实痛苦，如沉醉于“我们先前——比你阔的多啦”、“我的儿子会阔得多啦”；健忘，尤其是忘却屈辱，如刚挨了“假洋鬼子”的哭丧棒，“‘忘却’这一件祖传的宝贝”就使得他“觉得轻松些”，甚至“有些高兴了”；在被损害的同时也损害别人，向更弱者转嫁自己的屈辱，如在对小尼姑的“调戏”中，他感到自己的“一切‘晦气’都报了仇”，甚至“飘飘然的似乎要飞去了”；在自欺欺人中求得解脱，如在极度的失落痛苦中，他用力连打了自己两个嘴巴，“仿佛是自己打了别个一般”，便心满意足了。所有这些，都使阿 Q 将受欺压后的愤恨通过自我想象和健忘而变成自我欺骗的动力，从而泯灭了反抗的可能。也由于精神胜利法作祟，阿 Q 始终处于人生的被动状态，始终生活在逆来顺受的屈辱之中，这使得他跟大多数文学作品中悲剧主人公的“主动性”有了不同。他在未庄有过两次“中兴”的机缘：一次是销赃而“发财”，一次是趁乱而“革命”，两次都是由时势而生。若不是“革命”形势来临，阿 Q 还会因循旧习，在别人的嘲弄、呵斥中生活下去。而“革命”并没有使阿 Q 产生新的价值认同，他投机革命只是乱局所使，仍完全处在人生的被动状态。当他最后被“革命”捉弄而绑赴刑场时，想到的竟是“过了二十年又是一个……”，再次回到“精神胜利”的起点。小说由此写出了阿 Q 与生俱来的悲剧命运。

精神胜利法还折射出阿 Q 在一个文化断裂时期进退无据的悲剧处境。阿 Q 所处的时代，正是中国传统文化构型颓塌而新的文化构型又未建立的乱世。其悲剧在于：首先，他承袭旧文化构想体系而形成的“自我”构想体系与社会的嬗变格局相抵牾，这使他不自觉中成了一个替旧文化构型衰靡而不平不满、义愤填膺的角色；其次，在阿 Q 所在时代，原有社会文化构型的约束力已大大削弱，阿 Q 的“自我”开始萌醒，这种更贴近真实的自我构想与现实也是矛盾的。阿 Q 因为犯禁（向吴妈求爱、自称姓赵等）受到了主体文化（家族文化）的放逐，又没有找到可安身立命的反文化构型，因此他就必然成为流离失所的文化断带上的游魂。①

作为一种病态人格，精神胜利法的产生和形成有着复杂的历史和现实因素。旧乡村存在着森严的等级制度，封建纲常名教占绝对支配地位，农村经济的破产和社会的半殖民地化，都为阿 Q 性格的产生提供了条件。晚清统治阶级中，“精神胜利法”非常流行，这种病态心理会像瘟疫一样传染给下层民众。而小农阶级本身的严重弱点，也是产生阿 Q 性格的温床。阿 Q 性格还有着深层的中国传统乐感文化的意蕴，中国传统文明中最推崇“绝圣弃智”、“知足常乐”，精神胜利法即是这种自我化解矛盾、消灭冲突的调和中庸哲学。

二、阿 Q 形象的意义

《阿 Q 正传》体现了以鲁迅为代表的“五四”知识分子在现代性追求过程中急于使民族摆脱贫困与落后现状而产生的文化焦虑。他们以为，要想在技术、经济和军事等方面赶超西方，就必须使中国文化、认识论和伦理学理性化或西化，而实现这一点的前提就是要唤醒自己的同胞，使之意识到本族文化、道德和意识形态的落后。《阿 Q 正传》形象地表达了这种焦虑。把阿 Q 塑造成一个文化原型，为鲁迅提供了一个有利的视点，由此他可以在审美上演示社会—

① 参见李林荣：《文化断带上的游魂》，载《鲁迅研究月刊》，1996（8）。

历史现实中的种种矛盾。阿Q的精神的卑贱、道德的冷漠、狭隘的傲慢和虚伪，构成了文化传统的几个关键特征，并在这里被逐一揭露出来。阿Q的悲剧，其讽刺的矛头象征地指向在封建意识形态压制下麻痹了的一种集体主体性。它最终完全堕落成彻底的无知和冷漠，被剥夺了对自我和他者的任何认识，以至于被还原到生物本能和机械反应。阿Q所珍视的，是通过变态地压缩或消除异己的他者而膨胀了的、虚假的自我形象；而始终充斥于其精神胜利法之中的东西，也是意欲将他者历史地概念化为无能为力和迟疑不决，所以他的存在才显得那么荒诞和卑琐。这种精神特征，不仅使人联想到19世纪末中国政府的失败主义，也让人联想到中国人当时在遭遇西方他者情况下那种中国中心主义式的傲慢。

对阿Q形象的塑造及其精神病症的发露深刻地体现了鲁迅的“人学”思想。针对“后发展”国家现代化追求中普遍面临的最本质的问题——人的现代性问题，鲁迅提出了“改造国民性”和“立人”的主张。在他看来，人的个体精神自由是群体觉悟的前提，因此他主张“尊个性”与“张灵明”。为实现这一点，鲁迅一方面努力把人们从各种扼杀人的社会规范中解放出来，另一方面又努力把人的精神从非人的价值观念束缚中解放出来。阿Q的形象正是鲁迅从反面给人们提供的一面如何成为“真的人”的镜子。

《阿Q正传》更深层的意蕴在于它从哲学人类学、变态心理学的高度，从人类的整个历史发展范畴中，对人类根本性的生存境遇和普遍存在于人性深处的弱点进行了全方位、深层次的观照和反思。在阿Q身上，几乎集中了人的一切生存困境：基本的生存安全得不到保障（“生计问题”）、基本的生理需求得不到满足（“恋爱的悲剧”）、无家可归的惶惑（“恋爱的悲剧”）、面临死亡的恐惧（“大团圆”），而他试图改变现状的一切挣扎，都不免是一次绝望的轮回，因此精神胜利法便成为唯一的选择。[①] 阿Q的这种选择也是许多身处黑暗和苦难的人们的共同选择，如同恩格斯所总结的：“他们既然对物质上的解放感到绝望，就去追寻精神上的解放来代替，就去追寻思想上的安慰，以摆脱完全的绝望处境……几乎用不着说明，在追求这种思想上的安慰，设法从外在世界遁入内在世界的人中，大多数必然是奴隶。”[②] 阿Q形象最成功地表现了人类易于逃避现实、退入内心、寻求精神胜利的普遍弱点。这种精神上的胜利不仅无助于现状的改变，而且使人因为满足于虚幻的精神补偿而进一步沦为环境的奴隶，从而陷入更加绝望的深渊，于是人就只能挣扎于这种由物质和精神的二元悖谬关系形成的生存困境而无法摆脱。在这个意义上，又可以把阿Q看成能够代表人类最重要、最隐秘、最深层的基本特征的精神典型，在他的身上充分表现出人类自身的精神异化和难以摆脱的精神奴役的创伤。

三、《阿Q正传》的艺术成就

小说具有鲜明的游戏模仿的解构性。鲁迅将一个没有姓名而仅剩代码的小人物入“传”，不仅拓宽了史传的使用范围，也彰显出其写作的人民性立场，史传的文体等级性也因之被解构。题为“正传”，实际暗示了传统文化中所有的“传”皆为“歪传”。传统的史传，每叙述到

① 参见汪晖：《“反抗绝望”：鲁迅小说的精神特征》，见《无地彷徨》，384～419页，杭州，浙江文艺出版社，1994。

② 恩格斯：《布鲁诺·鲍威尔和原始基督教》，《马克思恩格斯全集》，中文1版，第19卷，334页，北京，人民出版社，1963。

传主，必正襟危坐，一副恭敬姿态，叙述语调也因而显得滞重呆板。鲁迅则借用史传的物质外壳，采用诙谐、戏谑的反讽语调来写阿Q，将传主置于被解剖客体的地位，从而调整了创作主体与形象主体的位置。这就消解了对史传的崇拜意识，作家的文笔也因之获得更为广阔的游动空间，史传也就成为一种活泼灵动的文体。

《阿Q正传》还对传统的章回体小说结构和大团圆的形式进行了戏仿。章回体小说这种写法，是中国国民"十全十美"心理的表征，是精神胜利法的典型体现，在艺术上则造成中国文学悲剧精神的长期匮乏。鲁迅对此进行戏仿，让阿Q被绑赴刑场砍头，并设计出阿Q为圆圈——画押没有画圆而遗憾的细节；尤其是结尾，故意将悲剧性的结局写成喜剧，让读者在截然相反的结局中，在欢乐和悲哀的巨大落差中看到如此的"大团圆"是多么的可怜和可悲。

在人物形象的塑造上，《阿Q正传》采用了典型化的手法。"典型化"的含义有两个方面：第一是塑造人物的基本手法，作者采用"杂取种种人，合成一个"[①] 的方法，将众多不同人物的突出特点进行化合，从而创造出阿Q这一全新形象；第二是阿Q形象具有符号意义，他不仅是阿Q这一个体，同时也是"国民性"的浓缩体，他所生活的环境也具有高度的历史概括性，从中可以窥见中国辛亥革命前后的历史状况、人性状况。

在叙述方式上，小说将空间性叙事与时间性叙事相结合，形成形喜实悲的叙述风格。作品中的"序"、"优胜记略"、"续优胜记略"、"生计问题"等是众多故事的并行排列、堆积，各个故事之间缺乏有效的时间联系，因此都是空间性叙事。到了"革命"和"不准革命"以及结尾的"大团圆"，小说进入一种时间的流程，形成时间性叙事。两种叙事类型在叙述模式、艺术风格上均存在差异。前者显示着评论的冷峻、讽喻，后者表现为现实描绘的沉郁、寄情；前者是象征主义的喜剧结构，后者是现实主义的悲剧结构。不同的叙述模式体现了作者在创作过程中对生活原型的思考："开心话"渐渐转向表现"国民性"[②]。创作意图的改变使作品文体由适应"开心话"的杂文式写作转向批判"国民性"的小说创作，小说也由此在喜剧的外套中包蕴了深沉的悲剧内核。

语言表达方面，小说常在形象的叙述、描写中间以精辟、深刻的议论，这些议论具有鲜明的批判与讽刺色彩，是突出主题和刻画人物形象的重要部分。小说还在人物对话上追求性格化，往往寥寥几句便能准确地表现人物的身份并突现人物的精神面貌。另外，小说还大量使用古语、口语、富有幽默感的夸张和反语，不仅简洁明了、活泼生动，而且增加了文章的诙谐和讽刺意味。

第四节
前期杂文与散文

鲁迅曾被称为"文体家"，除小说外，他还是中国现代杂文和散文文体最重要的开拓者。

---

① 鲁迅：《〈出关〉的"关"》，见《鲁迅全集》，第6卷，519页，北京，人民文学出版社，1981。

② 葛中义：《阿Q典型与〈阿Q正传〉艺术结构问题》，载《鲁迅研究月刊》，1997（5）。

一、前期杂文思想内容

在鲁迅的创作中，杂文占有极重要的地位，包括他自己编集和后人补遗的，有 17 本集子，135 万字。作为一种新文体，杂文因鲁迅的实验性运用而变得更纯熟、更完整、更丰富，既富含思想又饶具艺术意味，从而带有范式意义。从创作时间和内容看，鲁迅杂文可分为前后两个时期。前期杂文是指 1918 年到 1927 年间的创作，主要收入《坟》、《热风》、《华盖集》和《华盖集续编》，少部分收入《而已集》、《集外集》；此后的创作为后期杂文。前期是其杂文的形成期和发展期，后期是成熟期和丰收期。

前期杂文是新文化运动的产物，是中国反封建思想革命呼唤出来的一种艺术文体。从内容看，又可分为两大类型。第一类是对中国社会思想的解剖。这类杂文的直接意义在于为初兴的五四新文化运动及新文学运动开辟道路，争取更大的发展空间，因此多侧重于对旧文明、旧道德的批判。如《我之节烈观》批判封建伦理道德中的"节烈"观，提倡以平等、民主为核心的新道德；《我们现在怎样做父亲》批判封建孝道和父权观念，提倡以"儿童本位"为代表的平等、民主、进化的思想；《娜拉走后怎样》、《论雷峰塔的倒掉》批判封建礼教，主张个性解放、妇女解放与社会解放。这类杂文还对封建复古思想和言论进行了有力的批判。如《说胡须》、《看镜有感》等文针对"国粹派"的言论，指出他们的所谓"国粹"，不外是人身买卖、一夫多妻，是缠足、拖大辫、吸鸦片，是中国人身上的无名肿毒，是脸上的一个瘤、一颗疮，应该毫不容情地把它割去；《答 KS 君》、《十四年的"读经"》对"甲寅派"的复古主张作了尖锐的否定；《智识即罪恶》对反改革势力维持愚民政策、诋毁西方科学的无良用心和浅薄伎俩作了形象的揭露。另外，探析和批判国民性，也是这类杂文的主要内容。如《灯下漫笔》，看似漫笔，却一针见血地指出长期处在封建统治下的中国民众"想做奴隶而不得"或"暂时做稳了奴隶"的真实地位，号召人们要创造"中国历史上未曾有过的第三样时代"①。《论睁了眼看》剖示封建文人不敢正视现实，却以"瞒和骗"的作品将国民导入"瞒和骗"的大泽，又使国民"用瞒和骗，造出奇妙的逃路来，而自以为正路。在这路上，就证明着国民性的怯弱，懒惰，而又巧滑"。因此呼吁作家"要取下假面，真诚地，深入地，大胆地看取人生并且写出他的血和肉来"②。

在写法上，这类杂文更集中于对社会现象内在本质的形象剖露，所言之事极小，所论问题极大。例如《论雷峰塔的倒掉》和《再论雷峰塔的倒掉》，仅就雷峰塔倒掉一件小事，论及的却是关系中国社会文化的带有根本性的大问题。《我之节烈观》、《我们现在怎样做父亲》、《娜拉走后怎样》、《看镜有感》、《春末闲谈》等力作，也多从小处着笔，却揭出封建传统文化思想与道德的反动内核，反映了"五四"的启蒙主题。这类杂文还明显地表现出两种创作倾向：一是收入《热风》中的短小犀利、感情充沛的"随感录"；二是收入《坟》中的针对社会某个带有普遍意义的问题进行较透辟的说理分析的文章。两种倾向的差别，表现出鲁迅杂文形成期的特征，鲁迅杂文正是在这两种倾向的交汇、融合、发展、变形中成为独立文体的。

---

① 鲁迅：《坟·灯下漫笔》，见《鲁迅全集》，第 1 卷，213 页。

② 鲁迅：《坟·论睁了眼看》，见《鲁迅全集》，第 1 卷，241 页。

前期杂文的第二类是将杂文作为具体社会斗争的艺术武器。《华盖集》、《华盖集续编》、《而已集》就记录了作者在“五卅”运动、女师大学潮、“三一八”惨案、“四一二”反革命政变等重大历史事件中，指斥帝国主义、北洋军阀、国民党右翼势力及其帮凶文人卑劣言行的战斗风貌。《忽然想到》批判了“五卅”惨案中那种“惶惶然辩诬，张着含冤的眼睛，向世界搜求公道”的软弱行为，呼唤青年“抽刃而起”，“以血偿血”。针对陈源之流伪装公正、流言诬蔑爱国群众，鲁迅在三则《并非闲话》和《一点比喻》等文中，不仅辩明是非曲直，揭发谎言的由来，而且一再戳穿“正人君子”的假面：是“媚态的猫”，“比它主人更厉害的狗”，是“脖子上还挂着一个小铃铎，作为知识阶级的徽章”的“山羊”，“能领了群众稳妥平静地走去”，以供统治者奴役和宰割。鲁迅还对他们投以十倍的蔑视：“这样的中国人，呸！呸!!!”《忽然想到（七）》、《寡妇主义》等文也对压制青年学生的学校当局色厉内荏的本质作了形象揭露：“对羊显凶兽相，而对于凶兽则显羊相。”《无花的蔷薇之二》、《记念刘和珍君》、《空谈》等文，一面痛悼死难的青年学生刘和珍等，一面揭露为政府当局辩护的“流言者的卑劣”，一面对杀人者及其帮凶发出怒不可遏的抗议：“墨写的谎说，决掩不住血写的事实。血债必须用同物偿还。拖欠得愈久，就要付更大的利息！”表现出不妥协的韧性战斗精神。鲁迅还根据历史和现实斗争的教训，写下了《论“费厄泼赖”应该缓行》一文，提出了要痛打落水狗、更不能放过“叭儿狗”的战斗原则，号召青年把斗争进行到底。

前期杂文创作中，鲁迅直面现实中形形色色的封建道德和文明，深入思考和探索国民性问题，展开了广泛而尖锐的批判，体现了彻底的“五四”精神。由于鲁迅的努力，这种兼备论文的逻辑性和散文的形象性的特殊文体在现代文学史上取得了一席之地。

二、散文诗集《野草》

杂文以外，最能体现鲁迅作为“文体家”特色的还有散文诗集《野草》和回忆散文集《朝花夕拾》。

《野草》是鲁迅“彷徨期”的作品。除《题辞》写于 1927 年 4 月外，其余 23 篇均写于 1924 年 9 月至 1926 年 4 月间，陆续发表于《语丝》，1927 年由北新书局出版。鲁迅最早（1919）发表的一组散文诗题为《自言自语》，《野草》延续了这种“自言自语”的“独语体”：“自觉地将读者推到一定‘距离’之外，甚至是以作者与读者之间的紧张、排拒为其存在的前提：唯有排除了‘他人’的干扰，才能径直逼视自己灵魂的最深处，捕捉自我微妙的、难以言传的感觉（包括直觉）、情绪、心理、意识（包括潜意识），进行更高、更深层的哲理的思考。”① 《野草》正是在跟世人的极端对立中逼视自我，以孤独灵魂的独语达到了令人难解而又震人心灵的思想艺术深度。正因为如此，对《野草》的理解，历来都是鲁迅研究领域分歧最多的话题。不过，倘若将鲁迅作为一个思想人物来研究，尤其是作为一种哲学对象来读解，《野草》就不再是一些具体的经验性事件的产物，而是一种诗化了的生命哲学，即鲁迅对自我人生的价值及其意义的深邃思考。

《野草》形象地体现了鲁迅的“中间物”（有限）意识：“中间物”（意识）是在当下之行

① 钱理群、王得后：《鲁迅散文全编·前言》，27 页，杭州，浙江文艺出版社，1991。

中，把彼岸拉回此岸，把终极化解为有限。生命是个“中间物”，它宿命般的从“无”到“有”，又从“有”到“无”。“中间物”总是以不断地被否定为存在方式：遭“践踏”、“删刈”而“死亡”、“朽腐”，是个不断毁灭的过程。但正是毁灭才证明了生存，才显现出生存的意义。这如同野草，它微不足道，也不会长存，必死无疑，朽腐无疑，在这一点上它是绝望的，一切渺远的希望都是自欺的说教。野草作为一种人生的象征，其全部意义就在于，它曾经以与一切异己的力量搏打的方式存活过，所以它又并非空虚，无可腐朽。全部《野草》所要表达的正是这种对生命的认识。[①]

《秋夜》是《野草》的第一篇，其中第一句“在我的后园，可以看见墙外有两株树，一株是枣树，还有一株也是枣树”[②] 是进入《野草》世界的一扇门，它以一种表达上受阻的句式，在“重复性”的语义中，既表达了鲁迅的孤独心境，也呈现了鲁迅的顽强信念和意志。枣树自然隐喻清醒而有韧性的战斗者，但“一株是枣树，还有一株也是枣树”的句式中颇有“除此之外，再也没有别的什么了”的意味，从而渗透出一种孤独者的失望。但同时，这一拗口的句式也以其“重复性”表达出舍我其谁的气概，呈现出枣树果尽叶落，“一无所有的干子，却仍然默默地铁似的直刺着奇怪而高的天空，一意要制他的死命”的姿态。枣树当然不可能制天于死命，不过这个结果对它无关紧要，关键是这样想了，这样刺了。还有不断地撞向灯罩的“小飞虫”，虽然“只有半粒小麦那么大”，却是让人敬奠的英雄，因为它们知其不可为而为之，用绝望的抗争和毁灭亲证了自己的存在。

《影的告别》中的影子，彷徨无着，“有我所不乐意的在天堂里，我不愿去；有我所不乐意的在地狱里，我不愿去；有我所不乐意的在你们将来的黄金世界里，我不愿去。”他不愿苟且于不明不暗的境地，但离开人后只有两种结果：在黑暗中沉没或消失于光明。这正是人的本真生存状态和命运归宿，影的告别即基于对这种状态的自觉。他否认虚幻的“天堂”和“地狱”，也否认将来的所谓“黄金世界”，最后选择“被黑暗沉没”的绝望之路而独自远行。远行即是别“希望”而去，选择毁灭。明知会毁灭，却偏要前行，这是真正的悲剧精神，是明知现实“惟‘黑暗与虚无’乃是‘实有’，却偏要向这些作绝望的抗战”[③] 的精神。于是毁灭也成为涅槃。

《死火》中的意象是“火”和“冰”的奇特结合：“高大的冰山，上接冰天，天上冻云弥漫，片片如鱼鳞模样。山麓有冰树林，枝叶都如松杉。一切冰冷，一切青白。”这个出现在“我”梦境中的世界，寒天冻地，冷意透骨，但又有着某种宁静、开阔。“而一切青白冰上，却有红影无数，纠结如珊瑚网。”“这是死火。有炎炎的形，但毫不摇动，全体冰结，像珊瑚枝；尖端还有凝固的黑烟……”炎炎之火却丝毫不动，燃冒之黑烟却凝固，“死火”在燃烧中被冻结的神韵豁然而现。之后，“我”从“死火”的形神中一再领悟到生命的存在方式，“息息变幻，永无定形”，但终于能“得到”，能把握。当“我”要带死火出冰谷，死火却告诉“我”“他”面临的两难选择：留在冰谷“冻灭”，跳出冰谷“烧完”，最后都会死亡。这是一种生命的绝望，但死火还是作了最后的选择：“那我就不如烧完！”于是，“他忽而跃起，如红彗星，并我都出冰谷口外”。“红彗星”这一将灼热和短暂集于一体的意象闪现出“生后之死”、“死中之生”的光辉，表现了鲁迅

---

① 参见王乾坤：《鲁迅的生命哲学》，316～317 页，北京，人民文学出版社，1999。

② 以下引文见鲁迅：《野草》各篇，《鲁迅全集》，第 2 卷。

③ 鲁迅：《两地书》，见《鲁迅全集》，第 11 卷，20、21 页，北京，人民文学出版社，1981。

“绝望中抗争”的中间物意识。

《希望》中的“我”交织着希望和绝望两种情绪：“我”曾用“希望之盾”来抗拒“空虚的暗夜”，但陆续耗尽我的青春，于是寄希望于“身外的青春”（青年），但青年们的消沉使“我”感到更大的失望与寂寞。因此，“我”以裴多菲的诗句愤激地否定“希望”，但同时也否定绝望：“绝望之为虚妄，正与希望相同”，并表示要“一掷我身中的迟暮”。这就是说，“我”在虚妄中领悟到存在的意义：希望与绝望都是那样虚妄，人只有在这种“无所有”状态的抗战中显示真实人生。

《过客》以一个短剧的样式演示了过客所选择的生存方式：不知从哪里来，也不知到哪里去，只认定必须毫不犹豫地向前走。不因为前面是坟而止步，也不因为前面是鲜花而追求，只坚信命运就在不问意义的不断行走中。“走”在这里成了一种存在论势态，它以内发于己的“前面的声音”为导引，由是完成了对于此在沉沦的超越。

《墓碣文》通过对死尸的观照，由死问生，由死知生；由无问有，由无知有。碑文的一面是：“于浩歌狂热之际中寒；于天上看见深渊。于一切眼中看见无所有；于无所希望中得救。”[①]“深渊”和“无所有”是一种真实的生存状态，“无所希望”是对终极实体性希望的消解。只有把生存的意义从各种光明之梦中收回来，于无所希望中，作一反抗的过客，才有真实的人生，才能“得救”。其意义即在过程中，生命之本味也就在于“抉心自食”、“徐徐食之”的过程。

除中间物意识，《野草》还包含着作者在逼视自我灵魂时“拷问”出的其他人生认识。如《求乞者》写虚无：“我将用无所为和沉默求乞……”《颓败线的颤动》写决绝：“迈步在深夜中走出，遗弃了背后一切的冷骂和毒笑。”《复仇》写对立于旷野之上的将要拥抱和杀戮的两人，因“路人”的围观而停止一切动作，唯“以死人似的眼光，赏鉴这路人们的干枯，无血的大戮，而永远沉浸于生命的飞扬的极致的大欢喜中”。《复仇（其二）》写耶稣被钉十字架，“四面都是敌意，可悲悯的，可咒诅的。他在手足的痛楚中，玩味着可悯的人们的钉杀神之子的悲哀和可咒诅的人们要钉杀神之子，而神之子就要被钉杀了的欢喜”。这“赏鉴”与“玩味”，已然超乎复仇之上。唯有敢于担当这大痛苦大侮蔑大孤独的人，才可以称为战士。

《野草》是“彷徨期”的鲁迅独特生命体验的产物。他把一切都看成中间物，因此拒绝、抛弃一切“已有”、“将有”、“天堂”、“地狱”、“希望”、“绝望”……包括他的《野草》。在《野草》的《题辞》中，他这样写道：“去罢，野草，连着我的题辞！”[②] 他把自己的《野草》看成了一座“过河即拆”的桥。他只是不计后果、不抱希望地、永不停息地“向前走”。这恰恰让他的生命获得了不断开拓的活力。

《野草》在艺术构思的造语、造象、造境、建构上广泛采取古老而又新鲜的象征主义方法。除了《风筝》主要采取现实主义手法、《淡淡的血痕中》主要运用浪漫主义手法，《野草》中其他大量篇章均主要采用了象征主义手法。其象征艺术主要有四种类型：一是创造奇突的象征性形象。如《复仇》中全身裸露和看客永远对峙的青年男女，《颓败线的颤动》中垂老的女人，《这样的战士》中坚执投枪的战士，都不是写实的，而有着怪诞、变形、夸张的特点。二是眼前的自然景观具有象征性。如《秋夜》中枣树、花草、小飞虫与星空的对立，《雪》中江南和

---

① 鲁迅：《野草·墓碣文》，见《鲁迅全集》，第2卷，202页。

② 鲁迅：《野草·题辞》，见《鲁迅全集》，第2卷，106页。

朔方雪景的对比反衬，《好的故事》中那倒映在清澈河水中的山阴路上的美景，这些瑰丽的自然景观都是工笔结合着写意法绘出，带有象征寓意色彩。三是借助于幻境，特别是梦境进行象征性描写。《野草》中有七篇是专写梦境的，包括《影的告别》、《死火》、《狗的驳诘》、《失掉的好地狱》、《墓碣文》、《颓败线的颤动》、《死后》，造境的奇诡、怪诞前无古人，有一种阴森神秘的气氛。如果纵观《野草》，从某种意义上说，鲁迅是从《秋夜》入梦，至末篇《一觉》清醒，做了一个很长的“秋夜梦”。四是在寓言故事中寄寓深刻的象征意义。如《立论》、《聪明人和傻子和奴才》等，这些寓言幽默泼辣，意味隽永。

《野草》艺术表现上的奇崛性，是极具鲁迅个人性的，场景的奇幻，情节的荒诞，意念的模糊，感觉的难以理喻，色彩的冷丽，都在作者奇特的想象力和穿透性极强的思悟力中交汇，形成一种奇瑰而峻急的诗意。《野草》还提供了散文诗的成熟形式，语言、意象上诗的凝聚，叙述上散文的从容、畅达，在自我心灵的真实上达到了完美的融会。

三、回忆散文《朝花夕拾》

《朝花夕拾》收入的是鲁迅 1926 年 2 月至 11 月间所作的 10 篇散文。在《莽原》上发表时总题为《旧事重提》，1927 年结集出版时更为现名。由于是记事性的“旧事重提”，类似“谈闲天”，因此这种文体又被称为“闲话风”。

从内容看，《朝花夕拾》主要是中年鲁迅对早年生命历程的追忆。一方面，由于作者启用了个人创作中罕见的童年记忆的视角而使这些文章呈现出动人的童心童趣：老鼠成亲、过年的规矩、迎神会的盛况、目连戏的热闹、旧书塾的陈规、治病的陋习等随着作者的生花妙笔，再现于读者面前。鲁迅在回到自己的童年时也回到了人类的童年，《朝花夕拾》由此有了一种极为亲切、淡朴的艺术氛围。另一方面，这种追忆乃是一位充满了哲思的成人对于自己和他人的已逝生命、思想和感情的咀嚼，因而于行云流水般淡泊的文字中，又常陷忧虑、焦灼、不安、沉思的深潭。其表现之一就是 10 篇作品中除《五猖会》外竟有 9 篇在回忆死亡与谈及死亡：隐鼠被猫吃掉、阿长之死、郭巨埋儿、无常、美女蛇被蜈蚣治死、父亲之死、淹死鬼难讨替代、看客围看枪毙人犯、范爱农淹死……这些死亡，或为全篇之中心，或顺笔涉及，但由祈求仁厚黑暗的地母永安自己保姆的灵魂，到对由于自己呼喊父亲以致使他临终之际备尝痛苦的忏悔，再到《无常》中所发的“想到生的乐趣，生固然可以留恋；但想到生的苦趣，无常也不一定是恶客”的议论，其间有对死亡的厌恶、无可奈何乃至恐惧，也有一种超越死亡的欣喜，而对于郭巨埋儿、隐鼠被吃一类，更是满含愤懑与焦灼。另外，在对往事的追叙中，作者不忘借题发挥，对时弊进行针砭和嘲讽，因而有些文字又闪射着社会批判的锋芒。如《狗·猫·鼠》借自己“仇猫”心路历程的抒写，影射鞭挞有着狡猾、残忍、献媚等猫态的无耻文人。《二十四孝图》借叙述儿时对“老莱娱亲”和“郭巨埋儿”等残害儿童心灵的封建画图的反感，揭露封建孝道的虚伪和残酷。通读全书，人们不难发现早期鲁迅的主要经历和思想演进过程，因此《朝花夕拾》又具有重要的传记文献价值。

《朝花夕拾》在艺术风格上更多地显示了与中国传统散文的联系。文中多娓娓叙谈，显得情韵悠长，质朴明朗。作者以深情、平易、清新、舒展的笔调，展开对自己童年、少年、青年时代的生活片断以及家人、亲朋和师友的回忆。既有深刻的传统批判，也有厚重的现实关怀，在温柔与悲伤的情调中，让读者看到了一个平易而亲切的鲁迅。由于在“谈些闲天，说些故事”的心境中写作，因而文体结构、叙述方式和表现手法，都充分体现了散文不拘一格、自由自在的特性。比如《阿长与〈山海经〉》、《藤野先生》、《范爱农》三篇，以写人为主；《从百草园到三味书屋》、《五猖会》、《父亲的病》、《琐记》四篇，以叙事为主，间或插入适当的抒情和议论，近似小说；《狗·猫·鼠》、《二十四孝图》、《无常》三篇又以议论为主，将对往事的回忆与对现实人物的针砭相互交织，近似杂文。值得注意的是，虽为回忆性散文，但《朝花夕拾》几乎没有一篇作品的时间用具体的年、月、日标识，所用的标识是“我从南京移到北京的时候”（《范爱农》）、“我离开仙台之后”（《藤野先生》）、“自从所谓‘文学革命’以来”（《〈二十四孝图〉》）之类。这是因为其所追踪者，乃是对于已逝时光的形象的记忆，并非时间的史料的记忆。从潜意识中发掘出来的、重新唤醒的记忆，只能是形象的生动性与时间的模糊性并存。这种追求“心理真实”而忽略外在真实（准确性）的写法，又显示了《朝花夕拾》叙事上的现代属性。

《野草》和《朝花夕拾》以“独语体”和“闲谈体”两种体式，超越了“五四”时期启蒙式的散文，开创了现代汉语散文的两大创作潮流，对现代汉语散文的发展产生了深远影响。

【本章学习参考】

一、阅读书目

小说部分：《呐喊》、《彷徨》

杂文部分：《我之节烈观》、《我们现在怎样做父亲》、《娜拉走后怎样》、《灯下漫笔》、《论“费厄泼赖”应该缓行》、《魏晋风度及文章与药及酒之关系》

散文（诗）部分：《秋夜》、《影的告别》、《过客》、《死火》、《这样的战士》、《阿长与〈山海经〉》、《琐记》

二、重要命题

关于鲁迅思想的若干里程性观点

第一种观点，认为鲁迅前后期思想是“从个性主义到集体主义，从进化论到阶级论”，以瞿秋白为代表。瞿秋白：《〈鲁迅杂感选集〉序言》，见《瞿秋白文集》，第2卷，997页，北京，人民文学出版社，1953。

第二种观点，认为鲁迅前后期思想是由革命民主主义到共产主义，这是1949年到20世纪80年代以前的中国现代文学史的基本观点。

第三种观点，重视鲁迅国民性改造的思想。最早的代表是茅盾。见茅盾：《读〈呐喊〉》，载《时事新报·学灯》，1923-10-08。80年代以后成为热点，主要代表性论文有：王瑶：《谈鲁迅的改造国民性思想》，载《文学评论》，1981（5）；田仲济：《学习鲁迅改造国民性的思想 建设社会主义精神文明——在山东鲁迅诞辰百周年学术讨论会上的发言》，载《山东师范大学学报》，1981（5）；张毓茂：《论鲁迅关于改造国民性的思想》，载《辽宁大学学报》，1981（5）。

第四种观点，重视鲁迅启蒙思想、个性主义，以王富仁为代表。见王富仁：《中国反封建思想革命的一面镜子——〈呐喊〉〈彷徨〉综论》，北京，中国人民大学出版社，2010。

第五种观点，重视鲁迅反抗绝望的观点，以汪晖为代表。见汪晖：《反抗绝望：鲁迅的精神结构与〈呐喊〉〈彷徨〉研究》，上海，上海人民出版社，1991。

第六种观点，重视鲁迅历史“中间物”的观点，以王乾坤和汪晖为代表。见王乾坤：《鲁迅生命哲学》，北京，人民文学出版社，1999；汪晖：《历史的“中间物”与鲁迅小说的精神特征》，载《文学评论》，1985（5）。

关于阿Q形象

（1）20世纪20年代，以茅盾为代表普遍关注“阿Q”形象具有的“国民性”意义，认为他是中国人品性的结晶。见雁冰（茅盾）：《通信》，载《小说月报》，第13卷第2号，1922-02-10；周作人：《阿Q正传》，载《晨报副刊》，1922-03-19；高一涵：《闲话》，载《现代评论》，第4卷第89期，1926-08-21；郑振铎：《呐喊》，载《文学周报》，第251期，1926-11-21。

（2）20世纪三四十年代，强调阿Q是国民劣根性的化身，激发“民族自省自救”。见周立波：《谈阿Q》，载《中国文艺》（延安），第1卷第1期，1941年1月；苏雪林：《〈阿Q正传〉及鲁迅创作的艺术》，载《国闻周报》（上海），第11卷第44期，1934-11-5；茅盾：《关于〈呐喊〉和〈彷徨〉》，载《大众文艺》（月刊）（延安），第2卷第1期，1940年10月；艾芜：《论阿Q》，载《自由中国》（副刊），《文艺研究》，第1期，1941-3-10。

（3）20世纪50年代至70年代，阿Q成了有革命倾向的农民的典型，以陈涌为代表。见陈涌：《论鲁迅小说的现实主义》，见《六十年来鲁迅研究论文选》（下），北京，中国社会科学出版社，1982。

（4）20世纪80年代初，启蒙主义再度成为知识分子关注的焦点时，阿Q又成为国民性弱点的典型，以王富仁为代表。见王富仁：《中国反封建思想革命的一面镜子——〈呐喊〉〈彷徨〉综论》，北京，中国人民大学出版社，2010。

（5）近年来，人们开始关注阿Q精神的人类学内涵，以汪晖为代表。见汪晖：《反抗绝望——鲁迅及其文学世界》，石家庄，河北教育出版社，2000。

（6）21世纪以来，随着关注“底层”的思潮的出现，人们又对阿Q及其“精神胜利法”投以更多的理解和同情，以路文彬为代表。见路文彬：《论鲁迅启蒙思想的历史局限》，载《书屋》，2003（1）。

三、相关文献

1. 杨义．鲁迅小说综论．西安：陕西人民出版社，1984.

2. 王富仁．中国反封建思想革命的一面镜子——《呐喊》《彷徨》综论．北京：中国人民大学出版社，2010.

3. 张梦阳．阿Q新论——阿Q与世界文学中的精神典型问题．西安：陕西人民教育出版社，1996.

4. 王富仁．中国鲁迅研究的历史与现状．杭州：浙江人民出版社，1999.

5. 汪晖．反抗绝望——鲁迅及其文学世界．石家庄：河北教育出版社，2000.

6. 钱理群．走进当代的鲁迅．北京：北京大学出版社，1999.

7. 王乾坤．鲁迅的生命哲学．北京：人民文学出版社，1999.

8. 孙玉石．现实的与哲学的——鲁迅《野草》重释．上海：上海书店出版社，2001.

9. 林贤治．一个人的爱与死．上海：东方出版中心，2006.

四、复习思考

1. 简述鲁迅“立人”思想和“中间物”思想的主要内容。

2. 结合作品分析《呐喊》、《彷徨》的思想内容。

3. 举例分析《呐喊》和《彷徨》在哪些方面实现了对传统小说的革命性突破。

4. 分析阿Q的悲剧命运，并举例说明精神胜利法的主要特征。
5. 结合作品分析《阿Q正传》的艺术特色。
6. 简要概括鲁迅前期杂文的思想内容。
7. 举例分析《野草》体现了鲁迅怎样的生命哲学。
8. 试比较分析《野草》和《朝花夕拾》在艺术风格上的差异。

第七章

郭沫若

郭沫若（1892—1978），原名郭开贞，号尚武。最初的笔名叫“沫若”，稍后略加变化成为“沫若”。郭沫若是成就卓著的诗人和历史剧作家，代表作《女神》把中国现代汉语自由体诗的创作推向第一座高峰。他是创造社的发起人和创办人，是中国现代汉语文学浪漫主义流派的奠基人。除诗歌外，戏剧、小说、散文、文艺论文均有涉猎，而且有着广泛影响。

在中国现代汉语文学史上，郭沫若的政治色彩甚为浓厚。80 多年的郭沫若研究经历了从学术化到政治化，再逐步摆脱政治化规约，以期建构学术规范的艰难历程。新中国成立之前，尽管学界对郭沫若褒贬皆存，但普遍承认郭沫若是中国浪漫主义文学流派的杰出代表，明确了郭沫若在新文学史上的地位和贡献。20 世纪 50 至 60 年代，郭沫若研究的政治因素逐渐掩盖学术探讨，学术上新的机杼逐年减少，意识形态性的批评呈上升趋势。20 世纪 70 年代末至 80 年代初，郭沫若研究再掀热潮，但学术成果中亦夹杂一定的政治色彩。20 世纪 90 年代以后，郭沫若研究由喧哗转为平静，尽管这时依然有一些负面因素影响着对郭沫若文学创作的评判，但郭沫若研究正逐渐摆脱情绪化，走向学术的成熟和理性。

本章主要评述郭沫若的生平、思想与文学道路，诗集《女神》及其历史剧创作。

第一节 生平、思想和文学道路

一、四川时期（1892—1913）

郭沫若 1892 年 11 月 16 日出生在四川乐山县（旧属嘉定府）沙湾镇，1897 年春入家塾读书，私塾训练使郭沫若领略了中国古典文学，特别是古典诗歌的艺术魅力，并开始用诗表达自己对生活、对自然的最初感受。

1906 年春，郭沫若离开沙湾到乐山城里读书，结束幼年的田园生活走上社会。其间，郭沫若受章太炎、梁启超的影响，同时广泛阅读陶渊明、李白、王维、庄子等的诗文，尤其是司马迁、屈原的叛逆性影响了他的一生。此时，郭沫若也被林纾的翻译小说深深吸引。

二、留日时期（1914—1923）

1913年底，郭沫若从北京出发赴日本留学。先考入东京第一高等学校预科，1915年升入冈山第六高等学校，1918年考入福冈九州帝国大学医科。他学医的目的是“想学点实际本领，来报国济民”①。1919年五四运动爆发，激起了郭沫若强烈的爱国主义热情。与此同时，他接触到美国诗人惠特曼的《草叶集》，被惠特曼雄浑粗犷的诗风所震惊，从此找到了感情喷发的方式。时代的急剧变化促使他觉醒，诗歌又使他找到了宣泄苦闷的途径。从此，郭沫若放弃医学，献身于文艺。

1919年下半年至1920年上半年，是郭沫若诗歌创作的爆发期。他的著名诗篇如《凤凰涅槃》、《晨安》、《地球，我的母亲！》、《匪徒颂》等，皆在此时写成。这是郭沫若作为诗人最有光彩的时期。此时，郭沫若作为诗坛最明亮的新星，升起在中国新文坛。

《女神》时期，郭沫若的哲学思想表现出鲜明的“泛神论”倾向，文艺思想则体现为“自我表现说”。“泛神论”是16、17世纪资产阶级兴起时期的一种借多神以否定一神的无神论思想，代表人物为布鲁诺和斯宾诺莎。按照斯宾诺莎的解释，本体即神，神即自然，万物皆神。“泛神论”将神泛化。郭沫若接受“泛神论”有三方面途径：一是王阳明的“心学”和老子、庄子为代表的道家文化思想；二是印度古代哲学及泰戈尔；三是荷兰哲学家斯宾诺莎。郭沫若式的“泛神论”的核心命题是“我即是神”，突出自我在宇宙本体中的中心位置，突出自我表现、自我扩张。第二，“自然即神”，万事万物都是神的体现。第三，“本体、万物、自我同一于神”，人与自然统一于神，人与自然和谐相处，尊崇自然，物我合一。

郭沫若式的泛神论，成为郭沫若浪漫主义的价值核心和支柱。“我即是神”，自我扩张，引发郭沫若神奇瑰丽的想象及火山爆发式的激情，使郭沫若能自由驰骋在天地之间，能立在地球边上放号，能呼唤太平洋的滚滚波涛。“自然即神”，“物我同一”，自然崇拜，主客同体，诗人把自我与大自然同体，把全宇宙看作有生命、有活动性的有机体，赋予万物以灵性。所以他说，诗人最相宜的世界观是“泛神论”。

郭沫若在文艺思想上提倡“自我表现说”。认为文艺是作家的“自我表现”，文艺的发生直接来自作家的内心世界，“文艺也如春日的花草，乃艺术家内心之智慧的表现”②。不能简单地将郭沫若的“自我表现说”理解为对感情和情绪的自然发泄、自然表现。郭沫若再三强调，艺术不仅仅是情感的复写和自然表现，还是在自然流露的基础上，以极大的敏感性和丰富的想象力对生活的总的特点进行概括、综合的过程。郭沫若对生活的总体进行概括、综合，不是对时代精神的一般观念的传达，而是从个人独特的情感、艺术个性出发，通过独特的艺术构思而达到的对时代与生活的总体把握。由于郭沫若诗歌创作中具有由灵感爆发而呈现出的艺术创造力极为旺盛、构型过程极为迅疾的特征，诗人情感急剧地自然流泻中含有的独特的艺术概括和诗的“构型过程”往往被我们所忽略。③

---

① 《郭沫若选集·自序》，2页，上海，开明书店，1951。

② 郭沫若：《文艺之社会使命》，见《沫若文集》，第10卷，83页，北京，人民文学出版社，1957。

③ 参见黄曼君：《郭沫若：浪漫主义文心与诗论》，载《湖北社会科学》，2009（3）。

1923 年，郭沫若出版诗歌、散文集——《星空》。《星空》表现诗人由“五四”高潮跌入低潮的苦闷彷徨和更深层的求索。较之于《女神》，《星空》的情感意蕴更为复杂，有时宁静、冲淡，有时激昂、愤激。就形式而论，《星空》结构比较严谨，诗行较为整齐，艺术技巧趋于圆熟，但《女神》时期热烈奔放的诗情、狂热浪漫的理想和神奇美妙的诗境不再出现。

1923 年至 1925 年，郭沫若创作了历史剧《卓文君》、《王昭君》和《聂嫈》，1926 年合集出版，题为《三个叛逆的女性》。“借着古人来说自己的话”[①]，在历史人物的“骸骨”里吹进“五四”时代精神。《卓文君》歌颂卓文君追求个性解放，为争得“人的资格”而斗争的精神。《王昭君》所显示的反抗性更强，王昭君能藐视君王的恩宠，自愿投荒而去。《聂嫈》写聂嫈姊弟刺杀韩相侠累的故事，歌颂反强权的精神。郭沫若后期历史剧创作的特点此时已初露端倪，剧本具有浓郁的抒情性，取材历史但目的是关注现实。三部作品为郭沫若日后的历史剧创作奠定了基础。

三、“大革命”前后时期（1924—1927）

1924 年 4 月，郭沫若翻译日本经济学家河上肇的著作《社会组织和社会革命》。这是他系统接触马克思主义理论的开始。通过翻译，郭沫若对马克思主义有了初步认识，思想有了质的飞跃。

1924 年至 1927 年，郭沫若的文艺思想发生巨大变化。1926 年发表《文艺家的觉悟》、《革命与文学》。在《革命与文学》中，郭沫若提出“表同情于无产阶级的社会主义的写实主义的文学”[②]。在《文艺家的觉悟》[③] 中，郭沫若肯定文艺是站在第四阶级立场上说话的文艺，这种文艺在形式上是写实主义，内容上是社会主义。这两篇文章是郭沫若从“文学革命”转变到“革命文学”的标志。接着，郭沫若发表《英雄树》[④]，提出以牙还牙、以眼还眼地对待反革命的白色恐怖，主张建立无产阶级革命文学。

1927 年郭沫若出版《瓶》。《瓶》中的诗歌创作于 1925 年二三月间，最初发表在 1926 年 4 月 1 日上海的《创造月刊》第 1 卷第 2 期，1927 年由上海创造社出版部出版。这是一本爱情诗专集，是郭沫若的浪漫主义激情在爱情题材上的显现，表现了恋爱中的焦躁、苦闷、不安和愿意为爱情献身的精神，既有《女神》的余波，又有《星空》的投影。从中国古诗缺少情诗的角度而论，它有着特殊的意义。诗中对情感的大胆表白，惊世骇俗。诗歌情辞婉转，语句秀丽，表现出新的美学意蕴。

1926 年，郭沫若创作的《塔》（小说、戏剧集）作为“中华学艺社文艺丛书”之一，由上海商务印书馆出版。这本集子是“把青春时期的残骸收藏在这个小小的‘塔’里，向浪漫主义告别”[⑤]。其中有抒发怀古幽思的，如《函谷关》；有抨击现实的，如《阳春别》。

《落叶》最初发表在 1925 年的《东方杂志》22 卷第 18、19、20、21 号上，1926 年 4 月由

---

① 郭沫若：《论诗三札》，见《文艺论集》，215 页，北京，人民文学出版社，1961。
② 郭沫若：《革命与文学》，载《创造月刊》，第 1 卷第 3 期，1926 年 5 月。
③ 郭沫若：《文艺家的觉悟》，见《郭沫若全集》（文学编），第 16 卷，34 页，北京，人民文学出版社，1989。
④ 载《创造月刊》，第 1 卷第 8 期，1928 年 1 月。
⑤ 郭沫若：《塔·卷首题词》，上海，上海商务印书馆，1926。

上海创造社出版部出版。全书以 41 封情书为主要内容，情意绵绵，铺写日本姑娘菊子与中国留日学生洪师武的爱情悲剧，表达出强烈的反帝反封建的爱国主义精神。

小说、散文集《橄榄》于 1926 年 9 月出版，共分 4 辑：《漂流三部曲》、《行路难》、《山中杂记》和《路畔的蔷薇》。《漂流三部曲》包括《歧路》、《炼狱》和《十字架》三个带有连续性的短篇。主人公爱牟是作者自己的化身。爱牟从中国到日本留学，尽管在日本学医，但志趣在文学。回到中国，与友人合办文学杂志，幻想通过文学扭转社会风气。然而，残酷的现实使他无法养活自己的妻儿，只得忍受离别的痛苦，将妻儿送回日本，在自怨自艾的情感中过着“炼狱”般的生活。爱牟对不合理制度有强烈的愤激情绪，而且能将愤激转化为行动，从社会学的角度看，其意义远远超出郁达夫笔下的“零余者”形象。对爱牟的刻画，作者采用真诚、率真的解剖，喷涌而出的炽热情感强烈感染着读者。《行路难》写爱牟从上海到日本与妻儿相聚，到日本之后，不仅生活比国内更拮据，而且还饱受民族歧视，人格与民族尊严受到很大伤害，内心爆发出反抗的吼声。《山中杂记》追叙童年时代和在日本读书期间的一些生活片段。《路畔的蔷薇》记叙作者见到一束被人遗忘的蔷薇，便拾回家中插在土瓶里，表达作者对美好事物的怜爱和珍惜。

四、流亡日本时期（1928—1937）

郭沫若于 1928 年 2 月东渡日本，开始长达十年的政治流亡生活。流亡日本期间，郭沫若主要从事中国古代社会研究，出版学术专著 15 部。这些著作表明，他创造性地把古文字学和古代史的研究结合起来，开辟了史学研究的新天地。此外，写了自传《我的童年》、《反正前后》、《创造十年》、《北伐途次》等。1928 年出版标志郭沫若诗风转变的诗集——《前茅》和《恢复》。《前茅》除《序诗》写于 1928 年外，其余皆为郭沫若 1921 年至 1924 年的创作。其中大部分是 1923 年前后的作品。《恢复》中的诗作于 1928 年初，共收诗歌 24 首。两部诗集都关注中国社会现实和劳苦大众。此时，郭沫若已抛弃纯诗化的感情追求，注重了解、观察和思考中国国情，注重探索民众的处境和中国的出路，标志着诗人在创作上的一个新的过渡和转折，具有历史文献的意义。但这些诗歌政治概念、术语过多，语言文字锤炼不够，缺少想象和夸张，与《女神》相比，诗意美有所下降。

五、战争时期（1937—1949）

抗日战争全面爆发后，郭沫若在友人的帮助下，别妇抛雏，回国抗日。写有《棠棣之花》、《屈原》、《虎符》等 6 大历史悲剧。这些作品借古讽今，成为郭沫若创作道路上又一座高峰。此外，他还创作、出版了诗歌集《战声集》，抒情散文集《波》，史学论文《甲申三百年祭》、《青铜时代》、《十年批判书》。

六、新中国成立以后时期（1949—1978）

1949 年 8 月，郭沫若被选为中华全国文学艺术工作者联合会主席。历任政务院副总理兼文化教育委员会主任、中国科学院院长、全国人大常务委员会副委员长等。出版有诗集《新华颂》、《长春集》、《潮汐集》、《东风集》，历史剧《蔡文姬》、《武则天》等。

第二节 《女神》

一、《女神》的版本

《女神》最早的诗写于 1918 年初夏，除一小部分是 1921 年归国后所作外，其余均写于诗人留学日本期间，绝大部分完成于 1919 和 1920 年。《女神》初版于 1921 年 8 月，由上海泰东图书局印行，列为创造社丛书第一种。初版本在书名下注明为“剧曲诗歌集”，共收诗剧 3 篇，诗（包括序诗）54 首。《女神》的版本后来改动较大，主要有两个版本，1928 年版和 1957 年版。1928 年 6 月由上海创造社出版部出版发行《沫若诗集》，列为创造社丛书第二十一种，系《女神》、《星空》的合集。郭沫若本着“自我清算”的精神，对《女神》作了较大修改，《序诗》和其他 5 首诗歌被删去，部分诗歌的内容也作了改动，如将《匪徒颂》中歌颂罗素、哥尔栋改成歌颂马克思、恩格斯。《巨炮之教训》最初是“为自由而战哟/为人道而战哟/为正义而战哟/”，改为“为阶级消灭而战哟/为民族解放而战哟/为社会改造而战哟”。1957 年 2 月由人民文学出版社出版《沫若文集》，《女神》收在《沫若文集》第一卷，这是作者生前编定的最后一个本子。其篇目全部保留 1921 年版，内容保留 1928 年版。

二、《女神》的思想内容

《女神》研究已经走过 88 年的历史。① 1922 年，闻一多发表《〈女神〉之时代精神》，将《女神》放在中国新诗发展历程中加以审视，《女神》被定位于新诗的真正起点。接着，朱自清在《〈中国新文学大系〉诗集导言》中指出，《女神》从内容和形式对中国诗歌进行了彻底改造，并由此肯定《女神》的价值。与此同时，赵景深和陈子展分别在《中国文学小史》、《最近三十年中国文学史》中，直接将《女神》作为中国新诗成形期的代表和标志。新中国成立

① 以 1921 年郑伯奇在《时事新报·学灯》副刊发表《批评郭沫若的处女作〈女神〉》为始。

后，对《女神》的批评阐释日益与国家权力、政治意识形态相结合，“深化到有关五四及新文化的整体历史想象中”[①]，《女神》的经典化地位最终确立。

《女神》的这样一种经典化过程，决定了对《女神》思想内容的理解，即主要是从《女神》体现的时代精神着眼，探讨《女神》反封建、改造社会的精神。“若讲新诗，郭沫若君的诗才配称新呢，不独艺术上他的作品与旧诗词相去最远，最要紧的是他的精神完全是时代的精神——二十世纪底时代的精神。”[②] 闻一多的这一看法成为人们阐释《女神》思想内容的基准，与这类观点相应的概括是，《女神》的时代精神体现为两个方面：张扬个性、提倡人的解放和炽热的爱国主义激情。

上述观点看到了《女神》与时代、社会的关系，注意到了郭沫若对“五四”的社会感受，但却忽视了郭沫若的个人感受及其生命体验。当时，郭沫若远在日本，不仅没有直接参加新文化运动和“五四”学生运动，而且对“五四”时期的中国比较陌生。“五四”时期中国在郭沫若那里，只是一种想象中的祖国，不能简单地把“五四”的社会意识和精神特征与《女神》对等起来。《女神》不仅具有时代精神，还传达出诗人郭沫若对生命的感受与认同，是郭沫若生命意识的审美呈现。首先，《女神》唱出了郭沫若亲身感受到的生存困境和生命欢歌，真实地表现出个体生命的自由状态，表达了诗人尊重个体的生存和生命的思想。《天狗》中，诗人自比吞噬日月的天狗，具有无穷的能量：“我如烈火一样地燃烧！/我如大海一样地狂叫！/我如电气一样地飞跑！”“我是一只天狗呀！/我把月来吞了，/我把日来吞了，/我把一切的星球来吞了，/我把全宇宙来吞了，/我便是我了！”“天狗”表现出郭沫若对个体生命自由状态的向往。在这类诗歌中，郭沫若一反中国诗歌的常规，大胆运用现代科学常识，有效地进行诗歌的现代转化，并且将个体生命的能量与时代精神结合在一起，真正写出了生命的自由欢歌：“我是月底光，/我是日底光，/我是一切星球底光，/我是X光线底光，/我是全宇宙底Energy底总量！”其次，对宇宙、人生的问题进行思考。《凤凰涅槃》“象征着中国的再生”，同时，也是对人类生命的追问与理解，或者说，诗人是从思考人的生存与生命哲学的高度来关注中国的再生问题。郭沫若借凤凰的歌唱，唱出的是生命的歌，是对人类生存现实中生命世界的追问：“宇宙呀，宇宙，/你为什么存在？/你自从哪儿来？/你坐在哪儿在？/你是个有限大的空球？/你是个无限大的整块？/你若是有限大的空球，/那拥抱着你的空间/他从哪儿来？/你的当中为什么又有生命存在？/你到底是个有生命的交流？/你到底还是个无生命的机械？”这一连串的追问，让我们联想到西方现代主义哲学所提出的有关生命的问题。《凤凰涅槃》是对人生进行较为系统、深入思考的一首诗歌，对生命的感受已经上升为哲学的审视。[③]

三、《女神》的艺术特色

《女神》的艺术特色体现在三个方面：

第一，诗体形式的创新。《女神》是真正的“诗体大解放”。郭沫若一开始就主张“要打破

---

① 姜涛：《“新诗集”与中国新诗的发生》，248页，北京，北京大学出版社，2005。

② 闻一多：《〈女神〉之时代精神》，载《创造周报》，1923-06-03。

③ 参见周海波：《女神：男人的生命歌唱》，载《理论学刊》，2007（1）。

一切诗的形式来写自己能够够味的东西”[①]，即不受已有的诗歌形式的束缚，根据诗情的需要，创造多种诗歌形式。郭沫若是创造自由体诗形式的急先锋。《女神》有诗剧，有短歌；有叙事诗，有抒情诗；有借景抒情的，有叙事抒情的；有高亢激越的“惠特曼体”，《天狗》、《匪徒颂》如火山喷发，势不可挡，《梅花树下醉歌》、《晨安》如大河奔流，一泻千里，《笔立山头展望》、《我是个偶像崇拜者》如平地春雷，震耳欲聋；有清新淡雅的“泰戈尔风”，《夜步十里松原》如皓月当空，清幽明丽，《霁月》如黑夜的箫声，幽渺寂寥；有的诗参差不齐，如《无烟煤》，有的诗整饬划一，如《光海》。《女神》不拘泥外在形式的整齐划一，完全听凭感情的流淌，行其所当行，止其所当止。《凤凰涅槃》狂放自由，长达近300行，《鸣蝉》含蓄隽永，只有短短3行。同一首诗歌中，句式的长短、每一节的行数也根据感情的需要发生不同的变化。《凤凰涅槃》长的诗句达13字，短的诗句只有两字；一节诗中，多的有16行诗句，短的只有3行诗句。《天狗》长的句子达10个字，短的句子只有3个字；长的诗节有12行，短的诗节只有两行。随着热烈、澎湃的情感的奔驰，新鲜的、独创的形式便自然生成。

《女神》中的诗歌，似乎不讲节奏或者简直没什么节奏，句式错落，押韵自由，顿数和平仄都不受限制，无拘无束，舒卷自如，但仔细品味，节奏自在其中，而且浑朴自然，细致微妙。郭沫若非常看重诗的节奏，“节奏之于诗是与生俱来的，是先天的，决不是第二次的、使情绪如何可以美化的工具”[②]。这种节奏属于内在节奏，是“不借重于音乐的韵语，而直抒情绪中的观念之推移”，这样的节奏自然和谐，“就譬如一张裸体画的美人，她虽然没有种种装饰的美，但自己的肉体是美的”[③]。《女神》中诗歌的内在节奏就是诗人的情绪：《天狗》的节奏就是诗人急骤、奔腾呼啸的情绪演进；《立在地球边上放号》的节奏则是诗人受海涛的激荡，情绪随海潮一同起伏的表征。

第二，浪漫主义的创作方法。《女神》体现出浪漫主义精神。《女神》浪漫主义精神的一个重要表现是丰富、大胆、奇特的想象。想象生发出新鲜迷人的故事，创造了千姿百态的艺术形象，给《女神》增添了艺术魅力。《女神》中，诗人如自由驰骋天地间、不受任何束缚羁绊的硕大的天狗；夕阳和大海成了一对情人，举行着“日暮的婚筵”；“我”“立在地球边上放号”，“便是天上的太阳也在向我低头”；天方古国的神鸟集香木而自焚，复从死灰中更生的故事与中国古代凤凰的神话相连；地球是诗人的母亲，雷霆是地球呼吸的声威，雪雨是地球血液的飞腾。郭沫若的这种奇特想象的基石是泛神论。

第三，《女神》以浪漫主义创作方法作为主导，同时又受到西方现代主义文学思潮和创作方法的影响。现代主义的一些具体文学流派如象征主义、表现主义等的创作手法都在《女神》中有较大体现。《凤凰涅槃》、《女神之再生》、《湘累》、《地球，我的母亲》、《天上的街市》等诗篇或诗剧中，郭沫若将浪漫主义的激情倾吐、奇妙幻想同表现主义、象征主义的暗示、象征等手法结合起来，从而大大增强了作品艺术概括的力度和幅度。凤凰、女神、屈原、地球、母亲等浪漫主义形象的创造，正是通过暗示、象征、变形、怪诞的形式和方法，从总体上对时代、人生、宇宙作哲理性概括和象征性的反映，从而构造了超越时空的深远意境，并具有了永恒的意义。[④]

---

① 刘茂林、叶桂生：《郭沫若新论》，100页，北京，社会科学文献出版社，1992。

② 郭沫若：《论节奏》，见《沫若文集》，第10卷，225页，北京，人民文学出版社，1957。

③ 同上书，232页。

④ 参见黄曼君：《郭沫若：浪漫主义文心与诗论》，载《湖北社会科学》，2009（3）。

《女神》具有深刻的意义。它的出版标志着现代汉语诗歌新时代的到来。《女神》的意义不仅在于与旧诗词划开了真正的界限，还在于克服了“五四”白话诗直白浅露，残留旧体诗的痕迹的缺点，以汪洋恣肆的激情，高大突出的抒情主体，自由奔放的诗体形式，思接千载、神游万仞的丰富想象，纵横古今、昂首天外的阔大气度，酣畅淋漓地抒发了现代人的心灵感受，完成了早期白话诗向后来新格律诗、现代派诗的过渡。它以创作实绩为现代汉语诗歌争得了合法空间。由近代“诗界革命”到胡适白话诗尝试，再到《女神》现代汉语新诗，《女神》成功地建构了现代汉语新诗的艺术高峰，从此，现代汉语诗歌获得普遍认同，被确立为“正宗”地位。《女神》成为现代汉语诗歌第一座自由体高峰和浪漫主义高峰。

第三节 历史剧

一、历史剧创作概貌

郭沫若的历史剧创作分为三个时期：

第一个时期是“五四”时期，以《三个叛逆的女性》为代表，共同主题是揭露黑暗，迎接光明，选择具有叛逆精神的人物作主人公，体现反封建的精神力量。

第二个时期是全面抗战至新中国成立之前，这是郭沫若历史剧创作的高峰。这时创作了《棠棣之花》、《屈原》、《虎符》、《高渐离》、《孔雀胆》、《南冠草》六部历史剧。借古讽今成为基本主题，美学风格体现为崇高美和悲壮美。《棠棣之花》延续《聂嫈》的题材，写聂政刺杀韩相侠累的故事，同时增加三家分晋的内容，在这个意义上形成了团结与分裂，抗秦与亲秦的严重对立。剧本表现出主张团结反对分裂的思想。《虎符》写魏国信陵君救赵的故事。通过魏国与赵联合，以抵抗强秦的历史，表现团结抗日的主题。《高渐离》写高渐离以筑击秦的事迹。秦灭燕后，高渐离为躲避秦始皇的迫害，隐姓埋名。他忍辱负重，蓄谋行刺。最后用装满铅条的筑击向秦王，未中，而遭杀戮。剧作抨击了秦始皇的专制统治。《孔雀胆》写元末梁国阿盖公主殉夫的悲剧，描写了一场善与恶的冲突。阿盖的丈夫、大理总管段功被云南参政车力特穆尔陷害，惨遭暗害。阿盖在诱杀仇人之后，饮下剧毒的孔雀胆酒。《南冠草》写明末 17 岁的爱国志士夏完淳抗清的英雄事迹。夏完淳团结江南读书人，担负起父辈未完成的复国大业。为了不牵累他人，他放弃自逃；面对审问，他凛然不屈；最后，他奔赴刑场，视死如归。其爱国精神和坚贞情操被千古传诵。

第三个时期是中华人民共和国成立后，郭沫若创作了《蔡文姬》和《武则天》，这些历史剧做的“翻案文章”，同样是借历史为现实服务。

二、郭沫若的历史剧理论

“失事求似”是郭沫若历史剧的创作原则。“失事”指历史剧创作可以不拘史实，“求似”指历史剧在于表现历史精神。“史学家是发掘历史的精神，史剧家是发展历史的精神。”[①] 郭沫若也强调历史剧创作中的艺术虚构和想象，“可以推翻历史的成案，对于既成事实加以新的解释，新的阐发，而具体地把真实的古代精神翻译到现代”[②]。借古人说自己的话，这是郭沫若历史剧创作的出发点和归宿，这使郭沫若的历史剧具有浪漫主义的主观性。“借古人的皮毛来说自己的话”，“我只是借一段史影来表示一个时代或主题”[③]，“借古人的骸骨，另行吹嘘些生命进去”[④] 体现出郭沫若历史剧创作的主观性、时代性和鲜明的现实目的性，“古人”和“历史”不过是他借来扮演故事的“皮毛”、“影子”和“骸骨”而已。作家表现古人，不在于严格地重现历史的原貌或如实地敷陈史实，而在于表现自己，将自己主观的思想、情感、心理，以至生活体验，融注到历史人物身上。不薄古人，重视今人，为今而史。

三、《屈原》

《屈原》创作出版于 1942 年，是郭沫若历史剧的代表作。剧本通过战国时代楚国爱国诗人、政治家屈原的生平遭遇，表现出坚持抗战、反对妥协，坚持团结、反对分裂，坚持进步、反对倒退的现实主题，具有强烈的影射性。剧本从讽喻现实出发，突出表现屈原爱国爱民、正直刚强、光明坦荡、矢志不移的政治情操和气度品德。第一幕通过《橘颂》一诗，烘托屈原宽厚、博大的胸襟和坚贞不屈的高尚情操。第二幕当南后设下陷阱诬陷屈原时，屈原没有想到个人的升降荣辱，想到的是亡国危机，他怒斥南后：“你陷害的不是我，是你自己，是我们的国王，是我们的楚国，是我们的整个赤县神州呀！”尤其是第五幕《雷电颂》，屈原由否定具体的丑恶形象，发展到对整个黑暗的旧世界的彻底否定，“把这黑暗的宇宙，阴惨的宇宙，爆炸了吧”！他把一向受人尊敬的神明——东皇太一、云中君等斥为“土偶木梗”，“你们滚下云头来，我都要把你们烧毁！”并且，将自己化为风、雨、雷、电、火，“你就是我的生命，你就是我呀！我这熊熊地燃烧着的生命，我这快要使我全身炸裂的怒火，难道就不能迸射出光明了吗？”屈原正义凛然，疾恶如仇，宁死不改其志的人格精神得到震天动地的升华。

在塑造屈原形象的同时，郭沫若还塑造了两个对立的阵营：婵娟、群众；南后、楚王、张仪、宋玉、子兰。在正义与邪恶、崇高与卑下的对比中，屈原形象更显突出。

《屈原》是剧，也是诗。郭沫若在塑造人物时，不拘泥于人物的历史真实，把人物理想化。描写屈原、婵娟，不着意追求人物性格的多面性、复杂性，而仅仅突出人物的高尚、忠贞、无私，渲染人物的崇高美和人格光辉。描写反面人物，凸显其卑劣、阴毒、自私。这种极端的强

---

① 郭沫若：《历史·史剧·现实》，见《沫若文集》，第 13 卷，16 页，北京，人民文学出版社，1957。

② 郭沫若：《我怎样写〈棠棣之花〉》，见《沫若文集》，第 3 卷，168 页，北京，人民文学出版社，1957。

③ 郭沫若：《历史·史剧·现实》，见《沫若文集》，第 13 卷，18 页，北京，人民文学出版社，1957。

④ 郭沫若：《孤竹君之二子·附白》，见《郭沫若全集》，文学 1 卷，241 页，北京，人民文学出版社，1982。

烈对比色彩，单纯对立式的人物塑造，受制于作者的情绪，具有诗的精神。为了表现戏剧的悲剧精神，增强作品的感召力量和现实意义，作者大胆虚构婵娟，改变历史上宋玉的形象，改写屈原的结局。《屈原》具有诗的意境、诗的节奏和诗的韵味。在橘园中歌颂橘树，在风雨交加的东皇太一庙，怒斥土偶木梗，呼唤风雨雷电，赞颂大自然“那浩浩荡荡的无边无际的伟大的力”：人物语言与自然环境和谐一致，情景交融，全剧形成一种诗的氛围。剧中人物的台词讲究句式结构，许多对白都称得上是诗化的口语，有的本身就是诗，如“生要生得光明，死要死得磊落”，句式整齐，结构工整。郭沫若有意识地随着剧情进展，巧妙地插入《橘颂》、《九歌》等诗歌，并以屈原的《橘颂》贯穿全剧，给剧本增添了浓郁的诗意。

四、《蔡文姬》

五幕历史剧《蔡文姬》写于1959年2月，后经多次修改，于同年5月由文物出版社出版单行本，并由北京人民艺术剧院排演。《蔡文姬》对蔡文姬归汉的原因作了新的阐释。蔡文姬与胡人丈夫左贤王真诚相爱，爱得那么深沉，难分难舍。之所以归汉，一是因为对故乡的怀念，二是因为有感于曹操的文治武功，天下太平，百废待兴，有志于回国继承父业，撰修《续汉书》。剧本借文姬归汉，替曹操翻案。

郭沫若想通过剧本，改变人们心中长期形成的“白脸奸臣”的形象，为曹操恢复名誉。《三国演义》中的曹操是“宁教我负天下人，休教天下人负我”的奸臣，而剧本中的曹操变成“以天下之忧为忧，以天下之乐为乐”的贤明臣相。剧本中曹操爱惜人才，生活简朴，知错必改。郭沫若还在剧本里融入大量自己的生活经历、经验和感情，他曾宣称“蔡文姬就是我！——是照着我写的”，他自称“在我的生活中，同蔡文姬有过类似的经历，相近的感情”，因而“我写这个剧本是把我自己的经验融合在了里面的”①。这使郭沫若的历史剧具有很强的主观性。

【本章学习参考】

一、阅读书目

郭沫若：《女神》、《前茅》、《恢复》、《瓶》、《屈原》、《蔡文姬》、《漂流三部曲》

二、相关文献

1. 吴定宇．抉择与扬弃——郭沫若与中外文化．广州：中山大学出版社，2004.

2. 郭沫若．我的作诗经过．见：郭沫若论创作．上海：上海文艺出版社，1983.

3. 郭沫若，宗白华，田寿昌．三叶集．上海：上海书店，1982.

4. 黄曼君．郭沫若：浪漫主义文心与诗论．湖北社会科学，2009（3）.

5. 周海波．女神：男人的生命歌唱．理论学刊，2007（1）.

三、复习思考

1. 名词解释：

泛神论　郭沫若式的泛神论　郭沫若六大历史剧

① 《郭沫若古典文学论文集》，408～409页，上海，上海古籍出版社，1985。

2. 评述《女神》的思想内容。
3. 分析《屈原》的艺术特色。
4. 泛神论思想对郭沫若早期诗歌创作有何影响?
5. 为什么说《女神》是我国自由体诗成熟的标志?
6. 论述《女神》在中国新诗发展史上的地位。

第八章

成形期的小说创作

现代汉语小说在清末民初已经成形，不仅因为这两个时期的小说大多都用现代汉语创作，也由于很多小说开始借鉴西方小说，其中不乏现代性因素。“文学革命”时期鲁迅一开始创作就使先导期成形的现代汉语小说达到成熟。鲁迅成功之后，小说经过初期狂躁的“呐喊”，20世纪20年代初期进入众多作家参与的发展期。除了鲁迅的小说创作之外，小说创作的主流有文学研究会“为人生”而创作的现实主义小说和创造社“为艺术”而创作的主观抒情小说这两支。前者包含乡土文学，后者包含冯沅君等作家的小说。

本章主要评述文学研究会和创造社两位代表作家叶绍钧和郁达夫、文学研究会作家群、同属于写实主义的乡土小说、创造社作家群。

第一节 叶绍钧的小说

叶绍钧（1894—1988），江苏苏州人，字秉臣，辛亥革命后改字圣陶。1914年开始用文言创作小说，1919年开始用白话创作小说。1925年前的小说都收入短篇小说集《隔膜》、《火灾》、《线下》。“五卅”运动后的小说收入短篇小说集《城中》、《未厌集》。他的前期小说经历了由问题小说到教育小说的转变。1928年，叶绍钧转入创作后期，创作了长篇小说《倪焕之》，之后的短篇收入《四三集》。叶绍钧还有散文集《未厌居习作》，童话集《稻草人》和《古代英雄的石像》。

一、从问题小说到教育小说

叶绍钧的小说创作是从问题小说开始的。《一生》写从小到大过着牛马不如生活的女子的悲惨命运，表现了反对夫权的思想。《低能儿》写从小没有得到过母爱的阿菊，第一天到学校后感受到“爱”之后的窘急、惶恐、怯懦、感动、快慰、适意，表现了“爱”对一个人成长的作用。早期问题小说主要表现人生困苦，同时也具有“爱”和“美”的倾向，《阿凤》、《春游》

和《潜隐的爱》等都是这样的作品。

叶绍钧问题小说的另一个主题是表现人与人之间的隔膜。《隔膜》正面揭示了人与人之间精神上相互隔绝，却又不得不虚伪地、无聊地相互敷衍的痛苦。《苦菜》表现知识分子与农民之间的隔膜，《一个朋友》写夫妻之间的隔膜。

问题小说后，他很快地转入人生写实派小说中来。他早期的几个集子，除了带有现实主义色彩的问题小说外，很大部分是对下层劳动人民、知识分子和市镇小市民精神的刻画。茅盾说："要是有人问道：第一个'十年'中反映着小市民智识分子的灰色生活的，是哪一位作家的作品呢？我的回答是叶绍钧！"[①] 叶绍钧长期从事中小学教学工作，因此，他的小说主要写教育界和学校生活。

写教育界和学校生活的小说，一方面在批判旧的社会现实中揭示底层知识分子生活的艰辛并表达作家的同情，另一方面细致入微地揭示他们的软弱和心灵缺陷。《饭》里小学教员吴先生为了生存而毫无尊严地被践踏，让人同情，但是，吴先生面对校务委员的软弱却显示了人格的萎缩。《校长》里的叔雅是一个空有理想而又顾虑重重、不敢与旧势力作正面斗争的知识分子，他虽然知道前进的方向却缺乏实践的勇气。《搭班子》里的择如，《前途》中的惠之，《潘先生在难中》中的潘先生，都是这样一些形象。

《潘先生在难中》是叶绍钧前期短篇小说代表作。小说塑造了一个带有浓厚小市民习气的卑琐的底层知识分子形象——潘先生。小说随战讯的张弛，写人物的心波百折，从而深刻地展示了一个难以把握自己命运的小资产阶级知识分子仓皇、犹豫、动摇、自慰、自私、畏葸、空虚、投机等诸多心理侧面。茅盾说："那可爱的《潘先生在难中》。这把城市小资产阶级的没有社会意识，卑谦的利己主义，precaution（戒备），琐屑，临虚惊而失色，暂苟安而又喜，等等心理，描写得很透彻。"[②] 其灵魂的内核是利己主义，然而这又是建立在对生活的无奈之上的。他一切行为的出发点都是在为小家谋利益，但在他不得不为军阀写歌功颂德的匾额时，其内心深处，仍然有着对国家灾难的忧虑与对造成自己颠沛流离生活的军阀混战的不满和抗议，不过，他一方面无力为此负责，另一方面也不会想到为此负责。叶绍钧始终用一个冷静的叙述者的口气叙述，不动声色地展示并讽刺潘先生矛盾重重的性格特征和投机心理，其中既有对潘先生的同情，又有对知识分子利己主义的讽刺和批判，同时还提出了知识分子的社会责任乃至国民性等令人深思的问题。

"五卅"运动之后，叶绍钧小说发生了一定转变，他由揭示底层知识分子灰色卑琐的人生转向揭示底层知识分子革命、反抗的一面。《城中》写两代不同知识分子不同的人生态度，从新旧两代知识分子对比中看到希望和勇气。《抗争》中的郭先生，已经具有了集体斗争的意识，新一代知识分子敢于斗争的勇气和革命意识已使早期的灰色人生变得颇具亮色。叶绍钧还在底层劳动人民的身上发现了革命的火种。《夜》写于"四一二"事变之后，通过一个老妇的女儿和女婿——一对革命教员夫妇——被政府杀害的故事，写出了劳动人民革命意识的觉醒过程。

---

① 茅盾：《〈中国新文学大系〉小说一集导言》，见《茅盾全集》，第20卷，480页，北京，人民文学出版社，1990。

② 沈雁冰（茅盾）：《王鲁彦论》，载《小说月报》，第19卷第1期，1928年1月。

二、《倪焕之》等后期创作

1928年，叶绍钧创作了长篇小说《倪焕之》，连载于《教育杂志》。《倪焕之》是叶绍钧小说创作的新里程碑，它清晰地勾勒出自辛亥革命前后到五四运动再到五卅运动和“大革命”失败这十余年间社会状况、时代思潮的变迁和知识分子的心路历程的变化，还思考了知识分子前进的方向。

《倪焕之》以细致绵密的现实主义笔触，刻画了倪焕之式的知识分子的心路历程。茅盾认为这是“‘扛鼎’的工作”，“把一篇小说安放在近十年的历史过程中的，不能不说这是第一部；而有意地要表示一个人——一个富有革命性的小资产阶级知识分子，怎样地受十年来时代的壮潮所激荡，怎样地从乡村到都市，从埋头教育到群众运动，从自由主义到集团主义，这《倪焕之》也不能不说是第一部”[①]。在《倪焕之》中，冷静的现实主义作风得到了进一步张扬，人物性格也塑造得较为鲜明，无论是带有自由主义色彩的小学校长蒋冰如，还是贪婪阴险的土豪劣绅蒋老虎，面目清晰可辨，小说前半部分尤见功力。但是，写到倪焕之转向革命之后，缺少正面具体的描写，革命者王乐山形象也相当模糊。五卅运动以后倪焕之形象显得线条粗疏，缺乏立体感。《倪焕之》虽然幼稚，但有为20世纪30年代长篇小说开道的作用。

叶绍钧的《四三集》中，值得一提的有最早写丰收成灾的《多收了三五斗》和写爱国有罪的《一篇宣言》。此外《逃难》、《“感同身受”》、《投资》、《招魂》等小说也写得较为成功，这些小说题材广泛，形形色色的人物粉墨登场，半殖民地半封建社会下的各种光怪陆离的社会相在这些作品里得到了生动的再现，具有对社会进行辛辣讽刺的风格。

三、叶绍钧小说的现实主义特色

叶绍钧小说最为显著的特征是朴实、冷静、自然、客观的现实主义风格。茅盾说，叶绍钧的小说“冷静地谛视人生，客观的、写实的描写着灰色卑琐的人生”[②]，这是对叶绍钧小说风格的准确概括。另一方面，他不刻意追求情节的曲折和形式的新奇，力求再现生活本身，揭示人物的内心世界和精神面貌；描写细致真切，很少主观的评价和发挥，其内在的热情往往是寄托在“不著文字的处所”[③]，表现出一种冷静而朴实的风格。叶绍钧小说的现实主义追求体现了文学研究会的现实主义风格，对人生写实派小说的成熟有着很大的贡献。

结构严谨而多变，精于点题与布局，讲究结尾余味，也是叶绍钧小说的一个重要的特征。叶绍钧在短篇小说的布局上精心结撰，反对粗制滥造，并以此作为一个作家忠实艺术的标志。在各部短篇小说中，他很少重复已用过的表现形式，结构富于变化。例如《这也是一个人》的单线结构，《夜》的双线结构，《某镇纪事》的侧面烘托，《多收了三五斗》的散文的风格，

---

① 茅盾：《读〈倪焕之〉》，载《文学周报》，第8卷第20期，1929年5月。

② 茅盾：《〈中国新文学大系〉小说一集导言》，见《茅盾全集》，第20卷，479页。

③ 《叶圣陶选集·自序》，8页，上海，开明书店，1951。

《饭》只写小场景等。叶绍钧小说的结尾也往往颇具匠心，《多收了三五斗》、《潘先生在难中》、《抗争》、《前途》等篇，结尾都有些出人意料，且具有深意，令人回味。

叶绍钧小说往往同情与讽刺兼备，具有“悲悯”与“冷讽”同在的风格。叶绍钧描写小知识分子的灰色生活的小说中，常常对其中人物抱着既同情又讽刺的态度。对下层知识分子的悲惨生活，他感同身受，在下笔时往往弥漫着满腹辛酸之感。同时他又看到下层知识分子自身的弱点：怯懦、空虚、自私自利、玩忽职守。他说：“对于不满意不顺眼的现象总得‘讽’它一下。”① 叶绍钧的讽刺风格是平实、凝重、婉曲、含蓄，读起来显得有点沉闷，但从不落于“油滑”。

叶绍钧小说语言纯净洗练，朴实自然，体现了“中正中见造诣”的艺术原则。叶绍钧是最关心现代汉语规范化的作家之一。他说：“语言是作者可能使用的唯一的工具，成败利钝全在乎此。”② 他的小说语言没有华丽的辞藻，也不随便使用方言土语，没有半文半白，也没有“五四”作家常有的欧化气息，却能把一些普普通通的字眼运用得方圆恰切，富有表现力和暗示力。他扎实的古典文学功底和写实主义的态度，使他为中国现代汉语文学的语言规范化做出了重要的贡献。

第二节 郁达夫的小说

一、郁达夫创作概貌

郁达夫（1896—1945），浙江富阳人，原名郁文，创造社的重要发起人之一，主观抒情小说的重要开拓者。郁达夫 1913 年随兄郁华到日本留学，1921 年 6 月，与郭沫若、成仿吾等人在日本成立创造社。1921 年 10 月，他出版了短篇小说集《沉沦》，收入了《银灰色的死》、《沉沦》、《南迁》三个短篇。回国之后，他一面编辑创造社刊物，一面致力于小说创作，创作了《茫茫夜》、《秋柳》、《迷羊》、《她是一个弱女子》、《茑萝行》、《血泪》、《春风沉醉的晚上》、《薄奠》、《微雪的早晨》、《采石矶》、《过去》、《迟桂花》、《瓢儿和尚》、《出奔》等名篇。他一生共创作小说 50 多篇。

二、“性的苦闷”的“零余者”形象

郁达夫三岁时父亲就逝世了，由母亲一个人维持着全家六口人的生活。郁达夫从小身体羸

① 《叶圣陶选集·自序》，7 页。

② 叶圣陶：《关于使用语言》，载《人民文学》，1965（3）。

弱多病，这养成了他忧郁、情感脆弱、多愁善感、性情孤僻的个性特征。留学日本后，他深深地感受到了日本民族对中国人的歧视和一个弱国子民的悲哀。正处于青春期的郁达夫到日本之后还经历了另一种难以言说的苦闷，即性的苦闷。

郁达夫天性敏感孤僻，并切身感受到心灵痛苦，加之在文学方面受到西欧浪漫主义文学、日本私小说和法朗士“文学作品，都是作家的自叙传”观点的影响，他开始在小说中大胆叙述自己所经历的肉体欲望挣扎和心灵痛楚。《沉沦》中的小说，都有这种情感基调。《沉沦》中的“他”，反映了郁达夫在日本留学期间的遭遇和心路历程。小说写一个在日本留学、具有忧郁性格的中国学生所遭遇到的各种冷遇和民族歧视，他想追求异性、渴望友谊和爱情而不可得，遂发展为性变态——自渎、窥浴、偷听野合、嫖妓。在这之后，他又不能承受自我道德的谴责，投海自杀。在走向大海的时候，他发出了痛彻心扉的呼喊：

> 祖国呀祖国！我的死是你害我的！
> 你快富起来！强起来吧！
> 你还有许多儿女在那里受苦呢！

这样，郁达夫就把个人的苦闷和悲哀与对祖国的爱和期盼祖国早日富强起来的愿望结合起来了，这就使这部小说不仅是作者个人情绪的表达，也是当时处于新旧交替时期的中国知识青年共同情绪的表达，具有强烈的时代意义和爱国主义情感。因此，《沉沦》在当时就产生了巨大的反响，成为颇为畅销的小说集，从 1921 年到 1947 年，再版达 12 次以上。他那赤裸裸的自我写真和自我暴露，在“五四”文坛上激起了轩然大波。褒之者认为它真实地抒写了“五四”青年普遍的时代病，贬之者认为它“诲淫”，不道德、不端方。周作人写了《〈沉沦〉》为之辩解，认为“虽然有猥亵的分子而并无不道德的性质”[①]。郭沫若肯定说，“他那大胆的自我暴露，对于深藏在千年万年的背甲里面的士大夫的虚伪，完全是一种暴风雨式的闪击，把一些假道学、假才子们震惊得至于狂怒了”，“这样露骨的真率，使他们感受着作假的困难”[②]。郁达夫通过自我暴露袒露自己的生活隐秘和内心隐秘，反映了“五四”时代个性解放的呼声，揭示了“五四”青年所经历所遭受的身心的压抑，具有很强的时代特色。郁达夫将一己的苦闷与时代情绪、爱国主义情感结合在一起，在当时引起了强烈的震动并形成了“郁达夫热”。

《沉沦》塑造了现代汉语文学史上典型的“零余者”形象。与俄国文学“多余人”不同的是，“零余者”是“五四”时代特有的形象，是“袋里无钱，心头多恨”、“于世无补”、“自卑颓唐”的社会的“多余人”。他们沾染了“五四”时期的“时代病”，穷愁、彷徨苦闷、愤世嫉俗、感伤忧郁、敏感内向、自卑孤傲。《茫茫夜》、《空虚》、《秋柳》、《迷羊》中的主人公，都是报国无门的知识分子，他们失去了获求新生的愿望，从性苦闷发展到生的苦闷。《迷羊》因有一些猥亵卑俗的描写受到过批评，但是小说末尾零余者的真诚忏悔却使这篇小说具有宗教般的情怀，也给“零余者”的命运画上了一个令人深思的句号。

---

① 周作人：《〈沉沦〉》，载《晨报副刊》，1922-03-26。

② 郭沫若：《论郁达夫》，见《沫若文集》，第 12 卷，547 页。

三、“生的苦闷”的社会小说

1923年5月，郁达夫在《创造周报》第3号上发表的《文学上的阶级斗争》是现代汉语文学史上最早提出文学的阶级性的论文，这促成了他创作内容上的重要变化，即关心底层人民生活的不幸。从《春风沉醉的晚上》开始，他的小说关注的重心发生了转移。发表于1924年2月的《春风沉醉的晚上》开始淡化“性的苦闷”的色彩，转而关注“生的苦闷”和对下层劳动人民痛苦而悲惨的生活处境的同情。“我”对陈二妹的一点朦胧的性向往也在陈二妹那善良美好的心灵和坚强的意志的感染下，在我“同是天涯沦落人”的愁绪和感叹中转化为一种崇高而纯洁的友谊。1924年12月的《薄奠》是一篇饱含着血泪的对旧社会进行控诉的小说，表现了作者对下层劳动人民深切的同情，是“社会主义的色彩”较浓的作品。

四、后期小说

郁达夫后期的小说，一部分仍然保持了前期作品的风格，如《过去》、《迷羊》、《秋柳》等。《过去》是他作品中艺术功力较高、思想性较为复杂的作品。作品中的那种世事的沧桑之感、最易被忽视的真情的可贵和不可复得之感、浓重的伤感之情和人生苦味，很值得玩味，有着深厚的哲理意蕴。另一部分作品，早期作品中的那种主观抒情色彩并没有消失，但是写实成分却有明显的增强，例如《迟桂花》、《瓢儿和尚》、《迟暮》等。这些作品中，恬静幽哀的主调和舒纾悠缓的叙述方式取代了前期作品中那种为强化抒情主人公的主观感受而采取的反复咏叹的内心剖白式结构，前期的忧愁伤悲已被清新明丽的笔式所勾描的一个微蓄着忧愁，满溢着平和而静雅、清澈、幽渺的意境所取代，渗进了主人公欲情净化后的漠然淡哀的心绪。《迟桂花》是这类作品中的具有较高成就者，是郁达夫后期的代表作品。在《迟桂花》中，作者力图呈现的是淳朴美好的自然环境之美和与之相合的人性的自然美。“老郁”对友人翁则生美丽动人的妹妹先是存有一丝杂念，但终被她那纯洁无邪的气质所感化，其灵魂犹如受到山间清泉的洗涤而跃入了一种明净高洁的境界，再无世俗污浊之气。弥漫于小说全篇的一种淡淡的迟桂花的香气，使作品有一种诗意的氛围，体现了郁达夫的一种新的审美趣味。第三类作品，现实主义已经具有独立意义并作为主导出现在其中，这类作品包括《微雪的早晨》、《二诗人》、《唯命论者》、《杨梅烧酒》、《出奔》等。《微雪的早晨》发表于1927年，写一个学生被社会逼疯而致死亡的故事，其写实性已经很强，被作者与《春风沉醉的晚上》和《薄奠》相提并论。写于1935年的《出奔》是郁达夫最后一篇小说。它以“大革命”为背景，写一个青年革命者被地主腐蚀、收买到觉醒后焚烧地主全家而“出奔”的过程。作品一扫以前作品那种主观抒情性，采用纯粹的写实主义手法，颇具现实批判的色彩。小说描写的尖锐的阶级斗争和对地主董玉林贪婪、刻薄、阴险、残忍的丑恶灵魂的刻画，与“左联”作家倒是保持了高度的一致性。从此之后，他再也没有写过小说了。

五、郁达夫小说的艺术个性

郁达夫小说在现代汉语小说的成形期有着举足轻重的地位，开创了主观抒情小说的风气，具有鲜明的个人特色和时代特色。

郁达夫小说最重要的特点是自我写真。郁达夫受到法朗士等人和日本的私小说的影响，形成了“文学作品，都是作家的自叙传”的文学观。《银灰色的死》中的“Y君”，《茫茫夜》和《秋柳》中的于质夫，《茑萝行》、《迷羊》、《春风沉醉的晚上》中的“我”，《采石矶》中的黄仲则等人，都是带有自叙传性质的“零余者”。无论是“我”、“他”，还是“于质夫”、“质夫”、“李白时”、“老郁”等，无不带上郁达夫的精神气质，这些人在行为方式和生活经历上也都与作者有着一致之处。这种叙述方式对传统小说模式具有很强的冲击力，对小说虚构性也是一个强有力的反叛。郁达夫所写全部50余篇小说中，第一人称叙述的有40多篇，这些作品真切地写出了郁达夫式的“五四”时代青年的共同感受，具有很强的时代意义。

郁达夫小说的另一重要特点是充满感伤抒情色彩，这与郁达夫忧郁敏感的气质有关。他写“自叙传小说”以求“世人能够了解我内心的苦闷”[①]，述说内心苦闷成为郁达夫小说创作的重要动机。他说，“人生从十八九到二十余，总是要经过一个浪漫的抒情时代的”，“我的这抒情时代，是在那荒淫惨酷，军阀专权的岛国里过的。眼看到的故国的陆沉，身受到的异乡的屈辱，与夫所感所思，所经所历的一切，剔括起来没有一点不是失望，没有一处不是忧伤，同初丧了夫主的少妇一般，毫无气力，毫无勇毅，哀哀切切，悲鸣出来的”[②]。这是郁达夫说自己写《沉沦》时的情形，但在他的大部分作品中都得到了延续。这既是“五四”时代病在作家身上的投射，也是作家个人精神气质的直率外显。鉴此，他的小说充满对病态和变态的抒写，对情欲的大胆揭示。在他的小说中，主人公大多是身体或精神上患有一定疾病的人。例如《沉沦》中的“他”患有忧郁症，《采石矶》中的黄仲则神经过敏，《春风沉醉的晚上》中的“我”因失眠和营养不良而已显病状，《银灰色的死》中的“Y君”死后被诊断为脑出血，《茫茫夜》中的吴迟生患有肺病。《沉沦》中有自渎、窥浴；《秋柳》、《寒宵》中有宿妓、嫖娼；《茫茫夜》、《她是一个弱女子》中有畸恋、同性恋；大多数作品中的男主人公对女性都会有性向往。这使得郁达夫小说在当时受到诸多道德批判，被认为是色情描写，淫秽描写，是不道德的文学。而现在，评论者对此有了更多的宽容，认为郁达夫小说“写病态，其意却不在展览病态，而在于正视作为人的天性中重要组成部分的情欲问题”[③]。如何看待郁达夫小说中的情欲描写和病态描写，在今天仍然是值得我们探讨的问题。

郁达夫小说具有“自叙传”的性质，但并不是作者的自传。作者所着力表现的乃是一种心境，是作家的苦闷和忧伤。

---

① 郁达夫：《写完〈茑萝集〉的最后一篇》，见《郁达夫文集》，第7卷，155～156页，广州，花城出版社，1983。

② 郁达夫：《忏余独白》，见《郁达夫文集》，第7卷，250页。

③ 温儒敏：《一种率真，一份才情——析〈沉沦〉》，见《温儒敏文学史论集》，170页，长春，吉林人民出版社，2002。

第三节 文学研究会作家群的小说

一、从“问题小说”到“为人生”的小说

1918年至1920年，出现“问题小说”热潮，问题小说是在“五四”启蒙精神感召下“思考的一代”对社会问题思考的结果，也是受欧洲、俄国文学影响的结果。问题小说题材广泛，涉及婚姻家庭、妇女地位、教育、劳工、青年出路、社会习惯、风俗、礼教、下层人民生活、战争与军人、国民性、人生目的与意义、知识分子等诸方面社会生活。问题小说“只问病源，不开药方”，涉及现代人的生活和精神两个层面，营造了“五四”落潮的感伤情绪特征。

对人生现实与精神出路的思索，后来发展为人生派写实小说和主观抒情小说，主题都是追求个性解放——肉体和精神的解放，改良人生，改良国民性，反封建、反专制，追求精神的独立和自由。提倡文学“为人生”的社团是文学研究会。《文学研究会宣言》宣传文学“为人生”的主张，代表了文学研究会成员们的共同态度①，但是对于如何反映人生的意见却并不一致。沈雁冰、叶绍钧等人积极倡导现实主义方法②，冰心、庐隐、朱自清、郑振铎等人则强调主观与美的表现。他们的创作方法具有二重性，叶绍钧的小说以现实主义为主，冰心的小说在现实主义小说与心理小说之间摇荡，许地山的小说更多传奇浪漫色彩，庐隐的小说又与创造社郁达夫的小说风格相接近，充满哀感缠绵的情调。但是，除了庐隐之外，文学研究会的小说家最后基本上都走向现实主义，“为人生”的旗帜使他们最终在创作方法上趋于一致。

二、冰心的小说

冰心（1900—1999），本名谢婉莹，原籍福建长乐，生于福州。冰心在现代汉语文学史上最有影响的是她的散文和小诗，但是她最早却是以“问题小说”步入文坛并且闻名的。

冰心的小说大致可分为三个阶段。第一个阶段被称为“问题小说”，小说涉及了广泛的社会问题。青年问题、封建制度问题、封建家庭问题，如《斯人独憔悴》（反映在学生运动中家长应怎么办的问题）、《一个忧郁的青年》等；国难问题与军人问题，如《一个军官的笔记》、《一个兵丁》等；妇女问题和家庭问题，如《秋风秋雨愁煞人》、《两个家庭》（通过两个不同的家庭的幸与不幸，写出她的“红袖添香对译书”的“新贤妻良母主义”）等；下层人民的苦难

---

① 《文学研究会宣言》（周作人草拟）中的一段文字被视为是这个团体最重要的宣言：“将文艺当作高兴时的游戏或失意时的消遣的时候，现在已经过去了。我们相信文学是一种工作，而且又是于人生很切要的一种工作。”

② 参见沈雁冰：《自然主义与中国现代小说》、《人物的研究》，见严家炎编：《二十世纪中国小说理论资料》，第2卷，226、317页，北京，北京大学出版社，1997；叶绍钧：《创作的要素》，见贾植芳编：《文学研究会资料》，下册，154页，郑州，河南人民出版社，1985。

生活问题，如《最后的安息》、《还乡》等；教育与人才的问题，如《去国》（主人公留学回国无处可用，只得“去国”）。第二阶段的小说对人生进行探索，也被称为心理问题小说。这个阶段以发表于1921年的《超人》为界，到大约1925年为止。她这个时期的小说由着重反映社会现象转入“表现并讨论人生一般问题”，讨论人生观、世界观的问题。《超人》是代表作。《超人》借主人公何彬因嫌楼下小孩吵闹而打发施舍，后被他感激而由“憎”转“爱”的瞬间变化，宣传母爱神话，宣传天下儿子与儿子相爱的良方。《超人》集中绝大部分，《去国》与《往事》中的一些短篇，都在竭力寻找救治时代苦闷、解救自己苦闷的药方：“爱”。“母爱”、“自然”、“童贞”三位一体的“爱的哲学”，逐渐成熟并体系化。《超人》、《烦闷》、《悟》是具有代表性的“爱的三部曲”。这三部作品的共同主题是：人类是相连相爱的。《悟》指出人类不仅是相爱的，爱还是万能的，救世的。冰心这些小说有较强的主观性，借小说表达爱的哲学，人物情节成为思想的奴隶，从而造成艺术上的粗疏。

冰心小说创作的第三个阶段为现实主义小说阶段。冰心第一个阶段的小说，已初露现实主义的端倪，例如《斯人独憔悴》、《去国》、《三儿》等。20世纪30年代，她小说中的现实主义成分进一步增强。《分》在反映社会问题的同时，融入了一种较为明显的有爱有憎的社会倾向性。《冬儿姑娘》和抗战期间写的小说散文集《关于女人》，现实主义已经成为她的主要创作方法。《冬儿姑娘》、《我的学生》、《张嫂》等都是现实主义的佳作。她的小说创作走过了一个“之”字形的路。

三、王统照的小说

王统照（1897—1957），字剑三，山东诸城人。王统照走的是从主观抒发到写实主义的道路。他早期问题小说主要体现为对“爱”与“美”的追求，带有玄想的特征。《沉思》写女优琼逸抱着为艺术献身的崇高目的，以磊落的襟怀当画家的裸体模特，却为社会所不容，不得不陷入沉思。《微笑》夸大了“爱”与“美”的作用，一个女犯人的“慈祥的微笑”，竟然使小偷受到了感化和超度，从此变成了一个有了些知识的工人，带有虚幻与玄想的性质。王统照早期问题小说蕴藏哲理，但是创作视野褊狭。1924年左右，王统照开始向现实主义转变。《湖畔儿语》的社会现实性有所加强，小说通过一个小孩因母在家“接客”而不得不夜夜在湖畔过夜的遭遇，写出底层人民穷困屈辱的生活。《沉船》、《刀柄》等小说带有一定的乡土文学特点，现实主义在他的作品中体现得越来越鲜明。

王统照还是“五四”时期较早的中长篇小说实践者。1922年10月出版的《一叶》是“五四”以来较早的长篇小说。长篇小说《黄昏》1923年开始在《小说月报》上连载，1929年出单行本。1933年出版的长篇小说《山雨》，表明了他现实主义的成熟。

四、许地山的小说

许地山（1893—1941），名赞堃，字地山，笔名落华生，祖籍广东揭阳，生于台湾台南。许地山从小受到爱国主义与宗教熏陶，他的小说充满了异域情调和宗教色彩。《命命鸟》通过写仰光一对青年男女加陵和敏明因爱情受到双方父母的反对而携手走向绿绮湖的故事，控诉了封建门第观念和婚姻制度对青年的戕害。敏明投湖是因为一个关于命命鸟的梦让她悟透了人生。加陵与敏明投湖的时候，“毫无一点畏缩”，死亡和殉情对于他们来说具有一种超脱尘俗的魅力。《商人妇》叙述了惜官悲惨而曲折的经历，但她原谅一切：“人间一切的事情本来没有什么苦乐的分别：你造作时是苦，希望时是乐；临事时是苦，回想时是乐。我换一句话说：眼前所遇的都是困苦；过去、未来的回想和希望都是快乐。”小说表现了“生本不乐”、“苦乐无别”的思想。《缀网劳蛛》是许地山前期小说代表作。具有宗教情怀的尚洁救治一位来家的受伤者，被丈夫冤屈逐出家门，她不解释不辩白，丈夫悔悟后把她找回来，她也不说明不解释。小说想说明的是，人生就是蜘蛛结网，蜘蛛所能做的，就是网破了后进行补缀。“人和他的命运，又何尝不是这样？所有的网都是自己组织得来，或完或缺，只能听其自然罢了。”从表面上看，尚洁的人生哲学带有一种软弱的宿命论色彩，“实际上却是达天知命的强者”①。许地山前期小说都具有浓郁的宗教思辨色彩和神奇的异域风光，具有波澜起伏离奇的故事情节，喜用象征和比喻表现深刻的人生哲理，而且往往将正面人物理想化。他笔下的主人公都是他的宗教观念的化身，具有理想化的特征。

1928年的《在费总理的客厅里》标志着许地山创作风格向现实主义的转变。从这时起，许地山一改前期那种浪漫传奇的风格，转为关注中国的社会现实。这个时期的主要现实主义作品有《三博士》、《无忧花》、《人非人》等，但是影响不大。1940年的《铁鱼底腮》有一定的影响，但其影响却主要来自于其爱国主义。

20世纪30年代，许地山将现实主义与宗教结合的实践产生了较好的作品。《玉官》是在走向现实主义的过程中尚未彻底摆脱宗教情绪的产物。发表于1934年的《春桃》是这个系列中最为成功最为有影响的作品。小说在一个捡破烂的妇女春桃身上寄托了民间的仁义和宗教的慈爱精神。这也与许地山“宗教世俗化”的追求和“诸教的沟通”的精神相吻合。因为在春桃的身上，我们可以同时看到基督教的博爱、佛家的慈悲、道家的超脱以及儒家的仁义。但是，在整篇小说中，我们却再也看不到前期小说中的那种带有宗教色彩的感悟和说词。

许地山小说的主要特色体现在那些具有宗教色彩的小说上，浪漫情调、宗教色彩、现实宿命，使许地山小说成为“五四”时期小说的一枝奇葩。

五、庐隐的小说

庐隐（1898—1934），原名黄英，福建闽侯人，在“五四”时期与冰心齐名。庐隐具有敏感、倔强、不苟于世俗、追求丰富多变的生活的性格。如果说郁达夫的小说主要是通过对人物“形而下”的生理欲望的表现抒发“五四”时期青年人的精神焦虑，那么庐隐的小说则常常通过人物对“形而上”人生终极问题的诘问抒发“五四”青年茫无头绪的苦闷。

她最早创作的也是问题小说。《灵魂可以卖吗?》、《一个著作家》、《两个小学生》、《一封信》等篇展现出一幅幅“血”与“泪”的社会悲剧，具有较强的社会意义。随着问题小说风潮的过去，庐隐的小说开始向主观抒情小说方向转变，其风格与创造社的郁达夫相近。

---

① 陈平原：《论苏曼殊、许地山小说的宗教色彩》，载《中国现代文学研究丛刊》，1984（3）。

《或人的悲哀》以书信的形式写主人公亚侠半年内的经历与情绪，“人生的意义是什么”的问题始终困扰着她，她所见都是无聊、虚无，在极度厌倦中告别了人生。《丽石的日记》中被诊为患心脏病的丽石的真正死因是悲观厌世导致的抑郁。在这些小说中，对“人生是什么”的叩问成为主调。她的代表作《海滨故人》，也充满了对人生问题的叩问。这篇小说写露莎和几位女同窗从聚首言欢到风流云散的过程，小说中的露莎基本上是庐隐的自我写照，露莎的内心矛盾与孤独，是庐隐自己刻骨铭心的体验。这些青年带有“五四”时期一般青年的特点：一方面渴望个性自由，另一方面又不能摆脱因袭道德的束缚，表现了新旧交替时代青年女性的精神饥渴。

庐隐常用自己或近于自己的女性命运、心态、历史作为创作的依据，带有自叙传的色彩。柔弱多病、多愁善感、柔肠百结、思绪万端，是庐隐笔下女性的主要精神特征，小说充盈着悲哀的基调。同时，她的小说又将个人的悲哀与时代的悲哀联系起来，加入了那个时代的大合唱，具有鲜明的“五四”时代特征。她的小说具有女性的纤微细腻的心理笔致，加上感伤的色彩，便形成了一种婉约的文风。庐隐那哀感缠绵的风格和对时代苦闷情绪的抒写使她成为“五四”主观抒情小说的开拓者之一。

另外，文学研究会的小说家还包括王以仁（1902—1926）和郑振铎（1898—1958，原籍福建长乐，生于浙江永嘉）。前者主要写抒情小说，著有小说集《孤雁》，后者著有短篇小说集《家庭的故事》。

第四节
乡土文学及其小说创作

一、乡土文学概貌

乡土文学是人生写实派文学的重要组成部分，作家大都是文学研究会成员。乡土文学题材与主题由鲁迅开创，并由鲁迅命名。① 乡土文学作家多为从乡下到北京求学的大学生，作品表现出一些共同特点。第一，描述故乡生活。他们目击现代文明和宗法制农村的差异，在鲁迅“改造国民性”思想的启迪下，带着对故乡和童年的回忆，将“乡间的死生、泥土的气息，移在纸上”②。一方面，作家以批判的眼光审视故乡风习，对愚昧、落后进行尖锐的讽刺和批判；另一方面，讽刺批判往往又与哀怜相互交织，形成乡土小说喜剧与悲剧相交融的美学风格。第二，具有乡愁情调。在批判和描绘故乡愚昧习俗、麻木人性、凄凉人生的同时，乡土小说作家仍然抑制不住对故乡的眷恋，眷恋又往往与某种失落感交织在一起，使小说大多带有忧郁的抒情调子。第三，突出风俗意义。乡土小说夹带着各地乡情民俗的纪实和描写，显示了鲜明的地

① 参见鲁迅：《〈中国新文学大系〉小说二集序》，9页，上海，上海良友图书印刷公司，1935。
② 同上书，16页。

方色彩，从整体上呈现出比较自觉而可贵的民族化追求。第四，强调写实技巧。乡土小说比早期问题小说成熟，强调对外在世界的精密观察和客观再现。大多注意人物和环境的关系，人物性格比较鲜明、生动，注重地方风物、风俗画的描绘。立足社会现实，关注民生疾苦，针砭社会痼疾，探寻人生的意义，具有人道主义和民主主义精神，体现了“为人生”的文学观，有着较强的社会意义和认识价值。

乡土小说的代表作家有王鲁彦、彭家煌、台静农、许钦文、蹇先艾、许杰等人。

二、王鲁彦的小说

王鲁彦（1902—1944），浙江镇海人，是乡土文学中成就最高的作家之一。

王鲁彦的小说以描写江南市镇的风土习俗和世态人情，刻画乡村小资产阶级人物心理最具特色。他的短篇创作，没有壮阔的场面和曲折的情节，注重表现平凡的生活场景和日常事件，用富有诗意的抒情笔触，在平淡的题材中揭示生活的意义。《柚子》写当时长沙地方军阀杀人，视人命如草芥。作者在写出了对军阀行为的愤怒的同时，对围观者麻木、冷漠、缺乏同情心的心态也有揭露，其情感基调有点像鲁迅的《示众》。代表作《黄金》具有批判色彩，如史伯伯的儿子没有寄钱回来，村人制造了种种闲言，他在势利的乡风中被拨弄得摇摇晃晃，只能做着黄金美梦了，小说深刻地展示了乡村温情脉脉的面纱在资本主义金钱观念入侵下被撕碎的世态炎凉状况。《许是不至于罢》在描绘地方习俗的基础上，也致力于揭示人们的社会心理状态，与《黄金》有着异曲同工之妙。《菊英的出嫁》写了浙东冥婚这一古老的习俗。作品写菊英的母亲要为18岁的女儿找到婆家，开始便大量铺陈地方的婚嫁习俗，展开了一幅幅生动的风俗画，但到作品结尾才告诉读者，新郎新娘都是死去多年的人，其中显出一种透骨的悲凉，让人对这种奇特的陋习感到震惊。除此之外，王鲁彦的小说还从多方面对落后人物进行了尖锐的讽刺。例如讽刺批判农村中的痞子的《阿长贼骨头》，讽刺没落乡绅的《自立》、《阿卓呆子》，讽刺官僚的《宴会》等。从总体上讲，王鲁彦的小说体现了乡村的人伦向资本主义转化时，乡村价值观、道德的解体及式微。在风格上，王鲁彦的小说继承了鲁迅小说那种对国民性的批判和诙谐中带有冷讽的特点。

三、彭家煌的小说

彭家煌（1898—1933），湖南湘阴人。作品主要表现湖南闭塞的乡村中士绅与乡民之间的各种活剧，既有对农村封建宗法传统观念的批判（如他的代表作品《怂恿》对闭塞乡村世态人情进行的揭露，被茅盾称为“那时期最好的农民小说之一”①），又有对农村乡俗陋习的揭示与嘲讽（如《活鬼》对乡村陋习的嘲弄，《牧童的过失》对造成童真迷失的乡村愚昧文化的批判）。他的小说既单纯凝练又丰富含蓄，客观冷静的写实笔调与细腻生动的心理描写交融，且具有较浓的喜剧色彩与幽默成分，往往将悲剧故事进行喜剧处理，因而呈现出一种悲愤与妙趣

① 茅盾：《〈中国新文学大系〉小说一集导言》，乙种，29页，上海，上海文艺出版社，1981。

交融的悲喜剧风格。彭家煌的小说比20世纪20年代一般的乡土作家更加活泼风趣，也更加深刻成熟，具有鲁迅“含泪的微笑”的特点。

四、台静农的小说

台静农（1903—1990），安徽霍邱人。台静农有1928年结集出版的小说集《地之子》和1930年出版的《建塔者》。《地之子》多取材于乡间贫苦农民生活，风格朴实，如实描绘了一幅幅人间悲剧，是中国现代汉语文学中乡土文学的早期代表作。鲁迅认为《地之子》是“将乡间的死生，泥土的气息，移在纸上”[①]。《烛焰》写“冲喜”的恶俗，风格异常阴冷。《拜堂》写汪二与其寡嫂像见不得人似的成亲，调子低沉灰暗，透出阵阵寒意。《天二哥》写酒徒之死，写出了他天神般庞大的身躯里面那麻木不仁的意志。《新坟》写四太太在遭兵祸而家破人亡后发疯，终于在儿子的棺材边自焚身死。《负伤者》写吴大郎被妻子的野汉子张二爷打伤的故事，其格调与彭家煌的《陈四爹的牛》相近。台静农《地之子》中的小说继承了鲁迅“安特莱夫式的阴冷”的特点，写出了中国乡村的恐怖风俗。后期的《建塔者》中的小说思想更为激进，其中一部分作品表现了反对不合理现象的愤慨和向往光明未来的激情，讴歌了先知者“以精诚以赤血供奉唯一的信仰”的献身精神，这是他文学视野的拓展。

五、其他作家的小说

许钦文（1897—1984），浙江绍兴人。他是较早受鲁迅影响的语丝社作家。《鼻涕阿二》用讽刺的笔法描写了一个类似于阿Q的农村女性，意在表现下层人民麻木的精神状态。《石宕》触及了乡间采石人的命运，表现出对下层劳动者的关注。《疯妇》以细致的笔触，通过婆媳矛盾这一题材写出了乡间的陈规陋习，具有民俗学和社会学价值。

许杰（1901—1993），浙江天台人。许杰的小说气魄恢弘，以表现浙东的乡村悲剧见长。《惨雾》描述了血淋淋的宗族之战，表现出宗族利益的至高性，突出了山地居民的原始与荒蛮，使人看到了这些落后的习俗与观念被封建势力利用的惊心动魄的一幕，很能代表许杰的艺术个性。《赌徒吉顺》写了浙东一带的“典妻”习俗。泥水匠吉顺堕落成了一名赌徒，最终，他像押赌注一样，把自己青梅竹马、吃苦耐劳、令人怜爱的妻子典给财主做生儿育女的工具。这种丑陋落后的习俗后来在柔石的《为奴隶的母亲》、罗淑的《生人妻》中得到再现。《出嫁的前夜》与台静农的《烛焰》一样，也写了“冲喜”的恶习，却更多了一种粗犷的风格。许杰往往将暴露转化为一种喜剧式嘲讽的笔调，这种风格在后期小说如《子卿先生》、《的笃戏》中得到了明显的显现。

蹇先艾（1906—1994），贵州遵义人，是文学研究会后期的青年作家。《水葬》是蹇先艾的成名作、代表作。作品写一个青年骆毛因偷窃被村人处以极刑（水葬）的故事。更为可怕的是，这样的处置在村人看来是天经地义的，围观者甚至被处死者本人对此都表现得非常麻木。

---

① 鲁迅：《〈中国新文学大系〉小说二集序》，见《鲁迅全集》，第6卷，255页。

然而，这“天经地义”背后却有着令人发憷的野蛮。《在贵州道上》是蹇先艾另一篇代表性作品。作家以冷静的笔调刻画了贵州山道的险峻、山民生活的困苦及其蒙昧的精神状态。能代表蹇先艾风格的作品还有《盐巴客》、《到镇溪去》等。蹇先艾早期小说的结集有《还乡集》、《朝雾》、《一位英雄》、《乡间的悲剧》、《盐的故事》等。

第五节 创造社作家群的小说

一、创造社小说概貌

创造社成员大都从事过小说创作，如郭沫若、张资平、成仿吾、倪贻德、郑伯奇等人。郑伯奇曾经将郭沫若的小说分为“身边小说”和“寄托小说”两类。“一类是寄托古人或异域的事情来发抒自己的情感的，可称寄托小说；一类是自己身边的随笔式的小说，就是身边小说。”① 从总体上看，创造社作家群的小说多有“身边小说”的特点。这些小说从风格上大致又可分为两类，一类是偏重写实的客观写实派，以张资平为代表；一类是偏重抒情的浪漫抒情派，以郁达夫为代表。创造社的小说主要以后者为主。

二、张资平的小说

张资平（1893—1959），广东梅县人，是创造社早期的重要小说家。张资平的创作方法十分驳杂，既有浪漫主义，又有写实主义。他的一些作品宣泄个人“性的苦闷和受经济压迫的痛苦”，属于主观抒情小说；另一些作品热心描写恋爱故事，充满细腻的两性心理刻画，属于客观写实小说。但是总的来说，他的小说创作方法还是以后者为主。在留日期间，他的小说多为自传体，反映他的求学和恋爱生活，例如处女作《约檀河之水》就描写了“他”与日本房东的女儿的恋爱悲剧，带有自传的色彩。1922年2月，张资平出版了长篇小说《冲积期化石》，这部小说也以自传性的笔调抒写了对往事的回忆和对故人的缅怀。早期小说中还有一些反映知识分子在经济压迫下困顿颠踬的生活的篇章，如《植树节》、《百事哀》、《冰河时代》等。

不久，张资平的创作风格发生了重要的转变，由写自叙传小说转向写恋爱小说，成为了“恋爱小说专家”。1925年，张资平写成了长篇小说《飞絮》，一年后，又写了《苔莉》。他的小说往往分不清爱情和淫欲的界限，多写各种形态的性心理，多写三角、四角乃至多角恋爱，充满了肉感和性变态、性倒错，强调处女的争夺，有士大夫的眼光杂混其间。

---

① 郑伯奇：《〈中国新文学大系〉小说三集导言》，见《中国新文学大系》，13～14页，上海，上海良友图书印刷公司，1935。

三、冯沅君的小说

冯沅君（1900—1974），笔名淦女士，河南唐河人。她不是创造社的成员，但是创作风格却明显地受到了创造社前期文艺思想的影响，强调表现作者的“内心要求”，与郁达夫的风格相近。冯沅君的创作时间较短，从 1923 年至 1929 年，仅 6 年时间，小说集有《卷葹》、《春痕》、《劫灰》三部，《卷葹》是代表作。《卷葹》被鲁迅编入“乌合丛书”，包括四个短篇：《旅行》、《隔绝》、《隔绝之后》、《慈母》。这四个短篇系列小说，虽然主人公的名字各异，但情节却如同连环套一般相互关联。在京城读书的女主人公，不愿意服从家庭包办婚姻，与一位男同学自由恋爱。《旅行》写他们一起外出旅行，过了梦也似的十天甜蜜生活。他们在火车上想拉手，又害怕搭客们的注意；在旅馆里“夜夜同衾共枕，拥抱睡眠”，却彼此纯洁无邪，毫无淫秽之念。小说描写了女主人公细腻而丰富的内心感受，表现了这对青年对于爱情的神圣态度。《卷葹》在叙事抒情上显得明确、朴素而真实，其蕴藉精妙的文笔尤为值得称道。

四、其他作家的小说

倪贻德（1901—1970），杭州人。他的小说主要收在《玄武湖之秋》和《东海之滨》两个集子中。短篇小说《玄武湖之秋》是代表作。这篇小说带有很强的自传性质，写南京某艺术学校一个青年画家因与女生接触而引起公众非议乃至排斥的故事。作品重在展示主人公的艺术家气质在现实保守、庸俗的环境面前的孤立和尴尬，以真实而细腻的笔触揭示了当时社会对青年人个性发展的压抑和年轻人孤独苦闷的处境。在他的其他小说如《下弦月》、《江边》、《寒士》等小说中，主人公的身份、经历都有相似之处，这些人都是一些单纯而落魄的艺术家，作者所要着力表现的都是这些在现实的物质窘境与精神孤立的双重压迫下仍然保持独立个性的年轻人内心深处的痛苦与呻吟。倪贻德的小说带有一种阴柔美，其小说文心清苦，格调清哀，文字清婉，行文趋于散文化。他小说的写景也独具风格，情景相融，富于诗意。

郑伯奇（1895—1979），原名郑隆谨，字伯奇，陕西长安人。郑伯奇的作品不多。收在《抗争》集里的小说和剧作，具有一定的社会意义。短篇《最初之课》通过一个留日学生在第一堂课上的遭遇和感受，揭露了日本军国主义教育的侵略性质，具有反帝和爱国主义意义。在后期的短篇集《打火机》中，主要揭露国民党新军阀统治下社会面貌的黑暗和下层人民的痛苦。他的作品风格朴素，与创造社的其他作家相差较大。

成仿吾（1897—1984），原名成灏，湖南新化人。其小说处女作为《流浪人的新年》。主要小说（集）有《守岁》（1929）和《流浪》（1927，小说、诗合集）。

周全平（1902—1983），江苏宜兴人。他与张资平的风格较为相近，都是走的写实的路子，1926 年被郁达夫等人挤出了创造社。他的小说结集为《烦恼的网》、《梦里的微笑》、《苦笑》和《楼头的烦恼》。

【本章学习参考】

一、阅读书目

叶绍钧：《潘先生在难中》、《倪焕之》

郁达夫：《沉沦》、《春风沉醉的晚上》、《迟桂花》、《过去》

冰心：《超人》

王统照：《湖畔儿语》

许地山：《缀网劳蛛》、《春桃》

庐隐：《海滨故人》

王鲁彦：《菊英的出嫁》

彭家煌：《怂恿》

蹇先艾：《水葬》

张资平：《梅岭之春》、《苔莉》

冯沅君：《隔绝》

二、重要命题

对郁达夫小说“色情描写”和“感伤颓废情绪”的评论

否定的观点：

（1）茅盾评《沉沦》：“作者自序传中所说的灵肉冲突，却描写得失败了。”见茅盾：《通信》，载《小说月报》，第13卷第2期，1922年2月10日。

（2）杜衡评《她是一个弱女子》：这篇小说是一部描写色情之作，展览色情的诲淫之作，“弱女子之所以会‘弱’”，“物质的欲望（也可说即所谓虚荣）实在不是一个首要的原因”。见杜衡：《她是一个弱女子》，载《申江日报·海潮》，第2期，1932年9月25日。

（3）丁易评郁达夫的思想与创作：浓厚的感伤颓废情绪“实在是不健康的”，它“在客观上对青年们的前进向上的热忱起了一种很不好的消极作用”。见丁易：《郁达夫选集·序》，载《人民文学》，第2卷第6期，1950年10月1日。

肯定的观点：

（1）周作人评《沉沦》：《沉沦》“虽然有猥亵的分子而并无不道德的性质”，它应属“非意识的不端方的文学”，“至于所谓猥亵部分，未必损伤文学的价值”。见周作人（署名仲密）：《沉沦》，载《晨报副镌·文艺批评》，1922年3月26日。

（2）刘大杰评《她是一个弱女子》：“郁氏对变态的性欲和同性恋爱的描写并不是什么不近情理的事实，也不是什么作者任意的夸张。”见刘大杰：《读郁达夫的〈她是一个弱女子〉》，载《申江日报·海潮》，第2期，1932年9月25日。

（3）王瑶评郁达夫的思想与创作：郁达夫的“感伤颓废”，“实际上是对现实不满的悲愤激越情绪的一种摧抑，浪漫的情调中是有反抗和破坏心情的”。见王瑶：《中国新文学史稿》，上册，115页，上海文艺出版社，1982。参见《郁达夫研究资料》，下册，457～458页，天津，天津人民出版社，1982。

（4）许子东评郁达夫小说中的“颓废”与“色情”：“郁达夫本人的所谓‘颓废’情绪，本质上是热爱人生，而非厌弃人生”；“消沉是表象，反抗是实质”。对小说中的“色情描写”，许子东认为，这些描写“并非单纯的‘肉欲挑逗’，而是企图在艺术中正视，并讨论人的自然天性的一种尝试”，“其美学效果相当复杂”。见许子东：《关于“颓废”倾向与“色情”描写》，载《文学评论丛刊》，总第17辑，1983。

（5）温儒敏评《沉沦》中的“病态”：郁达夫的小说“写病态，其意却不在展览病态，而在于正视作为人的天性中重要组成部分的情欲问题”。见温儒敏：《一种率真，一份才情——析〈沉沦〉》，见《温儒敏文学史论集》，170页，长春，吉林人民出版社，2002。

三、相关文献

1. 刘增人，冯光廉．叶圣陶研究资料．北京：北京十月文艺出版社，1988.

2. 王冠军．郁达夫研究．武汉：长江文艺出版社，1997.

3. 范伯群．冰心研究资料．北京：北京出版社，1984.

4. 刘增人．王统照论．济南：山东教育出版社，2001.

5. 杨剑龙．放逐与回归：中国现代乡土文学论．上海：上海书店出版社，1995.

6. 陈平原．论苏曼殊、许地山小说的宗教色彩．中国现代文学研究丛刊，1984（3）.

7. 杨义．中国现代小说史（第一卷）．北京：人民文学出版社，1986.

8. 徐仲佳．新道德的描摹与建构——张资平性爱小说新探．中国文学研究，2004（1）.

9. 黄淳浩．创造社：别求新声于异邦．北京：社会科学文献出版社，1995.

四、复习思考

1. 名词解释：

“零余者”　“问题小说”　乡土文学　《倪焕之》《沉沦》　文学研究会作家群　创造社作家群

2. 简析问题小说产生的原因。

3. 试论潘先生形象。

4. 叶绍钧的小说创作有何鲜明的特点？

5. 简述郁达夫笔下“零余者”形象的特征。

6. 简述郁达夫小说的风格特色。

7. 试论冰心小说的特征。

8. 简析许地山小说的宗教特色。

9. 乡土小说有何突出特点？

10. 简述文学研究会作家群小说家的共同创作倾向。

11. 试论庐隐小说的风格。

12. 试论创造社作家群小说创作的共同倾向。

第九章

成形期的诗歌创作

现代汉语诗歌的形式建设是最难的命题。“诗界革命”没有突破语言与诗体形式的窠臼，留给胡适白话诗革命的空间。胡适“话怎么说，就怎么说”的主张，解构了诗体，诗美荡然无存，使新诗成为让人诟病的文体。新月社格律诗运动，是对胡适体诗的革命。至20世纪20年代中期，优秀诗人的现代汉语诗歌，成为可读可吟的佳作。诗有了长足的发展，体现为诗歌流派的形成，至1927年，现代汉语诗歌形成自由体、格律体、象征体三种流派鼎立的诗歌图式。

本章主要评述20世纪20年代中国现代汉语诗歌的自由体诗派、象征诗派、格律诗派三个诗派。

第一节 自由体诗

自由体诗由胡适发起、郭沫若造极，并推向整个诗坛，凡写新诗的人都写过自由体，自由体成为本期最广泛的诗歌形式。自由体源自胡适“八事”引入的英美意象派的部分诗学理论[①]和美国惠特曼的自由诗创作。胡适发起，郭沫若引入，顶峰臻上。原因有二：“五四”是一个内容溢出形式的时代，白话诗否定格律体。

继“五四”初期白话新诗诞生，本期白话新诗在四个方面展开，即文学研究会的自由诗、小诗、情诗、政治抒情诗。

一、文学研究会的自由诗

文学研究会成员几乎都写自由诗。成就不高，但开风气，引领时潮。1922年1月15日，刘延陵、朱自清、俞平伯、叶绍钧创办的《诗》刊由上海中华书局出版，1923年5月15日2卷2期终刊，共出7期。这是中国现代汉语文学史上第一个现代汉诗诗刊，也是文学研究会成

① 参见曹万生：《现代派诗学与中西诗学》，49页，北京，人民出版社，2003。

员组成的中国新诗社创办的诗刊。[①]《诗》的作者还有王统照、郑振铎、徐玉诺、刘梦苇、汪静之、潘训、冯雪峰、冯文炳等人。《诗》宣布其“主要目的在于替时下较好的新诗作发表的场所，而不在讨论诗底问题与介绍外国的诗人与诗篇”[②]。7期《诗》，共发表现代汉诗400多首，成就在于摆脱初期白话新诗的旧词曲影响，把诗写白写散，新诗语言与形式进一步语体化，致成当时有影响的诗刊。1922年6月，朱自清、周作人、徐玉诺、郭绍虞、叶绍钧、刘延陵、郑振铎诗文合集《雪朝》由商务印书馆出版。

朱自清成为文学研究会中最有影响的诗人之一。他出有《踪迹》（1924）诗文合集，其诗思想先行，形式自由，系有为之作。其中自叙体抒情长诗《毁灭》达200余行，写自己在时代变化中“垂头丧气”到“流离转徙”，进而跋涉前行，欲“打上深深的脚印”的心灵之程。叶绍钧有《篋存集》、徐玉诺有《将来之花园》、王统照有《童心》，夹以小说、诗歌、散文，其诗都是自由体，散文化倾向很重。

二、小诗

小诗成为1921年起的现代汉诗热潮。率先践行者为冰心。1921年，冰心陆续在报刊上把零碎的思想以自由体式的三五行短诗发表出来，新人眼目，模仿者众，周作人誉为开了“一个小诗流行的时代”[③]。1923年1月，冰心164首小诗结集为《繁星》，由商务印书馆出版，同年5月，182首小诗结集为《春水》，由新潮社出版，影响广泛。

冰心的小诗典型地体现了她“爱的哲学”的主张。“五四”落潮，冰心沉醉于“母爱”、“自然”、“童真”三位一体的“爱的哲学”，以之为人生救方。冰心“爱的哲学”受泰戈尔人生哲学影响，她借鉴了当时郑振铎译泰戈尔《飞鸟集》、周作人译日本俳句的形式，让这种源于印度佛教哲学诗中“偈”短诗体的形式得到新生，三五成句、轻盈活泼、短小隽永，闪亮的是零碎的人生感悟与情感印痕。由于冰心小诗思想艺术融合的成功，其遂臻为风潮，影响到宗白华、徐玉诺等人。

冰心的小诗体现了对自然、母爱、童真三位一体的赞颂。“造物者——/倘若在永久的生命中，/只容许有一次极乐的应许，/我要至诚地求着：/我在母亲的怀里，/母亲在小舟里，小舟在月明的大海里。”（《春水·一零五》）诗里“母亲”、“大海”（自然）、“我”（童真）是一体的，这种融合贯穿冰心当时的小诗、散文、小说，表现得自然和谐，至纯至美，体现出贵族知识少女的纯情与对真善美的向往。

宗白华小诗则体现青年男性的哲思与沉吟。1923年12月出版的《流云》[④]，多是无题小诗，表达都市青年的孤独，对生命与宇宙的浩叹，多玄想与形而上色彩。还有关于诗艺的思考与感悟。如“啊，诗从何处寻？/在细雨下，点碎落花声！/在微风中，飘来流水音！/在蓝空

---

① 《诗》第1卷前3期，署“编辑兼发行者：中国新诗社”，第1卷第4期在《读者赐览》中宣布“现因本刊创办人都是文学研究会底会员，故大家协议，将本刊作为文学研究会定期出版物之一”，同时署“文学研究会编辑发行”，至2卷1、2期，版权页上又恢复为“编辑兼发行者：中国新诗社”。

② V.L.：《编辑余谈》，载《诗》，第1卷5期，1922年5月。

③ 周作人：《论小诗》，载《晨报副刊》，1922-06-21。

④ 宗白华：《流云》，上海，上海亚东图书馆，1923。其诗多无题，1928年版加题。

天末，摇摇欲坠的孤星!”（《诗》）

三、爱情诗

爱情诗创作成为“五四”落潮的又一时尚。湖畔诗社、冯至成为20年代情诗的亮点。

（一）湖畔诗社

湖畔诗社是现代汉诗情诗热之首开风气者，由汪静之、应修人、潘漠华、冯雪峰四人1922年3月在杭州西湖组成。同年4月出版诗歌合集《湖畔》，8月出版汪静之个人诗集《蕙的风》，次年12月出版四人诗歌合集《春的歌集》。由于《蕙的风》争论激烈，湖畔诗社一时成为诗坛热点。

湖畔诗社在现代汉诗中意义突出：他们用新鲜活泼的白话，听凭自我感觉，大胆写爱，大胆写我，这在现代汉诗史上是首创。朱自清引用《冬夜草儿评论》，认为“中国缺少情诗，有的只是‘忆内’、‘寄内’，或曲喻隐指之作；坦率地告白恋爱者绝少，为爱情而歌咏爱情的更是没有”，“真正专心致志做情诗的，是‘湖畔’的四个年轻人”；汪静之是“一味天真的稚气”，潘漠华“最是凄苦，不胜掩抑之致”，冯雪峰则“明快多了，笑中可也有泪”，应修人“却嫌味儿淡些”①。这当是精论。

汪静之（1902—1996），安徽绩溪人。他诗中的爱直率而天真：“伊的眼是温暖的太阳；/不然，何以伊一望着我，/我受了冻的心就热了呢?”

他大胆幼稚的情诗中，最遭人诟病的是他的《过伊家门外》：“我冒犯了人们的指摘，/一步一回头地瞟我意中人；/我怎样欣慰而胆寒呵。”他的《西湖小诗》还有“叫我拥抱你接吻你”、“那样的亲吻异样甜蜜”等诗句，引起“不道德”② 的苛责，鲁迅、胡适、周作人、朱自清等撰文反驳③，胡适说自己像一个放脚的女人看天足的女孩一样，“嫉在眼里，喜在心头”。

应修人（1900—1933），浙江慈溪人。他的《妹妹你是水》更是清澈透顶，自然天成：“妹妹你是水——/你是清溪里的水。/无愁地镇日流，/率真地常是笑，/自然地引我忘了归路了。”

冯雪峰（1903—1976），原名冯福春，浙江义乌人，著有《真实之歌》、《回忆鲁迅》和《雪峰寓言》等。冯雪峰的情诗以构思见长，与汪静之的直白有区别。他的《山里的小诗》写道：“鸟儿出山的时候，/我以一片花瓣人在他嘴里，/告诉那住在谷口的女郎，/说山里的花开了。”

（二）冯至的诗

冯至（1905—1993），河北涿县人，原名冯承植。冯至把初期爱情诗提到艺术表现的阶段。

---

① 朱自清：《〈中国新文学大系〉诗集导言》，4页，上海，上海良友图书印刷公司，1935。

② 胡梦华：《读了〈蕙的风〉以后》，载《时事新报·学灯》，1922-10-24。

③ 参见鲁迅的《故事新编·序言》、《我怎么做起小说来》、《对于批评家的希望》、《不周天》（《补天》）；胡适的《蕙的风·序》；周作人的《什么是不道德的文学》；朱自清的《蕙的风·序》。

冯至诗歌有两个高潮，一是本期，二是40年代在西南联大时期的十四行体及现代派诗。冯至1923年开始发表新诗，这一时期著有《昨日之歌》、《北游及其他》(1929)。他这一时期的诗主要写爱情的追求与爱情的孤独，情感热烈，笔致冷隽，思绪幽婉，意象新奇独到，构思有匠心而无匠气，具有独特的美感，在20年代的现代汉诗中独树一帜。冯至因此被鲁迅认为是“中国最为杰出的抒情诗人”①。代表作《蛇》堪称名篇：“我的寂寞是一条长蛇，/静静地没有言语——/姑娘，你万一梦到它时，/千万啊，莫要悚惧！//它是我忠诚的侣伴，/心里害着热烈的乡思：/它在想那茂密的草原，——/头上的，浓郁的乌丝，//它月光一般轻轻地，/从你那儿潜潜走过；/为我把你的梦境衔了来，/像一只绯红的花朵！”诗人在敏感怯懦的感受中，把思念的热烈与无望的孤独相织，蛇的意象新奇而贴切，寂寞得孤独而冷；借月下的梦境把空间打开，贴切地勾连了诗人与远方的姑娘，“衔”“来”“绯红的花朵”，写出内心爱的热：毫无匠气地把热烈、冷峻和谐统一，才华溢于纸上。深层思之，《蛇》还带有一种性爱的隐喻。诗人自述灵感得益于一幅带有比亚兹莱画风的口里衔着一朵花的蛇的绘画②，鲁迅对比亚兹莱体现的19世纪90年代世纪末“独特的情调”的画风、“把世上一切不一致的事物聚在一堆”的手法是激赏的③，这许是鲁迅对冯至特别偏爱的原因。冯至本时期还写有抒情诗《我是一条小河》，叙事诗《蚕马》、《帷幔》等，《“晚报”》写的是对报童的人道主义同情。

四、政治抒情诗

政治抒情诗在20年代开始成形。蒋光慈（1901—1931），又名蒋光赤，安徽霍邱人，有诗集《新梦》(1925)、《哀中国》(1927)。《新梦》中有《莫斯科吟》、《哭列宁》等篇目，主要歌颂苏俄革命，诗风热烈：“莫斯科的雪花白，/莫斯科的旗帜红；/旗帜如鲜艳浓醉的朝霞，/雪花把莫斯科装扮成为水晶宫。”（《莫斯科吟》）《哀中国》写于回国以后，诗风悲切，表现对现实的批判：“我今枉为一诗人，/不能保国当愧死！/拜伦曾为希腊羞，/我今更为中国泣。”蒋光慈的诗，情感充沛，但诗艺粗糙，是无产阶级政治抒情诗的奠基。30年代的殷夫、40年代的田间、50年代以后的郭小川、贺敬之，是这一脉的发展。

第二节
象征诗派与李金发

现代汉诗始自胡适“八事”革命，后随以郭沫若自由体形式泛滥，感伤泛诗，遂引起诗坛的逆动。逆动在两个层面展开：象征派情感内敛之革命与新月派诗体形式之革命。

---

① 鲁迅：《〈中国新文学大系〉小说二集序》，见《鲁迅全集》，第6卷，243页。
② 参见冯至：《外来的养分》，见《立斜阳集》，188页，北京，工人出版社，1989。
③ 参见鲁迅：《〈比亚兹莱画选〉小引》，见《鲁迅全集》，第7卷，338、339页，北京，人民文学出版社，1981。

一、象征诗派的诗学理论

象征诗派直接源于以波德莱尔为代表的法国后象征派。法国后象征派在中国的传播，一是李金发借鉴法国后象征派的诗歌创作，二是穆木天对法国象征派诗学的研究介绍。

“五四”时法国象征主义已有所介绍，系统传播还自穆木天始。穆木天（1900—1971），原名穆敬熙，吉林伊通人。穆木天1926年的《谭诗——寄沫若的一封信》[1] 明确宣布“中国的新诗的运动，我以为胡适是最大的罪人”，首次对“五四”汉诗检讨，提出三个主张。一是“纯诗”的观点，“诗要兼造型与音乐之美”，体现的是“深的大的最高生命”。这直接师承法国象征派瓦雷里的诗学，在瓦雷里那里，纯诗已经超越了艺术，成为最高真理的境界。[2] 二是“暗示”的观念，“诗的世界是潜在意识的世界。诗要有大的暗示能”。“暗示”直接师承波德莱尔的《契合》（穆译“暗示”），是象征派的价值观念，其认为宇宙是心灵的象征，宇宙与心灵是一种契合，诗通过宇宙抒写体现的是心灵的象征，诗表现的本体不在场，从而构成象征诗的多义性朦胧性。三是诗要有形式美。虽然穆木天对象征主义理论理解得不很准确，运用有不当之处，但强调诗是对内心的象征，强调诗的情感内敛，强调诗的形式美，这是很重要的引入与匡正。

二、李金发的诗

李金发（1900—1976），字遇安，名淑良，广东梅县人。1919年至1925年留学法国学习美术，1920年在法开始从事新诗创作，直接师承法国后象征派，重波德莱尔《恶之花》审丑，兼魏尔兰忧郁与感伤。著《微雨》（1925）、《为幸福而歌》（1926）、《食客与凶年》（1927）。三本诗集写于1920到1923年间。李金发诗强调象征，意象怪异，本体朦胧，诗集出版后，争论蜂起。胡适说是“猜不透的笨迷”[3]，苏雪林说是“行文朦胧恍惚”，“观念联络的奇特”[4]，他要表现的是“对于生命欲揶揄的神秘及悲哀的美丽”，时称“诗怪”[5]，以上论点朱自清在《〈中国新文学大系〉诗集导言》里引用后，广为传播，成为经典之论。

（一）李金发诗的思想内容

李金发诗表现了以丑为美的现代主义倾向。他的诗表现人生、命运的悲哀，歌唱死亡。

他的《弃妇》算是典型的绝唱：“长发披遍我两眼之前，/遂割断了一切羞恶之疾视，/与鲜血之急流，枯骨之沉睡。/黑夜与蚊虫联步徐来，/越此短墙之角，/狂呼在我清白之耳

---

① 穆木天：《谭诗——寄沫若的一封信》，载《创造月刊》，第1卷第1期，1926-03-16。下述引文均出于此。

② 参见曹万生：《30年代现代派对中西纯诗理论的引入及其变异》，载《文学评论》，2003（2）。

③ 胡适：《谈谈“胡适之体”的诗》，载《自由评论》，1936（12）。

④ 苏雪林：《论李金发的诗》，载《现代》，第3卷第3期，1933-06-01。

⑤ 最早出于黄参岛：《微雨及其作者》，载《美育》，1928（2）。

后……//靠一根草儿，与上帝之灵往返在空谷里。/我的哀戚惟游蜂之脑能深印着……//弃妇之隐忧堆积在动作上……//衰老的裙裾发出哀吟，/徜徉在丘墓之侧，/永无热泪，/点滴在草地，/为世界之装饰。”第一节写弃妇草样的长发掩盖下的痛苦，“清白之耳后”有“蚊虫”“狂风怒吼”般袭来的羞恶；第二节写弃妇有的只是上帝明白但不被人理解的孤寂；第三节通过一系列意象写弃妇“隐忧”之深，时光也不能烧成“灰烬”，渲染得让人窒息；最后一节写极度悲哀孤独的弃妇徘徊于墓地，但“永无热泪”，成为“世界之装饰”。诗表面在写弃妇，但想来又绝不止是弃妇。是人生的写照？是希望之为虚妄？象征多义尽有，但又不能确指，体现了李金发思想的深入性。

他的《有感》歌唱死亡，是这种“恶之花”价值观的另一种体现：“如残叶溅/血在我们/脚上，//生命便是/死神唇边/的笑。”

李金发的诗大量抒写爱情，他笔下的爱情，有恋爱的甜蜜、忧伤与性感。他说“惟你的温爱与半红的唇是灯塔的灯”（《明星出现之歌》）。爱不仅是灵的也是肉的：“你臂儿偶露着，/我说这是雕塑的珍品/……若不是我们两个，/故事必不如此简单。”（《记取我们简单的故事》）失恋是一种“淡死”的痛：“在淡死的灰里，可寻出当年的火焰，/……我欲稳睡在裸体的新月之旁，偏怕星儿如晨鸡般呼唤”（《在淡死的灰里……》）。爱是一个发展变化的过程：“我们的心充满无音之乐，/如空间轻气的颤动/……如要生命里建立情爱，/即持这金钥开疑惑之门，/纵我折你陌上之条，/昨日之静寂是在我们心里。/呵，不，你将永不回来。”30年代，他还有对爱的真诚的否定与“恶之花”式的讽刺：爱的眠床上“蜥蜴如入无人之境”（《夜雨孤坐听松》）。

李金发还有一些怀念故乡的诗，如《故乡》、《春城》等。

（二）李金发诗的艺术贡献

李金发诗把“五四”浪漫诗的情感泛滥加以收敛，这是他最大的诗学贡献。通过象征体的另一种写实，借以表达心中所感与心中之情，所感与情感并不直抒，只借象征体以含蕴，仁智各见而多义朦胧，这就让诗回到模糊，《弃妇》就是典范之作。李金发通过诗歌创作实践了象征派的美学观念。

李金发的诗艺，还在于意象的陌生化操作。这种陌生化，缘于把一些毫无关系的语词配搭在一起，借助读者的联想以完成一种新奇的感觉，即所谓“观念联络的新奇”，也即所谓“远取譬”，如“衰老的裙裾”、“灵魂的花”、“粉红的记忆”、“希望成为朝雾”等等。

李金发的诗还大量采用比喻、象征、借代、通感、联想、暗喻等修辞手法，丰富了现代汉诗的表现手法，当然他还做得不够纯熟，特别是相对于徐志摩而言。但他开了这个先河。

李金发的诗的意象，具有独特的悲哀、神秘的色彩。寒夜、荒夜、残月、落叶无处不是。他在表现这些意象时，把画家印象派的感觉和象征派诗人思想家眼光结合得很好，镜头感强，思绪性也强，让人不断思索诗中的意蕴。

现代汉语对于李金发来说，还有一个熟练的过程，徐志摩完成了这一点。

三、其他象征派诗人

后期创造社三诗人穆木天、王独清、冯乃超也倾向于象征派，姚蓬子、石民也写象征诗。

穆木天的诗集《旅心》（1927），“托情于幽微远渺之中”①，音乐性胜于色彩感。诗多写爱情，体现出一种纯诗的追求，与浪漫派爱情诗不同的是，常借象征物来体现多种情感的复合。如《落花》，借落花写爱情追求的甜蜜与人生漂泊感叹，音乐美与形式感较强：“啊　不要惊醒了她　不要惊醒了落花/任她孤独的飘荡　飘荡　飘荡　飘荡在/我们的心头　眼里　歌唱着　到处是人生的故家/啊　到底哪里是人生的故家　啊　寂寂的听着落花。”

王独清（1898—1940），陕西长安人，著有《圣母像前》（1926）、《死前》（1927）、《独清诗集》（1928）、《威尼斯》（1928）、《零乱章》（1933）。他是从浪漫派转到象征派的，本期的诗“还是拜伦式的雨果式的为多”，有唯美主义倾向，讲究“色”、“音”之统一，以体现象征派的音乐性追求，“豪胜于幽，显胜于晦”②。比如：“我从 Cafe 中出来，/身上添了/中酒的/疲乏，/我不知道/向哪一处走去，才是我底/暂时的住家……/啊，冷静的街衢，黄昏，细雨！”（《我从 Cafe 中出来》）

冯乃超（1901—1983），曾用名公越、子韬等。原籍南海，生于日本横滨，著有《红纱灯》（1928）。冯乃超的诗歌颂颓废、幻梦，音乐性与色彩感都很强。

姚蓬子的《在你面上》，石民的《无题》，也是当时有特色的象征诗。

李金发等人象征派诗的创作与穆木天象征主义理论的引入，首次对以法国后象征主义为主的现代主义思潮作了系统介绍，对现代主义引入，具开创性功劳。它们直接影响了戴望舒的创作，促成了 20 世纪 30 年代现代派的诞生，促成了后期创造社、新月派的诗学转型，并开 20 世纪 40 年代西南联大诗人群现代主义的先河。

第三节 格律诗派

一、格律诗派的形成及诗学理论

现代汉诗在象征派内敛“五四”白话诗情感泛滥之际，同时走上格律诗派诗形规范之路。郭沫若认为“诗不是‘做’出来的，只是‘写’出来的”，闻一多针锋相对地说诗是“做”出来的③。他和家里聚集的从事新体格律的“四子”④，与徐志摩联盟，形成了这个派别。

①② 朱自清：《〈中国新文学大系〉诗集导言》，8 页。

③ 闻一多：《诗的格律》，载《晨报副刊·诗镌》，第 7 期，1926-05-13。

④ 即朱湘（子沅）、饶孟侃（子离）、孙大雨（子潜）、杨世恩（子惠）。

格律诗派被称作新月诗派，是一种混称。新月派起于徐志摩1922年发起成立的聚餐会、新月社，止于1933年6月上海《新月》的终刊，其诗有陈梦家编《新月诗选》[①]，收徐志摩、闻一多、饶孟侃、孙大雨、朱湘、邵洵美、方令儒、林徽因、陈梦家、方纬德、梁镇、卞之琳、俞大纲、沈祖牟、沈从文、杨子惠、朱大楠、刘梦苇凡18家诗。格律诗派，指1926年4月1日至1926年6月10日起北京《晨报副刊·诗镌》所聚集的诗人群及其在《诗镌》存刊前后创作的格律诗。参与者有闻一多、清华“四子”的朱湘（子沅）、饶孟侃（子离）、孙大雨（子潜）、杨世恩（子惠）及徐志摩、刘梦苇、朱大楠等人。《诗镌》实是1922年徐志摩发起成立的聚餐会、新月社和闻一多1921年成立的清华文学社两个诗人群，在新诗格律体旗帜下的集合。因陈梦家编《新月诗选》一并收入，遂以“新月派”传世。

徐志摩在《诗镌弁言》[②] 谈到这一缘由。他“早三两天前”到闻一多家“新诗人的乐窝”，其时编《晨报副刊》，与闻一多诗学主张一拍即合，遂有《晨报副刊·诗镌》。《诗镌弁言》宣言“要把创格的新诗当一件认真事情做”；“我们自身灵里以及周遭空气里多的是要求投胎的思想的灵魂，我们的责任是替它们构造适当的躯壳，这就是诗文与各种美术的新格式与新音节的发现”。这典型地体现了格律诗派的文艺价值观，新诗形式观与美术、音乐、诗同体同形的新格律观。

新诗要走格律化道路，是闻一多及“四子”的一贯主张。饶孟侃在《诗镌》上发表了《论新诗的音节》、《再论新诗的音节》[③]，就格律诗的音乐、顿、韵、节奏等，发表了具体意见，明确提出了音乐论，朱湘有严格的格律体新诗创作实践。集大成的是闻一多，他写作了《诗的格律》[④] 并进行卓有成效的实践。《诗的格律》是格律诗派的基本理论纲领，主张：第一，新诗要有格律，要“戴着镣铐跳舞”。第二，要有“音乐的美”，含节奏与韵脚。就节奏而言，由于现代汉语多是双音节词，古诗的“言”不再使用，“音尺”成为相对独立的读音单位，如二字尺、三字尺，每行要有固定或变化有规律的“音尺”，此即后来何其芳的“顿”；就韵而言，韵脚要有，可变换韵脚，这也是饶孟侃的主张。第三，要有“绘画的美”，指用词要有色彩感。第四，要有“建筑的美”，即“节的匀称与句的均齐”，指每节诗行要一样或变化有规律，每句字数要一致或变化有规律。后三者被称为“三美”，从听觉与视觉的角度规范了新诗的形式。

二、格律诗派诗人的创作

朱湘（1904—1933），生于湖南沅陵，祖籍安徽太湖。1922年加入文学研究会，著有《夏天》（1925，编入文学研究会丛书）、《草莽集》（1927）、《石门集》（1934）、《永言集》（1936）等。朱湘是最规范的格律诗人，强调音乐美、建筑美，节奏鲜明，诗形整饬，顿挫抑扬，韵味古典。他的《采莲曲》堪称文人写得最雅的民歌：“小船呀轻飘，/杨柳呀风里颠摇；/荷叶呀

① 1931年9月由上海新月书店出版。

② 徐志摩：《诗镌弁言》，载《晨报副刊·诗镌》，第1期，1926-04-01。

③ 饶孟侃：《论新诗的音节》，载《晨报副刊·诗镌》，1926-04-22；饶孟侃：《再论新诗的音节》，载《晨报副刊·诗镌》，1926-05-06。

④ 闻一多：《诗的格律》，载《晨报副刊·诗镌》，第7期，1926-05-13。

翠盖，/荷花呀人样妖娆。/日落，/微波，/金丝闪动过小河。/左行，/右撑，/莲舟上扬起歌声。”全诗如是凡五节，写景写情写歌写人写神，写农家少女劳动，写纯洁少女爱情，田园美景与至纯情愫融成一体，天然音韵融江南乡情奏为一阕，入画随影，入乐欲歌，把新诗音乐美、节奏感、绘画美、建筑美融入一炉。如是还有《催妆曲》、《晓朝曲》、《摇篮歌》、《雌夜啼》等。朱湘的代表作长篇叙事诗《王娇》取材话本小说《王娇鸾百年长恨》，以新时代精神深化主题，格律严谨，为20年代不可多得的佳作。

饶孟侃的《家乡》，杨子惠的《“回来啦”》、《铁树开花》、《她》，朱大枬诗集《灾梨集》(1928)、诗《大风歌》，刘梦苇的《万牲园的春》均是严整合于闻一多“三美”主张的诗。裹入这一潮流的邵洵美《花一样的罪恶》等，也是工整的“三美”诗，如《莎茀》：“你这从花床中醒来的香气，/也像那处女的明月般裸体——/我又见你包着火血的肌肤，/你却像玫瑰般开在我心里。”

第四节 闻一多与徐志摩

闻一多、徐志摩是格律诗派的“双子星座”。

一、闻一多

闻一多（1899—1946），原名闻家骅，又名亦多，字益善，号友山、友三，后名闻多、一多。湖北浠水人，诗人、学者、革命战士。1912年考入清华学校，1922年新婚赴美留学学习美术，1925年5月回国，长期在高校任教，1946年7月15日遇难。著有《冬夜草儿评论》（与梁实秋合著，1922)、诗集《红烛》(1923)、《死水》(1928)、《闻一多全集》(1948) 等。

（一）《红烛》

闻一多耿介刚烈，激情似火，爱恨分明，充满爱国激情的《红烛》与批判现实的《死水》，可代表他诗歌创作的两个时期。

新婚别后到美留学，诗人隔海望乡，家国乡妻思念成团，爱国之情炽热如诗。他的《太阳吟》，把这恋烧成了大火：“太阳啊，刺得我心痛的太阳！/又逼走了游子底一出还乡梦，/又加他十二个时辰的九曲回肠！//太阳啊，六龙骖驾的太阳！/省得我受这一天天的缓刑，/就把五年当一天跑完那又何妨？//太阳啊——神速的金乌——太阳！/让我骑着你每日绕行地球一周，/也便能天天望见一次家乡！”

《忆菊》通过菊花，把文化之恋写到极致：“啊！四千年的华胄底名花呀！/你有高超的历史，你有逸雅的风俗！”“我要赞美我祖国底花！/我要赞美我如花底祖国！”从插瓶到菊种到花形到五色到中西文化比较到最后一句心底话，在外游子爱国思乡之情，在此爆发强烈，几胜郭沫若《炉中煤》。这与诗人《红豆》对妻思念一体：“你是东半球，/我是西半球，/我们又自己放着眼泪，/做成了这苍莽的太平洋，/割断了我们自己。”思念刻骨，家国一体，带有闻一多的生命体验。他的《七子之歌》写身在纽约，对被异族人占领的澳门、香港、台湾、威海卫、广州湾、九龙、旅顺、大连的思念。《洗水歌》以华侨洗衣工对故国的思念来表达爱国情感。以至朱自清认为，闻一多是“五四”时期唯一的爱国诗人。[①]

（二）《死水》

带着这种酷爱回到祖国，巨大的落差让诗人在《死水》集里几乎要发疯：“我来了，我喊一声，迸着血泪，/‘这不是我的中华，不对，不对！’”“我会见的是噩梦，哪里是你？/那是恐怖，是噩梦挂着悬崖，/那不是你，那不是我的心爱！/我追问青天，逼迫八面的风，/我问，(拳头擂着大地的赤胸)/总问不出消息；我哭着叫你，/呕出一颗心来，——在我心里！”(《发现》)对丑恶现实的强烈不满，化成《死水》惊人的诅咒：“这是一沟绝望的死水，/清风吹不起半点漪沦。/不如多扔些破铜烂铁，/爽性泼你的剩菜残羹。//也许铜的要绿成翡翠，/铁罐上绣出几瓣桃花；/再让油腻织一层罗绮，/霉菌给他蒸出些云霞。//……这是一沟绝望的死水，/这里断不是美的所在，/不如让给丑恶来开垦，/看他造出个什么世界。”诗篇写的“死水”，实是诗人眼前现实的象征。诗人从静、动、整体、细节各个侧面，用“漪沦”、“桃花”、“罗绮”、“云霞”、“绿酒”、“珍珠”极美的词渲染了令人恶心的反效果；“这里断不是美的所在”，从整体上否定了丑恶的社会现实。这里有闻一多太多的失望与悲哀。他的《祈祷》、《一句话》、《静夜》等都体现了这种思想内容。

闻一多还有一些诗是讴歌艺术的，如《色彩》、《剑匣》、《艺术的忠臣》等。这些诗赞美艺术，表达艺术忠诚，写出美的所在，有一种唯美主义情绪。

（三）闻一多诗歌艺术成就

闻一多诗艺具有鲜明的寓热于冷、形式精美的特色。高度的激情、丑恶的现实与严谨冷静、精美雕琢的形式，构成奇妙的统一。在自虐得近于律诗的形式中，凝固他火的爱；在精心雕琢的工艺中，嵌入他燃的悲：体现出沉郁精致的美。

现代汉诗到了闻一多，把胡适白话诗与郭沫若自由诗的散漫加以收束，让诗回到汉语诗的诗美，回到汉语诗的形式美，这是对现代汉诗的贡献。闻一多身体力行，不只在理论上倡导，更重要的是在艺术上实践。这种追求，延至50年代到70年代的何其芳、卞之琳、孙大雨，现在还是现代汉诗努力的目标。

---

① 参见朱自清：《〈中国新文学大系〉诗集导言》，7页。

二、徐志摩

徐志摩（1897—1931），名章垿，浙江海宁人。1918年赴美国学金融，1921年转赴英国剑桥学政治经济学，深受西方人道主义熏陶及欧美浪漫主义、唯美派诗人影响。1921年开始创作新诗。1922年返国，发起成立新月社，1924年与胡适、陈西滢等创办《现代评论》周刊，任北京大学教授。1926年在北京主编《晨报》副刊《诗镌》，1928年主编《新月》月刊，1931年初创办《诗刊》季刊。1931年11月19日空难去世。著有诗集《志摩的诗》（1925）、《翡冷翠的一夜》（1927）、《猛虎集》（1931）、佚诗集《云游》（1932）、散文集《自剖》（1928），小说集《轮盘》（1930）等。

（一）徐志摩诗歌的思想轨迹

徐志摩诗歌，是一部追求资产阶级自由、民主、博爱，追求性灵与美的交响乐。

徐志摩天生近视，小学时家里给配了眼镜，第一次看到满天闪亮的繁星，他惊喜欲狂，这是肉“眼”的打开。20年代初到剑桥后，“我敢说的只是——就我个人说，我的眼是康桥教我睁的，我的求知欲是康桥给我拨动的，我的自我的意识是康桥给我胚胎的”[①]。这是他灵“眼”的打开，这个灵，既是自由、平等、博爱的社会理想（即茅盾所谓“志摩是中国布尔乔亚‘开山’的”[②] 诗人之意），也是胡适所说的“爱”、“自由”、“美”[③] 的人生理想与艺术理想。因此，徐志摩以爱情为主题的诗，就不仅是爱情诗，也是自由、平等、博爱追求的写照。徐诗的社会理想与人生理想是一个轨迹的延伸，可作三个时期观照。

第一个时期《志摩的诗》（1922—1924），是徐诗的理想期。剑桥回来的志摩，意气风发，对英美式的自由、平等、博爱社会充满理想，对离婚后重获自由的未来爱情充满期待。《婴儿》描述母亲“在阵痛的惨酷里变形成魔鬼似的可怖”之际，“我们要盼望一个伟大的事实出现，我们要守候一个馨香的婴儿出世！”这是他热望的社会理想的象征。《笑解烦恼结》（送幼仪）欢呼“此去清风白日，自由道风景好”。《雪花的快乐》自拟贴近恋人的雪花，“溶入她柔波似的心胸”，充斥于诗的主旋律是三次重复的“我有我的方向！”，诗歌洋溢着乐观浪漫的情怀，充满对中国未来及美好爱情的向往。在不断出现的污浊“毒药”（《毒药》）面前，诗人仍然坚信“精神依恋之乡”（《康桥再会吧》）的剑桥。但社会毕竟是太黑暗了，“宁馨儿”渺茫虚无，但诗人不惜一切包括死亡：“我骑着一匹拐腿的瞎马，/向着黑夜里加鞭；——/向着黑夜里加鞭，/我跨着一匹拐腿的瞎马。//……累坏了，累坏了我胯下的牲口，/那明星还不出现；——/那明星还不出现，/累坏了，累坏了马鞍上的身手。”（《为要寻一个明星》）

第二个时期《翡冷翠的一夜》（1925—1926），是徐诗的浪漫期。诗人有了新爱，爱情诗成为主流。《翡冷翠的一夜》是1925年6月于佛罗伦萨写的长篇回忆诗，忆及4月前那一夜爱的

① 徐志摩：《吸烟与文化》，见《徐志摩全集》（三），103页，南宁，广西民族出版社，1991。
② 茅盾：《徐志摩论》，载《现代》，第2卷第4期。
③ 胡适：《追悼志摩》，载《新月》，第4卷第1期。

真、奇、绝、异："你惊醒我的昏迷，偿还我的天真，/没有你我哪知道天是高，草是青?""爱，就让我在这儿静静的园内，/闭着眼，死在你的胸前，多美!"与有夫之妇的爱引起轩然大波，诗人遭遇空前的责难，《这是一个懦怯的世界》表示了诗人的决绝："我拉着你的手，/爱，你跟着我走；/听凭荆棘把我们的脚心刺透，/听凭冰雹劈破我们的头，/你跟着我走，/我拉着你的手，/逃出了牢笼，恢复了我们的自由!"对这爱，诗人无比坦荡："我袒露我的坦白的胸襟，/献爱与一天的明星；/任凭人生是幻是真，/地球存在或是消泯——/大空中永远有不昧的明星!"(《我有一个恋爱》)对这爱，诗人无比坚贞："你我千万不可亵渎那一个字，/别忘了在上帝跟前起的誓。/我不仅要你最柔软的柔情，/蕉衣似的永远裹着我的心；/我要你的爱有纯钢似的强，/在这流动的生里起造一座墙。"(《"起造一座墙"》)这爱曾经那样让人死去活来："'别拧我，疼，'……/你说，微锁着眉心。""梦/洒开了/轻纱的网。//'你在哪里?'/'让我们死，'你说。"(《别拧我，疼》)这爱，当然也有个性的独立，如《变与不变》、《偶然》等。

第三个时期《猛虎集》、《云游》(1927—1931)，是徐诗的消沉期。社会理想与人生爱情都进入了消沉时期。一方面，他反感混乱与感伤，呼吁"健康"与"尊严"的理性[①]，由情感泛滥的浪漫主义过渡到节制情感的古典主义。另一方面，他清醒地意识到，他所期待的"宁馨儿"，他所追求的自由、平等、博爱的社会，在中国只能是一个幻梦，因此极度失望的他由"我有我的方向"变为"我不知道风是在哪一个方向吹"，这成为后期的主旋律："我不知道风/是在哪一个方向吹——/我是在梦中，/在梦的轻波里依洄。"这有爱情甜梦的破灭，更有理想破灭的象征。重返剑桥这心中圣地的绝唱——《再别康桥》成为悼别理想、悼别热恋、悼别母校的挽歌——

轻轻的我走了，
正如我轻轻的来；
我轻轻的招手，
作别西天的云彩。
…………
软泥上的青荇，
油油的在水底招摇；
在康河的柔波里，
我甘心做一条水草!
…………
但我不能放歌，
悄悄是别离的笙箫；
夏虫也为我沉默，
沉默是今晚的康桥!
…………

上片极度美化康河："河畔的金柳"美得像"夕阳中的新娘"，波光艳影荡漾心头，软泥青

---

① 徐志摩：《新月的态度》，载《新月》，第1卷第1期，1928-03-10。

荇油油招摇，面对自由平等博爱的启蒙圣地康桥，诗人甘愿做一条“水草”，崇拜超越了母校概念，也超越了恋情。下片乐极生悲：原来只是“天上虹”，千里走来是“寻梦”，故“我不能放歌”，“悄悄”、“沉默”是对理想的哀悼。全诗看起来首尾呼应，由来时的“轻轻”到走时的“悄悄”，变朝圣为哀悼，诗的主题深化了：哪里是“不带走一片云彩”，分明是连一片云彩也没法带走。

（二）徐志摩诗歌艺术成就

徐志摩的诗，是对新诗诞生以来艺术的集大成。缘于情不滥情，重音乐不拘泥，节奏明快不做作，用比喻生新奇，意象活不生造。性灵袒露，真情自然，雅趣隽永，妙喻连珠，字字生活，剔透珠玑。

与闻一多抒发浓烈的感情不同的是，抒写性灵让徐志摩成为天然的诗人，其诗不矫饰，以不做诗的态度做出美的诗。无论爱情、光明、自由、美、自然，在徐志摩笔下都给人以推心置腹的真与不假雕饰的美感，这美因善用新颖贴切鲜活美妙的意象而出乎意外入乎于心。

与闻一多也善用比喻不同，徐志摩的比喻常讲究刹那间意趣的捕捉，把意象表现得自然轻盈。用“不胜凉风的娇羞”的“水莲花”比喻日本姑娘“最是那一低头的温柔”（《沙扬娜拉》）。用“星光下一朵斜倚的白莲”比喻“她是睡着了”的柔美安详的睡态；用“香炉里一缕碧螺烟”，以静写动地比喻“她是入梦了”的静谧；用“涧泉幽抑了喧响的琴弦”来比喻“她是睡熟了”的轻轻鼾声；用“粉蝴儿，翠蝶儿，翻飞的欢恋”来比喻“她在梦乡里了”（《她是睡着了》）的美妙。出神入化，让人称绝。

徐志摩诗歌思想艺术的完美融合，达到了20年代诗歌艺术的高峰，使他成为现代汉语诗歌史上优秀的诗人之一。

【本章学习参考】

一、阅读书目

孙玉石：象征派诗选

蓝棣之：新月派诗选

冯至：冯至诗选

二、重要命题

关于徐志摩爱情诗的理解

茅盾认为，“徐志摩是中国开山的也是末代的布尔乔亚诗人”，认为徐志摩的诗是社会诗。见茅盾：《徐志摩论》，载《现代》，第2卷第4期，1932年12月。多数论者认为徐志摩诗的主题是爱情诗。

三、相关文献

1. 朱自清，编选．中国新文学大系·诗集．上海：上海良友图书印刷公司，1935.

2. 孙玉石．中国现代诗导读．北京：北京大学出版社，1990.

3. 龙泉明．中国新诗流变论：1917—1949. 北京：人民文学出版社，2003.

4. 曹万生．现代派诗学与中西诗学．北京：人民出版社，2003.

四、复习思考

1. 名词解释

《诗》　小诗　湖畔诗社　格律诗派　新月派　“三美”　象征诗派

2. 试述20世纪20年代的政治抒情诗。
3. 试述象征诗派概况。
4. 试述李金发诗歌的思想与艺术。
5. 试述格律诗派的理论主张。
6. 评述闻一多的诗歌的思想与艺术。
7. 评述徐志摩的诗歌的思想与艺术。
8. 怎样理解《再别康桥》是徐志摩理想的悼歌?

第十章
成形期的散文与戏剧

中国现代汉语文学成形期，小说由于鲁迅的天才创造首先成熟，散文也随即走向成熟。“就散文论散文，这三四年的发展，确是绚烂极了：有种种的样式，种种的流派，表现着、批评着、解释着人生的各面，迁流蔓衍，日新月异：有中国名士风，有外国绅士风，有隐士，有叛徒，在思想上是如此。或描写，或讽刺，或委曲，或缜密，或劲健，或绮丽，或洗练，或含蓄，在表现上是如此。”① 此时，美文已经产生，文学研究会、创造社、语丝社三社和鲁迅、周作人、朱自清、冰心、郁达夫、郭沫若六大家的散文雄霸文坛，各种风格日臻完善。

如果说新文学初期，戏剧理论强于戏剧创作，那么，本时期大量的戏剧文学剧本，尤其是多幕剧的出现，打破了这种局面。这些剧本反映了多方面广阔的社会生活，它们与戏剧运动相呼应，为下一时期话剧艺术的成熟奠定了基础。

本章主要评述20世纪20年代的散文与戏剧创作。

第一节
朱自清和冰心的散文

一、朱自清的散文

朱自清（1898—1948），字佩弦，祖籍浙江绍兴，生于江苏东海。既写诗，也写散文，但散文成就最大。早期散文主要收集在《踪迹》② 和《背影》③ 两部集子里。以后又出版了《欧游杂记》④、《你我》⑤ 和《伦敦杂记》⑥ 等散文集。

---

① 朱自清：《背影·序》，2页，上海，开明书店，1928。

② 1924年12月由上海亚东图书馆出版。

③ 1928年由上海开明书店出版。

④ 1934年由上海开明书店出版。

⑤ 1936年由上海商务印书馆出版。

⑥ 1943年由成都开明书店出版。

（一）朱自清散文的思想内容

就内容看，朱自清的散文可分为四类：第一类写景抒情，如《荷塘月色》、《松堂游记》；第二类记人、记事抒情，如《背影》、《给亡妇》；第三类描述生活情趣，如《谈抽烟》、《看花》；第四类针对现实政治、社会发表议论，如《白种人——上帝的骄子》、《生命的价格——七毛钱》。就思想而言，朱自清的散文交织着儒家“独善其身”和“兼济天下”两种人格追求的冲突。总体倾向是，抗战以前，主要表现出“独善其身”的人生态度；抗战后，转向追求“兼济天下”①。抗战前，朱自清以至真、至诚、至善为最高道德标准，不断在精神层面上进行自我反省，努力实现道德上的自我完善。《背影》不断叙说自己的悔恨之情，后悔自己当时觉得父亲“说话不漂亮”，“心里暗笑他的迂”，谴责自己“那时真太聪明了”。追悔的眼泪一泻而下，孝子的真诚表露无遗。《桨声灯影里的秦淮河》写的是“诱惑”和对“诱惑”的抵御。一边是为愉悦身心而产生的难以抑制的听歌欲望，一边是无形的“道德律的压迫”。作者的情感与理智发生了“重重的争斗”，不由得“盘旋不安，起坐都不安宁了”，最后道德征服欲望。《给亡妇》中，作者面对亡妻之灵，诉说自己不尽的愧疚和自责，“我如何对得起你”的愧意催人泪下。《儿女》中，作者追悔自己对孩子失去耐心而叱责、体罚，并希望“从此好好做一回父亲”。《哀韦杰三君》、《〈梅花〉后记》和《怀魏握青君》反省自己与友人交往时的疏漏和过失。抗战前的“独善”包含有“兼济”的情绪，但与抗战后相比，自发而非自觉，被动而非主动。抗战爆发后，朱自清经过短暂的沉默，写出了《论气节》、《中国学术界的大损失——悼闻一多先生》、《论不满现状》等文章，抛弃“独善其身”的自我完善，转向“兼济天下”，实现了由传统儒士向现代民主主义战士的嬗变。

（二）朱自清散文的艺术成就

朱自清的散文堪称现代白话散文语言艺术的典范。他的创作证明，现代汉语也能创作出漂亮的“美文”。“现在大学如果开设现代本国的文学课程，或者是编本国的文学史，谈到文体的完美，文字会写口语，朱自清先生应该是首先被提及的。”② 朱自清是一个对现代汉语颇有研究的作家，他在语言方面的追求与他的文学思想紧密相关。他推崇民众化的文学：“一是民众化的文学，以民众的生活理想为中心，用了谁都能懂得的方法表现。凡称文学，都该如此；民众化外，便无文学了。”③ 为了文学“谁都能懂”，他采用口语入文，“用口语为的是求真化俗，化俗就是争取群众。所谓的求‘真’，一面是如实和直接的意思，在另一面这‘真’又是自然的意思，自然才亲切，才让人容易懂，也就是更能收到化俗的效果，更能获得广大群众”④。“真”即自然，散文只要如实地使用口语，就能达到自然活泼，明快生动。他在散文中运用口语，而且做到自然、熟练、准确。在《春》中，他采用口语描写景物，“桃树、杏树、梨树你不让我，我不让你，都开满了花赶趟儿。红的像火，粉的像霞，白的像雪。花里带着甜味儿，

---

① 参见曹万生：《朱自清与丰子恺：传统余脉的变形与延伸》，载《文学评论》，1992（2）。

② 叶圣陶：《朱佩弦先生》，载《中学生》，1948年9月号。

③ 朱自清：《朱自清全集》，第4卷，25页，南京，江苏教育出版社，1996。

④ 同上书，533页。

闭了眼，树上仿佛已满是桃儿、杏儿、梨儿”，这段文字既悦耳，又赏心，全采用口语，具有一种朴素的美。使用口语不等于语言的粗糙。朱自清善于将口语化为美的语言，而且这种转化不露任何的斧凿之痕。精心锤炼，却无任何雕琢之迹，这是使用口语的最高境界。朱自清散文的文字清秀隽永，“文学研究会的作家中，除冰心外，文字之美要算他了”①。此外，他善于使用比喻、通感、拟人等修辞手法，巧用叠字，加强了散文的节奏感和韵律美。

二、冰心的散文

冰心（1900—1999），福建福州长乐人，原名为谢婉莹，笔名为冰心。冰心的散文成绩远在她的诗歌、小说之上，尤其是《寄小读者》② 奠定了她在中国现代汉语散文史上不可替代的地位。冰心 1919 年开始在《晨报》第七版发表散文，1921 年 1 月在《小说月报》12 卷 1 期发表其著名散文《笑》，《笑》成为中国现代汉语文学史上较早引人注目的美文。至此，冰心的散文令新文学读者刮目相看。“一直到现在，从许多青年的作品中，我们还可以看到这种‘冰心体’的文章。”③ 所谓“冰心体”，指冰心散文独特的思想魅力和独到的语言风格。

（一）冰心散文的内容

冰心早期的散文创作选择了“爱的主题”，表现对母爱、童心、自然的热情讴歌。《寄小读者·通讯十六》中，她相信母爱可以使疲惫的人世，一步一步移向光明，使世间的人产生互助和同情。在《往事（一）·七》中，她相信母亲是荷叶，女儿是红莲，心中的雨点来了，就躲避在母亲的怀里。她希望人类在母爱的光辉照耀下，个个自由，个个平等。冰心盛赞纯净的童心。在《寄小读者·通讯十三》中，冰心道出颂扬童心的原委：之所以赞扬童心，因为童心最适意，能静悄悄地过个性生活。在《寄小读者·通讯十四》、《寄小读者·通讯九》中，冰心完全脱离世俗的烦扰，如蛾出茧，如鹰翔空，陶醉在世界上最难忘的自然之美中。冰心这种“爱的哲学”既包含追求个性解放的“五四”新思想，又没有对封建主义产生太大的触动，读了这些散文，往往能给不同层次、不同身份甚至不同见解的读者一些温暖和慰藉，能在比较多的读者群中产生共鸣，这是冰心散文产生影响的重要原因。但是，也正由于此，冰心的散文缺少思想力度，温馨有余而锋芒不足。

（二）冰心散文的艺术特色

冰心的散文在语言上注意在白话中糅进文言文，形成一种典雅的语言风格。冰心在创作散文时，基本词汇和语法都是依据白话文，但同时洗涤古文，选择有助于增强表现力的文言词汇和文言文句式，注意文字的锤炼和节奏的推敲，从而使自己的文字雅镌但不枯涩，自然而又凝

① 郁达夫：《〈中国新文学大系〉散文二集导言》，18 页，上海，上海良友图书印刷公司，1935。

② 北新书局出版，1926。

③ 阿英：《谢冰心小品序》，见《现代十六家小品》，34 页，上海，光明书局，1935。

练。这就是当时被誉为“冰心体”的文学语言。“我自少住在海滨，却没有看见过海平如镜。这次出了吴淞口，一天的航程，一望无际尽是粼粼的微波。凉风习习，舟如在冰上行。到过了高丽界，海水竟似湖光。蓝极绿极，凝成一片。斜阳的金光，长蛇般自天边直接到阑旁人立处。上至穹苍，下至船前的水，自浅红至于深翠，幻成几十色，一层层，一片片的漾开了来。”① 冰心在这里将古文中有生命力的字与白话文有机地融合在一起，极力推敲所用之字，所用之词，句式虽散，但富有节奏，风格雅致而流畅。

第二节 周作人和郁达夫等人的散文

一、周作人的散文

（一）周作人散文概貌

周作人出版过《自己的园地》、《雨天的书》、《谈龙集》、《泽泻集》、《谈虎集》、《苦茶随笔》等散文集子。

周作人对中国现代散文产生过巨大影响，阿英在《现代十六家小品·周作人小品序》中认为，周作人的小品文在中国新文学运动中成了一个很有权威的流派。② 文学史家司马长风在《中国新文学史·散文的泥淖与花朵》中指出，20世纪20年代至30年代初期，无论就作品的数量还是质量来说，周作人都是不争的领袖，是“现代散文的大宗师”③。周作人的散文创作包括杂文、随笔和书话三类，其中书话又有笔记体和抄书体两种形式。相对而言，他的随笔富有情趣，书话重在理趣。

（二）周作人的散文理论

周作人的生活方式、生活情趣、人生哲学和艺术气质决定了他对散文的选择。他最早从西方引入“美文”的概念，最早对这一文体特征作阐释。他对“美文”的理解，与我们今天的理解有一定的差异。这里的美文，不是文字的优美、意境的优美，而是指心灵自由、能够准确表达自己的文化处境及其感受的文体。他的散文理论集中体现在《〈中国新文学大系〉散文一集导言》中。周作人的现代人文主义思想，即对“人”的关注，是他文学批评的出发点，也是他散文观的依据，并决定了他对散文创作个性的强调。1921年9月，周作人结集出版《自己的园

① 转引自钱谷融主编：《中国现当代文学作品选》，上卷二，116～117页，上海，华东师范大学出版社，1999。

② 参见阿英：《现代十六家小品》，43页，上海，光明书局，1935。

③ 司马长风：《中国新文学史·散文的泥淖与花朵》，109页，香港，昭明出版社有限公司，1980。

地》。以“自己的园地”作书名，其间暗含一种独特的散文观，即依照个性表现自己的情思，散文家“写什么”、“怎么写”，受其创作个性的规定与制约，就如同在自己的园地上种什么、怎么种，那是自己的事，被自己的喜欢或意向所决定。承认“自己的园地”就是承认每个散文作家都可以有自己的声音，散文的本质是作家个性的抒发，强调作家独特的人格品性在散文创作中的自然流露与体现。周作人在《中国新文学的源流》中，将中国文学分为言志派文学和载道派文学。认为，言志派的文学换一种说法，又可称为即兴的文学，载道派的文学又可称为赋得的文学。“即兴”是自由地表达自己的思想见解，“赋得”是传达他人的思想见解。周作人赞许“即兴”，反感“赋得”，因为尽兴言志能独立、自由地表达自己的思想、见解及情操。他认为现代散文主要受到传统言志派文学的“内应”，甚至把现代散文看作是公安派“独抒性灵”文学运动的复兴。依据“个性化”原则，周作人形成了“艺术化、民族化为特点的中国现代散文理论体系”①。这些散文理论确立了周作人作为中国现代汉语散文奠基人的地位。

（三）周作人散文的艺术风格

周作人散文的主体风格是悠游闲适、平和冲淡。中国传统的儒、释、道、法和西方文化、日本文化的多重营养使周作人形成了“叛徒”和“隐士”的二重性格。作为“叛徒”，他的散文反映“文学革命”、“张勋复辟”、“女师大事件”、“三一八惨案”、“四一二大屠杀”、日本帝国主义侵华等事件，作品呈现出“浮躁凌厉”的风格，但不是主流，且集中于早期。周作人创作中更多的是闲适、冲淡风格的散文，且影响最大。作为“隐士”，周作人写作心态恬适淡泊。他在散文创作中对人生现实保持一种既积极又冷观的姿态，保持一种平静的隽智的心境，即使写较为重大的或容易引发激烈情思的主题，他也力求以冲淡的不显激烈夸张的姿态来表达。尽量“披中庸之衣，着平淡之裳”②。《前门遇马队》描写军阀镇压群众运动，其内容激进，但文章并不露愤激、哀痛，而是在平静的叙述中夹以幽默的笔调。《半农纪念》追忆好友刘半农，面对与朋友的生死离别，周作人只是叙述他与好友相交的故事，而将哀伤、惆怅与无奈掩埋在文字中。这些散文总是在激昂与平淡、正经与闲适之间保持艺术的张力，而根本的法则就是节制、适度，并因此形成周作人散文特有的“苦味”。《故乡的野菜》、《乌篷船》等散文，评古迹、品野菜、赏古戏、写苍蝇虱子，这类散文更是给人一种远离世事的平淡之感。情感是淡淡的，文字是淡淡的，不急不躁，不紧不慢，以从容的心境给读者讲述着一桩桩生动的故事、一件件有趣的民风民俗、一样样有趣的知识。

周作人散文的平淡闲适还体现在表达的朴拙上。在用语上，古朴、老道，但精练、自然，读起来极寻常平易，回味起来又不失深厚隽永。“三明瓦者，谓其中舱有两道，后舱有一道明瓦也。船尾用橹，大抵两支，船首有竹篙，用以定船。船头着眉目，状如老虎，但似在微笑，颇滑稽而不可怕。”③ 这段文字在口语基础上杂糅古文，形成一种耐读、有味的文字。在用词上，多以名词、动词为主，极有节制地使用副词、形容词和虚词，并且都是普通常用的。句子简短，结构简单。《雨天的书·自序一》共 31 个逗号句，11 字以上的仅占 7 句，16 字以上的

---

① 傅瑛：《昨夜星空——中国现代散文研究》，13 页，合肥，安徽大学出版社，2004。

② 周作人：《苦茶随笔·杨柳》，126 页，长沙，岳麓书社，1987。

③ 转引自钱谷融主编：《中国现当代文学作品选》，上卷二，167～168 页，上海，华东师范大学出版社，1999。

仅1句，重叠的定、状语仅1处。[①] 然而，我们也应该看到，“如果没有深刻的思想和复杂的人格作根底，他笔下那些平凡的小题材和朴拙的表达方式就不会具有如此深刻的意味和非凡的魅力，他的散文也就不会那么耐读。周作人能够成为现代文坛上第一流的散文大家，在很大程度上得益于此”[②]。

二、郁达夫的散文

（一）郁达夫散文概貌

郁达夫的散文作品多收于《鸡肋集》、《奇零集》、《敝帚集》和《还乡记》中。他的散文以1933年为界，分为前后两个时期。前期散文以自我为中心，表现自我情感。后期散文以游记居多，记叙自我对大自然的感受。

（二）郁达夫散文内容

1. 自叙

郁达夫以自我为中心的散文，反映了他惨败人生的心灵创伤，充溢着“实在最深切的、最哀婉的一个受了伤的灵魂的叫喊”[③]。透过他的散文，能看到一个知识分子落魄颠沛的生存状况。作者感叹，自己是一个有妻不能爱，有子不能抚的无能者，是一个在人生的战斗场上的惨败者（《还乡记》）；他不知为什么自己会如此的苦闷、如此的无聊（《一封信》）；他愿意化成一堆春雪，躺在五月的阳光里，他愿意代替落花，陷入污泥深处去，由此消灭他的残生（《海上通信》）。郁达夫在这类散文中尽情倾吐着失业、受排挤的失落和对恶浊的现代文明社会的厌恶，表现自己的苦闷和挣扎。

2. 真情告白

真诚、坦率是这类散文的生命。郁达夫将散文看作是倾诉内心的一种方式、一个途径，倾诉的欲望十分强烈。因此，郁达夫的散文充满真情告白。他能在散文中大胆地、赤裸裸地、全无顾忌地描述，能打破以前道学家在散文创作中的限制，将前人不敢表现的个人隐私袒露于光天化日之下。他以彻底坦白、彻底裸露、彻底剖析的姿态在散文中描写性爱，诉说袋里没钱、心中生根的烦恼。他以自己独特的生命体验将传统散文的和谐优雅撕得粉碎，在现代文坛上引发了一次次的冲击波。有时，用语粗俗，透露出的却是情感的真诚，反而让读者产生清澈的感觉。郁达夫的散文不如鲁迅的深刻，也不及冰心的温馨，更不如周作人的闲适，但他以大胆的

---

① 参见李旭：《周作人散文“平淡”风格的文体学分析》，载《广东社会科学》，1997（4）。

② 徐鹏绪、武侠：《论周作人的人生哲学及其对文艺观和文学创作的影响（三）》，载《鲁迅研究月刊》，2004（6）。

③ 郁达夫：《敝帚集·卢骚的思想和他的创作》，45页，上海，现代书局，1928。

自我暴露、真诚的自我表现、极富勇气的率真，在现代散文史上留下了浓墨重彩的一笔。

（三）郁达夫散文的艺术风格

感伤、抒情是郁达夫散文的美学特征。郁达夫散文的基调是感伤，介于苦闷与哀伤之间。他酷爱优美，也不回避丑，但特别排斥英雄这个范畴。他在散文中宁愿宣泄“穷”、“愁”，都不愿抒发理想；宁愿为卑微者抒情，也不愿为英雄呐喊。尽管这种感伤显得柔弱、单薄，但表现的是追求新理想的失落感，是一种积极的感伤。

郁达夫在散文中尽情抒发情感，对情感的抒发往往采用直抒胸臆的方式。他任凭情感奔涌而出，行于所当行，止于所当止。这种抒情呼告符合郁达夫自我暴露的情感特征。《还乡记》中，他刚回到杭州站时的内心独白，淋漓尽致地表现了他的失落感和愤懑之情。

1933年后的几年间，郁达夫游览了浙东、浙西、青岛、济南、北平、天津等地，给读者奉献了许多脍炙人口的游记散文，《杭江小历纪程》、《仙霞纪险》、《冰川纪秀》等散文为其代表。面对大自然的美景，郁达夫表现出与前一个时期完全不同的平和、宁静的心态。描摹景物抓住神态，写得极富神采。尤其以《屐痕处处》[①] 影响较大，“屐痕处处”在当代已成为游记的别称。

三、其他作家的散文

瞿秋白（1899—1935），江苏常州人。1920年底以北京《晨报》特约记者身份赴苏联考察。在苏联期间，根据所见所闻和直接的感受，写下了《饿乡纪程》[②] 和《赤都心史》，这两部集子已初步具备报告文学的形态，因而成为现代文学史上报告文学的滥觞之作。

第三节 成形期的话剧运动与创作

一、成形期的话剧运动

（一）民众戏剧社和上海戏剧协社

1921年5月，沈雁冰、郑振铎、陈大悲、欧阳予倩等13人在上海发起组织民众戏剧社，

① 1934年6月由现代书局出版。

② 原名《新俄国游记》。

创办了我国最早的专业性戏剧杂志——《戏剧》月刊[①]。他们针对前一阶段文明新戏的职业化和商业化的种种弊端，做了三项切实的工作：第一，恢复、发展文明新戏最初的启蒙作用，宣告“当看戏是消遣”的时代已经过去，戏剧在现代生活中“是推动社会前进的一个轮子，又是搜寻社会病根的X光镜”[②]；第二，反对文明戏以牟利为目的的商业性质，提倡业余“爱美剧”(即业余演剧的音译)；第三，提出中国本土系统的戏剧观念。他们主张创作适合中国观众的，而不是模仿与复制外国的剧作。

民众戏剧社倡导的戏剧理论，在当时戏剧界产生极大影响，但该社无演出活动，缺少艺术实践。同年成立的上海戏剧协社弥补了这方面的不足。上海戏剧协社原由中华职业学校的学生联合校外的谷剑尘、应云卫等组成，后来欧阳予倩、洪深先后加入，是我国第一个“讲组织、讲纪律、讲方法”的话剧团体。他们具有严格的导演和排演制度，举行过16次公演，积累了话剧演出的舞台经验，奠定了中国现代话剧的编、导、演制基础。上海戏剧社前后活动达12年，是我国早期戏剧团体中存在时间最长的一个团体。

(二) 辛酉剧社和南国社

继上海戏剧协社之后，又诞生了辛酉剧社和南国社两个重要戏剧社团。辛酉剧社成立于1921年，由朱穰丞、马彦祥、袁牧之等组成，以“专演难剧”为宗旨，目的是提高中国话剧的演剧水平，1930年解散。南国社是一个以戏剧活动为主的文学艺术团体，于1929年成立于上海，同年创办机关刊物《南国》月刊，1930年停止活动。

(三) 戏剧教育

1922年，由蒲伯英、陈大悲等创办“人艺戏剧专科学校”，专门培养演剧人才。尽管1924年即宣告解散，但引发了人们对现代正规戏剧教育的重视。1925年，北京美术专科学校改名艺专，特增设戏剧系，主要成员有余上沅、赵太侔、闻一多等。他们在北京《晨报》副刊创办《剧刊》[③]，肯定中国传统戏剧的写意性，倡导“国剧运动”。

二、话剧创作

这时期，话剧创作的主要收获是独幕剧，不同风格的悲剧、喜剧作品已初露端倪。田汉的《获虎之夜》、欧阳予倩的《回家以后》、丁西林的《压迫》、郭沫若的《卓文君》等剧作能代表本时期话剧创作的风采。

---

① 中国现代汉语文学史上第一个戏剧月刊。1921年5月31日创刊于上海，民众戏剧社编辑，中华书局出版。1922年4月30日停刊，共出两卷10期。

② 《民众戏剧社宣言》，载《戏剧》，第1卷第1期，1921年5月。

③ 创刊于1926年6月19日，每星期四出版一期，1926年9月23日第15期，徐志摩、余上沅写《剧刊终期》，遂告终刊。

（一）田汉的剧作

田汉（1898—1968），原名田寿昌，生于湖南长沙，中国现代话剧的奠基人，对我国现代话剧的产生与发展产生过巨大影响。1930年以前，田汉创作的主流是浪漫主义，同时交织着现实主义、唯美主义、象征主义等创作方法。

田汉创作的第一个剧本是1920年发表的《梵峨嶙与蔷薇》，后来发表的《咖啡店之一夜》（1922）、《获虎之夜》（1924）等，都是前期浪漫主义剧作风格的代表作。他早期作品重视人物的心灵世界、情感世界，不刻意追求事件的经过、发展和结局，事件只是作为一个背景而出现，活跃在前台的是一种感伤的情绪、难以言说的惆怅甚至一种绝望。在人物描写中毫不避讳自己的主观存在，剧中人物与自我融为一体。剧作中经常穿插抒情歌曲，以渲染气氛，抒发情绪。

1927年至1929年，《苏州夜话》（1928）、《湖上的悲剧》（1928）和《南归》（1929）等剧作表现出杂乱的思想和艺术倾向，是田汉创作的过渡期。1929年创作的《名优之死》标志着田汉转向现实主义。1930年3月，田汉作为中国左翼作家联盟的发起人之一，参加了“左联”的成立大会，此后创作了《梅雨》、《乱钟》、《暴风雨中的七个女性》、《一九三二年的月光曲》、《卢沟桥》等作品，由前期的浪漫主义转为现实主义，与现实联系更为紧密，风格渐趋朴实。

《获虎之夜》是田汉早期的代表作。“浮浪儿”黄大傻是一个打猎的农民，爱上一个富家之女，结局是意料之中的悲剧。田汉无意于通过悲剧揭示某种社会现象，而在于表现隐藏在悲剧后面的情绪——爱的甜蜜与爱的痛苦。剧本充溢着浓厚的抒情性，“浮浪儿”对恋人的深切思念、对爱情的娓娓倾诉，让人感动，催人泪下。剧作中，田汉借黄大傻之口，倾诉自己胸中的块垒，但却把黄大傻小资产阶级化了。因此黄大傻这个形象并不真实，主观性很强，体现了田汉早期剧作浪漫主义的特点。

（二）洪深的剧作

洪深（1894—1955），原名伯骏，字浅哉，生于江苏常州，曾用笔名肖振声、乐水等，中国话剧运动的创始人之一。代表性的作品有《赵阎王》、《农村三部曲》。《农村三部曲》包括《五奎桥》、《香稻米》和《青龙潭》。

《赵阎王》① 的创作源于洪深在火车上听士兵谈论军队中的罪恶，情感上产生极大的触动。主人公赵大原本忠厚老实，由于军阀的戕害，变成一个无恶不作的“赵阎王”。作者通过赵大的惨痛经历，批判军阀的罪恶，对作恶的士兵表示同情。剧本注重写出人物内心的复杂性，一边做着坏事，一边又忐忑不安，良心未灭。剧本的后半部分借鉴美国现代剧作家奥尼尔《琼斯王》的艺术手法，让赵大在树林中转圈，神经错乱而见幻影，其他人击鼓追赶。由于借鉴比较生硬，加之与中国观众的欣赏习惯有较大距离，因而剧本在当时并未收到预期效果。

① 载《东方杂志》，第20卷第1、2号，1923。

（三）丁西林的剧作

丁西林（1893—1974），原名丁燮林，字巽甫，生于江苏泰兴，中国现代喜剧的主要开拓者之一。曾留学英国，学物理，但喜爱艺术，尤以话剧创作突出。《一只马蜂》、《压迫》、《酒后》等剧作表现出幽默风趣的特色。

《压迫》① 是丁西林早期喜剧的代表作。作者采用戏谑嘲弄的手法构成喜剧情节。房东老太太只愿意将房子租给带家眷的男子，而她的女儿与其相反，主张将房子租给单身男子。男房客找到房东的女儿租下房子，搬家之时巧遇女房东，女房东阻止男房客搬入，“两个古怪碰在一块”，展开了一场可笑的争论。戏剧的“钮扣”以“说谎”的方式得以解决。一个职业女性以其灵活、变通的方式，谎称是男房客的妻子，最后男女房客都租到房子。作者的目的不是扬善惩恶，因而戏剧冲突的双方并不截然对立，不存在好坏之分，双方皆有可爱、可笑之处，戏剧以皆大欢喜而告终。语言机智、幽默、俏皮，人物的戏剧性格真实、生动。洪深在《〈中国新文学大系（1917—1927）〉戏剧集导言》中称这部作品是当时喜剧中唯一的杰作。

（四）欧阳予倩的剧作

欧阳予倩（1889—1962），原名立袁，号南杰，笔名春柳，生于湖南浏阳，现代著名戏剧家。20年代时，剧作多以爱情婚姻家庭纠纷为题材，表现反封建礼教的主题。抗日战争时期，剧作主题转换为爱国抗日。代表性的作品有《回家以后》、《泼妇》、《桃花扇》等。他以自己的创作，首创了中国现代轻松喜剧形式，其作品有较浓郁的民族风格。

（五）陈大悲的剧作

陈大悲（1887—1944），祖籍浙江杭县（现在的杭州），又名陈听弈，笔名大悲、蛹公等。其代表性的作品有《幽兰女士》、《英雄与美女》、《浪子回头》等。陈大悲认为，剧本是为演出而创作的，因而，他的剧本很注重舞台性，重视演出效果。《幽兰女士》揭露了一个官僚家庭的丑恶。剧中只有幽兰是一个勇敢正直、追求个性解放的女青年。剧作善于通过情节的进展显示人物性格，但矛盾冲突不够集中。

（六）熊佛西的剧作

熊佛西（1900—1965），原名熊福禧，字化侬，笔名有戏子、向君等，生于江西丰城。二三十年代，曾与田汉齐名，号称“南田北熊”。代表性的作品有《洋状元》、《青春的悲哀》和《一片爱国心》。《洋状元》描写一个留学归国的青年人，竟将父母叫“老同胞”，自称“我们外国人”。作者以辛辣的笔锋，讽刺了部分留学生的丑态。他擅长用极夸张的手法写闹剧。《青春的悲哀》是中国现代戏剧史上最早写乱伦关系的作品，剧本暴露了封建家庭的专制与腐朽，鼓

① 载《现代评论》，第一周年增刊，1926年1月。

励青年男女追求个性解放。

【本章学习参考】

一、阅读书目

冰心：《冰心文集（3）》

周作人：《雨天的书》、《苦茶随笔》、《谈龙集》

朱自清：《朱自清全集》第3卷

田汉：《获虎之夜》

洪深：《赵阎王》

丁西林：《一只马蜂》、《压迫》

陈大悲：《幽兰女士》

熊佛西：《青春的悲哀》

二、相关文献

1. 宋宝珍．残缺的戏剧翅膀：中国现代戏剧理论批评史稿．北京：北京广播学院出版社，2002.

2. 黄科安．现代散文的建构与阐释．福州：海峡文艺出版社，2001.

3. 田本相．中国话剧史研究概述．天津：天津古籍出版社，1993.

4. 阿英．现代十六家小品．上海：光明书局，1935.

5. 李素伯．小品文研究．上海：新中国书局，1932.

6. 中国话剧运动五十年史料集（1、2、3辑）．北京：中国戏剧出版社，1985.

三、复习思考

1. 试评周作人的散文观和散文创作的主要特色。

2. 从散文语言运用和文体创造方面，比较评析冰心、朱自清散文风格的异同。

3. 郁达夫的散文有何特点？

4. 以《获虎之夜》为例，简评田汉早期戏剧的基本主题与艺术特色。

第三编

中国现代汉语文学成熟期（1928—1949）

中国现代汉语文学进入1928年后，长篇小说、话剧艺术、诗歌、报告文学、电影文学诸方面都达到成熟。

成熟期分作两个阶段。第一阶段为1928年到1937年“七七事变”。这一阶段，文学运动由“文学革命”运动变为革命文学运动。文学思潮由人道主义思潮发生两大变异：成形期以鲁迅、郭沫若、沈雁冰为代表的“文学革命”主流演变为革命文学主流，新月社、现代评论派继续人道主义思潮。两大潮流进行了文学论争，国民政府右翼的“民族主义文学”运动与思潮没有成为主流。第二个阶段为1937年“七七事变”到1949年10月中华人民共和国成立。这一阶段，文学分成国统区、解放区两部分，其间还有沦陷区文学。20世纪30年代革命文学运动延伸到解放区，解放区以1942年毛泽东《在延安文艺座谈会上的讲话》为界，分成前后两期。后期，文学转变成工农兵文艺运动，成为1949年10月以后中国现代汉语文学转型的先导期。国统区的人道主义在20世纪40年代得到深化，产生了大家与杰作。现代汉语文学人文性、审美性日益深化，文学性日趋完善，从20世纪30年代左翼文学和巴金、老舍、曹禺的前期创作向40年代发展，产生了巴金的《寒夜》、《憩园》，老舍的《四世同堂》，曹禺的《北京人》，以及张爱玲、钱钟书、路翎、徐訏、无名氏、西南联大诗人群等群星，体现出人文性、审美性、现代汉语文学性相统一的高度成熟与自觉。国民政府倡导“三民主义”文艺运动与思潮。

本编主要评述1928年到1949年的文学运动与思潮、小说、诗歌、散文、戏剧、电影诸方面的成果。

第十一章
成熟期的文学运动与思潮

1928年到1949年，文学运动与思潮在诸方向发展，形成多元的文学现象。本章主要评述20世纪30年代左翼、右翼文学运动与文学思潮，30年代人道主义文学思潮，40年代国统区与解放区的文学运动与论争。

第一节 20世纪30年代左翼、右翼文学运动与文学思潮

一、“无产阶级革命文学”倡导的原因

“无产阶级革命文学”的倡导是以初期革命文学的提出为其先导的，也是其自然演进的结果。

“无产阶级革命文学”的倡导是有着特定的历史背景和原因的。从国内的情况看，1927年“大革命”失败后，无产阶级领导中国革命的现实斗争，有建立自己意识形态的要求。倡导和发展无产阶级文学，争夺文艺界的话语权、领导权成为一项迫切的现实任务；早期共产党人，有的从政治革命直接走向了文学运动，从革命文学的倡导步入革命文学和无产阶级革命文学的最初实践；社会的急剧变革也使激进的小资产阶级作家“首先卷进了革命的怒潮”，成了无产阶级文化的代表；革命作家大多聚集于上海，为无产阶级革命文学队伍的组建提供了条件。从世界文学的范围而言，无产阶级文学的兴起是与整个人类文明的现代化推进，与国际无产阶级文学运动息息相关的。19世纪马克思主义的诞生，促进了无产阶级文学的发展；20世纪世界革命的空前炽烈，使得文学与革命的结合更加紧密；十月革命的成功，又使苏联成为无产阶级文学运动的圣地；苏联文学、日本左翼革命文学、西方的辛克莱和巴比塞等人创作的影响，“无产阶级文化派”、“拉普”、“福本主义”以及“纳普”等无产阶级文学理论的引进，都推动着无产阶级文学走向主潮。

二、“无产阶级革命文学”的倡导与论争

1928年，“无产阶级革命文学”兴起，主要理论主张是由后期创造社和太阳社首先提出的。1926年，《创造月刊》创刊后，创造社进入了它的后期，成为一个“革命文学”社团。1927年秋后，冯乃超、朱镜我、李初梨、彭康等人从日本归国，成为后期创造社的理论主将。同年底，蒋光慈、钱杏邨、孟超等人组成太阳社，于1928年1月创办《太阳月刊》，与后期创造社共同举起无产阶级文学大旗。1928年1月，郭沫若化名麦克昂发表《英雄树》① 断言：“个人主义的文艺老早过去了”，“代替它们而起的”将是“无产阶级文艺”，宣布了一个新的文学时代的来临。紧接着，成仿吾在《从“文学革命”到革命文学》② 中提出，为创造无产阶级文学，小资产阶级作家要“把自己否定一遍”，“克服自己的小资产阶级的根性”，并明确表示要以农工大众为对象，要使我们的“媒质接近农工大众的用语”。李初梨在《怎样地建设革命文学?》③ 里更是强调，作家要“牢牢的把握着无产阶级的世界观”，认为“我们的文学家，应该同时是一个革命家”。蒋光慈也在《关于革命文学》④ 中认为：“革命文学是以被压迫的群众做出发点的文学”，因此，“它的主人翁应当是群众”。这些观点涉及了无产阶级文学的性质、任务，接触到了创作主体世界观的转变问题，无产阶级文学与人民的关系问题，成为早期无产阶级文学的理论纲领。与此同时，这些观点也标明了无产阶级文学倡导者们的“革命”姿态：号召后起的“革命文学”青年作家们，以批判“个人主义”、“小资产阶级”为名，与“五四”以来的文学前辈划清界限，并向后者发起挑战，以此发展革命文学。

“无产阶级革命文学”倡导者激进的姿态，使他们犯了“左”倾幼稚病。他们简单地将文学视为无产阶级政治革命的传声筒，认为“一切文学，都是宣传，普遍地，而且不可避免地是宣传”⑤，忽视文学自身的艺术特征和审美价值；将无产阶级的政治实践活动作为文学唯一的反映和表现视角，甚至认为标语口号式的创作形式是无产阶级文学不可避免的。文学工具化，文学的功能、作用简单化和绝对化的倾向严重。有意割裂无产阶级文学与“五四”文学的历史联结，否定二者的继承关系，把小资产阶级作家作为革命的对象。冯乃超发表《艺术与社会生活》，在清算五四新文学运动的时候，把鲁迅、茅盾、叶绍钧、郁达夫、张资平都当作“社会变革时期的落伍者”加以批判。《文化月刊》还出版批判鲁迅特辑，《太阳月刊》也专门发表了钱杏邨批判鲁迅的长篇论文《死去了的阿Q时代》。有的文章谩骂鲁迅为“封建余孽”、“二重性反革命人物”⑥。《创造月刊》也发表了批判茅盾的文章。这样，引发了“无产阶级革命文学”论争。这场论争到1929年秋冬，为了筹备“左联”，在中共江苏文委的过问下才得以停

---

① 载《创造月刊》，第1卷第8期，1928年1月。
② 载《创造月刊》，第1卷第9期，1928年2月。
③ 载《文化批判》，第2号，1928年2月。
④ 载《太阳月刊》，第2期，1928年2月。
⑤ 李初梨：《怎样地建设革命文学?》，载《文化批判》，第2号，1928年2月。
⑥ 杜荃（郭沫若）：《文艺战线上的封建余孽》，载《创造月刊》，第2卷第1期，1928年8月。

止，但其余波延及中国文坛大半个 20 世纪。

三、中国左翼作家联盟及其文学活动

（一）中国左翼作家联盟

1930 年，中国左翼作家联盟（简称“左联”）在上海成立。事前，中共中央指示创造社和太阳社停止内部论争和对鲁迅等人的攻击，筹备建立统一的左翼文学组织。冯乃超、沈端先、冯雪峰与鲁迅商谈，并共同开过以“清算过去和确定当前文学运动底任务”为主题的讨论会。在此基础上，1930 年 3 月 2 日，中国左翼作家联盟成立大会召开。有 40 余人出席大会，会上，鲁迅、沈端先、冯乃超、钱杏邨、田汉、郑伯奇、洪灵菲等七人被选为常务委员。“左联”通过了自己的理论纲领和行动纲领，决定成立马克思主义文艺理论研究会、外国文化研究会、文艺大众化研究会等机构，加强同国际左翼文艺运动的联系，密切与国内革命团体的关系等。“左联”在各地还设有一些分会。文化界其他领域也相应成立了“剧联”、“影联”、“美联”、“社联”、“记者联”等左翼团体，由中共中央通过“文化总同盟”统一领导。

鲁迅在“左联”成立大会上发表了《对于左翼作家联盟的意见》[①] 的重要讲话，总结了无产阶级文学倡导期的历史经验，切中小资产阶级作家世界观突变的特点和弱点，警醒“‘左翼’作家是很容易成为‘右翼’作家的”，提出应该坚持“韧”的战斗的主张；针对中国无产阶级运动一开始就暴露出来的宗派主义、小团体主义等先天不足，号召“左联”在“目的都在工农大众”的旗帜下扩大联合战线，“造出大群的新的战士”。

（二）“左联”主要文学活动

“左联”成立后，以《创造月刊》、《文化批判》、《太阳月刊》、《拓荒者》、《萌芽》月刊、《十字街头》、《北斗》、《文学月报》、《光明》半月刊，以及秘密发行的《文学导报》等为阵地开展了一系列文学活动。

一是加强了马克思主义文艺理论的译介和研究工作。“左联”的文艺理论家在“左联”成立前就翻译介绍了一些马克思主义的文艺理论著作。冯雪峰等翻译介绍了列宁的《托尔斯泰——俄罗斯革命的明镜》、《论新兴文学》；鲁迅翻译介绍了卢那察尔斯基的《艺术论》和普列汉诺夫的《艺术论》等。1928 年底开始出版“文艺理论小丛书”，1929 年陆续出版“科学的文艺理论丛书”等。“左联”成立后，建立了专门的马克思主义文艺理论研究会，瞿秋白成为重要的马克思主义文论的翻译家和阐释者。他在翻译经典著作的基础上，撰写了《马克思恩格斯和文学上的现实主义》、《恩格斯和文学上的机械论》、《关于列宁论托尔斯泰两篇文章的注释》等文，并针对初期无产阶级文学作品中表现出的“主观主义的理想化”和“革命浪漫谛

---

① 载《萌芽》月刊，第 1 卷第 4 期，1930 年 4 月。

克”倾向，阐述了反对“席勒式”，提倡“莎士比亚化”的意义。1936年还出版了郭沫若等翻译的“文艺理论丛书”。

二是推动了文艺大众化运动。“左联”设立了文艺大众化研究会，“将文学的大众化”作为建设无产阶级文学的“第一个重大问题”。“左联”成立的同时和1932年7月，《大众文艺》、《北斗》等刊物先后发表文艺大众化问题的讨论文章，鲁迅、周起应、何大白、田汉等人都参与了讨论。讨论主要集中在“文学形式”上，尤其是如何批判地继承民族旧形式，以克服五四新文学中普遍存在的脱离大众的“欧化”倾向。讨论中对民族形式和外来形式各有侧重，鲁迅的“拿来主义”则体现了接受外来文化和汲取民族传统精华，实现现代文学的现代化和民族化相统一的思想，是此次文艺大众化运动的重要收获。1934年夏天发生的大众语和文字拉丁化的讨论，也对文艺的大众化起到了积极的作用。

三是进行科学的文学批评。1932年夏天以前，“左联”对苏联“拉普”的“唯物辩证法的创作方法”进行照搬，以世界观代替创作方法，出现了公式化概念化、脱离现实地想当然理解革命的“革命浪漫谛克”倾向。华汉（阳翰笙）的小说《地泉》（1932）、蒋光慈的小说就是代表。1932年，苏联清算“拉普”，提出“社会主义现实主义”创作方法，“左联”由此开始现实主义理论再讨论。瞿秋白、茅盾、郑伯奇、华汉本人都在《地泉》序言里批评了“革命浪漫谛克”倾向。鲁迅发表了关于小说题材的通信，强调写自己熟悉的生活。周扬发表了《社会主义的现实主义与革命的浪漫主义》，第一次向国内介绍了“社会主义现实主义”理论，把“真实性”、“典型环境中的典型性格”、“在发展中、运动中去认识和反映现实”、“把为人类的更好的将来而斗争的精神灌输给读者”等革命现实主义的基本原则介绍进来。瞿秋白写了《鲁迅杂感选集·序言》①，首次提出鲁迅是由个性主义到集体主义、进化论到阶级论，由绅士阶级的逆子贰臣到无产阶级的友人至于战士的经典论断。茅盾发表了《鲁迅的小说》、《徐志摩论》、《王鲁彦论》、《落华生论》等系列作家论，指导了当时的文学创作。

四是加强了与世界文学的联系和交流。“左联”建立了外国文化研究会，一方面以极大的热情输入苏联文学作品，高尔基、法捷耶夫、绥拉菲摩维支、肖洛霍夫等一批早期无产阶级文学作品被介绍进来；另一方面西方左翼作家或进步作家如辛克莱、雷马克、德莱塞等人的作品也得到翻译；再一方面鲁迅、郁达夫、茅盾等通过合作主编《奔流》、《译文》等刊物，大量译介了19世纪和20世纪初叶俄国和西方的一些优秀的文学作品，包括托尔斯泰、莱蒙托夫、惠特曼、契诃夫、易卜生等人的作品。1935年，郑振铎还主持编辑了规模庞大的“世界文库”。文艺复兴以来的西方文学名著，如《死魂灵》、《浮士德》、《忏悔录》等也先后被翻译介绍。与此同时，鲁迅、郭沫若、沈从文、林语堂等中国现代作家的作品也被介绍到国外，中国现代文学在“左联”时期开始了与外界的双向交流。

五是进行了革命文学创作。

六是与右翼思潮、自由主义思潮开展了几次重要的文学论争。

---

① 瞿秋白：《鲁迅杂感选集·序言》，见《瞿秋白文集》，第2卷，997页，北京，人民文学出版社，1953。

四、“左联”与国民政府“民族主义文艺运动”的论战及其他文艺论争

（一）“民族主义文艺运动”与论争

20世纪20年代后半期，随着“无产阶级革命文学”思潮的风起云涌，国民政府开始意识到文艺统治的必要，曾于1929年提出“三民主义文学”，将其作为指导文艺创作思想的文艺政策[①]。然而事与愿违，当时并没有引起有关方面及文艺人士的重视。直到1930年“左联”成立，国民政府方面才高度警惕，并着手策划成立针对“左联”的文艺组织，于是有了成立于1930年6月的“前锋社”，办有《前锋周报》、《前锋月刊》，同时发起“民族主义文艺运动”。前锋社的成员作家，原为几位倡导“民族主义艺术”的同人，如傅彦长、朱应鹏、张若谷、徐蔚南等，他们曾于1926年至1927年间共同编辑出版《艺术界周刊》，由于政治上与政府有往来，故文学史上视之为右翼文人。这些均为“民族主义文艺运动”的发起奠定了基础。在这场“民族主义文艺运动”中，除了上海的前锋社以外，另在南京、杭州、江西、安徽等地，先后成立了其他一些右翼文艺组织。南京方面有：成立于1930年7月的“中国文艺社”，成员作家主要有王平陵、钟天心、左恭等人，出版有《文艺月刊》，组织上隶属于叶楚伧管辖的宣传部；成立于1930年的“开展文艺社”，成员作家有潘孑农、曹剑萍、赵光涛等，办有《开展》月刊；另有“流露社”（办有不定期刊物《流露》）、“线路社”（办有《橄榄》月刊）等；杭州方面有：“初阳社”（办有《初阳旬刊》）、“黄钟文学社”（办有《黄钟》）、“前线文艺社”（办有《前线文艺》）等；江西方面有：刘百川等办有《汗血》杂志，后与人成立“民族文艺社”，1937年1月创刊《民族文艺月刊》；安徽方面有：“安徽反省院”主持《民族文艺周刊》（创刊于1934年7月），1937年1月在安庆成立“安徽民族文艺社”，办有《火炬》旬刊，等等。[②] 上述文艺社团与刊物，情况不一，共同构成了30年代“民族主义文艺运动”的文学潮流。

引起“左联”作家反感的，是来自“民族主义文艺运动”阵营的冷嘲热讽。特别是1930年，前锋社成员作家在《前锋月刊》创刊号上发表《民族主义文艺运动宣言》，鼓吹以“民族意识代替阶级意识”，攻击革命文学作家“把艺术囚在阶级上”，是“虚伪投机，欺世盗名”[③]，反对左翼文学运动。在创作上推出了黄震遐叙述蒋冯阎中原大战的《陇海线上》和描写13世纪蒙古远征俄罗斯的诗剧《黄人之血》，以及万国安讲述1929年中苏之战的《国门之战》等作品。左翼作家对此给予了迎头痛击。瞿秋白在《屠夫的文学》中，痛斥这是“鼓吹杀人放火的文学”[④]；鲁迅在《“民族主义文学”的任务和运命》中撕开了这派作家的伪装，指出他们是帝国主义“最要紧的奴才，有用的鹰犬”[⑤]；茅盾则在《“民族主义文艺”的现形》中戳穿“民族

---

① 参见《全国宣传会议第三日》，载《中央日报》，1929-06-06。

② 上述“民族主义文艺运动”的社团阵营之活动情形，详见周云鹏的博士论文《“民族主义文学”（1930—1937年）论》之第一章“民族主义文艺运动”的兴起，16～26页，第三章“特定时空领域中‘民族主义文艺运动’的实践形态”，39～68页，上海，复旦大学，2005。

③ 《民族主义文艺运动宣言》，载《前锋月刊》，第1卷第1期，1930-10-10。

④ 瞿秋白：《屠夫的文学》，载《前哨》（《文学导报》），第1卷第3期，1931-08-20。署名史铁儿。

⑤ 鲁迅：《“民族主义文学”的任务和运命》，见《鲁迅全集》，第4卷，311页，北京，人民文学出版社，1989。

主义文艺运动”的实质是“国民党对于普罗文艺运动的白色恐怖以外的欺骗麻醉的方策”[①]。很显然，这场论争，本质上是两种政治意识形态的斗争在文学上的反映，背后也反映出30年代现代作家的不同政治背景及其社会关联，造成左、右翼文坛的政治分化。

（二）“左联”与新月派的论争

20年代末30年代初，左翼作家与新月派理论家梁实秋之间，围绕文学是否基于“普遍人性”展开了论争。论争的焦点是梁实秋文学观中的“人性论”和“天才论”。他主张“天才”创造文学，“一切的文明，都是极少数的天才的创造”[②]，认为文学与大多数人不发生关系，否认无产阶级文学存在的合理性。他批评革命文学倡导者“把文学当做阶级斗争的工具而否认其本身的价值”，指出“人生现象有许多方面都是超于阶级的”[③]。彭康发表《什么是“健康”与“尊严”——“新月的态度”与批评》与其争辩。鲁迅在《“硬译”与“文学的阶级性”》中指出，梁实秋提出文学就是表现“最基本的人性的艺术”，是“矛盾而空虚的”；文学只有通过人才能表现“人性”，然而“一用人，而且还在阶级社会里，即断不能免掉所属的阶级性”[④]。同时，鲁迅也批评了左翼作家把文学的阶级性绝对化的倾向，他在《文学的阶级性》中说：“在我自己，是以为若据性格感情等，都受‘支配于经济’（也可以说根据于经济组织或依存于经济组织）之说，则这些就一定都带着阶级性。但是‘都带’，而非‘只有’。所以不相信有一切超乎阶级，文章如日月的永久的大文豪，也不相信住洋房，喝咖啡，却道‘唯我把握住了无产阶级意识，所以我是真的无产者’的革命文学者。”用阶级性代替、抹杀文学的“个性”，是对“唯物史观”的“糟糕透顶”的歪曲。[⑤] 鲁迅的批评是双刃剑，既击中梁实秋“普遍人性”的要害，又击中了左翼文坛以阶级性取代人性的极端化的弊端。“左联”与新月派作家的这场论争，背后反映出30年代中国现代作家不同的文化关怀。置身学院的梁实秋，显然没有“左联”作家的民间处境与社会感受，故而无法理解后者对于文学“阶级性”问题的若干同情。

（三）“左联”与“自由人”、“第三种人”之间的论争

1931—1933年，左翼作家与胡秋原、苏汶展开论争。1931年底，自称“自由人”的胡秋原连续发表文章表示“文学与艺术，至死也是自由的、民主的”，反对来自左翼文坛的“急进的社会主义者”和国民党“民族主义文学”的“极端反动主义者”两方面对文艺的“侵略”[⑥]，在左翼文学与国民党“民族主义文学”之间左右开弓，影响了一些自由主义小资产阶级作家。瞿秋白指责胡秋原的目的是“要文学脱离无产阶级而自由，脱离广大的群众而自由”[⑦]。苏汶自称代表“作者之群”的“第三种人”，在《关于〈文新〉与胡秋原的文艺辩论》一文中，为

① 茅盾：《“民族主义文艺”的现形》，载《前哨》（《文学导报》），第1卷第4期，1931-09-30。署名石萌。

② 梁实秋：《文学与革命》，见《梁实秋批评文集》，129页，珠海，珠海出版社，1998。

③ 梁实秋：《文学是有阶级性的吗?》，见《梁实秋批评文集》，141页。

④ 鲁迅：《“硬译”与“文学的阶级性”》，见《鲁迅全集》，第4卷，204页，北京，人民文学出版社，1989。

⑤ 鲁迅：《文学的阶级性》，见《鲁迅全集》，第4卷。

⑥ 胡秋原：《阿狗文艺论》，载《文化评论》创刊号，1931年12月。

⑦ 易嘉（瞿秋白）：《文艺的自由和文学家的不自由》，载《现代》，第1卷第6期，1932年10月。

胡秋原辩解，论争升级。论争的焦点是文艺与政治的关系。苏汶等反对政治“干涉”文学，强调文学真实性的独立地位。周起应著文进行反批评，强调“无产阶级的阶级性、党性不但不妨碍无产阶级对客观真理的认识，而且可以加强它对于客观真理的认识的可能性”①；瞿秋白则走向另一极端，认为“文艺永远是、到处是政治的留声机”②。苏汶在《“第三种人”的出路》中指出，文学的武器作用“不能整个包括文学的涵义”；文学的阶级性不意味着“那种有目的意识的斗争”；“反映某一阶级生活”并非“必然赞助某一阶级的斗争”；“一切非无产阶级的文学”并非“即是拥护资产阶级的文学”。文章还抗议左翼理论家“借着革命来压服人”，“有意曲解别人的话”及“因曲解别人而起的诡辩和武断”③。歌特（张闻天）在党内刊物上发表《文艺战线上的关门主义》，认为“不是无产阶级的作品，但可以是有价值的作品”，如果否认文学真实性标准的独立意义，会导致这样的观点的——“凡不愿做无产阶级煽动家的文学家，就只能去做资产阶级的走狗”④，这反而束缚了文学家的手脚，把文学的范围缩小了，这是文艺战线上的关门主义。他的观点在当时具有洞见，也显得较为客观和辩证。

（四）“左联”与论语派等人的论争

1934年左右，左翼作家对以林语堂、周作人为代表的“性灵文学”也进行了批评。鲁迅尖锐地指出，林语堂所办《论语》，提倡幽默、闲适、性灵的小品文，是“靠着低诉或微吟，将粗犷的人心，磨得渐渐的平滑”，在“风沙扑面，狼虎成群的时候，谁还有这许多闲功夫，来赏玩琥珀扇坠，翡翠戒指呢”⑤？30年代中期，左翼作家还与朱光潜、沈从文等发生过论辩。这些京派文学家强调文学与时代、政治的距离，追求人性的、永久的文学价值。朱光潜推崇“和平静穆”是美的最高境界。鲁迅则提倡战斗的力的美，在《白莽作〈孩儿塔〉序》中称殷夫的诗“是对于前驱者的爱的大纛，也是对于摧残者的憎的丰碑。一切所谓圆熟简练，静穆幽远之作，都无须来作比方，因为这诗属于别一世界”⑥。沈从文与茅盾还就作家把握文学的“艺术”与“时代”的问题发生过争论。1934年春夏之交发生的“大众语文论争”，是继“文白之争”后的又一次重要的文学语言论争，对于批评新文学语言的欧化和半文半白的倾向，捍卫白话文运动的成果，纠正将文学语言阶级化的错误观点，探索现代汉语文学性自身的特点及走向，产生了深远的影响。

（五）“两个口号”的论争

由于民族矛盾日益尖锐，1936年“左联”自动解散。这之前，发生了“两个口号”论争。1935年“一二·九”运动爆发，在全民族救亡运动的推动下，周扬、郭沫若等提出了“国防文学”的口号，立即得到了广泛响应。嗣后，为弥补此一口号的不足，冯雪峰、胡风又提出“民族

---

① 周起应：《到底是谁不要真理，不要文艺》，载《现代》，第1卷第6期，1932年10月。
② 易嘉（瞿秋白）：《文艺的自由和文学家的不自由》，载《现代》，第1卷第6期，1932年10月。
③ 苏汶：《“第三种人”的出路》，载《现代》，第1卷第6期，1932年10月。
④ 歌特：《文艺战线上的关门主义》，发表于当时共产党秘密发行的机关刊物《斗争》，据考歌特为张闻天化名。
⑤ 鲁迅：《小品文的危机》，见《鲁迅全集》，第4卷，575页。
⑥ 鲁迅：《白莽作〈孩儿塔〉序》，见《鲁迅全集》，第6卷，494页，北京，人民文学出版社，1989。

革命战争中的大众文学”口号。两派发生争执。左翼作家中的“左”倾幼稚与宗派主义情绪又一次暴露出来，同时暴露出“左联”内部领导人的某些文化专制主义倾向。鲁迅为此抱病写了《答徐懋庸并关于抗日统一战线问题》① 一文，主张两个口号可以并存，强调在抗日统一战线内部“文艺家在抗日问题上的联合是无条件的”。1936 年 10 月，鲁迅、郭沫若、周瘦鹃、林语堂等联合发表《文艺界同人为团结御侮与言论自由宣言》，标志着新形势下文艺界开始了统一战线的筹建。“左联”也完成了自己的历史使命。

“左联”为倡导和实践“无产阶级革命文学”，为中国现代汉语文学的成熟，起到了积极的作用。但其政治上的“左”倾倾向，组织上的宗派情绪和关门主义作风，文艺理论尤其是创作方法上的机械主义，文学的工具化、政治化诉求，以及对文学创作内部规律的轻视，对后来中国文学产生了负面的影响。

“左联”时期的文学论争，既有“无产阶级革命文学”内部的争论，又有左翼作家与自由主义文学思潮、“第三种人”的争辩，还有与政府右翼文人之间的斗争，看似争论的范围十分广泛，实则相对集中，特点极为鲜明，即论争始终集中在文学艺术发展的外部关系上，诸如文艺与阶级、文艺与政治革命、文艺与生活和时代、文艺与人民的关系上，而文学艺术内部关系问题、美学范畴问题，却未能得到全面、深入的探讨。论争的频仍，说明 30 年代现代作家间的诸种分化，其间的文学差异共同丰富和推动了 30 年代文学的发展，这是中国现代汉语文学整体走向成熟时的文学现象。

第二节 20 世纪 30 年代人道主义文学思潮

与上述以政治价值为其主要诉求的左、右翼思潮不同的是，20 世纪 30 年代人道主义文学思潮处于中立状态，与左、右翼思潮相激相荡，构成这一时期中国现代汉语文学思潮的又一特点。

一、人道主义文学思潮概貌

人道主义文学思潮的构成较为复杂，主要的理论家有新月派的梁实秋，论语派的林语堂，京派的朱光潜、沈从文等。较之左翼文艺理论家对俄苏、日本和西方左翼文学或无产阶级文学的熟稔，他们对世界文艺思潮整体，尤其是欧美文艺思想更为通晓，目光更为宽阔，态度也更为从容平和，他们与民族文化之间的贯通也相对深透，他们在承传“五四”文学的人文主义精神时，更注重文学趣味的纯正和对文学创作内部规律的生发，而与当时中国现实保持一定的审

---

① 见《鲁迅全集》，第 6 卷，526～538 页。

美距离。

坚守文学的伦理原则、人文精神和文学自身的独立性，是人道主义文学思潮的一个主要出发点。他们都公开反对“为艺术而艺术”。梁实秋认为：“文艺而躲避人生，这就是取消了文学本身的任务”，“文学里面是要有思想的骨干，然后才能有意义，要有道德性描写，然后才有力量”①。朱光潜认为：“十九世纪所盛行的‘为文艺而文艺’的主张是一种不健全的文艺观。”②沈从文则希望自己的作品能给那些“对中国社会变动有所关心”、“各在那里很寂寞的从事民族复兴大业的人”以“一种勇气同信心”③，因此，他在创作上“拟将‘过去’和‘当前’对照”，在对“人性”的重新发现中，思考和追索“所谓民族品德的消失与重造，可能从什么方面着手”④。朱光潜还从中国现实出发，呼吁文学承担起洗刷人心，再造灵魂的使命，他“坚信中国社会闹得如此之糟，不完全是制度的问题，是大半由于人心太坏”，并同时“坚信情感比理智重要，要洗刷人心，并非几句道德家言所可了事，一定要从‘怡情养性’做起……要求人心净化，先要求人生美化”⑤。这些理论主张，显示出 30 年代自由主义文艺界对于文学独特的人文关怀。无论是林语堂，还是朱光潜、沈从文，他们都固守文学的独立性。但他们在具体的理论诉求上又各不相同。

二、梁实秋、林语堂、朱光潜的人道主义理论

（一）梁实秋的新人文主义

梁实秋宣扬新人文主义的文学观。1924—1925 年，梁实秋在美国哈佛大学师从著名的新人文主义思想领袖白璧德学习 16 世纪以后的文学批评，受其思想的深刻影响，新人文主义成为他文学思想的理论基础。新人文主义者反对西方近代以来以卢梭为代表的资产阶级人文主义，视浪漫主义为中心敌人，卢梭为罪魁祸首；并以善恶二元的人性论，攻击人性本善的一元论；企图凭借以理制欲，复活一种和谐、均衡的古典审美理想，重建“人的法则”来挽救人欲横流、道德沦丧的现代社会危机。⑥梁实秋以新人文主义思想对“五四”以来的中国新文学进行了反思和评介，提出了以人性为核心的文学标准，以古典主义的“节制”为美学追求。在梁实秋看来，五四新文学运动不过是一场浪漫的混乱，其作品大都情感泛滥不加检束。他在艺术上批判浪漫主义、现实主义，在思想上指摘个性主义，整个地否定五四新文学运动。

“人性”在梁实秋的文学观里居于核心地位，其含义是由多个层面构成的。首先，人性是文学之源。1926 年，他在《文学批评辩》中就说：“文学乃‘人性’的产物”，并认为“文学发于人性，基于人性，亦止于人性”，“文学的目的是在藉着宇宙自然人生之种种的现象来表示

---

① 梁实秋：《文学与科学》，见《梁实秋论文学》，373 页，台北，时报出版公司，1981。

② 朱光潜：《我对于本刊的希望》，载《文学杂志》，1939 年创刊号。

③ 沈从文：《边城·题记》，见《沈从文文集》，第 6 卷，68 页，广州，花城出版社，香港，三联书店，1983。

④ 沈从文：《长河·题记》，见《沈从文文集》，第 7 卷，4 页，广州，花城出版社，香港，三联书店，1983。

⑤ 朱光潜：《谈美·开场话》，见《朱光潜全集》，第 2 卷，6 页，合肥，安徽教育出版社，1987。

⑥ 参见罗钢：《梁实秋与新人文主义》，载《文学评论》，1998（2）。

出普遍固定人性”[①]。其次，“人性是测量文学的唯一标准”[②]。梁实秋强调：“文学的研究，或创作或批评或欣赏，都不在满足我们好奇的欲望，而在于表现出一个完美的人性。”[③] 再次，人性是超阶级的。梁实秋说：“一个资本家和一个劳动者，他们的不同的地方是有的……但是他们还有同的地方，他们的人性并没有两样……文学就是表现这最基本的人性的艺术”[④]，并由此断言：“文学是没有阶级性的”[⑤]。

梁实秋的人性论在本质上是一个伦理概念。他是这样表述其人性观的：“人性是很复杂的（谁能说清楚人性包括的是几样成分）。惟其复杂，所以才有条理可说，情感和想象都要向理性低首，在理性指导下的人生是健康的，常态的，普遍的。在这种状态下表现出的人性亦是最标准的。”因此，他的人性又是二元的，一是以想象情感为代表的“需要被控制的自我”；一是以理性为代表的“施加控制的自我”。前者是病态的，后者是健康的，理性是人性的中心。这样，梁实秋的人性论又成为以理制欲的人性论。这使他在文艺上主张“合于理性的束缚”[⑥]，古典主义的“节制”代表着他的艺术精神。梁实秋文艺思想中的某些因素，如对健康、匀调、节制等古典美感特征的推崇，与新月派的诗歌理论和老舍等一些经院派作家的审美追求，在实质上有不少一致之处。

（二）林语堂的“性灵文学”

1932年至1935年间，林语堂先后创办《论语》、《人间世》、《宇宙风》三个刊物，主要刊载小品文。这期间林语堂倡导“性灵文学”。“‘性’指一个人之‘性’，‘灵’指一人之‘灵魂’或‘精神’”，“性灵就是自我”[⑦]。“性灵文学”实际上是“自我表现”或者说“以自我为中心”的文学。它通过对人的内在灵魂的自我审视与凸显，以人的性灵，即自然本性的自然流露，去摆脱当下政治和眼前现实对作家心灵的干扰，逃避革命意识形态加诸文学的使命，将小品文创作作为“在人生途上小憩谈天”[⑧]。这样，“幽默”和“闲适”就成为性灵文学追求的美学目标，从中是可以看出其与周作人文学观的血肉联系的。

（三）朱光潜的静穆美学

朱光潜主张审美趣味、美学风格的多样性和审美“距离”说。他在《文学杂志》发刊词《我对本刊的希望》中提倡“自由生发，自由讨论”，“不希望某一种特殊趣味或风格成为‘正统’”，应“殊途同归地替中国新文艺开发出一个泱泱大国”。同时，他主张审美距离。1935年12月，他在《中学生》杂志上发表文章《“曲终人不见，江上数峰青”》，把“和平静穆”的美

---

① 梁实秋：《文学的纪律》，见《梁实秋批评文集》，105页，珠海，珠海出版社，1998。
② 梁实秋：《文学与革命》，见《梁实秋批评文集》，132页。
③ 梁实秋：《文学的纪律》，见《梁实秋批评文集》，100页。
④ 梁实秋：《文学是有阶级性的吗?》，见《梁实秋批评文集》，141页。
⑤ 梁实秋：《文学与革命》，见《梁实秋批评文集》，136页。
⑥ 梁实秋：《文学的纪律》，见《梁实秋批评文集》，105页。
⑦ 林语堂：《论文上》，载《论语》，第15期。
⑧ 林语堂：《再与陶亢德书》，载《论语》，第38期。

视作“诗的极境”，美的“最高境界”，同时也是人生哲理的“最高理想”。在当时的现实情景中，要实现这样的美学理想，是需要作家保持一定的审美距离的。作为一个美学家，朱光潜奉行严谨而超脱的风格，从文学的本己特征出发，强调其“怡情养性”、“人心净化”、“人生美化”的功用，维护着文学的独立自足性。

沈从文此时也持有与朱光潜大体相当的文学观。他同样强调文学的独立性和创作风格的多元性，反对媚俗流俗。1936 年 10 月，他以炯之的笔名在《大公报》文艺副刊上发表《作家间需要一种新运动》，批评了当时文学创作在题材、内容、风格上普遍存在的“差不多”现象，他认为其原因在于“记住‘时代’忘了‘艺术’”。因此，他号召“作家需要有一种觉悟，明白如果希望作品成为经典，就不宜将它媚俗流俗”。

第三节
20 世纪 40 年代国统区、解放区文艺运动与论争

1937 年 7 月 7 日全面抗日战争爆发。中国现代汉语文学因几个不同的政治区域的形成而各具特点。国民党统治的国统区、共产党领导的解放区、日本侵略军占领的沦陷区以及处于战争包围之中的租界“孤岛”等各自的文学活动，构成当时的文学版图。文艺运动与论争主要发生在国统区和解放区。

一、国统区

1938 年 3 月 27 日，中华全国文艺界抗敌协会（简称“文协”）在武汉成立。大会推举老舍、郭沫若、茅盾、丁玲、邵力子、冯玉祥、田汉、陈铭枢、老向、郁达夫、巴金等 45 人为理事，周扬等 15 人为候补理事。理事会推举老舍为总务部主任，主持“文协”日常工作。“文协”先后在全国设立了几十个分会，它是全国最广泛地团结作家艺术家从事抗日工作的统一战线组织。“文协”以《抗战文艺》为会刊，在“文章下乡，文章入伍”的口号下，积极推动作家投入伟大的抗日民族战争。同年 4 月，负责抗战宣传工作的军委会政治部第三厅成立，郭沫若主持工作，阳翰笙任秘书，田汉出任第六处处长掌管艺术宣传。第三厅有力地领导和推动了文艺界的抗日活动。是为全面抗战前期的文学运动。整个文坛充满了抗战的浪漫轻松的乐观气氛，创作形式为群众性强的报告文学、朗诵诗、街头剧，其中街头剧“好一计鞭子”① 风行一时。

全面抗战后期，随着抗战形势的复杂演进，作家们也一改往日的热情与乐观，转向冷静的现实批判，暴露与讽刺成为文学的创作主题。

① 街头剧《三江好》、《最后一计》、《放下你的鞭子》的合称。

1941年皖南事变发生后，随着国共两党关系的恶化，国统区文艺界的分化与矛盾也再次暴露。国统区一些右翼文艺人士，开始利用政府职权之便，加紧对左翼以及自由主义文艺的批评，重新组织了一系列“三民主义文艺运动”。1941年，国民党中央宣传部在重庆宣布成立“中央文化运动委员会”，张道藩任主任，先后创办《文化先锋》①、《文艺先锋》② 两姊妹刊，作为机关刊物，前者为综合性刊物，后者专刊文艺方面的创作与论著。张道藩在《文化先锋》创刊号上发表《我们所需要的文艺政策》，提出“三民主义文艺”为“抗战建国”时期的文艺方针，并归纳为“六不”、“五要”③。随即，《文化先锋》、《文艺先锋》等刊展开讨论。讨论中，两刊编辑李辰冬逐渐提出“民族文艺”，并利用编刊之便大力倡导， 时间蔚为风潮。抗战胜利以后，“三民主义文艺运动”有了新的发展。随着国民政府进入“宪政”时期，三民主义的“民主”、“民生”开始代替战时的“民族”主义话语，成为“建国”主题。国统区文艺界也纷纷开展“建国”文艺运动，包括战后的“复员”动员，各种文艺制度建设的讨论，并于1946年1月成立“中华全国文艺作家协会”，代替战时的“文协”，作为战后国统区的文艺组织。不久，随着国共内战的尖锐化，国统区文艺界围绕“戡乱建国”的国策，发起了一系列“戡乱文学”以及“三民主义文艺”的其他讨论。随着40年代末国民党在大陆统治的失败，“三民主义文艺运动”遂行中止，继而在五六十年代的台湾，变换为一系列“反共文艺运动”，直到60年代末70年代初才为台湾的现代派文学思潮所取代。

国统区40年代的“三民主义文艺运动”，可视为30年代“民族主义文艺运动”在抗战后期以及战后的发展。

二、解放区与毛泽东《在延安文艺座谈会上的讲话》

解放区以1942年为界，分作前后两期。前期，不少来自国统区的作家艺术家对延安进行歌颂的同时，用杂文对阴暗面进行了批判。1942年，延安开展了文艺整风运动，转入后期，工农兵成为文艺的方向。

1942年5月2日、23日，毛泽东分两次作了著名的讲演——《在延安文艺座谈会上的讲话》(以下简称《讲话》)。《讲话》后经整理，次年在《解放日报》上正式发表。《讲话》被认为是马克思主义文艺理论在中国成功实践的经典文本。《讲话》产生于特定的历史、政治背景，有着强烈的现实针对性。在作为党的最高领导人的毛泽东看来，自五四新文化运动以来，中国现代汉语文学始终没能从根本上解决好文学的民族化问题、大众化问题，没能深入地、全面地、迅速地反映共产党领导的革命斗争；投奔延安的青年知识分子也未能彻底消除与工农兵之间的情感隔膜，主动地与他们打成一片，反映他们的生活；而且这些在域外文学滋养下成长起来的作家，追求所谓高雅的艺术而不愿意创作宣传性的、普及性的作品，来适应和满足革命与

---

① 创刊于1942年9月。

② 创刊于1942年10月。

③ “六不”是：不专写社会黑暗，不挑拨阶级仇恨，不带悲观的色彩，不表现浪漫的情调，不写无意义的作品，不表现不正确的意识；“五要”是：要创造我们的民族文艺，要为最苦痛的平民而写作，要以民族的立场来写作，要从理智里产生作品，要用现实的形式。参见张道藩：《我们所需要的文艺政策》，载《文化先锋》，第1卷第1期，1942-09-01。

战争的需要；更不合时宜的是，他们习惯于国统区的暴露与讽刺，对新政权、新社会、新生活还没有找到恰当的文学立场和文学表达。如此等等，在毛泽东看来，都是迫切需要加以解决的问题。

《讲话》首先解决了文艺的根本问题，即“我们的文艺是为什么人的”和“如何去服务”的问题，提出了文艺为人民大众服务的方向。要真正为人民大众服务，作家就必须把立足点移到无产阶级方面来，移到人民大众方面来。人民大众的生活是一切文学艺术取之不尽用之不竭的唯一源泉，只有深入实际工作、深入工农兵群众，实现思想改造、情感转变，借鉴古今中外的文学遗产，才能创造出真正为人民大众的文学。在具体工作中，要处理好“普及”与“提高”的关系。其次，《讲话》解决了文艺的性质和标准问题，认为文艺从属于政治，政治标准第一，艺术标准第二。再次，《讲话》解决了文艺的表现内容和表现形式问题，即我们的文艺既要表现工农兵的生活，又要创造新鲜活泼的为中国老百姓所喜闻乐见的中国作风和中国气派。《讲话》的内容非常丰富，还包括文化遗产的批判与继承、文艺队伍的建设、统一战线等问题。《讲话》是应当时严峻的政治、军事斗争形势的需要作出的，深刻地总结了“五四”以来新文学运动的经验教训，从理论上解决了新文学发展中的许多关键问题，对新文学具有重大而深远的指导意义，是马克思主义文艺理论在中国的新发展，对未来中国文学产生的影响是巨大而深刻的。

三、20 世纪 40 年代的文艺论争

（一）与“抗战无关论”的论争

与“抗战无关论”的论争，即左翼作家与梁实秋以及沈从文、朱光潜等京派作家这样一些自由知识分子之间的争论。1938 年 12 月，梁实秋在其主编的《中央日报》副刊《平明》上发表《编者的话》，认为“空洞的‘抗战八股’”对谁都没有益处，“于抗战有关的材料，我们最为欢迎，但与抗战无关的材料，只要真实流畅，也是好的，不必勉强把抗战截搭上去”。客观而言，梁实秋可能并没有反对文艺抗战的意思，只是对抗战初期那些一味为了宣传的公式化、概念化的作品不满。但在全民抗战的语境中，在民族存亡的关键时刻，这样的论调难免有提倡文学与“抗战无关”之嫌。当然，支撑其文艺观的依然是新月时期的“人性论”。① 梁实秋得到了京派作家沈从文等人的应和。沈从文从维护文学的健康与纯正的一贯立场出发，反对作家“在官从政”，提出应努力把文学“从‘商场’和官场解放出来”，建议作家做些与抗战、政治、宣传无关的事。② 朱光潜、萧乾也发表过类似的言论。萧乾要求作家和批评家“绝不宜受党派风气的左右”，只“根据社会与艺术的良知，勇敢而不畏艰苦的创作”③；朱光潜不赞成“拿文艺做宣传的工具”④，主张在文艺上的绝对的自由、民主。这些论调受到了来自左翼文艺界的

① 参见梁实秋：《“与抗战无关”》，载《中央日报》，1938-12-06。
② 参见沈从文：《文学运动的重造》，载《文艺先锋》，第 1 卷第 2 期，1942-10-25。
③ 萧乾：《中国文艺往哪里走?》，载《大公报》（上海），1947-05-05。
④ 朱光潜：《自由主义与文艺》，载《周论》，第 2 卷第 4 期，1948 年 8 月。

猛烈批判。罗荪指出，梁实秋的言论“抹杀了今日全国文艺界的一个共同目标：抗战文艺”[①]。不过，他与宋之的、陈白尘等对梁实秋的批判大多意气用事，缺乏深入的理论探讨。郁达夫、胡风等人的观点较为冷静客观。针对京派作家的自由主义文艺观，《大众文艺丛刊》以“本刊同仁”的名义发表了《对于当前文艺运动的意见》，郭沫若、邵荃麟、林默涵、胡绳等都撰写了批评文章。

（二）关于“民族形式”的论争

毛泽东关于“民族形式”的一系列论述，先在解放区后在国统区引发了论争。解放区的论争并未深入展开，周扬、艾思奇、萧三、何其芳等人的文章，大多局限于对民间形式的运用和对毛泽东系列论述的学习体会。国统区的论争焦点则集中在“民族形式”的“中心源泉”问题。一方以向林冰为代表，认为“民族形式”的“中心源泉”主要在民间旧形式。他在《论“民族形式”的中心源泉》等文中，反复强调运用民间形式是创造新民族形式的途径，指责新文学是“以欧化东洋化的移植性形式代替中国作风中国气派的畸形发展形式”。另一方以葛一虹为代表，他在《民族形式的中心源泉在所谓“民间形式”吗？》等文中，又完全否定民间形式在创构“民族形式”上的继承、借鉴、开发作用，全盘肯定“五四”新文学。这种非此即彼、二元对立的思维方式及观点，遭到了来自各方的有力挑战。其中，郭沫若的《“民族形式”商兑》、茅盾的《旧形式、民间形式与民族形式》、胡风的《论民族形式问题的提出和重点》显示了对这一问题讨论的推进和深化。他们的核心论点是：只有“现实生活”才是“民族形式”的中心源泉；内容决定形式，民族的形式应该由反映民族现实的新民主主义的内容来决定。实际上，是将认识最终统一到了《在延安文艺座谈会上的讲话》上去。这几乎是以后文艺争鸣的共同结果。

（三）对“战国策”派的论战

“战国策”派的文艺观被左翼文坛指斥为“法西斯主义文艺论”。1940年，陈铨、林同济等在昆明创办《战国策》半月刊，第二年在重庆《大公报》开辟《战国》周刊，史称“战国策”派或“战国”派。其实，它并非是纯文学或以文学为主的社团，而是以西南一带的教授、学者为主体，兼及政治、哲学、历史等的一个综合性社团流派。他们也主张和宣传抗战，却抹杀了这场战争的正义与非正义的性质，错误地认为当时是“战国时代的重演”[②]。他们以尼采的权力意志和超人哲学为其哲学基础，标举战国时代的历史观，提出“军事第一，胜利第一”、“国家至上，民族至上”、“意志集中，力量集中”[③] 等口号。林同济的《寄语中国艺术人》是这一派文学观的代表。他主张以恐怖、狂欢、虔恪为创作的“三道母题”，强调“心灵”表现，鼓吹“自我”中心，提倡超阶级的民族文学运动，实际上是一种非理性主义的文学观。陈铨的剧作《野玫瑰》是“战国策”派文学创作上的代表作，得到国民党当局的嘉奖。“战国策”派

① 罗荪：《再论“与抗战无关”》，载《国民公报》，1938-12-11。

② 林同济：《战国时代的重演》，载《战国策》，第1期，1940-04-01。

③ 陈铨：《政治理想与理想政治》，载《大公报》，1942-01-28。

的理论和创作受到了文化界的猛烈抨击。《新华日报》、《群众》，以及延安《解放日报》发表多篇文章进行批判。汉夫在《“战国”派的法西斯主义实质》中将其定性为赤裸裸的希特勒主义。欧阳凡海的《什么是“战国”派的文艺》也认为，林同济宣扬的是反理性的法西斯主义文艺论。公正而言，当时的有些批判文章限于特定的历史情境，并未能对“战国策”派的文艺思想进行深入具体的分析，而采取了简单地进行定性的做法，显得有些粗暴和草率。

（四）关于现实主义及其“主观论”的论争

这场论争从 1945 年持续到 1949 年应该说还没有结束。论争始于 1945 年 1 月发表在《希望》创刊号上的两篇文章：一篇是胡风的《置身在为民主的斗争里面》；一篇是舒芜的哲学论文《论主观》。胡风在文章里强调体验的现实主义和创作主体在创作中的决定因素，认为“主观战斗精神”才是“艺术创造的源泉”。这显然与毛泽东《在延安文艺座谈会上的讲话》精神不一致。胡风的主观意图是想通过“主观战斗精神”的倡导，来克服文学创作上普遍存在的教条主义和公式化的不良倾向，以推动现实主义的深化。舒芜的文章是从哲学上支持胡风的，他把“主观”提到决定性的位置，并将其视为历史发展的动力。胡风、舒芜的观点引起了文艺界普遍的批评。一部分作家、批评家撰文参与论争，较有影响的有邵荃麟的《略论文艺的政治倾向》、《论主观问题》，何其芳的《关于现实主义》，冯雪峰的《现实主义在今天的问题》及其用笔名“画室”写的《题外的话》，林默涵的《从何着眼》、《略论个性解放》，黄药眠的《论文艺创作上的主观与客观》，胡绳的《评路翎的短篇小说》等。这些文章主要认为胡风、舒芜的文艺思想，背离了唯物论、阶级论，陷入了唯心论、唯生论，其哲学基础是错误的。发展创作的根本是遵循毛泽东的《讲话》精神，解决好作家的“实践”、“认识”和“立场”问题。乔木还对胡风的人民的“精神奴役底创伤”的说法进行了清算，认为这是在事实上“拒绝乃至反对和人民结合”[①]。1948 年，胡风又在《论现实主义的路》中做出进一步答辩。这场论争一直持续到新中国成立后若干年，它所涉及的诸多理论问题，对中国当代文学的发展产生了深远影响。

（五）关于“三民主义文艺运动”的论争

40 年代的国统区，围绕着“三民主义文艺运动”，展开了系列论争。1942 年，张道藩提出“我们所需要的文艺政策”，即引起若干讨论。不少国民党内文艺人士，引为同论，极力拥护三民主义文艺政策的推行。最先表示异议的是梁实秋，他不赞成文艺政策，而推崇英美国家“由着文艺自由发展”的态度。[②] 沈从文也撰文批评历来文艺政策的实施不力，标明他理想中的文艺政策是将作家视为“专家”，而不是“政策点缀品”，等等。[③] 文艺政策的讨论，也引起了左翼阵营的注意，左翼阵营先是不满张道藩文艺政策中“不专写社会黑暗”等规定，继而批评梁实秋、沈从文等人对于文艺政策的理解，特别批评梁实秋把苏联的文艺政策与德、意等国的文艺统制相提并论，认为“苏联的文艺政策并不是单纯的‘政令’。苏联任何关于文艺运动的决

---

① 乔木（乔冠华）：《文艺创作与主观》，载《大众文艺丛刊》，第 2 辑，1948。

② 参见梁实秋：《关于“文艺政策”》，载《文化先锋》，第 1 卷第 8 期，1942-10-20。

③ 参见沈从文：《“文艺政策”探讨》，载《文艺先锋》，第 2 卷第 1 期，1943-01-10。

议和措置，都是民主的作风”[①]，等等。左翼阵营为苏联文艺政策的辩护，同样引来右翼文艺人士的非议。李辰冬即针对文艺政策的讨论，着力阐发了张道藩“要创造我们的民族文艺”的说法，倡导“民族文艺”，以此批评左翼文学以及其他文学思想。关于文艺政策的论争，说明论者在文艺问题上的不同立场，是中国现代作家经由30年代左、右翼分化后，在抗战后期的一次集中对话。

类似的论争，一直延续到抗战胜利以后，以至在国共两党内战期间，国统区文艺界发起“戡乱建国”的文艺运动，批评共产党领导的解放区文艺是新文艺的“厄运”，等等。后来，国统区的这些文艺运动被左翼文学界作为反动文艺进行批判。[②] 这些文艺论争，尽管夹杂了许多政治斗争，但依然显示出40年代中国现代文学的多元格局。

1948年起，中共中央开始加强对左翼文学界的领导，在香港出版“同人”刊物《大众文艺丛刊》，逐渐确立了“文艺的新方向”，即以解放区文艺为样板的“人民文艺”，系统批判了各种“反动文艺”，包括自由主义和小资产阶级的文艺，等等。[③] 这为后来第一次“文代会”的召开做好了准备，也为新中国成立后文艺的一体化奠定了基础。

【本章学习参考】

一、相关文献

1. 中国现代文学史参考资料·文学运动史料选（1—5册）. 上海：上海教育出版社，1979.

2. 毛泽东. 在延安文艺座谈会上的讲话. 解放日报，1943-10-19.

3. 胡风. 胡风评论集（上、中、下）. 北京：人民文学出版社，1984—1985.

4. 李何林. 近二十年中国文艺思潮论. 西安：陕西人民出版社，1981.

5. 钱振纲. 民族主义文艺运动研究.（博士论文）. 北京：中国国家图书馆，2001.

6. 周云鹏. “民族主义文学”（1930—1937年）论. 博士论文. 上海：复旦大学，2005.

7. 倪伟. “民族”想象与国家统制：1928—1948年南京政府的文艺政策及文学运动. 上海：上海教育出版社，2003.

8. 李书磊. 1942：走向民间. 济南：山东教育出版社，1998.

9. 钱理群. 1948：天地玄黄. 济南：山东教育出版社，1998.

二、复习思考

1. 简述无产阶级革命文学倡导的主要原因、内容和缺失。
2. “左联”主要开展了哪些文学活动？
3. 梁实秋新人文主义文学观的基本内容是什么？
4. “左联”时期主要发生了哪几次文学论争？
5. 你怎样看待胡风的“主观战斗精神”？
6. 简述20世纪40年代国统区的“三民主义文艺运动”。

---

① 吴往：《关于“文艺政策”与“文艺武器论”》，载《新华日报》，1943-01-04。

② 参见郭沫若：《斥反动文艺》，载《大众文艺丛刊》（香港），第一辑，1948-03-01。

③ 详见钱理群：《1948：天地玄黄》，21～47页，济南，山东教育出版社，1998。

第十二章
鲁迅（下）

1927 年鲁迅来到上海，主要从事杂文与历史小说创作。他的后期杂文，进行了深广的社会现实批判与传统文化批判，体现了“没有丝毫的奴颜和媚骨”的“殖民地半殖民地人民最可宝贵的性格”①。这些杂文外貌冷峭内实热烈，涉笔成趣笔蕴悲愤，嬉笑怒骂皆成文章，才华横溢领一代风骚，开一代文风，形成现代汉语文学史上的杂文热。

本章主要评述鲁迅后期杂文的历史地位、鲁迅杂文的思想成就、鲁迅杂文的艺术特质、鲁迅的历史小说集《故事新编》。

第一节 鲁迅杂文的历史地位

一、鲁迅后期杂文创作概况

1927 年 10 月，鲁迅从广州来到上海，直至 1936 年去世。这是鲁迅创作的后期，主要致力杂文创作。鲁迅一生创作约 170 万字，其中杂文 135 万字，将近 80%。《且介亭杂文二集·后记》叙：“后九年中的所写，比前九年多两倍；而这后九年中，近三年所写的字数，等于前六年……”② 除前期《坟》、《热风》、《华盖集》、《华盖集续编》、《而已集》5 本，后期写有《三闲集》、《二心集》、《南腔北调集》、《伪自由书》、《准风月谈》、《花边文学》、《且介亭杂文》、《且介亭杂文二集》、《且介亭杂文末编》（许广平编）9 本，共 14 本。去世后有佚文集《集外集》、《集外集拾遗》、《集外集拾遗补编》。

二、转向杂文的原因与杂文的地位

鲁迅为何后期转向杂文创作？如瞿秋白所析，是 20 世纪 30 年代中国社会大变动的结果，

① 《毛泽东选集》，2 版，第 2 卷，698 页，北京，人民出版社，1991。

② 鲁迅：《且介亭杂文二集·后记》，见《鲁迅全集》，第 6 卷，451 页。

也是鲁迅“社会批评与文明批评”追求的必然选择。鲁迅具有历史深度的批判眼光、对社会人生特殊的观察力、对现实生活的美与丑的高度敏感、百科全书式的学识以及卓越的讽刺才能和抒情才能，这些在杂文中得到了充分的发挥施展。在这个意义上，如冯雪峰在《回忆鲁迅》中所说，鲁迅的“艺术的天才”，“向着杂文方向发展”是“更为适合些”① 的。

鲁迅杂文有崇高的历史地位。茅盾说：“仅仅阅读鲁迅小说的读者还不能充分认识到鲁迅是一位思想家和革命战士，只有当他同时又阅读了鲁迅的杂感后才会有这种感受。”② 鲁迅杂文是中国现代社会的编年史和史诗，是中国国民性改造的药方。正是由于鲁迅开创性的劳动以及在鲁迅影响下一大批现代杂文作家的努力，杂文才能登上“高尚的文学楼台”，成为独立的文体，列为文学的正宗并构成中国现代文学文体上的一个重要特色。

第二节 鲁迅杂文的思想成就

一、鲁迅后期杂文内容概述

（一）《三闲集》

《三闲集》收1927—1929年杂文34篇，1932年9月上海北新书局初版。得名原因是鲁迅对成仿吾“闲暇，闲暇，第三个闲暇……”的反唇相讥。③《三闲集》写了三方面内容。一是以曲笔揭露“四一二”政变和屠杀，如《怎么写》、《在钟楼上》、《太平歌诀》、《铲共大观》等。二是参加无产阶级革命文学论争的内容，如《醉眼中的朦胧》、《现今的新文学的概观》、《革命时代的文学》等，针对创造社的倡导提出求同、求异的方法。三是与新月派的论争，如《新月派批评学的任务》、《文学与出汗》。

（二）《二心集》与《南腔北调集》

取名“二心集”，盖时有《文坛贰臣传》，讽刺鲁迅等人向革命文学的转变，鲁迅取名，在于正式宣布与过去的绅士阶级取“二心”的态度。④《二心集》收1930—1931年所著杂文37篇，1932年10月由上海合众书店初版。《南腔北调集》得名的原因是，当时有人撰文，说最不喜欢

① 冯雪峰：《回忆鲁迅》，见《雪峰文集》，第4卷，162页，北京，人民文学出版社，1985。
② 茅盾：《“一口咬住”……》，见《茅盾全集》，第21卷，208页，北京，人民文学出版社，1984。
③ 参见鲁迅：《三闲集·序言》，见《鲁迅全集》，第4卷，6页。
④ 参见鲁迅：《二心集·序言》，见《鲁迅全集》，第4卷，191页。

听鲁迅的讲演了，一口南腔北调，听不懂。鲁迅故反唇相讥。[①]《南腔北调集》收 1932—1933 年杂文 51 篇，1934 年 3 月由上海同文书店初版。写了四方面内容：一是粉碎政府“文化围剿”，如《黑暗中国的文艺界的现状》、《中国无产阶级革命文学和前驱的血》、《“民族主义文学”的任务和运命》；二是批判资产阶级文化思想，如《“硬译”与“文学的阶级性”》、《论“第三种人”》、《“论语一年”》、《小品文的危机》等；三是指导左翼文艺运动的文章，如《对于左翼作家联盟的意见》、《上海文艺之一瞥》、《非革命的激进革命论者》；四是对政府降日嘴脸的揭露，如《“友邦惊诧”论》等。

（三）《伪自由书》

鲁迅把在《申报·自由谈》上发表的不自由的杂文反讽名为“伪自由书”[②]，收 1933 年 1 月至 5 月所著杂文 43 篇，1933 年 10 月由上海北新书局以“青光书局”名义初版，中心内容是对时政的批判。有揭露屠杀人民的，如《保留》、《电的利弊》；有揭露降日反共的，如《战略关系》、《中国人的生命圈》、《文章与题目》等。《中国人的生命圈》说外面日本人炸，里面政府在炸，于是中国人的生命线变成了生命“圈”，最后就成了“○”。

（四）《准风月谈》、《花边文学》

时《申报·自由谈》编辑黎烈文受到当局压力，“吁请海内文豪，从兹多谈风月”，鲁迅曰“风雅之至”，然“月黑杀人夜，风高放火天”，故把这一时期的杂文名为“准风月谈”。[③] 收 1933 年 6 月至 11 月杂文 69 篇，1934 年 12 月由上海联华书局以“兴中书局”名义初版。《花边文学》得名，盖《申报》发鲁迅杂文均加花边，有人讥讽好像是“银元”，鲁迅反唇讥之。[④] 收 1934 年 1 月至 11 月杂文 61 篇，1936 年 6 月由上海联华书局初版。

（五）《且介亭杂文》、《且介亭杂文二集》、《且介亭杂文末编》

三集“且介亭”，指鲁迅当时住在租界，各拆一半名之。[⑤]《且介亭杂文》收 1934 年杂文 36 篇，1937 年 7 月由上海三闲书局初版；《且介亭杂文二集》收 1935 年杂文 48 篇，1937 年 7 月由上海三闲书局初版；《且介亭杂文末编》收 1936 年杂文 35 篇，由许广平编，1937 年 7 月由上海三闲书局初版。三本杂文进行了范围广泛的思想批判和文化批判，继承了前期国民性改造的主题，并更醇厚、更娴熟。有《洋服的没落》、《一思而行》、《说“面子”》、《运命》等。再是对帮闲文人的批判，如《隐士》、《“寻开心”》、《“享乐”》。然后是对人民、对生命的歌颂和抒情，如《中国人失掉自信力了吗》、《沙》、《“题未定”草》、《白莽作〈孩儿塔〉序》、《为了忘却的记念》。还有关于两个口号论战的文学，如《答徐懋庸并关于抗日统一战线问题》、

① 参见鲁迅：《南腔北调集·题记》，见《鲁迅全集》，第 4 卷，417 页。
② 参见鲁迅：《伪自由书·前记》，见《鲁迅全集》，第 5 卷，4 页。
③ 参见鲁迅：《准风月谈·前记》，见《鲁迅全集》，第 5 卷，189 页。
④ 参见鲁迅：《花边文学·序言》，见《鲁迅全集》，第 5 卷，417 页。
⑤ 参见鲁迅：《且介亭杂文·序言》，见《鲁迅全集》，第 6 卷，5 页。

《论现在我们的文学运动》、《答托洛斯基派的信》等。

二、鲁迅杂文的思想成就

首先，鲁迅杂文是一部中国现代社会的史诗，正如恩格斯评巴尔扎克《人间喜剧》反映了法国近代社会的历史，列宁评列夫·托尔斯泰作品是俄国革命的一面镜子一样。鲁迅杂文“所写的常是一鼻，一嘴，一毛，但合起来，已几乎是或一形象的全体”[①]，成为艺术的编年史。

一则，鲁迅杂文反映了中国现代社会的政治、社会历史变动。《坟》的《人之历史》、《科学史教篇》、《摩罗诗力说》等篇，反映“五四”前夕中国现代先进知识分子改造国民灵魂，拯救社会危亡的严肃思考，呼唤摩罗诗力，主张启蒙救亡。《热风》的随感录和《坟》的《我之节烈观》、《我们现在怎样做父亲》，反映了“五四”启蒙的主题。《华盖集》到《三闲集》，反映了与北洋政府、国民政府的斗争和“大革命”时代风云。《华盖集》、《华盖集续编》的《死地》、《可怜与可笑》、《记念刘和珍君》，记录了“三一八”斗争风云和女师大风潮。《三闲集》的《在钟楼上》、佚文《庆祝沪宁克服的那一边》直接记录“大革命”和“四一二”的历史。鲁迅杂文还记录了“五卅”惨案、“一·二八”事变，如《二心集》中的《“友邦惊诧”论》，《南腔北调集》中的《论“赴难”和“逃难”》、《学生与玉佛》，《伪自由书》中的《战略关系》。鲁迅杂文还记录了30年代的文化“围剿”、军事“围剿”，如《“民族主义文学”的任务和运命》，《伪自由书》中的《中国人的生命圈》。这样，从“五四”到抗战前夕中国重大的政治历史变动，在鲁迅杂文中都有反映。

二则，鲁迅杂文记录和反映了从五四新文化运动到1936年“两个口号”论争的现代中国文化思想斗争史。《热风》对新文化运动的鼓吹，《华盖集》中《估学衡》等的反复古，《华盖集》、《华盖集续编》中与现代评论派的论争，《三闲集》中《醉眼中的朦胧》、《革命时代的文学》等关于革命文学的论争。与新月派的论争，如《文学与出汗》、《“丧家的”“资本家的乏走狗”》、《新月派批评家的任务》。与第三种人的论争，如《论第三种人》、《再论第三种人》。与论语派的论争，如《“论语一年”》、《小品文的危机》。对“左联”的指导，如《对左翼作家联盟的意见》。关于两个口号的论争，如《答徐懋庸并关于抗日统一战线问题》、《论现在我们的文学运动》等。他的杂文反映了“五四”到“左联”中国现代文学前20年文艺思想斗争史。

其次，鲁迅杂文是中华民族灵魂的艺术剖析。

作为思想家和文学家，鲁迅在观察、分析与表现中国历史进程时，他的注意力始终集中于处在近代中国社会历史巨变中的作为主题的人，不同阶级、阶层以至整个民族的社会心理以及其中内含的历史经验教训。因此，鲁迅说：“‘中国的大众的灵魂’，现在是反映在我的杂文里了。”[②] 鲁迅杂文常常透过人们习以为常的生活现象，发掘出隐秘的内在心理，再从广阔的社会关系与深远的历史背景中进行纵横开掘，探讨这种社会心理的根源，并引发出深刻的历史教训。即使与论敌进行辩驳，鲁迅也常常通过对对方隐秘的、病态的心理的剖析，达到对病态心理和病态社会的双重否定。这种心理剖析与社会批判的统一，形成了鲁迅杂文特有的鲜明的战

① 鲁迅：《准风月谈·后记》，见《鲁迅全集》，第5卷，382页。

② 同上书，403页。

斗性和强烈的批判性。

一则，对国民性麻木、空虚、奴性的剖析。《花边文学·一思而行》解剖十里洋场市民的无聊空虚的众生状："假使有一个人，在路旁吐一口唾沫，自己蹲下去，看着，不久准可以围满一堆人；又假使又有一个人，无端大叫一声，拔步便跑，同时准可以大家都逃散。真不知是'何所闻而来，何所见而去'。"鲁迅由此剖析了国民无主体意识的群体起哄、空虚、无聊的状态。城市市民批判，就成为后期国民性批判的重点。《洋服的没落》讽刺了统治者的野蛮和群众的奴性："脖子最细，发明了砍头；膝关节能弯，发明了下跪；臀部多肉，又不致命，就发明了打屁股。"从文化心理的深度对这种病态心理进行剖析，将病态心理及其赖以产生的病态社会作以整体否定。再如对看客的讽刺，对统治者的讽刺，对上海滩上有产阶级的玩具姨太太、鸦片烟、麻雀牌、毛毛雨的否定皆然。

二则，对帮闲、帮凶、政治骗子、倒退思潮等病态社会现象的剖析与抨击。作为一位思想先驱，鲁迅深切认识到了中国知识分子的劣根性：功成便蔑视后进，附庸权贵便醉心所非，怯弱卑劣无所不用其极。鲁迅具有深刻的悲剧感和幻灭感。《趋时与复古》对刘半农倒退的抨击，《教授杂咏》对钱玄同的嘲讽，《骂杀与捧杀》对刘大杰、林语堂性灵的讽刺均是如此。如鲁迅抓住论语派刘大杰在标点《袁中郎全集》时所谓"'色借，日月借，烛借，青黄借，眼色无常。声借，钟鼓借，枯竹窍借……'借得他一塌胡涂"[①]，以其所炫之长击打其短，寸铁杀人。

第三节 鲁迅杂文的艺术特质

杂文的基本特点是诗与政论的结合、形象性与逻辑性的统一，这也是鲁迅杂文的基本特征。与其他杂文相比，鲁迅杂文独有的艺术特质是什么呢？

一、塑造了大量具有典型意义的类型形象

鲁迅曾自述其杂文的艺术特色："我的坏处，是在论时事不留面子，砭痼弊常取类型。"[②]鲁迅杂文一方面具有极为鲜明、具体的议论对象和针对性，另一方面，又不仅限于此，而是将这一具体对象置于广阔的社会背景下进行剖析、刻画、议论，使之具有社会历史的概括性和普遍性。二者结合，成为这类对象的模式或标本。这就是鲁迅常说的"常取类型"。将具体针对性和社会历史概括性相结合，使得鲁迅杂文所描述的人或事，一方面现实具体，另一方面具有

---

① 应为"色借日月，借烛，借青黄，借眼；色无常。声借钟鼓，借枯竹窍，借……"见鲁迅：《花边文学·骂杀与捧杀》，见《鲁迅全集》，第5卷，585页。

② 鲁迅：《伪自由书·前记》，见《鲁迅全集》，第5卷，4页。

社会历史概括性，是具体性与概括性、“这一个”与“这一类”的艺术统一，这是鲁迅杂文“类型”形象的特征。

瞿秋白（何凝）在《鲁迅杂感选集·序言》中认为，鲁迅笔下的陈西滢、章士钊、梅光迪等等，“简直可以当做普通名词读”[①]，科学地概括了鲁迅杂文类型形象塑造的成就：概括了社会生活中某种“共相”，即所谓的“社会相”。《论“费厄泼赖”应该缓行》概括了“叭儿狗”的类型形象：“它却虽然是狗，又很像猫，折中，公允，调和，平正之状可掬，悠悠然摆出别个无不偏激，惟独自己得了‘中庸之道’似的脸来。”[②] 叭儿狗形象，成为半封建半殖民地某些帮闲文人的精神特质，成为这一类人的“共名”。这类社会共名类型在鲁迅杂文中比比皆是，诸如“脖子上还挂着一个小铃铎，作为智识阶级的徽章”[③]，把羊群领入屠场的山羊，借陈西滢以写帮凶文人，“当受着豢养，分着余炎的时候，也得装着和这贵公子并非一伙”的“二丑”[④]；“丧家的”“资本家的乏走狗”[⑤]；“倚徙华洋之间，往来主奴之界”的“西崽”[⑥] 等。

正如鲁迅所言：“我的杂文，所写的常是一鼻，一嘴，一毛，但合起来，已几乎是或一形象的全体……画上一条尾巴，却见得更加完全。”[⑦] 随着鲁迅对中国病态社会现象的跟踪解剖，每一类型形象不同侧面的“一鼻，一嘴，一毛”，合起来就成为某一社会类型的形象体系及其性格发展史。如半封建半殖民地社会中最典型的病态类型——走狗形象，在鲁迅杂文中得到了最充分的剖析，从《论“费厄泼赖”应该缓行》中的“叭儿狗”到生活在30年代“遇见所有的阔人都驯良，遇见所有的穷人都狂吠”的“丧家犬”[⑧]，到曾经是激烈的狼，但“被人驯服”，失去了“野性”[⑨] 的狗，“地位虽在主人之下，但总在别的被统治者之上的”“殖民地上的洋大人”的“宠犬”[⑩]，再到“岌岌不可终日”，“一有变化，它们就另换一副面目”的“不忠实”[⑪] 的狗，等等，将中国现代社会的“狗相”在不同历史时期，不同阶级关系、民族关系中的不同状况，作了深刻的形象表现。

二、鲜明的主体人格力量和浓郁的情感因素的介入

首先，鲁迅杂文塑造了一个鲜明的议论主人公主体形象。鲁迅杂文所塑造的客体类型形象背后，都不同程度地显现出鲁迅的主体形象，不仅可以感受到他真挚、坦诚的自我批判，更让人强烈感受到他伟大的人格力量。这个主体形象可分两层把握。一层，他是一位不屈不挠地与

① 何凝：《鲁迅杂感选集·序言》，11页，北京，解放军文艺出版社，2000。

② 鲁迅：《坟·论“费厄泼赖”应该缓行》，见《鲁迅全集》，第1卷，271页。

③ 鲁迅：《华盖集续编·一点比喻》，见《鲁迅全集》，第3卷，217页。

④ 鲁迅：《准风月谈·二丑艺术》，见《鲁迅全集》，第5卷，197页。

⑤ 鲁迅：《二心集·“丧家的”“资本家的乏走狗”》，见《鲁迅全集》，第4卷，246页。

⑥ 鲁迅：《且介亭杂文二集·“题未定”草（二）》，见《鲁迅全集》，第6卷，355页。

⑦ 鲁迅：《准风月谈·后记》，见《鲁迅全集》，第5卷，382～383页。

⑧ 鲁迅：《二心集·“丧家的”“资本家的乏走狗”》，见《鲁迅全集》，第4卷，246页。

⑨ 鲁迅：《二心集·上海文艺之一瞥》，见《鲁迅全集》，第4卷，298页。

⑩ 鲁迅：《二心集·“民族主义文学”的任务和运命》，见《鲁迅全集》，第4卷，311页。

⑪ 鲁迅：《书信·致杨霁云》，见《鲁迅全集》，第12卷，445页。

旧势力战斗，始终坚持“韧性战斗”的革命者形象。从前期“打落水狗”[①] 的主张发展到后期，这种精神更为突出鲜明。后期他主张“韧”的战斗[②]，谆谆告诫后人“万勿”“宽恕”一切敌人[③]，正如毛泽东所评价：“鲁迅的骨头是最硬的，他没有丝毫的奴颜和媚骨，这是殖民地半殖民地人民最可宝贵的性格。”[④] 二层，这个主体形象具有鲜明的爱憎感情：“像热烈地拥抱着所爱一样，更热烈地拥抱着所憎。”[⑤] 对敌人“无毒不丈夫”，“而且连眼珠也不转过去”[⑥]；对人民代表，则自豪地“引为同志，是自以为光荣的”[⑦]。如果用鲁迅的诗来概括，这个主体形象的性格和精神就是：“横眉冷对千夫指，俯首甘为孺子牛。”[⑧]

其次，强烈的感情色彩。他说，我的杂文“就如悲喜时节的歌哭一般，那时无非借此来释愤抒情”[⑨]。主客体浑然一体的意境和浓郁的感情色彩，构成他杂文的诗意，在这个意义上，可以说鲁迅的杂文也是诗。《记念刘和珍君》、《为了忘却的记念》是绝好的诗。追忆亡友，鲁迅情感深沉：“前年的今日，我避在客栈里，他们却是走向刑场了；去年的今日，我在炮声中逃在英租界，他们则早已埋在不知那里的地下了；今年的今日，我才坐在旧寓里，人们都睡觉了，连我的女人和孩子。我又沉重的感到我失掉了很好的朋友，中国失掉了很好的青年……”[⑩] 讨伐凶敌，悲愤之情似岩浆喷发：“惨象，已使我目不忍视了；流言，尤使我耳不忍闻……沉默呵，沉默呵！不在沉默中爆发，就在沉默中灭亡。”[⑪] 不仅内在情感是诗，外在形式也是诗：复沓、排比、对偶等多种手法，造成文章抑扬顿挫的音乐美。

再次，辛辣尖刻的讽刺艺术。鲁迅杂文讽刺手法多种多样。一是夸张。将论敌思想、性格、心理的矛盾鲜明表现出来，抑扬或讽刺。如讽刺“第三种人”“生在有阶级的社会里而要做超阶级的作家”，“恰如用自己的手拔着头发，要离开地球”[⑫]；讽刺“革命地方的文学家”是脚踏“革命”、“文学”[⑬] 两只船；讽刺隐士尽管“泰山崩，黄河溢”，却“目无见，耳无闻”，但“苟有议及自己们或他的一伙的，则虽千里之外，半句之微，他便耳聪目明，奋袂而起”[⑭]；讽刺伪君子，画了两幅画，一幅是“不忍见牛的临死的觳觫”的“慈悲相”，一幅是“心安理得，天趣盎然，剔剔牙齿，摸摸肚子，‘万物皆备于我矣’”的“大嚼图”[⑮]，讽刺之意自现。二是某种语言表现手法的运用，诸如不谐和搭配：“豪语的折扣”[⑯]、“跪着的革命”[⑰]、“有理的压

---

① 鲁迅：《坟·论“费厄泼赖”应该缓行》，见《鲁迅全集》，第1卷，270页。
② 参见鲁迅：《二心集·对于左翼作家联盟的意见》，见《鲁迅全集》，第4卷，237页。
③ 参见鲁迅：《且介亭杂文末编·死》，见《鲁迅全集》，第6卷，612页。
④ 毛泽东：《新民主主义论》，见《毛泽东选集》，2版，第2卷，698页。
⑤ 鲁迅：《且介亭杂文二集·再论“文人相轻”》，见《鲁迅全集》，第6卷，336页。
⑥ 鲁迅：《且介亭杂文末编·半夏小集》，见《鲁迅全集》，第6卷，597页。
⑦ 鲁迅：《且介亭杂文末编·答托洛斯基派的信》，见《鲁迅全集》，第6卷，589页。
⑧ 鲁迅：《集外集·自嘲》，见《鲁迅全集》，第7卷，147页。
⑨ 鲁迅：《华盖集续编·小引》，见《鲁迅全集》，第3卷，183页。
⑩ 鲁迅：《南腔北调集·为了忘却的记念》，见《鲁迅全集》，第4卷，488页。
⑪ 鲁迅：《华盖集续编·记念刘和珍君》，见《鲁迅全集》，第3卷，275页。
⑫ 鲁迅：《南腔北调集·论“第三种人”》，见《鲁迅全集》，第4卷，440页。
⑬ 鲁迅：《而已集·革命时代的文学》，见《鲁迅全集》，第3卷，418页。
⑭ 鲁迅：《且介亭杂文二集·隐士》，见《鲁迅全集》，第6卷，224页。
⑮ 鲁迅：《且介亭杂文·病后杂谈》，见《鲁迅全集》，第6卷，170页。
⑯ 鲁迅：《准风月谈·豪语的折扣》，见《鲁迅全集》，第5卷，242页。
⑰ 鲁迅：《准风月谈·爬和撞》，见《鲁迅全集》，第5卷，261页。

迫”①；大词小用：“女士们之对于脚，尖还不够，并且勒令它‘小’起来了”②；中外杂用：“雄兵解甲而密斯托枪”③。凡此种种，随手拈来，涉笔成趣。

第四节 《故事新编》

一、《故事新编》概说

《故事新编》收历史小说八篇。三篇写于前期，即《补天》(《不周山》)、《奔月》、《铸剑》；五篇写于后期，即《理水》、《非攻》、《采薇》、《出关》、《起死》。出版于1936年1月。

《补天》借女娲造人神话写原始人类创造，插入“古衣冠小丈夫”以影射复古派守旧。《奔月》取材于后羿与嫦娥的神话，表现羿的正直孤独，讽刺弟子逢蒙的欺世盗名，有高长虹的现实影子。《铸剑》取材于干将铸剑的故事，歌颂黑色人热得发冷的复仇精神。《理水》取材于大禹治水传说，歌颂大禹勤劳朴素的中国式脊梁精神，借文化界无聊文人和水利局官员影射现实。《非攻》取材于墨子故事，歌颂躬自操劳、勇敢机智的墨子形象。《采薇》取材于伯夷叔齐“义不食周粟”的故事，讽刺他们矛盾和软弱，以影射逃避现实怕斗争的心态。《出关》取材于老子西出函谷关故事，批评老子退隐的落寞心态。《起死》取材于庄子，批判虚无主义的齐物论、无是非观。

二、《故事新编》的形象特征

首先，古今身份的二重性。一方面，小说主要人物，如女娲、弈、禹、墨子、老子、庄子的言行和性格大都有古代记载根据；另一方面，其中喜剧性言行细节，又具有强烈的现代倾向。如《补天》里古衣冠“小丈夫”大叫“人心不古”，直接取于“五四”复古派言论；《理水》文化山学者，开口“好杜有图”，“O. K”，闭口“莎士比亚”，直接取材于二三十年代北京、上海形形色色的文人；《起死》的庄子从口袋里拿出警笛，等等。这种写法，势必对潜在的欣赏心理产生两方面的效果，即一方面为作品真实展现的古代生活场面所吸引，同时又为不断插入的现代语言、细节所提醒，从而冷静地思索作品的现实批判意义。

其次，主要人物具有一定程度的理想主义倾向。前期《奔月》、《铸剑》对古代英雄的歌颂，寄托了作家对理想的执着追求；后期《治水》中的大禹、《非攻》中的墨翟，是充满了坚

① 鲁迅：《伪自由书·从盛宣怀说到有理的压迫》，见《鲁迅全集》，第5卷，132页。

② 鲁迅：《南腔北调集·由中国女人的脚，推定中国人之非中庸，又由此推定孔夫子有胃病》，见《鲁迅全集》，第4卷，506页。

③ 鲁迅：《二心集·新的“女将”》，见《鲁迅全集》，第4卷，336页。

定的信仰和顽强的斗志的“中国的脊梁”①。

三、《故事新编》的艺术特质

首先，杂文体写法。鲁迅的《故事新编》一反《呐喊》、《彷徨》正宗小说格局，大量采用“古今杂糅”、夸张、讽刺等手法，具有强烈的批判性和现实针对性，融小说与杂文为一体，创造了杂文体小说。上述人物形象的古今二重性，就是“古今杂糅”手法的体现。再如《起死》，巡士出场对庄子说“敝局长也是一位隐士，带便兼办一点差使，很爱读您老的文章”，就夸张反映了30年代的现象。《理水》鸟头先生在松树皮上的论文《禹是一条虫》，《出关》里关尹给老子送行，给他十五个饽饽，并且声明：是因为他见是老作家，所以非常优待，假如他年龄轻，饽饽就只能有十个了。这种“古今杂糅”的方法，鲁迅称为“油滑”的方法，直接源于中国传统戏曲中的“丑角”插科打诨的喜剧手法。

其次，间离和陌生化的喜剧方法。《故事新编》“古今杂糅”所形成的人物形象二重性，使欣赏者在欣赏形象时不时被现代语言和细节间离，从而对客体形象产生一种布莱希特式的陌生化喜剧效果，强化了作品的价值取向和思想倾向以及针对性。

最后，对人物形象做本质真实而夸张的漫画式描写，也是《故事新编》的一个特点。《出关》中老子的肖像“毫无动静的坐着，好像一段呆木头”等，就很典型。

【本章学习参考】

一、阅读书目

鲁迅：《鲁迅杂文选》

鲁迅：《故事新编》

二、相关文献

1. 瞿秋白．鲁迅杂感选集．序言．哈尔滨：北方文艺出版社，2006.

2. 张梦阳．鲁迅杂文研究六十年．杭州：浙江文艺出版社，1998.

3. 孟广来，韩日新．《故事新编》研究资料．济南：山东文艺出版社，1984.

三、复习思考

1. 名词解释：

《三闲集》　《二心集》　《南腔北调集》　《准风月谈》　《花边文学》　《且介亭杂文》

2. 试述鲁迅杂文的思想内容。

3. 试论鲁迅杂文的艺术特质。

---

① 鲁迅：《且介亭杂文·中国人失掉自信力了吗》，见《鲁迅全集》，第6卷，118页。

第十三章
茅　盾

自鲁迅以来的中国现代汉语文学，焦虑的中心在农民的现代性转型。鲁迅试图通过精神革命来启蒙农民以改造国民性，茅盾则是对20世纪30年代中国都市正在进行的现代性过程进行描述。在他看来，中国的现代化进程已经开始，他将希望寄托于工业实业与都市文明。如果说，鲁迅代表的是侧重于农民叙事和知识分子叙事、关注文学的启蒙功能、追求个性主义品格的现实主义文学传统，那么，茅盾代表的就是侧重于都市叙事、关注文学的社会剖析功能、追求史诗品格的现实主义文学传统。

本章主要评述茅盾的生平与文学道路，《蚀》（长篇）、《子夜》（长篇）、以《林家铺子》为代表的短篇小说以及《霜叶红似二月花》（长篇）等。

第一节
茅盾的生平与文学道路

茅盾（1896—1981），原名沈德鸿，字雁冰，1896年7月4日生于浙江桐乡乌镇。父亲沈永锡是个“维新派”的医生，在茅盾10岁时因病去世，茅盾是在母亲的教育下长大成人的。1913年中学毕业，茅盾考入北京大学预科。三年预科期满后，因家庭经济陷入困境，茅盾经朋友介绍于1916年8月进入上海商务印书馆编译所工作，编译中外书籍，并在《学生杂志》、《学灯》等报刊上发表文章，正式介入文学圈。

一、理论批评：商务十年（1916—1926）

这是茅盾文学道路的第一阶段，主要致力于文艺理论建设和批评。1920年初，茅盾开始主持大型文学刊物《小说月报》“小说新潮栏”的编务工作，并连续撰写《现在文学家的责任是什么》[①]、《新旧文学平议之评议》[②] 等文章，较早提出了“文学为人生”的艺术主张。1921年1月，他与叶绍钧、周作人、许地山等12人共同发起成立现代汉语文学史上第一个重要的文学社团“文学研究会”，并将他接手主编的《小说月报》由一个“鸳鸯蝴蝶派”的刊物改革为新文学的第一个“纯文艺”刊物。3月，他又与欧阳予倩、熊佛西等13人在上海组织成立了“民众戏剧社”；5月，又参加了现代汉语文学史上第一个戏剧刊物《戏剧》月刊的创办工作。同时，他大量翻译介绍欧洲各个流派的文学和被压迫民族的文学，以求在不同派别作品的比照中救治旧文学造成的种种流弊。

1921年7月，茅盾加入中国共产党。年底，到上海平民女校、上海大学任教。此后，他便同时活跃在文学和革命这两个领域，一面参加新文学的建设，一面从事革命工作。1925年发表的《论无产阶级艺术》[③]，全面介绍了无产阶级文艺在性质、内容和形式等方面的特点。随后在《告有志研究文学者》[④]、《文学者的新使命》[⑤] 等文章中，对革命文学的创作进行了探讨。同年，他以共产党员的身份参加并参与领导了“五卅”运动，继而和郑振铎创办《公理日报》。

二、早期创作：从《蚀》到《虹》(1927—1929)

这是茅盾文学道路的第二阶段。在1927年的“大革命”高潮中，茅盾赴武汉任中央军事政治学校的教官和汉口《民国日报》主编。“大革命”失败，茅盾一度痛苦消沉，7月，拟去南昌参加“八一”起义，在牯岭受阻。8月，到达上海，即以自己革命中的见闻为素材创作了他的第一篇小说《幻灭》[⑥]，接着又完成两个连续性中篇《动摇》[⑦] 和《追求》[⑧]，合称“《蚀》三部曲”。小说最初发表时署笔名“矛盾”[⑨]，暗含着作者在“大革命”失败后的苦闷彷徨心情。为避通缉，1928年7月茅盾东渡日本。在日期间，完成了第一部短篇小说集《野蔷薇》和《卖豆腐的哨子》、《雾》等十几篇散文的写作，出版了有开创意义的学术论著《中国神话研究ABC》，同时发表《从牯岭到东京》[⑩]、《读〈倪焕之〉》[⑪] 等长篇论文，积极参与国内关于“革

① 载《东方杂志》，第17卷第1期，1920-01-10。

② 载《小说月报》，第11卷第1期，1920-01-25。

③ 本篇陆续发表于1925年5月2日、17日、31日，10月24日的《文学》周报第172、173、175、176期，署名雁冰。

④ 载《学生杂志》，第12卷第7期，1925-07-05，署名沈雁冰。

⑤ 载《文学》周报，第190期，1925-09-13，署名沈雁冰。

⑥ 载《小说月报》，第18卷第9、10号，1927年9月始，署名茅盾。收入1930年5月开明书店版《蚀》。

⑦ 载《小说月报》，第19卷第1至第3号，1928年1月始。收入《蚀》。

⑧ 载《小说月报》，第19卷第6至第9号，1928年6月始。收入《蚀》。

⑨ 茅盾原来署名“矛盾”，《小说月报》编者“以为‘矛盾’二字显然是个假名，怕引起注意，依然会惹麻烦”，于是改“矛”为“茅”。参见茅盾：《写在〈蚀〉的新版的后面》，见《茅盾全集》，第1卷，424～425页，北京，人民文学出版社，1984。

⑩ 载《小说月报》，第19卷第10期，1928-10-10。

⑪ 载《文学周报》，第8卷第20期，1929-05-12。

命文学”的论争。1929年，茅盾写了长篇小说《虹》①。小说采用三段式时空切换的方法，叙述了女主人公梅行素受“五四”新思潮影响，冲出夔门，走向革命的故事，在广阔的历史背景下表现了青年知识分子对新的生活道路的探求。小说是茅盾史诗化追求的最初尝试，他原计划从“五四”写到“五卅”，但未能如愿，开了其小说“残篇”的先例。

三、黄金时代：《子夜》、《林家铺子》、“农村三部曲”（1930—1936）

1930年到1936年，是茅盾文学道路的第三阶段。1930年春，茅盾从日本回到上海，参加“左联”，并和鲁迅、冯雪峰一道编辑出版《前哨》（第二期起改名为《文学导报》）。1930至1931年间，还完成了《豹子头林冲》、《石碣》、《大泽乡》等三个历史题材的短篇和《路》、《三人行》两个中篇。

1931年10月，茅盾开始以大都市上海为主要背景创作杰出的长篇小说《子夜》。1933年，《子夜》由开明书店出版，被看作是当时中国文坛上的一件大事。1932年，他又陆续创作和发表了有代表性的短篇小说《林家铺子》② 和“农村三部曲”（《春蚕》③、《秋收》④、《残冬》⑤），并创作了中篇小说《多角关系》和《少年印刷工》，出版了短篇小说集《春蚕》、《烟云集》等，从而确立了他在中国现代汉语文学史上卓越的现实主义大家的地位。除小说外，茅盾还出版了散文集《印象·感想·回忆》、《速写与随笔》、《话匣子》、《茅盾散文集》等。另外，他陆续写作了《鲁迅论》⑥、《王鲁彦论》⑦、《徐志摩论》⑧、《庐隐论》⑨、《冰心论》⑩、《落华生论》⑪、《女作家丁玲》⑫ 等一批作家论，开创了作家研究的先河。

四、战争时期的文学丰收：《霜叶红似二月花》、《腐蚀》、《清明前后》（1937—1949）

这是茅盾文学道路的第四个阶段，也是他为民族、民主而战的时期。抗日战争全面爆发

① 载《小说月报》，第20卷第6、7号，1930年2月开明书店出版。
② 载《申报月刊》，第1卷第1期，1932年7月。收入1933年5月开明书店版《春蚕》。
③ 载《现代》，第2卷第1期，1932年11月。收入1933年5月开明书店版《春蚕》。
④ 载《申报月刊》，第2卷第4、5期，1933年4月。收入1933年5月开明书店版《春蚕》。
⑤ 载《文学》，第1卷第1号，1933年7月。后收入1939年8月开明书店版《茅盾短篇小说集》第2集。
⑥ 载《小说月报》，第18卷第11号，1927-11-10，署名方璧。
⑦ 载《小说月报》，第19卷1期，1928年1月。
⑧ 载《现代》，第2卷4期，1933年2月。
⑨ 载《文学》，第3卷1期，1934年7月。
⑩ 载《文学》，第3卷2期，1934年8月。
⑪ 载《文学》，第3卷4期，1934年10月。
⑫ 载《文艺月报》，第1卷2期，1932年7月。

后，茅盾辗转长沙、武汉、香港、广州等地，积极从事抗日救亡运动。1938 年 3 月当选为中华全国文艺界抗敌协会理事。从 1937 年到 1938 年底，茅盾创作了《第一阶段的故事》，参与创办并编辑《救亡日报》、主编《呐喊》周刊（后改名《烽火》）、《文艺阵地》以及香港的《立报》副刊《言林》。1939 年 3 月，茅盾应邀赴新疆学院任教，并任新疆文化协会委员长。1940 年 4 月离开新疆，返回内地，途经延安并在鲁迅艺术学院作短期讲学。年底到达重庆后，他写下了歌颂延安精神的散文名篇《风景谈》① 和《白杨礼赞》②。

1941 年 2 月，茅盾赴香港任《大众生活》周刊编委，9 月主编《笔谈》半月刊。同年，完成长篇日记体小说《腐蚀》③。小说以 1940 年至 1941 年的重庆为背景，以女特务赵惠明的生活经历和复杂的心路历程为主线，揭露了国民党特务组织推行内战、破坏抗日的真实面目，并讴歌了小昭、K 和萍等人所代表的正义力量。小说发表后引起强烈反响。1939 年至 1944 年间，茅盾还创作了重要的长篇小说《霜叶红似二月花》，中篇小说《走上岗位》，短篇小说集《委屈》、《耶稣之死》，散文集《见闻杂记》、《时间的记录》、《劫后拾遗》、《归途杂拾》等。1942 年底，茅盾再赴重庆。1945 年，完成他唯一的一个剧本《清明前后》④ 的创作，并于 9 月在重庆上演。剧作通过资本家在黄金案中的悲喜剧命运反映时局的腐败。

抗战胜利后，茅盾于 1946 年 3 月离开重庆，经广州、香港，5 月到达上海。随后，主编《文联》杂志，并参加呼吁和平、争取民主的活动。其间，他还写了许多杂文和散文，并创作了长篇小说《锻炼》。1948 年底，茅盾到达解放区，并在 1949 年 7 月的第一次全国文代会上，当选为全国文联副主席、文学工作者协会（中国作家协会前身）主席。

五、新中国成立以后：文艺理论与批评（1949—1981）

中华人民共和国成立后，茅盾历任文化部长（至 1965 年）、《人民文学》主编、中国文联副主席、中国作家协会主席等职。他以马克思主义为指导，探索创作实践中的理论问题，在文艺批评和文学评论方面作出了新的贡献。1981 年临终之际，他将自己的劳动所得 25 万元稿费全部捐献出来，中国作家协会以此设立了“茅盾文学奖”，奖励优秀长篇小说。

茅盾是现代汉语现实主义文学的倡导者和实践者，被誉为中国“20 世纪的别林斯基”和“20 世纪的巴尔扎克”。茅盾又是中国现代“都市文学”的最早提出者和创作者，与鲁迅主倡的“乡土文学”创作构成了现代汉语文学的重要两翼。另外，茅盾在文艺批评、外国文学译介等方面都有开拓性成就。他和鲁迅、郭沫若一道为现代汉语文学的发展做出了不可磨灭的贡献。

---

① 载《文艺阵地》，第 6 卷第 1 期，1941 年 1 月。收入 1945 年 7 月良友复兴图书印刷公司版《时间的记录》。

② 载《文艺阵地》，第 6 卷第 3 期，1941 年 6 月。收入 1943 年 2 月柔草社版《白杨礼赞》。

③ 载《大众生活》，1941 年 5 月 17 日至 9 月底。同年 10 月华夏书店出版。

④ 载《大公晚报》（重庆），1945 年 4 月 14 日至 10 月 1 日。同年 10 月重庆开明书店出版。

第二节
《蚀》

《蚀》是茅盾的第一部长篇小说，完成于1927年9月至1928年6月。它由《幻灭》、《动摇》、《追求》三个各自独立又有一定联系的中篇组成，1930年开明书店结集出版时合为一册，总名为《蚀》，故又称“《蚀》三部曲”。这三个中篇是原来设想中的一部“二十余万字的长篇”，它“要写现代青年在革命壮潮中所经过的三个时期：（一）革命前夕的亢昂兴奋和革命既到面前时的幻灭；（二）革命斗争剧烈时的动摇；（三）幻灭动摇后不甘寂寞尚思作最后之追求”①。

《幻灭》重点描写了小资产阶级女性章静在现实革命中经历的精神世界的一次次幻灭。她受五四运动的影响，兴奋地参加了学生运动，却对紧张、热烈的政治生活难以适应，只好怀着“静心读书”的幻想跑到上海。但不到一年，新的失败又继续消磨她的热情。她幻想用恋爱的方式寻求解脱，不幸的是，她所爱的同学抱素竟是北洋军阀的暗探。悔恨之余，她怀着“新的憧憬”到了革命的中心武汉，所见到的仍是男女同学借革命工作大玩爱情游戏。失望中她遇到英俊刚强的连长强猛，再次坠入情网。但好梦不长，强连长要回军队去了，静女士的最后追求，终归于幻灭。静女士的这种经历，被认为是表现了小资产阶级知识分子在革命风潮中的个人主义的悲观幻灭心态和这场革命精神上的空白性。

《动摇》的故事发生在武汉政府管辖下的一个小县城。国民党县党部部长方罗兰性格软弱，缺乏决断，面对日益嚣张的敌对势力，动摇不定，企图以宽大中和来消弭可怕的仇杀。当叛军逼近县城，革命者惨遭杀戮时，只好逃往“租界”。方罗兰的“动摇”还表现在对感情的态度上：难以抵御浪漫风流的时代新女性孙舞阳频频发起的爱情攻势，又不愿伤害温柔娴静具有传统美德的结发之妻陆梅丽，只好在家庭与浪漫、伦理与情欲之间摇摆。方罗兰的“无往而不动摇”② 的性格被理解为表现了革命队伍中思想极不稳定的部分知识分子的性格特征，从一个侧面揭示了这场革命虚弱的根基。小说中值得注意的人物形象还有混入革命阵营的劣绅胡国光，他故意以极左的方式制造许多“过火行为”，以达到破坏革命的目的，最后原形毕露，血腥镇压革命。这一反面形象被认为真实地表现了革命与反革命之间殊死较量的复杂局面，深化了作品的主题和背景。

《追求》的本意是要写一群青年在经历了“大革命”失败的幻灭和动摇后，重新燃起希望的火炬去追求光明，但实际内容并非如此。作品给人印象最深的是女青年章秋柳的形象，她竭力想振作起来，改变自己在“大革命”失败后的灰色生活，但又陷入了追求享乐和肉欲刺激的泥潭不能自拔，以自己以前所厌恶的报复主义作为武器来应对现实的黑暗。还有张曼青，企图通过教育救国的方式来改变社会，把希望寄托在下一代，然而，事实打破了他的梦想，后来他甚至还参与了压迫青年的行动。其他人物的追求也都一一落空。

---

① 茅盾：《从牯岭到东京》，见《茅盾全集》，第19卷，179页。

② 同上书，184页。

《蚀》反映的矛盾是多方面的，既有时代的病象和矛盾，也有青年知识分子的追求和内在矛盾，还有作家自身的苦闷和矛盾。

但比较小说初版本和新中国成立后版本的异同可以发现，新中国成立后的版本对一些性描写作了删除，对一些叙述语汇进行了革命化的置换和修饰。在《蚀》的初版本的叙述中，革命和性是结合在一起的。联系马尔库塞所说的“推动人们去塑造环境、改造自然的，将是解放了的而不是压抑着的生命本能”[①]，可以认为，《蚀》三部曲正是茅盾“经验了动乱中国的最复杂的人生的一幕，终于感到了幻灭的悲哀，人生的矛盾，在消沉的心情下，孤寂的生活中，而尚受生活执着的支配，想要以我的生命力的余烬从别方面在这迷乱灰色的人生内发一星微光”[②]。革命固然是《蚀》三部曲应有的主题，但另一种更为内在的力量则来自“性”——一种展现个性本质生存欲望的小说修辞形式。

在小说中，个性解放和政治伦理冲动具象化为性与革命的激情展现。性与革命的原动力都源自生命本体对个性、自由和快感的理解，都是以激情爆发的形式获得身体、心灵和意志的满足。但作为普遍力量的激情瞬间爆发后，依然将人抛向客体化的世界，将人置于外在的而非内在的必然性统治之下，并使之体验激情爆发所带来的诸种外在效应。《幻灭》中的静女士，经历了“革命—性—革命—性”循环式的诱惑和追求，得到的却是性与革命的激情沦为庸常之后的厌倦与困顿，亲身经验之后的结果只是希望的幻灭。作为生命本能和追求象征的性与革命，终究抵挡不住命运的无常。《动摇》则述说了激情爆发过程中心灵、情感和意志的复杂体验，展现了小说人物在性与革命过程中进退失据的心理和情感状态。作为“动摇”象征的方罗兰，在性和情感方面，时时动摇于妻子陆梅丽和情人孙舞阳之间；在革命方面，则左右游移于各派政治力量之间，结果陷入矛盾、迷惘和错乱。至于《追求》，则剖示了性与革命遭受失败后带给挣扎着的生命本体的巨大挫折感和精神危机。无论是将憧憬寄托于教育和爱情的张曼青，还是试图以肉体挽救他人的章秋柳，或者奉行“半步主义”的王仲昭，他们的追求都遭遇到无法克服的矛盾而受到精神创伤。

这样，以性与革命作为艺术中介和叙事焦点，《蚀》三部曲诉说了“大革命”时代人（主要是知识者）的内心矛盾和精神危机——人与环境的冲突、个人与革命的矛盾、人的自我精神矛盾——深刻展示了生存本体在其所处的社会整体中的困境。性与革命，作为生存本体迈向超越之境的功能性符号和追求快感与自由的实体性象征，在小说文本中成为对实际的社会矛盾的想象性的同时也是实践性的解决手段。性与革命既是小说人物寻求解放的象征，也导致了解放失败引发的精神危机，颓废和悲观也因此成为小说文本所创造的艺术世界的思想征兆和精神向度。

《蚀》还展现了时代女性形象系列，即那些随着时代的风云变幻而出现的小资产阶级知识女性，“着力描写的，却只有二型：静女士，方太太，属于同型；慧女士，孙舞阳，章秋柳，属于又一的同型”[③]。同为时代女性，若从气质、性格、道德伦理上来看又可分为两类：前者

① ［德］马尔库塞：《爱欲与文明·1966年政治序言》，上海，上海译文出版社，1987。

② 茅盾：《从牯岭到东京》，见《茅盾全集》，第19卷，176～177页。

③ 同上书，179页。

贴近传统的东方女性日常生命逻辑，沉静、匀称、和谐，但不失柔弱，茅盾对她们持肯定态度时又稍有保留；后者超然于传统的东方女性的日常生命逻辑，从道德伦理观念、生活追求到性格气质都与西方现代思潮有更多联系，热烈、奔放，有活跃的生命力和泼辣的个性，对历史方向更具主动性，是现代社会出现的“新人”，在精神气质上与民族资本家形象中的“男英雄”有相通之处。这些“西方型”女性又不同于“五四”时期鲁迅、庐隐、冰心等作家笔下出现的蔑视封建礼教、主张爱情自由的新女性，她们已摆脱了“五四”青年爱情至上思想的束缚，除了爱情她们还有更多追求。对后者思想性格上的叛逆性，作者显然是有所偏爱并着力加以表现的，这种偏爱情绪甚至延续到《虹》中的梅女士和《子夜》中的张素素等形象的塑造中。在作者看来，虽然孙舞阳们不是革命者，但“只要环境转变，这样的女子是能够革命的”[①]。

《蚀》的问世，打破了中国现代汉语长篇小说创作的沉寂局面。《蚀》虽然由三个中篇连缀而成，但其宏伟的历史画面，纷繁的社会事件，众多的人物形象，新颖的艺术结构，都是前所未有的。而采用“三部曲”形式，既可独立又能连缀，可分可合，伸缩自如。茅盾随后的创作中有较多的三部曲作品，使得这一形式达到了相当高的水准，更是现代中、长篇小说文体新的拓展。可以说，《蚀》真正拉开了现代长篇小说的历史帷幕。

《蚀》首开“革命加恋爱”创作模式的先河，初步显示出作者的艺术才华和个性，是茅盾写得最率真自然的小说。

第三节
《子夜》

《子夜》[②] 是茅盾现实主义创作进入成熟阶段的代表作，也是茅盾运用社会分析方法进行创作的典范之作，瞿秋白称之为“中国第一部写实主义的长篇小说”[③]。

一、《子夜》的形象系列

一是资本家形象，这是《子夜》的中心系列。

首先是民族资本家。主要人物有工业资本家吴荪甫、丝厂老板朱吟秋、煤矿公司经理王和甫、轮船公司经理孙吉人、火柴厂老板周仲伟等大大小小的资本家。茅盾把这部小说称为“现

① 茅盾：《写在〈野蔷薇〉的前面》，见《茅盾全集》，第9卷，524页。

② 小说原题《夕阳》，1931年10月开始创作，到1932年12月完成，1933年1月由开明书店出版。其中第二、四两章曾以《火山上》和《骚动》为题在《文学月报》第1卷第1、2期上发表。

③ 瞿秋白：《〈子夜〉和国货年》，载《申报·自由谈》，1933-03-12。见《瞿秋白文集·文学编》，第2卷，71页，北京，人民文学出版社，1986。

代中国变革的罗曼司”，称为“中国工业化的故事”，称吴荪甫为中国的工业“骑士”[①]，体现出他对中国现代社会新兴的生产力思考的倾向，认为其在半殖民地半封建的中国是一种超前的力量。由于中国特殊的政治结构，事实上他们不可能在当时完全成功。小说给他们设计了悲剧的命运，并对他们表示了深切的同情。

其次是买办资本家，他们是半殖民地半封建社会的特有产物。作为吴荪甫的劲敌出现的赵伯韬，是买办资本家的代表。他凭借美国金融资本和政权的力量，操纵交易市场，在金融界兴风作浪，为所欲为。为实现金融资本对民族工业的支配，他处处和吴荪甫过不去，常常施展阴谋，最终使吴荪甫陷入困境。他在生活上也极端荒淫腐朽，常常恬不知耻地“扒进各式各样的女人”。道德上的堕落和性格上的骄横奸险构成了统一体，显示了这一阶级的掠夺性。

二是封建地主形象系列，这是《子夜》里与资本家形象价值背离的形象，是《子夜》的否定性形象。大致可分为三类：一类是封建僵尸，以一到上海即刻“风化”的吴老太爷和在农民暴动中被打死的曾沧海为代表。他们作为老一代地主形象的代表，其没落象征着完整的封建社会的瓦解。另一类是向资本家转化的地主，以土地革命风暴中逃亡上海的“吃田地的土蜘蛛”冯云卿为代表。他把农民的血汗钱拿来换取大都会里的“寓公”生活，为了在公债市场上投机发财，不惜出卖自己的女儿。这一形象揭示了转化中的地主的无耻精神面貌。还有一类是新一代的废物，以曾沧海的儿子曾家驹为代表。他们既无行，又无德，更无能。对地主形象的丑化显示了茅盾对传统农耕文化的否定。[②]

三是都市“新儒林外史”式的资产阶级知识分子形象，这是资本家形象的男性附庸。他们或酸或腻或左或稚，如游走各豪门的高参尚仲礼，依靠智慧为资本家出谋划策的经济学教授李玉亭等。他们体现了资本家形象的附加价值。

还有作为资本家玩物出现的都市摩登女性形象系列，这是资本家形象的女性附庸。有终日做白日梦的林佩瑶，有年仅十七、聪明无知的冯眉卿，有风骚练达的年轻寡妇刘玉英，还有轻佻放荡的交际花徐曼丽等，她们是都市资本家的奢侈品。

这样，茅盾就以都市资本家形象为中心，牵起都市社会各阶层人等，在把握时代动荡丰富而复杂的心理和命运的基础上，绘制了一幅20世纪30年代初中国现代都市社会的宏大图景。小说的中心人物吴荪甫以其性格命运的具象性，言说和喻示了他所处环境的社会性质及其所属阶级命运的必然性，吴荪甫与其置身的社会存在环境之间构成一种“互文”证明。

① 1932年1月，茅盾《子夜》第一章以《夕阳》为题交《小说月报》1932年新年号，但因商务印书馆为“一·二八”战火所毁，遂未面世。其存稿在“夕阳”题旁横书：“A Romance of Modern China in Transition，In Twilight：a Novel of Industrialized China.”这充分表达了茅盾对资本、工商、都市的倾向性。他把这部小说称为“现代中国变革的罗曼司”，称为“中国工业化的故事”，称吴荪甫为中国的工业“骑士”。见茅盾：《子夜》手迹本，2页，北京，中国青年出版社，1996。

② 参见曹万生：《从悲剧与丑，看茅盾的产业意识》，载《文学报》，1996-07-25。

二、《子夜》主题与吴荪甫形象

（一）关于《子夜》的主题和思想资源

按照茅盾1939年的说法，他写作《子夜》“即是回答了托派”当时社会性质论战的问题，在西方列强的强大压力下，“中国并没有走向资本主义发展的道路”，“是更加殖民地化了”①。这个说法是作者自我加述1932年《子夜》创作时的动机与思想资源，长期被文学史家公认并引为《子夜》的主题。

事实上，《子夜》创作时没有上述动机与上述讨论结论：茅盾1932年12月首次为《子夜》作“后记”时只字未提这次论战，更无回答“托派”一说，谈的是1930年夏秋“每天”在资本家亲戚中“访亲问友”的故事；他为《子夜》设计的结局是吴赵握手言和，吴败赵胜的结局是1931年4月下旬瞿秋白建议修改的。② 创作《子夜》的1931—1932年，中国社会性质论战并无“半殖民地半封建社会”的结论，此结论由何干之1937年《中国社会性质问题论战》、《中国社会史问题论战》两书得出，毛泽东1938年3月公开使用“半殖民地半封建社会”概念，茅盾1939年才在《〈子夜〉是怎样写成的》中加述。③ 这种加述，间离与陌生了《子夜》创作的思想资源事实，妨碍了对《子夜》主题的研究及其当代意义的开掘。

《子夜》真正的思想资源是茅盾心灵中挥之不去的市民—资本家的现代工商业意识。在茅盾看来，现代中国的变革不是用一种精神的力量去进行国民性批判或者革命文学提倡，而是用一种物质的力量去进行农业性摧毁或者工商王国建构，从而改变中国现代社会的实质。他所认为的真正变革是工业化，变革的主要力量就是吴荪甫为代表的市民—资产阶级社会力量，这是茅盾都市文学或资本、金融、产业文学创作的价值取向。这与鲁迅的创作的精神启蒙倾向形成中国现代文学的两极思想资源。对市民—资产阶级社会力量的高度重视，决定了他的都市文学创作和资本家系列创作。因此，从《子夜》文本而不是从茅盾1939年以后的创作谈、后记中寻找答案，才是理解《子夜》主题的根本途径。

（二）吴荪甫形象及其悲剧

把眼光从社会政治学角度过渡到复制小说背后的历史文化背景并进行文化学阐释，就会发现，《子夜》密聚了当时中国社会的多元信息及有关中国主体性语境评价的多种话语资源，因而具有一种密布社会信息的“话语空间”的文本特征。④ 小说中以吴荪甫的人生命运为主旨的悲剧性叙事内容，固然肇始于茅盾反复言说且在文本中极力喻示的诸种社会政治性因素，但从深层的文化语境上看，诸种社会政治性因素其实导源于现代中国的诸种社会结构和文化结构上

① 茅盾：《〈子夜〉是怎样写成的》，载《新疆日报》，1939-06-01。

② 参见茅盾：《我走过的道路》（中），110页，北京，人民文学出版社，1984。

③ 参见曹万生：《茅盾的市民研究与〈子夜〉的思想资源》，载《西南民族大学学报》（人文社科版），2006（4）。

④ 参见逄增玉：《〈子夜〉：现代性缺失与冲突的悲剧寓言》，载《海南师范学院学报》（人文社科版），2001（2）。

的内在矛盾。现代中国的社会文化语境一方面促成和决定了吴荪甫的现代性追求与选择，另一方面，这种语境所借以形成的社会历史条件及其结构性局限，又使得它本源性地存在着现代性多重缺失，即存在着现代性追求与现代性缺失的悖反式特征，而这种特征，又必然导致对现代性的不同理解、选择及不同的现代性追求和选择之间的矛盾冲突。要而言之，以“现代性”为焦点的现代中国的文化语境及其内在矛盾，构成了《子夜》中以吴荪甫命运悲剧为中心的主导叙事。

作为小说的中心人物，吴荪甫具有鲜明的现代品格。他是“20世纪机械工业时代的英雄、骑士和王子”，精明强悍，果断坚毅，有魄力、有胆识。他游历过欧美，拥有现代科学管理才能，有独立发展中国民族工业的雄才大略。他的理想就是要推行体现了历史发展的必然要求的资本主义意志，建立法兰西式的理想王国，使“高大的烟囱如林，在吐着黑烟；轮船在乘风破浪，汽车驶过原野”。这种发展资本主义的精神体现了鲜活的现代性。可以说，他是中国现代民族资本家中摆脱农业文明落后性最彻底的代表，是从熟透了的封建农业文明中脱颖而出的新人，是西方先进文明的接受者和实践者，能代表中国民族资本家的崭新面目。为了发展民族工业，他在家乡双桥镇农村开设了电厂、米厂、油坊、钱庄、当铺，还在上海开办裕华丝厂，成立益中信托公司。随着资本的增加，经营范围的扩大，除了丝织工业外，他还有灯泡、热水瓶、阳伞、肥皂、橡胶鞋等企业。毋庸置疑，吴荪甫发展本民族资本主义企业，实现国家的工业化，是有利于加速中国社会现代化的进程的，也体现了20世纪30年代中国业已进行的资本主义进程。根据经济学史家的研究，“1927年南京国民政府建立以后，由于国际形势的变化，中国又获得了一次短暂的发展机遇。1927—1936年，中国的工业增长率达8%以上，社会经济呈现快速上升趋势。到1936年，中国工农业产值达到了近代以来的最高水平，其他各项现代化制度也都初具雏形。据统计，这一时期中国电力工业年平均增长94%，煤炭工业为7%，水泥工业为96%，钢为40%，被一些学者称为‘黄金十年’。他们认为，当时的中国正逐步走向现代化，如果没有1937年日本发动的侵略战争，中国的工业化步伐必将大大加快，并在上世纪40年代初期就进入‘起飞’阶段”①。这方面充分展示了吴荪甫的正面意义。

但吴荪甫终于败在赵伯韬手里，他的悲剧性有多重含义。

第一，他的悲剧是否具有普遍性是一个社会政治学的问题。

小说中的吴荪甫失败于一次金融投机（同是民族资本家的杜竹斋却赢了），这既有资本力量的问题，也有商业智慧的问题，本是商业竞争中的寻常事。吴荪甫完全可以不失败，失败不是必然的，是或然的，作为民族资本家的荣毅仁家族的成功，大批民族资本家的成功等，就是佐证。吴荪甫的悲剧深入中国现代化的层面上，是中国政治结构社会结构文化结构缺失的问题。诸种结构的内在矛盾，带来现代中国的社会语境现代性的先天性缺失与悲剧，内在地构成了现代性必然要求和现代性现实缺失的二律悖反的矛盾冲突。这缺失激发了吴荪甫的现代性追求，这悲剧又阻遏了他追求的实现。

第二，吴荪甫面临现代中国的现代性缺失。

吴荪甫首先面临的一个最大的现代性缺失，是对外能够抗拒压力威胁，对内能够有效地动员社会资源实施现代化，具有合法性的现代民族国家的确立，以及由民族国家所提供的制度化合理化的现代性保障。而现代民族国家的确立是现代化实施的首要条件，是现代性的重要标

① 杨红林：《近代中国错失4次现代化良机》，载《环球时报》，2006-06-08。

志。但从《子夜》所呈现的文本环境来看，吴荪甫们面对的却是一个合法性面临挑战，不得不全力应付和解决合法性危机的中央政权。在文本的具象书写中出现的国民政府中央政权与地方军阀之间的惨烈的中原大战，农村广大地区风起云涌的农民运动，中共红色政权在各处的存在及工农红军向长沙等城市的进攻，都是现代民族国家缺失及当局中央政权面临合法性挑战、处于合法性紧张的具象化体现。一个为自身的合法性而忙乱的政权当然难以成为强有力的现代民族国家，同时无暇也无心无力为民间的现代性追求提供优先合理化的制度保障，这严重影响和阻遏着吴荪甫集团的资本主义现代化王国梦想的实现。

同样，在《子夜》中，吴荪甫自始至终面临着来自于外部列强的威胁与压力：日本的工厂、以买办赵伯韬为代理人的美国财团，无不虎视眈眈地将吴荪甫们作为欲望的目标，千方百计地图谋吞并之，显露出资本全球化时代国际资本对后发展国家的无情与狰狞。然而，陷于合法性危机因而无暇他顾的当局政权，非但没有提供抗拒外部压力的保护，还为虎作伥，实际上限制和打击了吴荪甫们的现代性追求。赵伯韬们之所以骄横狂妄横行无忌，并可以操纵证券市场，除了得力于美国财团即国际资本支持以外，还得力于缺乏合法性与权威性因而不得不实际上屈服于外部列强势力的当局政权。正因为如此，吴荪甫才发出了"只要国家像个国家，政府像个政府，中国工业一定有希望"的感慨。

其次，吴荪甫所代表的民族资产阶级还与红色政权在各自的现代性抉择之间存在矛盾冲突。在《子夜》文本中，不论是农民运动还是工人运动，都是令吴荪甫关心、操心和烦心的问题——农民暴动使他在家乡的投资化为乌有，急需的资金难以抽回；而工人罢工则使他的益中公司和资本主义王国梦想"雪上加霜"，因而，吴荪甫极端仇视工农运动。如果从文本的阐释角度看，吴荪甫与工农革命的矛盾和冲突，实际上同样是两种不同的现代性选择之间的冲突。这种冲突及其历史合法性的定位，最终导致吴荪甫的资本主义现代性追求和设计的失败与流产。

再次，吴荪甫所处的历史文化语境中也存在多重现代性缺失。缺乏西欧资本主义发展中拥有的那种现代的职业化专业化管理和技术专家集团，吴荪甫工厂中的工人是作为阶级斗争的主导力量而不是"企业的生产力"。

同上述现代性缺失相关，在《子夜》里吴荪甫的家族及其周围环境中，也存在着一种对吴荪甫发展资本主义的普遍的反对抵触情绪，或者是对他行为精神的不理解与不支持。

这样，上至政权当局，下至工农民众，中间包括吴荪甫家族亲人，整个社会都弥漫着反资本主义情绪，自然会对资本主义发展带来先天不足和"现代性"缺失，并必然直接或间接地转化成私人资本主义发展中的阻碍性因素。这一切注定了吴荪甫的不幸，无论他怎样挣扎，最终都被一种连自己都不甚明了的力量所放逐。吴荪甫的悲剧生动地揭示了现代性的必然要求和现代性的现实缺乏之间的深刻矛盾。而《子夜》也由于反映出20世纪30年代初中国社会的结构性矛盾，而成为一部有关这一时期中国民间私人资本主义现代性追求在面临诸种现代性缺失以及在其他更具强势和优势地位的现代性抉择的冲击下走向没落失败的悲剧性寓言。

如果从美学角度看，与这种绝对命运的抗争又使吴荪甫成了悲剧英雄。他在注定灭亡的悲剧命运面前不绝望、不气馁，表现了人在逆境中奋斗的刚强意志和生命力量，从而换来了人们的同情与怜悯，具有较高的审美价值。再从哲学角度看，吴荪甫在逆境中奋斗和失败还有更深层的现代意义：他发展资本主义的精神冒险和事业追求，其实是一个逐渐走向幻灭、悲哀以至造成其追求的无效性和存在的无价值性的过程。它显示了现代人对生存困境的确认与反应，也象征了整个人类的基本存在状况。①

但是，随着中国当代经济改革的深入和多种经济成分特别是非公有经济的快速发展，茅盾的资本家形象系列越来越体现出生气，吴荪甫这一形象在当下有着新生的生产力意义。②他的知识准备、人才准备、资本准备、魄力手段、精力能力，在作为生产力意义的层面讲，可谓是当代企业家的楷模。他运用西方管理手段和先进的生产力工具运作现代企业，参与金融、证券，通过金融衍生品的短期投机进行企业融资，促进企业的高速发展，促进资本的快速增值。这些，几乎就是当代企业中某些佼佼者的真实写照。这就是说，当历史赋予了吴荪甫们以施展才能的体制保证和广阔空间时，中国民间私人资本的现代性追求便具备了实现的充分条件，中国的吴荪甫便越来越多了。从这个角度看，茅盾是以鲜明产业意识、金融意识和市民—资本家的现代工商业意识来塑造吴荪甫这一形象的。吴荪甫的形象，分明表现了中国现代资本家的奋斗历程，这个历程以其生命力和现实感体现了中国当代经济改革进程的某些同类精神，即崇尚生产力的精神。在这个意义上，茅盾是中国现代文学史上最具有生产力意义的作家。

三、《子夜》的艺术成就

与繁复深邃的思想内容相一致，《子夜》在艺术上也取得了突出的成就。

从题材看，《子夜》以开放的现代意识建立了较为完整的现代都市文学。它以当时中国最繁华的都市上海为背景，全面描绘了现代都市的企业、金融业、商业，公馆、舞厅、大饭店等，并且着重展示了现代都市以政治、经济为轴心的各阶级、阶层的不同人物，如资本家、金融家、买办官僚、公务员、市民等之间的复杂人际关系。同时，小说更注意展示中国半殖民地半封建的社会特性，现代都市发展的不健全性，以及受到西方资本主义文明的冲击，急变和交杂的都市走向现代化的艰难过程，这些都为20世纪中国现代化的历史进程提供了生动形象的读本。因此，有研究者把《子夜》看成站在左翼文化立场揭示出现代都市文化的海派文学的一种。③

在小说体式和叙事模式上，《子夜》也实现了对前一个十年小说的超越。

从体式看，它以恢宏的结构、巨大的容量，表现出“史诗性”的特点：“大规模地描写中国社会现象”④，注重题材和主题的时代性和重大性，追求邃密的思想深度和广阔的历史内容。作品的重心是描写“都市”，但又不单纯地写都市，而是通过农村与都市的对比，来反映整个中国社会的风云动荡，极大提高了现代汉语小说对社会生活的表现能力。

从叙事模式看，《子夜》追求错综复杂的情节、庞大的人物群像、纷繁复杂的蛛网状的复合式结构。小说有名有姓的人物近百个，从都市到农村的故事空间以及有关资本运营、民族工业、中原大战、家庭生活等方方面面都被组织进来，但情节却有条不紊，舒卷自如。这得力于小说结构的精心设计。小说有主次分明的三条矛盾线索，吴、赵之争贯穿全书主要章节，中间

① 参见刘伟：《超越的悲剧与悲剧的超越：论〈子夜〉的现代性》，载《辽宁师范大学学报》（社会科学版），2002（3）。

② 参见曹万生：《茅盾在当下中国的意义》，载《四川师范大学学报》，2003（3）。

③ 参见陈思和：《论海派文学的传统》，载《杭州师范学院学报》（社会科学版），2002（1）。

④ 茅盾：《〈子夜〉后记》，见《茅盾全集》，第3卷，553页。

穿插的吴荪甫与裕华丝厂工人和双桥镇农民的斗争，是两条副线。“三条火线”相互交织，构成全篇。军阀混战与红军发展也是两条潜在线索，虽然没有正面展开，但一直以侧写和暗示的方式，与故事主体联系在一起。各条线索互为因果，形成纷繁复杂的网状结构，共同推动情节的发展，生动映现了20世纪30年代中国广阔而复杂的社会现实。值得注意的还有小说全知全能的叙事角度。小说叙述者的叙事动机十分明确，对故事和人物了如指掌，但他并不是故事的亲历者，而是站在故事之外总揽一切，对错综复杂的人事和世事作高屋建瓴的观察和记录。这种始终“不在场”又无处不在的全知全能的叙述者无疑为作者实现自己的创作意图提供了方便，而这也是受茅盾影响形成的“社会剖析派”小说共同的叙事范式。①

《子夜》在人物心理和人物性格多样性的描写上，也表现出高超的艺术。作者不是作静止的和孤立的分析和描写，而是在时代生活的激流里，在尖锐的矛盾和冲突里来进行细致、深入地描绘。人物的心理描写负载着文化历史的内容，最典型的是吴荪甫的复杂心理活动与现代都市文化、政治、经济变动相联系。茅盾的人物塑造注重社会人心理由外至内的剖析，进入到了社会历史分析的深层，达到了社会科学思维与艺术形象思维的有机统一。

《子夜》的语言也具有独特的风格。如果说鲁迅的文学语言构成是以白描、写意为中心的话，那么，茅盾则侧重于精细的雕刻来展现生活。他将细密的描述和深入的剖解融合起来，在丰富的词语间，显露出艺术的可感性。没有过度欧化的语言，偶尔运用古代成语，也是恰到好处，趣味盎然。人物的语言和叙述者的语言，都能随故事和人物的性格发展变化而具有不同特色。

《子夜》在茅盾的文学生涯中具有“里程碑”式的地位。就小说显示的社会概括的广度与深度、人物创造的多姿与传神、艺术结构的宏大与繁复、文学语言的劲健与爽利而言，都与一般作家拉开较大距离，从而大大提高了我国现代长篇小说的艺术水平，将现代长篇小说样式推向了成熟。

第四节 《林家铺子》等短篇小说

一、短篇小说创作概貌

在进行长篇小说创作的同时，茅盾还致力于短篇小说的创作。从20世纪20年代末到30年代先后结集出版的短篇小说集有《野蔷薇》（1929）、《宿莽》（1931）、《春蚕》（1933）和《泡沫》（1936）等。《野蔷薇》是茅盾的第一部短篇小说集。其中的五篇小说（《创造》、《诗与散文》、《自杀》、《一个女性》、《昙》）都“穿了恋爱的外衣”，作者是想在人物的恋爱行动中透露出“各人的阶级的‘意识形态’”，在“恋爱描写的背后”显示“一些重大的问题”②。但与

① 参见严家炎：《中国现代小说流派史》，184、187、188页，北京，人民文学出版社，1989。

② 茅盾：《写在〈野蔷薇〉的前面》，见《茅盾选集》，第5卷，147～148页，成都，四川文艺出版社，1985。

《蚀》一样，小说流露出他在“大革命”失败后一段时期内消极低沉的情绪，而其中的性描写则明显带有自然主义的影响。《宿莽》中的《大泽乡》、《豹子头林冲》、《石碣》等篇目取材于历史故事，虽是历史题材，着眼点却是现实。作家努力取精用宏，在横断面的截取中，容纳深厚的内容。这显示了茅盾在开始不满自己原先那些作品的情调，一时又未能把捉住重大现实题材的情况下，转而取材于历史的积极尝试。《泡沫》则在反映城乡底层劳动者的苦难生活的同时，更突出表现了全国人民日益高涨的抗日救亡的诉求。

在茅盾所有短篇小说中，最有影响的是《林家铺子》和《春蚕》，它们与《子夜》同一年创作。茅盾原计划在《子夜》中还要写到“农村的经济情形，小市镇居民的意识形态”①，但未能实现。以小市镇和农村生活为描写对象的《林家铺子》和《春蚕》，在一定程度上弥补了《子夜》对村镇生活表现薄弱的不足。

两篇小说的故事都发生在1932年上海“一·二八”事变前后。这一时期，由于世界性经济危机爆发，帝国主义为转嫁危机加紧对华经济侵略，加之国内连年自然灾害等因素的合力作用，中国城乡经济普遍破产。这使“经济破产”成为许多现实主义小说的一种独特的叙事来源，破产小说的创作兴盛一时。不同于“个性解放”之于“五四”小说，或“大革命”之于幻灭小说和革命小说，城乡经济的破产作为一种新的叙事来源，使这些小说有了一种新的写作取向，即从对生命个体的关怀转向对社会群体的关怀，从对国民灵魂的关怀转向对国民生计的关怀。描写商业经济破产的作品集中在写乡镇店铺的倒闭，以这些小店铺的命运折射整个社会经济结构的变动，《林家铺子》即属于这一类型；描写乡村破产的作品突出了各种天灾人祸对乡村生活的影响，“丰灾”小说是典型文本，《春蚕》是其中的代表作。

二、《林家铺子》

《林家铺子》中的林先生是一个小市镇的商人，他从父亲手里继承了一个小店铺，虽然也有一般商人的唯利是图思想，但平时除了小心翼翼地经营他的店铺以守成保身外，并没有更多的奢望。然而农村破产和农民购买力的锐减，使得他一再减价的商品仍是销路不佳；上海战争的影响又使得他在年关迫近时不唯资金上无处通融，而且债主登门坐索，穷于应付；更有地方官吏一再敲诈勒索，甚至强迫他的女儿为妾；此外，还有资本较他雄厚的同行们排挤倾轧，落井下石。在多种打击面前，林先生百般挣扎，力图使自己的铺子幸免于难而不可得。林家铺子终于在这些重重逼压下倒闭了。唯其林先生是这样安分守己，林家铺子的命运才更具有典型意义。它从特定的小时空透视社会的大时空，是处于风雨飘摇中的整个工商业的一个缩影，具有全息性。小说还写到了林家铺子的倒闭对朱三阿太、张寡妇那样将自己仅有的积蓄存在铺子里的贫民造成的致命打击，说明这绝不只是林先生个人的破产，还牵连到许多人的生活。小说就在这些不幸者疯狂的惨呼声中结束。这样的处理，一方面是对于整个悲剧的制造者提出更加有力的控诉，另一方面也反映了那个社会“大鱼吃小鱼，小鱼吃虾米”的残酷真相和林先生性格中的两重性。作家对于林先生是既有同情也有批判的。

① 茅盾：《〈子夜〉后记》，见《茅盾全集》，第3卷，553页。

三、《春蚕》

《春蚕》的写作时间略后于《林家铺子》。它以江南农村为背景，通过农民老通宝一家人蚕花丰收而生活却更困苦的事实，具象化地暗示出旧中国农民必须在年成丰收之外，去另寻真正的出路。作品采用虚写的手法把人物放在这样的时代背景中：由于外货倾销，民族丝织工业陷于破产的境地，因而江南一带农民的主要副产品——蚕丝也就没有了销路；封建地主的高利贷剥削更加残酷；资本家也乘机压低蚕丝的收购价格。因此，老通宝一村人经过一个月的辛勤紧张的劳动，虽然取得了多年未有的蚕茧丰收，但是丰收给他们带来的不是富裕和幸福，而是更多的贫困和灾难。老通宝是一个勤劳忠厚而又保守落后的老一代农民。他凭着朴素的经验隐约地觉察到，世界之所以“越变越坏”，都是因为有了“洋鬼子”的缘故，因此他不仅痛恨“洋鬼子”，而且仇视一切带有“洋”字的东西。他热爱劳动，相信只有蚕花丰收，才能使他们的日子变好。他也相信命运和鬼神，虔诚地遵守而且要他的儿子阿多也遵守养蚕时的一切禁忌。时代变了，周围环境变了，而他的思想却一直未变，这是他成为悲剧性人物的一个重要原因。

他的儿子阿多，性格与他不同：他不相信蚕花丰收就可以改变穷苦的命运；也没有老通宝的那种忧愁，对世事永远乐观；他还对社会现象作出自己的思索，“他觉得人和人中间有什么地方是永远弄不对的”，虽然他还“不能明白想出来是什么地方或是为什么”。这样，小说就在如何摆脱自己贫困处境的课题上描写了20世纪30年代中国农村“父与子”两代人的冲突，在冲突中显示了两代人心理、性格的历史内涵的巨大差异。而阿多一代农民的逐渐成长和老通宝一代农民的逐渐觉醒，也就成为旧中国农村向前发展的必然趋势。继《春蚕》之后的《秋收》和《残冬》，所揭示的就正是这种趋势。在《秋收》里，当老通宝的“大熟年”的“肥皂泡整个儿爆破”，因而送掉他一条老命的时候，最初的觉醒意识，终于在他“明朗朗”的眼睛里透露出来了。《残冬》更进一步地描写了农村灾难的加深和农民反抗斗争的崛起。这三个连续的短篇，被称为“农村三部曲”，它们真实地反映了广大农民的深重苦难和他们从守旧、迷惘中觉醒，终于起来抗争的历史动向。但后面两篇情节推进得过于急促，人物性格的发展脉络勾勒得不够清晰，因而人物形象不及《春蚕》那样丰满鲜明。

整体来看，茅盾的短篇小说可视为其长篇创作的一种延伸和补充。从《子夜》及其延长线上可以看到这种复杂关联：买办资本家赵伯韬的作祟导致民族资本家吴荪甫等的破产；吴荪甫等的破产又导致蚕农老通宝们的败落；农民购买力的低下又加速城镇商人林老板的破产。这种经济破产又与“一·二八”事变、军阀战争、工人罢工、农民暴动等联系起来，全面呈现了造成城乡经济普遍破产的所有因素和因果关系，从而形成一种全景式的叙事特点。

以《林家铺子》和《春蚕》为代表的破产小说进一步丰富了现代汉语小说的叙事模式。“经济破产”作为叙事来源，要求写作者直面人生，按照现实主义范式去写作。这首先意味着必须“解构”现代汉语小说的浪漫话语体系，建构一种新的叙事方式。从纵的发展看，“五四”小说对个性和国民性的关怀使得小说家往往采取呐喊的、直抒胸臆的、第一人称的叙事方式，现实问题的浪漫解决不在少数。稍后的“革命的浪漫蒂克”小说则带有更多的文人臆想。破产小说可以说是对这些浪漫叙事的一种“解构”，“解构”之后最本质的变化是对现实关系尤其是经济关系的真实描写。从横的方面看，破产小说没有京派小说那种在古朴乡风中对生活所作的诗化处理和浪漫遮蔽，也不像现代派小说那样在浪漫市声中追求变形与象征，它对破产现实的叙述是客观的、仿真的。破产的惨相、破败的人生使这些写作者无法浪漫和诗意，他们取消了浪漫和诗意而还原了生存本相。[①]

第五节 《霜叶红似二月花》等

不同于《子夜》紧贴现实的节奏峻急的叙事风格，茅盾的创作路向中明显呈现出纡徐从容的民族化风格的小说是始作于1942年的《霜叶红似二月花》[②]。

一、思想内容与文化意蕴

这部最初在桂林创作的长篇小说也曾有过庞大的写作计划："预计写三部分，第一部分写'五四'前后，第二部分写北伐战争，第三部分写大革命失败以后。"[③] 但完成第一部分（前十四章）后，茅盾便离开桂林去了重庆，因环境变化，未能继续，此作遂成为茅盾的又一残篇。时隔30多年后，当年近八旬的茅盾因"文化大革命"而挨批靠边时，他才秘密续写起后两部分（同时进行的还有《我走过的道路》）。尽管只是以未经修饰的大纲提示、梗概介绍和片段铺开的形式续写了四章，但基本保证了小说情节的完整。不过，续稿在茅盾生前并没有发表，直到1996年才得以面世。

小说第一部分以宏阔的社会、历史风范描绘了江南某城镇在"五四"前后新旧势力错综复杂的变异与斗争，不仅侧面揭示了民族资本主义的曲折发展过程，还展示了这一时期的时代特点和广阔的社会生活。主要情节是：新兴资产阶级人物、惠利轮船公司经理王伯申为发展地方工业，打算动用由顽固豪绅赵守义把持的积善堂公款，创办"贫民习艺所"，遭到靠公款营私的赵守义的反对。在河水猛涨的雨季，轮船公司的轮船在航行中使河水溢出两岸，损害了农田。赵守义便勾结乡下地主，挑动农民拦砸轮船，并在造成人命案后串通官府在官司上打赢了王伯申。最后王伯申答应不再清算积善堂公款，赵守义也就不追究命案。在这场冲突中以第三种势力出现的是年轻的开明乡绅钱良材。他憎恶世俗，仗义疏财，试图以向官府递"公呈"的方式转用积善堂公款，以疏通河道加高河堤，为沿河乡民办点公益。但在王伯申和赵守义的妥协中，他四处碰壁，空手而归。在这一事件中，王伯申的精明巧滑，赵守义的阴毒吝啬，钱良材的心高力绌，无不写得眉目清晰，可见其人。

① 参见金宏宇：《"经济破产"作为叙事来源》，载《中国现代文学研究丛刊》，1998（2）。

② 小说正式出版前曾在《文艺阵地》1942年第7卷第1至4号和重庆《时事新报·青光》1943年第1至29期上作过连载，1943年5月由桂林华华书店出版。

③ 茅盾：《桂林春秋》，见《茅盾全集》，第35卷，461页，北京，人民文学出版社，1997。

按照作者1958年的说法，书名题为《霜叶红似二月花》，是因为书中的主要人物，如出身于地主阶级和小资产阶级的青年知识分子，最初都是很“左”的，像是真的革命党人，但经过考验，他们或消极了，或反动了。因此他们只是假左派，是霜叶，不是红花。[①] 不过，无论从第一部分还是后续的部分来看，茅盾的这一主题概括在文本中都没有明显表现。在续写部分，钱良材依然热心公益，扶危济困，并在北伐军胜利入城后成为国民党左派。“大革命”失败后，他积极帮助左派人物严无忌、张今觉夫妇脱险。严无忌被害后，他甘冒生命危险为严无忌复仇，并最终与张今觉结合。这些情节，反倒使国民党左派的形象更有光彩，而批判“霜叶”式人物的文字依然不见。至于民族资产阶级在中国现代历史进程中的破坏性，在文本中几乎已感受不到。这一点是意味深长的。联系《子夜》中茅盾对吴荪甫的态度，不难理解，这里依然是茅盾挥之不去的市民—资产阶级的现代工商业意识在起作用。在特殊的历史条件下，他可以毫不留情地对赵守义之流加以唾弃，却无法轻易地否定王伯申们在现代历史进程中的作用，于是他宁愿留下空白。

但作品更引人注意的是浸润其中的浓厚文化意蕴。它以互有姻亲的张（恂如）、黄（和光）、钱（良材）三家为重点，并将赵（守义）、王（伯申）、朱（行健）、许（静英）诸家聚于笔底，灵活穿插；园林街道，家宅庭院，点点入墨；亭台水榭，山石花树，跃然纸上；家长里短，迎来送往，起居饮食，服饰装扮，都写得有声有色，绵密翔实。在家庭生活细故、伦理道德、风俗人情的氛围中，小说旖旎柔婉地写出新旧历史转换期的社会经济、政治、思想、文化的变动，透露出浓郁的东方审美情调。

贯穿小说前后的主要人物张婉卿是一个集柔美与刚强于一身的东方女性的典型。她素性好强，聪颖达观，纵有千般烦恼，依然有说有笑；她吟诗作赋，应对自如；为人处世，左右逢源；管理家务，驾圆就方。这些都令人想起《红楼梦》中的薛宝钗和贾探春。面对因生理缺陷而精神颓唐、只能借鸦片和古诗聊以自娱的丈夫黄和光，她没有被不幸压倒，不仅能在娘家承欢长辈、约束弱弟，而且耐心细腻地鼓励丈夫，并想方设法为他求医问药。到了“大革命”前后，张婉卿的才智就不仅在庭院书房里发挥，更于智激钱良材维护朱家父子的职位、救助弱女琴仙、革除县里弊政、定计迎接北伐军等方面表现出是非分明运筹帷幄的一面。显然，茅盾将儒家文化中相夫教子、贤惠明礼的女性价值规范与修身齐家治国平天下的男性价值规范融为一体，塑造了这样一个不同于静女士和孙舞阳二型的第三样理想女性形象，这体现了茅盾对中国传统文化的辩证思考。

二、另一种艺术风格

与茅盾其他长篇一样，《霜叶红似二月花》人物众多，结构宏大，具有史诗性品格。但小说已不再追求与现代社会同步共进的现实使命，而是将故事的深景置于“五四”前后和“大革命”时期。如果将它与《虹》、《蚀》、《子夜》、《第一阶段的故事》、《走上岗位》、《腐蚀》、《清明前后》等小说和剧本所反映的社会历史背景联系起来，就会发现，茅盾小说创作题材所涉及的社会生活内容几乎涵盖了20世纪中国上半叶的历史全貌。时代的线索排列构成了社会的编

① 参见茅盾：《〈霜叶红似二月花〉新版后记》，见《茅盾全集》，第6卷，250页。

年史，具有空前的思想深度和丰富的历史内涵。

资本家和女性形象依然是茅盾着力表现的两个重点，但已明显减少了公式化和概念化痕迹。小说虽然存在既定主题，但主要人物形象自身的性格逻辑的发展却超越了先行主题的力量，为小说主题的阐释带来丰富的多义性。而在人物形象的塑造方法上，小说通过人物的行动、语言、日常生活，给人物以故事等手法刻画人物性格。在大多数的情况下，叙述人都隐蔽在事件的背后，而把直接的人物事件在纠葛中推给解读者去品味欣赏。在叙事结构上，小说以家庭的故事作为安排情节"单元"的基础，以惫懒懦弱又爱管琐事的张恂如作为贯穿全篇的线索人物，在他的人际交往中，牵引出七个家庭数十人物的人伦家风，缜密自然，浑然天成。人物塑造和结构设计的匠心都见出作家对中国古典小说优秀传统的继承与融化，表现了茅盾为长篇小说艺术民族化而作出的可贵探索，小说也由此被誉为"中国文艺之巨大收获"①。

《霜叶红似二月花》充分体现出作为小说巨匠的茅盾不拘一格的创作风格，但也表现了茅盾创作心理上始终存在的政治与艺术的矛盾。一方面，茅盾的创作常常是心有余而力不足，对宏大叙事的追求使他的创作一开始总是雄心勃勃，连短篇小说也像是一部被压缩了的中篇或某部长篇中的一个组成部分（如《春蚕》），而长篇更是多卷本的系统工程模式和"长河式"格局，但最后又多不能如愿，《霜叶红似二月花》未能完成即与此有关。另一方面，作为小说家的茅盾又具有"社会科学家"的理性气质，鲜明而强烈的"服务意识"使他的创作具有直接参与中国现代革命斗争的强烈倾向性，并具有科学论文和社会百科全书的特点，因此有人称他的小说是高级"社会文件"②（如《子夜》）。一旦他摆脱理性的羁绊回到自己熟悉的题材，其潜在的艺术天分就会为他的创作带来生动的色彩，《霜叶红似二月花》的殊异风格即说明了这一点。

三、文艺理论与批评

从20世纪20年代初到80年代初，茅盾一直执新文学批评界牛耳，成为现代汉语文学批评史上最有分量的大家之一。单就新中国成立后的文学批评活动而言，茅盾在担负繁重的行政事务之余，就先后出版了《鼓吹集》、《鼓吹续集》、《读书杂记》、《夜读偶记》、《关于历史和历史剧》等文艺论著。

总起来看，在新中国成立后"一体化"文学体制的规约下，在所有重大的文艺思想的论争中，茅盾基本认同并追随着当时的社会主潮；但另一方面，出于对文学的根深蒂固的自觉，他又一直不忘强调文学作品的艺术规律和艺术性。

例如在关于《青春之歌》的讨论中，当有些批评者严厉地指责林道静这个人物的思想改造没有通过"同工农结合"来完成时，茅盾却联系文学真实性的思考指出："在当时的历史条件下，成千上万的知识分子的确是通过了同林道静大体相同的考验走上革命道路的。"③ 同样是这种眼光，使他发现了《七根火柴》、《百合花》等短篇小说的艺术潜质，并发现和提携了王愿

① 田玉：《茅盾新作：〈霜叶红似二月花〉》，载1945年6月《文艺春秋丛刊》之四《朝雾》。见杨义：《中国现代小说史》，125页，北京，人民文学出版社，1986。

② 蓝棣之：《现代文学经典：症候式分析》，199页，北京，清华大学出版社，1998。

③ 茅盾：《怎样评价〈青春之歌〉?》，载《中国青年》，1959（4）。

坚、茹志鹃等一大批初露头角的文学新人。在历史剧的讨论中，茅盾仍坚持以文学真实性为核心的综合性价值取向。在其1962年出版的专论《关于历史和历史剧》中，他以五十多种新编的《卧薪尝胆》剧本，结合元、明、清不同时代的十多部古典历史剧，论述了历史剧古为今用、历史真实与艺术真实统一的问题。在当时的条件下，这是难能可贵的。

在创作方法问题上，在1958年发表的《夜读偶记》中他提出“中国文学发展的规律是现实主义和反现实主义的斗争”的观点。不过他又说：“我们也不应该否认，象征主义、印象主义乃至未来主义在技巧上的成就可以为现实主义作家或艺术家所吸收，而丰富现实主义作品的技巧。”① 可以看出在现实取向和开放心态之间，茅盾在努力寻求着艰难的平衡。

【本章学习参考】

一、阅读书目

《蚀》三部曲、《子夜》、《春蚕》、《林家铺子》、《霜叶红似二月花》（含续本）

《夜读偶记》

二、重要命题

关于《子夜》创作模式的论争

1933年《子夜》出版后，瞿秋白以笔名“乐雯”发表《〈子夜〉和国货年》一文，高度评价这部小说，指出作者反映“全社会”的创作意图，以及运用社会科学原理剖析社会关系、阶级关系的“写实主义”创作原则，并预言其在文学史上不可取代的地位：“1933年在将来的文学史上，没有疑问地要记录《子夜》的出版。”见瞿秋白：《〈子夜〉和国货年》，载《申报·自由谈》，1933-04-02。

著名学者吴宓称赞《子夜》“结构最佳”，人物塑造与环境配置颇具匠心，“尤可爱者，茅盾君之文字系一种可读可听近于口语之文字”。见云（吴宓）：《茅盾著长篇小说〈子夜〉》，载《大公报》，1933-04-10。

20世纪80年代以来，关于《子夜》的创作模式问题出现越来越多的争议，主要有以下重要观点。

庄钟庆认为，在以剧烈的阶级斗争为背景反映社会生活的长篇创作中，《子夜》的成就是最突出的，它以惊人的艺术力量表现了30年代初期中国社会各个阶级的矛盾与斗争，提出并回答了当年最重要的问题。因此《子夜》是我国无产阶级文学运动中出现的第一部成功的长篇小说，具有划时代的意义。见庄钟庆：《茅盾的创作历程》，北京，人民文学出版社，1982。

孙中田认为，《子夜》在艺术创作上，在整体上把小说创作提高到现代化水平。见孙中田：《〈子夜〉的艺术世界》，上海，上海文艺出版社，1990。

曹万生认为，《子夜》表现了现代资本家奋斗的英雄历程，这个历程以其生命力和现实感体现了中国当代经济改革的某些同类精神，即崇尚生产力的精神。见曹万生：《茅盾在当下中国的意义》，载《四川师范大学学报》，2003（3）。

乐黛云认为，由于作者总想告诉读者一点什么，总想表现一些“本质”的东西，而又缺少足以表现这种“本质”的具体生动的生活细节，所以《子夜》存在概念化的毛病。见乐黛云：《〈蚀〉和〈子夜〉的比较分析》，载《文学评论》，1981（1）。

---

① 茅盾：《夜读偶记》，见《茅盾文艺评论集》（下），836页，北京，文化艺术出版社，1981。

王晓明也持类似观点。他认为，从具有与众不同的艺术风姿，在对往事的追忆中获取灵感的《蚀》三部曲，到"每每是从判断时事的抽象例题出发去进行构思"，"拥有明确的社会政治主题"的《子夜》、《林家铺子》等，这种随社会潮流而动的文学功利欲求，掩盖了茅盾本身的艺术素质的充分发挥。见王晓明：《潜流与旋涡——论二十世纪中国小说家的创作心理障碍》，北京，中国社会科学出版社，1991。

蓝棣之认为，《子夜》追求伟大，但缺乏深刻的思想力量，也未敢触及时代尖锐的政治课题；追求气魄宏伟，但风格笨重；追求严谨结构，但过于精巧雕镂，有明显的工匠气；追求革命现实主义，但导致了主体性大大削弱。《子夜》读起来就像是一部高级形式的社会文件。见蓝棣之：《现代文学经典：症候式分析》，北京，清华大学出版社，1998。

陈思和认为，《子夜》描写的上海的民族资本家与外国财团利益的斗争细节和场所，体现的正是传统海派典型的繁华与糜烂同体模式结构。所以，从本质上说，《子夜》只是一部站在左翼立场上揭示现代都市文化的海派小说。见陈思和：《论海派文学的传统》，载《杭州师范学院学报》(社会科学版)，2002 (1)。

但绝大多数的研究者肯定茅盾的《子夜》创作模式，认为他开创了社会剖析派的传统，认为这一派具有"小说家的艺术，社会学家的气质"的创作风貌，肯定了新文学发展中的这一宝贵经验和优良传统。

三、相关文献

1. 茅盾．我走过的路．北京：人民文学出版社，1981.
2. 孙中田．论茅盾的生活与创作．天津：百花文艺出版社，1980.
3. 叶子铭．茅盾漫评．天津：百花文艺出版社，1983.
4. 孙中田．《子夜》的艺术世界．上海：上海文艺出版社，1990.
5. 陈幼石．茅盾《蚀》三部曲的历史分析．北京：社会科学文献出版社，1993.
6. 蓝棣之．现代文学经典：症候式分析．北京：清华大学出版社，1998.
7. 曹万生．茅盾艺术美学．北京：中国社会科学出版社，华龄出版社，2004.
8. 曹万生．茅盾的市民研究与《子夜》的思想资源．西南民族大学学报（人文社科版），2006（4）.
9. 杨义．中国现代小说史．北京：人民文学出版社，1986.

四、复习思考

1. 试分析《蚀》三部曲中的女性形象系列。
2. 如何理解吴荪甫的形象及这一形象的历史意义和当下意义？
3. 论述《子夜》的艺术成就。
4. 简析经济破产作为叙事来源对茅盾小说创作的意义。
5. 简析《霜叶红似二月花》在茅盾小说创作中的特殊性。

第十四章
巴　金

在20世纪30年代现代汉语文学中，巴金属于人道主义思潮流派，他忠诚于“五四”，并坚持了一生。由于无政府主义的反专制热情与人道主义无边的博爱，巴金成为30年代文学最富热情的反封建大家。其长篇小说的广泛传播和反家长制、反社会专制的呼唤，使巴金得到青年的广泛拥护。80年代以来，他坚持说真话而被誉为“中国知识分子的良心”。

对巴金的评论和研究肇始于1929年。新中国成立前，印象式、感悟式的巴金评论较多，系统研究文章较少。20世纪50年代，巴金研究得到较大发展，但1958年，《中国青年》和《读书》等有影响的刊物发起对巴金新中国成立前作品长达7个月的全国性讨论，将巴金研究意识形态化，而且，主要目的是否定巴金新中国成立前的文学创作，客观的阐析甚少。具有学术意义的巴金研究从20世纪80年代起得以恢复，成果众多，且具有全局性的进展和突破。

本章主要评述巴金的文学道路，长篇小说《家》、《憩园》与《寒夜》，杂文集《随想录》等。

第一节 巴金的文学道路

巴金（1904—2005），祖籍浙江嘉兴，生于四川成都。原名李尧棠，字芾甘，“巴金”是发表《灭亡》时始用的笔名。生前任中国作家协会主席、全国政协副主席，他的许多作品先后被译为20多种文字，拥有广泛的读者。

巴金出生于封建官僚大家庭，善良的母亲教他爱人，朴实的轿夫教他真诚。五四运动爆发，新思潮催发了他原有的爱人思想，青年巴金不再安于少爷地位，同情弱小者，积极投身于反军阀、反封建的社会活动。1923年，巴金奔赴上海、南京求学，1927年赴法国留学。

巴金青年时代受尼采、巴枯宁、克鲁泡特金、马克思等多种思潮的影响，思想比较复杂，总体而言，属于无政府主义。巴金曾参与组织无政府主义团体“均社”，翻译和编译一些阐述无政府主义的著述，并在《民钟》、《民众》等报刊发表以宣传无政府主义为主要内容的文章。[①] 巴金从反封建的角度接受无政府主义，在很大程度上，无政府主义促进了巴金反封建的果敢与激情。

一、第一阶段：从“革命三部曲”到“爱情三部曲”

巴金第一个时期的创作颇丰，共出版12部中长篇小说和60多部短篇小说。作品中的人物形象较为广泛，涉及工人、农民和城市贫民，但在读者中反响最大的是那些青年反抗者和青年革命者形象。最能体现他本阶段创作特色的是“革命三部曲”和“爱情三部曲”。1928年，巴金在巴黎完成第一部中篇小说《灭亡》，1929年此小说在《小说月报》第20卷第1至第3号连载，发表后引起强烈反响。1932年创作《新生》，其连载于《东方杂志》第4至11号。后来《灭亡》、《新生》和计划中的《黎明》被称为“革命三部曲”。1931年夏到1933年，巴金完成《雾》[②]、《雨》[③]、《电》[④]，被称为“爱情三部曲”。同时，巴金完成长篇小说《家》[⑤]。

以前一些研究，由于对巴金的无政府主义思想讳莫如深，于是认为，“革命三部曲”和“爱情三部曲”的思想价值在于，执着探讨“大革命”失败后知识青年探索革命道路的问题，展示他们心灵的发展历程。其实，结合当时巴金的实际情况，巴金这一时期的作品主要是描写了一群无政府主义者的革命活动。巴金作为无政府主义的信仰者，当时面临的是无政府主义运动在中国的彻底失败，这些小说就是通过悲愤的艺术倾诉来宣泄自己内心的政治欲望，宣泄失去理想的绝望，创作动力来源于失败了的信仰。巴金为自己的信仰和过去的活动写出一篇篇的悼词：“爱情三部曲”反映失败的无政府主义者的革命活动；《灭亡》和《新生》描写为信仰献出生命的无政府主义英雄。此外，《砂丁》、《雪》、《春天里的秋天》等小说都可以看成是巴金对无政府主义信仰和实践的追悼。作品中的人物都是一些信仰无政府主义的青年反抗者和革命者，他们憎恨强大的专制体制，不能有效地应对这个制度，于是用自己的死来换取内心世界的平衡，走上用个人恐怖手段进行暗杀、刺杀的不归之路。如《电》中的敏，最后抱着炸弹去炸一个镇守厦门的旅长的汽车而死。他们对黑暗现实的憎恶，对光明未来的热爱和追求，对死的漠视，勇敢而坦然的牺牲，都是无政府主义作为殉道者的“牺牲精神”、“殉葬”主义的人格体现。这些作品弥漫着浪漫激情的英雄主义格调，在艺术上像火山喷发一样，冲击和震动了沉闷世界的青年，在这个意义上，巴金获得了成功。这些作品成为中国现代汉语文学史上仅有的完整地描述中国无政府主义运动的文本。巴金非常精彩地，也是独一无二地描写了中国无政府主义信仰者的革命故事，这是他对中国现代汉语文学的独特贡献。

巴金作品中人物的复仇行为类似于现在的恐怖主义者的自杀行动，但是，巴金并不赞成令人恐怖的复仇行为。譬如，巴金为小说《电》设计了这样的结尾：由于敏的行为，导致矛盾的

---

① 20世纪90年代以来，日本学者山口守在哈佛大学等地收集、发表了巴金与国际无政府主义者的70封左右的通信。通信时间最早在1926—1927年之间，最迟到1950年，而且1948—1950年通信数量达到最高点。

② 连载于《东方杂志》第28卷第20至第23号，上海新中国书局1931年11月初版。

③ 连载于南京《文艺月刊》第3卷第1至第6期，上海良友图书印刷公司1933年1月初版。

④ 连载于《文学季刊》1934年第1卷第2至第3期，上海良友图书印刷公司1935年3月初版。

⑤ 连载于上海《时报》1931年4月18日至1932年5月22日，发表时题名为《激流》，1933年5月由开明书店出版。

尖锐化，报馆、工会、妇女协会、学校都被查封了，其他革命者也被抓起来。巴金安排这样的结尾是想告诉我们，过激行为不仅没有意义，还会带来强权方面更加残酷的报复和迫害。巴金通过这些形象揭示出：这些青年人感受到社会制度的不合理，最初都是采取和平的反抗方式，是残酷的现实将他们逼上极端的反抗之路，寻求玉石俱焚的效果。[①]

巴金第一个时期的创作，很好地将现实主义的真实性和浪漫主义的主观抒情性结合在一起。做到了抒情与写实相统一，在写实中抒情，在抒情中写实；主观与客观相统一，主观感情通过客观的抒情形象表现出来。巴金总是顺从于一种冲动进行创作，“态度是一贯的，笔调是同样的简单。没有含蓄，没有幽默，没有技巧，而且也没有宽容”[②]，具有很强的浪漫主义特征。但是，由于创作时为情绪所牵制，巴金不太注意现代汉语语言的锤炼，部分叙述语言和人物对话略显粗糙。

二、第二阶段：战争时期沉潜的写实主义转向

抗日战争全面爆发后，巴金辗转于上海、广州、桂林、重庆，曾任《呐喊》周刊[③]发行人、主编，担任历届中华全国文艺界抗敌协会的理事。其间出版长篇小说《春》[④] 和《秋》[⑤]，完成“激流三部曲”的写作。1940 年至 1945 年创作“抗战三部曲”《火》[⑥]。抗战后期创作中篇小说《憩园》[⑦] 和《第四病室》[⑧]。1946 年完成长篇小说《寒夜》[⑨]。抗战胜利后主要从事翻译、编辑和出版工作。

与第一阶段相比，巴金第二阶段的作品英雄主义色彩逐渐黯淡，反抗的激情和对未来社会的向往逐渐减少，人道主义精神日益高涨，人性深度加强，写好人的悲剧。在艺术表现上，深沉而压抑的控诉，取代了第一阶段反抗斗争的呐喊，作家主观热情的宣泄，已为社会生活的细致刻画所代替，情感深沉含蓄。小说风格平淡而沉郁，气氛低沉但富有亮色，艺术日臻成熟，形成巴金创作的第二个高峰。

三、第三阶段：新中国成立后的创作

中华人民共和国成立到 1966 年初的 16 年间，巴金写出近 80 万字的短篇小说和散文，出

---

① 以上两段参见陈思和：《巴金研究的几个问题》，载《社会科学》，2006（8）；陈思和：《中国现当代文学名篇十五讲》，北京，北京大学出版社，2003。

② 巴金：《沉落集·序》，见《巴金短篇小说集》，第 2 集，376 页，上海，开明书店，1936。

③ 1937 年 8 月 22 日创刊，1937 年 9 月 5 日改为《烽火》周刊，1937 年 11 月 7 日停刊，连《呐喊》共出 12 期。后于 1938 年 5 月 1 日在广州复刊，改为旬刊，1938 年 10 月 11 日停刊。

④ 1938 年 3 月由上海开明书店出版。

⑤ 1940 年 7 月由上海开明书店出版。

⑥ 《火》第一部于 1940 年 12 月由上海开明书店出版，第二部于 1942 年 1 月由重庆开明书店出版，第三部于 1945 年 7 月由开明书店出版。

⑦ 1944 年 10 月由文化生活出版社出版。

⑧ 1946 年 1 月由良友图书印刷公司出版。

⑨ 连载于 1946 年《文艺复兴》第 2 卷第 1 至第 6 期，1947 年 3 月由晨光出版公司出版。

版短篇小说集《英雄的故事》、报告文学集《生活在英雄们中间》、散文集《爝火集》等，翻译屠格涅夫、高尔基和迦尔洵等人的作品。

进入新时期，巴金潜心散文创作，出版《巴金近作》、《巴金散文选》、《探索与回忆》、《心里话》、《愿作泥土》、《十年一梦》、《巴金书简》、《控诉集》等集子。从1978年底起，巴金开始写作记录自己“随时随地的感想”的《随想录》，1986年出版《随想录》五集，被称为“说真话的一部大书”，为晚年的巴金赢得巨大的声誉。

第二节
《家》

1931年4月18日，《家》在上海《时报》开始连载，1933年5月由上海开明书店出版单行本，初版本在连载的基础上增补了高老太爷死后分家的几段内容。在所有作品中，巴金对《家》的修改次数最多，直到1984年12月，巴金为香港天地图书公司发行的“激流三部曲”所写的序中，才宣布不再改动《家》。重要的几次修改是：1937年上半年，开明书店出版《家》的新5号字本，巴金对作品做较大改动，删去书中40个章节的小标题，从此以后，《家》的章节只以数字为序。1938年，开明书店再次重印《家》，这是对《家》修改最大的一次。1982年，四川人民出版社出版十卷本《巴金文集》，第一卷收入《家》，这是巴金生前对《家》做的最后一次修订。

一、《家》的思想内容

《家》是在社会批评模式中逐渐被经典化的。在这样的批评模式中，《家》的思想内容被诠释为，反映19世纪末20世纪初中国社会生活热点话题之一——控诉封建大家庭的罪恶。《家》中的人物形象被分为截然对立的两大阵营：以高老太爷为代表的旧势力和以高觉慧为代表的进步力量。《家》真实地写出了高家这个很有代表性的封建大家庭走向崩溃的历史，愤怒控诉封建家长专制和封建礼教对青年一代的残害，表现青年一代在“五四”新思潮影响下的觉醒和对封建势力的不妥协斗争。

从巴金思想的整体发展来看，这种阐释具有合理性。但从文学批评的多元化角度来看，这种认识有一定的遮蔽性。《家》一方面反映了特定历史时期的中国社会，表现了反封建的启蒙主题；另一方面，它以回忆家史的形式表现出强烈的人道主义审美观照。巴金通过“家”影射专制社会对人性的摧残，觉新所受的精神折磨是其代表。《家》中的绝大多数女性在专制意识的钳制下，都没有意识到自己做“人”的地位，更没有意识到去争取做“人”的权利。觉慧为了争取人的生存和自由而离家出走，他的行为受到巴金由衷的赞扬，也激励了很多青年为寻求个性独立、个人尊严而进行斗争。

二、《家》的人物形象

《家》中塑造的人物形象众多。

最具复杂意蕴的是觉新。觉新是一个既“新”且“旧”的人格分裂的悲剧典型，一个在痛苦中挣扎、苟且健忘中偷生的形象。觉新是“新”的，他进过新式学校，受到新思潮的滋养，对事业、爱情都有自己的追求和美好的憧憬，希望到国外留学，从事化学研究，内心深处向往着新的生活，并为这样的生活不可得而备受煎熬和痛苦。觉新又是“旧”的，他深受传统家族文化的浸染，唯“孝”是从，为了长房长孙的责任和家的稳定，他可以忍辱负重，忍受痛苦，牺牲自己和亲人，事实上成为残害叛逆者的帮凶，这正是觉新的可悲之处。这种身心分裂反映在觉新身上，就是理想和行动的分裂、理智和情感的分裂。觉新有个性解放的思想，他同梅表姐的恋爱就是在“五四”感召下，个性解放的结果。他同情、支持叛逆者，帮助觉慧逃走。这一切是他作为悲剧形象的正面因素。但觉新又是甘愿屈从于封建家长制的孝子贤孙，而且，这一点自觉不自觉地形成了觉新生活的准则，构成了觉新悲剧的根源。觉新这种悲剧性格，间接葬送了梅和瑞珏两个年轻的生命。他不仅葬送自己，还间接葬送了其他年轻的生命，而他自己在负罪的阴影中难以自拔。觉新形象的悲剧意义在于对封建专制的批判和控诉。他接受了新思想又屈服于旧势力，最后被封建专制所扭曲、变形。同时，觉新还深刻展现了中华民族由旧文化向新文化转变过程中的沉重历史负担，小说对觉新性格进行批判的同时，深刻揭示了这类悲剧的历史必然性和存在的普遍性。

觉慧是一个接受了近代新思潮，敢于反抗封建专制的民主主义青年，是一个幼稚而大胆的叛逆者形象。大胆是他的主导性格，大胆源于“五四”新思潮的鼓动。大胆让他无所顾忌地反叛一切黑暗势力和传统观念。他坚决反对觉新的“作揖哲学”和“无抵抗主义”，他的信念很单纯，对旧势力“不顾忌，不害怕，不妥协”。他对“家”没有一丝幻想，热心于结交新朋友、组织社团、讨论社会问题、编辑刊物，即使在与鸣凤热恋的期间，在外面也“确实忘了鸣凤”，只有回到那和沙漠一样寂寞的家里时，才“不能不因思念她而苦恼”。他无视等级制度，与鸣凤恋爱。最后，为了“未知的新的活动”和“那广大的群众和新文化运动”，无所顾忌地离家出走。他的幼稚增加了他反叛的坚决性，同时又使他在激烈的斗争中缺乏必要的思想准备。

觉民不满封建专制，但他的反抗仅仅停留在个人的婚姻自主上。他和觉慧同是反抗封建专制的青年，都具有大胆的性格。但觉慧比觉民反抗的范围更广阔，反抗的意志更坚定，他更勇敢。觉民的性格比觉慧更稳重。

高老太爷具有年轻时的放荡和年老时的卫道等特征，他是家庭权力的象征，是一个独裁者的化身，高家的一切悲剧都由他造成。

琴是《家》中最具有反抗精神的女性形象，同觉民自由恋爱，愿意男女同校，表现出反抗封建和专制的一面，但仅仅停留在争个人权利的层面。瑞珏和梅是毫无反抗性的悲剧形象，瑞珏温柔，梅冷峻。鸣凤善良、倔强，也有奴婢的自卑心理。

三、《家》的艺术手法

从人物塑造来看，《家》善于调动一切艺术手段展示人物细腻的内在情感，或通过第三人称的心理剖析，或通过梦境勾勒，或借助细节描写。鸣凤投湖前的痛苦、绝望，觉慧知道鸣凤投湖后的自责，觉新与梅相见时难言的隐痛，在小说中都得到了淋漓尽致的表现。从结构来看，单纯严谨。小说以高家的衰败为情节主线，以青年人的爱情、婚姻为描写重点。围绕描写的重点，作者安排了觉慧被软禁、觉新结婚、鸣凤投湖、觉民逃婚、高老太爷之死、瑞珏惨死等情节，人物情节高度集中。小说更重要的艺术特色还在于浓郁的抒情性。《家》中所写的形象都是巴金或爱过或恨过的，许多场面都是他亲眼见过或者亲身经历过的。因此，作品中倾注着巴金的全部感情。作品中抒情的方式主要有内心独白、对话式倾诉和渲染悲剧场面三种。鸣凤投湖前的内心独白，真挚动人。梅和瑞珏的倾心低诉，情深意切。梅的葬礼和瑞珏临死前的凄凉场面，悲哀至极。

第三节 《憩园》与《寒夜》

一、《憩园》

1941 年、1942 年巴金两次回到家乡成都，昔日的公馆几易其主，亲属或死或堕落，唤起了巴金的惆怅、悲哀和思索。五叔堕落的故事和五叔的死，促使巴金于 1944 年以五叔为原型创作了《憩园》。[1]

《憩园》是巴金小说创作的一个转折点，较之前期的作品，巴金在小说中进行了更为丰富的思想和文化探索，《憩园》的主题意义更为丰富。第一，通过杨老三的堕落、死亡，写出了封建地主家庭必然没落、灭亡的命运，批判了福荫后代、长宜子孙的思想。第二，作者以无边的博爱，唱出了一首人道主义的挽歌。杨老三养尊处优，既无谋生的能力又不屑于自食其力，后来流浪街头，靠偷窃度日。他的小儿子依然深深爱着他，几次在风雨中追赶父亲。宅子的新主人万昭华也是人道主义思想的体现者。她爱丈夫，爱所有的人，希望每一个人都欢笑，希望多给人间增添一点欢乐。她的博爱思想感染了黎先生，黎先生自责："为什么我不能伸出手去揩干旁人的眼泪，为什么我不能发散一点点热力减少这人世的饥寒？"老仆人李老汉、黎先生对杨老三都产生了同情，而且对不肯谅解杨老三的人，颇有微词。第三，通过寄生虫、败家子形象批判了金钱对人的危害，暴露了人性意志的弱点。

---

① 参见巴金：《憩园·后记》，见《巴金六十年文选》，723 页，上海，上海文艺出版社，1986。

作品以憩园作为纽带，巧妙地将两条线索、两个家庭连接起来，结构紧凑，情节曲折。小说叙述从容，舒展自如，语言成熟自然。

二、《寒夜》

《寒夜》是巴金最后一部长篇小说，1946 年 8 月开始在《文艺复兴》上连载，1947 年由上海晨光出版公司出版。这部作品标志着巴金现实主义艺术达到炉火纯青的程度。

《寒夜》不但通过表现抗战后期国统区的“病史”、“痛史”，从而达到了控诉旧社会、控诉旧制度的目的，而且，更为重要的是，巴金从人道主义思想出发，表现了底层人民的悲剧，写出了底层人民无处不在的苦恼，展示了社会转型期普通中国人的真实生活，在这一点上，小说穿越时空，赢得读者，获得了成功。

汪文宣是一个曾经有美好理想和人生激情，而被生活折磨得萎靡不振、走投无路的被侮辱、被损害者。他顺从、忍让、委曲求全、谨小慎微、毫无主见，缺乏生命活力与创造精神。上大学时，学的是教育，曾想在教育事业上有所成就，憧憬着办“乡村化、家庭化的学堂”。由于生活所迫，不得不放弃自己的崇高理想，改变自身的处世原则，痛苦地适应环境，到图书公司去当校对。他有理想失落的痛苦，谈到自己过去的愿望时，便责备自己“傻”、“做梦”，自责表现出的是无奈。他有物质的痛苦，每天疲惫不堪，甚至带病上班，但依然入不敷出，生活朝不保夕，而且失业还时刻威胁着他。他更有精神的痛苦，母亲与妻子永无休止的争吵，家庭的破碎时刻折磨着他。他有善良的一面，既爱母亲，又离不开妻子。但他更多表现出懦弱，懦弱的性格使他不能在母亲和妻子之间作出勇敢的选择，懦弱的性格使他面对上司的无理指责、同事的轻蔑嘲弄，只能逆来顺受、忍气吞声。失业、病痛和家庭的破碎形成一股合力，将汪文宣置于死地。

造成汪文宣痛苦的原因是多方面的，既有社会的，也有个人的。社会带给汪文宣的痛苦较多体现为物质的痛苦，以及随之而来的理想失落的痛苦。个人的原因主要体现在，面对传统文化和新文化，软弱的性格使他无法果敢地作出抉择，新旧两种文化对他进行撕裂，造成他深层次的痛苦。从本质上看，汪文宣清醒地意识到封建传统文化中包含许多不合理的成分，有追求自由的新思想，因此，他默认妻子与上司的不正常关系，这是他所接受的近代新思想所决定的，为了不剥夺妻子的自由而自动退却，给妻子以自由。但汪文宣无法割舍对传统伦理道德的爱恋，“家庭”观念的文化基石“孝”制约着他的行动。在理性上偏向妻子，认为妻子比母亲“懂得多”、“更明白”，但感情上不能背叛恩重如山的母亲，因而他不愿指责母亲的过分言行，不能给妻子一个应有的公道，结果是母亲不满，妻子失望。善良的品行使他只好一次次用乞求或自我伤害平息或大或小的婆媳争执，只能依靠消除自己的利益以求得悲剧的解决。汪文宣是一个真正的“好人”，却也是一个好到“无用”的人。

从汪文宣身上，我们不仅可以看到把一个善良、默默无闻的下层知识分子逼上绝路的社会状况，还可以看到在现代化的进程中，大多数人都必然会面临的新旧文化冲突的问题，这是这部小说具有普遍意义的所在。

曾树生是一个不安于生活现实，企图改变生存状况，但又充满矛盾的小资产阶级知识女性形象。健康、漂亮，受过大学教育，曾经有理想、有抱负。但现实改变了她，丈夫毫无生气，婆婆恶语中伤，儿子早熟、沉默寡言，整个家庭笼罩着一股死亡的气息，令她压抑。她想改变这种压抑，但又充满矛盾，徘徊不定。为了生活，她不得不应酬陈主任，却又与陈主任保持一定的距离；她想去兰州，又不忍离开丈夫。为了丈夫，她明白应该留下，也必须留下。但她比觉新和汪文宣明智，当她看清这个家不能容忍她，她无论做怎样悲壮的努力，“家”都将无力挽救时，她没有与“家”同生死，共存亡，而是先救出自己。这种行为的实质是向往幸福、美好、自由的生活，但又未能找到正常途径。曾树生接受西方新思潮，具有现代女性独具的智慧风貌和女性自我拯救、自我护卫等抉择能力，身上洋溢着顽强的生命活力，无法忍受汪文宣的懦弱无能，无法忍受家中缺乏生气的沉闷生活，“爱自由”、“爱热闹”，不想在令人窒息的汪家“枯死”。但她所接受的近代新思想是一种表面的个人自由，她将自由和利己相联系，这不能不说是她的局限。

汪母是典型的中国传统式母亲，她善良、吃苦耐劳。但小说写了汪母旧观念与曾树生的冲突。她希望媳妇能像媳妇，不打扮，不张扬，在家相夫教子，孝敬婆母。她不满“新派”儿媳妇，不满儿子与媳妇的婚姻形式，不满媳妇的生活方式，欲以旧规范约束媳妇，而且在冲突中变得越来越蛮横与刻薄。她想恢复过去大家庭婆母的威风，同时还要求儿子也要拿出丈夫的权威。她没有意识到，对儿子的这种爱，非但没有给儿子带来一丝快乐，相反使儿子陷入无尽的烦恼不能自拔。汪母与曾树生的矛盾是传统文化与现代文化的冲突。

《寒夜》在艺术上，采用多种方式，真实、客观、冷静地刻画人物心理。首先通过直接的内心剖析揭示人物心理。曾树生到兰州去之前，挣扎在“去”与“不去”的矛盾中，这种矛盾心理正是通过内心剖析的方式加以展示的。其次，采用心理活动物象化，通过梦幻、错觉等手法表现人物心理。如汪文宣倚门等母亲和妻子回家时，误把其他人当作母亲和妻子，通过这种错觉的描写，将汪文宣对母亲和妻子的热爱之情非常自然地表现出来了。再次，吸收中国传统的心理描写手法，将心理活动与人物的语言、行动联系在一起，通过言语、动作，细腻、生动地表现人物心理。如曾树生邀请婆婆进防空洞被拒绝，先是“怔了一下”，接着又“装出笑脸”，“一个人匆匆走出去了”，动作描写生动、简洁，将曾树生在家中的尴尬境遇表现出来了。《寒夜》在情节构思上非常自然，没有刻意精心的布局，一切像生活本身一样流动，作品逼近生活，达到与现实生活浑然一体的艺术境界。

《寒夜》集中代表了巴金后期创作风格的转变：由前期的浪漫抒情转向后期的严谨写实，注重人物刻画，人物形象更复杂、丰富，风格朴实自然；由前期描写英雄转向后期刻画平凡的小人物。

第四节 《随想录》

1978年底，巴金开始写《随想录》，并陆续在香港《大公报》和《文汇报》等报刊上发表。1986年8月，82岁高龄的巴金终于完成共150篇、42万字的《随想录》五集。按时间前后顺序，《随想录》包括《随想录》（第一集）、《探索集》、《真话集》、《病中集》、《无题集》五个部分。

巴金说这五卷本是用真话建立起来的揭露“文化大革命”的博物馆，为的是让后世子孙记住“文化大革命”这段民族的历史悲剧。[①] 巴金的这段话是解读《随想录》的关键。《随想录》总的思想就是通过回顾“文化大革命”，痛苦而真诚地反思社会、反思历史、反思自己。

作者用相当多的文章回顾“文化大革命”这段特殊历史，从这段历史引发出系列敏感话题。在《一颗桃核的喜剧》中，作者将沙皇俄国发生的一幕闹剧与我国“文化大革命”时期的个人崇拜相联系，指出民众的封建意识是“文化大革命”产生的特定思想缘由，揭示出反封建思想的长期性和艰巨性。巴金在《随想录》中对“文化大革命”的思考总是围绕“文化大革命”产生的原因而进行，得出的结论尖锐而深刻。

巴金还通过对同事、亲朋好友的回忆、哀悼，批判了“文化大革命”给中华民族带来的心灵创伤。他于1978年写的《怀念萧珊》，以深沉的情感，绵密、细腻的笔触，摄取萧珊人生道路的最后几年，在表达对亡妻的深切怀念之情时，抒发了对“四人帮”的痛恨心理。

《随想录》最能打动读者的是巴金的真诚忏悔。新中国成立前，巴金在创作中以先知先觉的殉道者身份出现，希冀以自己的作品点燃自己，照亮别人，做人类灵魂的工程师。创作《随想录》时，巴金改变了自己在创作中的位置，他不再是高高在上的大智大勇者，不再以先行者的姿态引导读者，而是以民族大悲剧中一个实实在在的角色，对自己灵魂深处那些并不光亮的东西进行无情地解剖。在审视世界的不完满时，也审视自己的不完满，而且是不留任何逃路地把自己放进去。他对自己的解剖几乎达到了残忍的地步。他承认，自己不像有些人那样总是一贯正确，他相信过假话，传播过假话，也不曾与假话作过斗争（《探索集·说真话》）。他自责在“文化大革命”中不坚持原则和立场，为了早一些从牛棚中解放出来，别人大吼“打倒巴金”，他也高举右手积极响应（《随想录·十年一梦》）。这些仅仅是愚昧的表现，并未危害他人。他进一步解剖自己，在专制秩序统治下，为了保全自己，他被逼成为帮凶，牺牲他人，也牺牲正义。在《怀念非英兄》、《怀念胡风》等文章中，谴责自己写过对他人不负责任的文章，间接地“下井投石”。他每当剖析自己的“病痛”时，就如用手术刀割自己的心，五卷书上的每篇每页满是血迹。巴金之所以忍受剧痛挖掘自己，是因为他知道，不将脓血挤干净，就会危害全身，为了有一个健康的肌体，巴金拿着手术刀往自己心窝里刺。这种解剖带给作者自身的是巨大的精神苦痛，没有足够强大的精神力量，没有对新的价值理想的执着追求，将很难实现。

巴金在自我忏悔、自我批判的过程中，完成了灵魂的复归与升华。在《随想录·十年一梦》中，巴金倍感欣慰，因为能用自己的思想思考，说自己的话，写自己的文章。巴金也倍感庆幸，因为自己不再是“奴在心者”、“奴在身者”，“我是我自己”、“我回到我自己身上了”[②]。巴金由自身的忏悔，引出了知识分子应该坚守自己良知和责任的命题。一方面，他在一些文章中直接对这个命题进行论证，《“遵命文学”》、《“长官意志”》、《“没什么可怕的了”》等皆属此例。另一方面，巴金对自身的反思，身体力行地为当代知识分子塑起了失落已久的社会良知。其实，巴金并没有在“文化大革命”中发表过替“四人帮”反动路线服务的文章，相反，他遭

① 参见巴金：《随想录》，11页，北京，三联书店，1987。

② 同上书，377～378页。

受的苦难贯穿了“文化大革命”始末，但他还是从灵魂深处挖掘自己的人性弱点，并从历史的根源，反思知识分子的人文精神是如何在外在的压力下走向大崩溃。与时代同忧患，与民族共忏悔，巴金获得了中外读者前所未有的尊敬、认同。

巴金曾经说过，艺术的最高境界是真实、自然和无技巧。“艺术的最高境界是无技巧”①，无技巧并不是轻视或否定艺术技巧，而是反对雕琢、无灵魂、无生命的游戏文字。崇尚质朴、师法自然是巴金执着的美学追求。质朴、自然成为《随想录》的风格。《随想录》中没有华丽词句，没有美艳色彩，意之所到，信笔流走，用普通的词句和平实的叙写，表现出诚恳、亲切、畅达、优美的风韵。

《随想录》扭转了新中国成立后散文领域说假话、说空话的风气，将散文从“伪散文”的泥淖中拯救出来，引发了一次影响深远的散文审美意识的变化，为散文的复归指明了方向，在我国现代汉语散文史上起着承前启后的作用。

【本章学习参考】

一、阅读书目

《灭亡》、《家》、《春》、《秋》、《寒夜》、《憩园》、《第四病室》、《随想录》

二、相关文献

1. 李存光．百年巴金——生平及文学活动事略．北京：人民文学出版社，2003.

2. 谭兴国．走进巴金的世界．济南：山东文艺出版社，2003.

3. 陈思和，李辉．巴金论稿．北京：人民文学出版社，1986.

4. 夏一粟．论巴金．大公报，1935-07-16.

5. 陈思和．巴金研究的几个问题．社会科学，2006（8）.

三、复习思考

1. 论述觉新性格的复杂性。
2. 简要分析觉慧的性格特征。
3. 简要论述《家》的主题思想。
4. 以《憩园》和《家》为例，分析论述巴金前后期创作风格的变化。
5.《随想录》的思想价值体现在哪些方面？
6. 结合1949年至1976年的散文创作，分析《随想录》的历史贡献。

① 巴金：《巴金论创作》，725页，上海，上海文艺出版社，1983。

第十五章
老　舍

老舍曾多年从事汉语教学，有着非常自觉而清醒的创作白话文学的使命感和责任感，终其一生，他都勤奋刻苦、坚持不懈地多方吸取中外文化文学和民间文化的营养，把现代汉语提炼到炉火纯青的境界。他用幽默、朴实、通俗而又生动传神的白话，成功塑造了一系列北京市民形象，细致地描绘了文化转型期时代政治经济大潮裹挟下北京市民生活的风云变幻，表现了他对包括北京文化在内的中国传统文化及中国国民性格的持续性反省、批判和探索，从而将中国现代长篇小说艺术推向顶峰，并极大地提升了中国现代话剧的艺术水平。他与茅盾、巴金、曹禺等作家一道，为中国现代汉语文学的成熟作出了历史性贡献。

本章主要评述老舍的文学道路、《月牙儿》、《骆驼祥子》、《四世同堂》、《茶馆》等。

第一节 老舍的文学道路

老舍（1899—1966），原名舒庆春，字舍予，满族，北京人。他出身贫寒旗人之家，生长在北京小胡同的大杂院，对这里的人情人性、人际关系、生活方式和文化环境有着透彻的了解和深厚的感情，就像作家所说："我生在北平，那里的人、事、风景、味道，和卖酸梅汤、杏儿茶的吆喝的声音，我全熟悉。一闭眼我的北平就是完整的，像一张色彩鲜明的图画浮立在我的心中。"① "我的性格和脾气里有许多地方是这古城所赐给的。"② 即使成年后多年在外漂泊，也丝毫没有减少他对这里的人事和文化环境的真挚关切，以至北平人事和北平文化成为其文学创作的基本元素。

老舍自幼丧父，母亲"是个愣挨饿也不肯求人的，同时对别人又是很义气的女人"③，对他性格影响很大。用作家自己的话说："穷，使我好骂世；刚强，使我容易以个人的感情与主张去判断别人；义气，使我对别人有点同情心。"这种性格，加上自小耳濡目染帝辇之地小民

① 老舍：《三年写作自述》，见《老舍全集》，第16卷，694页，北京，人民文学出版社，1999。

② 老舍：《想北平》，见《老舍全集》，第14卷，49页，北京，人民文学出版社，1999。

③ 老舍：《我怎样写〈老张的哲学〉》，见《我怎样做小说》，2页，上海，文汇出版社，2009。

的生存智慧和人生态度，孕育了他得天独厚的幽默与讽刺的心态和才能，正如他所说：“有了这点分析，就很容易明白为什么我要笑骂，而又不赶尽杀绝。我失了讽刺，而得到幽默。”①

由于家境贫寒，他自小就独立自强、勤奋刻苦，敏于自学而饱读诗书，打下了深厚的古典文学底子。19岁从北京师范学校毕业后，就开始任中学国文教员，完全靠自己的刻苦努力获得事业上的不断进步，先后任小学校长、劝学员。早早走入社会练就了他独立但又忍让、坚强而又易妥协的性格，更重要的是，他因此而与“五四”运动失之交臂，成为这场重大历史事件的旁观者。这种心态和姿态深刻地影响着他后来的人生道路，他始终与真正残酷惨烈的革命和政治运动保持着某种微妙的距离。

1923年，他发表处女作白话小说《小铃儿》。1924年，他25岁时赴英国伦敦大学东方学院教汉语，为学习英文而拼命阅读了大量英国文学作品，特别钟情于狄更斯、康拉德、哈代的小说。这些欧洲文学的宝贵经验后来被他扬弃性地融入自己的创作中，使他的文学观念和文学创作都具有一种世界性视野和现代性品质。然而，他没有像徐志摩那样很快融入英国文化生活，相反，他一直与英国社会扞格难入，只是作为一个观察者，将异国作为反观、省思中国文化和中国人性的参照系。英国式文化思想观念并没有真正深入其心，占据他心扉的仍是故乡故国的人事，于是他为排遣思乡之情而业余醉心创作，进而真正走上文学之路。

在英国期间，他先后创作了长篇小说《老张的哲学》、《赵子曰》、《二马》等，寄回国内发表于《小说月报》。这些小说成为现代中国长篇小说的奠基性作品。归国途经新加坡逗留期间，他还创作了儿童文学作品《小坡的生日》。《老张的哲学》以信奉“钱本位而三位（经商、做官、办学）一体”哲学的北京市民老张制造两对青年的恋爱悲剧的故事，开启了他对“幽默”文学语言的探究之路，也初步显现了他描绘北京市民生活画卷、刻画北京市民形象的才能。《赵子曰》着眼于20年代北京青年学生群体生活，通过塑造形形色色的青年形象，显露了作家对于国家与个人、时代生活与文化传统之间关系的初步思考和体悟。《二马》将人物活动场景转向伦敦，以马则仁和马威父子与房东温都太太母女的交往和冲突，在异国文化和异国人性的参照之下，审视和反思中国文化和中国国民性。在这几部作品中，老舍将早年的初恋情结融入小说创作中，形成了一条理想爱情为“副线”的叙事线索，叙述理想爱情的追求与消解，于不自觉间透露出作家徘徊于传统与现代之间的矛盾心理。这些早期创作既是作家早年个人生活、感情和思想的投射，积淀了作家今后文学创作的基本元素，又是作家探索白话文学语言和“幽默”语言风格的肇始。不过，这些作品多在“幽默”语言轨道上滑行，缺少有力的控制和管束，甚至有时会逞口舌之快而抓住一点肆意发挥到惹人生厌的地步。好在作家有足够的反省精神和警醒自觉，很快就悬崖勒马，随着他多方面的文学创作实践而拉紧了“幽默”语言的缰绳，逐渐控制、调理而最终达至成熟，直至精妙绝伦。

由于敬服康拉德对南洋自然和人文环境的独特书写，加之经济原因，老舍在归国时特意选择途经新加坡作短暂停留，在这里创作了儿童文学作品《小坡的生日》，开始有意拓宽创作路子，节制语言。回国后，先后在齐鲁大学、山东大学任教，同时从事写作，潜心探索白话文学语言，积极进行白话文学创作。1932年创作的长篇科幻寓言小说《猫城记》，是他回国后对国家外交内政和文化人性等全面失望而又热切渴望新生的思想感情结晶。小说假托火星上的猫国人性和文化生活细节，激烈地讽刺和批判了中国国民劣根性和当时中国混乱的政治和教育局

① 老舍：《我怎样写〈老张的哲学〉》，见《我怎样做小说》，4、6页。

面。因愤激情绪左右，此作毫不掩饰作家的愤怒、憎恨、失望甚至厌弃之情，语言几乎抛弃了由同情、宽容、原宥而生的“幽默”之姿，尖利的讽刺锋芒直指醉生梦死、胆小怯懦、自私糊涂的猫国人，仅对大鹰这样明了责任、勇于担当的个别人网开一面。猫国最终在矮人国的侵略下彻底灭亡，“连他们的苍蝇恐怕也不能剩下几个”，令人无尽痛惜和深切反省，也让读者触摸到作品中跃动着的拳拳爱国之心和对民族国家命运的热切关注。

从1933年创作长篇小说《离婚》始，老舍的目光重回北京人文世界，其笔墨也重返“幽默”之路，并形成了自己成熟的文学风格。一方面，作家借助文化转型时期承载着丰富伦理文化寓意的“离婚”母题，围绕离婚事件展现北京市民社会各色人等的文化角色心理意识和矛盾尴尬的现实处境，延续和确立了书写与反思北京市民社会生活和市民文化性格心理这一主题，特别聚焦嘲讽了折中、敷衍、糊涂、怯懦等国民劣根性；另一方面，老舍着力锻造自己的文学语言，琢磨幽默与讽刺、技巧与控制、感官趣味与理性判断等等之间的关系，创造性地运用北京市民俗白浅易的口语，形成了自己鲜明的语言艺术特色。

在创作《牛天赐传》等长篇小说的同时，老舍提炼因“一·二八”事变被毁的《大明湖》书稿片段而为短篇小说《月牙儿》、《黑白李》等，还创作了《我这一辈子》、《断魂枪》、《微神》、《柳家大院》、《老字号》等短篇杰作，陆续推出了《赶集》、《樱海集》、《蛤藻集》等短篇小说集。小说艺术逐渐走向成熟，语言更加丰富多姿而又不脱其素朴通俗、生动传神之质，由早期的长于叙述转向注重叙述与描写相结合，并长于借助故事内第一人称叙述加入旁白议论，大大提升了其作品刻画人物、营造环境氛围的细腻和深入程度。这些短篇杰作基本上都专注于北京大杂院市井小民的波折人生，人物背景里始终晃动着时代政治经济动荡的阴影。各种性格、观念和行为取向的市井小民都逃不脱这个巨大阴影的笼罩，无可挽回地滑向寂静、衰败、沉沦甚至死亡，这昭示着历史前进与道德式微之间的二律背反。这些作品超越前期作品较为单纯的文化批判和人性批判，而具有了浓厚的普适性哲理意蕴。最能体现这种宿命式悲剧的，无疑是老舍1936年9月至1937年9月连载于《宇宙风》的长篇小说代表作《骆驼祥子》。

抗日战争全面爆发，老舍先后赴武汉和重庆组织中华全国文艺界抗敌协会，对内总理会务，对外代表“文协”，积极开展通俗文艺和话剧创作，写出了《残雾》、《大地龙蛇》、《国家至上》、《归去来兮》（《新罕默列特》）等话剧，通俗文艺集《四三集》，大鼓体长诗《剑北篇》，长篇小说《火葬》，出版短篇小说集《火车集》和《贫血集》以及一些京剧作品。这一时期的话剧作品多为配合抗战宣传而成的急就章，有着鲜明的政治宣教意图，加上这是作家在话剧领域的初步尝试，总体艺术水平并不高。但毫无疑问，这些创作活动为老舍新中国成立后能取得杰出的话剧成就铺垫了厚实的艺术基础。抗战期间流离辗转的生活和多方面的创作实践，使作家更深入地接触中国抗战时期各个阶层的社会生活，更广泛地了解抗战时期多样分化的中国人，更好地反思中国传统文化的优劣短长，更加贴近通俗文艺并多有实践。在对通俗文艺形式的学习模拟中，他不断揣摩中国民间文化精神和民间文学语言艺术，将之融入自己的创作中。正是有了这些历练，加上他前期创作经验的充分积淀，终于酿就了他史诗性的抗战历史鸿篇巨制《四世同堂》。1944、1945年完成《四世同堂》前两部《惶惑》、《偷生》，1946年他应邀赴美国讲学，在美完成第三部《饥荒》。此间他还创作了长篇小说《鼓书艺人》，以表达他对抗战时期广泛接触的通俗文艺工作者的充分敬意和深切理解与同情。

1949年老舍归国，满怀对新社会的美好憧憬和建设新中国的热情，积极投身戏剧创作，以文学表达对新中国、新政府建立的由衷喜悦和对新社会、新生活的热烈期望。在担任全国文学艺术界联合会副主席、全国作家协会副主席及北京市文联主席等多种社会职务的同时，他连续推出《方珍珠》、《龙须沟》、《春华秋实》、《西望长安》、《女店员》等话剧新作，奏出了新中国建立之初辞旧迎新大合唱中的最强音。

《方珍珠》通过一个女曲艺艺人翻身的故事延续其40年代开始的艺人生活题材，以身处底层的小人物命运处境的变化写出新旧不同的两种社会动态，这成为新中国成立初期“翻身文学”的典型模式。以北京城市改造和贫民生活变化的真实事件为基础创作的话剧《龙须沟》，演出后获得巨大成功，为作家赢得了“人民艺术家”的荣誉称号。这部剧作以“沟与人”之间延续百年难解的尖锐矛盾为中心展开叙事，以龙须沟恶臭污浊、难容人居而贫民又不得不居于此的自然环境，喻指旧中国极端恶劣的政治文化环境，以龙须沟改造为贫民造福事件，热情歌颂新中国新型的官民关系和人际关系。对比平民百姓的生存空间在时间中的变迁，以自然社会环境的变化承载政治文化环境之变，这种叙事模式在他后来的话剧代表作《茶馆》中有进一步运用。同时，在塑造人物形象、融汇民间艺术形式和语言等多方面，此作也为铸就《茶馆》这一艺术高峰做了充分准备。

新中国成立之初引吭高歌的亢奋之后，50年代后期，老舍转向回顾近代北京的历史变迁和自己的人生之路，重拾一度中断的北京人性省思和北京文化（尤其是满族文化）剖析主题脉络，并将之融入时代政治风云变幻的审视之中，爱恨依然分明，却更添沉思、反省、缅怀和悼念之姿。他先后创作话剧《茶馆》、《义和团》（《神拳》），自传体小说《正红旗下》，都是走着这样的螺旋上升之路。不幸的是，作家依托《正红旗下》回顾来路尚未竟，而野蛮残酷的“文革”已扑来。1966年8月24日，惨遭迫害而失望、绝望的作家自沉太平湖而亡，留下《老舍文集》16卷任世人扼腕评说。

第二节
《月牙儿》

《月牙儿》是老舍以小人物命运浮沉寄寓社会、人性和文化批判的杰作，也是他小说中将叙事与抒情、叙述与描写、故事与心理结合得最好的典范作品之一。

《月牙儿》的女主人公“我”，是老舍笔下一系列挣扎于时代社会泥淖，在命运的纠缠中走向绝望的市井小民形象中最具代表者之一。小说以“我”在狱中仰望常伴她生命左右的一弯月牙儿而沉入往事的回忆，以内心自白方式展开主人公充满艰辛挣扎而难逃屈辱与悲惨的坎坷人生：

“我”本是一个善良、纯洁的少女，幼年丧父，家道沦落，母亲被迫做了暗娼。后来“我”跟随再嫁母亲一度过上较好的生活，得以上学。但好景不长，继父失踪，母亲百般无奈之下弃“我”三嫁。在学校校长的帮助下，“我”强忍与母亲分离的痛苦，拼命学习、自强，企图通过个人奋斗来摆脱母亲式的命运。被迫离校后，她做过书记员、二号女招待，在险恶的、男人掌控的世界里屡遭屈辱，四处碰壁。“我”的个人奋斗无法与社会摧残相抗衡，在饥寒交迫之中，

“我”终于看透所谓道德廉耻，深埋起自尊心和羞耻心，被迫走上千方百计挣扎躲避的路——以做暗娼来养活自己和母亲。在病重色衰之后，又被迫偷抢、讹诈。“我”被送进感化院，因深味世事黑暗、无处可逃而彻底绝望，最终在狱中守望着一弯月牙儿寂灭。

小说始终浸润着浓厚的愤恨、哀伤、绝望、凄凉之情，深沉的感情与抒情的笔墨无间贴合，深深打动着读者的心。小说以那一弯柔弱的月牙儿为中心意象，揉进无尽寓意感慨。这弯月牙儿在主人公的人生旅途中时隐时现，仿佛上帝之眼，饱含怜恤和怜爱，默默无语地注视和抚慰着这个孤独的灵魂，见证着人世间的种种不公和压迫，默默倾注着作家全部的同情和愤激。这弯月牙儿又是主人公本人的形象象征，她晶莹纯洁却柔弱无助、孤寂无依，时时被无边黑暗包围，刻刻面临被重重阴霾吞噬的危险，微弱的光亮挣扎闪烁，难以抵御黑云催逼扼压。共同的凶险处境，使这人间的孤女视这天上的孤月为唯一知己、唯一安慰，悲苦之极时只能向这无语的孤月诉说、求助。月之无奈、无语，更添孤女之苦——天上人间，何处是我温暖的家！绝望、凄伤，无以复加矣！月牙儿伴随着主人公踉跄的人生脚步，也推进着故事的进程，同时，每一步都渗进了主人公和作家的心酸血泪，叙事与抒情、叙述与描写融合到极致，读来令人动容！

《月牙儿》以其真挚深沉、如泣如诉的独白性语言，成功的女性人物形象塑造，以及对男权统治下冷酷不公的社会的强烈控诉和批判，获得了持久的悲剧艺术魅力，充分展现了作家幽默讽刺而外多样的艺术才能。此作与《微神》、《阳光》等小说以及老舍早期在英伦的创作一起，形成了理想爱情和美好女性毁灭于冷酷社会的整体叙事构架，始终围绕着作家本人的初恋“原型”而展开历史文化想象，且将历史文化想象与现实批判精神叠合在一起，彰显着作家对理想的传统女性的崇拜和对女性爱情命运的怜悯、同情，也映射出作家介乎“传统”与“现代”之间的性别观念。

第三节
《骆驼祥子》

作为老舍树立自己专业作家地位的代表性作品，《骆驼祥子》长期以来备受赞誉，屡次被搬上话剧舞台和影视荧幕，并被译介入世界多个国家，始终焕发着勃勃的艺术生命力。毫无疑问，这部小说是中国现代小说最耐人咀嚼的硕果之一，而其魅力之源乃在此作丰富多解的思想文化意蕴，祥子、虎妞等人物形象的成功塑造，北京市民文化的透彻把握以及小说纯熟传神臻于化境的语言艺术，散发着浓郁的京韵京味，适足以代表老舍这位京味小说的开山之祖和卓然大家之风范。

一、丰富多解的思想文化内涵

正如接受美学所揭示的，一部文学作品的真正完成总是在作家与读者跨越时空的互动过程中实现的。真正的杰作总是伴随着一代代读者不断被重新发掘和阐释，时光流逝，而《骆驼祥子》丰富的思想文化意蕴渐行渐丰。

20世纪80年代初，人们主要就《骆驼祥子》的现实主义特质展开解读，认为小说以人力车夫祥子一生“三起三落”的浮沉，概括了旧社会人力车夫的血泪生活，展示了黑暗势力对城市底层贫民的政治压迫和经济剥削，也揭示了贫苦劳动者在无力摆脱悲惨命运的情况下生命意志和善良品行逐渐丧失的悲剧。

80年代后期，《骆驼祥子》作为人生悲剧、家庭悲剧和心灵悲剧的多重性得到彰显，认为小说叙述的是祥子的人生之路三部曲：在自食其力的劳动中充满自信与好强；在畸形结合的家庭生活中苦苦挣扎而终归失败；在绝望中扭曲了灵魂而堕落成走兽。作品不只是对黑暗社会的控诉与批判，而且更多地从人物的内心情感、本能欲望和理想追求，剖析人物行为选择的生活与生命上的根据。

90年代初，文化热潮席卷学界，以《骆驼祥子》为代表的老舍小说独特的文化视角和文化意义被更多地发掘。祥子的悲剧被认为是一个淳朴农民与现代城市文明相对立所产生的道德堕落与心灵腐蚀的悲剧。学界肯定这部小说从北京城市社会文化环境、市民人际结构和文化心理诸方面揭示了北京文化深刻而丰富的底蕴，确立了“京味”文学的价值和地位。

90年代以来，文化身份理论的引入，再次拓展了《骆驼祥子》的阐释空间。《骆驼祥子》的故事被看作是一个进城农民的故事。祥子的身份经历了从进城农民到城市游民的转换，他的遭遇及精神危机固然是特定时期社会生活的产物，但从根本上说，又是中国现代化过程中进城农民将要长期面对的问题。

值得注意的是，关于《骆驼祥子》，各个时代的阐释并非相互排斥，而恰恰可以相互补充和完善，令作品更加丰满迷人。

二、悲剧性的人物形象

祥子曾是一个正直、要强的劳动者，他把买一辆车作为生活的奋斗目标，幻想着依靠自己的诚实劳动换取安稳的生活。刚从乡村来到城市的他，有着农民健壮结实的体魄和勤劳诚实、淳朴单纯、坚忍顽强的品格，他像一棵树一样挺拔沉默而又生气勃勃，对于生活信心十足，充满希望。然而，动荡混乱的社会政治一次次打破了他的幻想，城市贫民的思想性格弱点和他的个人奋斗方式，导致他越来越自私、狭隘、孤立、脆弱。这些极大地束缚着他前进的脚步，而闯入他生活的虎妞、小福子更从肉体、精神和情感上对他造成侵蚀和打击。各种力量的内外夹击，使祥子不仅不能实现自己的生活理想，甚至无法拒绝自己所厌恶和鄙视的一切，最终导致这个曾经具有美好品质的劳动者坠入地狱，成为行尸走肉。祥子的悲剧，既是一个有着小农思想观念的个体劳动者被城市文明吞噬的社会悲剧，又是一个虽有些狭隘、保守但却力争自力更生、独立自强的美好生命遭到泯灭的人性悲剧，从普世性意义上讲，也是一个普通人为卑微的生存理想竭力挣扎而终扼杀于残酷现实的命运悲剧，这一形象因而具有超越性的哲理意义。

作为祥子人生中至关重要的转折性因素，虎妞的出现对于祥子是灾难性的。她用诱骗威逼的手段摧毁了祥子对于美好婚姻和家庭的设计和理想，对祥子的伤害是人格和精神上彻骨的伤害——“自己的车，自己的钱，无缘无故地丢掉，而今被压在老婆的几块钱底下；吃饭都得顺脊梁骨下去!”[1] 最重要的是，虎妞对他的诱骗威逼，使这个好强、自信、对靠自己拉车致富的理想信心十足的男子汉，向“命运”低下了高昂的头。当初他的车被抢，他得到三匹骆驼可以买车时，他是那么的自信满满，相信自己对人生有把握；当他被诱惑失身，而后又遭虎妞步步紧逼时，祥子开始认命，开始逐渐丧失这份信心和希望：

> 把虎妞的话从头至尾想了一遍，他觉得像掉在个陷阱里，手脚而且全被夹子夹住，决没法儿跑。他不能一个个的去批评她的主意，所以找不出她的缝子来，他只感到她撒的是绝户网，连个寸大的小鱼也逃不出去！……
>
> 想到这儿，他把虎妞和虎妞的话都放在一边去；不，这不是她厉害，而是洋车夫的命当如此……

祥子与虎妞的关系构成了一张命运之网，虎妞是网上的蜘蛛，祥子是网上的小虫。一个健康、单纯、朴素、要强、有理想、有道德的祥子，一步步地走向堕落的道路，对此，虎妞难辞其咎。

从祥子和传统男性文化观念角度看，虎妞的形象是丑陋的，她“丑，老，厉害，不要脸”，“她是既旧又新的一个什么奇怪的东西，是姑娘，也是娘们；像女的，又像男的；像人，又像什么凶恶的走兽!”[2] 她粗俗凶悍，好吃懒做，满脑子剥削和寄生的思想，控制欲望强烈，好妒，几乎集合了为传统文化所贬斥的女性所有的恶行，完全与祥子理想中清白、干净、勤快、忠贞的婚恋对象背道而驰。因而，被迫与她结合才会对祥子构成沉重的打击。尽管如此，作家并没有完全将虎妞这个形象反面化、脸谱化。作为一个人物形象，虎妞又是非常丰满可爱和真实生动的，具有难以掩盖的个性魅力和艺术魅力。她泼辣、爽快、干练、精明，粗野之中尽显率真，自私狡猾之中又不失真心真情。小说生动地写出了她鲜明、真实的个性，写出了她成为害人者又是被害者的“不得不然”，同情她被自己父亲剥削压榨、剥夺了青春和自由的处境，肯定她追求自己婚恋幸福（虽然手段卑劣）的勇气和豪放，怜恤她年老难产而亡的悲剧结局。在这个人物的塑造中，可以窥见作家所秉持的传统女性观，以及作家对女性悲剧命运的深切同情。

小说充分调动纯熟通俗而又贴合人物身份、处境的语言，通过对人物动作、语言、心理等的传神刻画，成功塑造了祥子、虎妞等不朽人物形象，集中显现了《骆驼祥子》高度的艺术成就。

三、高度的艺术成就与浓郁的京味儿

除人物形象塑造而外，《骆驼祥子》高度的艺术成就主要还体现在其巧妙的串珠式与辐射式结合的独特结构方式，以及小说通俗浅易而又富于文化内蕴的“京味儿”语言艺术。

小说以祥子的人生遭遇为主干，以祥子命运中的三起三落为线索，用串珠的形式把主要事件、场景组织起来，有发展有变化有层次，曲折跌宕，引人入胜。同时，小说利用祥子这一中

---

① 老舍：《骆驼祥子》，138 页，北京，人民文学出版社，1955。

② 同上书，52、133 页。

心人物，带动起对老北京市民各阶层生活的描写，以祥子命运的描写辐射整个北京市民社会，映照出北京市民文化的各个侧面乃至北京市民文化心理的种种细微之处。小说中出现的人物和事件繁多，但处处围绕主干和线索展开，显得不枝不蔓，严谨缜密。人物始终活动在事件过程、人际环境以及文化氛围之中，从而将人物塑造、故事叙述、背景描绘以及文化省思巧妙地融汇在一起，构成了一幅散发着浓郁京味气息的市民社会图景。

简洁明快、幽默诙谐的口语，颇具地方色彩和个性色彩的老北京话，最能传达出《骆驼祥子》浓郁迷人的“京味儿”。小说语言以北京方言为基础，提炼加工而成纯正漂亮的白话文学语言，保留着浓厚的京腔京韵，处处显示出北京人特有的生活习惯，洋溢着北京特有的生活气息，栩栩如生地刻画出北京市井小民鲜明的个性特征。如祥子第一次丢车时只喊了一句：“凭什么?”虎妞骗祥子时只说了三个字：“我有了!”简短之极，而人物说话的口吻、声腔乃至神态都栩栩如生，人物的性格形象也随之呼之欲出。

小说语言通俗流利、朴素平易之极，达到可以朗诵的程度，又幽默诙谐、褒贬鲜明。“把顶平凡的话调动得生动有力”①，“把白话的真正香味烧出来”②，这就是《骆驼祥子》的语言，作家自己都曾满意地说“它的言语是活的”③。

第四节
《四世同堂》

长篇小说《四世同堂》是老舍创作于20世纪40年代的又一部重要代表作。这部由《惶惑》、《偷生》、《饥荒》三部曲构成的鸿篇巨制，既是作家长期以来思考中国传统文化与时代现实、北平文化与国民性格以及家国之忧与民族出路等问题的集大成之作，也是作家20余年文学创作经验和文学天赋才能的一次集中展现，不愧为中国现代抗战文学中的精品和中国现代长篇小说的代表作。

一、在时代风云之中反思家族伦理与国民性格

《四世同堂》以作家一贯的文化反省意识和国民性剖析精神，通过北平沦陷区以祁家祖孙四代为代表的胡同居民不同的行为、心态及其相互关系，展现了抗战时期北平市民面临的多样行为选择、文化心态、生活观念与生活方式，将“家族”生活、“小胡同”的世情民生与家国兴亡交织在一起，高度关注民族危急关头中国传统伦理道德和家族观念所遭遇的危机和挑战，寄寓着作家对民族文化和生存方式改造重建之路的深沉思考，处处渗透着作家愤懑、憎恨又不

① 老舍：《言语与风格》，载《宇宙风》，1936 (31)。

② 老舍：《我怎样写〈二马〉》，载《宇宙风》，1935 (3)。

③ 老舍：《我怎样写〈骆驼祥子〉》，载《青年知识》，1945 (2)。

无眷恋、惋惜的真挚而又复杂的感情。

人丁兴旺、四世同堂的祁老太爷家是人们崇尚的理想之家，家人之间唇齿相依，和睦共处，事事处处都讲规矩、讲礼节，让周围四邻都羡慕敬佩不已。但时代阴霾渐渐逼来，日军的侵略慢慢侵蚀着这个大家庭：儿子天佑因老实本分，被地痞无端加上“奸商”罪名游街欺辱，羞愤之极跳河自杀；二孙子瑞丰和老婆小菊贪图富贵享受，与同住小羊角胡同的冠晓荷、大赤包、兰东阳等人沆瀣一气，不惜出卖灵魂成为汉奸；三孙子瑞全毅然离家，走上抗日道路；在风雨飘摇之中，长孙瑞宣勉力支撑起这个大家庭，屡经磨难。经过八年艰苦挣扎和煎熬，四世同堂的祁家虽支离破碎，但总算幸免于难，还有着“重整河山待后生”的希望。

在家国大劫难之中能够幸存下来，除了人们顽强的生存意志、坚强的勇气毅力、坚持不懈的斗争而外，建立在血缘、邻里关系基础上的人伦之情是这个大家庭得以延续发展的前提，祁家几代堪称楷模的治家风范也是重要内因。小说以大量笔墨饱含深情和眷恋地书写了这些人伦情谊和家庭传统。同时，小说也赞美了瑞全、钱默吟这样为国家民族利益牺牲小我，勇担“国民”责任，有气节、重操守的人。相反，小说对那些背弃人伦情谊、逃避家国责任的自私懦弱、卑劣无耻之徒则给予了尖锐的讽刺和嘲弄。

祁家仿佛一个缩小的中国社会，在这里极讲究长幼尊卑秩序，讲究顺从忍让，奉行打不还手、骂不还口。这种家庭教育和行事原则，养成了祁家人过分谦卑、软弱的奴性性格，在敌我面前都是如此，就像祁老太爷对邻居和日本兵都讲究谦卑有礼。在社会上，他们也以规矩、谦卑、服从等为行为信条，处处克己忍让，做安分守己、循规蹈矩的顺民，缺乏应有的个性和勇毅。这种顺民教育养成的奴性，加上家族伦理文化“百善孝为先”、“父母在不远游”的观念，以及养育妻小奉养老人的责任感，软化了人们抗争的拳头和脚步。饱经战乱沧桑的北平市民形成了“忍”为上计的观念，就像李四妈所说：“好，你们杀人吧，我们会生娃。”四世同堂、多子多福是他们共同的家族文化理想，在这种理想支撑下，人们忍受不忍之忍，以致丧失了起码的自尊和反抗意识，即使体格健壮如孙七、小崔，也只能做毫无意义的示众的材料与看客。作家对这种传统伦理观念和家族文化所造成的国民劣根性给予了最激烈的批判。

二、杰出的艺术成就

《四世同堂》是一部人物众多、结构恢宏的皇皇巨著。宏大的艺术构思，使《四世同堂》显示了不同于老舍以往小说的艺术特点。在人物关系的设置上，《四世同堂》突破了只以一两个人物为中心的模式，代之以网络状、辐射型的人物设置方式，以祁家四代人的生活为中心，广泛涉及抗战时期北平社会各阶层、身份、职业的市民及富善等外国人，其中隐现着抗战时期各种政治力量的较量。小说头绪繁多而能调度有序，人物多样而各有其音容个性，显示了作者非凡的艺术驾驭能力。

小说对人物核心圈祁家的设计，延续和发展了现代家族小说惯用的代际文化取向的基本模式，但这并不影响小说成功地塑造富于个性、令人难忘的人物形象。老一代北京市民的代表祁老太爷，新老观念交替的过渡性人物祁瑞宣，中国传统女性的代表、贤惠坚强的长孙媳韵梅，等等，都刻画得入木三分。在这些形象塑造上，充分显现出作家对北京市民的透彻了解和理解，投射着作家对北京市民文化和中国传统家族伦理文化的深刻反思。

《四世同堂》具有全景式、大跨度的宏大结构形式。从时间跨度来说，小说从珍珠港事件写起，直至日本侵略者投降，几乎横跨日本战争的全过程；从空间上说，小说中描写了小胡同、大杂院、乡村、戏院、商店、监狱、旅馆、妓院、学校乃至日伪机关等各种生活场景。时空的纵横结合，使《四世同堂》成了描写抗战时期北平社会生活的一幅全景图。

与老舍此前的小说相比，《四世同堂》进一步发挥了作家小说语言长于将叙事、议论、抒情熔为一炉的特点。简洁明快的京味儿语言，既一定程度地保留了作家一贯的幽默风姿，又增添严肃与静穆之美，针对描写对象的不同而增减了若干肃穆的敬意或辛辣的讽刺，庄谐适度，充分展现出作家控制语言的卓越功力。

第五节 《茶馆》

《茶馆》是中国现代现实主义话剧最重要的代表性杰作，它是老舍厚积薄发，融西方现实主义话剧、中国传统戏曲、中国民间曲艺以及自己多年的小说和戏剧创作经验于一体，而筑就的里程碑式剧作，在中国话剧历史上占有突出的地位。作为当代中国话剧舞台最负盛名的保留剧目，它至今常演不衰。

一、深沉的历史文化意蕴与悲凉的民族文化“挽歌”情调

《茶馆》讲述了北京城里一个普通的小商人王利发的半生坎坷，以及他经营的一个普通的老茶馆“裕泰茶馆”从戊戌变法直至新中国成立前夕经历的50年风风雨雨。剧作以三个时代生活片段构成半个多世纪中国社会的缩影，倾注了老舍对于包括满族文化在内的整个中华民族文化命运的深沉思考，浸透着作家对于市民百姓、国家民族的患难和衰颓感同身受的无尽悲凉，是继《四世同堂》之后献给民族文化和北京市民文化的又一曲挽歌。

全剧分三幕，分别展现了三个黑暗荒诞的社会时代片断——戊戌变法失败后的晚清末年、军阀混战的民国初年和抗战胜利后国民党统治时期。第一幕写康梁变法失败后的茶馆，形形色色的人物粉墨登场：有为老太监娶老婆的皮条客，遍布城市各个角落的暗探，无所事事、闹事斗殴的旗兵；破产的农民卖儿卖女，爱国旗人常四爷因几句牢骚被逮捕，新兴的资本家秦仲义企图“实业救国”，茶馆老板王利发左右周旋，竭力使生意兴隆。第二幕和第三幕中，第一幕出场的人物和他们的后代继承者加倍地干着各种卑劣的勾当，老百姓挣扎在生死存亡的边缘。王利发想方设法跟随时代潮流改良经营办法，也无法挽回茶馆的日益衰败。这个他几代人赖以生存的小小茶馆最终被官僚与骗子联手抢去。秦仲义的资产被国民党当作“逆产”没收，彻底破产。常四爷过着朝不保夕的日子。全剧最后在三个老人撒纸钱祭奠自己的无尽悲凉与凄伤中落下帷幕。

《茶馆》以独特的艺术形式葬送了近代以来中国战乱频仍、民不聊生的时代历史，鞭挞否定旧时代、旧社会，以此表达对于新时代、新社会的欢迎，并为新社会、新政府高悬起警示之镜。同时，剧作也着力表现了随着旧时代的远去，中国传统文化积淀下的许多美好事物的逐渐沦丧，包括诚实守信的商业规则，讲究细节的满族文化生活方式，关心国事、以天下为己任的士人理想，相互信任、相互扶助的人际关系，等等。对此，作家无尽惋惜和伤怀，全剧因而流动着悲凉不已的挽歌情调。

二、富于象征意义的人物形象

茶馆是浓缩了中国民间文化、社会、历史和日常生活的具有典型中国特征的公共空间，三教九流各色人物均可容纳其间，一个大茶馆就是一个小社会。作家正是抓住这个特点，以人物为中心展开时代历史叙事，塑造了众多各种职业、身份、经历的人物。而且这些人物都各有其声口、性格形象、位置归宿，真正可以高度概括和代表近现代中国社会的方方面面。

剧作中的主要人物茶馆老板王利发、小资本家秦仲义、没落旗人常四爷都既有其个性，又具有令人回味的象征意义。王利发是旧社会处世圆滑、精明干练而又胆小怕事、谨慎软弱的小商人典型。为一己之生存，他虽不满黑暗现实却甘当顺民。他顺应时代潮流，不断改良经营，却难以阻挡腐败政治的霸道，最终走投无路，投缳自杀。常四爷在清末是个吃俸禄、享有一定特权的旗人，他侠肝义胆，忠义爱国，却因“这大清国要完了”一句话被拘捕问罪，加之政局变迁，旗人特权取消，他生计无着，终沦落为街头小贩。茶馆房东秦仲义曾雄心勃勃立志实业救国，结果被国民党的接收大员抢占全部财产，落得家破人亡。

从社会历史角度看，这三个人物在时代生活中浮沉，喻示着改良主义、个人奋斗、实业救国理想的破灭，也象征着在席卷一切的时代狂潮之中，个人力量的微渺。从文化省思角度看，他们的个人遭际和茶馆这个最具中国特色的公共空间的衰败，又象征着中国传统文化和满族文化衰落命运的无可挽回。

三、精巧的艺术构思与精纯的戏剧语言

《茶馆》以貌似平淡散乱的人物、情节描绘出清末至民末的民间众生相，纳众多人物，揽半世纪风雨，似一幅活生生立体化的《清明上河图》，艺术家非有高超的生活概括力和精巧的艺术构思无以成此杰作。

《茶馆》采取三个横断面连缀式结构，每一幕内部又以许多小小的戏剧冲突连缀，仿佛画轴逐渐铺开，每一部分又各有其精彩。以“茶馆”这个固定场景和贯穿各时代的人物以及人物间的“子承父业”，剧作从纵横两方面设计人物活动场景及其关联的时代，使全剧结构似松实紧，精妙之至。

《茶馆》还是中国现代话剧语言艺术的典范，剧作语言的动作化、个性化、口语化均臻于化境，又延续老舍一贯独有的幽默讽刺特色。极富于表现力的精纯语言正是此剧艺术魅力经久不衰的另一重要原因。

【本章学习参考】

一、阅读书目

《离婚》 《骆驼祥子》 《月牙儿》 《断魂枪》 《四世同堂》 《龙须沟》 《茶馆》 《正红旗下》

二、相关文献

1. 樊骏．论《骆驼祥子》的现实主义．文学评论，1979（1）．

2. 杨义．中国现代小说史（第二卷）．北京：人民文学出版社，1988.

3. 赵园．北京：城与人．上海：上海人民出版社，1991.

4. 温儒敏．论老舍创作的文学史地位．中国文化研究，1998（1）．

5. 孙玉石，张菊玲．《正红旗下》悲剧心理探寻．北京大学学报，1999（5）．

6. 曹书文．家族文化与中国现代文学．北京：中国社会科学出版社，2002.

7. 陈思和．中国现当代文学名篇十五讲．北京：北京大学出版社，2003.

8. 吴小美．历史前进与道德式微的二律背反——从老舍的一些名篇说开去．中国现代文学丛刊，2009（1）．

三、复习思考

1. 分析祥子和虎妞的艺术形象。
2. 简析《月牙儿》的艺术特点。
3. 分析《四世同堂》中的文化反思和挽歌情调。
4. 简析《茶馆》精巧的艺术构思。
5. 试述老舍对中国现代汉语文学语言有哪些贡献。

第十六章

李劼人

李劼人是20世纪上半叶杰出的小说家。他的《死水微澜》、《暴风雨前》、《大波》三部曲，描写了19世纪末到20世纪第一个十年中国近代波澜壮阔的历史风云，被文学史誉为“大河小说”，奠定了中国长篇历史小说的现代模式，完成了中国历史小说的现代转型，开创了中国历史小说的新格局。

本章主要评述李劼人的生平和文学道路、《死水微澜》、李劼人的其他小说及其文学史意义。

第一节 李劼人的生平和文学道路

一、李劼人生平

李劼人（1891—1962），四川成都人，现代著名作家。原名李家祥，曾用老懒、抄公、菱窠等笔名发表作品。

李劼人早年生活经历坎坷，阅历丰富，这为他的创作贮存了丰富的文学资源。他9岁即随在衙门当差的父亲游走他乡，颇受贫穷和颠沛流离之苦。读了两年小学，就去当排字工。刚14岁，父亲病逝，留下三代寡妇、两块洋钱和他这个唯一的男丁。母亲右脚残废，不能行走。既无兄弟姐妹，又无伯叔诸姑，仓促之间只好独撑家庭。到16岁才在亲戚资助下，到四川高等学堂附属中学堂读书。21岁中学毕业，资助他的亲戚死了，失去经济来源，只有废学求业。

中学时代，李劼人便受到新思潮影响。他喜欢阅读《民报》、《神州日报》、《民呼报》、《民立报》等传播“民主”思想的报纸。师长中间的几位同盟会员，如监督刘士先、英文教员杨沧白给予他“民主”、“共和”的切实熏陶。王光祈、郭沫若等“五四”期间成为时代弄潮儿的同学，也与他相互切磋，共同激荡，坚守着对一个新时代的憧憬。四川铁路风潮发生之时，李劼人作为中学生代表参加了声势浩大的“保路”运动，亲历和目睹了血与火、生与死的场面与精彩瞬间，这为他最终成为巴尔扎克、左拉式的“历史的书记员”提供了想象历史的方式和重要的源泉。

中学毕业后的短短三年，李劼人随舅父游宦数处，当过知府科长，办理过统计，代办过文牍，亲见了辛亥革命后中国新的官场现形记，滋生了对官场的反感和对辛亥革命成果的怀疑。

1915年李劼人投身现代传媒，与五四运动同声相应。他先后做《四川群报》的主笔、编辑，《川报》的社长兼总编。1919年6月参与发起“少年中国学会成都分会”，创办会刊《星期日》，鼓动“人人自觉去创造这光明的新世界，迎受这光明的新世界”，“使人摆脱眼前的拘束”，“断送这贪污黑暗的老世界”①。

1919年8月，李劼人赴法国勤工俭学。先后进蒙北烈大学和巴黎大学研读法国文学史、近代文学批评等，同时从事文学创作和法国文学翻译。1924年暑假回国。归国后，他拒绝去复古空气甚浓、暮气沉沉的东南大学任教，也拒绝做军阀幕僚，依然进《川报》当编辑、写评论。因创作讽刺小说，开罪于军阀而被捕。1925年随着国立成都大学的成立，李劼人先后在成都大学和多所中学任教，并与友人创办嘉乐纸厂，先后担任董事长、厂长。还担任过重庆民生实业公司机器修理厂厂长。

兴办实业受挫，李劼人从1935年5月起专事文学创作直到全面抗战爆发。全面抗战爆发后，李劼人积极投身民族救亡运动，主持中华全国文艺界抗敌协会成都分会工作，主编会刊《笔阵》，在极其艰苦和险恶的环境下，坚持开展文艺救亡活动，揭露蒋家王朝的罪恶与腐朽，迎接成都的解放。

新中国成立后李劼人一直担任成都市副市长，继续从事文学创作，在“作家”与“市长”两种角色的双重变奏中，在“想象者”与“执政者”的身份调适中，不断寻找自己新的历史位置，直到1962年病逝。

李劼人既是杰出的文学家，又是优秀的翻译家。作为翻译家的李劼人，是法国文学在汉语世界译介和传播的先驱者之一。他先后翻译了法国著名作家莫泊桑、福楼拜、都德、左拉、卜勒浮斯特、发莱斯、亚尔费·德·费尼、黑人作家赫勒·马郎等人的长篇小说《人心》、《马丹波娃利》②、《萨朗波》、《小物件》、《达哈士孔的狒狒》、《小东西》、《梦》、《妇人书简》、《文明人》、《单身姑娘》、《露都亚纳》等，还翻译了鲁意士、歹里野、马尔格利特、阿尔夫、爱德孟·龚古尔、罗曼·罗兰等人的短篇小说和独幕剧，为中国文学汲取法国文学的营养，实现自身的现代化作出了贡献。

二、李劼人小说创作

作为文学家的李劼人，其主要的文学实绩集中在小说创作上。他的小说创作明显呈现为四个阶段。③

---

① 严晓琴主编：《李劼人与菱窠》，72页，成都，四川文艺出版社，1999。

② 李健吾译为《包法利夫人》。

③ 参见李士文：《李劼人的生平和创作》，1～2页，成都，四川省社会科学院出版社，1986。

(一) 早期创作（1912—1918）

这个时期他有8个短篇小说问世，除一篇《夹坝》是文言外，其余全是白话小说。1912年创作的《游园会》已散失。从现存的5篇来看，这些小说暴露了私塾教育和封建家庭教育制度的陈腐、愚昧（《儿时影》），勾画了官僚政客投机钻营、军阀部队敲诈勒索的丑态（《盗志》、《做人难》、《续做人难》、《强盗真诠》），讥刺了欧洲优越论和国人盲目崇洋后面的奴性意识（《夹坝》）。李劼人是中国现代白话小说的最早实践者之一，对中国文学现代化作出了独特贡献。

(二) 中期历练（1919—1926）

这个阶段他创作了十几个中短篇小说。这些小说除日记体中篇《同情》流露出对西方文明，尤其是对西方人浓厚的人情味的赞叹和倾慕外，其余的多数小说是可以当作社会问题小说来读的。有描写军阀部队扭曲人性，必然使人堕落的（《兵大伯陈振武的月谱》）；有揭露热衷于尚武从军的丑陋心态的（《只有这一条路》）；有揭示军阀统治下新闻工作的艰难的（《编辑室的风波》）。这些作品在艺术上显得较粗。

(三) 鼎盛时期（1935—1949）

经过前两个阶段的积累和演练，李劼人迎来小说创作的鼎盛时期。从1935年到1949年，他创作了四部长篇小说，其中有代表其最高文学成就，被中国现代文学史誉为“大河小说”的三部曲《死水微澜》、《暴风雨前》和《大波》，也有即便放在20世纪整个40年代亦不失为长篇佳作，敲响了蒋家王朝丧钟的《天魔舞》。

《死水微澜》(1936)①、《暴风雨前》(1936)② 和《大波》(1937)③ 三部曲基于作者绘制历史巨幅长卷的宏伟企图。计划以1911年的辛亥革命为中心展开历史叙述，将此之前分为三小段，此之后也分为三小段进行小说创作。而“预先布局出的”也是最先创作出的是辛亥革命前的三小段，即命名为《死水微澜》、《暴风雨前》、《大波》的这三部连续性的长篇小说。④ 作为

---

① 1935年7月写于成都斌陞街，1936年7月作为“现代文学丛刊”由上海中华书局初版，1940年上海中华书局再版；1954年重新修改，1955年10月作家出版社出版修改新版；1958年8月作家出版社修改本重版，1961年10月、1962年作家出版社分别再版、三版。

② 1936年作，1936年12月作为“现代文学丛刊”，由上海中华书局初版，1940年上海中华书局再版；1955年重新修改，1956年1月作家出版社出版修改本；1958年3月、1961年10月、1962年作家出版社分别再版、三版、四版。

③ 《大波》(上卷) 1936年作，1937年1月作为“现代文学丛刊”由上海中华书局初版（一册，三部分，共二十八节），1937年7月、1940年11月上海中华书局分别二版、三版；1950年作家出版社重版。《大波》(中卷) 1936年作，1937年4月作为“现代文学丛刊”，由上海中华书局出版（一册，四部分，共三十节），1937年7月、1940年11月上海中华书局分别二版、三版。《大波》下卷1937年作，1937年7月作为“现代文学丛刊”，由上海中华书局初版（一册，两部分，共三十九节），1940年11月上海中华书局二版。从1957年到1963年《大波》又经过修改和重写后出版，第四部直到作者逝世也未完成。

④ 参见李劼人：《死水微澜·前记》，见《李劼人选集》，第1卷，4页，成都，四川人民出版社，1980。

李劼人的代表作的《死水微澜》，描绘了1894年中日甲午战争到1901年《辛丑条约》签订这一特定时期中国社会历史的风俗画，是30年代乃至20世纪中国最为优秀的长篇小说之一。

《暴风雨前》前承《死水微澜》后启《大波》，表现了1901年至1909年间的时代脉动。小说以成都半官半绅的郝公馆为结构中心，串联起维新派新锐苏新煌、激进的革命党人尤铁民以及城市平民伍大嫂等，在多线交织中将郝公馆与官府、士绅、商贾、党派、平民、学人、暗娼等各个阶层、各色人等之间错综复杂的社会关系演绎出来。通过对庚子事变到辛亥革命前夕近十年四川的重大历史事件，诸如红灯教起事、廖观音遇难、立宪党人的活动、同盟联络暴动、政学冲突等史实的想象与叙述，生动地展示了广阔丰富的社会画面和历史景观，内中激荡着新旧思潮的斗争、新学旧学的冲突、各种势力的对抗、不同政见的矛盾和不同党派的纷争，勾勒出官绅子弟在新潮旧浪之间挣扎沉浮难以抉择的窘态。小说经由四川一隅社会历史情态的绘制，将中国历史巨变前夜“山雨欲来风满楼”的社会情状呈现纸上，预示着社会变革的“大波”的到来。

《大波》是专写辛亥革命前后四川保路风潮和起义风云的。1911年5月清政府将六年前四川民间争得的川汉铁路修筑权无偿转给外国人，这激起民间社会的极大怨愤。怨愤迅速演变为席卷全川震惊全国的四川保路风潮，并最终引发武昌起义推翻了清王朝的统治。李劼人作为当时的中学生代表，亲历和见证了这一波澜壮阔的历史事件。《大波》即以此历史事件为描写对象，以真实的历史人物、重大的史实，再现了保路风波乍起到同志军兴起，再到引爆武昌起义策应辛亥革命的整个历史过程。小说分为四卷，气魄雄伟、结构宏大、场面壮阔、人物众多，是一部艺术化、形象化的“小说的近代史”①。

（四）修改与重写时期（1949—1962）

此时期为李劼人小说创作的第四阶段。这一阶段除了有两个短篇小说发表外，李劼人几乎把全部心血都倾注到了对《死水微澜》等三部曲的修改与重写上。由于当时特殊的政治背景和社会环境，也由于李劼人始终徘徊于“市长”与“作家”之间，直到病逝，他的那些修改与重写从总体上看并没有达到预期的效果，而是留下了太多的遗憾让人思考。

第二节 《死水微澜》

一、思想内容

《死水微澜》源于作者大规模描写中国近代历史的雄心和企图，据李劼人回忆：“从1925

① 郭沫若：《中国左拉之待望》，见《李劼人选集》，第1卷，6页。

年起，一面教书，一面仍旧写一些短篇小说时，便起了一个念头，打算把几十年来所生活过，所切感过，所体验过，在我看来意义非常重大，当得起历史转捩点的这一段社会现象，用几部有连续性的长篇小说，一段落一段落地把它反映出来。”①《死水微澜》就是这一创作意图的最初尝试，也是最为成功的实践。同样是大规模地描写中国的社会现实，《死水微澜》与《子夜》走着完全不同的道路，也与以往的中国历史小说两样，它不是神话史、英雄史、阶级史、道德史，而是风俗史、人情史、人性史，为现代汉语历史小说另辟新路，另创新局。

小说以成都郊外的天回镇为主要场景，以民女蔡大嫂、掌柜蔡兴顺、袍哥罗歪嘴、土粮户顾天成等人之间的爱恨情仇为基本叙事脉络，在弥漫川西文化风情的大背景中，活画出草根阶层中的袍哥与教民两股势力之间相生相克、相激相荡的风貌。通过人物命运的变迁，展现了中日甲午战争到1901年《辛丑条约》签订期间内地民间死水微澜的生动景观，从底层、民间和政治经济文化地理的边缘，预示了近代中国更加殖民化的社会现实和历史动向。

二、人物形象

以人写史，以人物命运的变化写历史的变动，以人性的复杂写历史演变的错综，是《死水微澜》在艺术上的独到之处，也是其对现代汉语历史小说的特殊贡献。因此，着力塑造人物形象就成为作家写好历史的关键。蔡大嫂、罗歪嘴、顾天成是小说塑造得最为丰满的三个人物形象。

蔡大嫂是小说塑造得最为成功的艺术形象。她是一个生命意识开始苏醒，企图主宰自己的命运，敢爱敢恨，外表泼辣，心地善良，性格复杂的女性。“不安分”构成其性格的核心。成为蔡大嫂之前的邓幺姑，是四川乡村社会底层的一个普通少女，略为不同的是性格更为倔强，缠小脚疼得哭了也不愿意松一下，硬要与城里小姐比高低。邻居韩二奶奶的“教诲”，使她发现了另一个更有吸引力的生活世界——作为城市的成都，那里有乡村世界所不拥有的荣华富贵，有不同于农村的豪华奢侈：住大屋、使丫头、涂脂抹粉、争奇斗艳……邓幺姑产生了对别样生活别样人生的强烈向往，开始了她的成都梦，就像《包法利夫人》的爱玛，日夜梦想着繁华都市巴黎一样。“成都梦”破灭后，邓幺姑退而求其次，嫁给了天回镇丑陋愚钝的小掌柜蔡兴顺，邓幺姑成为蔡大嫂。满足了基本的生存条件，命运有所改善的蔡大嫂，依然感到生活的缺失，发出了“命不好”的喟叹。妓女刘三金适时出现，点燃了蔡大嫂沉睡的情欲。她与袍哥头子罗歪嘴公开“偷情”。走到这一步的蔡大嫂，就不仅仅是早年那个不安于传统农民的生活方式，渴望改变命运，有点倔强任性的邓幺姑了，她性格中遵循自然生命欲望，冲破封建道德樊篱，无视世俗羁绊，敢爱敢恨、敢作敢为、大胆泼辣的一面，就鲜活地表现了出来。在袍哥与教民的争斗中，袍哥败北，罗歪嘴逃走。面对新的现实，蔡大嫂又一次表现出自己主宰自己命运的勇气，同时也凸显了她的善良。为了解救丈夫和情人，她嫁给了猥琐庸俗的土粮户，已经改吃洋教的顾天成。当然，这一方面是其性格的一贯性使然，比如她对“物欲”的追求，一如其早年对城市生活的倾慕和后来她自己所宣称的那样：“只要我顾三奶奶有钱，一肥遮百丑。”另一方面也不难看出其性格的复杂性。在这时，很难一言以蔽之，蔡大嫂是好人还是坏

① 李劼人：《死水微澜·前记》，见《李劼人选集》，第1卷，3页。

人，是堕落还是背叛。而这正是蔡大嫂这个人物的魅力所在，也是李劼人对人的认识的独特发现。

邓幺姑→蔡大嫂→顾三奶奶，既是一个女人的成长史、性格史、人性史，又牵动和折射出闭塞停滞如死水般的内地社会波澜初兴，各种变动潜滋暗长的历史讯息。邓幺姑对城市文明的向往意味着现代意识对乡村世界的侵入。蔡大嫂与罗歪嘴的偷情，无疑有性情相投、两情相悦的因素：罗歪嘴在蔡大嫂那里尝到了女人的某种温情，蔡大嫂在罗歪嘴那里找到了男子汉的豪爽、仗义、勇武、见多识广、风流倜傥，甚至还有爱的短暂依归，这是蔡兴顺那种麻木、愚昧、懦弱、不解风情的老实人所无可比拟的。不过，这仅是表面现象，从深层次看，他们之间的关系更是一种象征行为，延续几千年的道德伦理、价值秩序已在蔡大嫂与罗歪嘴无视一切的越轨行为中分崩离析；罗歪嘴对蔡大嫂的征服也说明，至少在蔡大嫂时期，传统的乡村社会在地方势力的支配下依然维持着既有的格局。但到后来，当大胆泼辣的蔡大嫂有条件地降服为顾三奶奶以后，吃洋教的打败了袍哥，占据了上风，逐渐成为乡村社会的实际支配者时，这种格局已然被打破，中国社会的殖民化已经扩展到乡村，渗透到草根阶层。历史正是在这里打下一个楔子，掀起一个“微澜”，种下了“暴风雨”和“大波”的因由。

罗歪嘴是一个善恶并陈、美丑兼备的袍哥头目。一方面，他“走官府、进衙门、给人家包打官司，包收滥账”，具有民间社会草莽英雄的特点；但同时又有色厉内荏、脆弱胆小的一面，当遭顾天成诬告，被官府捉拿，仓皇出逃时，他“脸无人色”，见蔡大嫂声泪俱下的场面亦是明证。另一方面，他设赌局、嫖妓女、施圈套，一身的流氓习气；但在青羊宫打退流氓，救出郝家小姐的行为，尽管有在蔡大嫂面前作秀的成分，仍依稀可见一点正义感。再一方面，出于自发的民族情感、民族立场，当帝国主义势力逼入乡村的时候，他宣传过打教堂的白头帖子，谴责过庇护洋人、欺压百姓的官府，多少有一点民族气节。而在与蔡大嫂的关系上，又表现出他性格中粗鲁里有细腻，玩世不恭中有真诚的一面。罗歪嘴就是这样一个多种性格因素并存、多种矛盾杂糅统一的人物形象。

与罗歪嘴相比，顾天成的性格更加复杂多面。他可以说是一个面目猥琐、精神萎靡、好色成性、憨里土气又不乏狡诈的小财主形象，集地主、教徒、嫖客、赌棍、丈夫、父亲等多种角色于一身，既可恨，又可悲，还可叹。作为恶棍与无赖，他好色好淫、好嫖好赌，无所不为；为了报仇，他丢掉民族良知，投靠洋教；洋教倒霉时，他追悔莫及，洋教嚣张时，他又趾高气扬，沾沾自喜，一副小人得志的丑样，毫无正义良心可言。作为丈夫，他有对妻子温存的时候，妻子生病，他悉心照料。作为男人，为占有蔡大嫂，他频献殷勤，低三下四，一脸无赖相。作为父亲，当女儿丢失后，他表现出让人动容的舐犊之情，并有过对自己放荡行为的诚心忏悔。作为赌徒，被罗歪嘴巧设陷阱“烫毛子”，既输钱又挨打，蠢态可掬，令人同情。在顾天成形象的塑造上，充分体现了作家写真实录、美丑毕露的写实原则，也使这一形象成为中国现代文学史上少有的“圆形人物”。

三、艺术成就

第一，底蕴厚重复杂丰满的人物形象塑造，如上所述。

第二，叙述的客观性是一鲜明特色。李劼人深受以左拉为代表的法国自然主义创作方法的影响，将自己的主观好恶、价值判断渗透融合进故事和人物之中，隐藏在不动声色、不露痕迹的客观叙述当中，让主观的倾向和意图从作品描写的“事实”中自然而然地流露出来。作者仿佛退出作品，对眼前发生的人事作冷眼旁观。无论是蔡大嫂、罗歪嘴，还是顾天成，作者都没有直接站出来做主观判断，而是竭力将道德的眼光抛开，如实地呈现他们的言行与心理，追求情节的生动丰富与细节的真实。即便是心理描写，作者也极力通过细微的动作，或者是一个不经意的眼神，或者是一个难以察觉的下意识的行为，来传达人物内心的隐秘，竭力做到冷静客观、漫不经心。瓜架聊天，罗歪嘴面对蔡大嫂袒胸露乳的公开挑逗和勾引，心有所动。在这时，作者没有正面叙述罗歪嘴内心的情感波澜，而是写了这样一个细节，“罗歪嘴仍站在那里，不经意地伸手将豆角叶子摘了一片，在指头上揉着。”“一片豆角叶子被罗歪嘴揉烂了，再摘第二片。”一个富有象征意味的动作，将罗歪嘴内心不断升腾的对蔡大嫂的占有欲淋漓尽致地表现出来。如此叙述，也避开了作者对罗歪嘴与表弟媳之间的暧昧行为的道德评价。

第三，浓郁的蜀文化地域特色，是《死水微澜》最为明显的艺术特征。这主要表现在四个方面：一是小说的故事发生在四川，取材于四川的人和事，置身于四川的人文地理，因而主要人物都具有四川人的精、气、神、韵、味。蔡大嫂敢爱敢恨、大胆泼辣，又不乏务实的生活作风，活脱脱一个“川妹子”性格的写照。罗歪嘴更是四川袍哥即“哥老会”地方势力的代表。他风流成性又颇讲义气，入骨三分地显现了四川男人的多情、风趣与豪爽的一面。而在顾天成、蔡兴顺等人身上，则可看出四川深处内陆，受地域条件的限制和农耕文化的影响所具有的蜀人的劣根性，以及封闭、愚昧、固执、落后，“死水”一般的生活方式。二是对四川民风、民俗、民情的描写。从天回镇到上东大街、下莲池等川西乡镇、城市特有的四川民居、街景、布局在小说中得到了细致的描绘。青羊宫赶庙会、东大街耍龙灯的风俗，袍哥社会神秘的生活情状，以及四川人特有的生活方式，他们的饮食起居、婚丧嫁娶和地方特产等等，都在小说中得到了生动的记录，绘制出一幅四川城镇的《清明上河图》。三是小说的叙事吸取了四川民间“摆龙门阵”的技法。其“显著特征就是以故事讲述为主，在不破坏叙述脉络的清晰可辨、有条有理的前提下，同时又包含若干自由穿插的叙述手段，将故事向着前后左右方向扩展开来，以丰富我们的见闻。它与‘说书’的表达方式颇为相似，却又不局限于‘说书’的独自模式”[①]，是四川特有而为李劼人所创造性地加以改造和利用的。四是大量四川方言的运用。诸如“苏气多了”、“对识一下”、“打流跑滩”、“烫了他的毛子”、“伸抖”、“搭手”、“通皮”、“乘火”等都是地道的四川土话。郭沫若因此称赞李劼人是“用着大众语写着相当伟大的作品的作家”[②]。总之，《死水微澜》深得蜀文化的精髓，其浓郁的地方性，使其成为近代四川历史的绝妙的风俗画。

四、对《死水微澜》的评论

《死水微澜》叙述的客观性和浓郁的地方性特征，使人们对它的态度暧昧不清，或者缄口不言，也使它在中国现代文学史上的地位受到影响。时至今日，对《死水微澜》的评论和研究著述，比起它同时代的作品，甚至比起一些水准差得多的作品，也少得可怜。正

① 李怡：《现代四川文学的巴蜀文化阐释》，185页，长沙，湖南教育出版社，1997。

② 郭沫若：《中国左拉之待望》，见《李劼人选集》，第1卷，6页。

如周克芹所言，人们之所以不敢或不愿谈论李劼人的作品，“一个关键的原因是很难说出他的作品究竟是什么主题”[①]。究其原因，是其叙述的客观性，即曹聚仁之所谓“写实手法”，这“也正是为有着政治成见的人所不快意的，因之，他的小说，一直不为有着门户之见的文坛所称许”[②]。亦如另一位论者所说，李劼人“摒弃了先入为主的种种‘主义’”的制约，在让笔下的人物更接近原生态，更和蔼可亲令人难忘的同时，也使它少了“‘门派’的依附”，“在政治偏见与门第意识的双重挤压下”，不可能不被文学史有意无意地忽略。至于浓郁的地方性特征所致的“地域局限与文本体系”，也使这部小说受到了“伤害”[③]。这些原因造成了《死水微澜》在读者中影响较大，在评论界影响很小，在艺术上成就很高，在文学史上并未得到相应的评价的怪现象。

20世纪80年代以前，除郭沫若、曹聚仁等少数人谈论过李劼人，并给予很高的评价，在国内学界评论李劼人的只有几篇文章。转机的到来是1979年周扬在第四次文代会上的报告。他在报告中指出，《死水微澜》和鲁迅的杂文、茅盾的《子夜》、巴金的《家》、曹禺的《雷雨》、老舍的《骆驼祥子》等都是30年代脍炙人口的作品。随后关于《死水微澜》的评价才有所升温。刘再复认为：“在中国现代小说史上，如果说《阿Q正传》、《边城》、《金锁记》、《生死场》是最精彩的中篇的话，那么，李劼人的《死水微澜》应当是最精致、最完美的长篇了。也许以后的时间会证明，《死水微澜》的文学总价值完全超过《子夜》、《骆驼祥子》、《家》等。”[④] 刘心武也曾说：“《死水微澜》确是一本难得的好小说。”[⑤] 这些评价可以看作是对《死水微澜》以往的沉默史的一种反拨。

第三节 李劼人其他小说及其文学史意义

一、《暴风雨前》与《大波》

综观李劼人的小说创作，尤其是《死水微澜》、《暴风雨前》、《大波》这三部连续性的历史小说创作，它们在风格上前后是有所变化的。总的说来，《死水微澜》重在写人，《暴风雨前》和《大波》侧重写事。《死水微澜》所正面叙写的不是重大历史事件，而是蔡大嫂前半生的命运周折，“在历史事件和人物的命运之间，它始终以后者为中心，作者的目光是从人物命运角度打向历史的，作者关切的不是历史事件本身，而是在特定条件下人的生存，巨大的历史事件

---

① 张义奇：《周克芹谈李劼人作品》，见李劼人研究会、李劼人故居文管所编：《李劼人的人品和作品》，165页，成都，四川大学出版社，2001。

② 曹聚仁：《文坛五十年》，45页，上海，东方出版中心，1997。

③ 袁永庆：《老书重读也痴迷》，载《家庭生活报》，第893期“文化广场”栏目，1999-07-27。

④ 刘再复：《百年诺贝尔文学奖和中国作家的缺席》，见《北京文学》编辑部编：《今日思潮》，544～545页，长春，吉林文史出版社，2000。

⑤ 刘心武：《边缘有光》，35页，上海，汉语大词典出版社，1996。

只是作为决定人物命运的背景来处理。正因为这样，我们才能真切地看见在历史潮流汹涌而来、世事风云突变之际，各色微不足道的小人物们的生生死死荣辱沉浮”。也正因为这样，《死水微澜》作为小说更为成熟，成就也更高。而《暴风雨前》、《大波》的视角重心则从人物转向历史本身，事的关切压倒了人的关切，这使小说读起来更像是历史。① 为了实现历史真实再现之目的，达到对历史全知全能般的透视，李劼人尽管亲历过四川保路风潮，但在写《大波》的时候，“仍尽力搜集档案、公牍、报章杂志、府州县志、笔记小说、墓志碑刻和私人诗文”②，以至于当时的许多重要人物和重要事件出现在小说中，比如立宪党人蒲殿俊、罗纶成立“保路同志会”，领导保路运动，湖北新军兵变，重庆反正，赵尔丰咸与维新，端方贪权丧命，等等。这样《暴风雨前》和《大波》就始终被历史事实所包裹，关注历史而止于历史，在建造了一座历史丰碑的同时，降低了对人生、命运的关怀和创生新的人文景观的进一步追求。对于一个第一流的历史小说家来说，这不能不说是一个遗憾。

二、在现代汉语文学史中的地位

李劼人的历史小说被文学史誉为“大河小说”。所谓“大河小说”，是指 19 世纪中期以来法国长篇小说的一种重要体式，由巴尔扎克率先实践，为左拉、罗曼·罗兰、普鲁斯特等众多作家所追随，其特点是多卷体，长篇幅，大容量，时间跨度大，涉及人物多，背景广阔，特别适合以编年的方式表现社会历史的重大变迁。李劼人的《死水微澜》等三部编年体历史小说，时间跨度近 20 年，出现人物 400 多个，三卷六部近 150 万字，是名副其实的“大河小说”。小说出版不久，郭沫若就撰文称“这一联的宏大的著作”是“小说的近代史”，“至少是‘小说的近代《华阳国志》’”，并且自豪地宣称，“伟大的作品”③ 中国已经有了，李劼人有望成为中国的左拉。

李劼人的历史小说不仅标志着中国长篇历史小说现代模式的形成④，而且创生了一种新的现代历史小说的叙事方式。有文学史家认为，李劼人《死水微澜》叙事模式的独特贡献在于，以一种多元视角鸟瞰社会变迁，突出民间社会的生活场景与历史意识。遗憾的是，这种历史小说叙事，不仅李劼人本人没能在《暴风雨前》、《大波》中全部贯穿下去，而且由于诸多的原因，也未能在当代文学中完全地承传下来，只是在民间生活场景的还原方面，在以后的《三家巷》、《红旗谱》、《茶馆》等文学创作中有所体现。⑤

李劼人的历史小说是具有充分的现代性的。《死水微澜》法译本的译者说：“这部小说除了其他社会历史的价值外，它还是从 19 世纪初开始的、在中国文学中出现的中西影响融合的一

---

① 参见吴兴明：《历史该如何艺术地回首——就李劼人谈历史小说的视角》，见成都市文化局、成都市文联编：《李劼人小说的史诗追求》，51～52 页，成都，成都出版社，1992。

② 张秀熟：《李劼人选集·序》，见《李劼人选集》，第 1 卷，5 页。

③ 参见郭沫若：《中国左拉之待望》，见《李劼人选集》，第 1 卷，6 页。

④ 参见杨联芬：《从曾朴到李劼人：中国长篇历史小说现代模式的形成》，载《四川大学学报》（哲学社会科学版），2003（6）。

⑤ 参见陈思和：《中国当代文学史教程》，76～77 页，上海，复旦大学出版社，1999。

个范例。”[1] 李劼人的历史小说的现代性，是在突破中国历史小说的两种传统形态——以《三国演义》为代表的历史演义体和以《水浒传》为代表的讲史性英雄传奇[2]——以后，在充分汲取西方历史小说，尤其是法国“大河小说”的营养，以及蜀文化的精华的基础上，创造性地加以发展而形成的。视角的多元化、边缘化、民间化，人物的非英雄化、非神话化，背景的风俗化、风情化，价值判断的非道德化、隐蔽化、客观化，叙述语言的大众化、方言化是其基本特征。它突破了传统的英雄史观、主流史观，突破了单纯对外部历史的书写，从而带来了现代历史小说的新气象，完成了中国历史小说的现代转型，开创了现代历史小说的新格局。当然，他的历史小说在这方面并不总是那么平衡、那么统一的。因为，他正走在一种新的长篇历史小说的探索途中。

李劼人小说鲜明的近代蜀文化、地域文化特征，是现代汉语文学史上少见的。近代四川盆地的人文地舆、历史沿革、风俗人情、节气习俗，西人入川后的微澜死水与蜀地天高皇帝远的边地情结，又异于古蜀，沾染了近代的色彩，浓得无奈，鲜活真实，如郭沫若《中国左拉之待望》所说：“至少是‘小说的近代《华阳国志》’”。

【本章学习参考】

一、阅读书目

《死水微澜》、《暴风雨前》、《大波》

二、相关文献

1. 李士文．李劼人的生平和创作．成都：四川社会科学院出版社，1986.
2. 成都市文化局，成都市文联．李劼人小说的史诗追求．成都：成都出版社，1992.

三、复习思考

1. 何谓“大河小说”？
2. 试分析蔡大嫂形象。
3. 结合作品，谈谈《死水微澜》的艺术特征。
4. 你怎样评价李劼人长篇小说的成就？

---

① 转引自成都市文联编研室编：《李劼人作品的思想与艺术》，236页，北京，中国文联出版公司，1989。

② 参见齐裕焜：《中国历史小说通史》，284页，南京，江苏教育出版社，1999。

第十七章 “左联”作家小说

20世纪30年代，“左联”成立，它结束了长达两年之久的“革命文学”论争，并在鲁迅和茅盾等人的周围，逐渐团结了一批从事新文学创作的作家。其中，小说创作方面，除了一些“五四”以来的老作家，如文学研究会的叶绍钧、冰心、王鲁彦等，还培养了一批左翼青年作家，如丁玲、张天翼、沙汀、艾芜、叶紫等，以及虽然没有全部加入“左联”，却与“左联”关系密切的“东北作家群”。他们的小说创作，以多样的风格，丰富了20世纪30年代的左翼文坛。本章主要评述左翼作家小说概貌，张天翼、沙汀、艾芜、丁玲、叶紫等人和东北作家群及萧红的小说创作等。

第一节 左翼作家小说概貌

一、前期“左联”的“革命的浪漫谛克”

1930年“左联”成立前后，左翼文坛上活跃着一批青年作家，主要有太阳社和后期创造社的成员作家，如蒋光慈、钱杏邨、华汉（即阳翰笙）、孟超、楼适夷等，以及“我们社”成员洪灵菲、戴平万等。他们多是1927年“大革命”失败以后，从革命战线上退下来的青年知识者，来到上海以写作为生。其中，后期创造社和太阳社的成员作家较多，影响较大，他们除发起无产阶级文学运动和“革命文学”论争之外，还率先引领了一股所谓“革命的浪漫谛克”的创作之风。

“革命的浪漫谛克”，是稍后左翼批评家提出的一个批评术语，意指20世纪30年代初期，部分左翼青年作家笔下流露出来的一种小资产阶级知识分子的创作幼稚病，作品中对于革命题材的描写，流于主观想象，脱离了革命的社会现实，形式上有公式化、概念化倾向，典型体现在蒋光慈、阳翰笙等人的“革命加恋爱”作品中。他们的作品，在叙述革命者的故事时，略显简单，叙述中充满了大量的标语口号，缺乏对革命情形的复杂描绘；人物形象不够丰富，有

“脸谱化”倾向，多是些“突变式”的革命英雄。[1] 然而，作为一股创作风气，蒋光慈等人的作品，当时备受都市青年读者和市场的欢迎，引起青年作家们的群起效尤，于是出现了一大批“革命加恋爱”的作品。直到左翼批评界开展了“革命的浪漫谛克”的批判，此种创作风气才慢慢退出文坛，由此标志着左翼文学前、后期的一个分界。

二、前期“左联”小说

（一）蒋光慈

蒋光慈是“革命加恋爱”小说的代表作家，先后作有《少年飘泊者》（1926）、《野祭》（1927）、《丽莎的哀怨》（1929）、《冲出云围的月亮》（1930）、《咆哮了的土地》（1930）。作品多描写20世纪30年代革命青年的革命经历，其中穿插着人物的恋爱生活，表现了时代青年陷于革命与恋爱中的情感矛盾，其不足是内容稍嫌狭窄，人物形象缺乏鲜明的个性特征。蒋光慈的最后一部作品《咆哮了的土地》（又名《田野的风》），对“革命加恋爱”的创作模式有所突破，写出了地主家庭出身的革命知识分子李杰，以及矿工张进德等人物在领导农民运动中的不同表现，克服了作者以往创作中那种概念化描写倾向，表明作家创作艺术的成熟。不久，作家因病早逝。

（二）华汉、洪灵菲、胡也频

华汉，即阳翰笙（1902—1993），曾参加创造社，1929年参与发起成立“左联”，任党团书记等职。他这一时期的主要作品有中篇小说《女囚》、《两个女性》，短篇小说集《十姑的悲愁》、《活力》，长篇小说《地泉》三部曲（包括《深入》、《转换》、《复兴》三个中篇）。其作品主要表现“大革命”前后农村和城市的社会变化，以及革命知识分子的道路分化。可是，作者对于革命过于理想和主观化的描述，影响了作品的思想深度。《地泉》三部曲，即因简单图解革命，人物描写“脸谱化”等弊病，被视为“革命的浪漫谛克”的典型，再版时受到瞿秋白、茅盾等人的批评。

洪灵菲（1901—1933），“我们社”的发起成员，作品多写革命青年流亡的颠沛遭遇及对恋爱生活的回忆，著名的有《流亡》三部曲，包括《流亡》、《前线》和《转变》三个长篇。

太阳社的部分成员作家，如钱杏邨（1900—1977）、楼适夷（1905—2001）、戴平万（1903—1945）等，也著有不少“革命加恋爱”的小说，程度不同地带有“革命的浪漫谛克”弊病。

除上述创造社和太阳社诸作家外，本期另有不少青年作家也作有一些描写革命青年生活的

---

① 1932年阳翰笙的长篇小说《地泉》三部曲再版时，瞿秋白、郑伯奇、茅盾、钱杏邨和作者自己，分别作序，史称“五人序”。五篇序言，集中批评了早期左翼文学作品中流露出的主观化、概念化等不良倾向，其中瞿秋白以《革命的浪漫谛克》为题，故得名。参见《〈中国新文学大系1927—1937〉文学理论集一》，上海，上海文艺出版社，1987。

作品，如著名的“左联五烈士”。在小说创作方面，较有成绩的是胡也频和柔石。胡也频（1903—1931），写有中篇《到莫斯科去》（1929）和长篇《光明在我们面前》（1930），内容上有“革命加恋爱”模式，多写青年知识者从个人的爱情小天地，最后走向革命的广阔前途。

（三）柔石

柔石（1902—1931），原名赵平复，浙江台州人，著有短篇集《疯人》（1925）、中篇小说《三姊妹》（1929）、长篇小说《旧时代之死》（1929）等。其作品以细腻的人性分析见长，所写的社会生活画面、人物形象塑造等方面，均突破了一般“革命的浪漫谛克”倾向。

《二月》以主人公萧涧秋人生和情感的苦闷，记录了退出革命潮流后的知识青年的现实人生。作品中的萧涧秋，于大革命失败后，厌倦了污浊的都市生活，遂来到乡下一个名为芙蓉镇的江南小镇，寻找他的新生活。不料，他出于善意的人道关怀去帮助一对孤苦的寡妇母女生活，得到的却是周围人恶意的误解和嘲讽，进而致使那位可怜的寡妇走上绝境；同时，性格软弱的他迫于周围的压力，始终不敢接受女同事陶岚对他的爱情。作品深刻表现了萧涧秋一类善良、有正义感的知识青年，面对周围污浊的社会现实所产生的苦闷心理。

短篇《为奴隶的母亲》，以沉痛的笔调，写了一个“典妻”的悲剧。主人公春宝娘是一个年轻的母亲，被贫穷无能的丈夫，典卖给一户地主人家，作为生育的工具。作品细腻地刻画了春宝娘像奴隶一样被两个家庭折磨，身心受到严重摧残。作品以此控诉了农村里的社会陋习与罪恶，曾被埃德加·斯诺编入《活的中国——现代中国短篇小说选》。

三、“革命的浪漫谛克”之清算

左翼文学创作中的“革命的浪漫谛克”倾向，早在“革命文学”论争的当时，就引起鲁迅、茅盾等人的批评，后来逐渐引起左翼文学批评界的普遍警惕。1932 年，瞿秋白等左翼批评家对华汉《地泉》三部曲的批判，集中对前期左翼作家“革命的浪漫谛克”倾向，进行了一次历史性的批判总结，它标志着左翼文学界现实主义批评倡导的开始。此外，左翼人士还大量翻译、介绍了国外左翼文艺界关于现实主义理论方面的著述。1933 年，周扬发表《关于“社会主义的现实主义与革命的浪漫主义”》① 一文，即在苏联清算“拉普”理论的错误后，较早介绍了社会主义现实主义的创作方法，借以纠正前期左翼文学中“革命的浪漫谛克”等创作倾向，对于左翼文艺的现实主义发展，具有理论上的导向作用。现实主义批评理论的诸种倡导，标明左翼文学界结束了前期“革命的浪漫谛克”的阶段，开启了后期的现实主义创作阶段。

四、后期“左联”新人

左翼文学界在倡导现实主义的同时，还积极发现和培植了一批新人作家，尤其是在鲁迅周

① 载《现代》，第 4 卷第 1 期，1933-11-01。

围，吸引了一大批后起的青年作家，如张天翼、沙汀、艾芜以及萧军、萧红等人。1932 年，沙汀、艾芜就小说写作的题材问题，专门向鲁迅求教。鲁迅在回信中告诫他们，不妨选择自己熟悉的题材，但“选材要严，开掘要深”[①]，这极大地鼓舞了青年作家创作的信心。这封信的公开发表，事实上批评了前期左翼文学中“革命的浪漫谛克”的创作风气，从题材上为左翼青年作家的创作扫清了障碍。1931 年前后，左翼文坛上先后涌现出一批新人新作，丁玲的中篇小说《水》、张天翼的短篇小说《二十一个》、沙汀的短篇小说《法律外的航线》等出现在左翼文坛的刊物上后，立即引起了胡风、冯雪峰等“左联”批评家的交口称赞。这批左翼“新人”作家的出现，奠定了后期左翼文学的基石，也渐渐丰富和深化了左翼文学的现实主义创作。

第二节 张天翼的小说

张天翼（1906—1985），原名张元定，湖南湘乡人，生于南京。中学时即向鸳鸯蝴蝶派杂志《礼拜六》投稿、发表作品，1931 年加入“左联”。作品最早为鲁迅、茅盾等人所赏识，曾在鲁迅主编的《奔流》上发表了处女作《三天半的梦》等小说，随后成为“左联”的“新人”作家。[②] 张天翼作品的特色，以讽刺城镇市民生活为主。三四十年代的代表作《包氏父子》、《华威先生》，奠定了作家的喜剧讽刺风格，张天翼也被视为文学史上优秀的讽刺小说作家和“笑的大师”。

一、《包氏父子》时期：市民喜剧讽刺

张天翼的小说，善于以喜剧的眼光，嘲笑城镇市民阶层那些庸俗、虚伪的社会众生相。张天翼前期的作品里，主要讽刺了下列三类人物：一是伪善、狡诈的乡绅阶层人物，如《笑》里一脸淫笑的“九爷”，《脊背与奶子》中心思下流、面上正经的“长太爷”，《蛇太爷的失败》中伪善失败后凶相暴露的蛇太爷等；二是灰色的小知识者、小市民、小公务员形象，如《从空虚到充实》中空有三分钟热情的知识分子、《移行》中“移行”当资本家太太的女共产党员、《陆宝田》里面死要面子活受罪的“小录事”，等等；三是愚昧的下层市民，最著名的是《包氏父子》。小说嘲笑了父子两代人的愚昧。父亲老包在公馆里伺候人度日，没钱没地位，却指望儿子小包能进洋学堂读书发财，结果小包根本不是读书的料，整天跟着花花公子们厮混，终被学

① 鲁迅：《关于小说题材的通信》，载《十字街头》，第 3 期，1932-01-05。后收入《二心集》。

② 参见李易水（即冯乃超）：《新人张天翼的作品》，原载《北斗》创刊号，1931-09-20；收入华中师范学院中文系编：《中国当代文学研究资料·张天翼专集》，1979。

校开除，辜负了老包的期望。小说刻画出包氏父子可怜又愚蠢可笑的形象，以此讽刺了市民阶层不切实际的愚妄心理及其庸俗人生观。张天翼的作品，讽刺笔法明快犀利，在喜剧性的“笑”中，显出深刻的批判力量。

二、《华威先生》时期：官僚时态讽刺

20世纪40年代，张天翼的小说创作在题材上有所扩展，转而讽刺抗战中暴露出来的种种国民劣根性。代表名篇《华威先生》，即讽刺了一个“包而不办”的抗战官僚典型。作品里的华威先生，成天匆忙出入于各种会议和宴会，可又从没有认真参加完一次会议，每个会场都是迟来早退，说几句不着边际无关痛痒的话，而且以领导自居，目空一切。小说摄取了华威先生参加会议的几个经典动作、语言和场景片断，形神兼备地揭露其开会是假，千方百计地维护和垄断自己在抗战工作中的领导地位是真的鄙陋居心。小说发表后，曾围绕着文学与抗战之间的关系，在当时的国统区，引起了关于抗战文学要不要暴露黑暗的讨论。讨论的结果是，《华威先生》得到了包括多数左翼作家在内的肯定，正如茅盾所评价的那样：“‘华威先生’那样典型的出现，而且引起普遍的注意……而且更引起了青年作家对于隐伏在光明中的丑恶的研究和搜索——这也是最近半年来文坛的新趋向。”①《华威先生》所引起的讽刺文学讨论，说明张天翼的官僚时态讽刺文学创作，具有很强的社会现实意义。

张天翼本期还写了《谭九先生的工作》、《“新生”》等讽刺小说，后与《华威先生》一并收入《速写三篇》。《谭九先生的工作》讽刺了一个投机抗日而未能得志的地主形象谭九先生；《“新生”》写知识分子李逸漠这个被抗战打破“隐士”梦后，又无法融入抗战的一个时代落伍者形象。张天翼本期的讽刺作品，喜剧讽刺风格有所弱化，增强了现实社会的批判性。

作家写完《速写三篇》后，除了一篇未完篇的讽刺性童话作品《金鸭帝国》外，基本停止了其讽刺小说的创作。

三、儿童文学创作

儿童文学创作，是张天翼小说创作的另一翼。从30年代起，张天翼就陆续创作了一些儿童文学作品，如《大林和小林》（1932）、《蜜蜂》（1932）、《秃秃大王》（1933）、《奇遇》（1934）、《金鸭帝国》（1942）等。这些儿童文学作品，实际讽刺了社会中的各种人物及现象，其中以嘲讽社会的上层权势者为主。比如《蜜蜂》，借儿童的视角，揭示了资本家养蜂场里的蜂子吃尽农民稻浆的“吃人”事实，重在讽刺有钱者自私、狡猾的一面；《秃秃大王》、《大林和小林》，均以动物的比喻形式，讽刺了上层社会统治者不讲人道、蛮横愚蠢、沆瀣一气的狐群狗党本质。儿童文学的创作，与作家其他小说一起，构成了张天翼文学创作的讽刺艺术

① 茅盾：《八月的感想——抗战文艺一年来的回顾》，载《文艺阵地》，第1卷第9期，1938年8月。

风格。

新中国成立后，张天翼的儿童文学创作风格顿变，其故有的讽刺性品格，渐为时代意识形态的教育内容所代替。作家在作品集《给孩子们》里，标明其创作目的，一是“要让孩子们看了能够得到一些益处”，二是“要让孩子们爱看，看得进，能够领会”①，等等。代表作《罗文应的故事》、《宝葫芦的秘密》（童话），主要是展现社会主义新时代的“好孩子”应有的种种精神风貌。从中可以看出新中国成立后的时代话语对于作家儿童文学创作的影响。

四、张天翼的文学史意义

张天翼在30年代以左翼“新人”作家的身份进入文坛，以犀利、明快的讽刺作品，突破了初期左翼文学“革命的浪漫谛克”之风，丰富了左翼文学的创作风貌。其创作以独特的“笑”的手法，形成了作家特有的喜剧讽刺的文体和风格，这使得张天翼成为继鲁迅、老舍之后30年代最重要的讽刺小说作家之一。

此外，张天翼在儿童文学创作方面的成就，使得作家成为继“五四”时期叶圣陶、冰心等儿童文学作家之后出现的又一颗“新星”②，其创作在20世纪三四十年代、新中国成立后儿童文学史上占有重要的一页。

第三节 沙汀的小说

沙汀（1904—1992），原名杨朝熙，四川安县人。1922年到成都读书，开始接触“五四”新文艺。1929年，流落上海，后与同学艾芜相遇，由此开始小说创作。其间，他们曾向鲁迅求教，这便是著名的关于小说题材问题的通信。1932年8月，成名作《法律外的航线》，以初步的写实手法，受到茅盾的热情鼓励。③ 不久，沙汀以“新人”作家的身份加入“左联”。沙汀的小说以讽刺为主，富有浓郁的地方特色。根据创作的时代环境、话语内容，沙汀的创作大体可分为前后两期和新中国成立后三个时期。

---

① 张天翼：《给孩子们·序》，2页，北京，人民文学出版社，1959。

② 蒋风：《张天翼和他的〈大林和小林〉》，见《中国儿童文学讲话》，南京，江苏文艺出版社，1959；收入《中国当代文学研究资料·张天翼专集》。

③ 参见茅盾：《〈法律外的航线〉读后感》，载《文学月报》，第1卷第5、6合期，1933年12月；收入金葵编：《沙汀研究专集》，杭州，浙江文艺出版社，1983。

一、前期：印象写作与乡村叙事

沙汀初期的创作，受左翼文学的影响，较为注重题材的时代与社会意义，初步表现出“精细地描写出社会现象”（茅盾评语）的创作才能。成名作《法律外的航线》，描写长江航线一艘外国商船上搭客们的穷苦境遇，以及两岸农村的暴乱动态，精心选择了几个场景片断，但缺乏中心人物和完整事件。沙汀一度为找不到合适的创作题材而苦恼，这种困惑充分流露在他和艾芜给鲁迅的那封联名信里。经过一番探索，作家终将目光聚焦于四川内地的农村社会生活题材，创作出一批具有讽刺意味的作品，逐渐形成了自己的艺术风格。

一组以四川农村生活为题材的讽刺短篇的出现，标志着沙汀艺术个性的最初形成。这些作品多收入《土饼》、《苦难》、《兽道》等早期小说集里，其内容主要有两类：一类是讽刺地方基层制度的黑暗腐朽。比如《丁跛公》，揶揄了一个拼命往上爬而不得的乡村杂役的悲剧命运；《代理县长》则极力挖苦了一个代理县长的“兵痞”本质，其巧立名目盘剥民脂民膏的本领与手段，令人咋舌：“瘦狗也要炼他三斤油。”作品对这些基层官吏的丑态心理的讽刺，揭露了地方政权统治不可救药的腐败。另一类是揭示各色人物的劣根性。如《凶手》，揭露了军阀们非人道的罪恶，写他们以交差的名义，强迫被抓壮丁的哥哥去枪毙当逃兵的弟弟；《兽道》写一坐月子的妇女不幸被大兵奸污，不仅得不到周围人的同情和怜悯，反遭幸灾乐祸式的侮辱与打击，结果造成婆母发疯、家破人亡的惨剧。这些小说，均以讽刺性笔法，描绘了四川内地的种种情形，腐朽的现象、人物的冷酷无情，让作品散发出一股沉闷闭塞、单调无望的气息，从而形成一种特有的黑暗基调，给人一种浓郁的苦涩感。

二、后期：《在其香居茶馆里》与《淘金记》

全面抗战爆发后，沙汀由上海回到四川内地，集中笔力刻画内地社会生活的滞塞与黑暗，进入创作的高峰期。短篇《防空》（1938）即写大后方某县城的没落绅士阶层，为争夺一小小的“防空协会会长”的虚位，竞相角逐的丑剧。讽刺名篇《在其香居茶馆里》，围绕兵役问题，喜剧性地讽刺了川北回龙镇当权派和地方实力派之间的矛盾斗争，深刻地揭露了地方权力阶层的黑暗腐败及其兵役制度的虚伪骗局。联保主任方治国，为迎合县衙整顿兵役的新政，举报数次逃避兵役的地方粮绅邢幺吵吵的儿子，惹来邢幺吵吵的大打大骂。作品的结尾富含喜剧性，让两人在茶馆当众吵得不可开交、丑相出尽之际，忽闻邢幺吵吵的儿子，早已暗中买通县衙，借机被释放归来。作品以个性化的语言、行动描写，揭示了两位地方头面人物的“丑”相，比如联保主任的“软硬人”的贪婪、阴诈，邢幺吵吵“不忌生冷”的粗野、跋扈，都刻画得入木三分。

相比于张天翼笔下那种抓取讽刺对象的某一点，然后加以主观夸张、放大式的喜剧手法，沙汀在此更善于运用客观性的白描手法，抓取人物带有心理内容的典型动作、语言，从深处挖掘出其丑恶性格，同时将人物置于周围的社会环境、世态人情中加以冷静的审视，最终赋以不动声色的讽刺形式。这是沙汀讽刺小说的创作特色。

1941年到1949年间，沙汀创作了三部长篇小说《淘金记》、《困兽记》、《还乡记》，合称“三记”。其中《淘金记》影响最大，被卞之琳誉为“抗战以来所出版的最好的一部长篇小说”①。

《淘金记》故事发生于全面抗日战争时期的四川安县北斗镇，小说以淘金为线索，展现了地方三股恶势力之间“狗咬狗”的斗争，即以白酱丹等组成的在朝当权势力，林幺长子为首的在野的流氓赌棍，与何寡母所代表的有钱又颓势的女地主三者之间，围绕筲箕背金矿的开采权而展开的尔虞我诈的争金夺矿的斗争。作品以此描写了地主劣绅阶层为发国难财而掀起的内讧，并以喜剧的形式嘲讽了他们的失败，刻画和展示了各有性格特色的群丑形象。比如白酱丹的阴险狠毒、诡计多端，林幺长子的狡猾欺诈、油滑无赖，龙哥的横行无忌、粗野鄙俗，何寡母的刻薄悭吝、矜持自负，彭胖的面带猪相却满腔狼心狗肺。后两部作品分别描写战时后方农村社会的暴动情形，以及知识分子的苦闷生活。沙汀的作品，全方位地展示了战时四川城乡的社会景观。

三、新中国成立后的创作

新中国成立后，任职于作协的沙汀，依然以四川城乡生活为题材，创作了一些小说，不过讽刺的锋芒顿减，而致力于歌颂新的社会风气，塑造了一批社会主义“新人”形象，特别是基层干部和劳动者的积极形象。这一时期的作品，多收入《过渡》、《过渡集》两个短篇集。代表作有《卢家秀》、《老邬》等，两部作品里的主人公，分别作为新时代的劳动青年和基层干部形象，在农民固有的性格和生活基础上，表现出一种崭新的社会主义思想品质。作品风格一扫前期作品中的苦涩基调，转向质朴与明快。

一味追求明快的基调，也会导致浮泛、空疏的创作倾向。作家在1960年发表的《你追我赶》等作品，因着力表现人物形象的“共产主义风格”，而失去基本的生活真实感。“文化大革命”后，沙汀继续创作了《青㭎坡》等中篇，风格与新中国成立初的创作相仿。随后，作家即搁笔。

四、沙汀小说的文学史意义

沙汀的创作，以活生生的四川方言与习语，讽刺各色地方人物与社会现象，可谓“四川社会的叙事诗”②，是现代汉语文学版的民国四川地方志。沙汀的讽刺小说，以冷峻含蓄的风格为主，其“不动声色的笑”的艺术，与张天翼漫画式夸张的讽刺小说，并称为20世纪三四十年代现代汉语讽刺文学的两翼。

---

① 卞之琳：《读沙汀的〈淘金记〉》，载《文哨》，1945（2）。

② 杨晦：《沙汀创作的起点和方向》，载《青年文艺》，1945（6）。

第四节 艾芜的小说

艾芜（1904—1992），原名汤道耕，四川新繁县人。青年时曾流浪我国西南边境、缅甸、马来西亚、新加坡一带，干过杂役、报馆校对、小学教师等各种谋生职业。1931 年，艾芜来到上海，与同学沙汀一起创作，后加入“左联”。艾芜的文学成就，主要体现在小说创作方面，有《南行记》等小说集，另有散文创作，结集有《漂泊杂记》等。

一、前期小说：异域与流浪

艾芜早年的漂泊经历，影响了他早期的作品，描写的多是南国边境的异域风情，富有浓郁的抒情色彩，作品结集有《南行记》、《南国之夜》等。他的小说，多以一个漂泊者的眼光，描绘那些被社会挤出正常生活轨道的人们的生命经历，人物主要是些流浪汉、偷马贼、烟贩子、滑竿夫、山盗等形象。

短篇代表作《山峡中》，记叙了以魏老头为首的一帮山贼，在穷山恶水中打劫为生的险恶经历，残酷的生存环境养成了其“懦弱的人是不配活着的”人生哲学。其中，有性格强硬而粗暴的小黑牛，机灵而活泼的野猫子，爱打趣的鬼冬哥、小骡子等，他们都有着积极的“在生活重压下强烈求生的欲望的朦胧反抗的冲动”①。《偷马贼》写云南边线一带，偷马贼不甘于平庸的生计，宁愿选择偷马这一铤而走险的职业，终而成为受人尊敬的角色，处处展现出做人的勇气与机趣。

流浪汉形象，是艾芜小说里面着力塑造的人物形象。作品里的他们，善恶兼有，但都富有顽强的生命力，处处透露出生存的机智。艾芜小说的特色在于，能跳出传统的伦理标准，透过人物“恶”的外衣，发现其内在“善”的灵魂和品质，这是作品对于流浪汉的一种理想化描绘。对于这些原本善良的流浪汉的理解与书写，构成了艾芜《南行记》等前期小说创作的抒情核心。

二、后期小说：乡村与悲剧

全面抗战爆发以后，艾芜回到故乡，创作题材转向描写战时后方城乡的普通农民、城市苦力、小知识分子的生活，表现被时代冲击着的人物的悲惨遭遇，对生活的反抗和追求，以及由此迸发出来的朴素的爱国热情，等等。短篇小说《秋收》和《纺车复活的时候》，反映了国统区的军民关系和农村面貌的变化。长篇小说《丰饶的原野》（1946）、《故乡》（1947）、《山野》（1948），真切地记叙了民族解放战争中，动荡的乡村生活和人物的思想面貌。此期的

① 鲁迅：《关于小说题材的通信》，见《鲁迅全集》，第 4 卷，366 页，北京，人民文学出版社，1981。

作品，反映的社会生活面较前期为广，整体风格却不及前期明朗。

艾芜此期还作有一批表现后方农村妇女形象的作品，似延续了前期作品的抒情品质，将同情的目光，投向那些被时代挤出生活圈子、挣扎在贫苦线上的村妇，代表作品有中篇《乡愁》(1948)、《一个女人的悲剧》(1949)，以及短篇小说《石青嫂子》等作品。短篇《石青嫂子》写抗战胜利后的社会变故带给一位勤劳本分的劳动妇女石青嫂子的社会压迫，最后万般无奈的石青嫂子，被驱逐出生活了七八年的恋土，只好带着五个儿女外出谋生。小说着力表现了石青嫂子身上那种倔强、不甘向命运低头的坚强韧性，而对其悲剧命运表示深深的人道同情。总之，石青嫂子这样的妇女形象，与艾芜前期作品中的“流浪汉”形象，一起构成了艾芜的抒情对象，不过抒情风格不及前期乐观和浪漫，反而转向沉郁的悲剧。

三、新中国成立后的创作

新中国成立后，艾芜作品中抒情的对象，不再是那些被挤出生活圈子的人物，而转向社会主义新时代里的各种主人翁。比如短篇集《夜归》里的作品，多着眼于人物的各种生活侧面，表现新的精神风貌。长篇《百炼成钢》，则通过一位公而忘私的劳动者形象秦德贵，赞美社会主义工人身上的新道德。

1961年，艾芜重返云南故地，作有《南行记续篇》。作品在描绘边疆异域风情的同时，添入新旧生活的简单对比，文笔依然是浪漫抒情的，却不见《南行记》里对人物内心世界的善性挖掘。

“文化大革命”期间，作家遭受迫害。“文化大革命”结束后，艾芜基本停止了小说创作。

四、艾芜小说的文学史意义

艾芜的小说，最早把西南边疆、异域的下层社会人物和生活风貌，带进现代汉语文学的创作中来，尤其是那些“时代潮流冲击圈外”的“流浪汉”形象，从一个侧面反映了现实社会的不尽合理与不公正，有力地开拓了新文学的创作领域。

艾芜创作的艺术特色，在于将人物传奇性的故事，置于绮丽的边疆生活环境描绘中，作品在现实的苦色上，又涂有鲜明的抒情风格和浪漫情调，丰富了现代汉语文学的抒情手法。

第五节 丁玲的小说

丁玲（1904—1986），原名蒋伟，字冰之，湖南临澧人，现代著名女作家。1922年赴上海，入陈独秀、李达创办的上海平民女校读书，后转入上海大学。1924年，与胡也频相识，次年结婚。1927年，作家首次用“丁玲”笔名，在《小说月报》上发表处女作《梦珂》，引起文坛注意。次年，又在《小说月报》发表成名作《莎菲女士的日记》，蜚声文坛。1930年，经人介绍加入“左联”。1931年，胡也频被害后，留上海主编“左联”机关刊物《北斗》杂志，并于创刊号上发表著名的中篇《水》，成为左翼文学的女性开拓者。

一、复仇女神：苦闷与女权

丁玲最初的小说，以书写女性的时代苦闷与生存悲剧成名。处女作《梦珂》，写一位洁身自好的知识女性，不堪周围人们与环境的庸俗，最终却为了生存，不得不牺牲色相与灵魂的生活现实。代表作《莎菲女士的日记》，则以日记的形式，记叙了女主人公莎菲的感情苦闷，尤其是爱情方面灵与肉的矛盾心理。莎菲是一个个性倔强的时代女性，其苦闷在于追求理想的友谊与爱情而不得。除了死去的蕴姊之外，周围关心她的朋友们，没有一个真正理解她的内心。所遇到的男性，要么是单纯得不懂女性的苇弟，要么是徒有一副漂亮仪表、实际上庸俗不堪的凌吉士。对于苇弟，莎菲只有同情和怜悯；对于凌吉士，莎菲却陷入肉欲的冲动与心理的鄙视的矛盾。经过一番内心挣扎，莎菲最终走出对于凌吉士的迷恋，离众而去。作品以此写出了主人公对于感情和性爱问题的理想追求。作品写出了莎菲内心深处那无人理解的苦闷，带着深刻的女性感受和体验。茅盾称赞莎菲形象“满带着‘五四’以来时代的烙印”，“是心灵上负着时代苦闷的创伤的青年女性的叛逆的绝叫者”①。

丁玲此期还作有《在黑暗中》、《自杀日记》、《阿毛姑娘》等中短篇，均从不同角度书写都市或乡村女性的生活悲剧。丁玲小说中的女性形象，既不同于冰心笔下的圣母和冯沅君作品里的闺秀，也有别于庐隐小说中的痴情弱女子和凌叔华小说中走不出旧式生活阴影的小太太，而是敢想敢做的激情女性，勇于追求新的生活，不过由于社会环境的黑暗，她们在社会上往往碰壁，因此又感受着寂寞与苦闷，是为丁玲早期作品对于时代女性的文学关怀。

二、“左联”时期：革命加恋爱

加入“左联”后，丁玲的创作一度有“革命加恋爱”倾向，内容上常表现男、女主人公在革命或恋爱问题上的性别差异与冲突。中篇《韦护》，写女主人公对于爱情的陶醉，愿意永远与男人一起“日以继夜、夜以继日，栖在小房子里”；男主人公虽然迷恋爱情与女人的美丽，但当革命工作受到影响时，最终会埋怨女人消磨了自己投身革命的意志。《一九三〇年春上海之一》，则反其道而行之，写女主人公美琳不甘在丈夫的呵护下做安闲的太太，最后背弃“为文艺而文艺”的丈夫，跑到外面投身火热的文化运动中。《一九三〇年春上海之二》，站在女性的立场对男主人公的“革命”提出了抗议。小说第八章，当革命者望微向情人玛丽抱怨她使他痛苦时，玛丽被激怒了，大声吼道：“我使你痛苦吗？笑话！是你在使我痛苦呢！你有什么痛

---

① 茅盾：《女作家丁玲》，载《文艺月报》，第2号，1933年7月；收入袁良骏：《丁玲研究资料》，天津，天津人民出版社，1982。

苦？白天，你去‘工作’，你有许多同志！你有希望！你有目的！夜晚，你回家来，你休息了，而且你有女人，你可以不得我的准许便同我接吻！而我呢，我什么都没有，成天游混，我有的是无聊！是寂寞！是失去了爱情后的后悔！然而我忍受着，陪着你，为你的疲倦后的消遣。我没有说一句抱怨的话。”作品细腻地揭示出，男人们看似十分堂皇的政治抱负与事业奋斗中，其实隐蔽着严重的男权中心主义的自恋与自私。

1931年，中篇《水》的发表，标志着丁玲创作的“左翼”转向。作品以当时震动全国的南方16省大水灾为题，用作家前所未有的粗大笔触，描写灾情逼迫下农民由觉醒到抗议的过程。作品全篇以场面描写为主，缺乏个性化的人物形象，然而取材的新鲜、写实的技巧，均突破了“革命加恋爱”的狭小天地，而被视为“新的小说的诞生”①。

之后，丁玲陆续写有《消息》、《法网》、《奔》、《夜会》等短篇，反映革命者的现实生活。丁玲还计划作长篇《母亲》三部曲，1933年因入狱而中断写作，大体完成了第一部。作品试图从新知识女性的角度，书写旧式大家庭的衰落和社会的时代变迁。丁玲本期的创作题材，逐渐告别莎菲女士的时代，进而书写广阔的社会人物与生活，由此完成了作家的左翼转向。

三、延安时期：洁癖与转变

全面抗战爆发前后，丁玲辗转来到延安，写有一批描写解放区人物和生活的作品，其中不少本着女性的细腻视角，对于周围的社会环境或习惯势力有所指摘，为此作家先后受到不少批评。短篇《我在霞村的时候》，借一位曾因革命工作需要而从事日方军妓的村女贞贞，回村备受村人歧视的故事，揭露解放区群众的冷漠、狭隘的心理生活。短篇《在医院中》，写新来的女实习医生针对边区医院的不合理制度而提出合理的改善建议，却反而遭受批评，再次表达出个体的生活困惑。这类作品，因为触及解放区制度中小生产者的落后观念与意识，在后来的整风运动中，屡受批判。

1942年延安文艺整风运动后，丁玲根据解放区的土改运动，作有长篇《太阳照在桑干河上》。作品以华北一个叫暖水屯的村子为背景，以农民与地主之间的阶级矛盾为主线，生动反映了土改运动中农村尖锐复杂的阶级斗争。作品的艺术特色在于，细腻地描绘出暴风雨到来前暖水屯人们的生活与心理变化。其中，地主人物的心理刻画较为出色。特别是村里的头号地主恶霸钱文贵，他靠着敏锐的政治嗅觉与谋略，运用种种应变手段将自己埋藏得很深，表现出奸诈狡猾的心机：土改之前，分化自己名下的土地，骗取中农成分；还让儿子钱义去参军，赢得军属身份；土改时又搞美人计逼迫侄女黑妮拉拢农会主任程仁，妄图收买村干部；继而伙同白娘娘、任国忠制造不利于土改工作的种种谣言，试图转移斗争目标；被押上批判台时，故作镇静，用“威严”的目光压制农民的控诉，最后才在区领导小组和村干部的自觉反省中得以清算。除钱文贵外，作品还写了其他地主形象的不同特点，比如胆小绝望的李子俊，凶险厉害的江世荣，对农民恨得咬牙切齿的侯殿魁等。还有地主婆李子俊的老婆，开始装得百依百顺，想以此软化欺骗前来清算她家的贫雇农们；当这一招失灵时，虽然表面上还要强装笑脸，内心却恶毒咒骂斗争她的农民们。同样的阶级复杂性，还体现在干部及农民形象中。比如区土改小组

① 参见何丹仁（冯雪峰）：《关于新的小说的诞生》，载《北斗》，第2卷第1期，1932年1月。

组长文采，开始只图口头理论上的漂亮唬人，忽视实际现实斗争；村干部张裕民，最初为钱文贵的伪装所迷惑；农会主任程仁，则因与黑妮间的关系，故意躲避；治安队长张正典，则为钱文贵的权势和金钱所收买软化；中农顾涌，对自己勤俭一生换来的土地恋恋不舍；穷老头侯忠全，曾经将土改分到的土地，偷偷送还给地主侯殿魁，等等。作品写出了人物间错综复杂的阶级关系，反映了20世纪40年代解放区土改过程的复杂性，成为延安文艺座谈会以来土改小说的代表作品之一，并荣获1951年度斯大林文学奖金二等奖。

四、新中国成立后时期

新中国成立后，丁玲担任各种文联、作协等职务，兼编《文艺报》、《人民文学》，主要写有一些评论、杂文、报告文学等作品。1955年，丁玲被错定为"丁陈反党集团"的头目，受到批判，不久又被错划为"右派"分子，直至"文革"结束以后，才被平反。期间，丁玲创作了《太阳照在桑干河上》的续篇《在严寒的日子里》，描写土改后的农民群众为保卫胜利果实，同反扑过来的反动派、地主老财们展开斗争，最终经受了革命的考验和锻炼，取得胜利。

"文化大革命"结束后，丁玲最有影响的小说，是短篇《杜晚香》。小说写东北垦荒区一位妇女劳动模范杜晚香的故事，写她如何关心别人、爱护国家集体利益，并以自己的任劳任怨，赢得了大家的认可。作品写出杜晚香个人心理的成长过程，更多的是在赞美劳动，颂扬主人公平凡而崇高的美好品质。

与新中国成立前的创作相比，丁玲此期的作品充满了意识形态话语。不过，丁玲以女性作家的身份出现在20世纪30年代的左翼文坛，作品以书写人物的时代生活苦闷与性别差异著称，尤其关注女性的生存境遇，不仅推进和丰富了左翼文学的创作，还打破了女性写作的沉寂局面，是现代汉语文学史上重要的女性作家。

第六节
叶紫等作家的小说

1933年前后，左翼文坛上出现了几位以农村题材创作著名的青年小说家，如叶紫、罗淑，以及并非"左联"成员的吴组缃等。

一、火一样的叶紫

叶紫（1910—1939），原名余昭明，又名鹤林，湖南益阳人，"左联"后期的青年作家，著有短篇小说集《丰收》、《山村一夜》，中篇《星》等。

叶紫的创作以农村题材为主，在30年代的左翼文学和众多农村题材小说中，其创作以展示尖锐的阶级压迫与抗争著称。代表作《丰收》，书写20世纪30年代农村的凋敝民生，主人公云普叔本指望靠勤劳过活，好不容易挨到丰收年成，却不够地租和苛捐杂税的盘剥，残酷的生存现实，终于使他领悟到儿子立秋等不安分的年青一代参加革命运动的现实意义。作品与茅盾的《春蚕》、叶圣陶的《多收了三五斗》，同为20世纪30年代以“丰收成灾”为题的名作。

叶紫的小说，重在表现为严酷的生存现实所逼迫的农民们，终于起来反抗、走向革命的必然过程，作品富有浓郁的阶级斗争气息。《丰收》的姊妹篇《火》，写觉悟的农民，投身到推翻地主阶级的武装斗争的过程。《电网外》写舍不得离开家园的老辈农民王伯伯，家园被战火焚毁，只好投奔工农革命。中篇小说《星》则写了一名普通的青年妇女梅春姐参加农民运动的翻身经历，以及农会失败后的命运选择。鲁迅曾极力肯定叶紫小说创作的现实意义，将作家的短篇小说集《丰收》编入“奴隶丛书”出版，并为之作序，称赞作品的“战斗”品格，书写了“这一世界中人，会轻蔑，憎恶，压迫，恐怖，杀戮别一世界中人”① 的社会现实。

二、细致的吴组缃

吴组缃（1908—1994），原名吴组襄，安徽泾县人。20世纪30年代开始小说创作，结集有《西柳集》、《饭余集》（小说、散文集）等。

吴组缃的小说创作，以人物的心理描绘见长，成名作《箓竹山房》，写一位寡居的迟暮妇人，长期过着幽居生活，心理上发生变态，以致偷窥客人的生活起居。作品同情主人公的命运，具体描绘其阴森僻静的居住环境，幽灵般的生活方式，富有感伤意味。

受茅盾《子夜》的影响，作家后来转向社会剖析小说的创作。短篇代表作《一千八百担》，借宋氏大家族的一次宗祠集会，记录了破落乡绅们的种种丑相，揭示出30年代中国农村宗族制度分崩离析的必然命运。以农村破产为题的作品，还有《天下太平》、《樊家铺》等短篇。《天下太平》是正题反写，以一个失业店员的家庭末路悲剧，写了皖南农村经济的颓败；《樊家铺》以一幕血淋淋的女子弑母的惨剧，展示出以血缘伦理为基础的封建道德秩序，是如何随着现代社会经济的恶化而破毁的。吴组缃的农村题材小说，弥补了茅盾这样的都市作家在描写农村社会生活方面的不足。

三、苦情的罗淑

罗淑（1903—1938），原名罗世弥，四川简阳人，现代著名女作家。1929年赴法专攻文学，回国后从事翻译与写作。罗淑以小说创作成名，作品有《生人妻》等，结集有《生人妻》、《地上的一角》、《鱼儿坳》等。

罗淑的小说，多取材于四川农村生活，叙述人物的贫苦遭遇。代表作《生人妻》，最初发表在巴金、靳以编的《文学季刊》，写了一对农民夫妇的悲惨遭遇。作品中，丈夫因为家里贫

① 鲁迅：《且介亭杂文二集·叶紫作〈丰收〉序》，见《鲁迅全集》，第6卷，219页。

困，无奈之下，将妻子卖与人家；结果妻子不堪后夫虐待逃回故家，当发现前夫已被后夫告发吃官司时，悔恨交织。故事的背后，凸显出来的是夫妻二人之间的感情。特别是妻子被卖与人家时，丈夫才意识到妻子的贤惠善良，妻子也一直挂念着丈夫和家的温暖，只是这种感情，在平日的劳苦磨砺中被忽视。罗淑小说的感人处，即在叙述人物的苦难现实外，不忘人物间的情感因素，从而见出女作家的艺术特色。

第七节 东北作家群的小说创作

一、东北作家群概貌

1931年“九一八”事变后，东北沦陷。一批东北籍的作家陆续南下来到左翼的中心上海，代表作家有萧军、萧红、端木蕻良、舒群、白朗、骆宾基等。他们的创作，基本取材于民族危难中东北地区人民的生活，史称“东北作家群”。这些作家，有些未正式加入“左联”，可是创作却与“左联”关系密切，尤其是萧军、萧红，更是直接得到鲁迅等人的帮助。因此他们的创作，实际构成了左翼文学的一部分。

东北作家群的作家们，最初只是几个散居在哈尔滨等东北城市里的文学青年，远未形成独立的作家群体。他们真正形成文学群体，是在南下以后。1935年前后，舒群、萧军、萧红等，辗转来到上海，其间各自创作了一些作品。其中，萧军的《八月的乡村》、萧红的《生死场》，交由鲁迅作序，编入著名的“奴隶丛书”出版，引起左翼文坛的关注，这是东北作家群初步进入文坛的标志。之后，陆续来到上海的东北作家，先后贡献出《没有祖国的孩子》（舒群）、《第七个坑》（罗烽）、《生与死》（白朗）、《边陲线上》（骆宾基）、《科尔沁旗草原》（端木蕻良）等作品。这些作品最早记载了东北人民遭受异族入侵而带来的血与火的生命体验，引领了抗战文学的先声。描写东北地区的民族危亡，使得这些作家自然形成一个鲜明的“东北作家群”。

1937年“七七”事变后，全面抗战爆发，作家们相继离沪，分赴祖国各地。东北作家群，作为群体事实上已不存在。可是，就单个作家而言，他们后期创作中更多地融入了自己的个体生命体验，艺术上更为成熟。

二、萧军

萧军（1907—1988），原名刘鸿霖，辽宁义县人，笔名尚有三郎、田军等。作家有过长期在社会底层生活的经历，当过士兵、下级军官。萧军的作品，多书写社会下层人物的生活穷愁和感情苦闷，其中充满了对于社会不公的愤怒与抗议，比如他与萧红合集《跋涉》里的作品，还有《羊》、《江上》等短篇集。

长篇《八月的乡村》，是萧军的成名作和代表作。小说写了一队九人组成的革命军队伍，在奉命转移过程中的辗转经历，意在描绘队员们在沿途中的见闻和遭遇，表现人们为生存而自发组织起来反抗的意志。作品题旨庄严，如实写出了在敌寇铁蹄下生活的人们朴素的爱和恨，尽管结构略显粗糙松散，人物也多为素描式，可是表现出人物朴素的性情和抗争精神。比如陈柱司令、铁鹰队长身上刚毅、决断等战争所需的品格，还有知识分子出身的萧明队长与女秘书安娜之间被抑制的个人感情。作品引领了抗日文学的先河，后被鲁迅纳入“奴隶丛书”。鲁迅为该书作序，曾如此评价：“我却见过几种说述关于东三省被占的事情的小说。这《八月的乡村》，即是很好的一部，虽然有些近乎短篇的连续，结构和描写人物的手段，也不能比法捷耶夫的《毁灭》，然而严肃，紧张……显示着中国的一份和全部，现在和未来，死路与活路。”①

萧军后来写有长篇《第三代》，叙述上略为和缓，全景式铺写了东北城乡辛亥革命、“五四”前后动荡的社会生活，表现下层人民的痛苦和抗争，尤其塑造了东北山野富有原始抗争精神的“胡子”形象，其豪爽与凶残的性情混合，散发出罕见的强悍气息。文字同样质朴有力，集中体现出萧军创作的艺术特点。

三、舒群

舒群（1913—1989），原名李书堂，黑龙江哈尔滨人，1935年加入“左联”。作品常将民族的灾难落实于弱小的个体身上，人物身上涌动着朴素的民族意识。文字以沉重忧郁的抒情见长。成名作《没有祖国的孩子》，以孩子的视角表现亡国之痛，写一朝鲜少年在苏联异邦所经受的种种肉体和心灵的创伤。类似的作品，还有《奴隶与主人》、《画家》、《秘密的故事》等，里面均写了个人的家国不幸。

全面抗战爆发后，舒群动身前往延安。创作稍变，作品中少了些悲壮的家国情怀，多了些个人感怀。作于此期的短篇《我的女教师》，题材与《没有祖国的孩子》相仿，同是写求学异邦的少年，然而主旨是写主人公对启蒙老师的感恩。

四、白朗

白朗（1912—1994），女作家，原名刘东兰，辽宁沈阳人。最初曾用“刘莉”、“弋白”等笔名从事文学创作，1935年加入“左联”。白朗的创作，善于描绘女性人物纯净的感情与心理，风格细腻温婉。代表名篇《生与死》（1936），写日伪监狱里一位看守监房的老伯母，对八位女政治犯的一种母性关爱，老伯母也从后者身上领会到曾为革命牺牲的儿子的行为，最终找机会帮助女政治犯们逃走，自己陷狱而死。作品从一个母亲的角度，表达了老伯母对于革命的理解与同情，情感真挚感人。短篇《狱外记》、《老夫妻》等作品，同样以女性的情感立场，表达了对家庭、民族与政治生活的理解与看法。新中国成立后，白朗作有中长篇《为了幸福的明

---

① 鲁迅：《且介亭杂文二集·田军作〈八月的乡村〉序》，见《鲁迅全集》，第6卷，287页。

天》、《在轨道上前进》等作品，表达了新社会主人公当家做主的建设热情，以及真诚的、高度的爱国主义热情。

五、端木蕻良

端木蕻良（1912—1996），原名曹京平，辽宁昌图县人。1932 年，就读清华大学，其间加入北平左翼作家联盟，主编机关刊物《科学新闻》。1933 年，在天津写出第一部长篇小说《科尔沁旗草原》。1935 年到上海，写有长篇小说《大地的海》，另有短篇小说《鴜鹭湖的忧郁》、《憎恨》等。

《鴜鹭湖的忧郁》是端木蕻良的成名短篇。小说以诗意的笔法写了底层人民生存的艰难与贫困，其中人物无望的心态，配以鴜鹭湖四周阴湿缥缈的夜雾等环境描写，传达出一种难以言传的生存压抑感。端木蕻良善于表现时代侵蚀下的东北地域风情。《遥远的风砂》、《浑河的急流》，均写抗战背景下东北人民的一种原始反抗，前者写一队收编自土匪的队伍的一次塞外行军表现，后者写浑河两岸的猎户不堪伪政府的无理压迫，终于自发组织义勇军起来反叛的故事。这些作品，着力表现了长期生活在东北塞外的居民，面对时代的压迫遭遇，所表现出来的反抗性和生存意识，其中野性强悍的东北汉子与柔媚未驯的女性，共同构成了作品中的人物形象。

长篇《科尔沁旗草原》，是一部东北草原文化社会的史诗，作品记叙了草原首富丁府的历史盛衰，其中丁府后代丁宁对于家族出路的知识分子式思考，以及农民大山的暴力反抗，均反思了家族社会的历史命运，尤其是“九一八”之后，草原贵族的现实失落与未来出路。

全面抗战爆发后，端木蕻良先后辗转武汉、重庆、香港等地，书写民族战争背景中，各色社会人物的生存图景，写有《风陵渡》、《大地的海》、《新都花絮》、《江南风景》等中长篇。

六、骆宾基

骆宾基（1917—1994），原名张璞君，吉林珲春人，出生于一没落的茶商家庭。他的文学创作，较上述东北籍作家略迟，成名长篇《边陲线上》作于 1936 年，写一支由苦工、学生、商人、“胡子”混合组成的救国军，在民族抗战中的种种矛盾，作品反映了全面抗战初期东北地区的一些抗日武装鱼龙混杂的情形。抗战时期，骆宾基的作品，致力于描绘大后方各色人等在大时代中的心路历程。代表作《北望园的春天》，记叙了租居在桂林北望园的一帮相邻男女的各样人生，有政客朋友杨村农“妻管严”式的家庭生活，有美术学院教师穷愁潦倒的生活，还有房主太太林美娜消磨于家务的无忧与无聊，等等，作品以此表达了对无意义人生的哀怜。作家还写有《罪证》、《吴非有》、《贺大杰的豪宅》、《一个奉公守法的人》、《乡亲——康天刚》等作品，记叙人物由失落而坠入平庸的人生悲剧，讽刺社会和命运的不公。

第八节 萧红的小说

萧红（1911—1942），原名张乃莹，黑龙江呼兰县人，东北作家群著名女作家。最初以笔名“悄吟”从事创作，曾与萧军出版小说合集《跋涉》。1935年，第一次用“萧红”，将《生死场》交由鲁迅作序，编入“奴隶丛书”出版，由此成名。20世纪40年代，萧红另有重要代表作《呼兰河传》问世。1942年，作家不幸病逝于香港。

萧红的小说，多以农村生活为题，尤其是书写下层民众动物般的生存现实。短篇小说《王阿嫂的死》，写一对雇农夫妇的生死悲剧，先是丈夫给地主赶车时不慎将马腿折断，由此竟被地主活活烧死；继而，妻子也不堪地主的百般刁难折磨，最后难产而死。小说以悲剧的形式，揭示出旧时农村人的生命还不如动物的生存境况。小说收入《跋涉》集，并与集子里的其他作品一起构成萧红对于底层人民卑微生存的现实关注。

一、《生死场》

代表作《生死场》，作于1934年，写了一群愚夫愚妇动植物般的历史生存。作品真实描写了沦陷前后东北农村的生活，不论男人、女人，大人、小孩，一律和动植物一样，在自然季节的轮回里演绎着“生”和“死”，生活似乎从未改变过。直到日本人来了，他们的生命受到严重威胁时，才仿佛意识到自己的生存，并奋起抗争。可是，人们不论是十年前靠租借地主土地勉强过活，还是十年后不堪日伪的“王道”统治，面临的命运一律是“生”的艰难和“死”的平常。作品讲述了二里半、王婆、金枝等人家的生死故事，呈现出东北乡民们的原始生活形态。鲁迅在为《生死场》作的序言中，称赞萧红的创作：“这自然还不过是略图，叙事和写景，胜于人物的描写，然而北方人民的对于生的坚强，对于死的挣扎，却往往已经力透纸背；女性作者的细致的观察和越轨的笔致，又增加了不少明丽和新鲜。”① 鲁迅的评语，形神兼备地点出萧红创作的艺术特点。

二、《呼兰河传》

全面抗战爆发后，萧红辗转重庆、香港等地，作有长篇《马伯乐》，讽刺民族战争背景中，只顾个人安危、不顾民族大义的洋奴之辈。

长篇《呼兰河传》，作于1940年，是萧红的后期代表作。作品通过对自己故乡的回忆，以朴素率直、凄婉细腻的笔调，真实而感人地再现了她童年时代东北农村黑暗、落后、愚昧的社

① 鲁迅：《萧红作〈生死场〉序》，见《鲁迅全集》，第6卷，408页。

会生活。譬如各类“精神上的盛举”——跳大神、放河灯、唱野台子戏，既给单调贫乏的生活带来乐趣，也有对于日常人性的束缚和戕害。作品表达了作家对家乡人民生活境遇的深切同情。作品带有浓厚的乡土气息，茅盾先生在序言中称“它是一篇叙事诗，一幅多彩的风景画，一串凄婉的歌谣”。《呼兰河传》的完成，标志着萧红文学创作已进入成熟时期。

萧红作为东北作家群的代表作家，在20世纪三四十年代的小说创作，不像同期的左翼作家那样追求题材的重大性，而是基于日常的人生体验，传达苦难人们的生存感受。同时，萧红作为女性作家，其作品在关怀人物的生命时，融入了女性的生存体验。这使得萧红的创作有别于其他作家，而创作出一种独特的抒情文体形式。

对于自己的小说创作，萧红曾有这样的表述：“有一种小说学，小说有一定的写法，一定要具备某几种东西，一定要学得像巴尔扎克或契诃夫的作品那样。我不相信这一套，有各式各样的作者，有各式各样的小说。”① 萧红对于小说创作的独特追求和成就，使萧红成为继丁玲之后现代汉语文学史上最富成就的女作家之一。

【本章学习参考】

一、阅读书目

蒋光慈：《短裤党》、《丽莎的哀怨》

柔石：《二月》、《为奴隶的母亲》

张天翼：《包氏父子》、《华威先生》

沙汀：《在其香居茶馆里》、《淘金记》

艾芜：《南行记》

丁玲：《莎菲女士的日记》、《太阳照在桑干河上》

叶紫：《丰收》

吴组缃：《菉竹山房》、《一千八百担》

萧军：《八月的乡村》

舒群：《没有祖国的孩子》

白朗：《生与死》

端木蕻良：《鴜鹭湖的忧郁》、《科尔沁旗草原》

骆宾基：《北望园的春天》

萧红：《生死场》、《呼兰河传》

二、相关文献

1. 茅盾．女作家丁玲//袁良骏，编．丁玲研究资料．天津：天津人民出版社，1982.
2. 李健吾．咀华二集．上海：复旦大学出版社，2005.
3. 黄曼君．论沙汀的现实主义创作．武汉：长江文艺出版社，1982.
4. 吴福辉．带着枷锁的笑．杭州：浙江文艺出版社，1991.
5. 王晓明．沙汀艾芜的小说世界．上海：上海文艺出版社，1987.
6. 蓝棣之．现代文学经典：症候式分析．北京：人民文学出版社，1998.
7. 秦林芳．萧红创作的文体特色．江海学刊，1992（2）．

---

① 聂绀弩：《萧红选集·序》，2～3页，北京，人民文学出版社，1981。

8. 钱理群．新小说的诞生//王晓明，主编．二十世纪中国文学史论．上海：东方出版中心，1997.

9. 孟悦，戴锦华．浮出历史的地表．北京：中国人民大学出版社，2004.

10. 王富仁．三十年代左翼文学・东北作家群・端木蕻良．文艺争鸣，2003（1）、（2）、（3）、（4）．

三、复习思考

1. 名词解释：

“革命的浪漫谛克” 革命加恋爱 “左联”新人作家 东北作家群

2. 从都市文化与文学的关系，分析前期左翼作家“革命的浪漫谛克”的创作倾向。

3. 分析蒋光慈“革命加恋爱”创作现象的文学史意义。

4. 分析“左联”新人作家对于左翼现实主义小说创作的意义。

5. 比较张天翼与沙汀小说的讽刺艺术之异同。

6. 从地域文化角度，分析沙汀小说的文学史意义。

7. 分析“东北作家群”文学创作中的民族意识及其文学史意义。

第十八章
沈从文

沈从文是20世纪30年代杰出的文学家。他的创作追求艺术的健康与纯正，多以乡下人的眼光审视都市文明，并在乡村与都市的对照中建构自己的审美天地，其作品深具文化内蕴和乡野的平和朴拙之美，弥漫着对封建文明和现代文明的双重焦虑。在作品中，作者进行了多种文体的试验。

本章主要评述沈从文的生平与创作、《边城》与《长河》、短篇小说等。

第一节 生平与创作

沈从文（1902—1988），原名沈岳焕，笔名甲辰、璇若、懋琳、上官碧等，湖南凤凰县人。凤凰地处湘西沅水流域，是湘、川、黔等省交界，土家、苗、侗等少数民族聚居区。由于偏远与落后，这里历来被称为“中国的盲肠”。沈从文出身行伍世家，身上流淌着多民族的血液。湘西秀丽的自然风光，开启了他独特的审美心智，培育了他丰富的艺术想象；少数民族饱受凌辱的历史，在他幼小的心灵留下沉痛的隐忧；化外之境淳朴的民风民性，滋养了他非同凡响的审美理想。他6岁入私塾，小学毕业后入伍，延续沈家的“将军梦”，开始了他早年的浪漫传奇。此后的5年有余，他随军辗转于湘川黔边境，往来于沅水流域，游走于生死之间。他当过卫兵、班长、司书、书记等，亲身体验了军阀混战的凶残野蛮，目睹了湘兵的威武勇猛，感受到了嗜杀者的暴戾与血腥。多年以后，沈从文还无法忘怀那一幕幕杀人的场景。在沅州东乡清乡时，“杀了那地方人将近一千。怀化小镇上也杀了近七百人”[①]。早年的人生经历，为他日后的文学创作提供了最初的感性材料，确立了永久的对象和情境，促成他对爱、人性与神性持久而深情的凝眸，对艺术之真、善、美品格的渴求。青年沈从文在母亲的身上感染了敢于决断的勇气。1922年受“五四”余波的影响，他只身离开湘西去北京求学，升学未成便开始尝试写作。其间，在那个现代都

① 沈从文：《从文自传·清乡所见》，见《沈从文文集》，第9卷，159页，广州，花城出版社，香港，香港三联书店，1984。

市里，他饱尝了生存的艰辛与人世的炎凉。1924年至1927年，他在《晨报》副刊、《语丝》、《现代评论》、《小说月报》上发表了自己最初的作品。1928年在上海与胡也频、丁玲合编文艺刊物《红黑》与《人间》。1930年起，在武汉大学、青岛大学任教。1933年返回北京，先后编辑北平和天津《大公报·文艺副刊》，并主持《大公报》文艺奖，凝聚和提携了一批作家，扩大了京派的影响。抗日战争全面爆发后任西南联大教授，抗战胜利后为北京大学教授。新中国成立后曾在历史博物馆为展品写标签，后从事文物研究，著有《中国古代服饰研究》等著作。

沈从文创作宏富，有多产作家之称。他一生留下短篇小说150篇以上，中长篇小说10部左右，还有为数不少的散文随笔，出版了近60个作品集。这之中的大多数出自30年代，这一时期作为小说家的沈从文创作欲望最为强烈，创作成果最为丰盛。1934年创作的中篇小说《边城》，1938年创作的长篇小说《长河》（第一卷）及这期间创作的散文集《湘行散记》、《湘西》和其他一些优秀短篇小说，标志着沈从文创作的成熟。他以其丰硕的创作成果，为京派小说的发展作出了重要贡献，同时又越出这一流派而成为具有世界意义的作家。

一、沈从文的“乡下人”思考

先乡村后都市的人生道路，“乡下人”的身份认同与角色认知，使沈从文倾心于“于历史似乎毫无关系”① 而颇具自然特征的人性之“常”的表现，而与注目于社会历史之“变”，关注当下之“流”的左翼文坛和海派文学有别，构筑起自己独具个性的艺术世界。

表现人性的“常”与“变”，是沈从文创作的总主题。这一主题又是在对湘西世界的总体叙述中展开的。沈从文认为“一个伟大作品，总是表现人性最真切的欲望”②，并称自己的创作的神庙里“供奉的是‘人性’”③。同时，他又一再宣称“我实在是一个乡下人”④，有着根深蒂固的乡巴佬的性情，有着与城市中人截然不同的爱憎和哀乐。尽管经历过“五四”启蒙，已成为都市现代知识者的沈从文，再不可能是本然意义上的“乡下人”了，但他这一自觉的角色认知，却使他拥有了不同于纯正的都市知识分子的审美视野、伦理取向和价值判断，拥有了城市文明和乡村生活二元对立的目光，并使他更加依恋于对“乡下人”生活的体认和再现，从而既使湘西社会成为他人性之“常”的载体，又使他成为湘西社会自觉的叙述者和歌颂者。城市则在与其无形的对照中，呈现出人性之“变”以后的“病态”与丑陋。

二、沈从文的审美把握

沈从文的这种审美选择外化在两类创作题材当中。一是通过乡土抒情、重叙民间传奇和历

① 沈从文：《湘行散记·一九三四年一月十八日》，见《沈从文文集》，第9卷，254页。
② 沈从文：《创作杂谈·给志在写作者》，见《沈从文文集》，第12卷，110页。
③ 沈从文：《〈从文小说习作选〉代序》，见《沈从文文集》，第11卷，42页。
④ 参见沈从文：《〈从文小说习作选〉代序》，见《沈从文文集》，第11卷，43页。

史传说，来叙写乡村与“抹布阶级”；二是以都市讽刺去演绎城市与知识阶级。后一类题材集中展现了都市这一病态世界。这类题材大体上又可分为两类：一是讥刺都市上流社会的虚伪和道德的沦丧；二是嘲讽都市知识分子的精神病态（性变态）。前者可以《绅士的太太》、《都市一妇人》、《大小阮》、《某夫妇》等作品为代表，后者以《八骏图》、《有学问的人》等最为有名。《绅士的太太》开头写的“我不是写几个可以用你们的石头打他的妇人，我是为你们高等人造一面镜子”，可视为这类题材的一个总的题旨。在这类作品中，沈从文从一个“乡下人”的眼光出发，以自然人性的道德尺度，鞭挞了“现代文明”雍容华美外衣下的道德堕落、情感虚妄与人性扭曲，寄寓了人性救赎、重建生命价值的渴望。

这种渴望在由乡村和“抹布阶级”所建构的湘西世界中，从三个层面得到了正面的表现。

第一，在现代文明史前的历史中寻绎理想的人生形式，歌颂人性的极致——“神性”。途径是对佛经故事和民间传说的再度演绎。《月下小景》、《龙朱》、《神巫之爱》和《媚金·豹子·与那羊》就是这样的作品。“神性”在沈从文的美学观念中，就是“爱”与“美”的结合，是一个带有泛神论色彩的美学命题；在他的作品中成为人性的最高表现，洋溢着浪漫、野性与雄强的原始生命力。

第二，在原始与现代的冲突中，以忆往纪实的方式，凸显“现实人性”的尴尬、困境，悲剧与喜剧。《柏子》、《会明》、《灯》、《丈夫》等小说，表现了湘西儿女在原始文化环境下培育起来的纯洁质朴的自然人性，与随之相伴而来的自身理性的愚昧，以及在半殖民地半封建文化冲击下，无从把握自己的人生命运所导致的精神悲剧。作品看似不动声色，有些还有几分喜剧色彩，实际上隐伏着作者的悲痛。

第三，在“现实”与“梦”的混合中，以乡土抒情的形式，再造“未来人性”的理想图式。《边城》和《长河》中展现的就是寄托了沈从文的社会、伦理和审美理想的完美的人生形式，是健全的人性之歌和乌托邦神话。不过，其中仍然夹杂着些许失落的惆怅和淡淡的挽歌情调。

三、沈从文创作的意义

沈从文的创作具有特殊的意义。在中国现代文学史上，他创构了主要从伦理道德角度而非政治经济的角度，去表现人性之“常”的独立自足的艺术系统，于过去、现在和未来，城市和乡村的时空交汇处，在健全人性与病态人生的参照中，探寻和讴歌着美好的人生、合理的存在。他的创作承续了“五四”时期“人的文学”的观念和“改造国民性”的传统，虽处于时代主流边缘，却富有充分的现代品格，是中国文学现代化合奏中一支独特的音响。他在探索理想的人生形式时，贯注了关于改造人的思想和重造民族品德的愿望，触及了20世纪中国文学改造国民性的主题，体现了现代意义的人性立场和文化精神。他开辟了一个崭新的文学世界，他之于湘西，犹如老舍之于北京，李劼人之于成都。他力图以“乡下人”本真和原初的眼光和“一个地方风景的记录人”身份，表现一个自在自足的湘西社会，提供了一个不可多得的乡土地域文化的范本，“帮助我们懂得，地区特征是中国历史中的一股社会力量”①。

---

① ［美］金介甫：《沈从文传》，4页，北京，时事出版社，1990。

沈从文是具有乡土文化背景，并在外国文学滋养下成长起来的作家，屠格涅夫、契诃夫都曾给予他灵感和启迪，他的创作在艺术上有着较高的成就。现实与梦境相混合的创作方法，主体情绪的投入，叙事抒情性的追求，审美意境的营构，情节的淡化和散文化笔法的运用，风景画风俗画的描摹，人类生存处境的象征性处理，意象的精心择取，以及温柔淡远的牧歌情调，构成沈从文艺术的总体特色。丰富多样的结构体式，使沈从文有了“文体作家”的美誉；古朴简约的语言风格和“文字组织的美丽”，又使他成为“文字的魔术师”。他在小说文体上的贡献，一般概括为诗化小说或抒情小说。

第二节 《边城》与《长河》

《边城》、《长河》正面表现了沈从文的人生理想，集中体现了他的艺术成就。

一、《边城》：人性是神庙

《边城》是沈从文最负盛名的代表作，原载1934年《国闻周报》第11卷，1934年10月由上海生活书店出版单行本。《边城》是一座人性的神庙，一个颇具人类学和民俗学价值的文学标本，一首优美动人的抒情诗。沈从文在这篇小说里，要表现“一种‘人生的形式’，一种‘优美，健康，自然而又不悖乎人性的人生形式’……为人类‘爱’字作一度恰如其分的说明”①。

（一）故事：虚构的美丽

小说讲述了一个浪漫传奇的爱情故事。故事发生在湘川黔三省交界的边城茶峒，时间似乎凝固在历史的某一时刻。主人公是白塔下两个相依为命的摆渡人。外公年逾古稀，却精神矍铄；翠翠情窦初开，又善良清纯。他们在古朴绚丽的风俗画卷中，与绿水相依，黄狗为伴，摆着渡船，向来往船客展示着边城乡民的古道热肠。故事缘起于端午节赛龙舟盛会上翠翠与外公的一次偶然走散。夜色降临，翠翠一人徘徊在河边，幸得当地船总的儿子、有“岳云”美称的少年傩送相助，才顺利地返回渡口。从此，翠翠平添了一件不能明言也无法明言的心事。傩送也钟情于这个少女。故事的复杂处在于，傩送的哥哥天保同时爱上了翠翠，并真诚地派人说媒。而傩送本人又被王团总看上，王情愿以碾坊为女儿陪嫁也要与船总结亲。可傩送偏偏不要碾坊要渡船，他与哥哥天保相约为翠翠唱歌，让命运来

① 沈从文：《〈从文小说习作选〉代序》，见《沈从文文集》，第11卷，45页。

选择。天保自知唱歌不如弟弟，也为了成全弟弟，遂外出闯滩，谁知遇难。傩送因哥哥之死悲痛不已，也无心留恋儿女之情，驾舟出走。疼爱着翠翠并为她的未来担忧的外公，终于无法应对这一系列的变故，在一个风雨交加之夜，伴随白塔的倒塌溘然长逝，留下孤独的翠翠独守渡船，痴情地等待着那个用歌声把她的灵魂载浮起来的美少年。可是，“这个人也许永远不回来了，也许明天回来”！

（二）主题：多重变奏

《边城》是一部“复调”小说，在显文本和隐文本之间充满着“对话”的张力，衍生着丰富深邃的意蕴。因而在其发表之初就有各种各样的解读。有人认为它是“一部人性皆善的杰作”；有人称它表现的思想“是生活于现实社会中而神往于过去的一部分人的生活意识的艺术的反映”，“与现实的状况和要求不合适”，伤害了它之于社会的艺术价值。① 以后的近70年来，随着社会历史的变迁，它多种多样的声音被不断地开掘出来。朱光潜就从中听出了“少数民族的心声”、“一代知识分子的心声”②。这些都有助于我们对《边城》的理解。

在显文本的层面，《边城》重点表现了乡村世界中的人性美和人情美。作者把自我饱满的情绪投注到湘西小镇茶峒子民身上，在中国政治经济文化的边缘地带，唱响了一曲人性和神性的颂歌。翠翠的形象就是作为“爱”与“美”的化身来塑造的，她是人性美与人情美的主要载体，是沈从文理想的人物。在青山绿水中长大，大自然在赋予她清明的眸子、姣好的外貌时，也养育了她清澈纯净的性格，简单质朴的自然人性。她天真善良，温柔恬静，有“泛爱”的一面，她爱外公、爱渡船，爱往还不断的船客，爱那山、那水、那狗，爱篁竹逼人的翠色，爱肥大的虎耳草和缥缈的歌声，爱生活中的一切事物；可她又是如此的“专情”，在情窦初开偶遇爱情以后，便矢志不渝，执着地追求和痴情地等待，而不管结果如何，其人性的光华，在此显得分外娇艳灿烂。结尾处所状白塔下绿水旁翠翠伫立远望的身影，具有灼灼动人的人格力量。作品中其他人物也散发着人性美和人情美的光辉。如老船工的古朴厚道，天保的豁达大度，傩送的笃情专情，顺顺的豪爽慷慨，杨马兵的热诚质朴，作为美好道德品性的象征，都从某一方面展现了理想人生形式的内涵。作为故事展开的背景，淳厚的茶峒民性，古朴的边地民风也显现着人性、人情的温馨。这里的人们无不轻利重义、守信自约；酒家屠户，来往渡客，人人均有君子之风；“即便是娼妓，也常常较之讲道德知羞耻的城市中绅士还更可信任”。总之，这里的“一切莫不极有秩序，人民也莫不安分乐生”，俨然一派桃源仙境。就连作者笔下着力描绘的湘西山水风俗，均富有灵性，并折射着人性的光泽，与故事中的人事相互印照，成就了一个天人合一的至境。作品以诗情浓郁的语言，灵气飘逸的画面，传奇浪漫的故事，铺衍了一个极度净化、理想化的世界，一种美好、健全的人生方式。

在隐文本的层次，《边城》又无疑是人性美、人情美的挽歌，是“失乐园”母题的再现。③ 阅读《边城》的时候，始终有几丝不和谐的音响在耳边游动，拆解着显文本所彰显的主题，而这常常被读者所忽略。沈从文自己就曾埋怨读者：“你们能欣赏我故事的清新，照例那作品背

---

① 参见汪馥泉、王集丛：《一年来的中国小说——沈从文的〈边城〉》，载《读书顾问》，第1卷第4期，1935。转引自凌宇：《从边城走向世界》，235页，北京，三联书店，1985。

② 朱光潜：《从沈从文先生的人格看他的文艺风格》，载《花城》，1980（5）。

③ 参见王德威：《小说中国》，257页，台北，麦田出版股份有限公司，1993。

后蕴藏的热情却忽略了；你们能欣赏我文字的朴实，照例那作品背后隐伏的悲痛也忽略了。”他把这比喻为“买椟还珠”①。“边城”自然是一个“桃源世界”，但这个世外桃源并非没有缺口。这个缺口是由诸多因素堆积而成的。首先是翠翠母亲那段美丽得令人伤心的恋情悲剧，像一道挥之不去的阴影，笼罩着作品中人物的命运，它似在暗示着一种生命的轮回，提示着一种无法把握的命运的力量。它在无形中穿越小说的背景，延伸到主人公翠翠的身上，由此撕开了隐藏于边城人生和谐美好的另一面，使整部小说弥漫着一种无奈的命运感，晃动着古希腊命运悲剧的影子。其次，翠翠、大老、二老的爱情故事，虽然是善与善之间的冲突，其结局却是悲剧性的，它印证着那个无法左右的天意的魔力。小说结尾，翠翠对爱情理想的坚守，与命运的不可把握之间构成了深刻的悲剧性。再次，爱的向往与亲情的依恋，使作品氤氲着几分悖论式的伤感。小说的最后，作为小城标志和湘西世界的象征性符码的白塔，于祖父离世时也一道悄然坍圮，这其实预示着一个诗意神话的未来结局。

二、《长河》：被搅醒的梦

尽管如此，《边城》的重心仍在表现人性之“常”，“变”只是作为淡淡的潜在的因素存在。到抗战时期创作的《长河》(第一卷)，“变”才似乎不可阻止。这时沈从文已明确意识到：中国农村是崩溃了，毁灭了，为长期的混战，为土匪骚扰，为新的物质所侵入，可赞美的或可憎恶的，皆在渐渐失去了原来的型范。因此，沈从文在倾心营构理想的形式时，已无法排除现代文明对湘西世界的喧扰与威胁：“‘现代’二字已到了湘西”。湘西在变化中已见出人性的颓势：“最明显的事，即是农村社会所保有的那点正直素朴的人情美，几乎快要消失无余，代替而来的却是近二十年实际社会培养成功的一种唯实唯利庸俗人生观。”② 这样，在《长河》这部未完成的长篇小说中，牧歌的优美与隽永的旋律中，已交织了浓重与忧郁的不和谐音。于是有史家说：“《边城》是散文诗的画卷，《长河》具有这些，但不止这些，还可以听到时代的锣鼓，鉴察人性的洞府，生存的喜悦，毁灭的哀愁，从而映现历史的命运。”③

然而，面对冷酷的现实，沈从文找寻理想人生形式、重造民族品德的热情并没有消减。《长河》在动态的现实中展现了乡野素朴的人生形式。它描写沅水辰河流域一个盛产橘柚的乡镇，乡风淳朴，生活如一潭静水。最初搅动这潭静水的是传闻中的“新生活运动”，天真单纯的人们把它与兵荒马乱相联系，闹出不少笑话。风波过去，真正威胁橘乡宁静的是地方势力。驻镇的保安队长强买强卖，为非作歹，并对最美最妖的夭夭动了邪念。悲剧刚露端倪，小说也就结束，作者后来也没有续写，这其实暗示了沈从文的审美旨趣，他表现的重心所在，依然是理想的人生形式。夭夭对那位宗法制宁静乡村的代表——老水手说的一句话颇有寓意：“天下归你管，一定公平得多。”这样，较之《边城》，《长河》只是在更为广阔的历史情景中，以现实社会之“变”，映衬古朴幽静的乡野生命形式之“常”，讴歌含蕴自然人性而行将失落的美丽的梦。老水手的质朴、愚憨，三黑子的雄强、硬朗，夭夭的活泼、乐观，滕长顺的公正、豪爽，

① 《沈从文选集》，第5卷，230页。

② 沈从文：《〈长河〉题记》，见《沈从文文集》，第7卷，6页。

③ 司马长风：《中国新文学史》，79页，香港，昭明出版社有限公司，1978。

其实都是《边城》人性面对生活剧变时的别样表现。虽然此时“当地农民性格灵魂被时代大力压扁曲屈”，渐次失去“原有的素朴所表现的式样”[①]，但依然保有令人神往的人性之光，依然可见《边城》神话的韵致。即如《边城》之所以对人性美和人情美作理想化的表现，其意在于从道德视角出发，为湘西民族和整个中华民族的文化精神注入美德和新的活力，并观照民族品德重造的未来走向一样，《长河》也期待着将这种理想化的生命形式“保留些本质在青年人的血里或梦里”，于是把未来的希望寄托在几个小儿女性情的天真纯粹上，希冀借此重新燃起青年人的自尊心和自信力，去重造我们民族的品德，以与那个物欲横流、道德沦丧的“衣冠社会”相对抗。

第三节 短篇小说

短篇小说在沈从文的创作中占有很大分量。从1926年开始，他出版了《蜜橘》、《石子船》、《龙朱》、《虎雏》、《都市一妇人》、《月下小景》、《游园集》、《如蕤集》、《八骏图》、《绅士的太太》等近30个短篇小说集。沈从文的短篇小说，仍然是围绕湘西和都市进行叙事；关注的重心依然是人性的“常”与“变”；审美旨趣还是落在观照和重造民族品德上；文体大致不离历史传奇、过往纪实和都市漫画。[②]

一、历史传奇

历史传奇洋溢着“神性”的狂欢，充满了浪漫色彩。它由两种类型的作品构成：一类根据边地少数民族的民间传说和生活习俗点染而成，如《龙朱》、《神巫之爱》、《媚金·豹子·与那羊》等；一类以佛经的故事铺衍成篇，如《月下小景》集里的诸多篇章。这些作品的人物与故事全属虚构与想象，却巧妙地传达了作者追求“美”、“爱”、“神”三位一体的生命哲学，张扬了化外民族的原始生命强力，讴歌了浪漫、神性的生命形态。《媚金·豹子·与那羊》写爱的英雄豹子与“顶美的女人”媚金约会，却因寻找辟邪的白羊产生误会，俩人先后拔刀自尽，为“爱”与“美”双双殉葬。《月下小景》的男女主人公，在情不自禁中品尝禁果，而与女人只同第一个男人恋爱却和第二个男人结婚的习俗相违背，为了灵魂终生相守，两人服毒而死。《龙朱》表现了湘西“死去了百年的另一时代”的“光荣”，是“单纯质朴的氏族制度”遗风的写照。它叙说了白耳族王子与黄牛寨公主凄婉迷人的爱情故事。龙朱是美与高贵品格的化身：“美丽强壮像狮子，温和谦顺如小羊”，他热情、勇敢、诚实。尽管他的爱以悲剧结局，却美丽

① 沈从文：《〈长河〉题记》，见《沈从文文集》，第7卷，6页。
② 参见凌宇：《从边城走向世界》，北京，三联书店，1985。

而刚烈。这些小说，是沈从文写得最美最扣人心弦的文字，但它们大多以悲剧而告终，因而美丽得忧伤。

二、过往纪实

与历史传奇相比，过往纪实就更多了几分苦涩与悲凉。它们敞开了《边城》的“桃源世界”中不幸被命运撕开的那个缺口。从这个缺口可以更深入地窥知沈从文创作的深邃底蕴。这组小说以《柏子》、《丈夫》、《灯》、《会明》、《萧萧》等为代表，展示了湘西儿女原始的生命形态和人生方式，在“地方的好习惯是消灭了，民族的热情是下降了”① 的现实环境中的尴尬、人生的悲喜剧和精神的痛楚。《柏子》中蛮强的水手柏子，与妓女粗野的性爱之中夹杂的真情下面，隐藏的是理性缺失和生命自在状态所致的悲哀。柏子每月的生命历险与含辛茹苦，就是为了与相好的妓女一夜风流，他人生的愿望简单而蒙昧，生命就像一支颠簸在辰河涌流与暗礁中的小船，在无所顾忌的前行中随时都可能覆没，而自己却懵然无知。同样的情形还有《萧萧》中的弱女子，她始终处于被动的人生状态。作为童养媳，她任人摆布，无丝毫自由可言。她在爱上一个青年，并失身怀孕后，面临的将是沉潭和发卖的命运。只因最后生了儿子这一偶然的因素，才幸免于难。而生命还在继续轮回，小说的结尾，萧萧的大儿子又在迎娶年长六岁的媳妇。又一个童养媳在萧萧刚刚离开悲剧的地方，开始了悲剧的历程。《丈夫》里的那个丈夫，应该较柏子和萧萧更为痛苦，他从老家来探望在河船中为娼的妻子时，已有些人性的醒悟与男性尊严受挫的不悦，尝到了地位低下和丧失做丈夫权利的痛楚。也许作者想赞美边地农民隐忍的态度和坚韧的生活能力，但他还是触及了穷困乡民忍受屈辱出让女人肉体的残酷现实。沈从文这些小说的意义或许在于，他在表现古老的湘西社会的人性之“常”的同时，又揭示了人性之“变”的内在根据。这些揭示的高明之处是不动声色，他的叙述是如此的平静从容，几乎使人难以觉察从其心底溢于笔端的深长叹息。这似乎依循着作者的一条艺术规则：“神圣伟大的悲哀不一定有一摊血一把眼泪，一个聪明的作家写人类痛苦或许是用微笑表现的。”②

三、都市漫画

人性之“变”，在都市题材的短篇中，表现得淋漓尽致。沈从文习惯于田园牧歌的笔触在这里露出了锋利的尖刺。《绅士的太太》、《都市一妇人》、《八骏图》、《大小阮》、《有学问的人》、《某夫妇》等小说，或者讽刺上流社会的感情虚伪、性格自私、道德堕落、人性异化，或者嘲讽智识者在现代文明中生命力萎缩后的种种精神病态，为高等人和城市文明造了一面镜子。《绅士的太太》以冷峻的笔尖，穿透两个绅士家庭文明的外衣，从底里揭示出绅士淑女们的各种丑行。绅士在外偷情，太太出于报复与另一绅士家的少爷通奸，而那位少爷在与父亲的三姨太乱伦的同时，又宣布与另一名媛订婚。人在这里沦为追逐欲望满足的低等动物，反映了

① 沈从文：《媚金·豹子·与那羊》，见《沈从文文集》，第2卷，395、396页。
② 沈从文：《废邮存底·给一个写诗的》，见《沈从文文集》，第11卷，303页。

上流家庭精神空虚、道德卑下的社会现实。《都市一妇人》讲述了一个令人战栗的故事：一个历经情感坎坷的贵妇，为了不再为所爱的男人抛弃，竟残忍地将自己的丈夫，那位比自己小十岁的英俊军官的眼睛毒瞎。作者虽然对贵妇的情感伤害与生活处境抱有同情，但对其自私阴暗的心理予以了批判。贵妇的行为已有变态的因素，但真正绘示都市智识者由性变态导致精神病态的是《八骏图》，它写八位教授受现代文明的压抑，生命活力委顿、退化，性意识已严重扭曲；表面上道貌岸然，骨子里龌龊不堪。儿女成行的教授，在蚊帐里悬挂半裸体美女的香烟广告画；宣布不愿结婚的教授，侈谈信奉"精神恋爱"的同时如何拜倒在上海交际花的石榴裙下；主人公达士先生正在热恋当中，曾对爱情信誓旦旦，竟因另一对美丽脚印的诱惑而推迟了行期。这些被称为"千里马"的学者名流，实则是几匹患了"都市病"、"知识病"、"文明病"的劣马。沈从文在这篇小说中所触及的都市"阉寺性"问题，是他对中国文化批判最着力的一鞭：自以为深得现代文明真谛的高等智识者，却因种种"文明"绳索无形的捆绑，心灵的欲望被抑制和阻塞以至于变态，导致人格分裂，人性残缺，生命形态畸变。他们"营养不良，睡眠不足，生殖力不足"，近于被阉过的寺宦，比之湘西人自然、和谐、健康的原始生命形态，无疑是一种文化和生命的倒退。这些小说从反面寄托着沈从文对高远人性理想的憧憬与呼唤。

【本章学习参考】

一、阅读书目

《边城》、《长河》、《八骏图》、《月下小景》

二、相关文献

1. ［美］金介甫．沈从文传．北京：时事出版社，1990.
2. 凌宇．从边城走向世界．北京：三联书店，1985.

三、复习思考

1. 沈从文小说的总主题是什么？
2. 为什么说《边城》是一部"复调"小说？
3. 简述沈从文短篇小说的创作特点。

第十九章
京派小说

20世纪30年代，文学流派林立，诗歌有现代派与革命诗的对立，散文有画梦与杂感的交响，小说有京派与海派的对峙。京派在大气古都向往诗意超脱乡村闲情，人地相谐；海派在暴发新城追逐声光化电动感速度，物我相冲。京派取一种远瞰的姿态，留下诗一样画一样的小说，把小说整得淡淡的，远远的，确是老京城的韵味。本章主要评述京派概况及京派小说作家及其创作等。

第一节 京　派

一、京派概貌

“京派”，在文学史上特指20世纪30年代活跃于北平、天津等北方城市的一部分作家群体，代表人物有周作人、杨振声、俞平伯、梁实秋、废名、沈从文、凌叔华、林徽因、朱光潜、李健吾、萧乾、芦焚、何其芳、李广田、卞之琳等。他们因不满当时上海的一部分作家的创作风气，挑起所谓“京派”、“海派”之争而得名。

“京派”并不是一个固定的文学社团或流派，没有任何结社和宣言，其作家来源也很复杂，不少是20年代的文学研究会、语丝社成员，如周作人、俞平伯、废名等，还有一部分原与新月派关系密切，如梁实秋、沈从文、凌叔华、孙大雨等。早在20年代就已成名的他们，在30年代并没有跟随社会时潮，迁往南方的文化中心上海，而是继续留在北平、天津等地，多数执教于北大、清华、燕京大学等高校，并与这些高校的部分师生，如朱光潜、李健吾、李长之、何其芳、李广田、卞之琳、萧乾等，逐渐形成一个沙龙性的文学组织。值得一提的是林徽因家的文学沙龙聚会，以及朱光潜、梁宗岱等主持的读诗会，聚集了上述北平文学界的大多数重要作家，逐渐形成“京派”的作家群落。他们直接经手或创办了不少刊物，特别是1933年沈从文主编天津《大公报·文艺副刊》，周出两期，成为京派作家的重要刊物，常被视为京派作家群确立的一个标志。此外还有周作人、废名、冯至等主编的《骆驼草》，卞之琳、沈从文、李健吾等编的《水星》，朱光潜等编的《文学杂志》，等等。这些刊物为京派作家们提供了创作和发表的园地。于是，他们便以高校为依托，以刊物为阵地，在 30 年代的北平一带，逐渐形成一个旨趣相投的京派作家群。

20 世纪 40 年代，随抗战的风云变迁，京派作家们只好分赴祖国各地，京派作家群也烟消云散。然而其文学余脉，依然在西南联大作家群，以及新时期的汪曾祺等作家身上，得以延伸。

二、京派的创作

京派作家的创作丰富多彩，小说、散文、诗歌、话剧，均有建树。

其中，小说方面的创作成就最为突出。除了杨振声、废名等早期成名作家外，本期出现了重要的京派作家沈从文，以及青年作家萧乾、芦焚等。

诗歌创作方面，有被称为“汉园三诗人”的卞之琳、何其芳、李广田[①]，以及后起的林庚。

散文创作方面，有废名、何其芳、李广田，沈从文、芦焚和后起之秀吴伯箫等作家。

戏剧创作方面，主要有李健吾、林徽因等。

文艺理论方面，主要有著名美学家朱光潜、梁宗岱，著名评论家李健吾（刘西渭）等。

三、京派的主张

京派作家并没有明确发表什么宣言和主张，不过，发生在 20 世纪 30 年代的那场“京派”、“海派”之争，大致显示出京派作家远离海派的那种政治、商业渗透的一种纯文学趣味。在这场论争中，沈从文首先向海派发难，指责海派作家中存在的“装模作样的名士才情”、“不正当的商业竞卖”等有害于新文学“健康”发展的不良习气。[②] 沈从文的指责，立即引起海派作家苏汶等人的反驳，还引起了左翼作家阵营的关注，如鲁迅、曹聚仁、胡风、姚雪垠等，也参与了论争。虽然这场论争事实上背离了沈从文的本意，但从中体现出京派与海派、左翼作家在文学与文化观念上的差异。

在京派作家看来，文学应该是远离政治与商业操作，有着独立尊严的一种事业。很多京派作家和理论家，对此都表达出各自不同的艺术主张。被视为京派文学理论前驱的周作人，继“五四”时期“人”的文学之后，以“人性”、“宽容”为旗帜，逐渐标出一条远离政治的独立文学道路，认为“艺术是独立的，却又原来是人性的”，“文艺以自己表现为主体”，“宽容是文艺发达的必要条件”，等等。[③] 进而在 1932 年出版的《中国新文学的源流》中，周作人又为其文学观找到明末公安、竟陵文学等历史渊源。与周作人相辅相成，朱光

① “汉园三诗人”因三位诗人的诗歌合集《汉园集》而得名，他们当时在北大“汉园”读书，故命名。《汉园集》内收何其芳《燕泥集》、卞之琳《数行集》、李广田《行云集》，1936 年由商务印书馆出版。

② 参见沈从文：《文学者的态度》，载《大公报·文艺副刊》，1933-10-18；《论“海派”》，载《大公报·文艺副刊》，1934-01-10；《关于海派》，载《大公报·文艺副刊》，1934-02-21。

③ 参见周作人：《自己的园地》，载《晨报副刊》，1922-01-22；《文艺上的宽容》，载《晨报副刊》，1922-02-05。

潜以西方心理学为依据，倡导审美“距离”说，认为“艺术的理想是距离适当，不太远，所以观者能以切身的经验印证作品；不太近，所以观者不以应付实际人生的态度去应付它，只把它当作一幅图画摆在眼前去欣赏……以纯粹美感的态度去对付它”①。他还推崇文学的“静穆”境界，引德国美学家立普斯（Lipps）的“移情说”为据。在周作人、朱光潜的理论倡导下，京派批评家李健吾、梁宗岱多以“和谐”、“完美”、“恰当”、“纯粹”、“圆融”为批评和审美标准。李健吾的批评文集《咀华集》、《咀华二集》，则以“印象式”批评著称，代表了京派批评的特色。

四、艺术倾向与文化意义

京派作家在创作上，倾向于表现远离现代社会时空背景的乡土人情世界，认同宁静的宗法制乡风民俗，努力从中开掘纯朴的人情美、道德美，奇特的风俗美，静穆的自然美。作品中描绘理想的乡土世界，如沈从文笔下的湘西，废名笔下的鄂东山野，芦焚笔下的河南果园城，萧乾笔下的京郊贫民区。相形之下，京派作家对于现实社会生活的书写，多了几分讽刺和否定意味，对于现实人生疾苦寄予若干同情。本着对于理想人情世界的描绘，京派作家的文体多带有一种诗意的抒情性，意境平和淡远，语言简约古朴，叙事结构上呈有散文化倾向。

京派作家的文学创作与主张，显示出20世纪30年代学院派作家和知识分子的一种独立高标的自由主义文化立场，其与海派作家的分歧，一起构成了20世纪30年代现代文学与文化的多元格局，印证了“五四”新文学阵营分化以后，在30年代的进一步分化和演变。其纯文学的审美趣味，继承了“五四”新文化阵营中保守主义知识分子（如“学衡派”）的一脉，同时引领了20世纪40年代学院派作家（如西南联大作家群）的文学取向。与同时代的左翼、海派作家相比，京派作家的文学选择，具有非现实的一面，却具有永恒的历史与文化价值。

第二节
京派小说作家及其创作

一、废名

废名（1901—1967），原名冯文炳，字蕴中，湖北黄梅人。1924年考入北京大学英国文学系。读书期间，废名开始创作，并加入语丝社。先后著有小说集《竹林的故事》（1925）、《桃园》（1928）、《枣》（1931）等，长篇小说有《桥》（1932）、《莫须有先生传》（1932）等。

① 朱光潜：《从“距离说”辩护中国艺术》，见《孟实文钞》，72～73页，上海，上海良友图书印刷公司，1936。

废名的小说，以田园牧歌般的意境与风格，形成了现代汉语文学史上的诗性小说文体。作于20世纪20年代的短篇《竹林的故事》、《河上柳》、《浣衣母》（收入短篇集《竹林的故事》），《桃园》、《菱荡》（收入短篇集《桃园》），多以诗意的笔触，描写乡间净土中的儿女、翁妪之事，人物的性格、命运与周围的自然环境融为一体，人际关系分外和谐，由此构成一个充满东方诗境的田园梦乡世界，丝毫不见一般乡土小说中的野蛮、落后、闭塞、沉重的气息，仿佛世外桃源一般。废名的小说，将人物、故事融入诗情意境的营造，叙事、写景、抒情相织，语言冲淡雅致，轻灵古朴，意境深远，被周作人称为是"所梦想的幻景的写象"，具有"含蓄的古典趣味"①。鲁迅评价废名的小说时，却指出其中"冲淡"外衣下的"哀愁"内涵。②

20世纪30年代的《桥》，别开生面地"用唐绝句的写法"③ 来写小说，开创了长篇诗化小说的创作体例。作品摒弃了传统小说的故事逻辑，实为一系列短篇散章的连缀，前后的篇章之间并无固定的情节联系，只零星记叙了三位小主人公小林、琴子、细竹在乡下读书习字的童年生活片断，凸显的是人物的天真与童趣。作品注重意境的描绘，往往即景生情，由人物眼前的情景或事物，顺手拈起一段故事或典故，相映成趣。朱光潜曾评价其作品，"撇开浮面动作的平铺直叙而着重内心生活的揭露"，"偏重人物对于自然景物的反应"，"充满的是诗意，是画境，是禅趣"④。

废名在30年代另有长篇《莫须有先生传》，它与写于40年代的《莫须有先生坐飞机以后》，一起形成"莫须有先生"系列。作品抛开以往的田园意趣，着意于现实世态人情的描绘，写抗战期间一位知识分子避居乡间的生活见闻与感受，识书达理的莫须有先生置身于"写日记"、"买白糖"、"教国语"等日常生活琐事时，每每显得迂腐而可笑。作品喜剧性地针砭了当时的世道人心，嘲人嘲己，捉古弄今，涉笔成书。

废名的小说，淡化了故事情节，注重诗样的意境与趣味，接续起中国古典的诗性传统，堪称现代诗化小说的肇始者。废名的小说创作，对京派文学的影响很大，沈从文、何其芳、芦焚等京派作家，都受到不少启发。故而，废名常被视为京派小说的鼻祖。

二、萧乾

萧乾（1910—1999），原名萧秉乾，蒙古族，生于北京。幼年贫孤，靠半工半读读完大学。1933年，在沈从文主编的《大公报·文艺副刊》上，发表第一篇短篇小说《蚕》，受到沈从文、林徽因等赏识，遂进入京派文学圈，后成为京派的重要作家。1935年燕京大学毕业后，萧乾接替沈从文编《大公报·文艺副刊》。萧乾的文学创作集中在30年代，著有短篇集《篱下集》、《栗子》、《落日》，长篇小说《梦之谷》，另有散文、报告特写集等。40年代主要从事新闻活动，新中国成立后一度被视为"反动作家"，停止写作。

萧乾的小说创作以短篇为主，善于运用童年视角，表现成人的辛酸和世态炎凉，代表作《篱下》、《矮檐》等。其作品常表现"寄人篱下"、"人在屋檐下，怎敢不低头"等主题，这些

① 周作人：《〈桃园〉跋》，见钟叔河编：《知堂书话》，920页，海口，海南出版社，1997。

② 参见鲁迅：《〈中国新文学大系〉小说二集序》，6页，上海，上海良友图书印刷公司，1935。

③ 废名：《废名小说选·序》，2页，北京，人民文学出版社，1957。

④ 孟实（朱光潜）：《桥》，载《文学杂志》，第1卷第3期，1937年7月。

经由人事懵懂的孩童理解和叙述，别有一番凄楚况味。小说中的孤儿寡母形象，大半有着自己幼年生活的影子，因而带有浓郁的自叙传色彩。此外，萧乾还有一些同情城市下层人民的作品，比如《邓山东》、《印子车的命运》、《花子与老黄》、《小蒋》等。作品的主人公，都是些引车卖浆者，性格善良，富有生活勇气，却命运多舛，故而寄寓着作者浓厚的人道主义同情。作家曾说自己的小说，是“忧郁者的自白”，借以表示他对人生“本相”的一种理解和“探险”。①

在《栗子》里，萧乾的创作题材有所拓宽，开始表现出对现实社会、宗教题材的关注。《栗子》是为纪念“一二·九”学生运动而作，反映两类学生对爱国游行的不同态度。另外一些小说，如《皈依》、《昙》、《参商》、《鹏程》等，则揭露了教会组织的伪善面目和欺骗行径，显示出作者对宗教生活的独特批判。这些作品，似离京派的纯文学趣味较远，反有较强的社会批判力度。

萧乾另有一部爱情题材的长篇《梦之谷》，写一对青年男女的失败爱情，重在抒发主人公内心悲愤和痛苦情绪，颇能体现作者的抒情风格。总之，萧乾的小说以浓郁的抒情手法，书写现实的人生内容，以此丰富了京派文学的创作。

三、芦焚

芦焚（1910—1988），本名王长简，河南杞县人，另有笔名师陀②。他作于20世纪30年代的第一部短篇小说集《谷》获《大公报》文艺奖金，由此确立其在京派文坛中的地位。30年代著有小说集《谷》、《里门拾记》等。

芦焚的小说创作，长于描绘荒凉落寞的中原乡土世界，以及单调萎缩的人生图景，作品中触目是“荒野”般的中原村落，以及被命运折磨得辛酸无望的人物。比如《谷》里为营救革命工友而奔波受难的洪匡成，《人下人》中苦命的光棍叉头老叔，《过岭记》中在酷暑天里翻越蜈蚣岭的小茨儿、退伍老兵等形象。芦焚的作品，在抒写中原落寞的风土人情时，缺少废名、沈从文等京派作家笔下的田园牧歌情调，却多了一份现实生活的忧思与世态讽刺。正如刘西渭所说：“诗是他的衣饰，讽刺是他的皮肉，而人类的同情者，这基本的基本，才是他的心。”③

芦焚还经常采用“回叙”的叙事手法，将作品中滞重的人物生活，置于相对广阔的历史时空中来审视，构成一种悲音的抒情，可谓京派诗化小说中的别调。

【本章学习参考】

一、阅读书目

废名：《桥》

萧乾：《篱下》、《矮檐》

芦焚：《谷》

---

① 参见萧乾：《忧郁者的自白》，见鲍霁编：《萧乾研究资料》，321页，北京，北京十月文艺出版社，1988。

② 师陀时期已不再属于京派，故置于第二十一章讨论。

③ 刘西渭：《〈里门拾记〉——芦焚先生作》，收《咀华二集》，107页，上海，复旦大学出版社，2005。

二、相关文献

1. 鲁迅．京派与海派．见：鲁迅全集（第5卷）．北京：人民文学出版社，1981.

2. 沈从文．文学者的态度．大公报·文艺副刊，1933-10-18.

3. 严家炎．京派小说的风貌和特征．湖北大学学报，1989（4）．

4. 杨义．京派海派综论．北京：中国社会科学出版社，2003.

5. 李俊国．30年代“京派”文学思想辨析．中国社会科学，1988（1）．

三、复习思考

1. 从京派作家的文学主张与创作倾向，看学院派知识分子的文化选择及其文学史意义。

2. 京派小说的现代汉语文学史意义。

第二十章

海派小说与20世纪30年代其他小说

与京派小说对峙的，是海派小说。上海开埠以来，欧风美雨十里洋场，鸳鸯蝴蝶都市文学，相伴相生；海外新潮，总先得风气。现代派是这样，新感觉派更是这样。于是海派小说与京派小说有了时代的不同。借心理解析化胸中块垒，用新鲜手法描如流人欲，文学有了新的元素，遂形成新的流派。与京派远离尘世的静穆不同的是，海派强烈的入世折腾得热闹，更近于具现代节奏感的小说新貌。

本章主要评述新感觉派小说及其作家、其他海派作家及其创作等。

第一节 新感觉派小说

一、新感觉派源流与文论

新感觉派是形成于20世纪20年代日本的一个小说流派。在当时的世界文坛上，这个流派同以德国为中心的表现派、以法国为中心的超现实派、以意大利为中心的未来派、以英美为中心的意识流文学，都属于20世纪西方现代派文学的范畴。1924年11月，《文艺时代》杂志上发表了评论家千叶龟雄的《新感觉派的诞生》一文，提出了“新感觉派”的命名。这个流派的主要作家是横光利一、川端康成、中河与一、片冈铁兵等。他们接受西方现代派文学的影响，与传统的写实主义相对立，他们反对单纯描写外部现实，而是强调直觉，强调主观感受，力图把主观的感觉印象投入到客体中去，“使作者的生命活在物质之中，活在状态之中”①。他们提倡新的文学要以快速的节奏的特殊的表现为基础，从理想的感觉出发去创造新的现实。这个流派的代表作如横光利一的短篇《头与腹》、长篇《上海》，川

① ［日］片冈铁兵：《新感觉派的主张》，见［日］西乡信纲：《日本文学史》，384页，北京，人民文学出版社，1978。

端康成的《伊豆的舞女》等，即体现了他们所主张的新的艺术倾向。

中国的新感觉派小说是在日本的影响下发展起来的。这个流派在上海的形成和发展有其特殊的时代背景。"大革命"失败后，新感觉派作家虽然同情革命，但在政治上和文艺上没有明确的方向。他们追随内心的感觉，趋向于现代主义。而其时都市上海也给了他们这种现代主义的都市感觉。自晚清以降，上海经过几十年人口膨胀和物质扩张之后，到了20世纪二三十年代，物质文明极其发达，成为一个可与巴黎相媲美的现代化大都市，号称"东方巴黎"。这种现代的主旋律和主音色，表现在上海的声光化电上——工厂里机器的嘈杂，轮船的尖叫，电车的喧嚣，闪烁的霓虹灯；也表现在鳞次栉比的摩天大楼、百货商店、巨型广告牌上；还有报纸、电报、电话、电影等现代媒介，以及银行、证券公司、夜总会等商业、娱乐场所上。

马尔科姆·布雷德伯里指出现代主义文学"从许多方面来看都是城市的艺术"①，以"新感觉派"为代表的现代主义的文学也就产生在这样的都市环境中。正如吴福辉所说："30年代在上海都市读者群中风靡一时的新感觉派……它的出现是与这个城市的现代消费文化的成形密切相关的。如果没有上海租界内南京路、霞飞路林立的百货商场、饭店、酒吧、电影院、跳舞厅，没有活动其间的白领阶层，也就没有了新感觉派的表现对象和消费对象。"②

二、新感觉派概貌

1928年9月，刘呐鸥创办《无轨列车》半月刊。主要撰稿人除刘呐鸥外，还有戴望舒、徐霞村、施蛰存、杜衡、林微音等人。该刊在艺术上追求创新，热衷于介绍日本的新感觉派文学。时逢曾给予日本新感觉派以较大影响的法国作家保尔·穆杭（Paul Morand）访华，《无轨列车》第四期发表了刘呐鸥译的《保尔·穆杭论》，介绍了穆杭的生平和创作上印象主义、感觉主义的特点。保尔·穆杭是20年代初的法国作家，他的作品以都市化为中心，展现出现代都市所特有的喧闹、繁忙、速度、色彩、享乐，表现出第一次世界大战后都市所出现的贪婪和肉欲。对保尔·穆杭的介绍，振奋了新感觉派的神经。

新感觉派的主要作家是施蛰存、刘呐鸥、穆时英，此外还有黑婴、徐霞村、叶灵凤等。这些作家在1928年后，在《文学工场》、《无轨列车》、《新文艺》、《现代》这些刊物上相当活跃，翻译并介绍国外的新感觉派作家的作品，并以创作实践来推行新感觉派的理论主张。而"新感觉派"的命名，是当时的左翼文人给予的。1931年，在施蛰存发表了他的具有意识流和魔幻小说意味的《在巴黎大戏院》与《魔道》后，楼适夷写评论文章说："比较涉猎了些日本文学的我，在这儿很清晰地窥见了新感觉主义文学的面影。"③ 而施蛰存本人并不认为自己作品有"新感觉派"属性，他说自己"不过是应用了一些Freudism的心理小说而

① ［英］马·布雷德伯里、詹·麦克法兰编：《现代主义》，76页，上海，上海外语教育出版社，1992。

② 吴福辉：《五光十色的上海文坛》，见张炯等编：《中华文学通史·现代文学》，第7卷，75页，北京，华艺出版社，1997。

③ 适夷（楼适夷）：《施蛰存的新感觉主义——读了〈在巴黎大戏院〉与〈魔道〉之后》，载《文艺新闻》，第33期，1931年10月。

已”①。但施蛰存的现代派根子是与新感觉主义相通的。他的作品中也确实表达出了一些前人未曾描绘的“新感觉”。

三、新感觉派作家

(一) 施蛰存

施蛰存（1905—2003），原籍浙江杭州，幼年随父居苏州，8岁时随家迁居松江。中学毕业后，先后就读于上海大学、震旦大学法文特别班。“大革命”失败后回松江担任中学教员。1928年以后任上海第一线书店和水沫书店编辑，参加编辑过《无轨列车》、《新文艺》等刊物。1932年应邀担任《现代》杂志编辑。全面抗战爆发后先后在云南大学、厦门大学、上海暨南大学等校执教。1952年任华东师范大学教授。

施蛰存第一部小说集《上元灯》（1929），共收入10篇小说，这些作品大多以怀旧之情回顾往日少年生活，抒情气息较浓，感情纯洁，有诗的韵味。除《渔人何长庆》外，其余九篇都用第一人称，或追忆少男少女纯情真挚的初恋，或慨叹人情世态。《上元灯》通过元宵节前扎灯、赏灯的活动，写出了少男少女之间真挚的爱情。《栗芋》、《闵行秋日纪事》在较为复杂的背景上反映了社会世态的某些侧面，展现了松、沪、杭一带市民生活。《栗芋》中的女主人公，当她是一位奶妈时，对两个孩子非常慈爱，一旦成为主妇后，便立刻变为一副残酷苛刻的嘴脸，展示了令人慨叹的一种世态人情。《上元灯》集中的《周夫人》、《宏智法师的出家》两篇，开始显露出弗洛伊德学说的影响，预示了他后来变化的方向。

《将军底头》（1932）、《梅雨之夕》（1933）和《善女人行品》（1933），开始用弗洛伊德精神分析学说，观察人物的深层心理，尤其是性心理。《将军底头》收入了四篇历史小说，其中《将军底头》、《鸠摩罗什》、《石秀》都是用弗洛伊德的精神分析学说来写中国古代的历史人物，带有世俗化而非英雄化的倾向。《将军底头》写的是“种族和爱的冲突”②。唐代的成都名将花惊定奉命征讨吐蕃，其间爱上一位大唐少女，但军纪、道德压抑着他的情欲。直到两军对阵，他被吐蕃将领砍下首级，依然策马回到少女所在的溪边。小说重点展现的是情欲与道德的冲突，带有怪异色彩。收入《梅雨之夕》、《善女人行品》小说集中的作品倾向于写现实生活，但也是五光十色的都市中经过感觉折射的生活，小说重在开掘人物的潜意识领域，包括梦幻与变态心理，展现的是洋场社会文化环境所滋生的特有的心理感觉。像《夜叉》、《凶宅》、《魔道》都是以怪笔写魔幻，展示人物面对喧嚣、速变、变幻莫测的都市无力把握的惶恐不宁之感。还有《梅雨之夕》中主人公面对雨雾中美丽少女而产生的潜意识波动，展现的也是都市环境中人才会有的内心深层既自由而又自我抑制的美丽幻想。

《善女人行品》中比较成功的作品是描写城镇青年女性性苦闷的作品如《春阳》和《雾》。《春阳》里的婵阿姨年轻时抱着富家儿的牌位成亲，用青春获得了3 000亩田的合法继承权。

---

① 施蛰存：《我的创作生活之历程》，见《创作的经验》，50页，南昌，江西人民出版社，1982。

② 施蛰存：《将军底头·自序》，1页，上海，新中国书局，1932。

在这篇作品中，作家将人已到中年的婵阿姨放置在某一初春艳阳天里红男绿女的都市中，走在春阳和煦的阳光下，她的原始情欲萌发，但最终还是残酷地被迫泯灭了。小说揭露了封建道德对人性的摧残、资本主义金钱关系对人性的异化。《雾》写28岁的神父的女儿素贞在火车上遇到了一位令她颇为中意的青年绅士，但当她得知这个男子是个电影演员时，竟“好像受到了意外的袭击”，觉得自己受了欺骗和侮辱，内心骂他是“一个下贱的戏子”。小说通过对素贞的心理分析，说明在30年代，即使在有些受过教育的女子观念里，封建守旧思想仍旧根深蒂固。

施蛰存最后一本短篇小说集是1936年出版的《小珍集》，这部小说集较多地写上海附近区域发生的种种事情，显示了某种回归写实、探索心理现实主义的新方向。

（二）刘呐鸥

刘呐鸥（1900—1939），台湾台南人，原名刘灿波。早年在日本东京青山学院专攻文学，1926年回国，入上海震旦大学法文班攻读法文。1928年开办第一线书店，办《无轨列车》杂志，被查封后，第二年又创办水沫书店和《新文艺》月刊，出版过许多进步书刊。《新文艺》月刊后来又被查封，水沫书店也于1932年毁于“一·二八”事变，刘呐鸥远走日本，并介绍日本的新感觉派小说到中国，在他的努力下，在上海初步形成了一个新感觉文学流派。

刘呐鸥于1928年开始创作，有小说集《都市风景线》（1930），另有《赤道下》等小说。《都市风景线》收入作者1928—1929年写的八篇小说，包括《游戏》、《风景》、《流》、《热情之骨》、《两个时间的不感症者》、《礼仪和卫生》、《残留》、《方程式》等。这是中国第一本较多地采用现代派手法技巧写的短篇小说集，它以全新的题材、内容和艺术技巧全面地展示了中国新感觉派的风采。

首先，在题材方面，刘呐鸥以现代都市作为他的创作表现对象，他笔下人物的活动空间大多是都市中的赛马场、夜总会、电影院、大旅馆、舞会、酒馆，霓虹灯下、特快列车。而他笔下的人物也大多是繁华场里沉醉于纸醉金迷生活中的人物，如舞女、少爷、姨太太、资本家、投机商、公司职员、流氓、妓女，等等，写出了现代化都市中在一种急迫的机械文明节奏下人们“坐在速度的上面”的生活。集中笔力展现现代化都市及都市中人的生活，这在文学史上还是第一次。

其次，刘呐鸥展示都市生活，目的在于暴露都市社会的畸形和人的精神病态。

刘呐鸥主要从男女关系的审察中暴露都市社会中人的精神病态。在他的笔下，男女之间毫无精神层面的爱情，有的只是情欲。在畸形的都市上海，性欲已经从“爱情”中剥离，成为特殊的享乐性的可供消费的商品。《风景》中的男女，在列车上相遇，互相调情，中途下车发生肉体关系，随即各奔东西；《赤道下》中一对夫妻去度假，双方各自背地里和男女仆人发生关系；《游戏》中的女主角也是一边准备嫁人，一边和别人幽会。人的精神生活彻底被抽空，人沦为欲望的奴隶，这也是在都市的环境中常见的现象。在刘呐鸥的笔下，以舞厅、咖啡馆、夜总会为代表的娱乐场所成了文明社会的一个重要的标志，同时也是一个特殊的释放欲望、放纵身心的场所。“将近黄昏的时候，都会的人们常受妄念的引诱。都市人的魔欲是跟街灯的光一块儿开花的。”[①] 而都市中的舞厅具有一种特殊的蛊惑人的魔力：“在这‘探戈宫’里的一切都

① 刘呐鸥：《方程式》，见《刘呐鸥小说全编》，77页，上海，学林出版社，1997。

在一种旋律的动摇中——男女的肢体，五彩的灯光，和光亮的酒杯，红绿的液体以及纤细的指头，石榴色的嘴唇，发焰的眼光。中央一片光滑的地板反映着四周的椅桌和人们的错杂的光景，使人觉得，好像入了魔宫一样，心神都在一种魔力的势力下。”① 舞曲能把“人的忧郁抛到云外去”，Jazz乐“是阿弗利加黑人的回想，是出猎前的祭祀，是血脉的跃动，是原始性的发现，锣，鼓，琴，弦，叽咕叽咕。……”② 刘氏这样写跳舞的迷醉感觉：

> 两个肢体抱合了。全身的筋肉也和着那癫痫性的节律，发抖地战栗起来。当觉得一阵暖温的香气从他们的下体直扑上他的鼻孔来的时候，他已经耽醉在麻痹性的音乐迷梦中了。③

心神的迷醉，感官的刺激，是刘呐鸥的小说中一再重复的主题。其时的上海，作为半殖民地半封建的都市，最突出之处确实是它的容纳各种文化思想的开明态度。就是这种包容性，使得文人能以自由的心态生活在其中，并能不受拘束地抒写内心的真实情态，释放真实（当然未必是健康）的人性。

刘呐鸥的小说还写出了在喧嚣的都市中人的疏离感、孤独感。如在《游戏》中就曾有这样痛彻的描述，虽置身闹市却犹如置身荒漠的感觉——这是一种与传统亲情伦理之人际关系不同的典型现代派的感觉。

与都市机械文明的节奏相适应，刘呐鸥采用了一种重感觉、轻理性的写作手法。他浓墨重彩渲染主人公面对灯红酒绿的喧哗都市的感觉，碎片式地展示都市的五光十色，而不是描写外在的场景及具体的个人，他的小说中充满了急速的旋律、纷至沓来的都市感觉。

（三）穆时英

穆时英（1912—1940），浙江慈溪人。父亲是银行家。幼年随父亲来上海，在上海读完中学和大学。1929年开始小说创作。小说集有《南北极》（1932）、《公墓》（1933）、《白金的女体塑像》（1934）、《圣处女的感情》（1935）。被称为“中国新感觉派圣手”、“鬼才”等。穆时英最早的小说集《南北极》中的作品，大多以闯荡江湖的流浪汉为主人公，反映被压迫的下层流氓无产者的生活，写出贫富悬殊、阶级压迫、自发反抗等内容。1932年前后，穆时英开始用感觉主义、印象主义展示上海都市生活的五光十色，这表现在他的小说集《公墓》和《白金的女体塑像》中。

穆时英展示都市生活时，也重在表现机械文明快节奏的都市生活的光怪陆离、畸形病态方面。他作品中的人物活动的场所，也是舞厅、夜总会、影剧院、旅社、酒吧间、跑马场、郊外花园等地方。《夜总会里的五个人》表现出被冷酷的上海都市生活挤压、淘汰出局的人物没落的精神状态。作品中的五个人：一个是在交易所作投机买卖而失败的资本家、曾经的“金子大王”胡均益，一个是失恋的大学生郑萍，一个是人老珠黄青春不再的交际明星黄黛茜，还有刚刚失业的政府秘书缪宗旦，以及对生活持怀疑态度的学者季洁。他们各怀心事，在一个星期六晚上进夜总会宣泄悲伤，不管前途如何，出路何在，只追求

---

① 刘呐鸥：《游戏》，见《刘呐鸥小说全编》，1页。

②③ 同上书，2页。

眼前一刻的放松和刺激。直至第二天黎明，破产了的胡均益开枪自杀，其余四人为他送葬。作品写出了半殖民地半封建的都市中人们无法掌控自己的命运，只能随波逐流、得乐且乐的无奈现实。而《上海的狐步舞》通过四个生活片断，反映上海都市社会半殖民地半封建的本质："上海，造在地狱上的天堂！"穆时英在这篇小说中所展示的上海世界是一个贫富悬殊的分裂、颠倒、混乱的世界：黑社会的暗杀、姨太太与儿子的乱伦、富豪的嫖娼、工人的惨死、舞厅里男女的调情……富人们的上海是纵欲、狂欢、乱伦、淫逸的上海。而这一切，是建立在工人阶级无昼夜的劳作、鲜血和死亡上的。由此，有产者的骄奢淫逸、堕落腐朽的生活和无产者辛勤劳作却衣不暖食不饱的生活两相对照，映照出不公平的社会现实。

穆时英小说中也写了一大批机械文明中产生的女性——现代尤物，《黑牡丹》中的舞女完全是消费的动物："我是在奢侈里生活着的，脱离了爵士乐、狐步舞、混合酒、秋季的流行色、八汽缸的跑车、埃及烟……我便成了没有灵魂的人。"[①] 她们熟谙各种消费娱乐，尤其是刺激性的消费娱乐，短短吃一顿晚饭的时间，作为舞女的她便"教了他三百七十三种烟的牌子，二十八种咖啡的名目，五千种混合酒的成分配列方式"[②]。她们"是在刺激和速度上生存着的姑娘"，是"Jazz，机械，速度，都市文化，美国味，时代美……的产物的集合体"[③]。男人只不过是她们生活的调味品、消遣品，被她们当作朱古力糖一样地吞下又被排泄出来。这是与传统女性迥然不同的一代女性。

四、新感觉派小说的艺术创新

新感觉派作家借鉴西方现代派和日本新感觉派小说的艺术手法，对小说的题材、体式、结构及描写手法都作了一定程度的革新。

首先，从题材上看，新感觉派作家浓墨重彩表现的是机械文明中快节奏的现代大都市生活，展示人物的灵魂和病态，从而开拓了一种独特类型的都市文学。新感觉派全面地展示大都市各种日常现象和世态人情，从舞女、少爷、姨太太、资本家、投机商、公司职员到各类市民，以及水手、劳动者、流氓无产者等等，囊括了都市社会中的各个角落中的人物。更为重要的一点是，新感觉派小说借鉴了国外现代派都市小说的形式和技巧，更能把握住现代化都市所特有的都市感觉，以及节奏、速度、色彩、欲望，因此可以说，新感觉派小说最能反映出现代都市特色。

其次，在艺术表现上，新感觉派在表现都市特色时，"刻意捕捉那些新奇的感觉、印象"[④]，将人的主观感觉和主观印象渗透、融合到客体的描写中，从而创造出带有强烈主观色彩的所谓"新现实"。如刘呐鸥《两个时间的不感症者》开头对赛马场的描写，就不是纯客观的写实，而是主观感觉的外化。穆时英的《夜总会里的五个人》写上海租界繁华区的夜景，更有其典型性，卖报的孩子在五光十色的霓虹灯的照耀下身上不断变换着色彩，这样把孩子的叫卖声和霓虹灯的跳动、闪烁、变化结合起来，并加上作者的主观感觉，便把都市的喧嚣、繁

① 穆时英：《黑牡丹》，见《南北极》，274页，北京，九洲图书出版社，1995。

② 穆时英：《骆驼·尼采主义者与女人》，见《白金的女体塑像》，195页，北京，九洲图书出版社，1995。

③ 穆时英：《被当作消遣品的男子》，见《南北极》，140页，北京，九洲图书出版社，1995。

④ 严家炎：《中国现代小说流派史》，146页，北京，人民文学出版社，1989。

华、节奏、动感表现出来了。

新感觉派在描绘感觉时，往往将视觉、听觉、嗅觉、味觉这些不同的方面结合起来写，用通感的手法表达一种新奇灵动的感觉。像《上海的狐步舞》中所写的“古铜色的鸦片香味”，就是把视觉和味觉联合起来；“她的眸子里还遗留着乳香”（穆时英《第二恋》），视、嗅觉通感；“那只手像一只熨斗，轻轻熨着我的结了许多皱纹的灵魂”（《第二恋》），视、触觉联用。这样贴切的通感手法的运用，使感觉更为形象。

在人物描写上，新感觉派注重人物的心理分析，运用弗洛伊德的精神分析学说开掘和表现人物的潜意识、隐意识。在这方面施蛰存的小说最为典型。他的《周夫人》写一年轻寡妇由于长期思念丈夫，性意识遭受极度压抑造成心态异常，以致将这种感情变态地加在一个酷似其亡夫相貌12岁的男孩子身上。《梅雨之夕》对人物潜意识的描述也很有层次，特色鲜明。《春阳》中描写婵阿姨内心的隐秘活动，表现了她从情欲的苏醒、爱情的渴望到最终的失望的心理流程，写得细腻入微，真实感人。

在小说结构上，新感觉派小说创造了与传统小说不一样的结构方式。他们借鉴电影的表现手段，从表达主观感受的需要出发，采取相应的结构形式。传统小说一般采用单线结构，新感觉派小说完全打破时空顺序，如《夜总会里的五个人》采用同一时间多线并进的结构方式。开头写在同一时间里，五个人各自的活动，然后分别写这五个人在另一时间一起在夜总会里的活动，以此表达出一种快节奏，和面对现代快节奏的都市生活，人们只能像木偶一样随波逐流的都市感觉。《上海的狐步舞》采用场景组切的方法，展示了都市多个层面的生活。

新感觉派作家借鉴西方现代文学技巧，在30年代的文坛上确实是开辟了一条“创作的新蹊径”，给中国读者以耳目一新的感觉。新感觉派促进了现代都市文学的发展，丰富了中国现代小说的表现技巧。但是，新感觉派作家在展示都市的病态和人物的病态心理时，也存在着某些弊病。如在对人物进行精神分析时，太多地套用弗洛伊德的理论，造成了教条化、模式化倾向。如施蛰存的《石秀》，就把水浒英雄石秀写成了一个色情狂和性变态者，《鸠摩罗什》中对高僧鸠摩罗什性心理的描写也有失之偏颇之处。另外，刘呐鸥、穆时英在写洋场社会资产阶级红男绿女的荒淫堕落时，也表露出对那种腐化、奢靡生活的玩味欣赏，表现出一种价值观念的混乱。他们对西方现代主义艺术缺乏应有的筛选，因而不可避免地会带来一些负面影响。

第二节 其他海派小说

一、其他海派小说

30年代承袭新感觉派创作风格的后续作家有黑婴、禾金等作家。黑婴生于印度尼西亚，只身来到上海，入暨南大学外语系，不久开始写作。黑婴的都市小说主要写在都市中遭受欺侮、遗弃的一群人。其主要代表作有小说集《帝国的女儿》，这部小说集主要展示的也是都市边缘人面对上海腐化堕落的生活所产生的都市感觉。如《上海的Sonata》中，王克由农村到都市上海，看到的是上海的喧嚣和疯狂的节奏，感觉上海像死了一样："大原野一样的荒凉!"有一部分作品也写年轻人面对肉欲的都市禁不住诱惑、无力自拔的沉迷，如《春光曲》等。他未曾收入小说集的作品《雷梦娜》、《伞·香水·女人》、《咖啡座的忧郁》等，新感觉派的特征尤其明显，对都市的描述更为深入。在《女性嫌恶症患者》、《回力线》等小说中，出现了适应都市、报复都市的摩登女郎。黑婴的小说，在都市小说中也是别具一格的。

禾金的小说发表在30年代中期，他小说中的现代色彩非常浓厚，笼罩着感伤主义气息，具有十足的穆时英风格。他的主题是"一切现代的都是病态的"，由此引发出全部的冲突。其主要作品有《造形动力学》、《副型爱郁症》，展示都市人的生存和精神状态。禾金的作品讲究文体形式，注重在句子的排列中表现一种感觉，表达一种情绪，也能娴熟地运用电影镜头切割式的小说组织结构形式。受穆时英小说影响很深。

海派的其他作家，还有张资平、叶灵凤等。张资平，曾与郁达夫等人一起创办创造社，但在写出《苔莉》后与创造社闹翻，向海派发展。1928年后的四五年内，他以每年平均四部长篇的速度出书，几乎都是肉欲色情小说，被鲁迅等左翼作家冠以"三角多角恋爱小说家"的称号。

二、张恨水的小说

张恨水（1895—1967）是我国现代章回小说大家。他一生创作宏富，据统计，中长篇小说就达110部以上，字数超过1 000万。张恨水于1924年到1929年，在《世界日报》连载《春明外史》而一举成名。后又写《金粉世家》，使他成为北京最受欢迎的通俗小说作家。他的《啼笑因缘》在1930年3月17日《新闻报》登载后，又立即在上海引起轰动。张恨水以通俗小说作家而在文学史上取得地位，是因为他的作品的思想和艺术成就高于一般通俗小说。张恨水的小说基本上不脱旧派小说的格局，且大多是社会言情小说，因此，有的研究者把他归属鸳鸯蝴蝶派之列。不过，张恨水小说中反映的社会内容丰富驳杂，他小说中的言情，往往只是一条纬线，经由这条纬线，展示了当时社会上下各层纷繁丰富的社会生活画卷，把言情同揭露社会黑暗结合起来，带有一定的反封建的积极因素。

《春明外史》写新闻记者杨杏园同青楼女子梨云、才女李冬青的恋爱故事，小说主干仍不脱"才子佳人"的窠臼。小说在言情的同时，对当时社会的黑暗面有所暴露。特别是官场的内幕丑闻，诸如总长、阁僚乃至国务总理的捧角狎妓，腐朽军阀的挥金如土，权贵们的灯红酒绿、醉生梦死，还有尔虞我诈的黑幕骗局等。可以看出这部作品承袭了谴责小说的写作套路。但小说在艺术上，已经预示出作者能在章回小说内部进行部分革新的潜力。首先，从小说结构上来看，虽然还有一部分内容仍旧像传统旧小说一样游离于结构主线，但小说的男女主人公已能贯穿故事前后，初步将小说编织成一个整体；其次，小说打破了"大团圆"的模式，增加了通俗小说的悲剧感和反映社会的深度。

《金粉世家》，是张恨水第一部具有现代意义的通俗巨制。小说写京城三世同堂的国务总理金家，以其七少爷金燕西和出身寒门的女子冷清秋的婚姻悲剧为主线，展现巨宦豪门的生活及精神状态，写出世态炎凉、富贵烟云的人生体验。这部小说着眼于大家庭由繁盛走向衰落的过程，在故事中尽力开掘对社会、对人生的认识，提升作品的思想意义。小说中突出之处在于对平民女子冷清秋形象的塑造。冷清秋品性高洁，格调高雅，心地善良，自重自爱，不慕富贵。这是一个与豪门的“纨绔子弟”全然不同的一种形象。作者对其才艺、诗情、操守的由衷赞美，表达了崇尚东方式冰清玉洁的典雅风范的审美趋向，体现了一种不问出身、注重人品的现代意识。《金粉世家》在结构上也能完整划一，书中涉及的人物有百十个，其描写的细致、结构的繁杂有序，都超出了一般章回小说的格局，具有新文学作品的风格特色。

《啼笑因缘》是张恨水更为成功的一部小说，且反响更大，创了畅销书的纪录，屡屡再版，并被改编成评弹、说书、话剧、电影等，风靡一时。

《啼笑因缘》以平民少爷樊家树与天桥梨园女子沈凤喜、富家千金何丽娜、侠女关秀姑之间的多角恋爱关系作为故事建构的核心，而重点以樊家树与沈凤喜的爱情悲剧为主线。樊家树与沈凤喜在天桥一见钟情后，樊家树因母病回南方去，军阀刘德柱趁机霸占沈凤喜，而沈禁不住诱迫背叛樊家树。曾受樊家树“慷慨解囊”资助的江湖人关寿锋和对樊产生爱慕之情的关秀姑，路见不平拔刀相助，设巧计剪除了刘德柱。小说最后，容貌酷似沈凤喜的富家千金何丽娜抛弃繁华尘世、归隐学佛，赢得了樊家树的爱情。

《啼笑因缘》宣扬了婚姻恋爱自由、轻门第的平民观念，对封建军阀飞扬跋扈、为富不仁的罪恶也有所揭露，表达了惩恶扬善等传统观念，适应了中下市民阶层的道德意识和审美心理，所以这部小说引起广大市民的共鸣。

在艺术方面，《啼笑因缘》有一个严谨完整的艺术结构，故事情节环环相扣，布置了种种悬念，安排了一连串的误会，使故事波澜起伏，又丰富饱满。这是其继承传统小说注重故事性的一面。《啼笑因缘》同时突破了章回小说的结构形式：结构不再是一段一段的，而是按照原意有一个全开放的不交代主人公结局的非鸳鸯蝴蝶派式的结尾。小说在刻画人物时，善于通过细节描写传达出人物的心理活动。民俗风情的描写也很有特色，风俗描写、风景描写、环境描写，极具北京天桥的地方色彩。其描写笔法直逼西方小说，使这部小说既具有传统特色，又有现代气息，深受社会各阶层喜爱。

全面抗战开始之后，张恨水的创作倾向有了重大转变。国难当头，张恨水痛感“烽烟满目，山河破碎”，“寇氛日深，民无死所”，表示要以小说“唤醒国人”，尽一点“鼓励民气”①的责任。这一时期他的主要小说有《丹凤街》、《八十一梦》、《魍魉世界》、《五子登科》等。《丹凤街》写以菜贩子童老五为首的一群民间义士，救助被卖给赵次长做姨太太的秀姐的故事。他们虽然最后失败了，但那种疾恶如仇的正义感和一诺千金重、轻生死重仁义的传统美德和侠义精神，在抗战的环境中，却熠熠生辉，反映了张恨水高涨的爱国主义激情。《八十一梦》借助梦幻的形式，借用古典小说中的典型人物，将国难期间国民党贪官污吏及大后方绅士们纸醉金迷的生活作了奇特的观照和嘲讽。这部小说1943年成书，实际上只写了14个梦。它的梦幻结构每一个单元都是独立的，但梦幻的意念有其内在的理路和逻辑。与《丹凤街》一样，《八十一梦》也是套用章回体反映现实的小说。但在外在的章回体结构上，又有其现代因素，表现了张恨水将章回体小说体制进行现代化的努力。

① 张恨水：《弯弓集·序》，北平，远恒书社，1932。

三、现代武侠小说

中国现代意义的武侠小说发端于20世纪20年代初。1921年平襟亚主编的《武侠世界》月刊创刊，次年包天笑主编的《星期》周刊开辟了“武侠号”，1923年，向恺然的《江湖奇侠传》开始连载，这些掀起了中国现代文坛上的武侠小说创作热潮，现代武侠小说以全新的姿态和巨大的活力活跃在通俗文学的舞台。从20世纪20年代初至20世纪40年代末，武侠小说名家名作云集，出现了一个流派纷呈、风格各异、百花齐放的繁荣局面。从流派来看，形成了以天津、北京两个北方都市为中心的北派武侠小说和以上海为中心的南派武侠小说两大流派。从作者队伍来看，主要是南北著名的文人、报刊编辑、出版家、大学教授等。从作品数量和影响来看，在当时发表的通俗小说作品中，武侠小说是数量最多、影响最大的一类。从作品传播媒介来看，除了书籍和报刊之外，武侠小说还借助电影、戏剧、曲艺、连环画等多种艺术形式和传播手段，进一步拓展影响空间，赢得了广大读者的喜爱。

从20世纪20年代初到20世纪40年代末，南派武侠小说的主要作家有向恺然（平江不肖生）、姚民哀、顾明道。

平江不肖生（1890—1957），本名向恺然，湖南平江人。其代表作《江湖奇侠传》自1923年初起在《红》杂志（后改名《红玫瑰》）连载，书成之后流行全国。1928年上海明星公司将之改编成电影《火烧红莲寺》上映，影片曾风靡一时。故事以湖南平江、浏阳两县交界处居民为争夺水陆码头赵家坪的归属问题为主线，以昆仑、崆峒两派剑侠参入助拳为辅线，带出许多紧张热闹生动有趣的故事情节。在结构上，小说免不了“虽云长篇，颇同短制”的“儒林”章法，由一人带出一人的方式，采用笔记小说中的武侠事迹、民间传说及作者见闻，编排出金罗汉、笑道人、罗春林、杨继新、桂武、常德庆、张汶祥等武林高手的传奇故事，并把世态人情及当地的风俗民情用幻想、夸张的笔调汇集于武林争胜中。作者颇注意描写人物形象和展示心理活动，读来很有亲切感。但有些幻想不免荒唐，有些人物缺乏连贯照应，行文也有说书的痕迹，不过全书让武侠成为主体，是摆脱旧套的创新之处。

《近代侠义英雄传》是平江不肖生的另一部创新之作，1923年至1924年间在《侦探世界》连载，共84回。小说以王五和霍元甲的经历为主线，系统地叙述了中国武术流派和渊源，叙述了大刀王五、霍元甲、赵玉堂、山西老董、农劲荪、孙禄堂、杨露蝉等近现代武术名家的事迹，旨在张扬“武术救国”的主张。作者在描写霍元甲和俄国大力士及日本柔道高手的比试中，洋溢着爱国热情和民族自豪感。作品对武术技击的叙写比较精到，对后起的技击派创作影响甚深。

姚民哀（1893—1938），江苏常熟人。从1922年至1934年间，他热衷于搜集党会秘密，借出差机会，遍游二十多个省，极力探访党会秘史和人物逸事，曾寻访过许多近现代中国秘密社会中的著名人物。从20世纪20年代初开始，他以“所见闻的社会秘密因果”为素材，创作了大量“党会小说”。他出版的主要作品有《四海群龙记》、《箬帽山王》、《南北十大奇侠传》等，为武侠小说增添了一个颇具特色的门类。姚民哀第一个从实践上基本解决了党会和武侠题材结合的问题，推出了一批成果。丰富了武侠小说的内容，推动了武侠小说形式的发展。

顾明道（1897—1944），原名景程，江苏苏州人。他早期主要是写缠绵悱恻的怨情小说，时人评为“写情之圣手”，其影响最大的早期哀情小说是《啼鹃录》。后又以《荒江女侠》为代表的23部作品，成为文坛武侠名家。《荒江女侠》，叙女侠方玉琴为报父仇，随昆仑剑仙一明禅师学习武功剑术。艺成下山，寻找杀父仇人飞天蜈蚣邓百霸，夜探苏州韩家庄，得遇同门师兄岳剑秋。从此琴剑相依，师兄妹闯荡江湖，除暴安良，锄奸诛恶。小说以琴剑联手行侠仗义为经，以侠士与白莲教徒、龙骧寨、螺蛳谷、琼岛等爱国志士同清朝统治者的斗争为纬，中间又夹杂着武林中的恩恩怨怨。最后以剑胆琴心良缘天缔，昆仑、峨嵋两派不计前嫌，重修旧好结束。结构上，采用“限制叙事”方法，以方玉琴、岳剑秋双双闯荡江湖来结构情节，以他们的所见所闻作为内容，增强了小说的真实性。这种叙事方式打破了武侠小说惯用的全知叙事视角，“开武坛未有之先河”。《荒江女侠》还巧妙地将侠与情结合在一起，惊心动魄的刀光剑影和情意绵绵的至情描写相结合，使小说别具一格。顾明道写武侠小说旨在“壮国人之名”，用小说焕发国人民族气节，故取材大多有社会意义。如《草莽奇人传》写义和团运动，《海上英雄》写郑成功起义，《怪侠》写革命党人在海外的冒险等。这反映了作家忧时忧国的爱国情绪。

【本章学习参考】

一、阅读书目

严家炎编：《新感觉派小说选》

张恨水：《啼笑因缘》

二、相关文献

1. 贾植芳．中国现代文学社团流派（上、下）．南京：江苏教育出版社，1989.

2. 严家炎．中国现代小说流派史．北京：人民文学出版社，1989.

3. 吴福辉．都市漩流中的海派小说．长沙：湖南教育出版社，1997.

4. 李欧梵．上海摩登——一种新都市文化在中国．北京：北京大学出版社，2001.

5. [英] 马·布雷德伯里，詹·麦克法兰．现代主义．上海：上海外语教育出版社，1992.

6. 李今．海派小说与现代都市文化．合肥：安徽教育出版社，2000.

7. 范伯群．中国近现代通俗文学史．南京：江苏教育出版社，2000.

三、复习思考

1. 名词解释：

海派　新感觉派　张恨水的通俗小说

2. 如何理解新感觉派的现代派特色？

3. 施蛰存的创作与刘呐鸥、穆时英的创作有何异同？

第二十一章

20世纪40年代国统区、沦陷区、“孤岛”文学

进入20世纪40年代，现代汉语文学的成熟表现为人性深化与文学深化，张爱玲、钱钟书等大家崛起，这在国统区小说中体现最为典型。

本章主要评述40年代国统区、沦陷区、“孤岛”文学的概貌，同时评述张爱玲、钱钟书、路翎、师陀、徐訏与无名氏等人的小说创作。

第一节 国统区、沦陷区、“孤岛”文学概貌

从1937年7月7日全面抗战爆发到1949年10月1日中华人民共和国成立，中国一直处于动荡不安的乱世时期。这直接影响到作家的写作心态、书写方式及作品的主题、内容、风格。这一历史阶段的文学，不可避免地打上了时代的烙印。全面抗战爆发后，全国形成了国统区（国民党统治的区域）、解放区（共产党领导的抗日敌后根据地）、沦陷区（日本侵略军占领的地区）及上海“孤岛”等几个不同的政治区域共存的局面。不同的区域的政治文化和要求，对文学的发展、风貌、景观形成了强有力的制约，文学相应地也分成了各具特色的国统区文学、解放区文学和沦陷区文学（包括“孤岛”文学）三大类别。

一、国统区文学

国统区文学在40年代可分为三个时期。

（一）全面抗战初期：从1937年7月7日全面抗日战争爆发到1938年10月武汉失守

“五四”以来，二三十年代占据文坛主流的话题诸如“启蒙”、“个性解放”及“革命”等，

现在都让位于“民族救亡”这一主导话题。在民族解放旗帜下，此前持各种不同文艺观点的社团流派达成了统一，形成了抗战文艺统一战线。与此相俱，1938年3月27日，中华全国文艺界抗敌协会（简称“文协”）在武汉成立，组成了文学界的抗日民族统一战线。“文协”的成立标志着30年代无产阶级文学、自由主义文学以及国民党民主主义文学等几种文学运动的汇流，是现代文学史上第一次包括国共两党作家在内的大联合。“文协”提出了“文章下乡，文章入伍”的口号，鼓励作家深入战争现实生活，得到作家们的积极响应。表现抗日战争中涌现的新人新英雄、颂扬民族英魂、为民族解放战争呐喊助威、文学为时代服务的观念为大多数作家所接受，一种昂扬的英雄主义、乐观主义的主旋律贯穿在这时期的创作中。

文学风貌发生的变化，还表现在文体方面的改变：报告文学和通讯成了此阶段最热门的体裁；诗歌朝广场艺术的方向发展，追求通俗、鲜明、昂扬的格调，出现了朗诵诗、墙头诗、传单诗、枪杆诗等；大众化的小型轻便的文艺形式如街头剧、活报剧流行成风。这一阶段文学创作为配合抗战的需要，发挥宣传鼓动的作用，急就章较多。作家们迫切需要宣泄愤激、昂扬的情绪，为人民大众乐于接受的小型、通俗作品大量涌现。

戏剧创作率先对抗战作出反应。“七七”事变不久，除集体创作的《保卫卢沟桥》外，个人以此为表现内容的剧作还有田汉的《卢沟桥》、陈白尘的《卢沟桥之战》、胡绍轩的《卢沟桥》、蒋山青的《卢沟晓月》。稍后，多部表现上海保卫战的剧作创作演出，如崔嵬、王震之的《八百壮士》，石凌鹤的《保卫浦东》、《火海中的孤军》，宋之的的《黄埔月》等，广泛地展示了社会各界人士在抗战中的情态性格。广大戏剧工作者针对部队和农村的实际情况，在流动演出的过程中创作了大量的街头剧、茶馆剧、游行剧、活报剧和独幕剧，以简便灵活的形式发挥了文艺的宣传功能。《放下你的鞭子》是全面抗战初期影响最为广泛的一个街头剧，与《三江好》、《最后一计》一起，被当时的戏剧界合称为“好一计鞭子”。据葛一虹《战时演剧论》附录《抗战剧作编目》统计，到1938年12月为止，仅独幕剧就达142种。

在戏剧繁荣的同时，诗歌创作也相当活跃。田间的《给战斗者》奏响了时代强音；艾青的《北方》集中的不少诗作也写于此时，如《雪落在中国的土地上》对苦难的祖国发出了战栗的呼喊。王统照、艾芜、靳以这些久不写诗或不以诗歌为主要创作文体的作家也奉献了诗作。《诗时代》、《五月》等刊物上刊载了大量青年的作品，并在语言形式上作了新的尝试。1938年前后，在武汉、重庆等地还兴起了朗诵诗运动的热潮。它迅速蔓延到全国，高兰的《我们的祭礼》、《哭亡女苏菲》，光未然的《屈原》、《黄河大合唱》等，诗情激昂，在当时反响很大。穆木天、冯乃超、锡金等也以自己的创作参与、推动诗歌朗诵运动走向深入。

这一时期，包括特写、通讯在内的报告文学异军突起，发挥了文艺“轻骑兵”的积极作用。丘东平的《第七连》、《我们在那里打了败仗》，描写抗日官兵的抗敌情绪和英勇献身的精神，真实地报道了战争的失利，揭示了国民党当局对日妥协退让政策所造成的战争恶果。骆宾基的《东战场别动队》，通过记录上海战争，反映了在战争面前人们的不同表现与复杂心态。此外，曹白关于后方难民生活的控诉，碧野对北方游击健儿英姿的展示，李辉英对流亡青年身影的描摹，谢冰莹对妇女战地服务事迹的记叙，以及国统区作家访问边区的印象素描等，真实地表现出社会各个方面的情状。

通俗文学和戏曲因其为人民大众所喜闻乐见，有利于战争的宣传鼓动，所以在这一时期也大量涌现。这时不仅创办了专登通俗作品的刊物《抗到底》、《人人看》，成立了组织和从事通俗文学创作的机构如“通俗文艺工作委员会”，而且新文学作家与民间艺人创作了大量通俗的抗战作品，京剧、地方戏、鼓词、快板、相声、数来宝、山歌等，几乎所有的旧形式都被广泛地采用。老舍的京剧《忠烈传》与大鼓词《王小赶驴》，利用民间文艺活泼、诙谐的特点，反映全民抗战的现实内容，取得了较大的成功。其余的如穆木天的大鼓词、老向的《抗日三字经》、何容的新编故事，还有冯玉祥和陶行知的通俗诗歌，也都产生了一定的影响。

这一时期的创作大都是适应抗战的需要而产生的急就章，发挥了文艺为社会现实服务的作用，具有短小、活泼、敏捷、通俗和富有战斗性的特点。但因为过多地强调了文艺的宣传鼓动功能，在艺术上不求精致，对现实生活的反映还流于浮面，情节简单且雷同，存在着公式化、概念化的倾向。

（二）第二阶段：从 1938 年 10 月武汉沦陷到 1944 年西南湘桂战役

在探讨民族命运的总的现实思想背景下，这个时期的一部分作家开始把眼光转向历史，在历史中挖掘中华民族的精华，反思民族文化、民族性格之优劣得失，揭露阻碍民族解放的国民性弱点和痼疾。另有一些作品借历史隐喻现实，促成了历史剧的创作热潮。郭沫若的《屈原》、《虎符》是这方面的代表作。其余的还有阳翰笙创作的历史剧《天国春秋》、《草莽英雄》及欧阳予倩的《忠王李秀成》，都是讽喻现实的作品。而更多的作家面对现实，深入社会生活的底层，从普通的日常生活中反思民族文化传统、国民性格问题。萧红的《呼兰河传》、老舍的《四世同堂》、曹禺的《北京人》和《家》都是这方面的代表作品。也有一些作家开始面向自己，在抗日战争的广阔背景下，描写爱国知识分子的苦难历程，探讨知识分子的历史道路，从而形成了现代文学史上又一个知识分子题材作品的创作高潮。如茅盾的《霜叶红似二月花》、巴金的《寒夜》、路翎的《财主底儿女们》、沙汀的《困兽记》、夏衍的《春寒》及戏剧《上海屋檐下》、陈白尘的《岁寒图》等都是这方面的代表作。这些作品主题重大，刻画细腻，笔力雄健，显示此时文学对深沉博大和厚实凝重艺术境界的独特追求，显示出较强的创作实力，是现代文学史的重要收获。

这个时期也出现了一些暴露与批判的作品。宋之的的《雾重庆》是出现得较早的暴露国统区黑暗的多幕剧，作品直接描写陪都重庆的阴暗腐败，通过几个流亡到重庆的大学生的不幸遭遇，描绘出国统区阴冷、污浊的社会图景，在当时反响很大，使这一创作潮流渐成主调。随后，茅盾的小说《腐蚀》，也揭露了因特务组织内部的猜疑、钳制和陷害从而造成的一种摧残人性的法西斯主义的恐怖气氛，控诉了国民党当局的倒行逆施，揭露其开历史倒车、实行法西斯统治的反动本质。靳以、骆宾基的小说，陈白尘、欧阳予倩的戏剧，臧克家等人的诗从不同侧面描写国统区人民的疾苦，揭露社会现实的弊病丛生。尤其是沙汀的小说，集中表现了国统区农村的种种怪现状，《在其香居茶馆里》、《联保主任的消遣》和长篇《淘金记》几乎全用反角作为描写对象，有力地勾勒了地方豪绅集团与政府基层官吏狼狈为奸、鱼肉百姓的丑恶现象。作品在揭发这些新旧痼疾时，锋芒直指国民党的统治，反映了作家的良知和社会责任感。

（三）第三阶段：1944 年湘桂战役后

这一时期的文学创作，在文学主题与题材方面大体上是延续着前一时期的开拓有所发展，集中在两个领域：其一，一部分作家仍然致力于描写黑暗，诅咒腐朽的现实；其二，一部分作家致力于描写知识分子在新时代到来之前的自我内省与历史总结。时代大转折时期所特有的紧张、愤激、嘲谑、痛苦，以及希望、期待、焦躁与不安也渗透到文学创作中，形成这一时期复杂的风格色调，但讽刺依然是这时期文学的主要特色。特别是讽刺诗、讽刺喜剧的繁盛是本阶段最突出的创作现象。

这一时期主要的代表作品，都带有讽刺性的喜剧特色。小说方面，如钱钟书的《围城》，张恨水的《八十一梦》、《五子登科》；戏剧方面，如陈白尘的《升官图》、《乱世男女》、《结婚进行曲》，吴祖光的《捉鬼传》，宋之的的《群猴》，丁西林的《三块钱国币》；诗歌方面，如袁水拍的《马凡陀山歌》，臧克家的《宝贝儿》；等等。这些作品都打上了极其鲜明的转折时代的历史印记。

这一时期的国统区，还出现了两个重要的文学流派：“七月”派和西南联大诗人群。

二、沦陷区文学

沦陷区文学，分东北沦陷区和华北沦陷区文学。此外还有“孤岛”文学和上海沦陷区文学。

（一）东北沦陷区文学

东北三省在1931年“九一八”事变后沦陷，1937年“七七”事变后华北等地又相继落入敌手，东北、华北沦陷区文学便指上述地区在日本占领时期的文学活动与文学创作，这是特定地区特定时间的文学现象。

东北沦陷区文学大致可分成三个时期。

初期（1931—1937），日伪当局的政治高压，造成东北新文学在占领之初的沉寂，东北作家只能采取更为隐蔽和巧妙的方式开展进步文学活动，他们借助报纸副刊顽强生存。其中较突出的是以1933年创办的《大同报·夜哨》为主要阵地形成了一个作家群体——“夜哨”作家群。主要人物有金剑啸、罗烽、舒群、萧军、萧红、白朗等人。发表的作品有200余部，包括金剑啸的叙事长诗《兴安岭的风雪》、萧红《生死场》前二章、李文光的中篇小说《路》等。这些作品往往直接描写东北故土的突变、苦难和觉醒，在审美风范上呈现出较鲜明的关东文化色彩，强悍、野性、豪爽、互助、悲凉等常成为作品人物的价值尺度和性格特征。自然景观、风俗语言等方面乡土色彩浓厚。

中期（1937—1941），日本侵略者在“七七”事变后强化了对东北地区的思想渗透与文化控制，力图使东北文学脱离中国新文学主流传统，从而纳入“官制文化”、“官制文学”的体系。这一时期东北文学的大致特点，一是逐渐摆脱依附报纸副刊的生存格局，文学杂志成为作家发表作品的主要阵地；二是创作的数量、质量稳步提高，如山丁、袁犀、梅娘等知名作家均出版了一种或数种创作集，显示了东北进步文学的生机与活力；三是文学论争频起，密切呼应着时局的变化与创作思潮的活跃。这一时期文学论争主要为对“盛京文学赏”的批评，关于“乡土文艺”和“写与印”、“热与力”的论争，这些论争推进了各种创作主张的实践，明确了立足本地坚持现实主义文学的发展方向。

后期（1941—1945），呈现出在日本统治高压下趋于萎缩的迹象。1941年3月18日，日伪当局颁布《艺文指导要纲》，强令“满洲艺文”“以建国精神为基调”，“以移植于国土的日本艺文为经，以原住各民族的固有艺文为纬”，形成“浑然独特的艺文”。同年七八月份，成立了官方的“满洲文艺家协会”和“满洲艺文联盟”，各种文艺活动被置于官制文化体制中。同年底，当局制造“一二·三〇”事件，随后又有“哈尔滨左翼文学事件”。文坛恐怖气氛加强，东北文学再一次跌入低谷。许多作家如王秋萤、关沫南等人的诗文小说与言论活动一再地表明了东北文学即使在最危难的时刻也是心向祖国的，他们抵抗文学殖民化运动，避免成为政治宣传的工具，捍卫现实主义的创作原则。在创作中求生存，于沉潜中求发展，东北文学努力保持着新文学的民族血性与战斗精神。东北沦陷区文学创作的主力多为青年作家，小说创作最为兴盛。山丁、王秋萤、关沫南、爵青、杨念慈等是东北沦陷时期的重要作家。

山丁，出版有短篇小说集《山风》（1940）、《乡愁》（1944）、《丰年》（1944），长篇小说《绿色的谷》（1943），诗集《季季草》（1941），散文集《东边道纪行》（1942）等。他的短篇集《山风》侧重暴露乡土现实，真实地表现了乡村生活物质与精神的贫困，揭示了广大民众沦为奴隶的悲惨境遇。长篇小说《绿色的谷》表露了对农民造反的肯定和对民间强悍的生命活力的赞叹，小说中地域风情的描绘和人物形象刻画均很出色。这部小说是东北乡土文学成熟的标志。作者有意将小说当作叙事诗来写，也使这部作品独具特色。

王秋萤，1932年开始发表作品，出版有短篇小说集《去故集》（1940）、《小工车》（1941），长篇小说《河流的底层》（1942），编辑有《满洲新文化史料》（1941）等。他的小说充满民族正气。《去故集》、《小工车》等短篇集和长篇《河流的底层》注重表现底层工人的家庭苦难，剖析青年知识分子的复杂心态。他的小说为当时的东北文坛提供了一种心理现实主义。《失群者》以婉曲绵密的笔触，借助联想、幻觉、梦境、内心独白等手法展开了对落水者俞震的灵魂堕落的描写。《河流的底层》则以林梦吉的心灵裂变为主线，多层次、多侧面地刻画了沦陷区知识青年承受的精神压力。乡土文学本身就有对抗文学的殖民化的意识，山丁、王秋萤们的乡土小说自觉地从地方风俗中挖掘民族气节，在强悍人性的呼吁中包含了对力量之美的追求。

关沫南是当时“哈尔滨马克思主义文艺小组”的重要成员，其“人生启蒙”和“文学启蒙”都深受马克思主义理论的影响。他的创作直面现实人生，部分作品表现流寓东北的俄罗斯人的凄苦生活与伤痛情怀，以曲笔写出了东北民众对国土沦丧的忧患与悲恸。小说集《蹉跎》展现一幅幅杂色的现实画面，作家或展示底层社会的愚昧与不幸，或揭露日伪推行奴化教育的伪善与阴毒。他的《流逝的恋情》、《沙地之秋》、《落雾时节》等作品反映青年知识分子在国破家亡之际的苦闷、迷惘与觉醒、抗争，饱含忧国忧民的深情。关沫南的创作重视挖掘人物心理，追求“心理的风俗画”和“社会的风俗画”的“描写和完成”①，同时又能将乡土文学提倡的地方色彩与鲁迅式“画出沉默的国人的灵魂”的开掘较好地融合，这一特点使其小说创作既有广度又不乏深沉。

爵青（1916—1956），在当时被称为“鬼才”。爵青深受西方世纪末思潮与现代派文学影响，对哲学思想与小说文体形式兴趣浓厚。他的小说人物情节往往成为其“哲学思维”的形象注释。《废墟之书》充满了中与西、古与今的文化思考，《赌博》在亦真亦幻的氛围中描绘哲学家的赌场生涯，用来印证“一切都是偶然”的哲学观。爵青的小说人物奇特，大多数作品捕捉

① 关沫南：《1940年文坛杂谈》，载《大北新报》，1941-01-01。

住了超乎平常人的独特性格与非俗的故事，情节诡异，趣味神秘，技巧花样翻新，成为一种特殊存在，具有相当的可读性与艺术价值。

东北沦陷之后的戏剧活动趋向职业化，以长春、沈阳、哈尔滨三大城市为中心的戏剧创作与演出渐渐活跃，有些剧团由日本人与中国人共同组成，情形复杂。主要的剧作家有李乔和安犀。李乔创作有《塞上烽火》、《家乡月》、《长白山》、《虞美人》等二十多部剧本。《家乡月》描写农民有家难回的悲伤与苦难，《长白山》揭露当地官吏与洋人勾结起来欺压百姓侵夺矿产的贪婪与残暴，用笔曲折，但依恋白山黑水的深情和不忘仇恨的决心则表现得深沉动人。安犀创作有《猎人之家》、《三代》等十多部独幕剧。他们两人的创作有两个鲜明特点：一是剧情贴近民众生活，大多描写亲族血仇、爱国冲突等；二是关东地域色彩浓厚，人物粗犷野蛮，戏剧动作夸张，情节偏重传奇色彩。

（二）华北沦陷区文学

全面抗战爆发，华北首当其冲，一些作家逃亡各地，羁留的作家忙于避祸和观望。华北文坛最先也经历了一段蛰伏期。1939 年 1 月，北京女子师范学院创办《文艺》，由此作为开端，北京其他各高校纷纷创办文艺刊物，校园文学兴起，影响到天津及整个华北，引发了文坛复苏。这一时期的文学思潮表现为三大倾向：个人主义、唯美主义、浪漫主义，或多或少地疏离了时代现实。这一方面固然是作家在环境压迫下避凶远祸的自保选择，此外也体现了浓郁的市民文化与京派文学不无负面因素的影响作用。在 1940 年开展的如何“建设新文艺”与怎样致力于“文艺复兴”的讨论中，作家们达成共识，意识到在特殊时期，不在口号上争论，而在实践中沉默苦干是更可贵的，“空谈不如产生些完美的作品”。1941 年后，在创作上小说、散文有短暂的中兴，诗歌创作呈多元繁盛的格局，丛书出版成为热潮，出现了如《中国文学》等一批有影响的刊物。到 1944 年，华北纯文学和辟有文学专栏的杂志超过 25 种，出版的作品集超过 140 种。以现实主义为主要依托的多元创作格局逐步形成。如小说创作中的京派小说作家群、流亡到北京的东北作家群、北派通俗小说作家的创作都各有千秋；散文方面“田园风味”散文和以个人为中心的小品文支配华北散文界的状况有所改变；诗歌方面，叙事长诗大量出现，用古诗格调抒写“现实诗趣”的短作有了成功的实践。这些都显示了华北文坛的一时兴盛。

在具体的文学创作方面，华北沦陷区文学创作成就最高的也是小说。华北沦陷区的小说大体有三种类型：乡土小说、都市小说与通俗小说。主要作家有梅娘、毕基初、关永吉、马骊、高深、张秀亚等。

乡土小说的代表作家是关永吉。出版有短篇集《秋收》、《风网船》，中篇《苗是怎样长成的》，长篇《牛》等，作品大多取材华北乡村贫穷动荡的历史与现实，在现实主义的笔触中寄寓着民族反抗意识。如《牛》写华北艾子口小镇高家三代在辛亥革命前后的沉浮兴衰，以“牛”的意象表达了对“我乡我土”的无限眷恋。乡土文学另一代表作家是马骊。他的小说集《太平愿》（1942）以粗放文风描写了一幅幅流民苦难图，表达了强烈的社会意识。都市小说较有影响的作家是萧艾。其小说集《落叶集》（1941）、《萍絮集》（1943）、《鬼》（1945），其小说风格介于老舍和张天翼之中，幽默之中含有深厚的含义。他的讽刺小说涉笔官场、机关、家庭，描绘出了京派社会众生相。

华北出现的女作家有雷妍、纪莹、寒流、张秀亚、梅娘等。其中梅娘更为出色。梅娘在东北出版过《小姐集》（1937）与《第二代》（1940），《小姐集》着重在儿女情长的描写，而《第二代》则渗透着大众的时代气息。她创作的鼎盛时期是在1942年迁居北京后，出版了中、短篇小说集《鱼》（1943）、《蟹》（1944），发表了长篇小说《小妇人》和《夜合花开》（均未刊完）。这些以婚恋题材为主的小说大胆表现反抗男权统治，凸显现代女性意识的觉醒。《鱼》宣称女子只有钻出父母、男性、社会威权的三重罗网才有新生的希望。梅娘小说能结合开阔的社会视野与细腻的女性感受，再通过抒情化的语言将这一切表现出来，抒情化是其最明显的艺术特色。

在散文创作方面，华北沦陷区散文笼罩在随笔和小品两种形式之下。从1939年取得突破到1944年退潮，华北沦陷区散文创作基本上呈现两种形态：一是记事状物，笔墨优美细腻，追求何其芳、李广田早期的风格境界，强调的是个人性的抒怀；二是知识性趣味性小品写作，周作人是最大的代表。这类作品题材不分大小，范围无论古今，探寻人情物理，着重的是闲适冲淡而略带青涩的韵致。在诗歌方面，吴兴华是华北沦陷区独树一帜的诗人，他的诗既深受西方现代派文学影响，又饱汲中国古典诗歌营养，致力于化洋融古的创新。他试验过十四行、哀歌体、民谣体、诙谐体等诗体形式，对诗体探索有不懈的热情。他的《诗·绝句》脱胎于古诗绝句，而"古题新咏"的叙事诗如《褒姒的一笑》等淡化史实，强化哲理思考，《群狼》以心理直觉营造意象，暗示诗人在群狼环伺的乱世的惊恐与茫然。废名与沈启无的诗歌合集《水边》另成一路，古意盎然，意象独立跳跃，多隐喻中国传统的庄禅哲理与空灵境界。

戏剧方面，沦陷时期的华北剧坛产生了一位对中国剧坛颇有贡献的剧作家陈锦。陈锦曾留学法国巴黎大学，获戏剧博士学位。30年代初回国任教于北京大学外文系。他在剧作方面上的成就主要是对外国侦探破案剧作的改编，这种改编做到了"从人物性格和故事情节上，尽可能中国化，又不失原剧的风采"①。他的剧作以趣味见长，剧情曲折，悬念迭起，适应了沦陷区民众的娱乐要求。

（三）"孤岛"文学和上海沦陷区文学

从1937年11月上海沦陷到1941年12月8日日军发动太平洋战争进驻租界区，持续四年零一个月的这一时期上海英、美、法等国租界，史称"孤岛"，"孤岛文学"指的正是这一时期租界内的进步文学运动。从太平洋战争开始到抗日战争结束，为上海沦陷区文学时期。

戏剧运动的勃兴，是"孤岛"文学中最为壮观的一幕。以于伶领导的救亡演剧第十二队成员为中坚力量，"孤岛"剧坛先后活跃过120多个职业、业余剧团，由此带来了戏剧创作的丰收。"孤岛"时期的戏剧主要包括现实剧、历史剧、改编剧三种。于伶（1907—1997）是"孤岛"戏剧运动的活跃分子。于伶，原名任禹成，江苏宜兴人。30年代初开始左翼话剧创作，发表有40多个独幕剧和多幕剧。"孤岛"时期，他任中共江苏省委文委委员，积极领导戏剧运动。他的《夜上海》被称为"上海变成'孤岛'后最现实的一个剧本"②。剧作以一户中产家庭避难上海为主线，在战乱动荡的生活背景中穿插描写两方面的社会情景：有人没有廉耻与气

---

① 李云子：《40年代的北京话剧演出》，载《燕都》，1989（3）。

② 于由（毛羽）：《评〈夜上海〉》，载《大美晚报》，1939-08-12。

节，乘机大发国难财，广大民众则陷入火坑，继而在苦难中觉醒。作家不是一味地宣扬出走抵抗，而是鼓励人们“坚持着活下去”。清醒的现实意识和卓越的戏剧艺术打动了观众的心，因此当时就有评论说，此剧通过“上海观众熟悉的一个角落和一些中间层的人物，反映出整个伟大抗战的现象”，是反映“孤岛现实生活最优美的剧本”①。于伶还创作有剧本《女子公寓》、《花溅泪》和《女儿国》等。他的剧作政治倾向明显，艺术表现细腻，具有较强的舞台感染力。

“孤岛”时致力于写历史剧的作家是阿英。阿英（1900—1977），即钱杏邨。“孤岛”时期，他坚持开展进步文化斗争，除编有“风雨丛书”外，还创作了八个以明末抗清为题影射现实的历史剧，被称为“明末史剧”，其中以“魏如晦”笔名发表的《碧血花》（又名《明末遗恨》、《葛嫩娘》）最为著名。该剧取材明末秦淮名妓葛嫩娘联络友人奋起抗清，被俘不屈而死的事迹。剧作人物性格鲜明，矛盾冲突层次清楚，借抗清的史实标举爱国主义思想。由于作家在构思时激于现实感奋，而下笔时又处处尊重史实，因此获得很大成功，并引发了“孤岛”文艺界关于历史剧创作问题的讨论，也形成一股历史剧创作的小高潮。阿英的其他历史剧还有《海国英雄》、《杨娥传》、《洪宣娇》等。于伶的《大明英烈传》、唐纳的《陈圆圆》、杨荫深的《文天祥》、舒湮的《精忠报国》等，从取材到立意都是积极配合抗战现实的，与国统区的历史剧创作潮基本一致。

改编剧或据外国名著重新编排，或以本国历史传说提炼构思，其中较有影响的有顾仲彝的《三斗金》、《野火光》、《上海男女》、《衣冠禽兽》等。柯灵、师陀根据高尔基《底层》改编的四幕剧《夜店》，是大量改编剧中轰动一时的佳作。

杂文是“孤岛”文学散文创作中率先突围而出并兴盛的品种。这一时期形成的“鲁迅风”杂文流派，是对鲁迅传统的直接继承和发展。王任叔（巴人）代表“思辨性的杂文”风格，所作涉及广泛，往往大处着眼，爱憎分明，反映了时代的风云变幻。其杂文针砭时弊，战斗性强，具有“匕首”、“投枪”的功能。周木斋与他同路，但结构更为严谨，思虑更为缜密。唐弢、柯灵体现“抒感性的杂文”特色。唐弢的《投影集》、《短长书》、《劳薪集》在杂文笔法中夹有小品的情致和随笔体的闲散，注意在说理时抒发兴感，颇有鲁迅遗风。柯灵的《市楼独唱》在杂文写作中讲求韵致，是别具一格的杂文创作。周黎庵和金性尧本身有较好的学养，也喜欢在杂文中“掉书袋”，因此他们的杂文便具备了知识小品的形神风貌。

此时的叙事、抒情散文创作大多受到战争气氛的感染和杂文、报告文学的影响，强化了说理议论的成分，注重容纳或营造报告文学式的现场感，体现了文体之间的渗透。较著名的作家有王统照、李健吾、胡山源、许广平。陆蠡的《囚绿记》是能保持散文叙事从容、抒情深致特点的优秀作品集。

“孤岛”时期的小说作品数量巨大，题材广泛。据不完全统计，短篇小说有上千篇，中长篇也有50多部，这些作品中反映“孤岛”社会和抗战现实的固然占了多数，日常生活、人情风俗、历史故事等题材也得到表现，几代作家以不同风格形式的创作保持了“孤岛”小说较高的思想艺术水准。

王统照、胡山源、郑振铎和巴金、师陀、罗洪分别是新文学第一、第二代作家，他们的作品增强了“孤岛”小说的实力，也对其他作家产生良好影响。王统照的《华亭鹤》收三个短篇

① 李宗绍：《一年来孤岛剧运的回顾》，载《戏剧与文学》，第1卷第1期，1940-01-25。

和一个中篇，大多描绘中国民众在战乱中的苦难。《华亭鹤》写一个富裕家庭中父子之间的冲突，表现富有民族自尊的父亲对变节儿子的失望与忧愤，为传统的“父与子”冲突模式注入了鲜活的时代内涵。郑振铎的《风涛》开“孤岛”历史小说的先河，此后借古讽今的历史小说也形成小小风尚，与历史剧创作相互辉映。胡山源的中篇《王家港》表现抗日游击队生活，题材比较新颖。

巴金在逗留“孤岛”期间，续写完成了长篇《春》、《秋》，它们与《家》一起汇成“激流三部曲”。师陀这时的作品有短篇集《果园城记》、中篇《无望村的馆主》、长篇《马兰》和《结婚》。罗洪是优秀的女小说家，她此时的短篇大多收在《活路》、《鬼影》、《这时代》等集子中，以多样化的取材较广泛地描摹了市民、知识分子、大兵及地痞无赖等人物在战争年月的不同性格和不同面影。

徐訏是“孤岛”多产的小说家，《吉普赛的诱惑》、《精神病患者的悲歌》等是具有现代派风格的作品。

此外，“孤岛”时期，贺宜、钟望阳的儿童小说创作，包天笑、周瘦鹃这些通俗文学作家的现实作品以及巴人等借用传统形式创作的小说也都很有特色。“孤岛”、上海沦陷区时期的女作家除张爱玲外，较有影响的还有苏青、施济美等。

苏青（1917—1982），原名冯允庄，浙江宁波人。1935 年起在《论语》等杂志上发表散文。1943 年出版长篇自传体小说《结婚十年》，其曾成为畅销书，印行 18 版。苏青后来还有长篇小说《续结婚十年》、《歧路佳人》、《朦胧月》，短篇小说集《涛》、《鱼水欢》等。苏青的小说多写上学生活琐事，张爱玲曾这样评价她的作品：“……踏实地把握住生活情趣的，苏青是第一个。她的特点是‘伟大的单纯’。”①

施济美（1920—1968），浙江绍兴人。1937 年就读于东吴大学，被称为东吴派才女。她的短篇小说集《凤仪园》、《鬼月》多渲染一种凄美、伤感、忧郁的氛围，题材多有关青春、情谊、爱恋。其创作较有特色。

第二节 张爱玲

张爱玲（1920—1995），原名张煐，河北丰润人。生于天津，后随家迁居上海。张爱玲于 1943 年在周瘦鹃所办的《紫罗兰》创刊号发表《沉香屑：第一炉香》，当即引起上海文坛的关注。1943 年至 1945 年短短三年间，相继发表了《茉莉香片》、《倾城之恋》、《金锁记》、《红玫瑰与白玫瑰》等作品，在当时的文坛引起不小的震动。尤其是 1944 年小说集《传奇》出版，备受文学界和评论界瞩目，“初版在发行四天内都已销光了”②。1945 年出版的《流言》，更显

---

① 《女作家聚谈会》，载《杂志》，1944 年 4 月号。

② 《〈传奇〉集评茶会记》，载《杂志》，第 13 卷第 6 期，1944-08-26。

示了她散文创作的才能和成绩。抗战胜利后，张爱玲于1952年移居香港，1955年离港赴美。

一、张爱玲小说的思想内容

张爱玲小说的底色是“苍凉”，“苍凉”是她对于生命的感受，也成为她的总体审美风格。她的小说避开了五四新文学中有关革命、政治、斗争、人道主义、个性解放等启蒙话语，而着重于展现以沪港社会为背景的都市民间社会中小人物的生存状态，尤其是对处于新旧交替时期的旧家族社会中人物的生存状态，对此作了发人深省的描述。

张爱玲首先写出了旧式家庭所面对的尴尬处境，预示了旧式家庭不可避免的没落命运。张爱玲收在《传奇》中的小说大多以没落的旧式家庭为背景，色调灰暗，内里腐败，令人窒息。这也是衰落的中国封建文化的缩影。张爱玲文本世界中的社会背景却是洋场社会。张爱玲笔下的洋场社会的家族，在外来文明的冲击下，便处于一种岌岌可危的境地。

传统中国的家族制社会中，父亲享有至高无上的权威，父权的失落，预示着家族制的衰亡，也表明封建制度的崩溃及失序。张爱玲家族小说笔下的父亲形象无一例外的是丑陋和无能的形象。《多少恨》中的家茵的父亲是廉耻尽丧的无赖；《创世纪》中的霆谷、仰彝是不可理喻的寄生虫；《花凋》中的父亲有钱养姨太太，却没有钱给女儿治病；《十八春》中世钧的父亲，常常混迹于舞场。这些父亲们，自身没有创造资产的能力，靠吸食祖传的家产，或妻女的钱财过活。张爱玲小说对父亲的这种书写，无疑表明家族制不可避免的灭亡命运。

旧式家庭中亲子关系的冷漠和孝悌伦理观念的崩坏也表明家族制的灭亡。传统的家族制赋予了父亲至高无上的权力，父亲因为握有财产而享有对子女的绝对管辖权。在张爱玲的小说中，家长的权威有所削弱，但家长控制子女的欲望依然存在。《茉莉香片》中，聂介臣对儿子摆出的只是一副家长的面孔，他们之间只有父子形式上的关系，已没有亲情可言。《金锁记》中，曹七巧对子女的控制欲望尤为强烈。家长的权力成了七巧弥补生存空虚，发泄自己欲望的凭借。在这种控制与被控制的关系中，家长不真正关心子女的需求，而是把子女当成满足自己私欲的物品。《多少恨》中的虞老头为自己一己私欲，纠缠着女儿，让她做有钱人的妾。《创世纪》中，匡仰彝说，真到了家产荡尽的那一天，他让“两个大点的女儿去作舞女”以养活自己。

父母对子女冷漠，另一方面，子女对父母也没有真正的孝道。《创世纪》中的一大家子，全靠祖母的陪嫁过日子。祖母的功绩可谓大矣，儿女们却并不以为然。儿子冷漠地说：“真散伙了，我到城隍庙去摆个测字摊，我一个人总好办。”全然不顾父母死活。流苏想象中的母亲不是现实的母亲，七巧的儿女“恨毒了她”。家族中千疮百孔的亲子感情表明其日薄西山的境况。

张爱玲的家族小说承袭的也是“五四”话语中反父权、反封建的主题，但张爱玲又与“五四”作家不同，她更爱从人性的角度而不是从社会批判的视角来对旧式家庭予以清算。以恶写人性之恶，表现人性的无可救药的特点，这正是她的人性深度所在。

有关女性的婚姻恋爱状态，张爱玲不动声色地建构了一个无爱的世界。她的小说几乎每一篇都离不开男女私情，但她写的不是爱情，没有浪漫而圆满的结局，更多的是权衡利弊的交易。在这里资产成了缔结婚姻主要的衡量标尺。流苏缚住范柳原（《倾城之恋》），敦凤下嫁米尧晶（《留情》），最终目的都是为了"饮食"——经济上的安稳。殷宝滟（《殷宝滟送花楼会》）拥有的爱可谓强烈了，她自己也玩味不已，然而谈婚论嫁却不可能，因为"这样的一个神经病的人怎么嫁他呢?"归根到底，是因为潜之教授不能带给她所期盼的身份和地位。

进入到实质婚姻中的夫妻，也大多鱼水失和，琴瑟不调，形同陌路，双方维持的只是形式上的家庭。《鸿鸾禧》中的娄嚣伯是出名的好丈夫，但那是做给别人看的。其他如《创世纪》中潆珠的祖母、祖父之间，《红玫瑰与白玫瑰》中的孟烟鹂与佟振宝之间，《等》中的一大群太太与其背后的老爷们之间，种种夫妻关系都隐藏着无情的冷漠。

旧家庭中的人面对外来文明的撞击，所感受到的神经骚乱及精神挤压，以及由此而导致的变态性格、人性异变、道德破产，也是张爱玲小说所着重考察的主题内容。《沉香屑：第一炉香》描写纯真少女葛薇龙在金钱的引诱下心甘情愿地成为洋场社会的奴隶，客观上看是为了求得"饮食"而不得已为之，但实际上它告诉我们黄金的光圈已经涂抹掉了温文尔雅的东方文化色彩，好吃好穿好玩已经成为这些"普通女孩子所憧憬着的一切"。资本主义式的腐化生活对女孩子来说，是无法拒绝的诱惑，这也是人性弱点之一。

二、张爱玲小说艺术成就

在艺术手法上，张爱玲的创作体现了中国传统小说与西方现代手法之间的巧妙融合。在小说结构上，张爱玲小说既有中国传统小说的纵式结构，也有截取生活横断面的西方小说结构形式，但更多兼收"情节小说"和"性格心理小说"二者之长，并不拘泥于一定的艺术成规和结构模式。如《沉香屑：第一炉香》、《倾城之恋》、《金锁记》等虽有曲折生动的具有传奇色彩的故事情节，但并不同于中国传统的情节小说，因为作者在情节安排、人物设置、场景描绘、细节处理上又注重人物形象塑造和人物心理刻画，故事情节发展的过程呈现着人物性格发展的历史。在人物心理刻画上，张爱玲显然受到了弗洛伊德等现代心理学家和现代西方心理小说的影响，而且善于通过含义深远的意象，表现人物的复杂心理。在小说时间的处理上，张爱玲的小说也具有现代小说的跳跃性。如《金锁记》中作者用了电影中常用的"淡入淡出"的方法："七巧双手按住了镜子，镜子里反映着的翠竹帘子和一幅金绿山水屏条依旧在风中来回荡漾着，望久了，便有一种晕船的感觉。再定睛看时，翠竹帘子已经褪了色，金绿山水换了一张她丈夫的遗像，镜子里的人也老了十年。"山水屏条的淡出和人物遗像的淡入自然完成了十年时间的跨越。此外，逆时序的"闪回"在张爱玲的小说中也俯拾皆是。在《金锁记》中，哥哥的到来勾起七巧的青春记忆，而幻景中与朝禄的调情，再由生猪油的气息想起丈夫没有生命的肉体。感伤、欣慰、黯然，这些细微的心理变化，都集中表现在几个画面之中，时间也因此在过去与现在之间跳跃。抽象的时间被作者赋予了色彩和形式，画面表现的情感和情绪就是心理的外化，这在《金锁记》得到了很好的表现，使作品具有了浓厚的现代审美意味。

张爱玲的文学语言既有中国式的华美、典雅，也有西方式的幽默、通脱。她受古典小说、诗词熏陶，大量化用古典语言，如《连环套》中"一路上凤尾森森，香尘细细"等语句便可见出古典文学的底蕴。张爱玲文学创作伊始面对的是英语读者，因此用英文写作的路数又决定了张爱玲文笔的简约、语言的幽默。如她小说中语言的简约和比喻的犀利，得益于英国文学的影响，也提升了她小说的现代品位。

三、《金锁记》

张爱玲的代表作《金锁记》，历来被誉为她最为成功的作品，傅雷说：“《金锁记》是张女士截至目前的最完满之作……至少也该列为我们文坛最美的收获之一。”① 夏志清认为，《金锁记》“是中国从古以来最伟大的中篇小说”②。

小说的题目叫作《金锁记》，这个题目的喻义很明显，就是黄金的枷锁。小说的主要内容是写麻油店女儿曹七巧，为了金钱，做了富贵姜家瘫痪少爷的媳妇，于是在黄金的枷锁里挣扎、焦虑，以至于人格扭曲变形的这一过程。“金锁”的另一层寓意，我们可以理解为黄金所代表的权势、地位及宗法制的家庭制度。具体到曹七巧的生活环境，就是指姜家这一大家族深宅大院内的礼仪法则。曹七巧被哥哥以黄金作为交易，卖给了声势显赫的姜家，做了姜家的少奶奶。在担任姜家二少爷妻子这一角色的同时，有了继承姜家财产的法定权利，但也必须遵循姜家这一望族的礼仪法规，尤其是必须恪守妇德规范，而矛盾的焦点就在这里。七巧的出身及教养使她不能适应姜家的那一套礼仪规范，残废的二少爷更不能满足七巧鲜活、健康的生命对情欲的合理需求。姜家没有适宜七巧生活的土壤。曹七巧嫁入姜家，就是在黄金、礼仪法规等重重的枷锁挤压下，蜕变成一个食人的厉鬼。

小说可分为两部分：前一部分重点摹写结婚五年后曹七巧做姜家媳妇的生活状态。后一部分写“夫死公亡”之后，做了家长的曹七巧对其子女进行的疯狂迫害。小说的第一部分，采用环状视角，展示了丫环、妯娌、小姑、小叔、婆婆、兄嫂眼中的七巧。从中我们可以看出七巧在姜家的地位：七巧对姜家来说，永远只是一个闯入者、异端者，她并不被姜家真正接受，只能存在于姜家的秩序之外。姜家的人，上至姜老太太，下至丫鬟仆役，都瞧不起她。在姜家七巧受尽歧视，得不到正常人所应有的自尊的满足，更得不到正常人所应有的情欲的满足。于是七巧只能成为玻璃匣里鲜艳而凄怆的蝴蝶标本。小说的第二部分，七巧终于成了姜家二房的家长，拥有了经济大权，而这时候的七巧，在异己的环境里生活多年，在多年的情欲得不到满足的焦虑中，已变态为食人的厉鬼。尤其是其对小叔季泽的畸形爱欲被泯灭之后，她成了一个疯狂报复的女人。别人毁了她的一生，她又乖戾地毁坏了自己儿女的婚姻。小说的第二部分极尽其变态行为的描绘：对儿子，探听儿子的闺中房事，离间儿子和媳妇的关系，结果媳妇一个得病死去，一个吞金自杀，最后长白不敢再娶。对女儿，扼杀女儿的婚姻：小说中所写的七巧不动声色地向30岁女儿的最佳求婚者暗示女儿有鸦片烟瘾的一幕，显示了七巧极端阴险毒辣的心理和变态的性格，具有震撼人心的力量。正是黄金的枷锁，腐蚀和扭曲了正常的人性，而小说结尾写道：

> 三十年前的月亮早已沉了下去，三十年前的人也死了，然而三十年前的故事还没有

---

① 迅雨（傅雷）：《论张爱玲的小说》，载《万象》，1944年5月。

② 夏志清：《中国现代小说史》，261页，上海，复旦大学出版社，2005。

完——完不了！

作者以这句韵味无穷的话结束了全文。

第三节 钱钟书

钱钟书（1910—1998），字默存，号槐聚，江苏无锡人，现代文学研究家、作家、文学史家、古典文学研究家。钱钟书一生著作丰厚，其文学作品主要有散文集《写在人生边上》（1941），短篇小说集《人・兽・鬼》（1945），长篇小说《围城》（1947）。

一、《围城》的多重主题

钱钟书创作的一个突出倾向是对中国西式知识分子的自嘲及对中国化了的西方文明的再审视。这一倾向在长篇小说《围城》中得到充分的发挥。《围城》以法国留学归来的青年方鸿渐为中心人物，随他足迹所至，勾画了一幅战时形形色色的知识分子众生图。方鸿渐得岳父资助留学无成，只得花钱买假文凭回国敷衍。回国途中，受到鲍小姐引诱，回国后，又纠缠于苏小姐与唐小姐之间，结果既拒绝了高傲的苏小姐，又未得到意中人唐小姐。失望之下，方鸿渐决心到内地谋生，于是与其他四人结伴而行，赴三闾大学任教，但在三闾大学，方鸿渐又陷入了人际关系的"大酱缸"和新的浪漫激流，终于和一道来的孙柔嘉订婚。随后方鸿渐又遭排挤，两人南下香港，途中结婚。在此后两人生活中，孙柔嘉缺点暴露无遗：琐碎、狭隘、嫉妒、虚荣，方鸿渐的理想终于落空。为摆脱窘境，两人回到上海，却仍不能和睦，口角频频，终于彻底破裂。小说结尾，方鸿渐决定再次出走。

《围城》有三个层面的思想意蕴。第一，社会批判层面。作者在出版序言中说，《围城》是"写现代中国某一部分社会，某一类人物"。具体说，《围城》是对抗战时期古老中国城乡世态世相的描写，尤其是对教育界、知识界腐败现象的揭露与讽刺。作者用大量的笔墨客观而尖刻地揭露出种种人情世态，展示了40年代中国社会沉滞而落后的社会现实，这可以说是《围城》这部小说的显在主题。第二，文化批判层面。《围城》通过揭示一批深受中国传统思想文化消极影响的知识分子的病态心理和相应的人生态度，对中国文化予以反思和批判。第三，人生哲学思考层面。《围城》同时也是一部具有哲理意味的小说，作者在展示社会现实的同时，又通过对方鸿渐、孙柔嘉的爱情婚姻以及方鸿渐自身生活遭遇的描述，探讨了基本人性、人生意义以及处理人际关系的准则。① 表达了对婚姻、爱情以及整个人生的看法。作者曾三番五次借书

---

① 《围城》主题的三个层面意蕴，参见解志熙：《病态的产儿——论〈围城〉的现代性》，载《文学评论》，1989（5）。

中人物道破：“哲学家”褚慎明说：“结婚仿佛金漆的鸟笼，笼子外面的鸟想进去，笼内的鸟想飞出来。”苏小姐补充说：“法国也有这么一句话，不过，不是鸟笼，说是被围困的城堡……城外的人想冲进去，城里的人想逃出来……”此外还有方鸿渐的解说和感悟都体现了小说的这个主题。这些语言是小说画龙点睛之笔，将小说的整体象征含义点明——借婚姻恋爱，展示人生困于精神围城中的现实：当人陷在某种精神空虚之中时，理想和现实总无法协调，不管你为追求精神解脱做出了怎样认真的努力。这反映了这群文人在乱世之中的对人生哲学的清醒体会。然而他们愈清醒，愈有了一种宿命感，愈痛感自己的无能，便把人生困厄归于“命运的嘲弄”。

二、《围城》的人物形象

作者是从“反英雄”的角度写知识分子主人公方鸿渐的。方鸿渐性格懦弱和顺，口才极好，有天赋的想象力，虽然不事学术，逃避责任，但还保持着一点诚实、善良和纯净。在爱情中他宁舍苦苦追求自己的摩登小姐苏文纨，而倾心于单纯美丽的唐晓芙。他看穿恶劣环境却又沉陷其中不能自拔，只能玩弄嘴皮子聊以自慰。这是个弱质知识分子形象，他的软弱是传统文化中惰性铸成的品格。方鸿渐虽然留过洋，在某些生活方式和名分上很“新”，内里却很旧，也可以说是“新旧杂拌”，“旧”的成分占主导。与方鸿渐始为情敌终为友的赵辛楣，也是“围城”中的一员。而几位在“围城”中挤进挤出的女性也无一不是完全的失败者：玩弄心计的女才子苏文纨变成一个贪嗜钱财的富家太太；孙柔嘉精心设计的婚姻之网最后也以破裂而终。

《围城》围绕方鸿渐还刻画了一些个性鲜明的知识分子形象：囤积药品高价出售发国难财的李梅亭，以假博士头衔招摇撞骗，甚至让自己的俄国老婆假冒美国人的韩学愈，靠骗取外国名人通信而充当“世界知名”哲学家的褚慎明，训起话来平均每分钟一句“兄弟在英国的时候”的教育部视学，引“同光体”为同道的“大洋人”董斜川等，作者以犀利的笔锋批判了这些知识分子的病态文化心理。置身于中西两种文化边缘，要担负沟通传统与现代的使命，将他们抛入了一个自我矛盾、徒劳无为的尴尬境地，既丧失了传统文人讲气节、重操守、感时忧世的美德，又无法真正融入西方人的现代理性，形成了一种卑琐、庸俗、虚伪、自私的畸形病态人格，这是传统文化的劣根在半殖民地半封建土壤上新结出的恶果。有人因之将《围城》称为新《儒林外史》，但这里着重剖析的是受封建传统思想与外来文明双重夹击下的知识分子的精神病态，尤其以后一种冲击为主要审视点，又有其特定的时代和历史内涵。它清楚透视了在半殖民地半封建社会中相当一部分知识分子空洞、游离、飘浮的灵魂。这些人物装阔的心理，与鲁迅笔下的阿 Q 心理有相通之处。在深层意义上，小说挖掘了传统文化的劣根性，展现了现代中国文化界令人触目惊心的殖民状况，深刻揭示了中西文化在中国的畸形结合而导致的一场历史性悲剧。作者站在殖民化的现代中国精神废墟上，来反省前辈知识分子艰难的文化变革所换来的悲剧性后果。

三、《围城》的小说艺术

《围城》充分体现了钱钟书学者型小说家的艺术才华。他敏于观察，巧于揶揄，注意对人物隐秘心理与心理转折的发掘，对人情世态的观察和表现精致入微。作品讽刺艺术高超，独具一格。语言风趣幽默，妙趣横生，比喻新奇精辟。反语、双关、谐音、对仗、警句格言以及古今中外典故、逸闻，纷至沓来琳琅满目。独特的象征蕴含着深刻的社会意义和人生哲理，也使讽刺艺术更增添了其理论和思想的深度。另外，作品常以幽默的笔触，漫画式的笔法抨击时弊，描摹人情世态，调侃芸芸众生，笔锋辛辣犀利，一针见血。只是有时枝蔓过多，有炫耀知识之嫌。钱钟书的讽刺小说，集道德、风俗、人情于一体，使一种机智讽刺的风格得以确立，在鲁迅、老舍、张天翼、沙汀之后，成为现代文学又一位优秀的讽刺小说家。

四、钱钟书的散文集《写在人生边上》

钱钟书的散文集《写在人生边上》除《序》外，包括《魔鬼夜访钱钟书先生》、《窗》、《论快乐》、《说笑》、《吃饭》、《读〈伊索寓言〉》、《谈教训》、《一个偏见》、《释文盲》、《论文人》共 10 篇散文。《写在人生边上》出版于 1941 年。为什么叫《写在人生边上》？作者这样解释："人生据说是一部大书"，"假使人生是一部大书，那末，下面的几篇散文只能算是写在人生边上的。这本书真大！一时不易看完，就是写过的边上也还留下好多空间"[①]。在书中的《一个偏见》一文中，他又说："只有人生边上的随笔、热恋时的情书等等，那才是老老实实、痛痛快快的一偏之见。"这就是说：第一，这本书写的是作者对"人生"这部大书的理解和体悟，也可以说是对这部大书的丰富和补充；第二，这本书是写在人生边上的"随笔"；第三，这些"随笔"和那些"热恋时的情书"一样，是"老老实实、痛痛快快的一偏之见"。作者带着"一种业余消遣者的随便和从容"，以旁观者的姿态对世道人心发表看法，博闻善说，睿智幽默，在中国现代散文史上算得上一个独特的品种。

第四节
路翎与师陀的小说

一、路翎的小说

路翎（1923—1994），原名徐嗣兴，生于江苏南京。17 岁时，首次以"路翎"的笔名发表了《"要塞"退出以后——一个年青经纪人的遭遇》，成为《七月》的首选"新人"。1942 年后，路翎出版了中篇小说《饥饿的郭素娥》及当时篇幅最长的长篇《财主底儿女们》，引起文坛关注。路翎的主要作品除了上述两部代表作外，还有短篇小说集《青春的祝福》、《在铁链中》、《求爱》，中篇小说《蜗牛在荆棘上》，长篇小说《燃烧的基地》。

路翎的中短篇小说关注受欺压的下层劳动人民，破产农民、矿工、妓女、商贩、船工、逃

① 钱钟书：《写在人生边上·序》，1 页，沈阳，辽宁人民出版社，2001。

兵、商贩等。战乱时代造成了大批颠沛流离的人群，他们背负着生活的沉重负担，挣扎在生存与死亡的交界线上。《饥饿的郭素娥》是其代表作之一。邵荃麟评价它说是“在中国的新现实主义文学中已经放射出一道鲜明的光彩”[①]。被父亲抛弃的郭素娥，逃荒遇匪，又嫁给了大她24岁的大烟鬼刘寿春。她在矿区摆香烟摊，遇到了刚愎而狞猛的张振山，长期处于“饥饿”状态的肉体和精神欲望被唤醒，她狂恋上了这个乖戾的流浪汉。然而这个强悍而美丽的女子最终还是得不到自己的所爱，被丈夫、保长和流氓施以酷刑，在遭奸污后悲惨地死去。作者让她发出这样的呼声：“你们不晓得一个女人底日子，她挨不下去，她痛苦!”反抗的呼声虽微弱，却体现了作者所探索的“原始的强力”。“原始强力”是路翎探索人物精神世界的一个中心线索。在他所倾心的“流浪汉”形象身上也都鲜明地打着“原始强力”的印记。《卸煤台下》以一只小小的铁锅，透视了推煤车夫许小东一家的悲剧命运。许小东羡慕流浪汉孙其银，因为孙身上有一种原始强力，孙当过铁匠、监工，领导过小游击，流过血，也爱过城里的下流女人，而他自己身上也有“一种野性的失望情绪”，“一种可怕的自弃力量伴随着燃烧的复仇意志”，这种力量使他无故地打破妻子的头，使他向工头报复。《蜗牛在荆棘上》中的黄述泰，听信了别人对妻子秀姑的流言，便要回乡杀人，让故乡战栗。当最卑微的生存要求也被逼到悬崖边上时，被沉重的精神枷锁束缚已久的反抗精神便会在压抑与窒息中突围。同时，这种反抗也带有一定的盲目性、突发性和疯狂性。路翎的特色便在于将这种反抗的力量在释放过程中的艰难性和曲折性入木三分地挖掘出来，展示给众人看。他把人性中的强和弱纠合在一起，歌颂“强力”，又写出其中带有的“精神奴役的创伤”；揭露国民的劣根性，又从暗淡平庸的心灵世界中看到人性的闪光。《罗大斗底一生》中，破落户子弟罗大斗是一个媚强凌弱、在黑暗中沉沦、又制造了黑暗的堕落的阿飞，他的最高的理想，便是成为一个真正的男人，有一天能够站在街上，欺凌其他的光棍们。但是当自己将要进门的媳妇周家大妹被掳去时，他唯一能做的便是号啕大哭。只有在被抓作壮丁，当队伍开拔将与母亲离别的一刹那，他“被一种冷酷的疯狂所掌握”，撞死在石头上时，“腐臭的灵魂中才溅出一星可怜的光辉”。《老的和小的》里，孤苦伶仃、靠糖罗汉担子为生的刘二太婆，在关家小女儿来她的担子上打中头彩时，一度想利用周围无人的机会蒙混过去，却受到心头的猛烈一击。路翎小说中的人物多不是平面人物，而是复杂性格的人物。胡风评价路翎的人物，说“他从生活本身底泥海似的广袤和铁蒺藜似的错综里面展示了人生诸相”。这很能代表路翎的创作实况。

路翎的长篇小说《财主底儿女们》，曾被誉为“中国的《约翰·克利斯朵夫》”。这是一部规模宏大的小说，力图展现“一·二八”以后十年间的中国社会生活面貌，试图表现“以青年底知识分子为辐射中心点的现代中国历史底动态”[②]。上部出版于1945年，下部出版于1948年。这部长篇得到胡风的激赏和高度评价。上部写了30年代苏州巨富蒋捷三家的没落，是自巴金的《家》问世以来又一部描写封建家族日趋走向灭亡的鸿篇大作。蒋捷三，这个封建家庭中支柱似的人物在世时，蒋家就已名存实亡。他的长子蒋蔚祖后来的残废则显示着封建家庭制度彻底的崩溃，以及封建地主经历的向资产阶级转化的痛苦血腥的蜕变过程。而那个美丽、恶毒、放浪却又可怜的大儿媳掀起的争夺遗产的斗争更加速了这个家族走向坟墓的步伐，成为小说故事情节的催化剂。老大蒋蔚祖清醒的头脑依附在懦弱的性格上，导致了他的疯狂，并最终

① 邵荃麟：《评〈饥饿的郭素娥〉》，《青年文艺》，第1卷第6期，1944年7月。

② 胡风：《〈财主的儿女们〉序》，见《财主底儿女们》，1页，北京，人民文学出版社，1985。

成了斗争中的牺牲品。老二蒋少祖曾经是这个封建家庭的叛逆者，他热衷于政治，一度也陷入感情的纠葛中。抗战政治立场的不坚定和对复古主义的提倡，让他沦落为一个新的“落伍者”，退却为复古主义者。下部以老三蒋纯祖为中心人物，他的身上体现了“英雄”与“多余人”相结合的特点。在从南京流亡到武汉、重庆的途中，他四处碰壁，目睹了人与人的相互践踏、残杀。他看到的现实中，人与兽并无严格的区别。他参加了共产党领导的演剧队，却发现党内某些以“最高原则”为指导的人，实是些品质卑劣的伪君子。最后，他来到石桥场从事乡村教育工作，也因事业爱情双双受挫狼狈而逃，在一事无成中告别了人世。这个财主的三儿子有别于最终皈依复古派的蒋少祖。他有自己的追求，希望给人类留下“光荣的遗迹”，幻想着在将来的历史里，“必须竖立着他的辉煌的纪念碑”。然而，他的软弱动摇和无限膨胀的个人主义，却使他没有在民族解放的大时代中找到自己的出路。与《围城》中的知识分子相比，他是“英雄”，然而他“不肯容于世俗社会，又不肯踏进新的队伍，使他在追求与奋斗中不得不陷入孤立无援的状态”。作家让他在生命的最后时刻，“明白了自己的自私，傲慢、虚荣”，希望以后“将照着一个穷人的样式，平实地为人”。也暗含了其自身最终所认可的人生观。

路翎是“七月派”中作品最多、成就最高的作家，他的创作善于揭示社会的复杂内涵，描写人物心理的复杂感情，特别是在现代心理小说的探索方面，他实践着胡风的理论，用主观精神的“扩张”，拥入“客观”世界，全身心地投入到人物的心灵搏斗之中，完成一个个既是性格的和心灵的，又是社会的和命运的，张扬着“野性”与“强力”的沉郁浓重的悲剧人物。但是，在对人的主体力量的过分张扬中，却难免被绝对化与盲目性所左右，在反对把人物当作某种思想的符号时，却让自己的许多人物作了“原始强力”的符号，给人以具有某种模式之感，走向真实的反面。他的小说语言浓重酣畅，浸染着强烈的主观情绪色彩。扰动着烦躁不安的情绪和膨胀的欲望的心理描写使他的艺术风格粗野而雄放。同时，对人物心理深层广度的开拓，以及心理节奏的把握，人物心理感应方面的恰到好处的处理，使他的写作显示出一种陀思妥耶夫斯基的气质，从而体现了其所代表的“七月派”小说独有的魅力。

二、师陀的小说

师陀另一笔名为芦焚，1945 年改为师陀。全面抗日战争爆发后，师陀流落洋场，写了短篇小说集《果园城记》，以及长篇小说《马兰》和《结婚》。

《果园城记》是一部出色的短篇集。作者带着浓厚的怀旧情绪，以他特有的一种凄凉而又温暖的笔调，写一个小城的历史和各种小人物的命运。全书 19 篇。除第一篇《果园城》（此篇介绍小城地理历史，类似序言）外，每篇基本上是集中写一两个人物，这里有豪绅地主、地痞流氓、知识分子、邮差先生、说书人、行商走贩、小渔夫、小学教师、寡妇的老女儿，也有革命家、热心社会公益事业的人。这些人物都和小城紧密地联系在一起，从各个侧面反映小城的历史、现状，透视着小城惨淡的未来，从某种意义上说，小城是当时中国社会的一个缩影。从这个没落封闭的小城，也就让人看见了中国民族的社会文化气氛和性格。

这个小城宁静，恬适，封闭自足；同时又是缺乏生机与活力的，人们所过的是停了钟摆一样的静止、慵懒的黯淡无光的生活。时间在小城仿佛停止了，历史在这里凝固成千年如一日的状态。《桃红》里 29 岁的空闺少女秀姑，无望地绣着够 30 年的嫁衣。本来她也是一个可爱的少女，像春天般温柔，总是婉然地笑着。自从母亲被父亲抛弃后，她就在寡母的严厉管束下过着刻板的生活。年复一年，日复一日地绣着女红。青春就在这种刻板的生活中流走，她日渐憔悴，无奈地面对黯淡无光的生活。传统女性是如此命运，那么受过新思潮浸染的女性是否会好一些呢？作者的回答是否定的。《颜料盒》中聪明、漂亮、有学问的油三妹，勇敢、善于辞令，一直是学校的活跃分子，同时也一直处于流言蜚语的包围中，她最后吞颜料自杀。小城里人们的生存状态大多是凄苦无奈的。《一吻》写到曾经在小城度过青春的大刘姐在多年以后作了别人的姨太太成为贵妇时，重新来小城寻找昔日的青春时光，然而一切都物是人非，她感受到的只有深深的失望。《说书人》中的主人公是一个连名字都没有的说书人。他的全部财产就是一把折扇、一块惊堂木、一个收钱用的小笸箩。他一天天地说书，一天天地更黄更瘦，长衫变成了灰绿色，后来又咳嗽、吐血，最后终于悲惨地死去，被人给送到乱葬岗，随便掘个坑葬掉。《果园城记》就是这样，以凄婉的笔触，勾勒了一座颓落的宗法制小城多层面的各色人的生活，展示了小城所独具的文化性格。

《结婚》是师陀写得最好的讽刺长篇。小说的背景，是1941年珍珠港事件前后的上海洋场社会。小说写的是洋场社会吞噬人的主题。主人公胡去恶一步步地堕落，一方面是因为作为小知识分子的软弱、意志力薄弱，其更为重要的一方面是腐烂透顶的洋场社会。这个洋场社会遵循着金钱交易的法则，身处其中的人利欲熏心，从灵魂到肉体都在腐烂。胡去恶原本也算是一个本分的青年，他从善良、含蓄、诚恳的女同学林佩芳身上，感受到了生活的慰藉。上海失陷后，林父带女儿回家，独自留在上海的胡去恶便开始了堕落的历程。胡去恶在上海洋场社会生活环境中所接触的每一个人，无不是灵魂肮脏、面目丑恶，过着糜烂的生活的寄生虫和行骗者：梦想借离婚敲诈一笔不义之财的黄美洲博士，花花公子钱亨，洋场尤物田国秀，富家子弟田国宝。在这些久经洋场社会熏染的人中，胡去恶只不过是一个可怜的、受人捉弄的角色。田国宝肯借一万元给他，只是梦想着把胡去恶的两部书稿据为己有；田国秀诱惑胡去恶，只不过以他作工具报复钱亨对她的始乱终弃。小说的最后，胡去恶发现自己的书稿被田国宝盗名出版，一万元存款也被钱亨吞掉，田国秀也在欺骗自己的感情，最终，一无所有的他持刀杀了钱亨，而他自己也被巡警开枪射死。正是毒素俱全的洋场社会，一步一步地把胡去恶引向毁灭。

《结婚》在结构上较有创新，分上下两卷，上卷是胡去恶写给林佩芳的六封信，采用第一人称，下卷采取第三人称的全知叙事方式，这种多视角的复合透视手法，有利于人性的深入挖掘。

长篇小说《马兰》，写的是乡村少女马兰的命运遭际。马兰是一个平凡而又奇特的女子。她生于北方农村，受过中等教育，有着朦胧的进步思想，也正像30年代初期的一些叛逆者那样，因不愿做封建家庭攀附权贵的敲门砖，更不甘心沦为达官贵人的“花瓶”，在老师乔式夫的诱导下，离家出走了。但乔式夫是个口头上的革命者，实则是一个封建思想严重的自私自利的伪君子，他在“帮助”马兰出走的第一夜便强奸了她，并把她带到K城同居。在K城，马兰遇到了新的恋爱对象，经过一番生的烦扰、爱的纠葛，马兰最终成为一个绝世独立的绿林女杰。作家说过：“马兰是我们乡下的一种野草，夏天开青莲色花，一般没有人种，只作地界用才种，因为它的生命力很顽强，如果不有意挖出来，它是很难得死的。”① 小说展现的是马兰在不幸的命运中表现出来的旺盛的生命力。

---

① 师陀：《谈〈马兰〉的写成经过》，见《马兰》，19页，广州，花城出版社，1982。

《马兰》在小说结构上很有特色。通篇用第一人称，却取了不同人物的观察角度和心理角度：开头的小引，是作者的口吻；正文主要是男主人公李伯唐的叙述；中间却插入了女主人公马兰的“杂记”。多重透视的运用，显示了作者在技巧及情节上的独特心得。

第五节 徐訏与无名氏

全面抗战爆发后，沦陷区上海“孤岛”的文坛上出现了广受市民读者欢迎的雅俗共赏的“现代通俗小说”。以徐訏和无名氏为代表的“现代浪漫派”是其中坚力量。他们将通俗小说的创作推向一个崭新的高峰。

一、徐訏的小说

徐訏（1908—1980），浙江慈溪人。“孤岛”时期，徐訏在上海与林语堂等人编辑《论语》、《人间世》、《天地人》、《笔端》等刊物。1937 年在《宇宙风》上发表《鬼恋》，一举成名，被称为文坛上的“鬼才”。徐訏其他重要作品还有长篇小说《风萧萧》以及《吉普赛的诱惑》、《荒谬的英法海峡》、《精神病患者的悲歌》等小说。

徐訏善于描写光怪陆离的爱情故事，展示罕见特异的奇思妙想，运用别具一格的艺术手法。其作品情节扑朔迷离，故事温婉动人，事件奇异怪诞。早期作品《鬼恋》，写的是一个隆冬之夜，“我”在上海弄口遇见一个自称为“鬼”的黑衣女性，她拥有庄重大方的仪表，口若悬河的谈吐，满腹经纶的才华。雨夜，她带“我”回家宅避雨，“我”倾诉衷肠，她却冷言回绝。来日“我”复去验证老宅是否为坟墓，但见古宅依然，迎出的老妪却道 40 年来无他人在此居住。一年时间，她拒不接受“我”的求爱，说儿女情长只属人世，假若人鬼相恋，狗猫亦可同床共枕。一日，她乔装改扮为尼姑游龙华，“我”尾随至她家，她方吐露真情。原来她曾做过秘密革命工作，暗杀敌人 18 次。流亡国外数年，自己的情侣被捕牺牲后，居住于公婆的家宅，老两口以鬼亲相待。当“我”劝她共享人间欢乐时，她留书一纸，杳无音讯。“我”抱病数月，老夫妇辞世之后，我租下那座古宅，回忆往昔，幻想将来，不知做了多少梦。战争与暴力使人变成鬼，给人的心灵留下永远无法弥合的创伤。鬼的世界甚至比人的世界更加充满温情、善良、信任与美好。人的世界却愈发冷漠、邪恶、相互猜疑和残酷。人间鬼界竟然阴阳颠倒，其间蕴含着作者哲理性的痛苦思索。

1943 年，徐訏的作品登上大后方书籍销量排行榜榜首，出版界誉之为“徐訏年”。这个时期小说充斥着异国情调，洋溢着浪漫情怀，蕴含着奇谲想象，散发着浩渺气息。如《吉普赛的诱惑》就是以浪漫的异域风情的展示独具风采。

徐訏的一部分小说表达了对现代文明的批判与反省，流露出他对理想社会的幻想与期待。

典型的如《荒谬的英法海峡》。此小说通过“我”在横渡英法海峡的轮船中前往英吉利的“南柯一梦”，点出资本主义工业国家把资金用于军备和战争，导致原本应当相近的人类痛苦分离的主题。在小说中作者义愤填膺，借船客之口对资本主义文明大加批判。而梦幻中海盗建设的“人间天堂”类似大同社会，带有原始社会尧舜时代的意味。海市蜃楼般的“岛国”是否带有空想的痕迹暂且不谈，作者对现代文明的反思与诅咒以及对祥和社会的执着追寻是值得称道的。《风萧萧》是一部间谍小说，情与泪，悔与恨，理智与情感，阴谋与爱情，儿女情长，战斗友谊，错综交织，惊心动魄，构成了一曲辉煌的多声部交响乐。作品带有强烈的民族意识，与此同时，它把战争与爱情两大永恒的主题完美结合。小说讲述“我”与三个各具特色的女性之间的喜怒哀乐，悲欢离合，爱恨情仇。民族的利益，人类的幸福显然超越一切。为了神圣的职责，甘于牺牲“我”爱的人和爱“我”的人。为了高尚的事业，将子弹射入爱人的肉体，拔枪对准好友的头颅。在理智与情感面前，他们选择了理智；在民族与个人面前，他们选择了民族；在事业与爱情面前，他们选择了事业。全文没有一句口号，没有一处标语，但国家的召唤，民族的呼喊，丝毫没有减弱，这群年轻的生命用实际行动谱写了一曲荡气回肠的动人乐章。《风萧萧》在艺术上体现出高度立体化。大量通感的运用，使作品将视觉、嗅觉、听觉合为一体，带给读者强烈的冲击力和宽阔的审美空间。

徐訏博学多识，经历丰富，对哲学和心理学造诣颇深。他的作品中充斥着高深的哲学思考与精辟的心理分析。对人鬼世界的审视比较，对民族精神的坚定高扬，对异域情调的尽情展示，对美好爱情的执着追求，构成了徐訏小说的独特魅力。他的小说不乏奇妙的梦境幻想甚至对“乌托邦”式的“世外桃源”的描写，这体现了作者对丑恶残酷现实的批判以及对完美平等社会的向往。他坚持第一人称的叙述，因此更便于深刻的精神剖析与对内在隐秘心理活动的展示和挖掘。在浪漫的载体上阐释哲理，在抒情的语言中标榜正义，情节错综复杂，故事出人意料。山里有山，戏中有戏；一波未平，一波又起，创作出一种十分高雅的具有相当大读者群体的广受市民阶层喜爱的现代通俗小说。

二、无名氏的小说

无名氏（1917—2002），原名卜宝南，又名卜乃夫，祖籍扬州。1943年首次以“无名氏”为笔名发表长篇小说《北极风情画》，轰动文坛，冲进畅销书排行榜前列。后又出版《塔里的女人》，名声大振。无名氏其他重要的小说还有《野兽·野兽·野兽》、《海艳》和《金色的蛇夜》。

《北极风情画》是作者的处女作。小说表现的是战争和爱情的主题。小说通过两个弱小民族青年男女的爱情悲剧，控诉了战争的罪恶。战争令生灵涂炭，人性禁锢，有情人终不成眷属，亲骨肉永世分离。所谓的命令与军规，不过为了“捍卫”侵略的阴谋和征服的野心。小说中两个弱小民族的青年男女被战争所吞没，也体现了作者强烈的民族意识和愤懑的反抗精神。《塔里的女人》被作者称为《北极风情画》的续集，小说写罗圣提徘徊在结发之妻和与自己志趣相投的知心爱人黎薇小姐之间的两难选择，贯穿着对传统伦理的反思和拷问。作品具有多层的视角和变换的切入点，这是小说在艺术上的突出成就。“我”作为旁观者，观察揣测着觉空道士的身世和经历，由此造成很大的悬念，也给读者留下广阔的想象空间。进而，道士带来包裹，里面的手稿就是他的自述。当事人的视角拉近了读者和主人公的距离，也使得故事的讲述更为真实贴切。文章的主体是男主角的自白，但女主角的心理感受如何表达？作者十分巧妙地将黎薇的日记搬上前台，于是男女主角交替倾诉。故事结束，又用汉姆生的话进行哲理性的升华。当“我”准备拿手稿去出版时，道士的一记重拳打醒了梦中人。亦真亦幻，亦梦亦醒，一张一弛，急缓有度，众视角立体观察，多层次复合展示。对礼教婚姻的清算，对伦理纲常的反省，对矛盾心灵的拷问，对人生哲理的思索，作品在令人眼花缭乱的技巧组合运用中，构建出豪华的艺术宫殿，显示出丰富的审美内涵。

无名氏把自己在1945年之前的浪漫主义小说写作称为“习作阶段”。其后，便是追求艺术上自我实现的“创作阶段”了。这个阶段的代表作是七卷系列长篇《无名书初稿》，包括写于40年代的《野兽·野兽·野兽》、《海艳》、《金色的蛇夜》以及50年代完稿的其他几卷。《无名书初稿》气势磅礴，内容宏大，通过主人公曲折离奇的经历探究了社会与历史的本质，思考了情感与人生的真谛。《野兽·野兽·野兽》讲述“五四”时期师范学校优秀毕业生印蒂为了实现生命的价值毅然离家出走。他在北方漂泊五年后南下广州，加入共产党，参加北伐战争，组织进步社团。“四一二”反革命政变爆发后，他发动工人罢工，被捕入狱。在酷刑的摧残、美色的诱惑和铁窗的压抑中，他深感生命是无穷的痛苦。出狱后，“左派同志”担心自己的地位受到威胁对他极力排挤打压。印蒂愤然脱党，感叹中国的现实政治是一个污水缸，无论自身多么纯洁，只要跳进去，出来后都是一身脏臭。一个青年人胸怀“治国平天下”的热情义无反顾地投入到社会革命的洪流中去，但庸俗之众的嫉妒与猜疑却往他那炽热的火焰上浇了一瓢冷水。他向往革命，并为之承受肉体的煎熬和精神的创伤。然而，“神圣的”革命却误解他，最终无情地抛弃他。小说体现了作者对革命队伍的反省和对政治本身的怀疑。而这种深刻的怀疑精神正是文学作品“现代性”某种体现。《海艳》中印蒂从南洋归来，在轮船上偶遇一白衣少女瞿萦。两人开始了一段曲折的爱情故事。“九一八”事变爆发，他在爱国责任感及朋友的召唤下离开了深爱的瞿萦，前往东北参加义勇军。小说中，瞿萦这个“菩提树型的透明女人”为印蒂带来的是欢乐、沉醉和诗一般的感觉。她疗治了印蒂因政治斗争而产生的心灵伤痕。印蒂与瞿萦真情相恋，意味着人性的回归。然而，革命的理想、民族的安危再一次战胜了个人的幸福与小我的情感。年青人再一次肩负起历史的重任。小说表现的是作者对革命抱有的虔诚希望。《金色的蛇夜》所表现出的是另外一种深度。东北义勇军溃散，印蒂失望之余返回S埠与一帮狐朋狗友结伙走私，贩卖货物。他们标榜的哲学可概括为：“生命本来是场赌博，哪里都行，只要有金子和女人。”小说重点写印蒂——一个拥有崇高理想的有志青年蜕变为彷徨的怀疑主义者，进而堕落成信奉“野兽主义”的“魔鬼”。他用泛滥的肉欲和官能的享受来麻痹孤寂的灵魂，企图寻找一种发泄和解脱。对现实的一次次失望使得他采取劣化选择的方式构建生命的归宿。作者痛苦地反省，究竟是什么酿成了悲惨的现状？谁来拯救印蒂？谁来拯救革命？谁又来拯救中国？

无名氏的小说包含市民读者所渴望的一切：波澜壮阔的革命，激烈悲壮的战争，浪漫离奇的艳遇，神秘诡异的历险。他反省纲常，思考革命，剖析心灵，寻觅真理。他变换视角，奇思妙想，运用蒙太奇，追求现代性。他用阴郁凄厉的笔锋勾勒出一幅幅色彩凝重的画面。此可谓“雅”。与此同时，他描写大漠河山，欣赏朝云暮雪，讲述凡人小事，倾诉儿女情长。他那夸张的猎奇展示出中国小说古已有之的独特风格，散发着浓郁的民族韵味。此可谓“俗”。他凭借现代的艺术创造超凡的境界，从而启迪世俗的人们摆脱生存的苦闷和现实的烦恼。他在“雅”

与“俗”之间架起了一座桥梁，在中国现代通俗小说的浩瀚天空里，彩虹一般呈现出绚丽的色彩。

【本章学习参考】

一、阅读书目

张爱玲：《金锁记》

钱钟书：《围城》

路翎：《财主底儿女们》

师陀：《结婚》

徐訏：《风萧萧》

无名氏：《塔里的女人》

二、相关文献

1. 贾植芳，主编．中国现代文学社团流派（上、下）．南京：江苏教育出版社，1989.

2. 严家炎．中国现代小说流派史．北京：人民文学出版社，1989.

3. 严家炎，等．二十世纪中国小说理论资料（第二、三、四卷）．北京：北京大学出版社，1997.

4. 夏志清．中国现代小说史．上海：复旦大学出版社，2005.

5. 赵园．论小说十家．杭州：浙江文艺出版社，1987.

6. 余斌．张爱玲传．海口：海南国际新闻出版中心，1995.

7. 胡风．胡风评论集．北京：人民文学出版社，1984.

8. 上海社科院文学所编．上海“孤岛”文学回忆录．北京：中国社会科学出版社，1985.

9. 田慧兰，马光裕，陈珂玉，选编．钱钟书、杨绛研究资料集．武汉：华中师范大学出版社，1997.

10. 孔庆茂．钱钟书传．南京：江苏文艺出版社，1992.

11. 逄增玉．黑土地文化与东北作家群．长沙：湖南教育出版社，1995.

12. 陈白尘，董健，主编．中国现代戏剧史稿．北京：中国戏剧出版社，1989.

13. 中国现代文学研究会·中国现代文学研究丛刊·沦陷区文学研究专号．1993（1）.

三、复习思考

1. 名词解释：

中华全国文艺界抗敌协会　沦陷区文学　“孤岛”文学　七月派小说

2. 试结合作品的分析，阐释钱钟书《围城》的多层意蕴。

3. 评张爱玲小说在女性解剖方面的独特特征。

4. 评析“孤岛”文学的创作特色。

5. 简述20世纪40年代中国文坛的整体状况。

6. 评路翎的小说（可以《饥饿的郭素娥》或其他作品为析例）的思想艺术特色与得失，并说明与胡风文学理论的关联。

第二十二章
解放区小说

20 世纪 40 年代小说的另一分支，是解放区小说。解放区小说在毛泽东《在延安文艺座谈会上的讲话》的理论规定下，走上了工农兵主要是农与兵的主题方向，艺术形式上也着重体现为叙事文学主潮。

本章主要评述赵树理的小说和解放区的其他小说。

第一节 赵树理

一、生平与创作

赵树理（1906—1970），原名赵树礼，山西沁水县人。出生于一个贫苦农民家庭。他的父亲酷爱民间艺术，是当年“八音会”的全把式，吹拉弹唱，无所不会。赵树理从小就受到地方文化艺术的熏陶，对民间艺术产生了浓厚的兴趣。赵树理早年读过短期私塾。1925 年考入长治省立师范，开始接受五四新文化和新文学的影响。1929 年开始写作。全面抗战爆发后正式参加革命，在太行根据地从事抗日文化工作。在这段时间，他担任报刊主编，并创作了大量的文学作品，还改编、创作了一些戏剧作品。赵树理于 1943 年 5 月发表了《小二黑结婚》，立即引起强烈反响。以后便一发不可收拾，先后创作了《李有才板话》（1943）、《李家庄的变迁》（1945）、《孟祥英翻身》（1945）、《邪不压正》（1948）、《传家宝》（1949）、《田寡妇看瓜》（1949）等作品。

二、赵树理小说的思想内容

赵树理是一个土生土长的农民作家，是一个从思想气质到生活习惯都农民化了的作家，他同劳动人民有着深刻的历史和文化精神的血肉般的联系。赵树理对他的拟想读者和描写对象达到了烂熟于心的程度。正如赵树理自己所说的："他们每个人的环境、思想和那思想支配的生活方式，前途打算，我无所不晓。当他们一个人刚要开口说话，我大体上能推测出他要说什么——有时候和他开玩笑，能预先替他说出或接他的后半句话。"[①] 正是因为赵树理对农民的命运、思想、心理有深刻的了解，才能站在农民大变革的历史情景中深入地观察、把握农民的思想感情，才能真正地写出属于农民自己的文学作品，从而成为真正的"为民立言"的农民作家。

新文学史上，"五四"时期出现了以鲁迅为代表的乡土小说流派，30年代有以茅盾为代表的左翼作家的农村小说，赵树理可以说是现代文学史上的第三代乡土文学作家。他继承了文学史上描写农村生活、探索农民问题的传统。但不同的是，"五四"时期的乡土小说作家大多是住在北京或上海的知识分子，他们站在知识分子的启蒙立场上审视农民身上的愚昧和麻木，得出的是农民必须接受先进思想启蒙的结论。以茅盾为代表的左翼作家则站在先进阶级的立场上观察农民社会，探讨的是在民主革命时期农民的出路问题。赵树理所生活的是已经实行了民主改革的根据地、解放区的农村，他笔下展示的是不同于"五四"和民主革命时期的中国农村社会，这里有新的时代、新的生活和新的政权。赵树理把根据地农村的巨大变化、人民政权下农民生活的日新月异及新时代新风尚下农民的精神状态作为表现的主题，把塑造历史变革中的农民形象作为主要任务，这是赵树理为新文学史所作的开拓性的贡献。

赵树理的小说反映的是农民的理想和追求，艺术形式也是农民的，其所使用的语言也是农民的日常口语，小说结构也是符合农民审美心理的传统线型结构，这使他的小说成为真正的农村题材小说。

赵树理完全是一种新型文学方向的代表。这种新的方向，就是毛泽东《在延安文艺座谈会上的讲话》所指出的方向。由此，赵树理的作品成为最能体现《讲话》所提出的文艺路线的典范。这种典范意义对当时的整个解放区乃至新中国成立后五六十年代的文学创作，都有巨大的影响。

赵树理的小说有明显的时效性，他的大部分小说都是为了配合社会变革而作的，带有鲜明的宣传鼓动性。赵树理始终遵循现实主义创作手法，执着地反映社会现实，也并不回避现实矛盾，力求真实性和艺术性的完美统一，由此创作了一批反映现实的有血有肉的艺术作品。赵树理对新的历史条件下农民的自我教育自我改造问题尤其关注，并深知这种改造的长期性与艰巨性。在《小二黑结婚》中，小二黑和小芹的恋爱受到二诸葛和三仙姑的阻碍，主要是因为这些封建家长们落后的封建思想意识。二诸葛是一个被封建迷信观念扭曲了的人物，在金旺、兴旺捆起小二黑和小芹时，他跪在金旺面前哀求，表现了内心底对封建权力的惧怕。他不同意小二黑和小芹的婚事的原因是"命相不对"，怕小芹会克小二黑，可见他也是爱护小二黑的，只不过这种爱护极其愚昧，实质是对儿子幸福的扼杀。三仙姑是封建婚姻的受害者，然而她用同样的封建观念充当了戕害女儿幸福的刽子手。《李有才板话》中的老秦，是受封建等级观念毒害极深的人，当他认为从县里来的老杨是官时，对老杨毕恭毕敬；但当他知道老杨也是长工出身的人时，马上又看不起他了。封建官本位思想和由此滋生的奴性心理就是这样结合在善良的农村人身上。《李有才板话》中的小元，原来是受苦最深斗争性最强的青年积极分子，但在当了

① 赵树理：《决心到群众中去》，见《赵树理文集》，第4卷，1452页，北京，工人出版社，1985。

武委主任之后，便立即以高人一等的“主子”自居，从服饰装扮到行为语言都地主化起来了，凭权势“逼着邻居当奴才”了。由此可见其骨子里根深蒂固的封建等级思想。《邪不压正》里的小昌也是如此。鲁迅笔下的阿Q革命的目的是为了奴役别人，小元、小昌和阿Q殊途同归，斗地主的目的也是为自己牟私利。这表明封建思想意识已深入到农民骨髓，很难立竿见影得到改变。赵树理在这里敏锐地发现革命胜利后可能出现的问题：保证革命政权的纯洁性和人民性，是胜利后的群众、干部们都需要警惕的问题。

赵树理在指出农民中存在的消极、落后的心理痼疾的同时，更以极大的热情歌颂了根据地和解放区出现的新人新事新风尚，展现出在解放区占主导地位的光明面和进步力量。解放区毕竟不同于旧中国，农民取得了经济上和政治上的翻身，他们的精神状态也不同于此前任何的历史时代。赵树理写出了解放区出现的新生事物，这也是此前文学史所没有表现的新质内容。

小二黑和小芹是赵树理作品中塑造的光辉的新人形象。他们与现实黑暗面及封建家长的斗争表现出新一代农民不畏强暴、敢爱敢恨、对胜利充满信心的精神风貌。《李有才板话》中的李有才，也是作者着力塑造的一个血肉丰满的新人形象。生活给予了他智慧。他头脑冷静、深沉老练、幽默风趣，同时又正直、开朗、顽强。他爱憎分明、思想敏锐，在地主面前毫不畏惧，敢于揭露他们的罪恶，又善于团结贫苦农民和地主阶级作坚决的斗争。赵树理赋予这个人物以极崇高的性格魅力。《传家宝》中的媳妇金桂是新一代的妇女形象，她向世人宣告：革命政权下的妇女不再是低眉顺眼、逆来顺受的小媳妇，而是已挺起腰杆，开始自强自立的新生活的时代新女性了。赵树理用较多的笔墨歌颂农村中的新生事物和先进力量，使人感受到解放区生活扑面而来的激昂人心的时代气息。

三、赵树理小说的民族化方向

在创作手法上，赵树理适应时代倡导的民族化大众化的艺术和语言形式，创作出了使群众喜闻乐见的作品。他吸取了中国古典小说和民间说话文学的积极因素，融合了“五四”以来新小说的长处，确立了一种“评书体”的现代小说形式。

首先，在结构上，赵树理采用中国传统小说常用的具有历时性质的线型结构，注重故事的完整性和情节的连贯性。他的小说开始总要设法介绍清楚人物，故事连贯到底，最后必定交代人物的结局、下落，做到故事来龙去脉清楚明白，有头有尾。在情节发展过程中又设悬念、扣子，使故事波澜起伏，引人入胜。如《小二黑结婚》开头前五节都是介绍人物，第六节情节发展，第十三节“看看仙姑”故事结束，但又加上一节交代两位“神仙”的结局。故事有头有尾，符合传统中国老百姓的阅读习惯和审美心理。

其次，在描写与叙事的关系上，赵树理采用评书体小说的手法，以叙述为主，将描写融化到叙述中去。他的小说注意把人物放在充满矛盾对立的动态环境中，通过人物自身的行动和语言来刻画人物性格，而少有对景物和人物心理的静态描写。

最后，在创造民族化大众化的语言方面，赵树理的小说取得了突出的成就。赵树理的作品从叙述语言到人物对话都做到了彻底的口语化，而且是一种活生生的土生土长的口语，用词准确，表达精到。日常生活中的大白话，在赵树理的笔下，也可焕发出生命力。在语言的艺术性和通俗性的结合上，赵树理达到了很高的境界，为创造和发展现代白话文学语言作出了独特贡献。

四、《小二黑结婚》

《小二黑结婚》是赵树理确立自己艺术风格的名作。作品讲述的是解放区新一代的青年男女——小二黑和小芹自由恋爱的故事。小说展示了新老两代（二诸葛、三仙姑—小二黑、小芹）的意识变迁，并透过新一代的觉醒和对爱情与幸福的自主选择，批判了农村社会中依然存在的家庭势力（父母对子女爱情婚姻的干预）和习俗文化势力（传宗接代意识，彩礼的补偿，门第的攀附）以及政权势力（兴旺、金旺兄弟等封建残余）对新思想的压制。作品以极高的热情歌颂了根据地政治的清正英明。这部小说出版后，半年间发行4万册，创下了新文学作品在农村畅销流行的新纪录。并被搬上舞台，在解放区流传甚广。作品着力表现了农村中新老两代人观念意识的冲突与变迁，以及封建残余势力对人们道德观念的束缚。小说中很明显地将人物分成了两种类型：首先是小二黑和小芹，他们是根据地新生民主力量的代表，也是赵树理着力刻画的在革命根据地和解放区新时代中成长的新人形象。他们走在时代的前列，接受过先进思想的洗礼，具有某种现代观念，有掌握自己命运的自主意识。他们勇于同封建传统观念决裂，也敢于同农村中的恶势力作斗争。小二黑和小芹在争取婚姻自主的过程中，面对以金旺、兴旺兄弟为首的农村恶势力明目张胆的破坏，以及父母家人基于迷信、旧婚姻意识而进行的阻挠，还有农村中大多数群众的冷眼，他们毫不畏惧，始终不屈，而且坚定地相信自己所持的信念，表现了他们敢爱、敢恨、敢于斗争、意志坚定、执着精诚的性格和情感力量。他们身上表现出的自信、不退缩和对新生活的坚定信念在此前的以农村为题材的小说中是不曾有过的。小说中第二种人物类型是二诸葛和三仙姑，他们是农村中封建意识的代表。作者把他们作为需要改造的中间类型的人物来塑造，突出刻画了他们性格中的迷信、愚昧及自私自利等方面的特征。二诸葛是受封建迷信思想毒害极深的人，他笃信阴阳八卦，他不同意小二黑和小芹的婚事，是因为“命相不对”。作者给二诸葛安排了许多“不合时宜”的喜剧故事，使他的行为在现实面前处处碰壁，在善意的嘲讽、调侃中达到对旧思想、旧意识、旧观念批判的目的。三仙姑代表农村中不务正业的顽劣派，她游手好闲，作风浮浪，贪图享乐，用装神弄鬼来招蜂惹蝶，骗取钱财。三仙姑不同意女儿的婚事是期望女儿给她带来更多钱财。对三仙姑，作者也没有把她定性为坏人一棍子打死，而是客观地描写她这种性情形成的社会历史原因。三仙姑也是封建婚姻的受害者，是被封建意识侵压、扭曲了灵魂的人。这样，作者没有停留在单纯的对人物本身的批判上，而是深入挖掘造成人物劣根性的文化因素，从而最终达到批判封建思想意识、封建文化的目的。

第二节 解放区的其他小说

一、孙犁的小说

孙犁（1913—2002），生于河北省安平县，中学毕业后曾当过短时期的机关职员，也当过一年小学教员。1937年冬，孙犁参加自卫军政治部的宣传工作，投身于伟大的抗日战争。以后一直参加冀中冀西开展的抗日宣传活动。1939年开始小说创作，著有短篇小说集《荷花淀》、《芦花荡》、《嘱咐》、《采蒲台》，中篇小说《村歌》等。

孙犁的小说大都是描绘他的故乡——冀中平原的白洋淀水乡人民的战斗生活，表现的是工农兵文学的基本母题——歌颂解放区军民在抗日战争和解放战争中英勇奋斗的事迹。他的小说自然清新、秀美隽永，在解放区的小说中以卓尔不群的色彩与风姿引人注目。

孙犁小说艺术风格的独特性首先在于，在选材上他不是通过宏大场面的描绘来正面反映社会斗争和变革，而是从冀中农村平凡的日常生活的描写中，多层面地折射出时代的风云变幻。他善于从人物的心灵、情感层面切入，从日常生活小事入手，挖掘人物的灵魂美和人情、人性美，展示民众的精神状态，表现冀中农民在争取民族解放和阶级解放的斗争中表现出的饱满热烈的情绪和无私情怀。在艺术上注重抒情和风俗化的描写，带有诗化的浪漫主义的艺术风格。

在白洋淀系列小说中，孙犁用大量笔墨描绘的是青年劳动妇女的形象。像《老胡的事》中的小梅，《丈夫》中的媳妇，《荷花淀》和《嘱咐》中的水生妻子，《芦花荡》中的两个女孩子，《钟》里的尼姑慧秀等，这些年轻妇女各具神采，性格各异，却都同样在战争的恶劣条件下表现了高尚的情操、刚毅的性格、革命的激情和乐观的精神。在《荷花淀》及其续篇《嘱咐》里，水生妻支持丈夫参军抗日，自己挑起家庭重担，并和妇女们组织起来保家卫国。作者赋予她美丽的容貌、美丽的心灵，以及柔情似水的心怀，这些如同荷花一样清纯美好。类似的女性还有《光荣》里的秀梅，《“藏”》里的浅花，《蒿儿梁》里的妇救会主任，《村歌》里的双眉等。这些女性勤劳善良、坚贞乐观，同时又不乏女性的温柔多情。作者正是从这些人物身上，挖掘出时代精神的美。她们不同于鲁迅、叶圣陶笔下受命运摆布的愚昧女性，也不同于“五四”时期为个性解放、婚姻自由而挣扎的新女性，她们是在战争年代成长起来的解放了的农村新女性。她们身上既有传统女性的温柔善良，同时又具有一定的现代意识，自强自立，懂得用自己的双手去创造生活，支配自己的命运。这是现代文学史上熠熠生辉的一组女性形象，孙犁通过描写她们的精神面貌，展示多彩多姿的时代光辉。

孙犁小说的基本格调是诗意写实，他从乡土现实中汲取灵感，从现实日常生活琐事中分离出最有光亮的片段，截取日常生活片段、瞬间予以诗性刻画，进而升华出具有浪漫主义气息的诗意光晕。他小说中最大的特色就是注意营构一种诗意的境界。如《荷花淀》中开头写水生嫂月下坐在院子当中织苇席的情景，就充满诗情画意。

孙犁的代表作《荷花淀》写抗日战争时期冀中白洋淀地区人民组织地方武装英勇杀敌的故事。小说的主人公是小苇庄的游击队长水生和他的妻子水生嫂。为了战争的需要，水生所在村子里七个青年在县里一起报名参加大部队。他们公推水生回来做好家里的工作。水生连夜回家做工作后第二天匆匆走了。过了几天，他们的妻子惦记丈夫，几个年轻媳妇便偷偷地坐了一只小船划到对面马庄去打听丈夫的消息。可是不巧，部队转到其他地方去了。回来的路上碰上鬼子的大船，她们连忙把小船划到荷花淀里藏身，却意外地把敌人引到了游击队的埋伏圈里。妇女们有了这一次经历，回家后自己学习射击，配合子弟兵作战。在这部小说中，作者着重写了话别、寻夫、遇敌、战斗、打扫战场等几个场景，特别是水生和水生嫂话别的场景，写得朴实而感人。小说先是在一片诗意的氛围中展开妻子等丈夫回家的情景。在诗意的环境中，丈夫回家来，告知要去大部队的消息。小说没有渲染女人的不舍，只通过几个细节——“女人的手指震动了一下”，“鼻子有些酸”，以及“鸡叫的时候……女人还是呆呆地坐在院子里等他”，表现出女人依依惜别的深情，整篇小说就是笼罩在这样的具有诗意的深情中。小说歌颂了冀中儿女爱国主义的高尚情操和英勇不屈的战斗风姿。作品具有浓郁的生活气息、鲜明的地方色彩和新颖别致的表现手法，景物描写富有诗情画意，语言洗练、明快、清新，集中体现了作者诗体小说的艺术风格。

二、周立波的小说

周立波（1908—1979），湖南益阳人，早年受过“大革命”的激荡，后来一直是党的工作者。亲身经历过抗日战争、解放战争和土改革命等中国现代史上许多重大历史事件。1946 年 10 月，周立波随工作队到珠河县元宝区参加土改运动，回城后开始创作反映东北土改运动的长篇小说《暴风骤雨》。1947 年上卷完成，1948 年二卷合订本问世，12 月由东北书店出版。小说以东北珠河县一个叫元茂屯的村子为背景，细致地描写了中国共产党领导下农村土地改革的历史过程，展示了农村两大阶级——农民阶级和地主阶级的反复较量及殊死搏斗，以及广大农民在这场斗争中觉悟起来，成为真正掌握自己命运主人的历史画面。

小说的故事情节比较单纯，线索清楚。作品中两个阶级营垒阵线分明：一个是以元茂屯农会主任赵玉林、郭全海为中心，周围有贫雇农积极分子白玉山、白大嫂、李大个子、刘桂兰、赵大嫂，还有老一辈的贫苦农民老孙头、老田头夫妇和中农刘德山等。另一个营垒则是以恶霸地主韩老六为首，其他的人有屯里大粮户杜善人、唐抓子，土匪韩老五，特务韩老七和与他们狼狈为奸的韩家的管家李青山、狗腿子韩长胜以及富家子李振江等。小说从土改工作队进村写起，历经发动群众、斗争恶霸、分配果实、反击胡子，以及土改复查、分田地、挖浮财、起枪支、抓特务，一直写到最后的参军热潮，实现土地改革斗争的各主要环节都在这里得到了艺术的记录。小说还在相当程度上写出土改斗争本身所具有的复杂性、艰巨性和尖锐性。小说的不足之处在于作者把两大阵营之间的关系作了简单化、规范化的处理。在小说里，地主和农民的矛盾成了唯一的矛盾，地主之间、贫农之间似乎不存在矛盾，而且斗争双方营垒分明，阶级界线就像政策条文规定的那么清楚，绝不存在互助渗透关系。① 这是因为作者对革命现实主义理解上的偏差所致。周立波曾说，他生活过的地区，土改工作曾出现过“左”的偏差，但他认为这不适宜在艺术上表现，因而加以“省略”，而另外选择没有发生偏差的地区作为表现的典型。

① 参见钱理群、温儒敏、吴福辉：《中国现代文学三十年》，528 页，北京，北京大学出版社，1998。

他认为："革命的现实主义的写作，应该是作者站在无产阶级立场，站在党性的观点上所看到的一切真实之上的现实的再现。"① 这种观点，导致了对生活简单化的描写，影响了小说的现实主义成就。

《暴风骤雨》全篇充满着浓郁的生活气息。真实生动的生活场景，富于农民情趣的幽默活泼的生活细节，给小说增色不少。小说中最为突出的地方是着力刻画了农村中新人的典型。这些在共产党领导下成长起来的根据地人民，虽然贫困，但却有难能可贵的高尚品质。小说中的赵玉林，外号"赵光腚"，是在翻身前穷得连裤子都穿不上的人。但他人穷志不短，不管碰到什么困难，遭到多大的打击，从来不掉一滴眼泪。小说还突出了他一心为公的高贵品质。在分配财物时，他为一等一级的穷户，但他挑拣一些破旧衣服，说能"对付穿上，不露肉就行"。而赵玉林的妻子赵大嫂收养了父母双亡的小猪倌吴家富。在严寒季节，家里只有一双小棉鞋，她给了吴家富穿，自己的女儿却光脚丫子。其他如白玉山在分地时把近地分给别人，郭全海把自己分到的好马让给人家等，反映了农民朴素真挚的感情。小说语言明快、简净，富有地方特色，充满了农民特有的幽默感。在结构上，由于作者拘泥于现实的土改运动本身，极力表现运动过程的完整性，故而结构稍嫌松散，行文有些拖沓，上下卷之间缺乏必要的衔接。但小说故事性强，生活气息浓厚，符合中国农民的欣赏习惯，部分地弥补了这一缺陷。总之，尽管《暴风骤雨》有这样那样的缺陷与不足，但仍无愧为描写农村土改斗争不能忽略的一部力作。

三、康濯、欧阳山和柳青的小说

在解放区的小说创作中，还有一类以表现农村新生活、新人物和新的时代中出现的人民内部矛盾为主题的作品，典型的有康濯的《我的两家房东》、欧阳山的《高干大》和柳青的《种谷记》。

《我的两家房东》通过主人公金凤和栓柱争取婚姻自由获得胜利的描写，反映了解放区人们冲决旧婚姻制度和旧传统思想的愿望要求，描述了在人民政府的领导下，旧的社会秩序和道德规范得以解体，新的时代风尚和道德观念深入人心。小说着重从新旧两个不同时代的对比描写中，表现农民精神世界的变化。在过去，房东家的两个女儿婚姻都不幸福，大女儿的丈夫闹了个坏女人，而二女儿金凤 14 岁就许给了人家，男方比她大 17 岁。在新社会新思想的感染下，大女儿离了婚，金凤也找到了真正的幸福。"五四"时期要求婚姻自主、个性解放的主题在这里得到了延续和发展。小说以"我"连接两家房东，虽然写的是日常生活儿女私情，但人们从中感受到的是在解放区新思想意识和新道德观念已深入到农村平凡的家庭中，人们不再受命运捉弄，增强了自主意识，精神面貌获得了很大的改变。

欧阳山的《高干大》写于 1946 年，是较早反映"新时代里人民内部问题"主题的长篇小说。小说描写的是 40 年代初陕甘宁边区一个叫任家沟的村庄办供销合作社的故事。通过这个故事，作品成功地塑造了忠于职守，忘我工作，扎根于群众中，全心全意为人民谋利益的农村干部高生亮（高干大）的形象，揭露了主观主义和官僚主义对革命事业的危害，歌颂了联系群众、实事求是的工作作风。小说塑造了党内农民出身的两类干部的典型形象：一类是高生亮那

① 周立波：《现在想到的几点——〈暴风骤雨〉下卷的创作情形》，载《生活报》，1949-06-21。

样的干部，他们忠于职守，忘我工作，讲求实效，全心全意为人民谋实利，并在工作实践中逐步克服自身的弱点。另一类是任常有、程浩明这样的干部，他们在夺取政权后，小农意识迅速膨胀，满足现状，故步自封，唯上是从，沾染了严重的官僚主义作风，逐渐脱离了自己出身的阶级，不再真心实意为人民谋福利，反而打着党的旗号来压制高干大这样一心一意为人民的优秀干部。在合作化伊始，欧阳山就能敏锐地感受到党内农民出身的干部仍然联系群众和迅速官僚化这两类典型形象，这使得这部作品的意义，远远超出了它所反映的合作化不同发展道路的范围，而作为中国历史经验的忠实记录，具有长远的认识价值。

柳青（1916—1978）的《种谷记》出版于1947年，是我国现代文学史上最早反映农业合作化的长篇小说。小说以1942年陕甘宁边区的大生产运动为背景，写陕北王家沟群众在围绕变工队集体种谷、实行互助合作过程中开展的曲折复杂的斗争，描写了农民由个体劳动走向集体联合劳动的初步转变，反映了农村早期的社会主义萌芽，并初步展示了处于萌芽状态中的社会主义新事物与封建势力之间的斗争，这也是在现代文学史上较早反映这个主题的。中国共产党党史上全面地展开互助合作运动是在新中国成立后的1956年，而柳青在新民主主义阶段就能看到互助合作过程中出现的问题，反映了作者眼光的敏锐，也为此后的合作化道路提供了可资借鉴的经验。小说塑造了一系列现代文学史上几乎是第一次出现的人物形象类型。如富裕中农王克俭，他能写会算，算是农村中的知识分子，而且生性要强，克勤克俭地过日子。但他在旧社会受苦受怕了，不理解工农革命的性质，对共产党的领导有所疑虑，这是较有代表性的农村中有知识阶层的一种人物形象。其他的像富农王国雄、老贫农积极分子六老汉，还有王加扶这个具有初步社会主义理想的新人，这些人物形象类型都是在现代文学史上第一次出现，为当代文学人物形象的创造树立了规范。作品生活气息比较浓郁，人物描写细腻逼真，群众场面写得尤为出色，运用方言土语也比较纯熟。但情节发展过于缓慢，描写过程冗长烦琐。

四、新英雄传奇

解放区还有另一种类型的小说，就是战争题材的小说。抗日战争时期涌现出许多感人事迹，为新文学创作提供了丰富的素材。其中影响最大的是两部章回体长篇小说，马烽、西戎的《吕梁英雄传》和孔厥、袁静的《新儿女英雄传》，这些小说，以抗日战争为题材，情节性强，穿插情爱、感情纠葛，又被称为“新英雄传奇”。

（一）《吕梁英雄传》

马烽（1922—2004），山西孝义人，少年时代就参加了八路军，在部队从事文娱宣传工作。1945年春和西戎（1922—2001，原名席诚正，山西蒲县人）合写《吕梁英雄传》，小说先后在解放区的《晋绥大众报》和国统区的《新华日报》上连载，引起强烈反响。小说以吕梁山下一个小山村康家寨为背景，描写了晋绥边区人民在党的领导下建立民兵武装，实行“劳武结合”，与敌人开展了迂回曲折的斗争的过程。小说再现了抗日战争期间民兵斗争的动人场景，有力地表现了人民战争的思想和游击战术的重大胜利。作品故事性强，情节曲折生动，采用章回体的结构和评书体的表现形式。小说在人物描写上尚嫌粗疏，“未能恰如其分地刻画人物的音声笑貌”①，“一些人物写得没血没肉，性格不突出，没有心理变化”②。虽然如此，但它是解放区最早出现的表现新的人民英雄的长篇小说，塑造了平凡人民中的英雄形象。如武得民的刻苦耐劳、忠诚坦荡，雷石柱的有胆有识、智勇双全，还有康明理的宁死不屈，马保儿的壮烈殉国等，都给读者留下了深刻的印象。英雄人物的塑造，为长篇小说的创作开拓了一个新天地。

（二）《新儿女英雄传》

《新儿女英雄传》也是一部章回体长篇小说。小说以冀中白洋淀为背景，以张金龙、牛大水与杨小梅之间的婚姻关系的变化发展为主要线索，描绘人民群众英勇抗日的壮美图景，再现了抗日民族战争的艰巨性和新的民族英雄的成长过程。小说着力描写的是“五一大扫荡”给冀中人民带来的深重的灾难，如实地展现了战争环境的极端艰苦和人民群众在心理上的恐惧。但即使是在敌人的残暴统治与淫威下，即使面临危险和恐惧，人民群众，包括伪军和旧式政府的乡保长等，也没有完全泯灭民族良心，没有忘记自己是炎黄子孙，弘扬了一种民族精神。这是《新儿女英雄传》超出同类题材的其他作品之处。小说在人物形象的塑造上也有了新的拓展，作者善于把人物放在严酷险恶的环境中，描写人物性格逐渐成熟和发展的过程，以此彰显人物的性格，使人物成长过程富有逻辑性，立体性强，真实可感。小说传奇色彩浓烈，结构严谨，在形式上既保留章回体小说基本样式又有所扬弃，语言简洁朴实。总之，小说在人物刻画、事件叙述、语言结构等方面，都做到了朴素自然，是比较成功的长篇小说，是解放区战争题材小说创作的一个重大收获。

五、其他小说

解放区工业题材的小说比较典型的代表作是草明的中篇《原动力》。这部作品描写新中国成立后，东北一个水力发电厂在复工过程中，工人们和敌人作斗争，克服技术上的困难，最后终于恢复了生产，工人们在斗争的过程中逐渐成长为社会主义新人。小说主题是要表现工人阶级是建设新中国的原动力。在军事题材方面，解放区引人注目的作家是刘白羽（1916—2005），主要代表作是《无敌三勇士》、《政治委员》和《火光在前》。这些小说新闻性强，但同样有生活素材的提炼、概括，情节安排、人物塑造等。与其他军事题材的小说不同，刘白羽的小说力图展示的是革命战士内心丰富的情感世界。在《无敌三勇士》一开头，作者这样写道：“有些人把我们当战士的想得太简单了。以为我们就是打打仗，睡睡觉，实际上不是那么一回事。”小说描写三个战士——战斗英雄阎成福、“老油条”李发和与解放过来的战士赵小义从不团结到团结的故事。这三个战士都是贫苦农民出身，但性格各异，在相处中有摩擦，闹不团结。班长想法子让他们和好，但不成功。后来部队开展诉苦运动，三个战士才意识到“我们是穷人，我们有苦处，苦变成力量，团结起来就能天下无敌”。从此三人在“火线上生死抱团结”，立下

① 茅盾：《关于〈吕梁英雄传〉》，载《中华论坛》，第2卷第1期，1949年9月。

② 马烽、西戎：《吕梁英雄传·后记》，382页，北京，人民文学出版社，1952。

了战功，成为无敌三勇士。小说表现了人民子弟兵之间、官兵之间亲如血肉的阶级情感，点出人民军队天下无敌的力量所在。小说为适应农民战士的欣赏水平与审美要求，在结构形式和语言上都有意识地借鉴说唱文学，所以深为群众欢迎，成为传诵一时的名篇。

【本章学习参考】

一、阅读书目

赵树理：《小二黑结婚》

孙犁：《荷花淀》

周立波：《暴风骤雨》

马烽、西戎：《吕梁英雄传》

孔厥、袁静：《新儿女英雄传》

二、相关文献

1. 严家炎，等．二十世纪中国小说理论资料（第二、三、四卷）．北京：北京大学出版社，1997.

2. 丁帆．中国乡土小说史论．南京：江苏文艺出版社，1992.

3. 陈继会．中国乡土小说史．合肥：安徽教育出版社，1999.

4. 戴光中．赵树理传．北京：北京十月文艺出版社，1987.

5. 赵园．论小说十家．杭州：浙江文艺出版社，1987.

三、复习思考

1. 名词解释：

赵树理方向　解放区小说　评书体小说　新英雄传奇

2. 与20世纪二三十年代描写乡土题材的众多新文学作家相比，赵树理在表现农民方面有哪些突破？试结合赵树理小说的人物塑造与基本主题来加以说明。

3. 如何理解赵树理出现的文学史意义？

4. 联系作品评析孙犁小说的艺术特色。

第二十三章

现代派诗歌与其他诗歌

自由体诗在20世纪20年代后期式微，象征派与格律派后期诗人30年代汇入新起的现代派。现代派以法国象征派、英美意象派、英美现代派的象征、意象、知性为基本诗学追求，表现现代都市人的现代感受，成为上承20年代象征诗派下启40年代西南联大诗人群的现代主义诗派，集20年来新诗艺术之大成，把新诗的30年代打造成“不再的黄金时代”，成为30年代最主要诗派。与此并存的还有左翼诗与乡土诗。中国现代汉语诗歌到30年代，进入现代诗歌艺术最高成就的时期之一。

本章主要评述左翼诗、乡土诗、现代派诗歌，以及戴望舒、卞之琳、何其芳诸人的诗歌。

第一节 左翼诗与乡土诗

一、左翼诗歌

20世纪30年代左翼诗歌直接渊源于20年代的蒋光慈，因殷夫而闪发光彩，与此同时还有中国诗歌会的诗歌。

（一）胡也频

胡也频（1903—1931），原名胡崇轩，福建福州人，“左联”五烈士之一。1924年开始从事新诗与小说创作。其诗充满青春激情与反抗精神，著有《也频诗选》（1929）。诗句激情冷练，如“刀枪因杀人而显贵，/法律乃权威之奴隶”（《一个时代》）。

（二）殷夫

殷夫（1909—1931），姓徐，名孝杰，字柏庭，又名祖华，笔名白莽等，浙江象山人，“左联”五烈士之一。殷夫的诗被称为“红色鼓动诗”。殷夫的诗以1929年为界分前后两期。前期诗，表现激情青年的苦闷与早熟的爱情追求。后期诗，情调高昂，充满浪漫理想，体现出1927年“四一二”后坚持斗争的红色方向。这些诗，直接记录工人运动的战斗场面，如《血字》：“‘五卅’哟，/立起来，在南京路走！/把你血的光芒射到天的尽头”，“今日他们的天堂，/他日他们的地狱”，“‘五’要成为报复的枷子，/‘卅’要成为仇敌的铁栅，/‘五’要成为镰刀和铁锤，/‘卅’要成为断铐和炮弹！”诗以拟人方式，给“五卅”血案以生命，激情四溢而不空泛。他的《别了，哥哥》，对时任政府高官且不断把自己从狱中营救出来的哥哥，作了手足诀别的抒怀，殉道激情欲扬故抑：“别了，我最亲爱的哥哥，/你的来函促成了我的决心，/恨的是不能握一握最后的手，/再独立地向前途踏进。//二十年来手足的爱和怜，/二十年来的保护和抚养，/请在这最后的一滴泪水里，/收回吧，作为恶梦一场。//别了，哥哥，别了，/此后各走前途，/再见的机会是在，/当我们和你隶属着的阶级交了战火。”类似的诗还有《一九二九年五月一日》、《议决》等。殷夫还翻译了匈牙利诗人裴多菲的名句：“生命诚宝贵，/爱情价更高；/若为自由故，/二者皆可抛！”①

鲁迅高度评价殷夫的诗：“这是东方的微光，是林中的响箭，是冬末的萌芽，是进军的第一步，是对于前驱者的爱的大纛，也是对于摧残者的憎的丰碑。一切所谓圆熟简练，静穆幽远之作，都无须来作比方，因为这诗属于别一世界。”②

（三）中国诗歌会

从事左翼诗创作的还有“左联”领导的中国诗歌会。中国诗歌会1932年9月由穆木天、杨骚、任钧、蒲风等人发起成立，次年2月创办《新诗歌》。中国诗歌会提倡“捉住现实”、“大众歌调”，1935年主张“国防诗歌”，编有“国防诗歌”丛书。中国诗歌会的诗表现社会苦难和抗战现实。中国诗歌会还设有东京、北平、青岛、厦门、广州分会等，会员分布很广，有东京的臧云远、林林，上海的关露，北平的王亚平、方殷，山东的史轮，广东的温流等。中国诗歌会代表诗人是蒲风。中国诗歌会有影响的作品有蒲风的《六月流火》、王亚平的《十二月的风》、杨骚的《乡曲》、穆木天的《守堤者》、温流的《我们的堡》等。中国诗歌会是30年代与现代派对立的现实主义诗派，开启了抗战诗大众化、朗诵诗运动的先河。

蒲风（1911—1942），广东梅县人。《茫茫夜》（1934）等集抒写乡村现实，《钢铁的歌唱》（1936）等集表现抗战。长篇叙事诗《六月流火》是他的代表作，凡24章，1 800多行，描述了30年代中国农村苦难与革命。他的诗风格粗犷，有名句无名篇，如《我迎着风狂和雨暴》有“我不问被残杀了多少东北同胞，/我要问热血的中国男儿还有多少”。《钢铁的歌唱》是“国防诗歌”的代表作品。

二、乡土诗歌

20世纪20年代末到30年代，还有一股活跃的乡土诗。艾青、田间、臧克家等是代表。

① 鲁迅：《为了忘却的记念》，见《鲁迅全集》，第4卷，487页。

② 鲁迅：《白莽作〈孩儿塔〉序》，见《鲁迅全集》，第6卷，494页。

臧克家（1905—2004），山东诸城人。1932年开始发表新诗，以朴实、严谨的乡土生活诗的特色出现于诗坛。著有诗集《烙印》（1933）、《罪恶的黑手》（1934）、《自己的写照》（1936）、《运河》（1936）、《生命的零度》（1947）、《凯旋》（1962）、《放歌新岁月》（1991）。他提倡“个人坚忍主义”，把生活看得很险恶：“一万支暗箭埋伏在你周边，/伺候你一千回小心里一回的不检点。”代表作《老马》，通过老马的坚忍形象，写出这种生活的态度：“总得叫大车装个够，/它横竖不说一句话，/背上的压力往肉里扣，/它把头沉重地垂下！//这刻不知道下刻的命，/它有泪只往心里咽，/眼前飘来一道鞭影，/它抬起头望望前面。”这同时也是农民在苦难中忍受的悲凉写照。他写作了大量反映农民苦难、农村现实的诗，被称为“泥土诗人”。臧克家在艺术上讲究炼字炼意，诗风严谨，是现代汉语诗歌中“郊寒岛瘦”式的“苦吟派”。他的《难民》被引为例证：“日头堕到鸟巢里，/黄昏还没溶尽归鸦的翅膀，/陌生的道路无归宿的薄暮，/把这群人度到这座古镇上。//沉重的影子，扎根在大街两旁，/一簇一簇，像秋郊的禾堆一样，/静静的，孤寂的，/支撑着一个大的凄凉。”用了“堕”、“溶”、“度”、“扎根”等，刻意锤炼风格尽显。

第二节 现代派诗歌

一、现代派的流派概貌

现代派得名于1932年5月施蛰存主编并创刊的《现代》杂志。首次命名“现代派”的，是孙作云的《论“现代派”诗》[①]。现代派经历了从1929年的《新文艺》到1936年的《新诗》的历程。

施蛰存等编的《新文艺》[②]存刊期间（1929年9月至1930年4月）是现代派的滥觞阶段。施蛰存主编的《现代》[③]存刊期间（1932年5月至1934年11月）是现代派的形成阶段，其刊发了戴望舒、施蛰存、李金发、侯汝华、李心若、金克木、林庚、陈江帆、南星、史卫斯、番草、禾金、陈雨门、路易士、徐迟、钱君匋、吴奔星等88位诗人的诗作，形成了一个以戴望舒为领袖的现代诗派。《现代》即停之际，卞之琳等人所编《水星》（1934年10月至1935年6月）[④]在北平创刊，《水星》停刊后，梁宗岱主编的《大公报·文艺·诗特刊》（1935年11月

① 参见孙作云：《论“现代派”诗》，载《清华周刊》，第43卷第1期，1935-05-15。本文沿用这一称谓，但实指中国现代文学史上研究的30年代现代派，以下均简称现代派。

② 刘呐鸥、施蛰存、戴望舒编辑的文艺月刊，1929年9月15日至1930年4月15日，出至2卷2期，共出8期。

③ 施蛰存（3卷以后又加上杜衡）主编的刊物，1932年5月1日至1934年11月1日，出至6卷1期。1935年3月1日复刊到1935年5月1日，出至6卷4期，由汪馥泉主编。这3期已改组为社会政治刊物，不刊诗作，故不予讨论。

④ 《水星》从1934年10月10日创刊，至1935年6月10日，共出9期。

至1936年7月)[①] 接上，这是现代派的发展阶段。在《现代》发表新诗的主要诗人，都在《水星》、《大公报·文艺·诗特刊》上发表了诗作。与二刊同时，《北平晨报》开辟了《诗与批评》(1935年1月至1936年3月)[②] 专栏。上述三家北方刊物，与《现代》遥相呼应，把现代派诗潮推向新的阶段。

1936年，戴望舒约集卞之琳、孙大雨、梁宗岱、冯至，编辑了大型诗刊《新诗》(1936年10月至1937年7月)[③]。五位主编成为现代派五大领袖。《新诗》存刊期间是现代派的成熟阶段。在《新诗》上发表诗作的主要诗人，还有金克木、林庚、玲君、侯汝华、南星、徐迟、陈江帆、曹葆华、路易士、何其芳、陈梦家、赵罗蕤、禾金、史卫斯、李白凤、艾青、废名、刘振典、番草、陈雨门、常白、吕亮耕、孙毓棠、苏金伞、钱君匋、李心若、吴奔星、辛笛、林徽因等。《新诗》把现代派诗潮推向了高潮。

在此前后，《现代诗风》、《星火》、《今代文艺》、《文艺月刊》、《菜花》、《诗志》、《小雅》等刊物也裹进这股诗潮。《小雅》编者吴奔星称1936年为新诗的“狂飙期”，诗的技艺也进入“成熟期”。[④]《菜花》、《诗志》编者路易士[⑤]在《三十前集·三十自述》中称“一九三六——三七年这一时期为中国新诗自五四以来一个不再的黄金时代”[⑥]。

现代派在“流”中发展“派”，在“派”中容纳“流”。它以上海《现代》为中心，向北方的北平和天津扩展，向后期新月派、象征派扩展，向留学回国的学人扩展，并随西方现代派发展变异而发展变异，诗学思想经历了法国后象征派而英美意象派而艾略特等现代派诗学之发展，并引入中国传统诗学思想进行现代变异。《现代》重现代诗创作，《大公报·文艺·诗特刊》、《北平晨报·诗与批评》和《新诗》同时还重诗学理论建设，从而形成创作与理论波澜壮阔的发展。就这个意义上讲，现代派是中国现代汉语文学史、诗学史上最具有流派意义的流派。

二、现代派的流派特征

与20年代象征派不同的是，30年代现代派有鲜明的流派特征。

现代派审美特质在于古典意境与现代意识的统一，是中国历史沉淀的审美情趣与西方现代主义审美倾向的统一。按照中国古典定义，是现代主义的；按照西方现代定义，是准现代主义的。现代派因《现代》得名，偶合准现代主义特质，流派特征为价值论的病态美和艺术论的朦胧美。

---

① 它始刊于1935年11月8日，终刊于1936年7月19日，共出17期，大体上每半月1期，其中前16期为对开半版，最后1期是对开整版，主编是梁宗岱。

② 曹葆华主编，置于原有的《北晨学园》版。对开大版，每月逢一出版，共3期。从1935年1月17日第42期起，改为双周刊，间周四出版。终刊于1936年3月26日第74期。共持续了两年多。

③ 由卞之琳、孙大雨、梁宗岱、冯至、戴望舒主编，1936年10月10日创刊于上海，1937年7月10日终刊，共出2卷4期。

④ 参见吴奔星：《社中人语》，载《小雅》，第3期，1936年10月。

⑤ 后以纪弦为名继续新诗创作，是我国台湾著名现代派诗人。

⑥ 路易士：《三十自述》，见《三十前集》，3页，上海，诗领土社，1945。

（一）价值论的病态美

病态美分感伤与忧郁、孤独与迷茫、异化与丑恶三组范畴。

现代派一度醉心歌吟人生理想的幻灭和青春病式的感伤，构成忧郁。就诗人来说，早期戴望舒和何其芳最为突出；就作品来说，遍及李广田、陈江帆、番草、禾金、侯汝华、徐迟、金克木、李白凤、李心若、林庚、玲君、刘振典、钱君匋、施蛰存、南星等人诗作。戴望舒《雨巷》一诗，表达了理想幻灭的感伤忧郁时代情绪。他渲染病态，自称"我是青春和衰老的集合体，/我有健康的身体和病的心"（《我的素描》）。何其芳《预言》悲叹着"年青的神"幻影式地"无语而来"、"无语而去"的迷惘。金克木哀怨生命"随着西风消逝"（《生命》），"年华像猪血样的暗紫了"（《年华》）。李广田叹息岁月流逝那"秋天的哀怨"（《窗》）。这些作品浸透着人生、青春、爱情的感伤颓唐，受到了西方颓废派和中国唐五代诗词的影响，是古典的颓废情调在现代的延伸与反映。

现代派的孤独是生之迷茫的感受。每位现代派诗人，都有这种情绪。戴望舒是孤寂的："我是一个寂寞的夜行人"（《单恋者》），"悒郁着，用我二十四岁的整个的心"（《我的素描》）。曹葆华咀嚼着梦与真的人生之谜（参见《无题三章》）。陈时对着标本产生寂寞的感叹（参见《标本》）。废名用冷静的笔调在寂寞中感慨人生的迷惘和无常（参见《街头》、《理发店》、《北平街上》、《灯》）。侯汝华品味着灵魂的孤独，探求生之归宿（参见《静夜默坐》、《天和海》）。金克木的思索更趋于存在主义式的感受："我在热闹中更感受到孤独，/在无人处却并不寂寞"（《肖像》）。路易士《乌居》、《独游》、《无声琴》，都吟诵着类似主题。卞之琳《断章》、《距离的组织》描绘了小处敏感、大处茫然的人生感受。现代派的孤独既有存在主义式的心灵隔膜与波德莱尔式的孤独，保尔·福尔、耶麦的迷惘，瓦雷里的冥思，又同中国的禅、道，唐五代诗词有某些联系，如戴望舒孤独中的安静，卞之琳迷惘中的知命。现代派的孤独、迷惘，是在倾向西方现代主义的同时，处于古典与现代之间的徘徊。

最具现代主义色彩的，是现代派异化、丑恶的主题。后期李金发在《现代》上刊发的十首诗，涂上强烈的波德莱尔的色彩。荡妇、吸毒、游子、孤魂、生活中的失意、情场中的虚伪……异化为丑恶的意象充斥着他的诗篇。爱的眠床上，"蜥蜴踯躅着如入无人之境"（《夜雨孤坐听松》），大上海"幽灵如荡妇的诱惑者"（《忆上海》），乞丐"两颊深陷，是十年来吸毒烟的成绩"（《余剩的人类》）。戴望舒也发出"自从亚当、夏娃被逐后，那天上的花园已荒芜到怎样了"（《乐园鸟》）的叹息。陈江帆的《麦酒》、《减价的不良症》、《海关钟》、《都会的版图》描绘了现代都市的异化。与此相近的，还有废名的《理发店》、《北平街上》、《灯》、《街头》，李心若的《失业者》，玲君的《舞女》、《喷水池》，路易士的《火灭的城》，侯汝华的《海上谣》，吕亮耕的《OTTAVARIMA 四贴》、《独唱》、《索居》，罗莫辰的《草菊》，南星的《城中》，钱君匋的《夜的舞会》、《云》，施蛰存的《冷泉亭口占》等。孙大雨在《诗刊》和《大公报·文艺·诗特刊》上连载的长诗《自己的写照》，以艾略特《荒原》为借鉴，写出现代人对都市的荒原感受，其中打字小姐的荒淫、性病、厌倦、希冀等潜意识的自白，是30年代现代主义诗作最典型的诗章。从波德莱尔《恶之花》的丑恶，到兰波《醉舟》的纷扰，再到瓦雷里《海滨墓园》的冒险，再到艾略特《荒原》的异化，这些都可在现代派诗作中找到翻版。

（二）艺术论的朦胧美

朦胧美是艺术形态的审美范畴，有意象繁复、广泛象征、知性追求三种形态。

意象繁复是现代派的美学追求，是广泛借鉴法国象征派、英美意象派和中国古典诗词所谓“古诗之妙，专求意象”的综合产物，《现代》主编施蛰存深得其中三昧，于《现代》开设“意象抒情诗”栏。戴望舒笔下的泪、梦、烟、风、秋、水、夜、荒园，卞之琳笔下的寒夜、和尚、闲人、傍晚、荒街、尺八、苦雨、露珠、罗衫、圆月、夜景，陈江帆笔下的灯、巷、街，番草笔下的水手、港、桥、河、白杨、赤须松，废名笔下的理发匠、北平街头、灯，侯汝华笔下的海、水手、静夜，金克木笔下的生命、年华、肖像、邻女，李白凤笔下的歌、灯、更声、夜、秋，林庚笔下的春晚、秋夜，玲君笔下的舞女、绿、棕色女、星，施蛰存笔下的桥、墙、鱼、云，史卫斯笔下的山居、初雪……各各异彩，都表现了诗人刹那间的微妙感受。时间空间融为一体，以简洁、一瞬求丰富、永恒；主观客观熔为一炉，意象的客观性随感情内敛，倾向主观，情感的主观性借意象外化，又倾向客观，因而迷离惝恍。它不同于浪漫主义的抒情，也不同于现实主义的写实，是现代主义手法的体现之一。

现代派选取的典型意象本身具有象征品格，即梁宗岱“藉有形寓无形，藉有限表无限，藉刹那抓住永恒”[①] 之说，同时每整首诗又各有象征。这虽与法国象征主义“契合”有距离，但更寓有具体社会内涵。现代派象征有两种形态：形而上的象征，倾向哲理；形而下的象征，倾向感受。在卞之琳、金克木诸诗中，第一类象征非常突出。《距离的组织》由古罗马历史时间维度转化为现实存在的空间维度，每一意象都有象征性，但整诗则暗示时空的思索。《圆宝盒》、《断章》、《白螺壳》、《鱼化石》等，都含有形而上的内涵。金克木的《生命》、《年华》等，哲理多于象征。戴望舒、何其芳等一群诗人，对情感体验更感兴趣。《雨巷》丁香传统意象，注入20年代末期中国社会历史的内涵，尽管失意、失恋都可共鸣，但更强烈的共鸣还是普遍的“幻灭”感。何其芳的“《预言》，从声音展开想象，通篇都是象征，交织着瓦雷里长诗《年青的命运女神》的典故，迷离恍惚，闪烁不定，一片朦胧”[②]。李广田、番草的诗在写实中象征，李白凤等人的象征却蕴含着浪漫抒情。现代派在象征寓意乃至程度上有所不同，但基本品格都是象征主义的，因而“朦胧”之名日盛，以至发生《现代》杂志上读者求解、编者说诗的趣事。

知性追求是最靠近现代主义的追求。知性（Intelligence）即艾略特关于想象能把“不相容的经验结合起来”[③] 的能力，也是瑞恰兹“中庸”论作为方法论[④]的诗学主张。艾略特主张诗是经验、避却抒情、非个人化的客观理性[⑤]，瑞恰兹强调诗对经验中的兴趣和思想中的对立因

---

① 梁宗岱：《象征主义》，载《文学季刊》，第1卷第2期，1934-04-01。

② 蓝棣之：《现代派诗选》，北京，人民文学出版社，1981。

③ ［英］艾略特：《传统与个人才能》，卞之琳译，载《学文》，第1卷第1期，1934-05-01。

④ 1922年他在与人合著的《美学原理》首和尾引用了《中庸》，卷首题解则引用朱熹语“不偏之谓中，不易之谓庸”。

⑤ 参见［英］艾略特：《传统与个人才能》、《玄学派诗人》，见李赋宁译：《艾略特文学论文集》，南昌，百花洲文艺出版社，1994。

素的平衡、组织、管理的能力[①]。知性从根本上反浪漫主义甚至反象征主义，叶公超嘱卞之琳译艾略特《传统与个人才能》，嘱曹葆华译瑞恰兹等[②]，导致卞之琳等人的后期创作的转向。金克木1937年称诗坛上这类主知诗的潮流为“新的智慧诗”[③]。卞之琳的《白螺壳》、《圆宝盒》、《尺八》、《旧元夜遐思》、《道旁》、《断章》、《距离的组织》、《鱼化石》等，在情感的收敛中展开智慧的思索，同时这种思索进入的思想不是赤裸裸的，而是艾略特所说的“玫瑰花的感觉”。矛盾的思绪和不相干的意象组接在一起，形成突兀、尖锐的智慧的魅力，让人久思不已。戴望舒后期也由于与超现实主义的接近，形成思想知觉化的特点。思想的收敛和客观对应物的采用，让仁者见仁智者见智，现代派直接开启了40年代“中国新诗”派知性诗的先河，形成了40年代穆旦等西南联大诗人群“现实、玄学、雕塑”的新的现代诗风。

现代派诗人广泛继承徐志摩、闻一多、李金发的诗歌成就，对西方象征派、意象派作同步的“洋为中用”借鉴，对中国古代诗学作“古为今用”融合，中西合璧地进行天才创造，成为中国现代汉语诗歌史上非常成熟和辉煌的流派。现代派的黄金时代由于战争的开始而中断，但它的成就成为40年代西南联大诗人群的渊源。

第三节 戴望舒与卞之琳

一、戴望舒的诗歌

戴望舒（1905—1950），原名戴梦，字戴丞，早年曾用笔名梦鸥，以笔名望舒行世。著有诗集《我的记忆》（1929）、《望舒草》（1933）、《望舒诗稿》（1937）、《灾难的岁月》（1948）等。戴望舒诗歌广泛借鉴西方颓废派、象征派、意象派、超现实主义等众多流派的诗艺，同时借鉴晚唐诗情调，有“雨巷诗人”之称。戴望舒把徐志摩对浪漫主义诗歌的发展、李金发对象征主义诗歌的引入，作了新的总结与提升；他把西方象征主义诗歌理论与中国诗歌古典传统有机地结合起来，从而把中国式现代主义诗歌，提高到30年代的成熟阶段。这是戴望舒在中国现代汉语诗歌史上的重要意义。

戴望舒的诗歌创作道路，可分作三个阶段：前期——《雨巷》时期，风格感伤幽婉，讲究音乐美，受法国象征派魏尔伦、英国颓废派道生的影响，与中国唐五代诗有明显的继承关系；中期——《我的记忆》、《望舒草》时期，风格散文化，讲究内在诗情，受法国象征派古尔蒙、耶麦等影响；后期——《灾难的岁月》时期，深刻激切，受法国超现实主义艾吕雅等影响。

---

① 参见［英］瑞恰慈：《科学与诗》，上海，商务印书馆，1937；《文学批评原理》，南昌，百花洲文艺出版社，1992。

② 参见曹万生：《现代派诗学与中西诗学》。

③ 柯可：《论中国新诗的新途径》，载《新诗》，第1卷第4期，1937年1月。

(一) 前期:《雨巷》时期

诗集《我的记忆》分三辑。《旧锦囊》、《雨巷》为前期。《旧锦囊》一辑收诗 12 首，风格幽怨，哀“娇丽”、“芳时”易逝（《残花的泪》），怨“愁”、“苦”、“难遣难排”，带有浓郁的颓唐色彩，既有青春爱情苦闷，也有晚唐意境。其中《生涯》的梦境，像是“梦里不知身是客，一晌贪欢”的变调。

《雨巷》一辑，收诗 6 首，受法国象征派诗人魏尔伦和英国颓废派诗人道生的影响。“魏尔伦似乎对望舒更具有吸引力，因为这位外国人诗作的亲切和含蓄的特点，恰合中国旧诗词的主要传统。”“感伤情调的泛滥，易令人想起‘世纪末’英国唯美派例如陶孙甚于法国的同属类。”① 代表作《雨巷》堪称典型。

诗在幽怨、寂寥、低沉的意境中，塑造了一位孤独伤感的抒情主人公的形象，孤独感伤，成为这首诗的基本主题；同时，它也体现出诗人对社会现实幻灭的苦闷。诗一开始，就创造出最宜表现孤独感伤的艺术氛围，“我希望逢着/一个丁香一样地/结着愁怨的姑娘”成为“希望”旋律起始的基准谱线，为全诗寻知音而不得的感伤幻灭，奠定了情感基石。二至六节塑造了丁香姑娘迷离怅恻恍兮惚兮的幻象。二三节是“希望”旋律的上升，眼前出现了丁香姑娘幻象，跟“我”一样愁怨、彷徨、孤独的同志已经出现，“希望”仿佛已经实现，但诗恰在这个高潮中停下来：“她飘过/像梦一般地，/像梦一般地凄婉迷茫。”五六节是“希望”情感旋律的沉落：“像梦中飘过”一样“走尽这雨巷”，连她的“颜色”、“芬芳”、“眼光”、“惆怅”均已“消散”，“希望”沉落到底点。“希望”寻求知音而不得，全篇弥漫一片梦魇一样无法排遣的情感迷雾：感伤幻灭。七节似在重复一节，但改“逢着”为“飘过”，把“幻象”坐实，更深化了主题，成了“希望逢着”“幻象”的悼歌与哀歌：诗人将不断地重复着新的孤独感伤的历程。诗好就好在丁香姑娘象征体蕴含的愁怨内涵，由于丁香姑娘的多义性，失恋者理解为恋人，失意者理解为事业，失宠者理解为主人，但都脱不了寻知音不得的幻灭。这构成了《雨巷》的朦胧美。《雨巷》被叶圣陶先生誉为“替新诗底音节开了一个新的纪元”②。回环反复的音乐美，借助“长”、“徨”、“巷”、“娘”、“芳”、“怅”、“光”、“茫”、“香”（ang 韵），“伞”、“怨”、“般”、“远”、“散”（an 韵）和“自”、“一”、“彳”、“凄”、“寂”、“迷”（i 韵）的交错出现，极为类似魏尔伦《秋》里“L”、“N”、“O”音的反复流动。《秋》借“L”、“N”、“O”不断的刺激，唤起秋日萧萧的感觉和氛围，《雨巷》以“雨巷”、“丁香”等意象反复渲染了诗人希望中的失望，失望中的寻觅，以及“寻梦者”一样的忧郁美。《雨巷》还成为传统意象丁香点化的典范：李璟有“丁香空结雨中愁”（《浣溪沙》），李商隐有“芭蕉不展丁香结，同向春风各自愁”（《代赠》），杜甫也有“丁香体柔弱，乱结枝犹垫”（《江头四咏》）。戴望舒拈来“点铁成金”，以物拟人，从肖像到心理，从实体到幻觉，运用工描、鸟瞰、通感等多种手法，塑造了“丁香姑娘”的形象，拓展了这一意象的象征意蕴，使之成为诗人的“知己”、“希望”的象征，从而深化了诗作的主题。

① 卞之琳:《戴望舒诗集·序》，3 页，成都，四川人民出版社，1981。

② 转引自杜衡:《望舒草·序》，2 页，上海，上海现代书局，1933。

（二）中期：《我的记忆》、《望舒草》时期

与诗集《我的记忆》同名的第三辑，收诗8首。本辑中戴望舒开始疏离魏尔伦音乐美追求，倾向古尔蒙、耶麦、保尔·福尔等口语化、情感旋律的自由诗体。施蛰存说他“译果尔蒙、耶麦的时候，正是他放弃韵律，转向自由诗体的时候”①；艾青说，“到写《我的记忆》时，改用口语写，也不押韵。这是他给新诗带来的新的突破”②。《我的记忆》一诗选取具有一系列个人生活的意象，如“燃着的烟卷”、“绘着百合花的笔杆”、“破旧的粉盒”、“颓垣的木莓”、“喝了一半的酒瓶”、“撕碎的往日的诗稿”、“压干的花片”、“凄暗的灯”、“平静的水”，在口语化叙事中，展示记忆的亲切感、私人性、无意识，体现内在的情感旋律，这也如施蛰存讲的现代派诗用纯然的现代口语，写现代人的情绪的特点。

《望舒草》特别讲究诗情的内在起伏和情绪的内在节奏，并且运用通感的手法写出诗情的微妙感受。《望舒草》的情绪节奏有三类。一是内涵相近的意象在诗中反复，以形成情绪起伏的节奏。如《三顶礼》用了三组意象：“暗暗的海”、“佻达的夜合花”、“红翅的蜜蜂”，分别象征“恋人的发”、“恋人的眼”、“恋人的唇”，分别从视觉和触觉的角度微妙地展示出诗人离愁—沉醉—怨恨的情绪节奏。第二类，用内涵、色调相异乃至对立的意象排列互衬以展示出情绪节奏变化。如《二月》、《小病》、《微辞》、《深闭的园子》等都很典型。最后一类，中心意象在逐步展示中体现出情绪节奏，同时伴有次意象群的衬映。比较典型的《寻梦者》，以贝（珠）为中心意象，由“深藏”—“攀九年的冰山”、“航九年的旱海”—“海水里养九年”、“天水里养九年”—“吐出桃色的珠”，逐层展示了“梦”——理想的象征在人生旅途中求索的历程；次要意象“海水”、“冰山”、“旱海”、“云雨声”、“风涛声”、“海水”、“天水”……衬映着“珠”、“贝”即“梦”的历程，体现诗人对人生、理想的整体感受。这一类型的，还有《我的记忆》、《单恋者》、《游子谣》、《秋蝇》、《夜行者》、《妾薄命》、《乐园鸟》等。

《望舒草》讲究现代口语散文美，化古为今，写无韵自由体诗。《望舒草》中《百合子》、《八重子》、《梦都子》、《妾薄命》、《少年行》等诗题，带有明显的古词牌、乐府诗题痕迹，诗人以现代口语入自由短诗，轻松活泼，情趣四溢。

（三）后期：《灾难的岁月》时期

抗战的社会现实惊醒象牙塔中的诗人，《灾难的岁月》从《元日祝福》起始的大部分诗作，结束了诗人回避现实、孤独忧郁的旋律，代以民族斗争、社会斗争的诗情，在艺术倾向上与古尔蒙、保尔·福尔、耶麦告别，转向艾吕雅、苏拜维艾尔、阿波里奈尔、瓦雷里等。呈现出象征主义、超现实主义、写实主义、浪漫主义兼收并蓄的多元态势，与《我的记忆》、《望舒草》划出界标。

《灾难的岁月》以《元日祝福》为界，又可分作两阶段。《元日祝福》以前，戴望舒写了9首。1925年离法回国以前有《古意答客问》、《灯》，回国以后有《夜思》、《小曲》、《赠克木》、

① 施蛰存：《戴望舒译诗集·序》，2页，长沙，湖南人民出版社，1983。

② 转引自周红兴：《就当前诗歌问题访艾青》，载《山东文学》，1981（5）。

《眼》、《夜蛾》、《寂寞》、《我思想》。《眼》在超现实主义的影响下，表现出多种思想知觉化的特点："在你的眼睛的微光下，/迢遥的潮汐升涨：/玉的珠贝，/青铜的海藻……/千万尾飞鱼的翅，/剪碎分而复合的/顽强的渊深的水。"用超现实主义的眼光来看，"眼"被极端特写了，如果同时辅以象征的意义，那么，"眼"也可以看作是宇宙对我（人类）、自然的观照，同时表达了自然、人类、自我之间的关系的思考。《眼》里蕴含自然客体与个体主体互为区别但共为一体、思想的知觉化等特点，以至同里尔克等人有了联系，其中"透明而畏寒的/火的影子，/死去或冰冻的火的影子"的悖论意象颇具有超现实主义所谓"最强有力的形象，是最任意自由，最充满矛盾的形象，因而也是最难以表达的形象"，"既扰乱了理智，也扰乱了感觉"，而梦幻的氛围和强烈的诗意就是从中产生出来的特征。

1939 年元旦，戴望舒写了《元日祝福》："新的年岁带给我们新的希望。/祝福！我们的土地，/血染的土地，焦裂的土地，/更坚强的生命将从而滋长。/新的年岁带给我们新的力量。/祝福！我们的人民，/艰苦的人民，/英勇的人民，/苦难会带来自由解放。"土地和人民的命运，成了戴诗关注、讴歌的中心。《狱中题壁》对抗日义士的歌颂，《我用残损的手掌》对山河破碎的切痛，对解放区的向往和礼赞，《心愿》所表达的抗战到底的心愿，《等待》从狱中表达的对战友的渴念，《口号》对抗战胜利的期待，《偶成》洋溢出的胜利的狂喜……戴诗从雨巷走向战场，与时代、人民、土地建立了血肉一样的联系。戴诗采用了现实主义、超现实主义、浪漫主义相融的方法，或直接抒情或写实，如《断指》等，不再借助象征中介，显得直露。

后期代表作，是融超现实主义、象征主义、浪漫主义于一体的《我用残损的手掌》："我用残损的手掌/摸索这广大的土地/……/无形的手掌掠过无限的江山，/手指沾了血和灰，手掌沾了阴暗，/只有那辽远的一角依然完整，/温暖，明朗，坚固而蓬勃生春……"1942 年的这首诗明显地带有他熟悉、喜爱的苏拜维艾尔作于 1940 年的《远古的法兰西》的构思原型，诗借地图为象征体，以抚摸祖国大地为超现实幻境，将象征体的实境与超现实的幻境统一为一体，寓虚于实，以虚驭实，在残破的祖国山河中，描绘出理想世界"那辽远的一角"的"温暖，明朗，坚固而蓬勃生春"的境界，实而虚，近而远，既广阔深邃，又具体可感，富于特殊的魅力。这是对苏拜维艾尔、艾吕雅、阿波里奈尔与瓦雷里的统一，是戴诗后期的代表作。难怪诗人在他生命的最后一年，曾多次向读者朗诵他这一首诗。

戴望舒走向超现实主义以后，诗的现实性大大增加，象征性和朦胧美不断减弱，甚至出现浪漫主义倾向，形成了与卞之琳相反的现代派后期诗学的另一极特征。

二、卞之琳的诗歌

卞之琳（1910—2000），江苏海门人。著有诗集《三秋草》（1933）、《鱼目集》（1935）、《汉园集》（1936，与人合集）、《慰劳信集》（1940）、《十年诗草》（1942）、《雕虫纪历》（1979）等。

卞之琳的诗可以 1938 年为界，分作前后两期。如果从卞诗与西方现代主义的关系来看，又可以分作四个时期。

（一）第一个时期（1930—1932），是诗人所谓“前期最早阶段”

这一时期“写北平街头灰色景物，显然指得出波特莱尔写巴黎街头穷人、老人以至盲人的启发”[①]。《三秋草》中这些诗或写白日梦中大学生的闷、散，如《纪录》、《影子》；或写老头、闲人、和尚的无聊、空虚，如《傍晚》、《寒夜》、《一个闲人》、《一个和尚》；或写荒街、小巷、酸梅汤、破船片、冰糖葫芦，如《长途》、《酸梅汤》、《叫卖》、《苦雨》、《一块破船片》、《几个人》、《路过居》、《墙头草》。情调低沉、迷茫，在貌似客观的描绘中渗出心灵敏感的痛苦。对波德莱尔的借鉴，一是题材的丑、俗，二是情调的灰暗，不过，卞诗写得客观、冷静，无波德莱尔的激愤。卞诗色调、情感的消沉，也同传统有联系：“晚唐南宋诗的末世之音，同时也有点近于西方‘世纪末’诗歌的情调。”[②] 这一时期，魏尔伦的暗示与音乐性对卞之琳也有很大影响。

（二）第二个时期（1933—1935），是诗人所谓“前期中间阶段”

这一时期卞诗艺术上已臻成熟，诗多收入《鱼目集》、《汉园集》，受艾略特影响较深。1933到1934年，卞诗将低沉、迷惘的感受延伸到古镇、春城等更宏观的范围。如《古镇的梦》取材自然、细致，同时又极富象征派暗示、亲切的特点。1935年，诗人推出《距离的组织》、《尺八》、《断章》、《音尘》等精品，诗风大变，艺术上呈出鲜明的知性特点：他重视历史与人、时间与空间、表象与实体、绝对与相对、他人与自我、主体与客体等关系的思考，作品蒙上一层很浓的现代主义色彩，给现代派前后期划出了一道鲜明的界线。此时的卞之琳如袁可嘉所言，“很有艾略特早期短诗（如《晨曲》）的特色：大力运用想象逻辑来扩展诗境”[③] 的特点。

《距离的组织》在这点上源于艾略特，但又超过艾略特：“想独上高楼读一遍《罗马灭亡史》，/忽有罗马灭亡星出现在报上。/报纸落。地图开，因想起远人的嘱咐。/寄来的风景也暮色苍茫了。//……//好累啊！我的盆舟没有人戏弄吗？/友人带来了雪意和五点钟。”诗经历了三个大时空单元的转换。前四行是第一个大时空单元，即诗人的角度，中涉《罗马灭亡史》、罗马灭亡星的时空对比，诗人与“远人”的主客体关系，“寄来的风景也暮色苍茫了”涉表象与实体的关系。第五行“（‘醒来天欲暮，无聊，一访友人吧。’）”是第二个大时空单元，即另一“友人”的角度，写他行前的内心独白，这一行将诗人的叙述距离大幅拉开，形成视角大转变，想象逻辑让全诗陷入几乎不可解的谜魇。后五行转入第三个时空单元，即诗人的角度，其中又有三个层次：白日梦境（六、七行），似梦非梦（八、九行），“友人”来到（十行），中涉两个典故（“向灯下验一把土”、“盆舟”），将时空关系、微观宏观关系打乱，最后又涉表象与实体的关系（“带来了雪意和五点钟”），想象逻辑让诗篇蒙上雾幛，非仔细厘定不能解读。这首诗体现了30年代“大处茫然，小处敏感”的诗人的诸种白日梦心态。写法与艾略特的《序曲四》有直接的渊源关系，但被卞之琳极端化。

---

① 卞之琳：《雕虫纪历·自序》，16页，北京，人民文学出版社，1979。

② 同上书，15页。

③ 袁可嘉：《西方现代派诗与中国新诗》，见《现代派论·英美诗论》，367页，北京，中国社会科学出版社，1985。

《断章》里“你”、“看风景的人”、“你的影子”的“你”，“你装饰了别人的梦”的“你”，似同一又不同一，互相联系又互相区别，构成主、客体的极度相对化；《尺八》里现代“海西客”世界与唐代“长安市”、“孤馆寄居的番客”世界的时空交错换位形成离奇诗境；《音尘》里“绿衣人”、“按门铃人”与“住户”的时空，“远人”的时空，“我”的想象时空，“我”的现实时空，“我”读“历史书”的心理时空的互相嵌合出奇特意境。这些同样也烙上了艾略特这位雄霸英语诗坛30年的泰斗的印迹。

（三）第三个时期（1936—1937），是诗人所谓“前期第三阶段”

这一时期受叶芝、里尔克、瓦雷里的“后期短诗”的影响①，也有晚唐的痕迹。卞诗开始在“哀愁中含了一点喜气”，形式上醉心于格律体。《第一灯》赞美灯和光明。五首《无题》在“淘洗”、“克制”中展示了诗人欲淡不能的刻骨的隐秘私情。《候鸟问题》写抗战伊始，诗人“要走”的心迹。《雨同我》在“天涯”浪迹中有几分踌躇和“忧愁”。《淘气》和《灯虫》这两首十四行诗，或自嘲，或反思。《半岛》在隐秘复杂的抒写中流露出诗人欲隐还说似痛若无的苦恋。形式上都或多或少地带有叶芝和里尔克的痕迹。叶芝的《驶向拜占庭》、《拜占庭》等，运用极为洗练的口语和含义复杂的象征，通过具有知觉意义的意象来体现抽象的哲理，里尔克的《豹》等通过客观雕塑来结晶诗人的内在情感溶液。这种思想知觉化的特点，即瓦雷里“像感觉玫瑰花一样”感觉思想的“抽象的肉感”② 的表现方式，在卞之琳本期诗中体现鲜明。“半岛是大陆纤手，/遥指海上的三神山”，“半岛”与“三神山”这种“心有灵犀一点通”又“身无彩凤双飞翼”的象征关系，淡然地客观化了。“小楼已有三面水，/可看而不可饮的”，把单恋可望而不可即的关系极端化、象征化。下面四行却又浓情稀释，最后以“用窗帘藏起大海吧，/怕来客又遥望出帆”作结，拉开抒情主体与诗人的距离，给人以强烈的客观知觉感。这同“豹……通过四肢紧张的静寂——/在心中化为乌有”（里尔克《豹》）在知觉化、客观化、情感淡化上异曲同工。《白螺壳》更带瓦雷里印迹，诗剖析了理想纯真爱情（或人生理想）的乌托邦结局，渗透了象征寓意，迷离惝恍而晶莹剔透，“从题材到诗体都有瓦雷里的影响”，“套用了瓦雷里用过的一种最复杂的格式”③。《白螺壳》四节，每节十行，每行四个音顿，三个双音顿，一个单音顿；瓦雷里《蛇》每节十行，每行音步一致，《海滨墓园》每节六行，每行十个音步，《石榴》和《失去的美酒》是八音步十四行变体诗，《风灵》是五音步短行十四行变体诗。这是就格律而言。另一方面，《白螺壳》四节诗韵韵脚分别为“你尘里情涌工海珠住唉”、“雨透羽楼过梭本织字成”、“我滩握欢差八桃起你潮”、“珊阶栏耐雏梧瑰旁上泪”，押abba，ccd，eed韵，同时又变体交错，是现代汉语诗作里极为罕见的韵脚格律，完全套用瓦雷里法语诗体，瓦雷里《石榴》押abba，cddc，eef，gfg韵，《风灵》押abba，acac，dde，dde韵，《海滨墓园》还用了巧妙、多变的双声叠韵，《蛇》的用韵更为复杂整饬。《白螺壳》在“形式上更对瓦雷里的《蛇》、《棕榈》等诗有直接借鉴”④。

他的爱情诗精品《鱼化石（一条鱼或一个女子说——）》更是让人入魔：

---

① 参见卞之琳：《雕虫纪历·自序》，北京，15页。

② 李赋宁译：《艾略特文学论文集》，22页，南昌，百花洲文艺出版社，1994。

③ 袁可嘉：《西方现代派诗与中国新诗》，见《现代派论·英美诗论》，367页。

④ 孙玉石主编：《中国现代诗导读》，330页，北京，北京大学出版社，1990。

我要有你的怀抱的形状，
我往往溶化于水的线条。
你真像镜子一样的爱我呢，
你我都远了乃有了鱼化石。

全诗四句，悖论迭出而又浑然一体，精美绝伦，为现代汉诗精品。“我要有你的怀抱的形状”——“我”是鱼，“你”是水，鱼水相融；“我”是女人，“你”是男人，是“凹”“凸”诗意注解。“我”是鱼，“你”是鱼化石。“我往往溶化于水的线条”——鱼融于水，鱼水交融，原始意义上的鱼水之欢；心心相印，琴瑟相和，鱼嬉于水，水包容鱼的大欢乐。怨气和遗憾在于：此水永非彼水，“往往”是习惯抑是欲罢不能的依赖？鱼变成化石后，追忆当年，弱水三千，情化青山。“你真像镜子一样的爱我呢”——悖论导入：水平如镜，鱼怎样水怎样，无间无隔；鱼化石裹着鱼，“你”就是“我”，“我”就是“你”，无间无己、永恒的凝固。但“呢”字复杂，疑问抑或感叹？感叹是浪漫主义抒情，疑问则充满卞式机智：第一，你真像镜子一样爱我吗？对无间、无己、一体爱的质疑，爱是如此，还有否爱？第二，你真像镜子那样爱我吗？对爱表里真假之疑，是镜子表面的爱还是里外真实的爱？方寸咫尺，情智万里。“你我都远了乃有了鱼化石”，悖论中有奇想：存在主义看，“你”“我”情后凝固，“你我都远了”，鱼化石只是爱的葬品，现在的反讽；浪漫主义看，亘古不变，厮守一生之爱的象征，“你”中有“我”，“我”中有“你”，“你”“我”一体。

诗有不少中西文化原型隐喻。一是情感的原型变异：梁祝化的“蝶”就是“鱼化石”。“镜子一样的爱我”的对象化，有“女为悦己者容”句的原型。艾吕雅诗《恋人》中“她有我手掌的形状，她有我眸子的颜色”即所爱之人的颜色是我赋予她的。诗中“镜子”的意象仿佛与马拉美《冬天的颤抖》里的“你那面威尼斯镜子”互相投射。这些文化原型与诗学原型，有古典情感，有浪漫情怀，也有现代感觉；既是自然的，又是创造的；既是引鉴的，又是反讽的。构成《鱼化石》的思想想象资源，又加以现代变异，让人间爱情这个古老话题更为浩渺深瀚。在爱情的歌颂中展开对爱的怀疑与反思，从而构成尖锐的悖论，是这首诗突出的思想锋芒。在歌颂爱情的真诚与永恒与古典浪漫情怀时，又不时退出来予以现代的戏剧性反讽，臻纯臻美，让人质疑冷观，在对鱼化石化蝶式认知迷信中，反讽切入贴切而尖锐，写出对爱情渴望、追求、质疑、反讽于一体的复杂情感。从什么角度看都是有道理的阐释，这就因为“鱼化石”是生活一样的多面体，使得这首诗成为爱情的百科全书。《鱼化石》美在浑然一体的精致。这种精致在现代诗里，有两种体现。一是徐志摩《再别康桥》、戴望舒《雨巷》那种优美意境与典型意象的统一，境与情谐，情与境和，和谐的情境与体现诗人情感的特定意象“康桥”、“丁香姑娘”全是一体，体现出无比的精美。二是这种知性诗的精美，美到思想与形象浑然一体，至无区别，美到形象的含量太多太复杂，咫尺方寸万千世界。卞之琳的《鱼化石》就是这种精品。

本期卞诗的若干诗句和意境，还带有中国传统诗词点化的痕迹。“《无题一》写深切和不可解脱的爱：‘百转千回都不跟你讲，/水有愁，水自哀，水愿意载你。’这两行正有崔莺莺那首有名的情诗的意味：‘自从消瘦减容光，万转千回懒下床。不为旁人羞不起，为郎憔悴却羞郎’”，“《白螺壳》最后几行：‘黄色还诸小鸡雏，/青色还诸小碧梧，/玫瑰色还诸玫瑰，/可是你回顾道旁，/柔嫩的蔷薇刺上，/还挂着你的宿泪’，这里也正好是唐诗‘还君明珠双泪垂，恨不相逢未嫁时’里那个‘还’和‘泪’的诗意。”① 甚至，诗人还这样自述与传统的关系：“我前期诗作里好像也一度冒出过李商隐、姜白石诗词以至《花间》词风味的形迹。”② 卞诗化欧、化古于一体，某些意境虽能勉强追溯，但严格地说，到了卞之琳这熔铸洋古于一炉的诗境，又别是一种风格了。“这是由于他巧妙地融合了中西诗、古今诗的艺术”的结果，“我们有时可以感到”，“但很难具体指出”③。

（四）第四个时期（1938年以后），是诗人所谓“后期”阶段

“后期以至解放后新时期，对我也多少有所借鉴的还有奥登中期一些诗歌，阿拉贡抵抗运动时期的一些诗歌。”④ 1938年诗人来到延安。客居延安时期，诗风发生了巨大变化，他的《慰劳信集》以奥登式的机智幽默的笔法，在平淡中显出惊奇的叙述，讴歌了解放区生活给人带来的欣喜、活泼的新鲜情趣。《前方的神枪手》、《修筑飞机场的工人》、《空军战士》、《一位用手指挥电网的连长》、《西北的青年开荒者》、《一切劳苦者》在平淡的纪实中渲染了解放区普通军民的盎然生机和新奇情趣。《一位政治部主任》、《一位“集团军”总司令》、《〈论持久战〉的著者》这组十四行体诗有机智有趣的素描：“最难忘你那‘打出去’的手势，/常用以指挥感情的洪流，/协入一种必然的大节奏。”严肃的题材处理得干净、概括、机智、轻巧，现代汉语诗渗出奥登特有的情调。奥登笔下“他站在一棵特异树下。/把远方高举到面前，专寻找/抱有敌意的不熟悉的地方”（《旅人》，查良铮译）和“别让步子朝任何一边滑去，/以至侵入‘经常’，或探进‘从未’”（《要当心》，查良铮译）等诗句，都给卞之琳以深刻影响。

与戴望舒后期倾向艾吕雅极为相似的，是卞之琳此时也靠近了由超现实主义转向社会主义现实主义的法国诗人阿拉贡。阿拉贡对本期卞诗具有明显的影响。

卞之琳50年代的创作，或继续带有奥登的痕迹，或向江南民歌靠拢，但“大多数激越而失之粗鄙，通俗而失之庸俗，易懂而不耐人寻味。时过境迁，它们也算完成了任务”⑤。

第四节 何其芳与其他诗人

一、何其芳的诗歌

何其芳（1912—1977），四川万县人。著有诗集《汉园集》（1936，与人合集）、《预言》

---

① 蓝棣之：《论卞之琳诗的脉络与潜在趋向》，载《文学评论》，1990（1）。
② 卞之琳：《雕虫纪历·自序》，16页，北京，人民文学出版社，1979。
③ 袁可嘉：《西方现代派诗与中国新诗》，见《现代派论·英美诗论》，367页。
④ 卞之琳：《雕虫纪历·自序》，16页。
⑤ 同上书，9页。

(1945)、《夜歌》(1945)、《夜歌和白天的歌》(1952)，另有散文集、论文集多种。何其芳的前期诗作受传统诗词与西方象征派的影响。“也多少受过一点二十年代英美现代派主将托·斯·艾略特的影响，那又是稍后一点。”[①] 诗人自述：“我读着晚唐五代时期的那些精致的冶艳的诗词，蛊惑于那种憔悴的红颜上的妖媚，又在几位班纳斯派（即帕尔纳斯派）以后的法兰西诗人的篇什中找到了一种同样的迷醉。”[②] 这里所说的帕尔纳斯派以后的法兰西诗人，主要指魏尔伦、兰波、马拉美等人，也就是法国的象征派诗人。与戴望舒、卞之琳那种自觉地有选择、有具体针对性地借鉴西方现代派不同的是，何其芳的借鉴，往往是整体的，甚至往往是间接的，因而，何其芳诗作的借鉴，往往很难有一个主观自觉的具体的对象（无论是对诗人还是对具体的诗作），这与何其芳的诗学观是有关的。刘西渭 1936 年曾经作过这样的比方：“他缺乏卞之琳先生的现代性，缺乏李广田先生的朴实，而气质上，却更其纯粹，更是诗的，更其近于十九世纪初叶。”[③] 这段话仅以《花环》等诗作例，把何其芳推向西方现代主义前的浪漫主义，当然不免片面，但也从一个侧面将他与卞之琳这类直接师承西方现代主义的诗人作了一个明确的区别。这个区别的确是存在的。

何其芳与西方现代主义的联系，主要体现在他前期诗作里，这种联系有两个层面。一个层面是价值观方面的。何诗的四大主题爱情、幽怨、孤独、死亡都程度不同地有所体现，特别是死亡，完全有别于浪漫主义。另一个层面是诗美观的。何诗早期反对浪漫主义那种“嚣张的情感”，重视诗歌形式，讲究结构美和音乐美，这与魏尔伦有许多相似之处；但在《古城》以后，开始摒弃音乐美，以口语入诗，加强想象逻辑的运用，又与艾略特有所联系。

(一)《汉园集》和《预言》的前期

他前期的诗作感伤的情调既有晚唐的颓唐情调，也有西方现代派情绪。这一时期，由于强烈的孤独意识，何其芳的主要兴奋点集中在爱情上。由于病态的孤独，甚至更由于爱情期待的“绝望”，他所理解的爱情和女性，被空前地提纯、美化了，甚至带有某种柏拉图式的圣洁色彩。他感伤幼时朦胧情愫的杳然，写有著名的诗篇《花环》。小玲玲成为诗人情感对象化的象征，小玲玲的美就在于她的纯洁：“没有照过影子的小溪最清亮。”另一方面，由于对象化的象征与现实生活中女性的固有落差，更由于诗人孤独的情怀，他所抒发的情绪带有一种强烈的忧郁色彩：“你青春的声音使我悲哀。/我忌妒它如快乐的流水声……自从你遗下明珠似的声音，/触惊到我忧郁的思想。”（《赠人》）“你如花一样无顾忌地开着，/南方的少女，我替你忧愁。”（《再赠》）面对现实生活的爱情悲剧，何其芳写下了不少幽怨悱恻的失恋诗，在爱情的体验上诚实地表现出一种弱小者的性格：“对于梦里的一枝花/或者一角衣裳的爱恋是无希望的。/无希望的爱恋是温柔的。/我爱着更温柔的怀念病。”（《赠人》）显然，在何其芳这里，爱情的抒发显得极为梦幻空灵，在他那些幻化的情诗里，经常体现出一种爱而不得但又执着不舍的虚幻景象，形成一种自我补偿的变态色彩。比较典型的是《罗衫》。诗人自拟为异性贴身的夏季罗衫，反复渲染襟上的“荷香”，袖间的“眼泪”、“口脂”，以自己的拟物亲近来表达对

---

① 卞之琳：《何其芳晚年译诗》，见《人与诗：忆旧说新》，96 页，北京，三联书店，1984。

② 何其芳：《论梦中道路》，载《大公报·文艺·诗特刊》，1936-07-19。

③ 刘西渭（李健吾）：《画梦录》，见《咀华集》，本文转引自《李健吾文学评论选》，127 页，银川，宁夏人民出版社，1983。

事实上已不是恋人的恋人的崇拜和爱恋，这就更深刻地体现出诗人的孤独与变态。正如何其芳1937年自己回顾的："我虽不会像一个暴露病患者那样夸示自己的颓废，却也不缺乏一点自知之明，很早很早便感到自己是一个拘谨的颓废者。"① 事实上，诗人的这番自我表白同他前期作品的倾向是相吻合的。并且，这种变态虽然也带有现代派的某些消极影响，但同时也体现出同社会对抗的反叛价值，体现出何诗在价值观方面与西方现代主义的某些联系。

在诗歌的艺术方面，我们也能明显地看出何诗与西方现代主义的某些联系。

何其芳的诗作摒弃了浪漫主义的抒情方式，往往借助一个客观象征体来侧写抒情主人公的内在情感。《预言》是何其芳的代表作：

这一个心跳的日子终于来临！
呵，你夜的叹息似的渐近的足音。
我听得清本是林叶和夜风私语，
麋鹿驰过苔径的细碎的蹄声！
告诉我，用你银铃的歌声告诉我，
你是不是预言中的年青的神？
…………
我激动的歌声你竟不听，
你的足竟不为我的颤抖暂停，
像静穆的微风飘过这黄昏里，
消失了，消失了你骄傲的足音……
呵，你终于如预言中所说的无语而来
无语而去了吗，年青的神？

全诗在激动、心跳、颤抖、不安、惊喜、紧张的情调中，叙写女神的美、幻、温暖、银铃似的歌声，给人强烈感染的是如画境界里诗人期望与失望的情绪，情绪如此强烈、欲罢不能，让人心悸，让人不安，让人孤独。女神成为诗人一切愿望的象征。"年青的神"意象透明但又内涵朦胧，是爱情之神？是命运之神？是理想之神？与瓦雷里《年青的命运女神》有明显的联系，它犹如《雨巷》里的丁香姑娘，有爱情、事业、人生、理想等多义性。全诗如画似锦，旋律起伏，形式工整，有巴那斯主义节制情感的风格。每节六行，每行音步大体一致，一、二、四、六行大体押韵，又有魏尔伦"音乐先于一切"的特点。何诗最具有音乐美特点的，应该数《花环》："开落的幽谷里的花最香。/无人记忆的朝露最有光。/我说你是幸福的，小玲玲，/没有照过影子的小溪最清亮。"全诗三节，每节四行，二、四行通押"江阳"韵，讲究诗歌的形式美，这也正是法国巴纳斯派以后诗歌的形式特征。

(二)《古城》、《夜景（二）》以后

何诗开始洗去法国象征派讲究音乐美等铅华，不时融进某些艾略特的手法，《古城》里"有客从塞外归来，/说长城像一大队奔马/正当举颈怒号时变成石头"，"黄色的槐花，伤感的

① 何其芳：《〈回乡杂记〉代序》，见《何其芳文集》，128页，北京，人民文学出版社，1982。

泪。/邯郸逆旅的枕头上/一个幽暗的短梦”，“悲世界如此狭小又逃回/这古城。风又吹湖冰成水。/长夏里古柏树下/又有人围着桌子喝茶”这些诗句，既有想象逻辑的变形，也有口语的杂入，更有情感的客观化，同《花环》简直异如两人，带有艾略特《序曲》的特点。《夜景（二）》括弧将诗分成两个时空世界，仍然带有艾略特的影子：“下弦夜的蓝雾里。/（假若你不是这城中的陌生客，/会在街上招呼错人。）”接着不断交错地变换视角，写朱门、扣门人、“你”、“马蹄声”四个世界的位移和感觉：“又两声铜环的扣响/追问门内凄异的沉默。/（猜想他未定的命运吧！）/剥落的朱门开了半扇，/放进那只黑影子又关上了。/（把你关到世界以外了。）/马蹄声凄寂遂远。”想象有所扩展，主体隐去，客观冷静，虽然不像卞之琳诗歌那样在客观的知觉里寓有某种深刻的思想，但已经达到了“知觉化”的程度，具有了艾略特短诗的类似特点。卞之琳说何其芳“也多少受过一点二十年代英美现代派主将托·斯·艾略特的影响，那又是稍后一点”，指的就是这几首诗。

（三）后期

由于30年代中期社会时代的进步与巨变，诗人开始跳出孤独、爱情的狭窄领域，并与西方现代主义告别，得到了自身的涅槃：“最后的田园诗人正在旅馆内/用刀子割他颈间的蓝色静脉管。/我再不歌唱爱情/像夏天的蝉歌唱太阳……/在长长的送葬的行列里/我埋葬我自己。”（《送葬》）何其芳新生了。他告别了波德莱尔的“忧郁”，声明“从此我要叽叽喳喳发议论；/我情愿有一个茅草的屋顶，/不爱云，不爱月/也不爱星星”（《云》）。其后的《夜歌》、《夜歌和白天的歌》放弃孤独、放弃虚幻感伤的爱情歌唱，自身蜕变一新，去与群体协调，去“为少男少女们歌唱”，成了解放区著名抒情诗人。现代派诗人，永远成了何其芳的历史。

二、其他诗人

（一）孙大雨

孙大雨（1905—1997），原名孙铭传，号子潜，浙江诸暨人。孙大雨有影响的是都市诗《纽约城》和《自己的写照》。《纽约城》（1928）叙写了纽约的白天与夜晚的地道、高架桥、车流、人潮、灯海，具体而微地表现现代生活，是现代史诗尝试。长诗《自己的写照》（1931—1935）[①] 体现了现代史诗写作的发展。全诗预计写1 000行，发表了394行。被徐志摩称为“十年来（这就是说自有新诗以来）最精心结构的诗作”，“用整个纽约城的风光形态来托出一个现代人的错综的意识”，“笔力的雄浑与气魄的莽苍已足使我们浅尝惊讶”[②]。长诗以纽约历史、现实为背景，在描述具现代性都市性特征的社会生活画面的同时，体现的是诗人的现代荒原感受：

---

① 分三次刊发，第一次刊发于《诗刊》2期，1931年4月，共248行；第二次刊发于《诗刊》3期，1931年10月，共66行；第三次刊发于《大公报·文艺·诗特刊》，1935年11月8日，共80行。

② 徐志摩：《前言》，载《诗刊》，第2期，1931年4月。

"健康的双肩 / 主持着她们如花的行动； / …… / 健康抱着 / 她们底厚臀，在她们阴唇里 / 开一朵摄人魂魄的鲜花。"

（二）李广田

李广田（1906—1968），山东邹平人。出有诗集《汉园集》（1936）、《春城集》（1958）、《李广田诗选》（1982）。30 年代与何其芳、卞之琳是北大同学，三人合集编为《汉园集》，有"汉园三诗人"之称。其诗朴实。

（三）金克木

金克木（1912—2000），安徽寿县人，著有《蝙蝠集》（1936）。金克木偏于哲理诗，他化名柯可强调知性的《论中国新诗的新途径》①，被叶公超"认为是近几年来论新诗最好的文字"②。他的诗偏重生命的意蕴及哲理思考，如"生命是一粒白点儿，/在悠悠碧落里，/神秘地展成云片了"（《生命》）。

（四）废名

废名（1901—1967），原名冯勋北，学名冯文炳，湖北黄梅人。出有《废名诗集》。废名的诗涉及现代生活而又有玄妙的佛理，充满生机而又不失禅意，体现出一种现代人的顿悟与悲哀。如"我立在池岸，/望那一朵好花，/亭亭玉立/出水妙善，——/'我将永不爱海了。'/荷花微笑道：/'善男子，/花将长在你的海里。'"，即似爱情诗，似哲理诗，似禅机诗，似妙悟语，耐人寻味。

（五）曹葆华

曹葆华（1906—1978），四川乐山人。著有诗集《寄诗魂》（1930）、《落日颂》（1932）、《灵焰》（1932）、《无题草》（1937）等，诗论译文集《现代诗论》（1937）、《科学与诗》（1937）。曹葆华在 30 年代从事过对艾略特、瑞恰兹等诗学理论的引入与研究工作。他的诗表现爱情、人生哲理的领悟。他的爱情诗哀婉，如《她这一点头》；人生哲理诗强调意象的跳跃性，主题复杂含蓄，有神秘味道，如《无题三章》。钱钟书认为《落日颂》中"自我主义"和"神秘"并不是"成熟"的体现。③

（六）林庚

林庚（1910—2006），字静希，福建闽侯人。著有《夜》（1933）、《春野与窗》（1934）、

---

① 柯可：《论中国新诗的新途径》，载《新诗》，第 1 卷第 4 期，1937 年 1 月。

② 叶公超：《论新诗》，载《文学杂志》，1937 年 5 月。

③ 参见钱钟书：《评曹葆华著〈落日颂〉》，载《新月》，第 4 卷第 6 期，1933-03-01。

《北平情歌》（1936）、《冬眠曲及其他》（1936）等诗集。他的诗基本是九言体。林庚的诗清澈可鉴，诗绪及形式都带有古意翻新的感觉，如“海上的波水能流去恨吗/边城的荒野留下少年的笛声/河畔的小草看着花长落/年青的事到中年才明白”（《无题二》）。

【本章学习参考】

一、阅读书目

蓝棣之主编：《现代派诗选》

臧克家：《老马》、《难民》

殷夫：《别了，哥哥》

二、相关文献

1. 朱自清，编选．《中国新文学大系（1927—1937）》诗集．上海：上海良友图书印刷公司，1935.

2. 孙玉石，编．中国现代诗导读．北京：北京大学出版社，1990.

3. 曹万生．现代派诗学与中西诗学．北京：人民出版社，2003.

三、复习思考

1. 名词解释：

左翼诗　乡土诗　现代诗派　知性

2. 谈谈臧克家诗的思想艺术特色。

3. 试论现代派的流派特征。

4. 简论《雨巷》。

5. 试论戴望舒诗歌的思想艺术。

6. 试论卞之琳诗歌的思想艺术。

7. 试论何其芳诗歌的思想艺术。

第二十四章
40年代的诗歌分野

在20世纪40年代的中国，战争是常态，它作为结构性因素内嵌于这一时段的中国新诗。同时，国统区、解放区、沦陷区及上海“孤岛”等不同的政治区域又发展出了与其文化空间相适应的诗学观念与诗歌形态。多元共生的格局横亘于整个40年代的诗坛，新诗就在这样的历史语境中蓬勃展开。

在“救亡”成为全民族中心的前提下，能更直接呼应时代吁求的现实主义诗歌在战争初期得到了更大范围的传播。随着战争进入相持阶段，现代主义的诗学实践在大后方和沦陷区的校园文化里逐步恢复发展。同时，随着毛泽东的《在延安文艺座谈会上的讲话》发表，解放区的左翼诗歌蜕变为一种更为激进的诗学形式，并随着中国共产党话语空间的扩散，对中国新诗的发展产生了重大而深远的影响。

本章主要评述艾青、七月诗派、西南联大诗人群、国统区政治讽刺诗与解放区诗歌等。

第一节 艾　青

艾青（1910—1996），原名蒋正涵，浙江金华人。1928年进入杭州国立西湖艺术专科学校学习绘画，翌年转赴法国勤工俭学，继续学习美术，开始接触西方现代主义诗歌。1932年回国，加入中国左翼美术家联盟，发起组织“春地艺术社”。同年，因参加左翼文化活动被捕，1935年10月出狱。在狱中，艾青创作了《大堰河——我的保姆》等优秀作品。1936年自费出版诗集《大堰河》，引起了读者和评论界的重视。

一、早期

艾青以画家的身份而创作现代主义色彩的诗歌登上文坛。他早期的作品有着法国后期印象派和超现实主义诗歌影响的痕迹，强调语词的色彩度、雕塑感，配合着其天生的深沉、忧郁气质，形成了其时作品的特点。

胡风称艾青为“吹芦笛的诗人”，认为“虽然健旺的心总使他底姿态是‘我底姿态’，他底歌总是‘我底歌’，但健旺的东西原是潜在大众里面，当不会使他孤独的”[①]。作为诗人成名作的《大堰河——我的保姆》，展露了诗人在这两者之间寻求结合的努力。这首抒情诗带有极强的自传性，但当诗人最后写出“呈给大地上的一切的，／我的大堰河般的保姆和她们的儿子，／呈给爱我如爱她自己的儿子般的大堰河”时，“大堰河”已然成为千百年来所有农妇的命运缩影，而诗人的感情脱离了小我一己的世界，融合进了更大社会历史时空。

二、成熟期

1938年至1941年是艾青创作的高峰期。他自觉地充任战争中的“吹号者”，通过诗篇把对乡土中国的真诚赞美融进了炽热的爱国热情之中，而对光明的歌颂则是这一感情生发的结果。诗人相信：“中国新诗，已经走上可以稳定地发展下去的道路：现实的内容和艺术的技巧已慢慢结合在一起，新诗已在进行着向幼稚的叫喊和庸俗的艺术至上主义可以雄辩地取得胜利的斗争。而取得胜利的最大条件，却是由于它能保持中国新文学之忠实于现实的、战斗的传统的缘故。”[②] 诗人先后出版了《北方》（1939）、《旷野》（1940）和《火把》（1941）等诗集，奠定了自己在中国现代诗歌史上的地位。

土地和太阳是艾青诗歌最为经典的意象。土地，在艾青的笔下是“祖国”的代名词，诗人的爱国热情通过这一意象蓬勃而出，正如他在《我爱这土地》中所歌唱的：

假如我是一只鸟，
我也应该用嘶哑的喉咙歌唱：
这被暴风雨所打击着的土地，
这永远汹涌着我们的悲愤的河流，
这无止息地吹刮着的激怒的风，
和那来自林间的无比温柔的黎明……
——然后我死了
连羽毛也腐烂在土地里面。

为什么我的眼里常含泪水？
因为我对这土地爱得深沉……

冯雪峰断言：“我想，使艾青成为诗人者，怕不是别的原因，而显然是土地的受难，农村的不安，农民大众的战斗与痛苦的原因罢。”[③] 因此与“土地”有着天然纽带联系的底层民众

---

① 胡风：《吹芦笛的诗人》，见胡风：《密云期风习小纪》，145页，上海，海燕出版社，1949。

② 艾青：《〈北方〉序》，桂林，文化生活出版社，1942。

③ 冯雪峰：《论两个诗人及诗的精神和形式》，见《冯雪峰论文集》（上），165页，北京，人民文学出版社，1981。

自然也高密度地出现于诗人笔下，《北方》、《乞丐》、《手推车》、《他死在第二次》等诗作凸显了诗人对他们的关注。艾青通过对“土地—农民”的描写，使全面抗战初期的爱国主义母题获得了真切的载体，具有了生动感人的艺术力量。

太阳表现了诗人对于光明、理想、美好生活的向往与追求。1940年的《太阳》，表达了艾青的信念：“我们愿意为向你飞而折断了翅膀/我们甚至愿在你的烧灼中死去/我们活着在泥泞里像蚯蚓/永远翻动着泥土向上伸引/任何努力都是想早点离开阴湿/都是想从远处看见你的光焰/我们是蛾的同类要向你飞/我们甚至愿在你的烧灼中死去。”除了太阳，诗人还以黎明、清晨、春天、月光、火把等为意象，写出了不少优秀诗作。

1941年，艾青来到延安，翌年他参加了延安文艺工作座谈会。会后，诗人按照《讲话》精神去体验生活，吸收民间文艺营养，改造了自己的世界观和艺术风格，他写出了《雪里钻》、《献给乡村的诗》、《黎明的通知》等作品，这些作品讴歌了集体的力量，充满着必胜的信念，与早期作品存在一定的距离。艾青对中国新诗的历史贡献，主要还是通过全面抗战初期的作品建立起来的。

三、艾青诗歌的艺术成就

艾青对诗歌有自己的理解。他发表过《诗与时代》、《诗与宣传》、《诗论》，驳斥“与抗战无关”的言论，艾青相信：“这个无限广阔的国家和无限丰富的农村生活——无论旧的还是新的——都要求着在新诗上有它的重要篇幅。”[①] 但他也不认同将其看作宣传工具。艾青创造了“一种植根于大地与泥土的雄浑而凝重的诗美风格”[②]，他的出现，意味着中国新诗进入了一个全新的历史阶段。他对新诗的贡献在意象的创造、“散文美”的追求等方面。

艾青综合了现实主义的诗歌传统与30年代现代派的艺术成就，他擅长对意象的捕捉和刻画，而作为他诗歌中心意象的“土地”与“太阳”，凝结着复杂深厚的感情，充满了张力，诗意空间在交织与碰撞中得以生成和开拓。艾青诗歌意象单纯饱满，既有生动的画面而又流动着内在诗绪，充分展示了意象抒情的魅力。

“散文美”是艾青对中国诗歌艺术的另外一个贡献。他认为自由体“受格律的制约少，表达思想感情比较方便，容量比较大——更能适应激烈动荡、瞬息万变的时代”[③]，艾青的诗为自由体奠立了新的典范，开启了一代诗风。七月派诗人和早期穆旦都受到了他的影响。此外，艾青还在诗歌中引入了口语。他指出：“口语是美的，它存在于人的日常生活里。它富有人间味。它使我们感到无比的亲切。”而“口语是最散文的”[④]。口语入诗，使得诗歌在传情达意之际更能为读者所接受，拓宽了受众面，扩大影响力。艾青在诗歌形式与语言层面的探索，把新

---

① 艾青：《序》，见艾青：《献给乡村的诗》，昆明，北门出版社，1945。

② 吴晓东：《战争年代的诗艺历程》，见谢冕等：《百年中国新诗史略——〈中国新诗总系〉导言集》，126页，北京，北京大学出版社，2010。

③ 艾青：《诗论》，188页，北京，人民文学出版社，2012。

④ 同上书，第60页。

诗的艺术表现力推到了一个新的高度。

第二节
七月诗派

一、七月诗派概貌及诗学

七月诗派是在艾青的影响下，以胡风为核心，围绕《七月》、《希望》、《诗创作》、《诗垦地》、《呼吸》和《泥土》等杂志，作品多收录在“七月诗丛”、“七月新丛”、“七月文丛”等系列丛书，以成都、重庆两地为活动中心，在抗战中期涌现的一个现实主义诗歌流派。七月诗派主要成员包括田间、鲁藜、绿原、冀汸、阿垅、孙钿、天蓝、邹荻帆、牛汉、化铁、方然等。绿原概括他们是“努力把诗和人联系起来，把诗所体现的美学上的斗争和人的社会职责和战斗任务联系起来”① 的诗人。

七月诗派以现实主义和自由诗体创作在国统区的广大青年中产生了巨大影响。胡风认为：“现实主义者底第一义的任务是参加战斗，用他的文艺活动，也用他底行动全部。”② 绿原的《诗人》一诗，体现了七月诗派对此观念的服膺：

“有奴隶诗人/他唱苦难的秘密/他用歌叹息/他的诗是荆棘/不能插在花瓶里//有战士诗人/他唱真理的胜利/他用诗歌射击/他的诗是血液/不能倒在酒杯”。

除了强调诗的战斗功能，七月诗派还格外张扬诗人的主体精神。胡风说过：“客观对象没有进入人底意识以前，是‘不受作家主观影响的客观存在’，但成了所谓‘创作对象’的时候，就一定要受‘作家主观影响’的，否则就不会有什么创作。”③ 阿垅的《纤夫》体现了七月派诗人主体精神突进到客观对象深处，实现主观与客观、历史与个人的统一融合：

“偻伛着腰/匍匐着屁股/坚持而又强进！/四十五度倾斜的/铜赤的身体和鹅卵石滩所成的角度/动力和阻力之间的角度，/互相平行地向前的/天空和地面，和天空和地面之间的人底奋昂的脊椎骨/奋昂的方向，/动力一定要胜利/而阻力一定要消灭！/这动力是/创造的劳动力/和那一团风暴的大意志力。”

此外，化铁的《暴雷雨岸然轰轰而至》，也是最能够体现七月派诗人力的美学追求的作品之一。

---

① 绿原：《〈白色花〉序》，见绿原：《白色花》，2 页，北京，人民文学出版社，1981。

② 胡风：《论战争期的一个战斗的形式》，见《胡风全集》，第 2 卷，515 页，武汉，湖北人民出版社，1999。

③ 胡风：《论现实主义的路》，见《胡风评论集》，300 页，北京，人民文学出版社，1984。

二、七月派诗人

（一）田间

田间（1916—1985），安徽无为县人，原名童天鉴。1933年到上海，次年加入“左联”。他既是七月派早期的重要成员，又以自己的创作实绩推动了七月派的形成。全面抗战前即出版了诗集《未明集》、《中国牧歌》和叙事长诗《中国·农村底故事》，引起关注。全面抗战爆发后，诗人凭借抒情长诗和街头短诗创作获得了“时代的鼓手”[①] 这一美誉。

田间的诗集《给战斗者》塑造了一系列的“战士”形象。抒情长诗《给战斗者》通过日常生活的细节表现了普通人对祖国的爱：“在中国/我们怀爱着——/自己酿造的/麦酒，/自己种的/瓜豆。//每天，/每天，/我们要收藏——在自己的大地上纺织的/祖国的/白麻，/祖国的/蓝布。”人民反抗侵略者的殊死战斗，因此也就如生命的日常呼吸一样，变成了与每个人的生命密切关联在一起的生存选择：“我们/必须/拔出敌人的刀刃/从自己底血管。//我们/战斗的/呼吸，/不能停止；/血肉的/行列，/不能拆散。”形式上，田间始终用马雅可夫斯基式的分行，有意识地控制着这种饱满充沛的战斗激情，内在激情的涌动和短促的诗行之间的张力，构成了一种鼓点式的短促有力的节奏，鼓动着人民投入神圣的战斗。长篇叙事诗《她也要杀人》，写一位善得连一只蚂蚁也没有故意踩死过的农妇，在侵略者的烧杀和凌辱中拿起刀子，走上反抗和复仇之路的历史过程，喊出了“我也要杀人”的悲愤与疯狂，表达了中国人民反抗侵略的强大意志。这位妇女，很大程度上也就是当时“中国人民在侵略者蹂躏下忍无可忍奋起战斗的典型形象的化身”[②]。

除长诗外，田间还努力写作并提倡街头诗、朗诵诗、诗传单、小叙事诗等小型作品。这些作品大多保留了语言精短、音节铿锵的个人特色，对40年代的诗歌大众化和新诗体式的多样化作出了积极贡献。《假使我们不去打仗》和《义勇军》是当年传诵一时的街头诗名篇，前者以不参加战斗者的耻辱，后者以战斗者的光荣，发挥了鼓动抗战的积极作用。40年代后半期开始，田间在解放区文艺思潮的引导下，以极大的热情和精力投入了长篇叙事诗的写作，先后出版了《赶车传》等20多部诗集，但均未能超越抗战初期的影响和艺术成就。

（二）其他七月派诗人

邹荻帆（1917—1995），湖北天门人，原名邹文学。他创作勤奋，从1938年到1949年，先后出版了《在天门》、《木厂》、《意志的赌徒》、《青空与林》等9部诗集，另有不少作品散见《抗战文艺》、《文艺阵地》和《诗创造》等大型文学刊物。《意志的赌徒》曾编入“七月诗丛”。

鲁藜（1914—1999），福建同安人，原名许图地。有《醒来的时候》、《锻炼》两部诗集编

---

① 闻一多：《时代的鼓手——读田间的诗歌》，见《中国现代作家选集·田间》，255页，北京，人民文学出版社，1988。

② 白崇义：《擂鼓诗人的道路》，见《中国现代作家选集·田间》，274页。

入“七月诗丛”和“七月文丛”。其作品多为精致的抒情短诗。组诗《延河散歌》以延安生活为题材，意象清新自然，是最能体现诗人艺术特色的作品。

绿原（1922—2009），湖北黄陂人，原名刘仁甫，又名刘半九。七月诗派后期最重要的诗人，有《童话》、《集合》、《又是一个起点》等三部诗集分别编入“七月诗丛”第1、2辑和“七月文丛”。绿原诗风前后变化较大，诗集《童话》多以童年、故乡、旷野、蓝天等为题材，充满天真的想象和梦幻气息，后期转向政治抒情诗的写作，视野宏大，诗风雄健粗犷。《你是谁》曾是传诵一时的名篇。

牛汉（1923—2013），山西定襄人，原名史成汉，又名牛汀。他是七月诗派后期一位艺术个性鲜明的诗人，诗集《采色的生活》曾被胡风编入“七月诗丛”第2辑。他的诗一方面在对“远方”的向往中抒发了诗人对生活的热爱和“寻找远方肥沃的开垦过的黑土地带”（《种子有翅膀》）的急切心情，另一方面则在“革命”题材中表达了诗人对现实生活“敢于犯罪的意志”（《在牢狱》）。

阿垅（1907—1967），浙江杭州人，原名陈守梅，又名陈亦门。他既是诗人，有诗集《无弦琴》编入“七月诗丛”，又是诗歌理论家，先后出版了《诗与现实》、《人和诗》、《诗是什么》等百余万字的论著，集中阐释了七月派诗人的美学观念和创作实践，对七月诗派的发展作出了重要贡献。

除上述几位诗人外，冀汸、化铁、彭燕郊、杜谷、曾卓等人的创作，也从不同的侧面丰富了七月诗派的多样性。

第三节 西南联大诗人群

一、西南联大诗人群概貌

全面抗战前的中国现代主义诗歌，是以上海《现代》杂志为中心的“现代”诗人群，与以北平各大学师生为主体的“前线”诗人群形成并存的局面。全面抗战爆发后，为了适应时代需要，这些诗人都改变了诗风，汇入了民族解放的洪流，正如朱自清的总结：“抗战以来的诗，注重明白晓畅，暂时偏向自由的形式，这是为了诉诸大众，为了诗的普及。抗战以来，一切文艺形式为了配合抗战的需要，都朝普及的方向走，诗作者也就从象牙塔里走上了十字街头。”①中国现代主义诗潮因之走向低落，直到西南联大诗人群出现后，情形才有了根本性的改变。

由北京大学、清华大学、南开大学联合组建的西南联大，教师中汇聚了一大批著名诗人，包括朱自清、闻一多、沈从文、冯至、卞之琳、李广田和英国著名的现代主义诗人威廉·燕卜逊等。在前辈诗人的影响和支持下，西南联大学生中涌现了穆旦、郑敏、王佐良、杜运燮、马

---

① 朱自清：《抗战与诗》，见《朱自清全集》，第2卷，346页，南京，江苏教育出版社，1996。

逢华、罗寄一、袁可嘉等一批优秀诗人。抗战胜利后，西南联大诗人群的现代性探索进一步扩散开来，并通过《诗创造》、《中国新诗》、《大公报·星期文艺》等刊物联合了以唐湜、陈敬容、唐祈、杭约赫、辛笛等为代表的身处上海的风格相近的同道。这群人的创作及诗论，展示了中国现代主义新诗在20世纪40年代的总体成就。

二、西南联大诗人群诗学

西南联大诗人群一方面借鉴学习了叶芝、艾略特、里尔克、奥登等西方现代主义诗人，另一方面，他们又延续了战前中国现代主义新诗的历史流向。袁可嘉认为新的现代诗应该是“现实、象征、玄学的综合”，“现实表现于对当前世界人生的紧密把握，象征表现于暗示含蓄，玄学则表现于敏感多思、感情、意志的强烈结合及机智的不时流露”①。在这个“综合”性的诗学观念中，西南联大诗人群拓展了30年代现实主义诗歌的“现实”范畴，把个人的主观感情也当作一种“现实”，强调把握外部现实和挖掘内心世界的辩证统一，而“象征”则是针对直接抒情的浪漫主义诗学观，提倡以戏剧化抒情的方式来表达复杂的诗歌经验，“玄学”体现的则是把思想感觉化，同时又在感性经验中引入智性元素的现代主义特征。

三、冯至和穆旦

西南联大诗人群的诗歌创作，以坚实具体的社会历史内涵，克服了战前中国现代主义诗歌回避直接面对现实社会生活的弱点。冯至和穆旦的诗歌创作，代表了西南联大诗人群的艺术成就。

(一) 冯至的《十四行集》

1942年问世的《十四行集》是冯至最重要的作品，也是中国现代诗歌史上最重要的杰作。

《十四行集》首先以一种类似于存在主义的思路，把“什么是我们的实在？/我们从远方把什么带来？/又从面前把什么带走？”（第15首）这个永恒的生存命题，转化成了个体生命如何在日常生活中，“把我们安排给那个未来的死亡”（第2首）的问题，打通了形而上生存哲理与日常生活经验之间的联系，在平凡日常生活经验中发掘出了深邃悠远而又严肃的生存哲理。冯至对个体生命之真实性的思考，显示出了在当下生活经验中处理重大伦理问题的积极特征。从躲避空袭的人群的汇聚中发现人类共同命运的第7首，就是诗人处理战时社会生活经验的成功之作。与这种生存态度相呼应，《十四行集》在歌德“蜕变论”思想的影响下，通过“死和变”，在个人和宇宙万物的亲密关联中确立了个体生命的真实性。一方面是宇宙万物内化为我们的存在，“我们走过的城市、山川，/都化成了我们的生命”，另一方面，“我们随着风吹，随着水流，/化成平原上交错的蹊径，/化成蹊径上行人的生命”（第16首）。在这种接纳他者而

① 袁可嘉：《新诗现代化》，见袁可嘉：《半个世纪的脚印》，52～53页，北京，人民文学出版社，1994。

又把自己化入他者的流动性生存状态中，他者构成了我们的真实性，“有多少面容，有多少语声/在我们梦里是这般真切”（第 20 首），而我们也化入了广阔的宇宙，“这里几千年前/好像处处已经/有我们的生命；/我们未降生前//一个歌声已经/从变幻的天空/从绿草和青松/歌唱我们的运命”（第 24 首）。冯至由此扭转了从个体生命内部寻找个人真实性的浪漫主义方向，用积极的向外敞开，在改变自己的过程中丰富自己的行动主体，取代了浪漫主义封闭式的感情主体。对行动性的生存主体来说，个人的真实性并不内在于狭窄的个人世界，而在于超越个人的有限性，“给我狭窄的心/一个大的宇宙”（第 22 首），拥抱广阔的世界。诗人写道：“我们的身边有多少事物/向我们要求新的发现：//不要觉得一切都已熟悉，/到死时抚摸自己的发肤/生了疑问：这是谁的身体？”（第 26 首）打通形而上生存哲理与日常生活经验之间的联系是冯至体验生命意义的基本方式，而在改变和丰富自己的行动中发现个体生命的真实性，则是《十四行集》对中国现代文学的最大贡献。《十四行集》最值得注意的艺术个性，是诗人成功地运用十四行诗这种外来诗体和现代白话口语表达了自己独特的生命体验，形成了内在诗思和外在的诗歌体式、语言风格和谐统一的艺术风格。《十四行集》的成功，标志着中国现代诗歌在吸收域外艺术资源和当下生活经验两方面都达到高度成熟的水平。

（二）穆旦的诗

穆旦（1918—1977），原名查良铮，祖籍浙江海宁，生于天津。他对个体生命的真实性问题的追问，充分展示了自我的分裂和冲突，以及这种分裂和冲突的社会历史内涵。首先，穆旦是带着全部的青春的忧伤和希望进入诗歌世界的，个体生命的真实性问题对他来说不是一个沉思和体验的对象，而是生命的归宿问题：“蓝天下，为永远的谜迷惑着的/是我们二十岁的紧闭的肉体，/一如那泥土做成的鸟的歌，/你们被点燃，却无处归依。/呵，光，影，声，色，都已经赤裸，/痛苦着，等待着伸入新的组合。”（《春》，1942）其次，在抗战时期的社会历史背景中，带着青春生命的焦灼，“赶到车站搭一九四〇年的车开向最炽热的熔炉”（《玫瑰之歌》）寻找新生的穆旦，又不得不为了民族解放的历史需要而“咽进这黑夜里不断的血丝”（《漫漫长夜》），忍受着丑恶和黑暗的侵蚀，承受着“新生的希望被压制，被扭转”（《裂纹》），个体生命的意义“被否定，被僵化”（《出发》）的痛苦。社会历史中的丑恶和黑暗因此侵入了诗人内在的自我世界，“一个平凡的人，里面蕴藏着/无数的暗杀，无数的诞生”（《控诉》），使得个人与社会历史的矛盾内化成了主体内部的分裂和冲突。穆旦的自我分裂和冲突，由此而与抗战时期的中国社会现实扭结在一起，有了实实在在的历史内涵。而个人对丑恶和黑暗的承受，又引发了个体生存时间的有限性与社会历史时间的开放性之间的冲突，进一步强化了穆旦寻求个人真实性的焦灼。对“弥留在生的烦扰里，/在淫荡的颓败的包围中”（《活下去》）等待着获得解放与新生的穆旦来说，现实生活中的丑恶与黑暗不仅侵蚀着个体生命的完整，而且吞噬了有限的个人生存时间，使得本来属于个体生命的“每一秒白热而不能等待”的时间“堕下来成了你不要的形状”，把个体生命强行纳入了“平庸的永远”（《被围者》）。这种独特的时间体验与原初那种青春的生命的焦灼结合在一起，反过来强化了穆旦寻求个人真实性的急迫心情。无论是个人与社会历史中的丑恶和黑暗的冲突，还是由此而形成的自我的分裂和冲突，都因为穆旦这种强大的寻求个人真实性的内在驱动力量而充满了高度的紧张感。这种高度紧张的内在心理动力和实实在在的社会历史内涵熔铸在一起，形成了穆旦诗歌坚实硬朗的质感。探索自我的复杂性，一直是现代主义诗歌的基本主题，穆旦的独特之处就在于把个人与社会现实的冲突转化成了主体内部的分裂和冲突，为这个主题注入了活生生的时代经验，使得个人的真实性问题从内在的心理空间扩展到了外在的社会空间。而对个人生存时间的有限性与社会历史时间的开放性之冲突的发现，更是穆旦对中国现代文学的独特贡献。在这个意义上，穆旦虽然大量借鉴了西方现代主义诗人，但他诗歌中的自我分裂和冲突却植根于抗战时期的中国经验。穆旦诗歌的语言，追求表现的准确明白，摒弃了朦胧的情调氛围和模糊的意象，在现代白话中大量使用表达逻辑关系的连词，形成了明白硬朗的语言风格。其诗歌的复杂和晦涩，不是一种语言表达的艺术，而是内在诗情的丰富性和复杂性的体现。这是穆旦不同于古典诗歌，也有别于30年代中国现代主义诗人的现代性艺术品质。

第四节
解放区的民歌体叙事诗与国统区的政治讽刺诗

在政治斗争的需要和文艺政策的双重作用下，解放区和国统区诗歌，分别沿着歌颂和讽刺两个基本方向并行发展。前者的诗体形式主要是民歌体叙事诗。后者的诗体形式主要是政治讽刺诗。

一、解放区诗歌

（一）解放区诗歌概貌

解放区诗歌不仅是一种地域现象，也是一种独特的诗学观念和创作实践。它继承了30年代左翼诗歌战斗传统，强调诗歌在阶级斗争中的积极作用，自觉地把诗歌写作纳入政党政治斗争的历史范畴，根据政治革命的需要来确定题材范围和情感特征。1942年，毛泽东发表《在延安文艺座谈会上的讲话》后，在“文艺为工农兵服务”的要求下，解放区诗歌进一步摒弃了个人抒情，促成了民歌体叙事诗的繁荣。

（二）《王贵与李香香》

李季（1922—1980），河南唐河人，原名李振鹏。他的《王贵与李香香》以共产党在陕北三边地区领导的革命斗争和群众生活为题材，以王贵和李香香的爱情故事为线索，通过两个人的爱情经历，反映了死羊湾的农民群众在党的领导下，经过艰苦曲折的斗争打倒了恶霸地主崔二爷，最终翻身获得了解放的历史过程，建构了个人命运与党的革命事业之间的同一性："咱们闹革命，革命也是为了咱!"在个人命运与革命事业的同一性关系中，王贵与李香香"相爱—磨难—团圆"的爱情经历，也就成了革命事业"兴起—挫折—成功"的历史过程。通过这种把男女主人公的爱情故事与革命事业紧密联系在一起的叙事策略，李季成功地借用传统民间故事模式，表现了党的革命事业，歌颂了革命给个人带来的解放和欢乐："不是闹革命穷人翻不了身，/不是闹革命咱俩也结不了婚。"除了借用民间故事的叙述模式之外，李季还采用了陕北民歌"信天游"（又名"顺天游"）的形式，成功地融合了叙事和抒情两种艺术要素，保持了浓郁的抒情气息和质朴形象的语言风格。李季巧妙地把革命事业虚化成了男女主人公的命运背景，转而集中篇幅叙述男女主人公的爱情故事。王贵和李香香定情时的对唱、李香香对王贵的思念等，都是全诗的精彩片断，充满了浓郁的民歌气息，而最能体现"信天游"语言比兴色彩的，也主要集中在情歌对唱部分。

《王贵与李香香》的现代意义，就在于把即兴式的民歌改造成了有结构的长篇叙事诗，在传统的叙事模式中注入了现代革命意识，把个人命运叙述成了一个阶级的总体命运。在《王贵与李香香》的影响下，以延安为中心的解放区涌现了张志民的《死不着》和《王九诉苦》、阮章竞的《漳河水》等一批优秀民歌体叙事诗。

二、国统区诗歌

（一）国统区诗歌概貌

40年代后期，延安的诗学观念和文艺政策，对国统区的文艺运动产生了重大而深远的影响，改变了不少诗人的创作道路，促成了国统区政治讽刺诗的繁荣。臧克家、袁水拍、绿原、邹荻帆、白薇等人在20世纪40年代后期都曾创作了不少政治讽刺诗。

（二）袁水拍的诗

袁水拍（1916—1982），江苏吴县人，原名袁光楣。他最初引起诗坛注意的是抒情诗。从1944年开始，袁水拍以"马凡陀"为笔名，针对国民党一党专政独裁的黑暗，写下了大量辛辣犀利的政治讽刺诗，在重庆和上海等地风行一时。作品先后结集为《马凡陀的山歌》、《马凡陀的山歌续集》。他善于从普通市民关心的物价上涨、官吏横行等日常生活现象出发，揭示日常生活现象与国民党反动统治之间的联系，把人民的爱憎引向民主政治斗争的大潮。《发票贴在印花上》从苛捐杂税名目繁多，各种印花贴满了发票，以至于看起来仿佛是发票贴在印花上的荒诞细节出发，揭示了独裁政权"民主涂在嘴巴上，/自由附在条件上"的本质。《万税》"抽不到达官贵人的遗产税和财产税，/索性再抽我们小百姓的破产税和无产税"的辛辣，《主人要辞职》"我情愿名副其实地做驴子"的犀利痛快，同样表现了善于从日常现象透视政治本质，从市民的不满和牢骚中发掘民主政治动力的特征。袁水拍的政治讽刺诗不仅善于抓住市民感情，且多采用民间歌谣的形式，语言通俗浅显而节奏流畅有力，被认为是代表了"诗歌深入人民，和人民结合的方向”①。除了政治讽刺诗之外，袁水拍在40年代后期还创作了《毛泽东颂》等歌颂型的政治抒情诗，从歌颂和讽刺两个方面实践了解放区的诗学观念和文艺政策。袁水拍40年代后期的诗歌创作，标志着解放区的文艺政策和诗学观念已经超越最初的地域限制，渗入了国统区的文艺实践，变成了一种全国性的政治文化现象，预示了一个新的文学时代。

【本章学习参考】

一、阅读书目

艾青：《艾青全集》、《艾青诗选》

绿原、牛汉编：《白色花》

杜运燮、张同道编：《西南联大现代诗钞》

辛笛等：《九叶集》

阮章竞主编：《中国解放区文学书系·诗歌编》

二、相关文献

1. 吴晓东．抗战时期中国诗歌的历史流向．文学评论，1995（5）．

2. 骆寒超．艾青评传．重庆：重庆出版社，2000.

3. 张同道．中国现代诗与西南联大诗人群．中国社会科学，1994（6）．

4. 姜涛．冯至、穆旦四十年代诗歌写作的人称分析．中国现代文学研究丛刊，1997（4）．

三、复习思考

1. 名词解释：

七月诗派　西南联大诗人群　解放区诗学

2. 简述艾青对中国现代新诗发展的历史贡献。

3. 结合具体的作品，简要分析七月诗派的美学风格。

4. 比较穆旦与20世纪30年代现代派诗歌的现代性特征的异同。

---

① 默涵：《关于马凡陀的山歌》，见韩丽梅编：《袁水拍研究资料》，254页，北京，中国国际广播出版社，2003。

第二十五章
成熟期的散文创作

继20世纪20年代风格迥异的三社六大家的散文后，三四十年代散文向着两个方向发展，一是纪实议论散文或产生或发展，二是性灵小品精致美文一时繁荣。散文与社会现实有了十分密切的联系。总的说来，30年代胜于40年代，由于解放区文艺思潮的影响，抒写性灵的散文越到后来越进入末路。

本章主要评述20世纪30年代的散文、杂文、报告文学等。

第一节
散文创作

20世纪30年代散文是对20年代散文传统的继续。以政治分野，形成了几派，既有左翼作家散文，又有以周作人、林语堂为代表的自由主义作家的小品散文，同时还有京派散文。散文创作出现了繁荣的景象。

一、何其芳的散文

纯粹的柔和、纯粹的秾丽之美、情感的自我变换等是何其芳散文一贯的追求。他写有散文《画梦录》、《刻意集》、《星火集》、《还乡杂记》等，而最能代表何其芳散文成就和特色的是《画梦录》。

整部《画梦录》，大致体现出三种情感脉络，但都笼罩着一层“孤独”，一种生的寂寞、爱的寂寞。1933年初夏以前，作者整天梦着一些美丽温柔的东西，委身于梦想和爱情。比如《秋海棠》、《黄昏》、《独语》等作品中所表现的温柔、凄美的爱的寂寞，并由这爱的寂寞延展到人的生存状态与交流的寂寞，伤感凄艳、如醉如痴。约1934年前后，作者思想开始成长，此时的作品走出形象的滞黏，追求抽象的存在，不重形貌的刻画，重思绪的流动，显示出可怕的孤独、寂寞、惆怅与近乎绝望的感伤，代表性的如《梦后》、《岩》等。从《炉边夜话》开始，何其芳一度空灵无着的思想开始有所附着，脱却滞涩，呈现一种清新明净的素洁之美。如

《炉边夜话》里长乐老爹给孩子们讲一个寻找运气的故事，突出行动者的决心和意志；《静静的日午》写辽远的地方有少女等待长途的旅行人等。《画梦录》的艺术追求是独特的。凄美意象的组合、新奇的比喻、象征的旨趣、浓丽的色彩、深思的情感、精丽的语言，都显示出唯美的诗的意趣和散文向艺术本体的回归。作家以清婉流丽空玄之笔传达出了内心的复杂情愫，有着强烈的主观抒情性和瑰丽飘逸的艺术境界。其艺术方法有着流行于西欧的印象主义和法国象征主义的影响，也有着晚唐五代诗词的余韵。一反“五四”以来的散文创作偏重说理、叙事、讽刺的特征，为抒情散文开辟了一个新园地。也正因为其对现代散文艺术的独特追求和情趣，故与曹禺的《日出》、芦焚的《谷》一起，被《大公报》于1937年授予文艺奖金。在思想上，《画梦录》整体上反映了青年知识分子不满现实而又找不到出路的寂寞、孤独、彷徨的情怀，带有梦幻和憧憬的色彩。以温柔和悲哀的独语形式抒写出了一代青年在特定时代下的苦闷心态。他的这种梦中道路的迷离感觉和温婉情调，很能引起年轻人内心的感情共鸣。

何其芳致力于散文的精致，崇尚极端和纯粹的美丽，重表现，以自己心中的现实、心中的世界、心中的我观照生活，以“画梦”求美，有一种不食人间烟火的超凡脱俗，故此难免有雕琢之痕，同时也有着对现实的隔膜，在某种程度上显然有着个人情感的、当然也不失为精致的自说自话的色彩。而1936年以后的《星火集》、《还乡杂记》等，由于受到现实的刺激，个人情感发生了一个变化，正如作者自己所说的那样：“我的感情粗起来了。”[①] 散文风格也由“颜色”和“图案”式的诗意画梦转向质朴沉重的写实。

二、林语堂的散文

30年代散文里，小品文功不可没。以林语堂为代表的幽默闲适小品文作家的创作在30年代文坛上有突出的影响。林语堂（1895—1976），福建龙溪人。1932年9月，林语堂创办了《论语》半月刊，嗣后又于1934年和1935年创办了《人间世》与《宇宙风》两刊。都以发表幽默闲适的小品文为主，提倡幽默闲适、独抒性灵。

早在20年代，林语堂首先将英文的“humour”译成汉文“幽默”加以提倡，并归结出幽默的特征是“谑而不虐”[②]，是一种健康的笑。此种幽默观，既是一种美学追求，也是一种写作立场，一种人生态度。他并非不讲面对现实，只是不对现实做直接的干预、批判和攻击，而是站在人生的外围，以超然的姿态，戏剧看客式地观照现实中的滑稽可笑之处。他在解释“幽默”的含义时，竭力将之与讽刺分开。在他看来，讽刺与现实的审美距离较近，每趋于酸辣、鄙薄，唯去其酸辣，达到一种冲淡心境，做一位冷静超远的旁观者，由此而得到的和缓、同情、从容、淡然、温和等等便是幽默。林语堂的幽默强调的重心是对事理的参透、人情的体察、性灵的培养。这显然不同于提倡文艺是战斗的武器的左翼作家们的批判现实的文风。

从其幽默观出发，林语堂又主张小品文的题材和风格应该“以自我为中心，以闲适为格

---

① 何其芳：《我和散文·代序》，见何其芳：《还乡杂记》，上海，文化生活出版社，1949。

② 林语堂：《答青崖论幽默译名》，载《论语》创刊号，1932（9）。

调”，要语出性灵，“宇宙之大，苍蝇之微，皆可取材”①，皆可以听其由笔端自然流露出来。并由此出发，自称提倡小品的目的至多也“只是提倡一种散文笔调而已”②，闲适和性灵是这种文体所形成的文体特征。也就是通过各种题材和私房娓语、故交话旧式的笔调，达到一种个人性灵之表现的无拘无碍、潇洒从容、广达自娱，这也便是他所认为的小品文的本色。显然，林语堂对闲适与性灵的倡导，也一反当时主流文艺家所强调的意识形态，以及所强调的文艺的社会使命，因此也曾一度受到当时左翼作家们的指责。

30年代，是林语堂幽默理论和散文创作的成熟期。从1932年《论语》创刊到1936年去美国，他发表文章近300篇，绝大部分是小品散文，一部分收在《大荒集》和《我的话》中。最能体现林语堂特色的，是他惯用的以中西比较的眼光写成的具有较高文化含量和带有当代新儒学色彩的小品文。这些小品文往往从一件具体的小事谈起，在西方文化的观照下，思考传统文明的现代走向，以及国民性的改造等问题。比如《谈中西文化》，以柳、朱、刘夫人等三个人对话的方式，讨论中西文化的差异，思考文化与人生的关系，通俗生动，深入浅出，精辟别致。林语堂这类散文为中国文化走向世界作出了思考。他的散文文化含量高，同时又有特有的智慧、知识与趣味，伴着他真诚的性灵，给读者纯真平淡、睿智精思、朴素率真等感觉。如果比照“五四”以来现代散文中出现过的较多的青年式的感伤浪漫和老年式的教化训诫色彩，林语堂的小品散文无疑给现代散文带来了一种别样的、带有中年式睿智通达的意味。他的小品散文为现代散文开了一个崭新的审美领域。作为幽默大师和现代闲适散文的创始人之一，林语堂具有相当影响。

经常为《论语》撰稿的有周作人、俞平伯、老舍、郁达夫、丰子恺、简又文、老向、陶亢德、邵洵美等。鲁迅、茅盾也曾在该刊发表过文章。在《论语》、《人间世》的影响下，还出现过《逸经》、《谈风》、《西风》以及《文饭小品》、《天地人》等同类性质的一批杂志，进一步助长了幽默闲适小品的创作风气。

三、丰子恺的散文

丰子恺等人的创作代表着又一种方向，于叙事抒情中重在继承中国传统散文、佛教禅说的诸多长处，风格平淡如水，明白如话。以散文作为思考人生的方式，叙议结合，重理念和生活的哲理，以及高远的情境和高雅的韵致。代表性的作家有丰子恺、夏丏尊、叶圣陶等，以丰子恺为最。

丰子恺（1898—1975），浙江崇德人。他的散文创作开始于20年代中期，30年代先后结集出版了《缘缘堂随笔》、《缘缘堂再笔》、《车厢社会》等。其散文内容丰富驳杂，文笔质朴、平实，于细微处含精义、在朴淳中蕴真理，且自有一种朴讷、明亮、疏淡的人格调子。他的早期散文有一种佛家悲观的情绪，体现出一位空寂遁世的丰子恺形象。其作品中大量充斥着的对儿童和生命的爱，如《给我的孩子们》极尽其态地描写了孩子们天真的情态、创造的欲望和真率

① 林语堂：《人间世发刊词》，载《人间世》，1934（1）。

② 林语堂：《小品文遗绪》，见《林语堂文选》（下），27页，北京，中国广播电视出版社，1990。

的情趣等，热情赞美了儿童的真实而纯洁的完全敞开的“真人”的人格特征。其实，他爱孩子们的天真、率真、无瑕、幻想，质言之，是对现实世界毫不留情的批判，是因为“我在世间没有逢像你们样出肺肝相示的人”。儿童的“真人”人格不过是佛门脱尽红尘的幻境的象征。然而幻境终究是幻境，“你们的黄金时代有限，现实终于要暴露的”。他把孩子长大认为是“何等可悲的事”。此种强烈的幻灭感显然表现了作家否定现实的精神实质，但多少也有些耽于幻想的空中楼阁、疏离现实之感。由于丰子恺深受佛教思想的影响，其散文的大部则集中于探讨自然和人生的奥秘，以及对佛教玄理的深思。此类散文比较有代表性的如《秋》、《渐》等，颇有一种对“此世”的厌憎，对彼岸的神往。当然，丰子恺在不断地否定现世、追求出世以及表现“为己”的灵性的抒怀中也有着对世事的愤慨。如他的代表作《车厢社会》借“车厢社会”这一人间社会的缩影，表现了人间社会的各种情状，并寄予了深厚的同情和向往。作品描写了自私自利的占座者与平和谦虚的寻座者（乡下人）的矛盾对立，表达了对一种公平合理社会的向往。但应该指出的是，丰子恺的此种出世中所隐含的愤慨，“不过是站在佛家境界中的龃龉”①。随着全面抗战的开始，其散文风格发生了明显的改变，有了更多的包含较多社会内容的、积极的入世之作，如《还我缘缘堂》、《告缘缘在天之灵》、《辞缘缘堂》等，但依然不时有着出世的遗音。

丰子恺用作漫画的笔法来写散文，以小见大，以简写繁，舍形求神，将绘画和散文融会贯通，互为训证。另外，丰子恺早年也接受了日本明治时代小说家尾崎红叶、德富芦花等的影响，吸收了他们清新隽永的文风和博爱的思想，同时对日本夏目漱石轻快洒脱、幽默诙谐的文风也有所借鉴。他善于于平凡、质朴、琐屑的日常生活中发掘耐人寻味的人生况味。其文体文风潇洒、婉曲、细腻、真切、直率、幽默，于自然率真中含深婉情思，于潇洒幽默中蕴人生百态。

四、李广田与沈从文和京派散文

李广田、沈从文等人是30年代形成于北方的京派文学中著名的散文家。他们散文的总体特征是大致都有着疏离于政治的、潇洒超脱的抒情倾向。

李广田与何其芳、卞之琳一起合出过《汉园集》，是“汉园三诗人”之一。但使其蜚声文坛的是他的散文创作。在30年代结集的有《画廊集》、《银狐集》、《雀蓑集》等。他始终以一个“乡下人”质朴的情怀，抒写着自己所爱着的乡间的情和事，于故事的编织中，追求朴野淡然的境界，于平庸中见真奇，在自己的乡土“画廊”中描叙着自己个人的际遇与心境，以及破败乡村中的人生面影和绮丽风光，实实在在地表现了对乡土的依恋和对农民的真切同情。“肝胆相照，朴实无华，浑厚可爱，是最好的山东人的写照……”② 比如他的《山之子》中的哑巴，于山崖采花、卖花以养家糊口，在父、兄因采花亡命山涧后，仍不得已继续这以生命为赌注的“山崖”生活，读来凄婉感人。《老渡船》中的老渡船，满身负荷，于种种非人的屈辱中，艰难地度着生命的余剩……李广田在叙写这乡间人生的画面时，多抱一种质朴关切的情怀，充

① 曹万生：《朱自清与丰子恺：传统余脉的变形与延伸》，载《文学评论》，1992（2）。
② 刘西渭：《〈画廊集〉——李广田作》，载《大公报·文艺》，1936-08-02。

满了对旧世界的愤懑与忧郁；文笔浑厚，情思充溢，爱憎真挚。他的《山水》、《扇子崖》等篇，则是写景的名篇，作家多侧面地写了故乡山水的奇丽风光，并在这风光的抒写中穿插着人情、人事和神话故事，带有一种深沉的文化韵味，素雅情深、韵味隽永，“……有着素朴的诗的静美”①。李广田的散文融抒情、叙事、写景于一体，文风浑厚朴素、感情真挚而略带哀婉。全面抗战爆发后，他到了后方，其散文创作进一步贴近了现实，思想和风格也相应发生了变化。

沈从文的散文代表集子《湘行散记》、《湘西》、《从文自传》、《记丁玲》等，记录了他的故乡湘西特异的山水和特异的人文风情，张扬了他的一以贯之的人与自然和谐共存的、回归自然的哲学理念，并有着文化批判的色彩。沈从文把散文当小说一样来写，使其散文中有着些许形象和情节的特点，又有着诗的韵致。代表性的名篇如《箱子岩》、《桃源与沅州》等，表现了乡村中国中的普通、质朴的乡下人的命运，在一种委婉平实的叙述风格中，自显示出诗意的美，以及古代游记和笔记的余韵。

另外，与之风格相近的还有萧乾、师陀、废名、吴伯箫等，他们都是京派散文的代表作家。师陀的《黄花苔》、《江湖集》，废名的《桥》、《芭茅》，吴伯箫的《羽书》等是散文创作的代表作品。这些作品大多都既有着生活的沉重、文笔的壮阔，也有着田园的抒情风味和对“乡村文化”的眷恋和温情。

京派散文作家在陶醉于他们的“乡情”、迷恋于他们的情感“感应”的时候，也在盲目地排斥一些价值、目的和标准，显现出“乡下人”的过于武断的审美心理结构。他们对一切成例和观念基本都持一种怀疑态度，追求一种自己内心的“我”之价值，以一己之体验来显示目的的开放。依如沈从文所说：“我是一个乡下人，走到任何一处照例都带了一把尺，一把秤，和普通社会总是不合。一切来到我命运中的事物，我有我自己的尺寸和分量，来证实生命的价值和意义。我用不着你们名叫‘社会’为制定的那个东西，我讨厌一般标准。”② 这就势必有一定的狭隘性和封闭性，但显然也是他们的散文在中国现代散文史上所显现出的个性。

五、左翼作家的散文

左翼作家的小品散文，具有代表性的是茅盾等人的作品。茅盾一改以前的低沉格调，以昂扬的姿态，以一总万的笔法，全景式地展现广阔的社会生活，具有很强的思想性和时代性。代表作有《白杨礼赞》、《风景谈》等。艾芜以小说的笔法写散文。他的《山中牧歌》、《漂泊杂记》在西南边陲的浪漫风情中，透显出朴素清新。萧红在自己的坎坷、漂泊与童年的经历中写出了与旧生活的决裂及困境中的奋发，她的《商市街》、《桥》集中的作品挥洒自如、明丽哀婉、浑然天成。郁达夫在30年代则写出了很多游记作品，他的《屐痕处处》、《达夫游记》等集子，于寄情山水的清秀情怀中，有着诸多的关注民众与社会的忧虑、感伤情绪。另外，与“左联”接近的吴组缃以冷静、精警的笔致在人物、环境的刻画中展示社会的百态，他的《黄昏》、《泰山风光》等不无小说的情致。同属于“左联”以外的巴金，也用一支燃烧着爱与恨的火

① 李广田：《道旁的智慧》，见李广田：《画廊集》，89页，北京，人民文学出版社，2001。

② 沈从文：《水云》，见《沈从文全集》，第12卷，94页，太原，北岳文艺出版社，2002。

焰，充溢着时代色彩与个人激愤、忧郁情怀的散文之笔，书写着对社会与人生的见解，揭露社会的黑暗，他在本时期集子《旅途随笔》、《短简》、《点滴》、《控诉》、《忆》等中，平朴自然地发出心之歌音……

左翼作家的散文有一种大致相同的特征，即多从小说介入散文，明显有着文体之间的互渗性，散文创作风格的开创性、多样化与奇异性。

六、丽尼与陆蠡的散文

丽尼（1909—1968），原名郭安仁，湖北孝感人，是专心致力于散文写作的作家。丽尼的散文创作大致经历了从低吟着哀婉的“薄暮情绪”到昂扬的“抗争之曲”的转变过程。他的第一个散文集《黄昏之献》，抒写了“个人的眼泪，与向着空虚的愤恨”①。于忧悒低沉、清丽的笔调中，表现了青春梦想的失落、空虚和惆怅，以及对现实的不满和对未来的希冀。稍后所出的第二本散文集《鹰之歌》（1936）则已经显示出转化的趋势，开始自我解剖，观照周围人生，慢慢趋向于昂扬的抗争之曲。比如集子中的《鹰之歌》借着对搏击长空、歌声清越而嘹亮的雄鹰的描写，讴歌了那位像鹰一样的会飞的少女。情调已明显由忧愁低沉趋于昂扬激愤。他的第三本散文集《白夜》则以坚实的内容、开阔的艺术视角、昂扬的情绪、叙事写实的笔调，描写了社会人生的种种不幸和坎坷，以及“小人物”的愤怒和抗争，实现了向昂扬的“抗争之曲”的转变。丽尼散文文字优美，感情率真、浓郁，能很巧妙地将外物着我之情采而又浑然一体，辅之以象征和暗示传达自己的感觉和意识；同时，注意韵律和节奏的和谐、色彩的搭配，有着散文诗式的典丽和音乐感。初期散文尤其如此。到了后期，散文创作重于写实和抗争，相较减弱了“诗”的抒情性，艺术感染力也相应减弱。

陆蠡（1908—1942），原名陆圣泉，浙江天台人。和丽尼齐名，也是以写抒情散文著称的。在全面抗战前写有《海星》和《竹刀》两集。《海星》集中的作品多写的是对青春的回忆，感情厚实。通过对自然和童真的描写，探求人情、人性、人间之美，亦间或流露孤寂沉重的情怀，文字浓重，细腻真切。《竹刀》集子中的作品明显显示出作者视野的开阔，讴歌了人民的自发斗争精神，揭露了旧社会的黑暗和丑陋。1940 年出版的《囚绿记》则有着对整个中华民族命运的关注，表现出心胸的崇高和博大，字里行间洋溢着自己因时局而带有的寂寞和激怒的感情，清婉动人，文笔朴素、厚实。陆蠡散文故事性强，画面感突出，抒情性浓，语言从容舒缓、凝练优美，具有诗的韵味。

此外，与之创作风格较为接近的缪崇群（1907—1945）在 30 年代也有一定的影响。如巴金所言，他的散文是用其心血写就的一种“有血有泪、有骨有肉亲切而朴实的文章”②。主要散文集有《唏露集》、《寄健康人》、《废墟集》、《夏虫集》、《石屏随笔》等。

丽尼、陆蠡等的散文创作，在 30 年代代表着一种方向，在抒情小品的创作上作出了贡献，他们偏重于主观感情的贯注，用自己的才情实现着对散文艺术的独立追求。

---

① 丽尼：《黄昏之献·后记》，179 页，上海，文化生活出版社，1935。

② 巴金：《纪念一个善良的人》，见《巴金选集》，第 8 卷，373 页，成都，四川人民出版社，1996。

第二节 杂文创作

一、20 世纪 30 年代的杂文创作

1932 年，黎烈文接编的《申报·自由谈》，成为 30 年代杂文的一个重要阵地。在它的影响下，其他报纸也竞相仿效，另外，新的以刊登杂文为主的刊物也纷纷出现，如《太白》、《新语林》、《芒种》等，一时间，杂文创作蔚然可观。30 年代的杂文作家比较有影响的是瞿秋白、茅盾、唐弢、徐懋庸、聂绀弩等，杂文创作基本都是“鲁迅风”式的杂文。

瞿秋白（1899—1935）的杂文以政治性和文化批判性为主要特色。其深刻独到的见解和精湛的艺术，在当时产生了较大影响。《王道诗话》、《出卖灵魂的秘诀》、《吉诃德的时代》、《一种云》、《暴风雨前》、《〈铁流〉在巴黎》等，都是代表性篇目。或批判各种帮闲文人文艺流派，如《王道诗话》、《出卖灵魂的秘诀》、《红萝卜》等；或批判民众的滞后，启蒙的迫切，如《吉诃德的时代》；或以激情呼唤新世界，在“山雨欲来风满楼”、“黑云压城城欲摧”之际，呼唤民众“自己去做雷公公电闪娘娘”，以惊天动地的霹雳打破厚重的乌云，来创造“光华灿烂的宇宙”，如《一种云》、《暴风雨前》、《〈铁流〉在巴黎》等。其思想的深度可与鲁迅比肩。瞿秋白在艺术上张扬了鲁迅笔法的象征性、形象性、政论性、抒情性。类似于鲁迅，他善于抓住人、事的本质和特征，借用比喻、象征、联想等手段创造出某种社会形象。艺术形式多样，不拘一格。他能适应文章内容特点和战斗的需要，把诸如政论、短评、随感、书评、寓言、短曲等等纳入囊中；将中国的杂剧、诗词、民歌等融会贯通；刻意于普通话和方言语的融合运用，善于创造杂文的新形式。杂文集《乱弹及其他》是代表作，他的《〈鲁迅杂感选集〉序言》，对杂文理论建设作出可贵贡献，对鲁迅杂文思想和艺术作了雄霸半个世纪的论断。

在鲁迅杂文的直接影响下，出现了一批师法鲁迅的杂文作者，如唐弢、徐懋庸、聂绀弩、巴人、徐诗荃、柯灵、曹聚仁、周木斋等。他们以杂文为武器，抨击政治的黑暗，揭露社会的矛盾，针砭时弊，散谈文艺等等。涉笔广泛，短小精悍，笔锋犀利，风格殊异，以唐弢、徐懋庸为代表。唐弢（1913—1992，浙江镇海人）的《海天集》、《推背集》等，简明而富有文采，融政论与抒情散文于一体，揭发时弊，抗争现实；既文笔锋利，击中要害，又时有抒情散文笔调。徐懋庸（1910—1977，浙江上虞人）的《不惊人集》、《打杂集》等，主要也是针砭旧物，批评时弊。鲁迅曾为他的《打杂集》作序，说他的杂文生动、泼辣，也能移人情。此外，聂绀弩的酣畅淋漓、周木斋的细严缜密、柯灵的潇洒清丽，以及陈子展的考证，孔另境的随笔，甚至“左联”时期的茅盾、郁达夫、阿英、陈望道等，也都在小说创作和文艺批评的同时，运用杂文作为武器，进行过战斗，所有这些都共同丰富了 30 年代的杂文创作。

二、20世纪40年代的杂文创作

40年代的国统区，杂文作家在环境艰苦的情况下，依然坚持鲁迅杂文传统。以桂林的《野草》为阵地，形成以聂绀弩、秦似、宋云彬、孟超、夏衍为代表的作家群。《野草》1940年8月创刊于桂林，至1943年6月遭勒令停刊，历时三年。40年代后期在香港复刊，改为旬刊。郭沫若、茅盾、田汉等都曾在《野草》发过杂文，聂绀弩、秦似、宋云彬、孟超、夏衍等一批青年作者则为其写作的中坚。它和《新华日报·新华副刊》、《新蜀报·蜀道》、《群众》等刊物相呼应，产生了广泛的影响。刊物在桂林期间还出版了“野草丛书”13种。

《野草》的重要作家聂绀弩（1903—1986，湖北京山人），成名于30年代，而大量杂文创作则在40年代。杂文结集有《历史的奥秘》、《蛇与塔》、《早醒记》、《血书》等。杂文的基本主题致力于抨击腐朽事物、黑暗现实以及旧的伦理道德，用笔酣畅、淋漓尽致。如名篇《我若为王》构思巧妙，幽默俏皮、挞伐严厉。作品写“我”为“王”后产生了各种意欲和贪求，以个人意念为中心，让所有人向自己阿谀奉承，谄媚臣服，在权欲的心魔下，自己听不见“真正的声音”，从此再“没有在我之上的火”，这种荒诞幻想展示的反讽，婉曲而严厉地斥责了寡头政治。到此，作者笔锋一转：“世界之所以还大有待于改进者，全因为有这些奴才的缘故”，深刻精警。聂绀弩行文恣肆，用笔犀利，旁征博引，洋洋洒洒，且兼有反语、讽刺、冷嘲，寓庄于谐，于质朴中见深沉，于联想中见批判，颇有鲁迅风的锋芒。但也有些作品稍显冗繁。

夏衍也是《野草》的重要作家之一，著有《此时此地集》和《长途》，均收入“野草丛书”。作者擅长政论，多从政治入手，但却不落窠臼，能从个人的一己感受和经历出发，娓娓道来，逐渐生发，小中见大。如《此时此地集》中的《送绥靖公之词》，该文由英国首相张伯伦在唐宁街十号的最后一次讲话而写成。作者从自己的个人感受出发，向全世界大众指出了那样一种“残酷的历史”以及“深刻的教训”。其他诸如《忆聂耳》、《悼念西苓》等等即使不是以政论为主的文章，也往往能够做到触景生情、言之有物、引发想象、深挖根源。夏衍知识广博，文笔深沉蕴藉，舒缓自然，如朋友谈心，如话家常，挚语亲切，娓娓动听。

秦似（1917—1986，广西博白人）也是《野草》的重要作家。他知识较为广博，生活阅历多，文史积累深厚。他的杂文有一股很强的文化历史感。主要杂文集有《感觉的音响》、《时恋集》、《在岗位上》等。另外，在《野草》上经常发文、取得丰硕成果的还有宋云彬，他著有《破戒草》、《骨鲠集》。孟超写有《长夜集》、《未偃草》。林林写了《崇高的忧郁》。欧阳凡海写了《长年短辑》等。

“孤岛”上海，出版杂文的主要刊物有《鲁迅风》、《世纪风》（《文汇报》副刊）、《奔流文艺丛刊》、《述林》等。比较有名的杂文作家有巴人（1901—1972），先后著有《生活·思索与学习》、《窄门集》等。他的杂文用笔犀利、泼辣，思维敏捷、思想深邃，多对敌伪汉奸进行无情的挞伐，以简约之笔勾画出社会的群丑面孔。唐弢在“孤岛”时期的杂文集有《投影集》、《短长书》、《识小录》等。他是最具有鲁迅风的作家，其文具有浓烈尖锐的批判性，注重勾勒形形色色的汉奸、奴才等世相，在感情和诗意中蕴藏一股杀气。此外，周木斋的《消长集》、孔另境的《秋窗集》和《横眉集》、柯灵的《市楼独话》等，也是此一时期的重要作品。

沦陷区创作杂文较有代表性的要算周作人。全面抗战爆发以后，周作人仍滞留北京，并曾担任日本人控制下的伪职。他在此时期创作的杂文有和随笔散文杂糅的特点，文笔也较前平易、畅通。其取材和内容也多为回忆性的“闲笔”，但也间或有对“思想革命”题材的关注以及些许的亡国之音。代表性的比如《秉烛谈》、《秉烛后谈》、《药味集》、《药堂杂文》等，都多有一种小品化杂文的意味。这对杂文的发展是有开创意义的，它在一定程度上增强了杂文的知识性和趣味性，有益于增加读者的见闻，显现出一种学者化的杂文特色。

解放区的杂文创作大多集中在1942年延安整风运动以前，多是针砭官僚主义、封建思想等，反映出特定的时代氛围。曾发表过杂文的刊物有《解放日报》、《抗战文艺》、《谷雨》以及当时中共中央青年工作委一批年轻人主办的墙报《轻骑队》、中央研究院创刊的《矢与的》等。有影响的代表作品有丁玲的《三八节有感》、萧军的《论同志之“爱”与“耐”》、艾青的《了解作家与尊重作家》、李锐的《想当年》、萧平的《龙生龙，凤生凤》、王实味的《野百合花》、韦君宜的《论师道》等等。这些作品或提醒并要求对弱势群体的关心，或呼吁强调政治家应了解作家的工作性质和正当权益，或批评、讽刺某些老干部的摆老资格、搞特殊化甚至知识分子自身存在的问题等等。但令人遗憾的是，在接下来的1942年整风运动以及后来的一系列政治运动中，一些作家的善意“良知”受到不公正的对待、批判甚至是无情打击。此后，以批判为特色的杂文创作在解放区渐成绝响。

概言之，40年代的杂文创作量大质杂，难免轻浅，缺少一种“鲁迅式”的文化批判与思想批判的深度。

第三节 报告文学的发展

一、报告文学概貌

报告文学的雏形最早见于“五四”时代，系从新闻报道和纪实散文发展而来。1919年的《每周评论》所刊载的《一周中北京的公民大活动》、《旅中杂感》，1920年《劳动者》周刊上的《唐山煤矿葬送工人大惨剧》等就是。20年代初期瞿秋白的《饿乡纪程》和《赤都新史》，开了中国报告文学的先河。“五卅”运动、“三一八”惨案和“四一二”反革命政变后，茅盾、叶圣陶、郑振铎、朱自清等写的许多纪实性的散文进一步发展了这种文体。

“报告文学”被合法命名并达到成熟繁荣阶段，则是在30年代。1930年8月4日，“左联”执行委员会通过的决议《无产阶级文学运动新的情势及我们的任务》提出“创造我们的报告文学”的口号，“左联”刊物还介绍过著名报告文学家捷克人基希。30年代急剧变动的时代生活也需要新闻性、纪实性、文学性一体的文体表达，同时，国外报告文学理论和作品，如徐懋庸翻译的法国作家梅林的《报告文学论》，贾植芳译基希的《一个危险的文学样式》、《秘密的中国》，阿雪译爱狄密勒的《上海——冒险家的乐园》等等的引进，为中国报告文学的发展起了极大的推动作用。

30年代报告文学的创作情况，可用两个“热潮”概括。典型表现为几部大型报告文学集的创作。1932年阿英编反映上海“一·二八”事变的《上海事变与报告文学》，1936年茅盾主编的《中国的一日》，梅雨主编的《上海的一日》，梁瑞瑜编选的《活的记录》，都是重要的报告文学集。

在群众性通讯写作的热潮下，新闻界、文学界也积极投入报告文学写作，《生活》、《大众生活》主编邹韬奋的《萍踪寄语》、《萍踪忆语》，萧乾的《流民图》、《平绥散记》，范长江的《中国的西北角》、《塞上行》等是著名的有影响的文人创作。

（一）夏衍的《包身工》

夏衍是30年代报告文学的代表作家。1936年的代表作《包身工》“在中国的报告文学史上开创了新记录”[①]。作家在亲自调查的基础上，将群像和个像相结合，以个像集中代表群像，深刻地解剖了包身工制度的本质，抒发了自己的爱憎。结构上以时间为线索精心布局，纵向选取包身工们一天的生活场景，选取富有特色的典型的生活片段和细节进行集中刻画。譬如写包身工的早饭：粥，“里面较少的籼米，锅焦，碎米，和较多的乡下人用来喂猪的豆腐的渣粕”；菜，“……那是几个慈祥的老板到小菜场去收集一些莴苣菜的叶瓣用盐卤一浸，就是他们难得的佳肴”。即使这样，“他们也难得有添粥的机会，除了老板、老板娘的生日，发工资等的日子”。甚至也有连一碗也轮不到的时候，比如轮着揩地板倒马桶的日子。每每这时，老板娘就拿起铅桶，到锅子里去刮一下锅焦、残粥，再到自来水边冲上一些清水，用她那梳头的油手搅拌一下，就气烘烘地放在“机器”（包身工）面前。读之使人辛酸、落泪。再比如对芦柴棒挨打的描写：一次，在一个很冷的清晨，病重的芦柴棒躺在了到一定时候非要让出来做吃粥的地方的“床”上，然而那一天她实在病得不能挣起来，并“识相”地缩在一个屋角里。很快，一个打杂的走来了，不由分说，一手抓住她的头发，“狠命地往上一举，芦柴棒手脚着地，很像一只在肢体上附有吸盘的乌贼。一脚，踢在她的脚上，照例，第二第三脚是不会少的，可是打杂的很快地就停止了，后来据说，那是因为芦柴棒‘露骨’地突出的腿骨，碰疼了他的足趾”！他更恼了，顺手拿来一盆冷水，泼在芦柴棒的头上。那可是刮着寒风的冬天啊！“芦柴棒遭了这意外的一泼，反射似的跳起身来，于是在门口擦牙的老板娘笑了：——瞧！还不是假病！好好的会爬起来，一盆冷水就医好了。”丝毫没有温情与人道。另外，作家还广泛地运用了比喻、联想、讽刺、抒情等手法。比如把包身工的住房比作“蜂房”、“蜂窝”，说包身工是“小生物”；由包身工的剥削制度，想到了江浙一带的墨鸭等。对老板们的欺诈性、虚伪性的讽刺以及凝聚着爱恨的抒情性的文字比比皆是。

作品的另一特色在于充满激情的、夹以经济学的政论。在分析了包身工这种没有人身自由的廉价的劳动力的经济学意义时，作者写道：“东洋厂的每一个锭子上面，都衬托着一个中国奴隶的灵魂”，但“黎明的到来还是没法可抗拒的”[②]。报告揭示了包身工制度是近代资本主义与半封建的超经济剥削制度相结合的方式。这种超经济、超负荷的剥削，使人们从一个小窗口认识到：资本来到世间，从头到脚，每个毛孔都滴着血和肮脏的东西。这种夹以激情的政论特

① 夏衍：《社语》，载《光明》半月刊，1936年创刊号。

② 夏衍：《包身工》，载《光明》半月刊，创刊号，1936-06-10。

色，被后来的报告文学继承下来。

《包身工》兼顾“报告”和“文学”的双重特征，并做到完美融合，成为中国现代汉语报告文学发展史上的典范之作。

（二）宋之的的《一九三六年春在太原》

宋之的（1914—1956），原名宋汝昭，河北丰润人，是30年代和夏衍齐名的报告文学作家。《一九三六年春在太原》是他的代表作。作品根据亲身感受，以第一人称“我”和“厨子”的见闻为叙述线索，通过颁发“好人证”这个生活的侧面，生动而逼真地把国内外的“春光”与太原城内军阀统治下的沉闷相对映，展现了1936年春太原中世纪式的恐怖氛围与不见春光的酷闷，于辛辣的笔锋中潜隐着深深的愤慨和忧患。作者在展开日常生活的场面时，插入了一系列的“新闻剪辑”，比如抓人、杀人、杀人展览，将村民娶亲当成土匪轰炸，将教育考察团当探匪逮捕，包括城外中国、世界的新闻均剪辑入内。别致的结构，加大了作品的内涵与容量，对比烘托出城外的春天入不了城内的浓郁肃杀：“春被关在城外了”，“我是多么的怀念春啊”！因此意味隽永，深化了主题。它和夏衍的《包身工》一样，突破了此前偏重报告轻文学的偏向，达到了新闻性、纪实性、文学性、情感性等的统一浑融。宋之的后来创作的《从仇恨生长出来的》也是较有代表性的报告文学作品。

另外，柔石的《一个伟大的印象》，艾群的《军人日记》，丁玲的《彭德怀速写》、《一颗未出膛的枪弹》，方志敏的《死》等，多通过写人来显示事件的本质，既是那个风云变幻时代的一面镜子，又有着文学性和新闻性并重的特点，都标志了此一时期报告文学的成熟。

（三）《中国的一日》

《中国的一日》是30年代群众性的报告文学热潮中出现的代表性作品。茅盾仿效高尔基主编《世界的一日》的做法，以1936年“5月21日24小时内所发生于中国范围内海、陆、空的大小事故和现象”为题材，征文写作“中国的一日”。组成王统照、茅盾、陶行知、傅东华等11人的编委会，由茅盾主编。全国除新疆、青海、西康、西藏、蒙古外都有来稿。几乎各阶层、各职业的人都有来稿，且大多是一向不会写稿的小商人、兵士、警察、店员等，甚至南洋、日本、暹罗的华侨也有稿件寄来。最后从3 000多篇、600万字稿件中选定500篇左右，80万字，于1936年9月由上海生活书店出版。作品真实广泛地反映了1936年5月21日中国各地区、各阶层、各领域、各人等、各职业的社会生活全貌，“能够表现全中国的一个横断面”①，也使得本来平凡的5月21日，却表现了“现代中国的总面目”②。《中国的一日》还描写了强邻迫近的危机时局。从描写技巧上说，生活实感与现场感极强，具有原生态的感染力。《中国的一日》引发了这一年报告文学的高潮，并直接开启了抗日战争时期报告文学的创作。

---

① 茅盾：《关于编辑〈中国的一日〉的经过》，见《茅盾全集》，第21卷，176页，北京，人民文学出版社，1991。

② 见《生活周刊》1936年9月6日一卷14号封底整版广告。

二、国统区的报告文学

全面抗战爆发后，报告文学形成又一高潮，以《抗战文艺》和《文艺阵地》为例，全面抗战爆发之后前两年，每期发表的报告、通讯在三篇以上，报告文学丛书也大量出现，如“战地生活丛刊”（以群主编）、“七月文丛”（胡风主编）等，代表性的报告文学作家则有丘东平、萧乾、骆宾基等。

（一）丘东平的报告文学

丘东平（1910—1941），原名丘席珍，广东海丰县人。他的代表作是《第七连》，作品表现了烽火连天、硝烟弥漫的战场中国民党下层军官和士兵的爱国热情、战斗意志，有一种沉郁而悲壮的美。《我们在那里打了败仗》记载了江阴战斗的败绩，叙述了战士们的英勇与牺牲，情感悲愤。《我认识了这样的敌人》揭露日军的凶残以及上海市民的顽强自卫。《叶挺印象记》刻画了刚从国外归来、将要担任新四军军长的叶挺刚毅、朴实、可亲的性格等等。1938年以后的作品，较多反映人民军队的抗日斗争，洋溢着战斗的乐观主义和胜利的信念，如《王凌冈的小战斗》、《友军营长》等。

丘东平的报告文学多借助第一人称手法，于紧张的战斗环境中彰显人物个性、突出事件发展，真切而情浓，沉郁而悲壮。他不拘泥于事件的单纯记录，把战地报告的着眼点放在人物的思想感情和精神风貌的刻画上，擅长渲染氛围，偏于直觉的感受和印象，外在场面描写和人物的内在情思紧密结合，摄人心魄。作品集报告文学的典型化和小说的报告文学化之长，两者融一，影响很大。

（二）萧乾的报告文学

以写散文通讯和短篇小说成名的萧乾，全面抗战爆发后写了大量的抗战通讯报告。最早结集的是1939年出版列为“烽火丛书”第10种的《见闻》。后来又将这些报告收入《人生采访》。作家感情激愤，褒贬分明，为受蹂躏者呐喊、为爱国者高歌，对一切根深蒂固的腐朽卑污则刺以无情之笔。较有影响的是《刘粹刚之死》，以抒情的笔调，细致地描述了刘粹刚烈士英勇捐躯的壮烈事迹。作为空军少尉，他一连鏖战70多天，击落敌机十三四架，并在战后回家休息的第一天晚上又依然接受任务，不幸途遇雾雨天黑，为保护同伴和自己的飞机，光荣牺牲。作者铸造了一个伟岸的民族英雄形象。《血肉筑成的滇缅路》以摄魄之笔描绘了2 500万民工铺“血路”的艰难并极力宏赞了人民群众无比的创造性。《一个爆破大队长的独白》以一个八路军爆破队长的口吻叙述了敌后游击队的威力。作者本期曾到过英、美、印度、印度支那等地，他把中国的抗战置于全世界反法西斯战争的大背景下，多次表现世界各国人民对中国抗战的关注和支持。萧乾的抗战报告文学新闻性强，资料翔实，文字洒脱顺畅，手法富于变化，事例典型，融传播时事和描写风光于一体，可读性强。

（三）骆宾基的报告文学

骆宾基较有代表性的有《救护车里的血》、《在夜的交通线上》、《难民船》、《我有右胳膊就行》、《一星期零一天》等报告上海军民英勇抗战的，列为“烽火丛书”第五种的《大上海的一日》等。中篇报告文学《东战场别动队》，自叙参加上海郊区工人和学生自愿组成的别动队，在严酷、激烈的战争考验中，有人胆小怕死，临阵脱逃，大部分人坚定果敢，取得了最后胜利，真切感人、可信。作者擅长渲染氛围，在平淡细腻的描述中抒情和表现人物心理，具有鲜明的东北味道。

丘东平、萧乾、骆宾基的共同特点在于，着力再现神圣民族解放战争中的各种各样的人的活动，以“人”为中心表现时代的面貌。这类报告文学较著名的还有司马文森的《粤北散记》，罗峰的《莫云与韩尔谟少尉》，宋之的的《记伤兵》等。

三、解放区的报告文学

（一）解放区报告文学概貌

40年代特别是在延安文艺整风运动后的解放区报告文学，摆脱了浮光掠影似的宣传，战斗性和真实性进一步增强；报告文学的新闻记事性趋于减弱，向人物为主体的文学性过渡。群众性的报告文学大量涌现，规模较大的有冀中区党政军领导发动的10万人参加的《冀中一日》，写1941年5月27日的个人见闻、感受，反映敌后军民的日常生活和斗争。亲自动笔写稿者近100 000人，定稿作品233篇，约35万字，分《魑魅魍魉》、《铁的子弟兵》、《民主、自由、幸福》和《战斗的人民》四辑，于1942年春季用麦秸纸油印出200部，并在以后重版。书中的每一个篇章都是一个战斗的真实记录，文笔朴实、感人，生活气息浓，较充分地表现了边区群众文化政治水平的提高和大众文艺的成长。代表性的有《刺刀下的殉难者》、《据点附近的学校》、《一个英勇沉着的青年班长》等，写出了人民的英勇、帝国主义的凶残、革命的乐观；鼓舞了人民的斗志，培养了写作人才，影响了群众写作，使晋察冀边区的文艺走上了新的发展道路。

第三野战军政治部动员全军同志“在渡江作战中动笔为文”而产生的《渡江一日》，共收作品120篇，20多万字。作品篇幅不长，朴实无华但真实感人，反映了解放军作战的英勇及战争情况的复杂。较典型的有《炮击江防》组篇、《炮兵俘敌舰》组篇、《渡江突击队中的一个向导》等等，真实再现了“百万雄师过大江”的伟大壮举。

《冀中一日》、《渡江一日》反映了中国人民艰苦斗争中的两个重要的时代，是以文字记录的战争史诗。

文人创作也有发展，代表性的作家有华山、刘白羽、周而复等。

（二）华山的报告文学

华山（1920—1985），广西南宁人。他的《窑洞阵地战》以简洁的文字记叙了太行武乡地区广大的民兵利用窑洞打击日寇的全过程。《窑洞阵地战》反映了广大人民群众在严酷的斗争和血的教训中的成长。《碉堡线上》以单线的结构，集中笔力塑造了年仅18岁的游击队长小刘依靠群众，出没于敌区，打击日寇，神出鬼没，出奇制胜。整个作品充溢着传奇色彩和浓重的战争气息。作者选取了典型事件和生动的细节再现人物形象，有很强的逼真感。语言也朴实、形象和个性化。《踏破辽河千里雪》、《英雄的十月》、《其塔木战斗的英雄们》等描写东北战场上的斗争场面，语言明快，记述生动。他的作品在当时的读者中曾产生过广泛的影响。

（三）刘白羽的报告文学

刘白羽（1916—2005），北京人。1946年的《环行东北》以鸿篇巨制描写了东北地区巨大的历史性变化。全书共13章，反映内容为：国民党在东北的一些活动及其活动真相；东北人民“九一八”以来苦斗反抗的历程，抗日联军和民主力量的活动；杨靖宇、赵一曼的壮举等。作品尖锐有力，出版不久即遭追禁。东北解放战争中，有《光明照耀着沈阳》、《历史的暴风雨》、《为祖国而战》等集。作者以鲜活的战争事例，切身的战争体验，歌颂了人民战争的正义性和胜利的必然性。1949年1月以后，他随军穿山海关、下平津，写了很多反映北平、郑州、武汉等地解放情况的报告作品，如《人民历史新的一页》、《横断中原》、《火炬映红了长江》等，激情饱满、文笔酣畅，画出了英雄年代的风貌。刘白羽作品的特色是：历史和现实沟通、交织的艺术形式，有历史空间感的结构以及浪漫主义的因素，浓烈的政论色彩，以评论的威力施与如实的报道，表现强烈的时代精神等。

（四）周而复的报告文学

周而复（1914—2004），安徽旌德人。他是个多产的报告文学作家，“善于在紧张激烈和丰富曲折的故事情节中，显示战士的崇高品质”①。他的《海上的遭遇》（刘白羽、吴伯箫、金肇野、周而复集体创作，周而复执笔）就是一曲英雄颂歌。作品报道了新四军团以上干部51人所组成的赴延安学习的非战斗队员与敌人在海上遭遇战的经过。展现了他们的英勇善战，充满悲壮的气氛。1944年的《诺尔曼·白求恩断片》是有影响的报告文学。作品以单个人物为中心，多侧面地刻画了人物性格和内心活动。精彩的肖像描写也是突出特色：“他身材魁梧、硕健，面孔沉毅，但有点消瘦，浓眉下面，深藏着一对炯灼的眼睛，精神很矍铄，像一个活泼健旺的青年，有些时候，他还流露出质朴的天真。见到熟人，他还高高举起右手：行西班牙礼。不过，也有时候，他紧紧地握着你的手，使你感到一股挚爱的热力在交流。在西班牙的时候，大家叫他：‘老少年’；中国许多医务工作同志，带着崇敬的感情称呼他：‘老头子’；老百姓则

① 林非：《中国现代报告文学创作的一个轮廓》，载《时代报告》，1980（2）。

亲昵地叫他：‘大鼻子’。”① 随着故事的展开，生活细节十分丰富：深入火线、救死扶伤；为减少死亡，坚持把手术台安在火线；为救重伤员的生命，毅然献血；深恶痛绝不关心伤员疾苦的不负责现象；不愿别人把他当客人等。以不同事件的感人片断立体地突出人物形象。作品还穿插一些环境气氛的渲染，起到很好的烘托作用。比如白求恩弥留之际对夜色中的山野、黯淡烛光中的屋子、垩白的墙壁、流着“眼泪”的烛油等的描写，显然具有鲜明的象征意味。周而复的报告文学人物线条清晰，感情色彩浓烈，语言力度强。

华山、刘白羽、周而复等人的报告文学，基本完成了从事件为中心向人物为中心的转换，奠定了报告文学的文学地位，同时也存在着反映对象价值评判的单一化、对现实反映的片面性等缺失。

【本章学习参考】

一、阅读书目

报告文学部分：

夏衍：《包身工》

宋之的：《一九三六春在太原》

柔石：《一个伟大的印象》

丁玲：《一颗未出膛的枪弹》

方志敏：《死》

丘东平：《我认识了这样的敌人》、《第七连》、《我们在那里打了败仗》

萧乾：《流民图》、《血肉铸成的滇缅路》

骆宾基：《救护车里的血》、《在夜的交通线上》

华山：《窑洞阵地战》、《踏破辽河千里雪》

刘白羽：《光明照耀着沈阳》、《横断中原》

周而复：《诺尔曼·白求恩断片》

杂文部分：

瞿秋白：《民族的魂灵》、《流氓尼德》、《财神的神通》、《王道诗化》、《出卖灵魂的秘诀》、《一种云》、《猫样的诗人》、《狗样的英雄》

聂绀弩：《历史的奥秘》、《蛇与塔》、《我若为王》

丁玲：《三八节有感》

王实味：《野百合花》

散文部分：

茅盾：《白杨礼赞》、《风景谈》

艾芜：《山中杂记》

萧红：《商市街》、《桥》

郁达夫：《屐痕处处》

李广田：《山之子》、《山水》

何其芳：《梦后》、《雨前》

① 周而复等：《诺尔曼·白求恩断片》（通讯报告选），北京，中国人民文艺丛书社，1949。

林语堂：《秋天的况味》、《谈中西文化》

丽尼：《黄昏之献》、《鹰之歌》

陆蠡：《囚绿记》、《竹刀》

沈从文：《箱子岩》、《桃源与沅州》

丰子恺：《从孩子得到的启示》、《秋》、《渐》、《车厢社会》

二、相关文献

1. 林非．中国现代散文史稿．北京：中国社会科学出版社，1981.

2. 赵遐秋．中国现代报告文学史．北京：中国人民大学出版社，1987.

3. 俞元桂．中国现代散文史．济南：山东文艺出版社，1997.

4. 傅瑛．昨夜星空——中国现代散文研究．合肥：安徽大学出版社，2004.

5. 江震龙．解放区散文研究．上海：上海三联书店，2005.

6. 曹万生．朱自清与丰子恺：传统余脉的变形与延伸．文学评论，1992（2）．

7. 范培松．论京派散文．文学评论，1995（3）．

8. 大公报·文艺副刊 1933（9）—1935（8），大公报·文艺 1935（8）—1937（8）．

三、复习思考

1. 名词解释：

“鲁迅风”杂文　京派散文　《画梦录》

2. 简述 30 年代散文创作类型及各自特色。

3. 简述《包身工》、《一九三六年春在太原》的艺术特色及在中国现代报告文学史上的意义。

4. 举例说明成熟期报告文学的意义。

5. 思考京派散文的文体特征以及独特个性。

6. 思考何其芳的《画梦录》对散文纯化、美化的意义。

7. 思考丰子恺散文与“佛”的关系。

第二十六章
曹　禺

中国现代话剧走到20世纪30年代，产生了一位大师级剧作家，他就是曹禺。本章主要评述曹禺的文学道路、《雷雨》、《日出》、《原野》、《北京人》等。

第一节
曹禺的文学道路

曹禺（1910—1996），原名万家宝①，字小石，祖籍湖北潜江，生于天津一个封建官僚家庭。曹禺从小就爱好文学和戏剧，读了不少文学作品，并经常随继母出入戏园，看戏听曲艺，受到了传统戏剧艺术的熏染。1922年，曹禺考入天津南开中学，两年后加入南开新剧团，开始演出活动。同时，他还担任过《南开双周》刊的戏剧编辑，为天津《庸报》编过副刊，并发表过小说、诗歌和译作。1928年，曹禺升入南开大学政治系。次年，转入清华大学西洋文学系，开始广泛研读欧美文学作品。他不仅对古希腊悲剧作品以及莎士比亚、易卜生、奥尼尔、契诃夫等人的剧作有浓厚兴趣，更迷恋中国传统的戏剧艺术，这都为他的戏剧创作打下了坚实的艺术功底。

1933年，大学毕业前夕，曹禺创作出他构思长达五年的第一部剧作《雷雨》②。《雷雨》的问世不仅意味着剧作家曹禺的诞生，也标志着中国现代话剧艺术的成熟。大学毕业后，曹禺曾到河北保定一所中学任教。不久，又考回清华大学研究院，专攻戏剧。做了一年的研究生后，因生计所迫，曹禺停止学业，于1934年9月前往天津河北女子师范学院外文系任教。1935年春，曹禺完成其第二部力作《日出》③，并于1936年荣获《大公报》文艺奖。1936年，应国立南京戏剧专科学校之邀，曹禺赴南京任教。同年冬，又创作出他的第三部重要剧作《原野》④。从《雷雨》到《原野》，是曹禺创作道路的第一阶段，三部作品一起被称为曹禺的“生命三部曲”。

---

① “曹禺”是他1926年开始在天津《庸报》副刊《玄背》上连载小说《今宵酒醒何处》时第一次使用的笔名。

② 1934年7月发表于郑振铎、章靳以主编《文学季刊》第1卷第3期。1936年1月文化生活出版社出版。

③ 连载于巴金、章靳以主编《文学季刊》1936年第1卷第1至4期。同年11月文化生活出版社出版。

④ 发表于1937年《文丛》第1卷第2至5期。1937年8月文化生活出版社出版。

全面抗战爆发后，曹禺于1938年2月随西迁的南京剧专来到重庆，开始他创作道路的第二个阶段。3月27日，中华全国文艺界抗敌协会在武汉成立，曹禺当选为理事，兼任戏剧界抗敌协会理事。同年夏秋之交，他将宋之的、陈荒煤等人创作的四幕剧《总动员》改编成《黑字二十八》①（又名《全民总动员》）。剧作描写大后方军民同代号“黑字廿八”的日本特务及其指使的汉奸卖国贼展开生死斗争的故事，但在结构布局、人物关系等方面有明显的斧凿痕迹。1939年，曹禺又随南京剧专迁到江安。1940年，他先后创作了四幕剧《蜕变》②、独幕剧《正在想》③和著名的三幕剧《北京人》④。《蜕变》通过一所省立后方医院的行政机构在抗战中暴露出的种种问题，讽刺国民党统治机构的腐败，也反映出全面抗战初期全国人民抗日救亡运动蓬勃发展的新气象。剧作着力塑造了一位富有献身精神的爱国知识分子丁大夫的形象。《正在想》根据墨西哥歌剧作家约瑟菲纳·尼格里的剧本《红色丝绒外套》（*The Red Velvet Coat*）改编而成。《北京人》是曹禺继“生命三部曲”之后的又一重要作品，在艺术上显示出作者对戏剧艺术的驾驭日臻圆熟。

1942年，曹禺辞去剧专的教职，再次来到重庆，任中央青年剧社、中国电影制片厂编导。同年夏，他将巴金的长篇小说《家》改编成四幕话剧《家》⑤。根据自己对小说的独特理解和对生活的认识，曹禺对原作进行了大胆的艺术再加工。他将觉新、瑞珏、梅表姐、鸣凤设为全剧主角，以他们的婚姻问题为主线，表现旧礼教对青春和爱情的摧残。由于剧作的主要笔墨是关于青春和爱情的颂歌与挽歌，因而具有浓郁的诗情。曹禺的改编得到了巴金的充分肯定，而作为话剧的《家》也以其独立的思想和艺术价值成为中外舞台上历演不衰的经典剧作。同年秋，他与焦菊隐合译了匈牙利作家贝拉·巴拉兹的戏剧《安魂曲》。1943年，又应著名导演张骏祥之约，翻译了莎士比亚的剧作《柔密欧与幽丽叶》（即《罗密欧与朱丽叶》）。1946年，曹禺创作了四幕话剧《桥》⑥。该剧表现民族资本家与官僚资本家之间的斗争，但只写了两幕，因1946年3月赴美讲学而中断。1947年初，曹禺从美国回到上海，任上海实验戏剧学校教授，并兼任上海文华影业公司编导。1947年秋，创作电影剧本《艳阳天》⑦，并亲自导演。

新中国成立后，曹禺历任中央戏剧学院副院长、北京人民艺术剧院院长、中国戏剧家协会主席、中国文联主席等职，其创作也进入第三阶段。1954年，创作了以知识分子改造为主题的三幕剧《明朗的天》；1960年，与梅阡、于是之合作创作了五幕历史剧《卧薪尝胆》（后改名为《胆剑篇》）；1978年，完成五幕历史剧《王昭君》的创作。受时代因素影响，这些作品没能充分表现出作家的艺术个性，也没能超过新中国成立前几部名剧的水平。

曹禺既是中国现代话剧的奠基者之一，又是20世纪中国现代话剧走向成熟的标志性作家。他的剧作，尤其是《雷雨》、《日出》、《原野》、《北京人》等四大名剧，以其独特的思想和艺术价值，形成了现代话剧艺术的一座高峰，在中国乃至世界话剧史上都占有重要地位。

---

① 1938年10月上演，1940年3月由重庆正中书局出版。

② 1941年1月重庆文化生活出版社出版。

③ 发表于1940年7月《剧场艺术》（上海）第2卷第6、7期合刊。1940年10月由重庆文化生活出版社出版。

④ 1941年12月由重庆文化生活出版社出版。

⑤ 1944年12月由重庆文化生活出版社出版。

⑥ 第2至3场在1946年4月至6月连载于《文艺复兴》第1卷第3至5期。

⑦ 1947年5月由上海文化生活出版社出版。

第二节
《雷雨》

自四幕剧《雷雨》问世以来，伴随它的论争就从未停止过。论争的焦点一是对其主题意蕴的理解，一是对其人物形象的评价。

一、《雷雨》的主题意蕴

与许多传世名作一样，《雷雨》的主题意蕴是多重的。过去一般认为，剧作通过特定的家庭关系和人物的社会因素，暴露封建大家庭的罪恶和社会的罪恶。全剧以三对主要矛盾为线索展开剧情：一是周朴园与蘩漪的矛盾，反映封建势力对爱情的禁锢压迫和争取自由民主的斗争；二是侍萍、四凤等人同周朴园的冲突，反映被侮辱被损害的下层民众同剥削阶级的冲突；三是鲁大海与周朴园的冲突，反映工人阶级同资本家的斗争。此外，还有周萍、周冲与四凤的爱情纠葛、周萍与蘩漪的暧昧关系等矛盾。这种种矛盾又与家庭中的夫妻、兄妹、父子、母子等伦理关系错综交织，最终形成总爆发。构成这些冲突的核心人物是周朴园，他是一切“罪恶的渊薮”，剧本正是通过他来暴露封建大家庭的罪恶和社会的罪恶的。

从表层结构解读，《雷雨》的主题的确包含着对封建大家庭的批判，但这种批判，更多的是对传统家族文明的解构。家族文明是整个中国封建文化体系的缩影，其最大弊害是家长专制，对尊卑有序男女有别的家庭角色的心理认同，对“人”这个社会主体的个体价值的理性忽视，以及因之而扩张的外力压制。周朴园就是这种家长专制的象征，他代表着父权、夫权。为了将家庭成员纳入“最圆满、最有秩序”的轨道，他苛酷地要求每一个人，从精神上、心灵上折磨着妻子和儿女，扼制他们的人性。蘩漪年轻、聪敏，不甘于沦为丈夫的附庸，周朴园便用种种伦理标准来钳制她，把她“磨成了石头一样的死人”。周萍本来并不缺乏年轻人的激情，也不满父亲的专横，然而他“性格上那些粗涩的渣渣经过了教育、提炼，成为精细而优美了”，对蘩漪的疏离就是他“蛮力”销蚀的表现。周冲善良、天真而充满幻想，但在严厉的父亲面前却很懦弱。生命活力的获得是以人对自己生命主体性的拥有为前提的，家族文明对人的主体性肆意践踏、玷污，生命活力于是被窒息和扭曲。①

而在深层结构中，《雷雨》还表现出对人类命运的关怀，对人本原性的存在困境的探求。曹禺在《雷雨·序》中说：“《雷雨》对我是个诱惑。与《雷雨》俱来的情绪蕴成我对宇宙间许多神秘的事物一种不可言喻的憧憬。……《雷雨》所显示的，并不是因果，并不是报应，而是我所觉得的天地间的‘残忍’。”② 所谓“天地间的‘残忍’”，也就是说，宇宙像一张大网，人在其中挣扎，永远处在压抑与抗争之中，有无可消除的无望和恐惧，人类的软弱制造着他们永

① 参见陈坚：《历史与生命的双重空间：曹禺悲剧的人文意义》，载《浙江学刊》，2001（5）。

② 曹禺：《雷雨·序》，见《曹禺选集》，182页，北京，人民文学出版社，2002。

恒的悲剧人生："他们正如一匹跌在沼泽里的羸马，愈挣扎，愈深沉地陷落在死亡的泥沼里。"① 剧作中每个人都怀着一个希望的目标出场：周朴园希望维持家庭和社会的秩序，蘩漪希望与周萍长相厮守，周萍希望摆脱蘩漪摆脱罪孽感，四凤只想不离开周萍，而鲁妈则千方百计要四凤离开周家以免重蹈覆辙，鲁大海希望罢工胜利，鲁贵希望继续在周家混日子。但他们的希望最后都破灭了，而且都是由非个体生命可以抗拒的原因造成的。这就是命运的威力所在，它是曹禺感到困惑、恐惧和痛苦、愤怒的宇宙主宰所操纵的悲剧，由此《雷雨》表达了对主宰人类命运的自然规律和社会规律感到恐惧和困惑的情绪。②

但这种表达并不是宣扬"宿命论"、"因果报应"。"宿命"指人的命运是早已注定的，人的活动和选择没有任何自由、主动性，因此丧失意义，而《雷雨》中每个人的行动都充满主动性，都是从自己的自由意志出发选择人生，力图通过努力来摆脱困境。从这个意义讲，《雷雨》的内在精神实质就是人类永无止境地试图挣脱莫可名状的困惑、恐惧和宣泄痛苦、愤怒情绪——这是比故事情节本身更为复杂的精神主题。从人物的肉体受难上升到对精神受难的拷问，戏剧由此进入新的境界——它把一种具体的苦难上升到人本原性的存在困境，而现实冲突成为对整体的人的存在困境的曲折反映。蘩漪与周萍、周萍与四凤双重乱伦的故事，以及无辜的周冲、四凤之死，无奈的周萍之死、蘩漪之疯、侍萍之痴，都不过是悲剧的表层；真正的悲剧性来自于人对自我选择的被限定性的反抗，及反抗的无意识所造成的对他者的冲撞。在反抗的合理性与冲撞的无理性间，形成的不可避免的悲剧性张力。这样，《雷雨》就穿透了社会历史的外壳，去剖析人类生命本体，寻找人类社会深层的破坏力和创造力，让人从最根本的生命价值层面去感悟人生思索人生。这就是《雷雨》更深刻的现代文化意蕴。

二、《雷雨》的人物形象

《雷雨》主题意蕴的复杂性，又是通过剧中丰富的人物形象展示出来的。《雷雨》的主人公究竟是谁？这是个争论不休而又没有定论的问题。但在剧中出场的8个人物中，最具争议性的莫过于周朴园和蘩漪了。

从现实主义角度看，周朴园的基本性格是专制。虽然是新兴的资本家，但作为一家之长，他要求其他家庭成员绝对服从他的权威。他逼迫蘩漪立即喝下苦药，就是为了确立一种命令与服从的家庭秩序。这种性格并非与生俱来。早年的留学经历也曾使他受到过资产阶级自由民主思想的影响，他有过挣脱封建家庭的束缚、追求自由恋爱和婚姻的理想，因此才有了和下人之女侍萍的一段孽缘。对侍萍他是有真情的，只是同许多封建家庭的子弟一样，性格中也有懦弱的一面，迫于压力最终又回到封建阵营（剧本借侍萍向周朴园诉说自己当年被迫离开周家时不用"你"而说"你们"、"你们老太太"，暗示出周朴园背弃侍萍的主要责任是那个代表着封建传统规范的母亲）。对此他是充满内疚的，经常翻看侍萍的遗物正是因为对侍萍的思念，不能仅仅说是一种虚伪。因此，早年的周朴园其实也是那个封建"家庭秩序"的牺牲品。从一定意义上讲，怯懦冲动的周萍和热情幻想的周冲，正是周朴园当年两个性格侧面的形象注脚。而当

① 曹禺：《雷雨·序》，见《曹禺选集》，183页，北京，人民文学出版社，2002。

② 参见邓齐平：《〈雷雨〉艺术结构新探》，载《首都师范大学学报》（社会科学版），2005（4）。

回到封建阵营并强行把封建“家庭秩序”内化为自己的行为准则的时候，他也就一步步地付出了泯灭个人情感的沉重代价，从一个有理想、有一定叛逆精神的青年堕落成一个封建伦理的执法者。周朴园的变化集中体现了“中国资产阶级的封建性”①。它说明了无所不在的封建文化的强大渗透力，说明了环境的制约性和人难以摆脱的沉重的历史负荷。周朴园的形象明显带有“历史人”的特质②，这也体现了剧作者塑造人物形象时的“过程意识”，即把人视作一个流动体，从宏观意义上来考察性格的由来和走向，人物性格的普遍意蕴和艺术生命全都体现在一个包容过去、现在、未来的动态的人生历程中。

周朴园形象的深刻之处还在于他是人性悲剧的象征。当侍萍又活着出现在他面前时，他不仅感到一种对自己名誉、地位和利益的现实威胁，还潜在地感到一种冥冥之中的命运打击。他苦苦挣扎要挣脱的就是三十年前薄情寡义留下的阴影和苦果，但最终未能逃脱惩罚的降临，这个悲剧的制造者最终变成了悲剧的承担者和受害者——他同样无法主宰自己的命运。人“仿佛是自己来主宰自己的运命，而时常不是自己来主宰着”，但人们往往“生活在狭的笼里而洋洋地骄傲着，以为徜徉在自由的天地里”③，这就是人性的悲哀。流逝的岁月最能说明生命的沧桑，曾经铁手经营的周朴园，在序幕和尾声中成了一个皈依宗教、终生悔罪的颤颤巍巍的老人。当看到他以慈善的形象出现在宗教氛围浓厚的场景中，清醒地咀嚼着过去的痛苦，悉心照看业已疯癫的侍萍和蘩漪的时候，人们是不难产生同情之感的。于是因他而起的人物的死亡就不再是一种自然意义上的生命终止，或者道德层面上的惩恶扬善的警世劝喻，而是升华为一种宗教性的生命关怀。这也表现了曹禺深厚的悲悯情怀。

蘩漪是剧中的另一个重要人物，对这一形象的理解历来褒贬不一。从蘩漪的命运来看，她首先是个受害者。来到周家 18 年，不但没有得到丈夫平等的爱，反而在精神上受到长期的折磨。封闭而阴冷的家庭压抑了她的活力和个性，把她生命的热情扭曲成带破坏性的偏执。她变得阴鸷而果敢，哀静而乖戾。不过，她并没有打算像娜拉一样走出家庭，也不愿放弃养尊处优的太太生活。她与周萍的相爱，虽然并非纯粹为了个人情欲的满足，但只要周萍不离开她，她是会继续甘当周家的顺民的。在她的思想深处，还有许多沉重的封建意识：她很看重“名分”，对周冲与四凤的相爱，觉得门不当户不对；自己是封建婚姻的牺牲品，但仍然用封建婚姻的标准去要求下一代。

可见，蘩漪并非曹禺理想中的女性形象，但作家还是认为她具有最“雷雨”的性格，“值得赞美”④。这是因为，在曹禺看来，人类是生活在“狭的笼”中的“可怜的动物”，是被无形的命运之手操纵的，但人不能因此而屈从于命运，而应该凭着一种知其不可为而为之的“蛮性”作一次“困兽的斗”。蘩漪身上就有着这种“蛮性的遗留”。传统家族文明对本性的压抑，使她总处于激烈的矛盾和痛苦之中，但她的可贵之处就在于敢冲破一切桎梏，甚至不顾文明中的乱伦禁忌去争取爱情。对自己和周萍的乱伦关系，她充满奇异的道德自信，从没后悔过。为了抓住周萍，她可以煽风点火唆使鲁妈领走四凤，可以把自己的亲生儿子当作拆散周萍和四凤关系的离间工具。当事情再无挽回余地，她索性豁出一切，如雷雨般爆发，对周萍的万般柔情瞬间转化为极度的憎恨，最终导致四凤触电身亡，周萍开枪自杀，导致周家所有冲突的总爆

---

① 田本相：《曹禺剧作论》，50 页，北京，中国戏剧出版社，1981。

② 刘艳：《曹禺的思维方式及其对形象塑造的影响》，载《中国人民大学学报》，1998（3）。

③ 曹禺：《雷雨·序》，见《曹禺选集》，183 页。

④ 同上书，184 页。

发。所以，蘩漪形象的力量不在她的“善”，而在她的“恶”。她撼动人心的地方不是她的外表，而是她生命底层掩藏着的活力，在温良文弱背后时刻郁结着的“蛮性”。她依靠“蛮性”制造了“雷雨”，释放着任何禁锢都无法阻拦的激情与欲望，发出了生命中虽然短暂却极为耀眼的光芒。

蘩漪还是其他人物形象的参照坐标。鲁大海与她有着同样的个性，只是更偏侧于“敢恨”而已。周朴园、周萍也都曾“敢爱”过：一个爱上下人的女儿，冲决过文明设定的门第观念；一个爱上自己的后母，冲破了文明设定的乱伦禁忌。可他们又都在文明的压力下，抛弃了“敢爱”的特性，悔改了“以往的罪恶”而成为“阉鸡似的男子们”① 了。

三、《雷雨》的艺术成就

《雷雨》的开创性成就在于它实现了现代汉语话剧艺术在文学性和舞台性上的高度统一。作为一种综合性的艺术样式，戏剧的魅力在于既要有尖锐的矛盾冲突、生动的人物造型和直观的布景等舞台性因素，又要有严谨的戏剧结构、丰富的人物性格和个性化的人物语言等文学性因素。在《雷雨》问世之前，现代汉语话剧经过了从“文明新戏”到“爱美剧”再到“剧场戏剧”的演变。但这些戏剧形式的共同缺陷就是只关注舞台性或文学性中的一“性”，直到《雷雨》才实现了二者的真正融合。

首先是高度集中的戏剧冲突。剧作在帷幕拉开时矛盾已经濒临一触即发的前夕，周、鲁两家人物之间的各种冲突已发展到十分尖锐的程度。冲突的缘由则通过“追溯”来交代。如在第一幕第一场中利用鲁贵与四凤的交谈，交代了人物关系：大少爷爱上了自家侍女，而这位大少爷三年前又与后母发生过乱伦关系。第二幕则通过侍萍与周朴园的相认追溯了30年前的往事。接着，一个个意想不到的情节接踵而至。这些情节伴随着雷雨到来前躁动的气氛，紧紧地扣动着观众的心弦。

其次是精巧的戏剧结构。《雷雨》真正开启了中国现代戏剧结构的创造。它通过一天的时间（上午到午夜两点）、两个场景（周家、鲁家）集中展开两个家庭的复杂的矛盾和纠葛。基本结构是：第一幕，表象矛盾展开，周萍、四凤、周冲与鲁大海相继出场；第二幕，充分展开周萍与蘩漪、周朴园与鲁侍萍的矛盾关系；第三幕，矛盾冲突激化；最后一幕，冲突爆发。戏剧的决定性冲突则通过人物来“发现”。“发现”，即从不知到知的转变，使那些处于顺境或逆境的人物发现他们和对方有亲属关系或仇敌关系。《雷雨》的“发现”不是一次，因而矛盾也不是一次就展开完结，而是每一次发现都把关系绞结得更紧更深，直到推向无以复加的结局。侍萍由于女儿在周家作使女，而发现了昔日始乱终弃的周朴园，发现大少爷是自己的儿子，发现兄妹乱伦；蘩漪让侍萍来带走四凤，却发现鲁妈是侍萍，发现周冲爱四凤，发现周萍要出走……所有矛盾冲突因结构的精巧安排而扣人心弦。

再次，诗化的戏剧特质。这首先表现为剧作强烈的情感性。曹禺曾说：“写《雷雨》是一

① 陈留手：《论曹禺早期剧作的浪漫主义特质》，载《文学评论》，2003（4）。

种情感的需要，一种心情在作祟”，“我写的是一首诗，一首叙事诗”①。这种从体验、感受和印象出发进行的创作，颇类似于诗人写诗，因此“诗化”不仅是一种诗意美学性的追求，而且是戏剧本身的诗性特质。如对蘩漪的“最雷雨”的性格的塑造，就有强烈的情感色彩。同时，《雷雨》的创作由外向化戏剧转向内向化戏剧，也大大增强了剧作的诗性特质。戏剧内向化即并不一味追求矛盾冲突的表面化和激烈性，而是更重视人物内心的矛盾冲突，通过剧中复杂的内心冲突集中地表现对社会和人性的剖析。比如周萍的悲剧就是典型的内心冲突的悲剧，他对蘩漪的爱欲里包含母爱与性爱的双重成分，母子乱伦的道德惩罚原本已宣判他精神上的死刑，兄妹乱伦的禁忌又使他心理防线彻底崩溃，最终陷人绝境。周萍所承载的悲剧冲突有着人性的普遍意义。②

另外，富于象征性的背景设计、整体戏剧氛围的营造、抒情色彩浓烈的戏剧语言等都使《雷雨》获得了独特的艺术效果，显示了曹禺戏剧特有的艺术价值。

第三节
《日出》和《原野》

如果说，《雷雨》揭示了传统家族文明对人性的压抑，那么，四幕剧《日出》和三幕剧《原野》则分别对现代都市文明的非人道性和人的精神承受力进行了形象化的展露。

一、《日出》

在曹禺看来，畸形繁荣的现代都市文明并非进步、自由的象征，而是人性异化的渊薮。这一认识使曹禺在进行《日出》创作时从家庭生活场景中跳脱出来，抛却了《雷雨》式的血缘纠葛，将人物的活动置于社会环境中，去揭示被金钱统治的现代都市对人的毒化、吞噬与虐杀。

剧作以20世纪30年代的中国现代都市作为人物活动的场景，切取包括上流社会和底层社会的多个不同片断，展示了物欲横流、道德沦丧的金钱本位文化的罪恶。不同于新感觉派作家对都市文明器物层面的描写，或沉迷于声光色的感官享乐，曹禺更多地通过对扭曲灵魂的揭示，来表现金钱本位文化对人性的毒害。从高级宾馆到三等妓院宝和下处，金钱像紧箍咒一样套在每个人心上，摄去了他们的灵魂。潘月亭为了钱要尽了伎俩，李石清为了钱不惜失去做人的尊严。人们对金钱的崇拜不仅表现在器物层面，更深入到心理层面，成为一种本能的价值判断。因为粗俗臃肿的顾八奶奶有钱，油头粉面的胡四便甘当她的面首；张乔治因为有钱，就可随心所欲地抛弃妻儿，朝三暮四地向一个又一个女人求婚。金钱在制造种种风流与荣耀故事的

---

① 曹禺：《〈雷雨〉的写作》，原载《杂文》（质文）月刊1935年第2号，此处引文据田本相、刘一军主编：《曹禺全集》，第5卷，9页，石家庄，花山文艺出版社，1996。

② 参见李俊：《〈雷雨〉：悲剧冲突及其主题》，载《戏剧》（中央戏剧学院学报），1998（5）。

同时，也在制造着更多的欺凌和压迫的惨剧。小录事黄省三病入膏肓，还是一天到晚抄写，以图十块二毛五的薄酬去养活三个孩子，然而这微薄的希望最后也无法得到满足；下等妓院里人老珠黄或尚未成人的翠喜们为了生存不得不付出自己的一切作为代价。所以，在"题记"中，曹禺引用了老子的《道德经》："天之道损有余而补不足；人之道则不然——损不足以奉有余"①，这正是曹禺在剧作中要表达的对金钱社会的认识。

不过，不同于京派作家以原始纯朴但显然落后的乡村文明为参照来否定大工业带来的都市文明，曹禺的价值取向是向前看的。他通过剧中人物之口，对都市中的新兴力量——以"砸夯的人们"为代表的劳动者给予了肯定，并把迎接日出的希望寄托在他们身上："太阳就在外面，太阳就在他们身上。"② 从方达生形象的塑造可以看出曹禺的这种价值取向。尽管刚开始，这个久居乡下、不谙世故的书生在都市生活中显得很不合时宜，并且时时有着返回乡下的冲动，但作者最终没有让他回去，而让他抱着为了小东西们跟金八们拼一拼的决心留在了都市。如果说方达生式的人物同样寄托了作者的希望，那么这希望并不在乡村，而在都市。

剧作的更深层题旨在于，它超越了题材本身的具体性、写实性，对人生和世界进行终极追问和关怀，具有深刻的哲理性。这又与左翼都市作家囿于较为切近的社会责任感和时代使命感的创作明显不同。首先体现在作品的"题记"中。"毁坏的信息连络不绝。因为全地荒废。我观看地，不料地是空虚混沌；我观看天，天也无光；我观看大山，不料，尽都震动，小山也都摇来摇去……"③ 这段引文显然传达出曹禺对人的异化、人类社会的不和谐及其恶果的深刻忧虑。"弟兄们，我……劝你们都说一样的话，你们中间也不可分党。是要一心一意，彼此相合"④，这引自《圣经》的题记，无疑是在提示读者：人与人之间只有建立真诚的关系，彼此平等相待，才能获得生命的真意。其次，体现在金八形象的设计上。曹禺说："我曾故意叫金八不露面，令他无影无踪，却时时操纵场上的人物，他代表一种可怕的黑暗势力。"⑤ 尽管潘月亭、顾八奶奶、张乔治们自我感觉良好，神气十足，但他们也常常不能主宰自己的命运。面对金八，特定的阶级地位和身份失去了意义，舞台上所有活跃的人物都被一种更大的、连自己也不清楚的力量支配着，金八正是这种力量的象征。曹禺通过对这些人物命运的揭示反映出人类普遍的生存处境。⑥

《日出》塑造了众多的都市人物类型。以旅馆为家的交际花、不谙世事的书生、颐指气使的银行经理、处心积虑的经理秘书、穷困潦倒的小职员、花天酒地的洋博士、徐娘半老的富孀、游手好闲的"面首"、媚上欺下的茶房、无恶不作的地痞、下等妓院的妓女……其中，潘月亭、李石清和黄省三，构成了一个既互为对照又互为补充的"三段式"人物链，形象地表现了"有余者"和"不足者"的对立和变化。潘月亭和黄省三可以看作是"有余者"和"不足者"的代表，而李石清则是从"不足者"变为"有余者"的典型。作者通过对"潘李冲突"和"李黄冲突"的着力描写，让人们看到"损不足以奉有余"的"人之道"的残忍。

所有人物中，最引人注目的是作为大都市的产物和象征的高级交际花陈白露。作为陈白露

---

① 老子：《道德经》，77 章，见《曹禺选集》，193 页。

② 曹禺：《日出》，见《曹禺选集》，378 页。

③ 曹禺：《日出·题记》，见《曹禺选集》，193 页。

④ 同上书，194 页。

⑤ 曹禺：《日出·跋》，见《曹禺选集》，387 页。

⑥ 参见江倩：《论〈日出〉对都市文学的贡献》，载《福建论坛》，2005（10）。

前身的“竹筠”，曾经是一个追求精神自由的新女性，受过良好的教育，但不如意的婚姻生活击碎了她对爱情的憧憬，于是怀着“飞”的欲望离开乡村走进城市，一心追求自由的理想。在这个意义上，她是一个试图建构现代女性精神家园的探求者。但是，现代都市的生存法则，最终使“竹筠”变成了靠色相养活自己的交际花陈白露。她希望“出门要坐汽车，应酬要穿些好衣服”，但这些生活享受的实现，又要遵循金八们制定的“损不足以奉有余”的社会规则。她不甘于牺牲自己的道德良知去跟金八们沆瀣一气，去“损不足”，就只能牺牲自己的色相。她并不喜欢自己的生活，在她心灵深处依然保存着一方纯净天地，翻腾着向往光明自由的人性波涛，所以她才会帮助小东西。但她却无法选择离开，眼前的生活方式已经成为一种习以为常的惰性，腐蚀着她作为探求者的漂泊勇气。当探求在现代都市的暂时搁浅异化为一种沦落状态，等待便成为一种无奈选择。陈白露很清楚自己的处境：“她只有等待，等待着有一天幸运会来叩她的门……”这种清醒的生命意识，跟她沦落风尘的生活方式构成了强烈的悖论，揭示出生活的艰辛和都市人际关系的畸形。她也没有听从方达生的劝诫选择回乡，作为探求新的精神家园的途中的殉道者，“回家”这条路早在1925年鲁迅创作完成《伤逝》的时候就已经被子君堵死了。最终，她在“太阳不是我们的，我们要睡了”① 的叹息中选择了自杀。就其生命的自主性而言，这种选择不是毁灭，而是保全。可以说，陈白露是冲出封建家庭的孽淌，其正面意义在于彻底地打破了旧的乡村情结，其悲剧意义在于冲出家门之后的无路可走，这又一次说明了中国女性打造自己现代精神品质的艰难。

《日出》补救了《雷雨》“太像戏”② 了的缺憾，既有着笼罩全剧的“日出”象征意味，又“用片段的方法”和“多少人生的零碎来阐明一个观念”③，在似断实联，似散实聚的结构艺术中实现创作意图；戏剧冲突的偶然性、人物的传奇性为日常性、淡朴性的艺术表现所取代，但在剧情展开中仍有前后照应、明暗衬托，呈现出宏阔中更自然而又不乏精巧的风格。但对于诸如作品的真实性、喜剧因素、第三幕（宝和下处）的安排是否合理等问题的不同理解，也曾使《日出》招致不少苛刻的指诘。类似的现象还发生在三幕剧《原野》发表以后。

二、《原野》

在全民抗战的氛围中，1936年诞生的《原野》可谓生不逢时，在曹禺的“生命三部曲”中，遭到的非难也最多。但今天看来，《原野》在曹禺剧作乃至整个中国现代话剧史上都是一个“异数”，它是对中国传统戏剧观念、规范和模式的挑战，也是对切合于“五四”“社会问题剧”和此后的无产阶级戏剧运动的现实主义批评范式的挑战。

故事是在一连串血海深仇的背景下展开的：仇虎的父亲被恶霸地主焦阎王活埋，仇家的土地被抢占，房屋被烧毁，妹妹被送进妓院而惨死，未婚妻金子被焦家强占，做了焦大星的“填房”，仇虎自己也被投进了监狱。但剧作并非要表现农村的阶级斗争，而是借一个具有传奇色彩的复仇故事，挖掘人在强烈的爱与恨夹击下丰富而脆弱的内心世界，表现人充满反抗意识的

① 曹禺：《日出》，见《曹禺选集》，377页。

② 曹禺：《日出·跋》，见《曹禺选集》，388页。

③ 同上书，389页。

原始生命力和复仇者的心理变化。序幕一拉开就充满了极度的神秘和紧张：在深秋寂静的暮色里，沉郁而苍莽的原野上，仇虎拖着沉重的镣铐和累累的伤残，眼里闪射着凶狠、机诈、嫉恨和痛苦的火焰，闯了过来——什么也掩藏不住这个汉子全身充盈的顽强的生命力。家破人亡的仇恨，失去爱人和自由的痛苦，逼促他历尽艰险，从监牢里逃脱出来，向焦阎王报仇——是命运的残酷和不公把一个原本善良的人推向了复仇和杀戮。这种外在的复仇意志正体现了他对不公平命运的拼力抗争。

然而，剧作的叙述一开始就彻底粉碎并改变了仇虎最初的复仇计划：罪魁祸首焦阎王已经先他而去，剩下的只是瞎眼的焦母、懦弱的焦大星，以及尚在摇篮中的小黑子，仇虎不但失去了复仇的对象，连复仇的正义性也面临考验。但饱尝仇怨煎熬的仇虎不甘心就此放弃，按照“父债子偿”的传统观念，他把焦阎王的儿孙视为新的复仇对象。剧本在第一幕中以延缓的戏剧节奏表现仇虎潜伏在焦家等待大星回来完成复仇计划。在情节的延宕中，仇虎生命里交织的不可阻遏的复仇激情和对金子炽烈的爱欲得以酣畅淋漓地表现。

为了复仇几乎疯狂的仇虎终于杀死了焦大星，并借焦母之手杀死了大星的儿子小黑子，实现了他残忍的复仇计划。但是，戏剧重心也由此陡然转移：作为反抗的外部复仇行为转向了复仇后不可抗拒的内心世界的分裂和挣扎，人与外部现实的矛盾转向了人与内部自我之间的矛盾。原以为苦心孤诣的复仇能使自己摆脱困境，获得自由，可是他的一切反抗，就像沿着一个周而复始的圆弧在打转，奔忙了一圈又回到原点，自己再次成为被追捕的对象。更可悲的是，他发觉自己也同仇人一样充满罪恶，正义变成了邪恶，抗争变成了残暴，无辜者变成了杀戮者。所以在神秘恐怖的“黑林子”里，他深深地陷入了血腥仇杀后的种种迷狂幻觉。一个意志坚定的完整自我，在无法躲避的良知审视里，逐渐瓦解，直至崩溃。仇虎的死决非迫于形势的赎罪性自惩，那种对抗他无法对抗的存在的斗争，才是他毁灭的原因，人们由此也体悟到人抗争命运的艰难和永恒。但不能据此就否定仇虎不可阻遏的反抗意志和扭曲的生命激情，他以复仇这一非常态的行为来表现自我尊重，确证自我，这是与传统精神重压下腐朽空虚的精神状态截然不同的。

花金子的形象是全剧的一个亮点。这个浑身沸腾着原始生命力和欲望的女性，从不掩饰自己极端的爱恨。她藐视一切世俗成规，始终在寻找一个更加强韧、蛮性和自由的空间，力图通过自己的努力来摆脱令人窒息的生存环境。所以她敢于反抗凶狠的焦母，敢于支使丈夫，甚至公开宣布“我偷汉子”。和仇虎之间的火辣爱情，使她的生命本性得到了真正的舒张；为了爱，与仇虎一道颠沛流离也终不后悔。金子在压抑中生长的敢爱敢恨显然是蘩漪性格的重现，不过作者在这个人物身上灌注的理性色彩，又不同于蘩漪破坏一切的心理，这从她一再提醒仇虎不要滥杀无辜便可看出。最后她要去寻找“金子铺成的地方”，尽管带有天真的色彩，但理想的方向要比蘩漪、陈白露的追求坚实得多。

在艺术上，《原野》呈现出诡奇、阴沉的风格。全剧注重人物内心的情感表现，大量象征手法、幻觉幻象的运用，民间歌谣的穿插，场景（黑林子、铁轨、镣铐）象征意味的渲染，形成了《原野》阴郁奇异的戏剧情景和氛围。其中超时空的原野意象，更将现代与原始、新生与死亡、光明与黑暗、善与恶、正义与邪恶这些本不相容的两极，盘根错节地有机交织在一起，使人们感受到主人公性格中的矛盾冲突，以及家庭伦理道德、传统观念在原始与现代的矛盾运动中的毁灭与重建。由这种风格人们不难发现曹禺对表现主义尤其是奥尼尔的剧作《琼斯皇》的借鉴与化用。

从《雷雨》到《原野》是曹禺创作的第一阶段。三部作品都是悲剧，都把重心置于对人的自我、人的生存困境的关注，都充溢着浓郁的诗情。但结构方式和风格特点各不相同：《雷雨》移借“三一律”结构，以情节的曲折复杂取胜；《日出》采用横断面结构，以日常生活场景的深刻展现见长；《原野》侧重表现主义结构，以象征手法和传奇色彩的运用别开生面。这显示了曹禺在戏剧艺术道路上的不懈探索。

第四节
《北京人》

三幕剧《北京人》是曹禺的又一巅峰之作。虽然创作于抗战期间，但作家并没有直接描写抗战，而是再一次回到自己熟悉的旧家庭题材，试图从对生活的再现中对民族文化传统、民族性格的优劣得失进行反思。这种视角，也是抗战进入相持阶段后诸多国统区作家创作的共同取向。

剧作首先透过曾家这个曾经显赫而渐趋衰败的士大夫家庭的种种矛盾，在看似悠闲、雅致的笔调中，写出了这个家庭古雅、精致、宁静而又惰滞、沉闷的氛围，以及人的生命在这种氛围中被模塑成空壳的悲剧，从而拷问了“北京人”所代表的士大夫文化的没落性。

曾文清就是这种文化的牺牲品。他有着清俊飘逸的外表，但这不凡的外表却和他精神的瘫痪形成触目的矛盾：他总给人一种沉滞懒散之感，懒于动作，懒于思想，懒于做任何严重费力的事情，“懒到不想感觉自己还有感觉”①。他的生活方式很典型地体现了士大夫文化注重修身养性的“内敛性”特征：赋诗、下棋、作画、品茗，风雅有余却不谙世情。“过度的腐烂的北平士大夫文化”② 的长期浸泡，使他完全成了徒具“生命空壳”的废物，对外部世界的感受力、开拓力萎缩至无，成为一种“懒于存在”的存在。所以他爱不敢爱，恨不敢恨。对于自己的不幸婚姻，他懒于改变也无力改变；面对愫方这个能互相哀惜和慰藉的“知己”，也只是相对不言，隔绝如天涯。他唯一的一次“出走”也不过是在外面打了一个转就垂头丧气地归来了，这最后的“归来”正表明他只能成为士大夫文化彻底腐烂时的殉葬品。他的父亲曾皓精神上更趋于颓败：一面死撑着大家庭的虚荣，在儿孙面前显露着威严；一面摆出一副孤老堪怜的样子，阻止愫方嫁人，想使她永远侍候自己。一个刷了上百道上等厚漆的寿棺，支配了他全部的感情，他生命中所有价值、目的都消失殆尽，只剩下“棺材”本身。讲究体面、排场的北京士大夫文化已经把他的生命、思想扭曲到了荒唐、疯狂的地步。曾家的孙辈曾霆虽然只有17岁，但在家中各种“规矩”的束缚下也逐渐丧失了生命的活力。正是在生命的意义和价值的深度上，曹禺尖锐地批判了士大夫文化的腐朽性。

在进行批判的同时，曹禺又精心设计了象征原始生命活力的“远古北京人”和代表新型文化的袁任敢父女那样的“未来北京人”的形象。剧作家借袁任敢之口道出了“远古北京人”的

①② 曹禺：《北京人》，见《曹禺选集》，423页。

真实自然、热情奔放，同时展现了袁家父女民主、现代的思想与平等、融洽的关系。三个不同时代的北京人共同出现在舞台上，在强烈的历史参照和对比中，既显示出“今日北京人”的生存方式及其所代表的士大夫文化的全部荒谬性，又表达了剧作家对民族文化和民族性格健康发展指向的理想构思；同时，还将受众推到一定的距离之外，达到某种超越，“以一种悲悯的眼光来俯视这群地上的人们”[①]。

在《北京人》的人物塑造中，剧作家尤其倾心刻画了他心目中的理想女性愫方的形象。愫方的性格发展经历了忍耐、觉醒、反抗三个层面。由于出身于江南名士家庭，她身上具有旧时代女子应有的一切品性，忍耐顺从是其核心之一。忍耐使她甘愿牺牲自己的青春和幸福去伺候老而无用的曾皓，使她面对曾思懿的恶毒和刻薄时表现为异常平静的沉默和承受。但这种忍耐又并非毫无主见的任人摆布，而是一种宽容，一种超然物外、俯视苍生时产生的怜悯、仁慈之心。在她看来，活着是为了受苦，是为了给别人更大的快乐：“看见人家快乐，你不也快乐吗?”[②] 同时，这种忍耐还源于一个希望的支撑——她爱文清，愿意分担他的痛苦，并期冀他能走出旧家经历风雨重获新生。她认为只要自己所爱的人获得了幸福自由，那么她也如同生活在那“真正的人”的世界中一样甜蜜幸福。所以当文清离家后，她拼出性命地照料、保护他留下的一切。然而无用的曾文清最终又回来了。刹那间，愫方所有无私的奉献和美好的情感都受到了最无情的捉弄和最残酷的扭曲，愫方为他人牺牲自己一切的无效性弥漫出透骨的悲凉。在彻底绝望后，她意识到这个家再也待不下去了，终于下定决心离家出走。她的出走，是对没落的士大夫文化最深刻的冲击和最有力的否定，也是她作为“真正的人”的觉醒和反抗。并且，由于这种出走是与受进步力量影响的瑞贞一道，因此她在希望破灭之后没有陷入蘩漪、陈白露的绝境，而是走上比花金子更为明确的生活道路。愫方的形象，与曾文清形成鲜明的对比，体现了曹禺对生命意义的全新思考。

在艺术上，《北京人》标志着曹禺的话剧创作由“戏剧化的戏剧”向“生活化的戏剧”（或称“诗化的戏剧”）的转化。“戏剧化的戏剧”追求紧张激烈的戏剧冲突和曲折跌宕的戏剧情节，人物性格也过于强烈，戏剧结构更是力求紧凑严密。《雷雨》、《原野》等剧作都属于这种类型，它们明显受到了古希腊悲剧、易卜生戏剧的影响。到了《北京人》，曹禺受契诃夫戏剧观的启发，创作观念和风格有了新的突破。他开始对人的日常生活的内在神韵进行开掘，使普通人的精神世界被关注并得到升华。与此同时，戏剧节奏与戏剧冲突也趋向舒缓与淡化。人物的性格和复杂的心理，都在十分自然的生活状态下演进着，而深刻的主题和文化内涵就潜藏在其中。

《北京人》内在的诗意更为浓郁。从舞台场景布置到人物的言谈举止，都充满了醇厚的传统文化风味，“北京人”、鸽子、棺材等戏剧意象则具有浓淡不一而又相得益彰的象征意味，而简洁凝练的戏剧语言又在隐晦曲折中包蕴着尖锐的内在动作性和抒情性。写实与象征兼备，悲剧与喜剧交织，叙事与抒情相融，整部剧作达到了真实质朴而又含蓄蕴藉的艺术境界。

曹禺戏剧在中国现代话剧发展史上占有重要地位。

他的戏剧超越了政治、历史和短暂的时代，执着地关注着人性和人类的根本命运。这种眼光和境界，在中国话剧发展史上是前所未有的。曹禺戏剧还进一步开拓了中国悲剧文学的表现

---

① 曹禺：《雷雨·序》，见《曹禺选集》，183页。

② 曹禺：《北京人》，见《曹禺选集》，556页。

领域与精神刻画的深度，为悲剧艺术的进一步发展提供了典范。不同于古典悲剧以表现英雄、伟人为主的传统，曹禺主要描写现实生活中受压迫与摧残、遭压抑与扭曲的平凡人物的悲剧。蘩漪、陈白露、愫方等一系列光彩夺目的艺术典型，生动显示了中国话剧艺术悲剧人物和悲剧样式的发展，不仅反映出丰富深刻的社会意义，更拓宽了悲剧艺术的表现领域。同时，曹禺总是深入悲剧人物的内心世界，致力于反映人物精神追求方面的深刻痛苦，因而他的悲剧主要不是体现为悲壮崇高的美，而是一种忧愤深沉、缠绵沉挚的美。

曹禺戏剧的艺术成就对中国新兴的话剧文学样式的成熟起到了决定性作用，奠定了话剧在现代汉语文学中的地位。中国话剧文学诞生于"五四"时期，此后，田汉、洪深、欧阳予倩、丁西林、熊佛西、汪仲贤、陈大悲等人，都为话剧的发展做出了各自的努力。30年代的左翼戏剧运动，也有一些急就章产生。但作为一种新生文学样式，话剧创作在人物、冲突、结构、语言等艺术要素方面远未达到成熟状态。直到曹禺的《雷雨》等剧作的出现，中国话剧文学才在人物、冲突、结构、语言等方面臻于成熟，中国读者（观众）也才真正认识到话剧这种外来剧种的独特魅力。曹禺戏剧在吸收外来艺术，形成个人风格的同时，又能从剧作的精神风貌与艺术表现方面体现深厚的民族特色，从而奠定了话剧在中国现代文学中的地位。

【本章学习参考】

一、阅读书目

《雷雨》（含《〈雷雨〉序》）、《日出》（含《〈日出〉跋》）、《原野》、《北京人》

二、重要命题

《雷雨》的命运观问题

在中国现代戏剧史上，很难再找到第二个像曹禺那样执着于关注人的命运的剧作家。《雷雨》中的命运观问题是批评家刘西渭（李健吾）在20世纪30年代首先提出的。此后，《雷雨》的命运观问题成为学术界长期论争的热点。

(1) 刘西渭认为，《雷雨》这出长剧处处令人们感到一个命运观念，但这种观念不体现为一种天意，而是"藏在人物错综的社会关系和人物错综的心理作用里"，即决定和推动全剧的是人物间的社会关系和人物本身的性格。见刘西渭：《雷雨》，载《大公报》（天津），1936-08-31。

(2) 郭沫若批评《雷雨》的命运观，他认为，《雷雨》的悲剧是古希腊式的命运悲剧，全剧几乎都蒙罩着一片旧道德气息，而缺乏积极性。见郭沫若：《关于曹禺的〈雷雨〉》，载《东流》月刊2卷4期，1936-04-01。

(3) 张庚也批评《雷雨》的命运观，他认为命运不是不可知的，支配现代人命运的其实是社会，剧作家没认识到这一点是由于他世界观和创作方法上的矛盾，所以在他的头脑里，应该有一个整个社会的建筑。见张庚：《悲剧的发展——评〈雷雨〉》，载《光明》半月刊创刊号，1936（6）。

(4) 新中国成立后，为肯定曹禺的创作，很多论者认为《雷雨》不存在命运观念。如钱谷融认为，《雷雨》中操纵全剧的是蘩漪，她在反对周朴园的家长式统治中，引发了整个悲剧。因此作品的动力来自作品本身提供的冲突，来自人物之间的相互关系，而不是冲突以外的、人物关系以外的力量。这里体现了作者世界观中占主导地位的民主主义和人道主义思想，而不是命运观。见钱谷融：《关于〈雷雨〉的命运观念问题——答胡炳光同志》，载《戏剧艺术》，

1979（1）。

（5）华忱之认为，《雷雨》带给人们的不是“诗样的情怀”、神秘的象征和宿命的观点，而是点燃了人们对封建资产阶级罪恶的愤怒火焰，激起人们渴望在一场大雷雨中摧毁旧社会，冲洗出新世界。见华忱之：《论曹禺解放前的创作道路》，载《江西师范学院学报》，1981（1）。

（6）近年来，研究者多肯定《雷雨》的命运观。如宋剑华从基督教文化的影响考察曹禺的创作，认为曹禺的创作动机是抑恶扬善，《雷雨》表现了“迷惘人生的罪与罚”。见宋剑华：《试论〈雷雨〉中的基督教色彩》，载《中国现代文学研究丛刊》，1988（1）。

（7）王卫平从接受美学的角度分析观众对《雷雨》的“误读”，认为《雷雨》探讨的是自然中人的命运，人的悲剧，观众却把它理解成资产阶级的崩溃，这是《雷雨》的本意和观众接受意的背离。见王卫平：《曹禺三大名剧的接受历程与当代价值》，载《文学评论》，2005（3）。

三、相关文献

1. 刘西渭．雷雨．大公报（天津），1936-08-31.

2. 钱谷融．《雷雨》人物谈．文学评论，1962（1）．

3. 田本相．曹禺剧作论．北京：中国戏剧出版社，1981.

4. 孙庆升．曹禺论．北京：北京大学出版社，1986.

5. 田本相．曹禺传．北京：北京十月出版社，1988.

6. 钱理群．大小舞台之间——曹禺戏剧新论．杭州：浙江文艺出版社，1994.

7. 李扬．现代性视野中的曹禺．北京：人民文学出版社，2004.

四、复习思考

1. 结合文本分析《雷雨》的多重主题意蕴。

2. 试论述周朴园的形象内涵。

3. 如何认识蘩漪这一形象？请结合文本进行分析。

4. 试比较《雷雨》、《日出》、《原野》艺术风格的异同。

5. 简析《北京人》艺术上的创新。

6. 试比较分析曹禺笔下的女性形象。

第二十七章

成熟期的戏剧与电影

20 世纪三四十年代，是中国现代戏剧成熟发展的阶段。在这一阶段，中国的现代戏剧逐渐摆脱了成形期戏剧的理论和实验色彩，不仅出现了曹禺这样的天才剧作家，而且还表现出一种普遍的民族化风格追求，分别在国统区、沦陷区和解放区，呈现出各自不同的发展面貌。国统区 30 年代有左翼戏剧运动，40 年代出现讽刺喜剧和历史剧创作高潮，解放区则在延安文艺座谈会以后，出现了民族新秧歌、新歌剧以及旧剧改革等运动。中国现代汉语文学的电影文学剧本创作在 30 年代产生。本章主要评述左翼戏剧运动与夏衍的话剧、田汉的话剧、陈白尘的话剧、吴祖光的话剧、国统区的话剧、解放区的戏剧，以及中国 20 世纪上半叶的电影文学等。

第一节 左翼戏剧运动与夏衍的话剧

一、左翼戏剧运动

20 世纪 30 年代，是左翼戏剧界运动和创作的活跃期。“左联”成立前后，正值左翼无产阶级文学运动的高潮，以上海为中心的左翼戏剧界也展开了不少活动，先后成立了一些戏剧社团或组织，并培养出一批左翼戏剧家和活动家。

1929 年 8 月，沈端先（即夏衍）、郑伯奇、冯乃超、钱杏邨等发起成立了上海艺术剧社，这是中共最早领导的左翼戏剧团体，并首次提出“无产阶级戏剧”这一新兴的戏剧口号。1930 年 3 月，上海艺术剧社联合同在上海活跃的南国社、摩登剧社、复旦剧社、辛酉剧社、上海戏剧协社，成立上海剧团联合会，8 月改名为“中国左翼剧团联盟”。中国左翼剧团联盟成立不久，因为不少剧团被查封，只好于 1931 年 1 月，改为以个人名义参加的“中国左翼戏剧家联盟”，简称“剧联”。“剧联”在 20 世纪 30 年代是仅次于“左联”的最有影响的左翼社团。“剧联”提出“演剧大众化”的口号，先是将戏剧活动普及到学校、工厂等地，最有成绩的是田汉领导的“大道剧团”，他们在工厂组建了许多工人剧团，号称“蓝衣剧团”。不久，他们又提出“戏剧走向农村”，在上海郊区流动演出。这一时期，左翼剧作家们集中创作了一些表现工农生活的作品，以表现人民困苦生活的题材为主，如田汉的《洪水》、尤兢的《江南三唱》、袁殊的《工场夜景》、冯乃超的《阿珍》、欧阳予倩的《同住的三家人》等；另有不少反映“九一八”后抗日反帝斗争的剧作，如楼适夷的《S·O·S》、《活路》等。这些剧作形式上以独幕剧为主，重在反映社会生活的现实性和时事性，带有通俗性和宣传功用等特征，其意义在于初步突破了以往戏剧演出的都市剧院空间，使戏剧在走向学校、工厂、农村的过程中，开始具有“广场戏剧”的性质。

1936年，“剧联”随“左联”而自行解散。不久，成立“上海剧作者协会”，后改为“中国剧作者协会”，倡导“国防戏剧”，号召“文章入伍”、“文章下乡”。随后，涌现出一批集体创作的抗战题材剧，著名的有“好一计鞭子”，包括《三江好》、《最后一计》、《放下你的鞭子》三个短剧。此时的左翼剧作家们，抛出了一些轻型的国防短剧，而且以更为多样的形式，如街头剧、广场剧、茶馆剧、游行剧、活报剧、谐剧等，形成广场戏剧的创作热潮。

二、夏衍创作概说

夏衍（1900—1995），原名沈端先，浙江杭州人，左翼重要的剧作家和领导人。作家最初从事话剧创作时，曾发表写都市下层市民困苦生活的独幕剧《都会的一角》（1935），初步显示出其生活剧创作的艺术才能。1936年，作家首次用“夏衍”笔名，创作了轰动一时的历史讽喻剧[①]《赛金花》，借清末名妓赛金花的历史故事，讽刺当权者的卖国投降政策。紧接着，夏衍又发表另一著名的历史讽喻剧《自由魂》（1936），演出时改名《秋瑾传》，歌颂清末女革命家秋瑾的献身精神。然而作者并不满意早期的这些剧作，“很简单地把艺术看作是宣传的手段”，不同程度地存在着将剧中人物作为时代精神传声筒的席勒式倾向，没有很好地写出“人物、性格，与环境”，缺乏“人物性格的刻画”，以及“内心活动”的进一步展示。[②]

三、《上海屋檐下》

从《上海屋檐下》（1937）开始，夏衍进入话剧创作的成熟期，逐渐形成自己的创作风格，着力表现普通市民的日常生活戏剧，并注意刻画不同类型的人物性格。之后，夏衍又继续创作了《一年间》（1938）、《心防》（1940）等剧，表现民族战争背景下人们的不同心态。其中《法西斯细菌》（1942）和《芳草天涯》（1945），因为展示了不同类型知识分子的性格表现，而成为作家后期的名作。《法西斯细菌》，又名《第七号风球》，写了一位原本不问政治、信奉科学至上的细菌学专家俞实夫，逐渐卷入民族解放战争的时代命运，揭示了法西斯主义是危害人类的最大细菌这样一个社会现实。《芳草天涯》揭示了战时大后方知识分子性格中的种种弱点，剧作当时还引起关于知识分子恋爱观问题的讨论。[③]

---

① “历史讽喻剧”，是指20世纪30年代出现的一批历史题材剧作，作品不以表现某种历史真实为主，而是借古讽今，旨在影射、讽刺社会的现实政治，到40年代形成创作的高潮，以郭沫若的历史剧为代表。本期的历史讽喻剧作家，除夏衍外，还有陈白尘等剧作家。

② 参见夏衍：《谈〈上海屋檐下〉的创作》，见《夏衍剧作集（一）》，260、261页，北京，中国戏剧出版社，1984。

③ 参见何其芳：《评〈芳草天涯〉》，载《中原、希望、文哨联刊》，1946（1）。

三幕剧《上海屋檐下》是夏衍的代表作。剧本巧妙地截取了上海弄堂房子的一个横断面，在1937年梅雨季节里的一天时间里，同时展现了生活在客堂、后间、灶披间、前楼、亭子间的五家住户各自的生活、性格与悲喜命运。其中，情节以房主林志成一家为主线，以匡复、彩玉和志成三人之间的前后经历和婚姻纠葛贯串全剧。林志成是个不得志的工厂职员，好友匡复入狱无音，为渡生活难关，林志成和匡复妻女组成新的家庭，可生活依然苦闷不堪。十年后，匡复的突然归来，又使林志成增添了不少道德负罪感。其他四位房客为副线，与主线相交织。灶披间房客赵振宇，是个乐天派穷教员，其妻整天为其每月三十几块钱的可怜薪水唠叨不已；亭子间房客黄家楣，是个失业的大学毕业生，穷困到当掉妻子唯一出门的衣服，侍奉暂来上海的父亲；前楼房客施小宝，是个舞女，受人欺凌但不堕落；后间房客李陵碑，痛失爱子，整日靠买醉来打发心中的悲苦。剧作结构别开生面，采取"同步表演"的形式，在同一舞台空间里，同时展现五户家庭的生活悲喜剧，主、副线交织，同时写出命运、性格各不相同的十几个人物形象，反映出20世纪30年代都市人生穷愁惨淡的社会生活画面。

四、夏衍话剧风格总论

夏衍的话剧，风格简约、谨严、含蓄。

首先，题材的选取上，夏衍的剧作，不直接表现重大的社会主题，往往选取普通市民与知识分子的日常生活横截面，从侧面反映时代和社会生活的一角。

其次，在人物性格的刻画与戏剧结构上，夏衍的剧作不以强化人物性格之间激烈的戏剧性冲突取胜，而以发掘富有意味的日常生活细节见长，从几乎无事的生活中，描绘不同性格人物的悲喜剧，生活气息浓郁，语言朴素洗练，在平易抒情中达到引人入胜的效果。

第二节 田汉的话剧创作

一、田汉的话剧创作概说

作为现代剧作家的早期奠基人之一，田汉曾于20世纪20年代领导成立南国剧社，30年代开始响应左翼无产阶级戏剧运动的号召。1930年3月，田汉加入"左联"、"剧联"，不久发表文章《我们的自己批判》，公开宣称向无产阶级转向，并系统总结和批判了南国社时期剧作的唯美与浪漫倾向。作于本期的话剧《名优之死》（1929），可视为田汉转向的代表作品。此外，作家本期还作有一批表现民众阶级差异和民族救亡题材的剧作，如《年夜饭》（1931）、《梅雨》（1931）、《乱钟》（1932）、《回春之曲》（1934）、《洪水》（1936）、《丽人行》（1947）等。

除话剧作品外，田汉还作有歌剧《扬子江的暴风雨》（1934）、参与创作革命歌曲《义勇军进行曲》（与聂耳、冼星海、张曙合作）、《毕业歌》（田汉作词，聂耳谱曲）等。

新中国成立以后，田汉作有历史剧《关汉卿》（1958）、《文成公主》（1960）等。“文化大革命”初期，田汉不幸瘐死狱中。

二、《名优之死》

《名优之死》是田汉的一部批判社会现实的悲剧作品，写一代名优刘振声，为维护艺术的尊严，痛恨女弟子刘凤仙成名后，被流氓恶霸杨大爷所引诱和腐蚀，并公开和杨大爷斗气，结果却悲愤而死。作品批判了邪恶的社会势力是艺术的死敌，宣扬了正义与邪恶势力之间的较量，真实反映了旧社会艺人的苦难遭遇。

剧作成功刻画出人物形象的性格特征，正面表现名优刘振声身上严谨高尚的“戏德”。其形象特征有二：一是视艺术为生命，作品中的刘振声，注重“戏德”，对待艺术严肃认真，反对艺术商品化、庸俗化，严格要求弟子，当发现刘凤仙被杨大爷捧为“名角”，逐渐表露出骄傲和懈怠情绪时，立刻加以批评和教育；在戏工和舞台表演方面，他更是一丝不苟，追求“戏味”，给观众以高尚的艺术感染力，甚至抱病登台，最后悲愤交加，劳累而死。二是其善良正直、疾恶如仇的人品德行，作品集中表现了刘振声对杨大爷等流氓绅士的厌恶、憎恨，最终以自己的生命，捍卫了艺术的至上。

剧作还对比刻画出其他人物的性格特征，如恶绅杨大爷身上的流氓本性、弟子刘凤仙面对名誉地位流露出年轻女性爱慕虚荣的性格弱点等。剧作在刻画人物性格时，较之前期剧作中将人物视为抒情传声筒的“幕表剧”做法，显出社会写实的一面，其中刘凤仙的堕落，以及名优刘振声与流氓杨大爷之间的性格冲突，都真实表现出艺人的社会遭遇，并以悲剧的结局，强化了人物形象的典型性格与艺术感染力。

三、《关汉卿》

《关汉卿》是田汉新中国成立后的历史剧代表作。作品围绕着元代悲剧《窦娥冤》的创作与演出经历，塑造了杂剧作家关汉卿不畏权贵、敢于为人民而抗争的艺术家人格。

剧中，关汉卿目睹元代社会中一些赃官污吏徇私枉法、草菅人命的冤案，决心作一部悲剧《窦娥冤》，替百姓鸣不平。果然，《窦娥冤》完成后，经歌妓朱帘秀大胆演出后，备受欢迎，同时刺痛了以阿合马为首的当朝权贵。在百般威逼利诱不成的情况下，关汉卿和朱帘秀被捕入狱，历经磨难和抗争。直到阿合马等权贵倾台，坚守正义的关汉卿，才得以获释并流放他乡。剧作强化了关汉卿所代表的正义精神与阿合马等黑暗势力之间的戏剧冲突，从中凸显人物的性格特征。在塑造人物形象时，剧作较好地处理了历史真实与艺术真实的关系，将人物的性格置于复杂的社会关系与尖锐的矛盾冲突中来表现，同时服务于冲突主题的艺术需要，将关汉卿这样一个剧作才子，塑造成一个“愤怒的戏曲战士”（田汉语）。

另外，剧作在表现关汉卿的正义形象时，还穿插了关汉卿与朱帘秀之间生死不渝的真挚爱情，最终赋予浪漫的喜剧结尾[1]，再现了田汉南国社时期剧作的抒情与传奇化色彩。

第三节 陈白尘的话剧创作

一、20 世纪 40 年代讽刺喜剧创作的繁荣

20 世纪 40 年代的国统区，出现了一个讽刺喜剧的创作高潮。本期政治动荡，各类社会黑暗以及人性的丑恶，得以充分的展示，于是以喜剧的形式嘲笑各类社会现象，成为风行一时的创作潮流。

根据剧作的讽刺对象与主题内容，本期国统区的讽刺喜剧大致可分两类：一是讽刺某些不良社会风气或政治现象，如陈白尘《升官图》、吴祖光《捉鬼传》等剧作；一是世态讽刺喜剧，如丁西林《三块钱国币》、袁俊《小城故事》、宋之的《雾重庆》等。两类剧作，共同推进了 40 年代国统区讽刺喜剧创作的繁荣局面。

二、陈白尘的剧作概说

陈白尘（1908—1994），江苏淮阴人，从事过小说、话剧创作，曾写有历史剧《金田村》（1937）等。抗战期间，陈白尘进入话剧创作的活跃期，作有不少讽刺喜剧，如《魔窟》（1938）、《乱世男女》（1939）等，前者嘲弄了沦陷区敌伪的丑态，后者讽刺大后方男女等“都市的渣滓”，初步显示了剧作家的喜剧讽刺艺术。此后创作的《未婚夫妻》（1940）、《禁止小便》（1941）、《结婚进行曲》（1942），以及一组总称为“后方小喜剧”的独幕剧，均讽刺了当时国统区种种不合理的社会现象，逐渐形成作家的喜剧讽刺风格。此外，陈白尘还作有一部歌颂知识分子精神的正剧《岁寒图》（1944），塑造了一位有理想的正派医生黎竹荪形象。然而最能代表陈白尘剧作风格的，还是其政治讽刺喜剧的创作，代表作有《升官图》（1945）等。

---

① 田汉的历史剧《关汉卿》，最初在《剧本》1958 年 5 月号发表时，结尾是关汉卿与朱帘秀喜获圣上手谕，得以双双“飞向那江南风景媚”的一种喜剧结局。后来在 1961 年，由人民文学出版社出版的单行本，则将原来喜剧性的“蝶双飞”结尾，改为悲剧性的“蝶分飞”结局，以关汉卿独自流放南乡收场。对此改动，田汉后来在《送〈关汉卿〉访朝》等文中加以说明。《关汉卿》的两种结尾，以附录的形式都收入《田汉文集》，第 7 卷，北京，中国戏剧出版社，1983。本教材此处以《关汉卿》的初始本为据。实际上，不论是喜剧结尾，还是悲剧结尾，都不影响田汉历史剧基本的浪漫主义艺术特色。

三、喜剧《升官图》

《升官图》是陈白尘政治讽刺喜剧的代表作。剧作借助两个强盗的一场升官发财的黄粱美梦，讽刺地方官僚们的强盗本质，揭露官僚们如何巧立名目、鱼肉百姓，相互间又是如何蝇营狗苟、营私舞弊，为了个人升官发财而不择手段的种种丑态。剧情是在两个强盗的梦境中，以夸张、漫画化的形式展开的。作品写民国初年一个凄风苦雨的夜里，两个强盗为了逃避追捕，闯入一所古老的住宅，做了一夜升官发财的梦。在梦中，造反的百姓冲入县衙，将秘书长和知县打死，两个强盗乘机沐猴而冠，取而代之，并与知县太太、各局局长，以及前来视察的省长，狼狈为奸，演出了一幕幕贪污腐败、同流合污的升官发财的丑剧。其中，假扮秘书长的强盗，虽是流氓光棍却深谙为官之道，一手策划了种种权钱交易；假扮知县的同伙，贪财好色，粗俗蠢笨，虽占据高位实为只知捡拾别人吸剩的烟屁股的官场笨伯。另外各县衙局长，无不徇私舞弊，不务正业：警察局局长巧立名目收取各种管理费；卫生局长只会摆出一副道学家面孔；教育局长是赌场名将；工务局长将县城建设得一团糟；财政局长私吞公款。县长太太贪图权势，生活荒淫。如此一伙官僚强盗，上演了一场场狼争狗夺、互相攻击与利用的权钱交易。最为讽刺的是，正当他们闹得不可开交之时，忽闻省长前来视察，谁料他们诚惶诚恐迎接的省长大人，表面廉洁自居，实则是个财色俱贪的伪君子。最后，省长视察的结果是大家升官发财，皆大欢喜。黑白颠倒的他们，终于引起群众的愤怒，并被一网打尽。至此，剧作提醒观众，一切原是两位强盗的一场黄粱美梦，尚未完全从美梦中惊醒的强盗，即被群众当场捉获。剧作的艺术在于，以荒诞的形式，犀利地讽刺了现实社会中官僚政治的腐败现象，因此其成为20世纪40年代国统区政治讽刺喜剧的典范作品。

陈白尘的讽刺喜剧，通过各种漫画化的夸张手法，讽刺了人物是非不分、黑白颠倒的性格与言行。比如那位口口声声以“廉洁”自居的省长，却用金条来治疗头痛，如此偏方，荒诞中见真实，丑中出笑，堪称讽刺一绝。

第四节
吴祖光与其他喜剧创作

一、吴祖光剧作概说

吴祖光（1917—2003），原名吴召石、吴韶，江苏武进人，生于北京，少时即表现出诗文才情。全面抗战爆发后，任教于南京国立剧专的他，随校迁往后方，从事戏剧工作。吴祖光的剧作，风格多样，先是作有一些抗战宣传剧，如《凤凰城》（1937）、《孩子军》（1939）、《正气歌》（1940）等剧，其中《正气歌》取材于宋代文天祥的爱国故事，曾获上海“孤岛”《剧场艺术》杂志征选剧本一等奖。从作于1942年的《风雪夜归人》开始，吴祖光的剧作，转向普通人的人生题材，作有《牛郎织女》（1942）、《林冲夜奔》（1943）、《少年游》（1944）等。抗战胜利后，剧作家又集中于讽刺喜剧的创作，代表作有《捉鬼传》（1946）、《嫦娥奔月》（1947）。

二、悲剧《风雪夜归人》

三幕剧《风雪夜归人》，是吴祖光重要的悲剧代表作。剧作以主人公魏莲生的爱情和人生悲剧，表达了对人生价值的思考。

剧中的京剧名伶魏莲生，为人正直善良，唱花旦红极一时，一度惑于老爷太太小姐们的捧场，但“人苦不自知”①，安于供奉阔人的伶人处境。魏莲生与法院院长苏弘基的宠妾玉春邂逅相识后，两人真诚相爱。玉春鼓励莲生摆脱被权贵所玩弄的伶人地位，并相约一起私奔他乡。不料，事情被人告发。事败后，魏莲生被驱逐出境，玉春则被送与盐运使做妾。20年后，贫病交加的魏莲生，在一个风雪之夜，来到当年定情处，冻死在故地。剧作的悲剧性在于，人物自我的人生追求与社会环境的不相容，并以前者的毁灭，挑战社会伦理的善恶内容。剧作在表现人物角色之间的悲剧冲突时，并没有强化人物冲突，而是注重展现人物内在的情感与意志，以此推动剧情的发展，具有浓厚的抒情性。剧作深刻的艺术力量，在于捍卫了人物的自我生命价值，其中蕴含着深刻的人生善恶和伦理标准。

剧作自然、流畅，具有浓厚的抒情哲理味道。特别是剧作的序幕和尾声，刻意对比了20年后魏莲生与达官贵人苏弘基的生命感悟，尤其是魏莲生生命结束的最后一刻，脸上有种安适、恬静的微笑表情，而苏弘基作为一个生命中的老者，试图用一种修佛伪善的方式，来掩饰自己原先的罪恶与空虚。其中的是非善恶，在此均经过了一种生命的历史过滤，从而演绎出一种无比丰富的诗意。

三、喜剧《捉鬼传》和《嫦娥奔月》

三幕话剧《捉鬼传》，借古代传说《斩鬼传》中“钟馗捉鬼”的故事，讽刺群魔乱舞、鬼蜮横行的社会现实。剧作的喜剧性，在于千年前钟馗捉鬼大获全胜，但一觉醒来，捉鬼大神钟馗却发现人间遍地是鬼，不可捉尽，且法术高强，连他也奈何不得，只好落荒而逃。相形之下，阎王统治的阴间真鬼世界，反而秩序分明，观清民顺，有冤可伸。剧作将人间社会鬼化处理，讽刺现实社会人鬼不分、黑白颠倒、曲直难辨的荒诞现象。

《嫦娥奔月》戏仿古代神话传说中的“后羿射日”、“嫦娥奔月”故事，讽刺后羿如何由一个为民除害的射日英雄，听信坏人恶言逐渐走上杀人抢掠的暴君末路，同时也讽刺嫦娥在这样的暴政社会环境中，寻求人间自由的虚妄性。作品戏剧性地刻画出讽刺对象的失败结局。

吴祖光的讽刺喜剧，善于从历史上的神话传说中，汲取喜剧素材，以完成讽刺现实的艺术

① 吴祖光：《记〈风雪夜归人〉》，见中国现代文学馆编：《吴祖光代表作》，146页，北京，华夏出版社，1998。

目的和效果。

四、丁西林、袁俊的讽刺喜剧

早在“五四”时期，丁西林就以喜剧闻名，作有《一只马蜂》(1923)、《压迫》(1925) 等剧。三四十年代，丁西林在继续保留早期喜剧风格的同时，逐渐寻找新的时代题材，作有一些讽刺抗战世态的剧作。独幕剧《三块钱国币》(1939)，讽刺抗战时期后方市民身上的市侩主义，剧中人物吴老太太，因为女佣不小心打破一只仅值三块钱国币的花瓶，就小题大做，愣向无力赔偿的女佣索赔，流亡学生杨长雄愤而不平，争持中将另一只花瓶掷碎，同时递上三块钱国币，由此上演了一出不必要的喜剧。丁西林此时还作有多幕剧，如四幕剧《等太太回来的时候》(1939) 写抗战期间一家庭内部的悲喜剧，讽刺当汉奸的父亲之众叛亲离的下场，母亲、儿子和小女儿，则借一个巧妙的机会，一起离家出走，奔赴抗战之途。四幕剧《妙峰山》(1940) 以西南某地为背景，写妙峰山寨主抗日英雄王老虎逃脱国民党军的陷害，回到山上扩大、组织抗日力量的故事。其中，借各种人物，包括学生、司机、市民夫妇等，就抗日等议题，展开对于社会生活的议论与讽刺，对话中充满了机智和风趣。

袁俊 (1910—1996)，原名张骏祥，江苏镇江人，戏剧导演、剧作家。其剧作集中在 40 年代，以世态讽刺喜剧成名，著有《小城故事》(1940)、《边城故事》(1941)、《山城故事》(1944)，合称“三城故事”，另有《美国总统号》(1942) 等剧。剧作多讽刺战时后方社会中上流阶层人物，富有喜剧噱头。抗战后期，袁俊作有《万世师表》(1944)，正面塑造了林桐这位热心教育事业的大学教师形象，颂扬其兢兢业业、职守教育岗位的人格精神，对比讽刺了其他各类知识分子或丑恶或庸俗的人品。如以教育为跳板、战时做各种投机生意发国难财的娄国栋，阴险卑劣、后来当了文化汉奸的施运嘉，自私怯弱、经不起现实考验、空有“五分钟热情”的青年郑楚雄，等等。袁俊的讽刺喜剧，善于揭示剧中人物的丑态性格，进而发展出喜剧性的情节结构，然后以一种旁观者的眼光，审视丑剧人物的失败，借以收获喜剧效应。

五、宋之的的《群猴》和瞿白音的《南下列车》

本期国统区的喜剧创作，还出现了一些优秀的政治讽刺剧，代表作有宋之的的《群猴》、瞿白音的《南下列车》。

宋之的 (1914—1956)，原名宋汝昭，河北丰润县人，剧作家、报告文学家。1932 年参加北平左翼戏剧家联盟。抗战时期集中创作了多种话剧，如独幕剧《烙痕》(1937)，多幕剧《武则天》(1937)、《雾重庆》(1940) 等，剧作以展示和讽刺人物的心理见长。作于抗战胜利后的独幕剧《群猴》(1946)，以对政治人物的丑剧描绘，成为作家政治讽刺剧的代表作。剧作围绕某国会民主竞选，精心讽刺了各位竞选代表为拉选票而进行的种种贿赂拉拢行为，以及由此而展开的矛盾冲突，最后在互相排挤攻讦中，上演了一场“耍猴”式的竞选丑剧。

瞿白音 (1910—1979)，原名瞿金驹，江苏嘉定人，1933 年加入中国左翼戏剧家联盟，主要从事电影和戏剧的编导工作。其话剧创作集中在解放战争后期，代表作《南下列车》，讽刺了国民党的末路丑剧。剧本写新中国成立前夕国民党的一群达官贵人仓皇南逃的狼狈情形，出场人物有无法无天的立法委员、打着“和平”幌子的政客贩子以及以国防部的名义伪称“壮烈牺牲”的败军之将，等等。作品揭示了上述人物内心的空虚与张皇，以及相互间的矛盾冲突，暴露出国民党统治集团崩溃前的一片混乱局面。基于政治讽刺主题，该剧在第一次全国文代会上演出，受到代表们的热烈欢迎。

第五节 国统区其他话剧创作

本期的国统区话剧，除了讽刺喜剧的创作潮流外，另有其他不同风格的剧作。如左翼剧作家洪深创作的一些现实主义剧作；在上海“孤岛”，有李健吾创作和改编的一些有着鲜明的民族化风格的剧作；在历史剧创作方面，除郭沫若外，还有阳翰笙、阿英等人的历史剧作，等等。

一、洪深的戏剧创作

“五四”时期开始从事话剧创作的洪深，在《贫民惨剧》（1916）、《赵阎王》（1922）、《少奶奶的扇子》（1924）等早期剧作中，曾以深刻的人性挖掘见长，善于表现好人之恶、坏人之善等主题，有自然主义的创作倾向。

20世纪30年代，洪深与田汉等一起从事左翼戏剧运动，先后响应“无产阶级戏剧”、“国防戏剧”等号召，剧作开始转向写重大的社会现实题材，写有《五奎桥》（1930）、《香稻米》（1931）、《青龙潭》（1932）等剧，合称“农村三部曲”。三部曲较早地运用阶级分析，反映30年代农村经济的破产与阶级矛盾，表现江南农民的悲惨命运及其反抗地主乡绅压榨的自发斗争。剧作在艺术手法上，带有左翼文学机械现实主义的弊病，剧评家张庚曾批评洪深的剧作“形象化不够”、“太机械地处理了题材”①。

全面抗战初期，洪深围绕抗战主题，执笔创作了《走私》（1936）、《飞将军》（1937）等独幕剧，多为“急就章”式的宣传剧，其中《咸鱼主义》（1936）喜剧性地讽刺了抗战时期小市民自顾自的市侩心理。20世纪40年代中后期，洪深著有《鸡鸣早看天》（1945）、《女人女人》（1945）、《人之初》（1947）等剧本，开始加强人性内容的表现，主要写抗战后期以及抗战胜利后，大后方各阶层人物之间的人伦关系，有一定的现实内容和人性深度，但艺术影响不及前期。

① 参见洪深为1951年开明书店版《洪深选集》所作的自序，后又收入《洪深文集》，第1卷，495页，北京，中国戏剧出版社，1957。张庚的原文《洪深与〈农村三部曲〉》，原载《光明》，第1卷第5期，1936-08-10。

二、李健吾的戏剧创作

李健吾（1906—1982），山西运城人，另有笔名刘西渭，京派著名批评家、作家。戏剧创作方面，李健吾在三四十年代的上海（包括“孤岛”时期），创作了不少具有鲜明民族化风格的剧作，为我国现代话剧的民族化，作了许多有益的探索。

李健吾的剧作，情节离奇曲折，擅长表现人物的传奇命运。比如《这不过是春天》（1934），男主人公是个被通缉的革命党人，恰巧又是警察厅长夫人的旧情人，他在厅长夫人的帮助下巧妙脱险。《梁允达》（1934）写父子两人围绕着争夺财产而引发出一系列好笑喜剧，父亲早年的浪荡罪恶，恰好在儿子身上得以重演。形式上，李健吾的剧作，有意借鉴民族传统戏曲的表演形式，出场人物众多，多用“折”代替“幕”等等，是“试图改革话剧的一种尝试”①。

在上海“孤岛”时期，一度出现了戏剧翻译和改编的热潮。其间，李健吾也编译了不少剧本，改编了巴金的小说《秋》，还编译了不少国外剧作家的剧本。比如根据法国剧作家斯克利布（Scribe）剧本改编的《云彩霞》，根据萨尔都（Sardou）剧本《杜司克》改编的《金小玉》，根据英国剧作家莎士比亚剧本《奥赛罗》改编的《阿史那》，根据莎士比亚剧本《麦克白》改编的历史剧《王德明》（演出时改名《乱世英雄》）等。

三、阳翰笙历史剧创作

阳翰笙（1902—1993），原名欧阳本义，字继修，四川高县人，左翼文学家、剧作家。20世纪30年代，开始投身电影和戏剧运动，写了很多表现贫民斗争、抗日爱国题材的剧作，如《前夜》（1936）、《塞上风云》（1938）等。

40年代，阳翰笙作有一些历史剧，多取材于太平天国、辛亥革命等革命历史题材。如《李秀成之死》（1937），赞颂太平天国将领李秀成赤胆忠心、誓死保卫天京等英烈事迹，把他上升到国家救亡的民族高义，暗示批判全面抗战前国民党“攘外必先安内”等卖国投降政策。②《天国春秋》（1941）作于“皖南事变”后，取材太平天国历史上有名的“杨韦内乱”，控诉了由内部分裂而造成的自相残杀悲剧。《草莽英雄》（1942）写辛亥革命前夕，四川保路同志会的起义运动，总结了人民的革命斗争经验及其失败的历史教训。

阳翰笙的历史剧作，具有鲜明的现实针对性，直接从历史事件中汲取重大的题材，并以敏锐的现实政治眼光，去观照历史，从而达到借古讽今的艺术效果。形式上偏爱悲剧，充满激情，气势雄浑，但描写略显粗疏，人物形象性格单一。

---

① 李健吾：《李健吾剧作选·后记》，567页，北京，中国戏剧出版社，1982。

② 参见阳翰笙：《阳翰笙剧作选·后记》，421页，北京，人民文学出版社，1957。

四、阿英的历史剧创作

阿英（1900—1977），原名钱德富，又名钱杏邨，安徽芜湖人，著名左翼文学家。阿英的话剧创作，始于上海“孤岛”时期，以历史剧成名。作家曾以“魏如晦”笔名，创作有《碧血花》（1939）、《海国英雄》（又名《郑成功》，1940）、《杨娥传》（1941）等三大“南明史剧”，另有太平天国史剧《洪宣娇》（1941）等。阿英的剧作，均以历史上反抗异族入侵为题，塑造一批精忠报国、成仁取义的英雄男女，剧情情节传奇动人。

1944年，从上海转移到苏北根据地的阿英，受郭沫若《甲申三百年祭》[①]启发，编写了历史剧《李闯王》。剧作形象描绘出明末起义领袖李自成攻入北京城，自封为王前后的性格变化，以此揭示出李自成起义失败的根本悲剧原因。剧作实给抗战胜利前夕，即将进入大城市的广大解放区干部与战士，上了生动的历史一课。

第六节 解放区的戏剧

20世纪40年代的解放区，特别是1942年延安文艺座谈会后，根据毛泽东《在延安文艺座谈会上的讲话》精神，先后开展了一系列民族化的戏剧运动。以延安为中心的边区根据地，在批判国统区戏剧和提倡左翼无产阶级戏剧大众化运动的基础上，提出一个戏剧“民族化”的方向，并逐步开展了新秧歌、民族新歌剧、旧剧改革等运动，走出一条有解放区特色的戏剧发展道路。

一、新秧歌运动

为了贯彻《讲话》精神和戏剧“民族化”的发展方向，解放区戏剧界开始清算和批判国统区流入的各种中外剧场名剧，认为剧场戏剧犯有“演大戏”、“关门办学”等错误倾向，是“脱离实际政治来谈技术”，其观众对象仅限于“公务人员、学生、知识分子的狭小圈子，而忽视了更广大的民众士兵观众”[②]。这意味着解放区戏剧由剧场戏剧向“广场戏剧”的方向发展。

---

① 1944年3月，郭沫若在当时的党报《新华日报》（重庆）上，发表论文《甲申三百年祭》，从史学角度总结了明末李自成领导的农民起义失败的历史教训。文章受到边区毛泽东等领导的充分肯定和赞扬，随即在苏区各根据地掀起了一场学习郭文的热潮。

② 张庚：《论边区剧运和戏剧的技术教育》，载《解放日报》，1942-09-11；唯木：《当前的剧运方向和戏剧界的团结》，载《解放日报》，1942-05-11。

在此前后，本期的解放区，还批判了“左联”时期的无产阶级戏剧运动，认为其中的“‘话剧大众化’只注目在内容所描写的应是大众现实的生活，而完全没有留心到形式的问题”，因此，现阶段的“话剧民族化”，就是要“把方向转变到接受中国旧剧和民间遗传这上面来”①。

1943年春节，延安鲁迅艺术学院的师生，组织了一场旨在宣传拥军爱民、拥军优属的文艺表演，其演出自觉采用了民间秧歌、花鼓、小车、旱船、高跷等老百姓喜闻乐见的艺术样式，配以新的主题改造，备受观众欢迎。这是解放区民族新秧歌运动的开端，并由此诞生出一种新型的民族秧歌剧，此即“新秧歌剧”。其中最受欢迎的新秧歌剧是《兄妹开荒》（王大化等编），本剧围绕着兄妹两人开荒、送饭等日常生活中的喜剧情景，歌颂了边区军民自力更生、生产竞赛等主题，在形式上主要采用民间通俗的秧歌小调。《兄妹开荒》的演出，获得老百姓甚至毛泽东等领导的热情肯定。于是，在延安“鲁艺”的带动下，其他各根据地也纷纷展开新秧歌运动，先后出现了《夫妻识字》（马可）、《牛永贵挂彩》（周而复、苏一平）、《惯匪周子山》（水华、王大化、贺敬之、马可）、《一朵红花》（周戈）等广为流传的新秧歌剧。新秧歌剧运动和创作的活跃，是解放区戏剧民族化、大众化的一次有益尝试，给当时的解放区戏剧带来一股清新的气息，尽管这些新秧歌剧多为集体创作，在人物、情节、结构等方面存有简单化倾向，可是它们为后来更为成熟的民族新歌剧的创作，奠定了良好的基础。

二、民族新歌剧与《白毛女》

在群众性秧歌剧大规模创作与演出的基础上，1945年前后的解放区，出现了大型的民族新歌剧的创作实验，并诞生出《白毛女》（贺敬之、丁毅执笔）这样的奠基之作。新歌剧作为一种完全新型的歌剧形式，在表演程式上，除吸收了秧歌和其他地方戏曲的表现手法以外，还借鉴了西洋歌剧与传统戏曲的有益成分，因而既有别于民间和传统的戏曲样式，也有别于“五四”以来诞生的、舶自西方歌剧形式的现代歌剧，故为“民族新歌剧”。新歌剧推动了现代歌剧的民族化，以及民族传统戏曲的现代化，代表了解放区戏剧民族化的艺术成就。

《白毛女》是40年代解放区民族新歌剧的代表作品。故事最初来源于晋察冀边区一带广为流传的“白毛仙姑”传说，属民间口头创作。1945年，经延安鲁迅艺术学院的集体创作加工，由贺敬之、丁毅执笔，整理成现代的歌剧样式。剧本叙述的是，贫农佃户杨白劳被地主黄世仁年关逼债，被迫用相依为命的女儿喜儿抵债，含恨而死；喜儿在黄家备受欺侮，逃进山洞，过了三年“半人半鬼”的生活，因长期缺盐、不见阳光的缘故，头发变白，人称“白毛仙姑”，最后喜儿获得八路军的解救，重新以“人”的面目，回村报仇雪恨。歌剧结合“白毛仙姑”的民间传说，与当时解放区的土地改革，提炼出“旧社会把人变成鬼，新社会把鬼变成人”的社会政治主题，并通过喜儿这一人物形象前后的悲喜命运，揭示了旧社会地主阶级对农民群众的剥削压迫，歌颂了党的领导和人民群众的斗争精神。

《白毛女》的故事，在后来的演出中，不断地被修改和改编。20世纪50年代，《白毛女》被改编成电影剧本。影剧采取故事片的体裁，将原来歌剧中从“鬼”到“人”的革命意识形态主题，改编成一富有市井色彩的爱情主题，着重表现喜儿与大春之间历经患难终成眷属的爱情

---

① 张庚：《话剧民族化与旧剧现代化》，载《理论与现实》，第1卷第3期，1939年9月。

传奇。60年代，白毛女的故事被改编成芭蕾舞剧。芭蕾舞剧《白毛女》，在保留原来歌剧的唱段和音乐的基础上，剔除了原来歌剧和影剧中的民间伦理内容与世俗情调，突出了阶级斗争内容，增强了杨白劳、喜儿形象的斗争性。比如，杨白劳没有被迫卖掉女儿，而是在黄家派人来抢喜儿的时候，抡起扁担把他们打得落花流水，黄世仁不得不掏枪打死杨白劳才把喜儿抢走。喜儿到黄家后英勇不屈，黄世仁不但不能侮辱她，反而被打得狼狈不堪。“文革”期间，经多次改编，舞剧《白毛女》成为“革命样板戏”之一。

三、其他民族新歌剧

继《白毛女》之后，40年代的解放区，还出现了《王秀鸾》（傅铎编）、《刘胡兰》（魏风等编）、《赤叶河》（阮章竞编）等民族新歌剧。这些作品，多以农村和部队生活为题，表现20世纪40年代解放区政权领导下的新社会中，人民尤其是妇女翻身解放的主题，并塑造了一批新的农民英雄和劳模形象，如英勇就义的刘胡兰（《刘胡兰》）、生产劳模王秀鸾（《王秀鸾》）、土改中新觉悟的青年农民禾子（《赤叶河》）。这些新歌剧，采用了新的音乐、戏曲等形式，大大加强了剧作的表现力度。其中，《赤叶河》的歌剧特色最为突出。剧作的整体艺术构思，偏重于“歌”的形式，较少话剧的动作，富有民歌风格的抒情特色。新歌剧的艺术特色，在于以新的艺术形式，表达了20世纪40年代解放区的时代主题，丰富和促进了现代戏剧的民族化成果。

四、解放区的话剧

相比于秧歌剧与新歌剧，解放区的话剧创作起步较晚，成就不及前者，但也出现了一些优秀剧作。

独幕剧《把眼光放远一点》（胡丹沸，1942）描写抗战期间一家农户参军抗战的故事，对比刻画了老大老二两对夫妇之间不同的思想觉悟。其中，老大支持儿子抗日，老二唆使儿子开小差回家，并想让他到岗楼自首，领取“居住证”，最终在老大的劝说与事实的教育下，老二夫妇觉悟了，其子二傻子又归队参加抗日斗争。剧作以喜剧的形式，讽刺了解放区部分农民狭隘、自私的落后意识。

《同志，你走错了路》（姚仲明、陈波儿，1944）是第一部正面反映党内两条路线斗争的四幕剧，写八路军某支队司令部内部的政策分歧，批判了联络部长吴志克所代表的右倾机会主义路线。剧作主题思想的严肃性和重大的教育意义，使得本剧在当时被称为“政治剧本”①，尽管剧作在艺术上还较粗糙，可是为同类题材的剧作，积累了不少经验。

《战斗里成长》（胡可改编），讲述了农民在人民战争中成长为革命战士的故事，揭示了人民战争的胜利与农民翻身之间的联系。主人公赵石头为躲避仇家迫害投奔八路军，由于报仇心

① 周扬：《关于政策与艺术——〈同志，你走错了路〉序言》，见《周扬文集》，第1卷，475页，北京，人民文学出版社，1984。

切，多次违反纪律，后来通过血的教训明白了只有解放全人类才能最终解放自己的道理，并且在战争中找到了离散的母亲，认出离家多年已当营长的父亲，阖家团圆。

解放区的话剧创作，故事简短朴素，语言通俗自然，富有生活气息与教育意义，是文艺大众化的有益尝试。

五、解放区旧剧改革与新秦腔及《血泪仇》

在创造新歌剧的前后，解放区还有组织地掀起了旧剧改革的热潮，对京剧、各种地方戏曲，进行现代改编或创作。其中，延安的平剧院和民众剧团，在旧剧改革方面，成绩较为突出。

京剧改革，是延安平剧院①打出的创作旗帜，其成绩主要在新编历史剧。代表作《逼上梁山》（杨绍萱、齐燕铭等执笔，1943），是延安京剧改革的一次成功尝试。剧作根据《水浒传》中林冲被逼投奔梁山的故事改编而成，注入了“新”意。作品围绕林冲与高俅之间的矛盾冲突塑造人物形象，但没有停留在二者的私人恩怨方面，而是有意强调了他们的政治分歧，突出他们在抗金御侮与卖国投降上的对立。剧作的创作动机，显然考虑到当时的抗战形势，影射国民党顽固派的动摇和投降政策，有力配合了解放区的抗战斗争，故而本剧在1944年元旦首演时，轰动整个延安，并获得毛泽东等领导的高度肯定。《逼上梁山》的成功，大大鼓舞了解放区的京剧改革运动，并为之指明了政治方向。次年，延安平剧院又集体推出《三打祝家庄》，故事同样取材于《水浒传》。本剧以梁山好汉的斗争经验，积极配合了当时抗战的全面反攻形势。解放区的京剧改革，将京剧的表演形式从古老的程式中解放出来，适当吸收话剧的艺术成分，使剧中人物的塑造更能适应新的时代需要，为后来的京剧发展打开了新的局面，然而过于明显的政治实用倾向，对后来的京剧改革产生了一些不良影响。

地方戏曲的旧剧改革，影响和成就较大的，是民众剧团对于秦腔剧种的改革，其中以马健翎的贡献最大。马健翎（1907—1965），陕西米脂人。肄业于北京大学的他，文学素养较高，热爱秦腔等地方戏曲。还在1942年延安文艺座谈会召开以前，他就有意识地进行秦腔改革的创作尝试，编写了《查路条》（1938）、《十二把镰刀》（1941）等广为传唱的新秦腔。延安文艺座谈会以后，他更加积极地创作新秦腔，影响最大的是《血泪仇》。

《血泪仇》全剧共34场，充分发挥了传统戏曲不受时空限制的长处，向观众展示了相当宽阔的社会画面。剧作描绘了王仁厚一家先后在国统区和解放边区的生活遭遇，将老百姓在国统区生活的家破人亡、颠沛流离，与解放边区军民互助的幸福生活，作了鲜明的对比。剧作以鲜明的阶级感情，揭露了国民党统治给人民群众造成的深重灾难，热情歌颂了边区政府的新政权和新生活。

马健翎的新秦腔作品，用传统的秦腔戏曲，表达了阶级斗争等时代主题，代表了解放区地方戏曲旧剧改革的艺术特色。

---

① 京剧，在当时的延安称为“平剧”，故为“延安平剧院”。

第七节
20 世纪上半叶电影文学

一、中国早期电影

（一）中国早期电影的开端

1895 年 12 月 28 日电影在法国巴黎诞生。1905 年春夏之交，北京丰泰照相馆照相师任景丰、刘仲伦拍摄了戏曲片《定军山》，标志中国国产电影的开始。

中国民族电影业真正起步于上海，1913 年洋行职员张石川（1890—1953）和剧评家郑正秋（1888—1935）创办“新民公司”，承包美国人的“亚细亚影戏公司”在上海的制片业务，“借鸡生蛋”地拍摄了中国第一部短故事片《难夫难妻》。1916 年，他俩又以“幻仙公司”名义拍摄第一部长故事片《黑籍冤魂》。作为中国电影的拓荒者，郑正秋、张石川善于从民族文化资源中发掘题材，并将传统戏曲与文明戏的手段和元素吸收到电影中，逐渐确立中国早期电影的主流——“影戏”美学。

商务印书馆奠定了中国电影的另一个传统。1917 年有美国人拟在华建制片厂，因资本亏损急于回国，将全套电影器材出售给商务印书馆。次年，商务印书馆正式成立“活动影戏部”，率先拍摄了一系列纪录片，有《商务印书馆放工》、《庆祝欧战胜利游行》等，开纪录片先河。

（二）第一批长片和“第一代”导演

20 年代初，随着《阎瑞生》、《张欣生》、《孤儿救祖记》、《海誓》一批长故事片相继问世，在出现真正意义上的中国故事影片的同时，也产生了以张石川、郑正秋、洪深、任彭年（1894—1968）为代表的第一代电影导演。他们的创作历程标志着真正意义上的中国故事片从初萌到完形，创造了中国早期电影的如下叙事模式：时序性叙述（顺叙），如《孤儿救祖记》；单线条结构，如《歌女红牡丹》；外视点角度（客观视角），如《故都春梦》；大团圆结局，如《玉梨魂》（1924）。大团圆类型有喜结良缘型的《劳工之爱情》、《野草闲花》，合家团聚型的《孤儿救祖记》、《姊妹花》，因果报应型的《阎瑞生》、《最后之良心》，投奔光明型的《风云儿女》、《马路天使》，报仇雪恨型的《火烧红莲寺》等。中国电影在早期就已经形成自己的叙事特点。

（三）早期类型电影和武侠片初潮

早期中国电影创作大多模仿好莱坞的类型电影（生产线式的电影产品），如歌舞片、侦探片等，喜剧片是一大类。中国初始阶段的著名喜剧短片：如《脚踏车闯祸》（1913，张石川）、

《劳工之爱情》（1922，张石川）、《戆大捉贼》（1923，任彭年）、《顽童》（1922，但杜宇）等。大都模仿自好莱坞的“启斯东风格”、“打闹喜剧”影片，而有些影片整体构思也显然抄袭好莱坞。1928 年明星公司推出的影片《火烧红莲寺》（郑正秋编剧，张石川导演，据向恺然《江湖奇侠传》改编）是“中国第一部武侠片”。影片上映后轰动远近，红透半边天，三年来一气拍了 18 集，形成了影片模式“火烧片”，中国银幕上“一片火海”：《火烧青龙寺》、《火烧百花台》、《火烧剑峰寨》、《火烧九龙山》、《火烧七星楼》、《火烧平阳城》……同时，武侠影片开始席卷中国影坛，1929—1931 年上海 50 多家影片公司就拍摄了 250 部之多，占全部影片的 60％以上，形成了中国电影史上第一次武侠片大潮。武侠电影是中国电影对世界电影贡献的最完美、最独特的电影类型之一。

（四）“旧派”与“新派”

在中国早期电影发展格局中，明星公司和联华公司占有重要位置。明星公司创办于 1922 年，张石川与郑正秋以公司决策者身份担任导演编剧，其成员大都深受文明戏和鸳蝴派小说影响，其电影迎合市民观众的生活经历和审美情趣，擅长家庭伦理剧的编撰，开创神怪武侠片创作。第一部长故事片《黑籍冤魂》，第一部武侠片《火烧红莲寺》都出自他俩之手。1930 年，“联华影业公司”成立，一开始就提出与“明星”不同的制片方针，把发展电影“艺术”放在重要位置，表现雅的风格。当时观众称“联华”为“新派”，将“明星”称为“旧派”。夏衍曾说：“联华公司的新派是电影界的进步界。”代表人物是孙瑜。

孙瑜原籍四川自贡，1900 年生于重庆，父亲是前清学者。1920 年入北京清华大学文科，毕业后去美国威斯康星大学读文学戏剧科。作品受西方艺术电影的影响，打破“影戏”创作模式，侧重电影语言的探索。如 1930 年他导演了“联华”第一部故事片《故都春梦》，这部电影叙述了一个小知识分子沉浮宦海，遗弃妻女，腐化堕落，身陷囹圄，终于觉悟悔罪的故事，表现了当时北洋军阀官场的黑暗、腐败。导演借用心理描写等表现手法，突破了连环画式的单线条故事的框框。同年秋，孙瑜又自编自导了《野草闲花》，描写了一个有钱少爷爱上了一个穷苦的姑娘并“终成眷属”的浪漫故事（好莱坞“灰姑娘”经典爱情片模式），具有一定的现实意义。

早期电影从“旧派”到“新派”的发展，标志着电影艺术的进步。随着有声电影问世，1930 年“联华”在摄制《野草闲花》时，曾尝试用“蜡盘发音”法，为影片配了歌曲《寻兄词》；同年，“明星”同另一家公司合作，摄制成中国第一部蜡盘有声片《歌女红牡丹》。

二、20 世纪三四十年代左翼进步电影

促使 20 世纪 30 年代中国电影发生历史性巨变的，是左翼电影运动。1931 年“九一八”事变、1932 年“一·二八”事变后，民族危机空前严重，“救亡图存”成为全民族的呼声，民众呼吁电影界“猛醒救国”。各大公司主动聘请进步电影工作者加盟。1933 年春，上海地下党组织正式成立“电影小组”，组长为夏衍，组员有钱杏邨、王尘无、司徒慧敏、石凌鹤等。他们有

步骤地开展几方面工作：一是进入明星、联华、天一等公司直接参与电影剧本创作；二是占领各大报纸副刊，形成左翼评论阵地；三是介绍苏联进步电影，翻译苏联电影理论。左翼电影运动很快见到成效，仅明星公司一家就投拍22部进步电影。

左翼电影的发轫之作是夏衍编剧、程步高（1893—1966）导演的《狂流》（1933年，明星公司），该片以20世纪30年代长江流域洪灾为背景揭示农民与地主的斗争故事。它标志"中国电影新时代"的开始。随后，一些进步的电影艺术家又接连拍出《姐妹花》、《渔光曲》、《大路》、《神女》等力作，以群体风貌高扬起直面人生、直面社会的现实主义旗帜。郑正秋编导的《姐妹花》，讲述了生长在贫富不同家庭的一对孪生姐妹的不同命运和遭遇，控诉了黑暗社会。郑正秋借此完成从模糊的社会教化到清醒的社会批判的转变。该片由胡蝶一人饰演孪生姐妹，曾创下连映六十余天的票房纪录。可惜郑正秋不久因病去世，终年47岁，这位中国电影的先驱没能在新兴电影的道路上走得更远。郑正秋的学生蔡楚生（1906—1968）编导的《渔光曲》描述更为广阔的社会场景，揭示从渔村到城市底层普遍存在的经济凋敝和民生疾苦，与《姐妹花》不同的是，该片突破戏剧化的模式，镜头运用、演员表演趋向真切细腻。《渔光曲》上映后一举创下连映84天的票房新纪录，还应邀参加1935年在莫斯科举办的国际电影展览会，获得荣誉奖。

20世纪30年代女性问题开始进入电影创作者的视野，产生了一批优秀影片。它们从不同角度对"五四"以来屡被提起的妇女解放问题进行探索，关注女性在现实中的处境。如卜万苍（1903—1974）《三个摩登女性》指明时代女性的人生道路，蔡楚生《新女性》提出了类似鲁迅"娜拉出走以后"的问题，尤其值得称道的是吴永刚（1907—1982）导演的《神女》，对一个沦为暗娼的城市贫民阮嫂的悲惨命运和人格尊严作了细腻感人的刻画，寄予了深刻的人道主义内涵。《神女》现被视为默片经典之作，导演风格含蓄委婉，镜头运用富有新意。上述三部影片均由阮玲玉主演，她是默片时代的巨星，在完成一系列悲剧角色塑造后，阮玲玉死于"人言可畏"的悲剧命运同样让人感慨唏嘘。

1935年"华北事变"和"一二·九"运动后，民族危机进一步加深，电影界掀起"国防电影运动"。广义的国防电影取材宽泛，反映日本帝国主义军事侵略和经济侵略下的现实生活。代表作有沈西苓（1904—1940）编导的《十字街头》，袁牧之（1909—1978）编导的《马路天使》。狭义的国防电影专指反映抗敌御侮的影片，如费穆导演的《狼山喋血记》、吴永刚导演的《壮志凌云》等。《马路天使》亦被视作20世纪30年代左翼电影的典范，该片表现"九一八"事变之后，几个小人物在社会底层苦苦挣扎、相濡以沫的故事。导演在喜剧形式中融合悲剧内涵，蒙太奇技巧运用娴熟，由女主角周璇演唱的主题曲《天涯歌女》更是脍炙人口、广为流传。《马路天使》拍完未及公映，抗战已全面爆发，电影工作者或移师西南后方，或坚守沦陷后的上海"孤岛"，在战乱动荡的环境中实行"一寸胶片，一粒炮弹"的电影抗战。《保卫我们的土地》、《塞上风云》、《木兰从军》、《苏武牧羊》等影片以时代风云实录或古代历史寓言的方式完成了抗战时期民族精神的写照。

抗战胜利后，上海重新成为中国电影的生产基地，昆仑、文华等民营公司汇聚了众多优秀影人，在极为艰苦的生产条件下，取得辉煌的成就。《八千里路云和月》、《一江春水向东流》、《万家灯火》、《小城之春》、《夜店》、《乌鸦与麻雀》、《松花江上》、《天堂春梦》等一大批影片构成了中国电影的"经典群落"。史东山（1902—1955）编导的《八千里路云和月》通过两个话剧演员在战地巡演，再现了文化抗战的艰难历程，真实描绘了抗战期间中国各阶层的面貌，揭露了国民党官僚的无耻行径。田汉称“此片替战后中国电影艺术奠下了一个基石”。

具有史诗气派的《一江春水向东流》成为中国电影的经典之作。由蔡楚生、郑君里执导的这部力作包括上下两集《八年离乱》和《天亮前后》。通过一个家庭的聚散离合，浓缩了中国社会的动荡变化。故事讲述全面抗战前夕，上海某纱厂女工素芬在夜校读书，结识教师张忠良，感情日增，结为夫妻。一年以后，全面抗战爆发，他们生下一子，取名抗生。“八一三”后，忠良参加救护队，随军转移，流亡到重庆后日渐腐化堕落；素芬留守上海扶老携幼，苦熬岁月。抗战胜利后，张忠良以“接收大员”身份返回上海，素芬恰在某公馆做女佣，两人不期而遇，张忠良昧心拒绝相认，素芬绝望地投江自尽。影片借鉴传统戏谴责负心郎的模式，演绎了一个时代悲剧。蔡楚生在人物塑造、叙事技巧、意境营造等方面，无不化用中华民族传统艺术的积累。片中运用平行蒙太奇叙事手法，将素芬婆媳的悲惨遭遇和忠良的蜕变堕落进行鲜明的对比。片中反复六次出现月亮，不断插入“月儿弯弯照九州”的求乞歌，月亮成为男女主人公悲欢离合的隐喻意象，同时又有转换时空的作用，艺术感染力很强。

《万家灯火》与《小城之春》是战后“灵魂写实主义”的代表作，影片淡化了戏剧冲突，切入日常生活和情感生活去刻画人物。《万家灯火》表现战后经济萧条背景下一户普通人家的生活。

费穆（1906—1951）凭借《小城之春》开启了中国诗化电影的先河，他把中国传统美学和电影语言进行完美嫁接，开创了具有东方神韵的银幕诗学。《小城之春》在一个相对封闭的空间里，叙述8年战乱后江南某一小城市的一个破落家庭里，戴礼言、周玉纹夫妇过着平淡而缺少生气的日子。青年医生、昔日好友章志忱的突然到访打破了他们的平静生活，由此三人心中涌起情感的涟漪。这是一个“发乎情，止乎礼”的故事。表面看来该片似乎游离于时代风云之外，但从中传递的正是新旧时代交替之际知识分子心灵的苦闷。费穆说：“我为了传达古老中国的灰色情绪，用‘长镜头’和‘慢动作’构成我的戏。（无技巧地）做了一个狂妄而大胆的尝试。”①《小城之春》亦被称为“文人电影”或“诗化电影”。

【本章学习参考】

一、阅读书目

夏衍：《上海屋檐下》

田汉：《名优之死》、《关汉卿》

陈白尘：《升官图》

吴祖光：《风雪夜归人》、《捉鬼传》

丁西林：《三块钱国币》

袁俊：《万世师表》

宋之的：《群猴》

瞿白音：《南下列车》

张庚编：《秧歌剧选》

贺敬之、丁毅：《白毛女》

---

① 费穆：《导演·剧作者——写给杨纪》，载《大公报》，1948-10-09。

马健翎：《血泪仇》

郑正秋编剧：《孤儿救祖记》、《姐妹花》

孙瑜编剧：《小玩意》、《野草闲花》

洪深编剧：《歌女红牡丹》

田汉编剧：《三个摩登女性》

吴永刚编剧：《神女》

蔡楚生编剧：《渔光曲》

史东山编导：《八千里路云和月》

蔡楚生、郑君里编导：《一江春水向东流》

阳翰笙、沈浮编剧：《万家灯火》

李天济编剧：《小城之春》

柯灵编剧：《夜店》

沈浮、王林谷、徐韬、赵丹、郑君里、陈白尘（执笔）编剧：《乌鸦与麻雀》

张骏祥编剧：《还乡日记》

二、相关文献

1. 刘西渭．上海屋檐下．见咀华二集．上海：文化生活出版社，1942.

2. 王文英．现实主义的杰作——上海屋檐下．文学评论丛刊，第15辑．

3. 田汉．我们的自己批判//田汉文集．北京：中国戏剧出版社，1983.

4. 周扬．表现新的群众的时代．上海：新华书店，1950.

5. 贺敬之．《白毛女》的创作与演出//白毛女．张家口：新华书店，1946.

6. 王晓明，编．二十世纪中国文学史论．上海：东方出版中心，1997.

7. 廖全京．大后方戏剧论稿．成都：四川教育出版社，1988.

8. 董健．中国现代戏剧史稿．北京：中国戏剧出版社，1990.

9. 李杨．抗争宿命之路：社会主义现实主义（1942—1976）研究．长春：时代文艺出版社，1993.

10. 程季华，李少白，主编．中国电影发展史（第一、第二卷）．北京：中国电影出版社，1963.

11. 陈荒煤，主编．当代中国电影．北京：中国社会科学出版社，1989.

12. 封敏，主编．中国电影艺术史纲．天津：南开大学出版社，1992.

13. 李少白．电影历史及理论．北京：中国电影出版社，2000.

14. 丁亚平．影像中国——中国电影艺术：1945—1949. 北京：文化艺术出版社，1998.

三、复习思考

1. 名词解释：

新秧歌剧　民族新歌剧　旧剧改革　新秦腔　旧派电影　新派电影　类型电影　武侠片　文人电影　左翼电影

2. 简述20世纪30年代左翼戏剧界的运动情况。

3. 评析夏衍《上海屋檐下》的思想艺术特色。

4. 简析20世纪40年代国统区喜剧创作潮流的原因。

5. 简述20世纪40年代解放区戏剧的民族化运动。

6. 简述歌剧《白毛女》的思想艺术特色及其文本的历史演变。
7. 简述20世纪20年代中国类型电影的形成。
8. “旧派”和“新派”在创作上各有什么特点?
9.《一江春水向东流》体现了情节剧史诗电影的哪些特点?

四川省“十二五”普通高等教育本科规划教材

新编21世纪中国语言文学系列教材

中国现当代文学史

（1898—2015）（下）

第三版

History of Modern Chinese Literature

(1898—2015)

曹万生　主编

中国人民大学出版社

·北京·

综观整部教材，它以现代汉语为探索文学史写作的维度，以开放的姿态、新的资源，呈现出文学作品、文学史、编写者的一种新的向度。并且，这样的文学史书写模式，沟通了20世纪文学和21世纪文学界限、弥合了大陆文学和港台海外华语文学的隔膜，以一种全新的文学史意识与我们照面。

——李怡、王学东：《文学史的语言维度及其向度》，载《西南民族大学学报》（人文社科版），2008（4）

该书在史料翔实、论述到位、取舍适当的基础之上，又秉承了“与时俱进，开拓创新”的时代精神。综观全书，应该说是一部守正、创新、稳妥、实用的文学史。

该书首次使用了“现代汉语文学史”的概念，回归到文学的载体本身，认为“中国只有古代汉语文学与现代汉语文学两种文学”，这在中国现代、当代文学史的书写上具有开创性意义。

——王卫平、徐立平：《评曹万生主编的〈中国现代汉语文学史〉》，载《中国现代文学研究丛刊》，2008（3）

本书第一次从现代汉语的角度来写作中国现代文学史，这在中国现代文学史教材编写中还是一次新的尝试。这种尝试是非常有意义的，它将大大加强中国现代文学史的研究，丰富中国现代文学史的书写方式，从而打开现代文学史的另一片天地。

——高玉、陈莉琳：《现代文学是现代汉语的文学》，载《文艺报》，2008-01-22

下　册

第四编　中国现代汉语文学转型期（1949—1976）

第五编　中国现代汉语文学繁荣期(1976—1989)

第六编　中国现代汉语文学多元期（1989—2015）

第四编

中国现代汉语文学转型期

(1949—1976)

1949年10月至1976年10月，中国现代汉语文学进入全面转型。

这一转型总的体现为20世纪40年代人性深化的文学全面转型为政治文学，具体表现为：文学进入体制运作，政治第一、艺术第二成为价值标准；文艺运动成为政治运动，政治（政策）与中心工作成为基本题材与主题；艺术个性泛化，艺术共性流行。这一时期分为“十七年”与“文化大革命”两个阶段，有一个从政治文学到极左政治文学的演变过程。“十七年”文学的历史文学与部分典范现实文学成就不菲。“文化大革命”文学的英雄神化与20世纪40年代人性文学别以天壤。

与此同时，1957年前后文学的早春气候的繁荣与“文化大革命”时期的地下文学创作成为这一时期的亮色。

本编拟评述1949年文学运动、文学思潮、小说、诗歌、散文、话剧的创作成就，还要评述1957年文学的短暂繁荣及“文革”时期的地下文学等。

第二十八章
制度、组织与话语领导

1949年后，中国社会发生重大变化。1949年至1976年，中国现代汉语文学出现整体转型，是20世纪二三十年代“左翼文学”和40年代共产党解放区“工农兵文学”在全国范围的一统，其性质，或称“一体化”，或称“计划文学”①，或命名为“国家的文学”②，凸显出文学“体制化”的特征。

文学体制化，既包括文学的生产、传播、接受机制的变化，也意味着“文学”形态出现明显新特点。就前者而论，起码包括几个层面：“当代”的文学机构（即文学社团和作家组织），文学杂志、报刊及出版，作家身份均纳入国家体制；文学的评价机制，阅读、消费方式等由体制决定变化。就后者而论，体制化文学表现为“题材、主题、艺术风格、方法等的趋同倾向”③。

在体制化总趋势中，作家、批评家和文学界领导也做过许多矫正性的努力，而使20世纪50到70年代文学呈现出某些丰富性、复杂性。出现“主流文学”与“非主流文学”，“显在”的与“潜隐”的，乃至“地下文学”、“民间立场”诸概念。这是我们对于本时期文学的基本把握、基本评价。

20世纪50至70年代，文学界论争和批判不断，基本上持意识形态话语。先是苏联的“社会主义现实主义”，后是毛泽东提出“革命现实主义和革命浪漫主义相结合”的“两结合”创作方法，成为创作原则。到了“文化大革命”时期，文学创作、文学问题与政治问题、政治活动的界限，已难以分清。作品的创作、发表、阅读、批评，被视为“政治行为”。

本章主要评述1949年到1976年中国的文学运动，即组织与生产、中华全国文学艺术工作者代表大会（简称“第一次文代会”）、运动与会议、批评与传媒等。

第一节
文学的组织与生产

以第一次文代会的召开为标志，中国左翼文学思潮经历了“五四”胚胎酝酿期、30年代发

---

① 谢冕：《文学的纪念（1949—1999）》，载《文学评论》，1999（4）。

② 路文彬：《国家的文学——对于1949—1976年中国文学的一种理解》，载《文艺争鸣》，1999（4）。

③ 关于这方面，洪子诚《问题与方法——中国当代文学史研究讲稿》（北京，三联书店，2002）第五讲“文学体制与文学生产”有较系统、完整的论述。

展成长期、40年代成熟高峰期这三个历史阶段，最终迎来了全面贯彻落实的收获期。

一、文学社团、文学机构的变化

1949年7月召开的第一次文代会，成立了“专管文艺”的全国性机构“中华全国文学艺术界联合会”（简称“中国文联”），还有中国文联下属的各个协会。到1953年第二次文代会，文联及其协会的名称有些改变。中国作协的宗旨、组织方式和活动方式，跟30年代的左翼作家联盟以及苏联作家协会，有一种承续关系。中国文联和中国作协在50至70年代的工作主要有三个方面：一是制定、发布有关文艺的方针政策，包括对一些关系到文艺“路线”的理论和政策问题的阐释；二是总结一个时期文学创作、文艺思想的成绩和问题；三是直接领导全国性的文学运动。中国作协在20世纪50至70年代有很高的权威与权力。

二、文学杂志、报刊出版的变化

文学期刊和出版物在20世纪四五十年代之交，表现出明显的“断裂”特征。1949年之后创办了许多刊物，可刊物性质起了很大变化。1949年以后，中国采用了类似列宁在《党的组织与党的出版物》中规定的模式，基本特征是：文学杂志和出版由国家控制、管理、实施监督；各种期刊间，构成一种“等级”的体制。“中央”一级的具有最高的权威性，次一等的是省和直辖市的刊物。

围绕体制化改变有过争论。一方面，新中国成立初文艺杂志的体制化过程，与文艺工作者思想改造几乎同步。1951年，北京文艺界召开了整风学习动员大会，胡乔木作题为《文艺工作者为什么要改造思想》的报告。周扬、丁玲分别作了题为《整顿文艺思想，改进领导工作》和《为提高我们刊物的思想性、战斗性而斗争》的报告。丁玲说：“我们还有很多人用一种传统的观点、旧的观点去对待我们今天的刊物……这种办刊物的办法，已经过时了。”① 丁玲明确提出同人刊物的时代已经结束。另一方面，这一过程受到胡风等理论家、作家的质疑。②

三、作家身份、队伍构成的变化

从作家结构看，1949年后最活跃者以延安作家为主。作家同所有人一样，被纳入了各级单位管理。“作家、评论家作为一种国家职务，是国家的‘文艺工作者’，他们的写作势必首先要回应国家的诉求，考虑自己应尽于国家的义务。”③

上述变化，导致50至70年代文学强烈的意识形态化。我们也不难理解，那时的许多创

① 丁玲：《为提高我们刊物的思想性、战斗性而斗争》，载《人民日报》，1951-12-10。

② 参见［韩］鲁贞银：《关于“胡风编辑活动和编辑思想”访谈录——访谈牛汉、绿原、耿庸、罗洛、舒芜》，载《新文学史料》，1999（4）。

③ 路文彬：《国家的文学——对于1949—1976年中国文学的一种理解》，载《文艺争鸣》，1999（4）。

作，有自觉的“遵命”色彩、“御用”性质。如郭沫若新中国成立前夕表示：要“尽可能做一部人民的打字机”①。即使茅盾那样相对低调的作家、理论家，也将一部分精力用在“为了赶任务”而“常常写些小文章”②。

第二节 会议与运动

一、第一次文代会

从第一次文代会开始，中国文坛掀起一系列批判运动。其中规模、影响最大的，是对电影《武训传》的批判，对俞平伯《红楼梦研究》和胡适思想的批判，以及对“胡风反革命集团”的批判。它们和文艺界“反右”运动，对丁玲、冯雪峰“反党集团”等的批判一道，搅得中国文艺界“高潮迭起”。

1949 年 7 月 2 日到 19 日，第一次文代会在北平召开。会议奠定了中华人民共和国的文学体制，被认为是“中国当代文学”的发轫。

这次会议有正式代表和邀请代表 824 人，分别组成平津、华北、西北、华中、东北、部队、南方等代表团，实现了“从老解放区来的与新解放区来的两部分文艺军队的会师，也是新文艺部队的代表与赞成改造的旧文艺的代表的会师，又是在农村中的、在城市中的、在部队中的这三部分文艺军队的会师”③。会上，朱德代表中共中央致贺词，周恩来作政治报告，郭沫若作总报告，茅盾代表国统区、周扬代表解放区分别作了报告，一些代表作了发言。7 月 6 日，毛泽东亲临会场，作简短讲话。

这个会议有两项主要成果：一是确立了文学所要遵循的“路线”，规定了文学的性质以及题材、主题，甚至具体的艺术方法，即以解放区文艺为蓝本的为工农兵服务为新中国文艺的总方向；二是成立了全国性机构中华全国文学艺术界联合会、中华全国文学工作者协会（1953 年改组为“中国作家协会”，简称“作协”，并从“文联”中独立出来，独立建制）。随后，各类相关的文艺协会，如音乐、舞蹈、美术、戏曲、电影等协会纷纷成立。

---

① 郭沫若：《郭沫若全集》，文学编第 20 卷，258 页，北京，人民文学出版社，1992。

② 茅盾：《鼓吹集·后记》，见《茅盾评论选》（上），214 页，北京，人民文学出版社，1978。

③ 周恩来：《在中华全国文学艺术工作者代表大会上的政治报告》，见《中华全国文学艺术工作者代表大会纪念文集》，北京，新华书店，1950。

二、对电影《武训传》的批判

电影《武训传》写清末山东堂邑县贫苦农民武训“行乞兴学”的事迹。1950 年 12 月开始在全国上映，“上映之后，场场满座，上海、北京和各地的陶行知学派的教育工作者又在报刊上对此片作了许多过高的评价”①。

1951 年 5 月 20 日，《人民日报》发表毛泽东亲自撰写的社论《应当重视电影〈武训传〉的讨论》，认为电影《武训传》的出现，特别是对于武训和电影《武训传》的歌颂竟如此之多，说明了我国文艺界的思想混乱。全国主要报刊转载了这一措辞严厉的社论。三天后，文化部电影局向全国发出通知，要求展开对于电影《武训传》的批判。时任上海市文管会副主任兼文化局长的夏衍，在上海文化局召开的约 100 多人的文化界集会上对《武训传》问题做了检讨，又整理成文，以《从武训传的批判检查我在上海文化艺术界的工作》为题，在《人民日报》1951 年 8 月 26 日发表。1951 年 8 月 8 日《人民日报》发表了周扬带有总结性质的长篇文章《反人民、反历史的思想和反现实主义的艺术》。这场批判，开启了新中国以政治批判代替学术讨论的先河。

三、对俞平伯《红楼梦研究》和胡适思想的批判

1952 年，俞平伯将 1923 年出版的著作《红楼梦辨》修订后，改名为《红楼梦研究》重新出版。1954 年，大学毕业不久的李希凡、蓝翎投稿并附信给《文艺报》，对《红楼梦研究》提出批评，未得发表和答复。他们的文章后来在山东大学的《文史哲》刊出。1954 年 10 月 16 日，毛泽东写信给中央政治局成员及有关人士，说事情是两个“小人物”做起来的，而“大人物”往往不注意，并往往加以拦阻，他们同资产阶级作家在唯心论方面讲统一战线，甘心作资产阶级的俘虏；《武训传》虽然批判了，却至今没有引出教训。于是，斗争具有了多方面目标：主要是“胡适派资产阶级唯心论”，也包括“《文艺报》的错误”。

四、对“胡风反革命集团”的批判

胡风与左翼文学主流派的分歧由来已久。40 年代关于“现实主义与主观论”的批判就是体现。第一次文代会茅盾不指名批判他，后来周扬明确地谈“观点之间的分歧”，但这种分歧只在思想方面，1955 年，其上升为“政治问题”。1954 年 11 月，在中国文联与作协批判《文艺报》的联席扩大会上，周扬作题为《我们必须战斗》的总结报告，第三部分专门指出胡风把

---

① 夏衍：《〈武训传〉事件始末》，载《战略与管理》，1995（2）。

“许多真正马克思主义的观点一律称之为庸俗社会学而加以否定”。至此，运动重心由批判胡适唯心论转向批判胡风。1955年1月，中共中央批转《中央宣传部关于开展批判胡风思想的报告的指示》，进行批判胡风的全国性动员。1979年，胡风被囚24年出狱，中共中央先后于1980年、1988年为胡风平反。

如果说，从20年代初期到40年代后期，革命文学、左翼文艺、延安文艺的展开，都体现了左翼文艺界长期的、持续不断的建立一种新文学范式的努力，那么新中国成立初的批判运动无疑加速了这一“文学范式”转换的历史性进程。“电影《武训传》的批判运动涉及的是如何阐释历史和怎样阐释历史的问题。《红楼梦研究》批判运动涉及的是如何通过经典的阐释去规范当下文学创作的问题。胡风文艺思想的批判涉及的是文学如何言说现实、作家如何改造的问题。……通过三次运动，一种崭新的、符合延安文艺精神、适应社会主义经济基础的共和国初年的文学范式成为文学家共同遵循的规则和标准。”① 多少年以后，胡乔木对这些批判作总结：“解放以来，批《武训传》，批《红楼梦》研究，批胡风……‘文化大革命’是同这样一些特殊的趋势分不开的。”②

第三节
批评与传媒

20世纪50至70年代的中国文学，具有自觉的意识形态品性，文艺批评具有政治的、党性的特征。批评的权威性由此得到保证。

一、批评与刊物

（一）权威批评的官方特征

20世纪50至70年代的文艺批评，既有主流的官员批评家，也有“南姚北李”那样靠批判扬名的“后起之秀”，也有“谱写新篇章”的文坛元老和宿将。③“十七年”间，主流批评者是文艺政策的阐释者、执行者、参与制定者。这时期批评的聚焦点在于文学的政治目的、政治功

① 辜也平：《论三次批判运动与共和国初年的文学范式》，载《东南学术》，2004（5）。

② 胡乔木：《〈历史决议〉要注意写的两个问题》，见《胡乔木文集》，第2卷，133页，北京，人民出版社，1993。

③ 参见张景超：《文化批判的背反与人格》，21页，哈尔滨，黑龙江人民出版社，2001。

利及其相应的作家创作中的合法性。这种一体化批评格局主要通过批判文学创作中的“个人主义”，并通过作家的自我否定和创作上的“反精英”倾向而完成。[①]“文化大革命”10年的批评则是化名为“梁效”、“初澜”、“石一歌”等专职写作班子开展的。

1957年“反右”前及60年代初期调整期间，正常的文艺批评与讨论得以展开。1957年，文艺界有“知识分子的早春气候”，巴人、王淑明、徐中玉、钱谷融、徐懋庸、李何林讨论了人道主义等问题。60年代初期邵荃麟代表中国作家协会在大连召开过关于农村短篇小说的研讨会，现实主义深化、反“题材决定”、“中间人物”论就是在此期间提出来的。与此同时，在一些局部的纯粹艺术的领域，尚有一些认真的文艺问题讨论，诸如茅盾、魏金枝等对于短篇小说及创作所作的评论，何其芳、卞之琳关于新诗问题和新诗创作的评论，王西彦、侯金镜、黄秋耘的小说评论，钱谷融关于创作艺术和《雷雨》人物的分析，钟惦棐的电影艺术评论，严家炎关于《创业史》的批评等。

（二）刊物的阵地意识

传媒作为“一种新型的权力”，根据列宁《党的组织与党的出版物》的规定，是属于党的，是纳入国家的出版、发行、阅读和评价的轨道内的。作为党的出版物，要自觉体现党办文艺的意图、策略和政策，同时充当文学监督者、规范者。中国作协的机关刊物《人民文学》、以发表文艺批评文章为主的《文艺报》均是如此。再如1957年，围绕王蒙《组织部新来的青年人》“修改问题”产生的风波就是例证。

从《文艺报》“编者按”可见1949—1966年间中国文学的发展轨迹。该“编者按”是反映文艺动向的极其敏感的风向标之一。1949—1966年间文学的“变化”、“调整”和“转折”，大多以“编者按”为预兆和归宿。就此而言，“编者按”实际参与筹划了中国现代汉语文学转型期的格局和具体操作：“‘编者按’可以说是一个‘超级作者’和文学筹划者，它的文学史观、批评观，是不能拿传统的文学史知识、习惯来驾驭和评估的”；作为一种特殊文体，它是“国家意识形态在文艺界的人间代表”[②]。

（三）“读者”的超我性质

这期间的“读者”，是权威批评的群众版。“在当代，‘读者’在大多数情况下，是被构造出来的……权威批评的构造‘读者’有多种情况。最常见的是搜集、加工所需要的那部分读者的意见，剔除、修改其他的不同看法，然后用‘广大读者’之类含义模糊的称谓加以发布。另外的方法是，捉刀代笔，然后冠以‘读者’来信来稿的名目。这种方法，在‘文化大革命’前夕和‘文化大革命’中，被广泛地运用。另一个重要的现象是，这个时期的文学环境，也塑造了读者的感受方式和反应方式，同时，培养了一些善于捕捉风向、

---

① 参见廖述毅：《略论“十七年文学”批评主流》，载《齐鲁学刊》，2000（6）。

② 程光炜：《〈文艺报〉“编者按”简论》，载《当代作家评论》，2004（5）。

呼应权威批评的‘读者’。他们在文学界每一次的重大事件、争论中，总能适时地写信、写文章，来支持主流意见，而构成文学界规范力量的组成部分。”[①]

二、“南姚北李”的批评

这期间的批评，被当作“文艺界的主要的斗争方法”。因而摸准方向进行批评成了扬名的终南捷径。“南姚北李”即典型代表。“姚”即上海的姚文元，“李”是北京的李希凡。姚是有意投机成功，李是被利用成名。

就具体阶段而言，50年代以李希凡、蓝翎，60年代以姚文元、戚本禹，70年代以“梁效”、“罗思鼎”等为代表。各阶段不同，各自表现也有差异。

李希凡（1927— ），祖籍浙江绍兴。成名作《关于〈红楼梦简论〉及其他》[②]虽不失学术争论色彩，但事实上成为一种政治介入，后来身不由己，也越益自觉。如“反右”时发表的《评何直在文艺批评上的修正主义观点》、《批判刘绍棠文学思想上的右派观点》、《评钱谷融的对社会主义现实主义的修正》；新时期后，与其他“左”倾批评家一样，批判《爱，是不能忘记的》等。与此同时，他也一直进行《水浒》、《三国演义》等古代长篇小说研究。

姚文元是自觉投机“十七年”和“文化大革命”政治的打手、棍子型批评家，但就批评的深刻性讲，他不如戚本禹。姚文元（1931—2005），浙江诸暨人。早先推崇胡风，当周扬《我们必须战斗》号召发出后，以超常速度响应。“反右”时研究《人民日报》，摸准风向一口气写了50多篇批判文章，引起注意，走上“批而优则仕”的道路。1965年11月10日《评新编历史剧〈海瑞罢官〉》的发表，拉开了“文化大革命”的序幕，随后步步高升，出任“中央文革小组”成员、《红旗》杂志总编辑、中共上海市委第二书记、中共中央政治局委员。1976年被捕，1981年1月被判处有期徒刑20年。

姚文元借以发家的文学批评有几个特征：一是“攀龙术”，就是密切注意政治动向，按权力意志写文章。二是看风使舵。他1956年写过一篇《理论家和墙头草》，讽刺见风使舵的猫先生在梦中唱：“我是一个最优秀的理论家，什么风浪袭来我都不害怕，因为我已变成一棵墙头草，哪边风大我马上往哪边斜”[③]，是姚文元的自画像。三是断章取义、无限上纲。他不管吴晗是否同彭德怀有来往，也不管吴晗在庐山会议前就发表了《海瑞罢官》，硬说戏里的“罢官”是要“翻庐山会议的案”，这样的文章不是批评，而是下政治判决。

姚文元有一种投机借风、能屈能伸的智慧。总的来看，“姚文元现象”不是孤立现象，有其特定的主观、客观方面的原因。主观方面是，他用投机手段向上爬，用批判别人、打倒别人为自己铺路。客观方面则是当时政治批判运动的需要，姚文元因此当时还被誉为“无产阶级的金棍子”。

---

① 洪子诚：《中国当代文学史》，26～27页，北京，北京大学出版社，1999。

② 李希凡、蓝翎：《关于〈红楼梦简论〉及其他》，载《文史哲》，1954（9）。

③ 姚文元：《理论家和墙头草》，载《新闻日报》，1956-07-24。

第四节
“两结合”

1949年后，毛泽东《在延安文艺座谈会上的讲话》成为文艺工作发展的指导性文件。《讲话》规定方向，却没规定“创作方法”。于是有了20世纪50年代初在全盘“苏化”的背景下，中国文坛进行的“社会主义现实主义”大讨论，并于1953年第二次全国文代会上把它确定为中国文学创作和批评应遵循的方法。1958年3月，毛泽东在一次党内会议上提出“革命现实主义和革命浪漫主义相结合”。1960年7月，周扬在第三次文代会的报告《我国社会主义文学艺术的道路》中，将这一创作方法作为“方向”加以确定，于是“两结合”取代“社会主义现实主义”。

在第三次文代会上，周扬解释了革命理想与革命浪漫主义之间的关系，反对在真实的名义下描写灰色的小人物或卑劣的反面人物，描写“内心的复杂性”：“我们的时代充满了各种英雄事迹。我国人民群众从来没有今天这样充分地表现出昂扬的革命意志和高度的创造精神。……我们需要用豪迈的语言，雄壮的调子，鲜明的色彩，来歌颂和描绘我们时代。”① “两结合”强调浪漫理想，实际是想淡化现实主义。

1958年，中国开始了“共产主义的文学艺术”的构想。华夫撰写了《文艺报》专论《文艺放出卫星来》。同年3月22日，毛泽东在酝酿“大跃进”运动的成都会议上，正式号召搜集和创作新民歌。郭沫若为此发表了《关于大规模收集民歌答〈民间文学〉编辑部问》。4月26日，周扬主持中国文联、作协、民间文艺研究会的民歌座谈会，发出“采风大军总动员”。全国出现了遍及城乡的“新民歌运动”。当时的口号是“人人写诗，集体写诗”，“村村要有李有才，社社要有王老九”。“诗歌村”、“诗歌社”和“诗歌县”遍地开花，“赛诗会”、“诗擂台”、“联唱会”层出不穷。据不完全统计，全国出现了8万余种民歌选本。按照周扬的说法，“我们的祖国简直要成为一个诗国”②。在唯意志论的“瞎指挥”、“浮夸风”、“共产风”等影响下，很多民歌盲目夸大妄想，如：“玉米稻子密又浓，铺天盖地不透风，就是卫星掉下来，也要弹回半空中。”“稻堆堆得圆又圆，社员堆稻上了天；撕片白云揩揩汗，凑上太阳吸袋烟。”“清清渠水日夜流，社里庄稼绿油油，谁敢说粮食不丰收，谷穗砸烂他的头。”唯意志和假大空结合，以政治运动方式推动诗歌创作，形成了诗的泛化运动。

---

① 周扬：《我国社会主义文学艺术的道路》，见《中国文学艺术工作者第三次代表大会文件》，北京，人民文学出版社，1960。

② 周扬：《新民歌开拓了诗歌的新道路》，载《红旗》，1958（1）。

第五节
“双百方针”与人性论、现实主义深化

1956年和1957年上半年，中国文学创作出现了短暂的繁荣。1956年4月28日，毛泽东在中共中央政治局扩大会议上的总结讲话中，明确提出，艺术问题上的百花齐放，学术问题上的百家争鸣，应该成为我们的方针。“双百方针”的公开宣布，是5月26日中宣部长陆定一题为《百花齐放，百家争鸣》的报告，指出“百花齐放，百家争鸣”的方针，“是提倡在文学艺术工作和科学研究工作中有独立思考的自由，有辩论的自由，有创作和批判的自由，有发表自己意见、坚持自己意见和保留自己意见的自由”①。1957年2月27日，毛泽东在最高国务会议上所作的《关于正确处理人民内部矛盾的问题》讲话中，再次强调“双百方针”。4月9日，《文汇报》发表周扬的《就“百花齐放，百家争鸣”问题答〈文汇报〉记者问》。4月10日，《人民日报》又发表《继续放手，贯彻“百花齐放，百家争鸣”的方针》。在这种情况下，文学界出现了突破僵化教条、类似当时苏联文学的“解冻”。表现在几方面：第一，直接导致了一批像宗璞的《红豆》、陆文夫的《小巷深处》、邓友梅的《在悬崖上》等人道主义倾向作品的出现。第二，鼓舞了一大批来自“五四”新文学传统下的老作家的创作。许多跨时代的作家都相继发表文章或作品，他们包括周作人、沈从文、汪静之、徐玉诺、饶孟侃、陈梦家、孙大雨、穆旦、梁宗岱等。第三，出现了一批揭示社会主义社会内部矛盾的创作，主要由一批年轻的新生代来承担。他们是青年作家王蒙、刘宾雁、宗璞、李国文、陆文夫、从维熙和诗人流沙河、邵燕祥、公刘等。第四，在理论方面提出了反对教条主义，提倡现实主义的“广阔道路论”，提倡文学写人性，恢复人道主义传统。② 其代表人物是何其芳、秦兆阳、周勃、刘绍棠、陈涌等，其中秦兆阳化名何直的《现实主义——广阔的道路》一文影响最大，也最有代表性。秦兆阳认为，“社会主义现实主义”创作方法的定义不够科学，那句“必须与用社会主义精神从思想上改造和教育劳动人民的任务结合起来”尤其多余，“可能使得文学作品脱离客观真实，甚至成为某种政治概念的传声筒”。基于此，他认为称“当前的现实主义”为“社会主义时代的现实主义”③ 更为恰当。

巴人、钱谷融、王淑明等人发表一系列探讨“人情”、“人性”的理论文章，从另一角度对文学创作中的教条主义和公式化、概念化倾向提出批评。巴人倡导“人情味”，说当前的创作“缺乏人人所能共同感应的东西，即缺乏出于人类本性的人道主义”④。钱谷融提出“人道主义精神则是我们评价作品的最低标准，最低标准却是任何时候都必须坚持的”⑤。青年作家刘绍棠说《讲话》尽管“对文学艺术事业具有永恒的指导意义”，但新中国成立后形势不同了，“因

---

① 陆定一：《百花齐放，百家争鸣》，载《人民日报》，1956-06-13。

② 参见陈思和：《中国当代文学史教程》，93页，上海，复旦大学出版社，2004。

③ 何直（秦兆阳）：《现实主义——广阔的道路》，载《人民文学》，1956（9）。

④ 巴人：《论人情》，载《新港》，1957（1）。

⑤ 钱谷融：《论“文学是人学”》，载《文艺月报》，1957（5）。

之，对文学艺术的要求，也就不同于战争岁月”①。徐中玉、徐懋庸也发表了相似论点的文章，何其芳、冯雪峰写文章具体辨明人情与阶级性的关系等。随着1957年夏季政治形势突然逆转，这些观点遭到批判和清算。

再一次“宽松”期，是60年代初国家在政治、经济、社会生活各方面实施“调整”的时期。在一些务实领导人支持下，文艺界召开检讨“左”倾的会议，批评文学对政治的简单依附，全面审度“革命浪漫主义”，提出“现实主义深化”。1961年第3期《文艺报》发表张光年执笔的“专论”《题材问题》，在肯定“描写重大题材”的同时，主张“题材的多样化”。1962年8月，中国作协在大连召开“农村题材短篇小说创作座谈会”。邵荃麟提出“现实主义是我们创作的基础，没有现实主义就没有浪漫主义”，肯定了在写英雄人物的大前提下写中间人物，肯定能够“反映人民内部矛盾”，“粉饰、回避是写不好的”②。

第六节
从《大辩论》到《纪要》

从1957年“反右”到1966年“文化大革命”爆发，有两个里程碑式的文献。两者间有一种内在联系，可透视出“十七年”文学怎样一步步发展到“文化大革命”阶段。

文艺界“反右派运动”告一段落时，发表了周扬署名的、经毛泽东三次审阅修改的长篇总结文章：《文艺战线上的一场大辩论》③（以下简称《大辩论》）。文章提出，“我国文艺上的无产阶级路线和资产阶级路线的斗争是由来已久的。这是文艺上两条路线的斗争”，《大辩论》号召，为了巩固“反右派斗争”的胜利，“要争取在文学艺术事业上也来一个大跃进”。

“大跃进”的失败，带来了60年代初的“调整”。调整期间，文艺界召开了多次会议，由一些相对务实的国家领导人打气，为知识分子“脱帽”、“加冕”。然而1962年秋，毛泽东提出“千万不要忘记阶级斗争”。《林彪同志委托江青同志召开的部队文艺工作座谈会纪要》（以下简称《纪要》）于1966年4月16日作为党内文件下发，到1967年5月29日由《人民日报》公开发表，成为“文化大革命”十年全国文艺工作最高的规定。

《纪要》提出，新中国成立以来的文艺界，“被一条与毛主席思想相对立的反党反社会主义的黑线专了我们的政，这条黑线就是资产阶级的文艺思想、现代修正主义的文艺思想和所谓30年代文艺的结合”。作为实验，要“搞出好的样板”。题材上“要努力塑造工农兵的英雄人物，这是社会主义文艺的根本任务”，艺术方法则“要采取革命现实主义和革命浪漫主义相结合的方法”。在依靠什么人来实现创建新文艺的问题上，《纪要》提出了“重新组织文艺队伍”。

---

① 刘绍棠：《现实主义在社会主义时代的发展》，载《北京文艺》，1957（4）。

② 邵荃麟：《在大连“农村题材短篇小说创作座谈会”上的讲话》，见《邵荃麟评论选集》（上册），399页，北京，人民文学出版社，1981。

③ 这篇文章的执笔者有林默涵、刘白羽、张光年等。发表于1958年2月28日《人民日报》和1958年第4期《文艺报》。

《纪要》表达了“文化大革命”文艺思想，几乎颠覆了以往任何“经典”文学作品。于是，“样板戏”成为“文化大革命”几乎唯一的文艺作品。

第七节 “造神”文艺

从文学思潮发展的角度看，“文化大革命”文学的鲜明特征，是文艺沦为“造神”和“阶级斗争”、“路线斗争”的工具。标志之一就是“根本任务”、“根本原则”的提出。五六十年代的权威批评强调：“社会主义现实主义向我们提出什么要求？就是创造先进人物的形象。”① 在“文化大革命”中则进了一步，塑造工农兵英雄人物形象成为有严格条文规定的、不得稍有违反的“律令”。为此有“三突出”创作原则提出，即“在所有人物中突出正面人物来；在正面人物中突出主要英雄人物来；在主要英雄人物中突出中心人物来”。

研究证明，“三突出”是宣扬个人迷信的造神理论。“可以说，三突出是集教条主义大成并把它以恶性膨胀形态表现出来”。正如样板戏里的英雄，是那种凡人中间永远找不到的纯而又纯的高大全形象。“这种个人崇拜正蕴含着‘文化大革命’的精神实质。”② 因而可以说，个人崇拜或“造神”意识，是以“样板戏”为代表的“文化大革命”主流文学的灵魂和核心。

“样板戏产生于六十年代初期，经过江青等人的指导，在‘造神’方面又更上了一层楼。”③ 它在创作中的表现，是“把领袖和政党异化为神”。如样板戏中，太阳及与太阳有关的自然现象——曙光、朝霞、黎明、春风、雨露等成了领袖的象征。于是，有了“大海航行靠舵手，万物生长靠太阳”这样的人人必唱的颂歌。《智取威虎山》的杨子荣，“胸有朝阳”敢于上威虎山会见土匪。《红色娘子军》的洪常青引吭高歌：“洒热血迎黎明，我无限欢畅，望东方已见那光芒四射喷薄欲出的一轮朝阳。”吴清华以泪洗面：“想不到今天哪，春风引我到这里，找见了救星。”《白毛女》中的大春、白毛女报仇雪恨后，山洞外一轮红日冉冉升起，全体演员合唱“太阳出来了”。从叙事学角度讲，样板戏有个“隐身者”，一个从不出现又无所不在的、介于人神之间的角色。他不在任何一部戏中担任任何角色，却渗透在叙事的各个方面，从叙事主题设立到叙事情境安排，从叙事结构的建构到叙事语言的构思。许多时候，人们能从图像、语录、象征性的场景中，体认到他的存在。

样板戏，蕴含了“文化大革命”的精神实质。除了宣传现代迷信，还宣传贯穿其中的斗争哲学。样板戏散布的斗争哲学，有利于造成一种满眼敌情的严峻气氛，从而和“文化大革命”的要求高度一致。与此相关的是样板戏的情感表达的单纬度，即“仇恨成为每一部样板戏的主

① 周扬：《在全国第一届电影剧作会议上关于学习社会主义现实主义问题的报告》，见《周扬文集》，第二卷，197页，北京，人民文学出版社，1985。

② 王元化：《论样板戏及其他》，载《文汇月刊》，1988（4）。

③ 吴迪：《从样板戏看“文艺为政治服务”的造神功能》，载《当代中国研究》，2001（3）。

导情感”[①]。“阶级仇、民族恨”是样板戏的情感基调，也是它的生产目的。样板戏播种仇恨的办法有二：一是“控诉”，二是“忆苦思甜”。前者是革命历史题材中的保留节目，后者是革命现实题材的常设情节。在叙事上，两种“播种”方式常常结合起来使用，以便在对比中取得更加鲜明突出的效果。

【本章学习参考】

一、相关文献

1. 姚文元．评新编历史剧《海瑞罢官》．文汇报，1965-11-10.

2. 中央文献研究室．关于建国以来党的若干历史问题的决议．北京：人民出版社，1985.

3. 洪子诚．问题与方法——中国当代文学史研究讲稿．北京：三联书店，2002.

二、复习思考

1. 名词解释：

“三突出”　“三结合”　样板戏

2. 试述1958年“新民歌运动”并谈你的看法。

3. “双百方针”带来的文学“解冻”，表现在哪些方面？

4. “十七年”文学的“文学体制化”包括哪些方面内容？

5. 试述第一次文代会基本情况。

① 余岱宗：《论样板戏的角色等级与仇恨视角》，载《粤海风》，2001（3）。

第二十九章 红色历史文学的高潮

“红色文学”作为共产主义运动中“革命文学”的同义词，指以激进的革命理念为中心内容的文学作品。20世纪五六十年代，红色历史文学创作成为作家回避现实题材拘囿、得以展现才华的富矿，所以成就斐然。

本章主要评述红色历史文学的出现与审美规范的形成，20世纪五六十年代，以革命历史为题材的文学作品，含《红旗谱》、《红岩》、《保卫延安》、《红日》、《林海雪原》、《青春之歌》、《三家巷》及革命历史题材的短篇小说。

第一节 红色历史文学的出现与审美规范的形成

“十七年”掀起红色历史文学创作热潮。1960年，茅盾在中国作协第三次理事会（扩大）会议的报告使用了“革命历史题材”这一概念。“十七年”文学代表作“三红一创”、“青山保林”，除《创业史》和《山乡巨变》，其余六部：《红旗谱》、《红日》、《红岩》、《青春之歌》、《保卫延安》和《林海雪原》，都属于革命历史题材的范围。此外，还有《苦菜花》、《铁道游击队》、《野火春风斗古城》、《战斗的青春》、《三家巷》、《小城春秋》、《大波》和《六十年的变迁》等，还出现了由少数民族作家创作的长篇历史小说《茫茫的草原》和《欢笑的金沙江》。这些作品形成一个丰富坚实的长篇小说群落，塑造了朱老忠、杨子荣、许云峰、江姐、林道静、周大勇、周炳等一批英雄形象，成为这个时期中国文学成就的象征。

红色历史文学有鸿篇巨制，也有众多短篇，如峻青、王愿坚的革命历史短篇小说，茹志鹃的《百合花》，萧平的《三月雪》，孙犁的《山地回忆》等。

红色历史文学的繁荣，有着历史存在的土壤，体现着主流意识形态的要求。它对历史“本质”进行规范化叙述，为新社会的真理性做出证明，并以文学形象的方式，推动历史叙述的合法化，为处于社会转折期中的民众，提供生活准则和思想依据，使革命历史记忆在民众中得到集体的普遍认同，“建构国人在这革命所建立的新秩序中的主体意识”①。

红色历史文学的创作者大都是亲历者，崇高的使命感使他们渴望以实录的姿态，以观察者和记录者的身份，艺术地再现革命历史斗争。英雄主义的美学理想，革命浪漫主义的表现形式，追求绝对崇高的艺术旨趣，构筑史诗颂歌般的宏大叙事成为革命历史文学的审美规范。与此同时，相对于“十七年”现实题材小说，革命历史题材可以突破现实题材的拘囿而得以展示历史人物的人性情欲，从而使得红色历史小说在人性尺度上具有了感人的质素。

随着这一规范的日益僵化和极端化，作家在越来越狭窄的创作空间里，渐渐丧失了创作主体对题材和内涵的自由把握，类型化的写作与权威意识形态形成了一种完全被动的呼应关系，绝大多数作品成为政治宣教的工具，创作也日益显得苍白乏力。

第二节 红色历史起源的建构：《红旗谱》

梁斌的《红旗谱》作为当代文学的经典之作，成为“三红”（《红旗谱》《红岩》《红日》）之首，在中国当代文学史上占有重要的地位。自有新文学以来，把现代中国农民放在宏阔的社会历史背景下，相当完整地写出农民逐步提高阶级觉悟，并在中国共产党领导的革命历程中锻炼成长为革命战士的过程，突出地刻画了这种英雄典型形象的，《红旗谱》是第一部，也是这类作品中影响最大的一部。

梁斌（1914—1996），原名梁维周，河北蠡县人。1930年考入保定第二师范，并参加了二师的学潮斗争。1933年参加了北方左翼作家联盟，开始文学创作。除长篇三部曲《红旗谱》(1957)、《播火记》、《烽烟图》之外，还创作了长篇《翻身记事》等。《红旗谱》是当时好评如潮、影响很大的作品，小说成功塑造了主人公朱老忠这个民族性、时代性和革命性一体的英雄人物，是一部描绘农民革命斗争的壮丽史诗。

《红旗谱》描写了1927年大革命前到“九一八”事变后近十年间冀中平原农村和城市的阶级斗争，以及阶级关系的变化；作品通过两家农民三代人和一家地主两代人的尖锐矛盾斗争，以“反割头税”和“二师学潮”为中心，生动地展示农民从自发反抗到在党的领导下进行反抗斗争的革命道路，展现革命英雄人物的发展与成长历程。《红旗谱》出版后，受到了评论界的高度赞誉，被认为是十年来我国文学创作中突出的收获。《红旗谱》的成功集中体现在小说的史诗性、农民英雄形象的塑造、民族风格等方面。

小说将一个普通农民的家族复仇故事设置在新民主主义革命的时代背景中展现，赋予了它史诗的新质。这部小说主要叙写了四场斗争。“朱老巩大闹柳树林”作为全书的“楔子”，以第一代农民的失败告终，揭开朱、严两家农民与恶霸地主冯家的血海深仇，为第二代农民朱老忠

---

① 黄子平：《“灰阑”中的叙述》，2页，上海，上海文艺出版社，2001。

被迫闯关东，25 年后回乡复仇，走上革命道路做好铺垫。在《红旗谱》中，从“家族复仇”向“阶级斗争”的转换，展示了中国农民在特定历史时期所经历的现代性的转型。[①]“家族复仇”成为“阶级斗争”的起点，“阶级斗争”也成为“家族复仇”的必然方向，“家族复仇”和“阶级斗争”就在政治的层面上重合了，作家于此成功地建构起红色历史的起源。第二场斗争是“脯红鸟事件”。在这场斗争中，矛盾冲突主要在朱、严两家第三代与地主冯老兰之间展开，这使家族仇恨沿着家族的血缘关系得到继承和延展，进一步为“家族复仇”叙事向“阶级斗争”叙事转化蓄势。第三场斗争是“反割头税运动”。这是《红旗谱》中农民与地主之间斗争的最高潮，也是四场斗争中农民取得的唯一一次胜利。“反割头税运动”有着明确的政治目的，虽然仍然在朱、严两家与地主冯家父子之间展开，但已经不仅仅局限家族斗争，而是共产党领导下的农民与乡绅地主之间的政治斗争、阶级斗争。江涛回乡发动农民群众，朱老忠和大贵在家门口安锅宰猪公然抵抗“割头税”，冯老兰派儿子冯贵堂代表割头税包商向县衙门求救，农民举行反割头税大会和示威游行。最后斗争胜利，朱老忠、严志和、大贵等人加入共产党，实现从普通农民向革命先锋队战士的本质转变。作者通过对这一事件的叙述，形象地完成了作品从传统的“家族复仇”叙事向现代的“阶级斗争”叙事的转型。第四场斗争“保定二师学潮”中。斗争的重点已经从农村转向城市，核心人物也由严家第三代人——共产党培养教育起来的红色知识分子江涛，取代了第二代农民朱老忠。从第一代农民“朱老巩大闹柳树林”开始的“家族复仇”叙事，到这里已经完全被纳入阶级革命和斗争的红色史诗叙事中。

《红旗谱》成功塑造了几代革命农民的英雄形象。朱老巩是第一代农民的代表人物，他的悲剧命运表明，旧式农民的自发反抗没有出路。第二代农民朱老忠、严志和显示了中国农民从自发反抗到自觉反抗，从“家族复仇”到“阶级斗争”的现代性转变。在众多的农民英雄形象中，以第二代农民英雄朱老忠的形象最具有艺术光彩，被当时的评论界认为是小说突出成就的标志。朱老忠的形象“提供了一部旧中国革命农民的性格发展史”[②]，他横跨新旧两个时代，在三代农民中起着承上启下的作用。他的身上既有旧时代农民起义英雄的传统性格特征：豪爽，讲义气；又带有现代革命精神：强烈的阶级爱憎和有勇有谋、坚忍不拔的斗争性。这是一个身处红色浪潮中，同革命历史一同成长的农民形象。在参加革命之前，朱老忠和他父亲一样，走的是个人反抗的道路。30 年生活的磨难，使他认识到了盲目、莽撞、硬碰硬的斗争策略是行不通的，从而想去寻求一种更有效的斗争方法。朱老忠的转变成长是在接触了党之后，在革命领路人贾湘农的引导教育下，逐步提高了阶级觉悟，有了革命理想，并开始把家仇和整个农民的命运联系起来，由个人反抗走向了有组织的革命斗争，从而真正走上一条与父辈所不同的道路。当他意识到“仇人”冯老兰不仅是杀害父亲的地主，而且是代表了“地主阶级”时，他完成了从家族复仇到阶级斗争的转变，完成了一代农民的政治成长仪式。朱老忠的形象极具隐喻色彩，可以说，他的成长历程象征了整个中国现代革命历史的发展过程。第三代农民运涛、江涛、大贵作为一代觉醒的农民形象，在阶级斗争的磨砺下，逐渐成长为革命的主力军。运涛作为获得了知识的青年农民的代表，参加革命后觉悟很快，被捕后坚强不屈；江涛是保定二师的学生，是学潮的领导人之一，在革命斗争中，表现出了非凡的组织才能与斗争艺

① 参见李扬：《50—70 年代中国文学经典再解读》，42～45 页，济南，山东教育出版社，2003。

② 李希凡：《革命英雄典型的巡礼》，载《文学评论》，1961 (1)；梁斌：《漫谈〈红旗谱〉的创作》，载《人民文学》，1959 (6)。

术；大贵身上体现了农民的质朴和爽直，继承了父亲朱老忠那种敢想敢干、见义勇为的性格特质。《红旗谱》通过锁井镇三代农民的经历，“说明中国农民只有在共产党的领导下，才能更好地团结起来，战胜阶级敌人，解放自己”①，不仅成功地建构了红色历史的起源，也指明了红色历史的走向。

《红旗谱》艺术上浑厚而豪放，有着鲜明的民族风格和民族气魄。梁斌在《我为什么要写〈红旗谱〉》中也谈到自己在开始创作时的思考：“怎样才能使它成为喜闻乐见的文学创作，我选择了古典小说中的传统手法。在章法结构上，不脱离古典文学的民族形式；语法结构上，不脱离农民自己的语言，尽可能写得通俗一些，使有文化的农民看得懂，没有文化的农民听得懂。”“我要把故乡的人物、性格、风貌、民族及地方风光，活跃于纸上。”② 作品中有接近传统章回体小说的结构，无处不在的地道的方言、生动俚语。滹沱河、千里堤、高高的白杨树，瓜棚、柳巷及坦荡的大平原，也都充满着诗情画意。地方风情，民风民俗，更是洋溢着乡土气息和民族感情，构成富有魅力的冀中风景画和风俗画。民族化的叙述结构和叙述语言，浓郁的地方风情民俗，使《红旗谱》在民族作风和民族气魄方面取得了杰出成就，是现代当代汉语文学中政治内涵和民族风格有机统一的重要收获。

第三节
罗广斌、杨益言的《红岩》

《红岩》出版于1961年12月。在不到两年的时间里，作品发行了400多万册，20世纪80年代，又先后印刷20多次，发行量达800万册，创下了当代小说的发行纪录。在众多的红色历史小说中，《红岩》有着特殊的地位和影响力。《红岩》以1948年到1949年间国民党统治的山城重庆为背景，以“中美合作所”集中营（包括渣滓洞和白公馆）内的敌我斗争为中心，交错地展开了中共领导的城市地下斗争、学生运动、工人运动、狱中斗争以及华蓥山区的武装斗争，集中描写了革命者为迎接解放、挫败敌人的垂死挣扎而进行的最后决战。作品中最为感人的部分，是描写“中美合作所”这座魔窟中，有着钢铁意志的革命者们以血肉之躯面对种种酷刑和手持屠刀的刽子手们，捍卫着纯洁的信仰，在黎明前进行着殊死的斗争。

罗广斌（1924—1967），四川成都人。40年代参加地下工作并加入中国共产党，1948年被捕，囚禁于重庆“中美合作所”渣滓洞、白公馆集中营。杨益言（1925— ），江苏武进县人。40年代在上海参加学生运动，1948年8月被捕，囚禁于重庆“中美合作所”渣滓洞。两位在重庆解放前夕越狱成功，是这段革命历史的亲历者和见证人。

首先，《红岩》是现代汉语文学“组织生产”的一次成功的实践。罗广斌和杨益言并非专业作家，他们相识于渣滓洞集中营，二人曾与有着相似经历的刘德彬一起，合作写了革命回忆

① 梁斌：《漫谈〈红旗谱〉的创作》，载《人民文学》，1959（6）。
② 梁斌：《我为什么要写〈红旗谱〉》，载《蜜蜂》，1958（5）。

录《圣洁的血花》和《在烈火中永生》。小说《红岩》就是在革命回忆录《在烈火中永生》的基础上，在各级组织和领导的关怀过问下，由许多政治家、作家共同参与创作的一部作品。其间历经十年，四易其稿，终于“找到了高昂的基调，找到了明朗的色彩，找到了小说的主导思想，人物也就从而变得更崇高、更伟大了”①。《红岩》的出版，获得了众口一词的称赞，被文艺评论家称为“革命的教科书”、“最生动的共产主义教科书”②。独特的组织化创作过程使作品淡化了个人化书写色彩，更多呈现出集体叙事的色彩。作品以其政治思想的深刻、政治信仰的执着和巨大的艺术感染力在革命历史文学中独树一帜。

其次，《红岩》成功地塑造了一群有着坚定信仰的革命英雄形象，突现了他们坚如磐石的革命理想与信念和大无畏的牺牲精神。以许云峰和江姐为代表的一批革命志士在光明和黑暗的殊死搏斗中所激发出来的高昂、悲壮的红岩精神，震撼、感染几代读者。许云峰是中共重庆地下党组织的高层领导人，他身上集中了党的地下工作领导干部的优秀品质。他有高贵的革命气节，威武不屈，富贵不淫。他沉着、机警，富有斗争经验，对党无限忠诚，长期复杂的地下工作使他锻炼出非同寻常的革命警觉性，在危急的时刻自己挺身而出，掩护党组织撤离。在暗无天日的监狱地窖里，他一个人用十个鲜血淋漓的手指扒开了越狱的通道。然而他没有只身逃走，而是把逃生的机会留给了全狱的难友，自己慷慨就义。女革命家江姐精细、机敏、干练。作为一个女性，她的感情世界细腻、温婉。但是，当她在川北城门楼看见自己丈夫血迹斑斑的头颅时，她以坚强的革命意志抑制住了悲愤的感情，继续投入革命工作中去，入狱后，受尽了敌人的严刑拷打。这一切丝毫也没有动摇她的革命意志：“严刑拷打算不了什么，竹签子是竹子做的，而共产党员的意志是钢的。”在牢房里，她鼓励战友，以各种方式同敌人进行不懈的斗争，直到最后英勇牺牲。许云峰、江姐的光辉形象是血色黎明中“红岩”精神的象征。

最后，《红岩》题材特殊，故事情节具有传奇性；结构宏伟严谨，错综集中。作品在特殊严酷的环境中展开，革命者对敌斗争的方式和手段极为特殊艰苦，题材的特殊性激发起读者强烈的阅读期待，能够紧紧抓住读者。结构上，全篇有三条斗争线索交相辉映：集中营的狱中斗争；华蓥山根据地的武装斗争；地下党领导的学生运动和地下工作。三条线索时有交错，并通过《挺进报》的斗争情节联系起来；三条线索主次分明，以狱中斗争为主、狱外斗争为辅来结构布局，安排情节，反映了纷繁复杂的斗争生活。小说以一些关键人物的活动来引出和推动故事情节的展开。如通过江姐与成岗的联系引出工厂的罢工斗争；由江姐被派到华蓥山工作，引出川北农村的武装斗争；由沙坪书店的学生陈松林引出甫志高的叛变。这样小说虽然没有一个贯穿首尾的人物或事件，却被浑然一体地组织起来。作品的情节不乏惊险曲折之处，例如“沙坪事件”、双枪老太婆劫刑车、白公馆《挺进报》事件、渣滓洞白公馆的越狱等等。描写地下工作，敌我双方都处在高度神秘状态，情节曲折惊险；狱中斗争的场景，神秘、紧张又刺激；酷刑暴力的全面展示，以及共产党人在酷刑面前英勇不屈的超人般的形象描写：这些都使小说颇富传奇色彩。

《红岩》是革命历史文学中的经典之作，尽管“组织写作”的形式极度强调了思想政治的

---

① 马识途：《且说〈红岩〉》，载《中国青年》，1962（11）。

② 黄沫：《革命的教科书——〈红岩〉读后》，载《人民日报》，1962-05-06；罗荪：《最生动的共产主义教科书》，载《文艺报》，1962（3）。

教育意义，但是实践证明，它是当代革命政治的需要和读者的认同一次成功完美的结合。

第四节
战争文化规范下的审美模式：从《保卫延安》到《红日》

《保卫延安》和《红日》这两部小说都是“十七年”中体现战争文化规范的优秀长篇小说。两部作品结构宏伟、气势磅礴，它们均以1947年解放军从战略防御转入战略进攻为历史背景，分别从东西两大战场的战略变化映照出解放战争的历史进程。《保卫延安》以西北战场的延安保卫战为中心，描写沙家店等著名战役；《红日》写的是从涟水战役、莱芜战役到孟良崮战役的山东战场。两部作品都是通过对战争全过程的叙述，歌颂人民战争思想、伟大的人民和人民的军队。在50年代的红色历史叙事中，这两部小说以史诗的规模、恢弘的气势及对革命战争文化的规范化审美把握而赢得了一片赞誉。

杜鹏程（1921—1991），陕西韩城人。1938年赴延安，1947年在西北野战军任新华社随军记者。著有长篇小说《保卫延安》（1954），中篇小说《在和平的日子里》等。他1947年参加了延安保卫战，为以后《保卫延安》的创作打下了坚实的生活基础。《保卫延安》比较完整地体现了战争文化规范下的史诗审美特征。冯雪峰指出：这部作品，“够得上他们描写的这一次具有伟大历史意义的有名的英雄战争的一部史诗的”①。

《保卫延安》的史诗性质，首先在于作者在广阔的历史背景上全面地再现战争的风貌，揭示出战争的伟大意义。延安保卫战是在毛泽东统帅下，由西北野战军总司令彭德怀亲自指挥进行的一场具有历史意义的重大战役，题材本身就已具备了宏大的气势和不凡的规模及史诗的品格。作品立足于西北战场，但瞩目全国各战场，以至国际形势的变化和发展。把这场中国的政治大决战，置于宏大的背景中，将西北战场与“刘邓大军挺进大别山”、“陈谢大军东渡黄河”等军事行动相互呼应，展现出中国人民解放军由战略防御转入战略进攻的伟大军事画卷。作品中，以周大勇的成长历程为中心，通过青化砭伏击战、蟠龙镇攻坚战、长城线上的运动战，以及沙家店歼灭战等大小战斗，围绕他所在的连队在这场战役中的战斗生活作纵向展开，以李振德老人一家在战争中的遭际和与人民军队的血肉联系，及国民党军队腐败无能、终归失败的过程作横向拓展，在广阔的历史背景上真实地描绘了延安保卫战的整个战役的全过程，深刻揭示了这场战争所以取得胜利的原因。

其次，从英雄主义的审美原则出发，塑造了一批从战士、连长、团政委，一直到我军高级指挥员的英雄群像，歌颂了他们大无畏的革命英雄主义精神。通过战争的惨烈、环境的残酷、生死的考验，来突出英雄人物的优秀品质和他们身上的传奇色彩。周大勇是活跃在全书的主要英雄人物，是一个在党的教育下，由战士成长起来的我军青年指挥员的典型，其身上集中体现

① 冯雪峰：《论〈保卫延安〉的成就及其重要性》，载《文艺报》，第14、15期，1954年。

了解放军战士的优秀品质。他出身贫苦，身负血海深仇，是革命给了他出路，他对党和革命事业无限忠诚，强烈的阶级爱憎、钢铁的意志、高昂的革命英雄主义精神是他思想性格的显著特征。他“浑身汗毛孔里都渗透着忠诚”，在长城线上，连队陷入敌军重围，与主力失去联系，他以无比的刚毅和沉着，指挥战士在敌群中突围。周大勇是在紧张的战斗和严酷的考验中，不断学习和成长的英雄。这个形象意在说明，只有在党的指引教育下，只有在残酷革命战争环境中才能锻炼出真正的钢铁战士。作品中，身为西北野战军司令兼政委的彭德怀的形象，是作者在许多英雄人物的英雄事迹的基础上，经过艺术加工艺术虚构创造出来的。虽然彭总的出现只是近乎一个“剪影”，所花笔墨不多，写得也很拘束，不能说很成功，但无疑为我国当代文学塑造老一辈无产阶级革命家的艺术形象提供了可贵的经验。和以后的同类作品相比较，《保卫延安》或许显得不够深入和细腻，但毕竟为战争文化规范中的史诗叙事作出了开拓性的贡献。

吴强（1910—1990），江苏涟水县人，1933 年在上海加入中国左翼作家联盟，1938 年参加新四军。著有长篇小说《红日》(1957)，中篇小说集《养马的人》，小说散文集《心潮集》，评论集《文艺生活》，报告文学《淮海前线纪事》等。《红日》是继杜鹏程的《保卫延安》以后又一部描写人民解放战争的史诗式巨著。小说以 1947 年山东战场的涟水、莱芜、孟良崮三个连贯的战役作为情节的发展主线，体现出作者对现代战争小说的“史诗性”的艺术追求。相对于《保卫延安》来说，《红日》所反映的生活更宽广丰富，也更有深度，显示了当代战争史诗叙事取得了重大突破。

首先，同样作为反映大兵团作战的作品，《红日》突破了以往战争小说依靠传奇性，将着墨重点放在“连队”上的写作手法，直接以共产党一支“常胜英雄军”与国民党的王牌军之间展开的大规模战役为叙述中心，全景式地展现了这场战争的独特魅力。为了更充分地把握战争的全过程，作者选择解放军高级指挥员作为小说的主要表现对象，以便从宏观上展示战争进程和全局。作品游刃有余地几乎涉及战争生活的各个方面，如军队和百姓、前线和后方、战争和爱情、我方和敌方等等，无论是前方和后方、我军和敌军、部队和人民、友谊和爱情，上至军师一级的高级指挥员下至普通士兵，从战士们的平时训练和战前准备到紧张激烈、惊险曲折的战斗场面，都有条不紊地加以表现，视野开阔而层次分明，场面宏大而结构紧凑，情节穿插有张有弛，疏密相间。在三次战役中，解放军有败有胜，描写也有略有详，各有侧重，在历史的复杂叙述描写中，体现了作者在小说结构上的匠心，显示了较高的艺术驾驭能力。

其次，《红日》在一定程度上克服了《保卫延安》在人物塑造上的局限，尤其对于一些比较重要的人物，作者能够将他们性格的多面性以及他们各自不同的性格刻画得鲜明生动。解放军高级指挥员沈振新在战争中运筹帷幄、威严、刚毅、果断，同时也写到他情感的细波微浪；副军长梁波开朗风趣、平易近人。小说写英雄人物时不回避其缺点，对敌对人物形象的刻画并没有采用当时流行的漫画化方式，这显示了对战争文化规范下“二元对立”艺术模式的偏离。小说中的正面人物团长刘胜，就有脾气急躁、性格莽撞的毛病；英雄连长石东根也曾经幼稚浮躁。这些描写，使人物更真实可信。写敌人时，它也没加以丑化或“漫画化”，而是较为真实地写出了他们作为具有不同政治立场军人的责任感、作战才能，甚至是作为人的良心。比如，在描写张灵甫刚愎自用、骄横狂妄的同时，也写出了他作为高级将领沉着干练的一面，写出他在孤军作战、无人接应的情况下内心的恐慌。另外，对于我方在战争中的失利，小说也没有回避。这些都在当代的战争小说中具有特殊的意义。

《红日》在英雄主义的主旋律之下，还流露出人道主义的情怀。作家在描写战争的同时，还写了将军的爱情故事和战士的儿女情长。在当时战争文化规范下的审美模式中，这种对人的关注使得作品具有了非同寻常的人情味。在50年代的政治文化语境中，作家们创作红色的革命历史似乎是唯一的安全途径，但是随着审美规范的进一步绝对化，两部在当时取得巨大成功的革命战争小说，也遭到了质疑和否定。"文化大革命"中，《保卫延安》因对彭德怀的描写被诬陷成"利用小说反党的活标本"；60年代，与《保卫延安》一样，《红日》也遭到了批判，而且原因也更为复杂，其中"歪曲我军官兵形象"、过多和"不恰当"的爱情描写和"美化国民党反动派的形象"则是三条最主要的"罪名"。

第五节 红色传奇与大众化追求：《林海雪原》等

1942年延安文艺座谈会后，主流文学基本上形成了以服务政治为旨归，追求文学的政治效应，崇尚力量（暴力）、冲突（阶级斗争）和社会政治叙事，以通俗化、大众化为审美形式的话语规范。作为文化大众化的一种延续，在新中国成立后出现的红色历史叙事浪潮中，一些作家在处理英雄叙事的过程中，采用拟话本、拟章回的形式，运用传奇笔法，追求传奇色彩和传奇效果，接近现代通俗小说的模式。这类小说在通俗传奇中加入革命话语，形成一种新的文体，批评界称之为"革命英雄传奇"。

被称为"革命英雄传奇"的代表性作品是《林海雪原》、《新儿女英雄传》、《铁道游击队》、《战斗的青春》、《烈火金刚》、《敌后武工队》、《苦菜花》等。这些小说往往带有某种通俗性、传奇性的民间色彩，不以深刻的思想性见长，却注重故事情节的迂回曲折，人物与故事的传奇性。这类作品"比普通的英雄传奇故事要有更多的现实性，直接来源于现实的革命斗争"，但它们的写法与传统的"英雄传奇"具有内在的联系。[①] 在中国传统文学中，所谓"游侠"、"绿林"、"侠义"等题材，一向为社会下层民众所喜闻乐见，当代许多作家自觉从民间文化中吸收其粗野、活泼、洋溢着原始生命力的艺术营养，用以打破战争文化规范下过于刻板的审美模式。它们使小说情节变得传奇化，使人物变得草莽化，使战争场面变得灵活化，大大加强了作品的可读性和趣味性。因此这类小说在50年代都是深受读者欢迎的畅销作品。长篇小说《林海雪原》一经出版，便以传奇性的故事和具有鲜明传奇特征的英雄形象，受到广大读者，特别是青少年读者的欢迎和喜爱。

曲波（1923—2002），山东黄县人。1938年参加八路军，1957年9月出版长篇小说《林海雪原》。《林海雪原》描写了一支由36位侦察兵组成的解放军小分队，在东北茫茫的林海雪原中追剿国民党残余势力和土匪的故事。对于一部战争题材的小说，《林海雪原》没有跳出两军对垒、正义必胜、英雄主义基调，以及暴力快感等现代战争小说的叙事模式，但是它在文本结构、叙事方式、人物设计上却明显带有中国民间武侠、传奇小说的一些特征。现代"革命叙

① 参见王燎莹：《我的印象和感想》，载《文学研究》，1958（2）。

事”与传统的“英雄传奇”手法，共同构建了一种新型的、具有现代小说特征的革命英雄传奇。

作品采取的是单线发展、以情节为中心的结构方式。以奇袭奶头山、智取威虎山、调虎离山、捣匪巢等四个战斗故事为主要线索，四个故事分别采取“奇袭”、“设圈套”、“将计就计”和“周旋”等互不雷同的战争方式来设计、完成。大故事中又安排了许多惊险、传奇的小故事，具有强烈的戏剧性效果。小说在情节上采用的节外生枝、险象环生的结构方法，明显与传统的民间说书艺术有异曲同工之妙，而这个特征的形成也归因于故事在成书之前所经历的口头流传的过程。1950 年，作者因负重伤转业到地方工作，但是昔日的战斗生活使他不能忘怀，为了让广大群众记住这些英雄儿女的事迹，他经常要对工人进行传统教育，“杨子荣的战斗故事”，“四年中讲了七八次，越讲越精练、集中，越叫座”①。最后形成了 40 万字的书稿。可见，作者在进行革命事迹宣讲的同时，已经意识到了政治和娱乐之间的关系，并且通过一种传奇化的叙事，在二者之间建立了一种平衡。这使它既具有战争小说的一般艺术特点，又有别于当时的战争小说。

小说的传奇性还体现在人物形象的塑造上。正义和邪恶的较量是战争小说的思维特点，反映在极具传奇色彩的《林海雪原》中，就形成了正反人物的极端化对比。土匪许大马棒等人一出场，就变成了反伦理、反普通社会和日常生活秩序的恶的暴力的象征。与这一场面设计形成对照，少剑波率领的解放军小分队一出场，就代表了扬善抑恶、伸张正义的力量。英雄们要么飒爽英俊，要么英武正义，尤其是主人公少剑波，作者把他塑造成一位“精悍俏爽、健美英俊”的“少帅”，年仅 22 岁，却知识渊博，有文学才华，而且极富军事才能，是一位智勇双全的人物。众人对他奉若神明，简直就是周瑜、诸葛亮再世。作者对少剑波这种几乎“神化”的处理显然是受到了中国传统小说中英雄传奇的影响。对反面人物的塑造，也达到了“妖魔化”的极致。土匪们个个丑陋不堪、凶残无比。许大马棒的凶狠残暴、匪首座山雕的阴险狡诈、女土匪蝴蝶迷的邪恶淫荡……作者在塑造正面英雄人物时，性格配置上又明显受到了民间传统小说的“五虎将”模式这一隐性结构的支配。在“五虎将”身上各突出一种主要性格，有的是忠，有的是勇，有的是谋，有的是技（才），有的是德，等等，有主有次，互为衬照。这种模式往往使每一个人物都有相对独立的故事和经历，但所有人物都有一个共同的目标就是为了实现崇高的革命理想，因此他们所有的传奇故事也都围绕着现代性的“革命”主题而展开。

另外，小说的传奇性还体现在景物的描写上。作者绘声绘色地描写了风光奇异的雪原、太阳沉没的森林、空旷辽阔的大甸子、和人烟罕至的基密尔大草原等具有东北地理特色的景物。

作品《林海雪原》虽是一部以“革命历史”为题材的红色小说，但它与民间文化和古典文学的紧密联系，使它形成了自己看待世界的独特观点和形象反映世界的独特方式，即对革命的浪漫化想象和对革命英雄的浪漫化理想化。这是这部作品的魅力所在，然而在 20 世纪 50 年代末到本世纪初很多评论家对《林海雪原》的批评基调基本保持着一致，而且绝大多数批评不断地纠缠于《林海雪原》的思想弱点，这是在用现实主义小说的标准来衡量、要求革命英雄传奇小说。究竟该如何看待这部作品，我们应该将现实主义题材小说与革命英雄传奇小说看作是中国现代汉语文学史上两种不同的风景。当然，透过这两种不同的风景，我们也可看到两种完全

① 曲波：《我是怎样写〈林海雪原〉的》，载《山东文学》，1981（10）。

不同的认识装置。

第六节
红色历史中的知识分子叙事：《青春之歌》与《三家巷》

“十七年”文学受社会政治语境的规约，知识分子题材的创作在现实题材中成为一个禁区，这一历史难题却在红色历史文学的创作潮流中得以解决。作家们找到了一种安全的叙事模式，使得知识分子的个人叙事与革命历史叙事成功地融为一体，这就是对知识分子个人成长的叙事。创作者对知识分子成长过程的叙述大致遵循着一个共同的规范：从寻求个人出路的起点出发，循着革命历史发展的轨迹，经历了彻底的思想改造和血雨腥风中的锻炼，达到了成熟。成熟的标志是被“英雄化”——成长为革命战士。

杨沫（1914—1995），原名杨成业，湖南湘阴县人，1914年8月生于北京。1950年出版中篇小说《苇塘纪事》。1958年出版长篇小说《青春之歌》，还有短篇小说集《红红的山丹花》，长篇小说《芳菲之歌》、《英华之歌》以及《杨沫散文集》，《自白——我的日记》，《不是日记的日记》等。

《青春之歌》建立了当代知识分子题材最初的思想规范和叙事模式。它既是写“革命历史”的小说，又是写“知识分子成长”的小说，主要意图是叙述知识分子如何在党的领导下、在革命斗争中成长的。正如作者所说是写“这样一个小资产阶级知识分子怎样改造成为无产阶级革命战士的过程”①。

林道静是以作者杨沫自身经历为素材创造出来的人物。也是30年代觉醒、成长的知识分子的典型代表。她出身于地主家庭，因拒绝后母为她安排的婚姻而逃离家庭。在对生活绝望之时，得到了小资产阶级知识分子余永泽的救助，并相爱同居。之后在卢嘉川等共产党人的启蒙和引领之下，向往革命并认识到资产阶级右翼知识分子余永泽的虚伪和自私，与之决裂。最终经历了革命熔炉的彻底锻造，终于成长为无产阶级革命战士。作者通过对这个最初被家庭和社会抛弃，前途一片迷惘的小资产阶级少女，从苦闷、彷徨到参加革命，从个人反抗到群体斗争，最终汇入时代的政治洪流，成长为英勇战士的过程的叙述，形象概括了一代知识分子从个人反抗到自觉革命斗争的过程，并明确告诉人们，知识分子的唯一出路，就是像林道静那样，在党的领导下，经过艰苦的思想改造，在实际的革命斗争中成长，这样才会有出路，才有值得歌颂的美丽青春。《青春之歌》之所以受到肯定和重视，一个很重要原因就在于，它沿着现代作家的足迹，继续探讨了知识分子的道路问题。

在《青春之歌》的叙事策略上，马克思主义意识形态的接受、严酷的监狱斗争的磨炼、农村生活中阶级感情的“工农化”成为这个形象在“英雄化”过程中所必经的门槛。林道静

① 杨沫：《谈谈林道静的形象》，见《杨沫文集》，第5卷，405页，北京，北京十月文艺出版社，1993。

的成长，与共产党人的教育引导是分不开的。在小说中，卢嘉川是林道静的革命引路人，也是革命理论的传播者；而江华作为林道静的战友和革命同盟军，将她领进了党的大门；林红则以自己的坚贞和忠诚来教育林道静，为她树立起一个光辉的榜样。为了突现小资产阶级知识分子林道静成功完成革命者身份的转化过程，杨沫对1958年《青春之歌》的初版本进行了修订，在人民文学出版社1961年3月再版本中增加了林道静在地主家做家庭教师，配合了农村斗争的章节，由此完善了林道静的成长所必须经历的思想改造和转变过程。对这段改编的历史，杨沫是这样表述的："《青春之歌》刚一出世虽受到了广大读者的欢迎、喜爱，但鞭挞、批判却很快汹涌而来。有名的自称是'工人代表'的那位郭先生首先向它发难，说它是歌颂美化了小资产阶级，说主人公林道静不配是共产党员……"[①] 由此看来，对初版本所作的修改是作家屈从于政治权威话语的无奈选择。

革命历史文学中，与《青春之歌》的叙事策略有异曲同工效果的是欧阳山的《三家巷》。1957年，欧阳山开始创作长篇巨著《一代风流》。它力图通过"叙述一个名叫周炳的打铁工人出身的知识分子的半生经历"反映出从1919年到1949年这30年的中国历史的革命进程。《三家巷》是其中的第一卷。《三家巷》以周炳的生活经历来结构作品，所叙述的故事发生在五四运动后的"大革命"时期的广州，反映的是20年代"大革命"前后中国南方动荡的社会历史风貌。小说没有正面去写五四运动，"五卅"惨案、省港罢工等重大革命历史事件，而只是将其作为背景，通过主人公周炳个人的成长史来呈现这一段中国革命史，使个人的情感从革命历史背景中透示出来，也使历史化的叙事具有了个性化的特征。周炳出身于打铁工人家庭，做过铁匠、鞋匠、药房学徒，从小受到压迫和剥削，有着正直善良的优良品质和手工业工人朴素的思想意识和感情；但是，因为受到资产阶级教育，加之在三家巷这个复杂的环境中，不可避免地接受了小资产阶级的思想感情熏陶，身上小资产阶级知识分子的"习气"亦很重。他追求个性解放，想通过读书获得成功；有着好幻想、软弱、多愁善感、感情缠绵等弱点，对人对事常常患得患失。在对待革命上他也不够坚定，既对胜利充满浪漫主义幻想，又经受不了革命失败的打击。革命受挫后，尤其是恋人区桃的牺牲，使他悲观消沉，陷入痛苦绝望中不能自拔。这些致命的弱点，注定了他必须在严酷的阶级斗争过程中接受考验才能成长为英勇的战士。对于周炳这个具有独特个性和鲜活特征的小资产阶级知识分子，作者没有把他写成英雄或理想人物，而是侧重于写一个出身劳动人民家庭而又受到资产阶级思想侵蚀的知识青年，在革命中成长的痛苦艰难的过程。虽然作家让他一次次在实际的革命斗争中得到锻炼，写出了他的成长和转变，却没有急于完成这个转变过程，而是让这个人物始终在矛盾中发展着，使周炳的最终成熟留待《一代风流》的后续篇章来完成。

《青春之歌》和《三家巷》都是叙述知识分子在革命中成长的故事。在"十七年"的历史语境中，"成长"成为小资产阶级知识分子有效转换身份，获得革命身份认同的唯一合法途径。只有经过"革命中的成长"而"英雄化"了的知识分子形象才能淡化其"小资产阶级"的出身，并且完成向工农兵身份的转换，使人们不再把他们当作知识分子来阅读，而是作为神圣化的共产主义战士来崇拜。因此，从叙事策略上讲，革命小资产阶级知识分子的成长，反映的是革命传统在当代社会的接续与延伸。它不但被认为是"必然性"的人生选择，得到主流文化的认可，而且也在主要以青年知识分子为主体的广大读者中受到热烈欢迎，起到其他宣传工作难

---

① 杨沫：《青春之歌·后记》，北京，北京十月文艺出版社，1992。

以替代的教育作用。然而，这种叙事策略的运用却隐含了20世纪中国知识分子命运的根本性问题。它昭示了一条从最初革命的思想启蒙者，到跌落为“革命同路人”直至成为“革命对象”的悲剧性历程。这样一个命运的转折所导致的，就是知识者不得不“自愿”放弃自己的知识优越感、叙事方式，转而追求更崇高、更神圣、更纯洁的理想。

第七节 短篇中的红色历史叙事

在叙写红色历史的浪潮中，短篇小说以描写革命战争为主，成绩有逊于长篇小说，其中最优秀者，当推峻青、王愿坚和茹志鹃。

峻青（1922— ），山东海阳县人。1941年发表处女作《风雪之夜》。新中国成立后，发表《黎明的河边》、《老水牛爷爷》等短篇小说，出版散文集《秋色赋》。“文化大革命”后出版短篇小说集《怒涛》，散文集《雄关赋》，并完成长篇小说《海啸》。峻青的小说大多描写山东老革命根据地人民的斗争生活，从题材上看，主要有两类作品：一类是反映胶东军民在战争时期包括抗日战争和解放战争时期的艰苦斗争的作品，主要有《黎明的河边》、《党员登记表》、《最后的报告》等；另一类则是描写胶东人民在新中国成立后的和平建设时期的英雄业绩的作品，主要有《老水牛爷爷》、《山鹰》、《丹崖白雪》等。其中描写革命战争年代斗争生活的作品，是峻青小说创作中成就最大的部分。

峻青的小说中，悲壮的格调和理想化的色彩成为一个突出的美学特色。他笔下主人公生活的环境常常十分险恶，人物的命运总是处在尖锐激烈的冲突中。然而，英雄人物越是处在艰苦的斗争环境中，就越要表现出大无畏的革命精神，即使要付出生命的代价也在所不惜。战争的残酷和斗争的艰巨更凸显主人公的牺牲精神，这使得峻青作品的格调显得分外悲壮，但这种悲壮并不让人感到畏惧绝望，甚至不带一点感伤，而是激起了人们昂扬的斗志和与敌人斗争的渴望。峻青小说浓厚的理想化色彩主要体现在人物塑造上。在当时提倡写“英雄人物”的战争文化背景下，峻青笔下的正面人物几乎全是完美的革命英雄，他极力将他们写得高大完美，兼具革命英雄主义精神和革命乐观主义精神。但在作者过分强调和突出人物英雄特征的同时，难免要拔高人物，有时忽视了人物性格的丰富性和复杂性。

峻青小说故事性较强，在情节发展过程中，常常使用悬念，使得故事环环相扣，紧张曲折，引人入胜。《黎明的河边》主线单纯，主要描写交通员小陈及其一家人，不惜牺牲自己生命，护送两位武工队负责人通过敌人封锁区的故事。作者在人物与环境、人物与人物之间安排了一系列尖锐的矛盾冲突，并很好地运用了悬念，造成紧张、惊险的气氛，取得了令人震撼的艺术效果。另外，峻青小说常以第一人称视角讲述故事，“我”既是“说”者，又是“被说者”。《黎明的河边》就是个典型的例子，它以武工队干部“我”作为讲述者，增强了作品的真实感和故事性。

峻青的小说对景物描写十分重视，往往把对自然环境的描写和故事情节的发展以及对人物性格的刻画紧密结合起来。如《党员登记表》开头一段，作者通过对风雪交加，山野一派肃杀景象的描写，渲染并暗示了政治气候的险恶以及革命者们所面临的斗争的残酷性。它不仅烘托了气氛，而且对情节的进一步展开、人物英雄性格的刻画起了铺垫作用。

峻青的作品艺术成就并不一致，受当时政治政策的影响，他的有些作品也存在着简单化、概念化的毛病，但他在革命历史题材的短篇小说创作中，形成了自己的特色，取得了较高成就。

在短篇小说领域的革命历史题材创作中，峻青主要把目光投向抗日战争和解放战争时期的生活。王愿坚则努力将自己的笔伸入第二次国内革命战争，特别是红军北上以后苏区人民的斗争。王愿坚（1929—1991），山东诸城人。1954 年发表了处女作《党费》，此后陆续发表《粮食的故事》、《支队政委》、《七根火柴》、《三人行》、《普通劳动者》等近 20 篇短篇小说。

王愿坚的小说主要有三类。一类是反映苏区人民斗争生活的作品，如《党费》、《粮食的故事》等。另一类是描写红军战士和老一辈革命家的长征生活的作品，如《七根火柴》、《三人行》、《路标》、《足迹》、《标准》等。还有一类是反映革命英雄人物在社会主义建设时期的生活的作品，如《普通劳动者》、《休息》等。与峻青一样，王愿坚的短篇小说创作也是以描写革命历史题材见长。

王愿坚的小说大多以情感人。在表现革命者英雄品质的时候，还伴有对人情美与人性美的歌颂。他笔下的主人公一方面为革命勇于牺牲，表现出超凡的精神境界；另一方面，又有着普通人的真情实感。比如《党费》中的黄新为了游击队能吃到更多的腌菜而狠心夺下女儿手中的一枚腌豆角，而后自己心疼得流泪；《粮食的故事》中的郝吉标为了给游击队送粮食，牺牲了自己的儿子，听到枪响时他的内心痛苦万分。在这些英雄身上，人情美与人性美和对革命事业的忠诚完美地结合。正是对革命者普通情感的真实描写，更突出了人物的英雄品质。王愿坚的小说既有对艰苦、残酷现实的真实描写，又带有一定的浪漫主义色彩。在结尾常常表现出诗的意境，再次深化主题。《七根火柴》的结尾那位无名战士牺牲后，拿着火柴的手“高高地擎着，像一只路标，笔直地指向长征部队前进的方向”；《三人行》结尾则描写了蓝天下面的雁群，“轻盈地向南方飞去”。这些写意的描写，极具浪漫主义的色彩。

王愿坚的小说具有主题鲜明，情节高度集中，短小精悍的特点。其作品情节虽不像峻青小说那样曲折生动、惊险离奇，但总是紧紧围绕主题而展开，显得精练单纯。作者不着重叙写人物性格的形成和发展，却精心选择那些最能表现英雄人物性格特征的细节和人物最为闪光的一刹那来刻画人物。因此，王愿坚的许多短篇小说如《七根火柴》、《三人行》、《路标》等都可谓“言简意深，意味隽永”的名篇。

峻青和王愿坚的短篇小说都充满了浓烈的革命激情，他们在激烈的矛盾冲突和严峻的生死考验中所塑造的英雄形象，散发出革命英雄主义与革命理想主义的光辉，这些使他们的作品形成了崇高的悲剧风格。而另一位女性作家茹志鹃的作品则表现出不同的美学风格。

茹志鹃（1925—1998），祖籍杭州，生于上海。1950 年开始发表作品。“文化大革命”前出版过《高高的白杨树》、《静静的产院》两个短篇小说集，发表了短篇代表作《百合花》。“文化大革命”后，发表了《出山》、《剪辑错了的故事》、《草原上的小路》、《儿女情》等短篇，出版了小说集《百合花》、《草原上的小路》等。茹志鹃作为革命历史题材小说创作的后起之秀，凭借女性作家的细腻和柔美，逸出于主调之外，形成个性化十足、清新俊逸的风格，为这一时期小说创作风格的多样化作出了贡献。

茹志鹃的短篇小说在内容上可分为两类：一类是反映解放战争年代的生活；另一类是描写

社会主义建设时期的生活。对于战争题材小说的创作，作为一位女性作家，茹志鹃对于描写残酷的战争场面显然没有什么兴趣，她更喜欢专注于战争中人与人之间的情感碰撞与交流。因此，她的小说在取材上常常避开重大题材，不直接描写复杂的斗争，而是善于撷取生活中的一个片断，以小见大，反映战争和时代生活。如她的成名作《百合花》没有对战争场面和过程的描写，只通过前沿阵地包扎所的战士向群众借被子这一件小事，来揭示军民间的鱼水情。再如写社会主义新生活的作品，作者从来不去正面描写两个阶级、两条道路的激烈搏斗，往往是从生活中的矛盾斗争所激起的波澜，来描写人们怎样与旧的东西告别，向新的目标前进，反映出时代面貌的变化。取材和视角的独特性，导致作家在英雄人物的塑造上有意回避对英雄形象的正面塑造，而是着眼于英雄日常生活中普通、平常的一面。如在《百合花》中，对于最后在战斗中牺牲的英雄——小通讯员，作者有意识地不作“英雄化”处理，避开战斗场面，不去写他的英雄行为，反而对他在平常生活中表现出的纯洁、羞涩、可爱做了细致的描绘。而对普通人物的塑造，作家不展开对人物思想性格的广度的描写，而往往从人物性格某一突出之点深入下去，作纵深的挖掘，展开细腻的心理刻画，揭示人物的心灵奥秘。如《静静的产院》中，作者对主人公谭婶婶对自己由先进到后进到最后觉悟的过程的描写。

作为一位女性作家，女性作家的细腻在《百合花》中得到完美的表现。小说叙写的是解放战争时期一个发生在前沿阵地包扎所的故事。由于战斗的激烈，伤员不断增多，包扎所的被子不够用，小通讯员奉命去群众家借被子。他在一位刚结婚不久的农村新媳妇家中碰了钉子，后来在“我”的劝说下，新媳妇拿出了自己唯一的嫁妆——百合花被。当小通讯员牺牲时，新媳妇含泪将百合花被盖在死去的小通讯员身上。小说构思也极为精巧，以被子为情节纽带，以“百合花”来象征主人公的高洁心灵和美好情操，表现军民之间的鱼水深情，含蓄沉静、朴实无华，又带有浓厚抒情意味，充分体现了茹志鹃前期小说的清新柔美的风格。在题材决定论的时代，这篇小说避开了慷慨悲壮的战争场面，将英雄当作普通人来写，在当时的文艺界也引起了讨论。茹志鹃的可贵之处在于她不为当时流行的创作思潮所左右，坚持写自己最熟悉的生活，发挥自己的艺术特长，形成与众不同的美学风格。

【本章学习参考】

一、重要命题

革命历史小说

近年来，黄子平对“革命历史小说”作出了再阐释，认为是“在既定的意识形态的规限内，讲述既定的历史题材，以达成既定的意识形态目的”，“它们讲述革命起源神话，英雄传奇和终极承诺，以此维系当代国人的大希望和大恐惧，证明当代现实的合理性，通过全国范围的讲述与阅读实践，建构国人在这革命所建立的新秩序中的主体意识”。见黄子平：《革命·历史·小说》，载《当代作家评论》，2001（2）。

陈思和主编的《中国当代文学史教程》中，将革命历史文学定义为“是以近代以来的革命历史为线索，用艺术形式来再现中国共产党领导的新民主主义革命的必然性与正确性，普及与宣传中国共产党的历史知识和基本观念的叙事文学作品”。见陈思和：《中国当代文学史教程》，74页，上海，复旦大学出版社，1999。

二、阅读书目

梁斌：《红旗谱》

吴强：《红日》

罗广斌、杨益言：《红岩》

杨沫：《青春之歌》

杜鹏程：《保卫延安》

曲波：《林海雪原》

冯德英：《苦菜花》

知侠：《铁道游击队》

李英儒：《野火春风斗古城》

欧阳山：《三家巷》

高云览：《小城春秋》

三、相关文献

1. 曾令存．十七年文学研究与历史叙述的重构．海南师范学院学报（社会科学版），2003（2）．

2. 洪子诚．关于五十至七十年代的中国文学．文学评论，1996（2）．

3. 陈思和．重新审视50年代初中国文学的几种倾向．山东社会科学，2000（2）．

4. 程光炜．关于五十至七十年代文学中的知识分子形象．文学评论，2001（6）．

5. 黄子平．革命·历史·小说．当代作家评论，2001（2）．

6. 董之林．传统叙事方法的重现与再造——关于五十年代的革命历史题材小说．中国现代文学研究，2004（3）．

四、复习思考

1. 简析新中国成立后红色历史文学的兴盛原因。

2. 分析林道静形象的典型意义。

3. 试述《红旗谱》的结构特点。

4. 谈谈茹志鹃战争题材短篇小说中的人情美、人性美。

5. 试述新中国成立后战争题材长篇小说的创作得失。

6. 试述《林海雪原》的传奇性。

第三十章
现实的典型叙事

在红色的历史叙事之外，现实生活的典型叙事成了创作的又一中心，尤以农村创作为甚。以农村生活为题材的，除了以赵树理为代表的山药蛋派作家、柳青等陕西作家之外，还有李凖、康濯、陈残云、浩然、周立波、秦兆阳等作家；城市题材领域的创作则要薄弱得多，只有艾芜、周而复等作家的创作稍有可观。

本章主要评述1949年到1966年的现实题材小说，包括以山药蛋派、柳青、周立波等为代表的农村题材叙事和以艾芜、周而复等为代表的城市题材叙事。

第一节 山药蛋派

山药蛋派尽管在延安时代发端，但作为流派的形成，则是在新中国成立后。50年代中期，马烽、胡正、西戎、束为、孙谦等一批受赵树理影响的作家以山西省文联机关刊物《火花》为阵地，发表了一系列风格相近，有着浓郁地域色彩的小说。1958年的《文艺报》第11期刊出了“山西文艺特辑”，更推动了这一流派的形成。于是，这一批作家被称为“山药蛋派”，亦被称为“火花派”、“山西派”、“山西作家群”等。该派作家的创作具有如下特征：首先，共同的地域色彩，山药蛋派是“结合着山西在生产上和生活上的特点，又针对这批作家深深扎根于农村生活，作品有浓厚的生活气息和地方色彩，这些特点而命名的”[①]；其次，山药蛋派作家在文学观念上强调文学的政治功能，认为文学要紧跟政策，要能指导实际工作；再次，山药蛋派作家有着大致相同的创作主题，即中国在由传统社会向现代社会转型过程中，作为中国社会主体的农民如何改造自身以适应这一转型；最后，在艺术形式上，山药蛋派作家追求文艺的大众化，借鉴改造传统的民间曲艺形式进行小说创作，叙述重于描写，追求情节的巧设，头绪简单而首尾完整，吸收民间口语，语言通俗幽默。

① 李国涛：《且说“山药蛋派”》，载《光明日报》，1979-11-28。

一、赵树理和西（戎）李（束为）马（烽）胡（正）孙（谦）

20世纪40年代，赵树理在《在延安文艺座谈会上的讲话》精神的鼓舞下，创作了《小二黑结婚》、《李有才板话》、《李家庄的变迁》等作品，获得了很高的声誉。新中国成立后，他继续延续着延安时期的艺术风格，创作了《登记》、《求雨》、《“锻炼锻炼”》、《套不住的手》等短篇小说和长篇小说《三里湾》，长篇评书《灵泉洞》（上部）、特写（或传记）《实干家潘永福》。赵树理在“十七年”时期所创作的小说，大多依旧以山西农村为取材背景。他深入现实生活寻找其小说的主题，农村工作中出现的问题、农村的各种积极和消极的变化是他小说中所要反映的内容。作为一个高度自觉的革命文艺工作者，赵树理追求一种既能够让农民“听起来过瘾”，又能让他们从中接受政治教育的文学。这需要处理农民长期积淀下来的传统心理（比如个体发家）与现实政治的关系，即如何将这些社会心理放置在历史现实（新的农村生产关系）与政治动员（比如平等观念、集体合作观念）面前，使其发生改变，符合政治的要求。在政治与物质两个层面来刻画农村人物形象，这正是当代文学农村题材叙事所要解决的核心问题。因此，在政治和艺术之间的“空隙”比较宽松的时候，赵树理的农村叙事被当作“经典”来处理；但当这种“缝隙”一旦收束变窄，赵树理小说就因其对阶级斗争的暧昧处理而遭到否定和批判了。赵树理悲剧的原因就在于这里，对赵树理解读之难或许也在这里。

《三里湾》是新中国成立后第一部反映农村合作化运动的长篇小说，小说描写了三里湾秋收扩社、整社、开渠的过程，以三对青年男女（灵芝和玉生、玉梅和有翼、小俊和满喜）曲折的恋爱经历为线索，展示了几个农村家庭对合作化运动的不同态度及他们在新的社会与时代氛围中的转变。作品善于在对比陪衬中突出人物个性，并由此塑造出一系列性格鲜明的人物形象。赵树理喜欢把笔下人物性格的某一方面突出化，然后取一个恰当的绰号，这个绰号既是作品民间特色的体现，又是作者对民间人物生存状况的把握。“糊涂涂”、“常有理”、“惹不起”、“铁算盘”这四个绰号人物的共同特点是自私自利，这是中国长期封建制度下农民对物质财富渴望的反映，赵树理认为这是中国由传统社会向现代社会转型中必须要加以改造的农民缺陷。但是，乡村的物质欲望却以顽强的方式显现出来，希望革命回应他们的吁求，这种思考，在60年代赵树理创作的短篇小说中有所体现。在《套不住的手》、《实干家潘永福》中，作者对当时农村政策所带来的破坏深感忧虑，所塑造的陈秉正、潘永福等老一辈农民形象，显示出作者对农民物质欲望的尊重。作品对“糊涂涂”等人的自私自利的批评，对体现在王玉生、范灵芝等青年农民身上的无私、纯真的赞颂，给合作化运动以合情合理的情感支撑。在作者看来，尽管可以对“糊涂涂”等人的物质欲望予以理解，但道德的净化才是人生追求的境界，合作化运动的合理性，在这种追求中获得了真正的表达。

《登记》是一部配合婚姻法宣传的小说，描写张家庄张木匠和妻子“小飞蛾”的女儿艾艾与农村青年小晚的爱情故事。小说以一枚罗汉钱为情节枢纽，串联起两代妇女的命运，结构精巧而颇具悬念。大团圆结局与日常叙事在一定程度上消解了作品的沉重，但读者还是能领略到土改后农村的严峻现实和作者对青年男女爱情遭遇的同情和理解。但对张木匠的妻子“小飞蛾”的描写，作者囿于自己认识的局限，人物身上所蕴含的文化意味没有成为作品烛照的中心，这消解了作品的深度。《“锻炼锻炼”》叙述两个绰号为“小腿疼”、“吃不饱”的农村妇女在集体生产中如何要奸弄巧最后得到教育的故事，但从作者加以歌颂的“社会主义新人”杨小四教育落后分子的方法上，可以看到作者从民间物质话语出发所揭示出的“左”倾政治之下人际关系的某些特征。在物质贫乏的农村，物质的占有和失去体现出了权力的本质，权力关系是农村中最基本的人际关系，这种权力关系往往以道德伦理的冲突来体现。

赵树理以他的创作实践，为中国文学做出了如下贡献：第一，赵树理的“评书体”小说，在民间评书和欧化的“新小说”之间建立了一座桥梁，为“五四”以来的“文学大众化”运动做出了努力，推进了现代小说的民族化和群众化进程；第二，建立了一种清新平易、自然俭省、幽默生动的大众化语言；第三，在他的带动和影响下，形成了一个在当代文坛颇具影响的文学流派；第四，更重要的是，他对农民的挚爱与乡土的眷恋，他自觉地以“农民式”的文化身份来从事创作，这使得他能准确地发现并表达农民的内心世界、情感生活、审美心态及思维方式，把现实政治诉求放置在家长里短的日常故事中进行叙述，这或许限制了作家的创作视野，但拉近了文学与民众之间的距离，把文学还给了人民。

新中国成立后，西戎除创作电影文学剧本外，出版的短篇小说集有《谁害的》、《麦收》、《终身大事》、《姑娘的秘密》、《丰产记》等。通过农民的日常生活反映新旧思想的矛盾，在诙谐幽默的氛围中揭示严肃的主题，注意人物形象的刻画，这些是西戎小说的主要特点。其中《宋老大进城》塑造了一个热情淳朴、乐于助人、热爱集体的新农民宋老大的形象；《赖大嫂》则是一篇当时与赵树理的《“锻炼锻炼”》一样因写“中间人物”而受到批判的小说，它描写的是一个普通的农村妇女赖大嫂在公社化生活中所经历的令人啼笑皆非的故事。从客观上来说，赖大嫂养猪三起三落的经过，反映了农村经济政策多变，影响了农民的生产积极性，但实际上，这篇作品不是“干预生活”的作品，而是集中笔力描写了赖大嫂的个性特征，塑造了一个事事精明算计、不肯吃亏的农村妇女形象。作品把政策调整的诉求融化在夫妻的一场吵闹中，充满了幽默风趣，具有浓厚的生活气息。

新中国成立后，马烽的作品写得简短精练、通俗易懂，重视故事性，注重情节的布局、构思的精巧。许多作品往往讲完了故事，也就同时完成了性格的塑造。50年代初期，创作了《结婚》、《一架弹花机》、《饲养员赵大叔》等，这些小说善于在变化的时代抓住那些体现了新的生活氛围的细节加以描绘，以讴歌农村新人新事著称。《一架弹花机》在轻松幽默的轻喜剧氛围中，表现了由传统手工业向机械化转变的时代主题，而《饲养员赵大叔》则塑造了一个热爱集体、乐观爽朗的老农民形象。在50年代末期到60年代初发表的一些短篇，则着力塑造人物性格。《三年早知道》塑造了一个脑筋灵活、自私自利、要奸取巧、爱当事后诸葛亮的最后被改造过来的中农赵满屯的形象，《我的第一个上级》塑造了一个平时疲沓、关键时候却果敢坚决的田局长，《老社员》则塑造了一个凡事一丝不苟、不怕得罪人的贺老栓。这些人物都给人以深刻的印象，在当代小说的人物画廊里至今仍有着鲜活的生命。

此外还有如李束为（1918—1994），原名束学礼，山东东平县人。有短篇小说《老长工》、《好人田木瓜》、《春秋图》，报告文学《南柳春光》、《更上一层楼》等，“文化大革命”后以创作散文和报告文学为主。胡正（1924— ），原名胡振邦，山西省灵石县人，有反映农业合作化运动的长篇小说《汾水长流》、短篇小说集《七月古庙会》、中篇小说《鸡鸣山》、报告文学集《七月的彩虹》等，“文化大革命”后有《几度元宵》、《重阳风雨》、《那是一只灰猫》等短篇小说发表。孙谦（1920—1996），原名孙怀谦，山西省文水县人，著有短篇小说集《伤疤的故事》、《南山的灯》，还写有《葡萄熟了的时候》、《丰收》、《泪痕》、《咱们的退伍兵》等电影文学剧本。

二、“山药蛋派”的地域文学意义

在新时期文坛上，“晋军崛起”是一个重要的文学现象，创造了“山药蛋派”之后山西文学的再度辉煌。文学晋军包括成一、张石山、韩石山、柯云路、李锐、张平、郑义等一批作家，他们在继承山药蛋派传统的基础上，又有所开拓和创新。他们如山药蛋派的前辈作家一样，对社会和人生有着自己的血肉体验，并且能以理性的思辨力去观察和分析。与“山药蛋派”作家相比，他们能以更宏阔的眼光、宽广的视野来审视带有普遍性的问题，作品呈现出一种浓郁的忧患意识，增添了一份历史的厚重感。同时，在艺术上，不再拘泥于传统的艺术形式，而借鉴、吸收西方的小说手法，其小说结构显得错综复杂、丰富多变。但以赵树理为代表的山药蛋派所奠定的写作传统，如关注和揭示现实生活中的问题，思考中国在由传统社会向现代社会转型过程中如何改造农民身上所存在的弱点，依然为晋军所遵循，同时，前辈作家所形成的体察民情、关心民族前途与普通群众命运、紧扣时代脉搏的这个传统依然在晋军作家的创作中延续着。

成一（1943—　），原籍河南济源，出版有小说集《远天远地》、《外面的世界》等。他力求从农民的视角观照历史，写出历史中人的命运。张石山，1947年生于山西太原，他的小说大多以农村生活为背景，反映农民的历史变迁和命运沉浮。80年代中后期，他主要创作了被称为“仇犹遗风录”的系列小说。这些作品展现了一个家族从土改直至改革开放的几十年中的命运变迁，把批判的矛头直指愚昧落后的传统观念和封建专制的家长制度，为读者提供了一幅认识当代中国农村社会的艺术画卷。在艺术表现上，张石山的小说，故事情节跌宕起伏，人物性格鲜明，有很强艺术感染力。李锐（1950—　），祖籍四川自贡，1969年自北京到山西吕梁山区插队落户，1986年起陆续发表总题为“厚土——吕梁山印象”的系列短篇小说。“厚土”系列没有了“山药蛋派”小说的轻松幽默，而是深沉含蓄，但对农民精神素质的审视是一样的。它以冷峻的现实主义笔触，展示出吕梁山区贫困落后、闭塞凝重的生活和农民在这种生活状态下麻木守旧的心理状态，显得更加忧愤深广。张平（1954—　），山西新绛人。从《天网》开始，张平创作了一批直面现实，关注改革开放中所出现的矛盾和问题，反映老百姓的疾苦与呼声的长篇小说，如《抉择》、《十面埋伏》等，在社会上引起强烈反响。他的大部分作品使用的是传统手法，注重悬念设置与情节安排，很适合读者的审美口味。其他诸如韩石山、柯云路等作家在当代中国文坛上也有着不俗的表现。

山药蛋派对新时期文学深远而广泛的影响，充分说明它是一个具有强大生命力的艺术流派，它成功的艺术经验和反映现实的深刻性，对今天的小说创作仍具有指导和借鉴作用。

第二节
柳青及其《创业史》

新中国成立后，柳青曾任《中国青年报》编委和副刊主编，1952年5月，到陕西省长安县皇甫村落户，时间长达14年之久，经历了合作化运动的全过程。这期间创作了中篇小说《咬透铁锹》（收入集子时更名《狠透铁》）、特写《皇甫村三年》和具有里程碑意义的长篇小说《创业史》。1978年病逝。

柳青的《创业史》是一部自觉实践社会主义现实主义创作方法、探索中国农民历史命运和生活道路的多卷本长篇小说。原计划写作四部，但因“文化大革命”发生，写作计划被迫中断。

可以这样认为，在50—70年代中国文学的现代农村叙事中，赵树理和柳青可以代表温和与激进的两翼。在赵树理小说中被暧昧处理的阶级斗争主题，在《创业史》中得到了凸显。对比《三里湾》和柳青的《创业史》，可以发现在赵树理那里被回避的“阶级斗争”恰恰成为《创业史》（第一部）中“农村叙事”的开端：富农郭世富的盖房并没有像赵树理那样仅仅被处理成物质事件，而是具有象征意味，是农村阶级分化的征兆。在柳青的《创业史》里，梁生宝互助组的诞生和巩固过程，就是农村两条道路斗争的展开过程。

《创业史》所讲述的是一个“唤醒”的故事，在作品的人物系列中，这个主题是由作者所精心塑造的“社会主义新人”典型——梁生宝来承载的。因此，把“梁生宝”写好，是《创业史》的重大主题，也是当代文学中的重大主题。社会主义文学的任务之一，就是令人信服地描绘出新人的清晰面貌，呈现其成长的精神历程。作品比较详细地描写了党对农村生活的介入，两条道路斗争使得梁生宝这个农民的精神面貌和对未来的期许发生了根本的改变，走向了觉醒——具有强烈的共产主义信仰和行动来源意识。通过这样的农村叙事，《创业史》把一个关于农民的生活叙事转化为党的政治叙事，为党的农村政策提供了合法性来源，并承担着“唤醒”更多的农民走梁生宝道路的教育功能。在对反面人物的政治道德化描写中，与“土改小说”相比，作者的突破不是太多。“中间人物”梁三老汉是作品中最富有历史厚重感的人物，有着几千年个体农民的历史沉淀。在这个淳朴、天真、勤劳的农民身上，有着中国农民长期贫穷下对财富的强烈渴望，这是他的个体发家道路与梁生宝的合作化道路冲突的焦点。作品的最后，他在现实的物质面前解决了他和梁生宝的矛盾，而物质愿望的满足也为社会主义道路的合理性提供了支撑。

梁生宝形象是在历史的呼唤下“出场”的，他因契合当时对社会主义新人的想象而得到高度评价，但争议也随之而起，争论的焦点就在于知识分子应该如何想象与言说农民。严家炎认为梁三老汉是比梁生宝更具典型性的人物形象[①]，但这受到包括作家在内的大多数批评家反对[②]。这个争论，在新时期这个变化了的时空环境下继续延续着[③]，"梁生宝"所依托的农村合作化运动遭到了历史性的解构，作者的主观愿望与现实效果之间存在着一个巨大的反差。历史的"吊诡"使以《创业史》为代表的合作化小说陷入了"尴尬"之中，特别是这种合作化的最高形式人民公社到最后成为贫穷的原因时，这种尴尬就更突出了。

《创业史》不是一部记述合作化运动的历史著作，它写的是"生活的故事"，社会主义关于未来的幸福承诺激动着具有作家和党员双重身份的柳青，他在"社会主义革命"即合作化运动的框架里来叙述农民的生活故事，表达自己对农民的理解和对人世的体察。梁生宝是一个社会主义理性话语与人物情感统一起来的新人典型。作品通过梁生宝艰苦创业的"生活故事"，描述了各种农民与贫穷抗争的"创业"艰难，突现了梁生宝身上最可宝贵的品质：善良。这种对底层人物生活命运的关注和物质欲望的尊重使梁生宝形象充满着深切的人文关怀，把社会主义理性话语与传统的人情伦理统一起来，在细致的日常生活叙事中显示了"鸡毛上天"的可能性。在这里，柳青把笔下的梁生宝写成了"新式的好人"和"旧式的好人"的综合[④]，《创业史》是"要向读者回答的是中国农村为什么会发生社会主义革命和这次革命是怎样进行的"[⑤]。但丰富充盈的描写穿越了作者对人物的阶级预设，细致地展现了人性与人情。梁生宝身上确实套着一个阶级斗争的框架，即使这框架倒了，生活故事的生动性和魅力依然存在[⑥]，梁生宝形象依然具有美学冲击力和和对心灵的震撼力。在与政治气候协调的大框架里，柳青艰难地持守着文学的艺术品性，为自己设置了很高的艺术指标。他扎根农村 14 年，在生活的底层触摸历史，把宏伟的结构和精细的描写相结合，在波澜壮阔的历史进程的描写中，将艺术的笔触伸向生活的深处，极具生动性和质感性的细节描写在作品中俯拾即是。深厚的生活底蕴，真诚的写作态度，使得作者对渭河两岸的地域风情非常熟悉，在《创业史》中，被提炼了的农民口语、淳朴的田园风光、平实的农民生活、关中的民风民俗，使作品充满了浓郁的地方色彩。

当把《创业史》对农民的言说和想象方式置于整个现代汉语文学史上时，足可看出《创业史》在文学发展史上的枢纽意义。鉴于中国由传统社会向现代社会转型的历史任务，在 20 世纪中国现代汉语文学史上，对农民的言说是作为一种民族拯救的话语在文学中出场的。在以鲁

---

① 参见《〈创业史〉第一部的突出成就》，载《北京大学学报》，1961（3）；《谈〈创业史〉中梁三老汉的形象》，载《文学评论》，1961（6）；《关于梁生宝形象》，载《文学评论》，1963（3）；《梁生宝形象和新英雄人物创造问题》，载《文学评论》，1964（4）。

② 批评邵荃麟、严家炎观点的文章，除柳青的《提出几个问题来讨论》外，尚有艾克恩：《英雄人物的力量》，载《上海文学》，1963（1）；冯健男：《再谈梁生宝》，载《上海文学》，1963（9）；蔡葵、卜林扉：《这样的批评符合实际吗？——与〈关于梁生宝形象〉一文商榷》，载《延河》，1963（10）；朱寨：《从对梁三老汉的评价看"写中间人物"主张的实质》，载《文学评论》，1964（2）；姚文元：《使社会主义蜕化变质的理论——提倡写"中间人物"的反动实质》，载《解放日报》，1964-12-14。

③ 参见宋炳辉：《"柳青现象"的启示——重评长篇小说〈创业史〉》，载《上海文论》，1988（4）；罗守让：为柳青和〈创业史〉一辩》，载《文学评论》，1991（1）；李运抟：《中国当代文学与伪现实主义》，载《文艺争鸣》，2000（5）。

④ 参见解志熙：《"别有一番滋味在心头"——新小说中的旧文化情结片论》，载《鲁迅研究月刊》，2002（10）。

⑤ 柳青：《提出几个问题来讨论》，见山东大学中文系编：《中国当代文学研究资料·柳青专集》，283 页，济南，山东大学出版社，1979。

⑥ 参见刘纳：《写得怎样：关于作品的文学评价——重读〈创业史〉并以其为例》，载《文学评论》，2005（4）。

迅为代表的思想启蒙话语中，农民作为一个愚昧、麻木、保守、落后的群体而成为国民劣根性的典型，开启了现代文学对农民进行言说与想象的文学传统。20世纪30年代的左翼文学文艺大众化运动显示出了建立一种不同于“五四”方式的努力，出现了茅盾的“农村三部曲”，在这些作品中，农民已经作为革命的主体出现在新文学中。但这种努力的完成，是在40年代的延安，特别是在毛泽东的《在延安文艺座谈会上的讲话》发表以后。赵树理的《小二黑结婚》是一个标志性事件，从而开创了一种对农民的新的知识谱系。这种方式在周立波的《暴风骤雨》、丁玲的《太阳照在桑干河上》等土改小说中继续发展。新中国成立后，党领导农民走社会主义道路，对农民而言，土地改革是一场内在的革命，农民是这场革命的主体，对土地等的追求为革命提供源源不断的动力。但在物质贫困基础上的社会主义革命中，农民却成了革命的对象，要他们交出包括土地在内的生产资料，要将他们建立在私有制上的发家欲望连根铲除。这场革命对农民的冲击力是巨大的，政治迫切需要文学塑造能体现社会主义本质的农民典型，来对农民进行社会主义革命的启蒙，土改中关于农民的言说方式已经不能适应新形势的需要。因此，《创业史》这部描述农村合作化运动的“史诗性著作”虽然最终没有全部完成，却因回应了时代的要求，一举奠定了同类题材小说的基本写作方式，被认为代表了“十七年文学”中农村题材长篇小说的最高成就。在革命史所要求的对农民的言说与想象中，梁生宝形象是必然要“登场”的。尽管在《创业史》之前，已经有过赵树理的《三里湾》、周立波的《山乡巨变》的努力，但在本质化、典型化方面无法与《创业史》相比。

将《创业史》置于现代汉语文学史中，可以发现，《创业史》建立了不同于鲁迅的关于农民的言说和想象方式，而真正的“中国农民”就存在于这样的言说和想象之中，这就是《创业史》的意义所在。

在当代文坛上，陕西文学是中国文学的重镇。柳青等第一代作家以他们的创作和对文学的忠诚为陕西文学奠定了良好的传统。

第三节
周立波与其他乡村叙事

在赵树理等山西作家、柳青等陕西作家这两个群体之外，其他还有许多作家都参与到农村题材的创作中来，形成了“十七年”农村小说的繁荣，取得较大成就者有周立波、李準、王汶石、浩然等。

周立波在1951年，到北京石景山钢铁厂生活和工作，创作了以工业战线为题材的长篇小说《铁水奔流》。1955年回家乡落户，参加农业合作化运动，于1957年和1959年先后完成了《山乡巨变》的正、续的创作，同时还发表了许多短篇小说，后结集为《禾场上》和《山那面人家》两个集子。1978年发表《湘江一夜》，获全国优秀短篇小说奖。1979年病逝。

《山乡巨变》以50年代中期发生在全国农村的合作化运动高潮为大背景，讲述了湖南省清溪乡农民组织农业生产合作社的过程，刻画了一系列栩栩如生的农民和农村干部形象，表现了这场运动在党内和党外所经历的曲折反复的斗争。对于合作化运动中的新人，作者对他们进行了某种程度上的“祛魅化”书写，既写出他们不同于一般农民的新质，又写出了他们的“人间性”特征，邓秀梅、刘雨生、“婆婆子”李月辉等这种有缺陷的新人更加具有人性化的特征。

小说中塑造得更为成功的是一些合作化运动中的“落后人物”，像“亭面糊”（盛佑亭）、陈先晋、“菊咬金”（王菊生）等。这些有着强烈发家欲望的农民，在突如其来的变革中产生了惶惑不安的心理。作者深入农民的日常生活和内心世界，以他艺术的眼睛关注着这些在合作化运动中被触及最深的人群，他们才是最能生动反映这场社会主义革命的典型形象。作品真实而生动地反映革命是如何触及农民“灵魂”的，在合作化运动的背景下讲述农家日常生活、乡村风俗民情与自然景观，充满了生活的质感，对农民的发家愿望、恋土情节和爱情婚姻寄予善良的同情。在文学政治化、政治“左”倾化的双重压力之下，周立波没有丢弃文学理念，在寻找一种可供操作的文学话语。因此，作品描绘了一幅清婉秀丽、明净爽洁的生活画面，它以邓秀梅、刘雨生、盛淑君等一批新人为核心，揭示一种社会生活中崭新的精神氛围，展现了社会政治运动进入封闭乡村后所呈现的时代变化。作家将“亭面糊”、陈先晋、“菊咬金”置于这样的生活画面中来描写，其身上的“落后性”与时代新人所体现的时代风气的差距就越发凸显出来，这种先进与落后的交锋与较量，几乎不表现为你死我活的阶级斗争，而更多地表现为和谐的对话关系，是启发而不是启蒙的关系。作者以宽厚的心态，以幽默诙谐的语调，以从容纡徐的笔触，消解了这场运动的紧张性。

在《山乡巨变》中，作家所遵循的是主流的政治观念，但作家的艺术重心在于以细致优美的笔触来描写一幅幅洋溢着生活情趣的画面。作品中的人物和故事都溶化在这充满潇湘山水气息、令人心驰神往的画幅当中，开拓出一个与政治空间不同的审美空间。周立波将散文手法糅进小说之间，不以情节的惊心动魄取胜。作品显示了作者高超的语言功力，周立波自如地运用以方言为基础的农民语言，使故乡生活小说充满洞庭农村的诗情画意，对如何克服几乎是左翼文学与生俱来的痼疾和顽症——公式化、概念化，做了非常成功的探索。整部小说意味隽永、趣味盎然，显得朴素、自然、明朗，有着“阴柔之美”。

李凖（1928—2000），河南洛阳（现河南孟津）人，蒙古族。1953年发表短篇小说《不能走那条路》，因是第一篇接触合作化运动题材的小说而闻名全国。五六十年代以短篇小说创作见长，《李双双小传》是他的主要作品，还先后创作电影剧本《李双双》、《老兵新传》、《耕云播雨》等。新时期创作的长篇小说《黄河东流去》获“第二届茅盾文学奖”。

李凖在五六十年代的作品，以《不能走那条路》、《李双双小传》为代表。《不能走那条路》描写主人公宋老定为了发家致富，一心要乘人之危买张拴的地。经过教育帮助，后来主动拿钱出来帮助张拴发展生产。作品的观念色彩明显，但作者将一个政治观念演化成一个有趣的故事，在诙谐有趣的乡村生活细节中，把合作化运动中农村生活的矛盾和斗争融入家长里短的日常生活，在人情伦理中完成矛盾的解决。这种矛盾的解决方式，尽管显得简单和过分乐观，却使作品对人物关系的描写呈现出纯净而明快的色彩。宋老定是一个过渡色彩的人物，作品重点写了他的转变。实际上作品中所塑造的新人典型是他的儿子东山，作品的否定式题目使得他没有成为主人公，但他身上所体现出来的热爱集体、坚定不移地走社会主义道路的精神为后来写同类题材的新人典型提供了某种模式。

《李双双小传》描写的是公社化后的农村生活，塑造了一个乐观爽朗、泼辣能干的妇女形象。李双双形象是对民间快嘴型女性的革命式书写，作者把传统的快嘴型女性转化为在社会主义革命中的新人典型，在磕磕碰碰的二人转式的夫妻关系中展现“公私之争”的时代主题，通过李双双这个新好人与她的丈夫孙喜旺这个旧好人的冲突，确立了革命时代的乡村伦理规范。作者在这里运用民间形式的文艺实践意义，在于作者以敏锐的艺术观察力，善于发现那些体现了一种新的生活氛围的细节。对新社会的想象来自对那些细节和生活故事的绘制，通过李双双和孙喜旺夫妇在家庭中和生产队里的冲突折射出来，幽默、风趣，洋溢着喜剧的笑声。

王汶石（1921—1999），原名王礼曾，山西万荣人，新中国成立后经常去陕西渭南农村体验生活，其创作成果是短篇小说集《风雪之夜》和中篇小说《黑凤》。“文化大革命”后除少数短篇小说之外，主要从事散文和评论写作，有评论集《亦云集》问世。能够代表王汶石创作成就和风格特色的，是他的短篇小说集《风雪之夜》，主要描写陕西渭南农村从合作化到人民公社化时期的生活变化和人们的精神风貌。《新结识的伙伴》是作者的代表作，作品通过主人公张腊月和吴淑兰在一次会议上相识，并约定相互之间开展劳动竞赛，争当先进的故事，塑造了两个性格鲜明的农村妇女形象。根据作者的介绍，他最初的构想，是通过劳动竞赛来写人们的“干劲”，但在写的过程中作者感到政治规范下的困境，觉得这样写“很肤浅，没意思”。他说：“经过这一番考虑（人们通常把这叫做主题的提炼），我原来所想的劳动竞赛，只不过成了小说的一个表面事件，我只是借这个故事的便利，来反映中国农村妇女的新的社会地位、新的命运、新的生活，来描写由于这种真正人的生活所引起的真正人的感情的大爆发。”① 这种从政治视点到文学视点的不自觉偏移，使作者更多地关注运动中人的感情和命运，在“左”倾政治提供的叙事框架中，通过生活叙事和细节充实，完成人物性格的塑造。泼辣、率真、敢想敢干的张腊月和外柔内刚、沉稳有度的吴淑兰，作品在展示她们不甘人后的“时代共性”之外，通过语言、行动的对比描写，又展示了她们的个性特征。在一个呼唤妇女走出家庭、投身社会生产的时代，张腊月和吴淑兰身上显示出一种这个时代所特有的新人气质。小说全文不过6 000来字，但作者却以其幽默诙谐的笔触，不枝不蔓，推出了张腊月和吴淑兰两个新人形象，结构严谨，气韵生动，显示了作者驾驭短篇小说的艺术才华。

浩然（1932—2008），原名梁金广，天津人。1956年发表了第一篇短篇小说《喜鹊登枝》，此后创作了许多短篇小说，长篇小说《艳阳天》和发表于“文化大革命”时期的《金光大道》奠定了他在当代农村小说创作中的地位。“文化大革命”后出版了《乐土》、《苍生》等中长篇小说。浩然的创作经历紧扣着新中国成立后农村题材小说的发展线索，他的成长经历是“根正苗红”的标准版，这使得他的早期作品，比如《喜鹊登枝》，都是表现农村的新人新事新风尚的，风格清新欢快，充满朝气；作品的主人公，大都是乡村里的青年一代，为新的时代目标所鼓舞所激励的青年男女；语言明快流畅，人物形象单纯。浩然的《艳阳天》是一部描写农村两条道路斗争的作品，这与新中国成立初期表现农村合作化题材的小说有着千丝万缕的联系。《艳阳天》的贡献在于：作者通过采取相应的艺术手段，把激进的政治观念转化为合乎情理的表达。第一，突出人物，把那些跟人物关系不大的细节减少或者删除了，如风景描写……第二，突出正面人物形象，突出主要的矛盾线，让这条线更清楚明白。……第三，故事结构上也稍有改变……第四，语言也稍加润色，特别是一些“知识分子腔和作者出来在一旁发议论的地方，只要我发现了，就全改过来……”② 由于作品有比较明确、具体的操作方法，“突出正面

---

① 王汶石：《答〈文学知识〉编辑部问》，载《文学知识》，1959（11）。

② 浩然：《寄农村读者——谈谈〈艳阳天〉的写作》，载《光明日报》，1965-10-23。

人物形象”的写作模式便逐渐成形。

但即便创作设计全面服膺政治，文学本身的艺术追求还是在顽强地追求表现。作者和他的前辈作家一样，熟悉农村生活，在《艳阳天》中，将阶级斗争和路线斗争的主题，通过日常生活的具体状态表现出来，使小说具有一定的生活质感。在刻画中农阶层人物对合作化运动的复杂心态等方面也有着生动的描写。“弯弯绕”这个形象的描写就很有特色，他是“十七年”时期农村小说中间人物塑造的又一个典型。他的身上蕴含了农民千百年来基于现实生存境况上的物质梦想，作品展示了这个梦想在革命时代面临破灭时的矛盾、犹豫与挣扎的心路历程，从而使小说获得了对现实生活的某种洞察力。“弯弯绕”为了追求物质所显示出来的狡黠、精明也使作品呈现出某种乡村喜剧的色彩，在一定程度上为小说接近或保留乡村历史的真相提供了契机。作品的中心人物萧长春，是“突出正面人物形象”的写作模式的产物，在“十七年”小说中能找到他的许多同类，是党的领导者形象的逻辑发展。一方面，在萧长春身上，作品强化了革命理想与日常生活的紧张，极力淡化他身上的人间性色彩，使这个人物形象成为一个被抽出了个性和生活基础的时代价值和阶级本质的物质承担者；另一方面，萧长春所承担的价值是人类诉求的目标，作品通过纯化手段，张扬了人类的神性一极，显示了人类通过拒绝日常来完成自我超越的努力，这使得这个形象具有了一定的艺术感染力。这种“突出正面人物形象”的写作模式在“文化大革命”时被理论化为“三突出”的创作方法，并且被官方定为唯一的写作模式。浩然在“文化大革命”时期创作的《金光大道》，其程序化程度进一步成熟，作品以合作化运动时期华北农村芳草地为背景，以阶级斗争模式结构全书，集中塑造高大泉这个新人典型。高大泉是一个如其名字一样“高大全”式的人物，人物形象已经被纯化为一个历史本质、阶级本质的载体和符号。尽管作者熟悉农村生活，使作品的场面、细节、人物都有一定程度的真实感，但因存在图解两条路线斗争的企图，作品中表现乡村生活的某些精彩段落，往往淹没在一些生硬的、刻意比附和隐喻性很强的场景里。

第四节 城市题材叙事

从新中国成立直至“文革”结束，中国当代文学在如下两个方面取得了辉煌成就：一是对农民生活的表现（中国从来没有哪个时代的文学如此集中大量地描写过农村社会）；二是民族化和民间化的艺术传统的开掘。[①] 这种情况的出现，是一个比较复杂的问题，这既与当时的主流文化对文学、城市的认识有关系，也与当时活跃在创作第一线的作家本身有关系。但在长时期的战乱结束后，中国由传统社会向现代社会转型，获得了一个和平的环境，大规模的现代化建设开始实施，城市生活必然会进入文学的视野，意识形态也在号召作家深入工厂、矿山，因此在当时也产生了一些以城市生活为题材的写得较好的小说。这些作品，如周立波的《铁水奔

① 参见陈晓明：《现代性与中国当代文学转型》，44页，昆明，云南人民出版社，2003。

流》、艾芜的《百炼成钢》、杜鹏程的《在和平的日子里》、草明的《乘风破浪》、周而复的《上海的早晨》、雷加的《潜力》三部曲、李云德的《沸腾的群山》等，继续回应着时代政治的诉求，在对城市生活的典型叙事中，塑造了一批体现社会主义新质的新人典型。

新中国成立后，艾芜于1952年到鞍山钢铁厂生活了一年半的时间，后来以此为题材创作了长篇小说《百炼成钢》。《百炼成钢》成为他此一时期最重要的作品，也是同一时期描写工业题材具有代表性的作品。小说以国民经济恢复时期的第一个五年计划为背景，描绘了工业战线生机勃勃的景象。作品在错综复杂的矛盾冲突中，着重表现以秦德贵和梁景春为代表的一代新人的道德品质，勾勒出他们投身新中国建设事业的身影，批评了工人和干部中的个人主义、官僚主义，指出炼钢的同时也炼人，新的社会制度创造新的人的主题。

作品在塑造秦德贵等新人典型的新质时，注意在具体的日常生活中来体现人物的性格，人物形象血肉饱满，故事发展生动曲折，避免了车间文学单纯写车间生产、见物不见人的通病，显得比较真实生动。比如围绕一笔护炉奖金，不同的人物就显示了不同的性格特征，“所描绘的每个生活画面都是鲜明动人、晶莹皎洁的，特别是作者剪裁题材的方法和这部作品的艺术结构和布局，非常浑融而自然；它既不脱逸生活的自然节奏，却又构成一幅丰腴的艺术境界，使读者仿佛亲历其境一般”①。但作者描写人物的视角比较单一，秦德贵的新质就集中在集体主义思想、公而忘私等道德层面上，忽视了秦德贵作为现代文化载体的特征：创造性、自主性、参与性等。而对体现在落后工人袁廷发、张福全身上的农民道德文化，仅仅把它描写成从政治觉悟低到政治觉悟高的转变，没有意识到车间文化作为现代文化的载体在当代中国的意义，没有意识到农民型工人如何向现代型工人转化的问题；而在政治道德化的视野下，把传统和现代的矛盾做了简单化的处理，掩盖了这一转变的意义。对袁廷发、张福全应该否定的是他们身上的非现代的文化而不是否定他们的低政治觉悟，这一错位的批评甚至导致用农民型文化来改造现代文化的结果。

在“十七年”文学中，现实叙事表现出了对红色历史叙事模式的认同，即和平时期的生活也用战争年代的词语加以命名，按照战争模式来思考现实，构思作品，塑造人物。这种战争模式的泛化使得当时的作品呈现出一种昂扬激越、粗犷凌厉的风格，并一直延伸到改革时期的文学创作。

杜鹏程在创作革命历史小说《保卫延安》的同时，深入到宝成、陇海、成昆铁路工地生活，创作了以此为题材的中篇小说《在和平的日子里》② 和一批短篇小说、散文、特写等。杜鹏程的短篇小说继续沿用着战争小说的模式，描写还带着战争硝烟的转业军人在新的建设岗位上发扬优良传统，忘我劳动，同时也描写新中国成立后成长起来的建设者在社会主义建设事业中所焕发出来的热情。作品洋溢着时代所特有的调子，昂扬奋发，于尺寸之间展时代风云，显得粗犷沉雄。

中篇小说《在和平的日子里》描写一对经过战争考验的战友阎兴和梁建在和平建设年代所发生的分歧。作者通过阎兴和梁建在铁路建设上的矛盾，表现了一个这样的主题：在享受和平时的温馨和安宁时，进取精神的丧失也在逐渐蔓延，如何在和平的年代继续保持战斗意志，这

① 巴人：《广阔的生活，集中的描写》，载《读书》，1958（5）。

② 《在和平的日子里》原系作者未完成的长篇《太平年月》的片段，后改为中篇小说在《延河》1957年8月号发表，由东风文艺出版社1958年9月出版单行本；此后又多次修改再版，陕西人民出版社1978年12月出版的本子为最后完成本。

是每一个新中国的建设者必须解决的问题。作品中的工程队副队长梁建就是意志消沉的具体代表，梁建的堕落说明：和平年代的考验虽然不需要战争年代的牺牲精神，但平庸生活对人的意志考验更能显示出人的坚强意志，它更加需要人加强对自我的约束力。与此相对立的是，在工程队队长阎兴这个"新人"身上，寄托了作者对问题的答案，阎兴不畏困难，迎难而上，不断向自我提出挑战的顽强精神契合了作者对时代新人的想象，寄托着对国民精神的思考。同时作品热情地塑造了韦珍、张如松等知识分子的形象，在一个时代都把知识分子当作改造对象来描写的时候，作者的勇气是可嘉的。在塑造新人时，作品将人物置于矛盾斗争中，通过人物的语言、行动、心理及他人的观察来展现人物的性格，在对比中完成人物特点的描写，比如阎兴和梁建的对比，刘子青和常飞的对比等。但也不难看到，作者在这种对比中沿用着战争文学的模式，工地与战场的区别只是使用的工具与战斗的敌人不同，这种写作模式提升了对比的紧张度，但使叙述显得不够精致。

新中国成立后周而复在上海参加对资本主义工商业的改造工作，后以此为素材创作了长篇小说《上海的早晨》（共四卷）；"文化大革命"后，主要创作有《长城万里图》（六卷）系列长篇小说。

《上海的早晨》是一部描写新中国成立后我党对资本主义工商业进行社会主义改造的四卷本长篇小说，其题材和主题都有着其他作品不可替代的意义，它为当代文学塑造了一批在社会大变革时期的资本家群像，比较真实地记录了他们在改造过程中的政治、经济活动和心理变化。在所塑造的资本家群像中，作者既注重描写其唯利是图、善于经营的共性，同时通过他们的社会交往、家庭景观、服饰穿着、内心活动、语言行为展示每一个资本家的独特性。贯穿全书的徐义德是一个塑造得比较成功的民族资本家典型。他资本雄厚，经营有方，和平的环境为他创造了发展企业的空间，在这一点上，他欢迎共产党的领导，但作为资本家，对财富的追逐使他拒绝改造，因此他想尽种种办法来反改造。另一方面，在时代的大潮面前，他无法拒绝改造。作品细腻地描写时代风云在徐义德内心所掀起的波澜，原来的城市主导力量在改造中被边缘化时的那种惶惑彷徨心理刻画得比较细致。徐义德的无力感，使我们有可能看到历史的真相：经济无法与政治抗衡，在新的时空环境下，徐义德面临着与"吴荪甫"同样的结局。

中国现代汉语文学之所以是现代的，在于它是奠基于现代城市及由此而生的城市文化之上的，城市作为现代性的产物，为小说的审美嬗变提供了新的空间。在欲望化、物质化的现代都市空间，由传统农耕文化所衍生的文学观念和审美意识，失去了它的现实依托。但依托现代城市文明的现代文学，因它的接受群体主要是以城市的主体——"学生、职员和店员为主"，在延安遭到了批评。《上海的早晨》的城市叙事，作家将笔力集中于描写阶级斗争和社会主义改造，但这些场景只不过是农村场景的空间置换，农村内容的城市版。现代城市的物质性、消费性成了资产阶级向无产阶级猖狂进攻的"污点证人"，是消极人生观的"渊薮"。沉湎于城市的张科长最终变质，给党和人民带来了巨大的损失。这种着力渲染城市及城市文明的邪恶和对它的恐惧是50—70年代文学的主流观念，城市文化曾对"五四"至40年代文学的发展发挥过重要作用，但这种作用在50—70年代则大部分消失了。因此，此时期文学日益走向公式化，技巧退化，视野狭窄。与《在和平的日子里》、《百炼成钢》等城市叙事一样，以中国最大都市上海为故事发生地的《上海的早晨》，形态质朴，艺术粗糙，手段陈旧，这正是失去城市文化依存的中国文学全面走向民间化的表现。

金敬迈（1930—　），江苏南京人，1949年参加解放军，1958年开始发表作品，其代表作品是长篇小说《欧阳海之歌》。在当代中国文学中，如何使成长中的正面主人公成为群众中的一分子而不是个人英雄，一直是一个非常困难的问题：既要让主人公成为英雄，又要使之成为“群众”之一。这一问题在《欧阳海之歌》中得到了解决，因此，当时被称为“三过硬”（林彪提出，文艺创作要“思想过硬，生活过硬，技巧过硬”）的作品。

与《青春之歌》等红色叙事一样，《欧阳海之歌》写的是一个成长主题：在和平环境下，一个名叫欧阳海的普通战士是怎样成长为英雄的。但欧阳海的典型塑造面临一个难题，欧阳海生活在和平的环境中，他的英雄成长之路，不可能拥有如前辈英雄林道静那样在战斗中、在刑场上显示自己“英雄本质”的机会，还同时拥有民族国家的宏大叙事来作依托。小说的来源是一个真实的故事，作者借助于艺术的虚构，通过欧阳海在日常生活中带有“自虐式”的考验，从而完成思想道德的净化走向圣坛，达到了如作者所说的“欧阳海想当英雄，而不是英雄；后来他知道了怎样才算是英雄，结果成了英雄反而不知道”[①]的写作目的。作者在小说中提供了一种在和平环境中塑造英雄的模式，这种模式把日常生活中的平凡小事通过修辞提升为意义“深度模式”，完成“考验—通过”的过程，如果“考验”没有“通过”，就转入“缺点—改正”过程。在这样的考验中，通常有一个意识形态助手，他在《欧阳海之歌》中具体化为一个叫曾武军的指导员，由他按照意识形态的标准检查对欧阳海的考验是否可以通过。小说没有大起大落的故事情节，就通过这样的日常考验，克服了欧阳海身上的诸如“个人英雄主义”、“不服气”等缺点，使之接受意识形态的规训成为了英雄。人的成长本是一种获得性体验，成长的完成是将自我与他者进行分离，对世界有了自己的认识与理解，但在意识形态规范下的成长仪式，却使人不断丧失对生活的体验，不断丧失自我，而仅仅是规范的载体。“欧阳海成了英雄也不知道自己是英雄”，因为成为英雄的欧阳海已经完全没有了自我意识。

【本章学习参考】

一、阅读书目

赵树理：《三里湾》、《赵树理代表作》

高捷编选：《山药蛋作品选》

柳青：《创业史》

周立波：《山乡巨变》

李準：《不能走那条路》、《李双双小传》

王汶石：《风雪之夜》

浩然：《艳阳天》、《金光大道》

艾芜：《百炼成钢》

杜鹏程：《在和平的日子里》

周而复：《上海的早晨》

二、相关文献

1. 丁帆，王世城．十七年文学：“人”与“自我”的失落．开封：河南大学出版社，1999.

① 金敬迈：《〈欧阳海之歌〉的酝酿和创作》，载《人民文学》，1966（4）。

2. 张燕瑾，吕薇芬 . 20 世纪中国文学研究·当代文学研究 . 北京：北京出版社，2001.
3. 李杨 . 50—70 年代中国文学经典再解读 . 济南：山东教育出版社，2002.
4. 刘克宽 . 阐释与重构：当代十七年文学沉思 . 西安：陕西人民教育出版社，2002.
5. 蓝爱国 . 解构十七年 . 上海：华东师范大学出版社，2003.
6. 董之林 . 旧梦新知："十七年"小说论稿 . 桂林：广西师范大学出版社，2004.

三、复习思考

1. 比较赵树理与柳青的创作。
2. 分析梁生宝与梁三老汉的现代汉语文学史意义。
3. 分析周立波小说的艺术特色。
4. 简论《上海的早晨》的资本家形象塑造。
5. 比较《子夜》与《上海的早晨》。
6. 简论《欧阳海之歌》中欧阳海成长模式在文学创作上的影响。

第三十一章
红色颂歌

1949年到1976年的政治文学时代，颂歌成为走红的诗歌现象，郭小川与贺敬之因为个人的天分与忠诚，成为时代的桂冠诗人。他们以大我自居，为时代立言，其情依时而变，贺敬之一以贯之，郭小川时有走调，但都同属于这一时代。其他诗人在他们的领唱中齐声相和，旋律几乎没有相异之处。“文化大革命”期间地下有了真的自我的诗，最后现代汉语诗歌在天安门诗歌中走向另一个时代。

本章主要评述郭小川和贺敬之及其他诗人诗作、少数民族诗歌、“文化大革命”诗歌、1949年到1976年的歌词以及天安门诗歌运动。

第一节 郭小川、贺敬之诗歌及政治抒情诗

郭小川（1919—1976），原名郭恩大，又名郭伟倜等，河北丰宁人。1937年到延安，新中国成立后在宣传和文艺部门担任各种领导工作，曾任《诗刊》编委。著有诗集《平原老人》、《投入火热的斗争》、《致青年公民》、《雪与山谷》、《鹏程万里》、《月下集》、《将军三部曲》、《两都颂》、《甘蔗林——青纱帐》、《昆仑行》等。2000年，《郭小川全集》由广西师范大学出版社出版。

郭小川在北平读中学时开始写诗，20世纪50年代中期开始的诗歌创作代表了他诗歌的成就，其创作大致上可以分为四个阶段。

1955—1956年创作的政治抒情组诗《致青年公民》是他真正登上诗坛的标志。但不久作者就认为这只是他“以一个宣传鼓动员的身份”所写的“粗制滥造的产品”①。

1956—1959年是郭小川创作“最富光彩，也最富争议的阶段”②。该期创作可分三类：一是配合政治、政策的抒情诗，如《保卫我们的党》、《县委书记的浪漫主义》等，和前期的创作并无本质区别。另两类创作有大的突破：一类是较多表现诗人个人情感和思考的抒情诗，如

---

① 郭小川：《“权当序言”》，见《月下集》，北京，人民文学出版社，1959。

② 洪子诚、刘登翰：《中国当代新诗史》（修订版），99页，北京，北京大学出版社，2005。

《山中》、《致大海》和《望星空》等；另一类是战争题材的长篇叙事诗，如《白雪的赞歌》、《深深的山谷》、《严厉的爱》、《一个和八个》、《将军三部曲》等。《白雪的赞歌》讲述一对在战事中失散的夫妻，丈夫在敌人那里饱受折磨和死亡的威胁，妻子不知其生死，在漫长的等待中忍受孤独、绝望以及“医生”给予她的爱情考验。对丈夫的爱和对事业的忠诚最终使她经受住了考验。《深深的山谷》以女性的视角讲述她与一个知识分子在战斗中相识相爱，后因对方经受不住更严酷的考验而分手，在情与理的冲突中，表现女主人公精神上成长的过程，同时也是对坚持“个人主义”的“叛徒”的谴责。这两部长诗展示了知识分子转变为纯粹革命战士过程中的欢欣、焦虑和困惑，文本存在着革命与爱情的裂痕与冲突。《一个和八个》写到革命内部“冤案”这样的当代题材“禁区”，在文艺界高层内部遭到严厉批判。它试图探寻“革命的胜利需要借助战争的手段，但不可或缺的是，人和人之间基本的同情心”① 这样一个主题。《望星空》的立意是歌颂社会主义革命和建设的伟大成就，但他又以“神秘”、“浩大”的星空为参照，发现“人间远不辉煌”。郭小川在这两类作品中所进行的独特思考，体现出那个时代难得的诗人主体意识的觉醒，所以也受到激烈非议。

60年代前期是郭小川诗歌创作的第三个阶段。由于受到严厉批判，郭小川停止了诗歌思想方面的探索，表现“继续革命、阶级斗争”，歌颂工农业战线“成就”。郭小川在艺术形式上继续探索，在“楼梯体”和“半格律体”之外，进行了“新辞赋体”和“新散曲体”的尝试，代表作品有《厦门风姿》、《乡村大道》、《甘蔗林——青纱帐》、《祝酒歌》、《昆仑行》等。

“文化大革命”开始以后是郭小川诗歌创作的第四个阶段。70年代初，他写出了《万里长江横渡》、《江南林区三唱》等作品。特别是写于1975年的《团泊洼的秋天》、《秋歌》等，一定程度上恢复了50年代中后期的创作个性，代表他这一时期的创作高度。

从某种程度上说，郭小川的所有诗歌都是政治性的颂歌，这是由他的“战士”身份决定的。作为“战士”，郭小川的诗歌在对诗歌政治功能的强调，对国际国内社会运动和政治事件的热情，演绎政治理念的艺术结构，以政论性和鼓动性为基本特征的热情而昂扬的抒情风格，与“阶级”或“人民”融为一体的抒情主人公设置，以及诗歌旋律上的回环复沓、节奏分明、声韵铿锵等方面，与时代的声音完全合拍；但“知识分子”的传统又促使郭小川对历史和现实作出自己独特的思考，这种思考溢出了当时的时代规范，却正是郭小川艺术个性的显示。虽然在这类主要创作于50年代中后期的作品中，作者“试图展现的正是一个现代知识分子通过考验走向革命的思想历程”②，但这一“历程”的完成充满矛盾和困惑。《山中》等抒情诗中经常出现的疑问句以及“我”和“我们”的混合使用就很典型。而在长篇叙事诗中，作者则把更多的笔墨集中在“生活矛盾和人的思想感情”的开掘上，就是说，在“个人—群体，个体—历史，感性个体—历史本质”③ 的对立中，作者实际上不断地在肯定前者价值的不容抹杀。与当时绝大多数诗歌几乎毫无保留地赞颂革命和战争的历史不同，在郭小川的这些诗歌中，我们经常体会到的是战争的“残忍”（《山中》），战争对人的日常生活的破坏以及它对人性、人情的戕害（主要是长篇叙事诗）。文本的实际思想、审美效果和作者的创作意图之间的裂痕，显示了郭小川诗歌文本的内在复杂性，这正是他高出同时代诗人的地方，也正是这独特的“思考”，

---

① 程光炜：《中国当代诗歌史》，134页，北京，中国人民大学出版社，2003。

② 同上书，133页。

③ 洪子诚、刘登翰：《中国当代新诗史》（修订版），99页。

使郭小川的激情抒发多了一点沉郁和内敛。文本的裂痕在他晚期的《团泊洼的秋天》、《秋歌》等诗歌中再次出现，但诗中的战斗情结和对毛泽东无保留的歌颂，都说明郭小川始终没能超越时代的局限。

贺敬之（1924— ），山东峄县（今枣庄市）人，别名贺进，笔名艾漠。1940年去延安，入鲁艺文学系学习。50年代以后，在戏剧、文学部门担任领导工作。除诗集外，贺敬之还创作有歌剧《白毛女》（与丁毅等共同执笔）、《栽树》、《周子山》、《秦洛正》。2005年，《贺敬之文集》由作家出版社出版。

贺敬之的诗歌创作可分为两个时期。40年代的诗，除《跃动》等5首表现对"革命圣地"向往之情的诗之外，还有诗集《乡村之夜》、《并没有冬天》、《笑》、《朝阳花开》（诗集《笑》的增删本）等。50年代以后的诗集有《放歌集》、《雷锋之歌》和《贺敬之诗选》。该期的诗分两种类型：一类是短诗比较短小，时情与山水相关，内容与具体情景相关，如《回延安》、《西去列车的窗口》、《桂林山水歌》、《三门峡歌》等。一类是政治抒情长诗，如《放声歌唱》、《十年颂歌》、《雷锋之歌》、《中国的十月》、《八一之歌》等。《回延安》、《西去列车的窗口》等，有一个明显的今昔交错的构思方式，对战争年代的回忆是为了寻找推动或解决现实问题的精神力量，与郭小川的《甘蔗林——青纱帐》类似，是当时十分普遍的一种构思模式。后一类诗歌更能体现贺敬之诗歌的抒情风格，在当时影响也更大。

贺敬之属激情型诗人，受的是解放区诗歌传统教育和熏陶，信奉集体主义与英雄主义，在抒情主体"本质化"的过程中比郭小川来得更加鲜明、响亮、高亢。贺敬之的政治抒情长诗，往往以重大的社会政治事件、政策甚至领袖的号召作为抒情的起点，展开对某个政治理念的充满激情的形象化阐释。构思方式的典型特征是，在无限广大的现实和历史时空中，以抽象化的生活图景和象征性的自然物象为载体，展开以政治理念为指导的拟喻性想象和罗列式联想。同时，具有鲜明时代烙印的意象和词汇以极高的频率反复出现在相同或不同的诗中。在诗歌形式上，贺敬之经常使用铺排、复沓的手法增强抒情的气势，在"楼梯体"之外，还主动借鉴古典诗词和民歌的一些手法。由于过分听从政治和政策的意向，随着政治风向的转变，贺敬之经常删改自己的诗作，这是当代诗人主体性丧失的典型例证，可以视为一种现象。

"政治抒情诗"从渊源来看，与20世纪二三十年代的革命诗歌，抗战时期的鼓动性诗歌，艾青三四十年代的自由体诗以及"七月派"的政治抒情诗，有着思想上和艺术上的内在联系；苏联诗人马雅可夫斯基的影响则更为直接。政治抒情诗的典型样态在新中国成立初期已经出现，但"政治抒情诗"概念的出现在20世纪五六十年代之交。

"政治抒情诗"的特点首先是严厉的政治色彩，把诗歌当作直接介入社会运动或政治事件的工具，演绎现实政治、社会观点、政策常常成为它构思成篇的线索。它强调题材和主题的"宏大"，抒情主人公以阶级或集团代言人的身份进行抒情或叙述，排斥个人情感、经验的掺入。另一特点是强烈的抒情性。"为了强化情感效果，和使观念表达产生'雄辩'的气势，经常使用反复渲染、铺陈的句式和章法，并讲究强烈的节奏。"① 语言上，大量象征性意象和转喻的运用，成为它的特色之一。60年代和"文化大革命"时期，是"政治抒情诗"创作的高潮期。郭小川与贺敬之是当代"政治抒情诗"的代表诗人。

---

① 洪子诚、刘登翰：《中国当代新诗史》（修订版），97页。

第二节 其他诗歌及歌词创作

1949 年至 1957 年上半年是“十七年”诗歌的“牧歌期”。50 年代初的两三年，由于整个诗坛还处于一个调整期，诗歌界显得比较沉闷。这个时期出现的一些歌颂新中国成立的诗，如何其芳的《我们最伟大的节日》、郭沫若的《新华颂》、胡风的《时间开始了》、卞之琳的《天安门四重奏》、艾青的《国旗》等，个性化都不鲜明。1953 年到 1957 年上半年，诗坛日渐热闹。这个时期的诗人主要有三类：一类是三四十年代开始写作的“老诗人”，调整以后重新歌唱，如艾青、臧克家、田间、冯至、卞之琳、徐迟、李季、邹荻帆、沙鸥等；一类是本时期的主力，1949 年前开始创作，于本时期成名，如郭小川、贺敬之、闻捷、蔡其矫等；一类是新中国成立后走上诗坛的青年诗人，如公刘、李瑛、白桦、邵燕祥、流沙河、严阵、戈壁舟、梁上泉、雁翼、傅仇、孙静轩、未央、顾工等，他们大部分来自部队，是下一阶段的主力诗人。

这个时期诗歌在题材上有所拓展，除政治抒情诗以外，主要集中在几个方面：第一，建设题材，这一类数量最多，主要通过对工农业等各条战线上的各种场面和人物的描写，来歌颂祖国建设的新成就，但多有表面化和主题单一的弊病。第二，反映军旅生涯，特别是反映西南边陲异域风情的题材。第三，山水诗，通过对祖国山河或名胜古迹的描绘，歌颂新生活。另外还有一些国际主义题材的诗。但总的来说，所有这些题材的诗全是“颂歌”和“战歌”。

1956 年、1957 年上半年是“十七年”诗歌的“黄金时期”。诗坛涌现了一批敢于触及时弊、勇于表现生活矛盾的诗，一些诗人在表现自己独特的感受和感觉、恢复艺术个性方面做出了努力。诗歌在题材、主题和艺术风格方面都显示出一定的多样化特点。一些 50 年代以来很少动笔的诗人，如汪静之、唐祈、陈梦家、穆旦、杜运燮、饶孟侃、楼适夷等都发表了诗作。诗歌评论方面，除了“新月派”、“现代派”等诗派及其诗人得到一些介绍以外，内容也更加接近诗歌本身。

1957 年下半年到 1965 年当代诗坛的政治化进一步加强，但这中间也有起伏。1957 年下半年的“反右派运动”使大批诗人被划为“右派”而失去写作和发表作品的权利。1958 年的“新民歌运动”，诗歌成了“三面红旗”的政治宣传，诗坛浮夸风严重，“新民歌”被许多人视为新诗发展的新道路。1959 年诗坛政治热情有所冷却，但在 1960 年以更加狂热的政治热情和战斗激情重新登场，这在《诗刊》中得到了集中反映。1961 年至 1962 年是诗坛的调整期，创作界略微恢复到 1957 年以前的状态，但随着 1962 年底“千万不要忘记阶级斗争”口号的提出，从 1963 年起，政治抒情诗成了诗坛的主流，以宏观政治视角去把握题材或对具体的事物做政治的抽象已成为诗人自觉的构思方式。此外，1963 年以后的两三年里，全国各地出现了朗诵红色颂歌的热潮，各类报刊则同时大量刊发诗歌朗诵的相关评论。

“文化大革命”期间公开发表的诗，内容上多数成为极左路线的“传声筒”，格式上是五六十年代成为主流的“政治抒情诗”和 1958 年的政治性“新民歌”的粗糙变种，几乎没有艺术价值可言。“文化大革命”期间诗歌的另一种存在方式是“地下诗歌”。

一、其他诗人的诗作

新中国成立后，“老诗人”虽然经过调整，但基本上都陷入了创作困境。郭沫若新中国成立后的大量诗作，直接配合中国共产党所组织的各种政治运动和中心工作，用诗来实现一般要由传媒的“社论”、“时评”去实现的任务。[1] 臧克家新中国成立后的诗歌写作属于“欢乐颂”，热情，但平直、单薄，并没有值得重视的成绩；但他在1957年开始担任权威刊物《诗刊》主编以后的诗歌活动，很大程度上规范着当代诗歌的“本质化”趋向。冯至、卞之琳、何其芳、李广田等诗人，在五六十年代都努力尝试创作符合新时代趣味的诗歌。冯至有《西郊集》、《十年诗抄》，卞之琳有《第一个浪头》，李广田有《春城集》。卞之琳与何其芳这一时期在建立现代格律诗理论方面的探索，颇有价值。艾青新时期以前的当代诗歌大都是肤浅的颂歌，诗集《海岬上》尚有一定的艺术个性。田间这一时期的创作虽丰，但代表作《赶车传》带有致命的浮夸弊病。李季、阮章竞和张志民的叙事诗创作，显示了以民间诗歌为基础的创作在表现现代生活上的局促。曾活跃于40年代国统区的西南联大诗人群和“七月派”诗人，新中国成立后很少或不再创作，后者因政治原因几乎都失去了创作权利。

闻捷（1923—1971），江苏丹徒人，是50年代诗坛主力诗人之一，主要诗集有《天山牧歌》、《祖国，光辉的十月》、《东风催动黄河浪》、《河西走廊行》、《生活的赞歌》等，及长篇叙事诗《复仇的火焰》（第一、第二部）。《天山牧歌》以牧歌的笔调处理“颂歌”的主题，柔和、轻快、清新，通过提炼单纯而明朗的艺术形象和生活情节，抒唱了西北地区少数民族的地方风情和精神生活。比如，《苹果树下》以苹果树从开花到结果的自然历程来象征爱情从萌发到成熟的心灵历程。但《天山牧歌》的爱情、个性仍被附着于政治层面上，也没跳出当时短诗附着于“故事”的叙述陈套。《复仇的火焰》（第一、第二部）着重描述了1950年到1951年在新疆巴里坤草原发生的一场暴乱与平叛的过程，显示了闻捷驾驭长诗的非凡才华。

五六十年代的很多青年诗人都是“战士诗人”，他们的艺术观具有明显的泛政治化倾向，但对于这些曾被称为“西南边疆诗群”的战士诗人来说，异域风情和少数民族诗歌传统的滋养，多少使他们主旨单一的诗作多了一分鲜活的异域色彩，而且使一些个人情感（如爱情）的表达成为可能。

公刘（1927—2003），出生于江西南昌，1949年10月参加军队来到云南。1955年在《人民文学》上发表“带着难以捉摸的旭日的光彩”（《西盟的早晨》）的组诗《佧佤山组诗》、《西双版纳组诗》和《西盟的早晨》，受到诗歌界关注。1954—1957年出版过诗集《边地短歌》、《神圣的岗位》、《黎明的城》和《在北方》。他这个时期的诗歌感觉细腻，想象奇丽，语言清新，但总体来看，公刘的诗属于豪迈、沉雄、深沉一类。

李瑛（1926—　），河北丰润县人。诗集有《战场上的节日》、《红柳集》、《难忘的一九七六》、《我骄傲，我是一棵树》、《春的祝福》等10余部。李瑛诗的题材多与军队的生活情感有关。在他的诗中，“士兵”不仅是一种职业，更象征了一种责任、献身精神和崇高品格。李瑛的艺术感受力较为细腻，这使他表达社会政治主题的诗具有较为丰富的感性内容。其诗作以清

---

① 参见洪子诚：《中国当代文学史》，58页，北京，北京大学出版社，1999。

新、单纯、鲜明和细致见长，尤善短诗的布局和构思。

邵燕祥（1933—　），浙江绍兴人，是50年代写建设题材的代表诗人。他的诗从内在情感上去把握青年建设者的自豪感和崇高感。“远方”是他许多诗作的“中心意象”。

张永枚（1932—　），生于四川万县，也是一个“战士诗人”，最为人知的作品是《骑马挂枪走天下》。将叙述和吟咏结合是他的创作风格。张永枚是“文化大革命”期间仍能公开发表诗作的少数几个诗人之一，其间曾创作长篇“诗报告”《西沙之战》。

二、“大跃进”民歌运动

“大跃进”民歌运动又称“新民歌”运动，开始于1958年春天。其先声为1957年冬天广大农村大兴水利的浪潮中，为鼓舞群众的劳动热情，一些政治和生产口号的歌谣化。1958年2月，一些歌谣化的口号和民歌被集中在报上发表，并被称为“最好的诗”①。1958年3月22日，毛泽东在成都会议上谈到诗歌，提出在民歌和古典诗词的基础上发展新诗，以及后来被阐释为“革命的现实主义和革命的浪漫主义结合”的创作方法，并倡议在全国范围内搜集民歌。根据这一倡议，《人民日报》同年4月14日到8月2日，发表了《大规模搜集全国民歌》等数篇社论。《诗刊》也于同年第2期开始为工农兵诗歌开辟专栏，刊登大量的“新民歌”并组织评论为“新民歌”的合理性作论证。在毛泽东的倡议和中共各级党委的领导下，“新民歌”的创作和收集演成一场由领导部门发动、组织的自上而下的群众运动。

从内容上看，“新民歌”主要有以下几种：一是劳动主题，“大跃进”初期一些抒写全民苦战豪情的民歌尚不乏真诚情感，一些描写劳动场面或风光的也尚有诗情画意，但越到后来，特别是那些抒写“大跃进”辉煌战果的“新民歌”，完全成为对那股自上而下的浮夸风的迎合和助长，留下来一幅幅扭曲变形的时代画面。二是爱情主题，“新民歌”的爱情是模式化的：爱情的追求均为“大跃进”劳动中的你追我赶或“大跃进”完成了再结婚，爱情只是符号，“大跃进”及其背后的政治才是目的。三是颂歌主题，“新民歌”其实都是对总路线、“大跃进”、人民公社“三面红旗”的歌颂，最终都指向对中国共产党和领袖的歌颂。

从艺术上看，少数“新民歌”尚有诗情画意，具有一定的艺术性；但绝大部分是典型的“八股诗”、顺口溜，是极为粗糙的相互复制，极度的夸张反映出创作者艺术良知的丧失。“新民歌”是政治对民歌的利用，并非真正的民歌。

三、“文化大革命”时期诗歌

“文化大革命”文学是在对新中国成立后“十七年文学”进行全盘否定的基础上开始的。“文化大革命”主流诗歌把此前的文学一体化追求推向极端，建立起排他性极强的美学规范：题材上只能表现工农兵生活或反映“革命派”同“走资派”两条路线的斗争；主题上必须从既

① 1958年2月，诗人萧三挑选了一些代表在第一届全国人民代表大会第五次会议上发言中引用的一些歌谣化了的政治、生产口号，集中发表在《人民日报》(1958-02-11) 上，称它们是“最好的诗”。

定的政治路线和方针出发进行创作；诗歌应向“样板戏”学习，把塑造无产阶级英雄形象作为“根本任务”，人物塑造必须严格遵循“三突出”原则；创作方法上必须是“革命现实主义和革命浪漫主义”相结合；艺术技巧上，新诗只能向民歌和中国古典诗词吸收营养；在艺术风格上，只能光明、豪放，不准表现现实生活的缺陷，不准流露“悲情”，等等。

“文化大革命”主流诗歌（“地上诗歌”）主要由“红卫兵小报诗歌”和“国家出版物诗歌”两部分组成。从1966年上半年到1968年底的两年多时间里，由于文学期刊几乎全部停刊，大量涌现的由红卫兵、造反派撰写的“战斗诗”、“口号诗”主要发表在红卫兵小报和各报纸的副刊上。红卫兵诗歌采用政治抒情诗的体式，但这种广场诗把诗的政治性消费功能推向极端：诗歌的写作、阅读、表演构成了一种政治行为。“国家出版物诗歌”的作者队伍相当庞杂，但抒情主体形象多是工农兵中的一员或他们的“代言人”。尽管当时国家出版物诗歌的产量很大，但绝大多数诗篇不过是对政治的简单图解，是套语滥调的堆积。

“文化大革命”时期极端化的诗歌美学规范严重地束缚了诗歌创作，但诗歌理论界和创作界仍有少数人在寻找突破违背艺术规律的“文化大革命”诗学体系的可能性。① 尤其是“地下诗歌”的存在，使“文化大革命”时期的诗歌仍具一定的复杂性和丰富性。

“地下诗歌”是指“文化大革命”时期在主流出版物之外以“手抄本”或口口相传的方式，秘密或半秘密流通的诗歌创作。它主要由“知青诗歌”和“流放者诗歌”两个部分组成。地下状态使诗人们获得了精神上的解放，被地上诗歌放逐的“个人化”诗歌写作方式在他们的创作中得以恢复和确立。前者包括在文学青年沙龙、知青点里展开的诗歌创作，其中最有名的是由食指、多多、芒克、北岛等人组成的“白洋淀诗群”；后者是由一批被放逐到干校、牛棚、监狱的诗人写的，有穆旦、蔡其矫、牛汉、唐湜等，这部分地下诗歌代表了整个“文化大革命”时期的最高艺术水准。“地下诗歌”在思想感情、艺术方法以及写作立场等方面，直接影响了新时期的诗歌创作。②

诗歌从“十七年”走向“文化大革命”的过程，是一个诗歌不断被意识形态化的过程。内容上，政治、革命几乎成为唯一的主题；形式上，由于诗人们文化素养普遍低下和对民歌、古典诗词传统的过分强调，导致诗歌形式的混乱、粗糙、模式化和诗歌语言的“大杂烩”：这是现代汉诗的严重倒退。但对意识形态的抗拒是诗歌的本质特征之一，这就使“十七年”诗歌意识形态化的程度呈现出阶段性的特征；而且，物极必反，当大一统的“文化大革命”主流诗歌美学体系走向极端化时，瓦解也已经开始，这一体系的崩溃并非始于70年代末的拨乱反正，而是始于“文化大革命”后期，只是在当时不易被人察觉。

四、少数民族诗歌

新中国成立前少数民族诗歌关注的是生活和灵魂的苦难，内涵深沉也更具艺术美感；新中国成立后这段时期的诗歌，虽然保持了一定的民族特色，但多为时代特征鲜明的颂歌，艺术质量下降。

---

① 理论上如晓晨的《诗歌与口号——诗歌漫谈之六》（载《解放日报》，1975-12-01）等，创作上如李瑛等少数诗人的创作。

② “‘文化大革命’诗歌”部分，参照了王家平的《“文化大革命”时期诗歌研究》，开封，河南大学出版社，2004。

三四十年代开始写诗的少数民族诗人有纳·赛音朝克图、尼米希依提、艾里坎木·艾合坦木、库尔班·阿里、康朗英、康朗甩、波玉温等。

纳·赛音朝克图（1914—1973），蒙古族，30年代末开始诗歌创作，60年代曾担任《诗刊》编委。早期的作品表现对人民苦难的关切和对光明的向往。蒙古族人民新旧生活的对比，民族友谊，对中国共产党及领袖的赞颂，是其新中国成立后诗歌创作的主要思路和主题。尼米希依提（1906—1972），维吾尔族，出生于新疆拜城，30年代开始创作。他早期的诗作情绪深沉，富有哲理，善于从普通的生活场景中挖掘生命真谛。新中国成立后的创作突出“心贴着祖国跳荡”的主题。

康朗英（1903—1977）、康朗甩（1911—2006）、波玉温（1903—1966），傣族诗人。康朗英最主要的作品是写于1959年的长诗《流沙河之歌》，它和康朗甩的长诗《傣族人之歌》，主要都是以今昔对比的视角，表现傣族劳动者在不同社会的不同命运，歌颂他们告别苦难走向欢乐的生活。波玉温的主要作品是1962年出版的长诗《彩虹》，表现了傣族妇女在旧时代的苦难和在与封建领主斗争中的觉醒。

新中国成立后成长起来的诗人主要有巴·布林贝赫、铁衣甫江·艾里也夫、饶阶巴桑、汪承栋、金哲、韦其麟、晓雪、张长、包玉堂等。

巴·布林贝赫（1928—2009），蒙古族，巴林右旗人。他说：“辽阔草原的自然之美，纯朴牧民的心灵之美，摔跤手们的体态之美，是我诗歌创作的美感源泉。”[①] 他的诗赞美草原的新变化和人民勇敢质朴的性格，具有鲜明的地域色彩。蒙古族英雄史诗和民间诗歌的气质使他的诗歌粗犷、朴实、明朗，蒙古族诗人特有的惆怅和忧郁增加了他诗歌的厚度。汉文版诗集有《星群》、《命运之马》、《生命的礼花》等。

饶阶巴桑（1935— ），藏族，云南德钦县人。藏族人民命运的今昔对比，边防战士的爱国主义情操，构成了他诗歌的两个主题。饶阶巴桑想象力丰富，注重构思，回避情感、意旨的直露表达，善于刻画人的情感世界，风格细致、含蓄，有一定的独创性。诗集有《草原集》、《鹰翎集》、《西窗集》等。

汪承栋（1930— ），土家族，湖南永顺县人。其大部分诗表现藏族农奴的苦难和在新时代发生的变化，歌颂在艰苦条件下活跃在高原的垦荒者以及青藏、康藏公路的建设者。有诗集《从五指山到天山》、《雅鲁藏布江》、《边疆颂》、《高原放歌》等，创作于1963年的诗作《拉萨河的性格》获好评。

韦其麟（1935— ），壮族，广西横县人。其创作深受民族民间诗歌影响。代表作长篇叙事诗《百鸟衣》是当时根据民间传说重新创作成就较为突出的一部。长诗写古卡和依娌的爱情，和土司的斗争，歌颂劳动者淳朴的生活理想以及他们的力量和智慧。民歌中常用的复沓、铺排的形式和大量的比喻、象征手法，渲染了诗歌的浪漫色彩，同时也有对民族民间日常生活情景的描述。主要诗集有《百鸟衣》、《凤凰歌》、《寻找太阳的母亲》、《含羞草》等。

晓雪和张长都是白族诗人。晓雪（1935— ），原名杨文翰，云南大理人。苍山洱海的美丽山川景色，动人的民间传说，影响了他后来的诗歌创作。他的较有特色的诗大多与对家乡的感受记忆有关。《蝴蝶泉》、《望夫云》、《美人石》、《大黑天神》等都以民间故事为题材。张长（1938— ），原名赵培中，云南龙县人。西双版纳明丽的风光，边寨的新生活，傣族村寨的喜

---

① 巴·布林贝赫：《巴·布林贝赫诗选·自序》，北京，人民文学出版社，1983。

悦，是他的描写对象。他的诗歌同样具有西双版纳的明丽色彩和原始魅力。诗集有《澜沧江之歌》、《凤尾竹的梦》、《边寨的爱》等。

五、歌词创作

“十七年”期间，歌词创作如同其他艺术门类一样，随着政治形势的变化经历了一个坎坷的历程。当然歌曲的流行和生命力与诗歌有些不同，它有时更依赖于歌曲的旋律而不是歌词的精美。

从50年代初到1957年“反右派运动”之前，是“十七年”歌词创作的第一阶段。这一阶段的歌词以歌颂新时代、赞美新生活为主调，但题材上具有一定的多样化特征。无论是歌咏新中国，歌颂党和领袖，歌颂工农业建设，还是反映解放军的军事生活、精神风貌，还是反映青少年健康成长，甚至表现爱情的歌曲，都有一批受到广泛欢迎的作品经久流传。比如《歌唱祖国》（王莘词曲），《歌唱二郎山》（洛水词，时乐濛曲），《采伐歌》（刘佩诗词，郑律成曲），《让我们荡起双桨》、《我的祖国》（乔羽词，刘炽曲），《中国人民志愿军战歌》（麻扶摇词，周巍峙曲），《我是一个兵》（陆原、岳仑词，岳仑曲），《草原上升起不落的太阳》（美丽其格词曲），《新疆好》（马寒冰词，刘炽曲），《牧马之歌》（石夫词曲），等等。一些音乐刊物上甚至还出现了一些反映爱情生活、极富个性的抒情歌曲，具有很强的艺术冲击力，显示了作者对艺术的真诚和勇气。比如流沙河的《八月，夜雾如纱》，宋军、嘉鹏的《我想起了他》等。

1957年“反右派运动”以后至“文化大革命”以前，歌词创作总体上是由丰富滑向单一。“反右派”时期，歌词的艺术性基本上被空洞的政治口号所取代。现在还被传唱的《社会主义好》（希扬词，李焕之曲）就是直接配合“反右派”的。“大跃进”时期，假大空和粗制滥造的歌词泛滥成灾，但是在60年代初的政策调整期，又涌现出一批风格色调各异的抒情歌曲。如《花儿为什么这样红》（雷振邦改词作曲）、《九九艳阳天》（胡石言、黄宗江词，高如星曲）、《克拉玛依之歌》（吕远词曲）、《草原之夜》（张加毅词，雷振邦曲）、《拉骆驼的黑小伙》（敏岐词，张颂曲）等。从1962年底开始，“国内阶级斗争”形势紧张，除了一些歌颂领袖的之外，大量的歌词便以配合各行各业的中心任务为内容了，但60年代中期，还是有《马儿啊，你慢些走》（李鉴尧词，生茂曲）等少数具有个性色彩的抒情歌曲。歌颂领袖的歌虽然歌词往往空洞，但创作者的情感却不一定虚假，加上旋律的原因，也有很多至今传唱，如《在北京的金山上》（马倬在民歌基础上创编）、《大海航行靠舵手》（郁文词，王双印曲）等。

“文化大革命”期间，各种体裁的文艺作品几乎全部凋零，但革命的歌声却响彻云霄，出现了中国历史上特有的文化奇观——毛主席语录歌与红太阳颂歌热，《太阳最红，毛主席最亲》是其中抒情特色独特的一首。①

① “歌词创作”部分的资料，参照了晨枫的《中国当代歌词史》，桂林，漓江出版社，2002。

第三节
天安门诗歌运动

1976年1月8日周恩来的逝世是天安门诗歌运动的导火线。从4月1日到4月5日清明节，群众自发的政治抗议运动在北京、上海、杭州、南京、武汉、郑州等地掀起，并成蔓延之势。4月4日，先后到天安门广场举行悼念活动的群众就达200多万人次。他们使用花圈、挽联、标语、诗词、祭文等方式来悼念，诗歌是最主要的手段。成千上万的诗歌写在花圈上，贴在纪念碑护壁与栏杆上、广场灯柱上，挂在纪念碑南面松林中拉起的绳子上，朗诵在人群中，手抄于笔记本中流传。4月5日，群众运动遭镇压并被宣布为“反革命政治事件”，天安门诗歌被严厉查禁，不少写作、传抄、保存诗歌的人受到追查、拘禁和迫害，但还是有许多诗歌被保留了下来。“文化大革命”结束后，由童怀周[①]保存、征集和筛选的诗歌1 500多篇，编成《天安门诗抄》，由人民文学出版社出版。“四五”运动由于主要以诗歌为武器，所以也被称为“天安门诗歌运动”。

“天安门诗歌的主要内容，一方面，是对周恩来的革命功绩和品格的赞颂，表达对他的去世的哀痛；另一方面，以暗示和影射的方法，嘲讽、攻击当时政治激进派的主要代表人物。”[②]从内容来看，天安门诗歌的功能观仍未突破诗歌为政治服务的模式，而它与中国封建意识形态之间的内在承传关系倒突现了出来。发生在20世纪70年代的政治事件被理解为是清与浊、忠与奸、贤良与宵小之间的斗争，政治与道德混淆在一起。而且在群众的追悼中，周恩来也明显有被神化的倾向。天安门诗歌的创作者们缺乏清醒的主体意识，这次运动只是一次群众性的政治运动而非启蒙运动，对现代汉诗观念的革新也没什么贡献，但它却从政治上为新时期的启蒙运动和文学发展开辟了道路，因而具有巨大的社会和文学史意义。

在天安门诗歌中，旧体诗词等非新文学样式占了很大比重，其中的新诗却多粗糙、浅显和直露。可见，天安门诗歌的创作者们只是出于便利而使用诗歌这一形式，不可能具备文体上的创新意识，艺术也并非他们关心的问题。从形式上，我们倒能看出它们与民歌和准近体诗在此之前的大量出现有着某种内在联系，它们的模式便于模仿，适合未受过真正诗歌写作训练的作者使用。天安门诗歌对现代汉诗的艺术实验谈不上什么贡献。

【本章学习参考】

一、阅读书目

郭小川：《望星空》、《深深的山谷》、《团泊洼的秋天》

贺敬之：《放声歌唱》、《回延安》、《三门峡歌》

穆旦：《葬歌》

艾青：《在智利的海岬上》

① 北京第二外国语学院汉语教研室16位教师的集体笔名。

② 洪子诚、刘登翰：《中国当代新诗史》(修订版)，111页。

闻捷：《吐鲁番情歌》

公刘：《佧佤山组诗》

韦其麟：《百鸟衣》

二、相关文献

1. 洪子诚，刘登翰．中国当代新诗史（修订版）．北京：北京大学出版社，2005.

2. 程光炜．中国当代诗歌史．北京：中国人民大学出版社，2003.

3. 王家平．文化大革命时期诗歌研究．开封：河南大学出版社，2004.

4. 晨枫．中国当代歌词史．桂林：漓江出版社，2002.

三、复习思考

1. 名词解释：

政治抒情诗　“大跃进”民歌　“文化大革命”诗歌　天安门诗歌运动

2. 论郭小川与贺敬之颂歌激情与艺术个性之异同。

3. 简述“十七年”至“文化大革命”时期诗歌的发展脉络。

4. 简述“大跃进”民歌运动的发起、“大跃进”民歌的主要内容和艺术特点。

5. 简述“十七年”和“文化大革命”时期的歌词创作与政治意识形态的关系。

6. 试从内容和形式两个层面论述“天安门诗歌”的性质，并简述这一运动在中国当代诗歌史上的意义。

第三十二章
转型期的散文与戏剧、电影

进入转型期，散文创作愈加困窘，颂歌在诗歌中可以因形式而美，讲性灵的散文，则显得模式化与虚假化。本期几篇以道德动人的报告文学给人留下印象。“十七年”戏剧成为阶级斗争的工具，到了“文化大革命”，革命样板戏成为唯一的戏剧。1949年到1976年的电影，在喜剧与教化中演绎现实，而历史题材与名著改编，成为电影编剧体现天才的天地。

本章主要评述“十七年”的散文与报告文学、戏剧文学、八大样板戏及新时期以前的电影等。

第一节 散文与报告文学

一、杨朔模式与散文的枯竭

杨朔（1913—1968），原名杨毓瑨，山东蓬莱人。散文集有《亚洲日出》（1957）、《海市》（1960）、《东风第一枝》（1961）和《生命泉》（1964）等。

杨朔散文追求有二：一是内容的时代感，二是形式的诗意性。这就让他陷入两难。欲以令个人感动的真情写非个人的时代画面，形成散文诗意画面美与个人情感假的悖反，给人强烈的作文感，这是他《荔枝蜜》“梦见了小蜜蜂”、《雪浪花》老泰山赞美浪花的模式规定的。其梦其赞，都在试图突出时代主题、意识形态主题，一篇可以，多篇如此，就让散文的美与个人的真情离得太远，显得勉强，从而构成模式上的泥塘与困境。

就散文的诗意构造上看，他显出了搬山力。力图以诗人气质营构意境美；想方设法地托物言志借景抒情。《雪浪花》以海边浪花冲击礁石的执着，比喻“老泰山”人老心不老，无私奉献生命的余热，结尾部分老泰山退场的画面，既描写了金光灿烂、辉照西天的一抹晚霞，又故意渲染了老泰山带几分孩子气的天真，掐野菊花插到车上的细节，让他慢慢推着车，“一直走进火红的霞光里去”。自然景物的美、人物精神的美和作家抒情的美融汇在一幅画里。将“诗意”涂抹在所有人甚至包括那些身份、教养及语境等完全不宜的人、事、景、物上，导致情感的可疑、矫揉和刻板。既定僵化的意识形态理念、方针、路线、政策不时浮泛于所谓新人、新事、新变化、新面貌上。形式美方面，讲究结构和谋篇布局，运用显隐、疏密、抑扬、虚实、张弛等艺术辩证法，实施于文章布局，产生一种节奏、层次的美。如《樱花雨》，作者从腼腆的君子姑娘身上想到了日本的畸形繁华，进而看到饱受摧残的樱花能够笑开颜，忍受风雨，因此议论：这才是日本人民的真正品格。在《荔枝蜜》中，作家以欲扬先抑的艺术手法，一波三折，娓娓道来，写出了“我”对蜜蜂由恐惧厌恶到做梦“变成一只小蜜蜂”的感情变化，带出人事景物来。但是，这些手法用多了，难免有“散文的新八股”之嫌，即过多的“先写景物，再借喻比人，最后点明哲理、抒发情感的‘物—人—理’的‘三段结构’”①。

二、秦牧等人的散文

秦牧（1919—1992），原名林觉夫，广东澄海县人。有《星下集》、《贝壳集》、《花城》、《潮汐和船》、《长河浪花集》、《长灯街语》、《花蜜和蜂刺》、《晴窗晨笔》、《语林采英》散文集和文艺随笔《艺海拾贝》等。《长河浪花集》和《艺海拾贝》代表了他的最高成就。

在意识形态书写时代，作家都想走出讨巧的蹊径，他的路子是思想、情趣和知识的一体，即如誉之者所谓：“他善于从智慧树上采摘奇异的花瓣，经营他的‘知识’的‘花城’，形成不同于杨朔的另一种特殊的散文风格。”② 秦牧关于题材和表现形式的多样化，散文知识化、趣味化的追求，体现在《古战场春晓》、《土地》、《潮汐和船》、《花城》、《社稷坛抒情》、《在仙人掌丛生的地方》、《艺海拾贝》等作品中。

《土地》先从日常生活中对土地的感受谈起，讲述了春秋时期晋国公子亡命途中的一个关于土地的故事，紧接着又讲古代皇帝给公侯封赠疆土，19 世纪殖民主义者强迫土人跪着将泥土捧上天灵盖作为投降仪式以及华侨珍藏的“乡井土”、湛江的“寸金桥”甚至各国农民为土地所做出的世世代代的流血斗争等的故事，然后又谈到土地一旦回到人民的手里的神速变化，最后总结出“应怎样保卫我们的土地？怎样发挥每寸土地的潜力？”这样一个主题上来。古今中外，历史事实，挥洒自如，写尽了几乎关于土地的所有珍闻、杂记。既给人以知识、趣味的陶冶，又给人思想的启迪。

秦牧的散文较能体现散文的“形散神聚”的神韵；但这种神，又落入杨朔模式了。乍一看，秦牧散文太放纵了，丰富的知识、饱满的热情、畅达的说理，使他的笔如同奔马一样，纵横驰骋，有一种情溢于言、理胜于词、天马行空的气势。但这种天马行空是寓于思想控制之中的，有一根思想的红线在贯穿。再比如《社稷坛抒情》借古坛发思古之幽情，浮想联翩。文中写到五色土的含义，屈原的《悲回风》、《天问》，地球的土壤以及华北高原的形成，农民对土地的依恋和被束缚的命运，四方五行观念与古代思想家的探求，四分五裂、藩镇割据和今天祖国的高度统一等，最后又回到现实的社稷坛来：以一个历史的、民族的子孙的热情来抒唱祖国的统一和强盛。

---

① 黄浩：《当代中国散文：从中心走向末路》，载《文艺评论》，1988（1）。

② 吴周文：《杨朔散文的艺术·引论》，上海，上海文艺出版社，1984。

与秦牧散文创作风格接近的散文作家有陈残云、林遐、杨石等。他们的家乡都地处五岭之南的广东。他们的散文也多描写南方山乡秀色，将南方地域的风俗美和人情美结合起来，显示出浓厚的地域文化色彩和诗意。在50至60年代的初期，他们的散文创作曾活跃一时，有“岭南散文”的说法，代表的集子有陈残云的《珠江岸边》、林遐的《撑渡阿婷》、杨石的《岭南春》等。

三、报告文学概貌

50年代前期“英雄赞歌”式的报告文学，基本上是“延安散文”的继续，强调群体意识、“身外大事”的观照。抗美援朝是这一时期的主题。新中国第一次国际抗援的闪亮登场，极大激发了作家的心理冲动和创作热情，他们纷纷奔赴朝鲜前线，在血肉横飞、枪林弹雨中抒写了一曲曲美的赞歌。如巴金的《生活在英雄们的中间》、《我们会见了彭德怀司令员》，黄钢的《最后胜利的预告》、《在杨根思牺牲的地方》、《朝鲜——晨曦清亮的国家》，菡子的《从上甘岭来》、《和黄继光班相处的日子里》，刘白羽的《对和平的宣誓》，杨朔的《平常的人》，华山的《清川江畔》，陆柱国的《中华男儿》，白艾的《鹰》，丁晓光的《飞虎山上的五昼夜》等都是传诵一时的名作。魏巍善以极度浓缩的场景深入开掘“最可爱的人”的内在情思，以极具抒情性的议论推动作品思想和情节的深化。随着抗美援朝战争的爆发，他先后三次入朝，以通讯特写的形式，接连发表了《朝鲜人》、《火与火》、《战斗在汉江南岸》、《谁是最可爱的人》、《年轻人，让你的青春更美丽吧！》、《依依惜别的深情》等十几篇作品，影响很大。这些作品1951年结集为《谁是最可爱的人》，成为新中国成立初期报告文学最重要的创作成就。

1956年后“干预生活”的报告文学产生了很大的社会影响。随着现实生活的变化和“双百”方针的提倡，作家剔除了内在的思想顾忌，激发了勇于探索的艺术活力，开始以理性的目光来审视现实中的矛盾和历史的积弊。再加之，苏联特写作家奥维契金提出的“干预生活”的创作主张的传入，其代表作《区里的日常生活》和《在一次会议上》所表现出的敢于、善于揭露自己的缺点的思想得到了正确的评价，这些都促进了“写真实”、“干预生活”的报告文学新潮的到来。部分年轻作家们开始勇敢地面对社会生活中的矛盾、阴暗，大胆地触及和揭露，一改单纯歌颂的单调局面。秦兆阳的《两个县委书记》，刘宾雁的《在桥梁工地上》、《本报内部消息》，耿简的《爬在旗杆上的人》，白危的《被围困的农庄主席》，李国文的《改选》，荔青的《马端的堕落》等，都是坚持报告文学的真实性和现实主义原则的探索性代表作。他们分别描写了社会新生力量与官僚主义、保守主义的斗争，沽名钓誉、弄虚作假、置群众疾苦于不顾的干部作风，经济凋敝背后的对政治症结的政治经济的综合反思……50年代中后期的报告文学，作家敢于直面生活的勇气和良知值得钦佩。它恢复了报告文学所应有的对生活的揭露和批判的一面。但遗憾的是，这类“批评特写”仅仅在1956年至1957年上半年间“昙花一现”。

60年代是一个颂歌和礼赞的年代。由于政治和文化的要求，报告文学集中在歌颂与推崇道德精神、时代楷模的内容上，并渐趋一种沉稳和冷静，文学的艺术性得到了加强。代表作品有《中国青年报》记者的《为了六十一个阶级弟兄》，穆青、冯健、周原的《县委书记的好榜样——焦裕禄》，魏钢焰的《红桃是怎么开的》，郭光的《英雄的列车》，郭小川的《旱天不旱地——记闽南抗旱斗争》，房树民、黄际昌的《向秀丽》等，都是闪耀着时代精神的光辉篇章，震撼过亿万人民的心灵。从审美角度来看，这一时期的报告文学可以看作是人物报告的成熟期。大多作品强化典型人物的塑造，不再局限于对事件本身的叙述和描写，而是着眼于人物思想性格和精神面貌的表现和揭示。小说描写诸如细节描写、人物语言的个性化、心理刻画、环境烘托、情节安排、单线纵向的叙述方式等技巧也被报告文学借鉴。在表现艺术和审美格局上，有向小说和传记文学倾斜的倾向。这种倾向在一定程度上却削弱了报告文学的新闻性和批判性，甚至一定程度上影响了题材、形式、风格的多样化，渐趋偏离了现实主义原则，最后走向了“三突出”的道路。

四、《为了六十一个阶级弟兄》与《县委书记的好榜样——焦裕禄》

《为了六十一个阶级弟兄》是一篇意蕴深邃的作品。主角都是一些极普通的人物，有的连名字都没留下。但他们的所作所为却表现出极为高贵的品质，深深地刻在历史的印记里。它是一曲典型的“一方有难，八方支援”的共产主义风格的赞歌。1960 年 2 月 2 日，山西平陆发生的 61 个工人食物中毒事件，就像一只看不见的手，触动了全社会的神经。于是，我们看到了，在同一时间内，从平陆到北京，从医院到国家卫生部，从地方到空军……有关各个方面迅速行动，一起投入紧张的营救战斗，以极大的爱心和热忱全身心地抢救 61 个普通工人的生命。在艺术上，作者运用了电影的分镜头叙述的手法，把同一时间内围绕“中毒”事件所发生的诸如农村城市、天上地下、相关机关等不同的生活场景同时展开而又显得不枝不蔓。

《县委书记的好榜样——焦裕禄》为人们展现了一个堪称时代楷模的共产党人的光辉形象焦裕禄。他廉洁奉公、恪尽职守、务实奋进、体恤民情、“心里装着全体百姓，唯独没有他自己”的高贵品质和坚强隐忍的硬骨头精神，在 60 年代的中国大地上，曾扣动亿万人们的心灵。艺术上，作品善于渲染环境气氛，烘托人物内心世界；善于通过日常生活细节刻画人物顽强、无私和忘我的精神。作家从三大生活层面虚实结合多方叠映地展开对一位共产党人的抒写。具体表现为：焦裕禄与自然灾害的抗争，与自身病魔的斗争，以及与少数干部思想的斗争。在兰考这片凄凉、贫瘠的土地上，我们看到了一个催人泪下的感人身影：在大雪封门的日子，他带着救济粮款看望孤寡老人；在洪水暴发的日子，他不顾个人安危，拄着棍子察看水情……在这些看似平凡但无时不在的、多侧面、多场景的描写中，一个光彩动人的形象诞生了。显然，作者采用的是一种多线复合的艺术手法，以俭省的笔墨，在不大的篇幅内，全面真实地展现了焦裕禄这位共产党员的高风亮节。但我们也应该注意到，作者对中华民族“脊梁”式的焦裕禄的刻画，有意无意地过于拔高了人物的可望而不可即的神话性，忽视了人的实在性。这是其不足的地方。

第二节
戏　剧

一、《千万不要忘记》与《霓虹灯下的哨兵》等话剧

1962年，毛泽东发出“千万不要忘记阶级斗争”的号召，全国形成了一股“阶级斗争”话剧创作的高潮。《千万不要忘记》与《霓虹灯下的哨兵》等剧目应此需要而生。

丛深的《千万不要忘记》(剧名最初为《祝你健康》)围绕电机厂的青年线工丁少纯的思想成长，表现对年轻一代思想教育的重要性。剧本把与岳母的斗争无限上纲为与资产阶级争取接班人的斗争，是当时“阶级斗争”泛化的表现，也是斗争哲学的体现。与此类似的剧目还有张仲朋执笔的《青松岭》、马彦祥等的《夺印》等。

《霓虹灯下的哨兵》以民粹主义思想理解城市与阶级斗争。类似作品还有陈耘等的《年轻一代》、刘川《第二个春天》、白刃的《兵临城下》等。该剧由沈西蒙(1919—2006)1962年执笔创作，剧本以“南京路上好八连”为素材，描绘了刚进上海的指战员不为资产阶级香风所动，面对糖衣炮弹、内部的错误思想等进行的一场特殊的、新的战斗：大上海的解放不意味着战斗的结束，而是新的战斗的开始。拿枪的敌人暂时退居幕后，不拿枪的敌人却站到了历史的前台。他们扬言：“让共产党红的进来，不出三个月，趴在南京路上发霉、变黑、烂掉。”战士们面前的敌人，不仅是经过伪装的流氓阿飞、特务老开、舞厅老板、地头蛇、女特务，还有各种各样的“靡靡之音”与“习习香风”。习惯于在战场上冲锋陷阵的战士面对“香风”、“靡音”这种特殊的战斗，却有时显得无所适从，甚至有时被“香风”吹得昏昏然：排长陈喜丢掉了布袜子，冷淡了妻子；新战士童阿南脱下军装，擅自离开部队；班长赵大大打报告要求上前线……军队的内部斗争和敌我矛盾纠结在一起，从而使得对这种挑战的应对变得特别艰巨。然而，在关键的时刻，部队依靠党的力量和革命斗争的优良传统，取得了最后的胜利。

该剧塑造了众多性格鲜明的军人形象。连长鲁大成、排长陈喜、班长赵大大等，都有着各自的性格特征。剧本采用了明暗、虚实相结合，多线穿插的手法，有张有弛，引人入胜。

在表现现实政治斗争需要的同时，剧本反城市的民粹主义倾向，也正是“十七年”时代思潮的体现。

二、八大样板戏

“文化大革命”时期，样板戏不仅是戏剧，本身就是政治。1967年5月31日，《人民日报》为纪念毛泽东《在延安文艺座谈会上的讲话》发表25周年而发表的社论《革命文艺的优秀样板》，把现代京剧《智取威虎山》、《红灯记》、《沙家浜》、《海港》、《奇袭白虎团》，舞剧《红色娘子军》、《白毛女》，交响音乐《沙家浜》等八个剧目冠之以“革命样板戏”的

称号。

革命现代京剧《红灯记》描写的是李奶奶、李玉和、李铁梅祖孙三代，他们虽为一家，实为异姓。李玉和作为地下交通员在传递密码的过程中，被叛徒王连举出卖，与李奶奶一同壮烈牺牲。李铁梅继承遗志，虎口脱险，终于将密码送到柏山游击队。全剧充满了亲情、友情、阶级情和革命情。

革命现代京剧《沙家浜》（原名《芦荡火种》）描写的是一个地下联络员保护18个新四军伤病员的传奇故事。1939年秋，日寇对江南抗日革命根据地实行大扫荡。新四军大部队转移后，在沙家浜留下了18个伤病员。以“春来茶馆老板娘”为掩护的地下联络员阿庆嫂为了保护这些伤病员，与名为抗日救国、暗中却勾结日本侵略军的“忠义救国军”司令胡传奎、参谋长刁德一展开了一场搜捕与反搜捕的斗争，最后终于在沙家浜群众的协助下，与伤愈后的18名伤病员一起将敌人全歼在沙家浜，谱写了一曲“军民鱼水情，共歼伪敌顽”的凯歌。

革命现代京剧《智取威虎山》（根据50年代中期出现的“革命新传奇小说”代表作《林海雪原》改编，并参考了同名话剧）选择了小说最富传奇色彩的一段故事、最具传奇色彩的英雄杨子荣作为该剧的主要情节和主要人物，写他打进威虎山，活捉匪首座山雕，从而使该剧不仅具有群众喜闻乐见的传奇色彩，更具有鲜明的革命浪漫主义特征。整出戏写得惊险崎岖、险象环生、跌宕起伏、惊心动魄。以京剧的形式塑造如此具有传奇色彩的军人形象还是第一次，值得重视。

革命现代京剧《海港》（根据淮剧《海港的早晨》改编）描写一个高中毕业的青年装卸工人韩小强，因“腐朽的资产阶级思想”作怪，瞧不起本职工作，自视清高，以致发生质量事故，后经党支部书记方海珍、队长高志扬努力，挽回了损失，韩小强也在方海珍以及母亲、舅舅等的教育影响下，端正了态度。这是一部首次反映工人当代生活的戏曲。

革命现代京剧《奇袭白虎团》（根据活报剧《奇袭白虎团》几经改编而成）的主人公志愿军排长严伟才接受任务，带领侦察班，化装潜入敌后，翻山过河，摸进敌巢，直捣“白虎团”指挥部，粉碎了李成晚企图以其王牌军首都师“白虎团”为金城一线主力，强力出击，为不久举行的板门店谈判捞取资本的部署和意图。该剧塑造了志愿军的英雄形象，体现了中朝军民同仇敌忾的战斗情谊，也体现了以“做、打”见长的京剧现代戏的魅力。

革命现代舞剧《红色娘子军》（根据同名故事影片改编）表现恶霸地主南霸天的丫头吴清华，不甘为奴逃离南府，遭追击被打昏，后遇海南岛女红军连队红色娘子军党代表洪常青的指引和帮助，参加红色娘子军。在娘子军乘南霸天做寿，洪常青扮成华侨巨商入南府欲全歼顽敌之际，化装成丫头的清华按捺不住深仇，擅自掏枪打伤南霸天，这使计划暴露，南霸天逃脱。清华后经洪常青教导醒悟：“只有解放全人类才能最后解放无产阶级自己。”在南霸天伙同国民党军队进犯根据地的战斗中，洪常青为掩护娘子军主力撤退，不幸被俘就义。奔袭而来的娘子军以排山倒海之势消灭了敌人，南霸天也被清华击毙。战斗中不断壮大的娘子军在沉痛悼念战友之后又开始了新的征程。璀璨夺目的芭蕾舞美和音乐创作是该剧的主要特色。

革命现代舞剧《白毛女》（根据贺敬之、丁毅执笔编剧，马可、张鲁等作曲的歌剧《白毛女》改编而成）叙述恶霸地主黄世仁逼迫、打死佃农杨白劳，抢走喜儿，后又企图将其卖掉。喜儿逃入深山，变成“白毛女”。直到八路军解放该地，喜儿才获得新生。表现了“旧社会把人逼成鬼，新社会把鬼变成人”的鲜明主题。

交响音乐《沙家浜》是用交响音乐给京剧现代戏《沙家浜》的伴奏。唱词是“革命”的，音调是民族的。声乐依然为主体，交响乐队为情景做铺垫，对人物的刻画和气氛的渲染起了很大作用。其实被江青定为“交响音乐”的《沙家浜》是一部清唱剧。

“八大样板戏”只是“文化大革命”中的第一批“样板戏”。1968 年以后，在北京、上海、山东等地先后出现了又一批“样板戏”，如中央乐团排演的钢琴伴唱《红灯记》和钢琴协奏曲《黄河》，革命现代京剧《龙江颂》、《杜鹃山》、《磐石湾》、《红色娘子军》、《平原作战》、《红云岗》，革命现代舞剧《沂蒙颂》、《草原儿女》等。第二拨“样板戏”就其总体的艺术质量，不能和前八个相提并论。

第三节 电影文学

1949 年新中国的建立，揭开了新中国电影发展的序幕。

新中国成立之初，首先进行了电影企业的国有化改造。早在 1946 年 10 月 1 日，中国共产党领导下的东北解放区就成立了东北电影制片厂，1949 年 4 月，北平成立北京电影制片厂。新中国成立之初，全国拥有长春、北京、上海、八一这四家国有电影制片厂。1953 年全面完成对私营电影企业的改造，从根本上改变了中国电影生产的性质。当时中国电影业“全盘苏化”，沿袭苏联电影国家垄断、计划经济的模式。电影制片方针与国营生产体制相适应，时任国家电影事业管理局要职的陈波儿说：“电影艺术要表现今天的新中国，首先是剧本主题思想需要更高度和更紧密地结合全面政策，作品忽视这一点来谈表现新中国是不可能的，因为新中国的一切就是反映国家的政策。”[①] 这也可以视作新中国成立后“十七年”国产影片创作的总体精神。

电影与其他文化艺术一起被纳入国家意识形态范畴。1951 年由《武训传》引出的讨论，1964 年针对《北国江南》、《早春二月》的批评，都演变为大规模的政治批判运动，严重挫伤了电影工作者的积极性。新中国文艺领域贯彻执行“文艺为政治服务，为工农兵服务”的导向，以及“百花齐放，百家争鸣”的方针，在不同阶段深刻影响了中国电影，呈现三种叙述模式。

一、英雄叙事

新中国成立后“十七年”一共生产了六百多部故事片，其中不乏优秀作品。革命战争题

① 陈波儿：《故事片从无到有的编导工作》，载《文艺报》，第 2 卷第 1 期，1950 年。

材占据此阶段电影创作的主流。“枪杆子里面出政权”是1949年以后宣传现代革命史的重要内容，战斗英雄成为时代的骄子，表现阶级斗争和抗敌斗争，歌颂革命英雄主义和爱国主义，成为这一时期表达的主题。代表影片有《赵一曼》、《钢铁战士》、《战火中的青春》、《平原游击队》、《董存瑞》、《上甘岭》、《羊城暗哨》、《铁道卫士》、《英雄儿女》、《红色娘子军》、《野火春风斗古城》、《永不消逝的电波》、《林海雪原》、《苦菜花》、《青春之歌》等。这些影片注重塑造革命英雄人物，以及革命英雄人物独具个性的成长经历。《董存瑞》是表现革命战争与要求进步的青年个体成长关系的代表，影片塑造了一个永不服输具有勃勃朝气的个人英雄主义青年，他在革命战争中成长，最后为解放全中国献身。《红色娘子军》表现革命榜样与集体力量对妇女个体反抗的作用，吴琼花经历了从倔强反抗的奴隶到成熟的战士的过程。《青春之歌》表现革命对知识分子成长的作用，片中的林道静从朴素的进步青年到在江华等人的感召下加入党组织，成为自觉的先进分子的代表。这些影片，不约而同地把个人的成长笼罩在政治意识形态的背景下，还完好地兼及个人意志与政治集体利益，出色地协调了革命胜利的总趋势与个性性格之间的矛盾；认同革命事业的发展就是个人的成长路途，个人成长史就是进入集体事业的参与过程。《上甘岭》、《英雄儿女》是表现军队斗争生活的故事片，歌颂人民军队将士的英勇无畏，铺展了战争岁月的英雄壮举与人情温暖。银幕上洋溢着时代激情和革命乐观主义气息。值得一提的还有女导演王苹执导的《柳堡的故事》。该片在革命战争背景下叙述了战士和农家女的爱情故事，片中的苏北水乡风光衬托人物纯洁美好的情感，诗情盎然、质朴健康、独树一帜。

二、历史叙事

50年代末至60年代初，当代电影出现过一个短暂的历史题材创作的繁荣局面。以“双百”方针提出为标志的文艺政策的调整，打破了无形中形成的题材方面的禁忌，为历史题材创作的繁荣局面出现提供了可能。1951年对电影《武训传》等影片的批判，以及1957年的“反右运动”，文艺界对“干预生活”的文学思潮的批判又形成新的禁区，电影创作只能由直面人生、指陈时弊的创作而转向历史叙事，以隐喻的方式表达导演对现实多层次的体验感受。代表作有《林则徐》、《甲午风云》、《红旗谱》、《革命家庭》、《我这一辈子》、《三家巷》、《早春二月》、《舞台姐妹》、《林家铺子》、《回民支队》、《祝福》等影片，它们透过历史风云来塑造影片的主人公，最大限度地渲染了崇高悲壮的审美风格。

三、喜剧叙事

50年代初，伴随新中国的诞生，昂扬奋发的精神成为时代的主流。加以《武训传》批判，使中国电影连续几年不知所措，影人一时找不准自己的位置，只好采用喜剧的方式，用笑声超越现实社会的矛盾，表达自由与自信。五六十年代，喜剧在寻找自己适应时代的样式。其创作大体可分为两类。一类是温和讽刺喜剧：以吕班导演的《新局长到来之前》、《不拘小节的人》、《未完成的喜剧》，方荧导演的《如此多情》，毛羽导演的《球场风波》等为代表。这类作品主要对和平建设时期的不良现象，如官僚主义、损公肥私、吹牛拍马、等级至上、以貌取人等，作了适度的嘲讽。艺术表达多采用生活化的合理误会、巧合、偶然等喜剧因素制造笑料，夸张的节制运用是这些喜剧的艺术表现特征。一类是温情歌颂喜剧：代表作有沈浮导演的《老兵新传》，苏里导演的《我们村里的年轻人》，鲁韧导演的《李双双》、《今天我休息》，郭维导演的《花好月圆》，王家乙导演的《五朵金花》，谢晋导演的《大李老李和小李》，谢添、陈方千导演的《锦上添花》，桑弧导演的《魔术师的奇遇》，严寄洲导演的《哥俩好》，王苹导演的《柳堡的故事》等。这些喜剧片以现实生活为题材，表现情节人物相当生活化，善于涉及生活中的人际关系，如同志关系、夫妻关系以及工作态度、生活态度等范畴表现矛盾，重在矫正对待公私事务上的错误，结局不外乎家庭团结、夫妻和好、破私立公、改邪归正的大团圆。艺术手法上少用夸张，多取诙谐风趣表现方式，误会巧合的传统手段是引人发笑的主要技巧。重在弘扬共和国改天换地、意气风发的时代精神。另外，在文学名著改编领域也出现不少佳作。根据鲁迅小说改编的《祝福》是中国第一部彩色故事片，颇得原著精髓；《林家铺子》（根据茅盾小说改编）和《早春二月》（根据柔石小说改编）追求民族风格，影片清新素雅、情景交融。

新中国成立十周年前后推出了少数民族题材的影片。代表作有《五朵金花》、《阿诗玛》、《达吉和她的父亲》、《农奴》等。

总之，“十七年”电影继承民族电影的优秀传统，将其秉有的现实性和时代性发挥到极致，在银幕上描绘出中国历史波澜壮阔的图景。另外，在电影直接为政治服务的口号下，这个时期的电影留下许多遗憾，如题材不够多样化，缺乏对人性的深入挖掘，对电影本性研究不够等。

“文化大革命”十年电影完全中断了中国电影在既有道路上的进程，在中国电影史上形成一段触目惊心的沙漠。八个“革命样板戏”，在1969—1972年间被统统搬上银幕。这些片子的摄制过程严格奉行所谓“三突出”原则。镜头运用遵循“敌远我近，敌暗我明，敌小我大，敌俯我仰”的公式化处理。“文化大革命”后期，在周恩来、邓小平亲自过问下，电影生产进行了一定的政策调整，陆续拍出了《创业》、《海霞》、《闪闪的红星》等影片，隐隐透出一线曙光。

【本章学习参考】

一、阅读书目

散文部分：

杨朔：《茶花赋》、《荔枝蜜》

秦牧：《榕树的美髯》、《艺海拾贝》

报告文学部分：

巴金：《生活在英雄们中间》

黄钢：《朝鲜——晨曦清亮的国家》

菡子：《从上甘岭来》

刘白羽：《对和平的宣誓》

杨朔：《平常的人》

华山：《清川江畔》

陆柱国：《中华男儿》

白艾：《鹰》

丁晓光：《飞虎山上的五昼夜》

魏巍：《谁是最可爱的人》、《依依惜别的深情》

刘宾雁：《本报内部消息》

穆青、冯健、周原：《县委书记的好榜样——焦裕禄》

房树民等《中国青年报》记者集体创作：《为了六十一个阶级弟兄》

话剧部分：

沈西蒙：《霓虹灯下的哨兵》

丛深：《千万不要忘记》

电影部分：

《羊城暗哨》、《红色娘子军》、《野火春风斗古城》、《青春之歌》、《上甘岭》、《林则徐》、《林家铺子》、《祝福》、《我这一辈子》、《早春二月》、《舞台姐妹》、《回民支队》、《老兵新传》、《李双双》、《今天我休息》、《五朵金花》、《刘三姐》、《阿诗玛》、《柳堡的故事》、《农奴》

二、相关文献

1. 佘树森．当代散文之艺术嬗变．北京大学学报（哲学社会科学版），1989（5）．

2. 佘树森，陈旭光．中国当代散文报告文学发展史．北京：北京大学出版社，1996.

3. 沈义贞．中国当代散文艺术演变史．杭州：浙江大学出版社，2000.

4. 戴嘉枋．样板戏的风风雨雨．北京：知识出版社，1995.

5. 汤晨光．农村对城市的较量——在张同志与陈喜的背后．现当代文学评论，2004（2）．

6. 王元化．论样板戏及其他．文汇月刊，1988（4）．

7. 程季华，李少白，主编．中国电影发展史（第一、第二卷）．北京：中国电影出版社，1963.

8. 陈荒煤，主编．当代中国电影．北京：中国社会科学出版社，1989.

9. 封敏，主编．中国电影艺术史纲．天津：南开大学出版社，1992.

10. 舒晓鸣．中国电影艺术史教程．北京：中国电影出版社，1996.

11. 陆弘石，舒晓鸣．中国电影史．北京：文化艺术出版社，1998.

三、复习思考

1. 名词解释：

杨朔模式　“八大样板戏”　英雄叙事　喜剧片　温和讽刺喜剧　革命英雄主义

2. 评述杨朔、秦牧散文的意义与不足。

3. 用历史与艺术的眼光看《千万不要忘记》和《霓虹灯下的哨兵》的成就与不足。

4. 用历史与艺术的眼光重新审视样板戏。

5. 思考“十七年”散文与延安时期散文的关系。

6. 从“十七年”电影的发展轨迹看电影与政治的关系。

7. 谈谈“十七年”喜剧电影的叙事特征。

第三十三章

人文性的早春气候

1956年及1957年上半年，随着“百花齐放，百家争鸣”的提出，加上苏联“解冻”潮流的影响，在“乍寒乍暖”的“早春天气”① 里，中国文学出现了可喜的松动，出现了一些探索性作品。《人民文学》1956年第4期刊出的刘宾雁的特写《在桥梁工地上》，可视为1949年以来“暴露黑暗”的第一篇。随后，该刊发表同一作者的《本报内部消息》及续篇，提出改革报纸问题，引起更大震动。同年9月，该刊发表王蒙的短篇小说《组织部新来的青年人》，暴露党的重要部门里的官僚主义，同时写没有结局的爱情。一石激起千重浪，《人民文学》和一些地方刊物上，发表了一系列在思想、艺术上有突破的作品。这些作品从内容上可分为两类：一类是刘宾雁、王蒙所代表的倾向，要求“干预生活”、“暴露黑暗”，侧重文学揭发时弊、关切社会缺陷的社会功能；另一类写“家务事、儿女情”，以悲欢离合的生活故事书写个人生活及情感价值。“这些小说都以感情细腻见长，弥补了同时期文学作品情感过于粗放的不足。”② 不久，“百花齐放，百家争鸣”出现逆转，上述写作被作为“一股创作上的逆流”而遭批判。③

探索性的写作未能完全消除。即使“右派分子向党猖狂进攻的五六月间”，作为中国作协领导之一的郭小川，也写出叙事诗《一个和八个》。“这篇从未公开发表的作品成了那个时代最有名的‘异端’。”④ 到20世纪60年代初，国家政策“调整”，又提出文学多样化的要求。跟前一时期作家主体为青年作家不同，这次主要是吸取了教训的“老作家”，甚至邓拓、吴晗、廖沫沙等党内高级干部。他们的写作，具有以古鉴今的特点，或者“可以称为象征性或‘影射性’的叙述”⑤。

本章主要评述这一时期反官僚主义的创作、人性与婚恋及新诗的暗流。

---

① 费孝通：《知识分子的早春天气》，载《人民日报》，1957-03-24。

② 王文胜：《城市隐匿：“十七年文学”的文化选择》，载《粤海风》，2004（4）。

③ 参见李希凡：《从〈本报内部消息〉开始的一股创作上的逆流》，载《中国青年报》，1957-09-17。

④ 陈徒手：《人有病　天知否——一九四九年后中国文坛纪实》，182页，北京，人民文学出版社，2000。

⑤ 洪子诚：《中国当代文学史》，144页，北京，北京大学出版社，1999。

第一节 反官僚主义的创作

一、王蒙《组织部新来的青年人》

1956年1月21日，中国作家协会创作委员会小说组围绕苏联的三部小说，主要是中篇小说《拖拉机站站长和总农艺师》展开了讨论。这部小说描写了一批响应党的号召，从城市来到农村的青年人与官僚主义进行的思想斗争，反映了苏联刚刚兴起的以“干预生活”为中心的文艺思想，在中国文艺界引起了共鸣。

1956年9月号《人民文学》发表了王蒙的短篇小说《组织部新来的青年人》。内容上明显有对《拖拉机站站长和总农艺师》的效仿。小说讲述了一个对新中国和革命事业抱着单纯而真诚信仰的青年人林震，来到中共北京市某区委会组织部工作后所遭遇的矛盾和困惑，刻画了刘世吾、韩常新、王清泉等新老官僚主义和蜕化变质分子的典型形象，同时，又通过组织部新来的青年人林震的形象，展示出一种积极向上的力量。作者王蒙当年才22岁，却是具有8年党龄的“少年布尔什维克”，共青团北京市委干部。

王蒙（1934— ）的《组织部新来的青年人》引起热烈的争论，而且不限于文学鉴赏和批评的范畴。从1956年12月起，《文艺学习》编辑部先后收到有关稿件1300多篇，编辑部连续四期发了25篇，主要声音是否定。1957年1月29日，中国作协党组召开会议专门讨论这篇小说。李希凡指责小说“激烈地批评了一个党委机关，一个具体化到北京的一个区委，甚至在它隐射的锋芒上，还不止于此”①。马寒冰从“典型环境和典型性格”这一范畴出发，提出像小说描写的这样的区委会是完全不可能有的。这些批评引起了毛泽东的注意。1956年至1957年春，他多次讲话认为“小说揭发官僚主义，很好，揭发得不深刻，但很好”②。“反右运动”后小说被定性为毒草，作者被划为“右派”。

这是一部公认的“干预生活”、跟官僚主义斗争的小说。今天看来，这是纯洁的理性信念与政治操作之间的冲突。这种冲突随着政权的运行日益突出，反感这政治运行对理想信念的解构的，恰恰是没有政治经验的青年和最高的政权负责者，所以在这个意义上，毛泽东与王蒙得到了统一。王蒙的这篇小说跟丁玲在延安时期写的一直受批判的《在医院中》，有某种耦合。

二、其他作家

这一时期刘宾雁的创作，也表现了相同的主题。刘宾雁（1925—2005）长期从事新闻宣传工作，跟王蒙相比，更多理想激情、更少感伤。语言不富于变化和色彩，形象和情绪的细微捕

① 李希凡：《评〈组织部新来的青年人〉》，载《文汇报》，1957-02-09。

② 崔建飞：《毛泽东五谈王蒙〈组织部新来的青年人〉》，载《长城》，2006（2）。

捉能力，也不是他所擅长，但他善于思考。他发表于 1956 年 4 月号《人民文学》的特写《在桥梁工地上》在那时达到了空前的坦率。《在桥梁工地上》写黄河桥梁工地上，老干部、桥梁队队长罗立正与他属下的青年工程师曾刚的冲突。作品赋予罗立正的，是保守、维持现状的思想性格特征。他的工作态度和生活目标，是不遗余力地“领会领导意图”，以保护自己的地位和利益。这便与不墨守成规、要求变革的曾刚发生冲突。结局是热情洋溢的年轻工程师曾刚被调离工地。而当报道者，即文章中的叙述者阔别数月后再次造访时，发现这里的管理方式没有一丝一毫改进。“一股十分激烈的失望感忽然在我心头升起。……春风啊，你几时才吹进这个办公室呢?”同一作者的《本报内部消息》及其续篇①，写一家城市党报，在故步自封、唯领导之命是从而又作风蛮横的总编辑领导下，在一个过早衰老、明哲保身的总编室主任的经营下，办得远离生活，索然无味。年轻的记者编辑们试图改变办报方针，终归无效。一天，当实行新制度——报纸不再主要靠公费订阅而需向群众零售时，终于暴露了危机：几乎没有人想看这张报纸，它没有读者。这篇作品更尖锐，实际上提出了新闻自由的问题，反响比《在桥梁工地上》要强烈得多，它后来被批判为对新社会“采取了露骨的公开挑战的态度”②，作者被打成“右派”。

第二节
人性与婚恋

一、萧也牧《我们夫妇之间》

小说发表于《人民文学》1950 年第 1 卷第 3 期，是当代文学史上，第一篇被批判为“庸俗社会学”的小说。

萧也牧（1918—1970）的《我们夫妇之间》，写一对夫妻。丈夫李克是知识分子出身的干部，妻子张同志是贫农出身的干部。在战争年代，他们感情很好，有了一个孩子，“进城”后思想、生活逐渐拉开距离。小说写李克回到儿时成长的城市，置身于舞厅、霓虹灯、爵士乐、地毯、沙发这些熟悉的事物之间，有亲切之感，而张同志看不惯。于是两人争吵，几乎破裂。当然最后，李克觉悟到了革命感情衰退的问题，张同志也懂得了提高自己的必要。这样，他俩在新的基础上言归于好，感情加深了。这样的作品在当时有现实针对性。当时夺取政权，大批干部从山沟来到城市。城市有资产阶级的糖衣炮弹，也有其他不同于农村的特点。老革命遇到新问题，有些干部告别了过去的“糟糠之妻”。显然，《我们夫妇之间》题材是敏感的。作者说，他写《我们夫妇之间》原想“通过一些日常生活琐事，来表现一个新的人物”③。

小说发表后反响热烈。《光明日报》等四家报刊发表了推荐文章，上海昆仑影片公司将它

① 《本报内部消息》发表于《人民文学》1956 年 6 月号。“续篇”发表于 10 月号。
② 李希凡：《所谓“干预生活”、“写真实”的实质是什么?》，载《人民文学》，1957（11）。
③ 萧也牧：《我一定要切实地改正错误》，载《文艺报》，第 5 卷第 1 期，1951 年。

推上银幕。赞扬者认为“有感染力”，“写出了两种思想态度的斗争和真挚的爱情，有一定的社会意义”[①]。批判是从1951年6月开始的。陈涌认为小说“依据小资产阶级的观点、趣味来观察生活，表现生活的不健康的倾向”，“把知识分子与工农干部之间的两种思想斗争庸俗化了，歪曲了革命知识分子形象和丑化了工农干部”[②]。“读者李定中”（即冯雪峰）把萧也牧称为“高等华人”，“从头到尾都在玩弄她（指张同志）”，“以满足他玩弄和‘高等华人’式的欣赏的趣味”“这种低级趣味，有时读者会踢它一脚的，有如踢那种冲到他面前来的癞皮狗一样”[③]。这形同谩骂。

批评有规范、引导的性质，就是要从题材上把日常生活题材、男女之情从文艺领域开除。批评家取得了胜利。萧也牧发表了《我一定要切实地改正错误》[④] 一文，检查了自己的创作思想。

二、路翎《洼地上的“战役”》

路翎的《洼地上的“战役”》[⑤]，讲述朝鲜姑娘金圣姬和志愿军战士王应洪的恋爱故事，并围绕这个故事塑造了三个艺术形象——金圣姬、王应洪、王顺。路翎的小说有其鲜明的艺术特色，他一般不去追求生活事件的“外部价值”，不以惊险曲折的情节取胜，而是借助较为单纯明快的情节故事，精细地描写出典型环境中的人物的心理活动。金圣姬是个纯真无邪的朝鲜少女。在共同抗击侵略者的前沿阵地上，她萌生出对一个志愿军战士的“特殊”感情：“她爱上了纯洁的中国青年，她的一举一动都流露着，自自然然地……”并产生了对日后幸福生活的向往。她坚信“战争总归是要过去的”，憧憬重建“和平、劳动的生活”。作家用精妙的艺术笔触，表现了姑娘心中多种感情的交融变化。住在她家的战士王应洪刻苦学习侦察本领，为金圣姬母女劈柴挑水，他是那样纯净，没有觉察出姑娘对他的感情。直到班长找他谈话，他还为别人的误解委屈，同时为这种感情而苦恼。朦胧的爱情在他内心唤起“惊慌的甜蜜的感情”，但他意识到军队的纪律和战争的现实，怀着“很高的警惕”。爱情与纪律的矛盾发生了。人物在“甜蜜的感情”和高度“警惕”的革命意识之间徘徊。经过严肃的思考、斗争，最后作出正确的抉择：为了战争，绕开爱情，却珍藏起友谊。直到更勇敢地投入战斗，献出年轻的生命。班长王顺是个久经锻炼的战士，朝鲜姑娘对爱情和美好生活的向往，牵动他对妻子、儿女、家乡、祖国的深切怀念。但为了战争，他要阻止事情的继续，又不愿对美好的情感有损伤。

《洼地上的“战役”》受到批判。先是被指责为“个人温情主义”，后来上升为“大毒草”。在这场声讨中，《文艺报》单是1954年下半年和次年上半年，就发了7篇专门的批判文章。其

① 肖枫：《谈谈〈我们夫妇之间〉》，载《光明日报》，1950-07-12；白村：《谈“生活平淡”与追求“轰轰烈烈”的故事的创作态度》，载《光明日报》，1951-04-07。

② 陈涌：《萧也牧创作的一些倾向》，载《人民日报》，1951-06-10。

③ 李定中：《反对玩弄人民的态度，反对新的低级趣味》，载《文艺报》，1951（4）。

④ 萧也牧：《我一定要切实地改正错误》，载《文艺报》，第5卷第1期，1951年。

⑤ 路翎：《洼地上的“战役”》，载《人民文学》，1954（3）。

中《评路翎的三篇小说》发难于前，《路翎的反革命小说创作》盖棺定论于后。[①]

三、邓友梅《在悬崖上》

邓友梅（1931— ）的《在悬崖上》写了婚外恋体现的爱情与道德冲突的悲喜剧。男主人公“我”与加丽亚之间的感情纠葛，使一个幸福家庭濒临解体。“我”大学毕业后在工地劳动时爱上比自己大几岁的团支书，婚后生活平静。“妻”“长得秀气，笑起来很美”，政治上爱护、生活上关心自己。设计院来了一个才从艺术学院毕业的、做雕塑师的混血儿加丽亚，小伙子们争着给她献殷勤，可她和“我”接近，“我”越来越受到吸引，渐渐地回家成了痛苦，“和爱人的关系越坏，对加丽亚的感情也越浓”。最后，“我”提出跟“妻”一刀两断，跟加丽亚的关系却建立不起来：“坦白地说，我从来还没有考虑过出嫁这件事，它距离我还远得很呢！我跟你说过，我不轻易离开姑娘的地位！请你原谅！”于是“我”只有重新去找“妻”。这个故事的教训是：一个人一生的爱情生活历程，就像“参加长途竞走”，切莫“半路上贪恋一株新异的花草，忘了路标的指示”，否则就会“走起弯路来”。

小说发表后，引起热烈讨论。赞之者说：“写得真实，生动而又简洁。”[②] 争论在于对加丽亚形象有不同看法。

四、陆文夫《小巷深处》

陆文夫（1928—2005）的《小巷深处》[③]，写一个旧社会里做过妓女的女工，在新生活中追求真挚爱情的故事。占据叙事核心的是主人公徐文霞的命运遭际和复杂心灵。“很少有人知道这姑娘是做什么的，邻居们只知道她每天读书到深夜。”这位姑娘很美：“她的鼻梁高高的，眼睛乌黑发光，长睫毛；两条发辫，从太阳穴上面垂下来，拢到后颈处又并为一条，直拖到腰际，在两条辫子合并的地方，随便系着一条花手帕。”很少有人知道她的过去。她也不愿回顾那“恐惧和怨恨”的日子。从妇女生产教养院出来后，“她深藏着自身的经历……没有人提，那就让它过去吧，像噩梦般消逝吧”。她“在这条古老的巷子里住下来，这里没人打扰她”。在读书的过程中，她与他的爱情产生了。她要不要告诉他？徐文霞渴望着幸福：“要是世界上有这么一对，他们一起工作，一道回家，星期天一起上街买东西，该多好啊！”可与此同时，她不自信，也对恋人的表白犹疑：“要是你知道我的过去，你还能说这些话吗？”终于她决定坦白。于是恋人张俊的情感、思想起伏成了关键。当徐文霞讲述自己的过去后，张俊陷入巨大的彷徨和痛苦。“踌躇着，在巷子里一趟又一趟地走着。”当然最后，他想开了。终于跑到徐文霞

---

① 参见侯金镜：《评路翎的三篇小说》，载《文艺报》，1954（12）；康濯：《路翎的反革命小说创作》，载《文艺报》，1955（12）。

② 张天翼：《〈在悬崖上〉的爱情》，载《文艺学习》，1957（1）。

③ 陆文夫：《小巷深处》，载《萌芽》，1956（10）。

的门前，“那性急的敲门声，在空寂的小巷子里，引起了不平凡的回响”。

小说发表后，引起很大反响，并被选入1956年《短篇小说选》。后来江苏“探求者”文学社成为“反党小集团”。作为“探求者”成员之一，陆文夫难逃厄运，《小巷深处》也被指为“反映资产阶级趣味”的“毒草”。

五、宗璞《红豆》

宗璞（1928— ）的《红豆》，发表于《人民文学》1957年7月“革新特大号”，讲述一个革命与爱情发生冲突的故事。通过大学生江玫与齐虹生活态度、政治立场的分歧而导致的爱情悲剧，讲述知识分子在时代巨变面前选择不同的人生道路。在爱情与革命的天平上，重心倒向了后者。女主人公江玫是一个清纯可爱的大学生，“白天上课弹琴，晚上坐图书馆看参考书，礼拜六就回家。母亲从摆着夹竹桃的台阶上走下来迎接她，生活就像那粉红色的夹竹桃一样与世隔绝”。在大学二年级的1948年，两位大四学生的出现改变了她的人生道路。她的新同屋萧素“总是给人安慰、知识和力量”，让她懂得了一些朴素的革命道理，并带领她一步步加入到革命运动中。而“老像在做梦似的”齐虹，则以他在弹琴时的神采飞扬闯入她的情感世界。对音乐和文学的共同爱好，很快把他们联系在一起。作品细腻描写了江玫在两个方面的感情和活动过程。一方面在萧素的影响下，越来越多、越来越主动地参加到社会活动中，从参加诗歌朗诵会到加入学生游行，甚至走在队伍的前列；另一方面她与齐虹的感情越来越深，矛盾也越来越尖锐。“他们的爱情正像鸦片烟一样，使人不幸，而又断绝不了。”最后摊牌：究竟留在北平迎接解放军，还是答应齐虹远走美国？“心上的重压逼得江玫走投无路。”虽然，她最后跟齐虹说了“我不后悔”，可分道扬镳不等于一刀两断。即使投身革命，江玫也还是善感的。

江玫不是《青春之歌》的林道静，齐虹也不是余永泽。萧素那样的革命领路人，也跟其他小说里的女革命家有所不同。作家人性化了革命者。小说具有婉约细腻、优美典雅的美学风格，在那个时候不多见。

第三节 新诗的暗流

一、穆旦的诗

在提倡“百家争鸣、百花齐放”的形势下，诗歌界出现了暗涌的春潮。被“遗忘”的诗人穆旦有了短暂的“重现”。这时期他的诗跟他40年代的诗相比，呈现出既有断裂、更有延续的特征。前者的表现，是两首标注写于1951年的政治讽刺诗《美国怎样教育下一代》、《感恩节——可耻的债》。[①] 后者表现在趋附主旋律的同时，隐蔽而顽强地发出个人声音。代表作品是《葬歌》和《九十九家争鸣记》、《问》、《我的叔父死了》、《三门峡水利工程有感》等。

组诗《葬歌》刊于《诗刊》1957年第2期，表达个人面对时代变迁的复杂感受：“历史打开了巨大的一页，/多少人在天安门写下誓语，/我在那儿也举起手来：/洪水淹没了孤寂的岛屿……但这回，我却害怕：/‘希望’是不是骗我？/我怎能把一切抛下？/要是把‘我’也失掉了，/哪儿去找温暖的家？”从艺术上看，这可看作40年代“新诗戏剧化”的延续。全诗分三部分。第一部分以惯用的“指称分裂”的手法，把自己剖成一个“你”（旧日的自己）和一个“我”（现时的自己），通过“我”对“你”轻声诉说的口吻表露出与过去永别的愿望。第二部分是典型的虚拟戏剧化场景，包含了英诗中惯用的把“回忆”、“爱情”、“恐惧”、“希望”、“信念”等名词人格化的手法，设置不同力量对“我”的诱惑、争取。第三部分“我”的声音消去了戏剧化的成分，而与作者自己的声音叠合，用自白的语气真诚地讲述自己的心声：因为“包袱很重”，“我的葬歌只唱了一半”，并预感“有人会嫌它不够热情”。“无韵诗体、诗剧体、素体诸体式配合错落有致，其形式本身就暗示了改造中的知识分子迂回动荡的心理状况：既有作者后来所说的‘总觉得自己要改造，总觉得自己缺点多，怕跟不上时代的步伐’的诚挚，更有着一种优雅而犹疑的哈姆雷特式的矛盾。”[②] 穆旦把转型期知识分子的普遍心理诗化了。

带着这种犹疑和惶惑，诗人与当时的运动有一定距离，就像《九十九家争鸣记》。诗发表在《人民日报》1957年5月7日第八版，表面上是“不鸣的小卒”要求发言，其实有深入的反思。《九十九家争鸣记》是一个“‘中国盒子’式的镶嵌文本，主要部分是一段关于学术争鸣会议的讽刺性叙事，具有明显的现实针对性：‘争鸣’也还有一个话语权的问题”。在“主席”及其权威感制造的附从效应的控制下，“不满领导”的话被视为“人身攻击”、“立场问题”，“毫无见解”的话、“应声虫”、“假前进”成了争鸣的主角。“我”分裂为一个见证人的身份和一个“随大流”者的身份，前者不动声色地层层剥开“争鸣”的实质，后者违心地以赞叹的发言完成了一轮“争鸣”的恶性循环。“那么，又何必拿出来发表？/我想编者看得很清楚：/在九十九家争鸣之外，/也该登一家不鸣的小卒。”诗人的意图毕现，但这在当时几乎是一种梦想。《问》写出了某种写作困境：在“夜莺”离开、不能再抒写生活的悲哀之后，如何面对“原野的风”写“空中的笑声”？《我的叔父死了》由叔父死了以后自己既不敢哭也不敢笑的尴尬状态，迅速闪到孩提“过去的荒凉”和抑制眼泪的“希望”，曲折传达出对“知识分子改造”的隐秘质疑。

1957年9月号《诗刊》刊登了黎之的《反对诗歌创作的不良倾向及反党逆流》，把穆旦作为其中的一个重点“案例”来批驳。另一个批评家更严厉，把《九十九家争鸣记》定性为“对党的‘百家争鸣，百花齐放’的方针和整风运动的不信任和不满”[③]。这些批评，如果不是政治化的，那么起码是把穆旦“真诚和谨慎的质疑糅杂为一体的复杂情绪”单一化了。准确讲，

---

① 胡续冬在《1957年穆旦的短暂“重现”》中说：“耐人寻味的是发在《人民文学》上的七首诗唯独只有这两首标注了写作年代，而这一年份恰好又是穆旦身在美国、容易引起政治‘追审’的时期。”以下有关穆旦诗作评论的引文除注明外，均出于本文。

② 胡续东：《1957年穆旦的短暂“重现”》，见《新诗评论》，第1辑，北京，北京大学出版社，2006。

③ 戴伯建：《一首歪曲“百家争鸣”的诗——对“九十九家争鸣记”的批评》，载《人民日报》，1957-12-25。

穆旦1957年的这些作品透露出来的正是“丰富与丰富的痛苦”在1949年之后新的延续形式：一种在质朴的真诚和深刻的怀疑之间来回磨蚀的心态。

二、郭小川的《望星空》等

“丰富与丰富的痛苦”甚至在那时一些政治热情很高、政治意识自觉的诗人身上也有所体现。曾任作协党组副书记、以“战士”自许的政治抒情诗人郭小川的《望星空》及叙事诗《一个和八个》即是。前者发表后受批，后者未得公开发表就内部受批。

政治抒情诗《望星空》为1959年人民大会堂的落成而作，发表于当年11月号《人民文学》。从创作的初衷来说，是要歌颂“沸腾的战斗生活”：“我们要把广漠的穹窿，/变成繁华的天安门广场”，基本是那时的主旋律。但在诗歌的具体展开中，却流露出矛盾和忧郁的情绪：“呵，望星空，/我不免感到惆怅。/说什么：/身宽气盛，/年富力强！/怎比得：/你那根深蒂固/，源远流长！/……/我爱人间，/我在人间生长，/但比起你来，/人间还远不辉煌。/走千山，涉万水，/登不上你的殿堂。/……/千堆火，/万盏灯，/不如一颗小小星光亮。”毕竟，“在伟大的宇宙的空间，/人生不过是流星般的闪光。/在无限的时间的洪流里，/人生仅仅是微小又微小的波浪”。意识到这一点，诗人一贯的明朗豪迈里添加了深沉：“呵，星空，/只有你，/称得起万寿无疆！/你看过多少次：/冰河解冻，/火山喷浆！/……”诗人感到身不由己：“为了赞颂战斗的人生，/我写下成册的诗章；/可是在人生的路途上，/又有多少机缘，/向星空瞭望！/……呵，星空，/我不免感到惆怅！/于是我带着惆怅的心情，走向北京的心脏……”然后，这首诗出现了戏剧性的变化：“忽然之间，/壮丽的星空，/一下子变了模样。/天黑了，/星小了，/高空显得黯淡无光……”原来是“在天安门广场，/升起了一座美妙的人民会堂；/就在那会堂的里面，/在宴会厅的杯盏中，/斟满了芬芳的友谊的酒浆”。诗人开始歌颂“大地上的天堂”，说这是“真实的世界呵，一点也不虚妄”，“是谁说的呀——/星空比人间还要辉煌？/是什么人呀——/在星空下感到忧伤?”在这里，诗人重新成为建设者和“怀着自豪的感情”的战斗者。可前后转变不免生硬。前后一抑一扬、欲扬先抑之间，有一种当时没有的诗歌表现。显然就文本而论，《望星空》表现出某种矛盾，真实的人生感受与革命理念间的矛盾，或许折射出那个颂歌时代一部分知识分子的矛盾心态。难怪诗作发表后受到了批评与责难，认为此诗宣扬了人生渺小、宇宙永恒的消极情绪，表现了极端陈腐、极端虚无主义的感情，是“令人不能容忍的政治性的错误”。它所表达的宇宙观，不是马克思主义的，更与“大跃进”的时代精神相抵触。

郭小川能写这样的诗，除了探索勇气、个人气质外，跟他的身份、资历或许不无关系。“从来没有想自己犯什么错误的可能性。什么题材，什么主题，我都不怕。”[①] 在这种意识主导下，一心歌颂革命的他觉得人性也应该表现，起码不认为人性和阶级性有冲突。可能因此，他相对放手地写出了一些当时有争议的作品：《一个和八个》[②] 写一个被党冤枉的革命者感化了

---

① 郭小川：《在反右派斗争前后——我的初步检查之十》（1967），见陈徒手：《人有病 天知否——一九四九年后中国文坛纪实》，183页。

② 一直未正式发表。作者逝世两年后，才发表于《长江文艺》1979年第1期。

八个罪犯；《深深的山谷》写一个知识分子受不了战争的残酷和革命队伍的约束而跳崖自尽；《白雪的赞歌》用爱情的动摇写爱情的坚贞；《望星空》写宇宙的浩渺与无限……能够得到的启示是：一方面，思想禁锢并非一日而成，有的作家甚至有“人格分裂”的表现；另一方面，文学的禁区无形而森严。

【本章学习参考】

一、阅读书目

刘宾雁：《在桥梁工地上》

萧也牧：《我们夫妇之间》

路翎：《洼地上的“战役”》

邓友梅：《在悬崖上》

陆文夫：《小巷深处》

宗璞：《红豆》

穆旦：《葬歌》

郭小川：《望星空》、《一个和八个》

二、相关文献

1. 朱寨，等．中国当代文学思潮史．北京：人民文学出版社，1987.

2. 洪子诚．1956：百花时代．济南：山东教育出版社，1998.

3. 王蒙，等．重放的鲜花．上海：上海文艺出版社，1979.

4. 郭小川．郭小川全集（12卷）．桂林：广西师范大学出版社，2000.

5. 陈徒手．人有病　天知否——一九四九年后中国文坛纪实．北京：人民文学出版社，2000.

6. 陈顺馨．中国当代文学的叙事与性别．北京：北京大学出版社，1995.

7. 王文胜．突不出的重围——在与“解冻文学”比较中反思“百花文学”．南京师大学报（社会科学版），2000（5）.

8. 孙先科．爱情、道德、政治——对“百花”文学中爱情婚姻题材小说“深度模式”的话语分析．文艺理论研究，2004（1）.

三、复习思考

1. 在《组织部新来的青年人》的主题上，怎样看待客观效果与文本实际的不一致？

2. 怎样理解《在桥梁工地上》“在那时达到了空前的坦率”？

3. 对《洼地上的“战役”》之“战地爱情”的批判说明了什么？

4. 怎样看待《在悬崖上》所引出的“教训”？该怎样评价加丽亚这个人？

5. 简要说明《红豆》在人物形象塑造上的“非公式、非观念化”特征。

6. 试述穆旦《葬歌》的意蕴及“新诗戏剧化”的表现。

7. 简要说明《望星空》中，真实的人生感受与革命理念间的矛盾。

第三十四章
“文化大革命”时期的地下文学

“文化大革命”期间还存在着另一种文学。它们不同程度地具有“异端”因素，写作和“发表”处于秘密、半秘密的状态中。常见的是以手抄本形式在读者中流传，也有的以手稿形式保存，当时没有以任何形式发表。研究者们给予不同命名：“地下文学”①、“隐在的文学”②、“潜在写作”③、“潜流文学”，等等。

“文化大革命”时期的地下文学，成就主要在诗歌、小说，尤以诗歌突出。诗歌经历了一个长的发展过程，而且波及许多地区。“在‘地下’诗歌脉络的确立中，‘文化大革命’前（60年代前期）出现于北京，至今语焉不详、也缺乏必需的资料支持的‘秘密诗歌活动’，被作为‘地下诗歌’的‘根’提出。……与此相仿的，是南方一些诗人、诗评家和当事者本人表达的对贵州黄翔等在朦胧诗（或‘地下诗歌’）中被忽略的不满。据黄翔的陈述，他在50年代末60年代初就已写出‘异质性’的诗。”④ 就诗歌写作群体论，除了人所共知的“白洋淀诗人群”、“贵州诗人群”，以及日渐浮出水面的上海诗人群外，还有一个影响虽然不大但逐渐引起关注的成都“野草”诗歌群体，这是一个前后持续30年的四川成都地下文学沙龙。⑤ 就写作内容、写法而论，可分为“直接对‘文化大革命’激进的政治风潮、激烈的社会振荡作出较明显和直接反映的”，和“以极隐晦的形式曲折地反映‘文化大革命’社会现实投射到内心的深层感受”或“干脆对‘文化大革命’的政治风潮和社会振荡予以回避和悬置”的两类。⑥ 写法有隐晦、有直白，内容有构成对那时“主流”反对的，也有超越于那个时代的。无论哪种情况，都是对当时规范的疏离乃至对立。

本章主要评述食指与“白洋淀诗群”、黄翔和“贵州诗人群”、成都“野草”诗歌群体和手抄本小说。

---

① 杨健：《文化大革命中的地下文学》，北京，朝华出版社，1993。

② 洪子诚：《中国当代文学史》，211页。

③ 陈思和：《试论当代文学史（1949—1976）的“潜在写作”》，载《文学评论》，1999（6）。

④ 洪子诚、刘登翰：《中国当代新诗史》，181页。

⑤ 参见杨健：《中国知青文学史》，232～238页，北京，中国工人出版社，2002。

⑥ 参见董健、丁帆、王彬彬主编：《中国当代文学史新稿》，311～312页，北京，人民文学出版社，2005。

第一节
食指与“白洋淀诗群”

食指（1948—　），原名郭路生，生于北京。被称为“‘文革’中新诗歌的第一人，为现代主义诗歌开拓了道路”①。他“文化大革命”期间的写作，集中在1966年到1969年间。主要作品有《海洋三部曲》、《命运》、《鱼儿三部曲》、《这是四点零八分的北京》（另名《我的最后的北京》）、《相信未来》、《烟》、《酒》、《命运》、《愤怒》等。“文化大革命”结束后，仍有诗作发表，如《疯狗》、《热爱生命》等。据一些当事人回忆，“文化大革命”期间食指的诗在北京、河北、山西等地文学青年中，有范围不小的流传。“他的写作的贡献，主要是在个体经验发现的基础上，对当时诗歌语言系统的某种程度的背离。这一点，对后来革新者有重要的启示。”②

《相信未来》是食指的“成名作”：“当蜘蛛网无情地查封了我的炉台，/当灰烬的余烟叹息着贫困的悲哀，/我顽强地铺平失望的灰烬，/用美丽的雪花写下：相信未来！//当我的紫葡萄化为深秋的泪水，/当我的鲜花依偎在别人的情怀，/我仍然固执地望着凝露的枯藤，/在凄凉的大地上写下：相信未来！”在深深的失望中寄寓着坚定的希望，有一种那时主流文学不具的真率与清新。《这是四点零八分的北京》写“知青”离开北京“上山下乡”，火车开动那一瞬间的心理反应：“北京车站高大的建筑，/突然一阵剧烈地抖动。/我双眼吃惊地望着窗外，/不知发生了什么事情。//我的心骤然一阵疼痛，一定是/妈妈缀扣子的针线穿透了心胸。/这时，我的心变成了一只风筝，/风筝的线绳就在妈妈的手中。”在官方话语里，“上山下乡”是“广阔天地、大有作为”。诗人却以真率朴素的态度，表达了自己离别的痛苦，对于那时的政治话语，客观上是一种背离和疏远。值得一提的是1978年《疯狗》一诗：“受够无情的戏弄之后，/我不再把自己当成人看。/仿佛我就成了一只疯狗，/漫无目的地游荡在人间。//我还不如一只疯狗，/狗急它还能跳出墙院。/而我只有默默地忍受，/我比疯狗有更多的心酸。”这些令人心灵战栗的诗句，表达了疯狂年代的悲哀。失去了“相信未来”的盲目，具有更多现代主义色彩。

“文化大革命”中的地下诗歌写作，形成一定规模和群体性的，首数“白洋淀诗群”③。这些年来，一些诗选和研究论著，将它看作是发生于“新时期”的“新诗潮”（或“朦胧诗”）的准备或源头。这个诗群，时间上开始于1969年，形成于“文化大革命”中后期，1972—1974年达到高潮，随着“文化大革命”结束与知青返城而在1976年终止；地域上诞生于河北省安新县徐水白洋淀；诗人以北京知青为主（也有个别天津知青），如北京知青根子、芒克、多多、依群、方含、宋海泉、林莽等，天津知青白青；从精神履历来看，他们属于“文学食指群”，

① 杨健：《文化大革命中的地下文学》，87页。

② 洪子诚、刘登翰：《中国当代新诗史》，183页。

③ 诗人牛汉命名。1994年5月6日至9日，《诗探索》编辑部在白洋淀召开“白洋淀诗歌群落寻访”活动，讨论会上，牛汉认为“白洋淀诗歌群落”这个名字本身很有诗意。“群落”一词，给人一种苍茫、荒蛮、不屈不挠、顽强生存的感觉。

与他们的启蒙老师食指一样，在1968年完成了人生逆转和精神蜕变，都是“六八年人”①。他们在插队时期开始诗歌创作，主要靠小圈子传看、传抄的阅读方式传播。

芒克（1950— ），原名姜世伟，原籍辽宁。1969年与多多“同乘一辆马车来到白洋淀”，在这里生活到1976年初。芒克现存的作品，最早的标明写于1971年。1973年前后写的《天空》、《秋天》、《十月的献诗》，一般认为是他的代表作。芒克的诗以感性见长，评论家普遍认为：“芒克是个自然诗人……他诗中的‘我’是从不穿衣服的、肉感的，野性的”；“无论从诗歌行为还是语言文本上，都始终体现了一种可以恰当地称之为‘自然’的风格”②。“自然的风格”或“自然诗人”的说法，包含着难以掩饰的“野性”。如《阳光中的向日葵》：“你看到了吗/你看到阳光中的那棵向日葵了吗/你看它，它没有低下头/而是把头转向身后/就好像是为了一口咬断/那套在它脖子上的/那牵在太阳手中的绳索。”在那个时代，“向日葵”都是围着“太阳”旋转。而在芒克笔下，“向日葵”成了反叛者。

根子（1951— ），原名岳重，也是1969年赴白洋淀“插队”的。据回忆文章，他在1971—1972年间，写有《三月与末日》、《白洋淀》、《橘红色的雾》、《深渊上的桥》等8首长诗。目前见到的只有《三月与末日》和《白洋淀》的残篇。1973年夏天，因受政治干扰，停止了写作。从现存的《三月与末日》、《白洋淀》等少量诗歌看，根子完全摆脱了政治抒情诗的干扰，在艺术性上大大迈进了一步。在“春天，温暖的三月——这意味着什么?”的拷问中，他以悲怆的格调唱起一代人精神的挽歌：“我曾忠诚/‘春天？这蛇毒的荡妇，她绚烂的褶裾下/哪一次，哪一次没有掩盖着夏天——/那残忍的姘夫，那携带大火的魔王?’//我曾忠诚/‘春天，这冷酷的贩子，在把你偎依沉醉后/哪一次，哪一次没有放出那些绿色的强盗/放火将你烧成灰烬?’//我曾忠诚/‘春天，这轻佻的叛徒，在你被夏日的燃烧/烤得垂死，哪一次，哪一次她用真诚的温存/扶救过你？她哪一次/在七月回到你身边?’”应该讲，《三月与末日》凝聚了少年根子荒芜的人生体验。本该是代表青春、希望、欢乐的“三月”，诗人却不共戴天地揭穿了它的虚假和残忍，让人联想到艾略特《荒原》对四月的描述。

多多（1951— ），原名粟世征，生于北京。1969年到白洋淀插队，1972年开始写诗。一开始写作就有较为独特的风格。据称白洋淀时期的诗尚存四十余首，重要作品有《回忆与思考》、《陈述》、《万象》、《蜜周》、《致太阳》、《手艺》、《教诲》、《同居》等。1972年的《当人民从干酪上站起》写道：“歌声，/省略了革命的血腥/八月像一张残忍的弓/恶毒的儿子走出农舍/携带着烟草和干燥的喉咙/牲口被蒙上了野蛮的眼罩/屁股上挂着发黑的尸体像肿大的鼓/直到篱笆后面的牺牲也渐渐模糊/远远地，又开来冒烟的队伍……”反讽的笔触是对荒谬现实的批判与人生的追寻。《无题——陈述之三》率真而尖锐地勾画：“一个阶级的血流尽了/一个阶级的箭手仍在发射/那空漠的没有灵感的天空/那阴魂萦绕的古旧的中国的梦……”在主流诗人随意涂抹“稻花香里说丰年”的幻象时，多多真实袒露了他对中国命运的关注。写于1973年的《手艺——和玛琳娜·茨维塔耶娃》，则直截了当表明他的诗歌追求：“我写青春沦落的诗/写不贞的诗/写在窄长的房间中/被诗人奸污/被咖啡馆辞退街头的诗……”这种阴冷而绝望的风格，使他在“白洋淀诗群”中别具一格。

---

① 李润霞：《论“白洋淀诗群”的文化特征》，载《南开学报》（哲学社会科学版），2005（4）。

② 多多：《被埋葬的中国诗人》，载《开拓》，1989（2）；唐晓渡：《芒克：一个人和他的诗》，载《诗探索》，1995（3）。

第二节
黄翔和“贵州诗人群”

以黄翔、哑默为代表的贵州诗人群体，写作比“白洋淀诗群”要早，对于后来朦胧诗的“崛起”也有直接的推动。60年代中后期，贵州的一些青年黄翔、路茫、哑默、曹秀青、孙唯井、肖承泾、李光涛、张伟林、周喻生、郭庭基、白自成、江长庚、陈德泉等经常聚在一起，探讨文学、美术、音乐。黄翔创作了诗《火炬之歌》、《我看见一场战争》、《背后》、《野兽》等，哑默写了《海鸥》、《鸽子》、《晨鸡》、《是谁把春天唤醒?》、《大海》等。他们经常在贵阳市一所废弃的天主堂里聚集，黄翔多次朗诵《火炬之歌》。

黄翔（1941— ），湖南桂东人。50年代开始发表作品。他在“文化大革命”前和初期的诗，有《独唱》、《长城》、《预言》、《白骨》、《野兽》等。标明写于1962年的《独唱》，显示出他特立独行的性格：“我是谁/我是瀑布的孤魂/一首离群索居的/诗/我的漂泊的歌声是梦的/游踪/我的唯一的听众/是沉寂。”在那个集体主义压倒一切的时代，《独唱》的出现是个异数。1968年的《野兽》，则表达觉悟后的诅咒和反抗：“我是一只被追捕的野兽/我是一只刚捕获的野兽/我是被野兽践踏的野兽/我是践踏野兽的野兽//一个时代扑倒我/斜乜着眼睛/把脚踏在我的鼻梁架上/撕着/咬着/啃着/直啃到仅仅剩下我的骨头//即使我只仅仅剩下一根骨头/我也要哽住一个可憎时代的咽喉。”① 其就精神气质来说，具有鲜明的现代主义精神。写于1969年至1976年的《火神交响诗》，包括《火炬之歌》、《火神》、《我看见一场战争》等。《我看见一场战争》触目惊心地揭示出专制对于人心和灵魂的摧残：“我看见一场战争/一场无形的战争/它在每一个人的脸部表情上进行着/在无数的高音喇叭里进行着/在每一双眼睛的惊惧不定的/眼神里进行着/在每一个人的大脑皮层下的/神经网里进行着。”

哑默（1942— ），原名伍立宪，贵州普定县人。1956年开始投稿，60年代以后一直从事地下文学创作，创作了大量他称为“非模式文学”的作品。与黄翔澎湃的激情不同，他的诗是个人化的灵魂独语。他写于60年代的诗，有《海鸥》、《鸽子》、《晨鸡》、《是谁把春天唤醒?》、《大海》等。《海鸥》用清丽的词句和精短的篇幅刻画了一个求索者的形象：“小小的翅膀上/翻卷着大海的波浪//光洁的身子/饱吸露珠和阳光//细长的尖嘴/衔来星空和汪洋//迎着潮汐呼叫啊/唤着沉默的同伴。”在《启明星》中，哑默用相当典范的一套象喻系统，喻示对精神理性的一种期待。② 将此诗同后来的“朦胧诗”相比，可以看出某种相似性：“你是桅杆上的一盏孤灯/出没在灰蓝的沧海//浓雾没有把你吞没/始终向着/夜的另一彼岸航行//沉重的锚不曾抛下/把自己/交付黎明……//夜色褪去/大地在天空/看见自己的倒影。”一系列意象所形成的“隐语”，都标示出区别于时代的个人精神空间，及其孤独的处境。

---

① 洪子诚、程光炜编：《朦胧诗新编》，101～102页，武汉，长江文艺出版社，2004。

② 参见张清华：《黑夜深处的火光：六七十年代地下诗歌的启蒙主题》，载《当代作家评论》，2000（3）。

第三节
成都“野草”诗歌群体

旅美诗人贝岭在《二十世纪汉语文学中被遮蔽的传统——中国的地下文学》一文中介绍：“1966年，‘文化大革命’开始后，由于许多文学青年秘密地阅读流散到民间的禁书，特别是译成中文的西方文学和哲学、历史书籍，形成了地下文学的第一个高潮。在四川成都地区，60年代‘文化大革命’时期产生了一个重要的地下文学团体野草诗社，其中的诗人有邓垦、蔡楚、杜九森、陈墨、冯里、乐加等。他们相识于‘文化大革命’中成都的地下书市，他们的作品也流传于当时的四川地区。”① 如邓垦写于1967年秋的《在那个阴暗多雨的季节》：“你的歌难道只仅仅是秋雁呼唤的长空，/夜半冷月下的流萤徘徊在荒冢？/你的歌难道只仅仅是神往于一个桃色的梦？/白云深山里几声清淡的清淡的暮钟？/不，我相信人们将真实地评价你，/正如落叶最懂得秋天，寒梅不欺骗春风，/当他们提起，在那个阴暗多雨的季节，/血，是多么红；心，是多么沉重。”它含蓄地表达了对“文化大革命”的控诉。

1963年11月，邓垦已自编有《雪梦诗选》、《白雪恋》、《海誓》等诗集。1964年，陈墨自编《残萤集》、《灯花集》、《落叶集》、《乌夜啼》等诗集。1964年10月，陈墨编辑两人小诗合集《二十四桥明月夜》。从这些极具朦胧诗意的集名，可见他们的审美趣味与追求。“在那个阴暗多雨的季节里”，邓垦周围集聚起一个独立追寻的文学群落，仅当时居住在成都锦江河畔的就有二十余人。

从艺术追求上讲，“野草”诗人有两个极端倾向：离群索世，比如以“空山”命名诗歌；直白的话语呼唤。“野草”群体构成上有某种复杂性：如果说陈墨、邓垦、蔡楚等受新月派浸润，万一、冯里等则有更多艾青和“七月派”的影子。也不妨讲，同一个诗人因不同的文化气候，在“空山”（纯文学、唯美）与“野草”（为人生、反抗）间摇摆。就“文化大革命”时期而言，那时主流诗坛是“民歌加古典”，“野草”诗人则赓续新诗传统。如陈墨1968年写下的诗句：“蛙声是洁白的一串心跳，寂寞的笺上荡着思潮。五千年的锦水许是累了，载不走这井底孤苦的冷涛”，远高出当时水平。

邓垦（1944—　），本名邓祖铭，四川成都人。“文化大革命”前后代表作有：《归来啊，我的远方的恋人》（1964），《在那个阴暗多雨的季节》（1967），《秋游草堂》（1968）、《当春风归来的时候》（1971），《给翔翔——写在翔翔诞生五个月》（1974），《狱中问答》（1976年清明），《探监》（1977）等。他20岁时写的《归来啊，我的远方的恋人》虽有明显的稚拙和热情，也显示了他的才气和匠心：“归来啊，我的远方的恋人！/你在那白云投宿的山中，/可听得见我的呼唤？/你在那沙鸥落户的水边，/可看得到我的孤零？/我为你似长烟一般憔悴，/我为你似江涛一样呻吟。”《给翔翔》含蓄表达了压抑和愤懑：“鸟为什么不许唱？/花为什么不许开？/太阳为什么会落？/黑夜为什么爬来？”

① 贝岭：《二十世纪汉语文学中被遮蔽的传统——中国的地下文学》，http：//www.yecao.50g.com/others/beiling.htm。

陈墨（1945—　），本名陈自强，四川成都人。“文化大革命”前后代表作有：《蚯蚓》（1964），《草堂独游》（1966），《零碎的爱》、《薛涛井畔》、《她要远去》（1968），《心有灵犀——想不通》（1969），《独白》、《无法拒绝》（1970），《难免无奈》（1971），《天安门》（1976）等。其作品有“感时忧国”的内容，爱与美更是常见的主题。“我爱——/去年北窗诗稿的破洞中，/七月的风雨/在学舌黄河的急涛。//我更爱——/梅子黄时，/买醉归来，/任泥泞踏碎的冷香/和几声洞箫，/轻轻地，打脸上/拂过”（《零碎的爱》），对中国古典诗歌的心仪显而易见。“风也萧萧，/雨也萧萧，/寒瑟的枇杷呀轻摇。/染翠了相思点点，/吹皱了阵阵鸣铙”（《无法拒绝》），和“春花看不见秋月的笑，/秋月听不到春花的闹。/花月只有在无奈的心底，/才酿出和谐的调”（《难免无奈》）也显露出这点。另一些诗，明显有徐志摩、戴望舒、闻一多等新月派、现代派的影子。

蔡楚（1945—　），本名蔡天一，四川成都人。20世纪60年代初开始写诗。1970年因参加地下文学活动，被关押、批斗。1979年“文革”结束后，由成都中院改判无罪。1997年移居美国。“文化大革命”前后代表作有：《乞丐》、《赠某君》、《给你》（1962），《别上一朵憔悴的花》（1963），《无题》（1964），《依据》、《悼——写在一个骨灰盒上》（1968），《透明的翅膀》（1975），《等待》（1976）等。《乞丐》为荒诞的岁月留真，凸显出地下写作的价值：“冬夜里朔风怒吼，/可怜的乞丐下身挂几片遮羞布。/这双手原可以创造世界……/长夜漫漫，他在等待。”《依据》写：“花开花落潮涨潮退/星际运行人死人生/我们只是一朵浪花/一片浮云或者是/一个分子式 一颗/小小的小小的机器/制造出的螺丝钉//但纵然是死无轮回/我也要直问到——/那绞刑架上的/久已失去的/——依据”，表达无力中的持守和独立。《等待》表达同样的渴想：“从鲜红的血泊中拾取，/从不死的灵魂里采来。/在一间暗黑的屋内，/住着我的等待。”早期的诗受戴望舒影响极大，有一种未受时风熏染的稚拙。“那是一种民国世代的遗韵，淡淡荒凉的记忆，清纯明净的意象，对美好的事物总怀有亲切的期望。”①

第四节
手抄本小说

小说在“文化大革命”中可分为两大类：一类是为权力话语所扶植的，包括浩然的《金光大道》、《艳阳天》，谌容的《万年青》，李云德的《沸腾的群山》等，以及《虹南作战史》那样拙劣的“集体创作”。另一类就是手抄本小说。就时间来说，“文化大革命”手抄本可分两个阶段：“以1971年林彪叛逃事件为标志，前一个阶段最流行的是政治笑话、政治歌谣、误传的毛主席诗词和反特文学等文体，在总体上来看较为粗糙；后一个阶段最流行的是以英雄传奇为主的新公案故事、知青歌曲、地下诗歌和地下小说等文体，较前者更为细腻、生动。”② 其中成

① 康正果：《奥斯威辛的诗意栖居》，见《别梦成灰——蔡楚诗选》，7页，北京，中国文联出版社，2008。
② 高有鹏：《关于“文革”时期的手抄本问题》，载《河南大学学报》（社会科学版），第41卷第4期，2001年7月。

就突出的是后者，有些作品至今仍有读者。这样的小说就内容讲，大略可分两类：第一类是以启蒙主义为特征的，关注青年人的生活、命运，为他们的“精神叛逆”辩护。代表作是《九级浪》、《逃亡》、《第二次握手》、《波动》、《公开的情书》、《晚霞消失的时候》等。这部分作品，艺术价值比较高。第二类是反特文学或新公案故事，如《叶飞三下南京》、《一双绣花鞋》、《第十三张美人皮》、《九龙杯》等。[①] 这类作品当时流传很广，不可否认的是，更多体现出当时的政治理念。[②]

张扬（1944— ），原名张尊宽，河南长葛人。他的《第二次握手》在“文化大革命”中流传很广，并导致了一次著名的文字狱。因为《第二次握手》讴歌的是爱情，而爱情在当时是文学的禁区；同时讴歌了科学家的品格，这对当时的清规戒律是一种公然触犯。根据“文化大革命”后披露的情况[③]，这部作品在70年代之前就创作完成，书名由《浪花》、《香山叶正红》变成《归来》，可头几稿在传抄中丢失。1973年，张扬写成第五稿，再次被秘密传抄。在传抄中，有读者将书名改为《第二次握手》，原书名反而不大为人所知。1974年，张扬写第六稿自己保存。次年1月，作者因“多次书写反动小说”被捕，至1979年1月得以“平反”出狱。这部小说“流行版本之多，范围之广，无论在当时还是在历史上，都是罕见的”[④]。小说讲述一位女科学家回到祖国后面临着一个难题，即她挚爱的男友由于种种原因组成了一个新家庭，其情感深受折磨。最后在周恩来总理的帮助下，她决定留下来建设新中国。它在“文化大革命”中得到截然对立的评价：一方面广泛秘密流传；另一方面被看作“流毒全国”的“反动小说”。这源于当时的社会政治环境：小说对于知识、科学界权威的肯定、赞颂，被认为是“要资本主义‘归来’”；对周恩来等政治人物的歌颂，也是小说受到忌恨的重要原因。而就文学生态来看，它的“异端”色彩更鲜明。“文化大革命”十年中，爱情描写是一个禁区，许多文学作品尤其是那些样板戏中的女主角，诸如江水英、方海珍、柯湘等形象被人戏称为“红色寡妇”。这一禁区，由《第二次握手》打破。

赵振开（1949— ），写诗时笔名北岛。原籍浙江，生于北京。他在“文化大革命”后期写作的中篇小说《波动》，以几个人物的自我言说，反映了20世纪60年代末70年代初中国知识分子的不幸命运和精神崩溃的现实。小说按照两条线索展开情节：一条线索写杨讯和萧凌的不幸遭遇和爱情悲剧，表现一代青年精神崩溃的痛苦历程；另一条线索写林东平、王德威、林媛媛与杨讯的纠葛，展现几个中级干部在“文化大革命”时期的争斗、政治表演以及各自不同的灵魂。这两条线索互有交叉，这种交叉的交汇点是一个黑社会，而这个黑社会有时以一个叫白华的流氓青年为中心。“因此，白华在小说中不仅是一种精神垮掉了的青年类型，而且对结构全篇起着某种枢纽的作用。”[⑤] 因而孤独、焦虑、冷漠、苦闷、痛苦、绝望成为整个作品的

---

① 参见白士弘主编：《暗流：“文化大革命”手抄文存》，北京，文化艺术出版社，2001。

② 高有鹏在《关于“文革”时期的手抄本问题》中谈道：“手抄本中的反特文学最典型的作品是《梅花党》（或称《梅花案》）……无论原作者出于什么样的目的，这个故事都在实质上起了落井下石的作用。把刘少奇的夫人诬为美蒋特务，则意味着对刘少奇本人的陷害；而这种做法在当时是具有普遍性的，它表明盲从、轻信、愚昧、无聊等不应避讳的国民性，这和各种流行的丑化刘少奇的漫画、泥塑等行为完全出于一辙。”

③ 参见顾志成等：《要有胆识地保护好作品——手抄本小说〈第二次握手〉调查记》，载《中国青年报》，1979-03-11；张扬：《关于〈第二次握手〉的前前后后》，载《湘江文艺》，1979（9）。

④ 高有鹏：《关于“文革”时期的手抄本问题》，载《河南大学学报》（社会科学版），第41卷第4期，2001年7月。

⑤ 董健、丁帆、王彬彬主编：《中国当代文学史新稿》，327页，北京，人民文学出版社，2005。

基调。如萧凌的意识活动：“我和黑夜面对着面。空虚、缥缈、漫无目的，这是我加给夜的感觉，还是夜加给我的感觉？真分不清楚。”萧凌经受了人世间最为惨烈的苦难，她不相信什么“终极的意义”，认为那不过是“一种廉价的良心达到一种廉价的平衡的手段”。她眼中看到的是现实的黑暗与血污：“这代人的梦太苦了，也太久了，总是醒不了，即使醒了，你会发现准有另一场噩梦在等着你。”她虽说极端绝望，也企图在充满“粗暴”、“狂野”与“残忍”的环境中保住文明的色彩、人性的光辉。小说在当时的深刻性在于其存在主义倾向和异化色彩。《波动》独特地采用了复调叙述的方式，不同的叙述者展现出那个特定年代的现实的方方面面，有象征，有诗意，有复杂关系的表达，呈现出成熟的小说形态。

靳凡，原名刘莉莉（刘青峰），“文化大革命”开始时为北京大学中文系学生。《公开的情书》初稿完成于1972年，曾以手抄和打印本方式流传。这部中篇，由几个“文化大革命”中大学毕业后到山区、农村劳动的青年之间的通信组成。43封书信不仅形象地描画出“文化大革命”风暴中一代青年怎样走上不同的生活道路，而且激情抒写了他们对于理想、爱情、事业和祖国命运的探索。小说塑造了两类青年的典型：一类是童汝和石田，是失去了灵魂的骗子和市侩；一类是真真、老久、老嘎、老邪门，是惊涛骇浪中涌现的“思考的一代”。女主人公真真，是一个感情纯真、执着、善良的女知青。即使被下放到乡下，她也有对于完美理想的追求。可她的思想性格是矛盾的。有坚强果敢的一面，像阿坝高原冰天雪地里她看到的那朵小黄花一样，“生长在风雪呼啸的高山之巅，是这样坚强、勇敢、美丽，充满蔑视冷酷环境的豪情”；同时也有软弱消极的一面，当遭到骗子、恶棍、市侩一次又一次精神摧残后，“眼前灰蒙蒙的一片，脚下是肮脏的泥泞”，她感到迷惘，渴望改变，不知道怎样行动。老久是真真的引路人。老久的经历在那个年代算是顺利的，称心的分配、良好的导师和学习条件，使真真读他的信时心中浮现出一个踌躇满志的“现实的宠儿”的形象。但他对家庭、对同志、对爱人、对群众，都缺乏无私的热忱，有太多的戒备，给人一种居高临下的优越感。老邪门则是作品中“思考的一代”的精神领袖，他一面宣称要“冲破宗教教义、偏见和各种传统观念”，一面又用救世主的口吻说教。老嘎的形象塑造得亲切感人。这个真诚、热情、深沉的青年艺术家，心情抑郁地走着一条崎岖的路。《公开的情书》有人学意义与启蒙意义，是文明呼唤的体现。

礼平（1948— ），原名刘辉宣，四川人。他的《晚霞消失的时候》，分春、夏、秋、冬四章。以主人公李淮平的视角与心态叙述故事，以李淮平与南珊的几次相遇交代人物间的交往与情感：早晨在春光明媚的树林中读外语时与南珊的初次结识；当红卫兵抄家时与南珊的邂逅；送朋友去插队时在火车站听见南珊与其爷爷的对话；12年后在泰山上与在省外事局当翻译的南珊的巧遇。女主人公南珊为国民党高级将领的后代，由于家庭的这种境况，少年时遭到孩子们的笑骂责打，“文化大革命”中更是备受歧视凌辱，为此她暗暗以耶稣基督为内心的安慰与救赎者。男青年李淮平，是共产党高级将领的后代。当他听到南珊深爱着耶稣时，感到震惊和难以理解。但爱慕着南珊的李淮平坦白：“南珊心中的信仰不会使我产生一丝一毫的恶感和虚伪感。这一切在她心中都完全是真实的。”小说结尾写泰山巧遇中，海军军官李淮平怀着深深的歉疚，因为那次抄家给南珊道歉。南珊却十分宽容地说：“在那个时候，当整个社会都被敌视和警惕武装起来的时候，你们能那样对待我们一家人，应该说是很难得了。”总之，小说体现了受伤后中国青年的宗教追求倾向。

【本章学习参考】

一、阅读书目

赵振开：《波动》

靳凡：《公开的情书》

礼平：《晚霞消失的时候》

二、相关文献

1. 杨健．“文化大革命”中的地下文学．北京：朝华出版社，1993.

2. 廖亦武．沉沦的圣殿——中国20世纪70年代地下诗歌遗照．乌鲁木奇：新疆青少年出版社，1999.

3. 刘禾．持灯的使者．香港：牛津大学出版社，2001.

4. 陈思和．试论当代文学史（1949—1976）的“潜在写作”．文学评论，1999（6）．

5. 李杨．当代文学史写作：原则、方法与可能性——从陈思和主编的《中国当代文学史教程》谈起．文学评论，2000（3）．

6. 王光东，刘志荣．当代文学史写作的新思路及其可行性——对于两个理论问题的再思考．文学评论，2000（4）．

7. 李润霞．“潜在写作”研究中的史料问题．中国现代文学研究丛刊，2001（3）．

三、复习思考

1. 怎样看待对“文化大革命”地下文学的不同命名？

2. 简述“文化大革命”地下诗歌写作群体的地域分布。

3. 简述“文化大革命”手抄本的分期及类别。

4. 怎样理解《波动》的存在主义色彩和异化色彩？

5. 怎样理解新时期文学与“文化大革命”地下文学的关系？

第五编

中国现代汉语文学繁荣期（1976—1989）

1976年10月到1989年，是中国现代汉语文学的繁荣期，其中以1985年的“85’新潮”为界，划为前后两段。这一时期，文学的人文性、审美性、现代汉语文学性空前繁荣。

“新时期文学”是一个所指与能指混乱的概念，迄今有8种能指：1976年“四五运动”开始，1976年10月开始，1978年第十一届三中全会开始；1985年文学新潮截止，1989年截止，1993年春天邓小平南方谈话截止，2000年20世纪末截止；由于21世纪的到来，有人又把1993年以后的文学划出新时期归入21世纪。本书取1976年10月至1989年的说法。

1976年10月到1978年12月第十一届三中全会召开期间，伤痕文学产生，这一时期的文学，仍然是政治文学，主要是批判“文化大革命”。1978年12月以后，反思文学产生，内容涉及对极左政治的“反思”。1980年到1985年，文学进入正面的人道主义时代。1985年后，以存在主义为主的现代主义风行。

本编主要评述1976年10月到1989年6月时期，由“文革”的神到新时期的人的变异，由人道主义的大写的人到存在主义小写的人到现代主义的丑化的人的变化；评述以1985的“85’新潮”为界前后两段的文学运动、文学思潮，小说、散文、戏剧、影视诸文体的创作。

第三十五章

繁荣期文学运动、理论批评与创作主潮

新时期开始，中国现代汉语文学进入繁荣期。这一时期，文学由伤痕文学、反思文学、改革文学到寻根文学、现代派文学、先锋文学，文学观念层出不穷，但主线是人道主义，即由“文化大革命”样板戏的造神运动到新时期的人道主义的由神到人的嬗变。1985 年后，存在主义思潮汹涌澎湃，文学方法论、文学观念论纷纷革命，西方现代主义各种流派与中国传统儒道文化轮番登台。文学创作思潮经历了一个由人道主义的大写的人到存在主义的小写的人到现代主义的丑化的人的变化。本章主要评述繁荣期的文学运动、理论与论争，文学创作思潮的变化。

第一节 文学运动、理论与论争

一、第四次文代会

1979 年 10 月，全国第四次文代会在北京召开。在这次文代会上，与会者表达了对“文艺民主”的想象与要求。文艺的领导与控制等一系列问题成为会议讨论的主题。邓小平在代表中共中央的《祝词》中宣布不再要求文学艺术从属于临时的、具体的、直接的政治任务，而是根据文学艺术的特征和发展规律促使文学文艺健康发展。1980 年 7 月，《人民日报》发表社论《文艺为人民服务，为社会主义服务》。“二为”方向和“双百”方针确立为新时期文艺的基本方向和政策。

大会的召开，是中国文学界的历史性转折。“文化大革命”时期被迫停止活动的中国文联及包括中国作家协会在内的全国性各专业文艺协会全面恢复活动，并为新时期的文学发展做了有益的工作。

二、评奖制度的建立与实施

文学、科学奖的设奖、评奖，与社会现代化发展进程密切相关。世界上有名的文学奖很多，诺贝尔文学奖全球瞩目，另外著名的还有法国的龚古尔奖，日本的芥川文学奖，英国的布克奖，苏联的斯大林文学奖等。

中国当代文学奖在20世纪70年代始设。文体上看，短篇小说有中国作家协会举办的全国优秀短篇小说奖，长篇小说则有“茅盾文学奖”，历史长篇小说有“姚雪垠奖”，电影剧本有“夏衍电影文学奖”，话剧领域有“曹禺奖”，京味儿小说有“老舍文学奖”，还有囊括中短篇小说、报告文学、诗歌、散文、杂文、文学评论理论及文学翻译多项内容的“鲁迅文学奖”等。评奖形式有五种：中国作家协会设立的茅盾文学奖、鲁迅文学奖等；省级设立的奖项如山西的赵树理文学奖等；由已故作家命名的奖项，如冰心散文奖、郭沫若散文奖、徐迟报告文学奖等；由媒体设立的文学奖，如《南方都市报》和《新京报》主办的“华语传媒文学大奖”；还有就是一些企业出资举办的奖项。

诸多奖项中，由中国作家协会主办的茅盾文学奖历史最长，影响最大。根据茅盾生前遗愿于1981年设立，首届评选在1982年确定。此奖项的设立旨在推出和褒奖长篇小说作家和作品，是我国目前具有最高荣誉的文学大奖之一，一度被认为是“中国的诺贝尔文学奖”。

茅盾文学奖在指导思想、评选范围、评选标准、评选机构、评奖程序、评奖纪律、评奖经费等方面作了严格规定，代表了中国主流文学评奖形式的特点。它以“为人民服务、为社会主义服务”的“二为”方向和“百花齐放、百家争鸣”的“双百”方针为指导思想；在作品具体思想性内涵方面要求高扬“主旋律”，艺术上则强调中国作风和中国气派。茅盾文学奖自设立以来，极大地推动了中国当代文学尤其是长篇小说的发展，比如第一届（1982）周克芹的《许茂和他的女儿们》，第三届（1988）路遥的《平凡的世界》，第四届（1994）陈忠实的《白鹿原》，第五届（2000）阿来的《尘埃落定》和王安忆的《长恨歌》，第七届（2008）贾平凹的《秦腔》、麦家的《暗算》等都曾在文学、批评界引起过很大的轰动，并为很多普通读者所共知。但茅盾文学奖也显现出它在范围规定、评委构成、时间实施过程等方面的局限性。

鲁迅文学奖由中国作家协会设立，是中国作家协会主办的全国性最高级别的文学评奖活动。按照评奖方案，鲁迅文学奖各单项奖每两年评选一次。但由于其获奖篇数过多而对权威性有所伤害。

夏衍电影文学奖由广电总局主办，是专门针对电影文学剧本设立的国家一级奖，是国家电影文学的最高奖。此奖每年评选一次，于1997年首次颁奖。

一些依托于文学刊物、出版社、报纸、网站的奖项也如雨后春笋般蓬勃而出，影响较大的有“华语文学传媒大奖”等。这些奖项往往依托于某一机构，评奖原则具有多样性，如“以图书的公共影响力和现实情怀为关注对象”、“看重前瞻性和独创性”、“网民票选”等等。

三、文学研究方法论讨论及其意义

20世纪80年代中期，中国文坛上文学研究“方法热”勃然兴起。“方法热”的兴起，有三方面的原因：借方法论对价值观进行冲击，老化的文学批评的需要与文学创作新现象的推动，国外自然科学、社会科学发展的推动。

“方法热”初起时，对文学理论批评影响最大的自然科学的理论方法是“三论”，即系统论、控制论、信息论。其中最有影响的是林兴宅的《论阿Q性格系统》① 和《论文学艺术的魅力》②。《论阿Q性格系统》把阿Q作为一个系统（即一个有机的整体）来研究，考察系统内部各种性格因素的联系以及它们构成整体的结构和层次。后来，林兴宅又把系统论的科学方法用于艺术魅力的探寻，打破了人们关于艺术魅力是作品的客观属性的观念。林兴宅体系化的系统论方法的理论批评与传统的文学批评构成的反差大，带来的冲击也大，在理论批评界引起争议。而在这种争议中以系统科学方法论为代表的“新方法”得以不断丰富自身，完善自我，并汇成了新时期文学理论批评中的一股科学主义倾向，引出了关于文学研究方法论的讨论。

1982年4月，《当代文艺思潮》在甘肃兰州创刊。该刊有意识地引进和借鉴其他学科，特别是自然科学的理论和方法，改进文艺研究方法，以实践其“开拓文艺研究领域，革新文艺研究方法”的办刊宗旨。从1982年到1984年，该刊相继在“美学与文艺学的现代化问题”和“文艺学与现代科学”等专栏发表了一批运用其他学科理论和方法来研究美学、文艺学、文学的论文。其理论视角、思考方式、分析手段、逻辑构架乃至于批评文体，都令人耳目一新，开创了文学理论批评的新局面，成为在全国影响最大的刊物。1984年下半年以后，《文艺报》、《文学评论》、《文学理论研究》等刊物相继设立了“文艺特征与新方法”、“文学研究方法创新笔谈”、“新方法与文艺探索”等专栏。到了1985年，在北京、厦门、桂林、扬州、武汉等地又相继举行了一系列关于文学研究方法的学术讨论会，把文学研究方法的变革推向了高潮。

从文学批评界对“方法热”的理论讨论和实践运用来看，所谓的“新方法”实际上包含了三个方面的内容。第一，借鉴西方现代以来流行已久而对我们还颇为陌生的各种理论批评流派的方法，如精神分析学、神话原型理论、阐释学、现象学、符号学、叙述学、结构主义、解构主义等。第二，引进自然科学领域的一些概念、知识和方法，如突变论、全息学、模糊集合论、模糊逻辑学等。第三，运用系统科学的诸种方法，包括系统论、控制论、信息论、协同论等。

通过一系列的讨论，批评家们逐渐达成较为明确的共识。其一是肯定了方法论在文学研究中的重要地位和作用。其二是认识到文学研究方法是由处于不同层次的诸多方法构成的综合体系。其三是肯定了以“三论”为代表的自然科学方法论对于调整或改变思维方式，促使文学研究方法变革所起到的推动作用和积极意义。但许多批评家同时也提出，在方法论的讨论中要警惕科学主义的倾向，自然科学方法不能揭示文学的本质，不能揭示文学的价值，做不出审美判断。鲁枢元就认为：文艺是体验与直觉、情绪的领域，而科学的方法有点像一柄解剖刀，其操作运用的结果，可能是在弄明白了机体的某些构造和组合的同时，常常也夺取了机体的生命，它得到了艺术的躯壳，失去了艺术的灵魂。这派意见更关注文学所表现的人生意义和价值，主体的独特感受和自由创造、表达，反映出方法论讨论中人文主义倾向同科学主义倾向的基本分野。这次讨论对变革文学研究方法和思维方式起到了极大的促动作用，推动了文学研究的进一步发展和丰富。

---

① 林兴宅：《论阿Q性格系统》，载《鲁迅研究》，1984（1）。

② 林兴宅：《论文学艺术的魅力》，载《中国社会科学》，1984（4）。

四、人道主义与主体性

中国的新文学从一诞生起，就与人的觉醒、与人道主义精神联系在一起。20 世纪 70 年代末 80 年代初，由于特殊的社会原因和思想文化背景，人道主义问题再次成为文学理论界关注的焦点，并引发了持续的争论。辨明人道主义的内涵和思想实质，是新时期理论批评界接纳人道主义的起始点。而人道主义讨论中的核心则是人道主义的性质问题，其中包括人道主义是否仅仅属于资产阶级意识形态，人道主义和马克思主义是什么关系这两个理论问题。

1979 年人道主义问题讨论初始，朱光潜就指出人道主义虽然“在不同的时代具有不同的具体内容，却有一个总的核心思想，就是尊重人的尊严，把人放在高于一切的地位”①。朱光潜的看法得到了许多理论家的赞同。1983 年 1 月，《文艺报》、《文艺研究》、《文学评论》编辑部联合在北京召开新时期文学与人性、人道主义问题学术讨论会。同年 3 月，在纪念马克思逝世一百周年的大会上，周扬提交了《关于马克思主义的几个理论问题的探讨》② 一文，肯定人道主义在其发展过程中的历史功绩和提倡马克思主义人道主义的必要，并认为社会主义历史阶段仍然存在异化问题。在此前后，王若水也发表了《人是马克思主义的出发点》（1980 年 8 月）、《为人道主义辩护》（1983 年 1 月）、《谈谈异化问题》（1985 年 8 月）等文章。胡乔木于 1984 年发表《关于人道主义和异化问题》③ 一文，不点名地对周扬、王若水文章中的观点提出批评意见，并正面阐明自己对有关问题的系列看法。胡乔木认为：抽象的人不是马克思主义的出发点，把人道主义当作世界观和历史观是属于历史唯心主义的，因此他反对“马克思主义的人道主义”的提法，并认为社会主义不存在“异化”问题。1985 年 11 月，王若水发表《我对人道主义问题的看法》作为对胡乔木文章的答复。王若水认为：人，现实的人是马克思主义的出发点，人是目的，对马克思主义是适用的。人道主义不仅是伦理原则和道德原则，而且是世界观。他肯定“马克思主义的人道主义”这一提法，并认为社会主义社会仍然存在“异化”的现象。④

这场引人注目的论战，涉及人是不是马克思主义的出发点，对马克思主义来说，人道主义是作为世界观、历史观还是只能作为道德伦理原则，社会主义时代存不存在人的异化问题，何谓“人的价值”，社会主义人道主义的历史重要性及其在文学艺术中的重要意义是什么等问题。1986 年，高尔泰在《人道主义——当代争论的备忘录》中对这场争论作了总结和全面而深入的剖析，在辨析了诸如“人”、“人道主义”、“自由”等概念后，再次回答了“究竟什么是人类社会进步的动力”、“人的价值是什么”、“什么是社会主义人道主义”等问题，肯定了“马克思主义人道主义”的提法，指出人的实践是人类社会进步的动力，从而强调人的“解放”以及与之相应的自由、个性和对人的尊重和信任。⑤ 随着 1983—1984 年清除资产阶级精神污染运动的开展，有关“人道主义”的讨论开始“降温”、“退潮”。但是文学、理论批评却并不会停止对

---

① 朱光潜：《关于人性、人道主义、人情味和共同美问题》，载《文艺研究》，1979（3）。
② 周扬：《关于马克思主义的几个理论问题的探讨》，载《人民日报》，1983-03-16。
③ 胡乔木：《关于人道主义和异化问题》，载《理论月刊》，1984（2）。
④ 参见王若水：《我对人道主义的看法》，见王若水：《为人道主义辩护》，239～247 页，北京，三联书店，1986。
⑤ 参见高尔泰：《人道主义——当代争论的备忘录》，载《四川师范大学学报》，1986（4）。

人道主义价值的思考和探求。事隔一两年以后，人道主义、人性的讨论已不仅仅限于泛泛讨论抽象的理论命题，而是从诸如主体性、价值论、深层心理学等更具体的理论角度进行更深入的思考。

对“主体性”的讨论主要集中在1985年以后的几年间。但其实早在这之前，李泽厚就曾在《康德哲学与建立主体性论纲》①、《关于主体性的补充说明》② 两篇文章中，从哲学的意义上谈到人的主体性问题。而在文学界引起较大影响的是刘再复对“主体性”问题的关注。刘再复基于自己的理论思考，对李泽厚所提出的主体性问题进行了文学意义上的集中探索与深入研究。自1985年始，刘再复先后发表了《文学研究应以人为思维中心》③ 和《论文学的主体性》④ 两文，纲要式地阐述了自己的见解，提出以人为主体作为文学的思维中心的理论。尤其是《论文学的主体性》，文章首先概述了文学主体性问题的理论前提，从“两个方面”——实践主体和精神主体，到“两层内涵”——一是把实践看作历史运动的轴心，把人看作是目的，二是要特别注意人的精神世界的能动性、自由性和创造性。在此基础上，他对文学的主体性构成从对象主体、创造主体和接受主体三部分依次进行了论述，详尽全面地阐述了文学的主体性问题。

两篇文章一经发表，立即在文学界引起了很大反响。1985年、1986年间，主要有三次大的讨论，分别是上海《文汇报》、中国社会科学院文学研究所文艺理论研究室以及广东《当代文坛报》组织的讨论。这些讨论或文章，并未对刘文提出具有针对性的意见或建议，只是就某些概念提出某些不尽相同的看法。真正形成不同观点间的对峙和论争的，是在陈涌发表《文艺学方法论问题》⑤ 一文以后。他认为刘再复谈人“离开社会实践”，“忽视了所谓‘自我实现’或‘行动着的人’发挥主体能动作用的基础和前提”。嗣后的1988年，王若水在中国文艺理论学会第五届年会上的演讲和《现实主义与反映论》⑥ 一文中指出：刘再复的理论有倚重主观和夸大个体实践的缺陷。此后，有关文学主体性问题的讨论因为更多人撰文参与争鸣，形成了持续不断的热潮。经过这场争论，刘再复文学主体性理论的某些漏洞和弱点得到了修正和完善。同时也激发了一些批评家的主体意识，形成了具有一定人文主义色彩的主体性文学批评。

五、存在主义的传播与影响

存在主义曾两度东渐，一次发生在20世纪40年代，一次发生在新时期的80年代，并形成了“萨特热”、“存在主义热”。

对存在主义相关作品的翻译和传播早在1980年前就开始了。当时的《世界文学》、《外国文艺》、《当代外国文学》、《外国文学》和《外国文学研究》等期刊上，都有存在主义译作发

---

① 李泽厚：《康德哲学与建立主体性论纲》，见李泽厚：《批判哲学的批判》，459页，合肥，安徽文艺出版社，1994。

② 李泽厚：《关于主体性的补充说明》，载《中国社会科学院研究生院学报》，1985（1）。

③ 刘再复：《文学研究应以人为思维中心》，载《文汇报》，1985-07-08。

④ 刘再复：《论文学的主体性》，载《文学评论》，1985（6）、1986（1）。

⑤ 陈涌：《文艺学方法论问题》，载《红旗》，1986（8）。

⑥ 王若水：《现实主义与反映论》，载《文汇报》，1988-07-12。

表，《世界文学》和《当代外国文学》上，还有关于萨特和存在主义的评介。《译林》1979年第1期就有对加缪和荒诞派的评介。柳鸣九在《外国文学研究》1979年第1期和第2期以及《读书》1980年第7期上，都撰文对萨特的历史地位做了评价。

从20世纪80年代中期起，存在主义美学概念成为新时期文艺理论的新资源。萨特的主要理论著述都已译成中文出版，有中国社会科学出版社1981年出版的《萨特研究》，中国人民大学出版社1986年出版的《影象论》，三联书店1987年出版的《存在与虚无》、1989年出版的《词语》，上海译文出版社1988年出版的《存在主义是一种人道主义》，人民文学出版社1991年出版的《萨特文论选》等。不少涉及存在主义美学的著作相继出版。其中，有对存在主义美学文论的收选，如《西方马克思主义美学文选》和《20世纪西方美学名著选》（蒋孔阳）；也有外来论著的翻译，如日本今道友信的《存在主义美学》；而更多的是我国文艺界的研究成果，如《存在主义美学与现代派艺术》（毛崇杰）、《现代西方美学史》（朱立元）和《当代西方美学思潮评述》（李兴武）等著作：它们从各个层面、各种角度探讨了存在主义美学的多种命题。

《小说界》1983年第1期曾发表过《关于存在主义答文学青年》组文，陈骏涛、罗大冈和王克千分别撰文对存在主义在文学青年中引发的浓厚兴趣发表了各自的见解。“他人即地狱”成为当时流传甚广的一句名言。何新则在1986年发表《当代中国文学中的存在主义影响》①，以专题形式探讨了存在主义对中国当代文学的影响。作者认为，当代文学中有意无意地追求表现和探索的主题，如人性的异化、主体自由、个性本质的选择、传统价值的幻灭、人生孤独（失落、荒谬、不可沟通性）的陈述和英雄主题的否定等，无一不直接或间接地与西方的存在主义文学运动有关。文章在评论界引起过较大反响。

如果说人道主义是1985年前文学的价值观，那么，存在主义就是其后中国文学基本的价值观之一。两者分别影响了中国当代两个时期的文学。新时期伊始，中国文学界首先兴起的就是揭露人的精神与肉体在“文化大革命”期间遭受创伤，对非人的生存状态进行控诉的“伤痕文学”，接踵而至的是“反思文学”。随着探索的不断深入和文学创作的进一步展开，打破单一的、道德化、抽象化的人性观念，重视对个体的个性、潜能，对丰富而复杂的人性与人情等进行挖掘成为了1985年以前文学创作的主题。而在经历了80年代的“萨特热”和“存在主义热”之后，存在主义逐渐成为中国当代文学实践路向之一。诗人海子、小说家残雪、先锋小说家，以及关注当下生活的新写实小说家和新生代小说家都以各自的立场和视野探索着关于“存在”的问题。而这一探寻一直延续至今。

六、现代主义的传播

20世纪70年代末80年代初，中国在政治、经济、文化等各个方面均发生了巨大的变化，中外文化学术交流事业再次蓬勃发展。在这样的开放大潮之下，现代主义再度进入中国，并对1976年以来的中国文学产生了重大的影响。

新时期突破现代派这个禁区的最初酝酿者是中国社会科学院外国文学研究所从事西方现代

① 何新：《当代中国文学中的存在主义影响》，载《中国现代、当代文学研究》，1986（10）。

文学研究的一群学者。他们集中发表了一批重新评价现代派文学的文章，如卞之琳的《分与合之间：关于西方现代文学和“现代主义”文学》①、袁可嘉的《我所认识的西方现代派》②、柳鸣九的《现当代资产阶级文学评价的几个问题》③、朱虹的《对西方现当代文学评价问题的几点意见》④、陈焜的《讨论现代派要解放思想，从实际出发》⑤、李文俊的《对评价西方现代文学的几点看法》⑥ 等等。

随后，西方现代派文学的各种理论与作品相继得以译介和引进。由伍蠡甫等人编译的《西方文论选》（包括 19 世纪部分现代派作家的文论）和《现代西方文论选》相继于 1979 年 6 月和 1983 年 1 月由上海译文出版社出版，其中后者所译介的现代派文论包含二十余个流派；1980 年至 1985 年，由袁可嘉、董衡巽、郑克鲁等人选编的包括诗歌、小说和戏剧在内的八卷本《外国现代派作品选》由上海文艺出版社出版。与此同时，大量的译介欧美文学的作品和理论期刊也相继复刊或创刊，介绍了大量的西方现代派文学的信息。虽然袁可嘉等编选的《外国现代派文学作品选》第一卷出版于 1980 年，但在此之前，人们已可以从《文艺报》、《外国文学通讯》、《外国文学》、《世界文学》等刊物上读到诸如“现代派”这样的字眼。从 80 年代初到中期，外国现代派文学的翻译介绍不断掀起新的高潮，马尔克斯、福克纳、海明威、海勒、罗伯-格利耶、艾特玛托夫的小说，以及金斯堡、佩斯、埃利蒂斯、博尔赫斯、阿特伍德、普拉斯的诗歌都成了当代中国作家倾慕和模仿的对象。从 1981 年开始，外国文学出版社和上海译文出版社两家共同推出了“二十世纪外国文学名著丛书”，陆续出版了近 200 种在 20 世纪世界文坛具有较大影响的优秀作品；1983 年，外国文学出版社还推出了一套“荒诞派戏剧选”，贝克特、尤奈斯库和让·热奈等人的作品更加广为人知。这些作品对当代作家的直接影响是不可低估的。

第二节
创作思潮的变化

一、从神的膜拜到人的讴歌：人道主义

自新文学发端以来，人性的觉醒与解放以及人道主义精神就与新文学紧密联系在一起。重

① 卞之琳：《分与合之间：关于西方现代文学和“现代主义”文学》，见《外国文学研究集刊》，第 1 辑，北京，中国社会科学出版社，1980。

② 袁可嘉：《我所认识的西方现代派》，载《光明日报》，1982-12-30。

③ 柳鸣九：《现当代资产阶级文学评价的几个问题》，载《外国文学研究》，1979（2）。

④ 朱虹：《对西方现当代文学评价问题的几点意见》，见《外国文学研究集刊》，第 1 辑，北京，中国社会科学出版社，1980。

⑤ 陈焜：《讨论现代派要解放思想，从实际出发》，载《外国文学研究》，1981（1）。

⑥ 李文俊：《对评价西方现代文学的几点看法》，见《外国文学研究集刊》，第 1 辑，北京，中国社会科学出版社，1980。

视人的价值和尊严，重视人的世俗生存和个性解放，追求人的自由、平等、博爱，这一直是人道主义精神的核心命题。人道主义不仅成为了“五四”新文学的普遍话题，同时也成为贯穿新文学始终的一个永恒而敏感的思想主题。正是对人性的呼唤和对反人道主义精神的批判，构筑起文学创作中强烈的主体意识和鲜明的个性特征。

但是，在新文学不长的发展过程中，人道主义问题却经历了许多曲折，并在文学理论界引起广泛的论争。新中国成立初，人道主义被当作“修正主义者”鼓吹的“资产阶级人性论”而受到批判，文艺家谈“人”色变，涉及人性、人情便下笔艰难。从创作实践看，只强调阶级斗争没有“爱”，只有阶级共性而缺乏共同人性、人情，将人无限拔高乃至“道德化”、“神圣化”，拒绝人的世俗性、日常性，成为20世纪六七十年代中国文学的普遍倾向。

新时期人性、人道主义的重新崛起正是历史物极必反发展的必然。“文化大革命”十年，给中国人民带来了空前深重的灾难，对人的身心任意戕害，武斗视人命如草芥，人的尊严更无复可言，而一部分人也因借“革命”的名义摧残同类而人性沦丧。个体的信仰自由、主体意志，个人的人格尊严，人与人之间的平等与和谐都在这场劫难中被淘洗殆尽。“文化大革命”结束后，“人们迫切地需要恢复人的尊严，提高人的价值”[①] 成为痛定思痛之后的必然选择。

“文化大革命”后的文学艺术创作，从一开始就自觉地承担了这个历史任务。在1979年举行的全国第四次文代会上，作家们提出了“人是目的，人是中心”[②] 的观点。“伤痕文学”成为新时期文学中第一个反思“文化大革命”的文学浪潮。所谓“伤痕文学”，首先就是揭露人的精神与肉体在“文化大革命”期间遭受的创伤，和对非人的生存状态的控诉。由于大多数作者本身就是这场灾难的亲历者和受害者，他们的叙述既有历史见证的意味，同时又多了几分直捣人心的情感力量。揭露与控诉，悲壮与感伤，是这些作品共同的时代主题和情感基调。刘心武的《班主任》和卢新华的《伤痕》以及徐迟的报告文学《哥德巴赫猜想》一起成为了“伤痕文学”最初的代表性作品，轰动文坛。这些作品一方面对“人不复为人”的非人状况和社会文化心态作了辛辣的讽刺和控诉，同时也从另一方面表达了对美好朴素人性的呼唤和赞美之情。正像有的学者指出的那样，中国新时期的文学经历了一个“由神的膜拜到人的讴歌”[③] 的过程。随着作家们对“文化大革命”灾难的反思逐渐走向深入，控诉与感伤开始延伸到对中国当代社会心理，甚至整个民族文化、心理历史的思考。“反思文学”正是在这逐渐深入的过程中产生的。茹志鹃的《剪辑错了的故事》、冯骥才的《高女人和她的矮丈夫》等是这一思潮中的代表性作品。

随着思想理论的探索深入和文学创作的进一步展开，作家们开始打破单一的、道德化、抽象化的人性观念，越来越重视对个体的个性、潜能，对丰富而复杂的人性与人情等问题的挖掘，并且逐渐形成一种独立而清醒的探索精神，创造了表达自身个人化的立场与风格的表达方式。对人性、人道主义的表现由此开始走向多元化。

---

①② 周扬：《继往开来，繁荣社会主义新时期的文艺——在中国文学艺术工作者第四次代表大会上的报告》，载《文艺报》，1979年第11、12期合刊。

③ 曹万生：《由神的膜拜到人的讴歌》，载《当代文艺思潮》，1985（5）。

二、从大写的人到小写的人：存在主义

虽然中国的“存在主义热”兴起是在80年代中期，但在这之前就已经有作家在自己的创作中表现过存在主义主题。这主要集中在一批20世纪60年代初和“文化大革命”中开始觉醒的年青一代中。对疯狂世界的勇敢批判，对泯灭人性的暴力的控诉，对孤独个体存在的反思，是他们共同的思想背景。诗歌方面，黄翔的《独唱》(1962)可能是最早的一个“独唱者”。后来的《野兽》则已触及“异化”主题。小说方面则以赵振开的《波动》为代表，其他还有像《晚霞消失的时候》、《在同一地平线上》和《近的云》等作品。这些作品突破既有的政治书写模式，以个人主体的思考，“小我”的感情代替政治权力话语和阶级“大我”的权威，探索独特个体的人生体验和生存困境。这批小说的出现，预告了中国当代文学的复苏。

而稍晚出现的“朦胧诗人”，因为相似的“文化大革命”经历和体验，他们中的部分人的部分诗作显然延续了对存在主义主题的探索。典型的如顾城的《远和近》。只是这时存在主义的探索被整合到了启蒙主义和人道主义的大旗下，并未被文学界所关注。到了80年代中期，虽然占当代中国文化主导地位的仍然是启蒙主义，但这个时期的文化发展开始出现了某种微妙的变化。一是以精英知识分子为主体的启蒙文化同主流文化之间开始出现裂痕，知识分子自动走出意识形态与权力政治中心，坚守独立立场与边缘位置的自我意识萌醒。二是商业文化背景开始对启蒙主义乌托邦色彩的文化背景构成了巨大的瓦解力量。三是知识分子内部出现分化，一部分开始在存在主义中找到了个人精神的“家园”。[①] 而在这部分知识分子中，又存在不同的价值取向。大致可以分为两支：追问终极存在的一支和关注当下生存的一支。追问终极存在这一支又可以分为两维：第一，诗歌方面以海子为代表。小说方面，以残雪为发端，她的《山上的小屋》展示出“他人即地狱”的思想命题。刘索拉、徐星在新时期的代表作《你别无选择》、《无主题变奏》则对个人存在与境遇关系作了思索。而几乎同时出现的先锋小说，则以群体的形式表现出比较明显的存在主义色彩。如马原的《虚构》、格非的《褐色鸟群》对存在与非存在的思考，余华的《现实一种》对“他人即地狱”主题的再思考，苏童对历史存在的追问。第二，坚守启蒙主义立场和对人的关怀的存在主义。以张承志的《心灵史》、张炜的《九月寓言》、北村的《施洗的河》等为代表。另外思考当下生存的一支则以20世纪80年代后期开始兴起的新写实派为代表。这派小说将个人的日常性、琐屑性、平凡乃至平庸的当下生活以零度情感的客观方式加以呈现。而崛起于90年代的“新生代”作家群则显然对这一派的小说风格有所继承。诗歌方面则以“后朦胧”诗派为代表。他们打出“反精英”、“反崇高”的旗号，对启蒙主义所代表的文化理想与原则施以嘲弄，刻意平民化、庸众化，也表现出某种存在主义倾向。

---

① 参见张清华：《中国当代先锋文学思潮论》，217页，南京，江苏文艺出版社，1997。

三、从美的人到丑的人：现代主义

“文化大革命”后文学的现代意识，最早可以追溯到六七十年代的青年诗人食指和以芒克、多多等人为主的“白洋淀诗群”。特定的历史形成了这群年轻的诗人怀疑与否定的精神气质，成为独立于“时代精神”之外最早的青年觉醒者之一。他们的诗既有对未来美好憧憬的浪漫主义色彩，也蕴含着孤独觉醒者愤怒的抗争和对历史清醒的审视。食指的《相信未来》和《疯狗》恰是这两方面内涵的形象写照。对专制主义的抨击，对个人崇拜、泯灭人性的暴力的冷静思索，以及对现代诗歌技巧的吸收，使他们理所当然地成为具有现代主义倾向的朦胧诗的先驱。

1978 年，伴随着《今天》杂志的刊行，以北岛、顾城、舒婷、江河、杨炼等为代表的朦胧诗派逐渐进入人们的视野。这是一群涉世未深却又饱尝“乱世”之苦的年轻诗人，愤怒、失落、悲慨、忧患又夹杂着希冀，构成了他们共同的情感基调。以理性的、人道主义的精神反思、审视荒诞处境中人的命运与存在、人的精神价值、人对不合理现实的抗争与呼号，以及关于灵魂的自我拷问和自我拯救等问题，便自然成为了诗人们的诗歌主题。中国新时期文学现代主义文学的探索由此正式拉开序幕。只是此时朦胧诗派着力点在张扬一种精神理性和美好人性，以及对非理性和反人性历史、社会秩序的冷静批判，因而使他们的作品带上了崇高的美学风格。

与此同时，王蒙、茹志鹃和宗璞带有意识流和荒诞色彩的小说也在进行着现代主义文学的探索。1980 年前后，他们推出了第一批探索性作品：王蒙的“老六篇”《春之声》、《布礼》、《夜的眼》、《海的梦》、《蝴蝶》、《风筝飘带》，茹志鹃的《剪辑错了的故事》，宗璞的《我是谁》等。但这些探索性作品还带着“过渡”色彩，在主题意识和艺术手法上都还显得不够成熟。到了 80 年代中期，以 1985 年为标志，文坛上新方法、新观念一时之间蜂拥而起。当代小说，包括小说的内容、价值立场、艺术观念、叙述方式等各个方面都发生了裂变。

以刘索拉的《你别无选择》、徐星的《无主题变奏》、张辛欣的《我们这个年纪的梦》等为代表的一批现代派小说的创作实践尤其值得关注。这批小说作家曾因显现出与 20 世纪五六十年代美国的“反文化”、“嬉皮士”相似的精神气质，而被称为中国“迷惘的一代”、“垮掉的一代”。痛苦、迷惘、冷漠甚至玩世不恭是小说人物普遍的精神状态，也构成了这些作品的情感基调。对人的英雄精神、崇高品格的质疑和消解，对普通、平凡乃至庸常生活、人性的认同、肯定成为小说的基本主题。而残雪、莫言则把这种价值立场和艺术观念的裂变进一步往深度掘进。在残雪小说的超验世界里充满了变态、丑陋和荒诞，以及由恶造成的惶恐、神经质等精神病态。而莫言则以语言狂欢的宣泄式写作颠覆、亵渎着传统的价值系统，表现出强烈的审丑意识。以马原、苏童、余华、格非、孙甘露等为代表的先锋小说，则以文体实验为依托，对命运之偶然、人性之本能欲望、人性之恶等非理性因素作了有价值的思考和探索。

诗歌方面，第三代诗人打出“Pass 北岛”的旗帜，立意要破坏朦胧诗人们所张扬的精神理性、英雄品质和美好人性。从诸如“非非主义”、“莽汉主义”等诗派命名即可感受到这批诗人“反传统”、“反文化”的价值取向。在他们的诗中，主体完全是一群小人物，是一群近似“嬉皮士”的人物。肆意嘲弄传统，颠覆、反拨神圣，刻意追求审丑。无论在精神气质还是艺术观念上，第三代诗人都与自刘索拉等为发端的现代派小说不谋而合。

与此同时，高行健等人进行的实验话剧，如早期的《绝对信号》(1982)、《车站》(1983) 和后期的《野人》(1985)、《彼岸》(1986) 等也都在现代主义主题上作了有益探索。

由对美好人性的歌颂到揭示人性之恶，中国当代文学完成了新时期以来最大的一次裂变。裂变影响所及，一些传统的现实主义作家也开始注意到现代主义文学的艺术观念，并在作品中汲取一些现代文学的写作技巧。

【本章学习参考】

一、相关文献

1. 林兴宅．论阿Q性格系统．鲁迅研究，1984 (1)．

2. 林兴宅．论文学艺术的魅力．中国社会科学，1984 (4)．

3. 周扬．关于马克思主义的几个理论问题的探讨．人民日报，1983-03-16.

4. 刘再复．文学研究应以人为思维中心．文汇报，1985-07-08.

5. 刘再复．论文学的主体性．文学评论，1985 (6)、1986 (1)．

6. 朱寨，张炯，主编．当代文学新潮．北京：人民文学出版社，1997.

7. 张清华．中国当代先锋文学思潮论．南京：江苏文艺出版社，1997.

二、重要命题

异化

“异化”一词源于拉丁文“alienatio”，有出卖、转让、疏远、脱离等义。在德国古典哲学中这个术语的含义是指：“主体在发展的过程中，由于自己的活动而产生出自己的对立面，然后这个对立面又作为一种外在的、异己的力量而转过来反对主体本身。”(王若水：《关于“异化”的概念》，见《外国哲学史研究集刊》第1册，1页，上海，上海人民出版社，1978) 马克思在其早期著作中曾多次使用这个概念。新时期有关人道主义问题的讨论中，“异化”理论因与人性、人道主义问题有密切联系，因此“异化”又成为“人道主义热”中的一个理论热点。周扬《关于马克思主义的几个理论问题的探讨》也谈到了关于“异化”的问题。他认为：“劳动异化”的理论是马克思主义的重要组成部分；社会主义也存在着异化。

“现代化与现代派”的讨论

这场讨论起于徐迟的《现代化与现代派》[《外国文学研究》，1982 (1)] 和徐敬亚的《崛起的诗群——评我国诗歌的现代倾向》[《当代文艺思潮》，1983 (1)]。讨论主要围绕着“现代派的起因”、“如何评价西方现代派”、“‘现代化’和‘现代派’的关系”和“我国文学的发展道路”等四个问题展开。这场讨论极大地推动了中国当代文学的发展。

三、复习思考

1. 论述新时期文艺思潮转变的几大特征。

2. 论述西方文艺思潮对新时期文学发展的影响。

3. 反思中国当代文学评奖制度的优与劣。

第三十六章
1985 年以前的小说

20 世纪 70 年代，随着“文化大革命”的结束以及对极左思潮的清算，中国进入一个新的历史时期。小说和其他文学样式一样，终于从严寒中迎来万物复苏的春光，以前所未有的机敏感受着时代的脉动。王蒙、刘绍棠、汪曾祺、陆文夫、张贤亮、李国文、邓友梅、从维熙等一批被打成“右派”的作家重返文坛，他们百感交集，以全新的审美姿态向世人展示自己独特的历史体验；张抗抗、梁晓声、张承志、史铁生、陈建功等“知青作家”以及刘心武、蒋子龙、冯骥才等初登文坛的中年作家，他们从各自的生活道路、人生体验出发，凭借敏锐的触角体察社会的变动，以不同的艺术方式创作了伤痕小说、反思小说、改革小说、知青小说、军旅小说、都市小说、乡土小说等。

以 1985 年为界，20 世纪 80 年代的文学可以分为两个阶段。与 1985 年后的文学风貌相比，1985 年前的小说创作是一元化的。这种一元化的特征主要表现为文学还没有完成几个转变：由单纯的政治型、教育型向多样的社会型、审美型的转化；由固定的基本模式向独立创造型的转化；由艺术手法的单一向艺术手法多元化的转化。进入新时期，尽管一些作家开始从狭隘的政治政策中走出来，对包括政治、经济、文化、道德在内的社会生活作了多角度的观察、发掘和判断；但是长期以来形成的文学观念、取材视角、艺术方法都无法瞬间抹平，都存在着政治关注与艺术单一的特征。因此，从某种意义上说，1985 年前的文学发出的仍是时代统一、共同的声音。也有“异端”如张洁、张辛欣等，她们在思想和艺术上进行了有益的探索，小说主题由单一走向多义，人物性格由单纯走向复杂，结构由单线平面走向多线立体，价值追求由政治走向审美，这些探索显现出 1985 年后多元化小说创作的端倪。

本章主要评述伤痕小说、反思小说、改革小说、都市小说、乡土小说、军旅小说、知青小说等。

第一节
伤痕小说

作为新时期小说第一股巨潮，伤痕小说率先打破“文化大革命”后小说界的短暂沉寂。1977 年 11 月《人民文学》发表刘心武的短篇小说《班主任》，1978 年 8 月《文汇报》推出卢新华的短篇小说《伤痕》。这两个短篇小说引发全国性的关于“暴露”问题的大讨论，从而带动1977年至1979年创作伤痕小说的思潮。伤痕小说因正面暴露十年“文化大革命”对个人和家庭所造成的严重不幸以及在人民的心灵深处留下的难以消弥的创伤而得名。除《班主任》、《伤痕》外，代表性的作品还有从维熙《大墙下的红玉兰》、陈世旭《小镇上的将军》、张洁《从森林里来的孩子》、周克芹《许茂和他的女儿们》、宗璞《我是谁》、冯骥才《啊!》、莫应丰《将军吟》、陈国凯《我应该怎么办》、郑义《枫》等一大批有影响的作品。这些作品在当时引起社会的巨大震动和人们心灵的强烈共鸣。从社会学角度来说，伤痕小说彻底否定了十年“文化大革命”，宣泄了人们压抑已久的义愤，更为重要的是，它揭示了“文化大革命”的最大祸患在于对人们心灵的戕害，从而引起疗救的注意；从文学的角度来看，伤痕小说立足现实，以批判的眼光大胆地触及20世纪50年代至70年代文学中回避的个人命运、情感创伤等人性、人情问题，使作品具有强大的情感冲击力。当然这些艺术上显得粗糙的作品因急于宣泄情感，惨剧鲜血淋漓，缺乏必要的提炼和理性的反思，存在简单化、概念化、表层化的缺陷。

刘心武（1942— ），四川成都人。1950年随父母迁往北京。1961年毕业于北京师范专科学校，到中学任教并开始文学创作。1977年因发表伤痕小说的“开山之作”《班主任》而名声大噪。小说以班主任张俊石的眼光审视了“文化大革命”中心灵扭曲、变形的中学生。愚昧无知的“小流氓”宋宝琦是作为“外伤”青年出现的，他什么书都不读，有斑斑劣迹和犯罪前科，通过他揭示了“文化大革命”“兽道”的罪恶。但是更令人触目惊心的是，作为宋宝琦的对立面谢惠敏，一个“心地单纯、品学兼优”的团支部书记，她的幼稚和无知与品行低下的宋宝琦有着惊人的一致，特别是她那僵化和偏执的思想行为，证明她是一个轻信盲从、不辨是非的另类畸形儿，通过她揭示了“文化大革命”“神道”的遗祸。与宋宝琦的“外伤”相比，作者对谢惠敏精神上的“内伤”倾注了更多的思考。刘心武说：“在写《班主任》时，我只是觉得骨鲠在喉，必须一吐为快；我凭着一种真挚的责任心，一股遏制不住的激情，提笔勾勒着我所熟悉的人物，呼唤人们警觉起来，救救被‘四人帮’坑害了的孩子!”① 小说发出的“救救孩子”的呼唤，与“五四”小说的开篇之作《狂人日记》的“救救孩子”历史呼应，起到了对非兽非神的人的呼唤作用。这一时期刘心武的创作大都采用了《班主任》式的“问题小说”的模式，《爱情的位置》、《醒来吧，弟弟》、《我爱每一片绿叶》，包括1985年以后他发表的《5·19长镜头》、《公共汽车咏叹调》、《王府井万花筒》等一批颇具影响力的纪实小说都提出一个尖锐的社会问题，并从这一问题出发设置情节、安排人物，力图回答人民群众关注的社会问题。

刘心武的另类小说《如意》、《立体交叉桥》和长篇小说《钟鼓楼》转向对人的生存状态、精神面貌的关注，着重描写具有北京地域特色的人情、世态、风情、习俗。《钟鼓楼》以薛家婚宴为中心，横向描写北京钟鼓楼下一个四合院里九户人家的命运以及他们之间复杂的矛盾纠葛；同时还适时穿插其家族的历史，勾勒了人物的过去，从而全方位、多层次地再现20世纪80年代北京市民的生态景观，揭示了我们民族的性格、文化心理积淀。在结构上，小说没有主人公，没有曲折复杂的故事情节，而是将众多人物置于共同的时空中来呈现人物间的关系以及他们的心理活动。进入90年代，刘心武又发表了《风过耳》、《四牌楼》、《栖凤楼》等长篇小说，这些作品或展示社会众生相，或描述家族历史，都注重时代色彩和历史文化的结合。

---

① 刘心武：《〈班主任〉后记》，载《人民文学》，1977（11）。

与《班主任》一样，卢新华的小说《伤痕》，也反映人们思想内伤的严重性，得到新时期文学的首肯。主人公王晓华由盲目追随“造反”，到受制于血统论阴影的笼罩遭受了精神、道德和心理上一系列无法平复的创伤。这时期伤痕文学主要关注题材、主题，对艺术技巧并不看重。所以评论界取舍“好”作品的标准，主要看作家是否“敢于冲破‘四人帮’加在人们头上的精神枷锁”，是否“敢于说真话”、是否敢“暴露”，对艺术技巧、想象力、语言，对存在着的题材、故事的雷同现象，则普遍采取了比较“忽视”的态度。

从维熙（1933— ），河北玉田人。1950年开始发表作品。1957年被划为“右派”，参加劳改。复出后，他对过去生活刻骨铭心，以劳改和监狱生活为题材创作了《大墙下的红玉兰》、《燃烧的记忆》、《第十个弹孔》、《远去的白帆》、《雪落黄河静无声》等小说。这些作品问世后，被人称为“大墙文学”，当时《文艺报》还辟出专栏展开公开讨论。但由于二元对立的思维模式，作者把复杂的政治历史问题处理成文学上的忠与奸、道德上的善与恶、人性上的美与丑。尽管这些小说矛盾冲突剧烈，渗透着血和泪，在当时引起极大反响，但是陷入简单化、概念化的怪圈。这种倾向在他后来的《阴阳界》、《断桥》、《走向混沌》等小说中有一定程度的改变。

第二节 反思小说

就在伤痕小说方兴未艾之际，反思小说出现了。与伤痕小说暴露十年“文革”伤痕不同，反思小说把触角延伸至20世纪50年代以来极左政治及其历史悲剧，尤其是1957年的“反右”运动、1958年的“大跃进”、1959年的“反右倾”斗争，重新思考这段历史及其悲剧。1979年发表的茹志鹃短篇小说《剪辑错了的故事》和鲁彦周中篇小说《天云山传奇》是较早反思极左历史的作品。随后出现的有高晓声《李顺大造屋》，张贤亮《灵与肉》，张一弓《犯人李铜钟的故事》，方之《内奸》，李国文《月食》，王蒙《蝴蝶》，张弦《记忆》，韦君宜《洗礼》等。反思小说的高潮是在20世纪80年代初期，但它延续的时间较长。与伤痕小说相比，反思小说题材延伸到50年代，观照社会的视角更加多样化，人物在特定历史环境中情感、性格的复杂性和矛盾性得到揭示，作品在一定程度上融入作者本人对历史和社会的理性思考。在艺术上，由于表现手法的日趋多样化，人物刻画更加丰满，情节设置、细节安排更加合理，对人道主义的思索也更加深入。

张贤亮（1936—2014），祖籍江苏盱眙，生于南京。1957年，因发表抒情长诗《大风歌》被划为“右派”。此后他经历劳改、管制、群专、关押。1979年复出文坛，发表《邢老汉和狗的故事》、《灵与肉》、《土牢情话》、《龙种》、《河的子孙》、《绿化树》、《男人的一半是女人》、《男人的风格》、《习惯死亡》、《我的菩提树》、《早安，朋友》等短、中、长篇小说。张贤亮的小说题材广泛，《邢老汉和狗的故事》以质朴的方式讲述20世纪70年代在中国偏僻乡村发生的一个悲惨故事。勤劳、本分的农民邢老汉，一度对国家新政权充满希望，但随之而来的一系列天灾人祸摧折了老汉的理想，连作为他唯一生活寄托的黄狗，也在一场匪夷所思的“打狗运动”中被枪杀了，老汉在这一沉重的打击下凄然老去。小说借此控诉了当时官方推行的非人性的极左政治路线。《男人的风格》和《龙种》通过塑造陈抱贴、龙种两个改革者形象，正面反映社会经济改革面临的种种问题。这两部小说与20世纪80年代许多同类题材的作品基本类似，改革者受命于一个老大难的单位，果敢刚毅、不怕挫折、锐意进取，使一个濒临倒闭的单位或企业走向生机。相比而言，《河的子孙》较深沉厚实，它通过魏家桥大队党支部书记魏天贵的经历，反思20世纪50年代末至70年代中期中国农民命运的曲折多变，从而表明在农村实行经济体制改革的必然性。

真正给张贤亮带来知名度并引起争议的作品是《灵与肉》、《土牢情话》、《绿化树》、《男人的一半是女人》等。这几篇小说讲述的是过去的苦难生活和永不泯灭的创伤性心灵历程，其中渗透作者自身性体验。小说的主人公都是极度困厄的知识分子，在被流放、被劳改的处境中，他们遇到了生活方式、情感方式都近于“原始”的劳动女性。这些劳动女性不仅解除了他们的“双重饥饿”，而且以古朴、坚韧、达观的性格赋予落难知识分子超越苦难和自我救赎的非凡力量。《灵与肉》中的李秀芝、《土牢情话》中的乔安萍、《绿化树》中的马樱花、《男人的一半是女人》中的黄香久，她们或单纯或世俗，但无不热情奔放，对男主人公体贴照顾，向许灵钧、石在和章永璘奉献了无私的爱，使主人公从肉体到精神都体会到一种超越的力量。在这里，知识分子的自我内省、《资本论》的启悟、劳动女性的感召，成为张贤亮作品的基本结构。其中自我内省是主线，在与劳动女性的关系中推动了自我内省；读《资本论》以及反省西方人道主义的影响，使主人公进行自我的思想批判。所以张贤亮的小说不是再现苦难，而是如何从苦难中实现自我超越。

20世纪80年代末，张贤亮又陆续发表长篇小说《习惯死亡》和《我的菩提树》，延续对历史灾难的记忆。欲望和恐惧是这两部小说的主题。《土牢情话》中对死亡的恐惧、《绿化树》中对饥饿的感受、《男人的一半是女人》中对性的渴望，这些情节经过有节制的处理在这两部小说中进一步得到渲染。在艺术上，作品有所创新。《习惯死亡》运用意识流手法，通过一位知识分子的心理活动，抨击了极左思潮；《我的菩提树》则以日记注释的形式，展现20世纪60年代劳改中对饥饿和死亡的真实性历史感受。

李国文（1930—　），祖籍江苏盐城，生于上海。1957年因发表小说《改选》被划为“右派”。1979年复出后，李国文延续自己审视社会的独特方式，他冷静地描述人物挫折多变的命运，并把对历史的反思融入其中。短篇小说《月食》和长篇小说《冬天里的春天》，反思干部和群众之间的关系；长篇小说《花园街五号》提出干部接班人的问题。这些小说的历史跨度较大，往往以主人公的经历为主线，采取意识流或电影蒙太奇的手法来结构全篇。《冬天里的春天》以主人公于而龙为寻找30年前杀害妻子的凶手而回乡的三天行程为小说的基本框架，通过人物的心理活动、感情起伏、幻觉和追忆，将不同时空的生活画面组接起来。在这些看似混乱的意识活动中，读者仍能“重组”富于传奇色彩的人物经历。20世纪80年代后期，李国文的风格有了变化，即从问题小说转向对人心世态的勾画。《危楼记事》由一系列短篇组成，通过形形色色的人物反映“危楼”里居民的生活方式和文化心理。《没有意思的故事》由32个短篇小说组成，通过鸡毛蒜皮的小事反映一定的时代情绪和社会心理。进入90年代，李国文转向杂文创作，形成“以史喻今”的创作形式。

第三节 改革小说

十一届三中全会以后，改革开放的潮流刚刚涌动，作家们就将目光敏锐地转向改革，他们以饱满的热情或冷静的理性去关注这一具有重大历史意义的巨变。一时间，改革小说风起云涌。蒋子龙《乔厂长上任记》、《一个工厂秘书的日记》、《开拓者》、《赤橙黄绿青蓝紫》、《锅碗瓢盆交响曲》、《燕赵悲歌》等作品塑造了一系列的"开拓者"形象。张洁《沉重的翅膀》、张锲《改革者》、柯云路《新星》和《三千万》，以及水运宪《祸起萧墙》，都反映了现代化进程中的改革生活。与此相应，反映农村改革的小说也异彩纷呈，贾平凹《小月前本》、《鸡窝洼人家》、《腊月·正月》，周克芹《山月不知心里事》，张贤亮《龙种》等都反映改革给中国农民带来的心灵阵痛，从而暴露了传统落后的文化是中国农村改革的巨大障碍。

蒋子龙（1941—　），河北沧县人。曾在天津重型机械厂工作，对工厂生活的熟悉，为他以后的创作奠定了生活基础。1976年发表短篇小说《机电局长的一天》，1979年发表成名作《乔厂长上任记》，开启"改革小说"的先河，并贡献一大批作品。小说有《开拓者》、《一个工厂秘书的日记》、《锅碗瓢盆交响曲》、《拜年》、《蛇神》等。蒋子龙的小说以描写工业改革为主，也涉及商业、科技、农业领域，塑造了乔光朴、车篷宽、高盛五、解净、应丰、宫开宇、武耕新等一系列改革者、开拓者形象。这些人物的共同特征是知难而上、披荆斩棘、开拓创新，具有强烈的理想化色彩。《乔厂长上任记》中的乔光朴，是新时期工业领域的改革者形象。他勇挑重任，主动到老大难的电机厂任厂长。面对积弊如山、问题成堆的工厂，他利用自己的才智和魄力，大刀阔斧地改革，使工厂走上正轨。作者在肯定乔光朴的改革成效时，也暴露了以副厂长冀申为代表的来自干部内部阻碍改革的力量，从而揭示改革的举步维艰。蒋子龙的小说善于在尖锐的矛盾冲突中刻画人物，风格粗犷雄劲，情节跌宕起伏，语言热情奔放，这和主人公的精神相一致。但因作者用二元对立的方式来对待复杂的社会改革问题，导致小说模式化，人物也过于理想化。进入新世纪，蒋子龙又出版了他的第一部农民题材的长篇小说《农民帝国》。小说通过主人公郭存先从一个白手起家的农民成长为一个身份显赫的企业家，又从亲手营造的农民帝国之巅沦为阶下囚的故事，反映了农民跌宕起伏的生活命运。

与蒋子龙的小说一起，水运宪的中篇小说《祸起萧墙》、张洁的长篇小说《沉重的翅膀》，推动着改革文学的发展。《沉重的翅膀》定稿于1981年4月，后获第二届茅盾文学奖。[①] 小说描写了重工业部上下各个阶层的斗争，以副部长郑子云为代表的改革者，勇于冲破传统势力的羁绊，主张进行体制改革；以部长田守城为代表的反对派，则利用职权设置障碍，把心思都花在争权夺利上。小说的意义在于，作者在描写经济领域的改革时，还把笔触伸向几个家庭和人物的命运遭际，深入挖掘了人性的复杂性。

---

① 茅盾文学奖第二届获奖作品有李准《黄河东流去》、张洁《沉重的翅膀》（修订本）、刘心武《钟鼓楼》。

第四节
都市小说的兴起

陆文夫（1928—2005），江苏泰兴人。1956 年出版短篇小说集《荣誉》，同年发表《小巷深处》。1957 年因参与组织“探求者”文学社被划为“右派”，下放至工厂劳动。60 年代初调回江苏省文联。后又因出版短篇小说集《二遇周泰》，被二次下放。“文化大革命”后平反复出文坛。小说集还有《小巷深处》、《特别法庭》、《小巷人物志》和长篇小说《人之窝》。早在 20 世纪 50 年代写《小巷深处》时，陆文夫就把苏州作为笔下人物生活的舞台。70 年代末，特别是《美食家》的问世，使陆文夫的“小巷文学”上了一个新台阶。苏州的园林、石板小巷、大桥小桥、奇巧的假山、吴越遗迹、风味小吃，这些苏州生活特有的地域风俗成为陆文夫小说独特的审美情趣。《小贩世家》中的朱源达，挑着馄饨走街串巷好几年，从顾客手中接过钱，同时又把快乐和乡情连同馄饨送给顾客，然而一次次的政治运动，使他家被抄，人也被打成重伤，一个“调皮与快乐的小伙子被折腾成小老头”。“文化大革命”后当社会恢复生机，朱源达彻底放弃卖馄饨的主业，转而去看大门。小说揭示了极左政治给人造成的沉重心理负担。《美食家》塑造了文学史上的食客形象朱自冶。他出身资本家，旧时代靠祖上的家业坐着黄包车去赶吃；时代变了，他只能徒步去找吃，寻求吃出点意思来。“文化大革命”后，他竟然由一个浑浑噩噩的吃客变成“美食家”。作者通过朱自冶由精吃到粗吃再到堂而皇之的大吃，折射了社会历史的变迁和饮食文化的兴衰。陆文夫的小说具有浓郁的苏州风味，不仅体现在他为笔下的人物提供了一个特定的环境，还体现在他汲取苏州民间艺术评弹的表现手法。在人物塑造上，他注意人物心理变化的微妙性；在情节设置上，他善于利用巧合；在语言上，他吸收了大量具有生命力的吴方言和苏州评弹语言。

张洁（1937—　），祖籍辽宁抚顺，生于北京。1978 年发表处女作《从森林里来的孩子》，引起文坛注意。1979 年加入中国作协，同年发表短篇小说《爱，是不能忘记的》。1980 年调到北京电影制片厂担任编剧，后为北京作协专业作家。作品集有《张洁小说剧本选》，小说散文集《爱，是不能忘记的》、《方舟》，中短篇小说集《祖母绿》和散文集《在那绿草地上》。张洁的创作始终以独特的女性视角审视中国当代女性尤其是知识女性生存的全部痛苦和困境。小说《爱，是不能忘记的》较早触及婚姻、爱情和伦理道德之间关系的思考，回答了爱情在生活中的位置这一尖锐而沉重的问题。女作家钟雨饱受一段不能忘记的爱的煎熬，在爱的追求与不可摆脱的道德规范中痛苦呻吟。小说发表后，立即引起争议。有人认为钟雨的爱情是不道德、不合法的，因为她是第三者；也有人认为钟雨不是第三者，因为她没有对别人造成伤害，况且爱情本身不能用道德不道德、合法不合法来衡量。如果说《爱，是不能忘记的》还是一个美丽的悲剧，那么到了《方舟》，悲剧就不再美丽。荆华、梁倩和柳泉三个离婚独居的知识女性，都具有独立的人格意识和对现实毫不妥协的进取精神；但爱情、婚姻和事业的矛盾，最终使她们不得不以一个女人所能付出的全部牺牲来换取作为一个真正意义上的人所应有的权利。在这篇小说里，张洁以她特有的勇敢和真诚展示了女性心灵世界的矛盾和痛苦，这种矛盾和痛苦就在于女性独立意识的觉醒，以及这种觉醒意识不为外部世界理解和接受。到了《祖母绿》、《方舟》中的批判性已被达观的人生态度所取代，曾令儿承受的苦难不比梁倩们少，她对左葳二十多年的爱没有得到任何回应，唯一的儿子也离开了。本来可以怨恨的她不但不抱怨、不后悔，还怀着一种沉静的心情回视过去，有一种大苦大难后获得的大彻大悟。从钟雨、荆华、梁倩到曾令儿，张洁以知识女性的血和泪，为我们提供了女性世界的迷茫、困惑、思考和觉醒，从而使我们认识到现代女性举步维艰的生存困境。当然由于作家的过分偏激，导致作品在表现生活、评价人物时不免有失分寸。80年代后期，张洁更多地以中性的眼光来关注社会现实，挖掘人性的复杂，如《他有什么病》、《鱼饵》、《横过马路》、《只有一个太阳》等小说，表现了作家对社会人生的荒诞感受。进入新世纪，张洁又出版了她的长篇小说《无字》，获第六届茅盾文学奖。[①]

张辛欣（1953— ），原籍山东，生于江苏南京。幼年随父到北京，16岁下放到黑龙江生产建设兵团，1979年考入中央戏剧学院导演系。1980年发表《我在哪儿错过了你?》，1981年发表《在同一地平线上》，引起文坛注目。主要作品有《张辛欣小说集》、《我们这个年纪的梦》、《封・片・连》等。张辛欣的早期作品侧重描写知识女性的心灵世界，带有明显的主观色彩。小说《在同一地平线上》涉及现代知识女性的生存悖论：追求人格的独立、事业的发展与遵循传统家庭、婚姻义务的冲突。表面看来，作为夫妻的男画家与女导演处于“同一地平线上”，而女主人公深刻感受到不平等：如果执着地追求事业上的成功，就会淡化作为妻子、母亲的角色而不被接受；如果只扮演贤妻良母的形象，就会因失去与丈夫“在事业上、精神上的对话”而被抛弃。小说在当时引起很大争议。张辛欣的后期创作多吸取西方现代派文学的因素，特别是心理分析和黑色幽默的特点，如《疯狂的君子兰》等。小说《北京人》不追求情节，而重视叙述本身，展现了具有文化意蕴的社会众生相，自此她开始致力于纪实文学的创作。

张抗抗（1950— ），祖籍广东，生于浙江杭州。1969年下乡插队，1979年毕业于黑龙江省艺术学校并从事专业创作。主要有小说集《夏》、《塔》、《红罂粟》、《陀螺夏》、《永不忏悔》、《张抗抗中篇小说集》和长篇小说《分界线》、《隐形伴侣》、《情爱画廊》等。小说《爱的权利》控诉“文化大革命”剥夺人的正当权利，呼唤人性的复苏。《淡淡的晨雾》通过一个家庭的破碎和重聚，揭示20世纪70年代末的思想冲突，其核心是“人的问题”。《北极光》中陆芩芩对曾储的选择，既是对爱的选择，也是对人生价值的选择。《隐形伴侣》通过北大荒知青的生活经历和命运，探讨人性的结构。小说借邹思竹之口指出，每个人都有一个显性的善的自我和一个隐性的恶的自我，彼此相伴无法分离。小说在批判“文化大革命”那个荒谬的岁月时，也艺术地描绘了人性的结构。张抗抗的小说善于塑造理想化的人物，笔触细腻，富有激情；但把人性结构视为善恶的二元对立，不免简单化。

铁凝（1957— ），生于北京。1975年去河北农村插队，1979年回城任保定地区文联小说编辑，1984年调河北文联成为专业作家，1997年被选为中国作协副主席，2006年当选中国作协主席。主要有小说集《没有纽扣的红衬衫》、《红屋顶》、《麦秸垛》、《对面》和长篇小说《玫瑰门》、《无雨之城》、《大浴女》、《笨花》等。铁凝初入文坛，以清纯的童心和少女的善意展示她的创作潜能。《哦，香雪》是铁凝的成名作，小说以清新秀润的笔法写了载着现代文明的火

---

① 茅盾文学奖第六届获奖作品有熊召政《张居正》、张洁《无字》、徐贵祥《历史的天空》、柳建伟《英雄时代》、宗璞《东藏记》。

车开进山里的台儿沟，给山里的姑娘们带来新的希望和憧憬。主人公香雪用鸡蛋换回朝思暮想的自动铅笔盒，反映了作者以清纯的心灵拥抱生活的乐观精神。同一时期，《没有纽扣的红衬衫》通过塑造 16 岁的中学生安然，展现生活方式和价值观念在新时期的激变，张扬了率真个性的童真。1984 年以后，铁凝的小说进入新一轮的探索。《麦秸垛》是这一时期有代表性的创作成果，"垛"里叠压着无数男女的神秘故事，这部小说包容深广的文化心理内容。《玫瑰门》是铁凝长篇小说的处女作。小说通过司绮纹的人生遭际，反映北京"响勺胡同"半个世纪的历史变迁，揭露了人性的扭曲、虚伪和变态。《大浴女》描写女主人公尹小跳艰辛的成长过程与情感历程：母亲红杏出墙，小妹失足丧命；另一个妹妹尹小帆事事与她较劲；自己一往情深恋着的大明星竟是个只图占有不愿付出的大俗人……小说就像是一个高倍显微镜，细切而精微地透视一个女性在各种因素羁绊下事倍功半的一生，并通过她的经历与感触，重新审视扣问亲情、爱情与友情，深入揭示女性与男性、女性与时代之间难以谐和的内在矛盾。

谌容（1936—　），原名谌德容。原籍四川巫山，生于湖北汉口。1957 年毕业于北京俄语学院，在中央人民广播电台担任编辑和翻译，后做过中学教员。1980 年发表成名作《人到中年》，已出版长篇小说《万年青》、《光明与黑暗》，小说集《真真假假》、《永远是春天》、《赞歌》、《太子村的秘密》、《懒得离婚》、《谌容小说选》、《谌容中篇小说集》等。90 年代又推出长篇小说《人到老年》和《死河》。谌容既是一位在创作领域不断进行尝试和实验的探索者，又是一位具有历史使命感和社会责任感的作家。她善于在日常生活中开掘重大的社会主题，力图"把人间的悲喜剧放在一定的历史范畴，探索决定人物命运的历史渊源，写出最深刻、最本质的反映历史面貌的作品"①。

中篇小说《人到中年》采用意识流动、交错的手法，通过中年女医生陆文婷受到的不公正待遇，尖锐深刻地提出知识人才不受重视的问题以及解决中年知识分子问题的紧迫性。眼科大夫陆文婷超负荷工作，以致积劳成疾倒在病床上，小说将她病危时恍惚朦胧的幻觉、梦境以及断断续续的人生追忆与现实中的抢救过程有机地结合起来。外在结构是对陆文婷的抢救，内在结构是病中人的意识活动，包括陆文婷的少女时代、忘我的工作、清贫的生活以及对丈夫和儿女的愧疚，其中交织着丈夫、好友等人的思绪流动。这种结构打破时空限制、容纳了广阔的社会内容。小说在正面描写陆文婷的平凡高尚时，也刻画了夫贵妻荣、只知向人民索取的"马列主义老太太"秦波。与《人到中年》的庄重不同，谌容还有一些幽默怪诞之作。小说《减去十岁》虚拟了一个上面发文要给每个人减去十岁的小道消息，然后作家披露了社会上不同地位、不同性别的人各自的心理、情绪和愿望，结尾是集合起来准备欢庆青春归来的人们，眼巴巴地等着"减去十岁"的文件。小说体现了谌容的另类创作基调：冷峻沉郁中含昂扬热情，幽默怪诞中显凝重批判。

冯骥才（1942—　），原籍浙江慈溪，生于天津。1961 年毕业于天津塘沽第一中学，后入天津书画社从事美术工作。1974 年调入天津工艺美术工人大学任国画教师。"文化大革命"后开始发表作品，有长篇小说《义和拳》（与李定兴合作），小说集《铺花的歧路》、《啊!》、《雕花烟斗》、《爱之上》、《意大利小提琴》、《雾中人》、《高女人和她的矮丈夫》以及中篇小说《神鞭》、《三寸金莲》和《阴阳八卦》等。在"文化大革命"中，冯骥才深切体会人间的冷暖，昔

① 谌容：《奔向未来》，载《文艺报》，1981（5）。

日的亲朋好友或形同陌路，或落井下石。这种冲击使他的前期写作如《啊!》等小说，感应伤痕、反思文学的创作潮流，以“文化大革命”为题材，描写残酷的生活画面，展示不同身份不同气质的人在当时社会的遭际和心态，以此来揭示人性的变异，带有强烈的政治批判色彩。1984年冯骥才表示要“另辟一条新路走走”，他更关注天津市民的民风民俗，创作了以“怪世奇谈”为总题的《神鞭》、《三寸金莲》和《阴阳八卦》，体现了地道的天津味儿。《神鞭》中卖炸豆腐的傻二用神奇的辫子，打败一个个武林高手、市井怪才，连日本武士也被他从木桩上打了下来，一时间傻二威震津门。然而当义和拳请他去打紫竹林时，他的辫子被洋枪打断，人也受伤了。清朝灭亡后，傻二剪掉辫子，学会一手好枪法，参加了北伐。《三寸金莲》中戈香莲凭借小脚不仅嫁进大户人家，而且在众多的比试中不断获胜，身价大增。民国后，她与天足会长牛俊英较量，当发现对方是自己女儿时一败涂地。《阴阳八卦》围绕祖先留下的似有若无的金匣子，引发一桩桩邪事怪事。这些小说在以怪诞的形式展现清末民初天津卫的世相人情时，也揭示了隐藏在事后的民族文化传统对人的束缚和制约，使小说在通俗性和传奇性中渗透深刻的文化反思。

邓友梅（1931—　），祖籍山东平原，生于天津。1942年参加八路军，任通信员。此后在日本当过华工，在新四军当过文工团员。1956年发表短篇小说《在悬崖上》引起读者注意。1957年被划为“右派”。1978年重新发表作品。小说集有《京城内外》、《烟壶》、《那五》、《邓友梅短篇小说选》、《邓友梅中篇小说选》等。邓友梅以描写市井生活和市民文化见长，他的“民俗学风味小说”，如《话说陶然亭》、《寻访“画儿韩”》、《那五》、《烟壶》、《索七的后人》、《“四海居”轶话》等，在写人物在历史大潮中的命运时，也穿插对民族礼节、民俗风情的细致刻画，使人生视角、历史感悟和民族文化很好地结合起来，透露出地道的“京味”。中篇小说《那五》讲述的是清代八旗子弟那五的荒唐生活。这个王孙贵族自幼娇生惯养，除花天酒地一无所长。清朝的灭亡导致家族的衰败，在成了穷光蛋以后，他仍然放不下自己的贵族架子，不肯认真学习一技之长，以坑蒙拐骗为业。然而连坑蒙拐骗这行也不精，直至新中国成立后被人民政府收留。《烟壶》中的八旗后代乌世保与那五不同，乌世保在家业衰败后，虽然也放不下贵族架子，但在被陷害入狱后，他结识了善画烟壶内画和身怀烧“胡轩”瓷器绝技的聂小轩，改变了自己的处世态度。出狱后，在聂小轩及其女儿柳娘、好友秦明的帮助下，乌世保学会内画艺术，同时激发了民族气节。这两篇小说都是通过主人公的命运展现旧社会北京的生活场景，加上作家对文物书画又非常熟悉，描绘了一幅京华市井的民俗风俗画。

陈建功（1949—　），广西北海人。1956年随父母到北京。1977年考入北京大学中文系，毕业后在北京市文联从事专业写作，后曾任中国作家协会书记处书记。有小说集《迷乱的星空》、《陈建功小说选》和长篇小说《皇城根》（与赵大年合作）。陈建功的小说一部分取材知青或知识分子，如《迷乱的星空》、《飘逝的花头巾》。还有另类《京西有个骚达子》、《丹凤眼》、《找乐》、《鬈毛》、《放生》、《耍叉》、《前科》等“谈天说地”系列小说，描写北京市民的众生相，关注当代北京的世俗文化。《找乐》中的李忠祥退休后，因看不惯北京的一些新时尚，就纠集一批退休老人一起唱老京戏，以此慰藉缺失的传统文化心理。《辘轳把胡同九号》中的老工人在“文化大革命”中作为工宣队员着实风光了一回，“文化大革命”后他退休，成了一个平头百姓，心里不免失落，为了填平这种心理需求，他抢购一批电影票，最后在等退票的人的簇拥和央求下，似乎暂时回到“文化大革命”时在工宣队的快乐。这个人物集“文化大革命”遗风和小市民对权势的仰慕于一体，既可悲又可笑。陈建功的小说通过大杂院、小胡同、馄饨馆子、理发铺子、路灯下的棋摊，体现了北京文化的源流、时尚的更迭以及市民的文化心态。

王蒙（1934— ），原籍河北南皮县，生于北京。1956年因发表成名作《组织部新来的青年人》，被划为“右派”。复出后曾担任《人民文学》主编，文化部长和中国作协副书记、副主席。主要有中短篇小说集《深的湖》、《冬雨》、《木箱深处的紫绸花服》、《在伊犁——淡灰色的眼珠》，长篇小说《青春万岁》、《活动变人形》、《恋爱的季节》、《失态的季节》、《踌躇的季节》、《狂欢的季节》、《青狐》，以及大量的散文、杂文、报告文学、文艺评论、创作谈等。现有十卷本《王蒙文集》出版。复出后王蒙的小说与他的前期创作在思想和艺术上都发生了明显的变化，“故国八千里，风云三十年”是新时期王蒙创作的起点。他的小说大多写早年投身革命的知识分子对几十年坎坷命运的追忆，从中不难体会作家自身的时代感受和情感倾向。在艺术上，从1979年发表《布礼》开始，王蒙就致力于小说结构形式的探索。《夜的眼》、《春之声》、《海的梦》、《蝴蝶》、《深的湖》、《相见时难》、《杂色》等作品打破中国传统小说的故事情节模式，是对西方意识流手法的王蒙式的改造。小说颠倒时空，以人物的心理线索和意识流动为结构，注意到人物潜意识的零散化和无序化，但又不像西方的一些作品那样直接表现人类的原始心理和欲望，在这些扑朔迷离的意识之后，仍可以把握人物的命运和心灵的轨迹。《春之声》中的工程物理学家岳之峰在春节前夕归国回乡，他坐上回家的“闷罐子车”，小说由他在车上的见闻、感受、幻觉、回忆、联想组成，将现实和历史、城市和乡村、中国和外国聚合在一起，形成放射性的心理结构。在这结构之后，我们仍能看到一个爱国知识分子坎坷的人生经历。《蝴蝶》在主人公张思远不断跳动、闪回的思绪中展开小说，以“文化大革命”后国务院某部的副部长张思远请假回山村接儿子而未能如愿为基本框架，通过一系列回忆的碎片，展现了一位老干部近30年的命运沉浮：从一个钻山洞的八路军干部到新中国成立后的城市领导人；从50年代中期家庭的变故到成为“四人帮”的“阶下囚”，被抛到偏僻的山村成为一只被人遗忘的“蝴蝶”，最终在山村中找回自己。在王蒙的小说中，我们可以发现一个在政治的浪潮中大起大落、饱经沧桑的知识分子形象，他经常处于生命的亢奋和焦躁中，处于灵魂的矛盾和痛苦中。《杂色》写艺术家曹千里骑着一匹杂色老马在萧索的荒原中独行，通过他的意识流动，我们可以了解曹千里坎坷的身世和矛盾痛苦的精神世界。王蒙小说对人生、社会、文化有一种冷峻的理性思考，这在他影响最大的小说《活动变人形》中表现突出。主人公倪吾诚出身封建家庭，到欧洲留学几年，向往西方的物质文明和精神文明，尽管夸夸其谈，但又没有勇气与家庭决裂。当日寇侵占北平时，他不顾民族大义，去一个中学当校长。1946年他又随波逐流跑到解放区。这是一个在文化冲突中四处碰壁，找不到立足点和精神支柱的人。善于言语拙于行动，由抗争到失败，由反抗到绝望，这是倪吾诚的性格悲剧；试图在历史的夹缝中委曲求全而不得，这是他的命运悲剧，也是一种文化悲剧。王蒙小说在艺术上进行了多方面的尝试，有的采用“意识流”的手法，有的运用寓言、夸张、讽刺等手法，有的采取类似纪实的手法，有的呈现为荒诞的形态，但无论怎样变化，作者机智、幽默、深沉的叙述才能，跳跃、恣肆、活泼的叙述语言是其不变的风格。

第五节
乡土叙事的多种追求

汪曾祺（1920—1997），江苏高邮人。1939年考入西南联合大学中国文学系，1940年开始发表作品，得到中文系教授沈从文的指导。20世纪40年代出版小说集《邂逅集》。“反右运动”中被划为“右派”，1962年调入北京市京剧团任编剧，出版儿童小说集《羊舍的夜晚》，并参与样板戏《沙家浜》的定稿。复出后的作品集有《晚饭花集》、《汪曾祺短篇小说选》、《汪曾祺自选集》、《汪曾祺文集》等。汪曾祺的小说几乎都是短篇，大多取材于其故乡高邮的生活旧事。他将自己的小说分为三类：“一部分作品的感情是忧伤，比如《职业》、《幽冥钟》；一部分作品则有一种内在的欢乐，比如《受戒》、《大淖记事》；一部分作品则由于对命运的无可奈何转化出一种常有苦味的嘲谑，比如《云致秋行状》、《异秉》。”① 这段话大致概括了汪曾祺20世纪80年代小说的基本特点。首先对乡土风俗民情的描绘，使汪曾祺的小说体现出浓郁的地域文化色彩。在汪曾祺的众多作品中，风俗不仅作为形成人物性格的环境，而且也是小说主题的组成部分。短篇小说《受戒》以明海的受戒为线索，展开对该地域种种民俗习惯的述说。小说由英子一家的生活、英子与明海的关系，讲到明海的出家，又讲到当地荸荠庵“和尚”的生活方式：娶妻、吃肉、打牌、唱情歌。最后才写到明海“受戒”的场面。返朴小说《大淖记事》也体现了这一特征。作者先讲述大淖这一方水土的风貌、风情，然后才让小锡匠十一子和姑娘巧云相爱，这恋情因刘号长的介入而掀起波澜，最后在民间行帮的仗义之下平息。小说将大量的笔墨放在地域风情的描绘中，其中包括淖西锡匠们的义气，淖东姑娘们的大胆和泼辣。其次，汪曾祺的小说融入中国传统儒道的哲学意识和民间文化的生存意识。《受戒》通过描绘佛门子弟世俗的生活场景，赞颂苏北乡镇返璞归真的人性美。《岁寒三友》在喟叹人生无常，追忆温情质朴的友情时，也体现了作者对平淡生活的超然态度。以散文化的笔法写小说，是汪曾祺小说的又一显著特点。他的小说不设计“戏剧化”的情节，不刻画人物复杂的性格，而注重氛围描写，如《大淖记事》用一大半的篇幅来铺叙风情民俗，《受戒》开篇描写庵赵庄一带的风景，人物和故事都是从其意蕴中生发出来的。行文行于当行，止于当止，叙述古朴自然而不乏幽默，语言简洁干净，雅俗互化。

张炜（1956— ），原籍山东栖霞，生于龙口。1976年高中毕业后回籍参加劳动。1978年考入山东烟台师专中文系。1980年毕业后到山东省档案局工作。1983年加入中国作协，1984年调山东文联从事专业创作。出版小说集有《芦青河告诉我》、《浪漫的秋夜》、《秋天的愤怒》、《秋夜》、《美妙雨夜》等和长篇小说《古船》、《我的田园》、《九月寓言》、《如花似玉的原野》、《柏慧》、《家族》、《外省书》、《能不忆蜀葵》、《丑行与浪漫》、《刺猬歌》等。20世纪80年代初期，张炜的创作多为短篇小说，写芦青河畔的土地和农民，当时正值“伤痕”、“反思”文学浪潮迭起，文坛充满愤怒、控诉之声。而张炜的小说关注的是人性，写人与人之间的友爱、关怀，写青年两性之间淡淡的爱情，显得纤巧柔美。《声音》中的小罗锅使二兰子明白人要有自

① 汪曾祺：《汪曾祺自选集·序》，3页，桂林，漓江出版社，1987。

己的声音，要不断地发现自己。这体现了人性朦胧的觉醒。《一潭清水》在描述实行承包责任制后人们心理和情感的变化时，赞美了徐宝册和“瓜魔”的纯真友情。20世纪80年代中期，张炜转向对农村现实的揭示，表达出对人性的深入思考。从“秋天三部曲”到《古船》，张炜由原来的纤细敏感走向深厚沉郁。《秋天的思索》和《秋天的愤怒》揭示了农村经济改革中残存的封建因素。昔日在农民头上作威作福的王三江、肖万昌利用以前当干部时建立的社会关系，重新把农民置于自己的控制中，而多数农民从眼前的利益出发，不得不听其摆布；但作者也发现少数的觉醒者，他们已开始反抗王三江、肖万昌的剥削和欺压。长篇小说《古船》以洼狸镇隋赵两家族的矛盾纠葛为线索，描写了从20世纪40年代到80年代山东村镇的历史变革。40年来，多种势力借助时代变化激烈较量，掌握洼狸镇的大权。老奸巨猾的赵柄利用土改控制了洼狸镇，从此他肆无忌惮，为所欲为。农村进行经济改革时，他利用手中大权又承包了该地的粉丝厂，继续压榨当地的百姓。隋见素作为其对立面，从家族仇恨、个人利益出发，竭力夺取粉丝厂的领导权。而他的哥哥隋抱朴虽然也想承包粉丝厂，但出发点与隋见素不同。40年的血腥杀戮，使隋抱朴经历太多的精神磨难，他决定结束洼狸镇困难的历史。经过苦苦思索，他站出来承包濒临倒闭的粉丝厂，隋抱朴的决定不仅是为家族忏悔，而且是为人类忏悔。他拯救的不仅是洼狸镇，而且是整个人类，他要结束人类的仇杀史。在这个人物身上作者寄托了人道主义的理想。从《九月寓言》开始，张炜更多地思考中国文化的命运和出路问题。那个叫鲅鲅的与世隔绝的村子是从遥远的地方迁徙而来的，当灾难发生，村庄被毁后，村民再度离开。小说通过人类与土地的关系反思传统文化的现代化改进问题。鲅鲅村的人们尽管贫穷、落后，但他们充满旺盛的生命力和生的快乐。“大地之根”是作者为人类设计的一条理想之路。

路遥（1949—1992），陕西清涧人，生于一个贫困农民家庭。中学毕业后返乡务农，做过小学教师。1973年入延安大学中文系学习，毕业后分配到《延河》编辑部工作。作品有中短篇小说集《当代纪事》、《姐姐的爱情》、《路遥小说选》和长篇小说《平凡的世界》等。路遥的作品多描写乡村和城市“交叉地带”的生活，通过人物的关系和人物的矛盾心理，在社会变动中反映人物命运的变化。中篇小说《人生》通过主人公高加林承受生活中遇到的矛盾和痛苦，反映80年代部分农村青年的心理状态和人生际遇。高加林是新时代农村青年的典型，他有文化、有抱负，不愿像父辈一样束缚在土地上。新的时代为高加林带来新的生活希望，他渴望通过自己的文化优势找到人生的出路。为了前途，他背弃具有传统美德的农村姑娘刘巧珍。尽管在县城报道组工作出色，但他内心痛苦。然而在当时城乡壁垒森严的社会环境中，高加林最终没能实现由“乡下人”向“公家人”的身份转换，反而失掉一切，一无所有地回到黄土地上。小说的意义在于通过高加林的奋斗悲剧，引发人们对城乡差距、情感判断与实际利害、传统道德与现实意识、社会机遇与个人选择等问题的思考。三卷本长篇小说《平凡的世界》是路遥另一部引起社会强烈反响的作品。小说历时六年完成，倾注作家毕生的审美理想和艺术追求。这部现实主义的长篇巨著，以陕北双水村孙、田、金三姓两代人的命运，尤其是子一代的人生追求为中心，系统而翔实地记述从1975年到1985年十年间的社会变革，特别是农村的政治、经济、思想体制的变革。从普通农民到省市地委领导，从农村到矿山、县城、省城，作家塑造众多人物形象，其中孙少平代表的进城民工和孙少安代表的乡镇企业家最突出。孙少平和高加林一样在贫困的生活中强烈地意识到通过劳动和读书来改变自己命运的重要性，他最终告别农村，走向工矿。在精神上，他继承贫困农民的自强自立、重义守诺，与大学生田晓霞共同分享知识、爱情和人生的快乐。孙少安则利用农村改革的机遇在家乡办起砖窑厂，在几度沉浮中，他终于积累经验，学会做生意、拉关系、造福全村。应该说，《平凡的世界》是对《人生》的扩展，它以宏大的结构，深沉的笔法进一步寄寓作者对现实生活的思考。

与路遥的小说在价值判断上有相同处理方式的是郑义的中篇小说《老井》，小说以太行山区为背景，叙写古老而贫瘠的老井村，由于缺水，这里的人们世世代代生活在贫困中而且械斗不断。科学知识的缺乏，使老井村的人在自然的威逼下煎熬、求神、祭天。即使有人打井也是代价惨痛而无济于事。小说就在这一沉重的历史中展现人生选择的两难境地。青年孙旺泉和赵巧英，面对重重叠叠阻隔视野的大山，有着不同的人生态度和追求。赵巧英要摆脱山村旧有的生活方式，寻找山外新的生活。而孙旺泉意识到自己的“根”太深，他不能离开自己的亲人和家乡的父老兄弟，为解决老井村千百年来的吃水难题，他宁愿背负失去巧英的痛苦，跑遍家乡的那片旱山。他就像一座沉重的大山，屹立着，目送巧英走向广阔的世界。小说以凝重的笔触写出这对年轻人因理想追求的差异而产生的情感纠葛。两种追求都有其存在的合理性，作者对这种价值选择的不确定性，增添了读者无尽的思考。

第六节 历史与军旅小说

中国是一个文明古国，几千年的悠久历史是作家取之不尽的创作资源。粉碎“四人帮”后，当众多作家紧跟时代步伐，描写当前生活时，有位作家依然如故地钻进历史文献中去创作历史小说。他就是姚雪垠。

姚雪垠（1910—1999），原名姚冠三，河南邓县人。年少时经历农村的破败动乱，后来依靠自学走上创作之路。从20世纪40年代起，他就为写一部反映明末农民起义的长篇小说收集资料，后因政治风暴而停笔，直到1963年、1976年、1983年陆续完成前三卷，第四、五卷于90年代完稿。《李自成》这部历史小说以明朝末年李自成领导为推翻明政府统治、抗击清军的农民起义为主线，再现了统治阶级与起义军之间的殊死搏斗、统治阶级内部的钩心斗角以及各路起义军既联合又斗争的复杂关系。这部小说在艺术地再现明末的历史生活和社会风貌时，也塑造了李自成和崇祯皇帝这两个性格丰富复杂的人物形象。李自成作为一个农民领袖，他有英明果断、运筹帷幄的领袖风范，有出奇制胜、化险为夷的大智大勇，有与统治阶级血战到底的决心意志；但他又缺乏居安思危的忧患意识，被胜利冲昏头脑，只顾享乐，不吸取教训。在崇祯皇帝身上，各种性格也得到展现，他有恢复明朝中兴的决心意志，有励精图治、勤理朝政的良好一面；但也有独断专行、刚愎自用、猜疑多变等负面性格。应该说，这两个人物是从多角度、多侧面来展现的。

徐怀中（1929—　），河北邯郸人。1945年入伍，1950年去西南文工团工作。1957年发表的长篇小说《我们播种爱情》受到好评，后遭批判停笔多年。新时期，又发表《西线轶事》、《一个没有战功的军人》、《没有翅膀的天使》等小说。其中《西线轶事》在军旅小说中产生强烈反响。小说没有正面描写硝烟弥漫的战争场面，而是以战争为纽带，在广阔的背景下，把笔墨专注在普通的战士——男总话兵刘毛妹和陶珂等六名总机班的女兵身上，以描写他们战时的心理和美好的精神面貌为主。刘毛妹，一个机智活泼的小伙子，十年“文化大革命”使他变成一个忧郁、冷漠、作风散漫的战士，但残酷的战争又把他磨炼成一位善于思考，外弱内刚的人。在刻画他时，作者没有采用二元对立的观念，而是多侧面、全方位、客观地反映了刘毛妹的性格。这个人物的出现，对军旅文学有开拓作用。

李存葆（1946— ），山东五莲县人。1964年入伍，1970年调济南部队文工团工作。新时期影响较大的中篇小说是《高山下的花环》和《山中，那十九座坟茔》。《高山下的花环》是继《西线轶事》后又一引起社会强烈反响的军旅小说。小说在写一个连队在对越自卫反击战中的英雄业绩时，把战争、部队和整个社会联系起来，在刻画英雄的情感时，把夫妻之情、父子之情、母子之情、战友之情、爱国之情融为一体，达到情与理的结合。小说的成功之处在于塑造了“位卑不敢忘忧国”的英雄形象。连长梁三喜是沂蒙山区的农家子弟，生性纯朴宽厚。对祖国，他赤胆忠心，严格带兵；为连队的工作，他一再推迟回家探亲。在战争中，他沉着应战，英勇杀敌，最后为掩护赵蒙生牺牲，口袋中只留下一张被血染红的欠单。排长靳开来是个有弱点的英雄形象。他性格耿直、爱憎分明、喜发牢骚，在部队严重缺水时，他冒死带领战士在敌人暗藏地雷的甘蔗地砍甘蔗，结果不幸踩到地雷牺牲，以实际行动证明自己对事业的忠诚。尽管他因触犯军律，连三等功也评不上，但是他的业绩是不能抹杀的。徐怀中的《西线轶事》和李存葆的《高山下的花环》为新时期军旅文学的发展作出了贡献。随后，一批新作品陆续出现。

朱苏进（1953— ），生于江苏南京军人家庭。1969年入伍，1975年开始创作，有《射天狼》、《第三只眼》、《战争至尊者》、《金色叶片》、《接近无限透明》、《绝望中诞生》等中短篇小说集和《炮群》、《醉太平》等长篇小说。朱苏进的小说把目光投向和平时期的军队，以新的审美观念去观照当代军人丰富复杂的内在心理和情感世界。成名作《射天狼》在连长袁翰的军人天职与人类良知的矛盾冲突中展开。作为一名军人，袁翰对连队认真负责，具有优秀的军事素质和顽强的军人品格。但在家庭生活中，他不仅要承受经济上的负担，还要承受情感上的痛苦，背负对妻子的愧疚，从而陷入生活的矛盾。作者通过袁翰的心灵轨迹肯定和赞扬了新时期军人的特殊价值。《引而不发》写的是和平时期的军人盼望建功立业的心理与部队处于“引而不发”状态的矛盾。军队参谋西帆在部队约30年，一轮又一轮地训练军事干部，一次又一次地部署战争演习，但错过一次又一次的参战机会。尽管他一生没有特别突出的战功，但为把我军建设成为强大的作战部队默默奉献一生。小说赞扬了和平年代军人的奉献牺牲精神。《凝眸》是一篇注重写意的军旅小说。小说以第一人称的叙述方式，通过“我”在“高倍显微镜”下观察到的鲨头屿与鲨尾屿长期处于对峙状态，含蓄地表达要求结束敌对，实现统一的愿望。《凝眸》标志着朱苏进的文学创作迈入一个新阶段。

第七节 知青小说

“文化大革命”中的“上山下乡”运动造就一大批知识青年，他们满怀青春的梦想到偏远贫困地区接受教育和改造。十多年的磨炼，使他们经历一个狂热、迷惘、沉思、奋起的精神历程。回首过去，这一段成为他们一生难忘的光阴，也为文学留下一束青春的剪影。

张承志（1948— ），原籍山东济南，生于北京，回族人。1967 年毕业于清华大学附中，1968 年到内蒙古插队，1972 年人北京大学历史系学习，毕业后分到中国历史博物馆工作。1978 年发表处女作《骑手为什么歌唱母亲》，引起文坛注意。同年考入中国社会科学院研究生院。现为专业作家。作品有长篇小说《金牧场》、《心灵史》，中短篇小说《北方的河》、《阿勒克足球》、《黑骏马》、《绿夜》、《黄泥小屋》等。四年的牧民生活，使张承志把草原母亲作为自己小说的重要主题。中篇小说《阿勒克足球》写一个被政治风暴驱赶到草原上的巴哈西（老师）没有被厄运击垮，在草原上找到了人生的立足点。当他把全部的爱奉献给草原人民时，也从草原人民那里获得关怀，汲取了力量，净化了心灵。短篇小说《绿夜》是对人生位置的思考，主人公“他”曾在内蒙古插队，回城后因不能忍受庸俗的生活，决心回到草原去寻找理想的寄托——八年前一个清纯可爱的小女孩奥云娜，她仿佛是草原的化身，给“他”留下不可磨灭的印象。然而眼前的奥云娜已不再是“他”理想中的寄托，她眼神冷漠，皮肤粗糙，和草原上的劳动妇女一样，不在乎庸俗的玩笑，但是她却能给小羊羔生命，给人们带来生活的资源。这种现实使主人公猛醒：奥云娜正在走向自己的人生。《黑骏马》是张承志创作的一个新高度。小说讲述主人公白音宝力格骑着黑骏马寻找昔日恋人索米娅的故事。白音宝力格和索米娅青梅竹马，共同由额吉奶奶抚养成人。当他外出学习时，索米娅被奸污，白音宝力格不堪忍受索米娅和额吉奶奶对待这件事情逆来顺受的态度，愤而出走。然而，失去爱情的索米娅没有被接踵而来的困难打倒，她在艰难和屈辱中走向成熟。九年后白音宝力格重返草原，费了很大周折终于找到索米娅，这时的索米娅已成了一个成熟的草原妇女。这篇小说的叙述模式是张承志典型的寻梦模式。作品在展示草原民族的生活史时，也反映了草原上旧的生活习俗和现代文明的冲突。张承志是一个理想主义者，他的小说中经常出现一位寻找生命意义、探寻精神家园的探求者形象。《黑骏马》中的白音宝力格、《绿夜》中的“他”、《北方的河》中的“我”都是这一形象的体现。《北方的河》中的“我”为报考人文地理研究生，考察了中国北方的几条大河，在获得人文地理知识时，也体会到自然界的伟力，更重要的是得到人生的启迪。长篇小说《金牧场》也体现了这种倾向。小说展现了主人公 20 年的人生经历：当红卫兵、在内蒙古插队、在草原生活、去西北作地域文化考察。小说还穿插描写了老红军李大海、插队时冒充将军三子的李小葵、酷爱舞蹈却摔断腿的小遐、老额吉以及平田英男、日本姑娘……他们都在追求自己的目标，即使方向不明确，他们仍在寻找。这就是张承志对理想家园的执着。

史铁生（1951—2010），北京人，1967 年毕业于清华大学附中初中。1969 年去延安农村插队。1972 年因双腿瘫痪回北京，后经几番周折在街道工厂工作。再后因病情加重致力于文学创作。1979年开始发表作品，1983年入中国作协。作品有中短篇小说集《我的遥远的清平湾》、《礼拜日》、《舞台效果》、《命若琴弦》等，长篇小说《务虚笔记》、《我的丁一旅行》以及一批散文、随笔、评论等。1995年出版三卷本《史铁生作品集》。史铁生是一位知青作家，他因为插队时得一场大病而双腿瘫痪，这是他人生的重大转折。但是我们从他的知青小说中看到的并不是他对那场荒谬的“上山下乡”运动的诅咒。成名作《我的遥远的清平湾》用苦涩悠扬的笔调，回忆“我”在陕北的插队生活。小说没有丝毫的痛苦情绪，由黄土高原、陕北风情、勤劳质朴的乡民、美妙的信天游、觅食的牛羊以及我的老黑牛和红犍牛组成一幅苍凉质朴的牧歌式图画，从中我们可以看到西北乡民的善良和无知、贫困与健康，感受到作者对清平湾的深深眷恋之情。自身的不幸使史铁生的小说带有强烈的残疾意识，他的另类小说描写残疾人的命运。《山顶上的传说》写“我”——寻鸽子的年轻人，梦见周围的人都伸长脖子或躲在阴影里好奇地看着自己的两条显眼、丑陋、变形的残腿，自己虽然拼命地跑，然而却无处可藏。小说揭示了残疾人痛苦而敏感的心理。在强调残疾人自卑又自傲的心理时，史铁生也思考了残疾人的命运，作为残疾人，应该承认并接受现实，做到身残志不残，即要战胜身体和精神残疾，让生命有价值。《足球》中两个坐轮椅的小伙子，虽然不知道能否进入体育场，但仍摇着轮椅兴致勃勃地往前赶，他们身上有一股拼搏精神。由对残疾人命运的思考，史铁生进而达到对人类命运形而上的思考。他揭示了人与生俱来的局限是能力和欲望之间的永恒距离，生命的目的就是要不断跨越困境。

梁晓声（1949—　），原籍山东，生于哈尔滨。1966年初中毕业，1968年奔赴黑龙江建设兵团。1974年入复旦大学中文系学习，毕业后分到北京电影制片厂工作。1988年调入中国儿童电影制片厂。作品有中短篇小说集《这是一片神奇的土地》、《人间烟花》、《今夜有暴风雪》、《父亲》、《苦恋》、《大鸟》、《荒弃的家园》、《荒园作证》等，长篇小说《雪城》、《浮城》、《泯灭》和《年轮》，纪实体小说有《一个红卫兵的自白》、《京华见闻录》等。梁晓声是一位多产的作家，在他的小说创作中，知青小说的成就最突出。《这是一片神奇的土地》勾勒了一幅悲壮苍凉的画面。一支由十几个知青组成的垦荒先遣队征服了神秘的土地。在这里，鬼魅的“泡沫”与青春的激情融合在一起。小说描写了畸形岁月虽然在知识青年的心灵深处留下悲剧性的阴影，但是时代赋予的责任感以及对生活的虔诚，使他们充满激情地为实现自我理想而奋斗。《今夜有暴风雪》以20世纪70年代末北大荒的知青返城为主线，穿插回忆了知青遭际，从而把现实状况和兵团生活交织在一起。小说始终用自然界的暴风雪来烘托返城的混乱。小说在揭示这场轰轰烈烈的“上山下乡”运动的荒谬性时，也刻画了李晓燕、裴晓云、刘迈克等献身北大荒的知青形象。随着“上山下乡”运动的结束，知识青年回到阔别多年的城市，面临新的严峻考验。长篇小说《雪城》和《年轮》较为完整地记叙了一代知识青年从城市到乡下，又从乡下返城的一整段历史足迹和精神历程。他们在北大荒的黑土地上奉献了青春，然而回城后顿感理想的失落，生活的巨大变化带来沉重的心理包袱。这其中，有的人走向颓废，有的人陷入庸俗，然而更多的人是找到生活的位置。梁晓声的知青小说常常在人物与自然环境和社会环境的对立中来展现人性的悲壮美和崇高美，因而洋溢着理想主义的激情和英雄主义的气概。在梁晓声的创作中，还有以现实主义的手法来描写生活百态的社会小说，如《父亲》、《老师》、《黑纽扣》、《学者之死》等；有以荒诞象征手法来讽喻世象的讽喻小说，如《浮城》、《尾巴》、《失聪》等。

【本章学习参考】

一、阅读书目

刘心武：《班主任》

张贤亮：《绿化树》

蒋子龙：《乔厂长上任记》

张洁：《沉重的翅膀》、《爱，是不能忘记的》

陆文夫：《美食家》

铁凝：《哦，香雪》

谌容：《人到中年》

邓友梅：《烟壶》

王蒙：《春之声》、《活动变人形》

汪曾祺：《受戒》

路遥：《人生》

徐怀中：《西线轶事》

李存葆：《高山下的花环》

张承志：《黑骏马》

二、重要命题

关于清官与无欲的争论

曹万生在《新时期文学中的封建意识——对三部爆炸性小说的剖析》（《文学自由谈》1988年第4期）中认为，《乔厂长上任记》、《新星》的“清官意识”，“实则还是一种专断、专制”，《高山下的花环》的“无欲意识”“是非人道的、反时代的、荒谬的，是阻碍现代化进程的”。“这事实上体现出新时期文学仍然遗留下来的封建意识，当然也体现出国人意识深处仍然顽强存在的封建性。”

三、相关文献

1. 曹万生．新时期文学中的封建意识——对三部爆炸性小说的剖析．文学自由谈，1988（4）．

2. 洁泯．当代中国作家百人传．香港：求实出版社，1989.

3. 朱寨．对生活的思考——谈刘心武的《班主任》等四篇小说．文艺报，1978（3）．

4. 孙绍振．审美价值取向和理性因果律的搏斗——刘心武论．当代作家评论，1988（4）．

5. 刘思谦．蒋子龙的“开拓者”家族．文艺报，1982（4）．

6. 高嵩．张贤亮小说论．成都：四川文艺出版社，1986.

7. 许文郁．张洁的小说世界．北京：人民文学出版社，1991.

8. 添丞．有益的探索——关于“意识流”和王蒙近作的讨论．作家与争鸣，1981（8）．

9. 董小玉．新时期初王蒙对现代主义小说的探索．重庆大学学报（社会科学版），2001（2）．

10. 杨忻葆．探索生活意义的隽永诗篇——谈《人到中年》的结构艺术和典型创造．文学评论，1981（3）．

11. 邓嗣明．弥漫着氛围气的抒情美文——论汪曾祺小说的艺术品格．文学评论，1992（3）．

12. 雷达．简论高加林的悲剧．青年文学，1983（2）．
13. 徐采石，金燕玉．陆文夫的艺术世界．成都：四川文艺出版社，1988.

四、复习思考

1. 名词解释：

伤痕小说　反思小说　改革小说

2. 新时期王蒙小说的意识流倾向与西方现代派意识流小说有何区别？
3. 结合《绿化树》谈谈张贤亮反思小说的特点。
4. 谌容与张洁在小说创作中有何异同？
5. 比较汪曾祺、邓友梅和陆文夫小说创作风格的差异。
6. 小说《黑骏马》在主题表达和叙述模式上有何特征？

第三十七章
1985 年以后的小说

一般认为，1985 年是新时期文学中具有转折意义的一年。这一年作家和评论家对于西方文学理论、西方社会科学诸多理论的关注蔚然成风，并努力将之运用于中国文学写作与批评的实践中，因此 1985 又被称作是“理论年”、“方法年”、“文化年”。在创作上，从“伤痕”到“反思”到“改革”的文学现实主义主流仿佛一夜之间受到了各种现代派文学的颠覆性挑战，强烈魔幻现实主义色彩的寻根派小说，“世纪病”、“荒诞”、“孤独”主题的现代派小说，以及强烈形式主义实验主导下的先锋派小说等，无论从观念革命上还是创作实践上都深刻地影响到文坛并由此改变了当代文学发展的格局。在一定意义上，1985 年标志着一个断裂，最重要的区别是：1985 年前主要是政治文学、人道主义居主流；1985 年后主要是文化文学、存在主义居主流。1985 前的文学主要是在现实主义传统的回归与复苏中，在“大写的人”即人的主体性回归中来反映现实，来“干预生活”，启蒙是核心命题；之后则大多转向吸取现代主义、后现代主义观念和技法来进行新的文学探索，寻找“文学主体性”，荒诞、孤独、人的主体性消解、“小写的我”、“丑化的人”等成为文学主题。如果说 1985 年之前的文学主要倾向在于“回归”，以现实主义传统作为思想资源，那么 1985 年之后的文学则主要倾向在于“超越”，转向以西方现代主义、后现代主义文学与文化作为思想资源；如果说 1985 年前的形态主要属“补课年代”，那么这之后则转向于“新课时代”。

本章主要评述寻根小说、现代派小说、先锋小说、贾平凹的小说、王安忆的小说等。

第一节 寻根小说

1984 年 12 月，在杭州的“新时期文学的回顾与预测”青年作家和评论家对话会上，如何突破原有的小说艺术规范成为与会者的话题，这对后来寻根文化思潮起到催化作用。1985 年，韩少功在《作家》第 4 期上发表《文学的“根”》，正式提出了向民族的深层精神和文化特质方面去寻找自我的“寻根”口号，他说：“文学有根，文学之根应该深植于民族文化的土壤里，根不深则叶难茂。”“尤其是在文学艺术方面，在民族的深厚精神和文化物质方面，我们有民族的自我，我们的责任是释放现代观念的热能，来重铸和镀亮这种自我。”[①] 此文被人称作“寻根派宣言”。其后，一些中青年作家纷纷应和，形成了“寻根”的热潮。

寻根文学思潮的兴起显示了一代青年作家寻找自我、走向世界的强烈欲望。在他们看来，以前的“伤痕”、“反思”、“改革”文学的路子在一阵情绪的喷发书写后已经显示出枯竭与狭隘来，因而他们的反思触角从一时一地的现实转向民族文化的“根”里，这既是一种社会反思走向文化反思的深化，一种对鲁迅“国民性”批判传统的接续，同时又是一种走向世界的探索。拉美魔幻现实主义既立足于弱势的本民族文化土壤，又融入现代的文学观念和技法，因而成为一种世界文学的新潮流，这些都正好与中国作家的现实困境相合，因而魔幻现实主义成为他们模仿的一个主要对象。“理一理我们的‘根’，也选一选人家的‘枝’，将西方现代文明的茁壮新芽，嫁接在我们的古老、健康、深植于沃土的活根上。”[②] 既立足民族文化本体，又以现代意识来观照和发掘民族文化本身中的“优根”，筛汰“劣根”，这既是对作家个人自我意识确立的寻找，也是对民族身份定位的寻找，从而“民族的也就是世界的”，实现走向世界的宏伟目标。寻根文学并非一种复古，而是一种现代意识观照下的“理一理我们的‘根’”。在反思中他们将目光投向边缘的、地域的、少数民族的文化之中，他们认为：“我们民族文化之精华，更多地保留在中原规范之外。规范的、传统的‘根’，大都枯死了。‘五四’以来我们不断地清除着这些枯根，决不让它复活。规范之外的，才是我们需要的‘根’。”[③] 寻根作家多有知青生活背景，在祖国大江南北上山下乡，与底层民众共同生活的经历为他们提供了可供发掘的民间文化、地域文化的丰富资源，韩少功的楚文化，贾平凹“商州系列”的秦汉文化，莫言“红高粱系列”的齐鲁阳刚文化，李杭育《土地与神》、《沙灶遗风》、《最后一个渔佬儿》等“葛川江系列”的吴越文化，乌热尔图《七岔犄角的公鹿》、《琥珀色的篝火》的鄂伦春狩猎文化，郑万隆“异乡异闻录系列”的东北文化，郑义《远村》、《老井》等的太行山区文化，阿城《遍地风流》等的西南各少数民族与北方蒙古族文化，这些形态各异的创作使文坛充满了奇诡的内容和丰富绚丽的风格。

阿城的“三王”（《棋王》、《孩子王》、《树王》）代表着寻根小说的反思高度。阿城，原名钟阿城，1949年出生于北京，“文化大革命”期间曾在内蒙古、山西、云南等地插队，1984年开始文学创作。中篇小说《棋王》是他的处女作，也是代表作。此文通过“棋呆子”王一生形象，对以老庄为代表的中国古典文化之根进行艺术发掘，独特的人物形象、故事内容和行文风格使其一发表即引起轰动。《棋王》中的王一生作为一名下乡知青，在纷扰烦乱的“文化大革命”背景中，保持着心灵的宁静与人生的超然，只执着于两件事情，“吃”与“棋”。“吃”代表着在物资匮乏时代生存下去的物质世界最基本需求，“一天不吃饭，棋路都乱”，他对吃的“精细”、“吃相难看”正是对生活环境窘迫的反映。而对棋的痴迷则代表着对精神世界的追求，“何以解不痛快？唯有下象棋”。王一生“棋是道家的棋”，人生态度也是道家老庄之风，保持着对世俗功利的超脱和个人人格的独立自洁。王一生这个人物形象表面柔弱，家境贫寒，生活窘迫，一直处于生活的弱势中，但他内在精神有“根”，从容散淡，在平时的“无为”中修炼棋道、性情，一旦需要“有为”时，便可能迸发出惊人的能量，以柔弱胜刚强，无为而无不为。如果说小说前面主要体现淡泊、无为，而在小说结尾也是高潮的九局连环车轮大战中，王一生的执着则

---

①②③ 韩少功：《文学的“根”》，见李洁非、杨劼选编：《寻找的时代——新潮批评选萃》，3～8页，北京，北京师范大学出版社，1992。

体现为顽勇、有为，这使全文的境界为之升华，体现出庄禅古典文化对于现实的积极进取的文化意义来。

同样是面对“文化大革命”经历，《棋王》并未如“伤痕”、“反思”文学那样去渲染时代和人物的悲剧性遭遇，也一改一些知青作家的浪漫主义、理想主义调子。全文以淡泊冷静、平和自然的美学风格来展开叙述，淡泊中有奇崛，平静中有波澜，超越具体的一时一地的政治环境，而深入到文化之根中。以对道家文化的认同与表现来寻求民族文化之优根，也由此来确立个人的自我意识定位，形意一体，从人物形象、文化意蕴、美学风格等多方面都堪称寻根文学的扛鼎之作。季红真评价说：“在这一片纷纭繁荣的气象中，阿城的小说却以其朴素的故事和比故事更朴素的叙述方式，开出一片美学新地，争取广大的读者群，这是极不容易的。”① 在《遍地风流》系列小说中，阿城的行文多用白描，多动词而少形容词等雕饰，言之有物，言之有骨，汉语文学的简约洗练之风得到更进一步的发展与体现。

如果说阿城《棋王》致力于民族优根的发掘，那么韩少功则以对民族文化中劣根的表现和批判而成为寻根文学的另一代表人物。

韩少功（1953— ），生于湖南长沙，初中毕业后到湘西汨罗江边农村插队，1978 年考入湖南师范学院中文系，毕业后在省工会任杂志编辑，后从事专业创作。1988 年赴海南创办《海南纪实》和《天涯》。1979 年后，韩少功的中篇小说《月兰》、《西望茅草地》、《飞过蓝天》、《风吹唢呐声》等引起关注，成为知名的知青作家，这些作品在当时普遍性的控诉、揭露姿态之外，已表现出独特的个人体验和艺术个性。在其后的“寻根文学”中，《归去来》、《爸爸爸》、《女女女》、《马桥词典》等以强烈的“寻根”意识和拉美魔幻现实主义影响下扑朔迷离的形式来发掘和反思民族文化的劣根性，《爸爸爸》是其中的代表。

《爸爸爸》中时代背景模糊，重点描写一个名为鸡头寨的部落生活方式及其变迁。鸡头寨人的鬼神崇拜、占卜仪式、械斗打冤家等活动，以及日常生活中的种种禁忌与怪诞营造出一个神秘的文化世界。湘西鄂水、衣服民俗、祭祀打冤、迷信掌故、服饰食品、乡规土语，全部囊括在这篇不足 3 万字的小说中，这个不知时代、地域的鸡头寨成为一个民族文化积淀的“活化石”。痴呆儿丙崽这个主要人物形象，带着强烈的民族文化隐喻色彩。开篇讲到他的出生就是“他生下来时，闭着眼睛睡了两天两夜，不吃不喝，一个死人相”，他终生的语言只有两句话，一是“爸爸”，二是“×妈妈”。丙崽是人们随意侮辱取笑、殴打的对象，人性的丑陋、世事的残暴在丙崽身上得以充分凝聚。然而这个理性迷失的、丑恶的丙崽却成为鸡头寨人顶礼膜拜的对象，成为指点迷津的神灵，成为“丙相公”、“丙大爷”、“丙仙”。这个劣根还有着顽强的生命力，在全寨老残弱服毒而亡后独他不死，这暗示着文化劣根的难以根除。

韩少功以现代意识、理性精神来发掘和批判民族文化的劣根，在艺术手法上借鉴拉美魔幻现实主义，推动时代文学从意识到形式的发展迈出重要一步，但强烈的主题先行、观念大于形象等弊病中也隐藏着寻根文学的危机。

---

① 季红真：《宇宙·自然·生命·人——阿城笔下的“故事”》，载《读书》，1986（1）。

第二节
现代派小说

在现实主义回归的同时，现代主义的引入构成对当代文坛最深刻的冲击，无论在观念上、技法上，新时期文学创作格局都因之发生革命性的大变。

当代小说中的现代主义因素早在80年代初即已出现，王蒙的所谓“集束炸弹”的“新六篇”(《布礼》、《夜的眼》、《蝴蝶》、《春之声》、《风筝飘带》、《海的梦》）等意识流小说成为现代主义手法引入的先声。宗璞的《我是谁》、《蜗居》、《熊掌》、《核桃树的悲剧》、《鲁鲁》、《泥沼中的头颅》等“超现实主义的荒诞小说”，茹志鹃的《剪辑错了的故事》、谌容的《减去十岁》等也开始用幻觉、梦等表现荒诞感。这些可谓中国当代文学中第一批具有非传统现实主义性质的中国式“现代派小说”。但这些小说主要还体现在对意识流等现代主义小说手法与技巧层面上的借鉴，尽管已开始出现非理性、异化、荒诞等主题因子，但这多是对于“文化大革命”现实的一种变态反映，而并非从哲学思考角度出发的世界观、艺术观意义上的现代主义。1981年，高行健出版《现代小说技巧初探》[①]小册子，随即引起冯骥才、李陀、刘心武三人关于“现代派”的通信讨论，这又被称作关于“现代派”讨论的“四个小风筝”。在创作上，李陀的《余光》、《自由落体》、《七奶奶》等进一步凸显现代主义因素。张辛欣的《我们这个年纪的梦》、《在同一地平线上》、《疯狂的君子兰》等也因其中包含的意识流手法以及对人生的幻灭感、厌烦感的体现而引起争论。

真正实现现代主义小说影响大突破是在1985年。一批青年作家的现代主义小说在刊物上发表，刘索拉的《你别无选择》、《蓝天绿海》，徐星的《无主题变奏》，陈村的《一天》，残雪的《公牛》、《山上的小屋》，扎西达娃的《系在皮绳扣上的魂》、《西藏，隐秘的岁月》，马原的《冈底斯的诱惑》等形成了集团与流派冲击的色彩。这些小说除了在意识流、象征、隐喻等技术层面对西方现代主义作品的借鉴外，在观念和主题上也改变了传统现实主义的思想内核，世纪病、孤独、绝望、荒诞、非理性、异化等形而上思考的现代观念成为他们的核心意念，因而成为更典型的现代主义小说。当时对于西方现代主义中不同时期多种流派的借鉴是兼收并蓄、共时接受的，因而对意识流、黑色幽默、魔幻现实主义、超现实主义、结构主义、后结构主义、新小说等多种现代主义流派都可以找到从观念到手法的模仿痕迹。这在带来创作与阅读上的挑战与活力时，也带来了接受与命名上的混乱，但大致而言，主要包括韩少功等受魔幻现实主义影响的致力于“土洋结合”的“寻根派”，以及刘索拉等“黑色幽默”色彩突出的“现代派”。显然，这里的“现代派”是特定环境下约定俗成的一个称谓，而非就其严格语义上的广义涵盖。而残雪、扎西达娃等既有人归其为现代派之一支，也有人将之归于先锋派文学中。

刘索拉（1955— ），生于北京，毕业于中央音乐学院作曲系。她的《你别无选择》[②]因为其强烈的叛逆性特色和开拓性影响，而被认为是第一篇真正的现代派小说。当时的刘索拉还是

① 高行健：《现代小说技巧初探》，广州，花城出版社，1981。
② 刘索拉：《你别无选择》，载《人民文学》，1985（3）。

音乐学院大学三年级的学生，她从事创作的时间也并不长，只有《蓝天绿海》、《寻找歌王》等少数几篇作品。《你别无选择》描写了一群音乐学院学生的日常生活，塑造出叛逆、迷惘的大学生群像，他们充满生命的活力与青春的朝气，然而却要面对僵化的教育体系的严重束缚，生活充满了空虚、迷惘，充满了失望、绝望情绪，也充满了荒诞意味。作品一开篇就提到李鸣想退学，他整天躲在被窝里冷眼看世界，富有典型的“多余人”色彩；马力莫名其妙地走向死亡；小个子要出国“去找找看”；富有才华的孟野被逼退学；森森整天寻找“妈的力度”，寻找“自己民族的灵魂”。然而青年们躁动生命力的探索在教条化的贾教授看来是“歇斯底里，鬼哭狼嚎”，是“法西斯、杀人犯音乐”，他的学生石白成为新的教条者传人。思想开明的金教授对学生们充满同情却也无能为力，李鸣崇拜的王教授告诉想退学的李鸣“你老老实实学习去吧，傻瓜。你别无选择，只有作曲”。马力死去后的空床、教室黑板上悬挂着的被小个子不断擦洗的功能圈等，都如同美国作家约瑟夫·海勒的《第二十二条军规》一样，富有命运荒诞、迷惘、绝望等的象征意味。全小说深受“黑色幽默”影响，通过怪诞、夸张乃至变形的人物，典型地展现出青年文化中“反英雄”、“世纪病”、“垮掉的一代”等情绪，诉说着在现代社会中人的孤独、隔膜、空虚、厌倦感，在对传统的反叛中表达对于存在意义的思考与追问。这些都使小说成为“观念”意义上的现代派小说。但小说结尾处：森森获奖、李鸣钻出被窝并再不打算钻进去了等人物投入求索方向的亮色调，使迥异于西方现代派的绝望感，形成真正有中国特色的“现代派”小说。

徐星的《无主题变奏》在表现青年的迷惘彷徨情绪方面似乎走得更远。《你别无选择》尚是在体制内生活着的人，而《无主题变奏》中的主人公“我”则完全厌倦了传统体制中虚伪、受束缚的生活，成为“出走的李鸣”而不愿再进入。女友老Q反复规劝“我”去报考，最终两人只有分手。“我”在青春的困惑与迷惘中无所事事，成为塞林格《麦田里的守望者》的中国模仿本。陈村的《少男少女，一共七个》在“以不严肃表现严肃，以不正经表现正经”中有着类似的“嬉皮士”青年文化主题和现代派小说特征。

残雪在现代主义小说中则体现出另一种极端的风貌。残雪（1953—　），原籍湖南耒阳，出生于长沙，原名邓小华。曾因父亲的原因受牵连，先后当过街道工厂工人、服装个体户等，这些经历为她作品中阴暗的心理体验提供了资源。80年代中期，残雪的《山上的小屋》、《阿梅在一个太阳天里的愁思》、《苍老的浮云》、《黄泥街》等作品以极端化的现代主义色彩而引人注目。残雪的小说中具有强烈的互文性，其意象系列充满了老鼠、毒蛇、蝙蝠、蜘蛛、蜈蚣、病毒、死亡、阴谋、谋杀等，人物间的关系充满了窥视、告密、隔阂、冷漠，人物心理充满孤独、阴暗、变态，所构成的整个外部世界与内部世界都是强烈的反逻辑、非理性、不可理解，充满荒诞、变形、异化。叙述方式也如同梦呓般，经常出现如“××变成了老鼠”等类语式，具有典型的现代派小说“向内转”、“三无”（无主题、无情节、无人物）的特征。代表作《山上的小屋》中“我”整天清理着一个抽屉；而父亲每天夜里变为狼群中的一只，绕着这栋房子奔跑，发出凄厉的嚎叫；“妈妈老在暗中与我作对”，“她正恶狠狠地盯着我的后脑勺，我感觉得出来。每次她盯着我的后脑勺，我头皮上被她盯的那地方就发麻，而且肿起来”。家里人一直要阻碍和破坏“我”清理自己的抽屉。《苍老的浮云》中充满邻居、家人间的偷窥、冷漠，《黄泥街》则建立起马尔克斯《百年孤独》中马孔多小镇式的一个非理性而又独立的生活世界。

残雪小说既有着魔幻现实主义式的荒诞、变形，又有着卡夫卡式的梦魇一般的心理阴暗体验，还体现出超现实主义、精神分析、异化理论等因素。既写出人类生存的悲剧，更写出人性丑恶、残酷的本质特征，而且这些特征并非简单的移植，而是根植于现实生活土壤和个人体验中，具有强烈的震撼力，被认为是现代主义小说中的集大成者。

第三节
先锋小说

在现代派小说昙花一现后，小说领域迎来了先锋派小说更具革命性的浪潮，其也被称为“后新潮小说”或“新小说派”。先锋小说代表作家有马原、洪峰、孙甘露、余华、苏童、格非、北村等。马原 1984 年即发表富于先锋小说特征的《拉萨河女神》，但此文并未引起当时注意，1985 年发表先锋小说代表作《冈底斯的诱惑》。在 1986—1988 年，一批青年作家相继追随马原开创的先锋派思路，形成先锋小说的黄金时代。

先锋小说从语言功能、文本构成形式、写作及生存观念上对于传统文学进行了颠覆性的革命，形成了完全不同的理论体系和创作实践，当代文学格局和创作观念发生了阶段性的剧变，在此意义上，其被称为“先锋”是恰当的。先锋小说首先在文学观念上实现了“形式即内容”的革命，认为内容并不独立于形式而存在，二者是一而二、二而一的关系，形式就是内容，内容就是形式，形式是“有意味的形式”。在此，他们颠覆了传统的“真实观”，认为小说家对语言、结构、意象和文本的构筑过程就是作家在作品中生活的过程，因此，“写什么”并不重要，而“怎么写”才是重要的，才是真正地进入作品和理解作家的途径。因此，可以说他们都是语言、结构等的形式崇拜论者，其作品也因此被称为形式主义小说或者结构主义小说。构筑传统小说“真实”的情节、人物、时间、地点以及主题、意义、感情等基本要素都被他们或者消解掏空或者放逐不顾。表现为人物符号化、抽象化，指称含混化，时间地点不确定化、虚幻模糊化，情节碎片化，没有开端、发展、高潮、结局等。形成非高潮和无序化，线索多线化、非条理化乃至杂乱化，具体多用拼贴和剪辑化手段，结构拼板化和迷宫化，形成各自的“叙述策略”。在语言上则高度感觉化和游戏化，通感泛滥，比喻奇特，构成如同罗兰·巴特所说的在语言的能指与所指间追逐的色情化、狂欢化游戏。先锋小说还采用“元叙事”、“元小说”策略，暴露作品的虚构化，叙事人往往直接出场来暴露人物、情节、结构等的编造过程，揭穿传统“真实”观的欺骗性，突显作家的主体性和读者的接受主体性，形成新的“真实”观。因此，相对于传统文学观来说，先锋小说又被称为“反文学”、“反小说”，从此以后，小说写作无论在文体上还是观念上再无不可能，先锋小说构成了真正意义上的“叙事革命”。

先锋小说文体实验和叙事革命是对于文学的功利主义传统的反叛。无论“文以载道”的古典主义传统，还是现代汉语文学以来的启蒙主义传统，以至“十七年”为政治服务、为人民服务等传统，都摆脱不了“为什么”的工具主义、功利主义负担，由此主题、意义等的明晰即构成了明确的要求和束缚。而先锋小说则不再“为什么”，强调文学主体性，强调作家主体性，认为文本是唯一的真实，作者有绝对的书写自由，而读者也有绝对的接受自由和阅读多重可能性。因此，先锋小说中主题和意义等不再确定，也非作者应考虑的对象。文学不再具有功利性，而是游戏化，这与前述的种种形式主义策略的消解化是相一致的。

先锋小说固然接受了西方博尔赫斯的魔幻现实主义、略萨的结构主义、罗伯-格利耶的新小说派的明显影响，但他们并非王蒙、茹志鹃等心理小说的技法层面借鉴，也非刘索拉等现代派的观念简单模仿，而是有着融于现实生活体验和哲学领悟基础上的新的创造。对于他们来说，生命的无常感、命运的不可知性、人的无力感成为核心体悟，由此，非理性、反逻辑成为从形式到观念上的重要特征。当对现实生活和外在世界用理性和逻辑都无力解释时，非理性、反逻辑成为新的生存观念，先锋小说的种种叙事策略都致力于对理性、逻辑的消解，事件的偶然性与命运的偶然性成为先锋小说中的重要构成因素。人物往往是边缘化、另类化、反智化的流氓、土匪、恶棍、白痴、神经病等，死亡、痴癫、疯狂意象大量充斥，在感情上人物情感往往平面化、冷漠化，而叙述人情感也往往冷漠化、零度化。从形式层面的消解化到哲学层面的荒诞化，先锋小说真正形成了“有意味的形式”，实现了对于“寻根派”、“现代派”的超越，完成了从审美精神、文本形式到生存哲学的现代主义乃至后现代主义的中国化世纪转折。但他们这样的探索，既是对于文学传统的反叛，也是对于生活现实的反叛，这种双重的反叛毕竟走得太远，对于读者来说叙述策略可能就是阅读陷阱和接受困惑、疲劳；对于先锋作家来说，脱离了文学传统滋养，缺乏了现实生活体验支撑，又缺乏了读者支持，他们的路也就很难再走下去。

马原是先锋小说的开山者和最重要代表，被认为是当代第一个真正意义上的形式主义者。马原（1953— ），辽宁人，当过知青、工人，1978年考取辽宁大学中文系，1982年毕业后到西藏工作，任记者、编辑，1989年回沈阳任专业作家。主要作品有“西藏系列”：《拉萨河女神》、《冈底斯的诱惑》、《叠纸鹤的三种方法》、《游神》。他还有《大师》、《虚构》、《涂满古怪图案的墙壁》、《错误》、《西海的无帆船》、《上下都很平坦》等。《拉萨河女神》是马原创作的转折点，而《冈底斯的诱惑》、《虚构》则是其先锋小说最具代表性和影响最大的小说。《冈底斯的诱惑》第一次把如何“叙述”提到了小说本体的高度，是“马原的叙述圈套”[①] 的一个典范。开篇“当然，信不信都由你们”成为先锋小说的一个文本基调和“元叙事”策略的开端。小说讲述了三个独立的故事，包括姚亮、陆高的两次探险，一次是去看天葬，一次是寻访野人，两次探险都以没有结果而告结束，第三个是陆高写的一篇关于说唱艺人顿珠、顿月的故事，三个故事彼此独立，也很难发现其意义间的联系。在叙述中作者不断将三个故事切碎然后拼贴，构成结构迷宫和意义迷宫。故事叙述人不断在文中出现，但并非传统意义上清晰的第三人称或第一人称，可能是作家马原也可能是文中的陆高或者姚亮，在叙述人称和叙述角度的不断变化中，形成难以捉摸的叙述迷宫。作者又不断在故事之外，揭示讲这些故事和形成文本过程中对于结构、线索、结局等的技术、技巧处理问题，揭示叙述人的身份和生活细节，揭示写作过程中的生活以及构思细节，以编故事的真实来不断打破和消解故事中形成的真实性，令读者不知究竟是在阅读作家的生活真实，还是故事人物的真实，也不知所述故事是作家的亲历还是虚构，总之，营构出的是“似真幻觉”的迷津感。在《涂满古怪图案的墙壁》以及《叠纸鹤的三种方法》中，这种“马原的叙述圈套”更加彻底和娴熟，“我”（直接以“马原”出现）、姚亮、陆高是叙述人身份还是文中主人公身份更加交织迷幻，故事中再套故事又不断交织拼贴的结构，文中的手稿故事与现实的迷幻，构筑文本中的细节虚构过程的揭示，使“元叙事”特

---

① 吴亮：《马原的叙述圈套》，见李洁非、杨劼选编：《寻找的时代——新潮批评选萃》，248～260页。

征暴露得更加彻底。

《虚构》似乎靠近了传统叙事模式，作家似乎放弃了叙述人称以及叙述角度的变化以老老实实的“我”来讲完故事，但其实是将“元叙事”特征的外化结构转化为内在特征。开篇交代“我就是那个叫马原的汉人，我写小说”，显示出“元叙事”的开始，这也成为先锋小说的经典语式。小说讲了“我”到西藏一个麻风病村——玛曲村的见闻、与女房东的性爱故事，这种超越常规的故事本身构成一种人性历险，充满内在结构的不断突破。而作者又交代“这一次我为了杜撰这个故事，把脑袋掖在腰里钻了七天玛曲村”，那么这个玛曲村历险故事究竟是杜撰的产物，还是真正的七天亲历呢？作者又交代“实话说，我现在住在一家叫安定医院的医院里；安定是对外名称，所有知情的都知道这是一家精神病院。我住在这里写作”。那么这究竟是一个正常写作者的讲述，还是一个精神病人的妄想呢？文中不断说明这是杜撰，又不断出现大量的生活细节考证，在摒弃眼花缭乱的“元叙事”外在形式而使阅读障碍减少后，似真似幻的迷宫效果却更加突出。

洪峰被认为是马原叙事方式的模仿者，然而也有人认为洪峰的出现是对马原小说的叙事无意义的否定。洪峰（1957—　），吉林通榆人，毕业于东北师范大学中文系，曾任教于吉林省白城师专，后从事专业创作。他的《奔丧》“完全摆脱了现代观念小说所难以回避的表意性，从而把有悖于传统的生活观念在小说中直接变成一种生活方式”[①]，流畅地写出了一个“局外人”式奔丧者的孤独和漠然，写出了一个孤独者的痛苦和困惑，以及包围着这个孤独者的种种世态炎凉。而他的《瀚海》则超越了文化寻根小说，《极地之侧》则超越了他对于马原形式主义小说的认同。[②]

孙甘露（1959—　），生于上海，70 年代毕业于上海市邮政局技校，历任上海市邮政局职工、上海作协专业作家。他在从事先锋小说写作前，曾从事诗歌写作，这使他除先锋小说一般的“迷宫”特征外，语言诗化意味最浓。《访问梦境》、《我是少年酒坛子》、《信使之函》、《请女人猜谜》等不多的作品，形成了语言美学实验的极端化。诗化的语言如同梦呓，构筑起比其他先锋小说更加朦胧迷茫的迷宫世界。诗化语言本身已经产生独立自足性，构筑起独立的意义支撑和衍生功能，语言如同滚雪球一样自我滚动而产生意义增值或者彼此消解，衍生出迷幻的意义领域，而小说也因为语言的堆砌和变幻显得更加迷幻和丰富多义、难以捉摸。如《信使之函》中从头至尾连绵出现的“信是……”的诗化定义多达数百种，这在构成强烈的诗化意义世界的同时，也构成极大的阅读挑战。

格非（1964—　），原名刘勇，江苏丹徒人，文学博士，曾为华东师范大学教授，现为清华大学教授。格非小说在迷宫式叙述中具有更强的学院玄想气息，对于生存及命运的荒诞、虚无的哲学体悟感更强烈。《迷舟》中军人萧在死亡的必然与偶然中，《褐色鸟群》中与“棋”关系的熟悉与陌生中，《青黄》对“青黄”探谜答案的不可捉摸中，《风琴》对游击队伏击与被伏击、动机与结果间的荒诞背离中，都展示出生活与命运的不可知性、可能性、荒谬性。

苏童和余华也是先锋小说的重要代表。

---

① 李劼：《论中国当代新潮小说》，见《历史描述和阐释的二十世纪中国文学史论——李劼思想文化文集》，第 4 卷，89 页，西宁，青海人民出版社，1998。

② 参见上书，89～91 页。

第四节
贾平凹的小说

贾平凹（1952— ），陕西省南部丹凤县人。1972年入西北大学中文系学习，1975年毕业后在陕西人民出版社任编辑，1980年任《长安》文学杂志编辑，1983年起任专业作家。现为陕西作家协会副主席，西安市文联主席，主编《美文》杂志。其创作主要分为三期："商州系列小说"，《鸡窝洼人家》、《小月前本》、《腊月·正月》、《黑氏》、《远山野情》、《天狗》、《古堡》、《火纸》和长篇《商州》、《浮躁》等；1993年发表《废都》；之后又陆续发表长篇小说《白夜》、《土门》、《高老庄》、《怀念狼》、《病相报告》、《秦腔》。《满月儿》获1978年全国优秀短篇小说奖，《腊月·正月》获第三届全国优秀中篇小说奖，《浮躁》获1988年美国"美孚飞马文学奖"，《废都》获1997年法国费米娜女评委小说奖。贾平凹的散文也广获赞誉，2004年《贾平凹长篇散文精选》获第三届鲁迅文学奖全国优秀散文杂文奖。

贾平凹自称其创作"似乎老同一些潮流不大合拍，老错位，不是比别人慢半拍，就是比别人早半拍"，他要求自己"从事创作有时你得感应整个时代，要坚持自己的"①。这正概括了其创作的两大特征：一是时代主题的敏感性，二是个人风格与题材的独特性。在伤痕文学时，他以《满月儿》开掘人性的善美和对理想的追求，在"伤痕"风过后他却以《晚唱》、《好了歌》、《二月杏》暴露人性的扭曲与病态，引起争鸣。1983年后的"商州系列"真正奠定其文坛地位。他深入陕西商州地区，全方位地表现农村生活的变迁，"欲以商州这块地方，来体验、研究分析，解剖中国农村的历史发展、社会变革、生活变化"②。《小月前本》中门门与才才代表了传统观念与旧观念叛逆者的两种形象，而小月姑娘在爱情上的取舍则展示了改革对于农村传统价值观念的冲击。《鸡窝洼人家》中，复员军人禾禾不安分于老老实实种地，千方百计寻找发财门路，而其对立形象回回则是稳稳当当过日子的农民形象。禾禾的老婆麦绒与回回的老婆烟峰因为彼此的夫妻观念冲突而各自离婚，又各自重组，两个家庭的离异重组可说是两种价值观念与生活方式的组合。《腊月·正月》中，传统道德的象征人物韩玄子重农抑商，努力维护着原有的生活准则却日渐衰落，而"不如人的人"王才心理上自惭形秽，但却应时而动，兴办食品加工厂，村镇传统的旧秩序的代表者韩玄子与新经济力量代表者王才间的斗争，正是改革中新与旧观念、力量间的根本冲突。如果说前面的作品还是从爱情、婚姻、家庭、村镇等微观角度剖示和思考中国农民文化心态的变迁的话，那么，《浮躁》则是全方位地宏观显示城乡改革（尤其是农村改革）所牵连的政治、经济、文化心理上的重重冲突。小说写农家子弟金狗以其特长——写作为敲门砖，逐步挤入"文化人"圈子。小说以商州州河为纽带，从乡到县、州、省上，在田、巩两大家族间的权势角逐，在小水、田家侄女英英、同事妻子石华间的情爱

---

① 贾平凹、谢有顺：《最是文学不自由（对话）》，见郜元宝、张冉冉编：《贾平凹研究资料》，20页，天津，天津人民出版社，2005。

② 贾平凹：《小月前本·代序》，广州，花城出版社，1984。

纠葛构成金狗的命运浮沉和小说主线。小说通过“于连式”青年农民金狗野心勃勃、反叛现实终又良心未泯的多重性格显现，金狗、雷大空们与田家、巩家在州河上的残酷斗争，以及爱情纠葛等，将骚动不宁、充满生气的时代情绪概括为“浮躁”，同时提出在改革大潮中新一代农民自我觉醒与拯救、从个体到整个人文环境改造的多重历史文化使命。

贾平凹的“商州系列”既被视为改革文学，同时又被视为地域文化派、寻根文学。秦汉文明下的乡土风俗风情、人文地理构成的淳厚风俗画面，既与人物的命运动荡、心理波澜、人性开掘浑然一体，又是对民族文化特性与出路的反思与探索。

《废都》是贾平凹最具影响也最具争议的作品。小说通过西京“四大名人”之一著名作家庄之蝶的生活状态以及“废都”中社会世相的描写，意在反映90年代的整个社会尤其是文化界价值失衡、物欲泛滥的“废都”意识和“废都”人格形态。“‘废都’是一个不容被忽视的文学意象”①，“废都”，即指被废弃了的都城，其重要特点在于旧文明机制的崩溃，新与旧事物的交织并存，精神上旧的惯性与新的趋势间的矛盾斗争。“废都意识”，则可以扩展到对于当代文化中的知识分子精神危机的喻示，也可以扩展到民族文化的发展现状与困境的隐喻，还可以理解为世界文学中的“世纪末情结”等。有人认为《废都》是“生成在20世纪末中国的一座文化古城，它以本民族特有的美学风格，描写了古老文化精神在现代生活的消沉，展示了由‘士’演变而来的中国某些知识分子在文化交错的特定时空中的生存困境和精神危机”②，也有人认为《废都》是“一部百科全书式的文化溃败史，一个全景式的后现代的精神现象学空间”③。庄之蝶及“四大名人”所代表的“文化精英”们社会理想文化雄心已荡然无存，沉湎于自恋与自虐，沉溺于物欲淫乐之中，在名利权势的红尘翻滚中最终个个走向死亡败落，牛月清、唐宛儿、柳月、阿灿等四个女性形象也只成为欲望发泄的对象，被认为是“良妻美妾俏丫环”的文人旧梦翻版。小说所表现的社会及文化沉沦触目惊心，寄意深刻而沉痛，《废都》成为时代的一个文化象征。而作为80年代启蒙与主流文化代表作家的贾平凹转向《废都》，这本身也构成一个时代文化象征。《废都》引发出文化、道德等多重角度的解读，“一种是庄之蝶的同代人对《废都》感伤的抚摸，一种是晚生代对它的愤怒的呵斥，以至认作是‘一部嫖妓小说’。晚生代看到的是‘《废都》热’中的浓厚的消费性与商业性，看到的是《废都》中鸳鸯蝴蝶的主题与圈套。而庄之蝶的同代人在对它的抚摸性阅读中深刻地体味到性爱死结后面强烈的挫折感、失败感、末世感和没落感，一种绵绵无尽的哀伤惨痛，在淋漓尽致的烂熟的肉欲铺陈后面隐含的精神颓废的命运感”，还有“女性主义批评在《废都》中读出的是男权文化，看到的是对于女性的露骨玩弄”④。加之小说中性描写的放纵及古代艳情小说的负面影响产生的“商业炒作”迹象等，使《废都》成为当时文坛和学界争议的焦点。

其后的几部长篇中，贾平凹又回到商州世界。《高老庄》以大学教授高子路携妻西夏回乡的见闻经历及卷入村里人事纠葛，表现了乡村世界在新经济形势下的分化与矛盾，进一步对世纪末中国农村文化及生存状态进行思考和探索，在艺术上也更为圆熟。《怀念狼》则表现了自然崇拜的破灭。

---

① 王富仁：《废都漫议》，见郜元宝、张冉冉编：《贾平凹研究资料》，245页。

② 雷达：《心灵的挣扎——〈废都〉辨析》，见郜元宝、张冉冉编：《贾平凹研究资料》，240页。

③ 陈晓明：《废墟上的狂欢节——评〈废都〉及其他》，见郜元宝、张冉冉编：《贾平凹研究资料》，180页。

④ 旷新年：《从〈废都〉到〈白夜〉》，见郜元宝、张冉冉编：《贾平凹研究资料》，209～210页。

贾平凹的创作对于现代汉语文学具有独特意义。在思想资源上，他一方面继承中国传统文化的儒道观念、民间的神秘文化，又将之与强烈的现代意识相结合，表现彼此间的冲荡交汇；在创作方法上，一方面是现实主义的世相描摹，一方面又吸收现代主义的象征，尤其魔幻现实主义的手法；在行文上，吸收中国传统文学中古典小说的叙事技巧，如明清笔记小说风格、话本志异风格等，语言精练深沉，朴拙自然，有如其所推崇的“丑石”、“卧虎”风格。从语言美学到文体、创作方法，从社会生活到哲学思考，都既是历史的，又是现代的，既是地域的、民族的，又是世界的，贾平凹小说为这种既土又洋的结合提供了独具魅力的例子，也为中国文学的出路探索提供了值得深入开掘的路向。

第五节 王安忆的小说

王安忆（1954—　），祖籍福建，生于南京，1955年随母亲茹志鹃迁居上海。1969年初中毕业，1970年赴安徽插队，1972年考入江苏徐州地区文工团，1978年回上海任《儿童时代》编辑，1987年进上海作协任专业作家，现为上海作协主席。王安忆创作颇丰，1975年冬开始发表作品，1980年发表成名作《雨，沙沙沙》，著有小说《雨，沙沙沙》、《王安忆中短篇小说集》、《尾声》、《流逝》、《小鲍庄》，长篇小说《69届初中生》、《黄河故道人》、《流水三十章》、《父系和母系的神话》、《长恨歌》等。其中《本次列车终点》获1982年全国优秀短篇小说奖，《流逝》和《小鲍庄》分获1981—1982年、1985—1986年全国优秀中篇小说奖，《长恨歌》获第五届茅盾文学奖。

王安忆的创作面貌呈现出随时代而不断进化的丰富与多面性。初期以《雨，沙沙沙》为代表的知青“雯雯”系列展现初涉人世的雯雯的知青生活和文工团生活，格调纯真明朗。其后作者视野由狭小的雯雯世界扩展向广阔的现实人生世界，展现多样的人物、复杂的世态众相。《本次列车终点》中展现上海知识青年陈信回城后的复杂体验，既有亲人团聚的喜悦，新生活开始后的不适应与奋斗，又有小市民生活中的苦闷。《流逝》则写一位旧资产阶级家庭媳妇欧阳端丽及一家人在新中国成立后的衣食住行，从窘迫到自食其力再到落实政策后的生活，人情世态描摹细腻，心理探索深入微妙。

1984年后，王安忆的艺术视野迅速拓宽，由对人的社会哲学思考进入对人的文化哲学思考，成为对民族文化反思的时代代表者之一。此后她的创作大致可分为寻根小说、性爱文化与女性小说、海派都市文化小说几大类。

以《大刘庄》、《小鲍庄》为代表的寻根小说探索本民族文化特质，发掘文化原型形象，在对民族生活的表现中探索民族文化的出路。《大刘庄》的百岁子期待着“咱大刘庄，总得有个人先走出去哕”，而上海知青们则对到大刘庄的下乡充满恐惧与猜疑，城市与乡村两个世界的相互幻想与结合充满文化隐喻。而小鲍庄则是一个“仁义庄”，象征着儒家文化的正宗传人，少年英雄捞渣是这“仁义”的化身，也是民族文化“善根”的代表。因此，小鲍庄看似一个小村庄，但其实是对民族国家从生存状态到文化特质的描绘与思考，是对中国文化原型、集体无意识等的反映。在这种善与仁义的文化特质发掘中，王安忆寄寓着其复杂多义的思考："其实，《小鲍庄》恰恰是写了最后一个仁义之子的死，我的基调是反讽的……我想，捞渣是一个代大家受过的形象。或者说，这小孩的死，正是宣布了仁义的彻底崩溃!"她强调"《小鲍庄》是写仁义的堕落"①。王安忆寻根小说的独特意义在于，既写出民族文化从个体到集体的显意识（如善、仁义等），同时，又发掘出其集体无意识（如恶、实利主义等），这种集体显意识与集体无意识的纠缠融汇构成其反思的深刻意义，显示出对民族文化原型探索的复杂多维性。

王安忆的性爱文化与女性小说以"三恋"（《荒山之恋》、《小城之恋》、《锦绣谷之恋》）为代表，也包括《岗上的世纪》、《米尼》、《我爱比尔》等从乡村到都市不断思索的作品。在这些小说中，既往的社会性探索主题往往被置于背景，而冥冥中支配人物命运发展的"性"成为表现和思考的核心命题。《小城之恋》描写小县城中一对青年男女演员间的性爱故事。在近乎弗洛伊德式精神分析的性苦闷与压抑中，"他"与"她"既相互依恋又相互折磨，无力自控只能任由触目惊心的"性"支配着戏剧性关系与命运。小说心理刻画细腻深刻，行文冷静超然，形成强烈的反思与探索风格。《岗上的世纪》中女知青李小琴与生产队长杨绪国间既有围绕推荐招工的命运角逐，又有围绕性爱的命运改变，二者难分难解地交织纠缠在一起，后者又一步步压倒前者，构成社会性与人性探索的复杂性。《米尼》中的米尼，《我爱比尔》中的"我"，也都在性的迷惘到执着与放纵中走向命运的毁灭与不可知中。在这些小说中，对性的探索与对人性和社会性的探索交织在一起，形成其多面的复杂深刻性。同时，作家立足于女性立场上，关注和冷静思考女性命运，然而王安忆又并非激烈、偏执的女权主义立场。作品中的女主人公首先是作为一个"人"，一个忽略其性别属性的"人"，而反映和承担着共同的时代背景下的共同命题，诸如上山下乡及各种运动中的政治压力，物质生活中从穿衣吃饭的困窘到对都市浮华的迷恋与追求，以及精神生活中性欲的压抑到饥渴、最终走向放纵等，这样的"无性别"视角使其获得与时代、社会、人生对话的普遍意义。其次才是从"女人"的角度来看问题，即"女人"们在承受共同的"人"的命运负担下，也有其独特和深重的历史文化沉疴与心灵扭曲，这种"女性视角"并非从男权与女权之争入手，作品中的女性也并不具有有意识的性别歧视、性别战争的愤激控诉和过度反应，她们与男人一样，共同承担和反抗命运，她们有软弱的一面，但男人们也有软弱的一面，甚至其作品中的不少男人比女人更软弱。因而王安忆女性小说建立起以女性为中心的视角来看世界，以女性命运来反映、认识世界的独特的女性叙事，其艺术成就和思想深度大大提升了女性文学的影响和地位，加速了独立的女性文学的形成，而其中体现出的男性女性共担命运压力的平等意识、中性意识，又使其形成"最没有女人气"的女性小说。

王安忆以上海为背景所创作的海派都市文化小说包括《好姆妈、谢伯伯、小妹阿姨和妮妮》、《好婆和李同志》、《"文化大革命"轶事》、《长恨歌》、《富萍》等，《米尼》、《我爱比尔》也是上海背景的都市小说。在这些作品中，王安忆主要集中描写三类人的生活：一类是旧资产阶级家庭遗老遗少们在新中国成立后的生活变迁，如《流逝》、《"文化大革命"轶事》、《长恨歌》等；一类是底层女佣们的生活，如《好姆妈、谢伯伯、小妹阿姨和妮妮》、《富萍》；再一类则是普通上海市民家庭的生活，如《好婆和李同志》、《米尼》、《逐鹿中街》等。这些作品一

① 王安忆、斯特凡亚、秦立德：《从现实人生的体验到叙述策略的转型》，载《当代作家评论》，1991（6）。

方面描写上海特有的外在都市景观与人文面貌，一方面刻画人与人之间复杂微妙的关系与心理，充满温馨和深刻的人文关怀与人性探索，这些都很容易令人想到其对张爱玲式笔触与风格的接续。《长恨歌》写上海小姐王琦瑶历经半个世纪的生活与情爱经历。小家碧玉王琦瑶与女同学吴佩珍、蒋丽莉有着微妙的友谊，后来她在选美成为上海小姐第三名之后，做了大员李主任的外室。后来李主任遇难，王琦瑶过起了普通小市民生活，她又历经与几个男人的交往，终未婚嫁，却生下女儿薇薇。最后，进入晚年的王琦瑶与女儿的男同学老克腊发生畸恋，最终被人失手杀死。旧上海的繁华浮靡、人情做派，市井生活中的欢喜哀怨、家长里短，男女交往中的丝丝绊绊，王安忆刻画得惊人的细腻逼真，幽深绵长，韵味无穷。对人际交往与人性深处的复杂微妙处刻画得纤毫毕现、深刻透彻而又恰到好处。既构成一幅幅怀旧式的上海生活历史图卷，又构成一曲曲人性的悲歌，在历史沧桑中表现出很高的艺术成就。王安忆的都市小说既是一城一地的，它具有鲜明的人情风貌、都市景观的个性，同时又远远超越于一城一地意义，而成为时代的、民族的生活记录，成为人类的人生命运思索、人性探幽发微之作，具有哲学思考的深意。

王安忆的创作方法也不断进化，在《叔叔的故事》、《纪实与虚构》中均借鉴了“元小说”式的方法，即在行文过程中暴露对小说构思和写作的方法与过程。但这并非先锋派式的文本实验，而是借鉴他们成熟的手法，在小说中与小说内容有机结合，显得水到渠成，并不生硬突兀。在《叔叔的故事》中不断根据现实和逻辑而进行叔叔命运的推测；在《纪实与虚构》中则一方面是对现实生活的记录，一方面是依托于这种现实而产生的对于家族历史的追索与虚构，二者形成内在精神上的一脉相通。

王安忆的小说创作题材广泛，探索多样化，既有女性作家独特的文笔细腻、心理刻画生动逼真，又有对社会、人生以及文化、哲学思考的深刻和宏观，成为当代文学中成就杰出的作家。

【本章学习参考】

一、阅读书目

阿城：《棋王》

韩少功：《爸爸爸》

刘索拉：《你别无选择》

残雪：《山上的小屋》、《黄泥街》

马原：《冈底斯的诱惑》、《虚构》

贾平凹：《浮躁》、《废都》、《秦腔》

王安忆：《小城之恋》、《长恨歌》、《叔叔的故事》

二、相关文献

1. 李洁非，杨劼，选编．寻找的时代——新潮批评选萃．北京：北京师范大学出版社，1992.

2. 陈晓明．无边的挑战：中国先锋文学的后现代性．桂林：广西师范大学出版社，2004.

3. 陈晓明．表意的焦虑：历史祛魅与当代文学变革．北京：中央编译出版社，2002.

4. 李劼．历史描述和阐释的二十世纪：中国文学史论．西宁：青海人民出版社，1998.

5. 张清华．中国当代先锋文学思潮论．南京：江苏文艺出版社，1997.

6. 洪子诚，主编．中国当代文学史·史料选：1945—1999（下）．武汉：长江文艺出版社，2002.

7. 郜元宝，张冉冉，编．贾平凹研究资料．天津：天津人民出版社，2005.

三、复习思考

1. 名词解释：

寻根文学　现代派　先锋派　叙事革命　马原的叙述圈套

2. 试述寻根小说的文化探索意义。

3. 试述现代派小说与“黑色幽默”、“垮掉的一代”等文学思潮的关系。

4. 什么是先锋小说的叙事革命？

5. 试述《废都》的时代文化象征意义。

6. 简析王安忆小说《长恨歌》的基本特征。

第三十八章
莫　言

1985 年以后的文坛上，莫言的创作屡引风骚。创作伊始，作家以魔幻现实主义笔触，跻身于先锋文学作家之列；继作《红高粱》等家族小说，终结“寻根文学”，开启“新历史小说”之旅。与此同时，作家笔下的滥恶与审丑、毫无节制的叙述，一度招致不少贬评。几番探索，莫言在借鉴西方文学技巧之余，也开始融入中国传统的民间艺术因素，终以天马行空的想象、汪洋恣肆的语言，描绘出“高密东北乡”绚丽多彩的历史与现实。2012 年获诺贝尔文学奖。

本章主要评述莫言的文学道路与小说创作。

第一节 莫言的生平与文学道路

莫言（1955—　），原名管谟业，山东高密人。童年时期的莫言，生活贫困。“文革”爆发后，莫言小学尚未毕业，因素来表现不好，被迫辍学。人民公社时期饥饿与孤独的童年体验，成为作家日后的创作财富。莫言自小酷爱读书，譬如《封神演义》、《三国演义》、《青春之歌》、《三家巷》、《钢铁是怎样炼成的》等中外经典小说，均为莫言的文学启蒙读物。另外，许多会讲故事的爷爷、奶奶，他们讲述的许多鬼怪故事和历史传奇，也是作家创作的文学资源。

莫言执笔创作，是在 1976 年参军入伍以后。起先，莫言发表了一些军旅和乡土题材的小说，格调新奇，才华初显。其中，《民间音乐》（1983）受到白洋淀派老作家孙犁的赏识。1984 年夏，莫言凭借自己的创作实绩，考入解放军艺术学院。其间，作家阅读了西方现代派文学，受福克纳笔下“约克纳帕塔法县”启发，开始描绘故乡“高密东北乡”的文学版图。

莫言的创作，风格多变，也伴随种种争议，大致经历了如下四个发展阶段。

一、生命写意

20 世纪 80 年代初，莫言创作伊始，作品中多用魔幻现实主义的笔法，表现人物身上奇异脱俗的生命形态与欲望，区别于一般“伤痕小说”、“改革小说”、“反思小说”、“寻根小说”中政治、经济、伦理、民俗等方面的书写。从题材看，大致有二。

(1) 奇人奇事。譬如，《民间音乐》中让众人费解的“小瞎子”对音乐的朝圣追求，《大风》中数一数二的庄稼人“蹦蹦爷”身上迸发出来的强劲生命力，《秋水》中“黑衣汉子”、“紫衣女人”的身怀绝技，《金发婴儿》中“紫荆姑娘”自然鲜活的肉体欲望等等，均非庸人俗事，或传奇，或浪漫。

(2) 孩童世界。莫言常采用孩童视角，来还原自然、原始的生命感受，并反讽成人社会。最为评论家称道的，是莫言的成名作《透明的红萝卜》。作品描绘了孩童世界里的种种“透明”意象，特别是那个浑身沾满铁屑却散发着金色光芒晶莹剔透的“红萝卜”，即隐喻少年黑孩的纯美。相形之下，成人世界多藏在黑暗之中，比如女人们对于黑孩和后娘故事的私下议论，男人之间也处处藏有争斗，包括铁匠师徒在“淬火”技术上的传承猫腻、小铁匠与小石匠为了菊子姑娘的醋意，还有小石匠与菊子姑娘的恋爱也是偷偷发展着。于是，洞悉成人秘密后的黑孩，转瞬间就告别了童年，穿着一件不合身的大褂子，却失去了以往的灵性。作品中的感觉与意象描写，受到李陀等评家好评。①

二、“亵祖”与写丑

从《红高粱》(1986)起，莫言一方面建构历史人物的传奇故事，另一方面却以“亵祖”的方式解构历史神话。比如，《红高粱》中的“最英雄好汉最王八蛋”的“我爷爷”，既是精忠报国的抗日英雄，又是杀人越货的土匪，体现了民间历史的丰富性。作品发表后，好评如潮，开辟了“新历史主义”的天地。②

1987年发表的《欢乐》、《红蝗》，却因为毫无节制的“亵祖”与写“丑”，招来恶评。《欢乐》亵渎了一位衰老的母亲，甚至出现了一些龌龊、丑陋的描绘，比如写跳蚤“在母亲的生殖器官上爬”。《红蝗》以梦境的方式，揭示了“四老爷”、“九老爷”的偷情和骗财等丑恶伎俩，同时也歌颂了“食草家族”美丽无臭的大便。两部作品中的“溢恶”描绘，似乎触犯了审美规范。有评者曾坦言，读《红蝗》“是一件十分难受的事情”，因为莫言“变得毫无节制，毫无节制地纵容自己的某一情绪，毫无节制地让心理变态，毫无节制地滥用想象，毫无节制地表现主观的意图”③。“他似乎要把有生以来所感受到的、经历的、听到的、看到的、想象到的全部龌龊全部抛出来，竭尽刺激感官之能事”，目的“正是要折磨人的阅读期待和心理渴望，亵渎人们的优雅情感和审美惯性”④。

类似的“亵祖”式书写，在后来的长篇《丰乳肥臀》(1995)对母亲的描写中，依然延续。

---

① 参见李陀：《“妙在似与不似之间”——评中篇小说〈透明的红萝卜〉》，载《文艺报》，1985-07-06。

② 参见张清华：《十年新历史主义文学思潮回顾》，载《钟山》，1998 (4)。

③ 贺绍俊、潘凯雄：《毫无节制的〈红蝗〉》，载《文学自由谈》，1988 (1)。

④ 王干：《反文化的失败——莫言近期小说批判》，载《读书》，1988 (10)。

三、现实寓言

长篇《天堂蒜薹之歌》（1988）的创作，一改莫言高标的生命写意与历史神话书写，转向污浊的现实书写。作者自叙，“现实生活中发生的一件极具爆炸性的事件”，“促使我放下正在创作着的家族小说，用了三十五天的时间，写出了这部义愤填膺的长篇小说”。“小说家总是想远离政治，小说却自己逼近了政治。”作品在写蒜农暴动的现实悲剧，也展现了苦难命运下荒漠般的人性，可谓中国农村的现实寓言。

莫言还写有城市生活寓言的几部长篇，有《十三步》（1988）、《酒国》（1990）、《红树林》（1999）等。这些作品，一度脱离“高密东北乡”，描绘城乡人物可怜可笑的欲望与境遇。

四、民间史诗

2001 年，莫言在苏州大学一次演讲会上，总结了自己的“民间写作”创作立场，提出了“作为老百姓的写作”[①] 理念。

立足民间，其实是莫言一贯的写作立场。长篇小说《丰乳肥臀》，开始建构“民间史诗”，而非以往单纯的家族史想象。与同期的“历史—家族”等民间史诗模式[②]相比，莫言的作品，除表现民间人物的价值观念与历史命运之外，还侧重书写历史境遇带给人物的生存体验。作者最初创作《丰乳肥臀》时，是献给去世的母亲，想到困扰母亲一生的苦难，“第一是生育，第二是饥饿，第三是病痛，当然还有她们那个年龄的人都经历过的连绵的战争灾难和狂热的政治压迫”[③]。

新世纪以来，莫言更多地转向民族民间的神话叙事。《檀香刑》（2001）书写了民间英雄神话的生成，《四十一炮》（2003）讲述了民间神话的市场化，《生死疲劳》（2006）再现佛教轮回的民间信仰，《蛙》（2011）讲述了民间的赎罪故事，并获第八届茅盾文学奖。

此外，莫言还受邀创作了不少话剧剧本，比如《我们的荆轲》等，延续小说思路，解构历史和现实中的各种神话，还原人物善恶美丑的复杂面目。

2012 年 10 月 11 日，莫言凭借自己的创作实绩，获得诺贝尔文学奖。据瑞典文学院发布，莫言作品的获奖理由是：“通过幻想与现实、历史视角与社会视角的混合，莫言结合威廉·福克纳与加夫列尔·加西亚·马尔克斯作品中的因素，创造了一种世界性怀旧，与此同时，也找到了旧式中国文学与语言传统的新出发点。”

---

① 莫言：《文学创作的民间资源》，载《当代作家评论》，2002（1）。

② 参见陈思和：《“历史—家族”民间叙事模式的创新尝试》，载《当代作家评论》，2008（6）。

③ 莫言：《我的〈丰乳肥臀〉》，见莫言：《小说的气味》，61 页，沈阳，春风文艺出版社，2003。

第二节
《红高粱家族》

《红高粱家族》是莫言的第一部长篇小说，也是最有影响力的作品。作品初版于1987年，包括《红高粱》、《高粱酒》、《狗道》、《高粱殡》和《奇死》等五个中篇。这些小说均以“高密东北乡”的“我爷爷”、“我奶奶”等家族人物为主人公，其家族以“红高粱”为精神图腾，故名之。

一、野性的生命力——“最英雄好汉最王八蛋”

与其他家族小说不同，《红高粱家族》没有叙述家族历史的来龙去脉与兴衰聚散，反而凌乱地讲述了有关先辈的一幕幕历史传奇，譬如他们既杀人越货又精忠报国的经历，他们在高粱地里轰轰烈烈的情爱往事（《红高粱》），以及他们恶作剧式地用尿碱酿酒的发家史（《高粱酒》）等等。套用作品中的一句经典表述：“高密东北乡无疑是地球上最美丽最丑陋、最超脱最世俗、最圣洁最龌龊、最英雄好汉最王八蛋、最能喝酒最能爱的地方。”可是，这样的家族人物身上，却共有一种野性而又强悍的生命力，是为“红高粱”精神。

作品中的“红高粱”精神，主要体现在两方面。

一是敢爱敢恨、蔑视礼法文明。“我爷爷”、“我奶奶”，虽是普通轿夫和村闺，却非循规蹈矩之辈。少年丧父的“我爷爷”，生性剽悍，十六岁时就杀死私通其寡母的和尚，凭力气闯天下。“我奶奶”天生丽质，向来有点娇惯，自然不甘心嫁给一个麻风病丈夫。他们的天作之合，便建立在“蔑视人间法规的不羁心灵”基础上，谋杀无辜的麻风病父子，没经明媒正娶地同居生子。如此伦理意义上的“王八蛋”，却富有天然的创造力，“我奶奶”持家有方生意兴隆，“我爷爷”的一泡尿，无意间成了酿酒秘方，奇哉。

二是敢打敢杀的“土匪”精神，远离党派政治。在伏击日本兵的战役中，国军色彩的“冷支队”，关键时刻要起心眼拒不露面，战后却来抢夺胜利果实；共军色彩的“胶高大队”，缺乏枪支弹药只能躲在高粱地里虚张声势；倒是孤军奋战的“我爷爷”，大义凛然，成了名满天下的抗日英雄。因此，看破党派政治阴谋的“我爷爷”，宁愿当土匪，也不归属军队。打打杀杀中，“我爷爷”辉煌过，也潦倒过，但均自由自在。

总之，“最英雄好汉最王八蛋”是莫言作品中人物形象的个性特征，颠覆了以往小说中政治、伦理意义上的英雄形象，富有野性魅力。作品发表后，被视为“新历史小说”的滥觞。

二、“我爷爷”之历史叙述

《红高粱家族》创造性地发明了“我爷爷”的叙述视角，便于虚构历史。莫言曾形象地解释说："过去的小说里有第一人称、第二人称、第三人称，而《红高粱》一开头就是'我奶奶'、'我爷爷'，既是第一人称视角又是全知的视角。写到'我'的时候是第一人称，一写到'我奶奶'，就站到了'我奶奶'的角度，她的内心世界可以很直接地表达出来，叙述起来非常方便。这就比简单的第一人称视角要丰富得多开阔得多，这在当时也许是一个创新。"①

莫言的历史叙述，天然接近了马尔克斯的魔幻现实主义小说。莫言在讲述"我爷爷"、"我奶奶"的历史故事时，进行了大胆的想象与虚构，包括运用民间神话传说。《红高粱》在为家族树碑立传时，既采访了一个"九十二岁的老奶奶"，又查阅过"县志"，经由"我"的血缘想象，"我奶奶"的形象，"不仅仅是抗日的英雄，也是个性解放的先驱，妇女自立的典范"。如此瑰丽的"我奶奶"，即便在墓穴里也是"光彩夺目，异香扑鼻，像神话故事里的情形一模一样"（《高粱殡》）。同样绚丽迷人的"二奶奶"，死时另有一番"超拔诡奇"的气象，邪魔附体破口大骂，村里至今"还流传着李山人为我二奶奶驱邪的事"（《奇死》）。

莫言一方面完成了对历史的神话叙述，一方面批判了"我"辈现代文明人的疲弱生命力。《红高粱家族》的结尾曾形象描绘出，远离故乡十年的"我"，早已失去了纯净的"红高粱"精神，身上沾染了城里人的"聪明伶俐"，却成了一株"永远都不会成熟"的杂种高粱。不少评者指出，《红高粱家族》含有"种的退化"主题，作家以崇拜祖先的方式，完成文学意识的"寻根"。②

第三节
《丰乳肥臀》

《丰乳肥臀》是莫言献给"母亲"和"大地"的一部书。作品主要通过上官家族上下几代人的命运，描写了"高密东北乡"在20世纪近百年间的历史变迁，是一部厚重的民间史诗。作品站在母性与生命的民间立场，书写了历史中的生命沿袭，以及人性中的善恶演变。

一、"丰乳肥臀"：从神话走向经济时代

作品中的"丰乳肥臀"，象征着生命与生育，不仅意指上官鲁氏这样的母亲个体，还意指养育一切的"大地"。因此，《丰乳肥臀》首先书写了"高密东北乡"整体的生存历史。

"高密东北乡"的历史，最早是由祖辈的各种生命神话开始的。比如，勇武的祖辈开拓者们，个个有着神奇的江湖传闻，包括他们合力布置迷信色彩的"屎尿阵"，大战德国人的传奇。

从上官鲁氏一辈起，男人的生命开始式微，丈夫上官寿喜失去生育能力最为典型。连绵的

---

① 莫言：《我为什么要写〈红高粱家族〉》，见莫言：《小说的气味》，17页。

② 参见孟悦：《荒野弃儿的归属——重读〈红高粱家族〉》，载《当代作家评论》，1990（3）。

战争岁月，虽然产生各路英雄，可是政治派别的差异，相互之间的权力争斗，带给“高密东北乡”的往往是暂时的安宁，更多的是颠沛流离和丢儿丧女。在所谓的“和平”年代，荒诞的阶级斗争，使许多无辜百姓成为“反革命”，生命的肉体与尊严遭受摧残。改革开放时代，金钱主宰一切，生命成为权钱交易的工具，也失去了原初的庄严。

整个“高密东北乡”的历史，是“丰乳肥臀”的原始生命神话逐步被战争、政治、经济侵犯的过程。小说在民间生命神话中寓有对中国当代现实社会的反思。

二、母亲：生育女神

母亲上官鲁氏，是“高密东北乡”的生育女神。纷乱的历史中，她始终固守生儿育女的责任，像大地一样，养育起高密东北乡众多的英雄儿女，兼具生命、历史双重意义上的生育女神。

首先，生命意义上看，生儿育女是母亲的庄严使命。嫁给无能的丈夫，是母亲的悲剧。为了生育与传宗接代，上官鲁氏只好顶着伦理的罪名，四处借种，受尽侮辱与苦难，一生育有八位女儿和一位患有“恋乳厌食症”的儿子，还养育了女儿们的儿女们。灾荒不断的百年间，母亲最悲惨的是卖儿鬻女，七姐被洋女人收养，四姐主动卖身于妓院。上官家的女儿们，每在困难时刻嫁与各色英雄，半是为爱情，半是帮助母亲养家糊口。因此，上官鲁氏的形象，代表了所有母性生命的伟大。

其次，历史意义上看，母亲是家园的象征，其儿孙们则象征着历史的发展。作品中，上官鲁氏的一生不仅见证了“高密东北乡”的变迁，而且其女儿、女婿，还有孙辈，分别代表了不同时期的历史势力，创造和改变着家园与历史。其中，女婿们有民间抗日游击队司令沙月亮（后附逆为汉奸），有地主少爷司马库，有捕鸟专家鸟儿韩，有共产党方面的抗日武装力量蒋立人，等等；孙辈则有市长鲁胜利、南韩巨商司马粮等。历史的悲剧是，他们创造了“高密东北乡”的政治与经济，同时也成为各自势力的牺牲品。因此，从母亲的家园立场看，“高密东北乡”的历史，则是不断毁坏与重建的过程。

三、上官金童：“恋乳厌食症”

上官金童是一个诗意化的人物形象，其“恋乳厌食症”象征着对现实社会的厌恶与拒绝，同时努力追溯和挽留生命的原初与本真。其形象内涵，大致有二。

（1）反讽历史与现实之“恶”。作品中的上官金童，通过母亲的乳房，不仅感受了母亲的苦难，还感受到政治、经济运动的荒诞与残酷。比如，历来闹哄哄的阶级斗争，在上官金童看来，不过唤起人们的恶劣情感，加深矛盾与仇恨。典型如“土改运动”中，民众们的乱泼污水，嫁祸于人，混淆黑白，致使地主司马库的两个襁褓女儿横遭枪毙。后来的“文革”，更是流氓无产者逞凶斗狠的舞台。波及商品经济时代，靠“文革”广播宣传起家后成为广电局长的汪金枝，依然对上官家族和司马粮耿耿于怀。

（2）善而无用的生命。从生命角度看，上官金童始终处在恋乳期，也保持了生命的童真与善良。可是从历史角度看，上官金童是无用的废物，除了“恋乳”，一无所长，缺乏成人世界中的战争、政治权术与经济头脑，甚至丧失了性本能。上官金童的形象，批判性思考了生命中的“性善”神话在历史与现实中的破产。

第四节 《生死疲劳》等

从《檀香刑》开始，莫言有意回归传统的民间文化，尽量淡化“对西方文学的借鉴”，倾心书写具有“民间气息”① 的英雄、神话与历史，同时寄予当代性的民间思考。

一、《檀香刑》：民间英雄与戏剧的生成

作品讲述了关于檀香刑的戏剧故事。故事发生于1900年，德国人在山东修建胶济铁路，其间德国技师调戏戏子孙丙之妻，引起公愤，孙丙学会义和拳并组织民众抗德，失败后英勇赴刑。官府为惩戒民众，给孙丙施以传说中的酷刑——檀香刑，于是孙丙成为戏剧中的英雄角色。

作品借鉴戏剧的多元角色与结构，“复调”性讲述了戏剧发生的幕前幕后。比如，导演是德军总督与袁世凯，执行导演是大名鼎鼎的刽子手赵甲，他集毕生经验发明的“檀香刑”刑罚，成就了孙丙的悲壮英名。县令钱丁扮演了一个失败的拯救者角色，向来廉政爱民的他，自然清楚官府讨好洋人的把戏，也痛恨孙丙装神弄鬼、聚众闹事，将给百姓带来更大的杀戮，所以不惜丢掉乌纱帽，刺死孙丙，毁掉一切阴谋。最终，孙丙的鲜血，结束了这场人生大戏。

作品还原了民间英雄神话的历史现场，同时批判性思考了民间英雄的神话。作品中的孙丙，生性风流、鲁莽蒙昧，显然不比县令那般饱读诗书、忧国忧民，也不像行刺袁世凯的钱雄飞有杀身成仁的孤勇精神，可是不论面对官府权贵，还是面对德军枪炮，孙丙都表现出不畏权势、铁骨铮铮的硬气。正是这种生命中的硬气，赢得了民间百姓的赞赏与传唱，一如《红高粱》中“最英雄好汉最王八蛋”的“我爷爷”、“我奶奶”，悲剧、喜剧混为一体。

较之鲁迅笔下“吃人”、“看客”式的启蒙主题，莫言的《檀香刑》增加了当代性的民间思考，“他要试图揭示东方的民族主义是以怎样的坚忍和蒙昧，来上演这幕民族的现代悲剧的”，“是什么力量把酷刑演变成了节日和艺术”②。

---

① 莫言：《檀香刑·后记》，517～518页，北京，作家出版社，2001。

② 张清华：《叙述的极限——论莫言》，载《当代作家评论》，2003（2）。

二、《四十一炮》：神话的市场化

作品首先讲述了一个“肉神”的故事。十岁的罗小通，最大的本领是吃肉，喜欢吃肉的他具有一种灵性，能听懂肉的语言，自然洞晓屠宰村靠注水肉发财致富的秘密。其辉煌成就是，帮助村长发明新的“洗肉”法，完成屠宰革命，创建肉食节。后来，肉神庙与“淫神”五通神庙的修建，一起成为幸福生活的两大象征。

悲剧在于，在经济利益的驱动下，人们在打造现代神话的过程中，竟然不断发生肉食中毒事件。作品实际上讽刺了经济时代神话的异化，唯利是图的人们，渐渐失去了对食色欲望和神话应有的尊重，极尽侮辱之能事。比如，屠宰村有“注水肉”、“甲醛肉”，还有往煮熟的肉中撒尿，等等。其中，胆大心黑是所有市场人物的共性。

三、《生死疲劳》：历史的轮回

作品主要以西门闹的六道生死轮回为视角，讲述了西门大院内两户人家上下几代人的历史故事，表达了一种命运轮回的民间信仰，更重要的是，隐晦地象征性变形了中国当代史，可以讨论的问题很多，留下的阐释空间也很大。其中，历史的轮回，主要体现为下列两方面。

（1）政策的轮回。作品中最明显的体现是土地政策，“土改运动”使蓝脸等贫雇农分得了土地。不久之后的人民公社运动，随即致力于消灭农民的“单干”现象，只剩下众叛亲离的蓝脸一人坚持“单干”。可是“文革”结束后，很快便实行“大包干责任制”，无怪村支书气愤地说：“辛辛苦苦三十年，一觉回到解放前。”随之而来的是，原先的地主富农等“反动分子”，也都摘掉了政治帽子。政策的轮回变换，证明了蓝脸的“死理”——“想自己做自己的主”。“亲兄弟都要分家，一群杂姓人，硬捏合到一块儿，怎么好得了？”民间的立场与声音，终于赢得了历史的认证。

（2）人物命运的轮回。与政治运动密切相关，人物的命运也会呈现轮回效应。典型的是西门闹，“土改”中被毙的他，不停喊冤叫屈，于是阎王爷先后让他转生为驴、为牛、为猪、为狗、为猴，最后转生为人。之所以如此周折，阎王爷解释道：“这个世界上，怀有仇恨的人太多太多了，我们不愿意让怀有仇恨的灵魂，再转生为人。”转生期间，西门闹冤气渐散，慢慢发现农民骨子里的善良，比如蓝脸、迎春等对牲口的百般爱护，村支书对地主婆的照顾，等等。此外，西门大院里的几户人家，感情恩怨千丝万缕，上下几代缘分未尽，同葬在一块墓地里，也算一种生死轮回。

【本章学习参考】

一、阅读书目

《透明的红萝卜》

《红高粱家族》

《欢乐》

《酒国》

《丰乳肥臀》

《檀香刑》

《四十一炮》

《生死疲劳》

二、重要命题

“美”、“丑”争议

莫言小说描写艺术中的“美”与“丑”，一直存有争议。

首先，莫言创作初期，感觉描绘成为评论焦点。较早肯定莫言感觉描写的有张志忠《论莫言的艺术感觉》[载《文艺研究》，1986（4）]，文中认为莫言的一个重要才能是陌生化的艺术处理，善于运用孩童视角和成年人的第一次体验，描绘人物夸诞、怪异的主观感受。随着莫言作品中“亵祖”、“渎神”内容的出现，批评作家“审丑”的声音渐多。如杨联芬《莫言小说的价值与缺陷》[载《北京师范大学学报》，1990（1）]一文，认为莫言的失误不在于写丑，而在于其固执的沉醉和无节制的渲染。《红蝗》写九老妈陷进臭水沟，竟以百字篇幅描绘人物身上沾满的污物，条分缕析，色彩逼真，可谓详尽。这样的描写对于揭示人物性格、反映生活本质都毫无帮助，而堕入低级的感官趣味的恶作剧中。

其次，莫言小说语言修辞与叙述艺术的粗疏，常为人所诟病。批评家李建军屡次撰文指出莫言的小说语言不够严谨与节制，对人物的心理和行动的描写是粗疏的、简单的。如《檀香刑》中，作者漫不经心地描写人物，为了安排场面和结构情节，随意驱使人物行动，说些不土不洋不今不古的话，人物关系和行为动机经不住分析，缺乏有深度的、个性化的性格。[李建军：《是大象，还是甲虫？》，载《海南师范学院学报》（人文社会科学版），2002（1）。]

莫言小说的民间叙事模式

莫言的小说，有着丰富的民间文化形态，尤其是叙事模式，有多方面的文学创新。

张清华认为，莫言小说中洋溢着的生命意识、酒神精神、狂放的反正统伦理的思想，以及充满魔幻色调的叙述，都贴近人类学的视野与方法。人类学中的“生命诗学”，发酵了莫言的乡村生活经验，使他跳出了当代作家一直难以突破的乡村叙述中的民俗风情趣味、伦理情调，而构建出一个全然在道德世界之外的“生命的大地”，一部由人性和欲望而不是道德和伦理书写的民间生存与历史。因此，莫言依据人类学的原始精神，终结了“善—恶”、“道德—历史”冲突的叙事模式，构建出“生命本体论”的历史诗学。[张清华：《叙述的极限——论莫言》，载《当代作家评论》，2003（2）。]

陈思和认为，中国当代文学中逐渐演化出一种“历史—家族”的民间叙事模式，以《红高粱家族》为标志，民间叙事开始进入历史，颠覆性地重写中国近现代历史，解构了庙堂叙事的意识形态教化功能。《白鹿原》等小说的创作，奠定了“历史—家族”模式的民间叙事主流，其核心是重塑民间历史，家族史是主要载体，神话和民间传说成为标志性话语。从莫言《生死疲劳》、张炜《刺猬歌》等作品起，随着历史元素的淡化，神话元素的凸显，“历史—家族—神话”三位一体的新叙事模式开始生成。这种新叙事模式，不仅继承西方批判现实主义小说的叙事艺术，还将重启中国古代小说中怪力乱神的另类叙事传统，进而建立中国特色的小说叙事艺术。[陈思和：《“历史—家族”民间叙事模式的创新尝试》，载《当代作家评论》，2008（6）。]

季红真认为，神话作为人类第一个叙事样式，也是莫言最基本的民间叙事思维和文体结构。根植于乡土文化的莫言，凭直觉接近并掌握了神话这一思维与表达方式，是其作品得以被全世界读者接受欣赏的根本原因。莫言的作品在域外引起的轰动，不仅是由于提供了不同文化制度中的新鲜经验，更在于神话结构中具体的民族思维形式。莫言独特的民间记忆与叙事，发现了历史与现实中各种神话之间的同构关系，并在频繁的时空转换中完成神话想象与表述。一般来说，莫言的作品以历史题材建构神话，以现实题材来解构当下的新生神话。[季红真：《神话结构的自由置换——试论莫言长篇小说的文体创新》，载《当代作家评论》，2006（6）。]

三、相关文献

1. 季红真．现代人的民族民间神话——莫言散论之二．当代作家评论，1988（1）．

2. 周英雄．红高粱家族演义．当代作家评论，1989（4）．

3. 孟悦．荒野弃儿的归属．当代作家评论，1990（3）．

4. 余华．谁是我们共同的母亲？．天涯，1996（4）．

5. 王德威．千言万语，何若莫言．读书，1999（3）．

6. 张闳．莫言小说的基本主题与文体特征．当代作家评论，1999（5）．

7. 张志忠．莫言论．北京：中国社会科学出版社，1990.

8. 李斌，程桂婷，主编．莫言批判．北京：北京理工大学出版社，2013.

四、复习思考

1. 试论莫言早期创作中的感觉描写。

2. 试论莫言小说中的新历史主义。

3. 试论莫言小说与魔幻现实主义的关系。

4. 试论莫言小说中的神话叙事。

第三十九章
朦胧诗运动

“文化大革命”时期的地下诗歌写作成为新时期朦胧诗运动的先声。新时期文学中在价值论与形式论上第一次引起极为尖锐评论的，是朦胧诗。“三个崛起”的讨论、争论甚至是批判，是集中的体现。朦胧诗的人道主义思潮与诗歌重现朦胧美，皆表明诗重新与 1949 年以前的诗歌接轨。

本章主要评述 1985 年以前朦胧诗的理论与论争、舒婷与北岛的诗、顾城、其他诗人的诗及流行歌词等。

第一节 朦胧诗、“三个崛起”与当代诗歌革命

一、朦胧诗运动初期及其论争

20 世纪 70 年代末 80 年代初中国诗歌史上出现的“朦胧诗”，成为一场新的文化精神变革的先声。但“朦胧诗”的出现并非横空出世。

六七十年代食指及“白洋淀诗群”的出现，为朦胧诗的出现积聚了力量。1978 年底，同人文学刊物《今天》在北京创刊。后来被称为“朦胧诗”派的一些主要诗人的成名作、代表作都曾在这份并非单纯的诗歌刊物上登载过，如北岛、顾城、舒婷、江河、杨炼等。

1979 年，国内部分刊物开始审慎、有限度地刊登这些诗人的作品。中国作协主办的《诗刊》这一年刊登了北岛的《回答》和舒婷的《致橡树》。1980 年 8 月，《诗刊》邀集了舒婷、江河、顾城、梁小斌、叶延滨、徐敬亚、王小妮等 17 位诗人参加“改稿会”，并在该刊第 10 期上以“青春诗会”专辑，发表他们的作品和各自的诗观。在此期间，《星星》、《上海文学》、《萌芽》、《芒种》、《春风》、《长江文艺》、《四川文艺》等刊物，也都用一定篇幅发表了青年诗人的创作。自此，青年诗人的创作在公开诗坛上的影响不断扩大。而很快，诗坛上关于此类诗歌的一场空前规模的论争也开始了。

论争起于顾城的《生命幻想曲》等几首小诗。公刘在 1979 年《星星》的复刊号上发表文

章《新的课题——从顾城同志的几首诗谈起》。在这篇后来被看作朦胧诗论争开端的文章中，公刘从诗歌的审美要素和艺术风格方面给予了顾城这样的新人作品以肯定和鼓励，但观点还有所保留。而在广西南宁召开的以诗歌现状和展望为主题的全国诗歌讨论会上，与会代表见到《星星》诗刊上顾城的诗，特别是那首《弧线》，说这样古怪的东西，存心让人看不懂，于是爆发争论。1980 年 8 月，章明的《令人气闷的"朦胧"》在《诗刊》发表。文章从读者阅读习惯和审美的角度对"朦胧诗"采取了否定态度，并把这一类的诗称为"朦胧诗"，引起诗歌论争的全面展开。"朦胧诗"这一最初带有贬斥意味的命名也在这场论争中广为流传。①

二、"三个崛起"及其论争

在后来被视为"朦胧诗"最初理论阐释与宣言的《在新的崛起面前》② 一文中，谢冕以"五四"为参照，指出这些诗歌出现的必然逻辑与意义，并肯定了青年诗人的探索创新，指出这是在必然的"挑战"、"突破"和"崛起"。持肯定和支持态度的还有刘登翰的《一股不可遏止的新诗潮》和吴思敬的《时代的进步与现代诗》等。

有关"朦胧诗"的论争因为 1981 年 3 月《诗刊》发表孙绍振的《新的美学原则在崛起》一文而再掀高潮。孙文指出，"与其说是新人的崛起，不如说是一种新的美学原则的崛起"③，而这种新的美学原则与传统的美学原则的分歧"实质是人的价值标准的分歧。在年轻的革新者看来，个人在社会中应该有一种更高的地位……当社会、阶级、时代逐渐不再成为个人的统治力量的时候，在诗歌中所谓个人的感情、个人的悲欢、个人的心灵世界便自然会提高其存在的价值。社会战胜野蛮，使人性复归，自然会导致艺术中的人性的复归"④。文章一经刊出，就招致了激烈的批判。如《诗刊》发表时加的按语，《人民日报》后来转载《诗刊》第四期程代熙的《评〈新的美学原则在崛起〉》时加的按语，以及此后许多刊物报纸相继出现的一批批驳文章。对孙绍振的观点表示声援和支持的文章也占了相当的比重，如李黎的《"朦胧诗"与"一代人"——兼与艾青同志商榷》⑤ 等。

两年后，即 1983 年，《当代文艺思潮》第一期发表了徐敬亚的长文《崛起的诗群——评我国诗歌的现代倾向》。因为作者本人即是"朦胧诗"的实践者，因此在这篇文章里，作者大胆而认真地以"现代倾向"和"现代主义文学"概括了新诗潮的性质，全面阐释了"朦胧诗"的文本和艺术特征，将对朦胧诗的美学和理论阐释推向了一个更高的层面。

谢冕、孙绍振、徐敬亚的这三篇带有"崛起"字眼的文章，后来常被合称为"三个崛起"。这三篇文章在 1983 年至 1984 年间的"清除精神污染"运动中，被看作是有代表性的错误理论而受到严厉警告。最后，这场历时五年的讨论以徐敬亚 1984 年 3 月 5 日发表在《人民日报》上的检讨文章《时刻牢记社会主义的文艺方向——关于"崛起的诗群"的自我批评》而告终。

---

① 后来有诗人、评论家指出，朦胧诗的称谓，并不能概括以《今天》诗人为主的诗歌特征和内涵。有的说朦胧诗"这是由外行发明的一个低智商术语"。但这一称谓仍被广泛接受。

② 载《光明日报》，1980-05-07。

③④ 孙绍振：《新的美学原则在崛起》，载《诗刊》，1981（3）。

⑤ 载《文汇报》，1981-06-13。

但“朦胧诗”的影响已迅速扩大，并确立了它在中国当代诗歌转折期的地位，新时期诗坛由此出现了新诗史上前所未有的兴盛局面。

三、朦胧诗与当代诗歌革命

历史的转机，使朦胧诗人获得了独立思考自我与社会、历史关系的机会。他们开始摆脱“人民”这个群体概念，思考淹没在这个政治概念下的“自我主体性”，重新在对象世界中认识和确证个人的生命体验，确立自我的主体意识。北岛指出：诗人应该通过作品建立一个自己的世界，这是一个真诚而独特的世界，正直的世界，正义和人性的世界。北岛《宣告》中的两行诗：“在没有英雄的年代里，我只想做一个人”，几乎可以概括朦胧诗的基本情感和意识。“由神的膜拜转向人的讴歌，这就是‘崛起的诗群’的思想美学价值所在。”① 反抗迷信、专制和暴力，否定奴性人格，肯定个体价值，追求自由人格，歌颂“正直的世界、正义和人性的世界”成为朦胧诗的基本主题，体现出典型的人道主义价值观和个性主义追求。朦胧诗人的启蒙主义意味与“五四”时期提出的“人的文学”有颇多的相似之处，甚至可以说是新时期文学对“五四”新文化传统的一次修复和继承。

同时，“文化大革命”悲剧及其留下的精神创伤燃烧起了青年诗人们反抗和诅咒的激情，也使他们发现了现实的荒谬性和自我的扭曲。这就使朦胧诗人在张扬“主体性”启蒙意识的同时，又具有了与现代主义艺术相通的美感面貌和艺术面貌。正如徐敬亚在《崛起的诗群》中所指出的一样，朦胧诗是“以象征手法为中心的诗歌新艺术”，这“是我国现代主义文学发展初期的特征”。朦胧诗在当代中国文学封闭已久出现“断裂”的背景下，又一次复活和“修复”了中国现代主义文学的传统，使此后的当代文学开始发生深刻的历史嬗变。从这一点说，朦胧诗的意义是重大和不可替代的。

而在诗歌话语空间的营建上，朦胧诗人也作出了有益的探索。50年代以来，“五四”以来的文人化语言传统，以及欧美语言影响都被迫中断。政治话语和公共话语代替了诗歌中的“个人话语”。朦胧诗人对诗歌语言最大的贡献就是：“自觉地行使了个人的话语权力，把诗从中心意识形态和公共感情的表达，领到了具体的个人话语空间，为主体经验与情绪感觉进行了新定位。”② 以语言为突破口，朦胧诗人开始寻求建立诗歌“自己的世界”。他们意识到如果诗歌艺术与“现实世界”或“理念世界”保持过分直接的联系的话，那么诗必然因理性话语的枯竭而耗尽生命。杨炼在《诗的自觉》一文中这样写道：“语言是诗的初衷和最后目的，语言也是诗面对人类生存的唯一临界点。”③ 1987年，杨炼在理论上又进一步提出了“智力空间”说，意味着对诗歌独立话语秩序的追求。这实际上也是向“纯诗”方向的靠近，意味着中国新诗由传统向现代的转换。

---

① 曹万生：《由神的膜拜到人的讴歌》，载《当代文艺思潮》，1985（5）。

② 王光明：《现代汉诗的百年演变》，536页，石家庄，河北人民出版社，2003。

③ 杨炼：《诗的自觉》，载《当代文艺探索》，1987（2）。

第二节
舒婷与北岛的诗

舒婷（1952—　），原名龚佩瑜，生于福建漳州，后一直生活于厦门。1969 年下乡至闽西太拔，1972 年返城。70 年代末，结识了北岛等诗人，成为《今天》的撰稿人之一。1979 年 4 月，舒婷最初发表于《今天》的《致橡树》被《诗刊》转载，她随之被推向全国，成为朦胧诗派中最早被接受的诗人。著有诗集《双桅船》、《会唱歌的鸢尾花》，散文集《心烟》等多种，其中《双桅船》获全国第一届新诗集优秀奖。

舒婷的诗“忧伤而不绝望，沉郁而不悲观”，“是软弱的，又是坚强的”，“忍受着失望，又怀着胜利的信念”①。在舒婷看来，诗歌不但不只是有限的自我表现，而且也不是现实的简单描述，应该超越困境，表现比现实本身更高的境界，甚至承担一种提升、激励的理想化使命，推动生命、世界的完善和进步。在这样的诗歌观念影响下，舒婷诗作在内容上主要表现为对历史正义和人性价值的坚守，对理想未来的追求和歌颂。《这也是一切》一诗就典型地体现了舒婷的个人气质和风格，即面对相当严峻的现实，她也坚信播种必定有收获，付出必定有回报，带有一定的理想主义者的特点。

其次，对“人”的关切与对“爱”的呼唤，并以此来对现实和历史进行反思，也是舒婷作品的重要内容。“我通过我自己深深意识到，今天，人们迫切需要尊重、信任和温暖。我愿意尽可能地用我的诗来表现我对‘人’的一种关切。”②

在舒婷一首名为《风暴过去之后》的诗中，诗人面对“官僚主义者”草菅人命所造成的沉船悲剧，发出了这样的质问：“我爷爷的身价/曾是地主家的二升小米/父亲为了一个大写的‘人’字/用胸膛堵住了敌人的火力/难道我仅仅比爷爷幸运些，值两个铆钉，一架机器。”③ 虽然诗歌揭露的是一起悲剧性事件，但思考的却是关于“人”的价值问题。

作为一位女诗人，舒婷在其诗作中还充分展示了女性曲折而复杂的内心世界，其中既充满了温柔宁静，又充满了骚动和不安；既有委婉和忧伤，又贯注着欢乐和坚韧。这尤其表现在一些爱情诗中。她的爱情诗总体上有三个层次：一是纯然抒写甜蜜而缠绵的“爱的忧伤”，如《赠》、《四月的黄昏》、《雨别》等；二是借“爱”和“友谊”反映社会生活和同时代人的理性思索，如《也许?》、《岛的梦》、《路遇》等；三是作为独立个体的女性意识的觉醒，如《致橡树》、《神女峰》、《双桅船》等。

《神女峰》一诗，鲜明地体现了诗人坚决追求个体尤其是女性个体的人生价值和生命独立性的意识。巫山神女峰曾被世人神化为一个少女百代千年矢志不移地在山头盼等情人归来的传说，感动过无数在此游览的游客。而诗人却“紧紧捂住了自己的眼睛”，感到这个“美丽的梦”留下的只是一段“美丽的忧伤”，因为她无法认同让心变成石头，“为眺望远天的杳鹤/而错过无数次春江月明”，并因此在心里“煽动新的背叛”：

---

① 孙绍振：《恢复新诗根本性的艺术传统——舒婷的创作给我们的启示》，载《福建文艺》，1980（4）。

② 舒婷：《青春诗会》，载《诗刊》，1980（10）。

③ 舒婷：《风暴过去之后》，见《朦胧诗选》，87 页，沈阳，春风文艺出版社，1985。

与其在悬崖上展览千年
不如在爱人肩头痛哭一晚①

这表现了长期受压抑女性的愤激和忧伤，让我们看到了一位人性觉醒者全新的价值标准，是一首不可多得的表现了当代性爱观念的爱情诗。

就艺术气质而言，舒婷的诗歌明显地标志着当代中国诗歌由浪漫主义时代向现代主义时代的过渡。一方面，舒婷是一个注重内心情感的诗人，情感纯正庄严，追求理想的诗化境界。另一方面，她又是一个用现代主义手法尤其是象征主义手法进行诗歌创作的诗人。《船》是一首颇有争议的诗，如果我们通过作者的语言暗示“无垠的大海/纵有辽远的疆域/咫尺之内/却丧失了最后的力量”、“难道真挚的爱/将随着船板一起腐烂”理解诗意的话，搁浅的“船”可以是一种搁浅的感情的象征，而这种搁浅的感情又呈现出非确指性，可以是特定环境压抑下扭曲的爱情、友情甚至亲情。但是如果我们结合作者创作的客观环境，循着作者“感觉到现实和理想那不可超越的一步之遥”② 的思想轨迹去解读的话，“船”则是理想的象征，“大海”便象征着不可超越的现实。象征意象的使用，加强了诗歌的思想深度。

由于诗人极力避免情感的直接袒露，而用感觉、意象、暗示来传达隐秘的情感活动，使得诗歌具有了某种感觉主义色彩。如《墙》：“夜晚，墙活动起来，/伸出柔软的伪足/挤压我，勒索我/要我适应各种各样的形状。”这是用片断的感觉和联想来表现人在物面前的压抑感和不安全感。另外，通感感觉的转化、结构的多变和跳跃，也使得诗歌产生了扑朔迷离的色彩和意义的扩张。在《路遇》一诗中，“凤凰树突然倾斜/自行车的铃声悬浮在空间/地球飞速地倒转”，三个跳跃很大的段落，分别暗示了三个情绪与感觉阶段。此外，舒婷在意象的选择和运用上也具有个人特色。南方的大海、船帆、花朵、黄昏等都是舒婷诗歌中优美的意象，同时也是诗人蕴藉感情的寄托。

1982年以后，舒婷有一段时间主动搁笔，对自己的创作作了一次回顾。三年后，舒婷再次拿起了笔，但诗作渐少，更多转向散文的写作。

北岛70年代初开始写诗，也写过《波动》、《幸福大街十三号》等中、短篇小说。他是《今天》的主要创办者之一，也是朦胧诗派的主要代表者。现旅居海外。

北岛诗歌的突出特征，首先是他常常从自己恶劣的生存境遇和思想困境出发，借助自己的深刻体验和直觉思维，以批判意识和忧患意识为抒情内核的冷色调，代替以往诗歌的乐观热烈和慷慨激昂，突出表达了一个孤独的觉醒者对苟且生活，混乱、迷惘年代的怀疑和坚决的拒绝。《雨夜》中诗人写道：“即使明天早上/枪口和血淋淋的太阳/让我交出自由、青春和笔/我也决不会交出这个夜晚。”而《回答》则宣言：“卑鄙是卑鄙者的通行证，/高尚是高尚者的墓志铭”，“我不相信天是蓝的；/我不相信雷的回声；/我不相信梦是假的；我不相信死无报应……告诉你吧，世界/我不—相—信!”。如此在悖论式的意象情境中，展现出北岛面对世俗社会坚决而不妥协的意志。

其次是对正义的坚守，对苦难的承受，不接受怜悯布施，对自我理想人格的悲壮歌颂。如《宣告——献给遇罗克》：“也许最后的时刻到了/我没有留下遗嘱/只留下笔，给我的母亲/我并不是英雄/在没有英雄的年代里/我只想做一个人……”诗人借烈士口吻自叙，实际表达的是自

---

① 舒婷：《神女峰》，见《朦胧诗选》，93页。

② 舒婷：《生活、书籍与诗——兼答读者来信》，载《福建文学》，1981（2）。

己的心声。北岛说过：《宣告》所建立的正是这样一个“正义和人性的世界”。“我只能选择天空/决不跪在地上/以显出刽子手们的高大/好阻挡自由的风。”这是对那个践踏人的尊严，不把人当作人的年代的大胆挑战。关切人、爱人、尊重人、重新确定人的价值、恢复人的本性，构成了北岛诗歌的另一个重要主题。

这类作品还有《结局或开始》，在冷峻否定的外表下潜藏着对理想人性焦灼、热切的期待之情。在《走向冬天》里，他以先知者的睿智，以沉稳的预言式语言，坚信地写道：“梦将降临大地/沉淀成早上的寒霜/代替那些疲倦不堪的星星/罪恶的时间将要中止。”这种在批判、否定中寻找个体和民族再生之路的英雄式悲壮情感，在“文化大革命”结束之后的许多读者中产生了强烈的共鸣。

另外，北岛还写了一些与时代氛围完全相抵的爱情诗，表现了坚定的人本主义价值信念，如《无题》、《爱情故事》、《黄昏·丁家滩》等。

从艺术上看，知性思想与略显阴冷的形象相融合，形成了北岛独有的坚硬质地和冷峻风格。北岛受西方超现实主义和直觉主义美学影响，多运用象征、暗示、夸张、蒙太奇等手法，并与清醒的思辨意识相结合，有了更多的现代主义特征，这是北岛前期和中期诗歌显著的艺术特征，如《古寺》、《雨夜》等。这也是北岛和其他朦胧诗人在诗歌质感上的一个明显区别。

北岛这个时期诗作艺术上第二大特征就是，十分自觉地使用密集状态的意象符号，而且这些意象，也大多带有某种程度的象征性。也是因为这个原因，80年代有的评论家把他称为“象征诗人”。与此同时，这些意象符号也带上了特定时代北岛鲜明的个人色彩。海岸、沙滩、帆船、乌鸦、乌云、夜、栅栏、墙都是北岛诗歌中经常出现的意象，构成了北岛特有的冷色调的诗歌语意系统。如“时间诚实得像一道生铁栅栏/除了被枯枝修剪过的风/谁也不能穿越或往来”(《十年之间》)；“让墙壁堵住我的嘴唇吧，让铁条分割我的天空吧”(《雨夜》)；“乌鸦，这夜的碎片/纷纷扬扬”(《结局或开始》)；“夜，迎风而立/为浩劫/为潜伏的凶手/铺下柔软的地毯/摆好一排排贝壳的杯盏”(《岛》)。这些独特的意象及巧妙的意象构词，为新时期诗歌的变革起到了很好的艺术导引作用。

第三节 顾城等人的诗

一、顾城的诗及意义

顾城(1956—1993)，祖籍上海，生于北京。1987年出国，旅居新西兰等地。1993年10月杀死了妻子谢烨，同时自缢身亡。1987年为界，顾城的创作大致可分为前后两个时期，前期是其创作的黄金时期。

顾城的诗大致分为三类。一是对少年时代的追怀和对美好生命的咏唱。顾城是一个“童年质情结”极强的人，曾被称为“童话诗人”。面对纷扰的外在世界，顾城用“孩子”纯真的眼光观察和探索外部世界，“阳光、沙滩、松树、海浪、瑚草、昆虫”是他诗中永远不变的主角。1981年顾城写下了《我是一个任性的孩子》，诗中这样写道：“也许/我是被妈妈宠坏的孩子/我任性/……/我想在大地上/画满窗子/让所有习惯黑暗的眼睛/都习惯光明/……”顾城写于1984年的诗《化石》就是他“童年经验”的再现：“我厌恶/我长久地睡着/和大大小小的种子睡在一起/只有我，不会萌芽/不能用生命的影子覆盖土地。”这样的诗歌，在顾城作品中占有较大数量。在众多的朦胧诗人中，顾城以一个童真而又任性的孩子形象确立了自己诗歌的独特风格。

同时他也是一个“早熟的孩子”。1964年，年仅8岁的他写下了“我失去了一只臂膀，/就睁开了一只眼睛”这样极具象征意味的诗句，这与他后来的成名作《一代人》“黑夜给了我黑色的眼睛/我却用它寻找光明”有异曲同工之妙。15岁时他写了著名的《生命幻想曲》，成为其诗歌风格的奠基之作。

第二类是观照历史、人生，委婉地表达他对时代的反思。顾城的诗在梦幻和童稚的背后，充溢着一股成年人的忧伤。这忧伤虽淡淡的，但又像铅一样沉重。因为这不仅是诗人个人的忧伤，而且是一代人觉醒后的忧伤。在他的名作《一代人》中，他写到黑暗要扼杀一个人明亮的眼睛，但黑暗却同时创造了“黑色的眼睛”，使一代人觉醒，产生更强烈的寻找光明的愿望与毅力。正是这坚毅的寻找，才使他们看到掩盖在生活表象之下的、使人难以接受的本质。又如他的《远和近》一诗，则表现出一种典型的存在主义情绪：他人是我的地狱，人与人不可沟通。本应相亲相近的人与人的关系，由于心的阻隔而疏远了，显得那么孤寂而不可接近；因为人际关系的疏远，人与自然反而拉近了距离，显得十分亲近。

第三类是顾城作品中最具探索倾向，也最受指责，争议最多的作品，如《感觉》、《弧线》等。这些作品强调直觉感受、瞬间印象，用一些并无确定意义的意象来表达这种感受和印象，给读者留下较大的想象空间。如《眨眼》：“时钟在教堂栖息/沉静地嗑着时辰/我一眨眼——/就变成一口深井/红花/在银幕绽开/兴奋地迎接春风/我一眨眼—/就变成一片血腥”；《石壁》：“两块高大的石壁/在倾吐中步步进逼/多么灼热的仇恨/烧弯了铁的身躯”。

综观顾城后期诗作，由于与世隔绝而过于沉入内心主观世界，大多数诗都是对超现实的自我潜意识、梦境、直觉的描摹，语言虽简洁朴素，而意象呈现的跳跃性或突然折断往往让人感到曲折隐晦，扑朔迷离。主要作品有《墓床》、《电传》、《我把刀给你们》等。

二、其他朦胧诗人的诗

其他朦胧诗人主要包括江河、杨炼、王小妮、梁小斌等。

江河（1949— ），原名于友泽，北京人。在70年代末，江河与杨炼一道提倡“现代史诗”的写作，主要作品有《没有写完的诗》、《纪念碑》、《祖国啊，祖国》、《遗嘱》、《葬礼》等。在《没有写完的诗》中，诗人对张志新、遇罗克等事件，做了痛彻而深邃的历史思考。在艺术上运用场景转换、叠加和意象刻画等一系列手法，形成宏伟壮阔又幽深细密、激情澎湃又冷静深沉的艺术风格。在80年代初，江河曾有四年的沉默，当他再写诗时，已从惠特曼、聂鲁达、帕斯的影响中逐渐走出来，转到对汉民族审美特征的探寻。到了1985年，江河发表了以现代精神进行神话重构的“中国史诗”《太阳和他的反光》，其创作过程达四年之久，精心构思，堪称“文化寻根”诗歌的总结性作品。

杨炼（1955— ），生于瑞士，其诗歌创作从一开始就表现出强烈的“史诗”倾向。同时，杨炼还提出了“智力空间”的理论。诗人对社会历史强烈的参与性与对诗歌自觉的本体意识相结合，构成了杨炼诗歌“历史—文化”的广大而复杂的空间结构特点。杨炼最主要的作品是几部篇幅庞大的组诗。70年代末到1981年的《土地》、《太阳，每天都是新的》传达了对民族历史文化问题深邃悠远的思考和遐想。从1981年到1984年，杨炼专注于民族历史：传说、古迹、遗址、古老风俗……在这几年连续写下了《礼魂》（由《半坡》、《敦煌》、《诺日朗》等组诗构成）、《西藏》、《逝者》、《自在者说》、《与死亡对称》等宏伟的大型组诗。这些作品现实与历史，个人命运与民族命运被紧密联系在一起，表达了他对人类生存、人的存在与自然存在关系的理解，具有文化寻根的意味。从杨炼、江河开始的“现代史诗”诗歌实验，直接影响了后来四川“整体主义”等的诗歌创作。

王小妮（1955— ），生于吉林长春，重视表现对事物和情境所产生的印象和感觉。她诗中写到的土地、大山、石匠，常常是物象与感觉的交叠。这种感受和把握对象的方式，在她稍后写城市生活的作品中，得到更充分的发挥，这类作品有《我感到了阳光》、《风在响》、《假日、湖畔、随想》等。和以往类似诗人不同的是，王小妮的印象、感觉，常常包含明确的思想主旨，有着明显的理性内核，表现出这一代诗人对社会思考的执着。

梁小斌（1955— ），山东荣成县人，1979年开始发表诗歌。1980年以《雪白的墙》和《中国，我的钥匙丢了》引起强烈的反响。作者执意以一种童稚纯真的眼光来审视复杂的社会历史，并积极寻求心灵的解放和自由，而这样的主题又往往通过单纯质朴的意象传达出来。《中国，我的钥匙丢了》以诗人从噩梦中醒来，顽强地寻找着丢失在疯狂岁月中的青春、爱情、理想和其他美好的东西，显示出诗人探讨新生活的勇气和进取精神。

第四节 其他诗人的诗与流行歌词创作

一、繁荣期其他诗人的诗

20世纪70年代末和整个80年代，中国诗坛的主要力量有两支，一支是“朦胧诗派”，另一支则是“归来诗人群”。“归来诗人群”是一个独特而重要的文学现象。他们并不是一个统一的流派，其中包括“七月诗派”诗人群，如牛汉、彭燕郊、曾卓、绿原、鲁藜等，西南联大诗人群，包括穆旦、辛笛、郑敏、杜运燮、唐湜、陈敬容、唐祈等，以及50年代初露头角的诗人如公刘、邵燕祥、白桦、流沙河、赵恺、林希、梁南等。他们先后在1957年“反右”斗争和后来的“文化大革命”等政治运动中“消失”（被剥夺创作和发表作品的权利）。

70年代后期（1976—1978），诗人们被压抑了一二十年的声音终于找到了爆发的机会。他们不仅在一些重要的文学刊物（如《人民文学》、《诗刊》等）发表作品，也以较快的速度出版个人诗集和《九叶集》、《白色花》等多人合集。

(一) 艾青复出后的诗

艾青1978年4月30日在上海《文汇报》发表短诗《红旗》。这是艾青在时隔21年之后第一次在报刊上正式出现，它预示着艾青漫长创作生涯中另一新时期的开始，也意味着当代诗坛一个新局面的到来。

自1978年复出后大约5年多的时间里，艾青共写了两百多首诗，出版了《归来的歌》(1980)、《彩色的诗》(1980)、《雪莲》(1983) 三部新诗集和一部诗论集《艾青谈诗》(1983)。此外，两次再版的《艾青诗选》(1978年和1984年由人民文学出版社出版) 都收入了部分新作。《域外集》则收入了作者30年代到80年代半个世纪来在国外写的和写国外的诗。这些诗歌紧紧伴随着对社会、对历史、对生活、对人生的严峻观察和独到思考，打下了动乱不安的年代和他个人坎坷境遇的烙印，因而，诗的意境显得更加深邃，艺术亦更臻圆熟。

这些作品，从内容上看大致可以分为三种。一是取材于当下社会政治现实，具有明显现实针对性的作品，如《在浪尖上》、《迎接一个迷人的春天》等。二是有着开阔视野或浓郁哲思的诗作，如《光的赞歌》、《古罗马的大斗技场》以及《鱼化石》、《镜子》等。这些诗作的共同特点是以富有启示性的形象拓展读者的想象空间，托物寓意，畅述心志。三是有关“域外题材”的作品。大多是记游时的随感短章，也有一些包含深沉哲理之作，如《墙》、《慕尼黑》、《维也纳的鸽子》、《芝加哥》等。

(二) 曾卓、绿原、牛汉等“七月派”诗人的诗

“七月派”诗人是一个深受胡风“战斗的主观精神”美学思想影响和艾青诗歌文本启示的诗人群，他们的诗表现出强烈的社会参与意识。50年代初期，这个诗人群除鲁藜发表了大量的政治抒情诗，牛汉，绿原发表了一些作品外，大多数人都因为“胡风案件”的牵连很快销声匿迹了。归来之后的“七月派”诗人中，绿原、牛汉、曾卓、鲁藜等人的诗歌创作较为活跃，都先后出版了两本或两本以上个人诗集。

绿原在80年代将自己的作品以《人之诗》为名结集出版。集中最引人注目的是写于受难时期的几首诗歌，如《又一名哥伦布》(1959)、《重读〈圣经〉》(1970)。复出后，也写了《听诗人钱学森讲演》、《献给我的保护人》等直接袒露自己政治情感的诗，但写得更多的是情感较为内敛凝重、注重诗歌艺术表现手法的诗。如《尽管我再也不会唱》(1979) 一诗，运用象征、隐喻等手法曲折含蓄地表达了一个“归来者”又惊又喜的复杂心态。绿原后来还陆续发表了一些受到好评的新作，如《西德拾穗录》、《酸葡萄集》、《1986年诗抄》等。对祖国的挚爱和对人的尊崇是《西德拾穗录》的两个重要主题。《1986年诗抄》出现了一些变化，选材、表现都更走向淡泊、自然，哲思更多包含在对日常生活貌似信手拈来的吟咏中。

与绿原的凝练与思辨比起来，曾卓则显出温煦的一面。诗人牛汉说过：“他的诗，即使是遍体伤痕，也给人带来温暖和美感。不论写青春或爱情，还是写寂寞与期待，写遥远的怀念，写获得第二次生命的重逢，读起来都可以一唱三叹，可以反复地吟咏，节奏与意象具有逼人的感染力，凄苦中带有一些甜蜜，极易引起共鸣。他的诗句是温煦的、流动的：像泪那样湿润，

像血那样流动。”[1] 这确是知人之论。曾卓80年代的诗集有《悬崖边的树》(1981)和《老水手的歌》(1983)。复出后的曾卓更像一个历经沧桑的老水手，在经历了复杂的人生历程之后，坐在岩石上回望来路，带着淡淡的怅然和悲凉，肯定生命，肯定对生命抱有的执着、坦然、乐观的态度。

牛汉在六七十年代的那些岁月里，曾留下不少诗，它们大都收在他复出后出版的诗集《温泉》(1984)、《海上蝴蝶》(1985)、《蚯蚓和羽毛》(1986)里。牛汉“归来”后发表的诗，往往把对历史、社会、人生的思考投射到客观物象中去，即通过对客观物象的描绘来暗示主观意念的在场。这里既有对中国古典诗词“意境”传统的继承，也融入了西方现代诗的象征手法。《悼念一棵树》、《华南虎》等诗就是其中的代表之作。

(三) 西南联大诗人群

直到1976年，作为诗人的穆旦才又重新拿起了笔，在生命的最后半年多时间里，写下了数十首诗作。这里有“青春的爱情”、“喧腾的友谊”、“迷人的理想”所带来的欢欣和慰藉，但更多的是在感受了人生的艰难与酸楚之后，生命“已走到幻想底尽头”时刻冷静、苦涩的思索。《神的变形》、《城市的街心》、《听说我老了》、《理智与情感》等，都是诗人现代主义诗歌创作的真髓之作。在《城市的街心》中，主体把自己定位在“人生底过客”这个位置上，去看待这个肉性的世界，并以高度拟喻化的现代技巧作了新颖而富有深意的表现：“大街伸延着像乐曲的五线谱，/人的符号，车的符号，房子的符号，/密密排列着在我的心上流过去，/起伏的欲望呵，唱一串什么曲调?”组诗《春》、《夏》、《秋》、《冬》是诗人体验到的人生四重奏。而其中的《秋》丰富地表现了大自然与感知自然律动的“我”之间的生命共融、万汇同一的奇妙感受。穆旦的诗常常由自然而反射人生，由人生而介入社会，追求知性与感情的融合，把思想知觉化，处在情与智之间真正成熟的现代主义阶段。

杜运燮这一时期的作品具有更多凝重的特点。诗人重视作品的知性深度。通过灵动的想象、联想、比喻、推断，使一些作品具有心理分析的特征和妙趣横生的理趣。作品有《占有》、《火》等。

郑敏和陈敬容是西南联大诗人群中比较活跃又取得较为令人瞩目成就的两位女诗人。

1979年秋，在沉默二十多年之后，诗人郑敏写下了第一首诗《诗啊，我又找到了你!》。在寻找与40年代创作的衔接过程中，诗人逐渐恢复形成了静穆、幽邃的哲理抒情，这在《古尸》、《昙花又悄悄地开了》、《白杨的眼睛》、《第二个童年与海》，以及《心象组诗》等作品中得到了比较充分的体现。

陈敬容常以人生和宇宙的探求作为诗的主题，但这一主题的表现不像穆旦或郑敏那样充满凝重的哲学思辨的意味，而是从诗人的直接感觉出发，化为时空旷远浩阔的冥想。在《漂泊者》中，她借助一个漂泊的灵魂来表达她对不幸的死难者的哀悼和悲慨。在《山与海》中，她借用李白的“相看两不厌，唯有敬亭山”的诗意，表现对于思念和期待的独特体验。陈敬容在新时期出版的作品有《陈敬容选集》(1983)、《老去的是时间》(1983)等。

另外，唐湜、唐祈等也创作了不少作品。复出后，唐湜出版了两部叙事诗集《海陵王》

---

① 牛汉：《一个钟情的人——曾卓和他的诗》，载《文汇》(月刊)，1983(3)。

（1980）和《泪瀑》（1985）。此外，还出版了十四行抒情诗集《幻美之旅》（1984）、《遐思——诗与美》（1987）。他40年代至80年代诗歌评论的文字结集为《新意度集》于1990年出版。唐祈复出后，写作了表现西北现实与历史的“新边塞诗”。《敦煌组诗》、《西北十四行组诗》等表现了诗人对甘肃这片旷漠土地的热爱和新的体验。唐祈的另一部分作品是写于1957—1958的组诗《北大荒短笛》与复出初期的《北京抒情诗及其他》。

（四）公刘、白桦、邵燕祥、流沙河等诗人的诗

公刘，1957年被打成“右派”，1977年重新发表作品，先后出版了《尹灵芝》（1978）、《白花·红花》（1979）、《离离原上草》（1980）、《仙人掌》（1980）、《母亲——长江》（1983）、《大上海》（1984）、《南船北马》（1986）等诗集。在编选诗集《离离原上草》时，公刘把“归来”后创作的诗作编成一集，命名为“铜号”，而50年代的诗作则分作两辑，分别称为“叶笛”和“唢呐”。从这样的命名中，我们能感受到诗人诗作风格的改变。复出后公刘的诗歌具有了强烈的政治性，并带有理性思辨的色彩。尤其是那些直面现实进行严峻思索的抒情诗，如《哀诗魂》、《为灵魂辩护》、《哦，大森林》、《关于〈摩西十诫〉》，以及收入另外诗集中的《解剖》、《读罗中立的油画〈父亲〉》等，以其炽烈的激情、坦诚的襟怀和沉郁的色调，重现复出后公刘的风采。

邵燕祥，和公刘有着相似的经历，50年代成名，后又被打成“右派”。复出后，邵燕祥在不到十年间，共出版了《献给历史的情歌》（1980）、《含笑向七十年代告别》（1981）、《在远方》、《为青春作证》（1982）、《如花怒放》（1983）、《迟开的花》（1984）等八部诗集和诗论集《赠给18岁的诗人》（1984）。其中像《历史的耻辱柱》、《诚实人的谎话》等诗，表现出邵燕祥强烈的社会责任感以及对曲折历史、复杂现实的反思和剖析。90年代初，邵燕祥发表了一组颇有分量的长篇组诗《五十弦》，向我们展示了一幅动人的昔日爱情图景，以及图景背后那灵魂深处的秘密。这组长诗代表了邵燕祥复出后诗歌创作的最高成就。

白桦复出后，主要兴趣和贡献在小说和影剧方面。诗作方面有诗集《情思》（1980）；另一部诗选集《白桦的诗》（1982）的第二辑“沉默和思考之后的歌”，收有《情思》未及编入的部分新作。白桦把他的全部注意力放在传达历史转折时期人们的心声上，诗中抒情主人公成为人民的代言人。写于1978年初的长诗《阳光，谁也不能垄断》沉痛回顾了“四人帮”对一代青年的戕害。其他诗作如《春潮在望》、《群山耸立盼贺龙》、《我歌唱如期归来的秋天》等作品，都体现了白桦对时代、社会的反思，其中有一股浪漫的深情。

流沙河在1957年因《草木篇》获难，并被遣送原籍。复出后的作品有着浓厚的伤感，和拂拭不去的宝贵年华逝而不再的失落感：“岁月，岁月，你到哪里去了？/我像蠢笨的哑巴被扒了巨款。”（《归来》）这种恍若隔世、怅然若失的情绪，在他的《重逢》、《故园别》、《文学讲习所旧址》中都有表现。1966年的《情诗六首》，1972年的《梦西安》等诗作写得哀婉、缠绵、深情。而《故园九咏》则采用诙谐谣曲的方式。另外还有一些表达重大政治问题的抒情诗诞生，如《太阳》、《老人与海》、《一个知识分子赞美你》等。

流沙河复出后出版的诗集有《游踪》（1980）、《流沙河诗集》（1982）、《故园别》（1983）等。另外，他还致力于诗歌理论和对台湾诗歌的评介工作，出版了《台湾诗人十二家》（1983）、《隔海谈诗》（1985）等。

二、少数民族区域的现代汉语诗歌

20世纪80年代初期，一个被称为“新边塞诗”的诗歌运动出现，并很快由新疆、甘肃扩展开来，得到青海、宁夏、西藏等省区一些诗人的响应。当代中国诗坛关注的热点第一次由政治、经济、文化中心的东部转向浩渺、旷远的大西北。主要诗人有昌耀、周涛、章德益、杨牧、马丽华、林染、李老乡、魏志远等。还有一些以中文写作的兄弟民族诗人如汪玉良等。

周涛、杨牧、章德益是经常被人们并提的生活在新疆的三位诗人。

周涛（1946—　），山西榆社人，1972年开始发表作品。开始表现出个性特点的审美视野和审美方式的，是出版于80年代的几部诗集《牧人集》（1983）、《神山》（1984）、《野马群》（1985）。周涛的创作，基本上表现为两种视角、两条感情线索。一是作为军人，表现生活在边疆的士兵孔武、刚毅、狂放而又忠贞的品格和献身精神。二是作为天山的儿子，抒写他对这块冷峻、神秘而又多彩、热情土地的爱、探寻和思考。

杨牧（1944—　），四川渠县人，引起注意的作品是20世纪70年代末的《我的青年》。正如诗中所说：“我是鹰——云中有志！/我是马——背上有鞍！/我有骨——骨中有钙！/我有汗——汗中有盐!”其从精神气质上提示了杨牧后来创作的内在线索。他珍惜并强调那种蕴含着冷漠，交织着悲怆的豪壮情感，追求那种生命飞扬的精神。周政保认为：“他是当代诗坛的幻想家。他在他的作品中，不断塑造着一个巨人的形象，一个拓荒者的高大身影。他调动着宇宙舞台上的斗转星移，沧桑更替，并以其博大、狂放、神异、浪漫的情思，展现着当代中国的民族之魂。”[①] 杨牧80年代以来出版的诗集有《复活的海》（1983）、《夕阳和我》（1983）、《野玫瑰》（1983）等。

章德益（1946—　），生于上海，20世纪60年代初期由上海来到新疆生产建设兵团。他70年代初的创作收入他与龙彼德合集、出版于1975年的《大汗歌》中。章德益是一位典型的浪漫派诗人，其诗作体现出主体巨大的生命力和征服一切的雄性气概和伟力。而这样的强者必然要寻找一个无限恢弘的空间，正如《人生，需要这么一个空间》中诗人所唱：“一个浩瀚无涯的漠天”才是他“永恒的归宿”。以旷远的自然环境为舞台，改造自然，也为自然所改造，在这生命的弥合过程中，展现了一种具有使命感的人类进取精神。诗集有《绿色的塔里木》（1980）、《大漠和我》（1983）、《西部的太阳》（1986）等。

昌耀（1936—2000），湖南桃源人，1958年被打成“右派”而来到青藏高原，和藏族的牧民生活在一起。著有《昌耀抒情诗集》、《命运之书——昌耀四十年诗作精品》、《昌耀诗文总集》、《昌耀的诗》等。

当他开始发表作品时，这种高原生活、漂泊人生也就成为了他的诗歌主题。至今留存的最早诗篇，传达着他对于这块带着原始野性的荒漠以及“被这土地所雕刻”的民族的奇异感受，如《天空》、《荒甸》、《鹰·雪·牧人》等。复出后，昌耀延续着这份对高原土地的挚爱，从古老的、带有原始表征并且世代绵延不息的生活中，寻找生命的美。他的诗中，没有那种漂泊人

---

① 周政保：《新边塞诗的审美特色与当代性——杨牧、周涛、章德益诗歌创作评断》，载《文学评论》，1985(5)。

生所生出的苍凉之感，反而有一种探求人生的顽强生命力。在这种时候，昌耀冷峻、雄浑的诗行，总有一种动人的情感力量，《慈航》和《雪，土伯特女人和她的男人及三个孩子之歌》等诗歌是这方面的代表性作品。

在诗的语言方面，昌耀是充分“散文化”的，并在现代汉语中杂以文言，以造成陌生、奇崛的语言效果。

三、流行歌词的创作

随着政治环境的解冻，文学、文化界的复苏，新时期流行歌词的创作开始萌芽。从70年代末到80年代初，出现了流行歌词创作的第一个浪潮，那就是抒情歌曲的普遍出现。《妹妹找哥泪花流》、《绒花》、《再见吧，妈妈》、《军港之夜》、《在希望的田野上》等歌曲迅速流传开来。

到了80年代，由于题材和语言的禁区逐渐被打破，歌词内容与抒情方式也日趋丰富，并呈现出自我化的发展倾向。与“十七年”抒情文艺作品再三强调的“大我”中蕴含沉重的群体意识相比，这种抒情艺术本体意识的回归与艺术灵感的复活，无疑是一种解放与超越。这一时期的一个重要现象，就是以邓丽君为代表的港台流行歌曲通过各种渠道流向内地，并迅速在民间流传开来。除了邓丽君的歌曲外，像《我的中国心》、《我们拥有一个共同的名字——中国》以及台湾校园歌曲《童年》、《橄榄树》、《外婆的澎湖湾》等广为流传。这些歌曲的传播极大影响了流行歌词的创作。另一方面，这时诗歌界的“朦胧诗”运动也促进了流行歌词创作观念的转变和语言运用上的创新。

这一时期流行歌词既有抒发自我欢快心情的歌曲，如《太阳岛上》、《校园的早晨》、《浪花里飞出欢乐的歌》、《莫愁啊莫愁》等；也有对历史、人生进行反思、思考的作品，如《脚印》、《追寻》等。而复刊不久的《歌曲》编辑部在1979年至1981年将近两年的时间里，会同其他一些演出团体，举办了一系列的以“春天的歌”、“秋的歌”等为题的新歌试唱会，推出了诸如《年轻的朋友来相会》（张枚同词，谷建芬曲）、《驼铃》（任志萍词，马骏英曲）等脍炙人口的歌曲。

另外，1984年由南京军区前线话剧团推出的轻歌剧《芳草心》的主题歌《小草》，1982年的《那就是我》（晓光作词，谷建芬作曲），1984年的《十五的月亮》（石祥作词，铁源、徐锡宜作曲），在当时也是家喻户晓、风靡八方的。尤其是《那就是我》，作者独特的主观化的色彩，点染着周围的诸多事物，让人回味再三，余韵难尽，在新时期的抒情歌词中，有着不可忽视的开拓性意义。

【本章学习参考】

一、阅读书目

舒婷：《神女峰》、《致橡树》、《双桅船》

北岛：《回答》、《宣告——献给遇罗克》、《白日梦》

顾城：《一代人》、《远和近》、《生命幻想曲》

梁小斌：《中国，我的钥匙丢了》

江河：《纪念碑》
杨炼：《诺日朗》、《自在者说》
艾青：《归来的歌》、《光的赞歌》、《古罗马的大斗技场》
曾卓：《悬崖边的树》、《老水手的歌》
绿原：《又一名哥伦布》、《重读〈圣经〉》
牛汉：《半棵树》、《华南虎》
穆旦：《神的变形》、《秋》
公刘：《哎，大森林》
流沙河：《故园九咏》
白桦：《阳光，谁也不能垄断》、《春潮在望》
邵燕祥：《历史的耻辱柱》、《诚实人的谎言》
昌耀：《慈航》、《划呀，划呀，父亲们》

二、相关文献

1. 谢冕．在新的崛起面前．光明日报，1980-05-07.
2. 章明．令人气闷的“朦胧”．诗刊，1980（8）.
3. 孙绍振．新的美学原则在崛起．诗刊，1981（3）.
4. 徐敬亚．崛起的诗群——评我国诗歌的现代倾向．当代文艺思潮，1983（1）.
5. 王光明．现代汉诗的百年演变．石家庄：河北人民出版社，2003.
6. 洪子诚，刘登翰．中国当代新诗史．北京：北京大学出版社，2005.
7. 张清华．中国当代先锋文学思潮论．南京：江苏文艺出版社，1997.
8. 晨枫．中国当代歌词史．桂林：漓江出版社，2002.

三、复习思考

1. 钥匙、橡树：论朦胧诗派的启蒙主题。
2. 由“顾城事件”，谈诗人自杀现象。

第四十章
后朦胧诗运动

“85′新潮”前，诗得风气之先，一批学院派诗人，打起“告别北岛”的旗帜，打开了后朦胧诗的大门，他们反感理性、告别启蒙，追求平凡琐屑。诗学在文化语言学上作更宽广的追求。与此同时，诗在更为深层的浪漫与性别思考、文化思考中前行，取得真正的诗的成果。

本章主要评述第三代诗、现代主义诗、翟永明与海子等人的诗及流行歌词等。

第一节 第三代诗

一、第三代诗概述

所谓“第三代”诗人，是相对于1949—1976年期间的第一代诗人以及朦胧诗人为代表的第二代诗人所界定的概念，泛指朦胧诗以后到20世纪90年代这段时间出现的一批诗人，被评论界命名为“更年轻的一代”①、“第三代”、“新生代”②、“后朦胧诗”③、“后新诗潮”等多种称谓。这些称谓和概念，都试图标示出他们与前两代诗人完全不同的思想艺术风貌。而他们的出现，也确实在一定程度上改变了中国当代诗歌的创作，促使中国诗歌呈现出多元化、边缘化、个人化的趋向。第三代诗歌可以被看作中国当代诗歌的分水岭。

第三代诗人是作为朦胧诗反叛者的角色登上诗坛的。1984年，就在朦胧诗尚未立稳脚跟的时候，先前那些向朦胧诗学习的校园诗人，一夜之间亮出旗号，如决堤的洪水向朦胧诗人发难，喊出了“Pass北岛”、“Pass舒婷”的口号。1984年6月，程蔚东发表宣言性的文章《别

---

① 1984年，贝岭编选了《当代中国诗歌三十八首》，第二年，他和孟浪在此基础上加以扩充，编选了《当代中国诗歌七十五首》（油印本）。此书《序》中指出，收入诗选的“有中国新诗潮运动最早的优秀代表，也有从事诗歌创作才一两年的新锐，更多的则是80年代初开始创作，被称为‘更年轻一代’的诗人”。

② 牛汉《编者的话》［载《中国》，1986（6）］将其统称为“新生代”。

③ 唐晓渡、王家新选编的《中国当代实验诗选》（沈阳，春风文艺出版社，1987），所选入的诗都是朦胧诗之后青年诗人的作品。1993年，万夏、潇潇编辑、出版了两册的《后朦胧诗全集》。臧棣在90年代写了《后朦胧诗：一种写作的诗歌》的论文。

了，舒婷北岛》。而梁小斌的一篇《诗人的崩溃》则彻底宣布了朦胧诗的解体。一批对诗歌具有强烈爱好的年轻人以诗会友，聚众结社，开始了他们的诗歌之旅。据发起者统计，1986年——在这个被称为“无法拒绝的年代”，全国两千多家诗社和十倍百倍于此数字的自谓诗人，以成千上万的诗集、诗报、诗刊与传统实行着断裂。至1986年7月，全国已出的非正式打印诗集达905种，不定期的打印诗刊70种，非正式发行的铅印诗刊和诗报22种。[①] 其中比较有影响的有：四川的“新传统主义”、“整体主义”、“非非主义”、“莽汉主义”，江苏的“他们派”，上海的“海上诗派”、“撒娇派”，安徽的“世纪末”、“病房意识”，贵州的“生活方式派”，河南的“三脚猫”，等等。1986年安徽的《诗歌报》和《深圳青年报》联合举办的“中国诗歌1986现代诗群体大展”一时间竟推出了60余家诗派、100多位诗人，轰动一时，引起社会的广泛关注和争议。这可以看作是第三代诗人的集体亮相。

不过，在第三代诗人大规模亮相之前，早在80年代初期，便已陆续出现了一些与朦胧诗创作相异的作品。如韩东的《山民》、《有关大雁塔》等。然而真正将“第三代”用于新诗断代划分的则是成都的一些青年诗人。从1984年开始的以后几年里，四川的诗歌实验活动显得异常活跃。据柏桦的回忆，“第三代诗人”是1982年10月，由四川的万夏、胡冬、廖希等提出的。1985年5月，四川省青年诗人协会编印出版了《现代诗内部交流资料》，其中“第三代诗人笔会”栏目的题记写道：“随共和国旗帜升起的为第一代，十年铸造了第二代，在大时代的广阔背景下，诞生了我们——第三代。”在这里，“第三代”的内涵和外延都有了变化，青年诗人们已经隐约地感受到了自己和“朦胧诗”相对抗的位置。当然“‘第三代诗’作为一个整体的形象，是经由1985年四川的《大学生诗报》、《现代诗内部交流资料》到《诗歌报》、《深圳青年报》主办的‘1986年中国现代诗群体大展’而逐步树立起来的”[②]。

二、第三代诗的特征

这场兴起于80年代中期的诗歌运动，有如下特征。

第一，呈现出反理性、反崇高、反意象倾向。第三代诗人的艺术追求多种多样，很难简单地概括其思想艺术特征。但从诗人自我意识上说，每个人都想独立地选择、确立其与众不同的位置，主张以“我”为楔子介入世界，剥落包括人、历史、社会等在内的一切事物的诗意和神圣感、崇高感，同时呈现出现代环境中分裂，支离破碎的自我。

第二，重视流派与理论建设。有的人常在写诗的同时就大力阐述其主张、理论，或者在没有认真写诗之前就先发表宣言，规定写诗的方向、路线、方法，从而呈现为宣言、主张、概念充斥的局面。这种局面，固然表现了部分青年作者对诗艺追求的自觉，但也透露出他们对自己的创作缺乏信心，想借助宣言让人们理解他们的“独创性”。

第三，在创作上高度的语言意识。他们用日常的、口语化的语言代替人工“陌生化”的知性语言，看重语言自身的繁殖力量。这些都促进诗歌写作更深地发现了语言与现实、语言与主体的亲和与分裂的辩证，从而拓展了当代新诗发展的空间。

---

① 参见《诗歌报》（安徽）和《深圳青年报》，1986-09-30。

② 唐晓渡：《灯心绒幸福的舞蹈》，2页，北京，北京师范大学出版社，1995。

三、代表性的诗人及创作

韩东（1961— ），原籍湖南，生于南京。1982年毕业于山东大学哲学系。1980年开始发表诗歌，1985年与于坚、丁当等创办《他们》。代表性的诗作有《有关大雁塔》、《你见过大海》、《甲乙》、《机场上的黑暗》等等。

韩东的诗特别强调诗人本身的感觉和体验。常以质朴明净的语言传达细腻醇厚的感觉，而这种感觉，常常是隐微而复杂的，于习见中发现新鲜，感受到陌生。如他的诗作《明月降临》中写道："你飞过来的时候有一种声音/有一种光线。"

有一些诗，则表现了诗人对主体、历史庄严、崇高、英雄色彩的放逐。我们不妨以韩东有名的《有关大雁塔》为例，近与杨炼的《大雁塔》，远则与杜甫的《同诸公登慈恩寺塔》（慈恩寺塔即大雁塔）试作比较，以见出韩东及其所代表的第三代诗人之独特面貌。

杜甫的《同诸公登慈恩寺塔》，开篇就以"自非旷士怀，登兹翻百忧"道出心中忧愁和焦虑。原来诗人因为登塔俯视神州，眼见"秦山忽破碎，泾渭不可求。俯视但一气，焉能辨皇州"而百感交集。明是写黄昏景象，其中却另有含义，道出了当时山河破碎，清浊不分，京都长安政治昏暗之实情。这正和"百忧"呼应。而诗歌结尾处"黄鹄去不息，哀鸣何所投？君看随阳雁，各有稻粱谋"四句则不无诗人不为朝廷所用，受人排斥的愤懑之情。整首诗非常典型地体现了杜甫积极入世、心怀天下、忧国忧民的精神特质。

杨炼的《大雁塔》则以二百多行的大型组诗形式，以一种文化寻根者的姿态营建了一个巨大的历史意象空间，把大雁塔塑造成民族生命的象征。而韩东的《有关大雁塔》则以冷漠的姿态颠覆着有关大雁塔的所有记忆：

> 有关大雁塔
> 我们又能知道些什么
> 有很多人从远方赶来
> 为了爬上去
> 做一次英雄
> …………
> 有关大雁塔
> 我们又能知道些什么
> 我们爬上去
> 看看四周的风景
> 然后下来

全诗仅23行，却剥除了前人附加在大雁塔上的所有价值，并进行了无声的解构和消解。杜甫笔下那座高耸于天地间，象征功名与成就、登兹翻百忧的大雁塔在韩东那里荡尽所有历史的沉积和无尽的人文感怀。而杨炼笔下具有崇高感的大雁塔，在韩东笔下也消解殆尽，丧失了神圣感与崇高感，成了一道人们可以随意爬上爬下的风景。韩东是反价值的，反对《大雁塔》的文化、历史价值，也反对朦胧诗那种启蒙色彩的英雄主义、理想主义的价值，暗中张扬着一种人生的无奈感和反崇高、反英雄的平民气质。应该说，当代诗坛有关“大雁塔”这一戏剧性的诗歌事件，正是朦胧诗与第三代诗的界标，它宣称了现代主义诗学的开端。①

第二节 现代主义诗

一、非非主义

从1984年开始的以后几年里，四川“新生代”的诗歌实验活动显然极为活跃。有“整体主义”、“新传统主义”、“非非主义”、“莽汉主义”等不同的诗派。

“非非主义”诗人群是在80年代中期英雄主义文学高潮逐渐衰落，社会情绪开始向着“正常化”和“日常化”调整和转移的背景下逐渐出现的。“非非主义”诗人群最早活动时间可以推至1983年至1984年之间。1986年5月，周伦佑、蓝马、尚仲敏、杨黎②等编辑了名为《非非》的诗歌交流资料，编辑印行了《非非年鉴》，介绍他们的诗学理论、代表作家和作品。“非非主义”主要成员及代表性的作品主要有周伦佑的《自由方块》、《带猫头鹰的男人》、《头像》、《刀锋20首》等，蓝马的《世的界》、《水银张口的夜晚》、《茶道》，杨黎的《冷风景》（《街景》）、《怪客》，何小竹的《梦见苹果和鱼的安》等。1992年以后，“非非”诗群已全部改组。

这批诗人是随着刊物《非非》而走进人们的视野的。他们标榜“反传统”和“反英雄”，想要回到世界和文化的本真状态，带有很强的文化策略性。在《非非主义宣言》中他们谈道：“我们自己带着自己，把立足点插进了前文化的世界。那是一个非文化的世界，它比文化更丰富更辽阔更远大；充满了创化之可能。”③ 并推出一系列的理论、主张和口号，如《前文化导言》、《非非主义诗歌方法》、《语言作品中的语言事件及其集合》、《人与世界的语言还原》、《反价值》等，并编写了《非非小词典》，对若干概念、用语加以释义。很显然，这些主张与实践，富有终极色彩，是特定文化的产物。

“非非主义”诗人的创作面貌和艺术选择，概括起来有以下一些特点。

第一，在理论主张上，“非非主义”诗人贯穿着彻底否定传统、否定一切的思路，带有“泛文化”的色彩。他们认为，现代诗的改革和发展应该通过“前文化还原”来实现，即“感觉还原、意识还原和语言还原”。而语言还原则是诸还原之本，其本质是向语言学转向。但这一主张还仅仅停留在理论倡导上，在实际的诗歌创作中并未实现。

---

① 参见曹万生：《我看中国当代文学的现代主义》，载《当代文坛》，1988（6）。

② 杨黎认为，他、吉木狼格、何小竹等与周伦佑的“人生态度、写作态度和价值观”有“巨大矛盾”；如果周伦佑是“非非”，“我肯定不是”，“我宣布我退出，我希望大家今后不要说我是非非主义诗人，就说我是废话诗人杨黎”。《杨黎：诗歌小说，我都无话可说——杨黎访谈录》，“橡皮文学”网刊，第6期。

③ 《非非主义宣言》，见徐敬亚、孟浪主编：《中国现代主义诗群大观（1986—1988）》，35页，上海，同济大学出版社，1988。

第二，在创作上，“非非主义”诗人主张通过非两值定向化、非抽象化、非确定化原则，以客观、中立立场的语言实验来产生一种“冷抒情”的艺术效果。这些原则实际上是对朦胧诗语言的反拨，旨在消除语言的象征化、经验化和意义的深度。

“非非主义”采用矫枉过正的激烈手段来反省新诗发展中的历史教训，对实现新诗的革新和进步不无推波助澜的作用。然而，这种完全割裂历史、否定新诗已有历史成绩的做法，势必带来消极和负面效果。

二、整体主义

“整体主义”最早出现于1984年，主要活动时间在1985—1989年之间，以石光华、宋渠、宋炜和杨远宏等人为主。石光华、杨远宏集创作和评论于一身，宋渠、宋炜兄弟专攻写诗。他们的诗作与江河、杨炼在这一时期的艺术探索有着更多的联系和相似。

整体主义具有“寻根”倾向。他们通过对原始礼仪与遗址的考古来描写充满神话色彩和文化理想的东方古国，将现代自然科学概念、方法论术语与古词融合，使经验、梦想、虚构、巫术合为一体，如宋渠、宋炜的《静和》、《大曰是》等。

但是，整体主义过度密集的意象及其之间的微弱联系，使诗在许多离奇古怪的古典原物与考古原迹的斑驳交杂中显得充溢而闭塞，这种情形造成了读者阅读的巨大障碍，使读者距离本真事物更远。“整体主义”等的宣言和代表性作品，在他们编辑的《汉诗：二十世纪编年史》一书中有较充分的展示。

三、莽汉主义

在1984年前后，万夏、李亚伟、胡冬、马松等先后写出了一批令读者惊讶的作品，如胡冬的《我想乘上一艘慢船到巴黎去》，李亚伟的《中文系》、《硬汉们》，马松的《咖啡馆》等。他们自称为“腰间挂着诗篇的豪猪”，在《莽汉主义宣言》中宣称要“捣乱、破坏以致炸毁封闭式或假开放的文化心理结构”，表现出一种反文化的态度。

他们受到美国五六十年代“垮掉的一代”诗人的影响，直接介入生活，“用头/用牙齿走进生活”（李亚伟《硬汉们》），用玩世不恭的态度对美进行亵渎，对权威、传统包括西方文化进行了尽情的破坏和嘲弄，同时用随意散乱的口语入诗。例如李亚伟的《苏东坡和他的朋友们》：

> 他们这些骑着马
> 在古代彷徨的知识分子
> 偶尔也把笔抬到皇帝面前去玩
> 提成千韵脚的意见
> 有时采纳了，天下太平
> 多数时候成了“右派”的光荣先驱……

又如胡冬的《我想乘上一艘慢船到巴黎去》：

我想乘上一艘慢船到巴黎去
去看看凡高看看波特莱尔看看毕加索
进一步查清楚他们隐瞒的家庭成分
然后把这些混蛋统统枪毙

这些嘲讽性的诗句和其中摧毁一切的情绪宣泄，展现了特定的社会文化在人们心灵中近距离的投射，准确地反映了那个时代的集体无意识，具有历史的心理真实性。但他们的反叛却因没有坚实的文化根基做后盾，有时难免显得苍白无力。作为一个“诗潮”，“莽汉主义”在1986年夏天逐渐消散了。

第三节
翟永明与海子等人的诗和流行歌词

一、翟永明的诗

翟永明（1955—　），祖籍河南，四川成都人。1981年开始写诗。她的代表性作品有《女人》（1984）、《静安庄》（1985）、《人生在世》（1986）等组诗。另有随笔、散文集《纸上建筑》、《坚韧的破碎之花》等。

翟永明确立自己的诗人地位，是在其29岁这一年，即1984年，完成了她才华横溢的组诗《女人》之后。该诗在诗坛引起轰动。而更令诗坛震撼的是，一份当代中国女性主义文学（诗歌）诞生的宣言也同时浮出水面。在组诗的序言《黑夜意识》里，翟永明明确地表达了她已十分成熟的女性主义认识：长期以来，女性都处在被男性遮蔽的黑暗之中。“黑夜意识”和对黑夜的“突破”与认同意识成为女性主义谈论的重要话题。《女人》组诗全部20首几乎无一例外地都出现了“黑夜”的意象，比如《世界》、《独白》、《边缘》、《沉默》等。这一意象，后来逐渐为大多数女诗人接受，并成为女性诗歌创作的核心象征。

翟永明的早期诗歌，呈现出大胆、直露的独白式特色和撕心裂肺的疼痛感，明显受到60年代欧美“自白派”女性诗人，尤其是西尔维亚·普拉斯的影响。如翟永明在她的《女人·独白》中所说：“我，一个狂想，充满深渊的魅力/……当你走时，我的痛苦/要把我的心从口中呕出。”在翟永明早期的作品里，出现了一系列二元对立的意象组合，比如女性/男性，黑夜/白昼，月亮/太阳，癫狂/理性，反叛/占有等等，作品在尖锐的对照中凸显出女性生存的感性内容，同时瓦解了社会历史对女性的种种虚妄假想。

这一时期，翟永明诗歌的另一大特点是组（长）诗现象，无论是《女人》、《在一切的玫瑰之上》、《无垠的时刻》、《人生在世》，还是《静安庄》，都以长诗或组诗形式出现。这与诗人这个时期强烈的表达欲望密切相关。

从1987年写作长诗《称之为一切》开始，翟永明进入了漫长的探索期和裂变期。她开始在日常生活的残章断片中默默感受、理解世界事件发生的过程，而不再急于为倾诉而倾诉。一种相对平缓的、客观的和戏剧性的风格逐渐生成。如这个时期的《落水山庄》、《咖啡馆之歌》、《小酒馆的现场主题》等作品。

二、海子的诗

海子（1964—1989），原名查海生，生于安徽省怀宁县高河查湾，在农村长大。1989 年 3 月 26 日在山海关卧轨自杀。其主要作品有长诗《土地》、《弥赛亚》、《遗址》，诗剧《太阳》和一部幻想仪式剧《弑》以及约 200 首抒情短诗，还有大量未及展开的断章、札记。

一般认为，海子的诗作可以划分为两个部分：抒情短诗和“史诗”、“大诗”。

他的短诗简洁、流畅，以大地、麦子、庄稼、月光等自然意象，构筑起他通往神性的途径，从而跨越了历史与现实、中西与古今，呈现出一片高远、深邃、独特的神性天空。海子以一种原始的经验状态，去接近那些反逻辑、未经伪装和加工的某种先验的“存在的真理”。如在《秋》中海子这样写道：“秋天深了，神的家中鹰在集合/神的故乡鹰在言语/秋天深了，王在写诗/在这个世界上秋天到了/该得到的尚未得到/该丧失的早已丧失。”

海子的语词具有一种神性色彩，按照卡西尔的观点，语词在神性的语境中会闪现出一种超乎其原有意义的“魔力”，并使言说者得以汲取“神的存在和意志的力量”①。海子的诗正是以此契入神性语境，而拥有了神启意味。在海子的诗中，像“王”、“祭司”、“太阳”、“女神”、“大地”等都是出现频率极高的语词。

海子后期的诗歌，以“太阳”② 为中心集结了许多邈远的燃烧意象。这一方面的成果多是长诗，以及诗剧、诗体小说。诗人对有限生命选择了燃烧的方式，生命不计后果地在精神的白热时空吹息放射，“我处于狂乱与风暴的中心，不希求任何安慰和岛屿，我旋转犹如疯狂的日”（见海子 1987 年 11 月 14 日日记）。最终，面对神性世界的毁灭和人类世界的无望救赎，海子选择了以自身献祭的方式结束了他的诗歌实践。

三、其他人的诗

有一定规模的“新诗实验运动”主要产生于 1984 年以后。1984 年，实验性的诗歌社团在全国各地纷纷出现。南京的“他们”文学社汇集了丁当、陆忆敏、韩东、于坚、朱文等。这个诗歌社团没有统一的理论主张，也不曾发表过宣言，各自的艺术追求也互有差异，将他们联结在一起的是：“我们关心的是诗歌本身，是诗歌成其为诗歌的，是这种由语言和语言的运动所产生美感的生命形式。我们关心的是作为个人深入到这个世界中去的感受、体会和经验，是流淌在他（诗人）血液中的命运的力量。”③

不久，上海诞生了“海上诗群”，成员有王寅、孟浪、郁郁、陈东东、刘漫流等。诗刊

---

① ［德］恩斯特·卡西尔：《语言与神话》，72～75 页，北京，三联书店，1988。

② 海子在遗书里，把他的长诗的篇目列出，并冠以《太阳》的总名。

③ 韩东：《“他们”文学社的艺术阐释》，见徐敬亚、孟浪主编：《中国现代主义诗群大观（1986—1988）》，52 页。

“海上”这一名称，来源于“上海”的“被推了过来”所暗示的孤独：或者正向岸靠近，或者正在远离，而诗，是他们脚下的船，一种“恢复人的魅力”的手段。① “海上诗群”的作者们生活在大都会中，不可避免地感到无根纷乱的城市对人产生的压力，以及人在挤迫狭窄的空间产生的既依恋又厌恶、无望脱离又无法脱离的焦灼。这是一种揭示城市人“逃离”或“自救”心态和体验的写作。

四、流行歌词的创作

这一时期流行歌词的创作首先值得注意的是产生于1986年，持续三年之久的“西北风”。在当时举办的“西北风”电视歌会上，由崔健的《一无所有》，陈哲、国富的《走西口》，刘志文、侯德健的《信天游》等初掀狂澜，紧接着就有一批以西北尤其是陕北民歌为曲调基础的歌曲涌现出来，以阳刚、健朗之美的音乐热潮迅速在神州大地刮起了不可抵挡的万丈狂飙。如《黄土高坡》（陈哲）、《我热恋的故乡》（广征）、《妹妹曲》（莫言、张艺谋）、《山沟沟》（陈小奇）、《黄河源头》（石顺义）等。当时的“西北风”电视歌会可说是这一音乐文化现象达到顶峰的一个见证。

“西北风”影响所及，促使诸如“东南风”、“西南风”的设想纷纷出笼，但却再未出现应者云集的盛况。

但是，我们必须注意到，即便盛极一时的“西北风”，无论在创作、演唱还是制作上都还处于摸索阶段。今天，当我们回顾这段流行音乐历程时，以歌词创作而论，真正能够涵盖西部历史、人文特征，能够流传后世的作品屈指可数。

在“西北风”之外，我们还要注意到一些不能纳入“西北风”之列的作品。这些作品相对于“西北风”粗犷、豪放之风，更倾向于多方面挖掘人的内在情感，追求歌词的艺术品位。这类作品有陈哲、小林、王健等的《让世界充满爱》，王健的《绿叶对根的情意》，乔羽的《思念》，阎肃的《前门情思大碗茶》、《北京的桥》，黄奇石的《爱的奉献》，韩静霆的《今天是你的生日》，石顺义的《说句心里话》、《父老乡亲》，张藜的《篱笆墙的影子》、《苦乐年华》，邹友开的《好大一棵树》，晓光的《光荣与梦想》，李海鹰的《弯弯的月亮》，陈小奇的《涛声依旧》等。这些作品或大气开阔，颂扬对人类大爱的追求和渴望，或抒发个体人生感悟，能以情动人，化情入境，不少作品传唱至今。

【本章学习参考】

一、阅读书目

欧阳江河：《悬棺》

廖亦武：《大循环》、《巨匠》

石光华：《结束之遁》、《梅花三弄》

宋渠、宋炜：《大曰是》

---

① 参见孟浪、刘漫流为“海上诗群”撰写的“艺术自释”，见徐敬亚、孟浪主编：《中国现代主义诗群大观(1986—1988)》，70～71页。

韩东：《有关大雁塔》

于坚：《尚义街六号》、《零档案》

周伦佑：《头像》、《刀锋20首》

伊沙：《车过黄河》、《梅花：一首失败的抒情诗》

海子：《麦地》、《春天，十个海子》

翟永明：《女人》组诗、《静安庄》、《独白》

伊蕾：《独身女人的卧室》

唐亚平：《黑色沙漠》

二、相关文献

1. 徐敬亚，孟浪，主编．中国现代主义诗群大观（1986—1988）．上海：同济大学出版社，1988.

2. 翟永明．黑夜的意识．诗刊．1985（11）．

3. 洪子诚，刘登翰．中国当代新诗史．北京：北京大学出版社，2005.

4. 王光明．现代汉诗的百年演变．石家庄：河北人民出版社，2003.

5. 张清华．中国当代先锋文学思潮论．南京：江苏文艺出版社，1997.

6. 晨枫．中国当代歌词史．桂林：漓江出版社，2002.

三、复习思考

1. 谈谈《有关大雁塔》的诗歌史意义。

2. 谈谈第三代诗歌之审丑意识。

3. 从“Pass北岛”谈起：第三代诗歌是否完全反叛了朦胧诗派？

4. 从舒婷到翟永明，谈谈女性诗歌中女性形象之嬗变。

第四十一章
繁荣期的散文和报告文学

十年"文革"结束之后，凋敝的散文园地也日益恢复了生机。然而比之小说、诗歌领域的巨大变革，散文显得多少有点平淡，以至于人们往往忽视了新时期散文的成绩。整体上看，新时期散文终于从思想、艺术的荒漠中走出来，开辟出一片自由言说的天地，现代散文传统成功复归，创作个性意识得到重视，80年代中后期，散文领域出现了多种文体实验和探索。比较而言，新时期报告文学的发展势头更盛，诞生了一大批题材丰富、风格多样的报告文学佳作，涌现出了一大批专业的、非专业的报告文学作者。报告文学在文体上也进行了富有成效的探索，但是，创作中非文学成分也相对增多了。

本章主要评述老作家的散文、贾平凹的散文、报告文学等。

第一节 散文创作

一、"文革"记忆的书写

新时期最初的一批散文，是劫后余生的作家们咀嚼伤痕、反思"文革"之作。"文革"长期的压抑和禁锢一旦解脱，全民族的思想、情绪犹如决堤的江水，形之成文，便成为真情爆发、撼人心魄的篇章。新时期散文的开篇即是"说真话"，巴金、陈白尘、萧乾、季羡林、杨绛等一批在新中国成立前就已有文名的老作家，纷纷选择以散文书写"文革"的记忆，表现历史的沧桑和岁月的风霜。老作家怀人忆旧之作较多，这在客观上酿成了新时期散文浓郁的抒情氛围。他们的叙事角度和态度虽不尽相同，但经历的创痛、对"真"和"善"的追求却是相通的，他们以真挚的情感，坦诚的胸怀为当代散文翻开了新的一页。

杨绛（1911—　），原籍江苏无锡，生于北京。她的《干校六记》同是写"文革"情状，大背景一样是荒诞，但在其笔下，荒诞之中却不乏历史与人生的真相。《干校六记》包括《下放记别》、《凿井记劳》、《学圃记闲》、《"小趋"记情》、《冒险记幸》、《误传记妄》六篇，通过生活琐事写出了世态人情，又不避小"我"之私，写得既含蓄又率真，让人想见作者之为人。

全篇透出作者随遇而安、淡泊优雅的人生姿态，而在看似澹定的背后，也隐藏着作者对个人处境和家国命运深深的忧患。杨绛的笔致简淡闲散，具有一种清洁之美。她的文字温润如玉，委婉节制而笔意悠远，间或一语幽默，余味中夹杂着淡淡的苦涩，让人无法一笑置之，似不经意的点染，往往回味隽永深长。

二、散文性灵传统的复归

为找回失落的“五四”精神，恢复现代散文抒发真情性的优良传统，老作家们笔耕不辍，其功不可没。80年代，另一批老作家或以丰厚学养、卓著才识命笔，或倾吐历尽沧桑而不变的赤子情怀，使当代散文回归了性灵的传统。倾吐真情伴随着抒发个性，散文的个性意识越来越鲜明，散文的灵性也逐渐鲜活起来。

以黄裳、张中行、季羡林等为代表的学者型作家，80年代初期开始大量写作散文，他们的散文蕴含着丰富的人生智慧。黄裳（1919—2012），原名荣鼎昌，学者，藏书家，山东益都人。举凡清雅书话、珍本题跋、山川风物、历史人事等，黄裳都能以一支灿然妙笔，写得历历如绘、情理交织。其散文中飘溢的浓浓书卷气，让人遥想起知堂散文的醇厚滋味。刘绪源在《黄裳文集》“编者按语”中说：“当年，《榆下说书》初上市，读书界为之雀跃的情景，至今犹令人感慨。”① 黄裳散文结集有《榆下说书》、《河里子集》、《翠墨集》、《银鱼集》等，张中行有《负暄琐话》，季羡林有《天竺心影》、《朗润集》。“学者散文”进入90年代后成为令人瞩目的文学现象。

孙犁、汪曾祺二人都以恬淡的散文化小说名世，而散文中更见他们自己的真性情，文中都是寻常话语，渗透着一片赤子情怀。孙犁说：“过去的事迹，由此而产生的回忆，自责或自负，欢乐或悲哀，是最真实的，最可靠的，最不自欺也不会欺人的。”（《陋巷集》后记）孙犁的散文大多渗透着作者久历世事，饱经风霜的沧桑感和对人生的感悟。《在阜平》、《保定旧事》、《书的梦》、《亡人逸事》等文，回忆童年、青年时期的生活，往昔的痛苦与欢乐历历在目，在他温情的回顾中，又都抹上一层淡淡的暖色。他的笔调平淡冲和，朴素自然，“耕堂散文”、“芸斋琐谈”、“乡里旧闻”等名目下，所谈内容和格式各自有别。汪曾祺的散文亦有“庾信文章老更成”的味道。无论是怀人还是记事，无论是回味故乡的吃食，还是品评外乡的风俗，汪曾祺的絮谈一概大雅大俗，娓娓动听，《金岳霖先生》、《跑警报》、《故乡的吃食》、《午门》等篇皆是佳作。他的文中又有一种跌宕起伏、抑扬顿挫的乐感节奏，充分体现了汉语的节奏美。80年代新秀贾平凹等人的散文中，有此种文风影响的痕迹。

在抒情记事散文盛行的80年代，大批女性散文家迅速崛起。女性作家的笔触细腻敏感，也有较强的“自我”意识，无形中也成就了对于旧体制、旧意识的解构。女作家宗璞说，“写散文，不然对不起流淌在胸间的万般感受”②，这道出了女作家创作的普遍心态。张洁的《拣麦穗》、《挖荠菜》，宗璞的《紫藤萝瀑布》，王英琦的《有一个小镇》、《我遗失了什么》等作

① 黄裳：《黄裳文集》，上海，上海书店出版社，1998。

② 宗璞：《答问为什么写作》，载《文艺报》，1986-04-02。

品，以一种感性的抒情风格出现。她们善于从日常生活中挖掘诗意，营造细腻、温馨的情调，年轻一代的女性作家，如唐敏、叶梦、张立勤、程乃珊、斯妤、韩小蕙等，也延续了这种风格。如唐敏的《女孩子的花》，借即将成为母亲的女人用水仙花占卜孩子的性别，传达身为女性的微妙而复杂的心理感受。女性作家为新时期散文画上一道温馨亮丽的风景线，不过，在80年代后期推出的"小女人散文"，居于晚报、时尚杂志的一隅，抛出不少无病呻吟、甜腻媚俗之作，为人所诟病。

三、80年代中后期散文文体的探索

在80年代中期风起云涌的西方现代派文学思潮影响下，散文这一抒情记事文体渐渐显出了"落后"的迹象，这引起了一些散文作家和批评家的注意。1986年，以女大学生曹明华的独白式散文《一个女大学生的手记》出版为契机，散文文体创新的呼声日盛，佘树森、林非、赵玫分别发表了《散文不妨野一点》、《散文的昨日和明日》和《我的当代散文观》，呼吁散文大胆地突破传统格局。其后的散文文体探索中，"新锐散文"、"新艺术散文"、"新生代散文"、"新潮散文"等诸多"新"名目纷纷涌现，主要涉及散文文体和内容的拓展问题。总体看来，各类"新"散文力图打破传统散文平铺直叙、明白晓畅的定式，多偏好富有个性化的独语体，强调语言的浓度、厚度、深度、密度，多"向内转"的纯体验之作，亦有人称之为"现代主义散文"。对于"新艺术散文"，刘烨园后来总结道："不仅融汇了象征、隐喻、诗象、魔幻、意识流动等手法，而且汲取了现代音乐、绘画、建筑、小说、诗歌甚至大自然的原始气息等诸多的艺术新启示。"① "四不像"作为此类"新"散文文体的一个特质，走入了新时期散文理论视野。90年代，强调散文突破文体界限的"大散文"观念逐渐深入人心，掀起了"散文热"的局面。

80年代中后期，步入文坛的西部作家也给平淡的散文带来些许不平淡。他们并不像各类"新"散文作家那般刻意于文体的探索，但是他们执着于对人的生存、价值、意义进行探寻，激情的叙述给读者带来了别样的审美享受。周涛（1946— ），山西潞城人，1955年随父母移居新疆。大西北，这片冷峻而剽悍的土地，养育了周涛也磨炼了他的心志。和那些琐细生活、纤弱情感的表现者不同，周涛对西北那些雄峻山川、广袤大地或强势物种加以极力推崇，赋予它们悲剧般的崇高意味。在《猛禽》中，他以一场鹰与狼的生死搏杀，展现了一种凄绝、壮美的自然生存状态。《巩乃斯的马》写马群奔跑的壮观景象，激烈的句子宣泄着淋漓尽致的激情，那是在面对马群奔跑的几分钟里，作者体会到的一种酒神精神的迷醉，一种文明的负累下久已被忘却的自由和狂放，一种恢宏与壮烈的生命境界。周涛之外，张承志和马丽华的散文也具有典型的西部气质，它们丰富了80年代散文的思想文化意蕴，但也对自然或历史文化倾注了过多的主观理念，不免有张扬理想主义的浪漫倾向。

---

① 刘烨园：《新艺术散文札记》，载《鸭绿江》，1993（7）。

四、贾平凹的散文创作

贾平凹著有散文集《月迹》、《爱的踪迹》、《贾平凹散文自选集》等。早期散文如《丑石》、《一棵小桃树》等，单纯明净。孙犁评之曰："此调不弹久矣，过去很多名家，是这样弹奏过的。它是心之声，也是意之向往。是散文的一种非常好的音响。"① 80年代中期他的《商州初录》、《商州又录》等作品，转向写风情世相，体现着一种民间立场上的文化关怀，《商州初录》与他的同期小说格调相似，而《商州又录》显然淡化了情节，更注重营造意象，摆脱了早期散文托物咏怀、卒章显志的"杨朔模式"，于此，贾平凹找到了自己散文的特色，进入风格成熟时期。贾平凹还有一类"出世"之作，如《弈人》、《闲人》、《名人》、《人病》、《生活一种》等，大多写作于病中、静中，表面谈人论世，实质谈禅论性，谈佛说道，更加注重吸收中国文化和文学的传统因素。

民俗文化是贾平凹散文的主体，如写陕南风情的"商州系列"，写关中风情的《秦腔》、《五味巷》、《静虚村记》，写陕北民俗的《在米脂》、《清涧的石板》。贫瘠但异常美丽的商州，给了贾平凹创作的灵感，甚至是神秘的心灵感应。汪曾祺称贾平凹为"鬼才"，从贾平凹飘忽诡异的语言功夫上，可验证此言不虚。在散文《秦腔》中，作者这样渲染角色出场："不管男的女的，出来偏不面对观众，一律背身掩面，女的就碎步后移，水上漂一样，台下就叫：瞧那腰身，那肩头，一身的戏哟！是男的就摇那帽翎，一会双摇，一会单摇，一边上下飞闪，一边纹丝不动，台下便叫：绝了，绝了！等到那角色儿猛一转身，头一高扬，一声高叫，声如炸雷豁啷啷直从人们头顶碾过，全场一个冷颤……"他的语言与黄土相融，如鱼得水，写秦腔，融入了八百里秦川生民的喜怒哀乐，所以将秦腔的意味演绎得如此高亢，让人如痴如醉。

贾平凹散文追求一种"虚"与"静"的境界，这境界往往是透过自然风物来表现的，"月"和"石"是其散文最常见的意象。"石"在贾平凹的笔下，是有灵的。在莽莽苍苍的崇山峻岭中，在面朝天空的一堆乱石中，"石"感觉着天地的大美而不言，裸裸地显露，依稀在草木之间。这种自然、自得的生命状态，正是"我"这个现代文明人心之向往，常常，作者为"石"神魂颠倒，自觉也成了一块小小的石头，其实他并非惑于庄生与蝶的谜题，只是借以抒发情性罢了。"月"和"石"有时又以浑融的形式出现，表达出一种人生的禅悟，似不经意间显现出传统文化的底蕴。贾平凹运笔如行云流水，其散文的意境更是一种心境，一种回归自然、闲逸淡泊之境。贾平凹后提倡大散文，追求散文的"宽"和"大"，1992年创刊《美文》，为散文创作保留了一方自由的天空。

---

① 孙犁：《读一篇散文》，见《孙犁文集》，第4卷。

第二节
报告文学的热潮

报告文学在新中国成立初期，作为一种独立的文学样式，就曾出现过一批影响深广的优秀之作，但受时代空气的影响，大多作品不免有直接为政治、政策服务的局限。新时期，一批“文革”前业已成名的报告文学作家，如徐迟、刘宾雁，重新焕发了创作的激情，在他们的带动下，涌现出了黄宗英、袁厚春、李延国、苏晓康、钱钢、理由、陈祖芬等一批专业的报告文学作家，中国作协也多次举办优秀报告文学的评奖活动。1988年，全国百家文学期刊联名发起“中国潮”报告文学征文，历时近一年，发表作品上千，1988由此被称为“中国报告文学年”。短短几年内，作家们纷纷出版了自己的报告文学集，不少小说家也为这股热潮吸引，报告文学的创作一时蔚为大观。

一、新时期报告文学的题材热

新时期报告文学创作的盛况既和活跃的思想文化氛围相适应，也与重人性和人道主义的文学观念相表里。新时期之初，报告文学承继了前期的报告文学体例，主要以写人和记事为主，但不再以单一的政治角度观察社会，而是多方位透视社会生活的方方面面，题材涉及政治、经济、法制、伦理、道德和文化多个领域。“人”，尤其是“知识分子”，在新时期之初报告文学中的位置比较突出。最早引起关注的报告文学作品是关于科技工作者遭遇和命运的，如徐迟《地质之光》中的李四光、《哥德巴赫猜想》中走“白专”路线的数学家陈景润，黄宗英《大雁情》中坚守科学岗位的秦官属，《小木屋》中的生态学者徐凤翔等，他们都可以说是“中国牌知识分子”，作家们着力展示了他们敬业爱国的操守，矢志如一的奉献精神。知识分子在极左思潮的影响下，曾经被不正确地认识和对待，随着新时期的思想解放，他们的尊严和价值得到越来越多的重视。另外，《胡杨泪》（孟晓云）、《天上人间》（郑重）、《祖国高于一切》（陈祖芬）等作品也很有典型意义。

改革开放带来了思想、经济的发展，一系列的社会问题也伴随而来，报告文学家以其敏锐的眼光追踪时代，捕捉到了社会变革中产生的大量新素材和题材，它们涉及政治经济、教育改革、生态平衡、住房问题、人口问题，以及改革中人们的思想、情感、心理等等问题。如反映农村经济变革的《原野在呼唤》（王兆军）、《中国农民大趋势》（李延国）、《站起来的农民》（牟崇光），反映权威和道德舆论影响下婚姻、家庭问题的《征婚启事》（刘巽达）、《八十年代的离婚案》（李宏林）等。另外，陈祖芬的《我的太阳》、《催人复苏的事业》、肖复兴的《他们来自北方》、《朝着田野开的窗口》、《柴达木传说》等，塑造了一批默默无闻、真诚奉献的社会主义“主人翁”形象。王蒙的《访苏心潮》、高伐林的《多事之秋》等，还涉及国际政治、经济和文化、军事领域及民族心态。80年代报告文学对社会问题关注的广度，是其他文学形式所望尘莫及的。

最能引起轰动的还是一批干预政治、反思历史的作品。刘宾雁的《人妖之间》开此类“问题报告文学”之先河，该篇通过揭露大贪污犯王守信“人妖颠倒”的黑暗王国内幕，挖掘腐败的根源，引起全国的震惊。这种敢于正视矛盾和直面现实、为民请命的文章在当时蔚然成风，刘宾雁还有《艰难的起飞》、《一个人和他的影子》等，都打破了报告文学原来的小格局，触及到一些尖锐而深刻的问题。其他如《洪荒启示录》（苏晓康）、《省委第一书记》（袁厚春）、《好同志历险记》（陈祖芬）、《在这片国土上》（李延国）、《毕竟东流去》（王兆军）、《希望在燃烧》（乔迈）等作品，都涉及以往所讳言的政界禁区，把报告文学题材引向重大题材。报告文学已经不是简单意义上的发表见解了，它的批判性与现实性明显加强，作者们怀着强烈的拯救意识和责任感，或歌颂，或揭露，或批判，振聋发聩，引起了社会强烈的反响。报告文学干预生活、干预社会的作用被推向极致，甚至可以说，报告文学在一定程度上已经越了位。

二、80 年代中后期报告文学文体的自觉

80 年代中后期，“问题报告文学”得到普遍青睐，中长篇报告文学和“系列报告文学”因容量大、信息量大而成为时代的弄潮儿。以钱钢的《唐山大地震》为标志，出现了“全景式”报告文学的新创作趋向。宏观的“全景式”报告文学在题材内容上、写法上均有巨大变化，它以一种多层次、多视角、全景观的方式，综合众多丰富复杂的人物、事件、材料等素材，集中表现生活的某一个社会侧面或社会全景。钱钢《唐山大地震》就是这样一部气势恢宏的力作，作者经过十年不间断的追踪与访谈，通过缜密的分析和整理，从文学的角度追溯了唐山大地震前后的种种迹象，描摹了人们在巨大自然灾害中的种种表现和复杂的心态，观照这一灾变在不同类型、不同层面的人群心灵中引发的震撼和波澜，并从社会历史文化的高度反思现代化过程中人类与自然的关系。他的写法是典型的宏观取景，选取了不少颇为精彩的“点”，搭置了一个适当的框架。在宏观的时空背景下，多角度、多层次、立体式地展现了灾变生活，有着丰富的文化意蕴和深厚的历史感。钱钢之所以要为我们留下一部关于大毁灭的真实记录，是想唤起人类对自然灾害的高度警觉和理性的整体防御，作者深沉的忧患意识，理应引起我们的严肃思考。

“全景式”报告文学使报告文学文体个性变得更分明，但从另一个角度看，这一时期的报告文学报告性强，信息量大，甚至出现了过分追求长篇题材，偏离文艺轨道的现象。此前的报告文学尽管是单线式的思维，通常以正面视角切入，但文学的情致十足。徐迟报告文学中饱含的诗情和凝练的诗语，黄宗英温柔、细腻的女性情怀以及清泉般明丽的语言，理由精致的剪接、丰富的想象和美好的艺术气质，陈祖芬滚烫的激情、简洁明快的叙议……都为报告文学添加了艺术的魅力。可是，在文学“方法论”潮流的裹挟下，在解决“问题”愿望的驱动下，报告文学那种细致描写人物、叙述事件的写法被抛弃了，调研性和学术性大大增强。描述的主体由人事转向了各种“问题”，文学的情感特性为理性的分析所替代，议论和理性思辨代替了抒情和想象，现实的时效变得比审美的追求更重要。报告文学“报告性”得到强化，文学色彩却急剧弱化，出现了一些芜蔓粗疏，说理过滥的作品。

报告文学的文体探索，还有糅合其他文体的趋向，特别是由于受 80 年代小说的影响，报告文学领域也出现了借用小说技巧的现象。适当引入小说创作手法，能打破“新闻体”的

沉闷，带给读者新奇的阅读感受。如理由等作家善于运用小说创作中的环境渲染、人物刻画和细节描写的手法，陈祖芬、李玲修等作家借用现代小说意识流和电影蒙太奇手法。他们运用这些手法表现人物的感情波澜，增强了作品立体化的效果，使作品文学性色彩更浓厚。但小说与报告文学联姻的所谓“报告小说”也应运而生，应该说，在小说创作中融入新闻性，或在报告文学中加入虚构，这都不是文体发展的正途，如袁良骏在《“报告小说”——一个文学怪胎》中所论，报告文学和小说根本不存在联姻的条件。读者一旦认识到“合理想象”的失真，就会拒绝接受“报告小说”这一文学怪胎。

三、徐迟的报告文学创作

徐迟的报告文学作品《哥德巴赫猜想》、《结晶》、《生命之树常青》、《在湍流的漩涡中》、《刑天舞干戚》，是同一题材报告文学中的开拓型作品，后来都收在他的报告文学集《哥德巴赫猜想》中。徐迟以诗人式的激情和诗意的笔调，将报告文学写得热情洋溢、大气磅礴，具有很高的审美价值和艺术魅力，可谓别具一格。

徐迟的报告文学作品写人注意人物的性格，写事则讲究精巧的构思和多样的结构形态。在《哥德巴赫猜想》一文中，徐迟略过了那些高深的数学论文，而反复渲染陈景润不畏困难的勇气和坚强的意志，展现他几十年如一日的执着追求：在通往数学高峰的崎岖山路上，他“餐霜饮雪，走上去一步就是一步”，经历无数粉身碎骨的“可怕的滑坠”，他终于登上了（1+2）的台阶。文学的情致增加了作品的审美感染力，陈景润的形象深深地刻在了普通读者的脑海中。在他的报告文学作品中，清新凝练的诗语随处可见，象征手法的运用，也显得得天独厚，妙手天成，这使它们呈现出典雅瑰丽、意境幽邃的风格。《哥德巴赫猜想》中有这样一段文字：“他只知攀登，在千仞深渊之上；他只管攀登，在无限风光之间。一张又一张的运算稿纸，像漫天大雪似的飞舞，铺满了大地。数字、符号、引理、公式、逻辑、推理，积在楼板上，有三尺深，忽然化为膝下群山，雪莲万千。”如此浪漫的想象，让人心驰神往，而此处诗一般的语言，并不只是增添了文采，其中包蕴的诗情和哲理也给人带来遐想和深思的空间。

徐迟认为报告文学可以“略有虚构，不离真实的虚构”①，并承认自己的作品中有虚构的细节。这关系到报告文学的真实性问题，文艺界对此一直有争论。徐迟所谓“不离真实的虚构”，意即允许合理的想象和一定程度的艺术加工，名为“虚构”，在徐迟即是诗化的想象，这并不违背报告文学的创作规律。因此可以说，那一点“虚构”既是徐迟报告文学作品的个性，也是整个报告文学的一大收获。

【本章学习参考】

一、阅读书目

杨绛：《干校六记》

汪曾祺：《蒲桥集》

孙犁：《秀露集》、《尺泽集》

---

① 徐迟：《再谈散文》，载《湖北文艺》，1978（1）。

宗璞：《铁箫人语》

黄裳：《榆下说书》、《翠墨集》

季羡林：《天竺心影》、《朗润集》

贾平凹：《商州初录》、《商州又录》、《秦腔》、《贾平凹散文自选集》

周涛：《稀世之鸟》

徐迟：《哥德巴赫猜想》

钱钢：《唐山大地震》

黄宗英：《桔》、《小木屋》

理由：《理由小说报告文学选》

中国作家协会编：《全国优秀报告文学评选获奖作品集》（上、下）

二、相关文献

1. 佘树森．中国现当代散文研究．北京：北京大学出版社，1993.

2. 佘树森，陈旭光．中国当代散文报告文学发展史．北京：北京大学出版社，1996.

3. 张钟，洪子诚，等．当代中国文学概观．北京：北京大学出版社，1986.

4. 古远清．中国当代文学理论批评史（1949—1989 大陆部分）．济南：山东文艺出版社，2005.

三、复习思考

1. 名词解释：

《干校六记》 “全景式”报告文学

2. 简述贾平凹商州系列散文的风格特征。

3. 80 年代为什么会出现报告文学热？

4. 新时期报告文学在文体上有何建设？

5. 试析徐迟报告文学中的诗性特征。

第四十二章
话剧的复兴、试验与衰落

20世纪80年代，得风气之先的剧作家，引入西方现代主义话剧的价值观与编剧艺术，引起话剧界的心灵地震。

本章主要评述话剧的复兴，并分析苏叔阳、高行健、沙叶新等人的话剧艺术。

第一节 话剧的复兴

20世纪80年代的中国，伴随着整个社会背景与文化思潮的突变，开始了使人振奋、惶惑、期待的探索之旅。身处其中的话剧艺术，在短时间内经历了跌宕起伏的命运变迁。

一、现实主义话剧的复兴（1977—1979）

“文化大革命”结束后，话剧成为人们传递心声的重要途径。1977年是话剧再生之年，《枫叶红了的时候》（金振家、景愚编剧）和《曙光》（白桦编剧）相继问世，标志着话剧创作的重生。《枫叶红了的时候》以政治喜剧的形式辛辣地讽刺了“文化大革命”的政治骗局；《曙光》则通过对史实的追溯，试图探询中国历史中“左”倾思潮的源头，控诉极左路线对革命事业和优秀战士的戕害。此后，现实主义话剧大量涌现。1978年，话剧《于无声处》（宗福先编剧）在上海出演，将焦点对准曾被定性为反革命事件的“天安门事件”，为“四五”英雄们摇旗呐喊。同年在北京上演的《丹心谱》（苏叔阳编剧）则塑造了一系列在特殊政治背景中不同类型、性格鲜明的知识分子形象。这些话剧控诉“文化大革命”丑行，歌颂人们的艰苦抗争，展示“文化大革命”结束后久久无法消除的社会流毒和心理阴霾。

改革开放后，各种社会问题浮出水面，许多话剧创作开始聚焦社会重大矛盾和种种细部问题。《有这样一个小院》（李龙云编剧，1979）、《救救她》（赵国庆编剧，1979）、《权与法》（邢益勋编剧，1979）、《神州风雷》（赵寰、金敬迈等编剧，1980）、《左邻右舍》（苏叔阳编剧，

1980）、《未来在召唤》（赵梓雄编剧，1980）、《灰色王国的黎明》（中英杰编剧，1980）等剧以敏锐的眼光触及社会各个层面，有的告诫人们要完成新时期工作重点的转移，必须反对因循守旧，彻底解放思想；有的把笔触延伸到民主与法制等敏感领域，歌颂执法如山的好干部；有的则鞭挞了某些利用职权、损公肥私的领导者。这些话剧以强烈的责任感、危机感，提出人们热切关注的重大问题，有的放矢、感情真挚、针砭有力，引发了社会问题剧的高潮，开创了现实主义话剧复兴的道路。

表现国家重大事件、歌颂老革命家的话剧纷纷出台，《转折》（周来、王冰、林克欢、赵云声编剧，1977）、《西安事变》（程士荣、郑重、姚云焕、胡耀华、黄景渊编剧，1978）、《陈毅出山》（丁一三编剧，1979）、《陈毅市长》（沙叶新编剧，1980）、《转战陕北》（马融编剧，1980）、《彭大将军》（王德英、靳洪编剧，1981）等剧迎合了动乱过后人们对国家、民族的认同感和深切希望。剧作家摒弃了“神化”老革命家的做法，将他们置身于重大的历史冲突和时代矛盾之中，既刻画伟人的超凡气魄与叱咤风云的业绩，也表现他们在平凡生活中的点滴悲欢，给人以真实感与亲切感。

《报春花》（崔德志编剧，1978）是这一阶段话剧的优秀代表作品。戏剧冲突围绕一个工作兢兢业业但却“出身”不好、社会关系比较复杂的青年女工白洁展开，党委书记兼厂长李健和党委副书记吴一萍在如何对待白洁的问题上出现分歧，产生了尖锐矛盾。这一问题在当时具有普遍的社会意义，“文化大革命”中“血统论”风靡一时，使大批所谓“出身”不好的成员得不到公正待遇，无数心灵遭到严重创伤。白洁纯净正直的品质与复杂难言的境遇形成鲜明对照，“阶级路线”对人的束缚与扼杀不言而喻。在逆风而上、敢于担当的厂长李健的坚持下，白洁得到了应有的荣誉和掌声。《报春花》因及时喊出了尊重人、平等待人的心声，成为话剧界一支别开生面的“报春花”。

70年代末80年代初，话剧以表现现实、描摹社会为主要目的，对于肃清“文化大革命”中“假、大、空”的文艺创作遗毒，恢复现实主义的优良传统，寻找中国话剧的新出路，具有积极的意义。

二、话剧危机与探索话剧的勃兴（1980—1985）

坚冰一旦打破，激流喷涌而出，话剧开始不满于对旧伤痕的抚摸，一部分作家大胆地把这柄X光镜转向现实，然而揭露现实的尺度并未得到严格界定。话剧《假如我是真的》（沙叶新、李守成、姚明德编剧）因触及社会阴暗面，成为检验“解放思想”的典型事件，引起了波及全国的广泛争论。1980年1—2月，中国戏剧家协会、中国作家协会和中国电影家协会联合在北京召开了主题为“戏剧如何反映人民内部矛盾”的长达23天的“剧本创作座谈会”，着重对揭露社会阴暗面的作品进行集中讨论。在有关方面的干预下，全国各地的剧院几乎不约而同地停演了此剧。《假如我是真的》遭遇的风波反映出80年代初期现实主义话剧的尴尬境地：抨击社会黑暗面是现实主义话剧的魅力所在，然而初破禁忌的文艺界又不能触及更深刻的层面，对社会问题的质疑只能欲言又止，流于表层。

个性缺席、深度匮乏的社会问题剧只维持了两三年便偃旗息鼓，以大量观众流失为主要征兆的话剧危机开始出现。这种危机的出现与影视剧的冲击、人们娱乐方式的多元化等文化生态的变化息息相关，也是当代话剧内容陈旧、表现力贫弱、过于突出政治功能、忽视艺术个性等内在积弊的直接后果。与话剧实践的贫弱相对比的是话剧理论界的活跃发展，在80年代初期较为宽松的时代环境中，西方文化大量涌入，中国戏剧界掀起了译介西方现代戏剧美学和戏剧流派的热潮。建立叙述体戏剧学说的布莱希特、强调假定性的梅耶荷德、从印尼民间戏剧得到启发的阿尔托，以及格洛托夫斯基的《迈向质朴戏剧》、斯泰恩的《现代戏剧的理论与实践》、戈登·克雷的《论剧场艺术》、马丁·艾斯林的《荒诞派戏剧》等戏剧大师及其理论著作使尘封已久的戏剧界如沐春风。

话剧危机和西方话剧理论的大量涌入引起了中国戏剧界的深入思索和广泛争鸣。早在1962年，多年来一直潜心研究戏剧理论的戏剧导演黄佐临就曾发表了《漫谈“戏剧观”》一文，从“戏剧观”的角度入手，分析、比较了斯坦尼斯拉夫斯基、布莱希特、梅兰芳三种戏剧观的异同，主张突破易卜生式的话剧模式，并以中国戏曲和布莱希特学说为基础，提出“写意的戏剧观”[①]，这成为中国戏剧界这场旷日持久的大讨论的重要渊源之一。1980年曹禺在《剧本》第5期发表了《戏剧创作漫谈》，指出了当时兴盛一时的社会问题剧中存在的问题，认为话剧要突破积弊，必须刻画出复杂、深刻的人性；陈恭敏在1981年第五期《剧本》上发表了《戏剧观念问题》，反对传统话剧创作中的公式化、概念化和自然主义；高行健在《论戏剧观》一文中，提出要重视戏剧的“剧场性”和“假定性”。这次讨论一直持续到1988年，先后参与者数十人，发表文章近百篇，戏剧的写实与写意、内容与形式、现实与表现、传统与现代等各个层面的问题被集中讨论，促成了这一阶段戏剧理论界的累累硕果。

在新时期话剧遭遇危机的紧要关头，“戏剧观”大讨论和西方戏剧理论的蜂拥而入，适时地梳理了长期以来话剧界的种种积弊，为话剧实践走出危机、另辟蹊径提供了有效的理论支持，直接引发了探索话剧的勃兴。早在1979年，《我为什么死了》（谢民编剧）就开创了探索话剧的先河。它吸收了故事剧、街头剧的表现方法，大量使用旁白与观众直接交流，舞台布景采用积木式，极好地体现了戏剧假定性的艺术特征。80年代探索话剧的开山之作是《屋外有热流》（独幕剧，马中骏、贾鸿源、瞿新华编剧，1980）。此剧讲述了一个贫困的城市孤儿家庭的故事：大哥为了养活弟妹二人，甘愿到边远农场打工，弟妹则自私自利，得知大哥可能要病退回城，千方百计互相推诿，不愿承担照顾大哥的责任。大哥不幸因公牺牲，兄妹二人又因抚恤金争执不已。大哥的灵魂回归，与他们对话，他们震撼之余，羞愧不已。血缘与亲情在物质社会中的脆弱黯淡在剧中得以深刻展现。该剧从象征主义、表现主义、荒诞派戏剧中汲取营养，制造了自由的舞台时空，使得阴阳同台，鬼魂与人自由对话，过去与现在、现实与梦境、灵魂与肉体交织并存，令人耳目一新。1982年5月17日，文化部、中国戏剧家联合会举办的1980—1981年全国话剧、戏曲、歌剧评奖大会上，小话剧《屋外有热流》获奖。这部极具实验意识、先锋色彩的话剧的获奖事件极大地鼓励了戏剧探索的进程。1982年春天，“京沪导演会议”在北京召开，京沪两地话剧导演齐聚一堂，共同商讨话剧艺术，为话剧的进一步发展提供了艺术和思想的资源。探索戏剧在接下来的几年里不断涌现，《路》（马中骏、贾鸿源编剧，1982）、《绝对信号》（高行健、刘会远编剧，1982）、《车站》（高行健编剧，1983）、《十五桩离婚案的调查剖析》（刘树纲编剧，1983）、《生命·爱情·自由》（罗国贤编剧，1983）、《周郎拜师》（王培公编剧，1984）、《小巷深深》（王树元编剧，1984）、《一个死者对生者的访问》（刘

① 黄佐临：《漫谈戏剧观》，载《人民日报》，1962-04-25。

树纲编剧，1985）、《红房间·白房间·黑房间》（马中骏、秦培春编剧，1985）、《野人》（高行健编剧，1985）、《魔方》（陶骏、王哲东编剧，1985）、《WM（我们）》（王培公编剧，1985）《爱的构思》（从容编剧，1986）等大批话剧呈现出西方现代戏剧观念影响下中国当代话剧的新方向，无场次、多声部组合式、小说式结构、写意戏剧等话剧形式探索花样百出，类型丰富。1984年左右，探索话剧达到高峰。

探索话剧不满于既有的戏剧模式，对戏剧艺术进行了崭新的尝试和实验：在内容上突破了现实主义的写实风格，把表现人、表现意识和心灵作为戏剧的主旨，意识流、梦幻、臆想成为表现对象；在艺术形式上打破了顺向、单一、封闭的戏剧结构，实现了戏剧时空的自由转换，并将象征、隐喻、荒诞变形等手法广泛运用，加强了舞台的综合性，构筑了开放、多元的戏剧新景观，使抽象与具象、现实与幻象、写意与写实、象征与表现等多重因素和谐共存，展示了多层面的复杂人性和日益丰富的生活景象。同时，过于追求个性和形式也使得某些探索话剧忽视中国传统话剧艺术，抽象的符号充斥舞台，以至于偏离了中国的社会现实和观众的接受心理。80年代后期，探索话剧的高潮逐渐平息。

三、探索话剧与现实主义话剧的合流深化（1986—1989）

1985年底到1986年初，喧嚣一时的探索话剧热潮渐渐消退，艺术家们开始深入思索当代话剧的本土化发展，并力图注入探索话剧以更深刻的含义和更合理的表现方式。部分剧作家将目光投向土地、农民、国民性、文化底蕴等现实主义的深度领域，并吸收与交融多样的艺术手法，使话剧走向真正意义的丰厚深刻。《黑骏马》（罗剑川编剧，1986）、《狗儿爷涅槃》（锦云编剧，1986）、《寻找男子汉》（沙叶新编剧，1986）、《洒满月光的荒原》（李龙云编剧，1987）、《桑树坪纪事》① 等剧作显示了探索话剧与现实主义话剧的合流发展。

《狗儿爷涅槃》是探索话剧深入发展的代表作品。剧作以农民狗儿爷一生对土地的眷恋和追求为线索，以他在不同历史时期围绕土地所经历的恩怨往事展开情节，完整展现了狗儿爷随着时代发展而不断变化的心路历程。地主祁永年在解放战争中落荒而逃，狗儿爷趁机占有了他的土地，然而狗儿爷的妻子却在争夺中被炸死。土改中狗儿爷分了地，买了车、马，要来了象征地主祁永年的地位与威严的高门楼，娶了媳妇。合作化后他的一切财产被没收，狗儿爷在极度悲怆中发了疯，媳妇也改了嫁。改革开放后土地重回狗儿爷手中，狗儿爷清醒过来，力图重振家业，但儿子却因修建厂房需要，意欲拆掉被狗儿爷视为命根的门楼。狗儿爷阻挡不住，伤心欲绝，一把火烧掉了门楼。狗儿爷几十年的辛酸历程浓缩了中国农村种种历史变迁，表现了极左路线的危害，同时作者也批判了狗儿爷狭隘、守旧等小生产者的落后意识。狗儿爷对土地的强烈欲望，使他始终在灵魂深处与曾经拥有大量土地的地主攀比争斗；而占有土地的欲望与其难以实现之间的矛盾，正是他的悲剧性命运的心理基础。通过狗儿爷对高门楼近乎执拗的守卫，传达了农民与地主内心深处的精神相通，从更深层次批判了封建意识的蔓延。《狗儿爷涅槃》的题材和艺术手法受到了阿瑟·米勒的话剧《推销员之死》的影响，但却深深扎根于民族

① 杨健、陈子度、朱晓平根据朱晓平中篇小说《桑树坪纪事》、《桑塬》、《福林和他的婆姨》改编，1987年底演出。

化的土壤，具有了中国特色和民族风格。狗儿爷一生与土地生死相依，他与土地之间的纠葛和离合也成为全剧的主线。围绕这条主线，狗儿爷任意驰骋于时空之中，时而是老年，时而是壮年；时而精明强干，时而疯疯癫癫；时而与地主祁永年的幻影争吵，时而自言自语，追忆年华……时空转换飘忽不定，主观与客观盘错交织，疯癫与清醒界限模糊。混乱无序的潜意识、复杂的心理波动通过内心独白、幻象和梦境等多种手法被搬上舞台，着力表现主人公深层次的灵魂世界。

无场次话剧《桑树坪纪事》是新时期探索话剧成熟的标志。剧作通过对农民群体生存状态、生命意识和悲剧命运的把握，发掘、剖析和批判了阻碍生活发展的愚弱国民性，体现出深沉的忧患意识。桑树坪是西北山区一个贫困、封闭的小山村，村里生产队队长李金斗是整个村庄的主宰者，他勤劳、智慧、坚韧，同时又无理、狭隘、粗暴。一方面担当着村民保护神的角色，另一方面，又在封建意识的积弊中，无视人的尊严与权利，任意安排他人的生活，扼杀他人的爱情、自由甚至生命。西北荒蛮的农村土地上，戕害与自戕，挣扎与突围，生存与死亡，上演着触目惊心的酷烈冲突。在“捉奸”场面中，众人把追求爱情的一对年轻人团团围住，惨烈悲壮的舞蹈淋漓尽致地传递出桑树坪人痛苦无奈、歇斯底里的情绪，传统文化对人性的摧残成为仪式，它穿越时空，投射在历史的深处。剧作对农民直至民族心理结构的剖析达到了刻骨的程度：“写的是小桑树坪，观照的是大桑树坪，桑树坪人身上有的某些性格基质、文化心态，我们身上有过，或者现在也还有；桑树坪人的命运，我们有过，或许也还可能有”，“希望通过李金斗和他的村民们的命运引发人们对五千年中华民族文化心理的反思，激发自己的民族自强意识，希望《桑》剧的演出能折射出改革的必要性和迫切性”①。在艺术形式上，导演徐晓钟注重剧场整体氛围，荒凉的山脊、闭塞的小村、麻木的人群、古老的水井，无不成为营造气氛的因素；同时对现代主义戏剧艺术采取吸纳的态度，歌队、转台、舞蹈、幻象、象征物等种种戏剧元素和手法并用，力图创造诗化的意象，将写意与写实、情与理、再现与表现交融一体。

从容的探索剧《爱的构思》写于1986年，同年全国多家话剧团排演。写一个20岁少女对爱情的追究、挑剔和执着。作品的探索在于独创性结构，由学生向老师谈构思串联三个层面。一是虚构现实层面——作品。二是“我”和“老师”的现实层面，分作两种时态：现在进行时的师生对话（上课）；过去进行时的师生各自回忆。三是“我”的虚构现实层面——四个故事和芝麻与绿豆的爱情游戏的插曲。各部分不绝缘，互相感应和交织，如第三层面剧中人（第一个和第三个故事中的人物）会忽然打破隔绝同处于第二层面的剧中人（“我”和“老师”）直接交流。作者和剧中“我”互相重叠。该剧结构方式在当时东西方戏剧都属独创。

随着探索话剧渐渐式微，一度被急于突破的现实主义主题重新得到审视和关注，现实主义话剧在这一阶段得到了长足的进展。其代表性作品有《小井胡同》（李龙云编剧，1985）、《黑色的石头》（杨利民编剧，1986）、《田野又是青纱帐》（李杰编剧，1986）、《榆树屯风情》（郝国忱编剧，1987）、《古塔街》（李杰编剧，1987）、《不知秋思在谁家》（白峰溪编剧，1987）、《天下第一楼》（何冀平编剧，1988）等。

经过一系列戏剧理论和创作方面的探索，80年代的中国话剧在艺术观念、创作思想、审美追求等各方面具有了新的特征。话剧艺术家从对社会现象的关注转向对人的本质、人的命运以及整体民族文化心理的探询，积极探索话剧表达人类各种生活方式与情感形态的可能性。长

① 徐晓钟：《在兼容与结合中嬗变——话剧〈桑树坪纪事〉实验报告》，载《戏剧报》，1988（4）。

期以来笼罩话剧界的国家、民族、阶级、政治等宏大概念被突破，通过话剧表达哲理性思考成为普遍趋势，人性、命运、生与死、喜悦与沦丧等种种哲学命题与生动细节渐渐浮出水面，显示出当代话剧在多元化时代多方突围的勇气与可贵的实验精神。从艺术形式上看，从最初对西方戏剧手法的生硬模仿，到对中国传统艺术的汲取、对外来戏剧手法的选择性借鉴，话剧界打破了斯坦尼斯拉夫斯基模式长期占领中国剧坛的局面，在舞台时空的自由性、演员表演的假定性、观演交流的剧场性、新的结构模式的建立等方面都有了明显的发展。

第二节
苏叔阳等人的话剧

苏叔阳（1938—　），笔名舒扬、余平夫。河北保定人。著有剧本集《苏叔阳剧本选》、《夕照街》，电影文学剧本《盛开的月季花》、《丹心谱》、《春雨潇潇》，中短篇小说集《婚礼集》，长篇小说《故土》，诗集《关于爱》等。话剧作品《丹心谱》获得“新中国成立30年文艺汇演创作”一等奖，《左邻右舍》（又名《大院》）获得第一届全国优秀剧本奖。苏叔阳的现实主义话剧作品紧抓社会话题，突出时代特征，善于刻画北京市民和知识分子的生活，描写细致，意蕴深厚。其浓烈的北京风俗画色彩延续了老舍京派话剧的风格，并开启了80年代“京味儿”话剧的先河。

五幕话剧《丹心谱》是苏叔阳的成名作和代表作，最初发表于《人民戏剧》1978年第5期。话剧展示了从四届全国人大召开到1976年1月周恩来逝世这一特殊时期的政治风云，通过“03”新药研制过程中遇到的种种冲突，塑造了一系列性格鲜明的知识分子形象。比如，兢兢业业、光明磊落的知识分子方凌轩带领“03”科研小组的科研人员，根据周恩来的指示研究治疗冠心病的有效药物，却被诬蔑为“为城市老爷服务”；老中医丁文中性格诙谐爽朗，倔强犀利，狷而不狂。中国传统知识分子刚正不阿、实事求是的高贵气节在他们身上得以展现。话剧一反过去简单化的人物塑造方式，反面人物庄济生个人主义的内心世界被刻画得复杂生动。

苏叔阳延续并发展了“京味儿”作家老舍构建民族记忆和文化想象的方式，三幕戏剧《左邻右舍》以现实主义创作方式表现了北京一个普通大院的生活。三幕戏的时间分别是1976到1978年连续三年的国庆节。“十年动乱”搅乱了老百姓的平静日子，原来和睦相处的左邻右舍之间的关系悄然起了变化，人性在这场浩劫中经受着严重的考验。剧作家将话剧背景置于“文化大革命”结束前后这个特定的历史时期，出场人物达30人，展示出“文化大革命”结束初期北京平民的生活状态和命运变迁，也揭示了浩劫岁月给中国带来的种种社会问题及无法抹平的心理创伤。剧作用素描的手法、平实流畅的京白表现北京各个阶层尤其是中下阶层的小人物，在话剧危机时期受到了观众的热烈欢迎。

李龙云（1948—　）是一位具有深度哲理意识的当代话剧家，主要作品有《有这样一个小院》（1979）、《小井胡同》（1985）、《荒原与人》（1985）、《正红旗下》（2000）等。《小井胡同》描写了北京城南一条小胡同从新中国成立前夕到“文化大革命”结束后30多年的历史风云，以及生活在那里的人民的命运变迁。作者以严峻、深刻的目光反思历史，在表现人民命运的同时又寄予了无限的同情和真挚的爱，用热情的笔触描绘出普通人民的善良、倔强和自尊。作品没有中心事件和人物，以较长的历史跨度和浓厚的生活气息，真实地反映了历史的面貌，人物形象生动逼真，语言质朴、生动，富于哲理性，且具有北方的市井乡土气息，被誉为《茶馆》的“续篇”。

何冀平（1951—　）的四幕话剧《天下第一楼》创作于1987年，翌年在北京人民艺术剧院排演。《天下第一楼》以北京老店“全聚德”作为生活原型，试图“按着调和五味，熔于一炉的方法，做出一味酸甜苦辣咸俱全的中国菜”[①]。1917年的北京，“福聚德”生意惨淡，二掌柜卢孟实奋力挣扎，终于完成了老掌柜唐德源的遗愿，成为京城饮食界的领军人物。但事业初成的他遭到唐家二少爷的不满。卢孟实不得已之下，与唐家合伙经营“福聚德”。随着“福聚德”不断发展壮大，卢孟实逐渐到达事业的巅峰。但危机也悄然而来，唐家二少爷的猜忌更使他面临困境，店内祸事纷起。最终卢孟实没能改变自己的命运，感慨地留下对联“好一座危楼，谁是主人谁是客。只三间老屋，半宜明月半宜风”，凄然离开了“福聚德”。该剧着眼于中国悠久灿烂的饮食文化，“福聚德”的兴衰变迁与卢孟实的悲喜人生凝结成中国传统文化的缩影。同时，通过外聘店掌柜卢孟实与少东家似隐实显的矛盾冲突对经营兴衰的影响，深刻地揭示出消极的传统文化心理对人的精神及创造力的钳制和扼杀，从而揭示了阻碍社会发展的内在原因。全剧气势恢弘，细微处又流露着动人的情绪，老北京风味渗透全剧，显示出现实主义话剧的强大魅力。

第三节
高行健的实验话剧

高行健（1940—　），原籍江苏泰州，生于江西赣州。1962年毕业于北京外国语学院法语系。1981年进入北京人民艺术剧院任专职编剧。1986年旅法，现为法籍华人。2000年获得诺贝尔文学奖。创作剧作《绝对信号》（1982）、《车站》（1983）、《现代折子戏》（1983）、《野人》（1985）、《独白》（1985）、《彼岸》（1986）、《冥城》（1988）、《生死界》（1993）、《关于〈彼岸〉的汉语语法讨论》（1993）等，出版小说集《有只鸽子叫红唇儿》（1984）与评论集《现代小说技巧初探》（1981）、《高行健戏剧集》（1985）、《对一种现代戏剧的追求》（1988）等，并著有长篇小说《灵山》。

1982年至1986年，高行健在短短五年中发表了六个剧本，每部戏都是他对现代戏剧讨论的实践与推动。其中《绝对信号》、《车站》、《野人》由北京人艺上演，在戏剧界引起了较大反响。戏剧实验的自觉意识和对戏剧本体的深刻认知程度使高行健成为当时戏剧潮流的领头人

---

① 何冀平：《天下第一楼·写作札记》，74页，北京，北京十月文艺出版社，2004。

物，被称为“艺术探险的‘尖头兵’”①。

《绝对信号》是高行健在话剧领域发出的第一个显著“信号”。它以多层面的人物心理展示，以及浓缩于一节车厢、一个夜晚、五个人物之间的故事，开启了中国新时期小剧场话剧的先河。故事发生在一列货运列车上，待业青年黑子与蜜蜂相恋，因为经济因素而无法结婚，内心迷惘之际，打算伙同车匪帮作案。黑子借与见习车长小号的同学关系，将车匪带上了列车。黑子的女友蜜蜂也意外搭乘此车。在蜜蜂和小号面前，黑子内心展开了激烈的交锋。经验丰富的老车长及时发现了车匪的企图，发出了信号。在车匪意欲行凶之际，黑子幡然醒悟，奋力阻止了车匪。话剧采用假定性的时空表现方式，场景不断闪回变化，现实、梦幻、追忆、想象几个时空层次叠化交错，极大地拓展了舞台空间。话剧还以极端夸张的形式表现人物的内心独白和对话，把观众引入人物的心灵深处，以人物内心交锋来推动剧情发展。此外，话剧以不同的光影色调和音响层次来凸显人物的主观情绪。黑子回忆与蜜蜂恋爱时运用的是蓝绿色光和优美抒情的音乐背景；黑子在想象自己犯罪时，全场暗场，无调的嘈杂音乐紊乱纷杂，与人物的心理变化相辅相成。《绝对信号》突破了旧有的戏剧观念的束缚，剧作结构、舞台词汇、小剧场的表演方式均别具匠心，引人注目。此剧在北京人艺小剧场演出后，引起了强烈反响，当时的人艺院长曹禺认为该剧是“北京人艺艺术传统的继续发展”②。

1983年，高行健在《十月》杂志发表了剧本《车站》。该剧由林兆华导演，同年7月在北京人民剧院首演。《车站》具有类似西方荒诞派大师贝克特的《等待戈多》的反讽意味：一群乘客为了不同的目的，焦急地等车进城。然而汽车总也不来，偶尔过来一辆车，却并不理会人们的蜂拥呼唤，呼啸而去。人们继续等待，继续埋怨、争吵，只有一个沉默的人，独自悄悄离开人群，走路进城了。等待的人们希望不断落空，时间悄然逝去，生命也在不知不觉中老去。最终十年过去了，人们发现自己已经老了，背驼了，头发花白了。高行健在《车站》中进行了多声部戏剧实验，最多时达到七个声部，用来表现本身就是嘈杂、混乱的生活本质。这部带有强烈象征色彩的戏剧淋漓尽致地表达出生活的荒诞性，其形而上学的哲学意味让人联想到当时社会普遍弥漫的迷茫心态，并因此遭到非难，致使当时无法公演。

高行健对戏剧创作的探索激情和对东西方戏剧理论鞭辟入里的分析同步进行，提出了一系列戏剧理论，确立了开放、宽容、自觉的现代戏剧意识。他反对中国话剧艺术理论中长期形成的“戏剧是语言艺术”的传统戏剧意识，提出“完全的戏剧”概念。这种“完全的戏剧”有两个主要特征：第一，综合性。高行健提出戏剧是以表演为中心，集说唱、音乐、舞蹈、杂技、哑剧等艺术为一体，熔唱、念、做、打等艺术功底于一炉的综合艺术。高行健的话剧《生死界》大量运用了哑剧、舞剧、魔术、光影、杂技等手法，《冥城》则调用傩舞的面具、京剧的脸谱、川剧的变脸、民间的高跷、杂耍等表演形式，创造出五彩纷呈的话剧形式。高行健十分重视话剧艺术中的音乐性，复调、多声部、民间口语、各种音响效果在他的话剧作品中花样迭出。第二，剧场性。高行健认为剧场是“人们在一起交流思想情感的公共场所”③，认为把握住剧场性，就能把握戏剧艺术的命脉。他主张在舞台设计上尽量减少道具、灯光、舞美等因素，呈现简洁明了的舞台，给观众最大的想象余地，也给予演员更多的表演空间；主张观演双

---

① 叶廷芳：《艺术探险的“尖头兵”》，见许国荣编：《高行健戏剧研究》，1页，北京，中国戏剧出版社，1989。

② 曹禺、林兆华、高行健：《关于〈绝对信号〉的通信》，见《高行健戏剧集》，9页，北京，群众出版社，1985。

③ 高行健：《我的戏剧观》，载《戏剧论丛》，1984（4）。

方共同参与，使戏剧成为一场公众游戏。创造自由时空的艺术追求使其打破了传统的“三一律”和“第四堵墙”，走向了宽广的艺术天地。

高行健追求立体、开放、多层次、多线索的艺术世界。他以西方文化思潮和中国传统戏曲作为双重底蕴，其丰富的戏剧理论和大胆的艺术实践成为中国话剧突破桎梏、走向现代化的重要转折点。

第四节
沙叶新的话剧

沙叶新（1939—　），江苏南京人。主要作品有《一分钱》（1966）、《约会》（1978）、《假如我是真的》（与李守成、姚明德合作，1979）、《〈风波亭〉的风波》（与姚明德合作，1979）、《陈毅市长》（获第一届全国优秀话剧剧本奖，1980）、《大幕已经拉开》（与李守成、姚明德合作，1982）、《马克思“秘史”》（1983）、《宋庆龄》（电影剧本，1984）、《中国姑娘》（电视剧本，1984）、《寻找男子汉》（1986）等。沙叶新的剧作表现出强烈的参与意识与敏锐的政治嗅觉，直面人生，贴近现实，敢讲真话。他在坚持现实主义创作方法的同时，又不断从其他创作方法中汲取营养，以不同角度探索话剧表现生活的形式，运用象征、夸张、荒诞等手法，增强了作品的艺术效果。

《假如我是真的》又名《骗子》，写于1979年夏。当时，上海曾发生过一起骗子冒充高干子弟招摇撞骗的事件，此事件在民众中广为流传，引发了社会各界对干部阶层以权谋私等不正之风的愤慨。沙叶新等以这一事件为触发点创作剧本，描写了一个下放知识青年李小璋试图上调，一直未能成功，因为偶然机会被误认为高干子弟，他本人也将计就计，试图得到一张上调证明，结果他的假身份使他一路绿灯，欲罢不能。最终他的真实身份被戳穿，站在被告席上的时候，李小璋向法官提出了一个棘手的问题：“假如我是真的呢?”言下之意为：如果我真的是高干子弟，那么那些为我一路开绿灯的阿谀奉承的行为就有了合理的理由吗？剧作直接触及高级特权阶层的阴暗面，剧情安排巧妙合理，步步深入，引导人们去思索这一骗局背后的整个制度根源。因为契合当时的某些社会因素，话剧一经上映，便得到了众多观众的认可和共鸣；同时也因为其尖锐的指向遭到异议，最终停演。

复苏时期，话剧创作在题材选择上有了新的拓展，老一辈革命家在舞台上的人性化再现成为这一时期话剧界的重要收获。沙叶新的代表作品《陈毅市长》以虚实结合的创作手段和“冰糖葫芦”式的结构方式，成为这一类型话剧的杰出代表。作者并未罗列陈毅市长的政绩，而是以上海解放后头两年为历史背景，以历史史实为依据，经过合理的艺术加工，精心设计了十场戏，让陈毅分别处于资本家、科学家、工人等不同的人际关系之中，揭示出各个侧面的社会问题，在解决问题的过程中展现出陈毅严于律己、光明磊落、幽默风趣、全心全意为人民服务等各个层次的性格特征，对领袖人物从个人崇拜的理想化描述转变为人性化的细节刻画。话剧在结构上破除了“一人一事”的传统方式，正如作者所说：“我所写的历史时期虽然只有两年，可是这两年里每年都有许多重大的事件；我所想写的陈毅同志的革命事迹和思想品质尽管已有所选择，但仍然是多方面的。这就使得剧本在结构时遇到很大的困难。如果以传统的结构方式，以某一中心事件来贯穿全剧，仅写陈毅的一人一事，显然不行。因此，我便采用了现在这种我称为'冰糖葫芦式'的结构方式；没有统一的中心事件，只以陈毅这一主要人物来贯穿全剧；各场之间不相连贯，每一场都独立成章，各有自己的一个完整的故事。"[①] 这样的结构方式使得剧作虽然没有硝烟烽火、急风暴雨式的冲突，但却充满错综复杂的矛盾，整个剧作中人物众多，出场有序，情节波澜起伏，情绪跌宕错落，为陈毅市长的性格做了充足的铺垫和衬托。

【本章学习参考】

一、阅读书目

苏叔阳：《丹心谱》

何冀平：《天下第一楼》

高行健：《绝对信号》、《车站》、《野人》

沙叶新：《陈毅市长》

二、相关文献

1. 王钟陵，主编．二十世纪中国文学史文论精华·戏剧卷．石家庄：河北教育出版社，2000.

2. 田本相，主编．新时期戏剧论述．北京：文化艺术出版社，1996.

3. 高行健．对一种现代戏剧的追求．北京：中国戏剧出版社，1988.

4. 陈恭敏．当代戏剧观的新变化．戏剧报，1985（10）.

5. 谭霈生．《当代戏剧观念的新变化》质疑．戏剧报，1986（3）.

6. 林兆华．并非他山之石//戏曲研究．北京：文化艺术出版社，1996.

三、复习思考

1. 名词解释：

探索话剧　现实主义话剧　"戏剧观"大讨论

2. 描述20世纪80年代中国探索戏剧的产生背景。

3. 20世纪80年代中国现实主义戏剧经历了怎样的发展历程？

4. 简述《陈毅市长》的结构特色。

5. 论述高行健戏剧探索的意义与价值。

① 沙叶新：《写在〈陈毅市长〉发表的时候》，载《剧本》，1980（5）。

第四十三章
繁荣期的影视文学

20世纪80年代电影文学曾达到空前的繁荣，各电影厂出版的电影文学刊物，成为与其他纸质文学杂志一样的热门杂志，成为电影创作的蓝本，这是思想解放与启蒙的需要。新时期的电影生产经历了第四代导演到第五代导演的演变，电影语言与叙事方式发生了革命性变化。本期更为重要的变化是，电视逐渐普及，电视剧成为最有影响的文艺形式，电视文学成为一部分作家的选择。

本章主要评述第四代导演到第五代导演电影的变革及主要导演作品，以及电视与文学等。

第一节 电影的变革

一、新时期中国电影的概貌

新时期中国影坛出现了四世同堂的创作局面。“第三代”电影人谢晋、谢铁骊、凌子风、水华、赵丹、谢添等重新焕发了青春；“第四代”电影人吴贻弓、谢飞、张暖忻、吴天明等以对电影语言的积极探索和对中国现实的人道关怀推动了中国电影美学的演变；“第五代”张艺谋、陈凯歌、黄建新等人则以一种“弑父”姿态，用空间化的视听意象和开放性的叙事形态结束了一个时代，同时开启了一种新的电影传统；90年代以后，一批更年轻的被称为“新生代”或“第六代”导演的电影人则将自我的当代体验与世界性的电影潮流相融合，试图为中国电影注入一种更现代的气息。

正是几代人的共同创造，不仅产生了《西安事变》、《开国大典》、《周恩来》、《大决战》这样“再现”中国革命“创世记”历程的重大题材影片，而且出现了《黑炮事件》、《小街》、《芙蓉镇》、《巴山夜雨》这种灾难性历史境遇中挣扎和坚守的“伤痕”、“反思”影片；不仅出现了像《秋瑾》、《焦裕禄》、《孔繁森》这样的英雄故事和好人传奇，而且也有了《老井》、《野山》、《人生》、《高山下的花环》这样表述了当代人在社会转型状态下的生存体验的影片；不仅有《红楼梦》、《伤逝》、《鸦片战争》这样“述说历史”的影片，而且也有《邻居》、《人到中年》、《本命年》、《心香》、《背靠背，脸对脸》、《四十不惑》、《不见不散》、《天下无贼》等表现现代普通百姓喜怒哀乐的影片；不仅有《霸王别姬》、《大红灯笼高高挂》、《红樱桃》、《英雄》、《十面埋伏》、《无极》这样的国际化大制作商业影片，也有《喜盈门》、《咱们的牛百岁》、《男婚女嫁》这样完全本土化、民间化的通俗电影；不仅有许多常规的电影情节剧，也有《城南旧事》这样感伤而抒情的散文诗电影，《黄土地》、《一个和八个》这样富于造型象征性的探索电影，《谈情说爱》、《有话好好说》这样的音乐化的都市电影，还有《民警故事》、《巫山云雨》这样的写实形态的电影。完全可以说，这一时期中国电影的风格、类型、样式比以往任何时期都更加丰富多彩：主流与边缘、常规与实验、传统与现代、戏剧化与非戏剧化、本土化与国际化、政治意识形态写作与大众娱乐性写作……这样的丰富多彩为中国电影探索、寻找、创造了更多的可能性、更开阔的参照性，正是如此多元的格局才使这一时期的中国电影仪态万千、生机勃勃，也使得中国电影自立于世界电影之林。

二、脱颖而出的“第四代”导演

1979年出现的《生活的颤音》（滕文骥、吴天明导演）、《小花》（张铮导演）、《苦恼人的笑》（杨延晋导演），1980年出现的《小街》（杨延晋导演）、《巴山夜雨》（吴贻弓导演），标志着“第四代”导演的崛起。第四代导演是以对前三代导演的“戏剧电影”的反叛而开始自己的创作的。他们找到了打破传统“影戏”观念的武器，这就是巴赞的纪实美学，喊出了“电影语言的现代化”①、“扔掉戏剧拐棍”、“与戏剧离婚”② 的革命性口号。

第四代导演主体是60年代电影学院或戏剧学院的毕业生，有比较扎实的艺术功底，后劲较足。第四代的内心深处都有很深的“共和国情结”，理想主义是主要倾向，“丧失”、“一去不返”的故事是他们的模式。如吴贻弓的《城南旧事》，谢飞的《本命年》、《黑骏马》，黄蜀芹的《青春万岁》、《人·鬼·情》，陆小雅的《红衣少女》，王好为的《哦，香雪》……大都倾注了理想色彩和“恋母情结”。黄健中的《良家妇女》，滕文骥的《海滩》、《黄河谣》，谢飞的《香魂女》，吴天明的《人生》、《老井》，颜学恕的《野山》等片，一方面对处于社会转型期正在消失的人情淳厚的农耕文明唱出深情挽歌，表现出人道主义的忧患意识，另一方面表现出对祖国、对人类未来的责任感和使命感。

第四代导演是中国历代导演群体中人数最多的一代，现在仍活跃在中国影坛上，主旋律电影大多为他们导演。有人评价第四代导演的作品：其核心是“希望改良、回归，而不是轰毁，凤凰涅槃式的新生”，这恰恰与“第五代”不同。

三、“第五代”导演与电影新潮

“第五代”导演的横空出世，真是生逢其时。20世纪80年代是一个创新的年代，也是中国电影的黄金时代。第五代是以“文化大革命”后首批进入电影学院的1978级导演班为主体的创作群体。他们有扎实的电影理论素养，一开始就站在大师的肩膀上。他们的经历大体相同，

---

① 张暖忻、李陀：《谈电影语言的现代化》，载《电影艺术》，1979（3）。

② 张骏祥：《电影就是文学——用电影手段完成的文学》，载《电影通讯》，1980（11）。

是“文化大革命”的直接经历者和受害者，是主流意识的认同感和幻想被彻底砸碎的一代人。他们大多当过红卫兵、狂热而虔诚地崇拜过领袖，又被贬到底层，当知青、当兵、做工……对社会底层的真切感受，对正统教育下萌生的幻想的破灭，决定了第五代“叛逆”、“探索”的精神品性。他们早期作品中表现出一种冷峻而理性的现实精神和忧患意识。对祖国命运、人类未来的深切忧患与思索，酿就了他们全新的电影观念，叛逆与反思精神成为他们艺术探索的主要特性。有人称之为“红卫兵情结”、“弑父”行为。

电影史研究者一般将1984年广西电影制片厂拍摄的影片《一个和八个》（张军钊导演，张艺谋摄影）看作第五代导演的发轫之作，然而真正引起中外反响的还是陈凯歌拍的《黄土地》、《大阅兵》、《孩子王》、《霸王别姬》，张艺谋的《红高粱》、《菊豆》，田壮壮的《猎场札撒》、《盗马贼》、《鼓书艺人》，黄建新的《黑炮事件》、《错位》，吴子牛的《喋血黑谷》、《晚钟》、《欢乐英雄》、《阴阳界》，胡玫的《远离战争的年代》、《女儿楼》，李少红的《银蛇谋杀案》、《血色清晨》等新品力作。它们的出现犹如一次“石破天惊”的历史飞跃，划时代地将中国电影推到了世界影坛一片荣耀的文化高地。这次“飞跃”体现了历史的一种必然，呈现出中国人文精神的代际接力。这些作品无论描述历史的忧患还是现实的流变，无不浸润忧患意识，紧扣民族复兴的时代精神，其叙事的内涵强化了现代性的文化沉思。这些作品被人称为“探索片”。

第五代在艺术上的创新主要表现在以下几点。

（一）浪漫主义与生命意识

1985年是一个分界线。1985年以前，中国电影基本上沿着传统的现实主义道路前进，即便吸收了一些“舶来”的经验，也不成气候。1985年前后，大量西方现代文艺思潮进入中国，随着电影人眼界的开阔，苏联电影不再是唯一被推崇的艺术，年轻的电影人也开始绕过左翼电影和新中国成立以后“十七年”电影的路子，寻求新的突破口。这一时期的中国电影伴随着民族走过的思想解放历程，进入空前活跃的创作高潮期。从第五届“金鸡奖”评选开始，非意识形态化、非情节化电影开始获得认可。事实上《黄土地》中大块写意，大笔挥洒，礼赞生命，彰显人性，显然实践着、高扬着一种现代艺术的浪漫精神。在陈凯歌的电影中，他可以用肆无忌惮的超乎寻常的镜头去渲染一场腰鼓戏；在张艺谋的电影中，时间的界限被模糊了，具体的年代被隐在历史的大幕后……第五代为中国艺术家缺乏“天马行空般的狂想，放纵艺术想象”正名，长期被压抑的创造力被大大释放出来。第五代以“寻梦者”的姿态，更关心中国人的生命状态，他们为树立中国电影“一个真正瑰丽动人的童心世界”而努力。1995年，在回顾世界电影百年辉煌之际，陈凯歌说：“我们觉得第五代是个在特定时间发生的一个浪漫主义的艺术运动，但这个浪漫是有根源的，就是改革。”又说：“早期的第五代电影的真正艺术价值，包含了我们常说的‘生命的含义’——它是一个特定的、有很多因素结合在一起的生命状态，与生命有密切联系。”①

① 《中国电影导演谈中国电影》，载《香港电影双周刊》，总第435期，1995。

（二）视听语言的创新

新时期中国电影的突变，首先从电影的造型革命开始。第五代的导演在重新认识电影本体的基础上从事电影创作，他们打破常规，以突兀、反常规的银幕造型意识，形象表现他们强烈的主观意念。第五代电影强烈的现代主体意识与现代电影语言的表里合一，构成20世纪80年代世界电影中特定的东方形态，并为中国传统电影提供了反传统标本。像《红高粱》、《盗马贼》、《黄土地》、《一个和八个》，都可以看到中国电影回归电影影像本体的过程。他们的作品情节简单，主题多义。影片中的不平衡构图、主观化的造型、人与背景的象征性强化设计让人耳目一新。《红高粱》中那具有重要表意符号的、一望无际的十八里坡土生土长的野高粱，分明是生命力的勃兴与激情的呐喊并由此升华为人性的图腾。“野合”的场景，是让人灵魂战栗的象征。当“我爷爷”抱着“我奶奶”在十八里坡窜入高粱地，银幕上出现一片热烈兴奋、疯狂摆动的高粱，在殷红似血的阳光下，造成一种天地动容的气势。突然，那凄壮高亢的唢呐声撕天而起，观众的心绪被推上了百感交集的巅峰。“我爷爷”和“我奶奶”在这高天大地之中，在这高粱的汪洋大海中，谱写了一曲自由奔放的生命颂歌。

其次，是镜头的运用。第五代导演大多喜欢采用长镜头静态摄影。如《猎场札撒》比常规镜头少一半。《黄土地》中拍黄土地、黄河大量采用静态摄影，节奏缓慢得令人窒息，隐喻中国历史的缓慢与沉重，翠巧爹泥塑般默然静坐，目光混浊，举止迟缓，传达出中国农民千百年来承受精神重负和肉体煎熬的苦难命运。

再次，色彩的质感。第五代导演对色彩的运用极为出色。比如张艺谋极端喜欢用红色，从红衣、红裤、红布、红发卡、红盖头、红辣椒，到红酒、红高粱、红灯笼，只要有机会，他就要发掘色彩的表意功能。红色是炽热的，它易于宣扬人的个性，表现人性的奔突狂荡。《红高粱》中全片都浸透辉煌的红色，歌颂了自由和生命的真谛。

（三）反思历史与“文化寻根”

作为中国镜像现代性艺术运动的前锋，第五代导演的作品，受当时“文化寻根”思潮的影响，在政治和文化多重关系下直接带动了影视上的实验，唤起导演对影视艺术本体的自觉关注。他们将目光投向过去，投向充满宗教色彩的少数民族文化，从这里寻找反思历史和认识社会的切入点，创作出了《黄土地》、《猎场札撒》、《盗马贼》、《红高粱》等作品。这些作品深蕴着一种大的忧患、大的沉思，涉及民族命脉及对其现代性重构的反思。这种反思凝聚于艺术形象便是一种“天问”式的炽热情思。《黄土地》所展现的，远不止是一个蓝花花式的女子的爱情婚姻悲剧，而是对中国古老的农耕文明提出了历史的质询。在影片的题旨、人文深度以及诗化结构上，《黄土地》着力把翠巧一家两代人的命运，同那条“逝者如斯”的黄河，同那片千沟万壑的黄土地交织着展开描绘，以现代人感受世界的方式，质询封建小农经济桎梏下农民的生存境况及文化心理，批判所存在的丑陋文化因素，寻找深蕴于我们民族内部渴求变革的历史情绪和伟力。片中故事叙事的三大象征段落：庄院迎亲、腰鼓方阵、祈雨祭坛，无不呈现一种富于历史象征意味的独特造型，写意抒怀，苍凉沉重。《黄土地》摆脱了电影仅仅“说故事”的窠臼，它所追求、所实践的乃是一种大写意的诗性化镜像，是一首土地和人的史诗。

第五代作为“运动”也只是集中于三四年间（1984—1987），其电影形态的发展变化在所难免，他们的分化同样可以理解。

四、张艺谋系列电影

张艺谋（1951—　），陕西西安人，初中毕业插队，1971年当工人。1978年，入北京电影学院摄影系学习。1982年到广西电影制片厂任摄影师、导演。1984年，与肖风担任《一个和八个》的摄影师。1984年，担任《黄土地》摄影师，在该片中他充分调动摄影手段，以独特的造型创造了视听结合的银幕体系。1987年首次执导《红高粱》，出人意料地一举夺得第38届柏林国际电影节大奖金熊奖。随后导演了《菊豆》（1990）、《大红灯笼高高挂》（1991）、《秋菊打官司》（1992）、《活着》（1994）、《摇啊摇，摇到外婆桥》（1995）、《有话好好说》（1997）、《一个都不能少》（1998）、《我的父亲母亲》（1999）等影片。成为最具国际影响力的中国导演之一。1996年被美国《娱乐周刊》选为当代世界20位大导演之一。同年，被美国《时代周刊》选为“世界十大风云人物”。2002年的《英雄》给张艺谋带来巨大商业利润。张艺谋的电影暗合了西方人的文化逻辑和审美取向，在西方电影节上不断获奖，他的一些电影已经作为中国电影的图腾，进入世界电影视野。

《红高粱》（陈剑雨、朱伟、莫言编剧，张艺谋导演）是一个具有神话意味的传说。整部影片在一种神秘的色彩中歌颂了人性与蓬勃旺盛的生命力，它的视角已从传统对农民身份的关注转向了对生命本质的礼赞。正如导演张艺谋所说，他总觉得“中国人活得太累了，忧虑太多了”①。所以影片的前半部分是自由、生命的赞歌，表现了一种痛快淋漓的人生态度，呼唤勃勃的生命力，敢爱敢恨，敢生敢死，张扬无拘无束、坦坦荡荡的生命观，而这种生命意义在影片中以非常态的方式表现——苦难愚昧的生活苦闷被十八里坡酒坊伙计们宣泄得相当粗野。“我爷爷”的肆无忌惮，“我奶奶”被狂野情欲煽起来的激情被升华为血性与活力的明证，以至于“半道截人”、“高粱地野合”、“夹抱肩扛”、“当众撒尿”这类带有暴力倾向与暴露冲动的细节都成为生活于苦闷中的“我奶奶”所憧憬渴望的活力而融入影片的抒情中。影片的后半部分原始、野性的生命赞歌与土制酒坛炸弹、剥皮杀戮、日光血色暴力场景互为呼应，升华为民族正义的英雄之歌与生命本能的祭祀仪式。影片对性及暴力的表现蕴含着对沉闷生活的反叛及家国被侵害的复仇的血性。这种内蕴的底气使影片在颂扬生命力时具有一种天马行空的狂气与雄风。《红高粱》是一部极其张扬的影片，开启了国民性格中被遮蔽的无法无天的一面，歌颂了生命的力量和原始的本能。

第五代的主将是张艺谋和陈凯歌，此外还有吴子牛、田壮壮、张军钊、黄建新、李少红、夏钢、孙周、何平等，第五代至今仍是中国电影创作的生力军。

还有些批评家将周晓文、孙周、何平、张泽鸣、冯小宁等称为“第五代后”。其作品有《最后的疯狂》、《疯狂的代价》、《青春无悔》、《二嫫》、《给咖啡加点糖》、《滴血黄昏》、《心香》、《太阳雨》、《双旗镇刀客》、《天地英雄》、《战争子午线》、《红河谷》、《黄河绝恋》等。他们在影片的叙事把握上，向世俗性的人情人性倾斜，不再赋予影像以不堪重负的忧患意识。

---

① 张艺谋：《我拍〈红高粱〉》，载《电影艺术》，1988（4）。

第二节
电视剧

1978年4月中国广播电视剧团和北京电视台录制了中国第一部采用实景录制的电视剧《三家亲》，1978年国产电视剧数量为7部，1979年翻番为14部，1980年达到117部。1981年2月中央电视台录制播出我国第一部电视连续剧《敌营十八年》，全剧9集，由著名导演王扶林执导。该剧以惊险情节取胜，片头曲《曙光在前头》为人们所传唱。

这一时期，由于电影系统不再向电视台无偿供片，导致电视节目需求量急增，有条件的电视台纷纷开始摄制电视剧。20世纪80年代中期开始，电视剧创作进入黄金时期。中国开始出现真正具有社会影响力的流行电视剧。如《新闻启示录》、《希波克拉底誓言》、《巴桑和他的弟妹们》、《太阳从这里升起》、《秋白之死》、《蹉跎岁月》、《今夜有暴风雪》、《南行记》等。《新闻启示录》全剧采用复调式情节线索，形成套层结构，政论思辨色彩浓烈。当年重大的新闻事件（中国女排夺冠、中国国家领导人的活动、真理标准问题大讨论等）以及步鑫生、法拉奇等新闻人物，均作为事件背景纳入剧情，大大强化了全剧的新闻纪实风格。1985年摄制的《希波克拉底誓言》，以艺术上的大胆创新为人称道。该剧讲述三个医生竞争主任职位而误诊病人的故事，通过古希腊医生希波克拉底叩问当代医生的灵魂和道德，具有振聋发聩的冲击力。

这一时期，电视连续剧也连获丰收。《蹉跎岁月》（1982）再现了十年动乱中一代知识青年从苦闷中觉醒的心路历程。《高山下的花环》（1984）紧扣时代脉搏，讴歌当代军人捍卫家园、无畏牺牲的崇高品德，形成悲壮的审美品格。《四世同堂》（1985）以高昂的民族精神和宏大的叙事，控诉日本军国主义的暴行，具有鲜明的民族风格和民俗特点。《新星》（1985）饱含激情地塑造了年轻的县委书记李向南在20世纪80年代改革进程中的“清官”形象，表达了推动中国政治的民主化和社会的现代化的力量与旧有的政治体制之间的冲突，反响强烈前所罕见。《努尔哈赤》、《末代皇帝》以苍凉的视觉效果展现了清王朝的兴衰史，把历史题材电视剧创作推向新台阶。《篱笆、女人和狗》、《辘轳、女人和井》、《古船、女人和网》组成中国电视剧史上独一无二的“农村三部曲”，以历史变革为大背景，深刻揭示当代农民思想观念和文化心理的巨大变化，以及他们艰难而执着地奔向现代文明的曲折过程。

【本章学习参考】

一、阅读书目

电影部分：

张天民、张笑天、刘星、郭晨编剧：《开国大典》

阿城、谢晋改编：《芙蓉镇》

叶楠编剧：《巴山夜雨》

张曼菱、张暖忻编剧：《青春祭》

黄蜀芹、李子羽、宋国勋编剧：《人·鬼·情》
张子良编剧：《黄土地》
李碧华、芦苇编剧：《霸王别姬》
陈剑雨、朱伟、莫言编剧：《红高粱》
刘恒编剧：《菊豆》
江浩编剧：《猎场札撒》
李唯编剧：《黑炮事件》
电视剧部分：
林汝为编剧：《四世同堂》
周雷编剧：《红楼梦》

二、相关文献

1. 陈墨．张艺谋电影论．北京：中国电影出版社，1995.
2. ［美］丹尼尔·贝尔．资本主义文化矛盾．北京：三联书店，1989.
3. 李少白．电影历史及理论．北京：文化艺术出版社，1991.
4. 钟大丰，舒晓鸣．中国电影史．北京：中国广播电视出版社，1995.
5. 陆弘石，舒晓鸣．中国电影史．北京：文化艺术出版社，1998.
6. 杨远婴，主编．华语电影十导演．杭州：浙江摄影出版社，2000.
7. 刘萍，李灵，编著．中国电视剧．武汉：湖北美术出版社，2005.

三、复习思考

1. 名词解释：
“第五代”　“第五代”后　电影语言现代化　张艺谋
2. 新时期中国电影的发展轨迹是怎样的？有哪些阶段性特征？
3. 张艺谋电影的主要特点是什么？
4. 第五代导演的创作特点是什么？试举例分析。

第 六 编

中国现代汉语文学多元期

（1989—2015）

20世纪90年代中国最根本的变化，是社会主义市场经济的推行。这对诗书礼乐农耕文明的中华民族来讲是亘古未有的巨变。整个中华民族在新的价值观探索中前行，从“发展是硬道理”到“GDP”追求到“科学发展观”，不断地改革，不断地适应，不断地前行。

中国现代汉语文学发生了空前的变化：意识形态淡化的思想宽松、市场经济推行导致的消费主义文化、后现代主义文化的引进，以及文学与生俱来的生生不息的精神追求，相生相克合力作用，形成文学的多元格局——人文精神求索呐喊、精神失落国学寻梦、面向域外后现代学舌、消费文化解构优雅斯文、种种焦虑形成主义轮转，多元成为本时期的基本格局。

文学创作从解放感觉发展到解放感官，从存在主义小写的人、现代主义丑化的人发展到后现代主义消费主义的物化的人，人为物役、人为肉役成为20世纪90年代创作的主流。

20世纪末期文学开始新的轮回，底层书写使文学与人民生存发生对接，新左派思潮蠢蠢欲动。进入21世纪，一些有了发展保障的作家开始追求精神的底蕴，底层叙事与“非虚构”写作渐成潮流。与此同时，现代汉语文学性在后现代文化影响下，也呈现多元风貌。

本编主要评述90年代及其以后的文学理论、文学论争与创作思潮，90年代小说、诗歌、散文、话剧、影视、网络文学，100年来我国台湾、香港、澳门文学，旅居海外的华人汉语文学，以及21世纪文学等。

第四十四章
20 世纪 90 年代以来的文学理论、文学论争与创作思潮

20 世纪 90 年代以来的文学理论、文学论争与创作思潮，是当代中国人从寻找肉身解放到寻找精神家园的历史。从人文精神讨论到新国学追求，从后现代文学到女性文学，从消费主义文学到底层叙事抒情，呈现出自由发展的多元生态。

本章主要评述上述文学理论与文艺论争及创作思潮的走向与变化。

第一节 文学理论与文艺论争

一、人文精神讨论与新国学

人文精神讨论始于 1993 年王蒙发表在《读书》杂志第 1 期的《躲避崇高》一文。王蒙肯定了王朔刻意颠覆多年来流行的“伪道德伪崇高伪姿态”的精神，并认为王朔“亵渎神圣”，“首先是因为生活亵渎了神圣”。由于这一观点涉及当代文学的精神价值取向问题，所以引起了文坛的普遍关注。同年《上海文学》第 6 期发表了王晓明等人的《旷野上的废墟——文学和人文精神的危机》一文，提出了人文精神在当代正面临危机的命题。1994 年，《读书》、《东方》、《中华读书报》、《现代与传统》等多家报纸杂志参与到这场人文精神的大讨论中，形成了 20 世纪 90 年代中期最重要的文学景观。

讨论主要围绕着什么是人文精神，人文精神是什么时候、什么原因失落的，如何重建人文精神，以及重建什么样的人文精神等一系列问题展开。在讨论之初，对“人文精神”的概念界定并不十分清楚。陈思和用“人文精神”意指知识分子的“道统”。① 随后，他把人文精神概括为“一种人所以为人的精神，一种对于人类发展前景的真诚关怀，一种作为知识分子对自身

① 参见陈思和等：《人文精神：是否可能与如何可能》，载《读书》，1994 (3)。

所能承担的社会责任与专业岗位如何结合的总体思考”[①]。在《我们需要怎样的人文精神》里，王彬彬等则强调“人文精神”在宗教精神超越意义层面上的批判与否定精神。

对于人文精神的失落与重建问题，众说纷纭。有的认为失落的原因是工具理性压制了价值理性，主流意识形态坚持教条，与政治结合的意识形态排斥人文精神，等等。有的主张在“与政治神学相结合”的“传统理想主义没落”时，提倡“新理想主义”，“以理想的精神给人类的心灵以慰藉和照耀”[②]。除此之外，还有学者主张重建“个人人格自觉与民族的文化主体意识”，“培养具有独立自主人格的国民”，倡扬与社会主义并存的“社会自由主义和调和自由主义”[③]，等等。

在“人文精神”大讨论的过程中，持质疑和否定意见的首先以王蒙为代表。他指出，现在说的人文精神概念不清。[④] 另一个持怀疑态度的是张颐武。他从后现代主义、后殖民主义立场对人文精神讨论作了猛烈攻击。他认为从当下中国具体语境看，这是“对西方中心主义的臣属与认同的结果”[⑤]。他认为“张承志、张炜的‘新神学’写作”，“变成了对于普通人的日常生活的宗教式的否定，变成了与肯定人的欲望和正当物质精神要求的人文主义情怀极端对立的狂躁的神学精神”[⑥]。有的论者则把人文精神讨论同“建设精神文明”混为一谈，改变了它的原意。

讨论过程中还出现了三个热点话题，即“崇高”与“躲避崇高”，“宽容”与“不宽容”，以及关于“清洁的精神”的论辩。

“崇高”与“躲避崇高”之争源于王蒙的那篇《躲避崇高》。王彬彬的《过于聪明的中国作家》是影响较大的一篇反驳文章。他批评“躲避崇高”是一种“形而下的生存智慧”，一种“过于发达的现实感和务实精神”。王彬彬还认为中国文学之所以与西方文学有差距，源于中国作家“技术性的生存策略”。世俗的聪明和圆滑使他们不能达到形而上的情思、非现实的幻想。此文之后，王蒙写下《沪上思絮录》[⑦] 和《黑马与黑驹》[⑧] 两文进行反击。之后又连写了《想起了日丹诺夫》[⑨] 等文，进一步论述他鉴于以往极左年代大唱崇高之调导致文化专制教训而提出的平和的、平民化的、个人的和多样化的立场。这场论争被形象地称为“二王之争”。

“清洁”和“宽容”的引发者是被人们称为“二张现象”的张承志和张炜。张承志首先连续发表了《以笔为旗》和《清洁的精神》两篇文化随感。继而在 1994 年 10 月又发表了一篇访谈，进一步解释自己的观点。由于张承志文中言语极其犀利，不留余地，“清洁”原则受到了一些激烈的批判，被认为是一种“红卫兵情结”在作祟。与此同时，张炜也在一封公开发表的书信中提出了“拒绝宽容”的口号，他批评那种无原则的表面宽容实际是“忍耐和妥协”、“与

---

① 陈思和：《关于“人文精神”讨论的两封信——致坂井洋史》，见《大潮文丛》，第 4 辑，上海，学林出版社，1994。

② 孟繁华：《新理想主义与知识分子意识形态》，载《光明日报》，1995-07-05。

③ 朱高正：《重建文化主体意识——精神文学建设的文化基础》，载《社会科学战线》，1995 (4)。

④ 参见王蒙：《沪上思絮录》，载《上海文学》，1995 (1)。

⑤ 张颐武：《人文精神：最后的神话》，载《作家报》，1995-05-06。

⑥ 张颐武：《人文精神：一种文化冒险主义》，载《光明日报》，1995-07-05。

⑦ 王蒙：《沪上思絮录》，载《上海文学》，1995 (1)。

⑧ 王蒙：《黑马与黑驹》，载《新民晚报》，1995-01-17。

⑨ 王蒙：《想起了日丹诺夫》，载《读书》，1995 (4)。

污流汇合”，“是一个陷阱”。对此表示声援的有费振钟的《被涂改了的宽容》①、王彬彬的《宽容与批判》② 等，持批评意见的则有王蒙和张颐武等。

“人文精神”大讨论在 1996 年渐渐平息下去，但余波却延续到 21 世纪。韩东屏在《天津社会科学》（1997 年第 1 期）上发表《市场经济与人文精神之命运》，指出人文精神的讨论与正在推进的市场经济有内在的、必然的联系。汪晖在《“新自由主义”的历史根源及批判》中说，人文精神讨论是对全球资本主义危机这一进程的本能反抗，没有真正解释市场主义时代的内在矛盾。2002 年 8 月，旅居美国的原上海学者李劼发表文章《有关人文精神讨论及其他“合作”旧事》，他说，当时之所以把人文精神作为一个话题诉诸传媒，是想继续从 20 世纪 80 年代开始而后来中断了的文化批判，所说的人文精神可以用陈寅恪的话归结为“自由之思想，独立之人格”。

这次“人文精神”大讨论既标志着当代知识分子的分化，也是知识分子的一次“自省”行为，是知识分子对自身的检讨与救赎。这些问题的讨论，使得知识分子在与时代的龃龉中更加明确了自身的姿态与价值担当。他们讨论的问题在今天看来还依然很有价值，也有继续讨论下去的必要。

人文精神的讨论，对知识分子思想资源进行了清理，同时也触动了部分学者对传统国学的关注热情。1992 年，作为“国学热”兴起标志，由北京大学中国传统文化研究中心编辑的大型学术年刊《国学研究》创刊。《北京大学学报》、《文史哲》、《中国社会科学院研究生院学报》等杂志纷纷开辟“国学”专栏，辽宁教育出版社出版了“国学丛书”，江西百花洲文艺出版社编辑出版了“国学大师丛书”。研究传统文化的《传统文化与现代化》、《中国文化研究》、《东方》、《寻根》等刊物相继问世。

但是近年来，试图打破“国学”研究旧格局的学术动向日益明显，出现了一些有价值的文章，如萧兵等学者撰写的《“新国学”悬想》等文。出版界则出版了《新哲学》、《新史学》、《新文学》等系列丛刊，还诞生了《原道》、《学人》之类的同人刊物及“国学”、“汉学集刊”之类的网站。虽然这些刊物或网站不断增强兼容意识，将“国学”的内涵给予了一定程度的刷新和拓展，但其讨论范畴仍基本限于中国古代文化、文学的研究，旨在弘扬中国传统文化。这样的“国学”或“新国学”大抵仍是传统意义上的国学，研究格局基本未变，只是在研究方法和学术判断上有些新变而已。

而王富仁连续发表在《社会科学战线》2005 年第 1～3 期的长达 10 万字的《“新国学”论纲》则可以说是重构新国学的一个重要学术界碑，它标志着新国学的学术探索迈上了新的理论平台。在《“新国学”论纲》中，王富仁提出了全新的“新国学”概念。

鉴于崇古贬今、学科分立等学术分裂的实际，王富仁力图打破新旧、古今、中外等简单对立的二元思维，在现代兼容意识的平台上确立多元融合的文化观，提出对现实学术文化进行大规模整合的设想，以期确立民族学术的独立意识，从而促进民族学术的全面昌兴。文章着重强调应该将“五四”以后生成和发展起来的中国现当代文化，特别是由陈独秀、李大钊为开端的中国现代革命文化，以鲁迅为主要代表的中国现代社会文化，由翻译家和学者创造的“中介文化”（既非纯粹的外语文化也非纯粹的母语文化）及学院派文化等，纳入到“新国学”这个学

---

① 费振钟：《被涂改了的宽容》，载《中华读书报》，1995-03-29。

② 王彬彬：《宽容与批判》，载《中华读书报》，1995-05-10。

术概念之中。王富仁对“新国学”概念的重新构筑，显然打破了以前狭义的“国学”概念，使“新国学”真正成为涵盖中国学术全部成果，包括中国古代学术和中国现当代学术在内的中国学术的总称，成为真正体现了中国学术的独立性和整体性的学术概念。也正是在这个意义上，有学者又将“新国学”称为“中国学”。

然而，正如王富仁所说，“新国学”的建设之路还很长。与此同时，也有学者指出这场“国学”热背后是一种新的文化保守主义倾向，应该对此保持高度警惕的态度。

二、后现代主义的传播

在现代主义再度进入中国后不久，后现代主义（post-modernism）就悄悄地伴随而来了。如果我们把现代主义再度进入中国的时间粗略地定在1978—1979年的话，那么，后现代主义则是在稍后的一年左右进入了中国。它开始时并未引起学术界的骚动，倒是被一些外国文学研究者当作现代主义“在第二次世界大战之后的继续”或“重新抬头”，因此曾经在中国文坛风行一时的“关于现代派文学的讨论”大多以此为依据。那次讨论的一些论文后收入何望贤编选的《西方现代派文学问题论争集》（上、下，人民文学出版社，1984）。该文集有部分论文或译文涉及了后现代主义。自1980年以来，海勒、塞林格、加西亚·马尔克斯、博尔赫斯、纳博科夫、品钦、巴恩、巴塞尔姆、冯尼格特、罗伯-格利耶、贝克特、品特、卡尔维诺、布托尔、金斯伯格等西方后现代主义作家的作品陆续有了节译或完整的译本。《外国现代派作品选》第三册所选的全是后现代主义作家及其作品，只是因为资料的缺乏和对西方批评界关于后现代主义的理论争鸣不甚了解，而沿袭使用“现代派”这一含混的概念。从那以来，一批思想敏锐、有着独特鉴赏力的学者或批评家开始翻译著述，逐步把后现代主义文学介绍给了中国作家和广大读者。在这方面比较多产并有影响的学者有袁可嘉、王宁、王逢振、赵一凡、盛宁、陈晓明、王岳川、乐黛云、许汝祉等。

此外，三位西方学者亲自来华讲学，也对后现代主义进入中国起到了推波助澜的作用。最早来华（山东大学）讲学的后现代主义批评家是伊哈布·哈桑（1983），但人们在当时仅把他当作一位美国文学专家，而忽视了他在后现代论争中的重大影响。之后，美国杜克大学教授弗雷德里克·杰姆逊于1985年在北京大学讲学，其讲演集中译本《后现代主义与文化理论》由唐小兵译，陕西师范大学出版社1986年出版。1987年，杜威·佛克马在南京大学和南京师范大学作了关于现代主义和后现代主义的演讲。

除此之外，中国社会科学院外国文学研究所和北京大学比较文学研究所分别于1990年3月和7月举办了两次研讨会，对后现代主义理论及其与中国文学的关系作了初步的探讨。

在这样比较集中的翻译、引进、研讨之后，“后现代主义”一词开始较多地为中国学界所谈论。

三、女性主义与身体写作

1995年，联合国第四次世界妇女大会在北京召开。这一年可以看作是女性主义文学在20

世纪 90 年代兴起的一个标志，甚至可以称之为女性主义文学的“狂欢之年”。这一年，女性文学作品得到大力传播。四家出版社分别出版了四套女性文学丛书：四川人民出版社的“红辣椒”女性散文丛书、北京华艺出版社出版的“风头正健女才子丛书”、河北教育出版社出版的“红罂粟”丛书、云南人民出版社出版的“她们”小说散文丛书。同时，许多杂志刊出了“女性文学专号”。这一女性文学的社会热潮，的确显示了社会主流意识对女性文学的短暂热情，而另一方面，这也是女性文学自身发展到一定历史时期的必然。从五四新文化运动开始的女性文学传统，经历了三代作家的努力和探索，发展到 20 世纪 90 年代，女性文学开始呈现出新的精神质素。

“回到女性自身”、“女性叙事”以及女性“语言的自觉”成为 20 世纪 90 年代女性写作的基本特征。这首先也最明显地表现在陈染、林白、海男等新崛起的女性作家的创作中。她们都有较强的理论与意识自觉，显现出来自西方女性作家和女性主义理论的强烈影响，并进入到了如埃莱娜·西苏所说的一种与女性躯体、女性欲望及其外部表象相联系的写作状态中。她们改造既有的有缺陷的语言，以表现被男权世界所遮蔽和扭曲的女性经验世界，显示出鲜明的私人化、私语化特征。陈染的《另一只耳朵的敲击声》、《与往事干杯》、《巫女与她的梦中之门》、《私人生活》等作品，以“母亲”（女性自己的传统）和“父亲”（既是亲缘意义又是性别意义上的男性、男权传统）的关系界定女性自身的精神边界。在女性幽闭的世界中进行精神的历险，幻想、白日梦、情感的自恋、躯体的自赏和躯体语言的弥漫，是陈染的女性叙事特点。林白则以更加宽广、细腻、感性的女性视角言说着女性的成长历史，写“她们”的欲望与情感。“从女性角度看女性”，这是林白重要的话语与叙事方式。在《子弹穿过苹果》、《回廊之椅》、《同心爱者不能分手》、《瓶中之水》、《一个人的战争》等作品中，林白都作了大胆的精神探索。除她们之外，在 20 世纪 80 年代成长起来的王安忆、铁凝也发表了许多典范的女性主义小说，与她们的情形相似的还有残雪、徐小斌、赵玫、蒋子丹等。

到了 20 世纪 90 年代中期，在女性文学的发展脉络上出现了一种更加前卫的现象，即“70 年代”作家在“时尚女性文学”、“都市另类”、“新新人类”等名目下的女性写作和阅读效应，被戏称为“美女作家”现象。这些作家主要指卫慧、棉棉等。这里值得注意的作品有卫慧的长篇小说《上海宝贝》，一篇写给女性的身体体验小说。以都市女性个人化的写作展示了女性与男性交往中性的暴露和追求，并主动地将躯体置于读者视野之中。而棉棉的小说《啦啦啦》、《美丽的羔羊》、《九个目标的欲望》大都以酒吧为背景，主人公大都是酒吧 DJ 或者歌手。出入酒吧、同居、酗酒、失控、失眠、同性恋等，是棉棉都市叙事的主题，展示了女性在男权世界里无可奈何的必然。如果说陈染、林白等人的小说是思考中的女性叙事，在幽闭中显现女性的秘密，那么棉棉、卫慧等人则是欲望中的女性叙事，在开放中暴露女性情欲。她们都试图用自己的有形躯体和无形生命对男权文化作一次史前的抗争。但是，女性写作的繁荣并没有颠覆男性主流文化，甚至她们的个人化写作，尤其是 20 世纪 90 年代中期以后的女性主义文学，在很大程度上被商业运行所包装和改写，这就可能使她们再次走向男权文化的陷阱。

四、消费时代与传媒时代的文学现象

1992 年，以邓小平南方谈话为标志，改革开放进入新阶段，市场经济很快在全国展开。

全球化时代的到来，则使经济资本“话语霸权”的力量日益强大，消费主义时代悄然而至。同时，以网络为代表的电子传媒的兴盛，预示着新传媒时代的到来。

随着社会经济、文化、科技的变动，个体生存意识、生存方式的改变，文学开始出现异动。作家和文学刊物、出版社等原则上不再依靠国家资助而进入市场。这一调整，一方面使得文学与政治的疏离成为可能，文学的传播空间得到拓展，即可以通过非官方的出版和销售得到流通。另一方面，市场与政治联手或取代政治，成为控制影响文学发展路向的重要力量。因此人们在重视文学作品的社会效益的同时，也不能不重视文学作品的市场效益，即经济效益。文学的娱乐功能和消闲功能愈来愈受到重视。文学热点往往通过市场广告宣传、营销策略来制造，《作家》杂志在“作家们的《作家》”后面加上了“读者们的《作家》”，明显地表征着“消费者时代”文学所遭遇的严峻挑战。这是20世纪90年代以来中国文学发展中的重要变化。

消费时代和大众传媒时代的到来，很大程度上瓦解了文学的传统生存方式，商业化和大众化成为20世纪90年代文学乃至21世纪初文学区别于其他时代文学的重要标志。于是大众型的通俗文学在文坛占有更加重要和醒目的地位，并与主流文化（又称国家意识形态文化、官方文化）、精英文化（知识分子文化、高雅文化）成三足鼎立之势。这三种文化间的相互渗透、交叉、融合在市场这个杠杆的作用下成为必然。

2009年6月25日，中国作家协会公布了2009年发展的408名新会员名单，金庸名列其中。2009年9月8日，在中国作协第七届八次主席团会议上，金庸被正式聘请为中国作协名誉副主席。这不仅标志着以金庸为代表的武侠小说被主流文学界所接纳，更意味着大众通俗型文学在市场化、消费主义时代占据了文学重要一席。

2004年6月，《文学评论》编辑部、四川大学文学与新闻学院以及四川师范大学在四川成都联合召开了全国“消费时代的文学与文化研究”学术研讨会。与会者主要就“如何理解消费主义与消费文化”、“文学与美学的边界及其走向”、“如何看待‘欲望’与‘身体’”等方面进行了交流和探讨。

作为较早研究这一问题的学者，陶东风在大会论文和发言中指出中国进入了一个畸形的消费主义的时代，人文学者应该重视对日常生活的审美化、大众塑身热情、消费主义等的研究。但是一个不应该忘记的常识是，在艺术的意义上呼吁重视一种对象，不等于在价值上倡导它。一些学者对消费社会和消费文化的兴起则抱着强烈批判和否定的态度。王岳川就认为，国人正在消费主义的温情掩盖下遭受西方“洋消费文化”的侵蚀。他对消费主义背后西方文化意识形态的进入与后殖民文化的深层问题深表忧虑。①

同时一些学者也把人文精神的衰落和文学的式微看作是消费时代特有的文化现象。冯黎明认为，古典时代的人文精神承担着许多沉重的职责，而消费时代的文学证明了自己存在的方式乃是告别认知、走向游戏。② 还有学者认为，文学所体现的“人文性”是一个历史发展的概念，具有遗传和变异的两重性。文学的“人文性”在近代社会产生了消费性融入的变异，由“田园性”（返璞归真）与消费性的对立统一构成。因此不主张对消费时代与消费有关的文学采取藐视

---

① 参见李诚、阎嘉：《消费时代的文学与文化研究走向——“中国消费时代的文学与文化研究”研讨会侧记》，载《文学评论》，2004（6）。

② 参见冯黎明：《文化的转型与文学的式微》，见曹顺庆主编：《中外文化与文论》，149页，成都，四川大学出版社，2004。

的态度，同时也不认同消费时代“没有文学”的说法。①

此次学术研讨会对当下最新的社会文化变迁及对文学、文化造成的影响作了及时的回应和审视，对厘清相关概念和认识起到了很好的推动作用。

自20世纪90年代以来，文学界还遭遇了来自大众传媒尤其是网络的巨大挑战。文学艺术的神圣光环和等级秩序被消解，极富感官冲击力的视觉画面也正在消解文学语言所营造的诗意空间，“读写时代”开始走向“读图时代”。印刷文学的主导地位受到挑战。

1994年国际互联网的进入带来了一种崭新的文学样式——网络文学。网络文学是文学与网络技术的联姻，它不但打破了时空界限，具有无限的开放性，而且改变了传统的写作行为、阅读方式和交流渠道。文学的四要素“世界、作者、作品、读者”在虚拟的网络世界中被全部消解。现实“世界”的真实被网络虚拟化，“作者”从专业人士走向普通大众，“作品”从自足封闭走向多元开放，“读者”从被动接受者走向了主动参与者。

在网络文学的不断发展过程中，这种新兴文学样式开始和传统文学、主流小说拉开距离。类型化网络小说开始出现，如悬疑、玄幻、职场、武侠、穿越、灵异小说等。北京开卷信息技术有限公司提供的“2008年文学图书畅销排行”表明，在2008年度销售排行前20名文学图书中，以青春、玄幻、职场、时政等小说为主的类型化文学作品占据了其中的半数以上。显然，网络文学已成为这个时代的表征之一。它塑造着自己的文学代表，如安妮宝贝、李寻欢、蔡智恒、宁财神、邢育森、俞白眉等。同时，网络文学也建立起了自己独具特色的文学语言。

网络文学不断发展的同时，一些文学网站也在谋求更大的发展，其中盛大文学有限公司的成立可视为标志性事件之一。2008年7月4日，上海盛大网络发展有限公司在北京举行仪式，正式宣布成立盛大文学有限公司。此前，盛大公司以全资和投资的方式，先后把起点中文网、晋江原创网、红袖添香网收归旗下。因而，在此基础上成立的盛大文学有限公司带有网络文学集团公司性质。盛大文学公司还先后组织策划了“31省作协主席小说擂台赛”、著名作家驻站写作等活动，使其影响开始超出网络文学领域，波及传统文学与主流文坛。事实上，盛大文学公司已把文学网站、文学经纪、作品版权、出版策划等集于一身，实施了一种全新的文学运营模式，这对传统的写作、纸质的出版等，都必将构成一定的冲击和挑战。

与此同时，网络文学的不断发展也引起了主流文学、传统文学的关注。2001年全国最大的文学专业出版社人民文学出版社在庆祝建社50周年之际，首次介入网络文学，推出网络原创文学《风中玫瑰》。2009年9月，“中国作家网改版暨中国作协与新浪网战略性合作签约仪式”在中国作协举行，这标志着中国作协关注和推动网络文学的发展进入一个新的阶段，也表明中国作家协会及中国作家网今后的发展，得到了一个具有广泛影响的网络媒体的强力支撑。

另外，“80后”、“90后”作家也成为这个时代不能忽视的文学现象。他们往往与网络有着极深的渊源。韩寒的《三重门》、《长安乱》，郭敬明的《幻城》、《梦里花落知多少》、《左手倒影，右手年华》等书，不断制造着出版神话。另外备受关注的“80后”作家还有春树、张悦然、李傻傻等。从1999年以来，多家出版社已为“80后”作家出版数目庞大的作品，并且迅速占据了中国文学图书市场。而吴子尤《谁的青春有我狂》的出版则宣告了“90后”登上文坛。苏小次的《西藏之蓝》，任其乐的《我的失败与伟大》等“90后”作家作品的出现意味着新一代作家的诞生。就在“80后”、“90后”作家狂飙突进的时候，问题似乎也突显出来。网

① 参见曹万生：《消费时代文学人文性变异》，载《山东师范大学学报》（人文社会科学版），2004（6）。

络文学的良莠不齐是不争的事实，自我复制和无意义的重复，备份式写作严重损害了文学的原创性。他们中的部分作品被认为是“一次性文化消费品”、“文学快餐”。

在时代的转型时期，知识分子该如何面对文学的商业化趋势，又如何坚守自身的文化立场，发挥知识分子的社会功能等一系列问题成为了自20世纪90年代以来直至21世纪初文学、文化界的主要话题。这时，关于学院批评和媒体批评的讨论正反映了知识分子对此问题的关注和焦虑。2005年以来《文艺报》以“争鸣：关于学院批评的讨论”为总题，展开了一段时间的讨论，引起了颇为广泛的关注。众多学者参与到了这场讨论之中。《媒体批评软暴力与学院批评的立场》认为当代中国媒体的大众化、传播化、舆论一律化及其派生出来的媒体批评的猎奇化、炒作化、人为化共同作用形成了一股符号的软暴力作用，左右了当代中国的文化。而学院派批评在经历了两次分化之后，人文主义的学院派批评仍然缺席，导致了学院派话语权的失落。① 诸多学者相继就“学院批评”的动力机制、思想资源、人才队伍力量与价值发表了意见。② 除《文艺报》外，《文艺研究》、《文艺争鸣》、《新京报》等也发表了若干专题讨论文章和访谈。

随着五四新文化运动90周年、当代文学60年、新时期文学30年等一系列重要节点的到来，对当代文学尤其是新时期文学的反思成为文艺批评界的重要话题。在总结、反思、展望过程中，一个新的命题开始出现——“新世纪文学”。《文艺争鸣》在该命题的论争中可谓首倡者。众多学者、批评家撰文参与讨论。围绕着该命题的争鸣可以说是自2005年以来文艺界的一个显著事件。③

第二节 创作思潮

一、从人的神性到人的物性：后现代主义

中国新时期文学发展至今，经历了三个阶段。1985年以前是一个以人道主义为主的文学

① 参见曹万生：《当代学院批评的困境与出路》，载《文艺报》2005-02-24；《媒体批评软暴力与学院批评的立场》，载《当代文坛》，2006（3）。

② 参见唐小林：《学院批评缺席的背后》，载《文艺报》，2005-03-24；高玉：《学院批评的问题究竟在哪里》，载《文艺报》，2005-03-10；刘川鄂：《呼唤有胆识有良知的批评家》，载《文艺报》，2005-04-14；刘朝谦：《学院批评的力量何在》，载《文艺报》，2005-03-31；颜敏：《复杂现实中的文化选择》，载《文艺报》，2005-04-28。

③ 相关文章如雷达、任东华：《新世纪文学初论——新世纪以来中国文学的走向》，载《文艺争鸣》，2005（3）；程光炜：《“新世纪文学”与当代文学史》，载《文艺争鸣》，2005（6）；白烨：《新的裂变与新的挑战——我看“新世纪文学”之二》，载《文艺争鸣》，2006（6）；雷达：《论“新世纪文学”——我为什么主张“新世纪文学”的提法》，载《文艺争鸣》，2007（2）；刘卫东：《新世纪批评话语中的“新世纪文学”——以〈文艺争鸣〉对“新世纪文学”的建构为例》，载《小说评论》，2006（1）；王光东：《新世纪文学的“思想能力”问题》，载《文艺争鸣》，2009（6）；童娣、张光芒：《新世纪文学叙事伦理的新动向》，载《文艺争鸣》，2009（6）。

创作时期。重视人的价值和人的尊严，重视人的世俗生存和个性解放，追求人的自由、平等、博爱，这一直是人道主义精神的核心命题。但是，在新时期文学不长的发展过程中，人道主义问题却曾经让文艺家谈“人”色变，涉及人性、人情便下笔艰难。“文化大革命”结束后，刘心武的《班主任》和卢新华的《伤痕》首先发难，紧接着像戴厚英的《人啊，人》、张弦的《被爱情遗忘的角落》、茹志鹃的《剪辑错了的故事》、张洁的《方舟》、铁凝的《哦，香雪》、冯骥才的《高女人和她的矮丈夫》等浮出水面。文学终于摆脱那种只强调阶级共性而缺乏共同人性、人情，将人无限拔高乃至“道德化”、“神圣化”的非正常状态，开始关注人的基本生存权利和自由，歌颂人性之真善美。中国文学终于从虚幻的神性世界降落到人世凡间，开始了人性的、个性化的文学之路。

1985年后，中国当代文学因受到现代主义、存在主义等西方文学、文化思想的冲击和影响，创作出现了新的转向。对人性美的挖掘和颂扬逐渐被人性恶的大肆书写所替代，人的日常性、世俗性甚至丑化使得“大写”的人开始向“小写”的人转化。残雪小说对荒诞、丑恶的人性世界进行的变形展示，莫言以语言狂欢的宣泄方式对传统秩序进行颠覆，先锋小说中部分作家作品如马原的《虚构》、格非的《褐色鸟群》等对存在进行追问，而第三代诗人则以类似“嬉皮士”的姿态打出“反传统”、“反文化”、“反崇高”的旗号，反驳神圣，刻意审丑。

1993年以后，随着市场经济建设步伐的陡然加快，商业物质文化迅速膨胀并快速渗透到大众生活，消费主义时代就这样以“随风潜入夜，润物细无声”的方式悄然来临。

与此同时，后现代主义跨进了中国的“门槛”，以横扫一切、解构一切的姿态得到中国文学界的青睐。它一反传统文化的中心性、必然性、稳定性、超越性等，无深度、平面化、增殖、拼贴、碎片等均成为后现代艺术的特征。而典型的后现代主义作品则呈现出躲避崇高、零度叙事、语言游戏等特点。

第三代诗人表现出的“反崇高”、“平民化”等倾向首先表征出了后现代主义特点。谢冕就曾指出第三代诗人：(1) 从诗的内质上反对崇高化和使命感（主要是诗的“代言”性质），使诗向着非崇高的庸常状态滑行。他们用表达“凡人琐事”的平民化来代替崇高。(2) 从诗的艺术表达上反对他们认为的“贵族化倾向”，其中心在于反对朦胧诗赖以生存的意象化。① 与前代诗歌相比较，第三代诗歌的后现代主义特征极为突出：多元选择中的意识形态解体，价值标准的松散与悬浮，个人作为主体的中空与耗尽，以及对社会乌托邦幻想的放弃，从而导致了创作上强烈的解构倾向——反美、反和谐、反理性、反完整、反真实。

而在先锋小说的创作中则表现出主体失落后的欲望化、物化等典型的后现代主义倾向。在先锋小说作家那里，所谓的自我本质、人的尊严和人的价值被物化自我替代，理性被非理性、欲望所取代。而叙述者则以冷静甚至冷漠的姿态出现，作家的价值立场、道德判断显得暧昧而模糊。这在余华的《现实一种》、《世事如烟》等小说中表现得尤为突出。

兴起于20世纪90年代的“新生代”是评论界确认为先锋写作思潮的“正宗”接力者。但由于社会环境的变化，“新生代”的创作又呈现出新的质素。

自1992年以来，都市商业的发展催生了一些“体制外”的人与事，如都市白领、个体户、

① 参见谢冕：《诗歌理想的转换》，见王家新、孙文波编：《中国诗歌九十年代备忘录》，242页，北京，人民文学出版社，2000。

普通市民等。这些都是旧有的意识观念无法阐释和涵盖的。但敏感的写作者们又明显感受到了这些经济催生物在现代物质化、欲望化的生活中所受到的冲击和生存状态的潜在变化。因此，以表现都市欲望化的生活景观和以解构过去一切叙事模式为能事的“新状态”写作浮出水面，并很快获得了合法性空间。从写作立场和角度而言，他们的创作从对人的“神性”书写转为对“物性”人的“写真”，从注重潜文本到注重表层叙述的本体性，从历史或启蒙叙事变成当下个人现实生活的体验性叙事，注重此在性、平民性、个人性。“从云端回到大地，从彼岸回到此岸”① 正是这种转变的形象概括。

这时出现的“城市黑幕”（何顿）、“商业社会”（述平）、“白领阶层”（张欣）、“单身贵族”（钟道新）等共同构成了生气勃勃的“欲望化、物质化”的时代景观。就具体作家作品而言，朱文的《我爱美元》、《单眼皮，单眼皮》，张欣的《绝非偶然》、《首席》，何顿的《弟弟你好》、《生活无罪》，邱华栋的《把我捆住》、《环境戏剧人》、《都市新人类》等则是其中的代表性作品。

二、底层叙事：新现实主义的崛起

20 世纪末 21 世纪初，“底层”成为一个颇受关注的话题，从知识界、文学界到大众媒体，都能听到这个很久以来几乎被遗忘了的词汇。在当代中国，“底层”这个词具体指向的是诸如弱势群体、农民、下岗工人等特定群体。底层问题的浮出水面，折射出当前中国社会的复杂形态和思想境遇。作为一个文化命题，它是继 20 世纪 90 年代人文精神、自由主义与“新左派”等论争之后又一次合乎逻辑的理论演练和进一步聚焦。

关于“底层”的表述，其实早在《黄河边的中国》（曹锦清）等非虚构类作品对于农村和农民问题的叙述中，已经呈示出了值得瞩目的端倪。而文学的“底层叙事”，可以追溯到 20 世纪 90 年代中期。以谈歌、刘醒龙、何申、关仁山等为代表的“现实主义写作”悄然兴起。刘醒龙的《分享艰难》等表现乡镇生活场景的作品，谈歌的《大厂》等系列工厂生活题材的作品，都表现出了较为严肃的感怀现实、匡时救世的批判意识，以及对当下社会现实的参与意识，得到了创作界的广泛支持和回应。

“底层叙事”显然延续了这一“现实主义”复兴的浪潮，只是以“底层”这样明确的定位而呈现出更加鲜明的价值倾向。“底层叙事”就写作者身份而言，可以分为知识分子的“底层叙事”和来自底层本身的“叙事”声音。而“底层叙事”兴起本身即来自于“打工文学现象”。这一现象也被评论家视为“中国的‘文学第三世界’”、“现实关怀”和“新人文精神”。

这一时期出现的“打工诗人”格外值得关注，有郑小琼、张守刚、刘大程、许强等。郑小琼的《打工，一个沧桑的词》发表后，先后被《散文诗》、《散文选刊》、《青春诗刊》、《2003 年度全国最佳散文诗》等刊物和选本选载并荣获《散文诗》的“女娲奖”。刘大程的万行长诗《南方行吟》被《新京报》以全版推出。与此同时，打工诗人们还自己创办刊物。1994 年孙小淞创办《龙华报·诗特刊》，1999 年安石榴、谢湘南、潘漠子等人创办《外遇》，2001 年许强、

① 张韧：《作家的自我回归与文学的命运》，载《文艺争鸣》，1994（5）。

罗德远、徐非、任明友等人创办《打工诗人》，2002年郁金、刘大程、王甲有等人创办《行吟诗人》，2003年何真宗创办《打工作家》……[①]这是一个本身处在社会底层的群体，他们将自身的生存体验、生存图景和真实的心理状态写进诗中，编织起打工者自身的生活史和心灵史。同时他们的诗歌也成为我们这个时代真实的见证。

而文学界对底层的关注是随着"打工文学"的兴起而逐渐开始的。到2005年，短短几年间，"底层"问题已经成为了当代文学最大的主题。在这场对"底层"的叙事中，包括了老作家、新作家，已经成名的和未成名的作家，并涌现出了一些比较优秀的作品。如李洱的《龙凤呈祥》、北北的《寻找妻子古菜花》、刘庆邦的《到城里去》、陈应松的《望粮山》、杨争光的《符驮村的故事》等一大批小说。这里值得着重提出的有三位作家：刘庆邦、陈应松、曹征路。2005年，刘庆邦的矿工题材系列作品《卧底》、《福利》、《鸽子》、《车倌儿》延续了他惯有的两种写作风格：酷烈和温情，"冷"则冰寒入骨，"暖"则贴心透腑，构成了刘庆邦小说世界的两面。陈应松是最早参与开创"底层叙事"的重要作家之一。他于2003年发表了《望粮山》，2004年初推出中篇《马嘶岭血案》，2005年推出中篇《太平狗》。《马嘶岭血案》的发表曾在文坛引起强烈震动。小说在现实的情境中展现知识分子与农民隔膜的可悲，在城乡、阶层复杂的对立中探究人性的黑暗。曹征路于2004年第5期在《当代》推出了《那儿》，小说正面书写了国有企业下岗职工遭受的压力和反抗。该小说的发表同样引起了文学界的极大重视，有学者称这是复活了左翼文学的传统。

这些小说以今日中国最普通底层人及他们的生活为描写对象。或者是在"三农问题"之下陷入困境的农民，或者是在城市中没有保障的农民工，或者是生活在都市里的下岗工人。小说书写者显然对这些最普通的底层群体倾注了更多的关注热情。民主、平等、自由正是"底层叙事"的题中之意。他们或者以眷恋的姿态展示了乡土中国或者是现代剩余的淳朴和真情、苦涩和温馨，或者暴露出在"现代生活"的诱惑中农民文化遗留的劣根性：一方面表达了底层阶层对现代性的向往、对现代生活的从众心理，一方面也表达了现代生活为他们带来的意想不到的复杂后果。

底层生活被作家所关注并进入文学叙事，在当下中国具有双重反叛的意味。首先，它为当下文学拓展了表现空间，这也是对"五四"以来所倡导的"人的文学"、"平民文学"的一次跨时空的对接。因此，从这个意义上说，"底层叙事"所要反叛的正是日益被消费时尚文化化、都市化、精致化的文学，它要在文学中再次注入底层生活"原生态"的血脉资源。其次，在全球化的语境中，在强势文化以轰炸的方式向弱势文化地区侵入的时候，传达中国作家本土生活的经验，传达今日中国本土的现实生活，这也正是"底层叙事"的意义之一——本土经验的传达。但是在"底层叙事"的新现实主义浪潮中，也出现了一些值得注意的问题。第一，无论是知识分子还是底层本身，都面临着一个"如何叙述底层"的问题。一些作品急不可待地要将"底层"惨烈的苦难体验淋漓尽致地展现出来，而缺少冷静客观的审视态度，这实际上已经偏离了现实主义的主旨。这实际上涉及底层叙述时，如何把握道德判断、阶层意识与"底层文学"的文学性的问题。第二，有评论者将"底层叙述"归入左翼传统。这很容易与政治主流意识合流，或者成为新一轮"文化消费"热点。

① 参见柳冬妩：《打工，一个沧桑的词》，载《天涯》，2006(2)。

【本章学习参考】

一、相关文献

1. 王蒙．躲避崇高．读书，1993（1）．
2. 王晓明，等．旷野上的废墟——文学和人文精神的危机．上海文学，1993（6）．
3. 王富仁．“新国学”论纲．社会科学战线，2005（1）—（3）．
4. 王宁．多元共生的时代．北京：北京大学出版社，1993.
5. 张清华．中国当代先锋文学思潮论．南京：江苏文艺出版社，1997.

二、复习思考

1. 如何评价“人文精神”大讨论？
2. 怎样看待“新国学”与“国学”的联系与区别？
3. 怎样认识后现代主义与中国当代文学的关系？
4. 试评析大众传媒对当代文学发展的影响。
5. 谈谈20世纪90年代消费主义文学与人文性的关系。
6. 何谓从人的神性到人的物性的变化？
7. “底层叙事”在中国现当代文学发展中的意义何在？

第四十五章
20 世纪 90 年代的小说

伴随消费主义文化、大众文化、传媒文化的兴起，小说创作的多元化面貌渐渐清晰，新写实小说、新历史主义小说、新生代作家、70 年代作家群、女性主义小说、坚持人文精神的精英写作并存，呈现出个人化、世俗化、多元化的形态。

本章主要评述 20 世纪 90 年代的文化语境及小说创作潮流的变化、新写实小说、新历史主义小说、新生代小说、女性主义小说、王朔与余华的小说、《白鹿原》等长篇小说以及通俗文学等。

第一节 20 世纪 90 年代的文化语境及小说创作潮流的变化

随着市场经济体制的确立和市场化潮流的进一步泛滥，90 年代以来的文化语境发生了根本性的变化。当代文学意识形态长期处于一元强势主导的状态，作为新时期文学开端的伤痕、反思、改革文学的轰动效应都有着强烈干预生活、与政治结盟的原因。在 1985 年后，这种主流意识形态与精英文化的结盟开始离心，最终在 80 年代末走向瓦解，精英文化的启蒙使命也走向终结。市场化潮流的席卷改变了传统的文化秩序的紧张关系，在 90 年代，随着大众文化的兴盛，意识形态的淡化，精英文化的失语，新的三足鼎立的文化态势形成。在小说创作中，文学的多元化形态进一步形成，新写实小说、新历史主义小说、新生代作家、70 年代作家群、女性主义小说等，呈现出个人化、世俗化、多元化的形态。其中，先锋派作家在八九十年代间的创作转向问题引人注目，具有文学创作时代变化的标志性意义。80 年代崇尚文本实验、追求形式主义技法的先锋小说家余华、苏童等在 90 年代转向现实主义的创作方法，从叙事圈套、结构迷宫到清晰的故事、人物所构成的平实叙事方式，对世俗生活的关注和拥抱成为突出的特征。这种转向一般认为是回归现实、回归传统创作方法，但也有人认为其转向并未离开西方资源，而是从现代派的卡夫卡资源转向以美国犹太裔作家辛格为代表的创作方向。辛格的座右铭“看法总是要陈旧过时的，只有事实不会陈旧过时”成为先锋作家转向的重要依据。①

文学领域也经受了市场经济浪潮的强力冲击。此前，作家、刊物、出版社都是作为体制化的国家机关及国家工作人员而存在，基本不受市场因素的影响。作家分属于各级作协及其他单位，有固定的工资收入保障，作品稿酬并不高，市场销售状况基本不予考虑；各级刊物、出版社也都分属各级国家机关行政领导，有财政保证，因此，刊物、出版社所要考虑的因素主要来自于政治上的影响。而现在，随着文化领域的市场化体制的推动，国家宣布对各种刊物、出版社由逐步到彻底地财政断奶，完全推向市场化，旧有的运作模式也必然转向。刊物、出版社不得不面对作品的市场销售问题，发行量成为衡量作品成败、刊物与出版社成败的关键因素，这让它们必须考虑读者的需求并作相应的转向，寻找卖点，甚至制造卖点，炒作热点，市场策划成为一个重要的文化现象。一段时间内，因为市场销售的限制，高雅文化、学术著作出版难成为一种现象，但随后，一些探索打破了这种僵局，如春风文艺出版社策划出版的“布老虎丛书”，长江文艺出版社策划出版的“跨世纪文丛”，都实现了市场与高雅文学的结合和双赢。对于一部作品上市，出版社往往在选题时预测市场前景，按市场化运作模式进行大规模宣传炒作，包装作家作品，包括召开记者会，组织著名作家、评论家召开作品研讨会，组织作家各地巡回签名售书等。面对出版社市场化转轨的相对僵化迟缓，各种个体的工作室、书商应运而生，他们往往凭借敏锐的市场眼光和广泛的人际关系，发挥小、快、灵的优势，进行了不少成功的策划。而对作家来说，稿酬与市场销售状况挂钩，或者采用版税制，这令作家在写作时就往往要考虑到读者的接受倾向等问题，往往有意识地制造一些卖点，如对暴力、性等的炒作与煽动。而还有一些作家，则干脆转向通俗文学的市场化写作路子。如1993年的热门系列丛书《警告中国人》，其作者“周洪”就是《当代》杂志社几名编辑的集体笔名；而“雪米莉”这女性化、港台化的名字其实是四川作家田雁宁、谭力领衔的写作班子的笔名，写出了融言情与侦破等通俗题材于一体的系列热卖作品。经过出版社、书商、作家的市场策划，形成了各种各样的“热”现象，如“金庸热”、“琼瑶热”、“梁凤仪热”、“王朔热”、“《废都》热”、“余秋雨热”等。王朔在作家中号称“最能卖的人”，1992年四卷本的《王朔文集》成为最热门的畅销书，并在之后引发了当代作家包括青年当红作家出个人文集的潮流。

在市场化潮流中，传统文学刊物也纷纷寻找市场出路，形成了“改刊热”。如1993年，《文学评论家》（济南）改为《文学世界》，把纯粹的文学评论刊物改为综合性的、增强知识性和趣味性的准文学读物；作家出版社新创办的《作家文摘》要为读者“提供文化快餐”；《河北文学》、《滇池》、《人民文学》、《小说》等也均改版，此外还有多种周末版报纸问世。到1998年后，改刊风潮冲击到多家大型刊物。

在市场化冲击中，文学批评形成媒体批评与学院批评的不同形态。媒体频繁打出各种文学“新旗号”，以制造热点，如1989年《钟山》的“新写实主义小说”，1994年《北京文学》的“新体验小说”，《钟山》与《文艺争鸣》的“新状态小说”，《春风》的“新闻小说”，《上海文

---

① 王毅、傅晓微认为：“马原从‘先锋的先锋’变成认同辛格反对现代派的批评家；苏童一度尝试模仿现代派，但终因回到与辛格相同的平实叙事的轨道而显赫；余华由模仿卡夫卡一鸣惊人，却因背靠辛格而走向成熟。三位作家分别代表了中国先锋派作家从卡夫卡到辛格转向的三种类型。”参见王毅、傅晓微：《从卡夫卡到辛格：中国先锋派的转向——以马原、苏童、余华为中心》，载《社会科学研究》，2005（4）。另参见王毅、傅晓微：《一种值得注意的文坛走向——辛格百年庆典与先锋作家转向的启示》，载《当代文坛》，2004（6）。

学》的"文化小说"及与《佛山文学》联办的"新市民小说"展，《当代小说》的"新都市小说"等各种旗帜，再加上"新乡土"、"新移民"、"新宗教"等种种口号，似乎热闹非凡，但大多是过眼云烟。而且，一些媒体批评往往着眼于新闻性、轰动性而捕捉一些文学边缘乃至非文学因素进行宣传炒作，制造热点，置文学评价规范于不顾，进行无原则的"吹捧"或"捧杀"，形成对于文学的"软暴力"和对读者接受的误导。而学院批评也形成分化，一些批评家盲目无原则地吹捧，被人讥为"表扬家"，还有的为了制造热点而兴起"骂派酷评"之风。这些都对文学批评的规范形成冲击，造成价值失衡。因此，一方面是表面上纷繁炫目的伪批评的"批评繁荣"，另一方面又是有分量的严肃文学批评的"批评缺席"，二者奇特和尴尬地共存着。

第二节
新写实小说

1987年，池莉的《烦恼人生》、方方的《风景》被认为是"新写实小说"的开山之作，其后几年间，出现了一批相近风格的小说，如池莉的《不谈爱情》、《太阳出世》、《冷也好热也好活着就好》、《你是一条河》，方方的《白雾》、《桃花灿烂》、《埋伏》，刘恒的《狗日的粮食》、《伏羲伏羲》、《白涡》、《贫嘴张大民的幸福生活》，刘震云的《塔铺》、《新兵连》、《单位》、《一地鸡毛》、《官人》，叶兆言的《艳歌》等。对于这种与传统现实主义写法有相似之处又有明显差异的写作，评论界有"新现实主义"①、"后现实主义"②、"新写实"③ 等多种提法。1988年10月，南京的《钟山》杂志与《文学评论》联合举办的"现实主义与先锋派文学"座谈会上，与会者对"新写实"这一现象展开了讨论。1989年5月，《钟山》杂志正式打出旗号，设立"新写实小说大联展"专栏，称"在多元化的文学格局中，1989年《钟山》将着重提倡一下新写实小说"。该刊的《"新写实小说大联展"卷首语》对"新写实小说"进行了一些特征的描绘："这些新写实小说的创作方法仍以写实为主要特征，但特别注重现实生活原生形态的还原，真诚直面现实，直面人生。虽然从总体的文学精神来看，新写实小说仍划归为现实主义的大范畴，但无疑具有了一种新的开放性和包容性，善于吸收、借鉴现代主义各种流派在艺术上的长处。新写实小说观察生活把握世界的另一个特点就是不仅具有鲜明的当代意识，还分明渗透着强烈的历史意识和哲学意识。但它减退了过去伪现实主义那种直露、急功近利的政治性色彩，而追求一种更为丰厚更为博大的文学境界。"④ 新写实小说具有题材上的现实主义与技法、意识上的现代主义"先锋派"特征，在二者的融合中又构成对二者的超越。被归入"新写实"名下的作家也非常广泛，一类是现实主义作家：池莉、方方、刘震云、刘恒、王安忆、范小青、李锐、李晓、杨争光、赵本夫、周梅森、朱苏进、刘庆邦等；一类是由先锋小说转向而来的作

---

① 雷达：《探究生存本相展示原色的魅力》，载《文艺报》，1988-03-26。

② 王干：《"后现实主义"的诞生》，载《钟山》，1989（2）。

③ 张韧：《生存本相的勘探与失落——新写实小说得失论》，载《文艺报》，1989-05-27。

④ 《"新写实小说大联展"卷首语》，载《钟山》，1989（3）。

家，如苏童、叶兆言、格非等。

新写实小说的最重要特征在于“生活原生态的还原”与“零度情感”，这表现在以下几个方面：第一，题材上的凡人小事、日常生活。迥异于当代文学的“英雄化”写作传统，新写实小说中的主人公大多是一些平凡乃至平庸的底层小市民，生活中并无惊天动地的时代大事，亦无崇高远大的理想和情怀，相反，沉湎于生活中的平庸小事、鸡毛蒜皮，最重要的目标就是“活着”。第二，情节、人物塑造上的“非典型化”。与传统现实主义人物塑造上的典型化，情节上的开端—发展—高潮—结局模式不同，新写实小说并不企图人为地先入为主地归纳生活的本质意义，而是在写法上谨遵“流水账”式的生活本来面目的原生态呈现，即所谓“还原”。第三，写作主体消解与零度情感。作者取消了启蒙主义、政治主流价值观等的先设价值立场，消解了写作者的是非、善恶、褒贬等主体价值先设和介入，与之相应也就取消了爱憎、悲喜等的叙述情感，以冷漠化的不动声色讲述故事。新写实小说与自然主义有着许多相似之处。

池莉（1957— ），湖北人，曾下乡插队，读过医专，当过医生。1983 年就读于武汉大学中文系，曾任《芳草》杂志编辑，现任武汉市文联副主席。她的《烦恼人生》与《不谈爱情》、《太阳出世》被称为“人生三部曲”。《烦恼人生》写工人印家厚普通一天的生活，小说以印家厚早晨醒来开始，带孩子上班，下班，接儿子，乘渡轮回家，以印家厚入睡结束。这一天是普通工人印家厚最为常态化的一天，在这一天里，他有着各种普通人的烦恼：房子拥挤，半夜孩子掉下床的惊慌，早晨排队上厕所、排队洗漱的尴尬，公共汽车的拥挤，一等奖金被挤掉的怨气，食堂吃饭吃到虫的恼火，孩子在幼儿园惹事的纠纷，物价上涨的不满，等等。这都是一些凡人俗事，鸡毛蒜皮的小事，然而也正是普通人最普遍的生活烦恼，最普遍的生活样态。唯一可能有些浪漫色彩的是漂亮的女徒弟对他的好感和追求，也被他理性地拒绝了。作者所要致力的正是对这种平凡人日常生活的还原。在《不谈爱情》中，知识分子庄建非与小市民家庭出身的吉玲由恋爱到结婚，在与梅莹的婚外恋，与吉玲及其家庭的矛盾、闹离婚、和好的生活中，爱情这曾经追求的精神意义经过了生活的淘洗，他最终“不谈爱情”。池莉的这些“反神性”写作，也被称为“市民小说”，她说：“‘印家厚’是小市民，知识分子‘庄建非’也是小市民，我也是小市民。”“我自称为‘小市民’，丝毫没有自嘲的意思，更没有自贬的意思。”① 她所呈现的正是普通人消解神性的凡俗生活状况。

方方（1955— ），原籍江西，1957 年随父母迁居武汉。70 年代做过装卸工，1978 年考入武汉大学中文系，毕业后做过编辑和专业作家，现任湖北省作协副主席、《今日名流》杂志社社长。《风景》以武汉市贫民区河南棚子为背景，描绘底层贫民的生老病死的生存状况。小说以家里生下来仅半月就夭亡的婴儿“小八子”为视角来展开冷静客观的叙述，也带来叙述主体的消亡和价值判断的零立场及情感的零度冷漠。码头工人父亲、搬运工人母亲生养着九个儿女，住在仅 13 平方米靠近铁路的板壁房子里，过着野蛮粗鄙的生活。子女们为了生存而挣扎，从小就去偷煤、捡破烂、拾菜叶、打零工，生活中充满暴力、奸淫、尔虞我诈，长大了大多也只是延续这种底层普通生活。二哥遇到少女杨朗一家，对美好文明的生活方式充满理想，渴望摆脱粗鄙的家庭生活，然而理想被粉碎，他也由此自杀。从小只能睡在床底下的七哥受尽父亲和兄弟姐妹的肆意打骂，像条野狗似的活着，他也对这个家庭充满仇恨，后来出于偶然改变了命运，他也信奉恶的不择手段的生存哲学而登上仕途，成为这个贫民世界中的“于

---

① 池莉：《我坦率说》，见《池莉文集》，第 4 卷，223 页，南京，江苏文艺出版社，1995。

连”。《风景》对底层人生残酷、丑恶的生存状态展现得触目惊心，是新写实小说中最接近于左拉式自然主义的作品。

刘震云（1958—　），河南延津人，1973年参军，1978年复员，后考入北京大学中文系，毕业后到报社工作，1988年到北京师范大学攻读硕士学位。刘震云的新写实小说从最细微的生活细节入手来展现平庸的生活状态。《单位》开头是写单位里分梨而梨烂了，结尾又是新一年的分梨；《一地鸡毛》开头是写小林家一斤豆腐变馊了，结尾是梦见身上盖着一堆鸡毛；《官人》开头是写办公楼里的厕所堵塞反涌。《单位》与《一地鸡毛》是姊妹篇，分别写大学生小林在单位里与在家里的日常生活。《单位》里的小林为了改变生活困境，而不得不争取入党争取升职，他改变大学刚毕业时的吊儿郎当，为了入党而处处讨好上级讨好同事，给党小组长送礼，给升官的副局长搬家，成为一个规规矩矩的庸俗的小公务员。《一地鸡毛》中小林的日常生活充满各种烦恼琐事，和老婆吵架、老婆调工作、孩子入托、排队抢购大白菜、拉蜂窝煤、给幼儿园老师送礼，等等。他的精神世界一天一天被生活消磨蚀尽：对老师充满内疚却又终而释然，替同学卖鸭子收账觉得丢人现眼却又因为挣钱容易而习惯成自然……小林的信念、理想、激情、尊严完全被日常琐事“异化”。正如刘震云所说：“生活是严峻的，那严峻不是要你去上刀山下火海……严峻的是那个日复一日年复一年的日常生活琐事。”① 刘震云也由此表现出新写实小说中少有的批判与讽刺精神。

刘恒（1954—　），北京人，当过兵，退伍后当过工人，1979年任《北京文学》编辑，现为北京市作协主席。《狗日的粮食》获1985—1986年度全国优秀短篇小说奖。《狗日的粮食》写光棍农民杨天宽与用200斤谷子从人贩子手里换来的“丑狠了”的女人瘿袋一家人的生活。女人勤快，也有脏嘴凶心的底层人扒食本领，粮食成为有六个孩子的一家人生存的头号难题，而瘿袋也最终因为丢了购粮证而自杀。《伏羲伏羲》写小地主杨金山为传宗接代娶来年轻姑娘王菊豆做妻子，已无性能力的杨金山对菊豆性虐待，而侄子杨天青则与菊豆发生性关系，并生下儿子，但只能以兄弟相称。偷情最终被发现。小说呈现出乱伦、复仇、杀子、自虐、恐惧、仇父、自杀等人性与伦理扭曲的大丑剧、大闹剧。两篇小说，一篇写“食”，一篇写“性”，构成最底层社会为最基本生活需求而展开的挣扎史。《贫嘴张大民的幸福生活》则写北京普通工人张大民一家的艰难生活，张大民以颇为阿Q式的“贫嘴”来抵御生活中的种种困窘，因为拍成电视、电影而广为人知。

第三节
新历史主义小说

新历史主义小说尽管已成为一个被广泛使用的概念，但一直以来它又是一个众说纷纭，缺乏理论特征上明确和统一界定的概念。或许，这也本就是新历史主义理论的特征，它本就是一

① 刘震云：《磨损与丧失》，载《中篇小说选刊》，1991（2）。

个含义模糊和暧昧的词，它更像是一个以否定来反向定义的词，即与“旧历史小说”相对应的词，即指区别于传统历史小说观念和写法的新的历史小说。新历史主义小说一般分为两种类型，一是先锋小说家转向历史领域写作出的具有先锋观念的小说，如苏童、格非、叶兆言、余华等人的作品；二是非先锋小说家写的区别于旧历史小说的历史小说，如莫言的从红高粱系列到《丰乳肥臀》、王安忆的《长恨歌》、陈忠实的《白鹿原》、贾平凹的“匪类”小说，以及张炜的《九月寓言》、张承志的《心灵史》、阿来的《尘埃落定》等。一些论者将二者统称为新历史主义小说，也有一些论者将之区别为新历史主义小说与新历史小说。在此，我们采用前一种方法。

新历史主义小说之“新”，主要在于对历史的理解不同于以往的官方历史或正史的话语模式，而是致力于以民间视角来还原历史真相，以迥异的历史观来发掘和表现主导历史流向的核心因素，如“权力”、“性欲望”、“人性恶”等。尽管新历史主义小说与新写实小说形态各异，其阐释历史的观念也迥然有别，但也具备一些共同特征。新写实小说与新历史主义小说都具有从先锋小说出发而又转向的特征，他们都告别了先锋小说极端化的形式主义文本实验，在形式上与传统现实主义媾和，但在内核里仍包裹着先锋派的观念和技法。如果说新写实小说是在现实生活领域解构传统的“崇高”、“理想”，还原日常生活的原生态，那么新历史主义小说则是在历史领域解构所谓的宏伟历史叙事，还原历史生活的原生态。但在情感上，新写实小说以零度情感的冷漠来表示对“崇高”、“理想”等的拒绝，而新历史主义小说则以历史的隔膜为掩护，其情感往往表现得热烈、充沛；在作家主体性上，新写实小说以消解作家主体来表示对解释生活的拒绝，而新历史主义小说则同样以历史隔膜为掩护，其作家主体重释历史的欲望暴露得十分明显。这或许是因为，与现实生活相比，历史题材本身就为作家的解构锋芒提供了保护膜、缓冲层，从而释放出更多的自由空间。因此，新历史主义小说一方面标榜是对历史的还原，而另一方面则又是典型的“虚构历史”、“反历史”。新历史主义小说其实有着强烈的与当代对话的欲望，因此多选择以民国为背景的时段和题材，但又回避重大的具体历史事件，而以模糊的时代变迁为背景，以虚构的人、虚构的事来提供充分自由的想象和写作空间，在这个意义上，他们的写作真的体现了“一切历史都是当代史”。

新历史主义小说过分的虚拟化也为它的衰落埋下伏笔，随着商业文化的影响，“在 1992 年以后，新历史主义似乎进入了一个末期，即‘游戏历史主义小说’的时期。主要表现在，叙事离历史客体越来越远，文化意蕴的设置愈加稀薄，娱乐与游戏的倾向愈来愈重，超验虚构的意味愈来愈浓”。“这在 1994 年，以叶兆言的《花影》，还有在此前后苏童、格非、北村、赵玫、须兰五人差不多同时创作（但发表时间不一），且被媒体炒作的有‘脚本竞卖’嫌疑的同题小说《武则天》为标志，新历史小说的‘新’，似乎正越来越与无数迎合大众口味与商业规则的‘旧’小说重合，并主动逢迎影视大众艺术的要求与口味。”①

苏童（1963— ），原名童忠贵，江苏苏州人，1980 年考入北京师范大学中文系，现为江苏省作协专业作家。1985 年，苏童开始他的“枫杨树故乡”系列写作，如《飞越我的枫杨树故乡》、《1934 年的逃亡》、《罂粟之家》等。“枫杨树故乡”系列有着寻根派的“湘西”、“高密东北乡”、“商州”世界等的形式，但其实苏童并没有乡村生活经历，所谓“枫杨树故乡”本就是他的虚构。在这里，他已经展现出对于历史的解构和还原的先锋性。这些作品已摆脱了传统

① 张清华：《新历史主义叙事、现象与特征》，见《境外谈文》，67 页，石家庄，花山文艺出版社，2004。

的阶级斗争、国共斗争、异族入侵等话语模式，而转向了民间底层的视角，人物转换成了乡村世界中为生存而搏斗的人。《1934 年的逃亡》中，祖父陈宝年凭竹匠手艺到城里发迹，吃喝嫖赌，成为竹器行的霸主，半痴呆式的儿子狗崽投奔父亲，也投奔了恶的生存哲学和生存世界，而近乎被遗弃的祖母蒋氏则以"大地母亲"式形象，在乡村里维护着原始状态的生存。"逃亡"成为笼罩小说的一个核心意象，暗示着苏童的历史溃败论理解，而人性的恶成为主导历史走向的基本逻辑。《罂粟之家》看似讲了个与阶级矛盾相关的故事，但已面目全非，成为乡村势力恩怨恶斗式的"演义"。地主刘老侠老婆生下的儿子刘沉草实际是与长工陈茂的私生子，而陈茂成为贫协主席后强奸刘家女儿刘素子，刘素子自缢，刘沉草报仇杀死真正的父亲陈茂，刘老侠纵火烧死全家，而工作队队长庐方则枪毙了他的同学刘沉草，"罂粟之家"彻底灭亡。这里的历史充满了弑父、谋财、通奸、乱伦的罪恶，人在命运面前的挣扎充满迷惘、惶惑与无力感，恶的欲望、性的欲望成为支配历史与命运进程的内在因素。

在苏童的所谓"妇女生活"的《红粉》、《妻妾成群》等小说中，也颠覆了传统的描述妇女悲惨命运与反抗的模式。《红粉》讲新中国成立后一个嫖客与两个妓女的情爱与命运故事，《妻妾成群》讲女大学生颂莲嫁入地主大院做四姨太，如何被封建的妾文化所同化并迅速成为既是受害者又是为害者的角色。这些女性在既定的命运前无力反抗，只能任由人性之恶与环境之恶吞没。

《米》既是一部破落农民五龙的城镇求生史、冒险史，也是一部性恶史。《我的帝王生涯》则是一个完全的凭空幻想王国，燮国的亡国过程对于国君端白来说如同梦幻，端白从国君到走索艺人的变迁也同样受不可知命运支配，而个人则充满无力、无常感。这两部长篇小说更具有新历史主义小说的特征。

苏童小说感觉逼真细腻，描写生动，想象力非常丰富，独具魅力。

叶兆言（1957— ），江苏南京人，出生于文学世家，南京大学文学硕士，江苏省作协专业作家。叶兆言的"夜泊秦淮"系列小说（《状元境》、《追月楼》、《十字铺》、《半边营》四部中篇）以及《花影》、《花煞》、《1937 年的爱情》等长篇小说均以对民国社会的还原来"重写民国史"。这些小说里，在民族及家族的没落中世家子弟们腐化无能、颓废，在财产、爱情、性欲望的利与欲间追逐浮沉，既荒淫无耻，又生命萎缩，暴露了人性的恶。《追月楼》中丁老先生形象刻画传神，他是封建家长文化的典型化身，他坚守不做亡国奴的气节，却无奈子弟们的堕落给他的信念带来的致命冲击。《状元境》中的琴师张二胡与妻子三姐婚姻的偶然，夫妻彼此间、夫妻与状元境住户间懦弱与强悍的转化都既出人意料又巧妙自然，表现出命运的偶然无常。这些小说弥漫着腐朽颓废气息，对人性刻画得深刻细腻，颇有张爱玲小说的风范。

第四节 新生代小说

90 年代文坛活跃着一批青年作家，如鲁羊、韩东、朱文、邱华栋、张旻、何顿、刘继明、海男、述平、东西、鬼子、毕飞宇、李冯、李洱、刁斗、荆歌、张生等。对这群出生于60年代的作家，有人以“60年代出生作家群”来指称，但这个指称并不切实，因为余华、苏童、格非等先锋派作家也是60年代出生，但显然又并不包含在这个命名中。因此又有“新状态”、“新表象”、“晚生代”、“新生代”、“新生存主义”等多种命名，其中，以“新生代”和“晚生代”两种说法较多地为人接受。陈晓明说：“这些年轻的写作者大都是些曾经（或正在）自诩为‘新生代’的诗人。在我看来，作为小说写作者，把他们称为‘晚生代’或许更加恰当。对于他们来说，摆在面前的不仅有西方的那些古典的和现代的艺术大师，同时更加难以承受的是还有整整一代的‘知青群体’……他们是一些生活的‘迟到者’，永远摆脱不了艺术史和生活史的‘晚生感’。”① 鉴于“新生代”使用更为广泛，故本书采用“新生代”说法。

这批作家基本都是体制外的自由写作者，这种成长与写作背景使其有了个人化、现在主义、反本质主义解构化的特征。他们登上文坛时已是80年代末及90年代，此时文坛的主流意识形态一元化价值体系已经面临危机，多元化趋势基本成形，“文学失去轰动效应之后”的时代成长背景使他们没有民族的、国家的、政治的宏大命题的系统资源支撑，也相应地没有这种沉重负担，也缺少对人的宏大命题的思考，他们的写作资源主要来源于个人化的直接生活经验，尤其是都市生活经验。他们呈现出身份相对于体制的边缘化，创作相对于主流的边缘化，这使其创作很难如80年代的文学思潮一样形成统一的风格与流派。因为主要基于个人经验的书写，也就呈现出写作的体验极端化、碎片化的特征；他们关注当下的直接生活状态，抛置宏大主题，也就呈现出“现在主义”的特征：“他们的写作直接面对当下中国变动的社会现实，特别是90年代中国经济高速发展、全面市场化引起的现实变动。因而他们的写作面对‘现在’说话，而不是面对‘历史’或文学说话。”② 在写作上，他们乐于使用表象拼贴式的叙事，倾向于表现个人的现在体验和转瞬即逝的存在感受，并且热衷于创造非历史化的奇观。而没有历史感的“现在”，只有表象而没有内在本质，由此“他们再也不能也不必要从整体上书写这个时代，内在地把握这个时代。何顿、述平、朱文、邱华栋等人对这个时代的直接书写，确实构造了一幅生动的商品拜物教与消费主义至上时代的全景图”③。新生代作家的写作带上了后现代主义特征，一方面是面对当下生活的体验平面化、欲望化，一方面则是相对于宏大主题的解构化。

邱华栋（1969— ），生于新疆，1988年被免试破格录取入武汉大学中文系，1992年毕业后到北京工作，现任职于北京某报社。已出版长篇小说《夏天的禁忌》、《夜晚的诺言》、《正午的供词》、《花儿花》、《白昼的躁动》等，而他的那些短篇小说则更富特色一些。他以一个外来的都市闯入者身份，观看、体验、领悟着都市的一切，其写作也构成一部都市生活景观新传奇的拼贴图。《公关人》、《直销人》、《环境戏剧人》、《鼹鼠人》、《持证人》、《时装人》、《新美人》等既是对不同身份的都市人生活的虚构，也是对都市生活感观不同角度的切入。这些人既是都市生活异化的结果，也是构成和推动都市异化体系的一分子。在消费主义与欲望化的城市中，人已无灵魂可言，如有灵魂者则只能是痛苦地没落、自杀，而无灵魂者则可能任由肉身的放纵作为攫取生存机遇的资本，成为恶之花。《公关人》中的W是世俗生活中成功的公关人，然而

① 陈晓明：《表意的焦虑：历史祛魅与当代文学变革》，141页，北京，中央编译出版社，2003。
② 同上书，142页。
③ 同上书，141～143页。

却戴着面具自杀，而他周围也站满了戴着面具的塑料模特儿。《新美人》中的“新美人”们“像鱼群一样游荡在这座城市里，她们多得简直像是一个种族，就等着被有钱有地位的男人包装起来，然后毁掉她们”。被视为“新美人”的罗伊却为了向爱情证明自己不是新美人而自杀，而怀揣梦想来到这座城市的画家檀却很快成为真正的新美人。

朱文（1967— ），生于福建泉州，1989年毕业于东南大学动力系，1994年辞去公职，现为自由作家，在从事小说写作前写诗，有小说集《我爱美元》、《因为孤独》、《弟弟的演奏》，长篇小说《什么是垃圾，什么是爱》等作品。相对于邱华栋写作的平面化、碎片化后现代特征，朱文的写作则更多地代表着解构化后现代特征，表现出尖锐的挑战性，这尤其表现在挑选性观念领域作为解构的重要对象和出发点。《我爱美元》中的“我”接待来到城里的父亲，我千方百计要满足父亲的欲望，和父亲讨论性，谈论女人、情妇，带父亲去舞厅找舞女，甚至于为父亲拉皮条，因为没钱，最后找到自己的女友，请她去陪父亲睡一觉，最后以被女友打了一个耳光告终。小说中将父子伦理的道德关系放到性领域中去解构，其道德审父、渎父、弑父的颠覆效应是显著的。《弟弟的演奏》中讲同一宿舍的一群青年大学生的故事，这些大学生面对的首要命题，是青春期性饥渴的骚动。这些人根本不好好念书，违规乱纪的花样迭出，没有任何高尚道德，没有理想抱负，也没有自尊、没有个性。朱文在小说中称呼为“这些杂种”的这群人只是凭本能过着痞子一样的生活，以一种完全不同的面貌对传统文化秩序构成颠覆与挑战。朱文小说所代表的究竟是个人主义的道德崩溃还是社会与文化探索的先锋，这仍是一个争议中的问题。

在新生代小说之后，又出现了更年轻的一代作家，如卫慧、棉棉等，这些人被称作“70年代出生作家”，又有的称为“70后作家”。这些人的写作将新生代作家中出现的时尚化、消费化、个人化、欲望化、解构化趋势进行得更加彻底，更加极端，并且有更强的商业性特征。

第五节 女性主义小说

在80年代以来文坛上，女性作家的创作繁荣成为一个突出现象，而女性意识也成为一个日益显著的核心概念，并在不同作家那里呈现出各自的鲜明特色。女性主义（Feminism），又译作女权主义，是西方近现代社会中一股重要的社会文化思潮。女权主义起因于对人类社会中形成的女性受压迫社会状况的反抗，初期阶段一般具有与其他社会解放思潮相结合的依附性，但后来逐步独立，从女性个体的社会权利的争取演变为对整个男权社会体制乃至整个男权文化体系的批判。在西方的后现代主义思潮中，女权主义成为解构主义理论操练的重要领域，对男权文化的批判也从显在的社会权力转向对“男权政治”的语言、文化等隐在层面、无意识层面的揭露和解构。我国的女性主义深受西方的女权主义运动影响，尤其第四届世界妇女大会在中国召开的影响更大大推动了90年代女性意识的确立及女性主义文学的发展。70年代后期，谌容、张洁、戴厚英等率先反映女性生活，并为女性的人格权利、人的尊严而呼喊，但这种女性意识主要寄生在社会批判主题之中，并未完全独立出来。80年代以来，张洁的《爱，是不能忘记的》、《方舟》，张抗抗的《北极光》、《夏》，张辛欣的《在同一地平线上》、《我们这个年纪的梦》延续和进一步发展了这种模式。1985年前，张洁、张辛欣的女性意识各具特色，张洁的《爱，是不能忘记的》中女性钟雨以超越肉欲感官的纯情感的柏拉图式爱情来建立起独立和顽强的世界，《方舟》则通过三位事业有成的离婚女性所面临的道德挤压与人格创伤，表现了“你将格外地不幸，因为你是女人”的更为强烈的女性意识。张辛欣的《在同一地平线上》具有了更强的男女平等意识，而且还表现出女性对于男性梦想的破灭、失望。1985年后，铁凝的《棉花垛》、《麦秸垛》、《大浴女》，王安忆的《长恨歌》等作品对女性成长历程的关注，对女性意识的培养得到更具实绩的进一步突显。残雪小说则常以具变态心理的女性视角来感触和体验外在世界的压迫与异化。但80年代女作家作品中女性主题往往与别的社会主题构成复合叙事的融合，因而在读者接受上也就会出现社会主题压抑和掩盖女性主题的倾向。她们在90年代的作品中女性意识得到更为突出的展现，尤其王安忆无论在人性主题还是女性主题的深化上均成为时代艺术高度的代表，同时二者相互融合，形成平和大度、从容自信的独特女性文学面貌。

在90年代更年轻一批女作家中，如陈染、林白、徐小斌、徐坤、海男、卫慧等，女性意识更为强烈，表现方式也更为激烈，女性主题摆脱对社会主题的寄生依附性而往往作为作品的唯一主题而呈现。她们已不像老一代女作家那样精心构筑故事来既承载又遮掩女性意识的挑战性，其作品大多是带自叙传性的直接倾诉和不加掩饰的表露，而且又往往选择“性”作为张扬女性意识的突破口，以自恋、自慰、自虐、同性恋、双性恋、性乱等惊世骇俗的方式引来关注与争论。她们以叛逆的女性形象对传统道德、女性文化角色构成解构式的挑战，并很快构筑起新的女性伦理观来。这其中，60年代出生作家与70年代出生作家又有一些区别。60年代作家作品中的女性往往以自我幽闭与对男性形象的反抗这种双重面目出现，她们同男性构成对抗性矛盾，而这种对抗中她们往往又是弱势和受害方，因而作品中又有强烈的受伤意识，而性的经历也正集中体现了这种幽闭意识、受伤意识、反抗意识。而在70年代作家作品中，她们的出场即已摆脱了这种弱势和受伤意识，成为与男性地位平等、文化心理平等、个性解放平等的对话者，男性成为伙伴角色，而对待性也往往以放纵欲望、消费欲望的态度坦然面对。70年代作家作品具有更强烈的都市文化气息和作秀的商业炒作性，其中卫慧引发的争议尤为引人关注。《上海宝贝》形成了“宝贝热”，也引发了对其价值导向的质疑与批判，产生出“美女作家”、“新新人类”、“身体写作”、“另类”等话题的争论。

陈染（1962—　），北京人，1986年北京师范大学毕业，做过大学教师，后任作家出版社编辑。主要作品有《私人生活》、《与往事干杯》、《无处告别》、《与假想心爱者在禁中守望》、《另一只耳朵的敲击声》等。陈染“始终坚持在主流文学之外的边缘位置上一笔一画地写作”，主张“个人化”写作：“抛开国家等宏大的范畴，仅从个人的角度，我以为一个人若能安于像缓慢无声的流水在时间这个庞大的容器里缓慢而行，那么她就获得了相对而言的自由。”① 这种边缘性、个人化、私人化写作成为90年代女性主义小说的新传统。

陈染作品中具有强烈的自叙传色彩，是女性心灵世界的自我表白、自我对话，也是一部女

① 陈染、萧钢：《附录：另一扇开启的门》，见陈染：《私人生活》，312页，北京，经济日报出版社，西安，陕西旅游出版社，2000。

性成长史。这个成长史既包括身体的发育成熟，也包括心理的发展成熟，二者都具有同样重要的意义。作品中的女性主人公往往都具有强烈的幽闭意识、自恋意识与受伤意识。《私人生活》中的“我”倪拗拗，从小以来“沉思默想占据了我日常生活的很大一部分”，她给自己的胳膊起名“不小姐”，给脚起名“是小姐”，然后每天与“不小姐”、“是小姐”交谈，“在身体内不出声地说”。“我”所面对的外在世界里，班主任老师T、父亲构成为她带来伤害的男性世界，而“我”也有强烈的仇父却又恋父的复杂情绪。“我”与邻居禾寡妇有着同性恋式的暧昧关系，强烈的欲望使“我”沉迷于自己的身体并自慰。倪拗拗的世界整日充满幻想、白日梦，有典型的受伤女性心理下的孤独自闭，最终成为一个有自杀倾向的精神病人。尽管《私人生活》引人注目主要是因为其中对女性“性”禁区的突破，但其实“性”只是她女性主义最突出的一个体现领域。

林白（1958—　），原名林白薇，广西北流人，曾有过插队经历。1982年毕业于武汉大学图书馆学系，毕业后当过教师、图书馆员、编辑、记者等，现居北京。19岁开始写诗，后以小说创作为主，1989年发表中篇小说《同心爱者不能分手》引起文坛关注，1994年发表长篇小说《一个人的战争》，以独特的女性话语，大胆、深刻、细致地表现了女性心理，尤其是对女性性爱经验的描写在文学界和读书界引起很大反响，此后被认为是“个人化写作”和“女性写作”的代表性人物之一。《一个人的战争》写女主人公多米的成长故事。小说开头即讲到“我”（多米）在五六岁时就有性快感和性游戏的体验。小说以对“我”形象的不断幻想和对话来构成对女性心理细腻入微的刻画。多米大学时代孤独压抑，毕业后与南丹有着同性恋交往。她的单身旅行喻示着她的人生出走与成长过程，在性成长史方面有旅行途中遭遇不同男性以及初夜经历、失败爱情等，登上峨眉山金顶，则喻示人生挑战的一个里程碑象征。小说结尾称“一个人的战争意味着一个巴掌自己拍自己，一面墙自己挡住自己，一朵花自己毁灭自己。一个人的战争意味着一个女人自己嫁给自己”，称这个女人“既充满自恋的爱意，又怀有隐隐的自虐之心”，最后小说以一段性自慰而结束。《一个人的战争》以对女性多重性体验和身体感受的沉迷的描写而引起很大争议，同时也开拓了一个巨大的写作空间，即对女性自身身体的关注题材。

卫慧、棉棉作为新一代都市文化背景下成长起来的女作家，在性题材上的迷恋与大胆同陈染、林白一脉相承，但女性心理已发生了不小的变化。卫慧的《上海宝贝》自称是“一部发生在上海秘密花园里的另类情爱小说”、“一部女性写给女性的身心体验小说”、“一部半自传体小说”。女大学生倪可走上社会后做过女记者、咖啡店女招待，是一位生活方式小资化，思想前卫另类的年轻都市女性。她与男友天天同居，天天失去性能力后，她结识德国情人马克，并沉迷于性欢乐中，最后德国情人走了，天天吸毒死了。倪可在情爱与性爱的漩涡中沉浮，肉体之爱和精神之爱分裂又并存。棉棉的《糖》中，“我”与赛宁则共同在性与毒品等中沉迷和迷失。酒吧、海洛因、DJ、性、CD、动物派对（聚会）等符号化的东西成为她们生活方式另类、时髦、西化的标签，而情感的孤独、绝望、激情、敏感等则使其陷入颓废乃至毁灭之中，以致也有人发出是“上海宝贝”还是“上海宝货”的质疑（陈村）。相较卫慧的更多想象性、虚幻性以及沉迷态度，棉棉的写作则更多一些真实的痛感，对毒品、纵欲、颓废也更多一些困惑和否定态度。在女性写作中，相比较而言，“前一代的（陈染、林白等）可简括为体验/压抑/痛楚型，后者（卫慧、棉棉等）则可概括为迷醉/颓废/享乐式”。在她们笔下，“欲望已有了不言而喻的合法性，在写作中更是畅行无阻”。如果说陈染、林白的女性是通过反抗的姿态来看待男性以及外在世界，那么卫慧、棉棉则展示出对性的享用态度以及对外在的都市文化的沉迷，这使她们的写作表现出一种“平面化、无深度感的后现代主义书写特征”①。

与沉迷于肉身的女性主义不同，徐坤的小说呈现出另一种复杂性。徐坤（1965— ），沈阳人，她既是作家，作品多次获奖；也是一位学者，获得博士学位，在中国社科院文学所进行文学研究。徐坤的小说可分为两种类型：一种是女性主义小说，一种则是机智、调侃型的解构小说。而尤以后者影响为大，如《白话》、《先锋》、《鸟粪》等，对于知识分子极尽调侃、嘲讽与解构，因而又有“女王朔”之称；她“嬉戏诸神”（戴锦华语），但在“痞”中又带有“雅”味，故而又被称为“学人小说”，被认为有钱钟书的气息。《厨房》、《春天的二十二个夜晚》等女性主义小说中，对女性的“回到厨房”，如何面对男性世界寻找女性的生命支撑进行了正面和严肃的探索。

第六节 王朔与余华

王朔与余华在80年代中后期、90年代文坛是影响极大的两位作家，但对于他们作品的定性与评价，却都因为各自文化意义的多面性而产生结论迥异的争论，难以定论。

王朔（1958— ），北京人，1976年中学毕业后先后在海军北海舰队服役，在北京医药公司工作，1984年辞去公职，之后从事写作、影视策划、办公司等。王朔早期创作有《空中小姐》、《浮出海面》、《一半是火焰一半是海水》等恋爱题材小说，但这些作品中已初现“顽主”人物的雏形。从《顽主》（1987）开始，《玩儿的就是心跳》、《千万别把我当人》、《一点正经没有》等系列顽主小说因为对于传统政治话语、知识分子形象的调侃与颠覆而形成对文学界和文化界秩序的强烈冲击。同时，其大量作品拍成影视片，如《顽主》、《轮回》、《渴望》、《编辑部的故事》、《青春无悔》、《大撒把》、《过把瘾》、《海马歌舞厅》、《阳光灿烂的日子》等，使其影响更为广泛。1988年同时有4部王朔作品被搬上银幕，故影坛有1988年为“王朔年”的说法。王朔成为盛极一时的畅销书作家，文坛对此称为“王朔现象”。

对于王朔作品的文化意义，存在反差很大的褒贬和争论。有的认为其对政治话语、知识分子的调侃与讽刺是代表着一种后现代主义的解构、狂欢文化，有的认为是一种代表市民文化立场的大众文学，也有的认为是一种新市民小说、新京味小说，还有的认为是一种商业炒作文学。1993年，王蒙发表《躲避崇高》一文对王朔小说的价值倾向表示赞赏，认为是一种文化的进步，其后，陈思和、王晓明等针对王朔现象认为这是“人文精神的缺失”，构成的是文化价值的“旷野上的废墟”，从而引发了90年代文学与文化界规模最大的“人文精神大讨论”。

① 马春花：《刀刃上的舞蹈——评卫慧〈上海宝贝〉兼及晚生代女作家创作》，见宁亦文编：《多元语境中的精神图景：九十年代文学评论集》，354、355、357页，北京，人民文学出版社，2001。

王朔现象是一种具有多层面意义解读的复杂文化现象。

“顽主”类型人物是王朔作品的显著标志。“顽主”的含义大致相当于“痞子”，这些人物一般都是现代都市中的无业青年，有的甚至还在犯罪边缘徘徊，但他们也并非彻底的坏蛋，而是不乏善良和可爱之处，可谓是传统二元划分之外的边缘小人物、灰色人物。他们嬉皮笑脸，“一点正经没有”，他们没有理想，也缺少崇高的信念，似乎对一切都看透了，都满不在乎，充满叛逆色彩，尤其是对传统的政治话语方式以及知识分子形象充满调侃、反讽与解构。“王朔的所谓‘痞子文学’，它代表的是市场化、商业化的小说写作，也标志着一种具有反启蒙、反精英乃至反智色彩的价值观念与小说观念的出现。”①

顽主们除了价值虚无，充满叛逆之外，另一重要特征就是“侃”，这具体体现为王朔小说的语言策略，即“戏仿”与随意拼贴。他有意将政治语言、知识分子语言、市民语言、痞子语言等不同话语系统间的用语混用和扭曲原意，“他着意打破主流文化所设置的世界秩序/等级以及与之配对的语言秩序/等级，大词小用（在描述微小、卑琐的人物或事件时使用宏大的、堂皇的话语），小词大用（在描述宏大、堂皇的人物与事件时使用微小、卑琐的话语），造成一种滑稽、错位、颠覆的效果，消解了堂皇话语的神圣色彩。在这一点上他又有一些后现代主义的味道”，“我们在王朔的小说中可以随处发现这些后现代主义特征，比如领袖的语言与流氓的语言、崇高的语言与滑稽的语言（搓麻将是‘过党的组织生活’）、性的语言与政治的语言的杂交、拼贴，等等”②。

余华（1960—　），生于浙江杭州，幼年即随当医生的父母迁至浙江海盐。中学毕业后进了镇上的卫生院当过5年牙医，1983年开始创作，先后在海盐县文化馆和嘉兴市文联从事写作。1987年发表短篇小说《十八岁出门远行》引起文坛广泛关注，成为当时中国最年轻一代的先锋派小说代表人物。后来，余华就读鲁迅文学院和北京师范大学联合招收的研究生班，定居北京。

1991年以前，余华被认为是先锋小说的代表人物，《十八岁出门远行》、《一九八六年》、《鲜血梅花》、《四月三日事件》、《河边的错误》、《现实一种》、《世事如烟》、《难逃劫数》、《古典爱情》等系列作品震惊文坛。在1991年后，余华的创作出现了明显的变化，长篇小说《在细雨中呼喊》被认为是出现转向的信号，长篇小说《活着》、《许三观卖血记》则放弃先锋叙事立场，在写法上向现实主义回归，也有人将之归入新写实主义或者新历史主义小说中。

余华的先锋小说中最为突出的特征是对于人性恶、暴力、死亡的表现和冷漠化叙述。《一九八六年》写一个中学历史教师成了一个疯子，他对自己实施“墨”、“劓”、“剕”、“宫”等种种刑罚；《现实一种》写山峰、山岗兄弟因为一个孩子的死亡而彼此骨肉相残、连环杀人；《河边的错误》写一个杀人狂疯子连续杀人，而警察马哲将之击毙和佯疯；《世事如烟》中充满淫杀和疯狂；《难逃劫数》是东山与露珠夫妻间仇杀，森林、沙子、广佛、彩蝶也各有变态的暴力倾向，如剪别人的辫子、裤子，杀人等；《古典爱情》中甚至写富家小姐惠被卖作菜人，砍下手、脚被吃掉。余华沉迷于对这些骇人暴力的描写之中，同时其叙述基调又完全是一种局外

① 陶东风：《九十年代小说的热点与走势的个案分析之一——王朔与所谓“痞子文学”》，见葛红兵、朱立冬编：《王朔研究资料》，355页，天津，天津人民出版社，2005。

② 同上书，358、371页。

人毫无情绪冲动的纯客观、冷漠化，描写内容与叙述基调间构成强烈反差。余华认为作家所要表现的是作家的心理真实而不是外在世界的表面真实。因而，这些作品中不追求完整的故事情节、清晰的人物形象，也缺乏具体的时间、地点等传统现实主义小说的必备因素，而呈现出先锋派小说文本实验的共同特征，如人物符号化、文本拼贴化、叙述主体消解化等，小说弥漫着叙述迷宫的神秘与梦幻感。在放弃文本的表面真实、外在世界的表面真实后，余华所要传达的心理真实是世界的“恶”本质、非理性本质。小说人物们的暴力行为并无诸如苦大仇深等充足的诱因，相反，很多起因于一些微不足道的小事，甚至就毫无原因毫无征兆，人与人之间包括兄弟、夫妻、父子等就任由“恶的欲望”主宰。事件是非理性的，人物也是非理性的，疯子、傻子是一种普遍存在。余华作品中因为恶的欲望的支配，整个世界都是非理性的，充满“劫数难逃”的宿命感，而面对宿命，人物则充满对命运理解的无常感，对命运挣扎的无力感。余华自陈：“我和现实关系紧张，说得严重一些，我一直是以敌视的态度看待现实”，因此，“我在很长一段时间是一个愤怒和冷漠的作家”（《活着·前言》）。余华先锋小说正是以性恶、非理性世界来解构性善、理性世界。在文本上，《古典爱情》、《鲜血梅花》等也解构了爱情故事、武侠故事的传统叙事模式。

在《活着》、《许三观卖血记》中，余华开始抛弃以前的“虚伪的作品”，而转向对于现实世界的重新认识和接纳。在写法上，这些作品放弃了先锋派文本实验的形式，回归现实主义，在观念的巨变中也仍可见不少一脉相承处。同样是对于苦难的叙述，福贵、许三观的生活世界仍然充满性恶、非理性因素，但是，对于现实的态度已经发生变化，余华不再以之前的先锋派“愤怒和冷漠”、紧张、敌对、拒绝态度来对待现实生活，而是一种接纳。《活着》、《许三观卖血记》“写人对苦难的承受能力，对世界乐观的态度”，“人是为活着本身而活着的，而不是为活着之外的任何事物所活着”（《活着·前言》）。这种生存主义的领悟使作者觉得“自己写下了高尚的作品”。同样是面对苦难的冷漠与不动声色的叙述，先锋小说是充满了拒绝态度与绝望情绪，而《活着》等则“是对一切事物理解之后的超然，对善与恶一视同仁，用同情的目光看待世界”（《活着·前言》），因此，这种冷漠中又包含着几分对人世的温情。间断十年后的长篇小说《兄弟》讲述江南小镇两兄弟李光头和宋钢从“文化大革命”到当今的人生历程。这是“两个时代相遇以后出生的小说”，上部写“文化大革命”中的“精神狂热、本能压抑和命运惨烈的时代，相当于欧洲的中世纪”，下部写“现在的故事，那是一个伦理颠覆、浮躁纵欲和众生万象的时代，更甚于今天的欧洲”。上下部间极大的反差构成小说结构上强烈的张力，而兄弟两人的生活变迁成为连接两个时代的纽带，个人生活既随时代一起天翻地覆、恩怨错综，走向命运的两端，同时人性之爱也凸显其中，余华自称是“残酷与温馨并存”。小说出版后，出现了商业热销与专业批评者失望并存的现象。批评者主要从情节、人物“不真实”、“缺乏生活基础”、“太夸张”以及语言的流俗化角度批评，而余华则自辩认为这部作品本来就是荒诞、超现实的，现实比小说更荒诞，小说中把荒诞写得集中化了，强化了，目的就是想更接近现实。①

① 参见甘丹：《余华回应各界质疑坚称〈兄弟〉让自己满意》，载《新京报》，2006-04-04。

第七节
《白鹿原》等长篇小说

进入90年代以来，长篇小说创作和出版成为一个热潮，无论是数量上还是质量上，都达到了新的高度，形成当代长篇小说继60年代之后的第二个繁荣期。进行长篇小说创作的作家主要可分为两种类型，一种是坚持传统现实主义、浪漫主义格调，追求史诗性的作家，如贾平凹、陈忠实、王蒙、王安忆、张承志、张炜、史铁生等；另一类主要是转向后的先锋作家与新写实作家，如余华、苏童、格非、莫言、刘震云等。在保留各自既有文学观念发展的脉络之外，因为90年代文学观念的相互影响与融汇，也因为长篇小说文体的特征，事实上，两类作家的作品都呈现出彼此吸收与交织的趋向。如坚持传统写法的《白鹿原》、《长恨歌》、《九月寓言》等作品中诸如象征、梦幻、意识流、精神分析等屡见不鲜，而先锋作家的《许三观卖血记》等也呈现出现实主义回归的特征。

形成这种几类作家都齐聚长篇小说的热潮，原因是多方面的。一是从作家来说，历经80年代文学界的拨乱反正和探索热潮之后，一方面政治枷锁的去除解放了作家的思维，使之能以独立的主体和独特的民间视角来还原历史、反思和总结历史，继而表达对现实生活的认识，另一方面因为历经“形式革命”的洗礼，作家也获得了以新的现代意识和手法表现生活的综合能力与冲动。二是从时代风气来说，90年代是文学的“无名”时代，是“文学失去了轰动效应”的时代，文学为现实服务的强功利性已消退，因而作家也有了独立思考历史与现实生活、静心构筑宏大之作的充裕时间与空间。三是外界促成因素的增多。从主流政治看，有中央“抓长篇”的指示、“五个一工程”奖和茅盾文学奖等的激励；更重要的是从市场化因素看，长篇小说对出版社来说，更具有市场策划与炒作价值，对作家来说也相应具更多经济回报，不少长篇小说不经发表，便直接经出版社出版，传播更快捷有效。

陈忠实的《白鹿原》最初发表于《当代》1992年末、1993年初两期，是“陕军东征”中最具影响的作品，也是90年代文学最具影响的作品之一。作者以巴尔扎克的话“小说被认为是一个民族的秘史”作为题记表达了自己的追求品格，《白鹿原》正以其内容和人物的丰富、文化意蕴的深广、结构与主题的宏大而广受好评。小说以渭河平原上的一个小村落白鹿村为支点，以白、鹿两家的宗法族权斗争为线索，从民间视角将半个世纪以来中国社会的历史变迁与人物命运浮沉尽收眼底，既有对中国农业社会状貌的全景式、史诗式展现，又有对民族文化深层特征的深入发掘，构成“民族灵魂的秘史”。从推翻清王朝的革命，到国共几度合作、几度内战，抗日等“翻鏊子”式的政治、军事斗争，再到新中国成立后的政治运动，中国社会充满戏剧性的历史变迁，白鹿原上的人、事也随之此起彼伏，沧桑浮沉。但小说在变中始终抓住对于理解中国传统农村社会生活不变的本质——宗族斗争，如小说结尾白孝文主持枪毙鹿黑娃时鹿子霖心里喊道：“天爷爷，鹿家还是弄不过白家!”这条主线使小说在结构上既放得开又收得拢，同时表达出从民间视角所理解的异于正史的历史观。在“仁义白鹿村”的老一代中，白嘉轩是白、鹿两姓的族长，耕读传家，办学堂，立乡约，交农抗税，造塔镇邪，建立起白鹿原上“仁义道德”的生活和道德秩序，其坚毅果敢、精明、仁义也树立和维护着他个人从始至终作为儒家精神世俗化身的威望，就如黑娃所惧怕的“嘉轩叔的腰挺得太硬太直”。白嘉轩是儒家“仁义”和道德理想的现世维护者；而他的老对手鹿子霖则是作为与农耕文化相对的商业负面文化象征始终与之争斗着；朱先生作为儒家“圣贤人格”的象征被奉为神一样的人物，然而在世俗权力争斗面前也不断失望；加上鹿三是代表忠与勤的底层农民：这些共同构成老一辈文化人格系统。但年轻一代们则构成了对这种传统儒家道德与文化系统的不断背叛。当了土匪的黑娃、淫荡的小娥是来自生命原始野性的反叛，白孝文则是儒家文化培育出的奸诈与无耻之徒，他的堕落与背叛宣告传统儒家文化与道德的彻底破落。

另外，小说一个突出的特色是对于性政治的体现。开篇白嘉轩的连娶七房女人主要目的在于延续家族香火。而田小娥的性经历则更为意蕴丰富，她开始与黑娃的结合是出于旺盛生命力对于礼教传统的反叛；她与鹿子霖、白孝文的性乱则卷入了更多赤裸裸的权力与阴谋，利益交换与人性之爱也混合不清；而她死后的鬼魂作乱则更是喻示着性淫乱对儒家仁义秩序的威胁；然而她生前的被白嘉轩驱赶、责罚，被其公公鹿三杀死，乃至死后又被造塔镇邪，则又隐喻着儒家正统对这股生命活力的镇压。白灵在鹿兆鹏、鹿兆海之间情爱婚姻的戏剧性选择则更多卷入了国共意识形态斗争变迁的影响。小说中，诸多性关系成为了政治、权力斗争的另一个战场，作为一条辅线也构成“民族灵魂秘史”的另一个隐喻体系。

《白鹿原》在复杂多变而又精彩传神的人物性格、跌宕曲折的故事情节、绚丽多彩的风土人情中传达厚重深邃的思想内容，境界宏大。家族斗争与社会政治生活变迁的两条主线结合，加之性关系的辅线暗藏，既曲折复杂又井然有序，大气磅礴与精微细致兼具，情爱、性爱情节的描写、奇诡的乡村神秘文化更增加了可读性。《白鹿原》标志着 90 年代文学对民族文化和历史从艺术描写到思想认识的新高度。

张炜的《九月寓言》也是一部对中国农村社会追求史诗性表现的作品。这部作品突出的特征便是其强烈的文化“寓言”性。小说中的小村庄和各种人物及事件既具有现实性，又具有有意的时空含混性，使之具有文化意义上的符号化和象征性、寓言性，构成一个民族文化的原型。如村长赖牙与大脚肥肩作为乡村权力者的淫威与丑恶，露筋、庆余、独眼义士、少白头龙眼等的流浪命运，金祥千里买鏊子的吸收外界文明，忆苦对于历史与文化之根的维系，矿山与工程师、工程师儿子作为外来因素对于村庄的吸引力和破坏力等都富有文化象征意义。地瓜、鏊子、鲢鲅鱼、宝驹等也各有象征意义，而年轻一代的各自命运更是被赋予了过强的类型化、寓言化色彩。《九月寓言》既表现出近似魔幻现实性的怪诞性、寓言抽象性，同时又沉浸着中国诗化哲学化的语言与情怀。但由此，该小说也有了些“思想大于形象”的嫌疑。

张承志的《心灵史》以对西海固伊斯兰教一门——哲合忍耶派从清乾隆年间到当代七代圣徒的行为与精神的追溯而构成一部“宗教史”，同时也表达着作者对苦难中创教、传教、护教的精神追求史的回溯与膜拜，并由此表达着对现实生活中精神追求沦丧的抗议与拒绝态度，因此，它被命名为“心灵史”。小说叙述方式采用现实访问与历史叙事相交叉，哲合忍耶派苦难史的悲惨与圣徒精神的坚贞崇高构成对比，圣徒的精神执着与当代现实中人文精神的沦丧构成对比，加之浓郁的诗性表达方式，熔宗教、历史、文学于一炉，具有强烈的史诗意味和理想主义情怀。

第八节 通俗文学的泛滥

随着80年代中后期政治文化控制的相对放松，市场经济、商业文化的发展，通俗文学也开始兴起。“通俗文学兴起的最直接的原因还是社会生活的非政治化使大众的消遣娱乐需求得到了解放。”“另一方面，市场经济的兴起也给通俗文学的发展提供了社会条件，因为通俗文学是最适应市场经济的大众商品文化，市场是通俗文学传播的最合适的渠道。”① 此时大陆的通俗文学主要还是对中国香港、台湾通俗文学的引进和模仿，金庸的武侠小说、琼瑶的言情小说、梁凤仪的财经商战小说等都成为一时热潮。90年代，随着人们对严肃文学热情的衰落、商业文化的进一步泛滥，大陆通俗文学热也进入新的阶段。一方面是港台通俗文学的继续热炒及现代文学中的通俗文学作家作品的重新发现，另一方面也开始出现自己的通俗文学作家与作品。“如果说80年代是大陆严肃文学兴盛期的话，那么90年代是大陆通俗文学的兴盛期。80年代通俗文学的兴起以金庸和琼瑶小说的传播为先导，而90年代通俗文学的繁盛以王朔小说的流行为标志。”② 此外，文学中的雅（严肃文学）与俗（通俗文学）界限也日益模糊化，出现彼此影响和融汇的趋势。

与“通俗文学”紧密相关联的是“大众文学”这一称呼。通俗文学是相对于严肃文学而言的，而大众文学则是相对于知识分子精英文化、主流意识形态文化、大众文化三分法下的文学命名。大众文学的“大众”并非指革命文化下“人民大众”、“劳苦大众”的政治概念，而是指“市民”，大众文学是市民社会和现代工业文化的伴生物，是供广大市民消遣娱乐的文化产品，因而消费化、市场化成为其基本特征。消费化就要求作者在写作过程中有明确的消费者指向，要投其所好，从感官刺激、情绪宣泄、猎奇索隐等角度来“媚俗”，形成摆脱精神深度，生产模式化的“快餐文化产品”。消费化也要求读者大量地和不断地购买，快餐化地阅读和获得快感。消费化同样要求连接作家、作品与读者的出版发行、宣传、销售按市场化商品化原则来进行操作，实现利润最大化。在以上每一个方面的过度操作，都可以构成“炒作”。在题材上，性与暴力成为大众文学的两大基本领域。由性转化为情爱而衍生出的言情小说成为主流，但也可能发展为艳情、色情小说，而言情小说也难免会有滥情、矫情的危险；由暴力而衍生出的武侠小说、警匪小说、侦探小说、战争小说成为主流，这些小说既有以暴制暴、伸张正义的主题，但也难免有宣扬和沉迷于血腥感官刺激的危险。另外，还有满足种种猎奇心态的官场小说、打工族小说、青春小说以及各种纪实文学等。在宣传上，则可能利用“包装”作品、作家的方式不断制造热点以达到市场轰动效应，如“美女作家”、“身体写作”、“新新人类”、“王朔现象”、“韩寒现象”等就是例子。

在通俗文学潮中金庸武侠小说经历了大俗大雅的评价变迁。金庸共创作武侠小说15部，他用其中14部书名的第一个字，制成一联：“飞雪连天射白鹿，笑书神侠倚碧鸳。”其代表作有《射雕英雄传》、《天龙八部》、《笑傲江湖》、《鹿鼎记》等。金庸小说在中国出版界版本之

①② 杨春时：《金庸、琼瑶小说的传播与大陆通俗文学的兴起》，载《吉首大学学报》（社会科学版），2002（3）。

多，印数、销量之多，盗版之多均难以统计。1994年3月，北京三联书店隆重出版金庸作品集，1999年，文化艺术出版社出版了评点本《金庸武侠全集》，评点者为多位金庸研究专家。20世纪与21世纪之交，根据金庸小说改编的多部电视剧，在各大电视台长期热播。《射雕英雄传》、《天龙八部》、《笑傲江湖》、《神雕侠侣》、《鹿鼎记》等都不断翻拍，形成多种影视版。对金庸作品的研究也成为学界热点，著名学者严家炎、钱理群、温儒敏、陈平原、王晓明等都十分关注，陈墨等出版了专门的系列研究专著。王一川在中国现代文学十大经典作家的排行榜上，破天荒地把金庸列入，而把严肃文学大师茅盾排除，这种新的文学史观引起了轩然大波。金庸小说评价的巨大变化正标志着通俗文学地位和评价的巨大变化，它已登上文学的大雅之堂。

通俗文学中特有的一个热门是历史题材的通俗长篇热，尤其体现在清宫小说的繁盛上。二月河40岁开始文学创作，以描述清代皇帝康熙、雍正、乾隆的三部长篇历史小说营建起“帝王系列”。首部《康熙大帝》150万字，获河南省首届文艺成果奖和河南省优秀图书一等奖，《雍正皇帝》130万字，获优秀长篇小说奖，《乾隆皇帝》180万字。《雍正皇帝》问世后曾被改编成电视连续剧，轰动海内外，足见历史题材的优秀作品有其不可抗拒的魅力。这些小说融官场、黑幕、战争、爱情等多种通俗文学主题于历史之中，既满足人们对历史的好奇，获得“消费历史”的快感，又有强烈的现代性，使读者产生对现实人生的体悟与共鸣。

90年代，文学与影视的联姻也为通俗文学的繁盛提供了强助推力。金庸武侠小说、琼瑶言情小说拍成电影电视，从选题、选演员、拍摄过程、播放、后续风波等全过程，都构成社会关注热点，并带动了其他武侠、言情片的跟进。以清宫戏为代表的古装戏的泛滥成为又一现象，而且其中普遍存在历史题材的“戏说”风，《戏说乾隆》、《乾隆皇帝下江南》、《康熙微服私访记》、《还珠格格》、《宰相刘罗锅》、《铁齿铜牙纪晓岚》等充斥于各个电视台的各个时段，以至于演员中也出现了“皇帝专业户”张铁林、“和珅”王刚、“纪晓岚”张国立、格格赵薇等类型化形象。文学与影视的联姻也使雅与俗的界限更加模糊，苏童、莫言、余华、刘震云等严肃文学作家的作品被改编成影视片，极大地扩大了影响，获得了经济效益与文学传播的双赢，而导演中号称第五代导演代表人物的张艺谋、陈凯歌等也开始涉足武侠片、娱乐贺岁片等。

【本章学习参考】

一、阅读书目

池莉：《烦恼人生》

方方：《风景》

刘震云：《单位》、《一地鸡毛》

刘恒：《狗日的粮食》、《伏羲伏羲》

苏童：《1934年的逃亡》、《罂粟之家》、《红粉》、《妻妾成群》、《米》

叶兆言：《状元境》、《追月楼》、《花影》、《花煞》

邱华栋：《太阳帝国》

朱文：《我爱美元》

陈染：《私人生活》

林白：《一个人的战争》

卫慧：《上海宝贝》、《我的禅》

棉棉：《糖》

余华：《一九八六年》、《河边的错误》、《现实一种》、《世事如烟》、《难逃劫数》、《活着》、《许三观卖血记》、《兄弟》

王朔：《一半是火焰一半是海水》、《顽主》

陈忠实：《白鹿原》

张炜：《九月寓言》

张承志：《心灵史》

二、相关文献

1. 王晓明，编．人文精神寻思录．上海：文汇出版社，1996.

2. 李复威，编选．世纪之交文论．北京：北京师范大学出版社，1999.

3. 宁亦文，编．多元语境中的精神图景：九十年代文学评论集．北京：人民文学出版社，2001.

4. 王岳川．中国镜像——90年代文化研究．北京：中央编译出版社，2001.

5. 陈晓明．表意的焦虑：历史祛魅与当代文学变革．北京：中央编译出版社，2003.

6. 陈晓明．仿真的年代：超现实文学流变与文化想象．太原：山西教育出版社，1999.

7. 张清华．境外谈文．石家庄：花山文艺出版社，2004.

8. 王晓明，主编．在新意识形态的笼罩下：90年代的文化和文学分析．南京：江苏人民出版社，2000.

9. 葛红兵，朱立冬，编．王朔研究资料．天津：天津人民出版社，2005.

三、复习思考

1. 名词解释：

新写实　原生态　零度情感　新历史主义　解构化　新生代　女性主义　个人化写作　身体写作　顽主　戏仿　大众文学

2. 试述新写实小说与传统现实主义小说在创作观念与创作方法上的区别与联系。

3. 新历史主义小说体现出的历史观有哪些特征?

4. 试论女性主义小说“身体写作”的文化策略及意义。

5. 王朔的语言特征是什么?

6. 从余华创作谈先锋作家在90年代创作的转向。

7. 试述通俗文学在90年代兴起的文化意义。

8. 试谈谈《白鹿原》的文学及文化意义。

第四十六章 20 世纪 90 年代的诗歌

与20世纪80年代精英文化的断裂，市场经济的发展，让贵族化的诗坛在90年代争论不休。文化诗学、精英诗学、语言诗学、民间诗学、媒体诗学、性诗学、歌词诗学不一而足。在一个多元的时代，诗也成为文化的汇聚。

本章主要评述20世纪90年代诗歌总貌及评价、王家新等“知识分子写作”、于坚等“民间写作”、“身体写作”及其他诗歌写作、流行歌词创作等。

第一节 20 世纪 90 年代诗歌总貌及评价

历史不可阻挡地进入了90年代，新启蒙主义思潮已历史性地终结了。“职业化的进程和学院化的取向，逐渐改变了知识分子的社会角色”，“80年代的知识界把自己看作是文化英雄和先知，90年代的知识界则在努力寻求新的适应方式”①。不少诗人唯恐被时间淹没，因而身份焦虑表现得异常突出，也就是说，他们都在认真思考该如何进入90年代以及在90年代自己该何为？代际关系和历史谱系，就成为问题之关键。进化论使人们相信时间线性发展的神话。进入90年代，诗人们几乎都认为90年代一定具有80年代所缺乏的新质，就像这个年代在哲学上的确已经从认识论演进到了阐释论。但这种所谓的“新质”存在与否？如若存在，那又是些什么？又该如何对此命名？

“中断说”是最富代表性的命名，其首席代表是从80年代走过来的，当年就声望甚高的“朦胧诗人”欧阳江河（四川泸州人，1956— ）。他的《89后国内诗歌写作：本土气质、中年特征与知识分子身份》是90年代最具影响力的、力图建构90年代诗歌谱系的诗学文章。他说：“在我们已经写出和正在写的作品之间产生了一种深刻的中断”，“过渡和转变已不可避免”②。而程光炜（江西婺源人，1956— ）则将这种转变描述为一种“告别”③。进而言之，

① 汪晖：《当代中国的思想状况与现代性问题》，载《天涯》，1997（5）。

② 欧阳江河：《89后国内诗歌写作：本土气质，中年特征与知识分子身份》，见王家新、孙文波编：《中国诗歌九十年代备忘录》，182、183页，北京，人民文学出版社，2000。

③ 程光炜：《90年代诗歌：另一意义的命名》，见王家新、孙文波编：《中国诗歌九十年代备忘录》，171页。

"诗歌告别80年代，与其说是向某一个年代的告别，不如说是向某一种精神的告别，中国新诗在这个年代完成了它在新时期的历史转型"①。同样是认同"中断说"，而唐晓渡（江苏仪征人，1954—　）则认为："试图直接依据'社会转型'或'知识转型'的'时代气候'来描述先锋诗在90年代的'转变'是荒谬的"；因为90年代在不少具有"个人诗歌知识谱系"和"个体诗学"的先锋诗人那里，"转变"的意味不尽相同，质言之，"转变"本身是极其复杂的。所以，他建议，"必须在同时考虑到'延续'和'返回'这两种倾向的前提下，并基于二者的互动关系，才能更深刻地领悟'中断'的意味"②。也就是说，不要把"中断"简化为"断裂"。从某种意义上说，90年代诗歌是80年代诗歌"没有终结的现时"③。90年代的"知识分子写作"、"民间写作"分别与80年代的"文化诗"、"生活流诗"之间存在着对应关系。显然，所谓"断裂"只是新诗时间神话的一种现代性假想，是一种如于坚（云南昆明人，1954—　）所说的"新文化姿态"。于坚本质上是反对对90年代进行命名的，他甚至认为90年代的代际命名仿佛是在命名空气。他充满自信地说："长期写作上的无变化，恰恰证明你的'超越'代际，达到了相当高度。"④ 通俗地说，90年代诗歌与80年代诗歌之间存在深刻的内在联系，但90年代诗歌又的确发生了一些新变，如西川（江苏徐州人，1963—　）诗句所云"从一场濛濛细雨开始"，具有这样那样的新气象。

在90年代诗歌的版图上，有如下重镇需要记取：

第一，80年代末90年代初的"新乡土诗"热潮。

第二，1992年《非非》复刊与"非非"派重组，打出"红色写作"的旗号，致力于扫荡那些一味"作稚子状、作女儿状、作清谈状、作隐士状、作嬉皮状、作痞子状"的所谓的"白色写作"⑤；"红色写作"与传统政治意识形态写作不同，它主要张扬诗人主体抗争精神，以存在与死亡为主题，思考人类当下悲剧性生存，探索语言与现实、存在之间的关系，在文化与语言双重意义上显示出了解构主义倾向。伊沙及其《历史写不出的我写》组诗等是其出色的代表。

第三，先锋诗坛由矛盾到分裂。1999年4月在北京召开的"世纪之交：中国诗歌创作态势与理论建设研讨会"（又称"盘峰诗会"），导致90年代先锋诗界真正分裂，这就是人们常说的"知识分子写作"与"民间写作"之争。有关这场论争的理论文章主要收集在王家新、孙文波编的《中国诗歌九十年代备忘录》和陈超编的《最新先锋诗论选》里。"民"骂"知"是"某种庞然大物的傀儡"⑥，西方语言资源、知识体系的附庸，是"书斋写作"、"翻译语体写作"和"引文写作"，而"知"骂"民"是草莽、有痞气、是原教旨主义。总之，双方围绕"民间（立场）"、"知识/知识分子（立场）"、"与西方接轨"、"硬与软"等"欧化"或"化欧"核心问题展开论争。其实，双方并无真实的矛盾，"最简单地说，'非非'、于坚所坚持的，是创作的过程和文本要'反文化'、'反知识'，创作过程要从体验开始，文本不是文化知识的阐释；王

① 谢冕：《诗歌理想的转变》，载《郑州大学学报》，1998（1）。
② 唐晓渡：《90年代先锋诗的几个问题》，见王家新、孙文波编：《中国诗歌九十年代备忘录》，337、331页。
③ 耿占春：《没有终结的现时》，见王家新、孙文波编：《中国诗歌九十年代备忘录》，126页。
④ 于坚：《写作，写作……——答河南李建立问》，载《今朝》，2005（3）。
⑤ 周伦佑：《红色写作：1992年诗歌宪章或非闲适诗歌原则》，载《非非》，复刊号，1992。
⑥ 于坚：《穿越汉语的诗歌之光》，见杨克主编：《1998年中国诗歌年鉴》，8页，广州，花城出版社，1999。

家新、欧阳江河所坚持的，是未入创作过程之诗人要读书，多读而且深入地阅读，作为创作之前提和准备”。但是，前者“从来未说过诗人不要读书”，而后者“也从未说过知识可以直接进入创作过程和文本”。他们之间只有诗歌理念上的不同——前者的理念是古典的浪漫主义的“唐诗”，而后者是古典的现代主义的“宋诗”①；它们实质上是80年代第三代诗歌运动分裂的一个直接后果，也是1995年前后关于“人文精神大讨论”的一个副产品。1995年在贵州红枫湖召开的“当代诗歌学术研讨会”标志着90年代先锋诗坛内部首次“共识”的破裂。接着，1998年3月社会科学文献出版社出版程光炜编选的《岁月的遗照——九十年代诗选》和与之相对的1999年1月由花城出版社出版杨克主编的《1998年中国新诗年鉴》也体现当时诗坛的裂动。

第四，与80年代相比，90年代诗歌的传播、阅读和消费方式发生了巨变，与公开出版的诗刊《诗刊》、《星星》、《诗歌报》、《诗潮》、《扬子江诗刊》、《散文诗》等同时存在着一批带亚文化性质的“民刊”，此外，还有数不胜数的具有狂欢心态的诗歌网站，以及高校青年诗人的联合主页和个人主页。

第五，流行歌词的创作，使诗歌与大众传媒之间建立很好的联系，比如《诗参考》群体与摇滚乐之间就有密切联系。

除上述重镇内容以外，还应该简略概述一些诗歌事件与现象，如公开发行的诗歌刊物开始走向民间化，大量接纳民刊和网络上发表的诗歌，一改过去官办的架势。还有大批“诗商”介入诗歌，向诗歌的民间活动投入资金，有效地保证了诗歌活动在民间状态下运转。

90年代诗歌的处境与80年代大不一样。80年代诗歌，流派林立，具有文化性格上的对抗性和实践性格上的戏剧性，革命、运动、活跃、激进、夸炫、混乱，充分表现出激进主义之特色。90年代，一系列诗人死亡事件的发生②和北岛、严力、张枣等部分先锋诗人的流寓海外，使得诗歌写作从先前的相对多元状态中，被主流文化、大众文化、精英文化，乃至被小说、流行歌曲甚至被它自己“边缘化”了。处于边缘的诗人自喻为“一群词语造成的亡灵”（欧阳江河语）、“出卖黑暗的人”（王家新语）、“古典诗人”（于坚语）。质言之，90年代诗歌的处境，一是社会和文化环境的巨变，二是诗人队伍的分化和诗人自身的变化。

诗歌处境的改变，使得90年代诗歌发生了巨变，呈现出新格局，表现出新流向；其中，最为明显的变化是通向“此在”的“个人写作”得以真正确立。“90年代最大的完成是诗的个人化。”③ 这也就是洪子诚所说的90年代诗歌存在一种“非历史化”的倾向。④“个人写作”较早是由欧阳江河针对80年代先锋诗存在的“青春期写作”——“对生命自发性的依恃和崇信，反叛的勇气和癖好，对终极事物和绝对真理的固执，自我中心的幻觉，对‘新’和‘大’的无限好奇和渴慕，常常导致盲目行动的牺牲热情，以及把诸如此类搅拌在一起的血气、眼泪和非此即彼的逻辑”⑤ ——提出来的，类似于他说的“中年写作”，它并非指时间、年龄，主要是

---

① 参见蓝棣之：《21世纪诗歌写作的几种新的可能性》，载《文学评论》，2001（5）。

② 方向于1990年10月19日在浙江服毒自杀，23日葬于千岛湖；戈麦于1991年9月24日在北京西郊万泉河自杀；张凤华于1992年秋在深圳自杀；顾城于1993年10月8日在新西兰杀妻后自杀等。

③ 谢冕：《诗歌理想的转变》，载《郑州大学学报》，1998（1）。

④ 参见洪子诚：《如何对诗说话》，载《郑州大学学报》，1998（1）。

⑤ 唐晓渡：《90年代先锋诗的几个问题》，见王家新、孙文波编：《中国诗歌九十年代备忘录》，335页。

强调诗人在写作过程中对生存、写作处境和诗歌本体的敏锐自觉，是指一种写作状态。对此，王家新在《夜莺在它自己的时代——关于当代诗学》等处也有精彩的论述。90年代的“个人写作”大体上有以下4个特点：(1) 它既非风格写作又非个性写作，而是指建立在90年代特定历史语境中话语差异性认识上的写作，是有别于以往对抗意识形态或者回避意识形态的个体承担性质的写作；(2) 它也是指在集体狂欢的现实语境下，对个体想象力和个体精神存在的坚持和维护；(3) 它体现为在个人与世界之间的个体的话语方式，将差异性、多样性放在首位；(4) 它不同于“私语化”、“私人化”、“自我表现”的写作，坚持将个人经验置于更为开阔、复杂的文化语境里来审视、处理，从这个意义上讲，它又是“非个人化”的、“超越了个人”的写作。总之，“个人写作”，就是指90年代在意识形态、大众文化和商业文化集体狂欢的历史和现实语境下，穿行于个人、写作和世界的交互网络里，坚持“个人的话语方式”、“话语差异”以及“独立文本”的写作；其代表主要有“知识分子写作”、“民间写作”、“身体写作”和“女性写作”等。

概言之，90年代诗歌更加沉潜，更加注重从个人立场说话，诗歌里的日常性和经验性特征明显加强；在个人与世界之间凸显对话、互文关系，诗意地描述当代人非诗意生活，即在非诗的年代展开诗；同时，在诗艺上，还要对传统进行修复。90年代的代表诗人有：追求“后政治学”、“互文”关系的诗歌英雄王家新；重视胡塞尔现象学语言自觉的诗坛奇才于坚；善用悖论造成障碍感的、技艺精湛、迷恋“小思想”的欧阳江河；宁静致远、崇尚变异叙事的现代高士隐者西川；力求把人文历史自然化、具有形而上思辨的词语幽灵陈东东（上海人，1961—　）；呈现个人生存沉痛感、荒谬感和摧毁感的孤独叙事者张曙光（黑龙江望奎人，1956—　）；对诗歌进行小说化、戏剧化变奏的诗歌女杰翟永明（四川成都人，1955—　）；讲究策略、充满哲思和吊诡的智者臧棣（北京人，1964—　）；还有挽歌的柏桦（重庆人，1956—　），怀旧的庞培（江苏江阴人，1962—　），家族史的孙文波，后结构的伊沙，骚动而后启蒙的安琪（福建漳州人，1969—　），歧义快感的余怒（安徽安庆人，1966—　），“巴洛克”风格的朱朱（江苏扬州人，1969—　），紧张而机变的唐丹鸿（四川成都人，1967—　），扩大抒情场域的王艾（浙江黄岩人，1971—　）等。其实，90年代诗歌的主题主要有两个：一是历史的个人化，二是语言的狂欢。

90年代诗歌的局限性表现在：过分沉迷于语言经验（书面语/口语），修辞策略上的反讽、戏谑、“冷抒情”给人局外人的不在场感，与时代、生活和社会拥抱得不够，缺乏深刻的诗人主体意识，对经验的开掘不够深，知识背景不够深厚，情感表现力度不够震撼，现代汉语诗性还不够成熟。

总之，在边缘处热闹的90年代诗歌，尽管始终处于文化表述的两难处境中，但是它在终结“运动”神话、“断裂”神话这类“反现代性的现代性”方面，在确立“个人写作”方面，的确发挥了重要作用，“‘90年代诗歌’并不是一个包揽全局的大命题，它更应看作是个体写作与历史关系重新确立之后的及时的总结，以及对现有困惑的思考”①。

① 姜涛：《可疑的反思及反思话语的可能性》，见王家新、孙文波编：《中国诗歌九十年代备忘录》，148页。

第二节 王家新等“知识分子写作”

“知识分子写作”是90年代很重要的诗歌现象。它前后跨度近十年，以欧阳江河1993年发表《89后国内诗歌写作：本土气质、中年特征与知识分子身份》为界，分为前后两个时期。

根据西川的“创作活动年表”记载，1987年，他和陈东东在参加《诗刊》社组织的“青春诗会”期间，在会上首次提出了“知识分子写作”。1988年，由陈东东执笔的《倾向》第1期“编者前记”，明确了知识分子写作是一种“献身精神”、“真诚态度”和“大家风范”，是使命感和责任感，是对感情和自由的双重节制，是“秩序的原则”，归根结底是“把知识分子精神上升为一种诗歌精神”即“知识分子性”。知识分子写作主要是针对80年代“以反抗的姿态依附于意识形态的朦胧诗”、“当时业已泛滥成灾的平民诗歌”和“服务于意识形态的正统文学”而提出的。而90年代主要是为了对这类写作进行自我质询与定位。知识分子写作经历了从“告别”到“坚持”，从诗歌到写作这样一个蜕变历程，具有以下三个特征。

一、中国经验、中国话语场、本土气质和日常经验得到强化，使得诗歌从80年代中后期的“非历史化诗学”转向90年代的“历史化诗学”

王家新（湖北丹江口人，1957— ）1989年写出了《瓦雷金诺叙事曲——给帕斯捷尔纳克》和《帕斯捷尔纳克》等“转型”性质的作品。前者末尾有这样的诗句：“蜡烛在燃烧/我们怎能写作？/当语言无法分担事物的沉重，/当我们永远也说不清/那一声凄厉的哀鸣/是来自屋外的雪野，还是/来自我们的内心……”后者里有这样的箴言：“终于能按照自己的内心写作了/却不能按一个人的内心生活。”诗人探讨的是既定的生存语境与文学的自由表达之间，在写作的文化承诺、道义责任与个人自由意愿之间的困惑和沉痛；体现的是中国当代诗歌内在的危机：“一个写作者在纯洁艺术与真实命运间所陷入的两难境地。”[①] 欧阳江河的《市场经济的虚构笔记》从以前热衷于历史隐喻变为在诗中抒写个人真实生活的际遇。陈东东的由“龙华”、“歌剧院”、“闸北”、“动物园”、“外白渡桥”、“图书馆”、“七重天”组成的长诗《喜剧》，标示着他已经由先前钟情于艾利蒂斯的爱琴海转向钟情于中国“本土的抽象”和“中国语义场”了。而张曙光认为，诗人写日常生活经验，又不能仅仅停留于此；日常经验要反映出一定历史境遇下中国人的生存与命运。比如他的《西游记》：“愤怒的青年，打死父亲/但没有父亲可打。红色的袖章。向旧/制度发出致命的一击，同时也/击到了自己。”只有这样的诗，才具有那种“骨子里的中国性”。

---

① 王家新：《阐释之外：当代诗学的一种话语分析》，载《文学评论》，1997（2）。

同时，1989—1991 年间，在《诗刊》、《星星》、《诗歌报》等诗歌纸质媒体上，出现了一时间仿佛被批量制造出来的所谓的“新乡土诗”。有人将其特征归结为“主要源于乌托邦式的家园、源于土地亲缘关系和收获仪式，具有典型的前工业时代人文特征，主要从原始天赋和怀乡病冲动汲取主题”。它先是将“神话写作”的集大成者海子的麦地主题浅表化、世俗化，很快又用心造的幻影来制造“回归现实”、“歌唱家园”等假象，麻痹人们伤口尚未痊愈的心灵。“一哄而上的热闹与写作立场的虚假性暧昧性又很快将这一主题演变为一场滑稽的喜剧仪式。”[①] 1992 年，伊沙写出了《饿死诗人》，表示一定要“饿死”这些“诗歌中光荣的农夫”。到 1993 年，盛极一时的“新乡土诗”终于寿终正寝了。

二、叙事性、叙述性、及物性、技巧性尤为突出

以往诗人将诗歌与现实之关系简化为依附关系，导致“失语症”。而 90 年代叙事性的提出与实践，是对 80 年代诗歌沉迷于“不及物”的纠偏，是一次“对困境的发现”，是诗人利用角度转换、经验处理、语感变化、文本间离、意图谬误、悖论反讽等艺术手段来修正诗歌与现实的关系，使之从此前单向度的抒情关系转变成对话关系，也就是要将一些传统的诗学预设悬置起来，让写作先行进入写作本身，真正成为“写作中的诗歌”。这样一来，诗歌写作就会摆脱过去那种意识形态的集体幻觉，使写作的主体性凸显出来。同时，通过叙事，诗歌可以囊括对过往事件和日常生活经验的重新编程，恢复诗歌对现实的发言权，发挥诗歌写作的有效性，确立起一种新的诗歌美学原则。诗歌中的叙事，很大程度上是一种亚叙事、“伪叙事”；它不是目的，而是一种最基本的写作策略[②]，是诗人处理复杂经验、异质事物等的综合创造手段之一。因此，西川提出要将诗歌的叙事性、歌唱性和戏剧性熔于一炉，从而达到“创造力的合唱效果”[③]。西川（江苏徐州人，1963—　）的《芳名》、《汇合》等比起他早年的《在哈尔盖仰望天空》来，在神秘性里添加了世俗性，以前的歌唱也变成了陈述。王家新的长诗《纪念》，用自叙传的方式，试图在“没有故事的生活”里“讲出一个故事来”，将几乎沦为人生的喜剧生存转化为一场现代悲剧；诗风也由此前的凌厉、急速变为喑哑、曲延。孙文波的《在西安的士兵生涯》和肖开愚的《地方志》、吕德安的《各得其所》、臧棣的《燕园纪事》等都力求杜甫“史诗”般的效果。

三、综合性是 90 年代诗歌的抱负之一

90 年代诗歌力图综合各种复杂乃至互否的意识和经验，在严肃的主题里掺入喜剧因素，而且常常将散文、随笔、小说和戏剧等文体的形式吸纳进来。这些“群岛上的对话”造就了多

---

① 张清华：《九十年代诗歌的格局与流向》，见张清华：《内心的迷津》，43 页，济南，山东文艺出版社，2002。

② 罗振亚在 2003 年第 2 期的《文学评论》上发表的《九十年代先锋诗歌的“叙事诗学”》里将其特征归纳为三点：(1) 走向日常诗意；(2) 进行“物”的本质性澄明；(3) 注重理性想象的“空间构筑”、“过程还原”与文本的包容性、语言的陈述性。

③ 西川：《大意如此·序》，长沙，湖南文艺出版社，1997。

种新颖的诗体，像王家新《词语》、西川《近景与远景》那样的“片断散文体”，像翟永明《咖啡馆之歌》、肖开愚（四川中江人，1960— ）《来自海南岛的诅咒》那样的“多声部叙事体”，像肖开愚《碎片及线索》那样的诗文“混合体”等。正是它们在脚踏实地重建新诗的文体形式。陈超乃至把小说化趋向归结为90年代诗歌一个重要走向①，如孙文波（四川成都人，1956— ）的《祖国之书，或其他》，从心灵上刻画了一个当代知识分子的心绪苍茫。

总之，知识分子写作在处理诗歌的现代性与民族性之关系时，已经做出了如上成绩，但在处理“知识分子写作”与“知识分子性”之间的调和时，在处理个人、世界、诗歌与写作之间的关系时，还有不尽如人意之处，因此，知识分子写作是一个远未完成的话题。

第三节 于坚等“民间写作”

表面上与知识分子写作相对立乃至对抗的“民间写作”，其实是90年代文化冲突的体现，是写作立场、姿态、策略乃至雅俗之间的分野。民间写作始终在为“民间立场”和“口语写作”在90年代的合法性存在辩护。于坚在《穿越汉语的诗歌之光》里说：“民间的意思就是一种独立的品质。民间诗歌的精神在于，它不依附于任何庞然大物，它仅仅为诗歌本身的目的而存在。”早在1984年《他们》那里，诗歌的民间立场就真正确立起来了；“民间立场意味着一种‘诗人写作’”；“诗歌是永远‘在路上’的，诗歌是穿越遗忘返回存在之乡的语言运动”；“诗歌是穿越知识的谎言回到真理的语言活动”②。韩东、沈奇等也作如是观。而“知识分子写作”批评“民间写作”所谓的民间立场在这个多元化的时代语境里是可疑的、矫情的。其实，市民社会和公共领域都没有真正摆脱国家的控制，因为经济民主、文化民主和政治民主之间密不可分。

“民间写作”的西方知识背景与“知识分子写作”一样也是胡塞尔的现象学、索绪尔的语言学和海德格尔的存在主义，但更多是受到了西方后现代主义里的解构主义、第三世界理论和后殖民主义的影响。也就是说，像王家新受惠于布罗茨基、帕斯捷尔纳克，西川受惠于博尔赫斯那样，于坚受惠于弗罗斯特和垮掉派，伊沙受惠于后结构主义。只不过，“民间写作”认为，“知识分子写作”由于在诗歌写作里过分强调隐喻、承担，使得日常经验世界难以澄明地敞开。同样强调日常经验的重要，但这两派对其理解是存在分歧的。于坚始终持“以物观物”的审美态度，认为日常经验就是日常经验。他历时十年写成的《事件系列》就是这方面最好的佐证。

“民间写作”内在的哲学支撑是西方式的解构主义。不少人将其视为形而下，认为它滥用了自由，结果是在写作上放任自流。而也有人从两个方面充分肯定了它：(1) 在“反题”——反崇高、反文化、反神话、反历史——上确立了自己写作的意义；(2) 用颠覆的、虐待的语言

---

① 参见陈超：《当前诗歌的三个走向》，载《莽原》，1997 (5)。

② 于坚：《穿越汉语的诗歌之光》，见杨克主编：《1998年中国诗歌年鉴》，11、15页。

瓦解了“红色”（意识形态）和“白色”（僵硬的知识）的所指，用戏谑的方式树立起严肃的命题。也就是说，尽管我们看到“民间写作”在大力将本体问题和本质命题问题化、分裂化、粗鄙化，并对诗人自我进行喜剧性、游戏性的自虐、自渎；但是我们也应该看到它粗俗化的表面之下严肃痛苦之所在。如伊沙的《车过黄河》：“列车正经过黄河/我正在厕所小便/我深知这不该/我应该坐在窗前/或站在车门旁边/左手叉腰/右手作眉屋檐/眺望像个伟人/至少像个诗人/想点河上的事情/或历史的陈账/那时人们都在眺望/我在厕所里/时间很长/现在这时间属于我/我等了一天一夜/只一泡尿的功夫/黄河已经流远。”此外，“民间写作”代表性诗集《于坚的诗》、韩东的《爸爸在天上看我》、徐江的《我斜视》、侯马的《顺便吻一下》，都体现出于坚所说的“原在”、“原天地之美”、“在世界中写作”、“神性写作”。

其实，强调语感是比较容易做到的，但要在诗歌里剔除知识、文化、隐喻几乎是自欺欺人的“神话”。于坚1992年发表的长诗《零档案》就大量使用了隐喻、戏仿、反讽等一整套他口头上振振有词地反对的复杂诗歌技艺。从标题可以看出，档案里的人是零、空白，隐喻在社会书写和历史归类的公共书写行为中，人的真实生命被抽空了、过滤掉了，揭示了体制通过重新编程扭曲、挤压了个体的人，这种异化展示了现代人悲剧性的生存处境。如果说“知识分子写作”一眼就可以看到它的道义责任，那么“民间写作”要透过它的狡黠才能体味到它没有承担的承担。

总之，“民间写作”通过展示现代人当下生存的体温、呼吸和心跳，恢复词语与物自体之间的亲和性，在进行“软批判”的同时，建构起属于自己的一整套诗歌美学原则，那就是，注重细节，置身“此在”，回到日常状态和事物本身。但是，我们在看到“民间写作”激活了早已表现出钝化的象征的同时，也不要忘记它有时候的“恶作剧”以及由此带来的先锋精神的萎缩和先锋状态的空洞化。

第四节
“身体写作”及其他诗歌创作

实质上，“民间写作”里几乎每个诗人都从事过所谓的“身体写作”，而一些女诗人在其“女性诗歌”里表现得更是惊世骇俗。前者如伊沙的《在发廊里》、徐江的《黛安娜之秋》、侯马的《种猪走在乡间路上》、鲁羊的《“暗红色的朋友”》、于坚的《女同学》、杨克的《莎朗·斯通》等。后者有“老”女诗人如翟永明、唐亚平、王小妮、海男等，“新”女诗人如唐丹鸿、娜夜、贾微、安琪、鲁西西等。不同于80年代的女性诗歌所追求的“躯体诗学”，90年代女性诗歌表现出了激情与技术会合的新的美学倾向。如唐丹鸿的《看不见的玫瑰的袖子试拂玻璃窗》：“红窗帘扭腰站定在角落/白窗帘哗的一声敞开胸襟/扁平透明的玻璃乳房/朝老板和秘书响亮地袒露。”从这里可以看出90年代女性诗歌尽管也是以“性”为中心，但是它淡化了此前男女性别对抗意识，更不见以前那种对自己女性身体的自恋、自虐，而是以身体为基点，用身体言说身体以及身体之外的人文关注。不能用庸俗社会学的眼光斥之为“颓废主义文学思潮”。

此外，一些老诗人的写作，也为90年代诗歌作出了重要贡献，如牛汉、郑敏、李瑛、绿原、苏金伞、沙鸥、蔡其矫、曾卓、杜运燮等。比如，郑敏的组诗《诗人与死》，本是悼念另一个“西南联大诗人群”诗人唐祈之死，但它又不止乎此，而是写出了一代知识分子的命运，在镇定之中可以感受到老诗人的沉痛和愤懑：“我们都是火烈鸟/终生踩着赤色的火焰/穿过地狱，烧断天桥/没有发出失去身份的呻吟。”这批老诗人都是站在知识分子的立场，不遗余力地发出反思、批判的声音。

还有另外一些表述苦难的写作。比如写乡土的诗歌，有高凯（甘肃合水人，1963— ）《心灵的乡村》里的《风中》：“一上路/风就带着大量的沙子/迎面逼来//我不得不立即转过身去/以背对风的态度和姿势/对付风//而且我倒退着前进/把前进的路变成退路/沙子/堵不住的双眼/因此在塬上洞开//倒退着前进/我想先看清风的去向/等转过身以后/再看清风的来历”等。显然，这力图洞穿苦难的乡土诗比起那些赞美美好乡土的“新乡土诗”来，更加厚实，更有震撼力。又如“城市诗”凸显了城市的贫苦和异化，“城市诗”群体代表诗人有宋琳、张小波、王寅等。“城市信仰和城市否证、技术崇拜和自然崇拜、民族感和个体感或世界感、历史感或现代感纷然一堂，互相抵牾挤压渗透，并形成一种焦灼的张力，它是城市诗人的共同精神特征，同时也是诗的美学形态发生扰动和转移（如事态诗的出现和消失）的重大心理背景。”①

第五节 流行歌词创作

优秀歌词是“能歌的诗”，是诗意迁移的又一种表现形式，它接纳了一大批诗歌读者。流行歌词属于大众文化范畴，是为老百姓休闲娱乐服务的，为他们排忧解难，提供异地异时的想象和安慰。而纯正的诗歌，尤其是“知识分子写作”抵御的恰恰就是这种自由的“过度”、无主体性的节日狂欢和与意识形态在无形之中形成的“合谋”。大多数流行歌词主题通常呈现主题类型化、大众化的特征，而情歌又占了流行歌唱的很大比例，比如《小芳》、《爱情鸟》、《白天不懂夜的黑》等。

90年代流行歌词大多具有诗化特征。这其中又尤以摇滚歌词表现得分外突出，如郑钧、崔健的歌词和唐朝、黑豹、零点、Beyond等的歌词。与现代诗相比，它们在人文关怀、文化哲学底蕴和诗性色彩方面毫不逊色。如郑钧（陕西西安人，1967— ）的《回到拉萨》：“回到拉萨/回到布达拉/在雅鲁藏布江把我的心洗净/在雪山之巅把我的魂唤醒。”其在世俗与圣洁的对抗和张力中，表达了回归人类精神家园之意愿。又如崔健（北京人，1961— ）的《一块红布》：“那天是你用一块红布/蒙住我双眼也蒙住了天/你问我看见了什么/我说我看见了幸福//这个感觉真让我舒服/它让我忘掉我没地儿住/你问我还想去何方/我说要上你的路//看不见你

---

① 朱大可：《焦灼的一代和城市梦》，见《城市人：宋琳、张小波、孙晓刚、李彬勇诗集·序》，上海，学林出版社，1987。

也看不见路/我的手也被你攥住/你问我在想什么/我说要你做主//我感觉你不是铁/却像铁一样强和烈/我感觉你身上有血/因为你的手是热乎乎//我感觉这不是荒野/却看不见这地已经干裂/我感觉我要喝点水/可你的嘴将我的嘴堵住//我不能走我也不能哭/因为我身体已经干枯/我要永远这样陪伴着你/因为我最知道你的痛苦/嘟嘟……"崔健曾经表白过，他的摇滚乐表达的是一种社会所需要的思考，一种理性，在你最顺的时候，在你最不顺、最萧条的时候，这个社会总是需要一群人理智地看待它，这种看待是黑色的，它诚实地说出问题，让你觉得社会很有意思，帮助你有所发现，但并不是为了逗你笑，赂肢你。

其他值得注意的流行歌词还有罗大佑的《一样的月光》、《穿过你的黑发的我的手》、《追梦人》等，赵传的《我是一只小小鸟》、《我很丑可是我很温柔》等，齐秦的《外面的世界》，高晓松的《同桌的你》，陈小奇的《涛声依旧》，张千一的《青藏高原》，李子恒的《冬季到台北来看雨》，何训友的《阿姐鼓》等。此外，值得注意的还有乔羽、庄奴、晓光、张名河、张藜、晨枫、黄淑子等人的歌词。

当然，优秀的歌词离不开好的谱曲，同时也离不开现代高科技的传播手段，如广播、电视、唱片、卡拉OK、MTV、VCD、CD、MP3等，是它们的联姻才促使歌词被大众接受和消费，最终使歌词流行开来。

【本章学习参考】

一、相关文献

1. 程光炜．岁月的遗照——九十年代诗选．北京：社会科学文献出版社，1998.
2. 杨克．1998年中国新诗年鉴．广州：花城出版社，1999.
3. 王家新，孙文波．中国诗歌九十年代备忘录．北京：人民文学出版社，2000.

二、复习思考

1. 名词解释：

"中断说"　90年代中国新诗谱系　"个人写作"　"知识分子写作"　"民间写作"　"身体写作"　流行歌词

2. 如何看待80年代诗歌与90年代诗歌之间的关系？
3. 试描述90年代新诗的总貌。
4. 试分析90年代新诗的处境。
5. 怎样理解"个人写作"？
6. 试概括90年代诗歌的艺术特征。
7. 列举"知识分子写作"的几个特征。
8. 怎样评价"新乡土诗"？
9. 评估"民间写作"的得与失。
10. 简述"知识分子写作"与"民间写作"之争。
11. 评说90年代的"身体写作"。

第四十七章 20 世纪 90 年代的散文、戏剧、影视

与小说、诗歌一样，90 年代散文、戏剧与影视也进入多元时代。学者散文、作家散文、女性散文各呈异彩；实验话剧、小场次话剧风光不再，电视连续剧成为时代宠儿；第五代电影陷入商业旋涡，第六代电影展现才华。消费主义与严肃思考并存。

本章主要评述 90 年代的散文、戏剧、影视诸品种的创作。

第一节 20 世纪 90 年代散文

一、90 年代散文概貌与特点

20 世纪 90 年代是中国“散文时代”。散文呈两极发展：一是思辨化、大型化，出现了大文化散文、文化历史散文；二是情感化、软化、细化，“大众散文”、“小女人散文”是谓。但堪比鲁迅、周作人的散文大家还没有出现。

就创作概貌而言，90 年代散文创作出现了一种通俗化的倾向；具有忧患情怀的学者文化散文兴起；女性散文创作空前繁荣起来并形成了一种热潮；全方位的报告文学继续发展。

就散文特点而言，首先，多元共生有诸体现；其次，注重理性，呈现内在的人性和神性；再次，张扬个性，有个性的散文家开始涌现。

二、余秋雨、张中行的散文

90 年代散文创作的一个重要现象就是出现了“学者散文”或“大散文”的形态。这些散文拓展了散文创作的领域，开阔了作者表现和思考的疆域。一大批具有深厚学术修养和人生阅

历的学者介入散文，加重了散文的知识品位和文化分量，显示了人文知识分子关注现实问题和参与现实文化的“民间情怀”。代表作家有余秋雨、张中行等。

余秋雨（1946—　），浙江余姚人。80年代末开始创作散文，结集有《文化苦旅》、《文明的碎片》、《山居笔记》、《霜冷长河》、《千年一叹》、《行者无疆》等。

余秋雨的散文以游记的形式对中国文化问题进行思考，展示其文化意蕴，主要由三个方面构成。一是在蒙昧的历史长途中艰难跋涉的中国知识分子群体。如李冰（《都江堰》）、柳宗元（《柳侯祠》）、苏东坡（《苏东坡突围》）、朱熹、张拭（《千年庭院》）、被放逐的文人（《流放者归来》）、“酒公张先生”（《酒公墓》）、史学家陈旭麓教授（《家住龙华》）等。二是镌刻着无数历史人物足迹和印记的文化名城、风景名胜、地域场所等空间存在。如都江堰、柳州、黄州、海南岛、三峡、洞庭湖、庐山、西湖、苏州（《白发苏州》）、承德避暑山庄（《一个王朝的背影》）等。三是已经上升为某种象征符号，凝聚着厚重文化内涵的物象。如天一阁、莫高窟、牌坊、庙宇、笔墨、废墟等。作者常将三方面内容交错起来，扭结到若干著名或无名的人物的活动轨迹中，通过他们的奋求与失落，中兴与末路，得意与苍凉，质言之，通过他们的生命亮色划破历史隧道的黑暗，展现了一幅漫长的中国文化演进的巨幅画卷。

余秋雨散文展示了他所理解的文化历史，对中国历史、中国文化的追溯、思索和反问。作家把对历史的重新阐释作为重建新文明的第一步，试图与历史对话，与历史共鸣，在自身与历史的对话中形成他自己独特的历史语境与历史情怀。《莫高窟》写到敦煌佛教文化的博大精深，揭示佛教文化是在传播过程中，由信徒虔诚的心灵所缔造出的一种文化，是一个民族心底“一种彩色的梦幻、一种圣洁的沉淀、一种永久的向往”。《道士塔》通过对无知道士的描写深刻揭示了屈辱历史导致了文化丧失，隐含了对文化际遇的一种深沉感叹，也暗含了作者的一种文化批判和审视的态度。《千年庭院》以岳麓书院的演讲过程，阐释了中国教育的某种程度的宿命，表达了一个教师在很多时候的无奈心境。《洞庭一角》、《西湖梦》和《苏东坡突围》等则关注文人的命运，描述一代代文人因为过于正直而导致流放的命运。作家在散文中展现了中国文人的精神走向和文化人格的演变过程，并在这个过程中对中国文人的软弱性进行了批判。

余秋雨散文有其艺术特点。一是把“形散”与“神聚”结合起来，做到寓控制于放纵。如《上海人》，作者举重若轻地把文史知识积累融入了感性的叙述中，写了徐光启的文化性格，上海的历史等，恰如其分地阐释构建上海文明新形态这样一个主题思想。如《千年庭院》、《进士》等都以思想的线索贯串全篇，并注意运笔的轻重浓淡、抑扬张弛，在波起云涌的变化中间取得形神的统一。二是理与情的融合统一。能用散文流利的语言叙述艰涩的哲理问题，情与理统一起来，情理合一。三是多种表达方式的综合运用。

张中行（1909—2006），河北省香河县人。80年代初期开始散文创作，并将他深厚的传统文化修养融入其散文创作中，先后出版了《负暄琐话》、《负暄续话》、《负暄三话》、《顺生论》、《留梦集》、《观照集》、《禅外说禅》、《说梦楼说屑》、《桑榆琐话》、《流年碎影》等散文集。张中行学识渊博，文风古朴，具有“五四”遗风，在社会上引起广泛影响。他的散文可分为两类。

记叙散文，谈人和谈事，以怀旧为主，多收在《负暄琐话》、《负暄续话》、《负暄三话》三部集子。张先生谈人多是写相知、相熟的文人，且只写好人不写坏人。看这类作品，就像在听一个冬阳下倚篱而坐的老人，娓娓叙说人生那些“可传之人、可感之事、可念之情”。掩卷长思，就仿佛是打开了天堂通往人间的大门，让那些近百年来故去的和活着的，有所闻和无所闻的，穿长衫的，着洋服的，文人墨客、主妇游民接踵而出，栩栩如生。张先生爱写文人。这大概与他一生为文，多与知识分子接触有关。张先生笔下的旧文人，如《胡博士》、《刘半农》、

《梁漱溟》、《孙楷第》、《诗人南星》、《李朝瑞》，等等，都各具特点。描写手法截然不同，有的用快笔勾勒，有的以淡彩轻敷，有的精雕细琢渐开点睛之笔，有的一蹴而就顿显庖丁神功，有的如江河大潮喷涌宣泄，有的似崖头滴水潺潺不停。

文化随笔，更像杂文。不但有《由吴起起的东拉西扯》、《读〈汉书·苏武传〉》、《〈洛阳伽蓝记〉里的一点牢骚》、《汉学与轻信》、《有关史论的杂想》等以读书为篇名的，还有大量的是由作者所思、所想、所感、所悟而引发的作品，如《自嘲》、《临渊而不羡鱼》、《关于受礼》、《犊车驴背》等。

张中行散文行文活泼，或从一首古诗、一则典故入手，谈古论今，指西道东；或呼唤科学、民主精神，鞭挞封建专制；或批评假药、假酒、假文凭，反对假话；或宛如一幅幅世象漫画，把人间的各种嘴脸暴露无遗。作家用冷静的评述来表现出一种生活的哲思和审美情趣，也向读者展现了他的学识和人生态度，具有一种历史的厚重感。张中行的文化随笔尤为突出的一个优点即是行文较为活泼，少了一般言理散文的学究气。

"张中行论及国人文化心理，优劣分明，反省得也较为深刻；评析现存社会的短论，文人气过浓，不及鲁迅那样沉郁悲慨，火气完全隐在背后，以至给人一种隔岸观火之感，但其中确有很现实性的东西存在。"① 总体而论，张中行的散文深刻思考了现代生活和文化，充分体现了作者的智慧，读来别有一种韵味。

三、史铁生、张承志的散文

当代散文发展到史铁生和张承志，走向心灵和生命体验层面，更加关注人的精神与心灵，以及人生旅途中相伴随的孤独、焦虑等情感，并通过此和人类所追求的"真善美"共同人性相通。

史铁生是从乡村记忆走向哲理探寻的文学艺术家，也是从生命的意义中发掘出新意的为数不多的作家之一，他的作品往往给人以强烈的震撼和凝重的思考。他的散文有三个重要主题——生死、生命、写作。其散文作品对三者的挖掘，既有对中国传统文化的传承，又有对西方宗教思想的吸收和哲学意蕴的揭示。

生死，"是生存，还是毁灭"这个人类的终极命题当初其实是作为一个非常具体的现实问题被推到史铁生的面前的。他的思考是要为"不自杀"找到充分的理由，为"活下去"找到充足的根据。《我与地坛》、《好运设计》、《对话四则》等一系列的散文，可以充分地感受到在看似超脱的文字下面潜藏的内心激流，理性的史铁生和感性的史铁生日日夜夜互相辩驳、安慰、鼓励。史铁生的生死追问从来不是坐而论道，枯谈玄理，而是始终伴随着强烈的情感体验，所有的思考都是为了让世俗中的自己从内心活得更坦然，更理直气壮！他要寻找生命的意义，以超越自我超越困境。史铁生的终极追问的起点恰恰是他自己真实的生命体验，是缘于尘世生活的必需，这就决定了他以后思考的走向和特质，那就是始终与世俗生活紧密相连，从生活中来又回到生活中去。

张承志是一位具有理想主义精神的散文家，他的散文不同于一般的散文追逐时尚、名利，

① 孙郁：《张中行散文选集》，序言，天津，百花文艺出版社，1996。

而是表现了中国文学崇尚“风雅”、胸怀天下这样一种独特而又漫长的传统和脉络。表现出两大情思。

一是对现代文明的批判。20世纪90年代，市场经济使社会和文学的气候陡然生变。《离别西海固》描述时代的变化：“周围的时代变了，二十岁的人没有青春，三十岁便成熟为买办。人人萎缩成一具衣架，笑是假笑，只为钱哭。”张承志充分意识到浩浩荡荡、挟磅礴气运、无可阻挡的物质时代的临近。《无援的思想》痛感大批的中国人屈服于势利，媚外求荣，已经准备好“从肉体到感情”地出卖了，认为只有在“西海固、北庄、沙沟”这类自然中，才能深切体会到生命的存在与意义。

二是宗教的情思。在张承志的眼里，宗教的情思才是最为崇高的，尤其在这个商业时代，只有宗教才能清洁人的精神。《背影》、《神不在异国》歌颂回族人民对于宗教虔诚的信仰。他向往《史记》里的刺客，将其视为一种“清洁的精神”；向往狼牙山五壮士，将狼牙山当作圣地朝拜，还“两次登临”；就连张承志一直引为自豪的对“体制”的抗争，都体现了一种崇拜意识。有评论家认为：“张承志‘以笔为旗’，决心‘抵抗’当代知识界的道德堕落，但是却不自觉地回到了‘文化大革命’的‘英雄’时代，勇于充当偶像捍卫者的角色，固拒市场自由主义的来临。”①

四、新人散文

90年代，一批年轻作家走上文坛，他们观照个人意识深层细密脉动的创作姿态，以及为此而将语言尽力锤炼得更明净更准确更质朴、更富有整体感染力而绝不追求局部效应和零星亮点的创作手法，即使摆在90年代包括散文和非散文体裁在内的整个中国文学创作层面上，也都是难能可贵的。代表作家有王英琦、张锐锋、刘亮程、筱敏等。

王英琦（1953—　），安徽寿县人，是一位既思索历史和民族的命运，又能够充分内省的散文家。她将目光转向自我，转向对人内心世界的无情审视和尖锐剖析，写出了一批侧重表现女性情感历程的作品，如《向戈壁》、《男人和女人》、《活出女性的滋味来》、《永远的女游子》等。作者通过这些散文对传统世俗的爱情观的超越和对女性人生价值的思考，表现了当代女性自尊、自强的觉醒意识。

王英琦的创作，是生命的投入，她敢于面对惨淡的人生，敢于正视淋漓的鲜血。复杂的社会、苦难的人生，在她笔下展示为一幅幅现实人生画卷，这在她的散文集《热土》中有集中体现。长篇反思纪实散文《背负自己的十字架》，有其凝血的心灵和充满哲理的思辨，及灵魂守望者的自我拷问。《我遗失了什么?》、《美丽地生活着》等，又表达了她对女性命运的深刻思索：对“早已习惯于自己是个‘雄化’的女人”的疑惑，以及通过痛苦的思考最终获得顿悟。这些体现出现代女性追求自我的真实品格。

强烈的民族情感和倔强的个性，使王英琦的创作具有豪放之气和催人警醒的力量。被称作“大陆三毛”的她喜欢驾驭历史、文化大题材，表达粗犷豪爽，语言快人快语，直陈胸臆，几乎不及雕琢，少有女性作家那样的委婉含蓄。

① 林贤治：《五十年：散文与自由的一种观察》，载《书屋》，2000（3）。

张锐锋（1960— ），山西省原平市人。著有《幽火》、《别人的宫殿》、《蝴蝶的翅膀》、《世界的形象》、《沙土的神论》、《被炉火照彻》、《祖先的深度》、《皱纹》、《河流》、《月亮》、《飞箭》、《文学王》等。张锐锋的散文表现的是对人生存状态的认知与理解，这种智性与他散文中洋溢的诗性相结合，使他的"新散文"作品从各个角度达到了一种传统散文很少见到的境界，较之一般的"学者散文"和"文化散文"更切近文学的特质。

刘亮程（1962— ），新疆古尔班通古特人。著有散文集《一个人的村庄》、《风中的院门》、《库车》等。他创造了一个让我们不知所措的形而上村庄——"一个人的村庄"，让长期生活在城市的"现代人"，找到了焦灼不安、恐惧忧伤的形而上根源。他以一种没有被城市文明覆盖或污染的浑金璞玉般的语言构架了一种既亲近自己具体的乡村生活环境，但又决不甘与普遍形态的乡村文明混同一气的贵族品格或隐士品格。

筱敏（1955— ），现居广州。有散文集《喑哑群山》、《成年礼》、《女神之名》、《理想的荒凉》、《捕蝶者》、《阳光碎片》、《风中行走》，长篇小说《幸存者手记》等。筱敏是90年代散文创作中注重现实生命的一位重要作家，在散文中守候着、静观着社会和人类的灵魂。散文集《成年礼》的思想洞见、理性智慧和美丽的文笔都让人留下印象。

唐敏，用心孕育、表现经过了"幻化"后的生活现实，把大自然的景物和动物当作自己的观察对象，把对生活的细致观察与女性的感受结合起来。其有《女孩子的花》、《心中的大自然》、《花的九重塔》、《红百合》、《瓷心如佛》、《闽南好味道》等散文篇什。

斯妤，是一位善于发现并表现美的女作家。前期有《白太阳》、《女儿梦》两个散文集，挖掘自然之美和人的内心世界，表现平凡生活中所展现的人生的故事。

五、报告文学

进入90年代之后，报告文学告别了80年代登高一呼，万众趋从的辉煌，走向沉静和分化，创造出具有历史价值和文化意识的优秀作品。

这一时期的报告文学抓住重大事件（如改革开放、亚运会、抗洪等），抓住社会问题题材，对一些重大历史事件和具有时代特色的人群进行叙述，在弘扬时代主旋律的同时，也强化了报告文学的批判意识与忧患意识，体现出强烈的时代精神。如《以人民的名义》、《共和国告急》、《中国风沙线》、《黑脸》、《疯狂的盗墓者》等作品。

90年代报告文学更多关注整个世界的生活，把创作重心转移到了人类生存问题以及生命的意义追问，报告文学作品的全球性意识得到加强。其中《世纪之泣》、《忧患八千万》、《智慧风暴》都体现了报告文学对世界和人本身的关注。

90年代部分报告文学以社会批判为己任，以提升人类境界、优化人类理想作为创作主体的社会使命。卢跃刚的《辛未水患》、《长江三峡：中国的史诗》、《以人民的名义》、《讨个"说法"》、《大国寡民》等突入社会，反映现实，干预生活，表明了作者对重大题材的职业敏感，对弱势人群仗义执言的精神关爱，对正义的维护与呼吁，也表现了知识分子的心灵的演变。

90年代中后期，报告文学新闻性更强，忧患意识更浓，多采取调查纪实写法。如何建民的《落泪是金》和《中国高考报告》。另外这个时期迅速崛起了新形式的"影视报告文学"，代表作品有纪实报告片《百年恩来》、《邓小平》、《毛泽东》等。发展到后来，报告文学开始走向

“纪实小说”和“报告小说”的道路。

躲避现实前沿是90年代报告文学创作中存在的一个问题。一是对90年代的中国改革迅速发展，对此只有局部、零星的反映，而整体上有深度的报告则付之阙如；二是回归历史题材。这种情势象征着报告文学文体的某种蜕化。

第二节
20世纪90年代戏剧

90年代的中国戏剧艺术出现了新的走向，创作动机、话剧观念、演出方式、审美方式进一步多元化，形成崭新的艺术视野。以主旋律戏剧为代表的体现国家意识形态的戏剧、以商业操作为特征的通俗戏剧、以先锋姿态前进的实验戏剧以及对名著重排和改编而成的戏剧构成多元并存的戏剧生存状态；小剧场戏剧则成为这一时期重要的演出方式。

在20世纪90年代涌现的大批戏剧家中，孟京辉、牟森、林兆华以开创性的戏剧实验备受瞩目。孟京辉（1964—　）的先锋戏剧《秃头歌女》、《等待戈多》、《思凡》、《阳台》、《我爱×××》、《一个无政府主义者的意外死亡》、《恋爱的犀牛》、《盗版浮士德》等在90年代相继问世，这些作品以独特、反叛的视角，敏感、偏执的精神指向，真实、微妙的生命体验，拼贴组合、戏谑调侃、嘲弄反讽的情绪基调，高高举起“先锋”旗帜，奠定了孟京辉在中国戏剧史上的地位。在80年代就硕果累累的林兆华（1936—　），90年代继续着大胆的探索之路，对《哈姆雷特》、《浮士德》、《三姊妹·等待戈多》、《北京人》、《茶馆》、《故事新编》、《理查三世》等经典名著的改编融入了个人的独特感悟和深邃的思想力量。林兆华的戏剧常常淡化戏剧的政治和历史背景，把人放在具有普遍意义的情境之中加以阐释，力图挖掘人性的真相，揭示生命的张力。同时，林兆华致力于形式的创新，叙述上习惯打破戏剧的线性叙述结构，将时空零碎化，具有强烈的实验意味；舞台上时时更新装置，中国传统艺术中的民间杂耍、木偶戏、皮影戏、二人转，西方艺术中的爵士乐、摇滚乐、古典音乐，以及《哈姆雷特》中的升降机、《理查三世》中巨大的金属网罩、《浮士德》中的飞艇等舞台装置成为表意符号，丰富了戏剧的表现力。牟森（1963—　）是90年代另一位实验戏剧的代表人物，并且在探索之路上走得更为彻底。《关于〈彼岸〉的汉语语法讨论》、《零档案》、《与艾滋有关》等戏剧摒弃了剧本、故事功能、规定情境、人物塑造，消解了传统戏剧的要素，具有明显的“反戏剧”的特征。《与艾滋有关》一剧“没有剧本，没有故事情节，没有编造过的别一种生活”①，演员在舞台上用猪肉、胡萝卜、大白菜制作肉丸子、包子、肉炖胡萝卜，两名民工在砌墙，演员们大谈“文化大革命”、性意识、同性恋、艾滋病等问题。食品制作、垒砖砌墙、自由发言，三条动作线平行发展，毫无联系。在男男女女的忙碌中，观众眼看着热气腾腾的食物制作出来，两个真正的泥水匠砌起了三面墙，演员的言语混杂蜂拥，一个新时代的戏剧景观赫然呈现。牟森的话剧实验

① 牟森：《写在戏剧节目单上》，载《艺术世界》，1997（3）。

力图展示真实的生存状态，使观众各得所思，然而他激进、反叛的艺术观念和主题模糊的表现形式并未得到观众的普遍认可。

李龙云、杨立民、过士行、王小鹰、田沁鑫等人的戏剧创作以鲜明的个性，共同丰富了90年代的话剧格局。李龙云的《荒原与人》通过沼泽地里北大荒人的挣扎与煎熬，展示了整个人类生存状态的真实图景，达成了对历史、人生与社会的深刻反思；过士行的《鸟人》、《鱼人》、《棋人》、《坏话一条街》具有强烈的寓言化、荒诞意味和虚无色彩，戏剧主题开放多义；查丽芳的《死水微澜》和田沁鑫的《生死场》则将名著搬演上舞台，以浓郁的诗情、民族化风格和地域色彩、富有思想张力和视觉震撼力的表现形式，造成了震慑人心的艺术效果。

20世纪90年代，小剧场成为戏剧的主要表现形式和新时期中国戏剧发展的重要标志之一。早在20世纪20年代，“爱美剧”便成为中国小剧场运动的首次实践。1982年，《绝对信号》开辟了新时期中国小剧场戏剧的先河，引领了一批同类型戏剧的诞生。1989年，来自全国10个戏剧团体的13台小剧场戏剧齐聚南京，举行了中国戏剧史上首届小剧场戏剧节，集中演出了《绝对信号》、《社会形象》、《火神与秋女》、《人生不等式》等剧目，并对小剧场戏剧的美学特征、现实意义展开探讨，引发了90年代小剧场戏剧的高潮。1998年，中央戏剧学院、中国青年艺术剧院、上海戏剧学院纷纷举办小剧场戏剧演出，又一次掀起小剧场戏剧的高潮。

小剧场戏剧运动在90年代的蓬勃兴起具有双重原因：大剧场话剧遭遇危机与个性化时代的观众需求使话剧发展之路被迫转向，戏剧家开放独立的艺术探索则使小剧场戏剧成为90年代戏剧艺术发展的主观选择。随着小剧场戏剧的逐渐丰盛和延展，一批各具特色的导演、演员、制作人登上话剧历史舞台，牟森的“戏剧工作车间”、林兆华的“戏剧工作室”、孟京辉的“穿帮剧社”等纷纷出台，形成不同的演出风格和流派，改变了戏剧高高在上的演出常规，形成直接、真诚的观演交流。同时，90年代的小剧场戏剧致力于探索戏剧在新时代的生存之道，商业化与实验性成为许多小剧场戏剧并行不悖的追求目标和双重特征。

第三节
20世纪90年代影视

90年代后，中国电视剧生产的特点是创作规模大，产量激增，电视剧品种、类型更加丰富，风格多样化，艺术水准大大提高，出现了真正具有社会影响力的流行电视剧。中国电视剧的生产和流通面临的是一种非市场性与市场性两种体制并存的局面，而且两种制作方式都产生了一些有广泛社会影响和较高收视率的电视剧。除了《渴望》（1990）、《编辑部的故事》（1991）、《北京人在纽约》（1993）等以外，《围城》（1990）、《情满珠江》（1993）、《上海一家人》（1991）、《英雄无悔》（1995）、《苍天在上》（1995）、《和平年代》（1996）、《孽债》（1994）、《年轮》（1994）、《宰相刘罗锅》（1995）、《三国演义》（1994）、《水浒》（1997）、《雍正王朝》（1998）、《还珠格格》（1998）、《牵手》（1999）等都成为了中国流行的电视剧，而这些电视剧的“流行”本身就是中国社会文化变迁的折射和记录。

90年代后，中国电影创作在计划经济与市场经济、政治事业与文化产业的夹缝中，出现了以国家政治意识形态为主导，多种文化、多种价值观念、多种意识形态体系共生并存的状态。

"主旋律"创作成为这一时期最重要的创作现象；伴随国营电影发行体制的解体，大众对娱乐消费的需求增加，出现了一批以国际电影节为突破口的"新民俗"片；"第六代"电影人以其在电影观念和影像形态上的独特性构成了新生的电影群体风貌。

一、观众最多的《渴望》与《北京人在纽约》

1990年，大型电视连续剧《渴望》创下中国电视剧收视率新纪录。《渴望》剧情跨越1969—1990年中国社会复杂多变的20年岁月，通过三个家庭三代人之间围绕丢弃孩子、收养孩子、归还孩子的曲折情节，展现了女主人公刘慧芳的命运遭际，叙述了一个冲突迭起充满悲欢离合的煽情故事。刘慧芳式的美丽、善良、贤惠、温柔，正迎合中国观众对传统理想女性的渴望。《渴望》显然受到中国港台、日本、巴西电视连续剧和"电视小说"的启示，它利用社会赞助资金，采用基地制作、室内搭景、多机拍摄、同期录音、现场剪辑的工业化制作方式，用善恶分明的类型化人物，二元对立的情节剧模式和扬善惩恶的道德化手段来叙述普通家庭中普通人的悲欢离合。这部当时中国最长的电视剧在中国各地引起巨大的反响，多家电视台轮流播放，正处特殊文化匮乏时期的数亿中国观众大饱了眼福。此后，《渴望》的制作模式成为了一种范本，出现了大量的表现普通家庭、传奇故事、轻喜剧的电视情节剧，如《爱你没商量》（1992）、《东边日出西边雨》（1993）、《皇城根》（1992）、《京都纪事》（1993）、《海马歌舞厅》（1993）等。

《北京人在纽约》（1993）根据旅美作家曹桂林同名小说改编，描写20世纪80年代末到90年代初赴美移民浪潮中北京人在美国的生存状态，书写北京人在纽约奋斗与挣扎的生存故事，是对所有做过"美国梦"的中国人的一个回应。主人公大提琴手王启明与妻子郭燕，满怀对艺术和理想的梦幻来到神往已久的美国，现实的艰难和窘迫使他放弃了艺术。在家庭的分解与重组中，在婚外情的发生发展中，在移民子女的教育及两代人的观念冲突中，以王启明一家为代表的怀着美国梦的北京人，事业与情感发生着巨大的变化。美国，许多中国人淘金的梦想，最终破灭在他们在异国他乡为生存而奔波的疲惫中。

二、《编辑部的故事》与《我爱我家》

90年代以后，中国的文化主流开始了大众化转型，影视成为一种游戏性的娱乐文化、商业产品和大众文化。市民情节剧《编辑部的故事》、《我爱我家》，通俗轻喜剧《闲人马大姐》，电视言情片《过把瘾》、《牵手》等在数量上成为了中国影视文化的主体。它们提供的大多是一些轻松流畅的故事、情节和场景，一种令人兴奋而又眩晕的视听时空。

(一)《编辑部的故事》

一部京味浓郁的系列剧。该剧选择当时社会热门话题作为喜剧题材，用指桑骂槐的喜剧方式，宣泄了当时中国大众对于政治、对于主流意识形态的失望和对于社会思潮的复辟倾向的嘲弄，在当时引起了社会各阶层的普遍共鸣。作品主要描写《人间指南》杂志社 6 个性格各异却都善解人意、乐于助人的编辑之间的交流与碰撞，刻画了一批喜剧人物形象。剧中每个故事都直指现代社会中存在的问题，轻松幽默中含有辛辣讽刺，对话生动有趣。《编辑部的故事》明显带有王朔作品风格——幽默、讽刺、戏谑、调侃、平民化，开启了中国的电视轻喜剧系列片先河，也对后来《我爱我家》等情景喜剧的出现形成了推动。情节剧样式的连续剧和喜剧样式的系列剧，从此以后就成为了中国通俗电视剧的两种最重要的形式。另外，《编辑部的故事》采用企业赞助的融资方式，并首次将广告随电视剧捆绑播出，在电视剧中利用剧情为赞助企业做隐性广告（后来被人们称为“软广告”），为电视剧的商业化运作开辟了一种途径。

(二)《我爱我家》

1992 年，英达和王朔策划了中国第一部情景喜剧《我爱我家》，该剧于 1994 年播出，标志着中国情景喜剧的诞生。

《我爱我家》描写了生活在北京的一个普通的六口之家每天发生的充满喜剧色彩的故事。爷爷老傅是退休老干部，心里感到失落，在家里仍放不下干部的架子。剧本描写了他和机关职员大儿子志国、唱大鼓书的儿媳和平、倒腾买卖的小儿子志新，人小鬼大的孙女圆圆、保姆小张，及邻居、亲戚的关系，他面对改革开放后出现的许多现象如婚外恋、追星、彩票热、皮包公司、走穴及种种新旧体制交替下的新事物新观念，作出的不同反应。

剧本具有明显的特色。首先是对“文化大革命”意识形态的嘲弄、超越和扬弃。其次，讽刺现实生活中的陈规陋习和各种新滋生的丑恶现象。再次，沿袭了王朔惯用的反讽。反讽的原意是“佯装者”言在此，而意在彼，笑声背后，崇高与渺小、严肃与调侃、优雅与粗鄙被拉到同一水平上，这些价值意义也因此被消解了。大量的政治术语嵌入到日常生活场景，像“我由于放松了思想改造，在资产阶级糖衣炮弹前打了败仗，对不起党的教育，辜负了你的信任”。调侃化与相声化、大众化的语言开创了中国情景喜剧的语言风格。第四，塑造了性格各异的生活中随处可见的小人物。他们以平面、简单、直接甚至是滑稽的形象出现。这种简化后的漫画式的形象更容易被观众把握，也更符合观众的观赏趣味。为了使情景喜剧能一集接一集、年复一年保持幽默效果和表演的核心动力，人物性格往往一成不变。

三、作家与影视生产

置身“读图”时代，视觉文化占据重要地位，传统印刷文化的作家，创作方式和存在状态也受到了巨大挑战。面对全社会涌起的物欲横流、下海经商的狂潮，一直以精英自许的作家队伍出现巨大分化。如何使自己的作品成为现今文化市场中所需要的产品，成为作家不得不考虑的问题。作为当下媒体的电影电视的巨大影响力给作家无限的诱惑。于是他们纷纷开始“触电”。

王朔无疑是第一个吃螃蟹的人。1984年王朔发表《空中小姐》，以其“顽主”系列小说逐渐登上文坛。他坦言：“我在1988年以后的创作几乎无一不受到影视的影响。从某一天起我的多数朋友都是导演或演员，他们一天到晚给我讲故事，用金钱诱惑我把这些故事写下来以便他们拍摄。”①《我是你爸爸》、《千万别把我当人》、《永失我爱》都是集体故事的产物。1990年，王朔参与《渴望》的创作，1991年王朔又创作了电视连续剧《编辑部的故事》。1989年1月王朔、魏人、刘毅然、莫言、苏童、朱小平、刘恒等12位作家成立“海马影视创作中心”，大张旗鼓从事影视创作，并以此获取合理的收益，这堪称作家积极介入文化工业生产，走出象牙塔的一次壮举。接着上海的宗福先、贺子壮、陈村等33位作家发表“九三一约定”，对影视剧本稿酬最低标准进行明码标价，规定电影剧本每部15 000元，电视剧单剧每集3 000元，多本每集2 000元。1993年夏天，吴滨、史铁生、莫言、刘毅然、余华、苏童、贾平凹、格非、杨争光、叶兆言、朱晓平11位严肃文学作家联合创作了20集电视连续剧《中国模特》。如果说此前王朔的《渴望》较多个人即兴色彩，那么，这次创作则标志着中国一批作家有意识、有组织地开始对电视连续剧这种视觉文化形式进行大胆尝试。尽管这次尝试未见得成功，但为作家大规模进入影视创作开辟了路径。

90年代，市场化潮流使越来越多的作家纷纷“触电”，一时间小说家的影响力往往取决于他和影视关系的密切程度，一部改编影片的成功，更是带给作家以无限的声誉和效益。当张艺谋打算拍摄武则天时，立刻就有六位作家以此命题，开写小说。获得茅盾文学奖的《白鹿原》被改编成秦腔、陶塑和连环画后，作者陈忠实不由大声疾呼，认为“影视改编再不能拖下去了……比起任何形式的改编，影视无疑是最好的形式。如果把电影和电视相比，最好还是电视连续剧”②。先锋作家余华在90年代推出的《活着》被张艺谋拍成电影获得成功后，不断再版，《许三观卖血记》也不断有人想把它搬上银幕。后来亦有麦家的小说改编为电视连续剧《暗算》，这些小说因影视的成功改编而备受瞩目。作为一种现代表达方式，影视已经成为越来越重要的艺术，作家的声音越来越小，现代的传媒工具的影响越来越大，仅仅靠文字本身传递信息是远远不够了。

四、“第六代”导演：浮出海面

从20世纪90年代中期开始，“第六代”电影导演成了电影理论界的一个焦点话题。“第六代”是一种约定俗成的称谓，并不像法国新浪潮、“第五代”那样构成一个独立的电影运动。“第六代”不只是一个“代”群，它包含了60年代和70年代出生的两个群体。在精英文化、主流话语和市场经济的三重压力的挤压下，60年代出生的导演群体在对“第五代”建构的文化屏障的突破中呈现出一种漂泊者的电影主题：冷峻、执拗、悲剧人生和自我放逐。而70年代出生的导演群体却是以回归和皈依的面貌出现的，这是对主流电影和市场价值的双重皈依。

① 王朔：《王朔文集》，2页，北京，华艺出版社，1995。

② 耿翔：《陈忠实坦言改编〈白鹿原〉》，载《中华读书报》，2001-08-08。

这些导演是“行走”的一代，他们的行动特别多。90年代初，张元、王小帅和《妈妈》、《北京杂种》、《冬春的日子》这样的一些人名和片名经常出现在国外的大小电影节上。“第六代”的发轫者们是以半业余化的粗糙制作、极端个人化的影像风格和叛逆性的制作方式而在国际影坛上崭露头角的。他们的影片大多未经过电影主管部门的审查，被人称作“地下电影”，无缘与国内观众见面。但作为国家体制内的第一部“第六代”电影，《头发乱了》可谓是“第六代”的滥觞之作。

以后，以胡雪杨（《留守女士》、《湮没的青春》、《牵牛花》、《罪恶》、《冰与火》）、王小帅（《冬春的日子》、《极度寒冷》、《扁担、姑娘》、《梦幻田园》）、管虎（《头发乱了》、《都市情话》）、娄烨（《周末情人》、《危情少女》）、李骏（《上海往事》）、张元（《妈妈》、《北京杂种》、《广场》、《儿子》、《东宫西宫》、《回家过年》）、李欣（《我血我情》、《谈情说爱》）、路学长（《长大成人》、《光天化日》）、阿年（《感光时代》、《呼我》）、王全安（《月蚀》）、王瑞（《离婚了，就别来找我》、《冲天飞豹》）、金戈（《青春旷野》、《干戈春秋》）、贾樟柯（《小武》、《站台》、《世界》）、金琛（《网络时代的爱情》）、张扬（《爱情麻辣烫》、《洗澡》）、施润玖（《美丽新世界》）、李虹（《伴你高飞》）、马卫军和张前（《天字码头》）、宁敬武（《成长》）、张建栋（《童年的风筝》、《紧急救助》）、章明（《巫山云雨》）等为代表的“第六代”，自90年代中期开始浮出海面，以集团冲锋的阵势，冲破“第五代”的遮蔽，成为中国影坛溢满青春活力的生力军。

【本章学习参考】

一、阅读书目

余秋雨：《文化苦旅》

张中行：《负暄琐话》

史铁生：《礼拜日》、《命若琴弦》、《往事》、《自言自语》、《我与地坛》、《病隙碎笔》

张承志：《心灵史》、《绿风土》、《荒芜英雄路》、《清洁的精神》

张洁：《在那绿草地上》、《一个中国女人在欧洲》

宗璞：《我爱燕园》、《燕园石寻》

王英琦：《王英琦散文自选集》

张锐锋：《幽火》、《蝴蝶的翅膀》

刘亮程：《一个人的村庄》、《风中的院门》

何建民：《落泪是金》、《中国高考报告》

鲁源：《龙门报告》

李青松：《遥远的虎啸》

孟京辉：《我爱×××》、《恋爱的犀牛》

林兆华：《哈姆雷特》

牟森：《零档案》

田沁鑫：《生死场》

刘恒编剧：《秋菊打官司》

余华、芦苇编剧：《活着》

李晓军编剧：《女儿楼》

肖矛编剧：《血色清晨》
蔡再生、林庆生编剧：《喋血黑谷》
吴子牛、王一飞编剧：《晚钟》
冯小宁编导：《红河谷》、《黄河绝恋》
王朔编剧：《渴望》、《编辑部的故事》
郑晓龙编剧：《北京人在纽约》
孙雄飞、屠傅德编剧：《围城》
刘和平（执笔）、罗强烈编剧：《雍正王朝》
琼瑶编剧：《还珠格格》

二、相关文献

1. 李晓虹．中国当代散文审美建构．深圳：海天出版社，1997.
2. 佘树森．中国现当代散文研究．北京：北京大学出版社，1993.
3. 李炳银．当代报告文学流变论．北京：人民文学出版社，1997.
4. 蔺海波．90年代中国戏剧研究．北京：北京广播学院出版社，2002.
5. 陈吉德．中国当代先锋戏剧．北京：中国戏剧出版社，2004.
6. 林兆华．戏剧的生命力．文艺研究，2001（3）．
7. 王朔．无知者无畏．天津：春风文艺出版社，2000.
8. 周宪．视觉文化语境中的电影．电影艺术，2001.

三、复习思考

1. 名词解释：

文化散文　影视报告文学　实验戏剧　小剧场戏剧　“第六代”

2. 余秋雨文化散文内容分析。
3. 张中行散文的文化意义。
4. 比较史铁生、张承志的散文创作。
5. 简论90年代报告文学创作。
6. 谈谈“第六代”导演电影作品中关于“成长”的主题。
7. 从王朔的小说创作看视觉文化语境中作家与影视生产的关系。
8. 以电视连续剧《渴望》的轰动效应谈谈八九十年代电视剧的大众文化特征。
9. 简述中国第一部情景喜剧《我爱我家》的文化意义。
10. 从《渴望》、《牵手》到《中国式离婚》看都市情感剧的伦理策略。

第四十八章
21 世纪小说

20 世纪 90 年代的文学风貌延伸至 21 世纪。文学主潮在消费主义文化的背景下持续稳定，且略有推移。21 世纪延续 20 世纪 90 年代末期底层叙事的主题，且出现“非虚构”写作现象。文化多元在小说创作中成为普遍现象，在商品追逐与严肃探索中，多元化、多向度成为主潮。学者散文向专家化方向发展，哲学思考成为学者散文的新潮。话剧在继续实验的同时，把眼光放在普通人身上。诗歌呈现出“下半身写作”的喧嚣和“文化性诗歌写作”的风貌，手机诗普及流行。电影陷入商业大片怪圈，小人物开始另类电影思考，电视警匪片以更加逼真的场面吸引观众。网络文学作为新介质文学，成为世纪之交以来读者最广泛的另一文学形式和民间情绪的直接参与体现物。

本章主要评述 21 世纪小说。

第一节 底层文学

一、21 世纪底层文学概貌

21 世纪以来，底层文学的书写越来越成为关注的焦点，也引发一系列的相关论争，这些讨论包括纯文学讨论、文学的第三世界讨论、文学的中产阶级趣味讨论、文学的人民性讨论、打工文学讨论、底层写作的学院术语话语权讨论、底层写作与写作伦理讨论等。这些以底层文学为起点的讨论越发走向深入，其价值得到了大大升华，指向对 21 世纪文学乃至包括新时期文学在内的发展理路的全面检讨和探索，是对 21 世纪文学发展方向的争鸣与探索。而非虚构文学尽管同样具有暧昧不清的争议，但其对现实主义精神的回归呼吁正是对于既往文学脱离现实、脱离生活、过度虚构的纠偏。无论是底层文学，还是非虚构文学，都可见文学界对于新时期以来“纯文学”的高蹈虚幻、通俗文学的媚俗物化等潮流的警醒和检讨，意味着新的文学精神的孕育和文学发展形态的转折征兆。

21 世纪“底层文学”出现在我国社会政治、经济快速发展与转型时期，成为 21 世纪以来重要的文艺思潮，也引发较大的争议。

“底层”源自社会分层理论中的“阶层”概念。2002 年 1 月，陆学艺主编的《当代中国社会阶层研究报告》，引起社会关注，同年 3 月，国务院总理朱镕基在《政府工作报告》中首次使用“弱势群体”提法，各界学者也对“底层”作为“弱势群体”的严重性日益关切，社会学方面的研究尤为敏锐，如《断裂——20 世纪 90 年代以来的中国社会》（孙立平）、《中国社会分层》（李培林、李强、孙立平等）、《断裂与碎片：当代中国社会阶层分化实证分析》（李春玲）、《博弈——断裂社会的利益冲突与和谐》（孙立平）等著作，均强有力地分析了中国底层社会问题。底层问题也自然成为文学界关注的热点，文学创作与“底层关怀”关联起来。2004 年，《天涯》杂志刊登底层叙述的系列文章，其后，《上海文学》、《小说选刊》、《北京文学》等文学刊物以及《文艺理论与批评》、《文艺争鸣》等文艺理论刊物对“底层文学”的发生、定义、精神内核展开了系列讨论。

底层文学将关注点投注在底层人民的身上，站在底层的立场上，用一种客观反映的表达方式和审视的态度去勾勒出真正的底层生活，对“被侮辱与被损害者”的描述，既有道德愤慨，更有社会批判和反思。对于“底层文学”的定义，学者李云雷在《底层文学，或一种新的美学原则》中表示：底层文学“在内容上，它主要描写底层生活上的人与事，在形式上，它以现实主义为主，但并不排斥艺术上的创新与探索；在写作态度上，它是一种严肃认真的艺术创造，对现实持一种反思、批判的态度，对底层人民怀着深切的同情；在传统上，它主要继承了 20 世纪左翼文学与民主主义、自由主义文学的传统，但又融入了新的思想与新的创造”①。底层文学有对 1985 年以来的“纯文学”新传统的反拨，它试图将文学与社会之间的关系重新梳理，直观地对待社会底层苦难的人生，以公平正义原则来吁求底层人民的权益。“纯文学”将个人私语的重要性提倡得淋漓尽致，日益放弃自身应有的道德责任感和必须遵守的历史使命，将文学由现实主义转化为游戏与狂欢主义，在语言形式方面，过度随意和私人化，内容难懂，语言生僻，导致受众面越来越狭窄。底层文学主动撇开“纯文学”主张的个人私语化，将文学创作的重点聚焦到关注底层的人文关怀中去，以承担社会责任的义务拉回作家视线，希望以真情实感来描写底层人民的苦难生活，以人道情怀去维护底层人民的基本利益。与底层文学密切关联的有打工文学，二者具有相似的描写对象，内容与风格具有交叉重合点，但区别也很明显，打工文学既有现实主义表达的自发意识，也有政府倡导扶持下的“主流意识形态化”特征，而底层文学则主要是民间自发形成的一种文学写作思潮。

在底层文学创作中具有代表性的作家有曹征路、罗伟章、陈应松、刘庆邦、王祥夫、胡学文、王十月、孙惠芬等，迟子建、贾平凹、阎连科、王安忆、池莉等作家也有作品涉及，一些重要的纯文学期刊也开始大量刊登以“底层”为题材的文学作品，如《人民文学》、《当代》、《小说选刊》、《清明》、《上海文学》、《钟山》等。若将底层文学进行划分，则可分为几大类：一是反映乡村生活的贫穷与破败，讲述农民真实的内心世界，如生存上的焦虑以及精神上的迷惘。陈应松的《马嘶岭血案》、罗伟章的《大嫂谣》等，这些作品都是在通过真实的故事来描绘出现代环境下农村面临的一系列问题，有生活上的艰难、封建传统以及转型社会带来的人性善恶、乡愚引发的社会矛盾等等，切实地刻画出农村发生的巨大变化以及各种新的冲突。二是书写进城乡下人在城市的一系列遭遇，像尤凤伟的《泥鳅》、荆永鸣的《北京候鸟》、陈应松的《太平狗》、罗伟章的《我们的路》、贾平凹的《高兴》、迟子建的《踏着月光的行板》等。进城

① 刘继明、李云雷：《底层文学，或一种新的美学原则》，载《上海文学》，2008（2）。

乡下人不仅有着生存的担忧和精神上的忧虑，更有现代化都市给予的身份焦虑，这种情况下，乡下人的城市生活往往由此陷入情绪上的焦躁与不满，继而陷入一些极端状况。这样的文学作品用事实告知上层阶级与普通大众，应该正视城市与乡村、城里人与乡下人之间的关系，新与旧的社会意识形态需要适应时代发展而找到二者之间的平衡点。三是描述城市社会底层的生活，如对妓女等底层人物的重点书写。相关作品有曹征路的《那儿》、《霓虹》，刘继明的《我们夫妇之间》，王祥夫的《花落水流红》等。作家用底层人民血与泪的故事来批判现实社会的种种不公平之事，让人们了解到现代化社会进程中新的底层阶层出现所产生的尖锐矛盾。

对底层文学创作的批评，主要指向其模式化、概念化写作，这分别包括内容、艺术性、情感、批评术语、主体立场等。为底层文学辩护者主要指向其中具有“新左翼文学”性质的部分，代表者有李云雷、刘继明、旷新年，以及作家曹征路等。他们认为“新左翼文学”是对现实主义精神的回归①，是对现实战斗精神的回归②，是对文学的政治诗学的回归和重建。

二、底层文学创作的三种流向

21 世纪底层文学的创作方向以及思维模式当然不是想当然地随心所欲去创作，这与转型期政治、经济的社会背景、时代文化与思想发展趋势等多种因素的复合纠缠息息相关。从底层文学创作现状来看，新世纪底层文学的书写主要有三种流向，分别是“新左翼倾向”的底层文学思潮、消费主义语境下的底层书写、泛道德化的底层书写。③

（一）“新左翼倾向”的底层文学思潮

20 世纪 90 年代，中国学界就改革开放以来出现的各种社会民生问题进行了激烈的论战，希望能够对解决社会不公平现象、城乡差异明显、贫富悬殊严重、权力机关贪污腐败等问题进行发声，这也催生出“新左翼”文学思潮。“新左翼文学”与其他底层文学相同的是，写作对象均为从事工农行业的社会底层人物，并为了自身利益需求而去反抗某些权势，但更侧重于突出社会底层面临的挫折以及如何在困境中维护自身的权利；而更敏感的是，“新左翼文学”借用了阶级的集体记忆以及新左派的一些理论资源，大大强化了底层苦难所蕴含的批判性、抗议性。曹征路的《那儿》、《霓虹》、《问苍茫》，陈应松的《马嘶岭血案》，罗伟章的《我们的路》等作品成为其中代表，而旷新年、刘继明、李云雷等学者则将“新左翼文学”的讨论推向历史文化的深层空间。

“新左翼文学”用现实主义的写作手法去真实地表达出底层人民在生活上遭遇到的种种挫折，用一种冷色调的叙事风格去还原生活的本真，不刻意突出自己的主观意识，直面现实，对悲剧的反思由个人的偶然性推向社会的制度层面，从本质上反映出当今社会在改革发展过程中存在的问题。这种“新左翼精神”下的底层文学将文学重新定义，承接社会责任感的写作传

---

① 参见曹征路：《期待现实重新“主义”》，载《文艺理论与批评》，2005（3）。

② 参见何言宏：《当代中国的“新左翼文学”》，载《南方文坛》，2008（1）。

③ 参见白浩：《新世纪底层文学的书写与讨论》，载《文艺理论与批评》，2008（6）。

统，描绘出最真实的底层生活，为底层发声，既大胆进行社会批判，也进行文学精神的批判，构建起一种新的文学态度与精神立场。

“新左翼精神”的底层文学成为21世纪文学中最富于活力的部分，但在消费社会的语境中如何权衡利弊、怎样把握与主流文化之间的碰撞以及在社会变动之下是否需要端正自己的前进目标，仍是“新左翼文学”要面临的问题。

(二) 消费主义语境下的底层书写

在20世纪90年代，市场商业体制的确立使文学界也受到极大冲击，一大重要体现就是大众市民话语权的崛起，成为与精英话语、主流意识形态话语并列的三元之一。商业消费性写作重新繁荣起来，迎合市场的通俗文学大行其道，读者的身份由以前被教育和启蒙的对象一变而为创作者要去迎合的消费对象，这种倾向也被批评为文学的媚俗化、消费化、快餐化。但一方面随着精英知识分子在精神立场上对批判性、抗议性的放弃，对个人坚守立场的退守，另一方面是雅文学和通俗文学在技法上的相互借鉴和融合，通俗文学和雅文学的界限已难截然划分。通俗文学对严肃文学精神资源的借用、严肃文学对通俗文学写作模式的借用均使底层文学的书写中出现了消费主义的流向。

消费主义流向指向市场运作规则，它要迎合和刺激消费的欲望，使其获得消费的满足感。这使底层文学书写出现了内容上的生活奇观化、主题上的欲望化、情节设置上的偶遇化模式。内容上的奇观化主要体现为对猎奇感的追求，这一方面表现为对底层生活的陌生化领域和独特生活经验的挖掘，如荒山野岭、矿山矿难、民工生涯、国企破产、逼良为娼、风月生涯等边远场所边缘人生成为通行的表现场域；另一方面则是在这些场域中发生事情的夸张化，具体表现为对苦难的猎奇和夸张转化为残酷和悲惨比赛，对此邵燕君称为“苦难叙事转化为残酷叙事”①。主题上的欲望化则是对边缘人生的叙述指向极端化的金钱饥渴和情欲体验，如洪治纲所说的“在那里，‘女底层’往往是直奔卖身现场，或明或暗地操起皮肉生意；‘男底层’呢，通常是杀人越货，既恶且毒，一个个瞪着‘仇富’的眼神”。他指责说，这些带给他的“是惊怵、绝望、凄迷和无奈，间或还有些堕落式的快慰和暴力化的戏谑”，这正是消费文学阅读的典型体验，而洪治纲称其为“苦难焦虑症”②。不只是“女底层”的皮肉生涯，在“男女底层”之间，一些作品也津津乐道于其生活的性饥渴与性乱，通奸、乱伦也时时涌现出来。正是内容上的生活奇观化、主题上的欲望化，使创作的内在逻辑面临生活真实逻辑的挑战，因此，在情节设置上，便往往采用奇遇化引入偶然性逻辑，于是往往出现了主人公的“倒霉蛋”模式，就是所有的倒霉事、坏事的可能性都叫他一个人给碰上了。③ 如李肇正的《女工》、钟晶晶的《哭泣的箱子》、梁晓声的《贵人》、王祥夫的《米谷》、熊正良的《谁为我们祝福》、刘庆邦的

---

① 邵燕君说：有的作家在表现苦难时脱离了具体的语境，将之抽象化、概念化、寓言化，同时也推向极端化。于是，“底层叙述”变成了不断刺激读者神经、比狠比惨的“残酷叙述”；有的作家以简单的“城乡对立”、“肉食者鄙”等线性逻辑理解复杂的“底层问题”，以苦大仇深作为推动故事的情绪动力，于是“底层叙述”变成了隐含的“仇恨叙述”；还有的作家既无底层经验，又少底层关怀，只因题材热门、“政治正确”，也来分一杯羹，寻求“入场”的捷径，这样的“底层叙述”已经是一种“功利叙述”。参见邵燕君：《“底层”如何文学?》，载《小说选刊》，2006（3）。

② 洪治纲：《底层写作与苦难焦虑症》，载《文艺争鸣》，2007（10）。

③ 参见白浩：《新世纪底层文学的书写与讨论》，载《文艺理论与批评》，2008（6）。

《家园何处》，这些主人公被普遍塑造成一生都被苦难折磨的人物形象，这种通俗文学的偶然性逻辑消解了对生活必然性、苦难必然性的严肃质问。

(三) 泛道德化的底层书写

苦难是文学书写历史中永不褪色的主题，而底层文学从一开始本就以“苦难”的新呈现形态和异于“分享艰难”式的新的阐释方式而引人注目。作家往往会通过刻画底层生活的陌生化以及加深苦难的情感等方式，使得人们在阅读底层文学作品时情不自禁地对底层人民产生怜悯之情，如罗伟章的《大嫂谣》、乔叶的《良宵》、鬼子的《瓦城上空的麦田》、《上午打瞌睡的女孩》、曹征路的《那儿》、刘庆邦的《到城里去》都是很优秀的底层文学作品。道德审判是严肃文学所应该具有的，悲悯弱者、为伸张正义鸣不平是道德的基础，更是一位作家“特殊的光荣”。但是，苦难泛滥化，那它本身的积极意义和严肃性就会被消解掉，更何况泛道德化会消解掉社会批判的敏锐性，使之陷于主流意识形态化和商业化的道德抚慰之中，苦难书写就沦为一种道德姿态，一种消气文学。如何处理道德与文学之间的关系，也是底层文学目前需要考虑的一大争议性话题。由于自身缺乏底层生活的经历，也未曾有感同身受之事，缺少能够体会底层人民生活的真情实感，流于为苦难而苦难的写作，这就变成了新的“时尚文学”、新的“政治正确”。道德优越感的虚幻优势会使作家在写作方面沉迷于底层人民受难的细节，对于底层人民的性格特征并无深入刻画，这样使得小说人物平面化，缺少拷问苦难的思考能力，既缺少社会批判的热度，又缺少历史文化的深度，这是大多数底层文学的虚弱之处。

三、底层文学代表作家

曹征路（1949—　），江苏阜宁人，深圳大学师范学院中文系教授，著有《开端》、《山鬼》、《只要你还在走》、《那儿》、《霓虹》、《非典型黑马》、《反贪指南》等小说，其中，小说《那儿》荣获广东省第七届鲁迅文学艺术奖，小说《天堂》获2003—2006《小说选刊》奖。曹征路小说的底层书写与90年代以来的主流创作相比有着根本性区别，他认为主流文化实质上是在对底层生活回避，在整个创作市场都在为中产阶级写作之时，他呼吁不能遗忘底层社会的艰辛历程。小说《那儿》、《霓虹》、《问苍茫》均以工人为创作对象，通过对底层务工者艰难的生活困境的描述，企图表达出当下中国社会转型期间所遇到的种种问题，从而对改革开放后引发的诸多矛盾进行反思。《那儿》叙述了国企改革中下岗工人们的悲惨遭遇，描述了厂工会主席“小舅”作为苦难的见证者，在既得利益者与维护下岗工人权益的矛盾中陷入绝望，最终跳楼自杀。《霓虹》则叙述了下岗女工群体如何沦为暗娼的挣扎和无奈，前优秀工人、现下岗女工倪红梅只能在生活逼迫中被一步步逼向暗娼生涯。曹征路对底层社会的写作具有强烈的怜悯弱者的人文关怀与现实主义批判精神，他希望利用笔尖上的力量为苦难的底层人民鼓与呼。“英特纳雄耐尔”与“那儿”、“霓虹灯下的哨兵”与站街女，小说巧借这些前革命话语来指代下岗工人们惨淡的生活现状，在反讽、调侃和今昔对比中暗含愤懑的批判力量，也有借用阶级记忆的“左翼”色彩。回溯起来，底层文学作为一种思潮而引发广泛讨论，正是由对曹征路作品《那儿》的关注和讨论而始的。

罗伟章（1967—　），四川宣汉人，巴金文学院签约作家，著有《饥饿百年》、《不必惊讶》、《我们的成长》、《变脸》、《奸细》等小说，其中《奸细》获得2006年度人民文学奖，《大嫂谣》获得第十届巴金文学院小说奖。罗伟章一直坚定遵循现实主义的写作手法，小说多以成长、教育、底层生活主题为主，底层叙述对象以农村生活和进城务工的乡下人最为突出。从罗伟章的小说叙述者选取上看，他通常会将错综复杂的精神思想投置于小说叙述者身上，比如《大嫂谣》里的"我"、《我们的路》里的叙述者郑大宝，还有《我们的成长》里的叙述者，由于叙述者都是受过一定教育的人，他们作为叙述者常常会情不自禁地将对乡村的怜悯体现出来。这样的叙述视角，既更贴近底层，又给人一种理性思考的感悟。《故乡在远方》提出了善良的石匠陈贵春进城被剥夺到绝境，最后成为罪犯的尖锐问题，《嫂子谣》以善的方式给出软弱的答案，《我们的路》并没有找到乡下人进城的路，但显然作家的思考与《嫂子谣》是矛盾的。"作家把公正与道德的善作为拯救的良方，但命运展示的却是对于公正的无力与法律的不公"，"法律的善与公正的善在罗伟章小说里成了悖论，这是罗伟章小说当代批判的意义所在"①。无论是《我们的路》、《我们的成长》、《变脸》还是《故乡在远方》，作者都在竭力刻画出城乡强烈的差距对比，在这个现实社会中，以底层人民切身经历去诉说乡下人精神上的空虚乏味，再通过对人性在欲望面前丢失自己的本真去痛斥精神的被扭曲。罗伟章这种紧密关联现实的文学作品既真实客观地反映出底层人民的生活环境以及心理表征，更浸透着对底层深沉的人文关怀。

陈应松（1956—），江西籍，生于湖北，著有《猎人峰》、《到天边收割》、《失语的村庄》、《太平狗》、《松鸦为什么鸣叫》、《马嘶岭血案》等，小说获得第三届鲁迅文学奖以及2004年人民文学奖。陈应松小说主要可以分为三大类，一是"神农架系列"小说，二是"船工系列"小说，三是"公安水乡系列"小说。他的小说创作均是源于他的切身体会，"神农架系列"小说也是他只身前往荒山野岭的神农架，用自己的切身观察来勾勒出原始而朴素的神农架世界，正因为这样一种认真对待文学创作的精神，他描绘出"真底层"的可怕世界。《太平狗》讲述一条忠诚的猎狗跟随主人到城里打工，在转卖、流浪、杀戮间悲惨地活着，在目睹主人悲惨地死在城里后，"太平"最终神奇地逃回了神农架故乡。《马嘶岭血案》则在一起农民向导由几十块钱的争执到最终图财害命而非理性地杀害探矿队全体人员的"血案"背后，寄予了对城乡财富分化、尊严与蔑视的冲突等导致的社会断裂恶果的警觉。李运抟在《黑艄楼·序》里对陈应松小说的创作风格进行了归纳："取材的贴切现实，故事的具有悲剧性，意旨的张扬批判，语言的富有诗意和幽默，善于在流畅的叙述中构置精彩的细节，注重生活原色的显示并力求寻觅历史的表现等等这些特点汇集成为应松小说的总体取向。"② 在李运抟看来，陈应松的小说写作风貌追求一个字，那就是"实"。而学者樊星则将陈应松的小说归为神秘、怪诞且又彪悍的楚风小说，展现神秘而又充满魅力的楚地地域文化。陈应松真实地诉说着底层人民真真切切的生活内容，不管是生活的艰辛、情感上的受挫，还是精神上的孤独寂寞，陈应松希望通过真实生活的反映去呼吁众人关注底层人民在生活中所遭遇的种种焦虑与困惑，从小说的精神向度中可以看到作者悲悯弱者的人文关怀，更是渴望社会了解到底层价值理念在现代文明冲击下的濒临毁灭以及欲望对人性的控制。

刘庆邦（1951—　），河南人，当过农民、矿工，属于有底层经验的底层作家。著有《断

---

① 曹万生：《善与恶的悖论——读罗伟章小说》，载《文艺争鸣》，2008（2）。

② 陈应松：《黑艄楼》，北京，中国文学出版社，1993。

层》、《平原上的歌谣》、《遍地白花》、《响器》、《神木》等，其中，《鞋》获得第二届鲁迅文学奖，《神木》获第二届老舍文学奖。刘庆邦的小说始终坚定不移地以中国底层人民为中心，关注底层的日常生活状况，描述最生活化最细微的底层场景，努力让读者随他一起去体会底层人民的酸甜苦辣和悲欢离合。在刘庆邦的作品中，可以看出他善于也乐于挖掘苦难底层善的一面，提炼人性的美，这不仅仅是对底层人民的一种支持，也是在善恶搏斗中向社会传播一种正面的能量。刘庆邦自己曾说过："美感源于爱，对自然的爱，对生命的爱，对生活的爱，一个人的心里鼓荡着爱，一朵花、一棵草、一片云、一滴水里都能看出美好来。"[①] 这样独特的底层写作视角，给底层文学普遍的苦难书写带来了独特的温暖气息，使其区别于底层文学普遍的抑郁氛围。小说《小呀小姐姐》和《梅妞放羊》，两篇文章都呈现出人性美的画面，主人公都是还未长大但又体贴懂事的小女孩。小姐姐（《小呀小姐姐》）的弟弟虽然因身体原因几乎成了一个废人，甚至连母亲也对儿子产生了绝望的态度，但还很年幼的小姐姐却在用爱呵护着弱小的弟弟。梅妞（《梅妞放羊》）也是如此，平凡人生里有着美好的一面。还有《鞋》、《灯》、《响器》、《谁家的小姑娘》、《种在坟上的倭瓜》、《草帽》等，都塑造出真善美的底层人，赞扬着他们优秀且值得推崇的高尚品格，呼吁大家去寻找出人性的美好。对刘庆邦的小说创作立场方面，评论家雷达说："在我看来，刘庆邦的一些好作品，其特点就在于能'抓人'能'放人'。'抓人'，是因为它们大都有个逻辑（合理性）严密的故事圈，一条动人的趣味线。'放人'，则因为它们有个内在的诗化结构，有很强的表意性、抒情性，能与整个人生体验沟通起来。"[②] 总之，刘庆邦在关注底层的同时，用人性善的视角为大家勾勒出不同于一般底层小说的文学作品，一方面底层人民生活是多么的卑微，但另一方面他们积极向上的生活态度也让人感受到草根阶层不懈努力的精神力量，这也正是呼吁社会关注底层、拒绝歧视、拒绝不平等的对待。

第二节 非虚构文学

一、"非虚构文学"的概念

"非虚构"在中国是舶来品，它源自英语中的"Non-fiction"一词，可译作"非小说"，也可译作"非虚构"。20世纪60年代，美国掀起"非虚构"写作高潮，涌现出了杜鲁门·卡波特、汤姆·沃尔夫、诺曼·梅勒等一批非虚构作家。1965年杜鲁门·卡波特出版了他的代表作《冷血》（又译《在冷血中》），这本书讲述了在堪萨斯州温和而受人尊敬的克拉特一家惨遭灭门的故事。这源自一则真实的新闻报道，而卡波特坚持认为，尽管他所描述的情景和对话都是真实的，但却不同于一般的新闻报道。杜鲁门·卡波特认为他的小说既具有纪实性（即非虚

① 刘庆邦：《遍地白花》，北京，新世界出版社，2002。

② 雷达：《思潮与文体》，524页，北京，人民文学出版社，2002。

构性)，又有着传统小说的创作手法，因此命名为“非虚构小说”(nonfiction novel)，并自称这是一种“新的文学形式”。

20世纪80年代，“非虚构”这个词译介进中国。纵观中国古典文学中“小说”文体的流溯，我们不难看出小说虽然植根于生活，但毕竟为讲求虚构之物，因此在将其翻译成“非虚构小说”而不是“纪实小说”的同时，这一概念本身的矛盾性也很清晰地体现了出来。中国的“非虚构文学”从被译介引入的那一刻起，就有了“同名异质”的特征，而中国当代文学中的“非虚构”创作长期以来也主要是以“报告文学”、“传记文学”、“纪实小说”、“纪实散文”、“口述实录体文学”等身份出现，这些文体名称间争议纷纭，彼此也往往存在交叉。2006年，王先霈对其概念予以厘定：“在其宽泛的意义上，包括了传记、报告文学、游记、散文等写作样式；在狭义的范围内，国内专指美国20世纪60年代兴起的非虚构小说、新新闻报道、历史小说等新的写作式样或体裁。”①

二、新世纪“非虚构文学”的兴起

2010年2月，《人民文学》开设“非虚构”专栏，此后陆续刊登了一批“非虚构”作品，其中梁鸿的《梁庄》、慕容雪村的《中国，少了一味药》以及萧相风的《词典：南方工业生活》等作品，在学界和读者中引起较大反响。2010年10月11日，《人民文学》主编李敬泽宣布该杂志将启动名为“人民大地·行动者”非虚构写作计划，“吁请海内作家和写作者，走出书斋，走向现场，探索田野和都市，以行动介入生活，以写作见证时代”，“希望通过‘人民大地·行动者’非虚构写作计划，发现一批具有强大行动能力和认识能力的写作者，发现一批身在特定生活现场的写作者，希望推动改变懒惰和被动，甚至是以懒惰和被动为荣的风气，希望推出一批角度独特、理解深入、表达确切的书写当下中国人生活的优秀作品”②。此前，其他一些杂志亦曾探索过“非虚构”这一写作方式并开辟专栏，如《钟山》的“非虚构文本”栏目，《厦门文学》的“非虚构空间”，《天涯》的“民间语文”等，而以王树增为代表的一些作家也称自己的作品为“非虚构文学”。

对于2010年2月《人民文学》的“非虚构”栏目设立初衷，主编李敬泽谈道，像韩石山的自传《既贱且辱此一生》这样的作品，应该不是传统意义上的小说，但又和传统的报告文学有所区别，于是专门开设了一个栏目：“这一期我们新开了一个栏目，叫‘非虚构’。何为‘非虚构’？一定要我们说，还真说不清楚。但是，我们认为，它肯定不等于一般所说的‘报告文学’或‘纪实文学’。”③ 对这种犹豫与临时策略性，李敬泽后来说：“……中药柜子抽屉不够用了，我也想过临时做个抽屉，比如就叫自传，但我又没打算发很多自传，做个抽屉难道用一次就让它闲着？最后，就叫‘非虚构’吧，看上去是个乾坤袋，什么都可以装。”④ 这种状况颇为有趣，不管是中国还是美国，这种新的“非虚构”文学，都让编辑们“头疼”不已，这种无疑具有间性特质的文体让传统的文学分类产生了某种裂缝，它坚定不移地声称自己与报告文

① 王先霈、王又平：《文学理论批评术语汇释》，236页，北京，高等教育出版社，2006。

② 商华萍：《“人民大地·行动者”》，载《光明日报》，2010-10-29。

③ 《留言》，载《人民文学》，2010(2)。

④ 李敬泽：《关于非虚构答陈竞》，载《杉乡文学》，2011(6)。

学有所不同，却又让大多数人说不出什么不同。邱华栋甚至直接说：“‘非虚构’到底是什么？作为编辑，我也说不完全，但是收到的稿子，哪些不是非虚构，我却马上就看出来了：带报告文学腔的，一定不是我们要的非虚构。为什么报告文学丧失了原先的魅力？是因为有些报告文学成了金钱和权力的吹鼓手和工具，因此丧失了非虚构文学的无限接近事实的独特品性。”①

当下“非虚构”绝非简单意义上的纪实文学或报告文学。“非虚构文学”的作品都必须是真实的事件，其真实性毋庸置疑，并借助于作者的行动能力，或调查取证，或亲身经历，或实地考察，在这些基础上，再运用文学的表现手法加工并创作出来。“非虚构文学”要求创作者深入生活中，“非虚构文学”和报告文学相比，对作家“在场”有着更高的要求，不仅是要发现外部问题，而是要深入探索人的内心。尽管“非虚构文学”与报告文学、纪实文学存在着共同之处，但侧重点不同，“非虚构文学”在强调“在场”、“真相”的同时，聚焦于事件的深度、人物的复杂性，其初衷并不是为了表达某种特定的价值或立场。另外，“非虚构文学”与报告文学最显著的区别就是：“非虚构”允许虚构，而报告文学不允许虚构。《冷血》是卡波特花费近 6 年时间创作而成的“非虚构”佳作，作者在创作过程中加入一定程度的虚构，但没有丝毫破坏作品的价值，反而增添了它的深刻性与完整性。“非虚构文学”贴近生活，比虚构的故事更真实，比新闻报道更人性化，比报告文学更有阅读趣味，因此得以复苏和发展。

《人民文学》“非虚构”专栏的开辟，也正是践行“非虚构文学”理念的一个开端和阵地。这里所倡导的“非虚构文学”并不等同于美国的“非虚构文学”，它有了更多的中国元素和中国色彩，作为新生事物的“非虚构”文学正一步一步走进中国社会的最深处，它选择了一条新的文学道路和方向，并承担着时代赋予的使命与责任，也为当下文学现实提供了一种新的可能和出路。

三、非虚构文学作品

从 2010 年 2 月到 2013 年 6 月，《人民文学》“非虚构”专栏陆续刊登了 29 篇作品。这 29 篇作品题材与风格各不相同，从多角度昭示着“非虚构”写作的包容性和蕴含在内的可能性。

《梁庄》一文所写的是梁鸿对自己家乡梁庄的一次回归与再审视，其中涉及中国农村的政治管理模式、教育现状、留守儿童与留守老人问题以及对中国乡村传统伦理道德观念的折射与挖掘。作者以深沉的人文情怀审视、倾听和记录着梁庄的一切，呈现出一个当代中国式农村的缩影、一个饱含细节的生动标本。如果说《梁庄》所写的是一次“向内的探查”，那么此后的《梁庄在中国》（后以《出梁庄记》为书名出版单行本）就应该算是一次“向外的追寻”——追寻那些背井离乡、天南海北谋生计的梁庄人的脚步与背后的艰辛。“农民工”是一个诞生于社会转型期的词，这个不断发展壮大的群体，为中国社会的繁荣发展做出了巨大贡献，但这并不能改变他们挣扎于社会较底层的现实命运，他们的存在，构成了富有中国特色的社会现实。在《梁庄在中国》中，作者梁鸿将农民工自我身份界定过程中产生的迷惑，向往城市却缺乏归属感、厌倦乡村却将其视作最终的归宿的矛盾心态，通过一段段朴实的自白展示出来，这一人群的抉择与挣扎、麻木与妥协都以“非虚构”的方式得到了集中还原。

① 邱华栋：《非虚构文学这个筐》，载《深圳特区报》，2011-12-06。

萧相风的《词典：南方工业生活》与梁鸿的访谈式考察不同，他所呈现出的是作者亲身经历、深度体验的一种打工生活。萧相风笔下的打工者们多是年轻人，飘荡在都市的边缘，过着一种与繁华无关却又时常亲密接触的矛盾生活。作者萧相风截取打工者的生活片段和工作片段，以28个关键词的扩展叙述徐徐展现出真实的南方工业生活画卷。在现代社会这架精密而庞大的机械骨骼当中，一个个在现代化的工厂里依靠打工积攒梦想成本的青年，就如同一个个微小的齿轮和螺丝，他们用青春构筑着工业社会的钢筋铁骨，支持着它的正常运转，却在多数时候处于一种被忽略和被遗忘的状态。

郑小琼的《女工记》关注的也是底层打工者的生存现状，但将范围进一步缩小，锁定在女性工人身上。作者也曾是一名女工，她长期深入这一群体的生活，从而能够挖掘和展露出她们最深切的痛苦、迷茫、混沌以及不自觉的精神世界。郑小琼拒绝脸谱化的书写方式，她努力将女工们作为一个又一个鲜活的个体来呈现，记录她们独一无二的生活经历和心路历程。

丁燕的《到东莞》，也写到了工厂中的年轻女工。为了体验东莞女工的生存状态，作者主动到工厂里体验打工生活。身份和写作视点的差异使这两部作品呈现出了不一样的风貌，从不同的角度向读者展示了时代大潮中渺小而坚韧的中国女工形象。

慕容雪村的《中国，少了一味药》和孙惠芬的《生死十日谈》同样将目光投向底层民众，一个是对传销内幕的揭露，另一个则是对农村人口自杀情况的调查。《中国，少了一味药》中，作者不顾危险潜入江西省上饶市的一个传销窝点，带着理性而又清醒的头脑记录下在传销窝点卧底23天的经历。慕容雪村运用第一人称进行写作，他的身份既是叙述者又是参与者，他详细地记录下传销组织是如何进行"洗脑"的。《生死十日谈》中，孙惠芬深入田野乡村探究农村妇女自杀这一日益严重的问题，记录下形形色色的农村自杀案例。李娟的《羊道·牧场》系列作品，以优美的笔触还原了我国新疆阿尔泰地区哈萨克游牧民族的生存图景。祝勇的《宝座》追索故宫太和殿上的龙椅背后的历史故事，类似于学术随笔，袁劲梅的《"鸭子"使命》是对二战时期一项解救战俘的秘密军事行动的回溯，刘亮程的《飞机配件门市部》、李晏的《当戏已成往事》、土摩托的《关于音乐的记忆碎片》，以及冯俊科的《从军记》则颇有回忆录的意味；贾平凹的《定西笔记》和于坚的《印度记》可以划归为游记；董夏青青的《胆小人日记》、叶舟的《写照片》、王手的《温州小店生意经》和李天田的《相亲记》都以身边生活琐事为题材，或温馨或幽默，都体现了作者对生活的体悟；王族的《长眉驼》和胡冬林的《狐狸的微笑》则都是对动物的描写。此外值得关注的是"非虚构小说"专栏，这个专栏分别于2011年6月、9月和11月刊登了乔叶的《盖楼记》、《拆楼记》以及阿乙的《模范青年》。这三部作品以完整的故事情节、鲜明的人物形象和娴熟的叙事技巧向着小说这一文体方向靠近，但所写之事却并非虚构，因此与其他"非虚构"作品相较，又显示出了自身的与众不同。

四、"非虚构文学"的意义

由《人民文学》发起的"非虚构"写作计划，是我国文学在特定发展阶段，针对自身存在的过度虚构弊病而发起的。中国当下的"非虚构"写作有其相对独立性和鲜明的特征，它是我国文学在特定的发展阶段由其内部衍生出来的一种带有自我矫正与疗救性质的写作行为。它带有明确的指向性和针对性，强调作家在场，在题材上弥补了虚构文学的不足。对"行动"的强调使作家们走出书斋和故纸堆，积极拓展生活的疆界，和广阔的社会现实以及不同的社会群体进行亲密接触，从而为文学注入新鲜血液，以更新触动活力；“非虚构”写作对自身的理性定位，又使它不以压倒主流的虚构文学为目标，而是以一种弥补和矫正的姿态出现。“非虚构文学”改变了一些作家依靠二手资料随意想象的陋习，将他们的思路打开，带着一种批判意识、问题意识与求真意识的介入性姿态去迎接生活，拥抱时代。“非虚构文学”是一种精神、一种理念，是一个与世界重新建立联系的方式。它的初衷并非取代或者压倒虚构文学，而只是一种矫正和补充，以此期待一种平衡健康的文学发展态势。它所唤起的对“过度虚构”文学现状的反思，其意义和贡献要远远大于对真实性、文学性、分体分类等方面夹缠不清的理论阐释。“非虚构”写作能否成为医治文坛病症的良药还有待时间的检验，它本身存在的局限性也需要正视。但它对中国当下虚构文学发展过程中存在的问题的认识与指正，它的大声疾呼和积极的自我医治都是值得肯定的。

【本章学习参考】

一、阅读书目

曹征路：《那儿》、《霓虹》、《问苍茫》

罗伟章：《我们的路》、《大嫂谣》、《变脸》

陈应松：《太平狗》、《马嘶岭血案》

刘庆邦：《神木》

梁鸿：《梁庄》

二、相关文献

1. 刘继明，李云雷．底层文学，或一种新的美学原则．上海文学，2008（2）．

2. 白浩．新世纪底层文学的书写与讨论．文艺理论与批评，2008（6）．

3. 洪治纲．底层写作与苦难焦虑症．文艺争鸣，2007（10）．

4. 李敬泽．关于非虚构答陈竞．杉乡文学，2011（6）．

三、复习思考

1. 名词解释：

底层文学　非虚构文学

2. 新世纪底层文学的写作大致有几种精神流向？各有什么特点？

3. 非虚构文学在新世纪的兴起有何意义？

第四十九章
21 世纪的诗歌、散文、戏剧、影视与网络文学

本章主要分别评述 21 世纪以来的诗歌、散文、戏剧、影视与网络文学。

第一节 21 世纪诗歌

人们始料未及的是，进入 21 世纪，市场经济汹涌而来，网络传播与接受全面铺开。与 20 世纪相比，诗歌生存和发展的语境实实在在发生了深刻的变化。诗歌的写作方式、发表形态、阅读形式和储存样式均打上了 21 世纪的世纪烙印，就像毛笔代替了刀刻、纸张替换了锦帛那样。

一、21 世纪诗歌的诗歌史地位

从诗歌群体角度来看，21 世纪头 15 年的诗歌，至少为我们提供了以下四种新经验、新传统。

第一，诗歌外部生态平和。人们不再为自己的写作能否成为经典、能否走向世界而忧心忡忡，因而诗人们不再迷信“功夫在诗外”，不再把诗歌写作视为一场场名利追逐，而是彼此尊重，着力写出相互欣赏的好诗。

第二，诗歌群体自觉丛生。如以伊沙（四川成都人，1966—　）为代表的“口语诗派”、以余怒（安徽安庆人，1966—　）为首的“不解诗群”等。在平和的语境下生存与写作，诗人们不再把自己视为封建性的臣民和政治性的人民，而是以现代性的公民自居，以现代民主和法制的观念来处置外部世界，既尊重不同个体的自由选择，又首肯具有相同倾向的个体的聚集。这就使得此期诗歌群体的产生与 20 世纪 80 年代中后期诗歌群体的运动式产生出现了极大的不同，前者是自发自觉式的常态雅聚，而后者则是人为作秀式的异常群聚。

第三，诗歌写作理性、坦荡与诗性。诗歌貌似非理性，但像其他艺术那样，诗歌却是“理性的感性显现”。诗歌理性不像一般意义上的写实主义诗歌那样刻板，更不同于以往现代主义诗歌那样精耕细作式的摹写。诗歌理性是诗人对诗歌自性的一种自觉认识。这种理性既要袒露自己，又要约束自己，更要以诗性为魂灵，表现在诗歌写作方式和艺术形态上是：诗歌叙事性/叙述性分外突出，如西川（江苏徐州人，1963— ）近年来的诗歌写作偏向“杂语体”，把历史、传说、典故和现实等等元素以诗的方式汇集于诗中，使其兼具历史、史诗、小说、散文、新闻等各种文体的功能，最终是想让诗歌成为无所不能的综合性和统合力极强的文体，这种“跨文体写作”解放了纯诗观念，释放了诗歌力量，将把诗歌写作从日渐逼仄的文学小道引向宽广的文学大道。21世纪初期诗歌之所以值得我们尊敬，是因为围绕它的一切以及它内在的一切都是纯诗性的，纯而又纯，诗而又诗！也许至今人们还没有充分认识到它们的价值，但是这不要紧，好在它们留有大批“纯诗性”的诗歌在。有它们在，就有了一切。这是一个诗歌极度繁荣的时期，虽说不一定绝后，但完全可以说空前。此种繁荣不只是量上的，也是质上的。选集中的诗歌远远超过了此前任何时期的新诗。

第四，诗歌成为国民的一种生活方式。

诗人更需要诗歌。许多诗人把它当作自己精神和生命的一部分。他们有的边工作边写诗，过着所谓“像市民一样生活，像上帝一样思考”的生活；有的辞去公职，或居家读书写作，或“云游”四海；有的省吃俭用，自费出版诗集；有的或采取集资的方式，或想方设法融入民间资本，创办民间网上诗歌论坛[①]；有的印刷无以数计的民刊[②]。其中，“以书代刊”出版的诗歌刊物里产生广泛影响的有2000年创办的《新诗界》和2005年创办的《新诗评论》等；还出版了影响面很广的“蓝星诗库”、“年代诗丛”、“《诗参考》15年金库诗集”、《中间代诗全集》、《70后诗集》、《中产阶级诗选》等。这里尤其要提到20多年前“两报”大展时那些意气风发的第三代诗群体，20多年来他们大多流散民间，在仿佛一夜之间消失了之后，如今又重返诗坛，大有复兴之势，比如，默默（上海人，1964— ）2003年重印《撒娇》，在上海和云南香格里拉分设“撒娇诗院”，并开展一系列诗歌活动。

政府与主流需要诗歌。不少省、市、县相继定期举办“诗歌节”，建立诗歌纪念馆、诗碑、诗墙、诗歌创作基地；中央电视台从2005年起由知名主持人联袂倾力打造并在黄金时段推出一年一届的“新年新诗会”；《诗刊》这样的老牌刊物也在2002年由月刊改为半月刊，随后许多公办诗刊纷纷效仿；《诗探索》这样权威的理论刊物也在2005年分“理论卷”和“作品卷”出版；五花八门的新诗年度选本相继问世[③]。

校园诗歌方兴未艾。不像20世纪80年代那种盲目迷狂，新世纪大学生更多是从知识或思想的角度来接受、学习新诗，以自己的方式来理解新诗传统，并将其视为中华文化精髓的一部分；而且，他们中的一部分人在以各种方式与诗同行，比如，仅北京地区的高校就有不少影响较大的诗刊，北京大学有《未名湖》、《我们》，中国人民大学有《人大诗报》、《太阳石诗报》，

---

① 如“扬子鳄”、“跨越”、“小北风”、“北回归线”、“诗歌报”、“守望者”、“个”、“橡皮”、“国际汉语诗歌”等。

② 如《独立》、《剃须刀》、《海拔》、《少数》、《唐》、《不解》、《葵》、《新汉诗》、《新世代》、《今朝》等。

③ 如中国作家协会创研部编的《1999年中国诗歌精选》、《2000年中国诗歌精选》、《2001年中国诗歌精选》、《2002年中国诗歌精选》，诗刊社编的《2000中国年度最佳诗歌》，杨克主编的《1999年中国新诗年鉴》、《2000年中国新诗年鉴》，张清华主编的《2001年中国最佳诗歌》、《2002年中国最佳诗歌》、《2003年中国最佳诗歌》、《2004年中国最佳诗歌》等。

首都师范大学有《诗生活》，对外经贸大学有《沃野》等。

电子大众传媒也需要诗歌。现在毕竟是一个以“后文学时代”为主体的多元共生杂处的时代，非文字艺术形式越来越显贵，而文类的变化使人们更多地倾心于“声像艺术”。

流行歌曲依然吸纳了大量的诗歌读者，比如，塑造了侠骨柔肠的好汉形象的周杰伦的《双截棍》和陈小春的《算你狠》等就广为传唱。

所谓的“手机诗歌”或称“手机短信诗歌”完全是新世纪出现的新现象。它们既包括传统意义上的诗歌，又指专门为适应手机短信特点而创作的诗歌。它们体制极其短小，句法也很简单，语言通俗易懂，内容上具有很强的阅读性和趣味性，且易于互动，类似于 20 世纪初的“小诗”，能满足人们日益增长的表达与交流的需要，只不过这方面目前还没有出现很好的优秀作品。

连打工者也需要诗歌并成为诗歌创作的群体。

2015 年夏天，中国作家协会、中国作家出版集团开办了中国诗歌网，它成为权威的诗歌网络媒体。

二、21 世纪诗歌的争论与问题倾向

在叙述和归纳 21 世纪诗歌时，人们关注的首先是诗歌与市场的关系，貌似彼此冲突而实则彼此互识互证的观点，似乎都在指明新诗成也“市场”败也“市场”。本质而言，市场是一把双刃剑。据此，我们再也没有理由把目前诗歌的病弱归咎于与之唇齿相依的市场化、全球化，乃至后现代了。

伦理维度的缺失导致 21 世纪新诗写作出现了四种值得注意的倾向，即低俗化的欲望狂欢写作、空洞化的城市写作、美学策略化的“底层生存写作”和沉迷传统精神的“向后看”写作。

(一) 低俗化的欲望狂欢写作

21 世纪新诗写作中争论得最多的问题莫过于欲望化写作。这种类型化写作往往出现在网络上，以本世纪特有的网络诗歌形式，高调进入公众视野。21 世纪诗歌领域里的狂欢话语，一是表现对弱势人生的“恶意幽默”。这种价值错位，是与人道精神相悖的。二是有的欲望写作已经冲破了人类文明的最后底线。比如，为人所诟病的以宣泄快感为旨归的“下半身写作”。2000 年 7 月，沈浩波（江苏泰兴人，1976—　）创办民刊《下半身》，发表了广有影响的旗号性质的诗论《下半身写作及反对上半身》，并自费印刷了代表性诗集《一把好乳》。他意念中的所谓的“下半身写作”，是“一种坚决的形而下状态”、“一种诗歌写作的贴肉状态”。他认为，“语言的时代结束了，身体觉醒的时代开始了”，并旗帜鲜明地高呼：“诗歌从肉体开始，到肉体为止。”① 2014 年，余秀华（湖北钟祥人，1976—　）的一首网络诗《穿过大半个中国去睡

① 沈浩波：《下半身写作及反对上半身》，见杨克主编：《2000 中国新诗年鉴》，546 页，广州，广州出版社，2001。

你》一夜之间红遍大江南北，成为人们茶余饭后热议的谈资。显然，这种公众由该诗诗题所做的色情想象，遮蔽了此诗原有的丰富性。

（二）空洞化的城市写作

城市诗歌的主体，要么是“城里的乡下人”，要么是“乡下的城里人”。城市写作审视城市工业文明进程及由此产生的身份游离的文化现状。在铺天盖地的全球化语境中，发生与遗忘都在双重加速，电视剧、动画片、电子游戏、互联网、奇装异服、染发瘦身、蹦迪派对、快餐料理成为强劲的文化冲击。诗人们已经敏锐地看到了其“内在的空洞”，比如，安琪（福建漳州人，1969— ）的《像杜拉斯一样生活》运用冗长而急促的节奏，凸显了现代人在追寻现代化进程中的疲惫与沮丧；又如朱零（浙江台州人，1969— ）的《赵挺五二三事》说出城市平民苦中作乐的无奈，在自嘲中充满了黑色的狡黠。

城市诗歌至今还没有形成一种文类。也就是说，在城市写作中，城市被简单地处理成了“欲望”和“物质”的代名词，内里匮乏城市感性和文化指向。其实，“网络诗歌”的主体就是城市写作，但其“行为主义”却表现出道德虚无的、放任自流的不良倾向。

（三）美学策略化的“底层生存写作”

21世纪出现的“底层生存写作”与知识分子在21世纪的命运和纯诗的危机密切相关。一些处于社会底层的知识分子与一些来自乡村的“打工仔”、“打工妹”苦心经营“打工诗歌”。2002年春，他们创办了《打工诗人》诗报，出版《中国打工诗歌精选》，发出“贱民的歌唱”①，书写着从乡村到城市的精神胎记。

打工诗人在反对诗歌里已经僵死的技术主义的同时，又“现身说法”讲出自己真实的生存状态；表面上，是要以草根的精神关注社会弱势群体的生存困境和精神处境，但实际上，一味地展示血与泪，因为过多的不幸呈现使得诗人们在不幸的故事里沉溺而无法“转身”。打工诗人有“像狗一样生活”的哭诉，体现了一种“伦理羞涩”。它们的社会文献学和文化学上的意义几乎淹没了它们的诗歌意义和美学意义。当然，也有写得好的，比如田禾（湖北大冶人，1964— ）的《喊故乡》通过奇特的喻像抒写了诗人对乡村的悲悯情怀。

（四）沉迷传统精神的“向后看”写作

21世纪出现了一批对传统文化迷恋的写作。这类写作有两种。第一种是化用中国传统文化来精研自我的存在，将禅味、本土意识与口语结合在一起，传承中华民族诗歌传统的伟大品格及其道德力量。如杨键（安徽马鞍山人，1967— ）的《何况几十年》，呼吁人们要修身养性，才不会担心害怕，才会自如地应对外在环境的变化：“对圣贤的褒与贬就是我们命运的沉与浮。”又如雷平阳（云南昭通人，1966— ）的《杀狗记》，通过平静叙述主人与狗、残暴与愚忠、杀与被杀，而且是一而再再而三的杀与被杀，穷尽了人性与兽性的倒错，对几千年中国

① 刘东：《贱民的歌唱》，载《读书》，2005（12）。

文化的隐喻、反讽与批判的力道直击人心。第二种是追寻“郊区道德文化”理想。如路也（山东济南人，1969—　）便富有这种“郊区的激情”。她说：“郊区是都市的最边缘，同时也是广大乡村的最边缘。它享有着都市的文化和便利，也有着乡村的自然和宁静。我以为对于从事诗歌写作的人来说，与都市和乡村若即若离的郊区也许是最好的居住地带吧。”[①] 她的《江心洲》不是一个异乡人的江南，而是烟雨迷蒙的国土，“是我身体里的那个楼兰”，因此是一个文化土著人的江南。这里的郊区是指精神与文体意义上的郊区。

这种“复古的空气”导致近年来诗歌写作走向越来越狭窄的道路。

以上四种诗歌写作的通病就在于，这些写作都没有能够适切地处理好新诗自主性与公共性之间的关系，致使新诗发展一直处于一种钟摆状态。但新世纪整体体现出的具有“精神中产”/现代公民意识的、“中度干预”的、叙述性/叙事性较强的、跨文体写作的新型诗歌，已然成为21世纪诗歌发展的新起点、新动力、新气象、新实力和新流向。

第二节
21世纪散文

21世纪的前15年，承继20世纪90年代散文，“汇进现代化的进程，形成多元发展的大势”[②]。

一、传统散文在继承中不断发展

首先，文化散文热消退后依然余热不散。21世纪散文不再以大事记、大题材为题，而是根系大地，仰望星空，以“通”“变”之势，对传统文学和文化思想观念予以吸收并超越，让文化散文更富理性、包容性和内敛性。如孙郁的《小人物与大哲学》、祝勇的《木质的京都》、云杉的《文化的非洲》、郭文斌《走进安详，找回中国人的生存意义》、韩小蕙的《理念是天堂的花朵》、梁衡的《心中的桃花源》、马晓丽的《遥想长城》、周东坡的《易水寒》、路文彬的《永远的异乡人》、朱以撒的《行行重行行》、穆涛的《老话题》、张清华的《雨夜思》及熊育群的《僭越的眼》等，颇具思辨色彩和丰沛的思想，折映出一个时代的认识高度，充分显示了理性的力量。

其次，历史散文依然光芒四射。如徐刚的纪念辛亥革命百年的《历史是伟人的传记》和《我离民国有多远》、崔济哲的《将军无头》、祝勇的《变革者的咒语》、鲁枢元的《陶渊明PK秦始皇的随想》、贺捷生的《热血还在奔流》和《在围场骑马挎枪》、侯健飞的《回鹿山》、周

---

① 路也：《郊区的激情》，载《诗探索》（理论卷），2005（1）。

② 陈剑晖：《为三十年散文一辩》，载《南方文坛》，2011（2）。

同宾的《一个人的编年史》等，作者以对历史人物、历史事件的回溯阐扬了自己的认识：“当今之世也，物质挤压，精神贫乏，科技日新月异发展，文化夜以继日沉沦，有此承接，或可使人日渐平庸、行将枯槁，有白话而无文的文化人若我辈，抑或因此得一风生水起，荒草重绿之机。”① 痛心疾首中宣示的是民族文化焦虑感。

再次，关注现实的散文十分给力。21 世纪散文关爱现实，与时代和社会共进，见证了 30 多年来中国改革开放的全貌，对关系到个人、家庭、社会、人生、人性、思想、文化和文明的健康与发展等问题，知识分子问题、环保问题、生与死、贫与富、都市与乡村、传统与现代、科学与艺术等方面做出了具体的描写，其中也展示了作者个人的思考，也是作家社会良知与担当意识的充分体现。代表作家作品有李存葆的《鲸殇》和《大河遗梦》，王宗仁的《藏羚羊跪拜》、梅洁的《楼兰的忧郁》、肖凤的《鸟巢》和《穷人，富人》、韩小蕙的《做个平民有多难——我的财富观》、刘上洋的《江西老表》等等。

最后，性灵散文别样精神。性灵散文以亲情、友情、爱情、喝酒饮茶、谈禅论道为基本内容，不追求“文以载道”或社会承担，坚守散文的纯洁性和优美性，个体感情的流露，文体自由轻灵，文字自然可亲，如楚楚的《洞箫》和《触目是心光》，王兆胜的《柔韧之道》、《半半哲学》等系列散文，朱以撒的《腕下消息》，范曾的《寂寞的世界》，余秋雨的《猫眼》都是类似篇章。

二、“新散文”的创作与特点

“新散文”，也叫新文体散文，是 20 世纪 90 年代后期出现的，在 21 世纪不断发展的散文创作潮流，代表作家有周晓枫、张锐峰、格致、庞培、祝勇、宁肯、沈苇、纳兰等人。他们摒弃了正统散文写作中的规范，借鉴诗歌、小说等文体的手法，创作出一批形式上与传统散文迥异的作品，有意识地寻求文体上的突破，产生了诸如《算术题》、《旧宫殿》、《收藏》等一批独创性作品。有评论称，这批新散文作家们“站在功利主义的反面，在幻想、技巧等领域进行实验并且创造奇迹”②。这批求新求变的散文，或打通文体界限，进行跨文体写作，或打破散文篇幅短小的局限，进行长散文创作，或结构随意，语言灵活，富有创造力和想象力，或题材新广，叙述独特。

三、新媒体散文的创作及特点

新媒体散文，主要是指 20 世纪末期以新兴电子媒介为载体发表的散文，包括电视散文、网络散文等。代表作家有痞子蔡、李寻欢、王小山、杨献平、胡一刀、王义军、周闻道、马叙、玄武、安妮宝贝、黄咏梅、王猫猫等；代表网站有“天涯社区”、“红袖添香”、“白鹿书院”、“清韵书院”、“中国散文网”等。不过，新媒体散文作家远不止于此，除了众多不以真名示人者外，一

① 徐刚：《历史是伟人的传记》，载《光明日报》，2011－08－22。

② 《“新风格散文”概念引发论争》，载《中国青年报》，2004－02－21。

些名家也参与了新媒体的散文创作，甚至许多大文化散文作家和现代主义（包括后现代主义）风格的作家也网罗其中。作为21世纪的文学样本，新媒体散文具有以下几方面特色：短小精悍、迅速快捷；以新媒体为承载和传播信息的主要平台，更新快，所以，高效率，快节奏；语言自由、尖刻，甚至无厘头，自由、平等、非权威化、非职业化、非特权化；具有审美情趣平民化、情感表达外向化、内容结构散漫化等重要美学特征。代表作家作品有伊贞羽《等待救赎的灵魂》、墨羽《繁华过后，静悟流年》、楚丽《简单，也是一种快乐》、水玲珑《这么懂你，又那么独立》、肖Q《永远之远》、杨献平《如此一场梦，必定要一生》等。

四、报告文学的创新与发展

21世纪以来，随着数字化、信息化时代的全面到来，报告文学遇到了空前严峻的挑战，但它未停下前进的脚步，并以其内容的真实无虚，写作者的深邃思考，反映问题的尖锐，还原真相，揭示本质，给读者、给社会带来了丰厚的经验总结和深刻的思想启迪，展现了21世纪报告文学的特点。

一是在呼应现实中重新记录历史，多以非虚构方式表现，从而产生一种震撼人心的力量。如李春雷的短篇纪实《特殊党费》，李鸣生的《绝地重生》，王旭烽的《主义之花》，厉华的《忠诚与背叛——告诉你一个真实的红岩》，柳江南、张隼的《建党伟业》，王朝柱的《辛亥革命》，王树增的《1911》，徐刚的《民国大江湖——话说袁世凯》、《先知有悲怆——追记康有为》，周明的《夜“闯”中南海》等，结集的还有刘国强的《日本遗孤》、蒋巍的《咱们工人：铁血记忆·首钢九十年》、杨黎光的《开启共和之门——回望历史大变局中的孙中山》、何建明的《南京大屠杀全纪实》等。

二是普通人物传记，具有教育、励志、审美等诸多方面的价值。如郭晓晔《孤独的天空》、王宏甲《苍生大医吴孟超》、祁振欣《板凳妈妈》、郭冬则《难回故里——一个台湾老兵的故事》、耿翔《母亲本纪》、王善钦《母亲这辈子活得痛快》、李青松《大寨春秋》等。

三是聚焦热点，面向社会问题，关注和反映“三农”、“教育”、“拆迁”和“腐败”问题，如黄传会《中国新生代农民工》、杨豪《中国农民工调查》、苗秀侠《迷惘的庄稼》、杨澍《公开的力量》、刘元举《啼血试验》、陈廷一《生死系于土地》、李迪《丹东看守所的故事》、张海飞《利比亚惊天大撤离》、何建明《根本利益》、周勍《民以何食为天》、陈启文《共和国粮食报告》、向思宇《中国西南乡村教师》等。

五、散文作家

周晓枫（1969— ），北京人，出版有散文集《上帝的隐语》、《鸟群》、《斑纹：兽皮上的地图》、《斑纹》和《收藏：时光的魔法书》。周晓枫的散文独抒性灵、表达真我，传递个人生命的体验和思考，善于描写悖谬的存在，将悖谬的镜像颠覆、变形，并赋以新的意义，展示妩媚和凌厉的风格[1]，语言清丽，在充满感性和智性的语言的交织中熔铸了作者的诗意。如“快是青春的浮标，最微小的涟漪也让它波动；而慢，比衰老更从容不迫”。诗性的语言以跳跃性思维把快与慢同青春与衰老结合起来，快代表着浮躁，慢意味着从容。赋予快和慢以理性意义，升腾出智慧的辉光。

素素（1955— ），本名王素英，代表作品有散文《北方女孩》、《佛眼》、《女人书简》、《素素心羽》、《相知天涯近》、《与你私语》、《独语东北》、《女人心绪》和《欧洲细节》等9部。素素散文以独特的生命形态还原历史记忆，以心灵的追索还原地域文化，如《旅顺口往事》、《独语东北》；以文字构筑城市文化，构建了城市的历史和现在。其语言质朴无华却精雕细刻，展示北国的山水风情及特有的“匪气”特征，表现了东北文化的浩瀚与深厚。

第三节 21世纪戏剧

一、21世纪前15年戏剧文学概述

20世纪90年代，当西方现代派戏剧叩响中国大门时，一些学者和观众立即将中国戏剧分而论之：现实的、传统的、现代的、先锋的。来到21世纪，古今中外戏剧的思想类型、表演风格、剧场舞美广泛讨论交流之后，创作者们发现这些所谓的类型并不存在鸿沟，交融借鉴和创新运用成为普遍现象。总体来说，21世纪以来的戏剧艺术更加多元多层次，其中戏剧文学扮演的角色大致可以从三个方面来认识。

首先，从思想性看，主流创作一直还是以现实主义的、反映主旋律思想观念的创作为主。这类创作往往会积极回应时代性的问题，反映人民的呼声和历史的洪流。但和过去那种单一、绝对化的价值观念表达不同，当下的创作尽可能注重思想的厚重感和艺术弹性，人物塑造不仅鲜明而且立体，不仅关注外部世界，也探索着内心世界。同时，市场的力量在新的世纪持续发酵，戏剧为了重回公共话语空间有时也会去迎合大众文化。这类戏剧创作为了在通俗领域有一定的适应性又不至于落入低俗，通常的做法是植入一些情怀渲染或文化热点，以反叛、质疑、嘲弄的姿态展示深度思考。随着近年来中产高知阶层的出现、文化传媒事业的发展、影视艺术的勃兴，这类戏剧有了受众环境和文化土壤，吸引了相当数量的剧院票房。其中值得注意的是在体制边缘的游走者——张广天、黄纪苏。2000年后，张广天陆续推出了话剧《切·格瓦拉》、《圣人孔子》和《左岸》的“理想主义三部曲”，获得了知识界的广泛关注，被称为“新左派”代表作。其中，以张广天、黄纪苏合作的《切·格瓦拉》最为轰动。二人之前与孟京辉合作较多，有一定的先锋意识。导演张广天以音乐创作出身，他的作品表现出强烈的理想主义精神；编剧黄纪苏又是中国社会科学院马克思主义研究院研究员，他的创作有明显的无产阶级

---

① 参见陈晓明：《中国当代文学主潮》，495页，北京，北京大学出版社，2009。

思想印记。他们的搭档成功，充分体现了这个时代的上述特征。

其次，从艺术追求来看，剧本设计、舞台手段、表演类型已经跨过了门槛期。即便是经典的古典主义悲剧在创作中也会流露出现代性品质，而那些包含着丰富人文精神的戏剧在表现时也不会排斥哪怕像史诗朗诵、“三一律”结构这样的舞台呈现。例如北京人艺的导演林兆华在新的世纪仍然愿意尝试各路剧本，如经典剧目莎士比亚的《哈姆莱特》、契诃夫的《樱桃园》、易卜生的《建筑大师》，也排演过中国历史地域民俗意味强烈的《赵氏孤儿》、《白鹿原》等。他继续奉行着“一戏一风格”的创作原则，虽然选择了传统剧目或经典文学作品，但在表现手法和舞台展示上不袭古，不拘一格，唯一不变的是对生命意识和人性的思考。

但是，更多的戏剧创作中，戏剧剧本的基础性和规约性作用凸显了出来。因为当艺术创作不受太多限制之后，自由表现的尺度以艺术家自己的生命意识和深层情感为准则这一点又往往被忽略，以至于有些戏剧艺术的“术”超越“道”，手段代替了思考，形式大于内容。比如过多的“即兴”表演容易模式化，声光电的刺激常常让人眼花缭乱。“仪式”与“游戏”这些诞生于远古又重新被认识而赋予现代性的舞台修辞系统，“业已被太多的貌合神离东施效颦的演出所滥用，耗散了它的能量，遮蔽了它的精髓，使这一舞台修辞系统还没有成熟，就已经贬值，变成了戏剧舞台上看似出新、实则流俗的流行语言”。面对这些问题，重新回归到对剧本本身的选择、理解和体验中去才是解决问题的必然路径。

再次，从创作实践来看，从纯文学角度出发的创作似乎很难被戏剧吸纳和改造。当下的戏剧作为一个艺术综合体，需要编剧和导演的能力整合。在这个问题上，导演对剧本的二度创作意识好像更明确，而编剧对舞台表现的预见性还没有引起足够的重视。这种情况导向的结果之一就是，戏剧创作出现了重导演、轻剧本的趋势。同时，有许多艺术造诣极高的文学家们①因为没有“大文学”观念，所以当下中国的文学作品未能很好地衔接到戏剧影视创作上来，从而使得戏剧创作后劲不足。对于戏剧的批评和研究，也多从文学理论的角度展开，这让有的戏剧导演感到遗憾。② 于是乎，在文学创作和戏剧甚至影视呈现的断裂处，出现了一个中介性质的新兴行业，即编导。这一类人喜欢向小说借法，具有改编意识，出于“对演出市场的敏感和判断，他们大都喜欢跟进名家名作，而不是根据自己的艺术趣味来改编话剧。这样的跟进方式，大致体现出转型时期文化演变的一般逻辑”。他们的出现，使得将小说改编成话剧，成为新世纪话剧创作比较突出的现象之一。例如王安忆的《长恨歌》、余华的《兄弟》和《活着》、张爱玲的《金锁记》、毕飞宇的《推拿》等等。通过编导人员的努力，这些文学作品纷纷被成功地搬上了话剧舞台。

实验戏剧和小剧场话剧因为孟京辉等人的努力，在经历了20世纪90年代中后期的高峰之后，对其经典化、吸收、消化和膜拜的过程在新的世纪延续至今。就他们的戏剧文学创作而言，后现代式的“语言狂欢”、“台词拼贴”必然向着更加浑厚的现实生活、深沉的情感生活或

---

① 虽然大部分作家都是以小说、散文、诗歌等文学体裁的创作为主，但也有个别优秀的作家表现出明确的戏剧创作意向，例如刘恒、莫言等。

② 孟京辉在中国人民大学的一次讲座中就表达了这种遗憾。他认为戏剧史一直都是戏剧文学史，实际上更应该是戏剧剧场史、戏剧舞美史、戏剧表演史、戏剧导演史。笔者认为，这是理论层面上文学学科先于艺术学学科成熟，也是文学巨大的包容性产生的一种现象。

强劲的市场需求转向[①]，反映时代潮流和商业经济中的种种人生现象和思考。21世纪以来，一些戏剧社、戏剧工作室式的创作方式为更多的创作者所采用，他们是最灵活、最具探索性和最有新意的存在，由于其小众性和接受效果的滞后性，所以他们的戏剧还未出现振聋发聩的影响力。

二、21世纪剧作家的创作

（一）林兆华的戏剧

20世纪80年代就凭着《绝对信号》成为先锋剧揭幕者的林兆华，在21世纪仍沿着先锋路子一路开拓。从借鉴阐发东西方文化资源的改编剧《故事新编》（2000）、《建筑大师》（2006），到原创剧《窝头会馆》（2009），不论是由林兆华“戏剧工作室”投资排演可在创作中拥有较大自由度的剧目，还是国家特别时期定制献礼剧，都展示出这位艺术家溢出自我的诗性特质。

林兆华之于新世纪的意义，在于直面当代戏剧现状，通过一系列带有林氏戏剧特征的选题和叙事形式，将现代戏手法同传统戏曲融合，寻找当代戏剧传统之根。2000年，林兆华将鲁迅小说集《故事新编》改编成小剧场戏剧。原著本是八个相互毫无关联的故事集合，林兆华却从中找到了他需要的戏剧因素，他以《铸剑》为主线串联其他七个故事，在舞台上将故事呈现于同一时空，这种反传统的分列式叙事，与原著中的荒诞、奇诡的想象结合，共同开掘向主题深处。该戏空间设置上也颇为大胆，舞台是工厂车间，70多吨煤块堆成煤堆，戏剧演员、戏曲演员、现代舞演员在上面做煤球、说书、唱京剧、跳现代舞，阴森、凄惨的复仇故事，抽烟、喝酒的嫦娥……这些元素被拼贴在一起，成为导演意识与感觉碎片的戏剧式呈现，谱出一曲后现代无主题变奏。2009年的《窝头会馆》是为新中国成立60周年而创编的献礼剧。林兆华摆脱献礼剧可能成为政治意识形态的传声筒的局限，剧本选取解放军逼降傅作义这一历史断片作为反映特定时空中人性的远景，写北京某租院房东苑国钟与患痨病儿子苑江淼相依为命，父亲倾尽所有医治儿子却回天乏术的绝望。戏剧的成功之处在于通过展现父子关系、日常生活场景将父亲爱子的绝望和委屈推到了很强的程度。有评论家将其与老舍《茶馆》并置，认为“终于出了一部可以和《茶馆》相提并论的新戏”[②]。这部话剧用北京口语创作，结构上采取以情节为核心的传统戏剧结构方式，展示特定时空中人情与人性，是林兆华新世纪戏剧中的一个特例。

---

① 陈吉德在《体制内外：新世纪中国先锋戏剧的四脉流向》［载《文艺研究》，2010（9）］中提到了孟京辉近年来的创作大致分为三种倾向：第一种倾向是非常注重艺术实验，以至于超过观众的接受力，如《镜花水月》（2006）。第二种倾向是注重表现青年人的情感，温馨、浪漫、富有诗意，同时又夹杂着伤感甚至残酷，如《关于爱情归宿的最新观念》（2002）、《琥珀》（2005）和《艳遇》（2007）。第三种倾向是注重社会批判性，主题激情鲜明，如《臭虫》（2000）、《两只狗的生活意见》（2007）。进入21世纪的孟京辉比较注重戏剧的人民性立场，甚至提出了“人民戏剧”概念。

② 童道明：《窝头会馆——〈茶馆〉的回声》，http：//ent.sina.com.cn/j/2009-12-10/21042806194.shtml。

（二）孟冰的戏剧

孟冰（1956—　），中国戏剧家协会副主席，一级编剧。创作的代表作品有话剧《红白喜事》、《圣地之光》、《生命档案》、《毛泽东在西柏坡的畅想》等。作品多次获曹禺戏剧奖、中国戏剧节优秀剧目奖等。

孟冰从事戏剧创作 40 多年的历程中，始终探索戏剧作为中华民族核心价值观载体的多元化表达方式，近年来成绩斐然，戏剧界甚至将 2009 年称为“孟冰年”。其话剧有以下几个显著特点：一是，话剧的题材以军事题材为主，角色塑造多与军营相关。孟冰塑造军中领袖的崇高形象，如《圣地之光》通过塑造以毛泽东、朱德、周恩来为代表的共产党领袖，讴歌其集中体现的延安精神；描写普通士兵的卑微和无奈，如《老兵骆驼》中在边防线大沙漠中为哨所拉了 12 年骆驼的老兵赵大贵、《桃花谣》中的文化教员沪生；描写军营中的大多数在军队现代化发展中个人的困惑和焦虑，但最终都因坚定的共产主义信仰克服了困难，战胜了自我。二是，孟冰话剧多为正剧，以弘扬和歌颂社会主流价值观为主，这类剧很难突破概念化和符号化的创作误区，孟冰的突破在于写楷模和颂歌但并不回避问题，而是透过具体的生活、血肉丰满的人物揭示问题。如《老兵骆驼》写老兵赵大贵既是模范军人，同时也是有私心的普通人——他曾想着有一天能当上军官，让未婚妻成为随军家属……然而，由于他军事知识陈旧，不能掌握现代化的技术，在军队更换新的运输设备时，他与他的“骆驼队”只能在痛苦中“退休”了。孟冰创作身份特别，创作时较少受到市场因素的牵制，但他的剧作仍努力寻求与大众审美需要对接的点，并力图摆脱“命题写作”的空洞与贫乏，探讨主旋律现实主义戏剧舞台表现的多种可能性。如《毛泽东在西柏坡的畅想》，在这个戏剧中，孟冰提出“政论剧”的概念，也就是通过人物的直接议论，说出人物思想。这种方式极容易给受众造成说教印象，但是由于戏剧表现形式独特，将毛泽东与不同时空的人物，如斯大林、蒋介石、李自成并置于舞台，展开关于中国历史和未来的对话，并用邱大娘角色作为全剧的煽情点，该剧达到政论剧少有的理性和情感的平衡。

（三）黄维若的戏剧

黄维若（1950—　），湖南长沙人，剧作家，中央戏剧学院教授，博士生导师。黄维若是戏剧界学者型剧作家代表，20 世纪 90 年代留学德国的时候开始其戏剧创作，主要作品有《思凡之后》、《秦王政》、《秀才与刽子手》、《辛亥三章》等。作品多次获得文华编剧奖、曹禺戏剧奖等奖项。

黄维若话剧特点之一是，多选历史题材入戏，但历史在剧本中是反思当下的维度，是人情人性彰显的场景。其剧本《秦王政》讲述秦王嬴政从 18 岁的傀儡王到 22 岁的实权王的成长历程，展示了人性中权欲彰显后爱欲的压抑。《思凡之后》、《秀才与刽子手》均以清末作为故事背景，探讨重大历史事件背后被遮蔽的凡人小事，剧中的人物被放在一个特殊的场景中，但戏剧的时空却并不封闭。如《秀才与刽子手》中写清末时代转型中小人物的挣扎，观众完全可以看成是 20 世纪八九十年代之交知识分子失去话语权后身份认同错位的一种投影。《辛亥三章》则通过几个村野俗子对革命的理解，对革命和民主进行反思，话剧探讨的话题极具开放性，可以看作鲁迅《阿Q正传》主题的延续。二是，黄维若的戏剧注重技巧，通过“怪诞”[①]的手法使生活本质从现象中显身，让戏剧富含哲理。如《秀才与刽子手》中徐秀才和马杀头在废除科举和酷刑后，秀才操刀当了屠夫，而马杀头放下屠刀专心做读书人，原本对立的因素在剧中相视莫逆，奇妙互换，让人愕然、沉思。另外，黄维若的戏剧几乎都穿插了歌队和傀儡，如《秀才与刽子手》中傀儡歌队既是叙事者，又不断越界担当戏剧的任何角色，《眉间尺》中让同一演员在舞台上分饰几种角色，这样不仅可灵活转换戏剧叙事视角，还使戏剧有了多重叙事空间。

21世纪第二个十年有一个值得注意的现象，即民营小剧场话剧中涌现出一批新生代导演和编剧，如施维聪（1983— ）有代表剧作《我的心跳分你一半》、《借宿女人帮》等爆笑话剧，李伯男（1978— ）被称作“话剧界的冯小刚”，其作品有《有多少爱可以胡来》、《剩女郎》、《嫁给经济适用男》，他们擅长把握当代都市生活情感题材，以诙谐轻松的方式讲述价值观多元化，讲述当代都市中饮食男女的恋爱和精神生活，赢得了不俗的票房。

第四节 21世纪影视

一、21世纪电影文学

21世纪中国社会转型的步履进一步加快，商品经济意识不断渗透到社会文化的各个领域。影视逐渐成为大众文化的主体，并呈现多元走向，形成主旋律电影、大众电影、商业电影、艺术电影四分天下的局面。它们之间既分化又共存，既对立又互渗。导演创作个性活跃。第五代导演有了转型的迹象，开始关注普通人的生存境遇，第六代导演的纪录片风格给中国电影带来生命状态、生存体验的双重还原，而大众荒诞喜剧片《疯狂的石头》的成功，为中国影视带来了草根情怀。

（一）大众电影

大众文化影响下的大众电影，在故事的题材和主题两方面进行主旋律包装，主要表现为低成本的喜剧电影和催人泪下的苦情电影。冯小刚的《一声叹息》、《集结号》，杨亚洲的《美丽的大脚》、《泥鳅也是鱼》，安战军的《美丽的家》，周晓文的《漂亮妈妈》，陈凯歌的《和你在一起》，霍建起的《生活秀》，齐星的《押解的故事》，安铁军的《看车人的七月》，戚建的《天狗》，黄健新的《求求你表扬我》等关注普通小人物的生活境遇和思想，表达了关于谎言、荣

① “怪诞”不同于“荒诞”，这里指将戏中各种对立的因素奇妙地混合并在一定条件下互相转换，使观众产生陌生化的审美体验，而“怪诞”内在的逻辑让转换符合生命真实性，继而引起人的深思反省。

誉、道德等当下价值观的思考。张艺谋的《幸福时光》和《千里走单骑》触及了一个在现代社会人类面临的共同情感话题：渴望用互相理解、沟通来战胜孤独和隔膜。

2006年宁浩编导的《疯狂的石头》成为产生于中国最大众化的荒诞喜剧片。宁浩找到一种富有中国现实社会性的草根主题，且视听表达时尚。影片悬念迭出、噱头不断、荒诞戏仿、伏笔隐喻、因果颠倒、时空置换，传达了复杂的社会信息，抒发了善恶报应的草根情怀。这些大众电影迎合观众的审美欣赏趣味，替代性地满足观众的基本心理需求，以赚取尽可能高的利润。

（二）商业电影

21世纪电影创作已有意识地向大众化、娱乐化、市场化方面转型。冯小刚的《天下无贼》、《夜宴》、《集结号》、《非诚勿扰》，将商业价值和艺术价值成功结合。选材贴近百姓生活，对话幽默，谐谑中带嘲讽，在游戏中融入人文关怀，开创了期盼纯真、呼唤善良的浪漫喜剧、黑色喜剧和搞笑喜剧类型片。张艺谋的《十面埋伏》和《满城尽带黄金甲》、陈凯歌的《无极》和《梅兰芳》，更以豪华艳丽的场面、强烈冲击的视觉动作，吸引观众的眼球。其中“舞袖击鼓”、“林中追杀”、“飞马摘花”、“菊花台”、“鲜花铠甲”，堪称武侠片的经典片段。另外，以《功夫》、《神话》、《霍元甲》、《投名状》、《赤壁》、《画皮》、《长江7号》、《功夫之王》、《大灌篮》、《李米的猜想》等为代表的主流商业电影成为占据中国电影市场的有力品牌。它们以上亿元的票房超过美国进口大片，让一直低迷的国产片市场出现复苏的景象。这类影片既增加了电影类型的多样性，更增加了商业片的艺术性。

（三）艺术电影

在市场化大背景下，表达创作者个人对生活、人生、世界、影像的独特理解的所谓“作者电影”、“艺术电影”，无论数量还是影响力都在逐渐减少。但由于来源复杂的资金、基金的资助，具有明显个人烙印的作者电影，努力寻求观众认同和市场承认的发展方向。冯小宁的《紫日》、田壮壮的《小城之春》、何平的《天地英雄》制作讲究，画面精美；李少红的《恋爱中的宝贝》热衷于表达个人的感觉和精神理念，超现实的意象视觉符号、梦语、梦境代替合乎情理的人物关系、人物性格的情节线索，独具艺术创作个性。张一白的《好奇害死猫》尝试恐怖、悬疑、偷窥、暴力、惊悚片路线。侯咏的《茉莉花开》，张元的《看上去很美》，王小帅的《青红》，胡雪桦的《喜马拉雅王子》，霍建起的《情人结》、《暖》，李新的《花眼》，吕乐的《美人草》，顾长卫的《孔雀》、《立春》，陆川的《寻枪》、《可可西里》，孟京辉的《像鸡毛一样飞》，王全安的《图雅的婚事》，王超的《日日夜夜》、《江城夏日》，贾樟柯的《二十四城记》、《三峡好人》、《世界》等影片，基本延续第六代纪录主义传统。青春成长的创痛，底层普通老百姓生存的境遇，平民的视角，人性主题……影片从不同角度关注底层、展现底层、关怀底层，展现人的顽强挣扎、希望与绝望、忏悔与救赎。对艺术的挚爱使其产生强烈的影像表达欲望，对现实生活的良知促使他们选择直面生活的人生态度，电影作为梦想成为电影导演生命价值的体现。

（四）主旋律电影

主流意识形态从来不会漠视电影在提供共享的信仰体系和整合纷乱价值观念上的作用。弘扬主旋律的电影在题材、手法上有较多的开拓。有写历史的《长征》、《日出东方》、《走出西北坡》、《太行山上》，也有现实题材的《惊涛骇浪》、《惊心动魄》、《相伴永远》、《冲出亚马逊》、《极地营救》、《面对生命》；有写伟人的《毛泽东在1925年》、《毛泽东去安源》、《毛泽东与斯诺》、《邓小平》，也有写英雄的《我的母亲赵一曼》、《张思德》、《孔繁森》、《任长霞》、《我的长征》、《生死牛玉儒》。对伟人的丰功伟绩的展现也注意从低调或平视的姿态展现伟人身上的真挚性情和人之常情，注重从普通人身上发掘可贵的时代品质。改革开放30年、汶川大地震、北京奥运会等重大事件的出现，使各级政府、各部门的非商业性资金拍摄的主旋律电影生产呈现繁荣景象。《“5·12”汶川不相信眼泪》、《冰雪同行》、《惊天动地》、《破冰》、《一个人的奥林匹克》、《愚公移山》是这类影片的代表。主旋律电影在观念主流化、创作娱乐化、运作商业化方面做了探索。

21世纪女性导演创作才华横溢，导演作品方兴未艾。如马俪文的《我们俩》、《世界上最疼我的那个人去了》，而万玛才旦以《静静的嘛呢石》获金鸡奖最佳导演奖。徐静蕾的《梦想照进现实》、宁赢的《无穷动》都以女性独特细腻的视角表达母女间、姐妹间最细微和隐秘的感情。《无穷动》看上去是写中产阶级中年女性在物质社会中遭遇精神、情感伤痛和无穷动的情感欲望，骨子里真实透彻地揭示了女性对夫权的寻找和依附。影片内容反传统，艺术手法独特，尤其是对节奏的把握和对人物心理蒙太奇语言的运用很出色。

二、21世纪电视剧文学

21世纪电视剧创作呈现出繁荣局面。特别是长篇电视剧在市场中的成功运作，给电视剧发展提供了巨大能量。

（一）现实题材剧视野开阔，充分体现主流倾向、时代精神和人文关怀

21世纪电视剧全面介入现实，一批书写世事变迁、人生悲欢的社会伦理故事引人注目，《贫嘴张大民的幸福生活》、《空镜子》、《红处方》、《青衣》、《不要和陌生人说话》、《你的生命如此多情》、《亲情树》、《婆婆》、《大姐》、《蜗居》等作品既写了现实人生中的离合遭际和情感跌宕，也折射出世事沧桑、人情冷暖，成为转型期社会变革中世俗化生活的生动写照。

《贫嘴张大民的幸福生活》把镜头对准了生活在北京大杂院里的普通百姓，围绕张大民兄弟姐妹五人的不同生活经历，塑造了一个大俗人的生动形象。编剧是用语言手段刻画人物的高手，他挖掘积淀在群众中的生存智慧和幽默，借用了张大民的“贫嘴”，将乐观向上的精神传达给观众。张大民的幸福生活除了“一碗炸酱面，加上几瓣大蒜”，就是盼望能盖间小平房，让孩子能喝上牛奶，他身上多的是在任何打击下都能直面人生的坚毅和敦厚，是面对现实困境的阿Q式的自嘲和解脱；他的“贫嘴”化解了生活的尴尬无奈，他的实干又使自家生活产生

微小的改善；张大民对自身具有清醒的认识，是弱势群体的忍辱负重，是大杂院融洽环境造就的热心厚道，毫无顾影自怜式的自怨自艾。他的乐观豁达，使沉重的生活多了一份踏实，在他没完没了的废话、逗乐和大实话中，窘迫的生活平添了些许亮色。

（二）历史题材剧，体裁丰富，风格多样

历史剧创作在样式上的拓展更加明显，除了原有的名著改编、民间传说、新编历史剧等不同类型外，还出现了戏说剧、轻喜剧等新的风格样式。注重用新的眼光审视历史，主题开掘更加深刻，人物塑造更为丰满，制作方面更注重商业性和娱乐性，从而把握了精英文化与市场运作的关系。陆续出现了《康熙王朝》、《太平天国》、《孝庄秘史》、《走向共和》等有影响的剧目。历史剧电视剧创作上已相当成熟，很少原封不动地照搬历史，多在保持历史背景的前提下，对历史人物和故事进行毅然改写，从而成为深具意味的艺术变奏。一批根据民间传说而创作的历史戏说剧则采用幽默辛辣笔调借古讽今，其中《康熙微服私访记》、《铁齿铜牙纪晓岚》、《大宅门》、《天下粮仓》、《大清药王》、《天下第一楼》等优秀作品不仅具有很好的观赏价值，也有对现实时弊的讽喻作用。

（三）红色史剧追求真实生动，更具亲和力

红色史剧，抓住20世纪中国社会变迁的纷纭历史镜头，记录中国共产党建立和发展过程之中的种种事件与生活故事，这类电视剧如《长征》、《江山》、《共和国演义》、《风雨丽人》、《激情燃烧的岁月》、《历史的天空》、《亮剑》、《人间正道是沧桑》等，以时代的贴近性获得观众强烈共鸣。2002年，《激情燃烧的岁月》在全国多家省级电视台热播，一个棱角分明的军人形象石光荣在观众心目中得以树立。石光荣的革命激情来自对改变他命运的党和部队的涌泉相报，来自生命中最朴素的感情。他思想简单而又执着，粗暴地阻止儿子考大学；他崇尚英雄，争强好胜，一顿饭竟吃下25块豆腐，面对对手的满身伤疤肃然起敬；他蔑视退却，不允许燃烧的激情在儿子身上熄灭，他要儿子有“尿性”，成为军中强者。石光荣的理想是革命成功后“美美吃一顿炖猪蹄”，他的报恩方式是在父老乡亲面前摆两大锅高粱白米饭和猪肉炖粉条，是对一拨一拨穷乡亲倾其所有，俨然父母兄弟般的亲热和真诚。这种燃烧的激情，即使他进城当了官也丝毫不改，退了休也割舍不下对土地的眷恋。石光荣的形象令人耳目一新，他那种带着草莽气息的军人性格摆脱了概念化的束缚，具有很高的审美价值。

（四）警匪片、反特片的文学突破

20世纪90年代及以后，现实题材中出现反映中国法制建设进程和反腐题材的政治剧①，

① 政治剧的概念是由剧作家周梅森提出来的，这之前他的剧作以及类似的剧作被称为反腐剧，因为剧中内容都涉及对掌权者腐败现象的揭露，对权力缺少监督政治现象的抨击。周梅森认为反腐剧这一概念只能涵盖前者，不能体现它对于后者的思考，而实际上对于现实政治现象的全面检讨才是其创作的根本所在，因此，他把自己的创作称为政治剧。

《大法官》、《苍天在上》、《反贪局长》、《大雪无痕》、《绝对权力》、《至高利益》、《省委书记》、《天网》、《黑冰》、《黑洞》等作品，以一个个离奇案件为主线，讲述市场经济条件下人与人之间围绕权力和利益展开的各种惊心动魄的较量。这些政治剧是典型的主旋律电视剧，比较集中地体现了我国电视剧贴近现实、贴近生活、贴近群众、重视社会效果的政治意识形态倾向，也比较集中地体现了我国电视剧参与社会现实改革的思考性和重视现实的价值取向。2005 年反特片《暗算》、2008 年《潜伏》的成功出场，为我党我军秘密战线上的特情战士做了一个视听备忘录，为出生入死、大智大勇的无名英雄铸造了一座影像的纪念碑。

这些作品融入了更多的伦理道德情感和娱乐要素，注重故事情节的主动性、叙述的悬念性，并通过伦理化政治形象塑造，为意识形态主题注入伦理情感，打开了一条“主旋律”影视一直希望的面向大众的传播渠道。

第五节 网络文学

一、网络文学概况

1992 年 6 月 28 日，互联网上出现了第一个以“alt. Chinese. text”为域名的互联网新闻组，其后被简称为“ACT”，这对中文国际互联网的出现具有开创性的意义。

1991 年 4 月 5 日，《华夏文摘》创刊，这是互联网第一份中文杂志；1995 年 3 月，《橄榄树》在海外成立，其最初的定位是纯诗刊；1997 年，《橄榄树》转变为一个集小说、散文、评论于一体的综合性刊物；1996 年 1 月，花招公司创办文学月刊《花招》，这是第一份华文女性网络文学期刊。

(一) 中国网络文学的开端和发展

1998 年，痞子蔡花了 2 个月零 8 天的时间，在网上完成了一部网络长篇小说《第一次的亲密接触》，这是中国网络文学的开山之作。此后网络文学成为网络上最有影响的网络情感叙述形式。

2014 年 1 月 16 日，中国互联网络信息中心在北京发布了《第 33 次中国互联网络发展状况统计报告》，报告显示，截至 2013 年 12 月底，我国网民规模达到了 6.18 亿，其中，手机网民规模达 5 亿，占总网民数的 81.0%，其中，我国网络文学的用户数达到了 2.74 亿，比 2012 年同期增长 17.6%。与此同时，我国网民网络文学的使用率也达到了 44.4%，较 2012 年同期增长了 3 个百分点。此外，随着《致我们终将逝去的青春》、《甄嬛传》以及《最美的时光》改编成电视电影并受到追捧，以及经济统计结果显示，我国网络文学已经成为我国新的重要文学现象及经济增长点。新浪读书、腾讯、人民网等大型互联网公司加大了对网络文学领域的投入，我国网络文学界的竞争也日趋激烈。①

到目前为止，网络文学的发展主要经历如下三个阶段：前期处于自由发展阶段，主要延续了传统文学写作的路子；随后在商业资本的作用下建立起自己的商业模式，并迅速走向以类型小说创作为主的发展阶段；然后由于移动阅读的普及，网络文学的写作开始走出类型小说的藩篱，向多样化方向发展。②

（二）网络文学的思想特点及创作特色

网络文学的思想特点可概括为三点：一则，创作的自由化。二则，游戏精神的体现。娱乐、消遣、调剂是网络写手们创作的动机。三则，大众文化的后现代主义倾向。

网络文学的创作特色是：一则，创作主体的平民化、隐身化和复杂化。痞子蔡创作《第一次的亲密接触》的时候并不为人所知，小说《风中玫瑰》则是由风中玫瑰主讲、众多网友跟帖完成的。二则，创作题材和创作样式的多样性。创作取材相当广泛，言情、武侠、科幻、玄幻、军事、历史等等不同题材的作品在网络文学中一应俱全；创作方式也有创新，《风中玫瑰》是非线性的超文本链接，有的是超媒体作品，海浪的《含蓄的音乐》则用不同的乐曲来讲述故事，形象具体，入情入理。三则，传播媒介的虚化。传统文学的传播媒介经历了从龟甲、兽骨、竹简、帛绢到纸张的变化，都是实质性的物质存在。网络文学以网络为依托，将传统传媒的物质形态虚化了。

（三）网络文学存在的问题

目前网络文学主要存在以下问题：（1）对网络文学网站的整体管理缺失；（2）网络文学评价体系的混乱和缺失；（3）网络文学的版权和稿费问题；（4）题材与主题意义的狭隘与庸俗化；（5）人物形象的平面和单一化；（6）语言不规范，缺乏书面语言的修饰性；（7）幽默表层化。

二、网络小说概况

网络小说的写手主要可分为参与型、文人型、表演型三种类型。参与型写手年纪较轻，从事的职业一般与文学无关，作品数量多，但题材较单一。例如痞子蔡、李寻欢等，他们是网络文学写作的主体。文人型写手年龄偏大，有较好的文学功底，例如宁肯的《蒙面之城》，其部分章节就曾在传统刊物上发表过。表演型写手较关注时尚话题，注重自我展示，例如安妮宝贝，有人说她的作品“是小资产阶级情调的大爆发，闺房里的哀怨缠绵、日记本上的私

① 参见何宁：《论当下网络文学作品的价值与发展前景》，载《佳木斯教育学院学报》，2014（6）。

② 参见何弘：《华文网络文学发展概论》，载《中州大学学报》，2014（10）。

房话”[1]。

题材上，目前主要有四类：一是言情题材，如《第一次的亲密接触》；二是武侠题材，如《大唐行镖》；三是玄幻题材，如《盘龙》；四是历史题材，如《楚汉争鼎》等。

网络小说所塑造的人物形象水平良莠不齐。有的流于单薄，例如痞子蔡、阿泰等人作品中的人物并没有过多复杂的心理活动；当然也不乏丰满的人物形象，例如《成都，今夜请将我遗忘》中的陈重，他堕落、颓废、绝望，同时也挣扎、进取、正直。

在艺术上，除了少数网络小说有较高的艺术成就外，大部分网络小说存在如下特点：一是内容浅显、新潮、另类；二是语言符号化、口语化；三是幽默浅表化，有的甚至是恶搞；四是篇幅上灵活多变；五是存在严重的跟风现象。

三、网络散文

网络散文主要有两类。

一类主要表现都市人的情感与生活。在众多网络写手中，安妮宝贝无疑是网络散文的一面旗帜。她的《八月未央》等，在深情而冷酷的笔调中为我们构筑了一个繁华都市里的荒凉的森林角落。安妮宝贝是个梦醒的绝望歌者，她用嘶哑的嗓音倾诉了繁华都市中个人情感的孤独和渴望，也唱出了一个人行走的寂寞与不安。她的散文有小说的风格。现在，微博、微信继博客之后，已成为散文写作的新载体，甚至有了“微散文”的概念。《光明日报》曾两次以专版刊登选自微信的“微散文”，《一个北京导游眼中的藏族人》、《太空授课还带来了什么》、《老板，您能请我父亲吃饭吗》等，都是这种写作方式下的新作品。[2]

另一类则以评论为主，其形式主要有 BBS、各大门户网站上开辟的论坛以及博客等。此类散文在网络媒体上就新闻事件或当前事态发表的评价性意见，反映出当前世界文化多元化、价值多元化的客观趋势，在总体上呈“批评化”趋势，具有广泛的社会渗透性与参与性。

四、网络文学前景预测

网络给文学创作带来了形式上的变化，给正在走向边缘化的文学注入了生机与活力；网络上成名的写手的作品纷纷被出版社出版，从表面上看是网络文学向传统媒体的归顺与招安，但从长远来看，随着网络覆盖面日益扩大，网络是未来我们获得信息和进行交流的主要工具，网络文学的质量与纸质文学可能趋同，并且有更加丰富的文学表达方式。网络文学是以数字技术为基础的一种艺术形式，“在‘技术的艺术化’和‘艺术的技术性’的双重张力中，网络文学创作将依托这种艺术化的技术工具打造技术性的艺术文本，获得文学审美的创生空间，创造数字化的诗意境界”[3]。

---

① 王小枪：《阴暗的文字，阴暗的安妮宝贝》，http://bbs.sina.com.cn/zt/w/100zuojia/。

② 参见何弘：《华文网络文学发展概论》，载《中州大学学报》，2014（10）。

③ 欧阳友权：《用网络打造文学诗意》，载《文学评论》，2006（1）。

【本章学习参考】

一、阅读书目

李少君、张维：《十年诗选：2000—2010》
谭五昌：《国际汉语诗歌》（第一卷）
王朝柱：《辛亥革命》
王树增：《1911》
徐刚：《民国大江湖——话说袁世凯》
何建明：《南京大屠杀全纪实》
素素：《独语东北》
周晓枫：《上帝的隐语》
张广天："理想主义三部曲"、《切·格瓦拉》
林兆华：《故事新编》、《窝头会馆》
孟冰：《老兵骆驼》、《毛泽东在西柏坡的畅想》
李伯男：《有多少爱可以胡来》、《嫁给经济适用男》
施祥生编剧：《一个都不能少》
刘恒编剧：《贫嘴张大民的幸福生活》
陈枰编剧：《激情燃烧的岁月》
都梁、江奇涛编剧：《亮剑》、《汉武大帝》
文贵、邹静之、王振潜编剧：《铁齿铜牙纪晓岚》
陆天明编剧：《大雪无痕》
今何在：《悟空传》
宁肯：《蒙面之城》
慕容雪村：《成都，今夜请将我遗忘》
金寻者：《大唐行镖》
安妮宝贝：《八月未央》
流潋紫：《后宫·甄嬛传》

二、相关文献

1. 廖一梅．像我这样笨拙地生活：北京：中信出版社，2015.

2. 陈仲义．中国前沿诗歌聚焦．北京：中国社会科学出版社，2009.

3. 黄雪敏．论新散文文体变革的得失．文学评论，2007（2）．

4. 杨献平，陈剑晖．以强悍的姿态和诗性品质穿透现实——关于当下散文写作的几个问题．文学与人生，2012（3）．

5. 吕效平．21 世纪头十年大陆戏剧文学．南大戏剧论丛，2014，10（1）．

6. 傅谨．呼唤"戏剧"的文学性．剧本，2007（3）．

7. 徐健．当下性·本土性·剧场性———从《秀才与刽子手》窥探新世纪以来话剧发展态势．理论与创作，2008（5）．

8. 欧阳友权．网络文学论纲．北京：人民文学出版社，2003.

9. 周志雄．网络文学的兴起——中国网络文学发展文献史料辑．北京：人民出版社，2014.

10. 欧阳文风．网络文学大事件100. 北京：中央编译出版社，2014.

三、复习思考

1. 从诗歌群体角度观察，21世纪诗歌最初15年提供了哪些新经验？
2. 联系新诗传统，评说21世纪西川式的“杂语体”跨文体诗歌写作。
3. 简要概括21世纪诗歌写作的几种弊端。
4. 简述新媒体散文的特点。
5. 简述新散文的由来及其艺术特色。
6. 简述新世纪报告文学的优点和缺陷。
7. 请结合林兆华戏剧《故事新编》谈谈新世纪其先锋剧的特点。
8. 什么是主旋律戏剧？什么是政论剧？以具体作品为例谈谈孟冰戏剧的特点。
9. 请简要分析话剧《秀才与刽子手》中的“怪诞”手法。
10. 分析20世纪90年代以来中国电视剧的世俗化倾向。
11. 针对历史题材电视剧的风格拓展，说说你的看法。
12. 分析冯小刚电影作品创作与大众文化的关系。
13. 谈谈警匪片创作的新策略。
14. 谈谈中文网络文学的由来。
15. 谈谈网络文学的思想和艺术特点。
16. 谈谈网络小说概况。
17. 谈谈网络散文概况。

第五十章
台港澳文学与旅外华人现代汉语文学

现代汉语文学在我国台湾、香港、澳门及全世界华人圈发展繁荣，成为中国现代汉语文学的组成部分。

台湾现代汉语文学与祖国大陆现代汉语文学走过相似的历程。台湾的现代派早于大陆，并成为新时期早期大陆文学的先导。白先勇、余光中与琼瑶，曾在两个方面给大陆读者以广泛的影响。现代汉语是两岸文学最紧密的血肉联系。

现代汉语文学在香港、澳门有多方面的发展，金庸的小说、董桥的散文在大众与文人读者中各有天地，体现了现代汉语文学的艺术魅力。

现代汉语文学在旅外华人作家中日益繁荣，这是近 30 年来现代汉语文学中的独特现象。

鉴于目前国内高校教学实际，本章只分别对台湾、香港、澳门、旅外华人的现代汉语文学进行精要评述。

第一节 台湾文学

一、20 世纪上半叶台湾小说

20 世纪 20 年代新旧社会交替之际，台湾青年张我军在北京受到新文化运动的洗礼，将文学革命引入台湾，发表了《糟糕的台湾文学界》、《文学革命运动以来》、《新文学运动的意义》等文，向旧文学发起猛烈进攻，提出建设台湾新文学。同一时期，台湾知识青年黄呈聪和黄朝琴分别撰写《论普及白话文的新使命》和《汉文改革论》，大声疾呼推广白话文。在张我军等人的理论倡导下，经过新旧文学之论争，台湾新文学进入创作实践阶段。这一时期的代表作家是赖和、张我军、杨云萍、杨守愚等人。30 年代随着文学社团、文艺刊物的纷纷成立和创办，以及作家作品的成批出现，台湾新文学获得新的发展：作家多角度地表现人民苦难，创作题材和主题进一步扩大；写实主义小说处于主导地位，现代派小说萌芽。杨逵、朱点人、愁洞、翁闹是这一时期的重要作家。1937年全面抗战爆发，日本侵略者在台湾推行“皇民化”运动，禁用中文，台湾新文学进入艰难生存时期。面对如此恶境，很多作家曲折反映现实或坚持“地下文学创作”，代表作家是吴浊流。

赖和（1894—1943），原名赖河，台湾彰化人。主要作品有《斗闹热》、《一杆“称仔”》、《不如意的过年》、《蛇先生》、《惹事》、《善讼人的故事》、《可怜她死了》、《棋盘边》等。他的小说以朴实的文笔和真挚的感情揭露日据时期罪恶的社会现实，表达对劳苦大众的深切同情。他的突出贡献在于第一个用白话文写作，因此被称为“台湾新文学之父”。

杨逵（1905—1985），原名杨贵，台湾台南人。1924年东渡日本留学，受社会主义与外国进步作家的影响；回国后，积极参加抗日农民运动和新文化运动，为当局所不容，先后入狱十余次，但其志不悔。作品有《送报夫》、《模范村》、《鹅妈妈出嫁》、《无医村》、《泥娃娃》等。杨逵的小说以表现人生、反压迫、反殖民著称。

吴浊流（1900—1976），原名吴建田，祖籍广东蕉岭县，生于台湾新竹。30年代中期开始小说创作，主要有《水月》、《泥沼中的金鲤鱼》、《陈大人》、《先生妈》、《波茨坦科长》等短篇小说。他的小说以反映社会现实为己任，刻画日据时期台湾社会各色人，其中对仰仗日本势力欺压同胞的民族败类的揭露最为突出。长篇小说《亚细亚的孤儿》是一部志在为现代台湾作证的小说，是吴浊流在台湾“光复”以前创作的，原名《胡志明》，又名《胡太明》。作品以主人公胡太明痛苦的思想历程和坎坷的奋斗之路为主线，对日据时期的台湾、大陆和日本作了多方面的反映，表现台湾一代知识分子逐渐摆脱因远离祖国遭受异族欺凌而引发的“孤儿意识”，最终认同祖国，自觉投入抗日洪流。小说的意义在于将知识分子的精神痛苦与台湾的历史处境相融合，具有深厚的历史感。

二、台湾的现代派小说、乡土小说、通俗小说及多元共生小说

（一）台湾现代派小说

20世纪50年代中后期，随着“反共文学”式微，西方文化涌进，现代派文学思潮席卷全岛。以《文学杂志》和《现代文学》为阵地的现代小说的兴起，是台湾现代主义文艺思潮深入发展的实绩。1956年台湾大学外文系教授夏济安创办《文学杂志》，介绍西方现代主义文学，独树一帜；1960年台大外文系学生白先勇、王文兴、陈若曦、欧阳子等创办《现代文学》，系统译介西方近现代艺术学派潮流，并成为台湾现代主义文学创作的重要园地。现代派小说家主要有聂华苓、於梨华、白先勇等。

聂华苓、於梨华是台湾文坛较早的现代派作家。

聂华苓（1925— ），湖北应山县人，1949年去台湾，主要作品有短篇小说《翡翠猫》、《一朵小白花》等，长篇小说《失去的金铃子》、《桑青与桃红》、《千山外，水长流》等，以及回忆录《三生影像》。成名作《失去的金铃子》通过苓子与尹之舅舅及新寡的巧巧之间的三角恋爱，描写女性的不幸、灾难，揭开封建婚姻制度的面纱，对“从一而终”的封建婚姻观念进行抨击。

於梨华（1931—　），浙江镇海人，生于上海，1947年去台湾，后去美国，主要作品有长篇小说《梦回青河》、《变》、《又见棕榈，又见棕榈》、《傅家的儿女们》、《一个天使的沉沦》、《在离去与道别之间》等，中短篇小说集有《三人行》、《归》、《雪地上的星星》、《白驹集》、《会场现形记》等。她的代表作《又见棕榈，又见棕榈》以旅美学人牟天磊回台省亲为主线，穿插其十年的旅美生活。小说成功地塑造了“无根的一代”的形象代表牟天磊。於梨华的小说精致、细腻，能熟练地运用意识流、白描、倒叙等手法；句子虽长，有些欧化，读来却无欧化的感觉，做到“中西合璧”。

白先勇（1937—　），广西桂林人，1948年去香港，1952年去台湾，1965年获艾奥瓦大学文学硕士学位，后任教于加利福尼亚大学。自1958年发表处女作《金大奶奶》开始，至今已出版短篇小说集《寂寞的十七岁》、《纽约客》、《谪仙记》、《台北人》、《游园惊梦》、《孤恋花》、《骨灰》等和长篇小说《孽子》。白先勇前期受西方现代主义文学影响较重，有浓重的个人色彩和幻想成分，人物多畸形、变态，热衷表现性爱冲突和同性恋，手法不免模仿的痕迹，代表作为《金大奶奶》和《玉卿嫂》。后期自1964年《芝加哥之死》开始总题为《纽约客》的创作，真实地描写旅美留学生生存图景，在中西文化冲突中的认同危机，孤独、挣扎、沉沦。留美学生吴汉魂（《芝加哥之死》）离群索居，苦读六年，终获博士学位。然女友离去、母亲去世，使他突感空虚和失落；中国不愿回，美国的文化又无法适应，最终投湖而死。《纽约客》是白先勇思考中西文化冲突的产物，《台北人》系列小说则是对传统文化和民族命运的进一步反思。《孽子》是白先勇迄今为止唯一的一部长篇小说，描写的是当时台湾罕见的同性恋题材，小说显示了作者博大的人道主义情怀，同时也透露了虚无主义和宿命论的色彩。

融传统于现代是白先勇创作突出的艺术特征。他的小说虽然借鉴大量西方意识流、象征、叙述观点的转换等现代技巧，但从总体构思到具体描写又受我国《红楼梦》、《牡丹亭》等古典名著的影响。

（二）台湾乡土小说

20世纪五六十年代，乡土文学全面复苏。台湾的乡土文学最早可追溯至赖和、杨逵等本土作家，日据时的吴浊流也创作了大量的乡土文学作品。50年代钟理和继续在乡土文学上辛勤耕作。60年代，《台湾文艺》和《文学季刊》的创办，汇聚了第一、二代具有乡土精神的写实主义作家，他们反映人生，注重乡土色彩。这里的乡土色彩，突出的是台湾本土精神；倾向于关心人，关心社会，具有强烈的历史感。70年代，乡土文学成为台湾文学的主流。成就较大的作家有钟肇政、陈映真、黄春明、王祯和、王拓等。

钟理和（1915—1960），祖籍广东梅县，生于台湾，50年代台湾乡土文学的代表。有中短篇小说集《夹竹桃》。他的小说通过描写个人爱情婚姻的遭遇和家庭生活的不幸来反映乡村生活的贫穷与苦难，带有浓厚的自传性质和乡土风味。

钟肇政（1925—　），台湾桃园人，曾主编《台湾文艺》，创作颇丰，以长篇小说见长。最重要的长篇小说是《浊流三部曲》（《浊流》、《万里江山》、《流云》）和《台湾人三部曲》（《沉沦》、《沧溟行》、《插天山之歌》），其他长篇小说有《鲁冰花》、《大坝》、《马黑坡风云》、《高山组曲》、《望春风》、《怒涛》等。《台湾人三部曲》通过陆氏家族的世代奋斗，展示日据时期台湾人民从武装反抗到民主运动再到二战结束近五十年的斗争历史。这部史诗性的作品结构宏大、场景壮阔，塑造了陆家世代英雄形象，具有鲜明的民族特色，成为台湾“大河小说”的源头。

陈映真（1937— ），原名陈永善，生于台湾竹南。发表小说使用笔名“陈映真”，发表评论使用笔名“许南村”。已著小说《将军族》、《第一件差事》、《夜行货车》、《华盛顿大楼》、《山路》、《忠孝公园》、《最后的夏日》、《第一件差事》、《唐倩的喜剧》和《永恒的大地》等。1975年，陈映真创作转向批判性，作品有《贺大哥》、《夜行货车》、《上班族的一日》、《云》、《万商帝君》等。1983年以后，陈映真开始涉足敏感的政治历史小说，主要作品有《铃铛花》、《山路》、《赵南栋》等。2001年出版的小说集《忠孝公园》是陈映真的又一创作高峰，是他勇敢地反对“文学台独”的成果。现实主义的深沉揭露和批判精神贯穿陈映真整个创作历程，再加上象征、暗示等现代手法的运用，创造了陈映真不同于其他台湾乡土小说家的独特风格。

黄春明（1939— ），台湾宜兰人，被认为是较纯粹的乡土小说家。现有小说集《儿子的大玩偶》、《锣》、《莎哟娜拉·再见》、《小寡妇》、《乡土组曲》、《我爱玛莉》等。前期作品以现代文明侵蚀下日趋没落的乡村小镇为背景，描写底层人物的生存悲剧。70年代中期，黄春明小说从乡村走向城市，揭示帝国主义及其洋奴的丑相。《我爱玛莉》中的陈顺德是个不折不扣的洋奴，他不但给自己取了洋名，还把洋上司的一条叫“玛莉”的狗接回家饲养，并任凭该狗搅扰家人，甚至还扬言爱狗甚于爱妻。黄春明小说中的人物、情节和主题都来自病态的社会现实。他嘲讽地加以夸张放大，使人意识到社会的不公和腐败，讽刺中溢出笃实深沉。

（三）台湾通俗小说

60年代台湾迅速进入商业社会，通俗文学逐渐成为重要的文化现象。70年代后期报纸副刊改革大大推进文学商品化进程。80年代以来，大众消费形态进一步扩大了通俗文学的市场。以高阳为代表的通俗历史小说、以琼瑶为代表的言情小说、以古龙为代表的新武侠等成为畅销书。

高阳（1926—1992），原名许晏骈，浙江杭州人，后随军去台湾。主要有《李娃》、《荆轲》、《少年游》、《慈禧全传》、《胡雪岩》、《小白菜》等历史小说。高阳的历史小说题材广泛。

琼瑶（1938— ），原名陈喆，祖籍湖南衡阳，1949年随家人去台湾。1963年以成名作《窗外》踏入文坛，后又创作《几度夕阳红》、《庭院深深》、《彩云飞》、《一帘幽梦》、《在水一方》、《还珠格格》等40多部中长篇小说，多部被改编成影视剧。琼瑶的作品在大陆、台湾、香港拥有众多的读者，曾于60年代和80年代掀起两次“琼瑶热”，风靡两个时代。爱情是贯穿琼瑶创作的永恒主题，浪漫多彩的爱情故事、曲折生动的情节模式和缠绵细腻的情感形态是琼瑶小说的基本特征。琼瑶小说的语言典雅优美、通俗流畅，她善于将传统诗歌创作意境和手法融入小说，形成轻柔细腻而又洒脱的风格。

古龙（1936—1985），原名熊耀华，祖籍江西，生于香港，毕业于台湾淡江大学外文系，台湾新武侠小说的大家。著有《孤星传》、《楚留香传奇》、《武林外史》、《圆月弯刀》、《陆小凤传奇》、《多情剑客无情剑》等80多部小说，多部被拍成影视剧。作为新武侠小说的代表人物，古龙最大的特征就是将强烈的现代意识融入古代故事中，使小说呈现出新的伦理标准、道德观念和心理特征。

(四) 多元共生的台湾小说

80年代以来，台湾文学感应政治、经济、文化、科技的飞速发展和社会结构、价值观念的变异，萌生出新的创作主题、思维方式和表现形态，现实主义、现代主义、后现代主义多元并立。就题材和主题而言，政治小说①、都市小说②、新女性小说③、情欲小说④、推理小说⑤、科幻小说⑥、同志小说⑦竞相出现。就表现形态而言，后设小说⑧、魔幻写实小说⑨、新闻立即小说和黑色幽默小说⑩纷至沓来。承担这些变异的主要是1949年以后出生的"战后新世代"作家以及60年代后出生的文学新人类。代表人物有黄凡、张大春、李昂、平路、苏伟贞、朱天文以及稍后的陈裕盛、林耀德、骆以军、洪凌、邱妙津等。他们的小说以自由开放的意识书写自己的独特经验，主题为后现代式的解构、无序，在泛政治化背景下言说政治，更加关注主体、认同等议题，力图揭示人类生存的颓废、空虚、荒诞。创作方法上颠覆传统小说的叙述方式，运用大量的后设语，把创作和创作过程、主人公和作者同时纳于作品之中，肢解完整的故事和结构。

三、台湾的诗歌

(一) 20世纪上半叶诗歌

台湾新诗是在五四运动影响下诞生的。五四运动不仅为台湾新诗孕育了反帝反封建的诗胎，而且为台湾新诗培育了发难之人。最早的新诗是追风以日文创作的《诗的模仿》四首，随后中文新诗如雨后春笋般钻出地面。新诗诞生初期，以张我军、赖和、杨华的创作成就最大。张我军的《乱都之恋》是台湾新诗史上第一部诗集，表现了"五四"新青年的新思想、新行为，感情真挚、行文流畅，但也有直露之弊，这是新诗幼年期的通病。赖和的诗是典型的革命者之歌，他的代表作《觉悟下的牺牲》、《南国哀歌》充溢着时代精神和革命气概。杨华的《黑潮集》以黑潮暗示侵略者的入侵，黑潮虽凶险，但中国人不会屈服。

---

① 政治小说有黄凡《赖索》、张大春《撒谎的信徒》、宋泽莱《血色蝙蝠降临的城市》、林双不《黄素小编》等。

② 都市小说有黄凡《都市生活》、张大春《公寓导游》、朱天心《淡水最后列车》、萧飒《死了一个国中女生之后》等。

③ 新女性小说有李昂《杀夫》、《暗夜》、《迷园》，廖辉英《油麻菜籽》，袁琼琼《自己的天空》等。

④ 情欲小说有陈裕盛《骗局》、纪大伟《感官世界》、洪凌《异端吸血鬼列传》等。

⑤ 推理小说有林弗儿《岛屿谋杀案》、《美人卷珠帘》，成英姝《无伴奏安魂曲》等。

⑥ 科幻小说有张系国《星云组曲》、《五玉碟》，叶言都《高卡档案》，黄海《偷脑计划》，吕应钟《星剑天涯》等。

⑦ 同志小说有邱妙津《鳄鱼手记》、朱天文《荒人手记》、曹丽娟《童女之舞》等。

⑧ 后设小说有田路《五印封缄》、《捕蝶人》，林耀德《一九四七·高砂百合》等。

⑨ 魔幻写实小说有张大春《将军碑》、宋泽莱《热带魔界》等。

⑩ 新闻立即小说和黑色幽默小说有张大春《大撒谎家》和《四喜忧国》等。

30年代日本推行的“皇民化”运动，使台湾新诗进入艰难发展时期。30年代初，台南一带含有盐分较多的海滨地区诞生了一批诗人，如郭水潭、吴新荣、王登山等，被称为“盐分地带诗人群”。他们的诗歌书写反对异族入侵和盐乡的风土人情。由杨炽昌发起的风车诗社是台湾第一个现代派诗社，发行《风车》诗刊，同人有李张瑞、林永修等。30年代还有“台湾艺术研究会”诗人群和月来香诗社。1942年由诗人张彦勋、朱实、许世清发起的银铃会成立，同人有詹冰、林亨泰等。这个诗社基本延续《风车》的主张，连接台湾新诗的现代时期和当代时期。

（二）台湾现代派诗歌

台湾当代新诗始于50年代诗界的现代主义运动。这场运动由大陆30年代现代诗派和台湾早期的现代派思潮两股余脉混合而成，一直持续到60年代中期。这期间由纪弦组织、郑愁予和羊令野等参加的现代诗社，覃子豪、余光中等人发起的蓝星诗社，洛夫和痖弦组织的创世纪诗社，是台湾现代派新诗的三大台柱，大大促进了台湾现代主义诗歌的发展。现代派的中心人物纪弦，引导诗人从“反共文学”中走出来；他的“现代派六大信条”，强调“横的移植”，反对“纵的继承”和全盘西化，追求诗的“知性”和“纯粹性”。1954年3月成立的蓝星诗社是一个较为温和的社团，一直坚持“自由创作”的主张，因此成员的创作个性比较突出，个人成就和名望超过诗社对文坛的集体影响。1954年10月成立的创世纪诗社，提出“新民族诗型”的创作路线，讲美感、重意境；1958年以后转向超现实主义诗观，追求诗的世界性、超现实性和纯粹性。60年代创世纪诗社在现代诗社和蓝星诗社走向沉寂后形成现代主义诗歌的第二个高潮，但它的一些诗作中反理性的认知方式和晦涩的诗风也招致激烈的批评。

（三）台湾乡土诗歌

随着乡土意识的复苏、写实主义精神的高扬和对现代诗派的批评，60年代中后期现代主义主导诗界的局面逐渐改观，台湾诗坛开始出现重认民族传统、回归现实的潮流。1962年7月由文晓村、王在军发起的葡萄园诗社较早提出与现代诗派相抗衡的“明朗、健康、中国诗路线”。1964年3月成立的笠诗社将乡土情怀、民族精神与现实意识相融合，成为台湾写实主义诗歌的重镇。笠诗社提倡对现实和人生的表现和批判，但并不排斥现代主义，一些成员曾于50年代加入三大诗社，在手法上受现代派的影响。其成员由三代本省籍诗人组成：第一代是日据时以日文开始写作的“跨越语言的一代”，如巫永福、吴瀛涛、詹冰、林亨泰等；第二代是接受抗战胜利后中文教育的中坚代诗人，如李魁贤、非马等；抗战胜利后出生的一代为第三代，如郑炯明、李敏勇等。

70年代，抗战胜利后出生的诗人登上文坛，纷纷成立新诗社，表明他们不同于前代诗人的新主张和新风格，进一步推进诗歌的写实主义创作。1971年元旦龙族诗社成立，6月主流诗社成立，次年6月大地诗社成立，这三大诗社对当时的超现实主义与西化诗风提出强烈批判与反省，主张反身传统、关怀现实、肯认本土、尊重世俗等现实主义诗学。1975年罗青等创办《草根》，1979年向阳等创办《阳光小集》，强烈标举诗的民族性、社会性、本土性、开放性和世俗性的新路，主张正视传统、反映人生。从此台湾新诗的书写风格才逐渐走向写实、本土、多元的路子。

(四) 台湾的多元化诗坛

80年代中后期台湾解严，政治上本土成为主流，经济日趋成熟，加上报禁解除与新媒体出现的信息冲击，整个文化界的大众化风潮形成，对照这样的社会变迁，台湾诗坛进入整合期，形成多元并陈、诗社解体的后现代图式。政治诗、都市诗、闽南语诗、后现代诗以及大众诗等纷纷登上诗歌舞台。90年代还涌现出女性诗、身体诗、数位诗等新的诗歌群落，台湾诗坛由此进入全新阶段。林耀德和罗青是这一时期的代表性诗人。他们敏锐地意识到资讯工业对社会的影响，强调要“面对此一传播媒介的革命，诗人应该把诗的思考立体化，把此一新的传播方式纳入构思体系”。在他们的倡导下，台湾后现代主义诗歌风起云涌，以夏宇、鸿鸿主导的《现在诗》刊为其本营。与此相对的，还有强调用闽南语写作的《蕃薯》诗刊、强调创作与诗学并重的《台湾诗学季刊》，以学院诗人号召的《学院诗人群年度诗集》以及不复高标主义诗学的《植物园》、《双子星》等诗刊。

整体地说，90年代后台湾新诗的走向已不再是结社结盟，而是以诗人诗作来塑诗的风潮。90年代台湾女诗人的女性意识开始觉醒。1998年11月“女鲸诗社”成立，以及诗选《诗在女鲸跃身击浪时》推出，彰显了女性主体意识的萌发。同年江文瑜推出女性主义诗集《男人的乳头》，通过性别、情色、权力的三重颠覆，展现出台湾女性诗人的主体书写姿态。身体诗也是90年代的书写主流之一，情欲世界和身体诗俨然融为一体，较受瞩目的诗人有颜艾琳、陈克华、许悔之、陈义芝等。随着网络文学的兴起，数位诗在90年代后期和21世纪迅猛发展，如涩柿子、响葫芦、向阳、苏绍连等人，采用超文本的形式使诗歌创作进入新的美学时期。

(五) 代表诗人

余光中（1928—　），祖籍福建永春，生于江苏南京。1949年随父母迁香港，次年赴台，就读于台湾大学外文系。1953年与覃子豪、钟鼎文等共创蓝星诗社，后赴美进修。返台后历任台湾师范大学、台湾政治大学、香港中文大学教授，曾在美国讲学4年。著有诗集《舟子的悲歌》、《蓝色的羽毛》、《钟乳石》、《万圣节》、《白玉苦瓜》、《紫荆赋》、《守夜人》等十几部。

余光中是个复杂而多变的诗人，他的创作轨迹反映了台湾诗坛三十多年来的一个走向，即先西化后回归。余光中是“艺术上的多妻主义诗人”，作品风格极不统一：表达意志和理想的诗，一般都显得壮阔铿锵；而描写乡愁和爱情的作品，一般都显得细腻柔绵。余光中创作了大量乡愁诗，因其注重主体意象的智性探索和主题的哲理性追求而取得较高成就，如“昨夜/月光在海上铺一条金路/渡我的梦回到大陆”（《舟子的悲歌》）；“非湘水净你，是你净江水/你奋身一跃，所有的波涛/汀芷蒲兰流芳到如今”（《漂给屈原》）。他最为脍炙人口的诗歌是《乡愁》。“小时候，/乡愁是一枚小小的邮票，/我在这头，母亲在那头……”这种始终主导着余光中感情潮流并带苦涩滋味的中华情结，正是余光中诗歌永恒的生命内涵和不朽的美质。

纪弦（1913—2013），原名路逾，笔名路易士，30年代现代派诗人。原籍陕西秦县，生于河北清苑，后移居上海，1948年赴台，1976年移居美国。1953年创办并主编《现代诗》季刊，后组织现代诗社。纪弦强调诗的本体性意义和诗专业化的新理念，出版诗集《摘星的少年》、

《隐者诗抄》、《晚景》、《半岛之歌》等多部。

纪弦的诗有韵味，注重创新。他惯常使用写实的和象征的手法，有时也运用超现实的技巧。他的文字和语法既朦胧，亦明朗：阳刚里含有阴柔，阴柔里含有阳刚；冷静里藏着狂热，狂热里藏着冷静。诗风明快，善嘲讽，喜戏谑。既有他“B型之血”的“瘦瘦长长的躯体”（《B型之血》）闪现；更有他矫然奔放、愤世嫉俗等率真品性的内在浇铸，“我乃狂野里独来独往的一匹狼”（《狼之独步舞》）。纪弦不仅创作极丰，而且在理论上亦有建树。他是现代派诗歌的倡导者，主张写“主知”的诗，强调诗是“横的移植”。

四、台湾散文

（一）散文概貌

50年代，怀乡忆旧成为散文创作的主旋律，远离故土、痛别亲朋、流落孤岛的作家们怀着强烈的“乡愁”执着地书写怀旧散文。六七十年代随着西方文化渗透与现代主义、现实主义的深化，散文的题材风格日趋多样化。梁实秋、林语堂的小品文，以家常闲话的形式、智慧幽默的语言，纵谈社会人生；许达然、阿盛的乡土散文，以写实的笔法，描写转型期台湾社会普通人的生活；琦君、张秀亚的女性散文，以细腻真挚的笔触描写温馨的回忆，琐忆亲人故友；柏杨、李敖的杂文，以尖锐辛辣的语言针砭时弊或评文论事。八九十年代以来的台湾散文感应时代的巨变、社会的都市进程和后现代主义文化精神，除传统散文进一步发展，还出现了超越传统认知形态的新型散文。都市散文饱含前卫意识和知性精神汇入汹涌的都市文学大潮，创作涉及政治、生态、传媒、大众消费、信息科技等诸多领域。女性散文大胆从容地袒露内心世界，探讨女性在后工业时代的复杂处境。由于“党禁”、“文禁”的开放，李敖等人的杂文以对传统文化、社会世态的激烈批判构成极具震撼力的文化现象。几代作家同场献技，形成今日台湾散文绚丽多彩的景观。

（二）散文作家

台湾的小品文和杂文，以梁实秋、柏杨、李敖为代表。

梁实秋（1903—1987），著名的学者、批评家、散文家。1949年到台湾后出版第一部散文集《雅舍小品》，此外还有《秋室杂文》、《谈徐志摩》、《清华八年》、《雅舍小品续集》、《看云集》、《雅舍杂文》、《白猫王子及其他》、《西雅图杂记》、《槐园梦忆》等集子。梁实秋的散文文体多样，有小品、杂文、游记、评论等，其中以小品文居多。他的小品文从日常生活细节入手，融个人经验、人生世态、艺术情趣、智慧学问为一体，在恬淡中捕捉人生趣味，形成幽默闲适的风格。《饮酒》、《喝茶》、《下棋》、《漫谈读书》等从日常琐事中品味传统文化熏陶下的精致生活；《谦让》、《握手》、《拜年》、《送行》等以日常习惯看待世间人情；《女人》、《男人》、《孩子》、《中年》等着眼于各具差异的心理禀性；《胡须》、《文房四宝》、《钱》、《垃圾》等从平常事物的调侃中阐发人生哲理。梁实秋学贯中西，深厚的文化修养，使他从容地谈天说地，观古论今，在简约质朴中充满玄机巧慧，精致与诙谐、情趣与理趣兼具。

柏杨（1920—2008）创作颇多，以杂文成就最高。入狱前有杂文《倚梦闲话》10 集、《西窗随笔》10 集，出狱后有《柏杨专栏》5 集、《丑陋的中国人》、《中国人，你受了什么诅咒》等。柏杨的杂文猛烈地抨击中国传统文化的弊病及国民性的劣根，同时尖锐揭露台湾社会的黑暗面。他的代表作《丑陋的中国人》扫荡中国几千年的“酱缸文化”，鞭挞国民性的丑陋面：妄自尊大、一盘散沙、一窝斗等。作者形象地用“酱缸”来比喻社会现实，它能使人心变黑变丑。柏杨杂文的主要特色是泼辣尖锐、具象幽默、挥洒自如。虽愤世嫉俗、极具锋芒，但也反映了他思想的偏激。

李敖（1935—　），祖籍山东，生于哈尔滨，后随父去台湾。曾任《文星》杂志主编，其间发表不少杂文。1961 年因《老年人和棒子》抨击统治者，呼吁社会的年轻化，引起轩然大波。此后，又不断著文猛烈批判中国传统文化，主张“全盘西化”，在台湾引起一场文化论争。主要杂文创作有《传统下的独白》、《李敖告别文坛十书》、《李敖全集》（8 卷）、《李敖文存》、“千秋”和“万岁”系列等。李敖的杂文内容可分为两类：一是文化评论，二是政治评论。

琦君、张秀亚、三毛是台湾女性散文中成就突出的作家。

琦君（1917—2006），50 年代开始创作，出版小说散文集《琴心》。60 年代散文形成独特风格，主要有散文集《溪边琐语》、《烟愁》、《红纱灯》、《三更有梦书当枕》、《千里怀人月在峰》、《细雨灯花落》等。琦君的散文多取材于故乡往事、童年生活和身边的人与物，笔端流溢的是悠远的乡情、温厚的亲情以及对自然界生灵的一片爱心。

张秀亚（1919—2001），出版的散文集有《三色堇》、《牧羊女》、《凡妮的手册》、《怀念》、《湖上》、《两个圣诞节》、《北窗下》、《书房一角》等。张秀亚的创作常写自己内心深处的感受，即精神生活中最深邃的部分，她往往通过平凡普通的生活物象去发现人生的真谛。

三毛（1943—1991），原名陈平，主要散文集有《撒哈拉的故事》、《雨季不再来》、《稻草人手记》、《哭泣的骆驼》、《温柔的夜》、《万水千山走遍》、《送你一匹马》、《倾城》和《我的宝贝》等。她的作品充满神奇的异国风光和人情习俗。作为一个在西方流浪的东方人，不同背景的文化势必发生碰撞，在西方社会的人生世相中，三毛凸显了东方民族的自尊心。三毛的另一些散文如《结婚记》、《白手起家》、《不死鸟》、《梦里梦外》等真实展示了自身的爱情和婚姻体验。尽管贫穷，夫妻间深厚的感情却让人感到精神上的富有。独特的异国风情、清丽浪漫的文笔、对自然美的渴望是三毛散文的重要特征。她的语言幽默诙谐、趣味横生，让人回味无穷。

五、台湾的戏剧与电影

（一）台湾戏剧

台湾戏剧运动相对平淡。抗战胜利后，台湾文艺界曾有过一阵戏剧的热潮，如排演大陆戏剧作品、编写新戏等，1947 年的“二二八”事件沉重打击了台湾进步文艺界，扼杀了这股热潮。50 年代台湾“除了一些军中剧社以外，几乎没有商业性及民间地方的话剧运动”。60 年代台湾戏剧开始复苏，在李曼瑰等人的推动下，欧洲小剧场运动开始在台湾推广，这些小剧场形式活泼，熔正剧与荒诞、传统戏与西洋戏于一炉，在戏剧形式上进行多种实验。进入70年代，台湾戏剧得到进一步发展。一些著名的小说家、散文家涉足剧坛，写出一些好的剧本，如白先勇的《游园惊梦》，王祯和的《春姨》、《望你早归》，施叔青的《追踪游戏》，张晓风的《第五墙》、《武陵人》、《和氏璧》、《第三害》等。剧坛内各种实验探索戏剧也很风行，在题材的拓展、手法的创新等方面都做出一些成就，为八九十年代台湾多姿多彩的小剧场运动开启发展之路。80年代前期台湾的实验剧展共演出《包袱》、《荷珠新配》、《傻女婿》、《嫁妆一牛车》、《金大班的最后一夜》、《猫的天堂》、《我们都是这样长大的》、《过客》等40个剧目，显示了台湾小剧场的规模。到中期，台湾一批小剧场，如兰陵剧坊、表演工作坊、屏风表演班、果陀剧团认同大众口味，善于经营，兼顾到商业价值，渐渐从"小剧场"变成"中剧场"，成为今日台湾当代戏剧团体的中坚力量。这些剧团推出的《那一夜，我们说相声》、《暗恋桃花源》、《回头是彼岸》、《红色的天空》、《如梦之梦》等剧目将"精致艺术"和"大众文化"作了一次巧妙结合。台湾剧坛上影响较大的剧作家有姚一苇、李曼瑰和马森等。

姚一苇（1922—1997），原名姚公伟，既是评论家，也是剧作家。主要作品有《来自凤凰镇的人》、《孙飞虎抢亲》、《碾玉观音》、《红鼻子》、《申生》、《我们一同走走看》等，历史剧和社会剧兼而有之。批判丑恶社会对人性的扭曲和戕害，揭示人性深处对美好的追求，是姚一苇剧本的基本主题。在艺术表现上，他融现代与传统、中国民间曲艺和西方现代戏剧的艺术为一体。

李曼瑰（1907—1975），在台湾享有"戏剧之母"的尊称，创作了40多部戏剧。其中50年代中期创作的《皇天后土》、《维新桥》带有一些影射时局政治的倾向；60年代她以创作历史剧见长，《楚汉风云》、《汉武帝》、《张良别传》都是这一时期创作的。五幕十二场话剧《楚汉风云》是其代表作，该剧气势磅礴，具有浓郁的抒情意味和悲剧色彩。

马森是台湾当代实验戏剧的一个重要探索者。曾在台湾艺术学院戏剧系任教。著有《马森独幕剧集》和《马森戏剧论集》。马森的创作深受西方存在主义人文思潮的影响，他的剧本揭示了人与人之间的隔膜和普遍存在的孤独感。如《弱者》中整日争议的夫妻正是现代人心灵隔膜的表现。在艺术表现上，马森的创作淡化情节，人物性格亦不鲜明；主要通过意识流、象征、梦幻等艺术手段来揭示人物的内心世界和生命感受。

（二）台湾电影

台湾电影起步较晚，道路曲折。1925年由刘喜阳、李松峰等人组成的台湾映画研究会推出台湾电影史上第一部自己摄制的影片《谁之过》。1937年台北第一电影制片所推出《望春风》。二战后闽南语片兴起。《薛平贵与王宝钏》是战后第一部闽南语片，该片在当时台湾社会引起很大轰动，直到1981年最后一部闽南语片《陈三五娘》，闽南语电影时代在台湾历经二十多年，产量将近两千部。50年代台湾以"反共"电影为主。60年代随着台海情势的逐渐稳定，中央电影公司提出健康写实的制作路线，出现了一批清新朴素且具有浓郁乡土气息和民族风格的写实影片，如李行拍摄的《街头巷尾》、《蚵女》、《养鸭人家》等。60年代末，胡金铨编导的《龙门客栈》带来台湾新武侠热。70年代初李小龙主演的功夫片《唐山大兄》和《精武门》又在台湾掀起一股功夫热潮。七八十年代台湾电影开始兴盛，出现了《英烈千秋》、《大摩天岭》、《占地英豪》、《黄埔军魂》、《皇天后土》等一批爱国政宣片以及《小城故事》、《汪洋中的一条船》、《早安台北》、《候鸟之爱》、《就是溜溜的她》等成熟的写实影片；武侠和言情等商业片也迅速占领市场。80年代台湾电影现代主义化，兴起新浪潮。侯孝贤、杨德昌、张毅、万仁、柯一正等导演推出形式新颖、风格独特、意识先进的台湾新电影，如《搭错车》、《风柜来的人》、《光阴的故事》、《海滩的一天》、《悲情城市》、《看海的日子》、《我们的天空》等。90年代李安的《推手》、《喜宴》、《饮食男女》和蔡明亮的《青少年哪吒》、《爱情万岁》、《河流》又让所谓后新浪潮电影踏出成功的一步。21世纪台湾电影走向世界，《一一》、《蓝色大门》、《盛夏光年》、《练习曲》、《海角七号》、《九降风》、《花吃了那女孩》等电影让台湾观众开始重新关注台湾自制电影。

第二节
港澳文学

一、香港文学思潮发展与文学概貌

鸦片战争后香港并没形成英文的创作传统。1874年王韬与人合办的《循环日报》及副刊，可视为香港文学的起点。香港现代汉语文学的诞生则是在20世纪20年代以后，1928年由香港青年张雅庐主编的《伴侣》半月刊的创刊和香港第一个文学社团"岛上社"的成立，标志着香港现代汉语文学的真正兴起。进入30年代，随着刊物的涌现和结集诗的出版，香港新文学从孕育走向拓展。全面抗战爆发，大批文人南下，香港成为战时的文化中心。与这一时期文学发展相类似的还有解放战争期间，国统区的作家再度南迁，又一次主导了香港的文坛。50年代，香港文学开始独立发展，形成不同于内地文学的独立品格。70年代第三批南迁作家来到香港，他们和香港本土作家虽然立场不同，但在吸收传统和现代多种营养的过程中都铸造出自己的风貌。80年代香港文学进入过渡转折期，面临着回归后与母体的重新整合。此外，商业和传媒的介入，也推动了香港都市文化的发展。20世纪末到21世纪初，香港文学在交流融汇中获得大发展。现实主义、现代主义相互吸收，难解难分，诗歌和小说、通俗与严肃互相渗透融合，本土性、民族性和世界性有机结合，开创了香港文学的新局面。

就文学创作的趋向来看，香港小说有三种形态，即现实主义小说、现代主义小说和通俗小说。现实主义小说直面人生、切中时弊，关心香港社会，体察底层生活，增强了香港文学的写实性和社会性，代表作家如舒巷城、夏易、白洛、陈娟。舒巷城的代表作《太阳下山了》，通过主人公林江的成长历程，描写鲤鱼门筲箕湾一带穷苦人的生活，字里行间流露出浓郁的生活气息和鲜明的香港地方色彩。夏易的小说基本上以女性为主人公，通过女性爱情的心理变化和曲折命运来揭示社会人生的百相。现代主义小说呼吁在废墟上重新建设，提出理性、良知、缅怀和追求的使命，融合现代小说的种种技巧，赋予香港文学先锋性、实验性的特征，代表作家有刘以鬯、西西、也斯等。另一类小说形态是通俗小说。香港的通俗小说，以梁羽生、金庸的新武侠和亦舒的言情为主，旁及南宫搏、董千里、高旅的历史小说，倪匡、张君默的科幻小说，梁凤仪的财经小说。这些小说在不同维度上联系了传统文化和城市感性，为现代小说增添了新文体。

进入50年代，香港诗歌也逐渐确定多元化的艺术风格。以70年代为界，香港诗歌可划分为前后两个阶段。前一阶段的写实诗人以力匡、何达为代表，他们继承新诗关注社会人生的写实传统；现代派诗人以马朗为核心，戴天等表现出对现代主义诗歌艺术的钟爱和探索。1970年后，香港诗坛在诗人群体的形成、艺术风格的发展，以及对香港现实的切入和对现代主义的引进方面，表现出自觉和自主的特征。羁魂、黄国彬、西西、也斯等在香港文化教育背景下成长起来的青年诗人成为诗坛的中坚，他们有着比较开阔的艺术视野和对世界艺术思潮的理解，在创作上表现出对香港现实的关注和艺术实验的前卫精神。黄河浪、傅天虹、张诗剑、犁青、原甸等从内地或海外移居香港的诗人，更多地以社会批判的眼光切入香港现实，抒写自己复杂的人生感喟，表现出对新诗写实传统的继承。

香港的散文创作也十分发达。20世纪五六十年代老一批南迁作家如叶灵凤、曹聚仁、司马长风、吴其敏等进入散文创作的高峰期，他们的散文创作承担文化传播和普及的功能。70年代香港散文日趋多样化，有承继"五四"散文小品传统而来的学者散文，有深受西方现代主义及后现代主义影响的探索散文，有七八十年代从内地、台湾移居香港的南迁作家散文。学者散文的勃兴和蔚为大观是香港文坛的一个重要现象，这类散文以学识、才情为基础，表现对社会、人生、文化的思考和领悟，作者往往是留过学、在大学任教，知识渊博，视野开阔的学者，因此具有较强的知识性、趣味性和浓郁的书卷气。较著名的有梁锡华、蔡思国、黄国彬、小思等。70年代末也斯、西西等人发起"散文的后现代主义革命"的初步尝试，80年代香港专栏刊发一批具有独特文化反思的散文作品。以曾敏之、东瑞、陶然、彦火、严沁为代表的又一批南迁散文家，也是七八十年代香港散文多元化格局中的一支。他们的散文从抒写个人生活到勾勒人生世态，从描绘自然风光到刻画社会风情，在很大程度上反映了香港散文的品貌。90年代极具通俗性、商业性、实用性的框框杂文在香港一家独秀，这些发表在报纸杂志上的散文，题材多样，迅速反映香港现实生活的特征。进入21世纪，香港散文因主体身份的多样化而日趋丰富：有较为严肃的社会批判，如余非《失落中的旅游文化》；有时兴的旅游随感，如也斯《从柏林到海德堡》；有沧桑的历史回溯，如张五常《惊回首，感慨话千年》；有文化随想，如西西《怡红院的室内设计》；有名人传记，如曾敏之《傅雷与传统文化》。

二、香港代表作家

董桥（1942— ），原名董存爵，曾留学英国，以散文著称，结集出版了《双城杂笔》、《藏书家的心事》、《另外一种心情》、《跟中国的梦赛跑》、《辩证法的黄昏》、《从前》、《故事》、《今朝风日好》等散文集。董桥属学者型作家，他的散文谈名家逸事、琴棋书画，纵论社会、生活、人生，在文化的演示与追求中感悟生命和人生。《一室皆春气矣》深感现在的人情不是太浓就是太淡，话里话外充满情趣和理趣。《中年是下午茶》以下午茶来感悟人生中年阶段的独特处境。联想丰富、比喻精妙是董桥散文的最大特色，如《藏书家的心事》通过一连串的妙喻，幽默俏皮地写出现代读书人和藏书家对待不同种类书的感情。《故事》说的是他在古董文玩集藏中经历的故事，底子是沉郁的中国历史文化，穿插的是一段段或隐或显或远或近的情感。董桥在中西文学中获得丰富的营养，他旁征博引，将中西文学运用得出神入化、灵活自如，浓郁的书卷气，儒雅的文化精神，英国绅士式的幽默，构成独特的“董桥风格”。

金庸（1924—　），原名查良镛，从1955年发表第一部武侠作品《书剑恩仇录》，到70年代共出版14部长短不一的武侠小说，其中大部分作品风靡至今，被多次改编为电影、电视剧。金庸小说最突出的特点是蕴含其间的氛围和意象，五岳的山山水水，宋明的村镇酒肆，这些传统的美学意蕴都在作品中表现得酣畅淋漓，上至儒、道、释的哲学伦理，下至民风民俗，无不活泼地呈现在读者面前。与传统武侠小说相比，金庸的新武侠小说在塑造人物时，注重心理深度，注重人物性格的多面性和丰富性。从陈家洛、袁承志、胡斐、郭靖到杨过、张无忌、乔峰、令狐冲、石中玉再到韦小宝，人物一个比一个深刻、复杂。从英雄到无赖，从大侠到反侠，从理想人格到现实人格、从文化颂扬到文化批判，反映了金庸对世界、人生的认识过程。就思想而言，金庸作品表现出强烈的现代意识，例如对“快意恩仇”观的否定，对狭隘民族主义的否定，对个性独立的肯定，对人道主义的颂扬。这些都使小说充满强烈的“现代色彩”。在语言层面上，金庸小说也有特殊的意义，他一方面继承明清小说的语言传统，另一方面又融合“五四”新武侠的语言质素，在“现代”与“古典”的交融上，在文学语言的“中国化”上，无疑是一新收获。

刘以鬯（1918—　），原名刘同绎。为在香港谋生，他一方面写商业化的作品，另一方面又写一点不落俗套的实验小说。这些作品结集为中短篇小说集《寺内》、《一九九七》、《春雨》、《黑色里的白色　白色里的黑色》等，另有长篇小说《酒徒》、《陶瓷》、《岛与半岛》、《对倒》、《他有一把锋利的小刀》等。《酒徒》是刘以鬯的代表作，被誉为“中国第一部意识流小说”①。叙述者“我”即酒徒是个作家，历经战乱，流落香港；尽管有对艺术的执着追求，但在商业社会不得不以写武侠、言情谋生，所以终日借酒浇愁。小说采用意识流、象征主义的手法，通过梦境、内心独白、时空交错、自由联想的方式展示了酒徒所象征的艺术家的精神问题和生存困境。刘以鬯的小说突破传统形式，在小说技巧和表现形式上进行多种尝试和创新。

徐訏在香港的南迁作家中，不论作品的数量还是质量，都是突出的一个。主要有长篇小说《鬼恋》、《风萧萧》、《江湖行》、《时与光》，中篇小说《炉火》、《彼岸》等。从成名作《鬼恋》起，徐訏的小说几乎都用第一人称的写法，并充满浪漫主义的情调和传奇色彩。鸿篇巨制《江湖行》从20年代中期写到抗战胜利前夕，以“我”充满传奇色彩的爱情故事为主线，穿插多条副线，勾画出各色人物在那个动荡年代的悲欢离合与生存挣扎，借此抒发“命运注定，造化弄人”的感慨。徐訏在香港的创作，不管是追忆内地生活，还是以香港为背景，其作品叙述的人生故事总是蕴含许多情思和感喟，透出几许苍凉和苦涩。《时与光》通过三人的爱情纠葛，引出对人生必然和偶然变化的思索。《鸟语》更是一部宣传佛教教义的作品。小说从一贯的浪漫气质到躲进内心，以至采用虚无的态度来看待人生，这种变化不难看出作家的精神对其创作的影响。

侣伦（1911—1988），香港新文学的拓荒者之一。著有中短篇小说集《黑丽拉》、《无尽的爱》、《永久之歌》、《彩梦》、《阿美的奇遇》，散文集《红茶》、《无名草》、《向水屋》、《笔语》等。《穷巷》是侣伦的第一部长篇小说，也是其代表作。小说以四个不同职业、身份的落难男人和一个想要逃出虎口的卖身女子为中心，描写抗战胜利后香港小人物的挣扎以及城

---

①　振明：《解剖〈酒徒〉》，载《中学生周报》，总第841期，1968-08-30。

市的商业化造成的人情冷漠。小说对穷人心灵中美好素质的揭示体现了作者对生活抱有的希望。由于小说是在报纸上连载，所以它注重情节但排斥层次的复杂，人物性格虽鲜明但欠缺深度。

西西（1938— ），原名张彦，作品有长篇小说《我城》、《哨鹿》、《候鸟》、《哀悼乳房》、《飞毡》，中篇小说集《像是笨蛋》，短篇小说集《春望》、《像我这样一个女子》、《胡子有脸》、《母鱼》，小说散文集《交河》，散文集《花木栏》、《剪贴册》、《耳目书》以及诗集《石磬》。西西是在香港长大的新一代作家，香港的层次性和生存方式，是其重要主题。《我城》以70年代的香港生活为背景，借几个年轻人的生活片断来反映时代的变迁和新一代的成长；通过老年人的回忆来描写城市的过去和正在消逝的东西。西西将写实和魔幻融合，香港在其中被写实也被虚构，成为引起联想，被夸张和漫画化的地方。在叙述方式上作者用寓丰富于单纯的童话想象方式，移动、拼贴大量的图片、风景和塑像，将小说和童话的文体结合在一起，创作了“顽童体”小说。80年代西西创作了一系列关于“肥土镇”的短篇小说，长篇小说《飞毡》是对它的拓展。《飞毡》显然是受马尔克斯《百年孤独》的影响，小说以一个家族几代人的历史反映小镇的兴衰。

梁锡华（1933— ），著有散文集《挥袖话爱情》、《明月与君同》、《四八集》、《八仙之恋》、《情系一环》等。此外还有长篇小说《独立苍茫》、《头上一片云》、《李商隐哀传》、《香港大学生》、《爱恨移民曲》等。梁锡华的散文取材广泛。《牛仔裤》指出是人类的一种“慢性绝种法”，向盲目趋奉潮流的年轻人敲响警钟。梁锡华的小说大多取材于他熟悉的社会生活和亲身经历，善于构筑作品的意境，情节设置合乎逻辑，文字隽永幽默。《独立苍茫》写的是七八十年代香港高等学府里莘莘学子和众多教师的学习、工作、日常生活和婚姻恋爱的酸甜苦辣，评论界称之为“才、学、情三者兼顾的当代才子书”。

三、澳门文学概貌

50年代，澳门就有现代汉语文学的酝酿。1950年创办的《新园地》，已开始选登少量的文学作品。1963年，由几位文学青年自费出版的油印刊物《红豆》，是澳门第一个纯文艺刊物。澳门现代汉语文学的真正跃起，是在20世纪80年代以后。80年代初，《澳门日报》创办了澳门历史上第一份纯文艺副刊，成为当时在澳门发表文学作品的主要阵地。随后各大报副刊都增加了文学作品比重。1987年澳门笔会成立。90年代，澳门文学加大与内地、台湾和国际文学的交流。澳门的文学创作，以新诗最为活跃，收获亦最丰。60年代的澳门诗坛，主要有本地诗人余君慧、汪浩瀚、江思扬、韩牧等。到70年代，汪浩瀚、江思扬越加成熟，逐渐形成自己的诗风。而韩牧这时已移居香港，但仍关心澳门诗坛建设，自称为“两栖动物”。与韩牧相似的还有同样出生于澳门而移居香港的诗人陈德锦。1989年五月诗社成立，90年代如一诗社成立，进一步丰富澳门诗坛。澳门诗人主要有淘空了、高戈、流星子、陶里、苇鸣、懿灵、林玉凤等。

江思扬（1949— ），本名李江，最初的创作受50年代郭小川、贺敬之、李瑛的影响，后来又接受舒巷城、何达的熏染。他常常把在现实人生感受到的世态场景，升华为具有深厚社会意识的思考，作品蕴含强烈的现实反讽和理性色彩。《向晚的感觉》是他70年代以来部分诗作的结集。

淘空了（1943—　），本名郑卓立，“文化大革命”期间当过拉板车工人。80年代初移居澳门。初到澳门迫于经济压力曾去大厦“看更”。残酷的现实毁灭了诗人对生活的美好憧憬。他的诗集《我的黄昏》主要描写个人的感伤情怀和对生活的无奈痛苦；《黄昏的解答》既是自我心灵的慰藉，也是对命运进行不屈抗争的精神标志。

高戈（1941—　），本名黄晓峰，由内地移居澳门。60年代开始写诗，其作品80年代开始在澳门发表，出版诗集《梦回情天》。高戈的诗歌视野开阔，艺术手法多样。他的诗歌从个人的情爱世界，到面对的现实人生、梦回的故国家园以及瞬间的感悟哲思，艺术上既有传统的写实和浪漫手法，如古典的意象、整齐的诗行，又有时空错乱、意象叠加、平面拼贴等现代和后现代的手法。

流星子（1958—　），本名庄文永，80年代初到新加坡，后定居澳门，出版诗集《落叶的季节》。他的诗善于把自己在漂泊中获得的内心体验升华为富于哲理色彩的悲剧性的审美形象，或者是以都市“陌生人”的底层视角，把都市作为自己心灵悲剧的影子。在风格上，流星子表现出对现代主义的倾心和追随。

懿灵（1964—　），女，本名郑妙珊，在澳门出生长大，出版诗集《流动岛》、《集体游戏》和《集体死亡》。懿灵的一部分作品以对政治绝不冷感的态度来抒写自己所说的“中国神州的变化”、“澳门社会的情状”和“澳门社会背景的暗流”，以及“人和世界的关系”，充满强烈的忧患意识。她的另一部分作品则写对生活和情爱的感受，表现出新一代的人生观和情爱观。作者在看似平直的内心独白中潜藏深刻的蕴涵。对现代主义手法的熟练运用和对后现代手法的尝试，使懿灵成为澳门诗坛的前卫诗人。

80年代，澳门文坛涌现一批散文、杂文家。题材广泛而且风格各异：有充满乡土情怀的写实与抒情，有描写日常生活的小品，有超现实手法创作的前卫之作，也有反映人生百态的杂感。代表作家有凌棱、玉文、沙蒙、李鹏翥等。凌棱的散文集《有情天地》描写人物出色，尤其是一些与澳门有关的人物，如《玛利亚》、《“好运气”的罗莎》等。她的散文布局完整，语言平实清淡。玉文的作品算是散文诗，抒写寻常生活与自然，如《雾起》、《北窗外》等。沙蒙的创作较前卫，像《鸟人》、《女人死了》等篇章显示出散文艺术的尝试，代表着年青一辈的一种倾向：“不要伟大不要激情流露，不要笑死人。”李鹏翥的《澳门古今》侧重介绍澳门历史、文化、胜迹，该书收文197篇，记述翔实，行文生动，即便书写澳门山水与风光，也饶有情趣。

澳门小说以写实为主。鲁茂的《蒲公英之恋》通过三个女工不同的生活道路，折射出澳门的社会面貌。周桐的长篇小说《错爱》写的是现代都市男女常见的错综复杂的恋爱关系，包括婚姻与婚外情之间的冲突、复杂的人际关系等。林中英的儿童故事集《爱心树》对儿童心理观察入微，笔法细腻。短篇小说集《云和月》大都从女性的角度，关注城市生活中凡人小事特别是恋爱、婚姻、家庭、人与人之间复杂而无奈的故事。寂然的小说在改变传统技法上做了努力，他和林中英合著的小说集《一对一》以及他的系列小说《月黑风高》在叙事角度和叙事技巧上都较独特。陶里的小说《百慕她的诱惑》，在吸取西方现代主义创作手法方面，做了大胆的尝试。

第三节 旅外华人现代汉语文学

现代汉语把祖国文学与旅外华人文学天然地联系在一起。旅外华人现代汉语文学，首先是一种语种文学，即以语种来划界，指中国本土（包括台、港、澳）以外，旅外华人作家用现代汉语写作的文学。其次，在语种的前提下，还有个“中国的”限定。

就地理分布而论，旅外华人现代汉语文学分北美、欧洲、东南亚几大块。相对而言，“中文的第三世界”中北美最繁荣，欧洲最稳定，东南亚趋于本地化。“在北美，拥有除中国（包括港、澳、台）、东南亚以外最大的华文作家群。”①

就文体而论，旅外华人作家小说的成就最高，散文、诗歌次之。用汉语写作的著名小说家，欧洲有高行健、虹影、马建、林湄、章平等，北美有严歌苓、查建英、阎真、张翎、苏炜等，加拿大形成“小说兵团”或曰“多伦多小说家群”。散文方面，从事者最多，为人所称道的，有高尔泰、木心、张宗子等，还有被称为“网络文学第一人”的少君。一些著名诗人（如北岛）、小说家（如阿城）也客串写散文。诗歌方面情况复杂，有人讲“20世纪90年代以后，中国大陆一半以上的名诗人都到了海外”②。就具体分布而言，诗人们“散居欧洲的特别多：巴黎的夏雨、宋琳、孟明，荷兰的多多，英国的杨炼、胡冬，德国的张枣，丹麦的京不特，瑞典的李笠、张真；寓居美国的北岛，也是在欧洲流连多年后，才跨海而去”③。此外还有旅居美国的黄翔、严力、江河、贝岭等。

一、旅外华人现代汉语小说

以小说家论，堪称“新移民文学”优秀代表的作家首推旅居美国旧金山的严歌苓，她目前被誉为北美地区最具实力也最具影响力的新移民作家之一。④ 严歌苓1959年生于上海。1986年加入中国作家协会，1990年入美国芝加哥哥伦比亚艺术学院攻读写作硕士学位。她出国前就著有长篇小说《绿血》、《一个女兵的悄悄话》等。“生命的移植”进一步激发了她潜在的创作才情，《少女小渔》、《女房东》、《人寰》等中长篇小说获一系列台湾文学大奖。

严歌苓对于文坛的贡献是她擅长描写“边缘人的人生”，尤其是“边缘人”最隐秘的人性世界，即在异质文化碰撞中的人性冲突。而她最醉心表现的则是人性柔弱的一面，从而给读者展示出现代社会冷酷无情的一面。如果说，“美国华文文学中留学生题材小说，在六七十年代的代表於梨华和80年代的代表查建英那里，一个共同而又突出的特点是对留学生在两种‘文化’夹缝中的处境予以充分的关注和表现”，那么，“作为90年代的代表，严歌苓在创作留学

---

① 胡经之：《世界华文文学的精神魅力——兼论世界华文文学新格局》，载《文学评论》，1998（2）。
② 赵毅衡：《海外华文文学的身份证在哪里?》，载《羊城晚报》，2004-10-09。
③ 赵毅衡：《年年岁岁树不同——2001年的海外文学》，载《羊城晚报》，2001-12-27。
④ 参见陈瑞琳：《论北美华文文学》，载《华文文学》，2003（1）。

生题材小说的时候，对这种二元对立的中西文化冲突模式显然有所超越。她在作品中对留学生和留学生生活的表现，每每越过‘文化’的藩篱而集中体现在对人性进行深入的探讨”①。《女房东》展示男女之间那永恒而又微妙的相互吸引。《少女小渔》中，小渔对假丈夫——那个意大利老头的那份同情，是真正的“人与人”的感情。《抢劫犯查理和我》中，“我”和抢劫犯查理之间的那份感情，超出了常理却又那样真实：查理那“生命该有动作，动作是生命的证明”的生活准则其实也是“我”的——尽管查理的“行动”（抢劫）令“我”深受其害。《簪花女与卖酒郎》则传达了一个意念：爱情是超越语言、文化和种族的。因而，“超越具体的文化冲突而着意普泛的人性表现，使严歌苓在视野和气度上显得更为宏大和从容不迫，这种视野和气度导致了严歌苓在构建她的叙事文本的时候，能够以一种较为洒脱的形态来展开叙述”②。在一系列海外场景之后，严歌苓的眼光重新落回中国。《天浴》、《人寰》，以个人隐秘暧昧的痛楚体验，来融进家族与民族的伤痛。总体来说，严歌苓小说的突出特点是客观、冷漠、暧昧而充满歧义，她的语言灵动、俏皮和细致，驾驭文字的能力很强。比较而言，她更擅长短篇。

虹影1962年生于重庆。曾在北京鲁迅文学院、上海复旦大学读书，是一个既写诗又写小说的作家。长篇自传体小说《饥饿的女儿》获中国台湾1997年“联合报读书人最佳书奖”。代表作还有《K》、《女子有行》、《伦敦，危险的幽会》等。旅居英国伦敦。

《饥饿的女儿》的主人公“六六”（“我”），出生于1962年的重庆，那是大饥饿的年代。她是双重饥饿（“食”与“性”）的产物，是靠“一根扁担两根绳子”挑着家庭重担又饥又累的母亲和另一个只拥有一副贫穷的肩膀的年轻男人的私生女。因为这一特殊身世，她失去父爱。在没有粮食也没有爱的饥饿中，少女让“历史老师”的性充塞于自己的身体，以填补那一恐怖的、虚无的、绝望的饥饿的深渊。书中写：“每天夜里我总是从一个梦里挣扎到另一个梦，尖叫着，大汗淋漓醒来，跟得了重病一样。我在梦里总是饿得找不到饭碗，却闻到饭香，我悄悄地，害怕被人知道地哭，恨不得跟每个手里有碗的人下跪。为了一个碗，为了尽早地够着香喷喷的红烧肉，我就肯朝那些欺负过我的人，跪着作揖。醒来一回想，我便诅咒自己，把自己看成一文不值的人，我瞧不起自己，恨自己有那么强烈的身体需求。”这种对待身体上饥饿的态度，也体现在她对心理之爱的需求上。评论家刘再复说：“虹影把饥饿年代的苦难写得令人不寒而栗。而使我惊讶也是使小说艺术获得成功的则是：第一，作者之描写苦难人生时非常冷静，和她以往的作品很不同。熬过大苦难的幸存的女儿，此时身在汪洋彼岸，时间与空间均已拉开距离，一切都变得那样明白明晰，无须浮躁，从容写下便令人惊心动魄。第二，作者不仅抒写了苦难现象，而且写了苦难重压下人的心理变态。人在饥饿到极点时无所谓羞耻屈辱，连‘强奸’也能麻木地接受。主人公‘六六’和历史老师的那种变态的爱，蕴含着沉重的悲伤，然而所有的悲伤都化解于濒临绝望的心理中。”③

张翎（1957—　），浙江温州人。1983年毕业于复旦大学外文系。1986年赴加拿大留学，分别在加拿大卡尔加利大学及美国辛辛那提大学获得英国文学硕士和听力康复学硕士学位。现定居加拿大多伦多市。90年代中后期开始发表作品，有长篇小说《邮购新娘》、《交错的彼岸》、《望月》，中短篇小说集《尘世》等。获第七届“十月文学奖”，第二届世界华文文学优

①②　刘俊：《论美国华文文学中的留学生题材小说——以於梨华、查建英、严歌苓为例》，载《南京大学学报》，2000（6）。

③　刘再复：《虹影：双重饥饿的女儿》，载《明报》（香港），1997-08-16。

秀奖。

张翎首部风格成熟、炫人耳目的作品是她的《上海小姐》（原名为《望月》）。这是一部风格奇特的小说，她将海外热烈繁华的生活有意纳入陈年旧事的烟雨中娓娓道来，从而超脱了新移民文学普遍的浮躁，熔铸了一种传统与现代奇妙结合的典雅风范。如果说《上海小姐》的结构还只是线性发展的过去与现在，那么在《交错的彼岸》中，作者则纯熟地驾驭了锁链套环式的网状结构，恢宏缠绵地演出了一幕人生交接的悲喜剧。① 据作家莫言说：简单地讲，《交错的彼岸》写的是两个温州女子在加拿大的故事，复杂地讲就很复杂了。② 可以说，这是一部侦探小说。小说一开始就是女主人公神秘地失踪，然后有一个才华出众的女记者介入了此案。随着调查的深入，女主人公黄蕙宁的出身、家世与个人命运被抽丝剥茧般呈现在读者的面前。黄蕙宁失踪之谜也揭开了，但这个结果大出读者之意料，有点令人啼笑皆非的意味。可见作者仅仅是借用了侦探小说的形式来讲述她想讲述的故事。它也可以说是一部家族小说，因为事实上作者用多重视角讲述了中国南方的金氏家族和美国加利福尼亚酿酒业大亨汉福雷家族的故事。两个家族的故事通过女记者的个人生活和她的调查紧密地串联在一起。还可以说它是一部地道的爱情小说。这里有散发着江南梅雨气息的古典爱情，有澎湃着革命时期浪漫激情的政治爱情，有在当时显得大逆不道的涉外爱情，有姊妹易嫁的三角爱情。另外，说这是一部寻根小说也没有错。接触张翎的小说，首先引人入境的是她的语言。“在北美的新移民文坛，历史苍变，时空转换，二十年来，斑驳的异乡故事如雨后春笋，但是，情感的焦躁往往流露在文字的粗粝和急迫，可是，读张翎的小说，迎面而来的是一种遥远的冷静，是距离感的清凉，像是一个尘外的人娓娓诉说着尘内的故事。”③

二、旅外华人现代汉语散文

高尔泰（1935—　），江苏高淳人。著名画家、美学家。先后在敦煌文物研究所、中国社会科学院哲学所、兰州大学、四川师范大学、南京大学任职。1992 年出国，现居美国拉斯维加斯。2004 年 5 月，他的自传体散文集《寻找家园》（第一卷《梦里家山》，第二卷《流沙坠简》）由花城出版社出版，被赞为“汉语散文界的一大收获”④。评论家赵毅衡说：“此书将许多往事，细细穿插，一一道来。连本是惨绝无言的场景，也深情蕴结，推刚为柔。风度雍雍而令人心折。”⑤ 诗人北岛写道：“高尔泰的故事把我们带回历史的迷雾中，和他一起目击了人的倾轧、屈服、扭曲和抗争，目击了生命的脆弱和复杂，目击了宏大的事件中流血的细节。他的文字炉火纯青，朴实而细腻，融合了画家的直觉和哲学家的智慧。”⑥ 评论家崔卫平则盛赞《寻找家园》令人想到海明威在欧洲时写的作品：“当他不直接使用英语时，他写下了最漂亮的英文句子。高尔泰先生在不直接使用汉语时，写下了当代《红楼梦》般的汉语。”

---

① 参见陈瑞琳：《论北美华文文学》，载《华文文学》，2003（1）。

② 参见莫言：《写作就是回故乡——兼谈张翎小说〈交错的彼岸〉》，载《文学报》，2001-05-24。

③ 陈瑞琳：《论北美华文文学》，载《华文文学》，2003（1）。

④ 《2004·100 人的阅读视界》，载《新京报》，2004-12-17。

⑤ 赵毅衡：《年年岁岁树不同——2001 年的海外文学》，载《羊城晚报》，2001-12-27。

⑥ 北岛：《证人高尔泰》，载《世界日报》，1998-02-04。

《寻找家园》可谓“追求自由的知识分子的苦难历程”。虽为回忆性散文，可从材料的选择、细节的捕捉，到叙述的角度，都超越了囿于个人经历的自传。作者并不更多写自己，而是写所历所思的人、事、物。虽有许多“重大事件”值得追忆，写得更澄澈动人的还是童年与少年：那时的山水故国、父母姊妹、心中偶像、阿来阿狮（养过的羊和狗）……这些给他埋下了对美与温柔人性的体悟和敏感。及至成年时期，涉及重要人物固然写得好，如《常书鸿先生》，但写那些无名者更传神，比如一直爱恋他，却时刻让他觉得“正确得可怕”的唐素琴，为了保护他，烧毁了他的日记，在私下里与他串供的管犯人的犯人安兆俊，打人成性，最终被他打服了的工人王杰三等。“在高尔泰的笔下，每一个都像一幅肖像画，在我所看到的写实性描写中，很少有人能比他更真实更准确地，通过一瞬间极小的细节，把人物活生生地刻画出来。”[①]《寻找家园》同作者的美学观一致，是从感性生命出发，回归本真人性。没有呼天抢地的大悲愤，也没有伤心欲绝的大哀怨。“他控诉，但不止于个人的悲苦；他骄傲，但同时也有悲悯；他敏感，但不脆弱；他唯美，但并不苛刻”，“……让人联想到索尔仁尼琴的《古拉格群岛》，而著作中的他，又让人联想到帕斯捷尔纳克”。

就艺术而言，《寻找家园》写得灵气飞扬、五彩缤纷。比如写他在江南小镇高淳县淳溪镇的童年生活，像传统的年画那样鲜活、明艳，仿佛一伸手，便可以触摸得到。尽管书中大半内容是不愉快的，当“右派”、劳动改造、“文化大革命”等等，读来残酷，但仍不失阅读的乐趣。“绘画出身的高先生，有用画面讲故事的特殊才能，于是那些晦涩的经历，变成了清晰如画的场景——有人在说话，有人在发脾气，有人铁青着脸，就像看小电影，看未经剪辑的毛片。”值得称道的地方还有，在饱满、丰沛的感性元素当中，常有理性的光出其不意地闪现。如《荒山夕照》写在一个农场捉黄羊，那是一只精力充沛的动物，终于它跑不动了。“它昂着稚气的头。雪白的大耳朵一动不动，瞪着惊奇、明亮而天真的大眼睛望着我，如同一个健康的婴儿。……我坐下来。不料这个动作，竟把它吓得急速地昂起头，猛烈地抖动身躯。我想我在它心目中，是一个多么凶残可怕的血腥怪物啊！事实上也是的，我真难过。”还有《沙枣》写孤独一人迷失在沙丘中，依靠排碱沟边的小路追寻队伍：“沿着它行进，我像一头孤狼。想到在集体中听任摆布，我早已没了自我，而此刻，居然能自己掌握自己，忽然有一份感动，一种惊奇，一丝幸福的感觉掠过心头。像琴弦上跳出几个音符，一阵叮叮咚咚，复又无迹可求。”结尾很精辟：“月冷笼沙，星垂大荒。一个自由人，在追赶监狱。”

少君（1960—　），本名钱建军，出生于北京。1978年考入北京大学声学物理专业，毕业后任职《经济日报》和康华公司。1988年，赴美国得克萨斯州立大学攻读经济学博士学位。历任美国匹兹堡大学副研究员、普林斯顿大学研究员，以及美国TII公司副董事长。兼任中国华侨大学和厦门大学教授。1991年4月，少君在网上发表了据认为是第一篇中文网络小说的《奋斗与平等》（亦为全球第一家中文电子周刊《华夏文摘》上的第一篇留学生小说）。从那时起，在网上发表了大量作品并在中国和美国出版：《奋斗与平等》、《愿上帝保佑》、《大陆人生》、《活在美国》、《活在大陆》、《人生笔记》、《网络情感》、《爱在他乡的季节》等，体裁遍布小说、散文、诗歌、纪实文学等。至少上万家中文网站刊有他的作品，因而被称为“网络文学第一人”。

影响最大的作品，当属他自1997年动笔连续创作了50万字的100篇《人生自白》系列，

---

① 徐晓：《来自另一个世界的孩子》，载《读书》，2004（8）。

可谓写尽海外人生的《清明上河图》。采写的人物三六九等，形形色色，从厨房里无奈的大厨，到澳大利亚沦落的“洋插队”小姐，从红尘挣扎的演员，到情场可怜求救的“ABC”，以及出租车司机、工人、保姆、商贩、演员、记者等，职业形形色色，经历艰难曲折。如《大陆人》讲述一个留学生在美国奋斗成功的故事，被誉为描写当代留学生文学作品的佳作；《洋插队》中的女主人公，“眼看着美国去不成，无奈地选择了最容易拿到签证的澳大利亚”，终于走上卖笑卖身的道路；《大厨》里的男主人公，曾经是中国科技大学的高材生，到美国后人生道路日益往下走；《ABC》中的在美国出生的华裔女青年，在和中国男子的感情纠葛中，陷入了不能自拔的深渊……《人生自白》描摹了身边的各种“市声”和“杂音”，刻画了各色人等的价值取向和心理活动，堪称一部新移民的众生相和心灵史。值得一提的还有少君创造的“自白体”，介乎小说与报告文学、人物专访之间[①]，以被采访人的第一人称自述，使作品具有素材的真实性、人物的鲜活感和叙述的口语化。《人生自白》每一篇都有个“引子”，使主人公能顺理成章地开始他们的讲述，又使作者超然于故事之外，和读者处在相同的位置，“由此模糊真与假的界限”[②]，使读者产生较强烈的共鸣。

木心（1927—　），本名孙璞，浙江桐乡人。上海美术专科学校毕业，历任杭州绘画研究社社长、上海工艺美术协会秘书长、《美化生活》主编、上海交通大学教授等。1982年移居纽约。著有《散文一集》、《琼美卡随想录》、《即兴判断》、《温莎墓园日记》、《素履之往》、《巴珑》、《会吾中》等。部分作品被翻译成英文。目前在中国内地出版的，有散文集《哥伦比亚的倒影》、《琼美卡随想录》，小说集《温莎墓园日记》等。[③] 作家陈村讲：“木心先生的文章在我见到的依然活着的中文作家中最是优美、深刻、广博。”可“为汉语写作造出新型，布出新局面”[④]。何立伟评论：“我觉得中国当代散文作家中，像他那样有学识、有见地、有眼界并且有真性情的实在太少了。更何况他的文字是那么提神，字字句句地读来，是罕有的一种清爽。”[⑤]学者陈子善说：木心不仅仅是散文大家，应该是文学大家。[⑥]

《哥伦比亚的倒影》分上下两辑：上辑是《竹秀》、《空房》、《九月初九》等12篇散文的结集；下辑以《上海赋》的总名，对上海的历史、人情、风物、民俗进行了描摹。《竹秀》写南国的山雪，一个人秉烛若有所待，老虎来了又悄悄去。《童年随之而去》记少时，把一只很珍爱的碗掉水里了。“那碗在急旋中平平着水，像一片断梗的小荷叶，浮着，氽着，向船后渐远渐远……”母亲安慰：“只要不碎就好……这种事以后多着呢。”《遗狂篇》纵横天下古今，悲怆之中见豪狂。《林肯中心的鼓声》中鼓点的描写，能使人仿生错觉。下辑谈旧上海的人与事，“把十里洋场看得更为真切也更为深刻，又把旧时上海人的人性揭得更为无情也更为冷峻”[⑦]。文字雅洁、内蕴丰富，而叙述从容、精致。就文体而论，“木心的散文不拘泥于传统的叙事与抒情模式，更多的是建立在个人生活经验的基础上的理性思维。他往往借助生活中某些感性材料的描述和天马行空的联想透露个人关于人生、生命、生活、艺术、审美、宗教、文化的哲思

① 参见顾圣浩：《网络作家少君》，载《今日中国》，1999（10）。

② 郭媛媛：《后现代的平面文化快餐——少君〈人生自白〉创作论》，载《世界华文文学论坛》，2002（1）。

③ 木心作品集《哥伦比亚的倒影》、《琼美卡随想录》、《温莎墓园日记》等均由广西师范大学出版社出版。

④ 陈村：《“天外飞来”的木心令人惊异》，载《中华读书报》，2006-02-10。

⑤ 何立伟：《意外之人，意外之文》，载《南方周末》，2006-01-05。

⑥ 参见陈子善：《毕竟还是来了》，载《南方周末》，2006-01-05。

⑦ 何立伟：《意外之人，意外之文》，载《南方周末》，2006-01-05。

和遐想”[①]。用他自己的话说：“我写散文是把诗、小说、评论融合在一起写的。”

三、旅外华人现代汉语诗歌

旅外华人的诗歌创作对中国的现代汉语诗坛贡献不可小视。特别是从新诗的发生来说，正是许多早期旅外华人的海外经验为变革旧体诗的语言和形式寻找到理由。[②] 旅外华人的汉语诗歌创作也经历了从文言旧诗到白话新诗的过渡。发展到现在，总体上呈现出如下特征：

首先是怀乡诗成为很多诗人诗歌创作的重要内容。许多居住在海外的华人诗人都是从中国走出去的，长期处在“无根”和“边缘”的状态，历尽了孤独的艰辛和漂泊流浪之苦，所以很多诗歌都写到离愁别绪、思乡怀旧的情怀。许多诗人至少有几首流露着乡愁的诗，即便是一些独立姿态比较强硬的诗人。其次是现代与古典之间的徘徊和融合。身处海外的华人诗人，一面深深地眷念着中国古典诗歌的辉煌与灿烂，一面又较早接触到西方现代主义文学理论。他们尝试广泛地运用象征、暗示、联想等手法，企图沟通中国的“意境”、禅道精神，以达到含蓄蕴藉的美感。再次是表现出面对诗歌创作中汉语式微的自觉拯救意识。长期的旅外生活，浸润在西方文明和当地文化的氛围中，华文教育和中国传统文化的影响越来越淡薄。一些诗人以诗歌为武器批评和抵制那种“忘本”思想，宣扬中国丰富悠久的历史文化；一些诗人努力探索现代汉语诗歌艺术，在语言文字、形式、修辞等多方面进行创新和尝试，希望走出自己的独特的发展道路。

就分布或分类来说，旅外华人诗人遍布世界各个角落，创作丰富多样，难以尽数，只能提供一个概观。以地域论，影响较大的集中在欧美和东南亚，可概括为欧美诗人群、东南亚诗人群。欧美诗人群中，有一类诗人的前期创作已在中国当代文坛占有重要位置，后来长期在外漂泊，坚持写作，这类漂泊诗人有必要单独提及。

(一) 欧美诗人群

在欧美等地有数量众多的旅外华人诗人，取政治地缘学的意义，因为身处西方主流文化世界，姑且将他们算作欧美诗人群。在那里旅居着很多来自中国的知识分子，延续着他们的诗歌梦。

叶维廉（1937—　），当代诗人，文艺评论家，出生于广东省中山县渔村。1948 年由中山县去香港读书，曾与人创办《诗朵》诗刊。1955 年，考取台湾大学外文系，开始用中、英文写诗。1959 年入台湾师范大学英语研究所从事研究，1961 年获得该所英语硕士学位。在此期间，结识诗人纪弦、洛夫等，常有诗作发表，并翻译了艾略特《荒原》等诗，参加《现代法国诗》的英译。1963 年去美国，现在在加利福尼亚大学任教。重要诗集有《赋格》、《愁渡》、《醒之边缘》、《野花的故事》、《叶维廉自选集》、《花开的声音》、《惊驰》等。他不仅写诗，而且在汉语诗歌和中西比较诗学研究领域贡献突出。

---

① 翁奕波：《沉潜于人生体验中的理性思维——美华作家木心散文管窥》，载《世界华文文学论坛》，2002 (1)。

② 参见林岗：《海外经验与新诗的兴起》，载《文学评论》，2004 (4)。

叶维廉的诗歌创作有较为明显的阶段性特征。前期的诗追求现代意味，热衷于庞德式的创作。到美国以后，他突然发现，“我相信中国传统比西洋传统更适合我”[①]，开始渐渐回到更多的中国传统。他对中国传统的道家思想和庄禅学说十分感兴趣，很多诗作渗透着中国式的哲思。《愁渡》集可以看出他漂泊在外的心路历程，也是他巨大转变的开始。“亲爱的王呵，为什么你还在水边/哭你的侍从呢/掮起你的城市，你侵入远天的足音里/不尽是你的城市吗？/亲爱的王呵，别忧伤/你在那里，城市就在那里”，表达的是被放逐的悲哀。“已成余烬的故居只能织入记忆，王也失去了原有的侍从、城市”[②]，只能收起记忆，把希望寄托在别处。全诗从五个不同的角度来看待一个故事，艺术感增强，叙述显得不累赘。《愁渡》集之后有了显著转变，诗人从苦闷中走了出来，开始关注现实社会和人生。诗集《野花的故事》是这个时期的代表作，反映出诗人内心对放逐意识的超越和对郁结的突围。

非马（1936— ），本名马为义，祖籍广东潮阳，少儿时代在故乡度过，20世纪60年代由台湾赴美留学，获威斯康星大学核工博士学位，定居芝加哥从事核能发电科研工作。业余时间创作诗歌，有诗集《在风城》、《非马诗选》、《白马集》、《非马集》、《笃笃有声的马蹄》、《路》、《非马短诗精选》等。他的诗吸收了大量的现代主义的艺术手法，同时具有东方传统的伦理道德。语言上，写实中藏有机智。在《领带》一诗中写道：“在镜前/精心为自己/打一个/牢牢的圈套/乖乖/让文明多毛的手/牵着脖子走。”“领带是西方文明的象征，并传遍全球，成为人类社会一种共同的精神财富；但是它又无异给脖颈上打了一个‘牢牢的圈套’。”[③]《黄河》写道：“这千年难得一清的河/其实源自/亿万个/苦难泛滥的/人类深沉的/眼穴”，体现了他对中华民族深重的灾难史的严肃思考，把感性的知觉内容和深邃的理性光辉融合在一起。

（二）漂泊诗人群

在旅外华人诗人当中有一个十分特殊的群体备受人们关注，这就是在中国当代新时期文学中占有重要一席的“白洋淀诗群”和“朦胧诗人”。从80年代末开始，他们中的许多人到海外生活。

北岛（1949— ），80年代末移居海外，先后在德国、挪威、瑞典、丹麦、荷兰、法国、美国等国家居住，现居美国。他的诗歌一直以出奇的冷静和深刻的思辨性著称。出国后，经过几年的漂泊，他的生命得以沉潜，重新思考用诗歌来表达对世界的认识。这一时期的他依然特立独行，表现出独特的思考方式和语言表达方式。其诗歌的一个显著特征就是自嘲和反讽手法的运用。《背景》一诗写道，“必须修改背景/你才能重还故乡”，而众所周知故乡正是背景的来源；“一连串的失败是捷径/穿过大雪中寂静的看台/逼向老年的大钟”，反映出诗人在不断受挫后岁月也随之飞快流逝的惶恐和沮丧。《在天涯》这首诗中，“一声凄厉的叫喊/从远古至今/休息吧，疲惫的旅行者/受伤的耳朵/暴露了你的尊严”，体现了漂泊者在选择停止和前行时的分裂心理，其实放不下的是自尊。

生活在国外多年的诗人们，面对熟悉又逐渐陌生的现代汉语，往往会产生独有的心境，北

---

① 转引自许祖华：《从现代到古代——叶维廉及其诗歌创作论》，载《华中师范大学学报》（人文社会科学版），2003（1）。

② 柯庆明：《叶维廉诗掠影》，载《诗探索》，2003（1）。

③ 李君哲：《海外华人文学札记》，99页，香港，南岛出版社，2000。

岛的《关键词》就体现了这一点。“我的影子很危险/这受雇于太阳的艺人/带来的最后的知识/是空的”，“影子”是自我的复制，就像言说是内心的复制。可是诗人充满了对这种语言表达的不信任。“关键词，我的影子/锤打着梦中之铁/踏着那节奏/一只孤狼走进”，心态从恐惧和怀疑转变到坚持和勇敢。“无人失败的黄昏/鹭鸶在水上书写/一生一天一个句子”，反映了人到中年的北岛的心境开阔了许多，从早期的对揭示真理的极度渴望到现在的心态的宁静平和。

和北岛居无定所一样，漂泊国外的杨炼，足迹遍布美、澳、欧多个国家和地区，现在居住在伦敦。生活的丰富阅历给了他继续创作诗歌的灵感。诗集《大海停止之处》、《同心圆》都获得了较高的评价。在《大海停止之处》组诗中，诗人述说着他人生中最痛苦的时刻——好友的自杀和诗歌的不振。“你的管风琴注定在你死后/继续演奏　肉里深藏的腐烂的音乐/当蓝色终于被认出　被伤害/大海　用一万枝蜡烛夺目地停止”，表达了对逝去的友人的怀念和祝福；“没有不锯断的诗人的手指/静静燃烧　在两页白纸间形成一轮落日/说出　说不出的恐惧”。可见，“大海停止之处”就是人的内心无法抵达大海深度的地方，是诗人对人性的有限性的悲叹。

（三）东南亚华人诗人群

东南亚华人诗人群包括新加坡、马来西亚、泰国、菲律宾等地的坚持用汉语创作的诗人。这些诗人20世纪50年代之前的创作路向基本上是和当时中国国内的诗歌创作一体的。之后，在他们的诗歌中，生活居住地的本土意识逐渐加强。

周粲（1934—　），原名周国灿，生于广东澄海。1960年毕业于新加坡南洋大学，先后获文学学士和硕士学位。曾任新加坡教育部华文专科视学，现为教育部课程发展署华文顾问。已出版《孩子的梦》、《青春》、《时光隧道》、《山中日记》等10部诗集。1980年获“诗歌创作奖”。周粲诗歌常常透露着浓郁的乡情和血浓于水的中华情结。在《滴入唐诗的水》中，他写道：“让液体流入/每一条血管/至此/才知道那杯水/一点也解不了渴/我的喉咙/很热/像我的心/都在燃烧。”在“一滴水”或红或黄或绿的色彩变换中，联想到故土的种种景象，却难以熄灭心中的故国情思。通过象征的手法，诗人的“故国情愫常常在不经意中涓涓流注”[①]。《管》、《弦》等诗作，以古老的乐器为主题，大都融化了古典诗人的诗意，采用了许多文言词语和古典诗词中习用的词语，所以在语言风格上呈现出古典的韵味。同时，在这些诗中，周粲要从当代角度和现代人观点处理题材和语言，因此，他的语言又有现代的活力。

贺兰宁（1945—　），原名陈鸿能，笔名尚有陈暮、凌鸿、少滋等。祖籍广东潮安，现为新加坡公民。马来西亚南洋大学文学学士。1966年，与牧羚奴、英培安、南子等创办五月出版社。1974年，是南洋大学诗社创办人之一，任该社副社长。已出版的诗集有《天朗》、《音乐喷泉》、《石帝》，主编了《新加坡15诗人新诗集》、《童诗45》等。贺兰宁的诗在继承传统文化与本土认同的挣扎中自觉承担起文化整合的责任。他的早期诗作《八月九日》、《卫国者》、《旗》都表达了对刚成立的新加坡共和国的热爱之情，“在梦中也要到旗杆下摆正立姿，立出纯洁”；也有对中国五千年文化的眷念，“茫茫白雪/是五千年来这片大地的语言/而城/是龙乡历史的见证”。他的《石帝》被称为是“沉浸浓郁，含英咀华”[②]，写石中之精品“田黄冻”的形

---

① 于浴贤：《周粲诗文与中华传统文化》，载《泉州师范学院学报》，2004（3）。

② 潘亚暾：《海外华人文学现状》，49页，北京，人民文学出版社，1996。

成，联想到中国古老的神话传说和华夏文明，给人以厚重感和大气美。《鱼尾狮》“以新加坡的象征物为对象，透过石狮子那双蕴满战火烽烟和历史血泪的双眼，透视出新加坡由殖民地走向独立的历史发展过程，表达了诗人对新加坡这个‘非鱼非兽的变体族类在海啸地震环围内/会随时间成长’的坚定信念”①。同时这非鱼非兽的怪物，流露出诗人和本土华人传统之根被遽然斩断，而又难以融入西方强势文化的痛苦。

【本章学习参考】

一、阅读书目

小说部分：

於梨华：《又见棕榈，又见棕榈》

白先勇：《游园惊梦》、《孽子》

陈映真：《将军族》

黄春明：《儿子的大玩偶》

黄凡：《赖索》

张大春：《撒谎的信徒》

李昂：《杀夫》、《迷园》

刘以鬯：《酒徒》

西西：《我城》

梁锡华：《李商隐哀传》

严歌苓：《少女小渔》、《女房东》、《人寰》

虹影：《饥饿的女儿》

张翎：《上海小姐》、《交错的彼岸》

诗歌部分：

余光中：《等你，在雨中》、《乡愁》

郑愁予：《错误》、《如雾起时》

叶维廉：《叶维廉自选集》

北岛：《在天涯》、《关键词》

杨炼：《大海停止之处》

散文部分：

三毛：《沙漠观浴记》

董桥：《中年是下午茶》、《藏书家的心事》

梁锡华：《漫语慢蜗牛》

小思：《香港故事》

曾敏之：《空间》

高尔泰：《寻找家园》

少君：《人生自白》

木心：《哥伦比亚的倒影》

---

① 朱崇科：《认同“点染”与本土强化——论新华文学中的鱼尾狮意象》，载《华侨华人历史研究》，2006（3）。

二、相关文献

1. 马森．“台湾文学”的中国结与台湾结．联合文学，1992.
2. 李南衡．日据下台湾新文学明集．台北：明潭出版社，1979.
3. 钟肇政，叶石涛，主编．“光复”前台湾文学全集．台北：远景出版事业公司，1981.
4. 孟樊，林耀德．世纪末偏航．台北：时报文化出版公司，1990.
5. 叶石涛．台湾文学史纲．高雄：文学界杂志社，1987.
6. 许南村．知识人的偏执．北京：中国友谊出版公司，1998.
7. 古远清．当今台湾文学风貌．南昌：江西高校出版社，2004.
8. 郑树森，等，主编．香港文学大事年表．香港：素叶出版社，1996.
9. 振明．《酒徒》评论选集．香港：获益出版社，1995.
10. 黄康显．香港文学的发展与评价．香港：秋海棠文化企业出版社，1996.
11. 黄维梁．香港文学初探．香港：华汉出版有限公司，1985.
12. 黄维梁．香港文学再探．香港：香江出版有限公司，1996.
13. 李成俊．澳门文学论集．澳门：澳门文化学会，澳门日报出版社，1988.
14. 邓骏捷．澳门华文文学研究资料目录初编．澳门：澳门基金会，1996.
15. 陈贤茂，等，主编．海外华文文学史．厦门：鹭江出版社，1999.
16. 袁勇麟．当代汉语散文流变论．上海：上海三联书店，2002.
17. 刘登翰，刘小新．关于华文文学几个基础性概念的学术清理．文学评论，2004 (4).
18. 胡经之．世界华文文学的精神魅力——兼论世界华文文学新格局．文学评论，1998 (2).
19. 公仲．“万里长城”与“马其诺防线”之间的突围——现当代欧洲华文文学新态势．南昌大学学报（人文社会科学版），2004 (3).
20. 陈瑞琳．论北美华文文学．华文文学，2003 (1).
21. 赵毅衡．无根有梦：海外华人小说中的漂泊主题．社会科学战线，2003 (5).
22. 杨扬．地缘文化与北美华文文学——对北美华文文学与中国文学关系的思考．华文文学，2006 (1).
23. 朱文斌．论海外华文诗歌与中国诗学传统的关系．华文文学，2003 (4).
24. 龙应台．干杯吧，托玛斯·曼！——谈放逐中的写作．读书，1996 (2).

三、复习思考

1. 名词解释：

现代诗社　蓝星诗社　创世纪诗社　“语种的华文文学”　“没有主义”

2. 论述台湾小说的流变。
3. 谈谈余光中的诗。
4. 谈谈董桥散文的特色。
5. 谈谈金庸的小说。
6. 试述旅外华人现代汉语文学的地理分布。
7. 试比较严歌苓与於梨华、查建英等“留学生题材小说”的不同。
8. 结合作品，说明张翎《交错的彼岸》“锁链套环式的网状结构”。
9. 高尔泰的《寻找家园》怎样“融合了画家的直觉和哲学家的智慧”？请结合作品加以

说明。

10. 怎样理解少君的《人生自白》系列是海外人生的《清明上河图》?

11. 结合旅外诗人的双重文化背景，谈谈他们的诗歌创作特色。

12. 试比较北岛早期朦胧诗和海外创作的异同，并分析原因。

初版后记（节）

编一部新观念的文学史，是多年的夙愿。

2004年4月，在西南师范大学与《文学评论》联合召开的“百年文学研究的反思与展望”会议上，我作了关于中国现代文学史体例的反思与策略的发言，提出了撰写《中国现代汉语文学史》的想法，得到与会部分学者的关注。

2005年，在精品课程建设过程中，这一想法有了实现的契机。2005年4月至9月，我编写了本著详细大纲。

2005年10月，我把编写思路、体例，详细到章、节、目的大纲与样章，交给中国人民大学出版社，得到出版社李颜编辑的热情关注与支持。嗣后组织了20余人的队伍进行紧张撰写，起于2005年4月，迄于2007年1月，经过一年九个月，终于完成。

值本书出版之际，向中国人民大学出版社和李颜老师致谢。

主　编

2007年春节于成都双楠草堂

再版后记（节）

现在觉得时间越过越快。初版时写下“21世纪文学”几个字尚觉得新，再版时发现，21世纪第一个十年倏忽而逝。不断记录延伸着的中国现代汉语文学，是我们这个学科的宿命。因此，再版本第一个显著的变化，就是把21世纪第一个十年的文学全部写入文学史，为此本书重写了47章即21世纪文学，吸收了学术界相关的研究成果。本书研究对象截至2009年。

第二个变化，是适应当下教育改革的需要。随着电子技术引入教学，多媒体课件成为教学必备。多媒体课件使用不意味着丢弃了人文教学精神，同时好处多多。一是利于学生学习，便于把书读薄且理解记忆；二是便于编写者清理自己的思路层次与轻重比例；三是利于教学节奏的掌握并计划教学；四是节约板书的时间。全书导论并50章都按主编统一的模板和样板，制作了课件，具体内容请参见 www.crup.com.cn/rw，供使用者免费下载使用。

由于课件制作与21世纪文学的扩写，增加了成本与篇幅，所以其余49章分别有所删写（7章、14章除外）。根据初版使用情况及学界同人建议，对相关章节有所修改，对新的研究成果有所吸收。为了控制定价，上下册合为一册。这些是再版的第三个变化。

由于少数作者已不再从事本专业的教学科研，因此对相关章节编写人员作了调整，这些章节由新作者作了重写。这是第四个变化。

此外，对初版误植等处，再三作了校订。

本书再版之际，我衷心感谢中国人民大学出版社策划编辑翟江虹老师，责任编辑刘汀、黄海飞老师，初版策划编辑李颜老师及其他相关编辑，衷心感谢使用本书的相关学校，衷心感谢对本书初版本撰写专门评论、来信指导并给予热情关心的各位专家，衷心感谢各位作者的大力合作，衷心感谢我的研究生们对本书再版校对所做的工作。

主　编

2010年春节于成都双楠草堂

三版后记

五年半转瞬即逝。

再版以来有两个大的变化。一是21世纪文学已经15年。15年是一个不短的时间，时代不同了，文学的代际性标志却不显著，但底层与大众成为日益重要的关键词，代名着这个时期。二是莫言获诺贝尔文学奖。获奖原因，各方看法不尽一致，但作品确能在当代独树一帜，且尽了文学检视时代的职，这就让当代部分无作家专章的现象成为历史。这两个变化，致三版有两方面的修改：一是加强了21世纪的评述，二是莫言独立设章。

由于上述增加，再由于成本考量，所以势必要精减若干章节的篇幅，同时把原来独立的港澳台文学及旅外华人现代汉语文学三章并为一章。参写者都值盛年，任务繁重，时光宝贵，不忍叨扰，于是主编再度操刀，尽了删改的责。

第三点要说明的是，导论中已经明确，《中国现代汉语文学史》本版更名为《中国现当代文学史（1898—2015)》，仅因应现行学科用名，当然也是出版社再三坚持的结果。但，正如导论所述，现行高校所授中国现当代文学史实乃中国现代汉语文学史，也就是说，只讲授中国作家以现代汉语为载体的文学作品，少数民族作家的母语作品、古体近体诗词等均未然，全书体例如仍。

全书编写大纲，导论，后记，各编、章前的导言，第三、九、十二、二十三章，由曹万生撰写；第一、二、八章，由谭光辉撰写；第四章，第四十九章第三节作家部分由刘莉撰写；第五、七、十、十四章，由邓利撰写；第六、十三、二十六章，由王方撰写；第十一、十六、十八章，由唐小林撰写；第十五章，由程丽蓉撰写；第十七、十九章，第二十七章第一至六节，第三十八章，由张志云撰写；第二十、二十一、二十二章，由刘永丽撰写；第二十四章，由邱雪松撰写；第二十五章，第三十二章第一、二节，由陈啸撰写；第二十七章第七节，第三十二章第三节，第四十三章，第四十七章第三节，第四十九章第四节，由张莹撰写；第四十一章，由周逢琴撰写；第四十七章第一节，第四十九章第二节，由王启凡撰写；第二十八、三十三、三十四章，第五十章第三节小说散文部分，由李亚东撰写；第二十九章第一至四节，由刘云生撰写；第二十九章第五至七节，由汪双英撰写；第三十章，由阳海洪撰写；第三十一章，由郑翔撰写；第三十五、三十九、四十、四十四章，由李琴撰写；第三十六章，第五十章第一、二节，由张文娜撰写；第四十二章，第四十七章第二节，由袁莉撰写；第三十七、四十五、四十八章，由白浩撰写；第四十六章，第四十九章第一节，由杨四平撰写；第四十九章第五节，由余权撰写；第四十九章第三节戏剧评述部分，第五十章第三节诗歌部分，由徐江撰写；张志云加写了第十一章的相关内容。

全书由曹万生修改并统稿。

本书三版之际，衷心感谢中国人民大学出版社策划编辑黄海飞老师的执着坚持、热情鼓励与大力帮助，衷心感谢责任编辑徐德霞老师的辛苦劳动，衷心感谢使用本书的相关学校，衷心感谢对本书初版撰写专门评论、来信指导并给予热情关心的各位专家，衷心感谢各位作者的大力合作，特别要衷心感谢参与第三版修订工作的各位作者。

主　编

2015 年冬初于海南珊瑚宫殿

图书在版编目（CIP）数据

中国现当代文学史：1898—2015/曹万生主编．—3版．—北京：中国人民大学出版社，2016.1
新编21世纪中国语言文学系列教材
ISBN 978-7-300-22348-3

Ⅰ.①中…　Ⅱ.①曹…　Ⅲ.①现代文学-文学史-中国-教材　Ⅳ.①I209.6

中国版本图书馆CIP数据核字（2016）第010455号

新编21世纪中国语言文学系列教材
中国现当代文学史（1898—2015）
（第三版）
曹万生　主编
Zhongguo Xian-Dangdai Wenxueshi（1898—2015）

出版发行	中国人民大学出版社		
社　　址	北京中关村大街31号	**邮政编码**	100080
电　　话	010－62511242（总编室）		010－62511770（质管部）
	010－82501766（邮购部）		010－62514148（门市部）
	010－62515195（发行公司）		010－62515275（盗版举报）
网　　址	http://www.crup.com.cn		
经　　销	新华书店		
印　　刷	北京密兴印刷有限公司	**版　　次**	2007年9月第1版
开　　本	787 mm×1092 mm　1/16		2016年2月第3版
印　　张	44	**印　　次**	2024年8月第10次印刷
字　　数	1 095 000	**定　　价**	99.90元（上、下）

关联课程教材推荐

ISBN	书名	作者	单价（元）
978-7-300-21232-6	中国现当代文学（第三版）（数字教材版）	刘勇	69.80
978-7-300-07834-2	中国现代文学史（第二版）	程光炜 等	34.00
978-7-300-24495-2	新编文学理论（第二版）	童庆炳	45.00
978-7-300-27216-0	新编西方文论教程（第二版）	杨守森 孙书文	48.00
978-7-300-20316-4	外国文学简编（欧美部分）（第七版）	朱维之 赵澧 黄晋凯	45.00
978-7-300-15854-9	中外现代诗歌导读	王家新	28.00
978-7-300-19270-3	中国当代文艺思潮（第三版）	陆贵山	55.00
978-7-300-27217-7	马克思主义文艺论著选讲（第六版）	陆贵山	59.80
978-7-300-17231-6	中国民间文学教程（第三版）	黄涛	49.00
978-7-300-19996-2	比较文学概论（第二版）	曹顺庆	35.00
978-7-300-22350-6	儿童文学概论	谭旭东	28.00
978-7-300-16168-6	影视文学教程	陈阳	35.00
978-7-300-24379-5	电影导论	陈涛	65.00
978-7-300-20878-7	中文学科论文写作（第二版）	卢卓群	39.00